D1704410

Wladyslaw Reymont

Die Bauern

Herbst - Winter - Frühling - Sommer

Übersetzt von Jean Paul von Ardeschah

Wladyslaw Reymont: Die Bauern. Herbst - Winter - Frühling - Sommer

Übersetzt von Jean Paul von Ardeschah.

Entstanden zwischen 1901 und 1908. Hier in der Übersetzung von Jean Paul von Ardeschah, Jena, Diederichs, 1912.

Neuausgabe
Herausgegeben von Karl-Maria Guth
Berlin 2017

Umschlaggestaltung von Thomas Schultz-Overhage unter Verwendung des Bildes: Alfred von Wierusz-Kowalski, Erntefest, 1910

Gesetzt aus der Minion Pro, 11.5 pt

ISBN 978-3-7437-1910-1

Bibliografische Information der Deutschen Nationalbibliothek

Die Deutsche Nationalbibliothek verzeichnet diese Publikation in der Deutschen Nationalbibliografie; detaillierte bibliografische Daten sind im Internet über www.dnb.de abrufbar.

Verlag: Henricus - Edition Deutsche Klassik GmbH, Berlin
Herstellung: BoD – Books on Demand, Norderstedt

Erster Teil: Herbst

»Gelobt sei Jesus Christus!«

»In Ewigkeit Amen! Beste Agathe, und wohin wandert ihr denn, was?«

»In die Welt, zu den Menschen, euer Liebden, in die weite Welt! ...«

Sie zog mit dem Stecken einen Bogen von Osten nach Westen.

Der Priester schaute unbewußt in jene Ferne und senkte rasch die Augen, denn über dem Westen hing die blendende Sonne; dann fragte er stiller, wie ängstlich fast ...

»Haben die Klembs euch fortgetrieben, was? Oder habt ihr euch nur gezankt? ... Vielleicht ...«

Sie antwortete nicht gleich, reckte sich etwas und ließ die alten verbleichten Augen schwer über die herbstlichen, leeren Felder und die Dächer des Dorfes schweifen, das in Obstgärten getaucht ruhte.

»I nee, nee ... rausgejagt ... nee, wie sollten sie denn. Sind doch ganz gute Leute, Verwandte. War auch kein Zank nicht da. – Man merkt nur selber so, daß es Zeit ist, in die Welt fort. – Vom fremden Wagen muß der Mensch 'runter wenn es Zeit ist, selbst ins Wasser.

Man mußte ... sie hatten schon keine Arbeit mehr für mich ... es geht nach dem Winter, wie kann man denn da – umsonst sollen sie das Essen geben und die Ecke fürs Schlafen? ...

Und weil sie doch auch gerade das Kalb, den kleinen Bullen, entwöhnt haben ... und bei den kalten Nächten müssen auch die Gänschen 'rein – da hab' ich Platz gemacht, was soll man denn anders, is doch schade ums schöne Vieh, sind auch Gottesgeschöpfe ... Die Leute sind gut, nehmen mich doch für den Sommer ins Haus und gönnen mir meine Ecke und mein Essen – so daß der Mensch wie eine Hofbäuerin herumparadiert ...

Und für den Winter – viel brauch' ich ja nicht – da muß man schon bitten gehen. Auf dem Bettel geben einem die guten Leute schon was, und bis zum Frühjahr werde ich mich mit unseres Herrn Jesu Hilfe durchwürgen. 'n paar Groschen spart man sich auch noch über – das ist dann für meine Leute, auf die Vorerntezeit ... von wegen der Verwandtschaft.

Und das süße Jesuskind wird die Armut schon nicht verlassen.«

»Nein, das wird er nicht«, rief der Priester mit Wärme und drückte ihr ein blankes Fünfzehnkopekenstück in die Faust.

»Hochwürden, unser lieber Hochwürden!«

Sie beugte sich, daß ihr zittriger Kopf seine Knie berührte, und die Tränen kollerten wie Erbsen über ihr greises, wie Herbstäcker zerfurchtes Gesicht.

»Geht nur mit Gott – geht nur«, murmelte er bekümmert und richtete sie auf.

Sie sammelte mit zitternden Händen die Bettelsäcke, den Stecken mit der Igelspitze, bekreuzigte sich und ging über den breiten ausgefahrenen Weg in der Richtung des Waldes davon; doch immer wieder blickte sie sich um nach dem Dorf, nach den Feldern, auf denen man Kartoffeln grub, nach dem Rauch der Hirtenfeuer, der dicht über den Stoppelfeldern hinkroch, und immer wieder blickte sie traurig zurück bis sie zuletzt hinter den Büschen am Wege verschwand.

Der Priester kehrte auf seinen alten Platz zwischen die Räder der Pflugkarre zurück, langte nach einer Prise und schlug das Brevier auf, doch seine Augen glitten von den roten Lettern ab und liefen über die weiten, von herbstlicher Versonnenheit umfangenen Lande, schweiften über den blassen Himmel und machten dann bei einem Knecht halt, der über einen Pflug gebeugt ging.

»Walek ... die Furche ist schief ... täh ...« schrie er und lupfte leicht vom Sitz. Schritt für Schritt folgte er nun mit den Augen dem runden Schimmelpaar, das den knirschenden Pflug zog.

Dann fing er wieder unbewußt an, die roten Lettern des Breviers zu durchlaufen und die Lippen murmelnd zu bewegen. Doch die Augen waren immer wieder hinter den Schimmeln her und beobachteten die Krähen, die mit behutsam vorgestreckten Schnäbeln in der Ackerfurche hüpften und bei jedem Peitschenhieb und jeder Wendung des Pfluges schwer aufflatterten, um gleich wieder auf den Acker zurückzufallen und die Schnäbel an den harten trockenen Schollen zu wetzen.

»He, Walek! Lang' er ihr mal eine über die Pantalons, die Rechte zieht nicht!«

Er schmunzelte heimlich, da die Rechte nach dem Peitschenhieb ihre Pflicht tat. Als die Pferde wieder an den Weg herangekommen waren, erhob er sich eilig und klopfte ihnen wohlwollend den Nacken, so daß sie die Nüstern nach ihm reckten und freundschaftlich sein Gesicht beschnupperten.

»Heeet aa!« rief Walek mit singender Stimme, er zog die silbrig blinkende Pflugschar aus der Erde, hob sie etwas hoch, riß die Pferdeleine an, so daß die Gäule einen kurzen Bogen machten, stieß den blanken Sieck in das Stoppelfeld und schwang die Peitsche; die Pferde ruckten an, daß die Ortscheite quarrten. Und er pflügte weiter, das weite Gelände hinab, das im geraden Winkel vom Weg abfiel und als ein langer Zug leinwandgrauer Schollen sich zum tief gelagerten Dorf hin reckte, welches wie versunken lag in rötlichen und goldenen Obstgärten.

Die Luft war still, warm und etwas schläfernd.

Obgleich es schon gegen Ende September war, wärmte die Sonne nicht schlecht; sie schwebte über den Wäldern auf der Hälfte des Weges zwischen Süden und Westen, doch legten sich schon nächtlich kühle Schatten um die Knicks, um die Steinhaufen, um die harten trockenen Ackerkrumen und unter die Birnbäume auf den Feldern.

Über den verlassenen Fluren lag Stille und eine berauschende Süße war in der von Sonnendunst gedämpften Luft; im hohen, blassen blauen Himmel lagen hier und da gewaltige weiße Wolken verstreut, wie Schneewälle, die von Winden aufgeballt und zerfetzt waren.

Und unter diesen Wolken, soweit das Auge reichen konnte, ruhte graues Ackerland – eine riesige Schale mit eingekerbtem Rand bläulicher Wälder, durch die gleich silbernen, in der Sonne aufflirrenden Gespinsten der Fluß mit seinen Windungen zwischen Erlen und Uferweiden hervorblitzte. Er staute sich mitten im Dorf zu einem großen länglichen Weiher und lief nach Norden durch eine Schlucht zwischen den Hügeln; im Talkessel rund um den Weiher lagerte sich das im Sonnenschein schillernde Dorf in der Pracht seiner herbstlich bunten Baumwipfel, gleich einer rotgelben zusammengerollten Raupe auf einem grauen Lattichblatt. Lange Gewebe etwas wirrer Ackerhufen, Plantücher grauer Felder mit Schnüren von Rainen voll Steinhaufen und Schlehdornbüschen streckten sich vom Dorf bis zu den Wäldern. Hin und wieder nur ergossen sich Rinnsale von Gold in das silbrige Grau – Lupinenfelder breiteten ihre gelben Flächen voll duftender Blumen, ausgedörrte Strombetten entblößten ihre weißlichen Sandgründe und müde lagen die sandigen Wege. Mächtige Pappeln stiegen in Reihen an ihren Rändern langsam die Hügel empor den fernen Wäldern zu.

Der Priester erwachte aus seiner Versunkenheit, denn ein langes, klagendes Brüllen ertönte dicht bei ihm. Schreiend flogen die Krähen auf und flügelten schräg zum Kartoffelland hinüber und ein schwarzer Schatten huschte ihnen tief unten nach, über Äcker und Brachen.

Der Priester schützte seine Augen mit der Hand und schaute sonnenwärts – ein Mädchen, das eine große, rotbraune Kuh am Seil führte, ging auf dem Weg vorüber, der vom Walde kam; sie bot Gott zum Gruß, drehte zum Priester hin und wollte ihm die Hand küssen, aber die Kuh riß sie heftig weg und fing wieder an zu brüllen.

»Geht sie zum Verkauf, was?«

»Nii ... zum Müller seinen Bullen ... halt' still, Pestige ... verrücktes Vieh!« schrie sie nach Atem ringend und versuchte sich entgegenzustemmen, aber die Kuh riß sie mit, bis sie beide dahinstoben, was die Lenden hielten und in einer Staubwolke verschwanden.

Danach schleppte sich schwer über den Sandweg der Lumpenjude; ab und zu kuschelte er sich hin und ächzte schwer, denn die Karre war vollgeladen.

»Was gibt's Neues, Mäusche?«

»Was soll's geben? ... Wem's gut geht, bei dem gibt's gut ... De Kartoffeln sind, Gott Dank, geraten, der Roggen gibt was her, Kohl wird auch da sein. Wer Roggen hat, wer Kohl hat, wer de Kartoffeln hat – bei dem gibt's gut!« Er küßte den Ärmel des Priesterrocks, legte sich in die Gurten der Karre und schob bedächtig weiter, denn der Weg führte schon über ein leichtes Gefäll hinab.

Dann kam mittwegs, im aufgewirbelten Staub, den er mit seinen Füßen aufstieben machte, ein blinder Bettler daher, geführt von einer dicken, an einem Bindfaden vertäuten Töle.

Dann wieder rannte von der Waldseite her ein Junge mit einer Flasche, der beim Anblick des Priesters am Wegrand in einem großen Bogen um diesen herum querfeldein zur Schenke lief.

Ein Bauer aus dem Nachbardorf fuhr zur Mühle und eine Jüdin trieb eine Herde gekaufter Gänse vorüber.

Jeder bot Gott zum Gruß, wechselte ein paar Worte und ging seines Wegs, begleitet vom wohlwollenden Wort und Blick des Priesters, der, da die Sonne schon tief stand, sich erhob und seinem Knecht zurief:

»Bis zu den Birken pflügen, Walek, und dann nach Haus, ... sonst strapazieren wir die Pferde zu viel.«

Gemächlich ging er über die Feldraine, sprach halblaut das Gebet, und umfaßte mit einem klaren Blick voll Liebe das Land ...

... Reihen roter Frauenröcke leuchteten über dem Kartoffelacker ... das Kollern der eingeschütteten Kartoffeln gegen die Wagenbretter wurde hörbar ... stellenweise pflügte man noch für die Wintersaat ... Herden buntscheckiger Kühe weideten auf dem Brachland ... und lange aschfarbene Saatenfelder begannen sich rostrot mit dem sprießenden Getreide zu färben ... Auf den dürren verschossenen Wiesen aber schimmerten Gänse, wie weiße Schneeflecken. Irgendwo muhte eine Kuh ... Es brannten Feldfeuer und lange blaue Rauchsträhnen zogen über die Erde hin ... Hin und wieder wurde Wagengeroll hörbar, oder ein Pflug knirschte gegen Steine an. Dann wiederum umfing auf einen Augenblick Stille das Land, daß man das hohle Gurgeln des Stromes und das Rollen der Mühle hörte, die sich hinter dem Dorf im Dickicht der herbstlichen Bäume versteckte ... Ein Liedchen flog auf, wie ein Ruf von irgendwo, flatterte tief über die Rillen und Furchen und sank ohne Widerhall im Herbstdämmer, auf spinnwebgebundene Stoppeln, an öden Wegen, wo die Ebereschen die blutigen schweren Köpfe neigten. Man eggte einen Ackerstreifen und ein Schweif hundertjährigen mürben Staubes hob sich hinter den Eggen auf, zog sich in die Länge hügelan, und senkte sich. Unter ihm kam, wie aus einer Wolke, ein barfüßiger Bauer hervor, mit bloßem Kopf und einem quer über den Leib gebundenen Schurz. Er ging langsam, schöpfte Korn aus dem Leintuch und säete mit eintöniger, andachtsvoller, segenspendender Gebärde. Bis an den Feldrand kam er, füllte nach aus einem Sack, kehrte um und schritt hügelan ... zuerst tauchte sein zerzauster Kopf auf, dann seine Schultern und schließlich ward er ganz sichtbar auf dem Sonnenhintergrund mit seiner segnenden Bewegung des Säemanns; mit dem immer gleichen heiligen Wurf schleuderte er das Korn, das wirbelnd, wie goldener Staubregen, in die Erde fiel.

Der Priester ging immer langsamer, zuweilen blieb er stehen, um Atem zu schöpfen, dann blickte er sich nach seinen Schimmeln um, und sah den Jungen zu, die mit Steinen nach einem gewaltigen Birnbaum warfen, bis sie allesamt zu ihm hingelaufen kamen, die Hände hinter dem Rücken versteckend, um seinen Rockärmel zu küssen.

Er strich ihnen über die Köpfe und ermahnte: »Brecht nur nicht die Äste ab, sonst gibt's nächstes Jahr keine Birnen.«

»Wir werfen nicht wegen den Birnen, aber da is 'n Krähennest«, ließ sich ein Dreisterer vernehmen.

Gütig lächelnd nickte er und blieb gleich wieder bei den Kartoffeln ausnehmenden Leuten stehen.

»Der Herr segne die Arbeit!«

»Vergelt's Gott, wir danken schön!« antworteten sie zugleich, indem sie sich emporreckten und sich alle in Bewegung setzten, um die Hände des lieben Hochwürden zu küssen.

»Der liebe Gott hat dieses Jahr schöne Kartoffeln wachsen lassen, was?« sprach er und streckte den Männern die geöffnete Tabaksdose hin; sie nahmen gewissenhaft und ehrerbietig in kleinen Prisen, ohne zu wagen, in seiner Gegenwart zu schnupfen.

»Stimmt, groß wie Katzenköpfe sind sie und viele unter dem Busch.«

»Na, dann werden die Schweine teuer werden, denn jeder wird mästen wollen.«

»Sind auch so teuer genug; im Sommer sind sie an der Seuche wegkrepiert und auch nach Preußen kauft man viel.«

»Ist schon wahr. Wem gehören die Kartoffeln hier?«

»Boryna seine.«

»Den Bauern seh' ich nicht, da hab' ich ihn halt nicht aus dem Haufen erkannt.«

»Vater und Meiner sind in den Wald gefahren.«

»Ach, das seid ihr, Anna, na, wie macht es sich?« wandte er sich zu der jungen schmucken Frau im Kopftuch, die, da ihre Hand mit Erde beschmutzt war, mit der Schürze nach seiner langte, um sie auch zu küssen.

»Wie geht es denn euerm Jungen, den ich zur Erntezeit getauft habe?«

»Gott Lob und Dank, er wächst auf, Hochwürden, er fängt schon an, herumzukrabbeln.«

»Nu, dann … Grüß Gott!«

»Schönen Dank.«

Er wandte sich nach rechts dem Friedhof zu, der noch diesseits des Dorfes am Pappelweg lag.

Sie sahen noch lange schweigend seiner leicht gebeugt dahinschreitenden geschmeidigen Gestalt nach, und ihre Jungen lösten sich erst, als er hinter die niedrige steinerne Kirchhofsmauer einbog, zwischen Grabhügeln der Kapelle zuschreitend, die inmitten blaßgelber Birken und roter Ahorne stand.

»Einen Besseren gibt's wohl nicht in der ganzen Welt«, fing eine der Weiber an.

»Is wahr, nach der Stadt wollten sie ihn schon haben. Wenn Vater und der Schulzen nicht um ihn bis zum Bischof gewesen wären, hatten mer'n auch nicht mehr … Hackt man zu, Leute, bis Feierabend ist nicht mehr lange und Kartoffeln noch genug«, sagte Anna, indem sie ihren Korb auf einen hellen Kartoffelhaufen leerte, der aus der zerwühlten Erde voll trockener Kartoffelstrünke aufragte.

Sie griffen flink und schweigend zu, so daß man nur das Picken der Hacken auf der Erdkruste und zuweilen das Aufschlagen des Eisens gegen einen Kiesel hörte. Ab und zu reckte einer oder der andere den gebückten, schmerzenden Rücken, atmete tief auf und sah stumpf dem Saemann im Nachbarfeld zu, grub dann weiter und las die gelben Kartoffeln vom grauen Boden auf, die er in den nebenan stehenden Korb warf.

Es war vielleicht ein Dutz Leute, meist alte Weiber und – Kätner. Hinter ihnen, an zwei gekreuzten Holzgestellen hingen in geknoteten weißen Leinentüchern ein paar kleine Kinder, die ab und zu greinten.

»Die Alte is nu doch in die Welt gegangen«, leitete die Gusche ein.

»Wer denn?« fragte Anna, sich erhebend.

»Die alte Agathe doch …«

»Auf den Bettel …«

»Jawoll, auf den Bettel! Hale, wohl nicht zum Spaß. Hat den Verwandten die Arbeit gemacht, sich den Sommer über geschunden – nu kann sie die frische Luft besehen.

Zum Frühjahr kommt sie schon heim, dann bringt sie ihnen in den Hungersäckelchen Zucker und chinesischen Tee, auch'n paar Groschen hat sie dann noch über – gleich werden sie sie dann lieben, lassen sie im eignen Bett unter den Daunen schlafen, für die Arbeit ist sie dann zu gut, sie braucht Ruhe ... Base und Tante sagen sie ihr dann, bis sie ihr den letzten Notgroschen abgetrieben haben ... Im Herbst aber da gibt's keinen Platz mehr, nich im Flur und nich im Schweinstall. Verdammtes Aaszeug, Hundeverwandtschaft!« spie sie hervor und eine solche Wut überkam sie, daß ihr Gesicht blau anlief.

»Ich mein' schon, dem Armen weht der Wind immer in die Augen«, pflichtete einer der Kätner bei, ein alter, ausgemergelter Bauer mit einem schiefen Mund.

»Hackt man zu, Leute, hackt man zu«, trieb Anna wieder an, mit der Wendung, die das Gespräch nahm, nicht zufrieden.

Gusche, die nicht lange aushalten konnte ohne herumzuschwatzen, sagte, nach einem unweit stehenden Burschen hinüberblickend:

»Die beiden Patschesjungen, das sind schon reichlich alte Burschen, die Zotteln fangen schon an, ihnen zu sprießen.«

»Und immer noch Junggesellen«, meinte eine andere.

»Und so viele Mädchen werden alt, oder müssen in den Dienst ...«

»Is wahr, und haben doch 'ne ganze halbe Huf' und die kleine Wiese hinter der Mühle dazu.«

»Jawohl, aber wird sie sie heiraten lassen, die Alte ... läßt sie sie mal locker? ... Wer würde da die Kühe melken oder die Wäsche spülen, wer würde die Wirtschaft besorgen und auf die Schweinchen passen ...

Die Mutter muß um ihre Jagna hantieren – die spielt doch schon das reine gnädige Fräulein, 'ne richtige Gutstochter, immer nur putzen tut sie sich und waschen und sich im Spiegel angaffen, oder die Zöpfe flechten.«

»Und paßt nur auf, wen sie sich unters Federbett holt, ob er auch stark genug ist!« fügte Gusche mit einem bösen Lächeln bei.

»Jusek Bandcha schickte schon mit Schnaps zu ihr – sie wollte ihn nicht.«

»Guck einer – die verdammte Marjell!«

»Und die Alsch sitzt den halben Tag in der Kirche, betet aus dem Gebetbuch und tut von Dorf zu Dorf auf Ablaß gehen, wo es nur Kirchweih gibt.«

»Is schon so, aber 'ne Hexe is sie auch; und Wawschjons Kühen, wer hat ihnen die Milch genommen, was? Und als sie Johannes sein' Jungen beim Pflaumenstehlen erwischt hat, hat sie ihm ein solches Wort gesagt, daß ihm der Weichselzopf gewachsen ist und alle Glieder sind ihm krumm geworden, du lieber Gott!«

»Und da soll Gottes Segen über dem Volk sein, wenn solche im Dorf sitzen ...«

»Und damals, als ich noch Väterchens Kühe hütete, da mein' ich, hat man solche zum Dorf rausgejagt«, gab Gusche bei.

»Den zweien passiert schon kein Unrecht nicht, die haben schon welche, die es mit ihnen halten ...«, und die Stimme zum Flüsterton dämpfend, indem sie nach Anna schielte, die vornbei in der ersten Furche hackte, tuschelte sie ihren Nachbarinnen zu:

»Der erste dazu, wäre wohl der Anna ihrer, sagt man ... der ist hinter der Jagna her, wie 'n Hund in seiner Zeit ...«

»Jeses – Jeses ... was ihr nicht sagt ... wäre doch die reine Sünd' und Schand' ...« tuschelten sie beieinander, ohne die Köpfe dabei zu erheben und emsig weitergrabend.

»Ist er denn der einzige ... wie einer Hündin laufen sie ihr nach.«

»Schön ist sie, das muß ihr der Neid lassen: und fein rund wie eine Färse, und die schöne weiße Fratze ... die Augen sind akk'rat wie Flachsblumen ... und solche Kraft hat sie, daß manch' ein Kerl nicht gegen ankann ...«

Sie schwiegen eine lange Weile, denn sie mußten die Kartoffeln auf einen Haufen schütten.

Darauf redeten sie hin und wieder nur ein paar Worte mehr und schwiegen ganz, als eine von ihnen gewahr wurde, daß vom Dorf her Borynas Fine über das Stoppelfeld gelaufen kam.

Sie war es tatsächlich und kam schon von weitem schreiend atemlos angerannt.

»Anna, kommt schnell nach Haus, der Kuh ist was.«

»Jesus Maria – welche denn? ...«

»Die Bunte! ... die Bunte! ... ich kann kaum atmen ...«

»Mein Gott, ich hab' mich ganz verfahren, ich dachte meine«, rief Anna erleichtert.

»Eben erst hat Witek sie eingetrieben; der Heger hat sie aus dem Wald gejagt. Ganz verbiestert war sie, sie ist ja so dick ... beim Kuhstall ist sie gleich umgefallen, nicht mal trinken will sie, fressen auch nicht, sie wälzt sich hin und her und brüllt immerzu, daß Gott erbarm'!«

»Is' Vater nicht da?«

»Näh, Vaterchen ist noch nicht zurückgekommen. O Jesus, mein Jesus, so eine Kuh, die auf einmal gut ein Liter Milch gegeben hat. Kommt doch man schnell.«

»Ich flieg schon ..., in einem Nu.«

Sie riß das Kind aus dem Leinentuch, stülpte ihm die Quastenmütze über, wickelte es in die Schürze und eilte rasch fort. Sie war so verstört durch diese Nachricht, daß sie nicht einmal den Beiderwandrock herunterzog, daran dachte sie ganz und gar nicht, und ihre bis an die Knie bloßen Beine schimmerten weiß gegen den dunklen Acker. Fine lief voraus.

Indessen schoben sich die kartoffelgrabenden Leute, jeder breitbeinig über seiner Furche langsam vorwärts und hackten bedächtiger, denn niemand trieb sie und niemand drängte sie.

Die Sonne rollte schon dem Erdenrande zu, und wie erhitzt vom raschen Lauf, erglühte sie zu einer purpurnen Radscheibe und sank in die hohen schwarzen Wälder. Die Dämmerung stieg empor und kroch über die Felder; sie schob sich durch die Furchen heran, hockte in den Gräben, staute sich im Dickicht an und ergoß sich leise über die Erde, da dämpften sich die Farben und erloschen, nur die Schöpfe der Bäume, die Türme und Dächer der Kirche flammten noch glühend. Es zogen schon einige von den Feldern heim.

Und Menschenstimmen, Wiehern, Gebrüll, Wagengeratter klangen immer schärfer durch die stille dämmerumfangene Luft.

Mit erzenem Gezwitscher begann die Betglocke der Kirche das Ave einzuläuten; die Menschen blieben stehen und das Murmeln der Gebete sank, wie welke Blätter, in die Dämmerung.

Unter Gesang und frohen Zurufen wurde das Vieh von den Weiden getrieben; es kam dichtgedrängt in Herden, von Staubwolken eingehüllt, so daß nur hin und wieder gewaltige Köpfe und breitgegabelte Hörner sichtbar waren.

Hier und da blökten ein paar Schafe, vom Weideland flatterten Gänsescharen auf ins Abendrot und ihr durchdringender Schrei ertönte aus der Luft.

»Wär' doch man schade um die Kuh; was die kalbte!«

»Na ja ... einen Armen hat es nicht getroffen.«

»Immerhin schade, daß so 'n statiöses Vieh so elendiglich umkommen muß.«

»Keine Hausfrau hat Boryna, da sackt alles weg wie durch ein Sieb.«

»Und Anna, ist denn die keine?«

»Für sich selbst ... wie zur Miete sitzen die bei dem Vater, und daß die nur drauf lauern, was in ihre Tasche fällt, kannst du denken, und das Väterliche, da kann der Hund für aufkommen.«

»Und Fine, so 'n Kiekindiewelt, was kann die dabei?«

»Na aber, könnte denn auch der Boryna nicht seinen Hof dem Antek abgeben, ah?«

»Und selbst soll er zu ihnen auf den Altenteil, wie? ... Alt seid ihr, Laurenz, und noch immer dumm bis in die Klamotten«, begann Gusche lebhaft. »Hoho, der alte Boryna, der stellt noch seinen Mann; der kann sich noch verheiraten. Dumm wäre er, wenn er was seinen Kindern abschriebe.«

»Na ja ... a, kräftig is er schon, aber sechzig Jahre.«

»Brauchst keine Angst zu haben, Laurenz, jede Junge nimmt den, laß ihn nur ein Wort sagen.«

»Zwei Frauen hat er schon begraben.«

»Laß ihn auch die dritte mit Gottes Hilfe begraben, aber den Kindern, solange er lebt ... kein Stückchen, keinen Fetzen, nicht mal so viel, wie einer unter dem Pantoffel hat. Aaspack, dem käm's, wie meine mir. Einen Altenteil würden sie ihm geben, auf Arbeit könnte er dann gehen, verhungern oder den Bettelstock nehmen. Gib's nur her, was du hast, deinen Kindern, die werden's dir schon vergelten, das reicht dann für ein Stricklein, oder für 'n Stein um den Hals ...«

»Nach Hause, Leute, 's wird schon dunkel.«

»Jaja, und die Sonne ist auch weg.«

Sie sammelten rasch die Hacken und Körbe, nahmen ihre Zweiertöpfe auf, die vom Mittagsessen noch da waren, und gingen im Gänsemarsch miteinander redend den Feldrain entlang; nur die alte Gusche schrie immer noch wütend über ihre Kinder und fluchte zu guter Letzt auf die ganze Welt.

Neben ihnen im gleichen Schritt trieb ein Mädchen eine Sau mit ihren Ferkeln und sang mit dünnem Stimmchen:

> Aj, geh nicht um den Wagen,
> Aj, halt dich nicht ans Rad,
> Aj, gib dem Mann kein Küßlein,
> Aj, wenn er selbst gebeten hat.

»Tä, Dumme, schreit, als ob man ihr die Haut abschälte.«

⁂

Auf Borynas Hof, der von drei Seiten mit Wirtschaftsgebäuden umstellt war und den von der vierten ein Obstgarten von der Dorfstraße trennte, hatte sich schon viel Volk angesammelt; ein paar Weiber beratschlagten und gestikulierten wegen einer gewaltigen rotweißen Kuh, die auf einem Misthaufen vor dem Kuhstall lag.

Ein alter, etwas lahmer Hund mit glatzigen Flanken umkreiste die Bunte, beroch sie und bellte. Dann jagte er die Kinder, die neugierig am Zaun hingen, von der Einfahrt zwischen die Hecken zurück und versuchte sich an eine Sau heranzupirschen, die sich an die Wand des Wohnhauses lang ausgestreckt hingelegt hatte und leise stöhnte, denn die jungen, weißen Ferkel sogen an ihr.

Gerade stürzte Anna atemlos heran, warf sich auf die Kuh und fing an, ihren Kopf und ihr Maul zu streicheln.

»Bunte, arme Bunte!« rief sie weinerlich und brach in ein Schluchzen und Wehklagen aus.

Die Frauen aber beratschlagten immer wieder über neue Rettungsversuche für die Kranke; einmal goß man ihr Salzlauge in den Hals, dann geschmolzenes Wachs von einer geweihten Kerze in Milch zerlassen; eine riet Molken mit grüner Seife – eine andere schrie, daß man sie zur Ader lassen sollte – doch der Kuh wollte nichts helfen, sie streckte sich immer länger, hob nur von Zeit zu Zeit den Kopf hoch und brüllte gedehnt und schmerzlich, wie nach Rettung; ihre schönen, rosig umrandeten Augen begannen sich neblig zu trüben und der schwere gehörnte Kopf fiel zurück vor Ermattung. Sie streckte die Zunge aus und leckte Annas Hände.

»Vielleicht würde Ambrosius helfen?« schlug eine vor.

»Hast recht, der kennt sich auf Krankheit aus«, bestätigte man.

»Lauf, Fine. Soeben haben sie das Ave ausgeläutet, da muß er noch bei der Kirche sein. Herr, du meine Güte, wenn Vater kommt, wird das ein Fluchen werden. Wir haben aber doch keine Schuld«, klagte sie weinerlich.

Dann setzte sie sich auf die Schwelle des Kuhstalls, streckte dem plärrenden Jungen die weiße volle Brust hin und blickte mit schreckhafter Angst bald auf die röchelnde Kuh, bald aufhorchend auf den Weg zwischen den Hecken.

In der Dauer von ein bis zwei Paternostern kam Fine mit Geschrei zurück – Ambrosius käme schon.

Und wirklich kam er gleich hinterdrein, ein vielleicht hundertjähriger Alter, gerade wie eine Kerze, obgleich er einen Stelzfuß hatte und am Stocke ging. Sein Gesicht war trocken und runzlig wie eine Kartoffel im Frühjahr und von derselben grauen Farbe. Es war glatt ausrasiert und voller Hiebnarben. Sein Haar war milchweiß und fiel in Strähnen auf Stirn und Nacken, denn er kam bloßköpfig daher.

Er trat geradewegs auf die Kuh zu und besah sie sich eingehend.

»Oho, ich seh schon, daß ihr frisches Fleisch kriegt.«

»Helft ihr man, kuriert sie doch, die Kuh ist ja die dreihundert Silberlinge wert – und eben erst nach dem Kalben, helft doch.«

»Oh Jesus – Jesus!« rief Fine.

Ambrosius holte aus der Tasche ein Aderlaßmesser, wetzte es am Stiefelschaft, hielt die Spitze gegen das Abendlicht und durchschnitt der Bunten die Arterien unter dem Bauch – aber das Blut spritzte nicht, es trat nur langsam, schwarz und schaumig hervor.

Sie standen alle vorgebeugt ringsherum und sahen mit verhaltenem Atem zu.

»Zu spät! Oho, das Viecherl läßt schon den letzten Atem von sich«, sagte Ambrosius mit Feierlichkeit. »Das ist gewiß die böse Seuche oder etwas anderes ... man sollte gleich, wie sie krank wurde ... aber diese Frauenzimmer, die haben nur den Verstand zum Weinen, das Aaszeug, wenn man helfen soll, dann blöken sie, wie die Schafe.« Er spuckte verächtlich aus, ging um die Kuh herum, sah ihr in die Augen, betrachtete die Junge, wischte die blutigen Hände an ihrem weichen glänzenden Fell ab und schickte sich an, fortzugehen.

»Zu diesem Begräbnis werde ich euch nicht läuten; das Geläut macht ihr schon selbst mit den Pötten.«

»Der Vater und Antek!« rief Fine und rannte auf den Weg hinaus ihnen entgegen, denn ein dumpfes, schweres Rollen ließ sich von der anderen Seite des Weihers her vernehmen, wo in dem vom Abendlicht rotleuchtenden Staub ein länglicher, mit ein paar Pferden bespannter Wagen sichtbar wurde.

»Vater, da ... die Bunte tut verrecken!« Boryna bog gerade mit dem Wagen um den Weiher; Antek schob hinten nach, denn sie hatten eine lange Fichte aufgeladen.

»Red' nicht Unnützes«, brummte er, die Pferde antreibend.

»Ambrosius hat sie zur Ader gelassen und gar nichts ... geschmolzenes Wachs hat man ihr in die Gurgel gegossen, auch nichts ... und Salz ... und alles nichts ... das ist gewiß die schlimme Seuche ... Witek sagte, der Heger hat sie aus dem Weidewald gejagt, und die Bunte hätte sich immer hingelegt und gestöhnt, bis er sie hergekriegt hat ...«

»Die Bunte, die beste Kuh, daß ihr die Kränke kriegt, Saupack, verdammtes, so wird hier aufgepaßt« – er warf dem Sohn die Zügel hin und lief mit der Peitsche in der Hand voraus.

Die Weiber traten auseinander, und Witek, der die ganze Zeitlang vor dem Wohnhaus an irgend etwas herumgebastelt hatte, sprang aus lauter Angst davon und verschwand im Garten, selbst Anna erhob sich und stand ratlos und verängstigt da.

»Zuschanden haben sie mir das Tier gemacht«, ... rief der Bauer schließlich aus, nachdem er die Kuh besichtigt hatte! »Dreihundert Silberlinge rein in den Dreck geschmissen! – Zum Fressen da sind die Biester da, die ganze Stube voll, aber Obacht geben, das gibt's nicht. So 'ne Kuh, so 'ne Kuh! Nicht aus dem Haus raus kann man, gleich kommt Verlust und Schaden draus ...«

»Schon von Mittag an war ich doch beim Kartoffelausnehmen«, entschuldigte sich Anna leise.

»Wenn du doch einmal was sehen tätest!« schrie er wütend. »Aber geht dich das an, was meins ist?«

»So 'ne Kuh, so 'n Prachtstück, 'ne zweite, wie die, könnte man auf dem Gutshof suchen!«

Er fluchte immer erbitterter, ging um die Kuh herum, versuchte sie zu heben, zog sie am Schwanz, guckte ihr in die Zähne, aber das Tier atmete röchelnd und immer mühevoller, selbst das Blut hörte auf zu fließen und gerann langsam zu schwarzen, krustigen Schlacken – sie lag augenscheinlich schon in den letzten Zügen.

»Nichts zu machen, man muß sie notschlachten, wenigstens das 'rausschlagen!« sagte er schließlich, holte eine Sense aus der Scheune, wetzte sie schnell an einem Schleifstein, der unter der Dachtraufe des Kuhstalls stand, zog seinen Spencer aus, krämpte die Hemdsärmel hoch und machte sich ans Schlachten ...

Anna und Fine heulten los, denn die Bunte erhob mühevoll den Kopf, als ob sie den nahen Tod fühlte, brüllte dumpf auf und fiel mit durchschnittener Gurgel zurück, nur noch mit den Beinen strampelnd ...

Der Hund leckte das an der Luft gerinnende Blut und sprang darauf nach den Kartoffelgruben, die Pferde anbellend, die mit dem Wagen vor der Umzäunung stehengeblieben waren. Antek hatte sie dort gelassen und sah gleichgültig dem Schlachten zu.

»Heul' nicht, dumme Trine! Was geht uns Vaters Kuh an, ist doch nicht unser Verlust!« sagte er giftig zu seiner Frau und ging an das Ausspannen und Abschirren der Pferde, die Witek eifrig an den Mähnen in den Stall zerrte.

»Viel Kartoffeln auf dem Feld?« fragte Boryna, die Hände am Brunnen waschend.

»Weiß Gott, nicht wenig, an die zwanzig Säcke wird's wohl machen.«

»Die müssen heut noch rein.«

»Dann fahr' sie selbst ein, ich fühl' schon meine eigenen Füße nicht mehr, meinen Rücken auch nicht ... und das Handpferd lahmt auf dem Vorderfuß.«

»Fine, ruf' mal den Jakob her vom Kartoffelfeld, mag er dafür das Jungpferd vorspannen, es muß heute eingefahren werden. – Es kann Regen geben.«

Es siedete in ihm vor Wut und Ärger, und immer wieder blieb er vor der Kuh stehen und fluchte gallig, dann machte er sich auf dem Hof zu schaffen, guckte in den Kuhstall, in die Scheuer, in den Schuppen und wußte selbst nicht, was er suchte; der Verlust fraß an ihm.

»Witek! Witek!« brüllte er mit einem Male und schnallte den breiten Riemen von den Hüften los, aber der Junge blieb verschwunden.

Die Leute verzogen sich, denn sie begriffen, daß ein solcher Schade, eine solche Verdrießlichkeit mit Prügeln enden mußte, um so mehr da Boryna meist schnell damit zur Hand war, aber der Alte fluchte heute nur und ging in die Stube.

»Anna, das Essen her!« herrschte er die Schwiegertochter durchs offene Fenster an und ging auf seine Seite.

Das Haus war ein landläufiges Bauernhaus – in der Mitte durch eine große Diele getrennt; seine Giebelseite ging auf den Hof und die vierfenstrige Front schaute nach dem Obstgarten und auf die Straße.

Die eine Seite, nach dem Garten zu, nahm Boryna mit Fine ein, auf der anderen saß Antek und seine Frau. Der Knecht und der Hirtenjunge schliefen bei den Pferden.

In der Stube war es schon dämmerig, denn durch die kleinen Fensterchen, die von der Dachtraufe beschattet wurden und vor denen die Bäume buschig wuchsen, kam wenig Licht herein, außerdem dunkelte es schon draußen; nur die Gläser auf den

Heiligenbildern, die auf der geweißten Wand eine schwarze Reihe bildeten, schimmerten noch. Die Stube war groß, aber von einer rußgeschwärzten Balkendecke niedergedrückt und so mit allerhand Hausrat vollgestellt, daß man nur um den großen, an der Flurwand stehenden Herd herum mit seinem mächtigen Rauchfang darüber etwas freien Platz hatte.

Boryna zog die Stiefel aus und trat in die dunkle Buze hinein, die Tür hinter sich schließend; von der kleinen Fensterscheibe schob er das Brett zurück, so daß das Abendlicht mit blutigem Schein den Raum erleuchtete.

Die Buze war voll Kram und Wirtschaftsgeräten, auf querlaufenden Stangen hingen Schafspelze, rote gestreifte Beiderwandröcke, weiße Haartuchkittel, ganze Raspeln grauer Garne, zu Ballen zusammengerollte schmutzige Schaffließe und Säcke voll Daunen. Er holte einen weißen Haartuchkittel und einen roten geflochtenen Hanfgürtel hervor und suchte darauf lange in den mit Getreide gefüllten Tonnen herum, dann wieder in einem Haufen alten Eisens und alter Riemen; als er jedoch Anna in der Vorderstube hantieren hörte, zog er das Brett über das kleine Fenster und scharrte noch lange im Korn. Auf der Bank vor dem Fenster dampfte schon das Essen; aus dem gewaltigen Tiegel voll Kohl verbreitete sich der Duft von geröstetem Speck; auch nach Rühreiern roch es, wovon eine nicht kleine Schüssel daneben stand.

»Wo hat Witek die Kühe gehütet?« fragte er, eine mächtige Schnitte von einem Brotlaib schneidend, der so groß war, wie ein Getreidesieb.

»Im Weidewald, im Gutsbezirk, der Heger hat sie verjagt.«

»Aasbiester, *die* haben mir das Tier zuschanden gerichtet.«

»Selbstredend, so 'ne große Kuh, die hat sich verhitzt bei dem Getreibe, 'n Brand hat sie gekriegt.«

»Das Lumpenpack. Der Weidewald gehört uns, das steht deutlich wie 'n Ochs im Grundbuch, und die tun nichts als 'rausjagen und meinen, es sei ihrer.«

»Die anderen haben sie auch 'rausgejagt und Waleks Jungen hat er verprügelt und wie geprügelt ...«

»Ha! Da muß man vors Gericht und zum Kommissar. Dreihundert Silberlinge ist sie wert, mindestens!«

»Gewiß!« versicherte sie, froh, daß der Vater sich zufriedengegeben hatte.

»Sag' Antek, wenn sie die Kartoffeln eingefahren haben, sollen sie sich gleich an die Kuh heranmachen, man muß sie häuten und zerlegen. Wenn ich vom Schulzen heimkomme, will ich euch helfen. In der Banse am Balken soll man sie aufhängen – das wird sicherer sein vor den Hunden oder sonst welchem Viehzeug ...«

Er war bald mit dem Essen fertig und stand auf, um sich zurechtzumachen, aber er fühlte eine solche Trägheit in sich, ein solches Ziehen in den Knochen, eine solche Schläfrigkeit, daß er, so wie er dastand, sich aufs Bett warf, um etwas zu schlafen.

Anna ging auf ihre Seite zurück und wirtschaftete in der Stube, sich von Zeit zu Zeit hinauslehnend, um nach Antek zu sehen, der auf der Veranda vor dem Haus sein Essen bekommen hatte. Er war von der Schüssel abgerückt, wie es Brauch ist, und schlürfte Löffel auf Löffel, indem er laut gegen die gerillte Schüssel kratzte und gelegentlich vor sich hin auf den Weiher starrte. Dort lag die Abendröte und es entstanden auf dem Wasser gold-purpurne Regenbogen und flammende Kreise, durch die, gleich weißen Wölklein, die Gänse schnatternd hindurchschwammen, Schnüre blutroter Perlen aus den Schnäbeln vergießend.

Im Dorf fing es an, sich zu regen und zu wimmeln; auf dem Wege um den Weiher herum erhoben sich ständig Staubwolken, erklang Wagengerassel und das Brüllen der Kühe, die bis an die Knie ins Wasser stiegen, langsam tranken und die schweren Köpfe aufrichteten, daß ihnen dünne Wasserrinnsale, gleich opalfarbenen Peitschenschnüren aus den breiten Mäulern herunterrannen.

Irgendwo vom anderen Ende des Weihers knatterten die Waschschlegel der Wäscherinnen, und dumpf und eintönig klang von einer fernen Scheune herüber das Aufschlagen der Dreschflegel.

»Antek, hack' mir etwas Holz, denn allein werde ich nicht fertig«, bat sie schüchtern und ängstlich; denn er machte sich nichts daraus, zu fluchen oder zuzuschlagen aus dem ersten besten Anlaß.

Nicht einmal antworten tat er, als hätte er nichts gehört, so daß sie sich gar nicht mehr traute, noch etwas zu sagen und selbst hinging, von den Holzklötzen Holz abzuspalten; er aber schwieg verärgert, von der Tagesarbeit erschöpft und blickte jetzt nach dem jenseitigen Ufer auf ein Haus, dessen weiße Wände und Fensterscheiben leuchteten, denn es stand gegen das Abendlicht. Büschel roter Georginen sah er, die sich über die steinerne Gartenmauer lehnten und grell auf dem Hintergründe der Wände brannten, und vor dem Haus, einmal im Obstgarten, einmal zwischen den Hecken bewegte sich geschäftig eine hohe Gestalt – das Gesicht konnte man nicht erkennen, denn jeden Augenblick verschwand sie im Hausflur oder unter den Bäumen.

»Der schläft wie 'n Gutsherr, und du arbeite man gefälligst, wie 'n Knecht«, murrte er böse auf, denn das väterliche Schnarchen drang bis auf die Veranda.

Er ging auf den Hof und besah sich nochmals die Kuh.

»Das ist recht, Vater seine Kuh ist es, aber auch unser Verlust«, sagte er zu seiner Frau, die, da Jakob die Kartoffeln vom Feld eingefahren hatte, das Holzspalten aufgab und sich dem Wagen näherte.

»Die Kartoffelgruben sind noch nicht in Ordnung, da muß man auf die Tenne abladen.«

»Vater sagt doch, du sollst auf der Tenne die Kuh häuten und ausweiden.«

»Die Kuh wird Platz haben und die Kartoffeln auch«, brummelte Jakob, indem er die Scheunentür sperrangelweit aufstieß.

»Ich bin kein Schinder, daß ich dazu da bin, der Kuh die Haut abzuziehen«, warf Antek ein.

Sie sprachen nichts weiter, man hörte nur das Kullern der Kartoffeln, die auf die Tenne geschüttet wurden.

Die Sonne war erloschen, es wurde Abend, das letzte Rot leuchtete noch wie Lachen geronnenen Blutes und erstarrten Goldes. Der Weiher war wie mit Kupferstaub bestreut und die stillen Gewässer zuckten unter rostigen Schuppen im schläfrigen Gemurmel.

Das Dorf versank in Dunkelheit, in die tiefe, tote Stille eines Herbstabends. Die Bauernhäuser wurden kleiner, als ob sie sich zur Erde duckten, als schmiegten sie sich gegen die schlaftrunken geneigten Bäume und grauen Hecken.

Antek und Jakob waren mit dem Einfahren der Kartoffeln beschäftigt, während Anna und Fine die Wirtschaft besorgten. Die Gänse sollten noch zur Nacht eingetrieben werden und die Schweine gefüttert, die sich mit Gequieke auf die Diele drängten und die gefräßigen Rüssel in die Zuber steckten, worin der Drank für das Vieh war.

Die Kühe mußten auch gemolken werden, denn gerade hatte Witek die letzten von der Weide heimgetrieben und legte jeder einen Arm voll Heu in die Raufe, damit sie stillhielten beim Melken.

Fine setzte sich gerade zurecht, die erste vom Rande zu melken, als Witek unter der Krippe hervorkroch leise und ängstlich fragend:

»Fine, is der Bauer bös? ...«

»Du lieber Himmel, prügeln wird er dich, armer Kerl ... was hat er geflucht«, antwortete sie, den Kopf zum Licht wegdrehend und dabei mit der Hand das Gesicht schützend, weil die Kuh der Fliegen wegen mit dem Schweif gegen die Flanken klatschte.

»Ich ... kann ich denn was dafür ... Der Heger hat mich doch rausgetrieben und wollte noch mit dem Stock nach mir schlagen, aber ich bin gelaufen ... und die Bunte hat sich doch gleich hingelegt und gebrüllt und gestöhnt, so daß ich sie gleich heimgetrieben habe ...«

Er schwieg; man hörte nur ein stilles, banges Schluchzen und Schneuzen.

»Witek ... Hab' dich doch nicht wie 'n Kalb, ist doch nicht das erstemal, daß Vater dich verwichst ...«

»Nein, nicht zum erstenmal, aber ich hab' doch solche Angst ... von wegen weil ich keine Ausdauer hab' ...«

»Bist dumm, wird schon bald ein Knecht und hat Angst ... ich werd's Väterchen schon stecken ...«

»Willst du das, Fine?« rief er freudig aus, »das war doch der Heger, der hat mich mit den Kühen weggejagt – das war doch ...«

»Ich werd's schon stecken, Witek, brauchst keine Angst zu haben! ...«

»Wenn es so ist ... dann hast du hier den Vogel!« flüsterte er freudig erregt und zog unter der Jacke ein hölzernes Wunderwerk hervor. »Guck nur, wie er sich von selbst bewegt.«

Er stellte sein Geschenk auf die Schwelle des Kuhstalls, drehte es auf und der Vogel fing an zu wackeln, die langen Beine zu heben und zu marschieren ...

»Jesus, 'n Storch, der ist ja ganz wie lebendig!« schrie sie erstaunt, stellte die Melkgelte beiseite, hockte vor der Schwelle nieder und sah ganz glückselig und bewundernd zu.

»Jesus! Bist du ein Mechanikus! Und bewegt er sich denn von selbst so, äh? ...«

»Doch, von selbst, Fine, nur mit dem Hölzchen muß ich ihn aufdrehen, dann spaziert er wie 'n Gutsherr nach dem Mittagessen – da ...«, er drehte ihn um, und der Vogel streckte ernst und komisch seinen langen Hals, hob die Beine und spazierte.

Sie lachten beide herzhaft und ergötzten sich an seinen Bewegungen, zuweilen nur hob Fine die Augen und sah den Jungen voll Staunen und Bewunderung an.

»Fine!« ertönte die Stimme Borynas vor dem Wohnhaus.

»Was denn?« ... schrie sie zurück.

»Komm mal her.«

»Wir melken doch.«

»Paß hier auf, ich gehe zum Schulzen hinüber«, sagte er, den Kopf in den dunklen Kuhstall steckend, »hast du nicht dieses aufgelesene Landstraßenbalg gesehen, ha?«

»Witek? – ni, der is mit Antek auf'm Kartoffelfeld, denn Jakob soll Häcksel schneiden ...«, sie antwortete schnell und etwas ängstlich, denn Witek verkroch sich aus Angst hinter ihrem Rücken.

»Aas von Junge, nur in Stücke reißen, so eine Kuh zu ruinieren«, brummte er, in die Stube zurückgehend, wo er den neuen weißen Tuchrock anzog, der an allen Nähten entlang mit schwarzem Litzenmuster benäht war, suchte den hohen spitzen Filzhut mit der roten Kokarde hervor, wickelte dazu den roten Gürtel um und entfernte sich über den Weg am Weiher in der Richtung der Mühle.

»So viel Arbeit noch ... Das Holz ist noch nicht eingefahren ... die Saat nicht beendigt ... der Kohl draußen ... die Nadelstreu nicht zusammengeharkt ... für die Kartoffeln muß gepflügt werden ... auch für'n Hafer müßte man ... und du fahr man zum Gericht ... Herr Gott, daß man die Arbeit nie fertigkriegt, immer nur wie'n Ochs im Joch ... nicht ausschlafen, nicht ausruhen kann unsereiner ...«, sinnierte er ... »Und dazu nun noch Gericht ... Aasschlampe, sieh einer an, ich mit der schlafen ... daß dir die Zunge verdorrt ... Lumpentrine ... Metze ...«, er spuckte wütend aus, pfropfte die kleine Pfeife mit Knaster voll und rieb die feuchtgewordenen Streichhölzer lange gegen die Hose, bevor er sie in Brand setzen konnte.

In Abständen paffend schleppte er sich langsam vorwärts; alle Glieder schmerzten ihm und der Verdruß wegen der Kuh machte ihn mißmutig und zog ihm durch alle Knochen.

»Und den Arger kann man sich nicht einmal wegprügeln oder ausklagen, nichts ... wie 'n einsamer Pflock ist man auf der Welt; alles muß man selbst bedenken, über alles mit seinem eigenen Kopf deliberieren, hinter allem selbst her sein, wie ein Hofhund ... reden kann man mit niemand ein Wort und von nirgends 'n Rat und 'ne Hilfe – nur Schaden und Verlust allenthalben ... und die ganze Gesellschaft, wie Wölfe um ein Schaf herum ... die zerren nach allen Seiten und lauem nur, wenn sie einen in Stücke reißen ...«

Im Dorf war es schon dunkel, in den warmen Abend quollen durch die angelehnten Türen und Fenster Flackerscheine der Herdfeuer, der Duft gekochter Kartoffeln und saurer Mehlsuppen mit Speckgrieben; hier und bei verzehrte man das Nachtmahl auf den Dielen oder selbst vor den Häusern, daß man von überall das Kratzen der Löffel und die Stimmen der Menschen hörte.

Boryna ging immer langsamer, die Erbitterung machte ihn schwerfällig, und dann fuhr ihm die Erinnerung an die im Frühjahr Verstorbene an die Gurgel ...

»Ho! Ho! ... bei der – möge sie unberufen in Frieden ruhn – wär' das der Bunten nicht passiert ... das war 'ne Bäuerin! ... Gewiß, ein Schandmaul hatte sie und eine böse Zunge, ein gutes Wort hat sie niemandem gegönnt, mit den Weibern hat sie sich immerzu in den Haaren gelegen ... aber die Ehefrau war es immerhin doch und 'ne gute Hausfrau!« Hier seufzte er auf mit frommem Wunsch für ihr Seelenheil und eine noch größere Betrübnis legte sich auf ihn, denn er gedachte dessen, wie es einstmals gewesen war.

Kam er von der Arbeit nach Hause, abgearbeitet – dann hielt sie fettes Essen bereit, und oft und manch einmal steckte sie ihm hinter dem Rücken der Kinder noch sein gutes Stück Wurst zu … Und wie gedieh da alles! … Die Kälber und die schönen Gänse und die Ferkel … zu jedem Jahrmarkt hatte man was mit zur Stadt zu fahren und bar Geld war immer da, allein vom Jungvieh schon … Und was Kohl mit Erbsen ist – so wie die kann das 'ne andere gar nicht …

Und jetzt was? …

Antek zerrt was er kann, der Schmied lungert auch nur herum, was er in die Krallen kriegt, und Fine? Die dumme Dirn', hat doch nur Streu im Kopf. Is ja auch man erst an die Zehn, was 'n Wunder da … Anna kreucht herum wie 'ne Nachteule und ist immerlos krank und was die tut, ist gerade so viel wert, wie das, was sich der Hund zusammenheult.

So geht alles zugrunde … die Bunte mußte geschlachtet werden … in der Erntezeit ist ein Mastschwein krepiert … die Krähen sind zwischen die Gössel gekommen, kaum die Hälfte ist übriggeblieben! … So viel vergeudet, so viel zuschanden gemacht! … Alles rinnt wie durch ein Sieb … wie durch ein Sieb …

»Aber ich duld' es nicht!« schrie er fast laut; »solange ich noch auf den Klumpen stehe, will ich keinen Morgen Land abschreiben! Das is mal sicher, auf den Altenteil geh ich zu euch nicht …

Soll mir erst mal der Gschela vom Militär heimkommen, dann kann Antek auf Anna ihren paar Morgen wirtschaften … ich duld' es nicht …«

»Gelobt sei Jesus Christus«, ertönte eine Stimme.

»In Ewigkeit«, … antwortete er gewohnheitsmäßig und bog von der Straße in einen langen Heckenweg ein, in dessen Hintergrund das Gewese des Schulzen lag.

In den Fenstern war Licht und die Hunde schlugen an.

Er trat geradeswegs in die Giebelstube ein.

»Der Schulze da?« fragte er eine dicke Frau, die vor einer Wiege niedergekniet war und einem Kind die Brust gab.

»Der kommt gleich, ist nur 'raus, um die Kartoffeln einzufahren. Setzt euch so lange, Matheus, is schon nichts zu machen dazu, dieser wartet auch«, mit einer Bewegung des Kinns wies sie nach einem Bettler, der neben dem Herd saß; das war jener alte blinde Bettler, der von einem Hund geführt wurde; das rötliche Licht der Scheite umfloß grell sein gewaltiges ausrasiertes Gesicht, seinen nackten Schädel und seine weit aufgerissenen Augen, die mit einer weißen Haut überzogen waren und unbeweglich unter den greisen, buschigen Augenbrauen saßen …

»Woher kommt ihr mit Gottes Hilfe?« fragte Boryna, sich an die andere Seite des Feuers setzend.

»Aus der Welt, Bauer, woher denn sonst«, erwiderte er langsam mit seiner breiten, kläglichen Bettelstimme und spitzte fleißig die Ohren, die Tabakdose hervorholend.

»Langt zu, Bauer.«

Matheus nahm eine kräftige Prise und nieste dreimal hintereinander, so daß ihm die Tränen in die Augen kamen.

»Starkes Zeug!« und er wischte mit dem Ärmel über die tränenden Augen.

»Gut bekomm's. Petersburgischer, is gut auf die Augen.«

»Kehrt morgen bei mir ein, eine Kuh hab' ich notgeschlachtet, da findet sich für euch schon 'n Bissen.«

»Gott lohn's ... Boryna, scheint mir, was?«

»Freilich, daß ihr das aber erkannt habt? ... he, he.«

»Noch der Stimme nur, nach dem Reden.«

»Was gibt's denn so in der Welt? Ihr seid doch immerzu unterwegs.«

»Du lieber Gott, was es wohl geben kann. Einmal schlecht, einmal gut, einmal verschieden, rote immer in der Welt. Und alle pfeifen aus dem letzten Loch und jammern, wenn es sein muß, dem Bettler was zu geben, oder auch einem anderen, aber für den Schnaps da haben sie was.«

»Wahr habt ihr geredet, so ist es.«

»Ho, ho! So viel Jahre schleppt sich einer über diese heilige Erde, da kennt man sich aus.«

»Und wo habt ihr denn diesen aufgelesenen Jungen hingetan, der euch im letzten Jahre führte?« fragte die Schulzin.

»Gegangen ist das Aas, fort, schön hat er mir die Bettelsäcke umgekehrt ... Etwas Geld hatt' ich ja von guten Leuten, das war für Messen vor dem Altar der Tschenstochauer heiligen Jungfrau, das hat mir das Aas ausgenommen, und denn davon, über alle Berge! Still da, Burek! Den Schulzen hört er, mein' ich.« Er zerrte an der Schnur und der Hund horte auf zu knurren.

Er hatte gut geraten, denn der Schulze kam herein, warf die Peitsche in die Ecke und rief gleich an der Schwelle:

»Frau, Essen, hab 'n Wolfshunger. – Wie geht's mit euch, Matheus, und was wollt ihr, Alter? ...«

»Ich komme von wegen meiner Gerichtssache, die für morgen angesetzt ist.«

»Und ich kann warten, Herr Schulze. Befehlt ihr auf der Diele – schön, auch dort wird's gut sein, und laßt ihr mich am Feuer, da ich doch alt bin, dann bleib' ich, und gebt ihr mir 'ne kleine Schüssel Kartoffeln, oder auch 'ne Brotrinde – dann will ich für euch ein Gebet sprechen und noch ein zweites dazu ... als hättet ihr mir bar Geld gegeben, oder vielleicht 'n Groschen ...«

»Bleibt man sitzen, Abendbrot kriegt ihr, und wenn ihr wollt, könnt ihr übernachten ...«

Und der Schulze setzte sich an die Schüssel voll gemuster Kartoffeln, die reichlich mit Speckbrühe begossen waren. Neben ihm stand eine große Satte voll saurer Milch.

»Setzt euch zu uns, Matheus, und nehmt, was da ist«, lud die Schulzin ein, indem sie einen dritten Löffel zurechtlegte.

»Gott lohn's. Als ich vom Wald heimgekommen bin, da hab' ich schon ordentlich gefuttert ...«

»Haltet euch nur an den Löffel, das wird euch nicht schaden, jetzt sind die Abende schon lang ...«

»Ein langes Gebet und eine große Schüssel, dadurch ist noch niemand ins Grab gekommen«, warf der Bettler ein.

Boryna zierte sich, aber schließlich, da der Speckduft ihm stark gegen die Nüstern stieß, setzte er sich an die Bank und langte bedächtig und vorsichtig zu, wie es die gute Sitte wollte.

Die Schulzin aber stand ein nach dem andern Male wieder auf, füllte die Kartoffeln nach und goß neue Milch in die Satte.

Der Hund des Bettlers fing an sich zu drehen und leise und bescheiden nach Essen zu winseln.

»Still, Burek, die Bauern essen jetzt ... auch du kriegst was, hab' keine Angst ...«, beruhigte ihn der Bettler, die schmackhaften Düfte mit der Nase witternd, und wärmte sich die Hände am Feuer.

»Da soll euch die Eve verklagt haben«, schnitt der Schulze an, nachdem er sich etwas gesättigt hatte.

»Ja, das hat sie schon, wegen dem Lohn, den ich ihr nicht ausgezahlt haben soll! Die hat ihn gekriegt, so wahr wie Gott ist, und noch darüber, aus gutem Herzen hab' ich dem Priester einen Sack Hafer gegeben wegen der Taufe ...«

»Und die sagt aus, daß dieses Kind ...«

»Im Namen Gottes und des Sohnes. Is sie toll geworden, oder was?«

»Ho, ho! Alt seid ihr, aber noch 'n Meister!« Die Schulzen fingen an zu lachen.

»Leichter passiert's dem Alten, denn der kennt sich drauf und hat die Übung«, murmelte der Bettler.

»Die lügt wie'n Hund, nicht angerührt hab ich sie. Das fehlte mir noch, diese Schlampe ... am Zaun wär' sie verreckt, und wie hat sie gewinselt, daß man sie nur fürs Essen und für die Ecke zum Schlafen da behielte, weil es doch zum Winter ging. Ich wollte nicht, aber die Selige meinte: laß sie man kommen, kann sich im Haus nützlich machen, was sollen wir Tagelöhner nehmen ... Die eigene wird zur Hand sein ... Ich wollte nicht, im Winter gibt's doch keine Arbeit, und da noch ein Maul mehr zum Fressen. Aber die Selige hat gemeint: zu sorgen brauchst du dich nicht, sie soll Beiderwand und Leinen weben können, ich krieg' sie 'ran, mög' sie man 'rumpuddeln, irgendwas wird sie schon herauspuddeln. Na und sie is geblieben, hat sich 'rausgefüttert und sich nach Zuwachs umgesehen ... Und wer da Kumpeljonk is, davon haben sie schon manches geredet ...«

»Sie klagt gegen euch.«

»Kalt werd' ich das Aas noch machen, die Zigeunermetze!«

»Aber zum Gericht müßt ihr.«

»Das will ich. Gott vergelt's, daß ihr es gesagt habt, denn ich wußte bis jetzt nur das wegen dem Lohn – aber bezahlt hab' ich, da hab' ich Zeugen für! Die vermaledeite Schnauze, die Bettelschickse. Großer Gott, so viel Kummer, daß man schon gar nicht weiß, wie man das tragen soll – und dazu ist mir noch die Kuh umgekommen, notschlachten hab' ich sie müssen, auf dem Feld bleibt die Arbeit liegen und man ist allein auf seine fünf Finger angewiesen.«

»Das Schaf unter den Wölfen ist der Witwer unter den Menschen«, fügte abermals der Bettler hinzu.

»Von der Kuh hab' ich gehört, man sagte es mir schon auf dem Feld ...«

»Da hat das Gut seine Finger dabei gehabt, ich hör', der Heger hat sie aus dem Weidewald verjagt. Die beste Kuh, dreihundert Silberlinge war sie wert, sie hat sich verhitzt, so'n schweres Tier, und hat den Brand gekriegt, ich mußte sie schlachten ... Aber das Gut soll mir nicht damit durchkommen ... klagen werd' ich.«

Der Schulze jedoch fing an, ihm zuzureden und ihm die Sache auseinanderzusetzen und meinte, er möge damit warten, der Ärger sei ein schlechter Berater; er hielt zum Gut, und um schließlich der Unterhaltung eine andere Wendung zu geben, blinzelte er seiner Frau zu und sagte:

»Ihr müßtet wieder heiraten, dann wär' da jemand, der nach der Wirtschaft sieht.«

»Zieht ihr mich auf, oder was? ... Ich habe doch am Kräutersonntag meine achtundfünfzig Jahr beendigt. Was euch nur einfällt, die andere ist noch nicht richtig kalt geworden.«

»Ihr müßt 'ne Frau nehmen, die zu eurem Alter paßt, dann kommt alles wieder zurecht«, ergänzte die Schulzin und begann abzuräumen.

»Ein gutes Eheweib krönt des Mannes Erdenleib«, warf der Bettler hinzu, die Schüssel betastend, die die Schulzin vor ihn hingestellt hatte.

Boryna wehrte ab, aber er wurde nachdenklich darüber, warum ihm der Gedanke nicht auch schon gekommen war. Denn wie auch die Frau sein mag, die einer kriegt, es ist doch immerhin besser, mit ihr zusammen, als sich alleine abzuquälen ...

»Manche ist dumm und nicht rührig, manche wiederum 'ne böse, die nach des Bauers Zotteln langt und manche is 'n Schmutzfink und 'n Rumtreiber, hat nur Schenke und Tanzmusik im Kopfe – und doch ist der Bauer besser mit ihr dran und hat auch seine Bequemlichkeit«, führte der Bettler essend weiter aus.

»Da würden sie im Dorf was haben, um sich darüber aufzuhalten«, sagte Boryna.

»Na ja – und werden euch die Leute die Kuh wieder gesund machen, oder helfen, die Wirtschaft besorgen, oder euch bemitleiden«, legte die Schulzin gefühlvoll los.

»Oder euch das Federbett wärmen«, lachte der Schulze. »Und im Dorf gibt es so viele Mädchen, daß wenn man zwischen den Häusern geht, die Glut schon durch die Wände schlägt ...«

»Pfui doch, sieh' einer mal, diesen Liederjan ... Was der nicht alles möchte ...«

»Und dem Gregor seine Sophie, wie wär' denn die zum Beispiel, schlank, schön und 'ne gute Mitgift.«

»Was denn, Mitgift, braucht denn Matheus 'ne Mitgift – der erste Bauer im Dorf!«

»Wer hätte genug, daß er nicht mehr wollte?« protestierte der Bettler.

»Nee, dem Gregor seine ist nichts für ihn«, nahm der Schulze wieder auf, »die ist noch zu matt, is ja kaum trocken hinter den Ohren.«

»Und dem Andreas seine Kassja«, zählte die Schulzin weiter.

»Vergeben. Gestern hat dem Rochus sein Adam mit Schnaps zu ihr geschickt.«

»Dann ist noch dem Stach seine Veronika da.«

»Die Bummelliese, dieser Rumtreiber und 'ne dicke Hüfte hat sie dazu.«

»Und dem Tomek seine Witwe, wie wär's mit der ... is noch ganz reputierlich ...«

»Drei Kinder, vier Morgen, zwei Kuhschwänze und den alten Schafspelz vom Seligen.«

»Und Ulischja, die vom Wojtek, die hinter der Kirche sitzen? ...«

»Ji … das wär' was für'n Junggesellen … gleich mit Zuwachs, der Junge wäre schon zum Hüten gut, aber Matheus braucht keinen, er hat schon seinen Hirten.«

»Gewiß, es gibt noch genug von diesem Jungfernkraut, aber ich such' doch solche aus, die für Matheus passen sollen.«

»Aber eine hast du vergessen, die für ihn grad die Rechte wäre.«

»Wen denn?«

»Dem Dominik seine Jagna.«

»Das is wahr, die hab' ich ganz vergessen.«

»'ne deftige Dirn', und gut gewachsen, über den Zaun kommt die nicht, ohne daß die Latten unten wegbrechen … und schön noch dazu, ordentlich weiß ums Maul, schmuck wie 'ne Färse.«

»Jagna«, wiederholte Boryna, der schweigend der Aufzählung gefolgt war, »von der sagt man doch, daß sie auf die Jungen happig ist.«

»Hat sich was – war denn jemand dabei, der das weiß? Die Klatschmäuler reden nur, um zu reden; macht alles nur der Neid«, verteidigte die Schulzin mit Nachdruck.

»Ich red' auch nicht von mir aus – es wird nur so erzählt. – Aber ich muß gehen.« Er rückte den Gurt zurecht, steckte ein Stück Kohle in die Pfeife und sog ein paarmal.

»Um wieviel Uhr zu Gericht?« fragte er gelassen.

»Auf neun Uhr steht's in der Vorladung. Vor Tag müßt ihr aufstehen, wenn's zu Fuß gehen soll.«

»Nee … mit der Jungstute will ich langsam hinfahren. Gehabt euch wohl, und schönen Dank für das Essen und den nachbarlichen Rat.«

»Gott auf'n Weg und überlegt es euch, was wir euch angeraten haben … Und sagt ihr ein Wort, geh' ich selbst mit dem Schnaps zur Mutter und noch vor Weihnachten feiern wir Hochzeit …«

Boryna antwortete darauf nichts, drehte nur mit den Augen und entfernte sich.

»Wenn ein Alter 'ne Junge freit, freut sich der Teufel, denn er wird davon Profit haben«, sagte der Bettler gewichtig, indem er laut über den Grund der Schüssel schabte.

Boryna kehrte langsam heim und kaute nachdenklich durch, was sie ihm geraten hatten. Er hatte sich wohlweislich nichts merken lassen bei den Schulzens, daß ihm dieser Gedanke recht gut mundete; wieso hätte er denn auch sollen, er war doch ein Großbauer und kein Bursch mehr, der noch gelb um den Schnabel ist, der, wenn man ihm vom Heiraten redet, schon quiekt und von einem Fuß auf den anderen springt.

Die Nacht hielt schon die Erde umfaßt und die Sterne blinkten, wie silberner Tau, aus dunklen, stummen Tiefen. Das Dorf war still, nur die Hunde bellten hin und wieder, und hier und da glommen zwischen den Bäumen schwache Lichtlein … Manchmal wehte ein feuchter Windhauch von den Wiesen, so daß die Bäume anfingen leicht zu schaukeln und mit den Blättlein leise zu flüstern.

Boryna wählte nicht den Weg, auf dem er gekommen war, sondern wandte sich tiefer ins Tal, überschritt die Brücke, unter der das vom Fluß herkommende Wasser gurgelnd vorüberfloß, mit dumpfem Getöse sich zur Mühle hinwälzend, und schwenkte nach der anderen Seite des Weihers hinüber. Das Gewässer lag still und schimmerte schwärzlich, die Uferbäume warfen auf die spiegelnde Fläche schwarze Schatten und faßten die Ränder, wie in eine Umrahmung ein, und in der Mitte des Weihers, wo es heller war, spiegelten sich die Sterne, wie in einem Stahlspiegel, wider.

Matheus wußte nicht, warum er nicht geradenwegs nach Hause gegangen war, sondern den Umweg gemacht hatte, vielleicht um an Jagnas Hause vorüberzugehen? Vielleicht auch um sich etwas zu sammeln und zu meditieren.

»Natürlich, schlecht wär' es schon nicht! Natürlich! Und was man da über sie erzählt, das ist soviel wert …« Er spuckte aus. »'n deftiges Frauenzimmer!« Ein Frösteln lief ihm über den Rücken. Vom Weiher kam nämlich feuchte Kühle und bei dem Schulzen war es mächtig heiß gewesen.

»Und ohne Eheweib muß man zugrunde gehen oder den Kindern die Wirtschaft abschreiben«, überlegte er, »und groß ist das Biest und wie gemalt. – Und die beste Kuh ist krepiert, und wer kann wissen, was morgen kommt? … Vielleicht muß man doch 'ne Frau suchen. Aber die alte Dominikbäuerin ist der reine bissige Köter – na was kann das schaden, ihr Haus haben sie und ihren Grundbesitz, die kann dann auf dem ihrigen sitzenbleiben. Dreie sind sie und haben fünfzehn Morgen, dann kämen auf Jagna fünf zum Beispiel und die Auszahlung von wegen dem Haus und dem Infantar! – Fünf Morgen, gerade die Felder hinter meinem Kartoffelland, Roggen haben sie, glaub' ich, gesät dieses Jahr, ja … Fünf Morgen zu den meinen, das wären … fünfunddreißig Morgen fast! Mächtig viel Land! …«

Er rieb sich die Hände und schob seinen Gurt zurecht. – »Dann hat nur der Müller mehr … der Dieb, durch Menschenunrecht, Prozente und Betrügereien hat er es zusammengeschachert … Und im nächsten Jahr würde ich gut durchmisten, den Acker durchnehmen und auf dem ganzen Stück Weizen säen; ein Pferd müßte man hinzukaufen und dann für die Bunte irgendeinen rechten Ersatz … Das ist wahr, 'ne Kuh würde sie noch mitkriegen …«

Und so überlegte er, zählte und schwelgte in wirtschaftlichen Plänen, bis er zuweilen in tiefem Nachdenken stehenblieb. Und da er ein kluger Kerl war, raffte er alle Gedanken zusammen und guckte tief in seinen Kopf hinein, um nicht irgend etwas zu übersehen oder zu vergessen.

»Schreien würde die Bagage, schreien!« dachte er, sich der Kinder erinnernd, aber sofort überflutete ihn das Selbstbewußtsein und das Gefühl seiner Macht und verstärkte seinen dumpfen, noch wankenden Entschluß.

»Der Grundbesitz ist mein, da soll sich jeder hüten, da beizugehen. Und wollt ihr nicht, dann soll euch …« er beendete nicht, denn er stand vor dem Hause der Jagna.

Sie hatten noch Licht, und ein breiter Lichtstreifen fiel durch das offene Fenster auf einen Georginenbusch, auf einige niedrige Pflaumenbäume und lief über den Zaun bis auf die Dorfstraße.

Boryna blieb im Schatten stehen und versenkte den Blick in die Stube.

Ein Lämpchen glimmte über dem Rauchfang, aber auf dem Herd mußte noch ein gehöriges Feuer brennen, denn man hörte das Knackern von Tannenzweigen, und rötliches Licht erfüllte den großen, in den Ecken dämmrigen Raum; die Alte saß vor dem Kamin hingekauert und las irgend etwas vor, und ihr gegenüber saß Jagna mit dem Gesicht in der Richtung des Fensters und rupfte eine Gans; sie hatte nur noch das Hemd an und die Ärmel waren bis an die Schultern hochgekrempt.

»Verdeubeltes Luder, verdeubelt!« dachte er. Sie hob zuweilen den Kopf, sah zur Mutter hinüber und seufzte tief auf; dann machte sie sich wieder ans Rupfen der ängstlich unter ihren Händen gackernden Gans, die mit Geschrei und mit Flügelschlagen ihr zu entrinnen versuchte, so daß die Daunen, wie eine weiße Wolke, durch die Stube flogen. Sie beruhigte das Tier rasch und preßte es fest zwischen ihre Knie, bis die Gans nur unterdrückt und schmerzlich gackelte. Irgendwo, vom Hof oder von der Diele, antworteten ihr die anderen.

»Statiöses Frauenzimmer«, kam es ihm. Er ging rasch davon, denn es war ihm zu Kopf geschlagen, so daß er sich kratzend über den Schädel fuhr, eine Rocköse zuknöpfte und den Gürtel strammer anzog. –

Schon hatte er das Tor seines Gehöfts hinter sich und ging an den Hecken entlang dem Hause zu, als er sich noch einmal nach ihrem Hof umblickte, der gerade gegenüber, nur an der anderen Seite des Wassers lag. Zur selben Zeit trat drüben jemand hinaus, denn durch die geöffnete Tür sprühte ein Lichtstrahl, blitzte auf wie ein Wetterleuchten und fiel bis auf den Weiher; darauf hörte man das feste Stapfen von Schritten, das Plantschen eines Wassereimers, der gefüllt wurde, und schließlich erklang durch die Dunkelheit und durch die Nebeldünste, die von den Wiesen aus sich anfingen über den Weiher zusammenzuziehen, ein gedämpftes Singen:

> Ich hinterm Wasser und du hinterm Wasser,
> Wie soll ich nun den Kuß dir reichen.
> Ich geb' ihn auf einem Blättelein.
> Da hast du ihn, Geliebter mein!

Er lauschte lange, obgleich die Stimme schon schwieg und die Lichter erloschen waren.

Aus den Wäldern kam der Vollmond über den Himmel gerollt und versilberte die Schöpfe der Bäume, streute sein Licht durch die Zweige über den Weiher und guckte in die Fenster der Hütten, die ihm gegenüber lagen. Selbst die Hunde schwiegen. Eine unergründliche Stille umfaßte das ganze Dorf und die Kreatur.

Boryna umschritt den Hof, sah bei den Pferden ein, die schnaubten und ihr Futter fraßen, und steckte den Kopf in den Kuhstall, dessen Türen der Hitze wegen ausgesperrt standen. Die Kühe lagen wiederkauend da und taten ihrer Gewohnheit nach ab und zu schnaufen. – Er lehnte noch die Scheunentür an.

Mit dem Hut betrat er die Stube und sprach halblaut das Gebet.

Da jedoch schon alle schliefen, zog er leise die Stiefel aus und legte sich gleich schlafen.

Aber der Schlaf wollte nicht kommen; einmal brannte ihn das Federbett, daß er die Füße heraussteckte, dann wieder gingen ihm verschiedene Geschäfte durch den Kopf, verschiedene Sorgen und Gedanken … und dann fühlte er ein arges Drücken im Magen, so daß er herumstöhnte und vor sich hin brummte.

»Das sag' ich immer, saure Milch bläht nur den Bauch auf, die soll man nicht für die Nacht geben …«

Danach fing er an, über die Jagna nachzudenken; und wie gut das wäre, denn sie wäre schön gewachsen und tüchtig, und das viele Feld … Seine Kinder kamen ihm in den Sinn, das Gerede über Jagna, bis sich alles in ihm verwirrte und er nicht mehr wußte, was er anfangen sollte; er richtete sich etwas hoch und wollte, wie er es gewohnt war, nach dem andern Bett herüberrufen und um Rat fragen.

»Marysch! Soll ich die Jagna heiraten, oder soll ich sie nicht heiraten, die Jagna? …«

Aber zur rechten Zeit fiel es ihm ein, daß Marysch schon seit dem Frühjahre auf dem Friedhof lag und daß dort im Bett Fine schlief und schnarchte; daß er 'ne ganze Waise geworden ist und niemanden hat, den er um Rat fragen kann, darum seufzte er schwer auf, bekreuzigte sich und fing an Aves für die Selige zu beten, und für alle Seelen, die im Fegefeuer sind.

* * *

Die Morgendämmerung hatte schon die Dächer kalkweißer Helle übertüncht und die Nacht mit ihren verblaßten Sternen mit einem grauen Sacktuch zugeworfen, als es sich auf dem Borynahof zu regen begann.

Jakob kroch von seiner Pritsche herunter und guckte vor den Stall. – Auf der Erde lag Frühreif und alles war noch in Grau getaucht, aber schon fing im Osten das Morgenrot an aufzuglühen und die Wipfel der bereiften Bäume rot zu färben. Er reckte sich behaglich, gähnte noch ein paarmal und ging hinüber in den Kuhstall, um Witek zuzuschreien, daß es Zeit sei aufzustehen, aber der Junge hob nur etwas seinen schlaftrunkenen Kopf und murmelte: »Gleich, Jakob, gleich!« und preßte sich fester an seine Lagerstätte.

»Schlaf noch was; armer Kerl, schlaf nur!« Er deckte ihm den Schafspelz über und humpelte davon; man hatte ihm einst das Bein am Knie durchschossen, darum hinkte er stark und schleppte den einen Fuß nach. Er wusch sich am Brunnen, glättete mit der Handfläche die spärlichen, zausigen Haare, die ihm in filzigen Zotteln um den Kopf hingen, und kniete auf der Schwelle des Stalles zum Morgengebet nieder.

Der Bauer schlief noch; in den Fenstern des Wohnhauses entzündete sich der blutige Schein des Morgens, und dichte weiße Nebel zogen sich langsam von den Weihern zurück, schaukelten schwerfällig und rafften ihre zerrissenen Fetzen zusammen.

Jakob bewegte den Rosenkranz zwischen den Fingern und betete lange, seine Blicke aber liefen durch den Hof, an den Fenstern des Wohnhauses entlang, über den Obstgarten, dessen tiefster Teil noch im Dämmer lag, von Apfelbaum zu Apfelbaum, wo die Früchte groß wie Fäuste hingen; dann warf er irgend etwas nach der Hundehütte, die dicht bei der Tür stand und traf den weißen Kopf Waupas, so daß der Hund aufknurrte und sich zusammenrollte, um wieder weiterzuschlafen.

»Sieh einer, bis die Sonne 'raus ist, will er schlafen. Das Biest!« und er warf zum zweitenmal nach ihm. Der Hund kroch heraus, streckte sich, gähnte, wedelte mit dem Schwanz und setzte sich hin, um sich zu kratzen und mit den Zähnen im dichten Pelz Ordnung zu schaffen.

»… Und dieses Gebet spreche ich dir und allen Heiligen zu Ehren, Amen!« Er schlug sich lange gegen die Brust, und sich erhebend sagte er zu Waupa:

»Hela! Elegantes Viech, sucht sich die Flöh' zusammen, wie'n Frauenzimmer vor der Hochzeit.«

Da er aber ein fleißiger Mensch war, machte er sich gleich an die Morgenarbeit, rollte den Wagen aus der Scheune hervor, schmierte ihn, tränkte die Pferde und füllte ihnen Heu nach. Sie fingen an zu schnaufen und mit den Hufen zu stampfen. Dann holte er aus der Banse etwas Spreu, gut mit Hafer vermengt und schüttete ihn der Stute, die im Verschlag abgesondert stand, in die Krippe.

»Friß, Alte, friß! 'n Fohlen wirst du haben, da brauchst du Kraft, friß!« Er streichelte sie über die Nüstern, so daß die Stute ihm den Kopf auf die Schulter legte und liebkosend mit ihrem Maul nach seinen Zotteln griff.

»... Bis Mittag fahren wir die Kartoffeln ein, und gegen Abend muß man in den Wald Nadelstreu holen – brauchst nichts zu fürchten, die Streu ist leicht und gejagt wirst du nicht ...«

»Und du Faulpelz, kriegst einen mit der Peitsche über, paß du auf, der Hafer sticht den Gauner«, redete er zum nebenan stehenden Wallach, der den Kopf zwischen den Brettern des Verschlages durchschob, um zur Krippe der Stute zu gelangen – er langte ihm einen kräftigen mit der Faust auf den Hintern, daß das Pferd zur Seite sprang und aufwieherte.

»So ein Judenpferd! Fressen würdest du selbst reinen Hafer, aber für die Arbeit bist du nicht zu haben; ohne Peitsche geht das Luder nicht von der Stelle! ...«

Er umging ihn und sah nach der Jungstute, die ganz zuletzt an der Wand stand und schon von weitem ihm den kastanienbraunen Kopf mit einer weißen Blesse an der Stirn entgegenstreckte und ganz zart zu ihm herüberwieherte.

»Still man, Kleine! Freß dich satt, sollst den Bauer zur Stadt fahren!« Er drehte sich einen Büschel Heu zurecht und putzte ihr die besudelte Flanke. »So 'ne große Stute, soll schon bald zum Hengst kommen, und so'n Schwein! Gleich wie 'ne Sau muß sie sich einschmieren«, redete er vor sich hin und wandte sich nach den Schweineställen, die quiekenden Schweine herauszulassen. Hinter ihm kam Waupa und versuchte ihm in die Augen zu gucken.

»Willst was zu essen? Hier hast ein Stück Brot, da!« Er holte ein Stück Brot hervor und warf es ihm hin, der Hund fing es auf und flüchtete ins Hundehaus, denn die Schweine stürzten auf ihn zu, um ihm den Bissen zu entreißen.

»Hale, diese Schweine, ganz wie manch' Mensch, nur immer Fremdes an sich bringen und 'runterschlingen.«

Er trat in die Scheune und sah lange auf die am Balken hängende Kuh.

»Wenn es auch nur ein dummes Tier ist, sein Ende hat's doch gefunden. Morgen werden wir Fleisch zu Mittag haben ... Das ist auch alles, was von dir übrigbleibt, daß der Mensch sich Sonntags sattessen kann ...«

Er seufzte auf im Gedanken an das gute Essen und schlurfte davon, um Witek zu wecken ...

»Gleich geht die Sonne auf ... Es ist Zeit, die Kühe auf die Weide zu treiben.«

Witek murmelte etwas, wehrte sich, schmiegte sich an den Schafspelz, mußte aber schließlich doch aufstehen und kroch schwerfällig und schlaftrunken im Hof herum.

Der Bauer hatte die Zeit verschlafen, denn die Sonne war schon aufgegangen, hatte den Reif gerötet und entzündete Feuerscheine in den Gewässern und Fensterscheiben, aber aus dem Wohnhaus kam niemand zum Vorschein ...

Witek saß auf der Schwelle des Kuhstalls, kratzte sich emsig und gähnte zwischendurch, und als die Spatzen von den Dächern zum Brunnen herunterflatterten und im Trog mit den Flügeln plätschernd zu baden begannen, setzte er eine Leiter an und stieg unter die Traufe, um nach den Schwalbennestern zu sehen, in denen es heute eigentümlich still war.

»Sind sie erfroren, oder was?«

Er fing an, behutsam die erkalteten Vögelchen herauszuziehen und sie unters Hemd an seine Brust zu stecken.

»Jakob, wißt ihr, die leben nicht, oh!« Er lief nach dem Knecht und zeigte ihm die steifen, abgestorbenen Schwalbenkörperchen.

Aber Jakob nahm sie nur in die Hand, legte sie gegen das Ohr, pustete ihnen in die Augen und sagte:

»Die sind nur steif, war auch ein Morgenfrost, der sich sehen lassen kann, daß die dummen Dinger nicht eher in die warmen Länder gegangen sind – na, na ...« Er kehrte an seine Arbeit zurück.

Witek setzte sich inzwischen vors Wohnhaus an der Giebelseite nieder, weil die Sonne da schon schien und die geweißten Wände übergoß, auf denen die Fliegen anfingen herumzukriechen; er zog die Vögel hervor, die, durch seinen Körper erwärmt, sich schon etwas bewegten, hauchte sie an, öffnete ihnen die Schnäbel und tränkte sie aus dem eigenen Munde – bis sie sich belebten, die Augen öffneten und ihm zu entschlüpfen versuchten; dann hielt er die Rechte lauernd gegen die Wand, langte sich hin und wieder die eine oder andere Fliege, fütterte einen Vogel und ließ ihn los.

»Fliegt hin zur Mutter, fliegt!« flüsterte er, die Schwalben beobachtend, wie sie sich auf den First des Kuhstalls setzten, sich mit den Schnäbeln putzten und wie zum Dank zwitscherten.

Und Waupa saß vor ihm und winselte possierlich; sobald ein Vogel aufflog, warf er sich ihm nach, lief einige Schritte und kehrte auf seinen Beobachtungsposten zurück ...

»Da, kannst den Wind im Feld fangen«, murmelte Witek, und war so mit seiner Tätigkeit des Aufwärmens der Vögel beschäftigt, daß er gar nicht sah, daß Boryna um die Ecke des Hauses kam und vor ihm stehenblieb.

»Wirst du hier mit den Vögeln spielen, du Aas, was?«

Der Junge sprang auf, um davonzustürzen, aber der Bauer griff ihn fest ins Genick und knüpfte rasch mit der anderen Hand den breiten, harten Ledergurt ab.

»Nicht schlagen, nicht schlagen!« hatte er nur noch Zeit aufzuschreien. –

»So'n Hirt bist du, was? So hütest du, was? Die beste Kuh hast zuschanden gemacht, was ... du Landstraßenbalg, du Warschauer Mistgeburt, du!« und er schlug sinnlos, wohin er traf, daß der Lederriemen sauste. Der Junge wand sich wie 'n Aal und heulte.

»Schlagt nicht! Mein Gott! Er macht mich tot! Bauer! ... O Jesus, Hilfe! ...«

Selbst Anna sah hinaus, was geschehen war, und Jakob spuckte aus und verschwand in den Stall.

Boryna aber prügelte ihn windelweich, er gerbte ihm seinen Verlust so wütig aufs Fell, daß Witek schon ein blaues Gesicht hatte und das Blut ihm aus der Nase lief. Er schrie gottsjämmerlich, riß sich wie durch ein Wunder los, griff mit beiden Händen hinten an die Hosen und rannte auf die Hecken zu.

»Jesus, sie haben mich totgeschlagen, totgeschlagen haben sie mich!« brüllte er und lief dermaßen, daß ihm der Rest der Schwalben herausfiel und auf dem Weg liegenblieb.

Boryna drohte ihm noch nach, umgürtete sich und kehrte ins Haus zurück, auf Anteks Seite eintretend.

»Die Sonne ist schon zwei Mann hoch, und du liegst noch herum!« fuhr er seinen Sohn an.

»Hab' mich gestern genug, wie ein Vieh, abgeschunden, da laß ich mir jetzt was zukommen.«

»Ich fahr' aufs Gericht ... hol' du die Kartoffeln ein, und wenn die Leute mit dem Ausnehmen fertig sind, dann sollen sie Streu harken, und du könntest die Pflöcke eintreiben, damit wir für den Winter die Wände mit Faschinen schützen.«

»Belegt euch das Haus selbst mit Faschinen, uns weht es hier nicht.«

»Du hast es gesagt ... Dann werde ich meine Seite belegen und du kannst frieren, wenn du so 'n Lüderjan bist.«

Er knallte die Tür zu und ging auf seine Seite.

Fine hatte schon Feuer gemacht und machte sich auf den Weg, die Kühe zu melken.

»Gib rasch das Essen, denn ich fahre gleich ...«

»Ich soll mich wohl zerreißen, zwei Arbeiten auf einmal kann kein Mensch tun«, meinte sie und ging.

»Nicht einen ruhigen Augenblick hat man, man kann nur immer den Leuten die Zähne zeigen!« dachte er und zog sich um, er war verärgert und aufgebracht. »Wie soll man denn auch nicht, dieser ewige Krieg mit dem Sohn, nicht ein Wort kann man sagen, sonst springt er einem mit den Krallen an die Augen, oder sagt was, daß man es bis in die Eingeweide fühlt. Auf niemanden kann man sich verlassen, nur schuften, immer wieder schuften!«

Der Ärger stieg in ihm, so daß er leise vor sich hin fluchte und mit seinen Kleidungsstücken und Stiefeln um sich warf.

»Gehorchen sollten die, und tun es doch nicht! Warum denn das?« überlegte er.

»Mir deucht, ohne einen Knüttel geht's nicht mit ihnen, und das nicht ohne einen derben! Lange schon haben sie es verdient, gleich nach dem Tode der Seligen, als sie anfingen, sich um das Land zu reißen«, aber er hatte es sich immer noch überlegt, um nicht im Dorf das böse Beispiel zu geben. Er war doch nicht der erste beste Bauer, auf dreißig Morgen saß er, und von Geburt war er auch nicht irgendeiner, Boryna doch, das weiß man! Aber mit Güte kommt man bei denen zu keinem Ende. Hier kam ihm sein Schwiegersohn, der Schmied, in Erinnerung, der alle im stillen aufhetzte und ihm auch selbst immerfort in den Ohren lag, daß man ihm sechs

Morgen und einen Morgen Wald abschreiben sollte; auf den Rest würde er schon warten ...

»Wenn ich sterbe, meint er! Wart' du man, Luder, warte«, dachte er wütig. »Solange ich meine Knochen schleppe, wirst du nicht eine Parzelle zu riechen bekommen. Seht mal diesen klugen Mussiö!«

Die Kartoffeln brodelten schon stark auf dem Feuerherd, als Fine vom Melken zurückkam und sofort das Frühstück herrichtete.

»Fine, und das Fleisch sollst du verkaufen. Morgen ist Sonntag, sie wissen schon Bescheid im Dorf, da werden sie schon gerannt kommen; nur niemand was borgen. Die Keule laß für uns; Ambrosius wollen wir bestellen, der kann sie pökeln ...«

»Aber das kann doch auch der Schmied ...«

»Jawohl, und teilen würde der, wie der Wolf mit dem Schaf.«

»Magda wird sich grämen, von wegen weil es unsere Kuh ist und sie selbst davon nichts zu sehen kriegt.«

»Dann schneide für Magda einen Teil heraus und trag' es ihr hin, aber der Schmied soll nicht kommen.«

»Gut seid ihr, Väterchen, gut seid ihr.«

»Nana, Mädel, nana. Paß du hier auf und ich werd' dir schon 'ne Semmel mitbringen, oder sonst was Schönes.«

Er aß sein tüchtiges Teil, umgürtete sich mit dem Gurt, glättete mit bespuckter Handfläche die spärlichen, widerspenstigen Haare, nahm seine Peitsche und sah sich im Zimmer um.

»Daß ich nichts vergesse.« Er hatte Lust, in die Butze hineinzugucken, doch er hielt sich zurück, denn Fine äugte zu ihm herüber; so bekreuzigte er sich denn nur und machte sich auf den Weg.

Und schon auf seinem Wagen aus Weidengeflecht rief er, die Hanfzügel raffend, Fine zu.

»Wenn sie mit den Kartoffeln fertig sind, sollen sie gleich Streu harken gehen, die Quittung ist hinter dem Bild, 'ne Hainbuche oder eine Fichte können sie auch noch fällen – die kann man brauchen.«

Der Wagen ruckte an; er war schon zwischen den Hecken, als Witek an den Apfelbäumen vorübersauste.

»Das hab' ich noch vergessen ... prrr ... Witek! Prrr! Witek, bring' die Kühe auf die Wiese, paß' aber auf, sonst werde ich dich Biest so durchbläuen, daß du an mich denken sollst!«

»He-He, ihr könnt mir was ... küssen ...!« schrie er ihm trotzig zurück, hinter der Scheune verschwindend.

»Willst du noch hier das Maul aufreißen, hüte dich, wenn ich 'runter komm! ...«

Er wendete vom Heckenweg links ab auf die Straße, die zur Kirche führte, und gab der Jungstute einen Peitschenhieb, so daß sie gemächlich trabend auf dem ausgefahrenen steinigen Weg dahinzuckelte.

Die Sonne war schon ein weniges über den Hütten hervorgekommen und schien immer wärmer; daß die bereiten Strohdächer anfingen zu tropfen und zu dünsten, nur im Schatten, an den Zäunen der Obstgärten und in den Gräben lag noch der weiße Frost. Über den Weiher schleppten sich die letzten dünnen Nebel, und das Wasser fing an, unter seinen Nebelhäuten Glanz zu brauen und die Sonne blitzend zu spiegeln.

Im Dorfe begann das alltägliche Treiben: der Morgen war hell und kühl, und da der Frühreif die Luft erfrischt hatte, rührte man sich munterer und lärmender; haufenweise zogen sie auf die Felder; die einen gingen zum Kartoffelausnehmen, Hacken und Körbe schleppend, sie kauten noch an ihrem Frühstück; andere zogen mit dem Pflug auf die Stoppelfelder; etliche kamen, die Eggen auf ihrem Leiterwagen hatten und Säcke voll Saatkorn; und andere mit geschulterten Harken schlugen den Weg nach den Wäldern ein, um Nadelstreu fürs Vieh zu holen. – Das Getöse und Geschrei von beiden Seiten des Weihers wurde immer stärker, denn auf den Wegen drängte sich das Vieh, das auf die Weide zog, Hundegebell und Zurufe drangen aus den niedrigen schweren Staubwolken, die sich von den taufeuchten Wegen erhoben.

Boryna wich den Herden behutsam aus, manchmal langte er einem Lämmlein, das zu dumm war, vor seinem Pferd auszuweichen, eins übers Fell oder verscheuchte ein Kalb, bis er alle überholt hatte; neben der Kirche, die herbstgelbe Linden und Ahorne wie mit einem gewaltigen Wall umschlossen, bog er auf die breite Heerstraße ab, die zu beiden Seiten von einer langen Reihe mächtiger Pappeln eingesäumt war.

In der Kirche wurde gerade die heilige Messe zelebriert, denn die Betglocke hatte zur Konsekration geläutet, und die Orgel tönte mit leiser Stimme. Er nahm den Hut ab und seufzte fromm auf.

Der Weg, den dichte Schattenstreifen durchschnitten, die die Stämme der Pappeln warfen, weil die Sonne von der Seite schien, war leer und mit gefallenem Laub so dicht bedeckt, daß die Löcher und Schneisen unter einer rostiggoldenen Decke lagen.

»Wioh, Kleine, wioh!« Die Peitsche sauste durch die Luft, und die Stute lief etwas munterer ein paar Klafter weit, aber dann ließ sie nach und schleppte sich langsam, denn der Weg stieg, wenn auch unmerklich, zu den Hügeln hinauf, auf denen die schwarzen Wälder standen.

Boryna, der durch die Stille, die ihn umgab, wie benebelt war, sah durch die Säulenreihe der Pappeln auf die im rosigen Morgenlicht gebadeten Felder, dann versuchte er über die Gerichtssache mit der Eve nachzudenken und auch über die Bunte, doch es überfiel ihn das Duseln so stark, daß er nicht gegen angehen konnte.

Die kleinen Vögel zirpten in den Zweigen und manchmal glitt der Wind mit leichten Fingern über die Schöpfe der Bäume, so daß hier und dort sich ein Blatt, wie ein goldener Falter, vom Mutterzweig löste und kreisend auf den Weg fiel oder auch auf die staubigen Disteln, die mit brandigen Blütenaugen trotzig in die Sonne starrten – und die Pappeln huben an, miteinander zu reden, flüsterten leise mit den Zweigen und schwiegen ganz, als ob sie Dorfbasen wären, die beim Emporheben des heiligen Sakraments die Augen aufwärtsrichten, die Arme auseinanderbreiten und im Gebet aufseufzen, um gleich darauf in den Staub zu sinken vor der verborgenen Majestät in jener goldenen Monstranz, die über der Erde hing, über der heiligen, heimatlichen ...

Erst dicht am Wald wurde er ganz munter und hielt das Pferd an.

»Der geht nicht schlecht auf«, meinte er, die graue Ackerfläche gegen das Sonnenlicht beäugend, die die keimende Roggensaat wie mit einer kurzen rostroten Bürste bedeckte.

Ein gutes Stück Feld, und gerade neben meinem liegend, als ob jemand das mit Absicht so gemacht hätte. Den Roggen haben sie, deucht mir, gestern erst gesät. Er seufzte auf, die frisch zugeeggten Ackerbeete mit gierigem Blick umfassend und fuhr in den Wald hinein.

Das Pferd trieb er jetzt häufiger an, weil der Weg durch ebenes Gelände ging und härter war, aber das Wurzelwerk hatte ihn ziemlich durchwachsen, und der Wagen holperte darüber mit lautem Rollen.

Er war ganz wach geworden durch den herben, kühlen Atem des Waldes.

Der Forst war gewaltig und alt – als dicht gedrängte Masse stand er in der vollen Majestät seiner Jahre und seiner Kraft, Baum an Baum, lauter Kiefern fast, dazwischen oft eine breitästige, altersgraue Eiche, und Birnek zuweilen in weißen Hemden mit auseinandergeflochtenen gelben Zöpfen, da es Herbst war. Das geringere Buschwerk, Haseln, krüppelige Hainbuchen, zitternde Espen – scharten sich um die roten mächtigen Stämme, die dermaßen mit ihren Kronen und Ästen ineinander verzweigt waren, daß das Sonnenlicht nur spärlich hier und da sich hindurchzwängte und wie goldene Spinnen über Moose und rostig-grüne Farnkräuter kroch.

»Immerhin sind hier vier Morgen mein!« dachte er, verschlang den Wald mit den Blicken und wählte schon dem Auge nach das Beste. »Herr Jesus wird's nicht zugeben, daß uns Unrecht geschieht – auch werden wir's selbst nicht zulassen, nein … Das Gut glaubt, es ist viel, was wir beanspruchen, wir glauben, es ist wenig … Darum sind meine doch vier und Jaguscha kommt ein Morgen zu … dann haben wir vier und eins zusammen … Wioh! Dumme, wirst Angst vor Elstern haben!« Er klatschte ihr leicht über den Rücken, denn auf dem verdorrten Baum, an dem Christi Marter hing, zankten sich mit wütigem Geschrei die Elstern, so daß die Jungstute die Ohren spitzte und stehenblieb.

»Elsternhochzeit – Regenzeit.« Er heftete ihr ein paar Peitschenhiebe an und fuhr im Trab weiter.

Es war schon gut nach acht, denn die Menschen auf den Feldern setzten sich gerade an die Frühstücks-Zweierkrüge, als er in Tymow einfuhr; die leeren Straßen des Städtchens waren mit baufälligen Häusern umstellt, die wie alte Hökerinnen über den Rinnsteinen voll angesammelter Schmutzhaufen saßen, zwischen denen sich Hühner, zerlumpte Judenkinder und Schweine tummelten …

Gleich an der Einfahrt umringten ihn die Juden, und alsbald ging es ans Herumstöbern und Hineintasten ins Erbsenstroh unter dem Sitz des Korbwagens – ob er nicht etwas Verkaufbares mitbrächte.

»Fort, grindiges Pack! …« murrte er, den Wagen nach dem Marktplatz lenkend, wo schon etliche Wagen mit ausgespannten Pferden daneben hielten, im Schatten alter zerzauster Kastanienbäume, die in der Mitte des Platzes im herbstlichen Absterben dastanden.

Dort brachte er auch seinen Korbwagen unter, spannte die Jungstute aus, stellte sie mit dem Kopf nach dem Wagenkorb hin, schüttete ihr Hafer in den Kober und versteckte die Peitsche unter dem Wagensitz. Nachdem er seine Kleider vom Stroh gereinigt hatte, ging er geradeswegs nach Mordka, wo die drei Messingteller glänzten, um sich ein wenig ausrasieren zu lassen. Bald darauf kam er glatt geschabt wieder zum Vorschein, nur auf dem Kinn hatte er einen einzigen Schnitt, der mit Papier verklebt war, durch das noch etwas Blut sickerte.

Die Gerichtssitzungen hatten noch nicht begonnen.

Aber vor dem Gerichtsgebäude, das gleich vorne am Marktplatz stand, gegenüber einer großen Kirche, die ehemals zu einem Kloster gehörte, wartete schon viel Volk. Sie saßen auf den ausgetretenen Stufen, oder scharten sich vor den Fenstern, um einmal ums andere ins Innere zu spähen; die Frauen hockten an den geweißten Wänden entlang, hatten die roten Schürzen vom Kopf auf die Schultern gleiten lassen und schwadronierten.

Boryna wurde, als er Eve mit dem Kind auf dem Arm entdeckte, wie sie im Haufen ihrer Zeugen stand, sofort wütig, denn der Jörn kam ihn leicht an, er spie aus und betrat den langen Flur, der das Gerichtsgebäude quer durchlief.

Linkerhand lagen die Gerichtszimmer und rechts hatte der Gerichtsschreiber seine Wohnung; gerade hatte Hyacinthus den Samowar auf die Schwelle gesetzt und schürte die Glut mit dem Schaft eines Krempstiefels so eifrig an, daß der Samowar wie ein Fabrikschlot qualmte und jeden Augenblick schnarrte eine verärgerte Stimme aus dem Hintergrund des qualmerfüllten Flurs.

»Hyacinth! Die Stiefel für die Fräulein!«

»Gleich, gleich!«

Der Samowar brauste schon wie ein Vulkan und spie Flammen.

»Hyacinth! Wasser zum Waschen für die Gnädige.«

»Gleich doch, alles wird sich machen, alles!« Und schwitzend, halb von Sinnen jagte er im Flur herum, daß es dröhnte, kehrte um, schürte wieder und raste wieder zurück, denn die Gnädige schrie.

»Hyacinthus! Du Lümmel, wo sind meine Strümpfe! ...«

»Oh, du mein! Ein Aas, nicht 'n Samowar!«

Das alles dauerte ein paar gute Paternoster oder vielleicht auch so lange wie man einen Rosenkranz betet, bis schließlich die Gerichtstüren sich öffneten und das Volk die große weißgekalkte Stube zu füllen begann.

Hyacinth, jetzt schon als Gerichtsdiener, barfuß in hellblauen Hosen und in einer kurzen Jacke von der gleichen Farbe mit Messingknöpfen dran und mit einem roten schwitzigen Gesicht, das er immer wieder mit dem Ärmel wischte, machte sich eifrig hinter dem schwarzen Gitter zu schaffen, das die Stube in zwei Hälften teilte. Er schüttelte den Kopf, wie ein Pferd, das eine Bremse sticht, und die flachsblonden Haare fielen ihm wie eine Mähne über die Augen, oder er sah behutsam in die Nebenstube und setzte sich auf einen Augenblick am grünen Ofen nieder.

Es hatte sich soviel Volk hineingedrängt, daß man nicht einmal einen Finger dazwischenstecken konnte, sie drängten immer stärker gegen die Schranke an, die schon zu krachen anfing; das erst noch leise Stimmengewirr steigerte sich allmählich, bis es wie ein Sausen klang, das durch die Stube fuhr und zuweilen aufbrauste und hier und da zu einem deutlich vernehmbaren Gezänk wurde, bei dem die Kraftworte immer dichter fielen.

Unter den Fenstern babbelten die Juden, und ein paar Weiber erzählten laut von dem Unrecht, das man ihnen angetan hatte und weinten noch lauter dazu, aber man konnte nicht auseinanderkennen, wo und wer es war, denn Kopf an Kopf gedrängt stand die Menge da, wie ein Roggenfeld voll roter Mohnblumen, über das der Wind streicht, und das aufschaukelt und raunt und rauscht, und dann stehenbleibt Ähre neben Ähre. Auch Eve, die den an die Schranke gelehnten Boryna erspäht hatte, fing an zu schreien und ihm giftige Bemerkungen zuzuwerfen, so daß er beleidigt und im scharfen Ton ihr antwortete.

»Schweig still, du Hündin, sonst werde ich dir deine Knochen nachzählen, daß dich die eigene Mutter nicht auskennt.«

Als Antwort darauf stürzte sich Eve mit gespreizten Krallen gegen ihn und fing an, sich durch das Menschendickicht hindurchzudrängeln, das Kopftuch rutschte ihr vom Kopf und das Kind begann zu schreien. Gott weiß, womit es geendet hätte, wenn Hyacinth, der Gerichtsdiener, nicht plötzlich aufgesprungen wäre und die Tür aufreißend gerufen hätte:

»Still, Aaszeug, das Gericht kommt! ...«

Das Gericht trat ein; voraus der dicke, hohe Erbherr auf Raciborowice, und hinter ihm zwei Schöffen und der Gerichtssekretär, der sich an ein Nebentischchen am Fenster setzte, die Papiere ausbreitete und zu den Richtern hinüberblickte, die hinter einem großen mit rotem Tuch bedeckten Tisch stehengeblieben waren und die goldenen Ketten um die dicken Nacken legten.

Es wurde still, nur die Stimmen der Leute, die auf der Straße vor den Fenstern sprachen, hörte man noch.

Der Erbherr legte die Papiere auseinander, räusperte sich, blickte auf den Sekretär und kündete mit tiefer weit vernehmbarer Stimme an, daß die Gerichte begonnen hätten.

Darauf las der Sekretär die auf diesen Tag fallenden Termine vor und flüsterte dann etwas dem ersten Schöffen zu, der es dem Richter weitergab, welcher bejahend mit dem Kopf nickte.

Die Gerichtssitzung nahm ihren Lauf.

Zuerst kam die Klage eines Flurjägers gegen einen Stadtfratz wegen Verunreinigung eines Hofes.

Er wurde in Abwesenheit verurteilt.

Dann eine Klage wegen Verprügelung eines Jungen, der die Pferde im fremden Klee geweidet hatte.

Man einigte sich – die Mutter bekam fünf Rubel und der Junge neue Hosen und eine neue Jacke.

Ein Termin wegen Einpflügens in ein fremdes Feld.

Vertagt aus Mangel an Beweisen.

Ein Termin wegen Waldfrevels im Walde des Richters; der Verwalter stand Zeuge – verklagt waren die Bauern aus Rokiciny.

Verurteilt zu Geldstrafen oder zum Absitzen – jeder für zwei Wochen.

Sie nehmen das Urteil nicht an, sie werden appellieren.

Und so laut fingen sie an über die Ungerechtigkeit zu schreien, denn der Wald war gemeinsam, mit Servituten belegt, daß der Richter dem Hyacinthus ein Zeichen machte und dieser donnerte los:

»Still, still da, hier ist das Gericht, keine Schenke.«

So ging ein Termin hinter dem andern vorüber, gleichmäßig wie Erdscholle nach Erdscholle und ziemlich ruhig; nur manchmal erhoben sich Klagen und Schluchzen oder auch ein Fluch, den Hyacinthus sofort unterdrückte.

Aus der Gerichtsstube waren schon einige gegangen, und doch war es abermals so gedrängt voll geworden, daß die Menschen, wie eine Garbe, zusammengepreßt standen, niemand konnte sich rühren, und die Hitze war so groß, daß man kaum Atem holen konnte, bis der Richter den Befehl gab, die Fenster zu öffnen.

Jetzt kam die Gerichtssache des Bartek Kosiol aus Lipce; wegen des Diebstahls eines Schweins bei Marziana Antonowna Patsches. Zeugen: dieselbe Marziana, ihr Sohn Simeon und Barbara Kleinhund ...

»Die Zeugen zugegen?« fragte ein Schöffe.

»Sind da!« riefen sie zusammen.

Boryna, der bis jetzt geduldig und für sich an der Schranke gelehnt hatte, schob sich etwas näher zur Patscheswittib heran, um sie zu begrüßen, weil sie Jagnas Mutter, die Dominikbäuerin war.

»Der Beklagte, Bartek Kosiol, näher vor die Schranke.«

Ein untersetzter Bauer, drängte mitten aus der Menge so heftig nach vorne, daß man zu fluchen begann, er träte die Leute und zerreiße die Kleidung.

»Still, Aaszeug, das hochlöbliche Gericht spricht«, schrie Hyacinth, den Bauer vorlassend.

»Seid ihr Bartholomäus Kosiol?«

Der Bauer kratzte sich besorgt über das dichte, in einer geraden Linie verschnittene Haar; ein dummeliches Lächeln verzog sein dürres ausrasiertes Gesicht, und die kleinen rotbebuschten Äuglein sprangen wie Eichhörnchen schlau von Richter zu Richter.

»Seid ihr der Bartholomäus Kosiol?« fragte der Richter abermals den schweigenden Bauer.

»Sehr wohl, dieser hier ist der Bartholomäus Kosiol zu dienen der hochlöblichen Gerichtsamkeit!« piepste mit einmal eine gewaltige Frau, die sich energisch vor der Schranke aufpflanzte.

»Und ihr, was wollt ihr?«

»Bin doch die Frau, euer Hochwohlgeboren zu dienen, die Frau von dem mageren Schlucker da, dem Bartek Kosiol«, und sie grüßte mit der Hand bis zur Erde, so daß die gezängelte Haube an dem Richtertisch haken blieb.

»Seid ihr Zeuge?«

»Zeuge sozusagen? Nicht ni …, nur euer Hochwohlgeboren zu dienen …«

»Schmeiß' sie hinter die Schranke, Gerichtsdiener.«

»Zurück hier, Frau, hier ist kein Platz für euch …« Er packte sie an den Schultern und schob sie hinterrücks der Schranke zu.

»Ich möchte die hochlöbliche Gerichtsamkeit untertänigst gebeten haben, weil Meiner nicht gut hören kann, sozusagen ...«, schrie sie.

»Zurück solange ich gut bin!« Sie schnaufte, so hatte er sie gegen die Schranke geschoben, denn sie wollte keinen Schritt im guten weichen.

»Geht hinaus, wir werden laut reden, dann hört er schon und wenn er auch nur euer Kosiol ist.«

Die Untersuchung begann.

»Wie ist der Name.«

»Hää? ... Name? ... Haben doch gerufen, den wissen Sie doch ...«

»Dummkopf. Wie ihr euch nennt?« forschte der Richter unerbittlich weiter.

»Bartek Kosiol, hochlöbliche Gerichtsamkeit«, warf die Frau dazwischen.

»Wie alt?«

»Hää? Alt? ... Kann ich das wissen! Wieviel Jahr' Mutter? ...«

»Zweiundfünfzig kann er schon im Frühjahr werden, mein' ich.«

»Hofbauer?«

»Ih ... schöner Bauer ... drei Morgen Land und ein Kuhschwanz dazu.«

»Schon vorbestraft?«

»Hää? Bestraft? ...«

»Ob ihr gesessen habt?«

»Im Kriminal meint ihr? ... von wegen Strafe? ... Mutter, war ich denn im Kriminal, he? ...«

»Das warst du, Bartek, das warst du, da haben dich doch die Biester von dem Gutshof wegen dem toten Lämmlein ...«

»Is wahr, is wahr ... auf der Weide habe ich ein verrecktes Lamm gefunden ... da hab' ich's mitgenommen, was sollen's die Hunde auseinanderschleppen ... verklagt haben sie mich, geschworen, daß ich gestohlen hab', das Gericht hat verurteilt ... Sie haben mich eingesteckt, da hab' ich auch gesessen ... Ungerechtigkeit, nur Ungerechtigkeit immer ...«, redete er dumpf und sah sich unmerklich nach seiner Frau um.

»Ihr seid angeklagt wegen Diebstahl eines Mutterschweins der Marziana Patsches! Ihr habt es vom Feld genommen, nach Hause getrieben, abgeschlachtet und aufgegessen. Was habt ihr zu eurer Verteidigung zu sagen? ...«

»Hää? Aufgegessen! Daß ich den lieben Gott nicht bei meinem Tode sehe, wenn ich sie gegessen hab' ... Oh, Herr, aufgegessen! ... Oh, über diese Welt, diese Welt, ich hab' sie aufgegessen!« rief er klagend.

»Was könnt ihr denn zu eurer Verteidigung sagen?«

»Verteidigung? ... sollt' ich was zu sagen haben, Mutter? ... Jawohl, ich weiß schon; ich bin nicht schuldig, das Schwein hab' ich nicht gegessen, aber dem Dominik sein' Wittib, mein' ich, bellt sich was, wie 'n Hund, daß man ihr nur so an die Schnauze langen sollte und verprügeln ... ah ...«

»Menschenkinder, hört ihn bloß ...«, stöhnte die Dominikbauerin.

»Das könnt ihr euch für später aufheben, erzählt nur jetzt, wie es kam, daß das Schwein der Patsches sich bei euch vorfand? ...«

»Das Schwein der Patsches ... bei mir? ... Mutter, was meint der hochwohlgeborene Erbherr? ...«

»Das ist doch wegen dem Ferkel, Bartek, das dir bis in die Hütte nachgekommen ist ...«

»Ich weiß schon, jawohl, ich weiß schon, ein Ferkel war das und gar kein Schwein, zu dienen dem Hochwohlgeborenen Gericht, man soll es hören, was ich gesagt habe, ich tu' es aussagen; ein Ferkel war es und kein Schwein; ein weißes Ferkel und schwarz gefleckt am Schwanz oder noch etwas tiefer.«

»Gut, wie hat sich das zu euch gefunden?«

»Zu mir, zum Beispiel? ... Gleich will ich alles gründlich erzählen, woraus sich ergeben wird vor dem hochlöblichen Gericht und vor allem Volk – daß ich nicht schuldig bin und die Dominikwittib – ein Zigeuner, ein Klatschmaul und eine verdammte Zunge ist! ...«

»Ich betrüge! Bei der allerheiligsten Jungfrau will ich erflehen, daß dich der Blitz trifft ohne die heilige Beichte!« sagte die Dominikbäuerin leise, mit einem schweren Seufzer zum Bild der Mutter Gottes aufsehend, und dann, da sie nicht länger an sich halten konnte, steckte sie die zusammengeballte dürre Faust ihm entgegen und zischte:

»Du Schweinedieb, du Räuber, du!« ... und sie spreizte die Finger, als wollte sie ihn greifen.

Aber Bartels Frau warf sich ihr kreischend entgegen.

»Was, schlagen möchtest du ihn, du Hündin, schlagen, du Hexe, du Rabenmutter deiner Söhne, du!«

»Ruhe!« rief der Richter.

»Maul halten, wenn das Gericht spricht, sonst kriegt ihr das Alleinsein zu schmecken!« bekräftigte Hyacinth, die Leinwandhose hochziehend, denn der Hosengurt war ihm geplatzt.

Es wurde gleich still, und die Weiber, die schon nahe daran waren, einander in die Schöpfe zu fahren, blieben stehen und bohrten einander mit den Blicken an, vor Gift nach Atem schnappend ...

»Redet, Bartholomäus, erzählt alles, aber bei der Wahrheit bleiben.«

»Die Wahrheit? ... die reine Wahrheit will ich erzählen, rein wie Glas, ehrlich will ich alles sagen, wie in der Beichte, wie 'n Hofbauer zu einem Hofbauer, wie man nur zu seinen Leuten spricht, denn ich bin ein Hofbauer vom Großvater und Urgroßvater her, kein Kätner, kein Prefessiant oder ein Stadtlump.«

»Das war so.«

»Guck' gut auf deine Gedanken, damit du nichts vergißt«, rief ihm die Frau zu.

»Nee, ich werd' es nicht vergessen, Magdusch, nee. Das war so. Ich geh' also ... ich glaube es war gerade Frühjahr ... und hinter der Wolfskuhle, neben Boryna seinem Klee ... ich geh' also und sage mein Gebet her, denn wenn ich so sagen soll, hatte man schon zum Ave geläutet ... Es nächtelte schon ... ich geh' also ... da hör' ich 'ne Stimme, oder keine Stimme? ... Du lieber Gott, denk' ich, grunzt es oder grunzt es nicht? ... Ich sehe hinter mich – nichts zu sehen, ganz und gar still.

Der Böse versucht mich oder was? ... Ich gehe weiter, weil mir aber etwas wie Ameisen über den Rücken kam, aus Angst, so spreche ich das Ave für mich hin. Es grunzt wieder! Sieh, denk' ich, nichts als 'n Schwein oder auch 'n Ferkel. Ich steig' etwas 'runter in den Klee und sehe mich um ... jawohl, irgend etwas kriecht sich, ich bleibe stehen – das bleibt auch stehen, was Weißes, Niedriges und Langes ... und die Glotzen leuchteten ihm wie bei einer Wildkatze oder beim Schlechten ... Ich bekreuzigte mich, und da es mir nur so kalt über die Haut fuhr, mach ich, daß ich schneller vorwärtskomm' – versteht sich, weiß man denn, was sich in den Nächten herumtreibt? ... Und alle wissen es in Lipce, daß es in der Wolfskuhle umgeht.«

»Das is schon so«, erläuterte die Frau, »denn voriges Jahr, als der Kohlmeis dort nachts vorüberging, hat ihn irgendwas an die Gurgel gepackt und zu Boden geschmissen und so verhauen, daß der Mann zwei Wochen krank gelegen hat.«

»Sei man still, Magdusch, sei man still! Ich gehe also, ich gehe und gehe ... und dieses kommt immerlos nachgekrochen und grunzt!

Und da gerade das helle Mondlein herausgekommen ist, sehe ich – das ist ja nur 'n Ferkel und nichts Schlechtes. Ich wurde ärgerlich, was bildet sich das dumme Vieh ein – den Menschen bange machen, da hab' ich einen Zweig danach geschmissen und gehe heim. Ich ging auf dem Feldrain zwischen Michaels Rüben und Boryna seinem Weizen, und dann zwischen Tomeks Sommerkorn und Jasieks Hafer, den, mein' ich, den man voriges Jahr zum Militär genommen hat, und dem seine Frau von gestern her im Kindbett liegt ... Und das Ferkel wie 'n Hund immer wieder hinter mir drein, einmal nebenher, dann ab in die Kartoffeln der Dominikwittib, und hier wird geschnüffelt, und da wird geschnüffelt, und hier wird gegrunzt und da wird gequiekt, aber zurückbleiben, nein, immer wieder hinter mir drein ...

Ich biege auf den Fußweg, der querfeldein geht – und das Ferkel auch. Da ist mir aber die Hitze angekommen, denn Herr du meine Güte, so 'n Schwein, das ist vielleicht gar kein Schwein! Ich biege auf den Weg neben dem Kruzifix, und das Ferkel auch ... Weiß war es, das sah ich, und weiter unten beim Schwanz schwarzgefleckt. Ich über den Graben, es kommt mir nach; ich über die Grabhügel hinterm Kruzifix – es kommt mir nach, ich auf den Steinhaufen d'rauf, und wie es sich mir zwischen die Beine schmeißt, da lieg' ich schon im Dreck so lang ich bin. Ich denk', es is besessen oder was soll passieren! ... Kaum hab' ich meine Glieder wieder zusammen – und das Ferkel, heidi den Schwanz hoch und in Sprüngen vor mir her! Renn' du nur, Pestige, hab' ich mir gedacht. Aber weglaufen, nee, immer nur vor mir her ist es gerannt bis zu meiner Hütte – ganz bis zu meiner Hütte, hochlöbliches Gericht, bis in die Umzäunung ist es reingegangen, in den Flur auch, und weil die Tür offen war, direktemang in die Stube ... So helfe mir Gott, Amen!«

»Und dann habt ihr sie geschlachtet und aufgegessen, nicht wahr?« sagte der Richter amüsiert.

»Hä! Geschlachtet und aufgegessen? ... Ja, was sollten wir denn tun? Ein Tag geht vorüber – das Ferkel geht nicht weg; eine Woche – es ist immer noch da, gar nicht wegzutreiben, und schmeiß' ich es raus, kommt es mit Gequiek wieder zurück ... Die Meinige steckte ihm zu, was wir über hatten, was sollten wir machen, verhungern lassen, ih nee, so was tut man doch nicht, ist doch auch 'n Geschöpf Gottes ... Das hochlöbliche Gericht ist klug, da wird es sich schon gerecht auslegen, daß ich armer Schlucker mit ihr so umgehen mußte! Niemand holt sie und zu Hause nichts zu essen – und gefressen hat sie, daß zwei andere nicht so viel verschlingen ... Noch 'n Monat und sie hätte uns mit Haut und Haar mit aufgefressen ... Was sollten wir tun? Sollte sie uns – so haben wir sie selbst aufgegessen und dazu noch nicht die ganze, denn im Dorf haben sie's zu hören gekriegt, und die Dominikbäuerin hat geklagt, den Schultheiß hat sie mir ins Haus gebracht und weggeholt haben sie mir alles ...«

»Alles? Und die ganzen Hinterschinken, wo sind die geblieben, was? ...« zischte die Dominikbäuerin drohend hervor.

»Wo? Fragt mal den Krutschek und andere Köter. – Für die Nacht haben wir es in die kleine Scheune gebracht. Die Hunde, was so Biester für Witterung haben – und dabei hat die Scheunentür noch Löcher – haben sie 'rausgeschleppt und sich ein Fest gemacht, aus meiner mühseligen Arbeit, daß sie 'rumgelaufen sind dickgefressen, wie die reinen Herren.«

»Das Schwein ist, hast du nicht gesehen, von selbst ihm nachgelaufen, das glaubt ihm ein Dummer, aber nicht das Gericht. Diebsgesindel! und das Schaf, wer hat das dem Müller gestohlen und Hochwürden seine Gänse – was? ...«

»Hast du es gesehen, was? Hast du es gesehen!« kreischte Kosiols Frau auf, mit den Krallen heranspringend.

»Und die Kartoffeln aus der Kartoffelgrube vom Organist, wer hat sie? ... Und immerzu is im Dorf was weg, einmal is es man 'n Gänschen, denn wieder 'n Huhn, und dann wieder ein Stück Hausrat«, setzte sie unerbittlich fort.

»Du Aas! Und was hast du getrieben, wie du jung warst, man weiß, was stellt die Deine mit den Burschen an, das wirft dir niemand vor, und du kläffst noch wie 'n Hund ...«

»Hüte dich, an meine Jagna zu rühren! Hüte dich, sonst schlag' ich dir dein Maul bunt und blau, daß dir ... Hüt' du dich nur! ...« brüllte sie auf, bis ins lebendige Fleisch getroffen.

»Ruhig da, Krakeeler, sonst wird 'rausgeschmissen!« beschwichtigte Hyacinth, seine Hosen zurechtrückend.

Das Verhör der Zeugen begann.

Zuerst zeugte die Dominikbäuerin als Geschädigte – sie sagte aus mit einer leisen, andächtigen Stimme und schwor alle Augenblicke bei der Tschenstochauer Muttergottes, das Schwein sei ihrs, sie bekreuzigte sich und schlug sich vor die Brust – es wäre die lautere Wahrheit, daß Kosiol die Sau von der Weide gestohlen hätte, sie wolle aber keine Strafe dafür von seiten des hochlöblichen Gerichts, der liebe Herr Jesus möge ihm schon dafür nicht am Fegefeuer sparen; dagegen forderte sie aber mit mächtiger Stimme Gericht und Strafe für die Beleidigung, die die Kosiols ihr und Jagna vor allem Volke angetan.

Darauf zeugte Schymeck, einer von den Söhnen der Dominikbäuerin; die Mütze hing an den wie zum Gebet zusammengefalteten Händen und seine Augen waren ununterbrochen auf den Richter gewendet. Mit einer kläglichen, geistesabwesenden Stimme sagte er aus, daß die Sau der Mutter gehörte, sie wäre über den ganzen Körper weißlich gewesen und hatte nur am Schwanz einen schwarzen Fleck, auch ein zerrissenes Ohr habe sie gehabt, denn Boryna sein Waupa hätte sie im Frühjahr daran gepackt und sie hätte so geschrien, daß er, obgleich er in der Scheune war, es gehört habe ...

Dann wurden Barbara Kleinhund und andere aufgerufen.

Sie zeugten der Reihe nach und legten den Schwur ab, Schymek aber stand immerzu da mit der Mütze in den Händen und gaffte den Richter an; Kosiols Frau versuchte sich mit Geschrei, Verleugnungen und Flüchen durch die Schranke zu drängen, und die Dominikbäuerin seufzte nur das heilige Bild an und blickte auf Kosiol, dessen Augen herumsprangen, der herumhorchte und sich immer wieder auf seine Magdusch umguckte.

Das Volk hörte aufmerksam zu, und immer wieder schlugen Geflüster, bissige Bemerkungen oder Gelächter bis zur Balkendecke empor, so daß Hyacinth sie mit Drohungen beschwichtigen mußte.

Die Verhandlung dauerte ohne Unterbrechung bis zur Pause, während der sich das Gericht in die Nebenstube zurückzog, um zu beratschlagen. Das Volk war auf den Flur und vor das Haus getreten, um etwas Luft zu schöpfen: der eine um sich etwas zu stärken, der andere um sich mit seinen Zeugen zu besprechen, einer um sich über sein Unrecht auszubreiten, ein anderer wiederum um über die Ungerechtigkeit Klage zu führen und zu fluchen, wie das üblich ist bei den Gerichtsterminen.

Nach der Gerichtspause und nach dem Vorlesen der Gerichtssprüche kam Borynas Fall zur Verhandlung.

Eve stellte sich, das Kind schaukelnd, das in eine Schürze gewickelt war, vor die Richter und fing an, weinerlich und klagend das ihr geschehene Unrecht vorzutragen; sie wäre bei Boryna in Dienst gewesen und hätte gearbeitet bis ihr die Füße wie Klumpen wurden, nie hätte sie ein gutes Wort gehört, nicht mal 'ne eigne Ecke zum Schlafen hätte man ihr gegeben, und für das Essen hätte sie bei den Nachbarn herumlungern können, und ihren Lohn hätte er ihr zurückbehalten, und mit seinem eigenen Kind hatte er sie in die Welt hinausgejagt ... und zuletzt kam ein heftiger Heulausbruch, und sie warf sich mit Geschrei vor den Richtern auf die Knie.

»Das hat er mir angetan! Das hat er, und dieses hier auch, das Kind ist sein, durchlauchtigstes Gericht!«

»Die lügt wie 'n Hund«, murmelte Boryna entsetzt.

»Ich lüge?! Alle wissen es doch, das ganze Dorf, daß er ...«

»Daß du 'ne Hündin und ein Rumtreiber bist ...«

»Und früher, hochwohlgeborenes Gericht, da nannte er mich Evka, seine Evusch und mit noch süßeren Namen, und Perlenschnüre brachte er mir, und oftmals 'ne Semmel aus der Stadt und sagte noch: hier hast du, Evusch, dich hab' ich am liebsten ... und jetzt, Jesu, mein Jesu! ...« sie brüllte los.

»So 'n Lügenmaul, vielleicht hab' ich dich noch mit dem Federbett zugedeckt und dir gesagt: schlaf, mein Evusch, schlaf! ...«

Die ganze Stube erdröhnte vor Lachen.

»Und habt ihr nicht vielleicht, nein? Wie 'n Hund vor der Tür habt ihr gewinselt, und was habt ihr mir da alles versprochen, ha?«

»Du mein Gott, Leute, daß der Blitz nicht solch Scheusal auf der Stelle trifft!« rief er fassungslos aus.

»Hochwohlgeborenes Gericht, die ganze Welt hat es gesehen, wie er war, ganz Lipce kann es bezeugen, daß ich die Wahrheit spreche. Ich war doch bei denen in

Dienst, da hat er mir immerzu keine Ruhe gelassen. Oh, ich arme Waise, ich Arme ... Oh, mein unseliges Los ... Was konnte ich mich denn gegen solch großes Mannsbild wehren? ... Geschrien hab' ich, da hat er mich durchgeprügelt und gemacht was er wollte ... Wo soll ich denn nun abbleiben mit einem so kleinen Kindelchen, wo nur? ... Die Zeugen werden es sagen und bezeugen!« schrie sie zwischen Heulen und Jammern.

Die Zeugen hatten aber inzwischen nichts ausgesagt als Klatsch und Vermutungen, darum begann sie von neuem zu beweisen und zu überzeugen, bis sie zu guter Letzt als endgültigen Beweis, das Kind auswickelte und es vor die Richter legte; es strampelte mit den nackten Beinchen und schrie gottsjämmerlich.

»Das hochwohlgeborene Gericht wird selbst sehen, wessen es ist; da, grad' dieselbe Kartoffelnase und auch die Triefaugen grad' so grau, wie seine ... Wie ein Ei aufs andere, das ist 'n Boryna, kein anderer! ...« rief sie.

Aber auch das Gericht konnte sich nicht länger vor Lachen halten, und das Volk johlte vor Vergnügen. Man sah das Kind an, dann wieder den Boryna, und immer wieder fielen die Bemerkungen:

»Schöne Jungfer das, wie 'n geschundener Hund!«

»Boryna ist 'n Witwer, mag er sich mit der verheiraten, kriegt er gleich 'n Hüterjungen mit ...«

»Und ruppig is' sie, wie 'ne Kuh im Frühjahr.«

»Was Feines, ja, aber erst mit Erbsenstroh ausgestopft und in die Hirse gesetzt – die Krähen wird sie vertreiben ...«

»Die Hunde laufen so wie so schon, wenn Evusch durchs Dorf kommt! ...«

»Und ein Mäulchen hat sie, wie mit Spülwasser begossen ...«

»Weil sie eine gute Hausfrau ist, die wäscht sich nur einmal im Jahr, will doch Seife sparen ...«

»Den Juden heizt sie die Öfen, da hat sie keine Zeit, ist auch kein Wunder! ...«

Man höhnte immer bissiger und erbarmungsloser, sie aber verstummte und sah mit Augen eines gejagten Hundes von einem zum anderen. Sie schien etwas zu überlegen ...

»Still da! 'ne Sünde is es, so über die Arme herzuziehen!« rief die Dominikbäuerin so laut, daß alle verstummten, und manch einer kratzte sich beschämt den Schädel.

Die Klage wurde abgewiesen.

Boryna fühlte eine gewaltige Erleichterung, denn wenn er auch nicht schuldig war, so hatte er doch vor dem Gerede der Leute Angst, na ja, und auch deswegen, daß er hätte zahlen müssen – denn das Gesetz ist nun mal so, daß niemand weiß, wen es beim Kragen fassen wird – den Schuldigen oder den, der recht hat. Das war nicht einmal oder zweimal, nein, zehnmal war es schon so.

Er verließ sofort das Gericht, und in Erwartung der Dominikbäuerin fing er an, die ganze Angelegenheit noch einmal zu überlegen und in sich abzuwägen. Er konnte noch immer nicht begreifen, warum und zu welchem Zweck Eve geklagt hatte.

»Nein, das ist nicht ihr Verstand und nicht ihr Kopf, das war irgendein anderer, der durch sie nach ihm langte, aber wer nur? ...«

Sie gingen zu dritt, er, die Dominikbäuerin und ihr Schymek, in die Schenke, einen Trunk zu tun und einen Happen zu essen, denn es war schon spät am Mittag. Und obgleich ihm die Dominikbäuerin leichthin erwähnte, daß er sich bei seinem Schwiegersohn, dem Schmied, für die Klage der Eve bedanken müßte, konnte er es doch gar nicht glauben.

»Was sollte der davon haben?«

»So viel, daß er euch reizen will, daß er euch Kummer besorgt, und daß die Leute über euch lachen. Manch einer ist so, daß er dem anderen zum Spaß die Haut vom Leibe schinden möchte.«

»Das ist mir doch merkwürdig, das mit Eve ihrer Verbissenheit! Denn ich hab' ihr nichts zu Leid getan, und noch für die Taufe von dem Wechselbalg hab' ich Hochwürden einen Sack Hafer gegeben ...«

»Die dient beim Müller, dieser aber geht in Kumpanie mit dem Schmied ... versteht ihr? ...

»Verstehen tu ich's, aber ich kann mich gar nicht darin auskennen! Trinken wir noch einen!«

»Gott bezahl's, Matheus, trinkt zuerst!«

Sie tranken mal und noch einmal, aßen das zweite Pfund Wurst mit einem halben Laib Brot. Der Alte kaufte eine Semmelreihe für Fine, und sie schickten sich an, aufzubrechen.

»Setzt euch bei mir 'rauf, Dominikbäuerin, es wird einem mies so allein, wir können zusammen reden ...«

»Recht gern, nur will ich noch einen Sprung ins Kloster machen, 'n bißchen beten.«

Sie ging, kam aber in der Dauer von zwei Paternostern wieder zurück, und sie fuhren ab.

Schymek zuckelte gemächlich hinterdrein, denn er hatte einen alten Klepper vor dem Wagen, und die Sandwege waren schlimm. Da er aber duselig war, denn er hatte nicht die Gewohnheit zu trinken, und weil ihn die Gerichtsverhandlung mitgenommen hatte, so wackelte er schlaftrunken in seinem Korbwagen hin und her, und wenn er zu sich kam, riß er die Mütze vom Kopf, bekreuzigte sich fromm und murmelte, geistesabwesend den Schwanz seiner Mähre anstarrend, als wär' er das Gesicht des Gutsherrn aus der Gerichtsstube: »der Mutter ihre Sau, ganz weißlich, nur am Schwanz der schwarze Fleck ...«

Die Sonne bog schon nach Westen, als sie in den Wald einfuhren.

Sie redeten kaum viel, obgleich sie nebeneinander auf dem Vordersitz saßen.

Hier und da sagte eins ein Wort, da es doch nicht Sitte ist, nebeneinander wie Murmeltiere zu sitzen, aber es war nur grad so viel, daß der Schlaf ihnen nicht ankam und die Zunge nicht trocken würde ...

Boryna trieb die Jungstute an, denn sie hatte den Gang verlangsamt und war vor Müdigkeit und Hitze bis zur Hälfte der Flanken mit Schweiß bedeckt. Hin und wieder pfiff er vor sich hin und schwieg sich aus. Er schien etwas durchzukäuen, wägte etwas in seinem Innern ab, kalkulierte und blickte oft, aber unmerklich, zur Alten hinüber, auf ihr ausgedörrtes, wachsbleiches Gesicht, das zu länglichen Runzeln erstarrt war. Sie bewegte den zahnlosen Mund, als ob sie im stillen betete; manchmal zog sie die rote, über den Kopf geworfene Schürze tiefer in die Stirn, denn die Sonne schien ihr in die Augen und blieb dann wieder unbeweglich sitzen, nur ihre dunkelgrauen Augen glühten.

»Seid ihr schon mit den Kartoffeln fertig, ha?« begann er schließlich.

»Versteht sich. Die haben dies Jahr nicht schlecht getragen.«

»Wird gut sein, wenn ihr Jungvieh aufziehen wollt.«

»Einen jungen Eber hab ich in die Mastkoje getan, zu Fastnacht kann man ihn brauchen ...«

»Gewiß, gewiß ... ich höre, Raphus sein Walek hat mit Schnaps zu euch geschickt? ...«

»Das haben schon mehr ... aber das Geld hätten sie sich sparen können ... für solche ist meine Jagusch nicht zu haben, nee ...«

Sie hob den Kopf und bohrte sich mit Sperberaugen in ihn hinein, aber Boryna, der doch ein Mann in Jahren war, nicht irgendein Windbeutel, zeigte ein gleichgültiges, kühles Gesicht, aus dem nichts herauszulesen war. Lange sprachen sie kein Wort, als wollten sie in diesem Schweigen ihre Kräfte aneinander messen.

Boryna war es nicht recht, als erster anzufangen, denn wieso denn, er war doch schon in Jahren und der erste Bauer in ganz Lipce; und wie konnte er denn kurzweg sagen, daß ihm Jagusch recht war? ... Er hatte doch seine Ehre und seinen Verstand ... aber da er von Natur aus heißen Blutes war, konnte er kaum an sich halten vor Ärger, daß er so aufpassen und im Bogen um den Brei herumgehen mußte.

Die Dominikbäuerin meinte ihn etwas zu durchschauen und zu erraten, was ihm so wider den Strich ging und mißmutig machte, aber nicht mit einem Wörtlein half sie nach. Mal sah sie ihn an, mal schaute sie vor sich in die Welt, in die Himmelsweiten, und sagte wie unabsichtlich:

»Eine Hitze haben wir, wie zur Erntezeit.«

»Wie ihr sagt.«

So war es auch, denn den Weg umgaben die mächtigen Wände des Forstes, die weder Luft noch den leisesten Windzug vom freien Feld durchließen, und die Sonne hing gerade vor ihren Köpfen und brannte so, daß die lechzenden Bäume bewegungslos dastanden und die Köpfe matt neigten. Nur hin und wieder ließen sie ein paar bernsteingelbe Nadeln gleiten, die wirbelnd auf den Weg niedersanken. Der pilzige Duft, der von den Kolken kam, der Geruch des Eichenlaubs stieg ihnen in die Nasen.

»Wißt ihr, es ist mir und auch andern verwunderlich, daß ein Großbauer wie ihr einer seid, der doch nicht den ersten besten Verstand hat, und so viel Grund und Boden, und so reputierlich bei ein und jedem beisteht, gar keine Ehrsucht auf ein Amt hat ...«

»Ihr trefft recht, gar keine Ehrsucht hab' ich. Was soll mir das? Schultheiß bin ich ganze drei Jahr gewesen, da hab' ich bar Geld zugezahlt. Und was hab' ich mich und meine Gäule dabei abgeschunden! was hab' ich mich gegiftet, was für Scherereien hab' ich gehabt – ein Hund, der auf 'm Feld Wache halten soll, hat's nicht schlimmer. Und Niedergang war in der Wirtschaft, lauter Verlust, so daß mir die Meine nicht ein gutes Wort gegönnt hat ...«

»Die hatte auch ihren Verstand, aber ein Amt zu haben ist doch 'ne Ehre und ein Profit.«

»Danke schön. Vor dem Gendarm mußt du den Rücken krumm machen, den Schreiber um die Beine fassen, und den ersten besten Esel vom Amt auch … Große Ehre! Werden die Steuern nicht bezahlt, wird eine Brücke schlecht oder ein Hund toll, kriegt einer eins mit einer Runge über den Schädel – wer hat da Schuld? … Der Schultheiß hat Schuld, der Schultheiß muß es ausbaden! Jawohl, das ist Profit. Gerade genug Hühner und Eier und manche Gans hab' ich zum Schreiber und aufs Kreisamt getragen …«

»Wahr ist es schon, aber dem Pietrek stößt die Schulzenschaft nicht auf, nein; Feld hat er zugekauft und eine kleine Scheune angebaut, und Pferde hat er, die reinen Elefanten! …«

»Das stimmt, man weiß nur nicht, was davon übrigbleibt, wenn er sein Amt niederlegt …«

»Glaubt ihr? …«

»Ich hab' so meine Augen und merk' schon manches.«

»Großschnauzig ist er und selbst mit Hochwürden rupft er manche Katz, denn Frieden kann er nicht halten.«

»Und daß ihm alles gelingt – das ist nur durch die Frau. Er amtiert und die hält alles in der Faust.«

Sie schwiegen wieder gut ein Paternoster lang.

»Und ihr, schickt ihr denn nicht mit Schnaps zu einer? …« fragte sie vorsichtig.

»Ii … bei mir brennt's nicht mehr nach den Weibern, zu alt bin ich dazu …«

»Redet nicht, was ihr selbst nicht glauben könnt. Alt ist nur, wer sich nicht rühren kann, dem man den Löffel an den Mund heben muß und der auf der Ofenbank hockt und aufs Ende wartet … Ich sah euch neulich, wie ihr einen Sack Roggen schlepptet.«

»Na ja, derb bin ich noch, aber welch eine würde mich wollen? …«

»Wer nicht selbst probiert – was weiß der? Seht zu!«

»Alt bin ich, die Kinder wachsen heran und die erste beste nehm' ich nicht.«

»Macht nur 'ne Verschreibung beim Notar, und die Beste wird schon nichts gegen euch haben …«

»Der Verschreibung wegen! Da hat man die Schweinerei! Für die paar Morgen würde selbst die jüngste den Bettler vor der Kirchtür heiraten …«

»Und die Mannsleut', die gucken nicht nach dem Heiratsgut?«

Antworten tat er nicht mehr, zog aber der Jungstute einen solchen über, daß sie vom Platz weg in Galopp fiel.

Sie schwiegen lange.

Erst als sie aus dem Wald auf die Felder gekommen waren und unter den Pappeln, die am Wegrand standen, entlang fuhren, brauste Boryna, in den es inzwischen gegärt und gewühlt hatte, auf.

»Für die Hunde ist eine solche Einrichtung in der Welt! Für alles mußt du zahlen, für das geringste gute Wort selbst! Schlecht ist es und schlechter kann es gar nicht sein. Die Kinder selbst ziehen gegen die Eltern los, keiner gehorcht mehr und alle fallen sie übereinander her, wie die Hunde.«

»Das kommt davon, weil sie dumm sind und nicht bedenken, daß sie allesamt unter die heilige Erde kommen.«

»Kaum ist der eine oder der andere ausgewachsen, und schon gebraucht er sein Maulwerk gegen die Väter, sie sollen ihm sein Erbteil geben. Über die Älteren machen sie sich nur lustig! Bande, das Dorf ist ihnen zu eng, die alte Ordnung paßt ihnen nicht mehr, selbst die Tracht ist schon manchem genierlich!«

»Das ist alles so, weil sie Gott nicht mehr achten ...«

»Darum, und auch nicht darum, aber es steht bös!«

»Und zum Besseren geht's nicht, nein.«

»Wie soll es auch gehen, wer wird sie dazu zwingen?«

»'ne Strafe Gottes! denn die Stunde des Gerichtes unseres Herrn Jesu wird kommen, und sie wird kommen.«

»Aber was vorher noch an Volk zugrunde geht, das bringt niemand wieder ein.«

»Solche Zeiten, es wäre besser, die Seuche käme über das Land.«

»Zeiten, ja, aber die Menschen sind auch dran schuld. Und so einer wie der Schmied zum Beispiel? Oder der Schulze? Mit Hochwürden zanken sie 'rum, hetzen die Leute auf, streuen Sand in die Augen und die Dummen glauben's.«

»Dieser Schmied, das ist mein Gift, obgleich er mein Schwiegersohn ist ...«

Und so klagten sie gemeinsam über die schlechte Welt und sahen auf das Dorf, das zwischen den Pappelbäumen ihnen immer näher rückte.

Nahe am Friedhof leuchteten schon von weitem die roten Gewänder der in Reihen arbeitenden gebückten Frauen, über denen wie ein zarter Flor der Rauch lag, und bald begann der Windhauch ihnen das dumpfe eintönige Klatschen der Flachsbrechen zuzutragen, das aus dem Wiesengrund kam.

»Die Zeit ist gut zum Flachsbrechen. Ich steig' da ab; meine Jagusch ist dazwischen.«

»Ist mir kein Umweg, ich fahr' euch 'ran ...«

»Gut seid ihr, Matheus, daß es mich wundernimmt ...« Sie lächelte verschmitzt ...

Er bog vom Pappelweg auf einen Feldpfad ab, der bis zur Friedhofspforte hinlief und fuhr sie bis zu der Stelle, wo unter der steingrauen Mauer, im Schatten der Birken und Ahorne und im Bereich der Kreuze, die sich von den Grabhügeln zu den Feldern herüberneigten, etliche Frauen emsig den getrockneten Flachs brachen, so daß der Staub wie Dunst über ihnen hing und die langen Fasern sich ins gelbe Birkenlaub verknüpften und an den schwarzen Armen der Kreuze hängenblieben; nebenan an den aufgesteckten Ruten trocknete man über Gruben, in denen Feuer brannten, den feuchten Flachs.

Die Flachsbrechen klappten rasch, und die ganze Reihe der Frauen beugte sich immer wieder in kurzen und raschen Stößen, nur hin und wieder reckte sich die eine oder die andere gerade, klopfte ihren Büschel Flachs von den letzten Acheln frei, wickelte ihn zu einem Kogel oder zu einer Puppe zusammen und warf sie vor sich auf ein ausgebreitetes Leinentuch.

Die Sonne, die schon bis zu den Wäldern gerollt war, schien ihnen direkt ins Gesicht, aber das störte sie nicht – denn die Arbeit, das Gelächter und die frohen Reden ließen keinen Augenblick nach.

»Glück zu bei der Arbeit!« rief Boryna nach Jagna hinüber, die gleich vornean am Flachs hantierte; sie trug nur ein Hemd und ihren roten Beiderwandrock, und um den Kopf ein Tuch gegen den Staub.

»Gott bezahl's!« gab sie ihm fröhlich zurück. Sie sah mit ihren leuchtenden blauen Augen zu ihm auf, und ein Lächeln durchflog ihr schönes sonnengebräuntes Gesicht.

»Is trocken, Töchterchen, was?« fragte die Alte, die geschwungenen Flachsbündel betastend.

»Trocken wie Pfeffer, er bricht schon ...«, wieder lächelte sie dem Alten zu, daß es ihm durch und durch ging; er schlug mit der Peitsche durch die Luft und fuhr davon, aber fortwährend sah er sich nach ihr um, obgleich sie schon längst außer Sicht war, so lebhaft stand sie vor seinen Augen ...

»Ein Mädel wie eine Hinde ... Paßt gerade recht ...« überlegte er.

* * *

Sonntag war's – ein stiller, spinnwebumsponnener, sonnendurchtränkter Septembertag. Auf dem Stoppelfeld, sogleich hinter den Scheunen weidete das ganze Vieh des Borynahofes, und unter dem hohen, bauchigen Getreideschober, den eine frischgrüne Bürste jungen Roggens umgab, der beim Verladen des Kornes ausgeschüttet war, lag Jakob, gab auf das Vieh Obacht und unterwies Witek im Gebet. Er fuhr ihn öfters an oder knuffte ihn mit dem Peitschenstiel, denn der Junge irrte sich fortwährend und überflog die Obstgärten mit den Blicken.

»Acht', was ich sage, es ist doch das Gebet«, mahnte er ernst.

»Ich acht' schon, Jakob, ich acht' schon.«

»Na, und was hast du dich denn da in die Obstgärten zu vergucken, hä...ä?«

»Klembs haben noch die Äpfel im Garten, glaub' ich.«

»Die kommen dir grad zu paß, was? Hast du sie denn gepflanzt? Repetier' du das Credo – noch emal.«

»Die Rebhündel habt ihr doch auch nicht aufgezogen und habt 'ne ganze Schar davon weggenommen.«

»Dämlack! Die Äpfel sind Klemb seine und die Vögel sind dem Herr Jesus seine, verstanden?«

»Sie sind doch aber vom Gutsfeld.«

»Auch das Feld gehört dem Herrn Jesus. Seh' mir einer den Klugschnacker an! Repetier' du nur das Credo.«

Witek wiederholte rasch, denn die Knie taten ihm schon weh, aber er hielt es nicht aus.

»Mir scheint, das Füllen geht in Michel seinen Klee«, rief er, bereit, auf und davonzulaufen.

»Hab' man keine Angst nich um das Füllen und paß aufs Gebet ...«

Endlich war er am Ende, konnte jedoch nicht länger stillehalten, kuschelte sich, drehte sich nach allen Seiten und schleuderte einem Haufen Spatzen auf den Pflaumenbäumen einen Erdklumpen nach, dann begann er eilig sich auf die Brust zu schlagen.

»Und den Schluß hast du einfach 'runtergeschluckt, wie 'ne Mulschbirne, was?«

Der Junge wiederholte den Schluß und machte sich mit großer Erleichterung an den Hund heran, mit dem er sich herumzunecken begann.

»Paß auf; mußt du denn immerzu tollen, wie 'n albernes Kalb?«

»Werdet ihr Hochwürden die Vögel hintragen? ...«

»Das werd' ich ...«

»Aufm Feld hier könnten wir sie braten.«

»Brat' dir Kartoffeln. Sieh' mal einer an, was er nicht alles will!«

»In die Kirche gehen sie schon«, rief Witek plötzlich, da er die roten Schürzen auf dem Wege hinter den Hecken und Bäumen schimmern sah.

Die Sonne wärmte gehörig, so daß man alle Fenster und Türen in den Hütten durch und durch geöffnet hatte; hier und da wusch man sich noch an der Hauswand, hier wiederum strählte man das Haar und flocht es in Zöpfe, da klopfte man die Feiertagskleider aus, die durch das lange Liegen in den Truhen zerknüllt waren, und trat schon da und dort auf die Straße, daß bald hier bald dort, gleich roten Mohnblumen, und gelben Georginen, die an den Wänden schon im Verblühen waren, oder wie Kresse und Feuernelken geputzte Menschen herauskamen. Frauen, Kinder, Mädchen, Knechte kamen angegangen, und wie große reife Roggengarben kamen die Bauern in ihren weißen Haartuchröcken anmarschiert und alles strebte bedächtig der Kirche zu, auf Wegen und Stegen kamen sie gegangen zu seiten des Weihers, der wie in einer goldenen Schale die Sonne wiederspiegelte, daß es vor den Augen zu flirren begann.

Die Glocken klangen ununterbrochen mit ihren freudigen Stimmen des Sonntags, der Ruhe und der Andacht.

Jakob wartete, bis man ausgeläutet hatte, da ihm aber die Zeit zu lang wurde, steckte er seinen Bund Rebhühner unter den Kapottrock und sagte:

»Witek, du wirst das Vieh in die Ställe treiben, wenn sie ausgeläutet haben, und kommst dann zum Gottesdienst.«

Er ging so schnell er sich nur vorwärtsbewegen konnte, er hinkte nämlich stark, den Fußweg entlang, der zwischen den Gärten lief und so dicht mit gelbem Pappellaub bedeckt war, daß Jakob wie auf einem safrangelben Perserteppich wandelte.

Das Pfarrhaus stand gegenüber der Kirche, nur durch eine Straße von dieser getrennt, im Hintergrund eines großen Gartens voll grüner Birnen und roter Äpfel. Vor der mit rotem Weinlaub bewachsenen Veranda blieb Jakob ratlos stehen, schüchtern in die sperrangelweit offenen Fenster, dann wieder in die offene Haustür lugend, und da er sich nicht hineinzugehen traute, wich er bis an ein großes Blumenbeet zurück, das voll Rosen, Levkojen und Astern war und aus dem ihm ein süßer betäubender Duft entgegenschlug; eine weiße Taubenschar krabbelte auf dem grünen, moosbewachsenen Dach umher und flatterte bis auf die Veranda herunter.

Der Pfarrer ging im Garten auf und ab mit dem Brevier in der Hand, doch schüttelte er hin und wieder an einem Birn- oder Apfelbaum, daß man das schwere

Aufplatzen der Früchte auf den Boden hörte; er sammelte das Obst auf in den Schoß seines Priesterkleides und wollte es ins Haus tragen.

Jakob vertrat ihm den Weg und bückte sich demütig bis an seine Knie.

»Was gibt's denn? Ach so ... Jakob vom Borynahof.«

»Jawohl! 'n paar Rebhühndl hab' ich Hochwürden gebracht.«

»Gott lohn's dir. Komm mit.«

Jakob betrat den Vorplatz und blieb auf der Schwelle stehen, denn er traute sich keinesfalls in die Zimmer hinein. Soweit es durch die offene Tür möglich war, blinzelte er aber zu den Bildern hinüber, die an den Wänden hingen, bekreuzigte sich fromm, holte tief Atem und fühlte sich dermaßen geblendet durch all die Herrlichkeit, daß ihm selbst die Tränen in die Augen traten. Er hatte große Lust zu beten, nur traute er sich nicht, niederzuknien, um das glänzende, glatte Parkett nicht zu beschmutzen. Doch der Pfarrer kam gleich wieder aus den Zimmern heraus, gab ihm fünfzehn Kopeken in Silber und sagte:

»Gott bezahl's, Jakob, du bist ein guter, frommer Mensch, du gehst auch jeden Sonntag zur Kirche.«

Jakob umfaßte seine Knie, doch er war dermaßen betäubt durch das Gefühl der plötzlichen Freude, daß er gar nicht gewahr wurde, wie er sich wieder auf der Straße befand.

»Sieh mal an, für die paar Vögelchens und so 'n Geld! Hochwürden – der Liebe ...« flüsterte er, die Münze beäugend. Nicht das erstemal zwar brachte er Hochwürden etwas, mal 'n paar Vögel, dann wieder ein Häschen oder Pilze. Niemals aber hatte er so viel bekommen; auf den Höchstfall einen Groschen oder auch nur ein gutes Wort ... und heute, du lieber Gott! einen ganzen Silberling, und aufs Zimmer hatte man ihn gerufen, und so viel Gutes gesagt. Jesus! Es klemmte ihm die Gurgel zu, und Tränen flossen wie von selbst aus seinen Augen, und im Herzen fühlte er eine solche Wärme, als ob ihm jemand Glut auf die Brust geschüttet hätte.

Allein der Priester weiß den Menschen zu ehren, er nur einzig und allein. – Daß ihn Gott gesund erhalte und die heilige Jungfrau Maria von Tschenstochau. 'n guter Herr bist du, oh 'n guter! ...« Und die im Dorf, die konnten ihn nur Hinkefuß, Tölpel, unbrauchbares Subjekt nennen, die Bauern wie die Knechte, niemand gönnte ihm ein gutes Wort, niemand hatte Mitleid mit ihm – höchstens nur die Gäule und 'n paar Dorfhunde ... und war er nicht aus guter Familie ... ein Bauernsohn ... kein Landstreicher, sondern ein guter Christ, ein Katholischer ...

Immer höher und sicherer reckte er den Kopf, machte sich gerade so gut es ging und schaute von oben herab und herausfordernd in die Welt, auf die Menschen, die den Kirchhof betraten, und auf die Pferde, die unter der Mauer bei den Wagen standen; die Mütze setzte er sich auf seinem Zottelkopf zurecht und begab sich langsam und würdig nach der Kirche zu, wie irgendein Hofbauer, die Hände in den Gürtel geschoben und mit dem schiefen Bein hinterherfegend, daß der Staub hinter ihm aufwirbelte. Nein, heute blieb er nicht in der Vorhalle, wie sonst, und wie's für ihn, den armen Knecht vom Borynahof paßte, sondern er fing an, sich mächtig durch das Gedränge vorwärtszuschubsen und schob geradeaus nach dem Hauptaltar – da, wo nur die Hofbauern zu stehen pflegten, wo Boryna stand und der Dorfschulze selbst, und all diejenigen, die den Traghimmel hinter Hochwürden hertragen, und die auch, die mit Kerzen dick wie eine Runge vor dem Altar Wacht halten durften während der Ausstellung des heiligen Sakraments.

Mit Staunen und Entsetzen betrachteten sie ihn, und häufig genug mußte er ein unangenehmes Wort hören oder erhielt einen Blick – wie ein Hund, der sich hindrängt, wohin man ihn nicht gerufen hat. Doch Jakob machte sich heute nichts daraus; fest hielt er die Münze in der Faust und hatte die Seele voll Süße und Güte; wie nach der Beichte fühlte er sich, oder selbst besser noch.

Der Gottesdienst begann.

Er kniete ganz dicht am Geländer und sang andächtig mit den andern, dabei den Hauptaltar angaffend, wo ganz oben Gott-Vater zu sehen war, ein weißhaariger Herr, streng und ganz dem Gutsherrn aus Dschasgowa-Wola ähnlich. Und aus der Mitte, im goldigen Mantel, sah ihn die Tschenstochauer Muttergottes selbst an ... Und überall gleißte Gold, lohten die Kerzenflammen, standen Sträuße aus roten Papierblumen und hoben sich aus den Wänden und bunten Fenstern goldene Scheine und ernste Heiligengesichter heraus. Streifen von Gold, Purpur und Violett fielen wie ein Regenbogen auf sein Gesicht, auf seinen Kopf, ganz als ob er im Weiher untergetaucht wäre vor Sonnenuntergang, wenn die Sonne über das Wasser kommt. Und er fühlte sich in diesen Herrlichkeiten wie im Himmel, so daß er sich nicht zu bewegen traute und nur so kniete, versunken im Anschauen des schwärzlichen, lieben Muttergesichts der heiligen Jungfrau, daß er ein Gebet nach dem anbeten mit fiebertrockenen Lippen stammelte und dann vor sich hin sang mit solcher Andacht, so aus allen Kräften seiner glaubensstarken Seele, so aus dem begeisterten Herzen heraus, daß seine eingetrocknete, knarrende Stimme am meisten vernehmbar war.

»Jakob, ihr blökt ja, wie 'ne Judenziege«, flüsterte ihm einer von der Seite zu.

»Unsrem Herrn Jesus und der heiligen Jungfrau zu Ehren«, brummelte er, nachdem er seinen Gesang unterbrochen hatte, denn in der Kirche wurde es allmählich still. Der Priester kletterte auf die Kanzel und alle reckten die Köpfe und schauten Hochwürden an, der im weißen Chorhemd sich über das Volk beugte und das Evangelium las. Und Lichter und Farben fluteten über seine Gestalt von den Fenstern her, daß er allen wie ein Engel auf einem Regenbogen dünkte. Der Priester sprach lange und mit solchem Nachdruck, daß der eine und der andere aus reuigem Herzen aufseufzte und manchem die Tränen übers Gesicht flossen, und ein anderer wiederum den Blick senkte, in seinem Gewissen bereute und sich vornahm, besser zu werden. Jakob starrte auf Hochwürden, wie auf ein Heiligenbild, und es war ihm fast seltsam, daß dieses derselbe gute Herr sein sollte, der mit ihm vorhin gesprochen hatte und ihm den Silberling gegeben hatte – denn jetzt sah er wie ein Erzengel auf dem Feuerwagen der Morgenröte aus, sein Gesicht war bleich geworden, die Augen schleuderten Blitze, als er die Stimme erhob und dem Volk alle Sünden vorhielt: Geiz und Trunkenheit, Zügellosigkeit, Schädigung des Nachbarn, Nichtachtung vor den Älteren und Gottlosigkeit! Und er rief mit großer Stimme, zur Besinnung mahnend, flehte, beschwor und bat – so daß Jakob nicht länger an sich halten konnte und unter der Last all dieser Sünden innerlich zu beben begann und laut losheulte – und ihm nach das ganze Volk, Frauen, ja selbst Hofbauern – so daß ein Weinen in der Kirche entstand, ein Schluchzen und Schneuzen; und als der Priester sich mit dem Bußgebet gegen den Altar wandte und niederkniete, überflog ein Stöhnen die Kirche, und das ganze Volk stürzte, wie ein sturmgebeugter Forst, mit den Gesichtern zu Boden, so daß der Staub aufwirbelte und wie mit einer Wolke die reuigen, tränenschweren, seufzenden und flehenden Herzen, die zum Herrn um Erbarmen riefen, umhüllte. Und Stille sank darauf herab, die Stille der tiefen Andacht und des innigsten Zwiegesprächs mit dem Herrn, denn nun begann die Messe – die Orgel setzte mit einer gedämpften, demütigen und tiefen Stimme ein – so daß Jakobs Seele in Wonne und unaussprechlichem Glück schier erstarb.

Und dann erhob sich plötzlich vom Altar her die Stimme des Priesters und floß über die gesenkten Köpfe, wie ein Bach von Klängen, oder die Schellen klangen in kurzen Stößen, und Weihrauch schlug in duftenden Säulen empor und umgab die knienden Andachtsversunkenen wie mit einem Flor, Jakob aber wurde darob mit einer solchen Wollust erfüllt, daß er nur seufzte und die Arme ausbreitete, gegen seine Brust hämmerte und in diesem süßen Gefühl des Ersterbens sich ganz auflöste. Das Geflüster der Gebete, die Seufzer und plötzlichen Aufschreie, das vereinzelte Stöhnen, die heißen Atemzüge, die Lichter, der Dunst und der Orgelklang tauchten ihn wie in eine Verzückung und in einen heiligen Traum.

»Jeses, mein lieber Jeses«, flüsterte er geblendet und geistesabwesend und hielt seine Silbermünze fest in der Faust. Und als Ambrosius, der Küster, mit einem Teller herumging und mit dem Geld zu klappern begann, damit man hörte, daß er Gaben fürs Licht sammelt, erhob sich Jakob, warf seine Münze laut hin und suchte lange, wie das die echten Hofbauern so taten, nach dem Rest von 26 Pfennigen. »Gott bezahl's« hörte er voll Behagen.

Und als die Kerzen verteilt wurden, denn die Messe war mit der Zurschaustellung des heiligen Sakraments und mit einem Festgang um die Kirche, streckte Jakob mutig seine Hand aus, und obgleich er große Lust hatte, eine ganze Kerze zu nehmen, griff er doch nur nach der kleinsten, nach einem Lichtstumpf fast, denn er begegnete dem gestrengen, rügenden Blick der Dominikbäuerin, die mit ihrer Tochter Jagna neben ihm stand – er zündete rasch sein Licht noch an, denn der Priester hatte schon die Monstranz erfaßt und sich mit ihr nach dem Volk umgedreht, so daß alle mit dem Gesicht zu Boden fielen. Nun stimmte Hochwürden den Gesang an und schritt langsam die Treppenstufen des Altars hinab durch eine plötzlich gebildete Straße aus singenden Köpfen, flammenden Kerzen, grellen Farben und ächzenden Stimmen. Der feierliche Umzug setzte sich in Bewegung, die Orgel erdröhnte mächtig, die Schellen fingen an rhythmisch zu läuten, das Volk, die zweite Stimme ergreifend, sang mit einer einzigen großen Stimme des Glaubens, und vorne, vor dem Gedränge, umgeben von bebenden Lichtern, blinkte das silberne Kreuz, schaukelten die Tragaltare ganz in Tüll gehüllt, voll Blumen und mit goldenen Kronen gekrönt, und am Hauptausgang, wo durch die Weihrauchwolken die Sonne einströmte, entfalteten sich schon die gesenkten Fahnen und schlugen wie purpurfarbene und grüne Vögel mit den Flügeln.

Die Prozession umkreiste die Kirche.

Jakob beschattete sein Licht mit der gekrümmten Handfläche und hielt sich eigensinnig ganz nahe hinter dem Priester, über dem die Hofbauern Boryna, Thomas Klemb, der Schmied und der Dorfschulze den roten Traghimmel trugen, unter welchem die Monstranz golden leuchtete und so im Feuer des Sonnenlichts stand, daß man durch ihre runde Glasscheibe in der Mitte die blasse durchsichtige Hostie sah.

Jakob war so geistesabwesend, daß er immer wieder stolperte und den anderen auf die Füße trat.

»Paß auf, du Stummelaffe!«

»Mißgeburt, Hinkefuß«, warfen sie ihm zu, die Worte nicht selten mit Rippenstößen begleitend.

Er hörte nichts davon. Der Gesang des Volkes rauschte mächtig dahin, erhob sich wie eine Säule, schien wie eine Woge zu fließen und schlug gegen die weiße Sonne. Die Glocken dröhnten ununterbrochen aus erzenen Mündern, so daß die Linden und Ahorne bebten und hin und wieder sich ein rotes Blatt von den Zweigen losriß, wie ein aufgescheuchter Vogel, und auf die Köpfe niedersank. Und hoch, hoch über den Wandelnden, über den Wipfeln der gebeugten Bäume, über dem Kirchturm kreiste ein Schwarm aufgescheuchter Tauben ...

– – – – –

Nach dem Gottesdienst ergoß sich die Volksmenge auf den um die Kirche gelegenen Friedhof, auch Jakob kam mit den anderen hinaus, aber heute hatte er keine Eile, obgleich er wußte, daß zu Mittag Fleisch von der notgeschlachteten Kuh da sein würde; nein, warum denn auch, hin und wieder blieb er stehen, redete mit diesem und jenem von seiner Bekanntschaft und schob sich an seine Leute heran, denn auch der Antek stand mit seiner Frau bei den anderen im Haufen. Man besprach sich, wie es immer an den Sonntagen nach der Hochmesse Brauch ist.

In einem anderen Haufen aber, der sich schon hinter der Pforte auf der Dorfstraße versammelt hatte, führte der Schmied das erste Wort. Der war ein großer, schon ganz städtisch gekleideter Kerl, in einem schwarzen, auf dem Rücken mit Wachs betropften Knierock, dunkelblauer Mütze, langen über die Stiefelschäfte heruntergelassenen Hosen und einer silbernen Uhrkette auf der Weste. Er hatte ein rotes Gesicht, einen rosthaarigen Schnurrbart und wirres, steifes Kraushaar, schwadronierte weit vernehmbar und brach hin und wieder in quarrendes Gelächter aus, denn er war der erste Spötter im Dorf, und Gott behüte den, welchen seine böse Zunge sich zum Opfer ausersehen hatte. Der alte Boryna schielte immerzu verdächtig zu ihm herüber und lauschte auf seine Worte, denn er fürchtete sich vor seinem Geschwätz. Selbst den eigenen Vater hätte der Schmied nicht ungeschoren gelassen, geschweige denn den Schwieger, mit dem er in ständigem Krieg war wegen der Mitgift seiner Frau, doch konnte Boryna nicht viel heraushören, denn gerade wurde er die Dominikbäuerin mit Jagna gewahr, die nun die Kirche verließen. Sie gingen beide langsam, da viel Volk auf dem Kirchhof war, warfen dem und jenem ein Wort hin und begrüßten den einen und den anderen, denn trotzdem sie sich alle kannten und obendrein versippt und verschwägert waren, wie es im Dorf zumeist so ist, wo man nur um einen Zaun oder Grenzrain voneinander entfernt sitzt, so war es doch recht schön, vor der Kirche miteinander zu reden, und es paßte sich so ... Mit einer leisen, und andachtsvollen Stimme verbreitete sich die Dominikbäuerin über Hochwürden, wahrend Jagna sich nach den Leuten umsah. Sie war im Wuchse den größten Männern des Dorfes gleich, und so schmuck schien sie heut, daß die Burschen, die sich qualmend auf dem Wege vor der Zufahrt in einem Haufen zusammengerottet hatten und ihr lachend die Zähne zeigten, mit den Augen an ihr hingen. Sie war so wohlgestaltet, so prächtig aufgeputzt, und von so hoher Statur, daß selbst ein Herrschaftsfräulein sich mit ihr nicht hätte messen können.

Die Dorfmädchen und auch die Bäuerinnen, die vorbeigingen, blickten sie neidisch an oder blieben gar dicht neben ihr stehen, um ihre Augen an dem gestreiften und reichen Beiderwandrock zu sättigen, der an ihr leuchtete, wie ein Regenbogen ihrer mazurischen Heimat, ihre schwarzen hohen Stiefel anzustaunen, die bis zum weißen Strumpf hinauf mit roter Litze verschnürt waren, das Mieder aus grünem Samt, das so reich mit Gold bestickt war, daß es einem in den Augen flimmerte, und auch die Bernstein- und Korallenschnüre, die ihren weißen, vollen Hals umschlossen. Ein Büschel verschiedenfarbiger Bänder hing vom Verschluß der Schnüre auf den Rücken herab und flatterte, wenn sie ging, ihr buntfarben nach.

Jagna merkte die neidischen Blicke nicht, aber eine plötzliche Röte schoß ihr ins Gesicht, als ihre lichtblauen Augen, von einem zum andern irrend, den sie anstarrenden Blicken Anteks begegneten. Sie zupfte die Mutter am Ärmel und ging voraus, ohne zu warten.

»Wart' doch, Jagna« schrie diese ihr nach, indem sie den alten Boryna begrüßte.

Mitten auf der Straße blieb Jagna aber stehen, denn die Burschen umdrängten sie in hellem Haufen, begrüßten sie und fingen an, sich über Jakob lustig zu machen, der hinter ihr her ging, in ihrem Anblick wie in ein Heiligenbild vergafft.

Der aber spuckte nur aus und wandte sich trägen Schritts heimwärts, denn auch seine Bauersleute waren auf dem Heimweg, und man mußte doch auch noch nach den Pferden sehen.

»Grad wie auf einem Bild!« rief er unwillkürlich aus, schon auf der Galerie des Bauernhauses sitzend.

»Wer denn, Jakob?« fragte Fine, die das Mittagessen richtete.

Er senkte beschämt seine Augen, aus Angst, daß man ihm etwas anmerken könnte.

Da aber das Mittagessen reichlich und lang war, hatte er bald alles vergessen. Fleisch gab es heute, Kohl mit Erbsen, Brühe mit Kartoffeln, und zum Schluß stellte man noch eine ordentliche Schüssel mit in Speck gerösteter Gerstengrütze auf den Tisch.

Sie aßen bedächtig, ernst und schweigsam vor sich hin, und als der erste Hunger gestillt war, fingen sie an, sich miteinander zu bereden und sich am Essen zu freuen.

Fine, die in den Platz der Hausfrau aufgerückt war, setzte sich nur hin und wieder am Rande der Bank nieder, aß schnell und achtete fleißig darauf, daß es nicht am Essen fehlte, und daß die Töpfe aus der Stube rechtzeitig nach draußen zum Nachfüllen kamen, denn niemand sollte sich beklagen können, daß in den Schüsseln Grund komme.

Sie aßen auf der Galerie, denn das Wetter war still und warm.

Waupa drehte sich um sie herum, scharwenzelte, rieb sich gegen die Beine der Essenden und schnüffelte in den Schüsseln, bis ihm jemand hin und wieder einen Knochen hinwarf, mit dem er nach der Mauerbank rannte, und beglückt durch die Anwesenheit seiner Leute, vielleicht auch weil man seinen Namen laut nannte, fing er an, freudig zu bellen und hinter den Spatzen her zu jagen, die in Erwartung der Brocken vom Mahl sich in die Hecken hingen.

Und oft kam jemand über den Weg, den Essenden seinen Gruß zurufend, auf den sie einstimmig antworteten.

»Hast Hochwürden ein paar Vöglein gebracht?« erkundigte sich Boryna.

»Jawohl, jawohl!« Er legte plötzlich den Löffel hin und fing an zu erzählen, wie der Pfarrer ihn auf die Zimmer gerufen hatte, und wie es dort schön sei und welche Menge Bücher.

»Wann kann er die alle lesen?« sagte Fine.

»Wann? An den Abenden! Dann geht er durch die Zimmer auf und ab, trinkt Tee und liest immerzu.«

»Das muß wohl … lauter Frommes sein?« warf Jakob ein.

»Versteht sich, daß es keine Fibeln sind.«

»Und Zeitungen bringt ihm der Gemeindebote jeden Tag«, fügte Anna hinzu.

»Weil man in den Zeitungen schreibt, was in der Welt passiert …« ließ sich Antek vernehmen.

»Auch der Schmied mit dem Müller halten sie sich.«

»Päh … so 'ne Schmiedszeitung! …« sagte Boryna höhnisch.

»Ganz und gar dieselbe, wie dem Pastor seine«, entgegnete Antek scharf.

»Hast sie gelesen, daß du es weißt?«

»Das hab' ich, und ob …«

»Und bist doch nicht klüger geworden, daß du dich mit dem Schmied einläßt.«

»Für den Vater ist nur der klug, der mindestens seine halbe Hufe Land hat und sein Dutzend Kuhschwänze dazu.«

»Halt's Maul, solang ich gut bin. Sieh einer nur, da sucht er sich wieder Gelegenheit, mir die Zähne zu zeigen. Das Brot bläht dich auf, wie's mir scheint … mein Brot …«

»Jawohl, das steckt mir schon wie 'n Knochen in der Gurgel.«

»Such dir Besseres, auf Anna ihren drei Morgen wirst du Semmeln essen können.«

»Und sollte ich selbst Kartoffeln fressen, so wird sie mir niemand vorwerfen.«

»Ich werfe sie dir auch nicht vor.«

»Wer denn sonst? … Wie 'n Ochs muß man sich schinden und nicht mal ein freundliches Wort kriegst du dafür.«

»In der Welt ist es leichter, da braucht man nicht zu arbeiten und kriegt alles.«

»Versteht sich! …«

»Dann geh' er doch hin und versuch' er es.«

»Mit leeren Händen nicht!«

»Einen Stecken kannst kriegen, damit du was für die Hunde hast.«

»Vater!« schrie Antek, von der Bank aufspringend, aber er fiel gleich zurück, denn Anna hielt ihn fest. Der Alte warf ihm einen drohenden Blick zu, bekreuzigte sich, da das Mittagessen beendet war, und sagte noch im Weggehen hart:

»Auf den Altenteil geh ich nicht zu dir, nee!«

Sie gingen gleich darauf auseinander, nur Antek blieb auf dem Vorbau und grübelte. Jakob führte die Pferde aufs Kleefeld hinter den Scheunen und lagerte sich unter dem Getreideschober, um etwas zu schlummern, aber schlafen konnte er nicht, das Essen drückte ihn im Leib und der Gedanke quälte ihn, daß er, wenn er eine Flinte hätte, 'ne Menge Vögel und manches Häschen schießen könnte, um jeden Sonntag Hochwürden etwas zu bringen.

Der Schmied würde ihm wohl eine Flinte machen können, gerade solche wie dem Forstaufseher. Wenn einer daraus im Walde schießt, hört man es drin im Dorf!

»Ein schlaues Luder! Aber 5 Rubel müßte man ihm dafür bezahlen!« überlegte er. »Und woher nehmen? ... Der Winter rückt näher, einen Schafpelz muß man kaufen, die Stiefel halten auch nur bis zum Fest ... Gewiß, zehn Rubel bekommt er noch und zwei Stück Zeug, eine Hose und ein Hemd ... Der Schafpelz kostet mindestens 5 Rubel ... der wird allerdings etwas kurz sein ... die Stiefel an die drei Rubel ... und eine Mütze täte not ... einen Rubel muß man Hochwürden für die Seelenmesse der Eltern wegen bezahlen ... Verflucht ..., daß auch nichts übrigbleibt! ...« Er spuckte aus und fing an, in der Tasche seiner Joppe nach Tabakresten zu kramen, stieß aber auf das Geld, das er während des Mittagsmahles ganz vergessen hatte.

»Sieh da, bar Geld, sieh da!« Die Schlaflust war plötzlich verflogen; von der Schenke her ertönte die Stimme der Musik, fern wie durchgesiebt; ein Wiederhall von Zurufen wurde vernehmbar.

»Da tanzen sie, die Biester, trinken Schnaps und rauchen Zigaretten!« Er seufzte auf, legte sich wieder bäuchlings hin und sah den gefesselten Gäulen zu, wie sie zu einem Haufen geschart einander in den Nacken griffen. Er überlegte, daß er abends ebenfalls in die Schenke müßte, um etwas Tabak zu kaufen und wenigstens den Tanzenden zuzugucken. Immer wieder besah er seine paar Geldmünzen und blinzelte in die Sonne. Sie war noch recht hoch und schob sich heute so langsam gen Westen, als ob sie auch ein bißchen sonntäglich ausruhe. So mächtig zog's ihn schon nach der Schenke, daß er kaum an sich halten konnte, er drehte sich von einer Seite auf die andere und stöhnte nur hin und wieder voll sehnsuchtsvollen Begehrens; auf den Weg machte er sich jedoch nicht gleich, denn hinter den Scheunen hervor erschien gerade Antek mit Anna. Sie gingen über den Rain ins Feld.

Antek voraus und Anna mit dem Säugling im Arm hinterdrein. Hin und wieder sagten sie etwas. Sie gingen langsam, und immer wieder beugte sich Antek über den Acker, mit der Hand die aufgehenden Halme betastend.

»Es kommt sich ... dicht wie eine Bürste«, brummte er und umschlang mit den Blicken jene Ackerhufen, die er dem Vater gegen Lohn bestellte.

»Dicht ist es schon, aber das Väterliche is besser, wie ein Wald schießt es hervor«, sagte Anna, die benachbarten Äcker beäugend.

»Weil der Acker besser zubereitet ist.«

»Wenn man drei Kühe hätte – dann würde auch der Boden mehr Nahrung haben.«

»Und sein eigenes Pferd dazu.«

»Und noch was zu mästen zum Verkauf. Aber so? Jede Spreu, jede Kartoffelschale rechnet der Vater an und hält es noch für Gott weiß was für eine Wohltat.«

»Und alles kriegt man noch vorgezählt.«

Sie verstummten plötzlich. Ein Gefühl erlittenen Unrechts füllte ihre Herzen mit Bitterkeit, Zorn und dumpfer, zerrender Empörung.

»Acht Morgen würden nur auf jeden zufallen«, rief er unwillkürlich aus.

»Natürlich, mehr nicht. Fine ist doch da und dem Schmied seine Frau und Gregor und wir«, zählte sie her.

»Dem Schmied seinen Teil könnte man auszahlen und bei dem Haus mit der halben Hufe bleiben.«

»Und hast du, womit?« ... Sie stöhnte auf im Gefühl ihrer Ohnmacht, das so stark war, daß ihr die Tränen kamen, als sie mit den Blicken die väterlichen Felder umfaßte, diese Erde, wie gediegenes Gold, wo man Weizen und Roggen, Gerste und Rüben von Scholle zu Scholle ernten konnte ... So viel Gut, und alles fremdes, nicht ihr's.

»Heul' nicht, Dumme, acht Morgen davon sind immerhin unser.«

»Wenn's wenigstens noch die Hälfte wäre und das Haus und das Kohlfeld dazu!« sie wies links nach dem Wiesenland, wo lange Kohlbeete blauten. Dahin wandten sie sich.

Unter die Knicks am Wiesenrand setzten sie sich, Anna machte sich an das Stillen des Kindes, da es angefangen hatte zu greinen, und Antek drehte sich eine Zigarette zurecht, brannte sie an und starrte finster vor sich hin.

Er sprach zu seiner Frau nicht darüber, was ihm bis in die Eingeweide hineinfraß und auf dem Herzen wie glühende Kohlen lag, denn er hätte es weder ausdrücken können noch hätte sie ihn richtig verstanden. Wie die Weiber nun einmal sind, weder Überlegung haben sie noch können sie etwas selbständig bedenken und leben so wie ein Schatten, den ein Mensch wirft ...

»Die Wirtschaft, die Kinder, die Gevatterinnen – das ist ihre ganze Welt. Und alle sind sie so, alle ...« sann er voll Bitterkeit, und das Herz preßte sich ihm zusammen ... »Ein Vogel, der über die Moore fliegt, hat es besser, als manch ein Mensch ... Was hat er zu sorgen? Er fliegt und singt sich eins und Herr Jesus säet für ihn, so daß er nur zu ernten und sich zu nähren braucht ...«

»Und fehlt denn Vater vielleicht an bar Geld?« fing Anna wieder an.

»Freilich!«

»Und Fine hat er solche Korallen gekauft – daß ein anderer dafür eine Kuh haben könnte, und Gregor schickt er immerzu Geld durch den Schulzen.«

»Das tut er«, antwortete er, an anderes denkend.

»Das ist doch ein Nachteil für die anderen. Und der seligen Mutter ihre Kleider hält er in der Truhe unter Schloß und Riegel, nicht mal zeigen tut er sie ... Und was für Röcke sind das, was für Tücher, Hauben und Perlenschnüre«, sie begann umständlich alles Gut aufzuzählen. Alles Unrecht, alle Bitternisse und Hoffnungen zählte sie her, aber Antek schwieg verbissen, bis sie ihn ungeduldig gegen den Arm stieß.

»Schläfst du denn? ...«

»Ich höre schon, rede nur, rede, das wird dich erleichtern, und wenn du fertig bist, sag' mir Bescheid ...«

Anna, die leicht bereit zum Weinen war und auch tatsächlich viel auf der Seele hatte, brach in Schluchzen aus und fing an, ihm Vorwürfe zu machen, daß er zu ihr wie zu einer Magd spreche, daß er weder von ihr noch von den Kindern etwas halte.

Bis Antek aufsprang und ihr höhnisch zurief:

»Schreie nur, soviel wie du willst, die Krähen da werden dich schon hören und beklagen!« Er deutete mit den Augen auf die Vögel, die über die Wiese geflogen kamen, drückte die Mütze tiefer auf und ging hastig mit großen Schritten auf das Dorf zu.

»Antek! Antek!« rief sie kläglich hinter ihm her, doch er wandte sich nicht einmal um.

Sie wickelte das Kind ein und eilte aufschluchzend über die Feldraine dem Bauernhof zu; ihr Herz war schwer – niemand war da, mit dem man reden konnte, vor dem man sich über sein Los hätte beklagen können. Und man lebt allein wie 'n ... Termit, nicht mal zum Nachbarn hat man Lust hinzugehen, um sich all den Kummer vom Herzen zu reden. Antek würde ihr schon kommen mit den Gevatterinnen, nichts als zu Hause sitzen, sorgen und sich abmoraken und zu guter Letzt kriegt man selbst nicht ein gutes Wort dafür! Andere gehen in den Dorfkrug und zu Hochzeiten ... aber der Antek ... kann man dem was recht machen? ... Manchmal ist er so gut, wie Balsam auf die Wunde, und dann kann man wochenlang nicht ein Wort aus ihm herauskriegen, nicht einmal ansehen tut er einen ... Immer nur grübeln und sinnieren ... Er weiß auch worüber, das ist wahr! Und der Vater, könnte der ihnen nicht Land abschreiben, ist es nicht Zeit für den Alten, auf seinen Altenteil zu gehen ... Ach, sie würde ihn schon pflegen, daß selbst der eigene Vater es nicht besser bei ihr haben könnte.

Sie wollte sich zu Jakob setzen, aber dieser klemmte sich mit dem Rücken gegen den Heuschober und tat, als ob er schliefe, obgleich ihm die Sonne gerade in die Augen schien; erst als sie hinter der Scheunenecke verschwunden war, erhob er sich, klopfte das Stroh herunter und schlich sich bedächtig an den Obstgärten entlang dem Dorfkrug zu ... das Geld brannte ihm in der Tasche ...

Die Schenke stand am Ende des Dorfes hinter dem Pfarrhof am Anfang der Pappelallee.

Menschen waren noch wenige da; die Musikanten klimperten hin und wieder, niemand jedoch tanzte; es war noch viel zu früh, und die Jugend zog es vor, im Obstgarten herumzuscharmieren oder vor der Einfahrt an den Wänden entlang zu stehen, wo auf frischen und noch gelben Holzbalken schon ein ganzer Schwarm Mädchen und Weiber saß. In der großen Stube mit der schwarzen rußigen Balkendecke war es fast leer, die kleinen angelaufenen Scheiben ließen das rote Licht des Spätnachmittags so schwach durch, daß nur ein einziger Streifen auf dem ausgetretenen Fußboden lag, in den Ecken aber war es dämmerig. Ein paar Leute saßen da hinter den Tischen an der Wand, aber unterscheiden konnte man nicht, wer es war.

Einzig Ambrosius, der Küster, stand mit einem von der Brüderschaft der Lichttragenden mit der Schnapsbuttel in der Faust am Fenster da – sie tranken einander häufig zu und redeten dies und jenes ...

»Die tanzen heute wie die Fliegen im Pech! Los, rühr' dich mal, Eve! Die ganze Nacht hast dich herumgetrieben und jetzt schläfst du im Tanz! Und das Thomasle! Mach doch, mach vorwärts! Ist's dir denn so schwer geworden, dieses Maß Hafer, das du dem Juden verkauft hast, was? ... Hab nur keine Angst, der Vater weiß es noch nicht. Laß dich man mit den Rekruten ein, Maruschka, und bitte mich auf der Stelle zu Gevatter.«

So stichelte die alte Gusche gegen die Tänzer der Reihe nach, sie war eine Zügellose und hatte eine Wut gegen alle, weil sie die eigenen Kinder benachteiligt hatten, so daß sie auf ihre alten Tage auf Tagelohn gehen mußte. Da ihr aber niemand antwortete, bekam sie das Keifen bald satt und begab sich in die gute Stube, wo der Schmied mit Antek und noch einige jüngere Bauernsöhne saßen. Oben an der schwarzen Balkendecke hing eine Lampe und erhellte mit ihrem schwachen gelben Schimmer die hellen, wuscheligen Köpfe. Sie saßen um den Tisch herum, stemmten sich fest auf die Ellbogen und hatten alle die Augen auf den Schmied gerichtet, der über den Tisch gebückt, ganz rot, mit den Händen breit fuchtelte und hin und wieder mit der Faust aufschlug und leise erzählte.

Die Baßgeigen brummten, gerade als ob sich von draußen eine Hummel in die Stube verflogen hätte und umhersauste ... manches Mal zwitscherte eine Geige ganz unerwartet auf, tief wie ein lockendes Vöglein, dann wiederum turtelte und klirrte eine Trommel ... aber alsbald breitete sich wieder Stille aus.

Jakob ging geradeaus auf die Tonbank zu, hinter der Jankel mit einem Käppchen auf dem Hinterkopf und ohne Rock und Weste saß, denn es war warm in der Stube. Der Jude streichelte hin und wieder den weißen Bart, schaukelte hin und her und vertiefte sich in seine Lektüre, die Augen dicht an die Blätter des Buches haltend.

Jakob überlegte, trat von einem Fuß auf den anderen, zählte sein Geld, kratzte in seinem Zottelhaar und blieb lange so stehen, bis Jankel ihn ein paarmal anblickte und ohne in seinem Schaukeln und seinem Gebet innezuhalten, das eine und das andere Mal die Schnapsgläser klirren ließ ...

»'n halbes Maß, aber starken!« bestimmte er schließlich.

Zankel goß den Schnaps schweigend ein und langte mit der Linken nach dem Geld ...

»In ein Glas schenken?« fragte er, nachdem die rostigen Kupfermünzen ins Schubfach geschoben waren.

»Versteht sich, doch nicht in 'n Stiebel! ...«

Er schob sich nach der Ecke der Tonbank, stürzte das erste Glas hinunter, spuckte aus und begann sich in der Schenke umzuschauen; – den zweiten trank er gleich darauf, sah die Schnapsbuttel gegen das Licht an und klopfte mit ihr stark gegen die Tonbank.

»Noch einen und Tobak!« sagte er schon selbstbewußter, denn eine wohlige Wärme durchrieselte ihn nach dem Schnaps und eine merkwürdige Kraft floß ihm durch die Glieder.

»Hat Jakob heute seinen Dienstlohn bekommen?«

»Warum denn das ... ist denn heut Neujahr?«

»Etwas Arrak gefällig?«

»Nee ... reicht nich.« Er zählte das Geld über und blickte kläglich nach der Arrakflasche.

»Ich kann borgen, wir sind doch mit Jakob gute Bekannte.«

»Nich nötig. – Wer borgt, der geht bald ohne Stiefel«, sagte Jakob scharf.

Trotzdem stellte Jankel ein Fläschchen mit Arrak vor ihm hin.

Er wehrte sich, machte selbst schon Anstalten wegzugehen, aber das Luder von Arrak duftete so stark, daß es in der Nase kribbelte; so kämpfte er nicht länger, sondern trank nur, ohne viel zu überlegen.

»Habt ihr im Wald was verdient?« fuhr Jankel fort, geduldig auszufragen.

»Nein, nicht im Walde ... sechs Rebhühndel, die ich im Netze griff, brachte ich Hochwürden ... der hat mir dafor einen Silberling gegeben.«

»Fünfzehn Kopeken für sechs! 'n Zehner würde ich für jedes bezahlen.«

»Wieso, sind denn Rebhühndel koscheres Fleisch? ...« Er war ganz erstaunt.

»Darüber brauchen sich Jakob kein Kopfzerbrechen machen ... bring' er mir welche und viel, und für jedes Rebhühndel kriegt er 'n Zehner in bar, und zum Einverständnis werde ich einen extra Starken spendieren. Gelt?«

»'n ganzen Zehner for das Stück wird Jankel bezahlen?«

»Mein Wort ist kein Wind. Und für die sechs hätte Jakob bei mir zwei halbe Maß reinen Schnaps und vier mit Arrak, einen Hering, 'ne Semmel und 'n Paket Tabak bekommen – verstanden?«

»Freilich ... vier halbe Maß mit Arrak und 'n Hering ... und freilich ... 'n Vieh bin ich nicht, ohne Verstand ... richtig wahr! Vier halbe mit Arrak und Tobak und Semmeln ... und 'n ganzen Hering.« Der Schnaps umnebelte ihn schon und machte ihn etwas flau.

»Wird er welche bringen, Jakob?«

»Vier Halbe ... und 'n Hering und ... Das werd' ich ... Verflixt, wenn ich so 'n Gewehr hätte ...«, sagte er, etwas wieder zu Bewußtsein kommend, und fing abermals an zu berechnen. »Ein Schafpelz zum Beispiel kostet 5 Rubel ... Stiefel sind auch nötig, an die drei Rubel ... nee, es reicht nich ... an die fünf Rubel würde der Schmied für 'n Gewehr haben wollen ... wie von Raphus ... nee«, er überlegte laut weiter.

Jankel machte eine schnelle Berechnung mit der Kreide und flüsterte ihm leise ins Ohr.

»Würde Jakob auch 'n Reh totschießen?«

»Freilich, aber aus der Faust kann keiner totschießen, mit dem Gewehr würde ich das Luder schon treffen.«

»Kann denn Jakob aus dem Gewehr schießen?«

»Jankel is 'n Jud', da weiß er nicht, was alle im Dorf wissen, daß ich mit den Herren in die Wälder ging, daß man mir dort diesen Klumpen angeschossen hat ... warum soll ich da nicht schießen können.«

»Ich werde ein Gewehr geben, und Pulver werde ich geben und alles was Jakob braucht ... und was er totschießt, das muß er mir bringen. Für 'n Reh gebe ich 'n ganzen Rubel, verstanden? 'n ganzen Rubel. Und für das Pulver muß er 15 Kopeken pro Stück bezahlen, das kann man abziehen ... Und dafür, daß das Gewehr wird schlechter werden, wird er mir 'n Maß Hafer bringen.«

»Einen Rubel für ein Reh ... und wiederum ich für das Pulver 15 Kopeken ... 'n ganzen Rubel! ... ja, wieso denn!«

Jankel rechnete nochmals genau vor.

»Hafer? ... Ich werd' ihn doch nicht den Pferden unterm Maul wegholen ...« Das eine hatte er verstanden.

»Wozu den Pferden nehmen! Auf dem Borynahof gibt's welchen auch anderswo.«

»Ja, wieso denn ...?« Er stierte den Juden an und überlegte.

»Alle machen es so! Und woher«, dachte Jakob, »haben die Knechte Geld? ... jeder braucht Tabak und ein Glas Schnaps und möchte mal Sonntags tanzen gehen. Woher nehmen? ...«

»Wieso ... bin ich denn 'n Dieb, verfluchter Jud – oder was?« donnerte er plötzlich los, mit der Faust aufs Tischbrett schlagend, daß die Schnapsgläser hochsprangen.

»Was hat Jakob hier zu toben? Bezahlen soll er und sich zum Teufel scheren ...«

Aber Jakob bezahlte nicht und ging nicht fort, er hatte schon kein Geld mehr und war dem Juden selbst etwas schuldig ... so stemmte er sich schwer gegen die Tonbank und fing an, schläfrig zu berechnen, und Jankel beruhigte sich und schenkte ihm nochmal ein Glas Arrak, aber reinen, ein, und sprach nichts mehr ...

Inzwischen strömten die Leute immer zahlreicher in die Schenke, die Dämmerung wurde dichter, man brannte das Licht an, die Musikanten fingen an, flinker zu spielen, und ein lautes Stimmengewirr hatte sich erhoben. Das Volk sammelte sich vor der Tonbank, an den Stubenwänden entlang oder auch mitten in der Schenkstube, beriet sich, unterhielt sich und der eine oder der andere trank dem Nachbar zu, aber nicht allzuhäufig, denn sie waren nicht zum Saufen gekommen, sondern nur um mal 'n bißchen nachbarlich nebeneinander zu stehen, miteinander zu plaudern, auf die Geigen zu lauschen und auf die Baßviolen; auch dieses und jenes an Neuigkeiten zu erfahren ... Es war doch Sonntagszeit – da ist es keine Sünde, auszuruhen, die Neugierde zu befriedigen, oder selbst dieses Glas Schnaps mit dem Gevatter auszutrinken: wenn nur alles wie es sich paßte war und ohne Gotteslästerung vor sich ging, so hatte selbst Hochwürden nichts dagegen ... Warum denn auch nicht, auch das liebe Vieh zum Beispiel ist froh, nach der Arbeit auszuruhen, und muß es auch. An den Tisch aber setzten sich die älteren Hofbauern und einige Frauen in rotleuchtenden Beiderwandröcken und Kopftüchern, sie sahen wie aufgeblühte Malven aus, und da die ganze Menschheit gleichzeitig sprach, ging es wie Waldesrauschen durch die Schenke, und das Stampfen der Füße war wie Dreschflegelgeklopf auf der Tenne, und die Stimmen der Geigen, die ständig schäkernd sangen, klangen weit vernehmbar:

»Ach wer wird mich greifen wollen ... greifen wollen!?«

»Ich will's tun – ich will's tun – ich will's tun!« brummelten die stöhnenden Baßgeigen als Antwort und die Trommel schüttelte sich nur immerzu und kicherte und schäkerte und machte Lärm mit ihren Schellen.

Nicht viele tanzten, aber sie trampelten so mächtig, daß die Bretter des Tanzbodens krächzten und der Tisch bebte, daß hin und wieder die Flaschen klirrten und die Schnapsgläser umfielen.

Doch die Lust war nicht allzugroß, denn es war auch keine richtige Gelegenheit dazu, wie das bei Hochzeiten und Verlobungen üblich ist. Man tanzte nur so, zum

Spaß allein, oder um die Beine und das Rückgrat gerade zu recken. Allein die Burschen, die im Spätherbst zur Musterung mußten, amüsierten sich eifriger und tranken aus Kummer, was auch nicht verwunderlich war, denn sie sollten ja in die weite Welt hinausgetrieben werden, unter Fremde.

Am lautesten aber lärmte der Bruder des Dorfschulzen, und dann auch Martin Weißer, Thomasle Kohlmeise, Paul Boryna, ein Vetter von Antek. Antek war heute allein in die Schenke gekommen, in der Dämmerung, tanzte aber nicht. Er saß in der guten Stube mit dem Schmied und mit anderen noch. Auch Franz, der Müllerbursch, war da, ein niedriger, stämmiger, krausköpfiger Bursche, das größte Maul, der ärgste Windbeutel und Maulaffe auf Gottes Erdboden, ein Kerl, der auf die Dirnen besonders happig war und darum auch häufig ein zerkratztes und zerschundenes Maul hatte. Aber da er heute gleich auf der Stelle sich vollgesoffen hatte, wie 'n Schwein, so stand er ruhig an der Tonbank mit der dicken Magda vom Organisten, die bereits im sechsten Monat war.

Der Pastor hatte das schon von der Kanzel herab gerügt, und zur Heirat gemahnt, aber Franz wollte nichts davon hören, da er doch im Herbst dienen mußte, was sollte er da mit einem Frauenzimmer.

Magda zog ihn gerade in eine Ecke zur Ofenbank und redete mit weinerlicher Stimme auf ihn ein, er aber antwortete ihr darauf immer wieder:

»Hab' ich mich dir aufgehängt ... Dummes Luder! ... Die Taufe werd' ich bezahlen und einen Rubel schmeiße ich noch dazu, wenn's mir gefällt! ...« Er war ganz unzurechnungsfähig und stieß sie von sich, daß sie auf der Ofenbank neben Jakob niedersitzen mußte, der sich bereits, mit den Füßen nach der Schenkstube zu, in der Asche schlafen gelegt hatte; dort schluchzte sie leise vor sich hin, und Franz ging weitertrinken und die Dirnen in den Tanz zu nehmen. Die Bauerntöchter wollten ihn nicht, denn er war ein Müllerbursche, so etwas also wie ein Knecht etwa. Und die einfacheren Mädchen wollten ihn auch nicht, denn er war besoffen und stellte beim Tanzen allerhand Dummes an. So spuckte er denn verächtlich aus und fing an, sich mit dem Küster Ambrosius zu umarmen und mit etlichen Bauern desgleichen, die, weil sie ihr Getreide in der Mühle hatten, ihn ihrerseits bewirteten.

»Trinke, Franz, und mahle mein Korn bald fertig. Meine Alte liegt mir schon immerzu in den Ohren, und zum Klößebacken ist auch nichts mehr da, nicht ein Krümelchen Mehl ...«

»Und meine rattert wegen der Grütze ohn' Unterlaß ...«

»Es täte auch mächtig not wegen dem Schweinefutter für die Mastsau ...«, redete ein dritter.

Franz trank, versprach und brüstete sich laut, daß alles in der Mühle nach seinem Kopf gehe, daß der Müller auf ihn hören müsse, denn andernfalls ... weiß er solche Sachen anzustellen, daß zum Beispiel Würmer in die Getreidekisten kämen ..., das Wasser austrocknete, die Fische ausstürben wenn er nur über den Teich hauchen würde ..., daß das Mehl klütig würde und keiner daraus einen Kuchen backen könnte ...

»Deinen Schafskopf würd' ich dir rupfen, wenn du mir das machen solltest!« schrie Gusche, die sich überall 'rumdrückte, wo was los war, obgleich sie nicht trank, denn selten hatte sie bar Geld parat; es war aber immer möglich, daß ihr ein Gevatter ein halbes Maß spendierte und ein Vetter desgleichen, denn man hatte Respekt vor ihrer scharfen Zunge. So bekam es auch Franz mit der Angst, obgleich er betrunken war und hielt sein Maul. Sie wußte über ihn manches und mancherlei, wie er in der Mühle wirtschaftete, und da sie schon etwas angetrunken war, stemmte sie die Arme in die Seiten und legte los, indem sie mit dem Fuß den Takt dazu schlug ...

»Das ist die reine Wahrheit, denn so steht's auch in der Zeitung klar und deutlich ... So leben die Leute nicht in der Welt, wie hier bei uns, nein. Du lieber Gott, was hat man denn von seinem Leben? Der Gutsherr regiert, der Propst regiert, der Beamte regiert – und du arbeite und verrecke den Hungertod und verneige dich vor jedem, damit du nichts an den Kopf kriegst ...«

»Und kaum 'n Stück Land gehört dir, bald wird's nich mal für einen kleinen Streifen Acker pro Kopf reichen!«

»Und der Gutsherr allein hat mehr als zwei Dörfer zusammen.«

»Gestern erzählten sie am Gericht, daß neues Land verteilt werden soll.«

»Was für Land?«

»Na, herrschaftliches, welches denn sonst!«

»Sieh mal an! Geschenkt habt ihr's dem Gutsherrn, daß ihr es zurücknehmen wollt? Schau, schau, mit fremdem Gut wollen die schon wirtschaften«, brüllte Gusche und neigte sich lachend nach den Diskutierenden hin.

»Und sie regieren sich selbst«, erzählte der Schmied weiter, ohne auf das Weibergerede zu achten, »und alle gehen zur Schule, leben in Herrenhöfen und sind Herren ...«

»Wo ist denn das so?« fragte Gusche den Antek Boryna, der gleich am Rande saß.

»In warmen Ländern!« gab er zurück.

»Nee, wenn's dorten so gut ist, warum ist der Schmied da nicht hingegangen, wie? Das rußige Luder lügt ja wie gedruckt und schwindelt, und die Dummen glauben's!« rief sie schon ganz leidenschaftlich dazwischen.

»Geht, Gusche, woher ihr gekommen seid, solange ich gut bin ...«

»Das würde mir einfallen! Die Schenke ist für jedermann da und ich bin für meine drei Groschen ebenso gut wie du. Seht nur diesen Klugen, den Juden dient er, mit den Beamten hält er, nimmt vor dem Gutsherrn die Mütze ab, und die hier glauben ihm! ... So 'n Großmaul! ... Na, ich weiß schon ...« aber sie kam nicht zu Ende, denn der Schmied faßte sie stark unter die Rippen, öffnete mit dem Fuß die Tür und schmiß sie in die Vorderstube hinaus, wo sie, so lang wie sie war, liegen blieb.

Nicht einmal fluchen tat sie, und sagte nur lachend, nachdem sie sich erhoben hatte:

»Ein starkes Luder, wie 'n Pferd, so einer würde mir in die Ehe passen.«

Das Volk schlug eine Lache an, und gleich darauf ging sie hinaus, still vor sich hin schimpfend.

Auch die Schenke leerte sich bereits, die Musik schwieg, die Menschen gingen auseinander nach Hause, einzelne standen noch in Haufen vor der Schenke, denn der Abend war hell und warm. Der Mond schien. Nur die Rekruten waren noch geblieben, tranken drauflos und lärmten. Der Küster Ambrosius aber, besoffen wie ein

Vieh, war auf die Mitte der Dorfstraße gewankt und sang, von einer Seite zur anderen taumelnd.

Auch die aus der guten Stube, mit dem Schmied voran, kamen heraus.

Später, als schon der Jude die Lichter zu löschen begann, schoben die Rekruten zur Türe hinaus, sie faßten sich recht fest unter, nahmen die ganze Straße ein und gingen aus voller Kehle grölend, so daß die Hunde geiferten und hin und wieder jemand aus offenem Fenster ihnen nachblickte ...

Nur Jakob schlief ununterbrochen in der Asche und so fest, daß ihn Jankel wecken mußte, aber der Bursche wollte nicht auf, er stieß noch ihm mit den Füßen, fuchtelte durch die Luft und brummte.

»Scher' dich, Jud', verfluchter! So wie ich will, werde ich auch schlafen ... ein Hofbauer bin ich, habe meinen eigenen Willen und du bist 'n Lausejud und 'n Rotkopf.«

Erst ein Eimer Wasser half, so daß er aufstand, etwas klarer wurde und mit Angst und Staunen zu hören bekam, daß er einen ganzen Rubel vertrunken hatte – daß er in Schuld geblieben war ...

»Wieso denn? Zwei Halbe mit Arrak ... ein ganzer Hering ... Tobak und noch zwei Halbe ... und schon 'n ganzer Rubel? Wieso denn ... zwei ...«, phantasierte er ...

Jankel überzeugte ihn schließlich, und sie verständigten sich wegen des Gewehres, das ihm der Jude vom Jahrmarkt mitbringen sollte, und zum Schluß gab's noch ein Glas Essenz mit Spiritus.

Nur den Hafer weigerte sich Jakob entschieden zu versprechen ...

»Jakobs Vater war kein Dieb – so ist der Sohn auch kein Dieb.«

»Geht, geht doch endlich, 's ist schon Schlafenszeit ... und ich habe noch meine Gebete zu lesen.«

»Donnerwetter! ... So 'n Spekulant! Zum Stehlen will er einen überreden, und muß Gebete lesen ...« brummte er vor sich hin im Nachhausegehen und fing nun an, sich alles zu überlegen und nachzusinnen, denn es konnte ihm gar nicht in den Kopf, daß er einen ganzen Rubel vertrunken hatte ... Da er aber noch nicht nüchtern war und die frische Luft ihn flau gemacht hatte, so torkelte er 'n bißchen und wankte hin und wieder gegen einen der Zäune oder auch auf einen Haufen Bauholz, das verschiedentlich vor den Katen lag ... Dann fluchte er ...

»Krumm sollt ihr werden, ihr Ludersch! ... Halunken, so den Weg zu versperren! Besoffen sind sie, die Biester ... und Hochwürden kann umsonst mahnen ... und Hochwürden ...« hier wurde er nachdenklich und überlegte, bis über ihn schließlich die Erkenntnis kam und ein solcher Jammer, daß er stehenblieb, rings um sich blickte, sich beugte und nach irgendwas herumsuchte ... sofort hatte er es aber wieder vergessen und faßte sich an seine Zotteln und fing an, sich mit der Faust aufs Maul zu schlagen und zu schreien.

»Du Saufjan! Du verfluchtes Schwein! Zu Hochwürden werde ich dich hinschleppen, daß er dir vor dem ganzen Volk ins Gesicht sagt, daß du ein Hund und 'n Saufjan bist ... daß du zwei halbe ... daß du einen ganzen Rubel versoffen hast ... daß du 'n Vieh bist, oder noch was Schlimmeres! ... Daß du ...«

Und ein plötzliches Weh erfaßte ihn über sich selbst, daß er sich auf der Dorfstraße niedersetzte und losheulte.

Der helle, große Mond ruderte durch die dunklen Räume und hier und da, nicht allzu dicht, blitzten die Sterne wie silberne Nagelköpfe; die Nebel spannen sich in grauen unscheinbaren Spinnweben über dem Dorfe und wehten, wie ein Schleier über den Wassern. Die unergründliche Stille einer Herbstnacht erfüllte die Welt, nur hin und wieder riß sich von ihr das Gesinge der von der Schenke Heimkehrenden los und das Kläffen der Hunde.

Und auf der Dorfstraße vor der Schenke wankte Ambrosius von einer Seite der Straße zur anderen und sang immerzu, immerzu, ohne Unterbrechung bis er nüchtern wurde:

> Maruschka, oh Maruschka!
> Wem brautest du das Bier wohl da?
> Wem brautest du das Bier wohl da?
> Maruschka, oh Maruschka!

* *
*

Es ging immer tiefer in den Herbst hinein. Blasse Tage schleppten sich durch die leeren, stummgewordenen Felder, erstarben in den Waldrevieren und wurden immer stiller, immer bleicher – gleich heiligen Hostien im verlöschenden Schein der Totenkerzen.

Und bei jedem Morgengrauen stand der Tag träger auf, ganz von Kälte erstarrt, im Rauhreifkleide und in der schmerzerfüllten Stille der ersterbenden Erde; die blasse, schwere Sonne erblühte aus den Tiefen inmitten der Kränze von Krähen und Dohlen, die irgendwo über den Morgenröten aufflatterten und niederen Fluges über die Ebene zogen, dumpf, lange und kläglich krächzend ... Ihnen nach jagte der scharfe, kalte Wind – trübte die starren Gewässer, zehrte das letzte Grün der Blätter aus und riß das letzte Laubwerk von den gebeugten Pappeln an den Wegen, so daß die Blätter still niedertropften, wie Tränen – wie blutige Tränen des gestorbenen Sommers, die schwer auf den Boden fallen.

Und bei jedem Morgengrauen – wachten die Dörfer später auf: das Vieh zog träger auf die Weiden, die Angeln der Tore knarrten leiser, leiser klangen die Stimmen, die die öde Totenstille der Felder gedämpft hatte, und leiser, ängstlicher ging der Pulsschlag des Lebens. Manchmal nur sah man vor den Hütten oder auf den Feldern Menschen jäh stehenbleiben und lange in die düstere, bläuliche Ferne starren ... Und über den vergilbten Gräsern hoben sich mächtige gehörnte Köpfe und versenkten langsam wiederkäuend die Augen in den weiten, weiten Raum ... Manchmal nur irrte über das öde Land ein dumpfes, klagendes Gebrüll.

Und bei jedem Morgengrauen war es immer dämmeriger und kälter, der Rauch spann sich niedriger durch die kahlen Obstgärten hin und immer mehr Vögel kamen ins Dorf geflogen und suchten Schutz an den Scheunen und Schobern; die Krähen ließen sich auf die Dachfirste nieder, hingen sich in die nackten Bäume oder zogen

Kreise über der Erde und krächzten stumpf, als müßten sie das Klagelied des Winters singen.

Die Mittage waren sonnig, aber so tot und glasig, daß das Rauschen der Wälder wie ein beängstigendes Raunen bis hinein in das Dorf drang, und das Gurgeln des Flusses wie ein schluchzendes Gemurmel klang. Die Reste des Altweibersommers kamen noch von irgendwo dahergeflogen und verschwanden in den scharfen, kühlen Schatten, die zwischen den Hütten lagen.

Die Wehmut des Sterben-Müssens war in diesen stillen Mittagen, das Schweigen lag auf den leeren Wegen, und in den entblätterten Obstgärten lauerte die tiefe Schwermut des Leids und des bangen Wartens.

Und oft und immer öfter umzog sich der Himmel mit graugelben Wolken, so daß man schon zur frühen Vesperzeit vom Feld heim mußte, denn die Dämmerung legte sich früh über die Erde ...

Man pflügte noch die Äcker für das Sommerkorn und manch einer warf die letzten Schollen schon im dichten Düster; heimwärts schreitend, sah er sich noch einmal um und umfing mit einem abschiednehmenden Blick sein Land, des fernen Lenzes mit einem Seufzer gedenkend.

Nach der Vesperzeit gingen häufig Regenschauer nieder; sie dauerten noch kurz, waren aber kalt, und immer häufiger dehnten sie sich in die Länge, bis zum Eintritt der Dämmerung – der langen herbstlichen Dämmerung, in der die Fenster der Hütten wie goldene Blüten aufflammten und die Pfützen auf den leeren Wegen sich mit Glast überzogen. Die feuchte, kalte Nacht stieß gegen die Wände und stöhnte in den Gärten.

Selbst der flügellahme Storch, der zurückgeblieben war und einsam auf den Wiesen watete, suchte immer häufiger Borynas Schober auf, oder kam sogar auf den Hof, wo Witek ihm als Lockmittel eifrig Nahrung hinwarf.

Und verschiedene Bettler besuchten immer öfter das Dorf; es war das übliche Bettelvolk, das mit tiefen Säcken und langen Gebeten von Tür zu Tür ging, vom Kläffen der Hunde geleitet – es kamen auch andere, solche, die von heiligen Statten kamen – sie kannten Ostra-Brama, Tschenstochau und Kalwarya und erzählten gern an langen Abenden, wo und was in der Welt geschehen war und welche Wunder sich irgendwo offenbart hatten, und zuweilen fand sich gar ein solcher ein, der im stillen selbst über das Heilige Land zu reden wußte und solche Wunder berichtete, solche Länder kannte, durch solche Meere gefahren war, so viele Abenteuer erlebt hatte, daß die andächtig lauschenden Zuhörer ein Staunen ergriff, und manch einem schwer wurde, an das alles zu glauben ... Doch horchte man gierig, da ja jeder gern etwas Neues erfahren mochte, und auch die Abende waren lang, man konnte sich obendrein bis zum Morgengrauen reichlich ausschlafen, selbst auf beiden Seiten.

Das war der Herbst, der späte Herbst, juchhe!

Doch im Dorf hörte man weder Gesang noch frohe Juchzer, weder das Piuken der Vögel, noch helle Zurufe – nichts als den Wind, der in den Strohdächern wimmerte, als die Regenfälle, die wie mit Glassplittern gegen die Scheiben prasselten, und das dumpfe, sich von Tag zu Tag mehrende Geklopfe der Dreschflegel in den Scheunen.

Lipce erstarb, wie seine umliegenden Felder, die erschöpft, grau und beraubt in der Ruhe, und in der Stille des Erstarrens dalagen; wie seine kahlen, zerzausten, trauernden Bäume, die langsam für einen langen, langen Winter abstarben.

Das war die Herbstzeit, die leibliche Mutter des Winters.

Man tröstete sich nur noch damit, daß es noch nicht das schlimme Schmutzwetter war, daß die Wege noch nicht allzusehr durchweicht waren und daß vielleicht das Wetter bis zum Jahrmarkt aushalten würde, zu dem ganz Lipce sich aufmachen wollte, wie zu einer Kirmes.

Der Jahrmarkt sollte auf den Tag der heiligen Kordula fallen, und war der letzte große Markt vor dem Weihnachtsfest; darum bereitete sich alles mit großer Sorgfalt für den Tag vor.

Schon einige Tage vordem deliberierte man im Dorf, was sich wohl verkaufen ließe, sei es vom Inventar, sei es vom Korn oder auch vom aufgezogenen Jungvieh. Und da es zum Winter ging, so hatte man auch nicht wenig einzukaufen, an Kleidung und Geräten und manchen Wirtschaftssachen, was in den Hütten verschiedene Sorgen machte und wovon manche Zänke und Zwistigkeiten entstanden, denn man weiß es ja, daß niemand es allzu reichlich hat, und daß bar Geld immer schwerer zu haben ist.

Und gerade um die Zeit wurden die Steuern fällig, dann wieder die Gemeindebeiträge und zu guter Letzt noch verschiedene Abzahlungen untereinander und bei manchen die Anleihen aus der Vorerntezeit. Etliche mußten auch die Dienstlöhne ausbezahlen – all das machte so viel zusammen aus, daß selbst einer, der eine halbe Hufe besaß, schwer aufseufzend überlegte. Dabei kam aber doch nichts anderes heraus, als daß eine Kuh oder ein Pferd zu Markt getrieben werden mußte; von den Ärmeren schon gar nicht zu reden.

So führte denn mancher seine Kuh vor den Kuhstall, putzte ihr mit einem Strohwisch die mistbeschmutzten Flanken und warf ihr für die Nacht noch Kleefutter in die Raufe, oder mit Kartoffeln gekochte Gerste in die Krippe, damit es sie noch ein bißchen aufblähte inzwischen; ein anderer richtete seinen alten, ganz erblindeten Klepper her, damit er, sozusagen, wieder Pferdeähnlichkeit hatte.

Andere noch droschen eifrigst ganze Tage lang, um rechtzeitig zum Jahrmarkt fertigzuwerden.

Auch bei Boryna bereitete man sich emsig vor; der Alte drosch mit Jakob den Weizen zu Ende, und Fine und Anna mästeten, soviel sie noch konnten, in ihrer freien Zeit eine Sau und ein paar Gänse zurecht, die sie sich von den Zuchtgänsen ausgeschichtet hatten. Und Antek, da schon jeden Tag die Regenzeit eintreten konnte, fuhr mit dem Hirtenjungen in den Forst, Reisig und Tannennadelstreu zu holen, von der ein Teil für den Kuhstall bestimmt war, während der Rest zu einem Haufen vor dem Wohnhaus aufgeschüttet wurde, um für den Winterschutz der Wände zu dienen.

Bis spät in die letzte Nacht vor dem Jahrmarkt dauerte diese beschleunigte Arbeit; und erst als der Weizen schon in großen Säcken auf dem Wagen lag, den man in die Scheune geschoben hatte, und alles für den morgigen Tag bereitet war, setzten sich alle zum Nachtmahl in Borynas Stube.

Auf dem Herd brannte lustig ein helles Feuer aus Tannenholz und knisterte fortwährend, sie aber aßen langsam und schweigend, da niemand nach der angestrengten Arbeit Lust hatte, sich zu äußern; erst als sie mit dem Essen fertig waren und die Frauen die Schüsseln und Töpfe von der Bank weggeräumt hatten, sagte Boryna, dem Herde leicht näherrückend:

»Vor Tag soll aufgebrochen werden!«

»Natürlich, nicht später«, antwortete Antek und ging ans Schmieren des Pferdegeschirrs. Jakob schnitzte einen Klöppel für den Dreschflegel, und Witek schalte Kartoffeln für den Morgen, stieß dabei aber immer wieder den Waupa an, der neben ihm lag und sich mit den Zähnen Flöhe aus dem Pelz zog.

Eine Stille war eingetreten, so daß man nur das Knistern des Feuers hörte und ab und zu das Aufzirpen der Heimchen hinterm Herd. Von der anderen Seite des Hauses drang Wassergeplantsch herüber und das Geklirr der gewaschenen Töpfe.

»Jakob, bleibt er denn weiter im Dienst?«

Jakob ließ das Schnitzmesser, mit dem er herumbastelte, zuschnappen und verguckte sich dermaßen ins Feuer, daß Boryna ihn mahnen mußte.

»Hörst du nicht, was ich dir sage?«

»Hören …, das hab' ich schon, ich laß es mir nur durch den Kopf gehen, daß ich, wahr gesagt, bei euch nichts auszustehen hatte … Alles was recht ist, aber doch …«, er brach bestürzt ab.

»Fine, gib mal Schnaps und was zum Beißen, was sollen wir beim Trocknen beratschlagen, wie hergelaufene Juden«, befahl der Alte und schob die Bank dicht an den Herd, auf dem Fine bald darauf eine Flasche, Brot und einen Kranz Würste hinstellte.

»Trink' mal einen, Jakob, und sag', was du zu sagen hast.«

»Gott bezahl's, Bauer … Bleiben, das würd' ich schon, aber … aber …«

»Ich will dir auch was zugeben …«

»Das würde schon zu paß kommen, gewiß, der Schafspelz fällt schon ganz auseinander und die Stiefel auch, und den Kapottrock müßt' ich auch wieder neu haben … der Mensch sieht schon wie 'n Lump aus, und selbst in die Kirche wagt man sich nicht hinein, man muß schon rein in der Vorhalle bleiben … denn wie kann man vor den Hauptaltar in solcher Verfassung …«

»Und Sonntag, da hast das nicht gemeint, da hast du dich zwischen die Ersten gedrängt …«, sagte Boryna streng.

»Gewiß schon … aber … das is wahr …«, stotterte er sehr beschämt und errötete heftig.

»Und Hochwürden predigt doch, daß man die Älteren ehren soll. Trink' mal eins zum Frieden, Jakob, und höre was ich dir sage, da wirst du schon selbst sagen, daß ein Knecht kein Bauer ist … Jeder hat seinen Platz und für jeden hat unser Herr Jesus etwas anderes bestimmt. Hat dir der Herr Jesus deinen Platz bestimmt, so halt' dich dran und such' nicht gegen anzugehen, und dräng' dich nicht auf die erste Stelle, erhebe dich nicht über die anderen, sonst begehst du 'ne große Sünde, und selbst Hochwürden wird dir das sagen, daß es so sein muß – damit Ordnung in der Welt ist. Begreifst du das, Kuba?«

»Da müßt' ich schon 'n dummes Vieh sein, wenn ich das nicht verstehen soll. Meine Vernunft hab' ich schon.«

»Dann paß auf, daß du dich nicht über die anderen erhebst.«

»Ih ... nur dem Altar wollt' ich näher sein.«

»Herr Jesus wird dich selbst aus dem letzten Winkel hören, hab' keine Angst. Und wozu sich unter die Allerersten drängeln, wo doch alle wissen, wer du bist.«

»Gewiß, gewiß ... wär' ich ein Hofbauer, würde ich den Traghimmel tragen und Hochwürden am Arm führen, und in den Bänken sitzen und nach dem Buch laut singen ... aber da ich nur ein Knecht bin, wenn auch ein Bauernsohn, so soll ich in der Vorhalle stehen, oder auch draußen vor der Kirchtür, wie 'n Hund ...« murrte er traurig.

»Das ist schon eine solche Einrichtung in der Welt und dein Kopf wird's nicht ändern.«

»Freilich, meiner nicht, freilich ...«

»Trink' noch einen, Kuba, und sage mir, was ich dir an Lohn mehr geben soll.«

Jakob trank aus; da ihn aber der Schnaps schon etwas umnebelt hatte, so bildete er sich ein, er säße in der Schenke mit dem Michael vom Organisten oder mit einem anderen Kameraden, und daß sie sich frei und guter Dinge miteinander berieten, wie unter seinesgleichen. Er lüftete seinen Kapottrock, streckte seine Beine von sich, ließ die Faust auf die Bank niedersausen und schrie los:

»Vier Papierchen und einen Rubel Handgeld wird er zuzahlen, dann bleib' ich.«

»Es scheint mir, daß du besoffen bist, oder hat sich dir etwas im Kopf verdorben?« rief Boryna aus; aber Jakob ging schon seinen Gedanken und seinen alten Träumen nach, und obendrein hörte er nicht mehr die Stimme des Hofbauers, so reckte er denn seine geduckte Seele, wuchs in einen solchen Ehrgeiz und in solches Selbstbewußtsein hinein, daß er sich wie ein Hofbauer fühlte.

»Vier Papierchen und noch einen Rubel Handgeld – legt er das zu, dann bleib' ich bei ihm, und tut er das nicht, dann geh' ich, hundsverdammt nochmal, zum Jahrmarkt und finde mir schon einen Dienst und vielleicht noch gar als Herrschaftskutscher ... Man kennt mich, daß ich arbeiten kann und daß ich mich auf alles auskenne, was im Feld und um das Haus 'rum ist, manch ein Hofbauer könnt' bei mir Vieh hüten und bei mir in die Lehre gehen ... Und tut er's nicht, dann werde ich Vögel schießen und sie Hochwürden hintragen oder auch dem Jankel ... und tut er's nicht ...«

»Sieh mal an ... dieser Hinkfuß, was der hier auftitscht ... Kuba!« rief er streng.

Jakob verstummte und ernüchterte sich aus seinen Zuständen, doch verlor er seinen Trotz nicht, denn er gab nicht nach, so daß Boryna, ob er wollte oder nicht, ihm hier einen halben Rubel, da einen Silberling zugab, bis es schließlich dabei bestehen blieb, daß er ihm für das kommende Jahr einen Zuschuß von drei Rubeln und zwei Hemden anstatt des Handgelds versprach.

»Ho, ho, du bist mir ein netter Vogel«, rief der Alte, indem er ihm zum Einverständnis zutrank, und obgleich er ärgerlich war, daß er so viel Gelb hinschmeißen mußte, so war es zwecklos, zu schwanken, denn Jakob war auch mehr wert, ein arbeitsamer Knecht, gut für zwei, was dem Bauer sein war, das war dem heilig, und um das Vieh kümmerte er sich mehr wie um sich selbst, und wenn er auch lahmte, und nicht sehr stark war, so kannte er sich doch gut in der Wirtschaft aus – man konnte sich ganz auf ihn verlassen, daß er alles, wie es sich gehörte, machen würde und dazu noch den Tagelöhner überwachen.

Sie beratschlagten noch über dieses und jenes, und als sie sich anschickten, auseinanderzugehen, ließ sich Jakob ganz schüchtern von der Tür aus vernehmen:

»Is so gut mit den drei Rubeln und den zwei Hemden, aber … aber … die Jungstute, die dürft ihr nicht verkaufen … ist doch bei mir geworfen worden … mit meinem Schafpelz hab' ich sie doch zugedeckt, daß sie nicht umkam …, das seh' ich nicht mit an, wenn sie ein Jude oder irgendein Lump aus der Stadt schlagen sollte … Verkauft sie nicht … ein Gold von einem Pferd … gehorsam wie ein Kind … so 'n Pferd, da ist manch Mensch 'n Vieh dabei. Tut sie nicht verkaufen.«

»Nicht in den Kopf ist mir das gekommen.«

»Sie haben es in der Schenke gesagt … da hab' ich mich darum gesorgt …«

»Vormünder, Hundsgesindel, immer wissen sie 's am besten.«

Jakob hätte am liebsten aus Freude seine Knie umschlungen, aber er traute sich nicht, so setzte er denn seine Mütze auf und ging bald, da es denn auch Zeit war, schlafen zu gehen, in Betracht auf den morgigen Jahrmarktstag.

– – – – –

Am nächsten Morgen, vor Tagesanbruch also, – kaum hatten die Hähne zum zweiten Male gekräht, – rührten sich auf allen Wegen und Stegen, die nach Tymow führten, die Menschen.

Was nur lebte in der ganzen Umgegend, strömte zum Jahrmarkt hin. Gegen Morgen war starker Regen gefallen, doch nach Sonnenaufgang hatte es sich etwas aufgehellt, aber der Himmel war noch mit grauen Wolkenungetümen bedeckt und über den tiefgelegenen Landen hingen graue Nebelschwaden, wie ganz durchnäßte Sackleinentücher; auf den Wegen spiegelten die Pfützen und hier und da in den Wegsenkungen quantschte der Schmutz unter den Füßen.

Auch von Lipce kamen sie schon vom frühen Morgen her angezogen.

Auf dem Pappelweg hinter der Kirche und weithin bis an die Wälder sah man eine Kette von Wagen sich Schritt für Schritt vorwärtsbewegen, so ein Gedränge war es, und auf den Stegen von beiden Seiten des Weges schimmerte es von roten Beiderwandröcken der Frauen und weißen Haartuchkitteln der Männer.

So viel Volk war unterwegs, als ob ein ganzes Dorf auswanderte.

Die ärmeren Bauern gingen zu Fuß, es kamen Frauen, Knechte und Dorfmädchen, es kamen Kätner und auch ganz armes Volk, lauter Tagelöhner – alles zog dahin, denn es war ein Jahrmarkt, zu dem die Bauern dingten und auf dem Stellen gewechselt wurden.

Der eine hatte was zu kaufen, der andere was zu verkaufen, und noch andere gingen, um sich zu amüsieren.

Dieser und jener führte eine armselige Kuh oder ein kräftiges Kalb am Strick, der wiederum trieb eine Sau mit Ferkeln vor sich hin, die hin und her quiekten und dermaßen auseinanderdrängten, daß man sie immerfort zusammentreiben und hüten mußte, damit sie nicht unter die Wagen kämen; ein anderer zockelte auf einer

Mähre dahin. Etliche aber trieben geschorene Schafe und hier und da blitzte eine kleine Herde Gänse, mit festgebundenen Flügeln auf, oder ein Hahnenkamm guckte unter einer Frauenschürze hervor ... Auch die Wagen waren nicht schlecht beladen, immer wieder schob sich in irgendeinem Korbwagen die Schnauze eines Mastschweins aus dem Stroh hervor und schrie, daß die Gänse erschrocken aufgackerten und die Hunde, die mit den Menschen Schritt hielten, anfingen, gegen die Wagen anzukläffen. Und so zogen sie dahin und füllten die ganze Straße, aber es war unmöglich, daß alle darauf Platz fanden trotz ihrer Breite. Manch einer mußte vom Weg heruntertreten und zwischen den Furchen des Ackerlands gehen.

Bei vollem Tag, nachdem sich der Himmel so erhellt hatte, daß die Sonne jeden Augenblick zu erwarten war, trat auch Boryna hinaus; vordem schon hatten Anna und Fine bei Morgengrauen die Sau und den angemästeten Eber fortgetrieben, und Antek war mit zehn Säcken Weizen und einem halben polnischen Scheffel roten Klees weggefahren. Zu Hause blieb Jakob mit Witek und die Gusche, die man herbestellt hatte, um das Essen zu kochen und aufs Vieh zu passen.

Witek heulte laut vor dem Kuhstall, denn er hatte auch Lust, mit zum Jahrmarkt zu gehen.

»Was dem nur einfällt« brummte Boryna, bekreuzigte sich und machte sich zu Fuß auf den Weg, denn er rechnete damit, unterwegs irgendwo aufzusteigen. So geschah es auch gleich, denn dicht hinter der Schenke holte ihn der Organist ein, der in einer mit zwei tüchtigen Pferden bespannten Britschka dahergefahren kam.

»Nanu, Matheus, zu Fuß?«

»Der Gesundheit wegen ... Gelobt sei Jesus Christus.«

»In Ewigkeit. Setzt euch bei uns auf, wir kommen alle zusammen unter!« schlug die Frau des Organisten vor.

»Gott bezahl's. Auch zu Fuß würd' ich schon hinkommen, aber wie man so sagt: es ist der Seele mehr wert, wenn sie im Wagen fährt« antwortete er, den Vordersitz einnehmend, indem er seinen Rücken den Pferden zugewandt hielt.

Sie drückten sich freundschaftlich die Hände; die Pferde zogen an.

»Der Herr Jasch, wo kommt er denn her, nicht mehr in den Klassen?« fragte er den Jungen, der neben dem Knecht auf dem Bock saß.

»Nur für den Jahrmarkt bin ich hergekommen!« rief der Organistenbub fröhlich.

»'ne Prise gefällig? französischer ...«, bot der Organist an, gegen seine Tabakdose schnippend.

Sie langten zu und niesten beiderseits gehörig.

»Was gibt's bei euch? Verkauft ihr heute was?«

»Gott, ja, in der Früh haben sie Weizen hingefahren und die Frauen haben ein Schwein fortgetrieben.«

»So viel!« rief die Organistin aus, »Jaschu, nimm das Halstüchel, es ist kalt«, schrie sie dem Sohn zu.

»Mir ist warm, ganz warm«, versicherte er, trotzdem aber wickelte sie den roten Wollschal um seinen Hals.

»Und die Ausgaben, die sind jetzt auch nicht klein. Man weiß schon nicht, woher man alles nehmen soll ...«

»Klagt nicht, Matheus, ihr habt genug, Gott sei's gedankt.«

»Meinen Grund und Boden kann ich doch nicht essen ... und bar Geld hat man nicht zu Hause liegen ...«

Im Grunde war Boryna nicht zufrieden mit diesen Anspielungen in Gegenwart des Knechtes; er beugte sich schnell vor und fragte leise:

»Und Herr Jasch, wird er denn noch lange in den Klassen bleiben?«

»Nur noch bis zu den Feiertagen.«

»Kommt er nach Hause oder wird er ein Amt lernen?«

»Oh, du mein, was sollte der wohl zu Hause auf den fünfzehn Morgen machen, da gibt es noch gerade genug Kleinzeug ... Und die Zeiten sind schlecht – man muß es rein wie aus Steinen herausholen ...«, seufzte sie auf.

»Das ist schon recht, Taufen gibt's da noch genug, aber viel Profit kommt nicht heraus dabei!« pflichtete der Organist bei.

»An Beerdigungen mangelt's doch aber nicht«, warf Boryna ironisch hin.

»Iii ... aber was für Beerdigungen, lauter armes Volk stirbt weg, und kaum paarmal im Jahr, daß sich ein ordentliches Bauernbegräbnis trifft, bei dem was abfällt.«

»Messen werden auch immer weniger bestellt, und handeln tun sie dabei wie die Juden« ergänzte die Frau.

»Das kommt alles wegen der Armut und den schlechten Zeiten«, entschuldigte Boryna.

»Aber auch von daher, daß die Menschen nichts auf ihr Seelenheil geben und sich nicht um die kümmern, die im Fegefeuer sind. Der Propst hat's mehr wie einmal zu dem Meinen gesagt.«

»Auch die Herrenhöfe werden immer weniger. Als man früher zum Erntedank[1] oder mit den Oblaten herumfuhr, und zu Weihnachten gratulierte, oder wegen der Volkszählung[2] kam, dann ging man, ohne sich lang zu bedenken, direktemang zum Herrenhof; da wurde dann nicht gespart an Getreide, Geld und Legümien. Und jetzt ist es rein zum Gotterbarmen, jeder Bauer krümmt sich, und die kleinste Garbe Roggen, die er dir gibt, ist noch halb von Mäusen zerfressen, und wenn du ein viertel Maß Hafer kriegst, dann gibt's gewiß mehr Spreu wie Korn drin. Das laßt euch mal von meiner Frau erzählen, was für Eier sie mir vergangenes Jahr zur Osterzählung[3] mitgegeben haben – mehr als die Hälfte war verrottet. Wenn der Mensch nicht sein

---

1   *Mit dem Erntedank fahren:* Da die Dorforganisten in Polen sehr kleine Gehälter haben, so hat sich seit altersher die Sitte eingebürgert, mindestens zweimal im Jahre die Bewohner ihres Kirchspiels zu besuchen, um freiwillige Gaben in Naturalien für sich einzusammeln. Eine dieser Bittfahrten findet im Herbst statt, wenn die Ernte eingefahren, aber noch nicht gedroschen ist. Sie heißt eigentlich Garbenfahrt.

2   *Volkszählung:* Gleichbedeutend mit Osterzählung.

3   *Osterzählung:* In der Fastenzeit vor Ostern veranstalten die Organisten alljährlich eine Zählung der katholischen Bevölkerung ihres Kirchspiels, bei welcher auch der alljährige Zuwachs an Seelen verzeichnet wird. Eine besondere Rubrik wird über die im Beichtalter befindlichen geführt. Voraussichtlich ist diese alte Sitte dem kirchlichen Bedürfnis einer genauen Kontrolle entsprungen.

bißchen Grund und Boden hätte, dann könnte man betteln gehen«, schloß er, Boryna die Tabaksdose anbietend.

»Gewiß, gewiß ...«, gab Boryna bei, aber weismachen ließ er sich nichts, er wußte schon, daß der Organist Geld auf Prozente oder gegen Entgelt in Feldarbeit den Kätnern lieh, so lächelte er nur zu diesen Klagen und wandte sich nochmals zu Jasch hin ...

»Und was denn, wird er ins Amt gehen? ...«

»Was? Mein Jasch ins Amt ... ein Schreiber? Dafür hab' ich's mir nicht vom Mund abgespart, daß er die Schulen durchmacht, ja nicht! Ins Seminar kommt er, wird Priester werden ...«

»Priester!«

»Ist das vielleicht ein schlechtes Auskommen? Gibt's vielleicht einen Priester, der's schlecht hat?«

»Das ist wohl recht ... und eine Ehre ist es auch; man sagt ja doch: Wer einen Priester zum Verwandten hat, frißt sich alle Tage satt ...«, sagte er langsam und sah mit Hochachtung über die Schulter auf den Jungen, der den Pferden zuflötete, für die es gerade nötig war, einen Augenblick anzuhalten ...

»Man erzählte, daß dem Müller sein Stacho Priester werden sollte, und jetzt praktiziert er auf den hohen Schulen und will 'n Doktre werden ...«

»Hat sich was, den Lump noch zum Priester machen, da ist doch die Magda bei uns, die geht schon im sechsten Monat, und das ist von ihm ...«

»Man sagte, daß es der Müllersknecht gewesen ist.«

»Häh, wer dran glaubt, das sagt die Müllerin, um ihren reinzuwaschen. Das ist ein Liederjahn, das Gott erbarm, der paßt zum Dokter.«

»Versteht sich, daß Priester sein besser ist, es ist auch unserm Herrn Jesus zu Ehren und den Menschen zum Trost«, pflichtete ihr Boryna schlau bei, was sollte er auch mit einer Frau herumzanken, und ganz aufmerksam hörte er ihren Ausführungen zu. Der Organist lüftete inzwischen ein übers andere Mal seine Mütze und antwortete mit einem lauten: »In Ewigkeit, Amen!« auf die Grüße der Leute, die ihr Wagen überholte. Sie fuhren im leichten Trab, Jascho wich den Wagen, Menschen und dem des Wegs getriebenen Vieh mit Bravour aus, bis er den Wald erreichte, wo es schon freier wurde und der Weg breiter war.

Gleich am Waldrand holten sie die Dominikbäuerin ein; sie fuhr mit Jagna und Schymek, und eine an den Hörnern befestigte Kuh ging hinter dem Wagen, aus dem ein paar Gänseriche ihre weißen Hälse hervorstreckten und wie die Vipern zischten.

Man bot einander Gott zum Gruß; und Boryna, der sich beim Überholen ganz herausbeugte, rief:

»Ihr kommt zu spät!«

»Wir kommen zurecht!« rief ihm Jagna lachend zurück.

Man fuhr vorbei, doch der Organistensohn drehte sich mehrmals nach ihr um, und fragte schließlich:

»War die der Dominikbäuerin ihre Jagna?«

»Das war sie, jaja«, antwortete Boryna, sich aus der Ferne noch nach ihr umschauend.

»Hab' sie gar nicht wiedererkannt, zwei Jahre sind es schon gut, daß ich sie nicht gesehen habe.«

»Die ist noch grün, damals hat sie grad' das Vieh gehütet. Ist nur so aufgegangen, wie eine Färse im Klee«, und er bog sich weit über den Wagenrand, um nach ihr hinzusehen.

»Sie ist sehr schön«, warf Junge der hin.

»Wie alle Mädel«, sagte die Organistin verächtlich.

»Jawohl, die ist glatt, 'ne wohlgeratene Dirn'; keine Woche ist, daß nicht jemand zu ihr mit Schnaps schickt.«

»'ne wählerische is sie! Die Alte denkt, daß wenigstens ein Verwalter ihretwegen angefahren kommt, und jagt die Burschen zur Türe 'raus ...«, zischelte sie bissig.

»Es könnte sie auch einer nehmen, der selbst 'ne ganze Hufe hat ... denn so viel ist die wert ...«

»Dann bleibt nichts anderes über, als daß ihr die Brautbitter schickt, Matheus, da ihr sie doch so lobt!« fing sie an zu lachen. Boryna sagte kein Wort mehr.

»Sieh da, so 'n Stadtfetzen, hohe Persönlichkeit, die den Bauernhühnern unter den Schwanz guckt, ob sie nicht für sie Eier legen und den Menschen in die Hand, ob nichts für sie abfällt; will sich so eine lustig machen über ansässige Hofbauern! Wag' du dich an die Jagusch heran!« dachte er, stark beleidigt, und sah immerzu vor sich hin auf den Wagen der Dominikbäuerin aus dem die roten Schürzen leuchteten und der immer weiter zurückblieb, denn Jascho fuhr energisch mit der Peitsche zwischen die Pferde, daß sie von der Stelle aus wegstoben und die Räder tiefe Rillen in den Schmutz gruben.

Vergeblich fing die Organistin wieder an, über dies und jenes zu reden, er nickte nur mit dem Kopf und brummelte etwas vor sich hin; er hatte sich dermaßen in sich verbissen, daß er nicht mal mit einem einzigen Wort antworten wollte.

Und kaum waren sie auf dem holprigen Straßenpflaster des Städtchens, stieg er auch schon von der Britschka ab und bedankte sich für die Fahrt.

»Gegen Abend kehren wir heim, da setzt euch wieder zu uns, wenn ihr wollt.«

»Gott bezahl's, meine eigenen Pferde sind ja da. Sonst würden die Leute sagen, ich tät' mich zum Blasebalgtreten verdingen, oder als Organistengehilfe ... und ich kann nicht einen einzigen Ton 'rauskriegen und zum Lichterausblasen bin ich auch nicht angelernt ...«

Sie bogen in eine Nebengasse ab, und er zwängte sich langsam durch die Hauptstraße nach dem Marktplatz hin vorwärts. Der Jahrmarkt konnte sich sehen lassen, die Menschen stauten sich zu einem dichten Gewirr, obgleich es noch ziemlich früh war; alle Straßen, Plätze, Winkel und Höfe waren mit Menschen, Wagen und vielerlei Waren vollgepfercht – es war wie ein großes Wasser, zu dem noch ohne Unterlaß aus allen Seiten neue Menschenstrome stießen; sie drängten sich, wallten und fluteten durch die engen Gassen, so daß die Häuser zu zittern schienen und ergossen sich über den großen Klosterplatz. Der Schmutz, der auf den Wegen noch nicht allzu arg war, ging hier, wo ihn tausend Füße zerstampften und zu Brei zertraten, schon bis über die Knöchel und spritzte unter den Rädern nach allen Seiten auf.

Das Stimmengewirr war beträchtlich, doch steigerte es sich mit jedem Augenblick; es brauste wie ein Wald, es wogte wie ein Meer, es schlug gegen die Wände der Häuser und wälzte sich von einem Ende zum andern – so daß nur zuweilen Kuhgebrüll, Leierkastenklänge vom Karussell, weinerliche Lamentationen der Bettler oder die scharfen durchdringenden Pfeifen der Korbmacher dazwischen hörbar wurden.

Der Jahrmarkt war in der vollen Bedeutung des Wortes groß, es hatte sich so viel Volk zusammengedrängt, daß es nicht leicht wurde, durchzukommen, und als Boryna aus dem Marktplatz vor dem Kloster ankam, da mußte er sich mit Gewalt durchzwangen – eine solche Menschenwand stand um die Verkaufsbuden herum.

Es waren deren so viele, so furchtbar viele, daß man es gar nicht zählen noch fassen konnte, wer wäre damit auch fertig geworden ...

Zuerst die hohen, leinwandbespannten Buden, die an der Klostermauer entlang in zwei Reihen standen, ganz mit Weiberkram vollgestopft – mit Leinwandstücken und Tüchern, die auf Stangen hingen und rot wie Mohnblumen waren, daß es in den Augen flimmerte, oder auch ganz gelb aussahen, oder rübenrot ... wer hatte sich das alles merken sollen! Und es wimmelte von Mädchen und Frauen davor, so daß man nicht einmal einen Stock dazwischen stecken konnte – die einen feilschten und wählten aus, und andere standen da, um nur zuzusehen und die Augen an den Herrlichkeiten zu weiden.

Und weiterhin zogen sich wieder Krambuden, die vor Perlenschnüren, Spiegelchen, Goldtand, Bändern, Halskrausen und von grünen, goldenen und verschiedenfarbigen Blümelein, von glitzernden Hauben und Gott weiß was mehr flimmerten.

Irgendwoanders wurden Heiligenbilder verkauft in goldgleißenden Rahmen und hinter Glas, und obgleich sie an die Wand gelehnt standen oder selbst am Boden lagen, kam von ihnen ein solcher Glanz, daß manch einer nach der Mütze langte und sich bekreuzigte.

Boryna kaufte ein seidenes Kopftuch für Fine, das er ihr noch im Frühjahr für das Viehhüten versprochen hatte. Er schob es unter den Brustlatz und begann sich nach dem hinter dem Kloster gelegenen Schweinemarkt durchzudrängen.

Vor einer Anzahl Häuser hatten die Hutmacher breite Leitern hingehängt, die von oben bis unten mit Mützen behangen waren.

Anderwärts hatten Schuster eine ganze Straße aus hohen Holzböcken gebildet, an denen ganze Stiefelreihen, an den Ösen aufgehakt waren. Es waren da gewöhnliche gelbe Naturlederstiefel, zum Schmieren mit zerlassenem Talg, gegen die Nässe, und solche die zum Glanzwichsen zurechtgemacht waren, und Wadenstiefel für die Frauen mit roten Schnürlitzen und hohen Absätzen.

Weiter unten kamen die Sattler, mit ihren Kummeten auf eingerammten Pflöcken und mit ausgebreitetem Pferdegeschirr.

Und dahinter noch die Seiler und die Netzknüpfer.

Und die, die mit Sieben durchs Land fahren.

Und die, die mit Grütze von Jahrmarkt zu Jahrmarkt ziehen.

Und Rademacher und Gerber.

Anderwärts hatten Schneider und Kürschner ihre Ware zur Schau gestellt; sie strömte einen solchen Geruch aus, daß es einem in der Nase zwickte, aber sie hatte einen guten Zuspruch, denn es ging ja dem Winter zu.

Es waren auch ganze Reihen von Tischen aufgestellt mit Leinwanddächlein darüber; da lagen Bündel roter taudicker Würste, Wälle gelben Flomens; geräucherte Schweinsrippen, Speckschwarten und Schinken türmten sich zu Haufen, und daneben hingen auf Haken ganze ausgeweidete Schweine, von denen das Blut noch tropfte, so daß es nötig war, die heranschleichenden Hunde zu verscheuchen.

Neben den Schlächtern hatten sich, wie leibhaftige Brüder, die Bäcker niedergelassen; auf dick ausgebreitetem Stroh, auf Wagen, Tischen, und in Körben wo es nur anging lagen Berge von radgroßen Brotlaiben, gelben Butterkuchen, Semmeln, Brezeln ...

Wer hätte wohl all die Buden behalten und sich merken können, und obendrein noch das, was darin verkauft wurde? ...

Es waren auch Buden mit Spielsachen da und Lebkuchenbuden, wo vielerlei Tiergestalten aus Teig geformt waren, und Herzen und Soldaten und solche Wunder, daß der erste beste sich da gar nicht auskennen konnte; es waren Buden mit Kalendern und frommen Büchern da, wo Geschichten von Räubern und grausamen Magellonen verkauft wurden, und Fibeln dazu. Es gab Buden mit Pfeifen, Harmonikas, Tonhähnen und anderen musikalischen Dingen – auf denen das rothaarige Judenvolk spielte, um Lust zu machen, und wo ein solches Gekreisch herrschte, daß es kaum zum Aushalten war – hier pfiff eine Wasserpfeife, dort tutete eine Trompete, anderswo entlockte man einigen Flöten bunte Weisen, Geigen juchzten und Trommeln stöhnten und meckerten dazwischen – der Kopf platzte einem schier vor all dem Lärm.

Mitten auf dem Marktplatz aber, rings um die Bäume, machten sich die Küfer und Klempner breit, und die Töpfer hatten so viele Schüsseln und Töpfe aufgestellt, daß man kaum durchgehen konnte, dahinter hatten die Tischler ihr Lager; Betten und gemalte Laden, Schränke, Borte und Tische spielten in allen Farben, daß man mit den Augen blinzeln mußte ...

Und überall auf den Wagen, an den Rinnsteinen und Häuserwänden, wo nur irgendein Platz war, saßen verkaufende Weiber; die eine hatte Zwiebeln in Kränzen oder in Säcken; die andere selbstgesponnenes Leinen und Beiderwand; eine saß mit Eiern, Käsen, Pilzen und verkaufte eiförmige Klumpen Butter, die mit Leinwandstücken umwickelt waren; und eine war mit Kartoffeln und Gänsen da, stellte ein gerupftes Huhn, schön gekämmten Flachs, zaspeln Garn zur Schau, und jede saß bei ihrem Teil; sie besprachen sich würdevoll miteinander, wie es auf Jahrmärkten üblich ist, und traf sich ein Käufer, so verkauften sie langsam, bedächtig, ohne Hitzigkeit – wie es Bäuerinnen ziemt und nicht so wie die Juden, die schreien, sich einem anhängen und herumspringen, als wären sie nicht bei Verstand.

Ab und zu zwischen den Wagen und Krambuben sah man kleine blecherne Schornsteine qualmen – dort verkaufte man heißen Tee – und anderes Essen war auch da, geröstete Wurst, Kohl und Barschtsch mit Kartoffeln.

Und Bettler ohne Zahl waren aus allen Himmelsrichtungen zusammengekrochen; Blinde, Lahme, Stumme und auch solche, die weder Arme noch Beine hatten, es wimmelte von ihnen, wie zu irgendeiner Kirmeszeit; die einen spielten auf der Geige fromme Lieder, die anderen sangen und klirrten mit ihren Geldnäpfen, um sich ein paar Groschen oder eine andere Unterstützung zu ergattern; überall an den Häuserwänden entlang und unter den Wagen hervor, selbst mitten aus dem Dreck klang ihr flehentliches Betteln.

Das alles hatte sich Boryna schon besehen, manches erstaunt betrachtet, hin und wieder mit Bekannten geredet, bis er sich schließlich zum Schweinemarkt hinterm Kloster durchgedrängt hatte. Der war auf einem großen, sandigen Platz, den vereinzelte Häuser umsäumten. An der Klostermauer, über die sich mächtige, noch gelb belaubte Eichen hervorreckten, drängten sich die Menschen reichlich dicht zwischen den Wagen, ganze Parzellen Schweine lagen da, die hier zum Verkauf zusammengetrieben waren.

Bald hatte er Anna und Fine herausgefunden, die dicht am Rand saßen.

»Verkauft ihr was?«

»Wie man's nehmen will, die Schlachter haben schon um die Sau gehandelt, aber sie geben nichts ...«

»Sind die Schweine teuer?«

»Na Gott, teuer, die haben hier heuer so viel zusammengetrieben, daß man nicht weiß, wer das alles kaufen soll.«

»Is wer aus Lipce da?«

»Da, da haben die Klembs ihre Ferkel, und der Dominik-Schymek steht auch bei einem Eber.«

»Macht schnell, dann kriegt ihr auch 'was vom Jahrmarkt ab.«

»Es wird einem auch schon über, so zu sitzen.«

»Was geben sie für die Sau?«

»Dreißig Papierer, weil sie nicht durchgemästet ist, dicke Knochen soll sie haben, aber kein Speck.«

»Die zigeunern nur 'rum, wo sie können ..., gut ihre vier Finger Speck hat die Sau ...«, sagte er, nachdem er ihr den Rücken und die Flanken befühlt hatte. »Dem Eber fehlt schon was an den Seiten, aber die Schinken sind gut«, gab er zu, indem er das Tier vom nassen Sand wegjagte, wo es sich bis zur Hälfte eingewühlt hatte.

»Für fünfunddreißig könnt ihr sie losschlagen, ich geh' nur noch nach Antek gucken, gleich bin ich wieder da. Ihr werdet wohl auch Hunger haben? ...«

»Wir haben schon etwas Brot gegessen.«

»Verkauft nur schön, ihr sollt auch Wurst kriegen.«

»Väterchen, vergeßt aber nicht mein Tuch, was ihr mit im Frühjahr versprochen habt ...«

Boryna langte unter den Brustlatz, doch er hielt an, als ob ihm etwas eingefallen wäre, und mit der Hand abwinkend sagte er im Weggehen:

»Ich werd's dir kaufen, Fine, ich werd' schon ...« Er machte sich Beine, denn er hatte plötzlich Jagnas Gesicht zwischen den Wagen auftauchen sehen, doch ehe er sie erreicht hatte, war sie spurlos von der Bildfläche verschwunden, als ob die Erde sie verschluckt hatte; er fing also an, nach Antek zu suchen; das war nicht gerade leicht, denn in der Gasse, die vom Schweinemarkt zum Marktplatz führte, standen Wagen an Wagen, und noch dazu in mehreren Reihen, so daß man nur mit großer

Mühe und Vorsicht mitten hindurchfahren konnte, dennoch fand er ihn bald heraus. Antek saß auf den Säcken, holte mit der Peitsche nach den Judenhühnern aus, die sich um die Kober scharten, aus denen die Pferde fraßen, und antwortete mundfaul auf die Frage der Käufer.

»Sieben hab' ich gesagt, dabei bleibt's.«

»Sechs und halb geben mer, man kann nicht mehr, der Weizen ist brandig.«

»Wenn ich dir eins über die verdammte Schnauze lange, Krätzjude, dann wird sie dir auf der Stelle brandig werden, mein Weizen ist rein wie Gelb.«

»Kann sein, aber feucht is er ... Nach Maß könnte ich kaufen für sechs Rubel und fünf Silberlinge.«

»Nach Gewicht wirst du sie kaufen für sieben. Das sag' ich dir ein für allemal!«

»Was ärgert sich der Bauer, werd' ich sie kaufen oder nicht kaufen, man kann doch handeln.«

»Kannst handeln, wenn dir dein Maul nicht zu schade ist.« Und er beachtete schon die Juden nicht mehr, die die Säcke der Reihe nach aufbanden und den Weizen besahen.

»Antek, ich geh' jetzt zum Schreiber und im Nu bin ich wieder da ...«

»Was, wollt ihr den Gutshof verklagen?«

»Und durch wen ist die Bunte verreckt?«

»Da wird euch viel 'bei 'rauskommen!«

»Mein Eigentum werd' ich niemand schenken.«

»Ji ... den Heger müßte man im Forst gegen eine Fichte drücken und mit was Hartem durchbläuen, daß ihm die Rippen pfeifen, gleich wäre da Gerechtigkeit.«

»Der Heger, gewiß, der verdient's schon, aber der Gutshof auch«, sagte er hart.

»Gebt mir ein kleines Silberstück.«

»Wozu denn das?«

»Einen Schnaps möcht' ich trinken und was essen ...«

»Hast du nicht dein eigen Geld? Aber nee, ständig soll Vater die Hand offenhalten ...«

Antek drehte sich weg und fing ärgerlich an, vor sich hinzupfeifen, und der Alte knotete mißmutig und widerwillig einen Silberling aus und gab ihn her.

»Mit seinem eigenen Blutschweiß muß man die alle nähren ...«, dachte er und drängte sich eilig nach der großen Eckschenke hin, wo schon viele Menschen waren, die ihre Mahlzeit einnahmen. In einem Erkerstübchen, das auf den Hof ging, wohnte der Schreiber.

Er saß gerade vor dem Fenster am Tisch, mit einer Zigarre zwischen den Zähnen, hatte weder Rock noch Weste an und war ungewaschen und zerzaust; irgendein Frauenzimmer schlief in der Ecke auf einem Strohsack und war mit einem Paletot zugedeckt.

»Setzt euch, Herr Hofbesitzer!« Er warf einen dreckigen Anzug vom Stuhl herunter und schob diesen Boryna hin, der sogleich den ganzen Fall ausführlich vor ihm ausbreitete.

»Wie Amen im Gebet, tut ihr gewinnen. Das fehlte noch! Die Kuh ist verreckt, der Junge liegt krank vor Schreck! Unsere Sache steht gut!« er rieb sich die Hände und suchte auf dem Tisch nach Papier.

»Aber …, dem Jungen fehlt doch nichts.«

»Schadet nichts, ihm hätte was fehlen können. Geschlagen hat er ihn doch …«

»Das nicht, nur den Nachbarsjungen hat er geschlagen.«

»Schade, das wäre noch besser gewesen. Aber das wird man schon irgendwie zusammenkriegen, wir werden Krankheit durch Verprügelung und eine verreckte Kuh haben. Laß den Gutshof zahlen.«

»Versteht sich, um die Gerechtigkeit geht es hier allein.«

»Gleich werden wir eine Klage schreiben. Franja, du Faulpelz, rühr' dich!« schrie er und gab der Liegenden einen solchen Fußtritt, daß sie den strubbeligen Kopf emporrichtete. »Hol' man Schnaps und zu essen …«

»Keinen roten Heller hab' ich mehr, und du weißt, Gustav, daß sie nicht mehr borgen wollen …«, murmelte sie, erhob sich vom Lager und fing an zu gähnen und sich zu recken; hoch war sie wie ein Ofen und hatte ein großes, schwammiges, versoffenes Gesicht, das voll blauer Flecke war, und dabei eine dünne Kinderstimme.

Der Schreiber arbeitete, daß die Feder krächzte, sog an der Zigarre, pustete Boryna, der dem Schreiber zusah, Rauch ins Gesicht, rieb sich seine mageren, sommersprossigen Hände und drehte sein blasses Gesicht voller Pusteln, nach Franja hin; seine Vorderzähne waren schadhaft, seine Lippen bläulich, sein Schnurrbart groß und schwarz.

Er schrieb die Klage, nahm einen Rubel dafür, nahm einen zweiten für die Gebühren und verabredete sich auf drei Rubel wegen der Gerichtsvertretung, für den Fall, daß die Sache vor den grünen Tisch käme.

Boryna erklärte sich zu allem eifrig bereit, denn er kombinierte, daß ihm das Gut alles, und noch mit Überschuß, bezahlen würde.

»Gerechtigkeit muß sein, die Sache ist gewonnen!« sagte er im Weggehen.

»Gewinnen wir nicht im Gemeindegericht, dann gehen wir vors Landgericht, und hilft das Landgericht nicht, dann gehen wir vor das Oberlandesgericht, selbst bis zum Kassationshof, denen wollen wir nichts schenken.«

»Das fehlte nun noch, mein Hab und Gut zu verschenken!« rief Boryna verbissen aus, »und wem dazu noch, dem Gut, das so viel Wälder und Boden hat!« dachte er weiter, als er auf den Marktplatz trat. Gleich darauf stieß er von ungefähr in der Hutmacherreihe auf Jagna.

Sie stand da mit einer dunkelblauen Männermütze auf dem Kopf, und handelte noch um eine zweite.

»Seht mal her, Matheus, der Rote sagt, sie ist gut, und gewiß betrügt er …«

»Pik nobel, is wohl für Jendschych?«

»Ja, für Jendschych, dem Schymek hab' ich schon eine gekauft.«

»Wird sie denn nicht zu klein sein?«

»Grad so 'n Kopf wie ich hat er.«

»Gäbst schon einen feinen Bursch' ab …«

»Vielleicht nicht?« rief sie keck und schob die Mütze ein wenig aufs Ohr …

»Auf der Stelle würden sie dich hier dingen ...«

»Ho-la ... nur bin ich zu teuer für den Dienst.« Sie fing an zu lachen.

»Kommt drauf an, wem ... mir würdest du nicht zu teuer sein ...«

»Und Feldarbeit, die tät' ich auch nicht ...«

»Für dich würd' ich schon mitarbeiten, Jagusch, das tät' ich«, flüsterte er ihr etwas leiser zu und sah sie leidenschaftlich an, daß das Mädchen betroffen zurücktrat und, ohne weiterzuhandeln, für die Mütze bezahlte.

»Habt ihr die Kuh verkauft?« fragte er nach einer kleinen Pause, nachdem er etwas zu sich gekommen war und von dieser Wohligkeit aufatmete, die ihm, wie Branntwein, den Kopf benommen hatte.

»Sie haben sie für den Priester nach Jeschow gekauft, und die Mutter ist mit den Organistenleuten eben fortgegangen, denn sie will einen Knecht dingen.«

»Dann könnten wir doch auf ein Gläschen Süßen irgendwo eintreten! ...«

»Wie denn das?«

»Muß dir doch hier kalt geworden sein, Jagusch, kannst dich was wärmen ...«

»Wie sollt' ich denn ... mit euch Schnaps trinken gehen! ...«

»Na, denn sollen sie ihn hierher bringen, können ihn auch hier trinken, Jagusch ...«

»Gott bezahl's, es war gut gemeint, ich muß aber nach der Mutter sehen.«

»Ich werd' dir helfen, Jagusch ...« meinte er mit gedämpfter Stimme und ging voraus. Er arbeitete sich so mit den Ellenbogen durch, daß Jagna ungehindert hinterdrein durchs Gedränge ging; doch als sie zwischen die Leinwandzelte kamen, verlangsamte sie den Schritt, blieb hier und da stehen und ihre Augen entbrannten im Anschauen all der Dinge, die hier ausgebreitet lagen.

»Das sind dir aber mal Herrlichkeiten, du lieber Jesus!« murmelte sie, vor den Bändern stehenbleibend, die oben befestigt waren und im Winde wie ein greller Regenbogen flatterten.

»Welches meinst du, Jagusch, such' es dir aus«, sagte er nach kurzem Zögern, seinen Geiz überwindend.

»Hale, dieses gelbe, geblümte, wird schon seinen Rubel kosten, oder selbst zehn Silberlinge!«

»Kehr dich nicht dran, nimm nur ...«

Aber Jagusch riß sich gewaltsam los und ging zum zweiten Stand weiter, nur Boryna blieb einen Augenblick zurück.

Hier waren wiederum Tücher und Stoffe für Mieder und Jacken.

»Mein Jesus, so viel Herrlichkeiten!« flüsterte sie bezaubert vor sich hin und tauchte die zitternden Hände immer wieder in grüne Atlasgewebe und rote Samte, bis es ihr vor den Augen wirr wurde und ihr das Herz vor Lust hüpfte. Und diese Kopftücher! Seidene, ponceaufarbene mit grüngeblümter Borde, ganz goldige, wie die heilige Monstranz, und blaßblaue wie der Himmel nach dem Regen, und weiße, und die allerschönsten, die changierenden, die wie das Wasser beim Sonnenuntergang gleißen, und leicht, wie aus Spinnweben! Nein nein, sie hielt es nicht mehr aus! sie fing an, sie anzuprobieren und sich im Spiegel zu besehen, den die Jüdin ihr geschäftig vorhielt.

Prächtig standen sie ihr, als ob sie die Morgenröte um ihr Flachshaar gewunden hätte, und ihre lichtblauen Augen flammten in solcher Freude, daß sich ein veilchenblauer Schatten von ihnen auf das erglühte Gesicht legte; sie lächelte sich zu, und so schön war sie und solche Jugend, solche Gesundheit strahlte sie aus, daß die Menschen nach ihr schauten.

»Eine vom Herrenhof in Tracht oder was?« tuschelte man.

Sie betrachtete sich lange und nahm mit einem schweren Seufzer das Tuch ab, doch fing sie an, darum zu handeln, denn obgleich sie das Geld nicht hatte, tat sie so, um sich noch länger daran freuen zu dürfen.

Sie ernüchterte sich schnell, als die Handelsfrau fünf Rubel sagte, und selbst Boryna wurde eifrig, um sie wegzulocken.

Sie blieben noch vor den Perlschnüren stehen – von denen es eine solche Menge gab, daß es schien, als ob die ganze Bude mit kleinen Edelsteinen benäht wäre; sie leuchteten und funkelten, daß es schwer war, die Augen abzuwenden – all die gelben Bernsteine, die wie aus duftendem Harz geformt waren, all die Korallenschnüre, wie aufgefädelte Blutstropfen, die Perlen weiß und groß wie Haselnüsse, und andere aus Silber und Gold ...

Jagusch probierte nicht nur eine an, sie wählte und wählte zwischen ihnen herum, und am schönsten bedünkte sie eine Korallenschnur; sie umwickelte viermal ihren weißen Hals damit und drehte sich zum Alten hin.

»Guckt mal her, na?«

»Die stehen dir schön, Jagusch! Korallen sind mir aber nichts Neues, denn in meiner Lade liegen noch zehn peitschenlange Schnüre von der Seligen her, so groß wie Felderbsen sind die ...«, sagte er mit Bedacht, wie von ungefähr.

»Was hab' ich davon, wenn sie nicht meine sind!« sie schleuderte jäh die Perlen weg und ging finster und traurig weiter.

»Jagusch, laß uns nur erst ein bißchen niedersetzen.«

»Aber, 's ist doch Zeit, ich muß nach der Mutter sehen.«

»Fürcht' dich nicht, sie fährt dir nicht weg.«

Sie setzten sich auf eine herausragende Wagendeichsel nieder.

»Fein großer Markt dieses Jahr«, sagte Boryna nach einem Augenblick, sich auf dem Marktplatz umschauend.

»Natürlich, nicht klein!« Sie blickte noch leidvoll zu den Krambuden hinüber und seufzte vor sich hin; aber die Traurigkeit fing schon an nachzulassen, denn sie sagte:

»Die Gutsherrschaft, die hat es gut ... Ich hab' die Gnädige aus Wola gesehen mit den Töchtern, die haben sich so viel gekauft, daß ein Lakai hinter ihnen her die Sachen tragen mußte! Das geht so jeden Jahrmarkt.«

»Is einer auf allen Märkten zu Gange – dem reicht's nicht lange.«

»Denen reicht's schon.«

»Solange die Juden was geben«, warf er knifflich ein, so daß Jagusch sich nach ihm umdrehte und nicht wußte, was sie ihm darauf antworten sollte, der Alte aber fragte leise ohne sie anzusehen:

»Waren sie mit Schnaps bei dir von Wojteks Michael, was Jagusch? ...«

»Sie sind gekommen und sind gegangen! ... So'n Dösköpf, und denn noch Brautbitter schicken«, lachte sie auf.

Boryna stand rasch auf, zog hinter dem Brustlatz ein Tuch hervor und noch irgend etwas in Papier Gewickeltes.

»Halt mal das, Jagusch, denn ich muß nach Antek sehen.«

»Ist er denn auf dem Jahrmarkt?« Ihre Augen wurden lebhaft.

»Beim Getreide ist er geblieben, dort in der Straße. Nimm dir das, Jagusch, das ist für dich«, fügte er hinzu, als er sah, daß Jagna erstaunt das Tuch beäugte.

»Mir gebt ihr das? ... wirklich für mich? Jesus, ist das fein!« schrie sie, das Band loswickelnd, gerade dasselbe, das ihr so gefallen hatte. »Hale, ihr spaßt wohl nur mit mir, wofür denn? So viel Geld ... und das Tuch ist reine Seide ...«

»Nimm, Jagusch, nimm, für dich hab' ich's gekauft; und wenn einer von den Burschen dir zutrinken will, dann tu' keinen Bescheid, was sollst du dich eilen ... und ich muß nun gehen.«

»Meins is es, das ist Wahrheit?«

»Was sollt' ich dir da was vorzigeunern?«

»Ich kann es noch gar nicht glauben.« Sie breitete immer wieder das Tuch und das Band auseinander.

»Bleib' mit Gott, Jagusch.«

»Gott soll's euch vergelten, Matheus.«

Boryna ging; Jagna breitete noch einmal alles vor sich aus und besah es, mit einem Male raffte sie es aber zusammen, um ihm nachzulaufen und es ihm wiederzugeben ... wie sollte sie von einem Fremden sich was schenken lassen, nicht mal verwandt oder mit der Mutter verschwägert war er ... Aber der Alte war nicht mehr zu sehen. Sie ging langsam davon, die Mutter zu suchen und befühlte behutsam und mit Behagen das hinter's Mieder geschobene Tuch. Sie war so erfreut, daß ihr die weißen Zähne nur so beim Lachen blitzten und die Wangen glühten.

»Jaguscha! ... Um der Barmherzigkeit willen ... arme Waise ... liebe Menschen ... wahrhaftige Christen ... Ave Maria für die toten Seelchen ... Jaguscha! ...«

Jagna kam zu sich und blickte umher, wer sie wohl rufen konnte und von wannen die Stimme käme; bald wurde sie Agathe gewahr, die an der Klostermauer, auf einem Strohhäufchen saß, da der Schmutz an dieser Stelle bis über die Knöchel ging.

Sie blieb stehen, nach einer kleinen Gabe suchend, und Agathe, erfreut über die Begegnung mit einer aus dem Heimatsdorf, machte sich eifrig dran, sie auszufragen, wie es da wohl in Lipce ginge ...

»Seid ihr schon so weit mit dem Kartoffelausnehmen?«

»Ganz und gar!«

»Wißt ihr nicht, was es bei den Klembs gibt?«

»Haben euch auf den Bettel in die Welt gejagt, und ihr seid noch begierig auf sie?«

»Weggejagt oder nicht weggejagt, selbst hab' ich mich fortgemacht, weil 's nötig war ... wieso denn auch, umsonst werden sie mir meine Ecke geben oder zu essen, wenn sie es selber nicht dick haben ... Und begierig bin ich auf sie, von wegen der Verwandtschaft ...«

»Und wie ist es mit euch?«

»Wie es so gehen muß, von Kirche zu Kirche gehe ich, von Dorf zu Dorf, von Jahrmarkt zu Jahrmarkt und bitt' mir bei guten Leuten hier und da ein Eckchen, einen Löffel Suppe aus, oder auch Geld. Die Menschen sind gut, lassen nicht den Armen Hungers sterben, nein. Wißt ihr vielleicht, sind die bei Klembs alle gesund?« fragte sie schüchtern.

»Sie sind gesund, und ihr, seid ihr nicht krank?«

»Ih ... wie man's nimmt, in der Brust zieht es mich immer, und wenn mich die Kälte ankommt, dann spuck' ich lebendiges Blut ... Nicht lange mach' ich's schon, nicht mehr lange. Wenn man nur bis zum Frühjahr durchhält und ins Dorf heim kann, so ... da zwischen seinen Leuten sterben – darum bitt' ich das kleine Jesuskind, einzig darum«, sie breitete die mit Rosenkränzen umwundenen Arme, hob das verweinte Gesicht und begann so inbrünstig zu beten, daß ihr die Tränen aus den geröteten Augen quollen.

»Sprecht ein Gebet für Väterchen«, murmelte Jagna und steckte ihr ein Geldstück zu.

»Das wird für die sein, die im Fegefeuer sind, für die Unsrigen bet' ich auch so schon immerzu und bitte zum lieben Gott für die Lebendigen und die Toten. Jagusch, und haben sie nicht mit Schnaps geschickt?«

»Sie sind schon gekommen.«

»Und keinen hat sie sich ausgesehen ...«

»Keinen. Bleibt mit Gott, und im Frühjahr guckt zu uns 'rein«, sagte sie noch schnell und ging zur Mutter, die sie in der Ferne mit den Organistenleuten daherkommen sah.

Boryna jedoch kehrte langsam zu Antek zurück, zum ersten, weil's ein großes Gedränge war, und zweitens, weil ihm Jagusch immerfort in seinen Gedanken stand, aber bevor er hinkam, traf er auf den Schmied.

Sie begrüßten sich und gingen schweigend nebeneinander her.

»Wollt ihr mit mir nu aber endlich mal zum Schluß kommen, häh?« fing der Schmied scharf an.

»Womit zum Beispiel? Dasselbe hättest du mir auch in Lipce sagen können.« Der Ärger überkam ihn.

»Die ganzen vier Jahre wart' ich schon doch.«

»Und den heutigen Tag mußtest du dir aussuchen! Dann warte noch deine vierzig, bis ich wegsterbe.«

»Selbst die Leute raten mir schon, daß ich beim Gericht petitionier' ... aber ...«

»Petitionier' du! Ich kann dir auch noch dazu sagen, wo man die Klagen schreibt und werd' dir für 'n Schreiber einen Rubel geben.«

»Aber ich denke, daß wir im guten uns einigen werden ...«, drehte der Schmied schlau bei.

»Das ist wahr, wenn's nicht mit Krieg – versucht man's mit Frieden.«

»Das begreift ihr selbst nicht schlecht.«

»Ich brauch' da weder Krieg noch Frieden mit dir.«

»Das sag' ich immer meiner Frau als erster, daß der Vater für die Gerechtigkeit ist.«

»Jeder holt die Gerechtigkeit hinzu, der sie als Gevatterin braucht – ich brauch' das nicht, denn ich weiß nichts von Schuld«, sagte er hart, so daß der Schmied klein wurde, da er ihm von dieser Seite nicht beikommen konnte, und als ob nichts geschehen wäre, sagte er in einem ruhigen und bittenden Ton:

»Ich würde einen trinken, wollt ihr spendieren? ...«

»Gewiß. Warum denn nicht, wenn so 'n pikfeiner Schwiegersohn bittet, dann gibt man selbst 'ne ganze Quart aus«, höhnte er etwas, in die Eckschenke eintretend. Dort war auch schon Ambrosius da, aber er trank nicht und saß mürrisch und trübsinnig in der Ecke.

»In den Knochen reißt es mich, wir kriegen gewißlich schlechtes Wetter«, klagte er.

Sie tranken ein- und zweimal, aber schwiegen sich an, denn sie hatten genug Wut aufeinander in den Eingeweiden.

»Wie auf einem Begräbnis trinkt ihr da herum!« ließ sich Ambrosius vernehmen, mit Recht giftig, daß sie ihn nicht mit aufgefordert hatten, denn er hatte seit früh noch so gut wie nichts im Magen.

»Wie soll man da reden. Der Vater verkauft heute so viel, da muß er aufpassen, wem er das Geld auf Prozent gibt ...«

»Matheus! Ich sag' es euch, Matheus, daß unser Herr Jesus ...«

»Ob Matheus oder nicht Matheus; nimm du dich für! So 'n Haderlump! Immer mal los mit der Brüderschaft, Schwein mit dem Schweinehirt«, er erboste heftig.

Und der Schmied, der schon zwei Starke hinter sich hatte, wurde großspurig und sagte eindringlich:

»Nun sagt mal das Wort, Vater – gebt ihr oder nicht?«

»Es bleibt dabei; ins Grab nehm' ich es nicht mit, und vorher lasse ich kein' einen Morgen ab. Auf den Altenteil zu euch geh' ich nicht ... noch sind mir die ein – zwei Jahre, die ich übrig hab', lieb.«

»Dann findet mich ab.«

»Ich hab's gesagt, hast du's nicht gehört?«

»Nach der dritten Frau sieht er sich um, was sind da die Kinder«, knurrte Ambrosius.

»So wird's auch sein.«

»Wenn's mir gefällt, heirat' ich. Willst du es mir verbieten?«

»Verbieten hin, verbieten her, aber ...«

»Wenn's mir gefällt, schick' ich gleich morgen mit Schnaps.«

»Schickt nur zu, ich habe nichts dawider. Gebt mir doch wenigstens das Kalb, das von der Bunten nachgeblieben ist, dann helf' ich euch selbst. Ihr habt schon euren Verstand und werdet begreifen, womit ihr am besten fahrt. Nicht ein- und nicht zweimal hab' ich der Meinen vorgestellt, daß euch nur die Frau fehlt, damit kein Ruin in die Wirtschaft kommt ...«

»Hast du das so gesagt, Michael? ...«

»Die heilige Beichte soll ich nicht erleben, hab' ich das nicht gesagt. Dem ganzen Dorf rat' ich doch, was jedem not tut, und soll nicht wissen, was ihr braucht!«

81

»Du lügst, du Halunke, daß es nur so raucht, kannst aber morgen kommen, das Kalb kannst du kriegen, denn wenn du bitten tust – dann laß ich mit mir reden; und willst du mit mir rechten – kriegst du 'n zerbrochenen Stecken oder noch was Schlimmeres ...«

Sie tranken noch einen, den der Schmied schon spendierte; er hatte noch zur Gesellschaft Ambrosius zugeholt, der sich befriedigt zu ihnen heransetzte und solche possierlichen Erzählungen zum besten gab, solche Witze machte, daß sie immer wieder in ein Gelächter ausbrachen.

Sie freuten sich nicht lange aneinander, denn jeder hatte es eilig zu den Seinen und mußte noch verschiedene Angelegenheiten erledigen; so gingen sie in Frieden auseinander; aber der eine glaubte dem andern nicht einmal so viel, wie die Breite eines Fingernagels.

Sie kannten sich gut, wie weißgescheckte Pferde, und durchschauten einander wie Glas.

Nur noch Ambrosius blieb zurück und harrte der Gevattern und Bekannten, ob ihm nicht jemand noch ein halbes Maß spendieren wurde, denn dem Hund ist auch 'ne Fliege gut, solange er keinen Knochen kriegt; das Trinken das paßte ihm schon, selbst aber wurd' es ihm schwer, sich eins zu spendieren, was kein Wunder war, denn er war doch nur ein Küster.

Und der Jahrmarkt ging dem Ende zu.

Gerade zu Mittag leuchtete die Sonne auf, aber nur so viel, als ob jemand mit einem Spiegel über die Welt geblinkt hätte, dann versteckte sie sich hinter Wolken; und schon gegen Abend verdüsterte sich der Tag; große Regenwolken senkten sich tief, daß sie fast auf den Dächern lagen, und ein feiner Regen stäubte, wie durch ein dichtes Sieb. So fuhr man denn auch schneller auseinander – jeder eilte nach Hause, um noch vor Nacht und vor Einbruch des Unwetters unter Dach zu sein.

Auch die Händler nahmen die Buden rascher auseinander und packten sie auf die Wagen, denn der Regen peitschte immer dichter und wurde eisig.

Die Dunkelheit fiel schwer und naß.

Das Städtchen vereinsamte und verstummte.

Nur die plärrenden Stimmen der Bettler hörte man hier und da an den Mauern, und aus den Schenken klang Geschrei und Gezänk der Trunkenen.

Schon spät am Abend fuhren die Borynaleute aus dem Städtchen hinaus; sie hatten alles, was sie mit hatten, abgesetzt, verschiedenes eingekauft und den Jahrmarkt genossen, wie es sich gehört; Antek trieb die Pferde an und fuhr so scharf, daß im Straßenschmutz tiefe Furchen nachblieben; es war inzwischen tüchtig kalt geworden, und sie hatten alle nicht schlecht dem Glas zugesprochen. Der Alte, trotzdem er sonst geizig war und auf jeden Groschen erpicht, hatte sie heute dermaßen mit Speise und Getränk bewirtet und mit guten Worten traktiert, daß es verwunderlich war.

Es wurde schon völlig Nacht, als sie zum Wald kamen.

Dunkel war es, daß einer sich ruhig die Augen hatte ausstechen lassen können; die Regentropfen wurden immer dicker, und hier und da auf der Landstraße hörte man das Rollen der Wagen, das heisere Singen der Betrunkenen, und hin und wieder das Patschen langsamer Schritte durch den Schmutz.

Inmitten des Pappelwegs, über dem es dumpf sauste und wie vor Kälte ächzte, ging Ambrosius, schon ganz besoffen, von einer Seite nach der anderen torkelnd, manchmal stolperte er gegen einen Baum oder glitt in den Dreck aus; aber er erhob sich bald und sang immerzu aus voller Kehle, wie das so seine Angewohnheit war.

Ein solches Unwetter und eine solche Dunkelheit kamen auf, daß man die Schwänze der Pferde nicht erkennen konnte, und die auftauchenden Lichter des Dorfes nur wie blinzelnde Wolfsaugen zu sehen waren.

* *
*

Die Regenzeit war im vollen Gange. Schon seit dem Jahrmarktstag versank die Welt allmählich immer mehr in graue, trübe Regenglasten, so daß die Umrisse der Wälder und des Dorfes blaß geisterten, als wären sie aus durchnäßten Gespinsten gewoben.

Es kamen die endlosen, kalten, durchdringenden Herbststürme.

Weiße, eisige Regenpeitschen schlugen auf den Boden ein und durchnäßten ihn bis in die Tiefen, und jeder Baum, jeder Halm bebte im grenzenlosen Schmerz.

Unter den schweren, über der Erde zusammengeballten Wolken tauchten zuweilen aus den grünlichen Regengüssen Flächen geschwärzter, durchweichter und plattgedrückter Felder auf, Rinnsale schaumigen Wassers, das in den Furchen floß, blitzten hervor, oder Bäume, die einsam auf den Feldrainen wuchsen, hoben sich dunkel ab – wie vor Feuchtigkeit niedergedrückt und aufgeschwollen schüttelten sie die letzten Fetzen der Blätter ab und rissen sich verzweifelt hin und her wie Hunde, die man an die Kette gelegt hatte.

Die vereinsamten Wege zerflossen in morastige, faulende Pfützen.

Kurze, traurige, sonnenlose Tage schleppten sich schwer dahin gleich schmalen, von Verwesung zerfressenen Lichtstreifen, und Nächte kamen, finster, dumpf und trostlos in ihrem unaufhörlichen, eintönigen Glucksen.

Eine grauenvolle Stille umklammerte die Erde.

Die Felder verstummten, die Dörfer wurden still, und taub wurden die Wälder.

Die Siedelungen nahmen eine schwärzliche Düsterkeit an und schienen sich noch dichter an die Erde und an ihre Umzäunungen zu schmiegen und tiefer in die entlaubten Gärten zu sinken, die sich leise ächzend ineinander krallten.

Die grauen Dünste der Regen verschleierten die Welt, tranken die Farben aus, verlöschten die Lichter und ertränkten die Erde in Dunkelheiten, so daß alles wie ein Traumspuk erschien, und Traurigkeit sich von den durchfaulten Feldern, erstarrten Forsten und totem Ödland erhob und in schweren Nebeln wallte; sie blieb auf den abgeschiedenen Kreuzwegen stehen unter Kreuzen, die ihre Arme verzweifelt ausbreiteten, auf leeren Landstraßen, wo nackte Bäume vor Kälte bebten und in Qual schluchzten, sah mit leeren Augen in verlassene Nester, in eingestürzte Hütten hinein, trieb sich auf den toten Friedhöfen zwischen vergessenen Grabhügeln, modrigen Kreuzen herum und floß durch die ganze Welt; – durch die nackten, beraubten, geschändeten Felder, durch die versunkenen Dörfer und blickte in die Wohnstätten, in die Stallungen und in die Gärten hinein – bis das Vieh vor Angst brüllte, die Bäume sich mit dumpfem Gestöhn duckten und die Menschen wehmütig aufseufzten in der gräßlichen Sehnsucht – in der unstillbaren Sehnsucht nach Sonne.

Der Regen sprühte ohn' Unterlaß, als ob jemand die Welt mit seinen Glassplitterchen verhüllte, und ganz Lipce tauchte unter ins dichte Nebelmeer der bösen Regenzeit. Nur die schwarzen Dächer und dunkle, vor Nässe triefende Steinmauern, ragten hier und da hervor, und darüber wanden sich die schmutzigen Rauchsträhnen und schleppten über die Gärten dahin.

Im Dorf war es still, nur hier und da war man in den Scheunen noch beim Dreschen, aber vereinzelt nur, denn das ganze Dorf befand sich auf den Kohlfeldern.

Es war leer auf den schlammigen, aufgeweichten Wegen und leer auf den Zufahrtsstraßen und vor den Häusern, manchmal nur erschien jemand im Nebel und verlor sich gleich darauf, so daß man nur das Schlurfen der Pantinen im Schmutz hörte; oder es schleppte sich langsam ein mit Kohl vollgeladener Wagen von den Torffeldern her und trieb die Gänse auseinander, die hinter den Kohlblättern herwateten, welche von den Wagen herabgefallen waren.

Der Weiher rüttelte an seinen engen Ufern und stieg immerzu, er überschwemmte von der Borynaseite die niedriger gelegenen Teile des Weges, kam bis an die Zäune und spritzte Gischt an die Wände der Hütten.

Das ganze Dorf war mit dem Schneiden und Einfahren des Kohls beschäftigt; die ganzen Tennen, Dielen und Stuben waren voll davon, und bei manchen lagen die Haufen blauen Kohls selbst draußen unter der Dachtraufe.

Vor den Häusern rann der Regen über gewaltige Tonnen, die man in die Nässe hinausgerollt hatte.

Es herrschte große Eile überall, denn der Regen hörte fast gar nicht mehr auf, und die Wege wurden unfahrbar vor Schlick.

Auch bei der Dominikbäuerin schnitt man heute.

Schon am frühen Morgen war Jagna mit Schymek aufs Kohlfeld hinausgefahren, weil Jendschych daheim bleiben mußte, um das Dach zu flicken, sintemal es im Hause da und dort leckte.

Es ging schon gegen Abend und die Dunkelheit schien sich bei kleinem einzustellen, so daß die Alte einmal ums andere vors Haus trat und in die Nebel nach der Mühle zu spähte und hinaushorchte, ob sie nicht schon kämen? ...

Die Arbeit auf den Kohlfeldern, die tief hinter der Mühle auf dem Torfgrund lagen, war aber noch im vollen Gange.

Schwärzliche, nasse Nebel lagen auf den Wiesen, und nur da und dort blinkten breite Gräben voll silberweißen Wassers, und hoch aufgeworfene Kohlbeete waren sichtbar und schimmerten bläulich, blaßgrün, oder sahen rostig aus, wie Streifen von Eisenblech. Hier und da hoben sich aus dem Nebel die roten Frauenröcke und Haufen abgeschnittener Kohlköpfe hervor.

In der nebeldurchsetzten Ferne, am Fluß, der rauschend durch das dichte Buschwerk floß, das wie eine Wolkenwand blaute, zeichneten sich die Torfdiemen und die dastehenden Wagen ab, zu denen man den Kohl in Leinwandtüchern hinbrachte, denn infolge des durchweichten Bodens war es unmöglich, an die Kohlfelder heranzufahren.

Einzelne schnitten schon den Rest und schickten sich an, heimzugehen; die Stimmen ließen sich immer lauter aus dem Nebel vernehmen und klangen von Beet zu Beet.

Jagna war soeben mit ihrem Beet fertig, sie war furchtbar müde, hungrig und bis auf die Haut durchnäßt, denn selbst ihre Holzpantinen versanken in die rotbraune Torferde, so daß sie sie abnehmen mußte, um das Wasser herauszuschütten.

»Schymek, rühr' dich doch schneller, ich fühl' meine Klumpen schon gar nicht mehr!« rief sie kläglich, und als sie sah, daß er das große Bündel nicht aufladen konnte, riß sie es ihm ungeduldig aus den Händen, warf es sich über die Schulter und ging damit zum Wagen hin.

»Bist doch schon so 'n großer Kerl und dabei schwach im Rücken wie 'ne Frau nach dem Wochenbett«, sagte sie verächtlich, den Kohl in den mit Stroh ausgelegten Korbwagen schüttend.

Schymek brummte beschämt etwas vor sich hin, kratzte sein Zottelhaar und spannte das Pferd vor.

»Eil' dich, Schymek, die Nacht kommt!« trieb sie ihn an und trug immer wieder Kohl herbei.

Die Nacht kam auch schon heran und die Dämmerung wurde dichter und tiefer, und der Regen steigerte sich, daß er auf die durchweichte Erde und in die Gräben niedertroff, wie rieselndes Korn.

»Werdet ihr heute fertig?« rief sie zu Borynas Fine hinüber, die mit Anna und Jakob nebenan auch beim Schneiden war.

»Wir kriegen es noch! Wird auch reichlich Zeit, nach Hause zu gehen bei dem Schweinewetter, klitschnaß bin ich. Fahrt ihr denn schon ab?«

»Ja. In einem Nu is Nacht, ist ja schon so finster, daß man den Weg nicht auskennt. Morgen fährt man den Rest ein. Feinen Kohl habt ihr!« fügte sie hinzu und beugte sich zu ihnen hinüber, um auf die sich im Nebel abhebenden Kohlhaufen zu sehen.

»Eurer ist auch nicht schlecht, aber die Steckrüben habt ihr am größten ...«

»Die Setzlinge, die waren auch vom neuen Samen, den sich Hochwürden aus Warschau mitgebracht hat.«

»Jagna«, ließ sich wieder aus den Nebeln Fines Stimme vernehmen, »wißt ihr schon, daß morgen Josef sein Walek mit Schnaps nach Maruschka Potschiotek schickt ...«

»So'n Kiekindiewelt! Is die denn schon so weit! Mir deucht, daß sie noch Kühe gehütet hat im letzten Sommer! ...«

»Das Alter hat sie schon für 'n Mann, und denn noch all das Land, da haben es die Burschen hild.«

»Auch zu dir werden sie es hild haben, Fine, das werden sie ...«

»Wenn Papachen sich 'ne dritte nimmt!« schrie Gusche irgendwo von einem anderen Beet.

»Was euch ankommt, hat doch Mutter erst zum Frühjahr begraben«, warf Anna mit beängstigter Stimme dazwischen.

»Was schadet das dem Mannsvolk. Jedes Mannsbild ist wie 'n Schwein; wenn es sich noch so vollgefressen hat, steckt es doch die Schnauze in einen neuen Trog. Ho, ho, die eine ist noch nicht so weit ... nicht mal richtig kalt, und dann wird sich gleich nach einer anderen umgesehen ... ein Hundevolk ist das ... Und wie hat es der Kohlmeis gemacht? Drei Wochen nach der Beerdigung der ersten hat er die zweite geheiratet.«

»Das ist wahr, fünf kleine Kinder hat ihm aber auch die Selige nachgelassen ...«

»Ihr habt's gesagt! Aber nur 'n Dummer glaubt, daß es wegen der Kinder ist ... für sich selbst hat er die geheiratet, weil es ihm alleine zu langweilig wurde unterm Federbett!«

»Wir würden es Vater nicht erlauben, oho! ...« rief Fine energisch.

»Bist noch jung, darum bist du auch noch nicht klug ... Vaters Boden und Vaters Wille, da gibt's nichts dran zu klimpern!«

»Die Kinder haben auch was dreinzureden und ihnen steht auch 'n Recht zu«, fing Anna wieder an.

»Vom fremden Wagen heißt es heruntergehen, und wenn's auch ins Wasser hinein ist«, brummte Gusche dumpf und verstummte, denn die empörte Fine fing an, nach Witek zu rufen, der sich irgendwo am Fluß herumtrieb; Jagna aber mischte sich nicht in dieses Gespräch hinein, sie lächelte nur von Zeit zu Zeit, denn der Jahrmarkt kam ihr in Erinnerung. Sie trug den Kohl auf den Wagen, und als sie diesen gefüllt hatte, trieb Schymek an und lenkte nach der Landstraße hin.

»Bleibt mit Gott«, warf sie den Nachbarinnen zu.

»Gott auf den Weg, wir wollen auch gleich ... Jagusch, kommst du nicht zu uns, Kohl schälen, was?«

»Sag' nur, wann's nötig ist, Fine, dann komm' ich ... ich komm'! ...«

»Und Sonntags spielen die Burschen zum Tanz auf bei Klembs, wißt ihr es?«

»Ich weiß, Fine, ja, ich weiß ...«

»Wenn ihr Antek trefft, sagt ihm, daß er machen soll, wir warten auf ihn«, bat Anna.

»Gut, gut ...«

Sie fing an zu laufen, um den Wagen einzuholen, denn Schymek war schon ein Stück Wegs voraus, man hörte nur noch, wie er auf das Pferd einschimpfte; der Wagen versank und schnitt bis über die Achsen in den aufgeweichten Torfboden ein – sie mußten beide an den schlechten, tieferen Stellen dem Pferd nachhelfen, um den Wagen aus dem Morast freizubekommen.

Sie schwiegen miteinander, Schymek führte das Pferd, und achtete darauf, nicht umzukippen, denn es waren überall viele Löcher, und Jagna ging von der anderen Seite, stützte mit der Schulter den Wagen und sann nach, daß man sich zu diesem Kohlschälen bei Borynas fein machen müßte.

Die Dunkelheit senkte sich rasch; man konnte kaum noch das Pferd sehen; der Regen schien nachgelassen zu haben; es hing nur noch ein schwerer, nasser Nebel über der Erde, so daß es schwer war, zu atmen, und in den Lüften rauschte dumpf der Wind und schlug gegen die Bäume des Dammes, bei dem sie gerade anlangten.

Die Auffahrt zum Damm war schwer, wegen der Steigung und Glätte; das Pferd blieb stecken und hielt jede paar Schritte an, um auszuruhen, so daß sie kaum den Wagen halten konnten, damit er nicht ins Rollen kam.

»Man hätte nicht soviel laden sollen für ein Pferd!« ließ sich eine Stimme vom Damm herab vernehmen.

»Seid ihr das, Anton? ...«

»Ja, ich bin es.«

»Geht man schnell zu; Anna sieht schon nach euch aus ... Helft uns mal eben ...«

»Wart' 'n Augenblick, gleich komm ich 'runter und helf' nach. So 'ne Dunkelheit, man sieht keine Hand vor den Augen.«

Sie kamen gleich auf den Damm hinauf, denn er hatte so mächtig den Wagen gestützt, daß das Pferd vom Fleck weg anzog und erst oben stehenblieb.

»Gott bezahl's; aber stark seid ihr, Herr Jesus noch mal!« sie hielt ihm die Hand hin.

Sie verstummten plötzlich, der Wagen setzte sich in Bewegung und sie gingen nebeneinander, ohne recht zu wissen, was sie sagen sollten, beide seltsam verlegen.

»Wollt ihr umkehren?« flüsterte sie leise.

»Nur bis zur Mühle bring' ich dich, Jagusch, weil da ein Loch ist auf der Landstraße, das Wasser hat einen Schaden gemacht.«

»Ist das aber düster, was?« rief sie aus.

»Bist du bange, Jagusch?« flüsterte er, dichter herangehend.

»Hale, was sollt' ich da bange sein ...«

Sie verstummten wieder und gingen nun Hüfte an Hüfte, Arm neben Arm weiter.

»Wie euch die Augen leuchten, gerade wie beim Wolf ... es wird einem ganz sonderbar dabei ...«

»Kommst du Sonntag zu Klembs, da ist Musik.«

»Als ob mir das Mutter erlaubt ...«

»Komm doch, Jagusch, komm hin ...«, bat er mit leiser, gedämpfter Stimme.

»Wollt ihr denn das?« fragte sie weich, ihm in die Augen sehend.

»Herr Gott nochmal, für dich allein hab' ich doch den Geiger aus Wola bestellt, und für dich den Klemb noch erst überredet, daß er bei sich aufspielen läßt, für dich doch, Jagusch ...« flüsterte er, und näherte heftig atmend sein Gesicht dem ihren, so daß sie etwas zurückwich und vor Erregung erbebte.

»Geht schon ... man wartet auf euch ... es wird uns noch einer sehen ... geht ...«

»Tust du auch kommen? ...«

»Ich komm' ... ich komm' ...« wiederholte sie, sich nach ihm umsehend, aber er war schon im Nebel verschwunden, und man hörte ihn nur noch durch den Schmutz waten.

Ein plötzliches Frösteln ließ sie erschauern und eine jache Glut durchflog sie von Herz zu Kopf, so daß sie wankte. Sie wußte nicht, wie ihr geschehen war. – Die Augen brannten ihr, als ob heiße Asche unter ihre Lider gekommen wäre, sie war ganz atemlos und nicht imstande, das leidenschaftlich pochende Herz zu beruhigen; ohne es zu wissen breitete sie die Arme aus, wie zur Umarmung, alles spannte sich in ihr, denn es faßten sie solche wilden Schauer, daß sie hätte schreien mögen ... Sie holte laufend den Wagen ein, faßte eine der Rungen, und obgleich es nicht nötig war, schob sie so mächtig nach, daß der Wagen knarrte und wankte und Kohlköpfe in den Schmutz kollerten ... vor ihren Augen stand immerzu sein Gesicht mit dem funkelnden, begehrlichen ... brennenden Blick ...

»Ein Ungetüm von Mensch ... es gibt wohl keinen zweiten solchen in der Welt ...«, dachte sie wirr.

Das Rattern der Mühle, an der sie vorbeifuhren, brachte sie zur Besinnung, und das Rauschen des Wassers, das unter dem geöffneten Stauwerk auf die Räder floß, denn der Wasserzudrang war gewaltig, ernüchterte sie. Der Fluß stürzte sich mit dumpfem Gebrüll in die Tiefe, und zu weißem Gischt zerstoben wirbelte das Wasser und war schimmernd auf dem Strom zu sehen, der das Uferbett weit überschwemmt hatte.

Das Haus des Müllers, das gleich am Wege stand, war schon erleuchtet, und man sah durch die mit Gardinen verhängten Scheiben eine Lampe auf dem Tisch stehen.

»Die haben eine Lampe, wie bei Hochwürden oder auf einem Herrenhof ...«

»Sind sie etwa keine reichen Leute? ... Er hat doch mehr Grund und Boden wie selbst Boryna, und Geld leiht er auf Perzente, und beim Mahlen tut er auch betrügen, das ist so«, meinte Schymek.

»Wie die Gutsherrn leben sie ... denen ist es gut sein ... Gehen in ihren Zimmern spazieren ... liegen auf den Kanapees herum ... sitzen in der Wärme ... essen süß, und die Leute lassen sie für sich arbeiten ...«, dachte sie neidlos, ohne auf Schymek zu hören, der, so sehr er auch brummig war, kein Ende finden konnte, wenn er ins Reden kam.

Schließlich langten sie nach vieler Mühsal vor ihrem Hause an.

In der Stube war es hell und warm, ein Feuer flackerte lustig auf dem Herd. Jendschych schälte Kartoffeln und die Alte setzte das Essen zum Abend auf.

Ein alter, weißhaariger Mann wärmte sich vor der Feuerstelle.

»Habt ihr's fertiggekriegt, Jagusch?«

»Das schon, nur daß da noch ein wenig auf dem Beet nach ist, vielleicht an die drei Leinentücher voll.«

Sie ging in die Kammer, um sich umzuziehen, bald darauf wirtschaftete sie emsig in der Stube umher, und bereitete das Essen, ab und zu nach dem Alten neugierig hinüberäugend, der im tiefen Schweigen dasaß, ins Feuer starrte, die Perlen des Rosenkranzes durch die Finger schob und die Lippen bewegte. Und als sie sich zum Abendessen setzten, legte die Alte einen Löffel für ihn hin und lud ihn ein.

»Bleibt mit Gott ... ich komme noch bei euch einsehen, denn vielleicht bleibe ich für länger in Lipce ...«

Er kniete inmitten der Stube nieder, verneigte sich vor den Heiligenbildern, machte das Zeichen des Kreuzes und schritt hinaus.

»Wer ist das?« fragte Jagna verwundert.

»Ein gesegneter Wanderer, er kommt vom heiligen Grab ... ich kenn' ihn schon lange, denn er war hier schon eher und brachte verschiedene heilige Sachen mit ... An die drei Jahre können es schon her sein ...«

Sie endigte ihren Satz nicht mehr, denn Ambrosius trat herein, gab Gott zum Gruß und setzte sich vor den Herd.

»So 'ne Kälte, und was für ein Sauwetter, mein Holzfuß ist mir ganz steif geworden.«

»Was habt ihr denn bei solcher Nacht und dem Schmutz auch noch herumzulaufen … da tätet ihr besser, in euren vier Wänden zu sitzen und Gebete zu sprechen …«, brummte die Dominikbäuerin.

»Die Zeit ist mir lang geworden so allein, da wollt' ich mal nach den Mädchen sehen, du bist die erste, Jagusch …«

»Sucht euch ein Totengerippe, als erste …«

»Die Mamsell treibt sich jetzt mit jüngeren herum, mich läßt sie ganz beiseite liegen! …«

»Wie denn das? …«, begann die Dominikbäuerin im fragenden Ton.

»Die reine Wahrheit sag' ich. Hochwürden hat den Leib Christi nach dem Bartek, dem hinterm Weiher, getragen.«

»Hör' einer bloß … auf dem Jahrmarkt hab' ich ihn doch noch mobil gesehen …«

»Das liebe Schwiegersöhnchen hat ihn so mit dem Knüppel zugerichtet, daß er ihm die Eingeweide um und um geschlagen hat.«

»Nanu, was war denn da, wann denn?«

»Um was denn anders, als um Grund und Boden. Schon ein halbes Jahr zanken sie herum, und heute mittag haben sie abgerechnet.«

»Daß es keine Gottesstrafe für diese Totschläger gibt«, ließ sich Jagna vernehmen.

»Die kommt, Jagna, hab' keine Angst, die kommt noch«, sagte die Alte hart und heftete die Augen auf die Heiligenbilder.

»Und wer schon gestorben ist, der kann nicht wieder aufstehen«, ließ Ambrosius kaum merklich fallen.

»Setzt euch an die Schüssel und nehmt, was da ist.«

»Dagegen hab' ich nichts, nein. Mit einem Schüsselchen werd' ich schon fertig, aber groß muß sie sein«, neckte er.

»Ihr habt nur immer Späße und Spielereien im Kopf.«

»Das ist auch mein Ganzes, was soll ich mit den Sorgen, häh?«

Sie setzten sich an die Bank, auf der die Schüsseln standen, und aßen langsam und schweigend; Jendschych paßte auf, um zuzulegen und zuzugießen, nur Ambrosius sagte von Zeit zu Zeit ein kurzweiliges Wort und lachte selbst am meisten dazu, denn die Jungen, obgleich sie Lust hatten zu lachen, trauten sich nicht, wegen drohenden Blicke der Mutter.

»Ist Hochwürden zu Hause?« fragte sie gegen Ende.

»Wo denn sonst bei solchem Schmutz, wie 'n Jude sitzt er bei den Büchern.«

»Ein Kluger ist sich der, ein ganz Kluger …«

»Und gut, daß man keinen besseren finden kann …« fügte Jagna hinzu.

»Versteht sich … gewiß … auf den Bauch spuckt er sich nicht, oder einem anderen in den Bart, und was ihm einer gibt, das nimmt er …«

»Ihr solltet lieber nicht das erste beste Zeug reden.«

Sie standen vom Abendbrot auf. Jagna setzte sich mit der Alten am Herd zu den Wocken und die Söhne machten sich, wie gewöhnlich, an das Aufräumen und Aufwaschen des Geschirrs und an die andere Hausarbeit. Das war schon immer so bei der Dominikbäuerin, daß sie ihre Söhne mit eiserner Hand hielt und sie zu Mägden abrichtete, damit Jagusch ja nicht ihre Händchen beschmutze.

Ambrosius zündete die Pfeife an und paffte in den Kamin oder rückte die glühenden Scheite zurecht und warf neue Zweige hinzu, dabei blickte er hin und wieder die Frauen an und schien etwas abzuwägen und zu bedenken.

»Ich höre, ihr habt die Brautbitter gehabt?«

»Die ersten sind es nicht.«

»Was Wunder, die ist ja wie gemalt, die Jagna. Hochwürden hat gesagt, die in der Stadt kommen der nicht gleich.«

Jagna wurde rot vor Vergnügen.

»Das hat er gesagt, der liebe Gott lasse ihn bei Gesundheit bleiben. Ich wollte schon lange 'ne Frühmesse lesen lassen, lange schon, morgen früh gleich trag' ich es ihm hin.«

»Da würd' noch einer mit Schnaps zu euch schicken, er möcht' schon, aber er hat es noch etwas mit der Angst ...«, leitete er behutsam ein.

»Ein Bauernsohn? ...« fragte die Alte, die auf dem Boden surrende Spindel aufwickelnd.

»Ein Hofbauer, im ganzen Dorf angesehen, ein Erbangesessener ... aber ein Witwer ...«

»Denk' nicht dran, fremde Kinder zu wiegen ...«

»Sind schon großgezogen, da brauchst keine Angst zu haben, Jagusch.«

»Was soll sie mit 'm Alten ... sie kann noch warten, wenn sie Sinn auf einen jüngeren hat.«

»Junge gibt's genug, die werden ihr nicht mangeln! Kerzengerade Burschen, rauchen Zigaretten, tanzen in der Schenke, trinken Schnaps und gucken nur hinter den Mädeln drein, welche ihre paar Morgen hat und etwas bar Geld, damit sie was zum Amesieren haben ... Das sind mir dann schöne Hofbauern, schlafen bis Mittag, und nachmittags da wird Mist mit der Schubkarre gefahren und das Feld mit den Hacken gepflügt ...«

»Einem solchen geb' ich die Jagna nicht, daß sie 'n Schandleben kriegt.«

»Nicht umsonst sagt man, daß ihr die Klügste im Dorf seid ...«

»Aber mit einem Alten zusammen, das ist für eine Junge auch keine Freude ...«

»Für die Freude sind doch Junge genug da.«

»Alt seid ihr wie die Welt, und noch so viel buntes Zeug im Kopf«, sagte sie streng.

»Ii ... wie man so redet, damit die Zunge nicht vermulscht.«

Sie blieben eine Weile stumm.

»Ein Alter wird sie schon zu ehren wissen, und braucht nicht happig sein auf fremdes Geld«, fing Ambrosius wieder an.

»Nein, nein, nur Gotteslästerung kommt davon.«

»Er könnte eine Schenkung vor Gericht machen«, sagte er bedeutungsvoll, die Pfeife auf dem Herd ausklopfend.

»Jagna hat genug Eigenes«, antwortete sie nach einer Weile, schon schwankend und unsicher.

»Der würde mehr geben als nehmen, viel mehr ...«

»Ihr habt's gesagt!«

»Was ich natürlich nicht aus dem Wind gegriffen habe und nicht aus meinem Kopf, nicht von mir aus komme ich damit ...«

Sie schwiegen wieder. Die Alte fuhr lange glättend mit der Hand über die zausige Kunkel, benetzte sodann den Finger und fing an, die Flachsfasern mit der Linken herauszuzupfen und mit der Rechten ließ sie die Spindel kreisen, so daß sie sich wie ein Brummkreisel mit Gesumm auf dem Boden drehte und surrte.

»Wie ist's, soll er denn schicken?«

»Welcher?«

»Wißt ihr's denn nicht? Der da!« er zeigte durchs Fenster auf die kaum über den Weiher blinzelnden Lichter vom Borynahof.

»Erwachsene Kinder, werden kein gutes Wort geben und haben Rechte auf ihr Teil ...«

»Was sein ist, kann er aber verschreiben ... wie wär's denn? ... Ein guter Mensch und nicht der erste beste Hofbauer, und fromm und noch rüstig, ich hab' selbst gesehen, wie er sich 'n ganzen poln'schen Scheffel Roggen auf den Buckel geladen hat. Der Jagna würde da nichts abgehen, der würd' sie sich schon reineweg mit Vogelmilch aufziehen ... und da sich euer Jendschych im Kommenden beim Militär melden muß ... der Boryna kennt sich aus mit den Beamten, er weiß, an wen er sich zu halten hat, der könnt' euch schon helfen ...«

»Wie scheint dir das, Jagusch? ...«

»Mir ist es eins, befehlt ihr, dann tu' ich ... das ist euer Kopf, nicht meiner ...«, sprach sie leise, stützte die Stirne auf die Kunkel und starrte gedankenlos ins Feuer, auf das lustige Knistern der brennenden Zweige horchend. Dieser oder ein anderer, das war ihr ganz egal – ihr schauerte nur leicht, wenn sie an Antek dachte.

»Wie ist's?« fragte Ambrosius, sich von der Bank erhebend.

»Sie sollen schicken ... Versprechung ist noch keine Heirat ...«, antwortete sie langsam.

Ambrosius verabschiedete sich und ging geradeswegs zu Boryna.

Jagna saß immerzu unbeweglich und schweigend da.

»Jagusch ... Töchterchen ... was denn? ...«

»Nichts ... alles ist mir gleich ... wenn ihr wollt, nehm' ich den Boryna ... und denkt ihr nicht, dann bleib' ich bei euch ... geht es mir denn hier vielleicht schlecht? ...«

Die Alte spann weiter und redete leise.

»Das Beste will ich für dich, das Beste ... Gewiß, er ist alt, aber noch rüstig, und gutherzig auch, nicht so wie die anderen Mannsleute, der wird dich in Ehren halten ... Feine Dame wirst du bei ihm spielen können, die Hofbäuerin wirst du sein ... Und wenn er eine Verschreibung macht, so werd' ich ihn schon so richten, daß das Feld neben unserem kommt, neben dem Juden seinem am Hügel ... und wenn er so zum Beispiel sechs Morgen verschreiben würde ... Hörst du zu? an die sechs Morgen! Und irgendein Mannsbild mußt du schon heiraten ... das mußt du ... was sollen sie über dich herziehen und dich auf den Zungen im Dorf herumtragen ... Ein Schwein könnte man schlachten ... vielleicht auch nicht ... oder vielleicht ...«, sie verstummte und begann sich den Rest im Kopf zurechtzulegen, denn Jagusch war, als ob sie ihre Worte nicht gehört hätte, sie spann geistesabwesend weiter, als ob sie ihr eigenes Los nichts anginge, so wenig dachte sie über diese Heirat nach.

Und hatte sie es vielleicht schlecht bei der Mutter? Sie tat was sie wollte, kein Mensch mischte sich ein. Was ging sie Grund und Boden an, die Verschreibungen und der Besitz – so gut wie gar nichts, so gut wie der Zukünftige? Es waren nicht wenig Burschen, die ihr nachliefen – wenn sie nur gewollt hätte, so wären alle in derselben Nacht noch zusammengelaufen ... und ihre Gedanken spannen sich träge, wie der Flachsfaden vom Wocken, und drehten sich immer in gleicher Weise um das Eine herum, daß sie, wenn Mutter wollte, den Boryna heiraten würde ... Gewiß, daß sie ihn besser mag als die anderen, denn er hatte ihr das Band und das Seidentuch gekauft ... gewiß ... aber Antek hätte ihr dasselbe gekauft ... und die anderen vielleicht auch ... wenn sie nur Borynas Geld hätten ... jeder ist gut ... und alle zusammen ... als ob sie einen Kopf dazu hätte, sich erst lange einen auszusuchen! Dazu war Mutter da, um zu tun, was nötig war ...

Und abermals starrte sie vor sich hin, sie sah aufs Fenster, denn die schwarz angelaufenen, verwelkten Georginen, die der Wind schaukelte, guckten in die Scheiben, aber bald vergaß sie auch diese, vergaß alles, vergaß auch sich selbst und verfiel in eine so heilige Gefühllosigkeit, wie die Mutter Erde während der toten Herbstnächte – denn wie die heilige Erde war Jagnas Seele – ganz wie diese Erde; sie lag in Tiefen, die niemand erkennen konnte, in der Wirrnis schlaftrunkener Träume – riesig und unbewußt, mächtig, aber ohne Willen, ohne Wollen, ohne Wünsche, totenstarr und dennoch unsterblich, und wie diese Erde nahm sie jeder Wind, umhüllte sie, schaukelte sie und trug sie dahin, wo er wollte ... sie war wie die Erde, die die warme Sonne zur Frühjahrszeit weckt, mit Leben befruchtet, mit dem Feuerschauer des Verlangens, der Liebe erschüttert – und sie gebiert, weil sie muß; sie lebt, singt, herrscht, schafft und vernichtet, weil sie muß; sie ist, weil sie muß ... denn wie die heilige Erde war Jagnas Seele – ganz wie diese Erde! ...

Und lange saß sie so im Schweigen, nur ihre Sternenaugen leuchteten wie die stillen Wasser zur Frühlingsmittagszeit, bis sie plötzlich erwachte, weil jemand die Flurtür aufmachte.

Fine kam noch ganz atemlos herein, stürzte nach dem Herd hin, schüttelte das Wasser aus den Holzpantoffeln und sagte:

»Morgen wird bei uns der Kohl geschält, Jagusch, kommst du?«

»Ich komm'.«

»In der Stube werden wir schälen. Ambrosius sitzt beim Vater, ich bin heimlich fortgerannt, um dir das vom Kohl zu sagen. Ulischja, Maruscha und Vikta und die anderen Basen werden da sein ... und die Burschen werden kommen ... und Peter mit der Geige hat zugesagt ...«

»Welcher denn?«

»Den Michaels ihrer, die hinter dem Schulzen sitzen, er ist, wie wir die Kartoffeln ausnahmen, vom Militär heimgekehrt ... und redet so verdreht, daß man es schwer herauskriegt ...«

Sie plapperte die Stube voll, soviel sie nur konnte, und rannte nach Haus.

Wieder umfaßte Schweigen den Raum.

Manchmal schlug der Regen gegen die Scheiben, als ob jemand eine Handvoll Sand geschleudert hätte, oder der Wind rauschte und spielte im Garten und blies in den Schornstein, daß die Feuerbrände auf den Herd auseinanderstoben und Rauch in die Stube puffte ... Und die Spindeln auf dem Boden surrten immerzu.

Der Abend zog sich langsam dahin, bis die Alte mit einer leisen, zittrigen Stimme das Abendlied anstimmte:

>   Alle unsere Tagesmühen ...

Und die Jungen mit Jagna sangen halblaut und doch so durchdringend mit, daß die Hühner im Flur auf den Staffeln aufzuschnarren und zu gackern anfingen.

* * *

Der nächste Tag war ebenso regnerisch und düster. Jeden Augenblick trat einer vor sein Haus und blickte lange und besorgt in die neblige Welt, ob es sich nicht irgendwo aufhellen wollte – aber es war nichts zu sehen als graue Wolken, die so niedrig zogen, daß es schien, als ob sie sich an den Bäumen zerrissen; der Regen rieselte ohn' Unterlaß, gegen Mittag aber steigerte er sich zu einem solchen Wolkenbruch, als hätte einer die himmlischen Schleusen geöffnet; es trommelte nur so auf die Dächer.

Die Leute drückten sich in den Stuben herum; der eine oder der andere schleppte sich durch Schmutz und Regen zu den Nachbarn, um sein Klagelied anzubringen. Man schimpfte auf das Wetter, in das man nicht einmal einen Hund hätte hinausjagen mögen, und manch einer hatte doch noch seine Nadelstreu im Wald liegen, ein anderer hatte sein Holz nicht eingefahren, ein dritter nur »fast alles« – die eine hatte noch den Kohl nicht zu Ende geschnitten, wegen dessen heute gar nicht hinauszufahren war, denn der Weiher war in der Nacht so gestiegen, daß man schon bei Tagesanbruch die Schleusen öffnen mußte, um das Wasser in den Fluß abzulassen, der dadurch aus den Ufern trat; sogar die Wiesen kamen unter Wasser und die Kohlfelder ragten wie Inseln mit den schwarzen Rücken ihrer Beete aus dem weißlichen schaumbedeckten Strudel auf.

Bei der Dominikbäuerin hatte man ebenfalls den Rest, der noch im Felde geblieben war, nicht eingefahren.

Jagna wußte schon vom frühen Morgen an nicht recht wohin, sie ging von einer Ecke zur anderen, dann sah sie wieder durchs Fenster auf die Georginenbüsche, die das Wasser zu Boden gelegt hatte, starrte in die verregnete Welt hinaus und seufzte sehnsüchtig.

»Man langweilt sich zum Gotterbarmen!« flüsterte sie ungeduldig in Erwartung der Dämmerung und des kommenden Abends, an dem bei Borynas Kohl geschält werden sollte, und der Tag schleppte sich gerade so langsam wie ein Bettler durch den Dreck, so langweilig und so eigentümlich traurig, daß es schon gar nicht mehr zum Aushalten war. Gereizt war sie auch, so daß sie in einem fort auf die Jungen einschrie und mit allem, was ihr nur unter die Hände kam, herumstieß; obendrein hatte sie noch Kopfschmerzen, so daß sie sich die Schläfen mit gebrühtem Hafer, den sie mit Essig besprengt hatte, belegen mußte – da erst ging es vorüber. Trotzdem konnte sie sich keinen Platz finden, und die Arbeit glitt ihr aus den Händen, weil sie sich immer wieder in den Anblick des aufgepeitschten Weihers vertiefte, der, wie ein Vogel, schwere Flügel ausbreitete, damit um sich schlug und rauschend aufzufliegen versuchte, so daß das Wasser auf den Weg spritzte, und doch konnte er nicht auffliegen, als ob seine Füße mit dem Boden verwachsen wären. Hinter dem Wasser aber stand Borynas Haus, man konnte gut das altersgrüne Dach sehen, die neu mit Holzschindeln beschlagene Frontgalerie, deren Dächlein noch gelb leuchtete, und die Wirtschaftsgebäude hinter dem Obstgarten; doch sie wußte gar nicht, worauf sie sah ...

Die Dominikwittib war von früh an außer Haus, denn man hatte sie aufs andere Ende des Dorfes zu einer Gebärenden geholt, da sie für eine Heilkundige galt und sich auf verschiedene Krankheiten auskannte.

Es war ein Drängen über Jagna gekommen, hinaus unter die Menschen zu gehen, sobald sie aber die Schürze über den Kopf schlug und über die Schwelle in den Schmutz und ins Regenwetter hinaustrat, verließ sie alle Lust ... so daß sie sich zuletzt dem Weinen nahe fühlte, unter der Gewalt einer seltsamen Sehnsüchtigkeit ... Da sie sich nicht anders helfen konnte, öffnete sie ihre Lade und fing an, aus ihr den Sonntagsstaat hervorzukramen und über die Betten auszubreiten ... In der Stube wurde es bunt vor gestreiften Beiderwandröcken ..., Schürzen ... Jacken ... Doch all das wollte sie heute nicht freuen ... mit gleichgültigem, gelangweiltem Blick sah sie auf ihr Hab und Gut und zog schließlich von unten das Tuch und das Band hervor, die sie von Boryna hatte; sie schmückte sich damit und besah sich lange im Spiegelchen.

»Nicht schlecht ... man muß das für den Abend umtun«, dachte sie, und nahm es gleich ab, denn irgend jemand kam zwischen den Hecken auf das Haus zu.

Mathias trat ein ... Jagna schrie auf vor Staunen, denn es war dieser, um den man sie am meisten beschuldigte, daß sie mit ihm des Nachts im Garten zusammenträfe und ihm auch öfters anderswo Einlass gewährte ... Er war ein älterer Bursche, mochte gut über die Dreißig sein, und noch Junggeselle, aber heiraten wollte er nicht, der Schwestern wegen, die noch nicht untergebracht waren, und, wie Gusche sich zusammenredete, weil ihm die Mädchen und andermanns Frauen besser schmeckten ... Ein breitgewachsener Kerl war es, wie eine Eiche, kräftig und selbstbewußt, dabei so hochmütig und unnachgiebig, daß ihn die meisten fürchteten. Und geschickt war das Luder zu allem; auf der Flöte spielte er, daß es einem bis an die Seele ging, konnte einen Wagen zurechtzimmern, baute Häuser, klebte Ofen aus und machte alles mit solcher Geschicklichkeit, daß ihm die Arbeit unter seinen Fäusten nur so hinflog – nur das Geld wollte an ihm gar nicht haften bleiben, obgleich er gut im Verdienst war, denn er vertrank und verspendierte gleich alles, oder borgte es aus ... Täubich war sein Vatername, obgleich er eher einem Habicht ähnlich war seinem Gesicht nach und in bezug auf seine Hitzigkeit.

»Gelobt sei Jesus Christus! ...«

»In Ewigkeit ... Mathias!«

»Ich bin's schon selbst, Jagusch, ich bin's ...«

Er drückte ihr die Hand und sah ihr so feurig in die Augen, daß das Mädchen errötete und unruhig nach der Tür sah.

»Warst ein halbes Jahr in der Welt ...«, murmelte sie verlegen.

»Ein ganzes halbes Jahr und dreiundzwanzig Tage … ich hab' gut gezählt …« Ihre Hände aber ließ er nicht los.

»Ich will Licht machen!« rief sie, da es schon tüchtig dunkelte und um von ihm loszukommen.

»Willst du mich nicht begrüßen, Jagusch«, bat er leise und wollte sie umfassen, aber sie entglitt ihm schnell und ging zum Herd, um Licht zu machen, sie hatte Angst, daß sie die Mutter oder irgend jemand anders im Dunkeln überraschen könnte, aber sie kam nicht dazu, weil Mathias sie um die Hüften faßte, stark an sich drückte und wütend zu küssen begann …

Sie wand sich wie ein gefangener Vogel, aber sie hatte nicht die Macht, sich einem solchen hungrigen Drachen zu entwinden, der sie an sich preßte, daß die Rippen fast knackten und dermaßen küßte, daß ihr ganz schwach wurde; die Augen umnebelten sich, sie konnte keinen Atem fangen, und nur mit dem Rest ihrer Beherrschung bettelte sie:

»Laß … Mathias … die Mutter …«

»Noch ein bißchen, Jagusch, noch einmal, sonst werd' ich ganz toll … Und er küßte sie so, daß das Mädchen ganz willenlos wurde und ihm zwischen den Händen durchglitt, wie Wasser, aber er ließ sie mit einem Male los, denn es wurden im Flur Schritte laut; er zündete noch eigenhändig das Lämpchen über dem Rauchfang an und machte sich dran, eine Zigarette zu drehen, mit vor Vergnügen funkelnden Augen Jagusch betrachtend, die noch nicht zu sich kommen konnte und schwer atmend sich fest gegen die Wand stützte.

Jendschych trat ein und fing an, das Feuer auf dem Herd anzufachen, setzte Töpfe mit Wasser auf und machte sich in einem fort in der Stube zu schaffen, so daß sie nur wenig mehr miteinander sprachen, und nur mit glühenden, gierigen Augen einander betrachteten, als ob sie sich am liebsten auffressen wollten …

In Bälde, es mochten kaum ein paar Paternoster vergangen sein, kam die Dominikbauerin heim, sie mußte wohl böse sein, denn schon im Hausflur riß sie das Maul gegen Schymek auf und als sie Mathias gewahr wurde, blickte sie ihn streng an, ließ seine Begrüßung unbeachtet und ging in die Kammer, sich umzukleiden.

»Geh schon, sonst wird die Mutter mit dir zanken …«, bat Jagna leise.

»Kommst du zu mir heraus, Jagusch, was?« bat er.

»Bist schon aus der Welt zurückgekehrt?« sagte die Alte, als hätte sie ihn soeben erst entdeckt.

»Das bin ich, Mutter …«, sprach er sanft und wollte ihr die Hand küssen.

»Was da, Mutter, such dir 'ne Hündin als Mutter, nicht mich!« knurrte sie auf, ihm die Hand wütend entreißend. »Wozu bist du hierhergekommen? Hab' ich dir nicht schon gesagt, daß du hier nichts zu suchen hast …«

»Zu Jaguscha bin ich gekommen, nicht zu euch«, rief er trotzig, denn die Wut packte ihn.

»Bleib' du mir von der Jagna ab, verstanden! Komm du mir hier noch einmal, daß man sie dann durch dich im Dorf auf den Zungen herumträgt, wie irgend so eine …, daß dich nicht noch einmal meine Augen hier sehen … brüllte sie los.

»Ihr schreit, wie eine Krähe, das ganze Dorf wird's hören!«

»Laß sie hören, laß sie zusammenlaufen, laß sie wissen, daß du dich an Jagna gehängt hast, wie 'ne Klette an einen Hundeschwanz, daß man dich selbst mit einer Feuergabel nicht verjagen kann ...«

»Wenn ihr nicht ein Frauenzimmer wäret, dann würd' ich euch mal an die Rippen fassen, für solches Reden ...«

»Versuch' du, Bube, versuch' du bunter Hund ...«, sie griff nach einem eisernen Feuerhaken.

Aber dabei blieb es, denn Mathias spie aus, schmiß die Tür ins Schloß und ging rasch fort, wozu denn auch, sollte er sich vielleicht mit einem Weibsbild herumschlagen und sich zum Gelächter des ganzen Dorfes machen?

Die Alte aber, als sie seiner nicht mehr habhaft werden konnte, machte sich über Jagna her, und nu mal gleich los und auf sie eingeifern und alles herholen, was sie schon lange auf der Leber hatte ... Jagusch saß indessen still dabei, fast wie erstorben vor Schreck, als ihr aber die Worte der Mutter schon bis aufs Blut gingen ... kam sie zur Besinnung, fing an zu heulen und steckte klagend den Kopf in die Federbetten ... Sie war heftig erbittert ... denn sie hatte keine Schuld ... sie hatte ihn doch nicht ins Haus gerufen ..., er war ja von selbst gekommen ..., und was die Mutter ihr da vom Frühjahr vorhielt, da hatte er sie nur am Zaunübersteig getroffen ...; konnte sie sich solchem Ungeheuer entwinden? ... wo es ihr so in alle Glieder gefahren war, daß sie ... und später konnte sie sich ihn da vom Leibe halten? ... Immer ist es so mit ihr, wenn sie nur einer scharf ansieht oder stark anpackt ... dann bebt in ihr alles, die ganze Kraft geht von ihr ab und es wird ihr so schwach im Magen, daß sie schon nichts mehr weiß ... was kann sie dafür?

Sie klagte still und unter Tränen, bis die Alte sich begütigte und ihr besorgt die Augen und das Gesicht abtrocknete, über den jungen Kopf strich und sie zu beruhigen begann.

»Nu, sei man still, Jagusch, weine nicht ... nein ... sonst kriegst du rote Augen, wie ein Karnickel, und wie sollst du denn so auf den Borynahof gehen?«

»Ist es denn schon Zeit?« fragte sie nach einer Weile, schon etwas beruhigt.

»Natürlich, daß es Zeit ist, und mach' dich recht fein, viele Leute werden da sein und auch Boryna selbst gibt acht ...«

Jagusch erhob sich gleich und fing an, sich anzuziehen.

»Soll ich dir nicht Milch kochen?«

»Nein, ich hab' gar keinen Hunger, Mutter.«

»Schymek, du mißratene Kreatur, wärmst dich hier, und da nagen die Kühe an den Krippen«, schrie sie mit dem Rest ihrer Wut, und Schymek rannte davon, um nicht etwas abzukriegen.

»Es scheint sich mir«, sprach sie stiller, indem sie Jagna beim Ankleiden behilflich war, »daß der Schmied mit Boryna in gutem Einvernehmen ist. Ich bin ihm begegnet, wie er vom Alten ein feines Bullenkalb wegholte ... Schade ... gut seine fünfzehn Papierer war es wert ... vielleicht ist es aber doch gut, daß sie miteinander in Frieden sind, weil der Schmied ein großes Maul hat und sich aufs Recht auskennt ...« Sie trat ein paar Schritte zurück und sah ihre Tochter mit Wohlgefallen an. »Aber diesen

Dieb, den Kosiol, haben sie, scheint mir, schon wieder freigelassen, man wird wieder alles zuschließen müssen und Obacht geben ...«

»Ich geh' schon!«

»Ja, geh' du nur und scharmezier' mit den Burschen bis über Mitternacht 'rum«, platzte sie noch einmal mit dem Rest des Ärgers los.

Jagna ging hinaus, aber noch vom Weg her hörte sie die Alte, wie sie auf Jendschych einschimpfte, daß die Schweine nicht eingetrieben wären und die Hühner auf den Bäumen nächtigten.

Bei Boryna waren schon viele Leute.

Ein Feuer flammte auf dem Herd und erleuchtete die große Stube, daß die Scheiben der Bilder gleißten und die Weltkugeln[4] aus farbigen Oblaten, die an Fäden von den schwarzen, rußigen Deckenbalken herabhingen, hin und her schaukelten; inmitten der Stube lag ein Haufen Rotkohl und drum herum in einem weitgezogenen Halbkreis mit den Gesichtern nach dem Feuer hingewandt, saßen Mädchen und ein paar ältere Frauen beisammen – sie schälten den Kohl und warfen die Köpfe auf ein am Fenster ausgebreitetes Leinwandtuch.

Jagusch wärmte sich die Hände am Herd, stellte ihre Holzpantinen unters Fenster und setzte sich gleich am Rand neben die alte Gusche zum Arbeiten nieder.

Das Stimmengewirr stieg immer mehr, denn es kamen noch immerfort Frauen hinzu und auch etliche Burschen, die mit Jakob zusammen Kohl aus der Scheune trugen, mehr aber noch Zigaretten rauchten, den Mädchen lachend die Zähne zeigten und sich untereinander neckten.

Fine, die doch eigentlich noch der reine Kiekindiewelt war, war überall die erste an der Arbeit und beim Amüsieren, denn der Alte war nicht zugegen, und Anna kroch wie gewöhnlich herum, als ob sie eine Nachteule oder ein Brummkater wäre.

»Das ist hier rot in der Stube, wie von Mohnblumen«, rief Antek, der die Fässer auf den Flur gerollt hatte und jetzt etwas abseits vom Herd die Krauthobel aufstellte.

»Huch! Die haben sich geputzt wie für eine Hochzeit!« ließ sich eine der älteren Frauen vernehmen.

»Und Jagusch hat sich wohl in Milch gewaschen«, fing Gusche an zu sticheln.

»Laßt das«, murmelte sie errötend.

»Freut euch, Mädel, Mathias ist schon hergewandert aus der Welt, gleich fangen hier wieder die Musiken und Tänze und das Herumstehen in den Obstgärten an ...«, redete sie weiter.

»Den ganzen Sommer über war er nicht da.«

»Versteht sich, hat doch das Herrenhaus in Wola gebaut.«

---

4 *Weltkugeln:* Aus den geweihten, buntfarbenen Weihnachtsoblaten, die der Organist von Haus zu Haus herumschickt und die man am Weihnachtsabend vor der Mahlzeit unter gegenseitigen Glückwünschen teilweise verzehrt, werden von Dorfmädchen Kugeln geklebt, die man an bunten Fäden an die Deckenbalken hängt. Diese Kugeln, die aus vier verschiedenfarbenen Teilen bestehen, nennt man Welten, Weltkugeln. Welten werden auch besonders kunstvoll aus Strohhalmen angefertigt.

»So 'n Luder, versteht alles, läßt selbst Seifenblasen aus der Nase fliegen«, sagte einer der Burschen.

»Und auf die Mädchen versteht er sich, daß man nicht einmal drei Quartal zu warten braucht ...«

»Von der Gusche kriegt keiner 'n gutes Wort ab«, fing eines der Mädchen an.

»Paß auf, daß ich über dich nicht was zu sagen wüßte ...«

»Wißt ihr schon, man sagt, der alte Wanderer ist angekommen?«

»Er kommt zu uns heute«, rief Fine.

»Ganze drei Jahre war er in der Welt.«

»In der Welt? ... Am heiligen Grab war er doch!«

»Hale! Hat ihn da einer gesehen? Lügen tut das Biest und die Dummen werden nicht alle; ebenso erzählt ja auch der Schmied von überseeischen Ländern, alles was er sich in den Zeitungen zusammenliest ...«

»Sagt das nicht, Gusche, denn selbst Hochwürden hat es der Mutter zugesichert.«

»Das ist ja wahr, daß die Dominikbäuerin so gut wie ihr zweites Haus auf dem Pastorat hat und immer weiß, wann der Pastor Leibschmerzen hat, sie ist doch 'ne Heilkundige ...«

Jagna verstummte, aber sie hatte große Lust, sie mal mit dem Kohlmesser zu stechen, denn die ganze Stube brach in schallendes Gelächter aus; nur dem Gregor seine Ulischja neigte sich zur Klembbäuerin hin und fragte:

»Woher ist er denn?«

»Woher? Von weit her, wer kann das wissen!« sie beugte sich etwas vor, legte einen Kohlkopf auf ihre Handfläche, säuberte ihn von den Blättern und sprach rasch und immer lauter, damit es auch die anderen hörten: »Jeden dritten Winter kommt er nach Lipce und nimmt bei Boryna Quartier. – Rochus ließ er sich nennen, obgleich gewißlich sein Name nicht Rochus ist ... Ein Bettler ist er und auch kein Bettler, wer kann das wissen ... aber ein frommer Mensch ist er und ein guter ... es fehlt ihm nur der goldene Reif um den Kopf, dann wäre er richtig, wie die Heiligen auf den Bildern. Rosenkränze hat er um den Hals hängen, damit hat er übers heilige Grab gestrichen ... Heiligenbilder schenkt er den Kindern, und manchen auch solche mit Königen, die früher aus unserem Volke kamen ... und fromme Bücher hat er, auch solche, in denen alles steht und auch verschiedene Geschichten über die Welt ... meinem Walek hat er sie doch vorgelesen, da haben wir, ich und der Meine, mit zugehört, nur daß ich es wieder vergessen habe, weil's auch schwer herauszubringen ist ... Und so fromm wie der ist, einen halben Tag kniet er oft durch, manchesmal unterm Kreuz am Wege oder auch irgendwo im Feld; und in die Kirche, da geht et immer nur zur Messe. Hochwürden hat ihn schon zu sich auf die Propstei eingeladen, da hat er ihm gesagt:

Beim Volk ist es mir zu bleiben, nicht in den feinen Zimmern ist mein Platz.

Alle tun auch 'rausfinden, daß er wohl nicht vom Bauernstand ist, obgleich er auch spricht, wie alle, und gelehrt ist er; das ist er auch, mit dem Juden hat er deutsch geredet und auf dem Herrenhof in Tschasgowa – hat er mit dem Fräulein, das für die Gesundheit in warmen Ländern war, auch auf ausländ'sch sich besprochen ... und von keinem nimmt er was an, nur vielleicht den kleinen Tropfen Milch und einen

Brotknust, und dafür lernt er noch den Kindern was … man sagt …« – die Klembbäuerin unterbrach sich plötzlich, denn die Mädchen brachen in ein solches Gelächter aus, daß sie fast auf den Rücken fielen.

Sie lachten über Jakob, der in einem Leinwandtuch Kohl hereintrug und, durch irgendwen angestoßen, mitten in der Stube so lang er war hinpurzelte, so daß der Kohl nach allen Ecken auseinanderrollte, er versuchte sich mühevoll auszurichten; doch jedesmal, wenn er auf allen Vieren hochkrabbeln wollte, wurde er von neuem angestoßen und fiel wieder um.

Fine kam ihm zur Hilfe und stand ihm bei, wieder hochzukommen, was er da aber geflucht und geflucht hat …

Und langsam ging das Gespräch auf etwas anderes über.

Alle sprachen halblaut durcheinander, und ein Gesumm von Stimmen entstand darob, wie in einem Bienenstock vor dem Ausschwärmen, und ein Gekicher, ein Geneck und ein Spaß war in der Runde, daß die Augen nur so funkelten und die Münder lachten. Die Arbeit ging dabei blitzgeschwind vorwärts, nur die Messer knirschten gegen die Strünke und die Kohlköpfe flogen wie Kugeln in dichten Abständen hintereinander auf das Leinwandtuch und häuften sich zu einem immer größeren Berg. Antek aber schnitt den Kohl klein über einem großen Zuber am Herd; er hatte seine Oberkleidung abgelegt und stand nur noch im Hemd und in den gestreiften Beiderwandhosen da, er war ganz rot geworden, und über der Stirn unter dem zerzausten Haar perlten die Schweißtropfen; er schaffte mächtig, lachte in einem fort, neckte sich weidlich herum und sah so wohlgestaltet aus, daß Jagna auf ihn, wie auf ein Bild schaute und nicht nur Jagna allein …; er aber hielt hin und wieder an, um Atem zu schöpfen und sah sie mit seinen frohen Blicken so an, daß sie die Augen senkte und errötete. Doch niemand sah es, außer Gusche, die tat, als ob sie nichts merke und legte es sich im Kopf zurecht, wie sie das im Dorf erzählen würde.

»Marzicha ist, sagt man, niedergekommen, wißt ihr das?« fing die Klembbäuerin an.

»Das ist nichts Neues bei ihr, jedes Jahr macht sie sich das.«

»Ein Frauenzimmer wie 'n Stier, das Kind zieht ihr nur das Blut vom Kopf ab«, brummte Gusche und wollte sich darüber noch besser ausbreiten, aber die anderen Frauen wiesen sie zurecht, daß sie über solche Sachen rede bei den Mädchen.

»Die wissen auch über bessere Bescheid, braucht euch nicht zu sorgen. Heut sind schon solche Zeiten da, daß, wenn man selbst einem Gänsemädchen vom Storch redet, dann lacht sie dir ins Gesicht … das war so früher nicht, nein, nein …«

»Na, ihr habt schon alles gewußt, wie ihr noch hinterm Vieh war't …«, sagte die alte Wawschjonbäuerin ernst, »ich weiß schon noch, was ihr da auf den Weidenplätzen getrieben habt.«

»Wenn ihr es wißt, könnt ihr es behalten«, krächzte Gusche schrill.

»Damals war ich schon verheiratet … mit Mathias scheint mir … nein, mit Michael, ja, stimmt, denn Wawschjon war doch der dritte …«, murmelte sie, ohne recht zu treffen.

»Heda, ihr sitzt hier so und wißt nicht mal, was passiert ist!« schrie Nastuscha Täubich, Mathias seine Schwester, atemlos hereinstürzend.

Von allen Seiten wurden neugierige Fragen laut, und aller Augen hafteten an ihr.

»Dem Müller seine Pferde sind gestohlen!«

»Wann denn?«

»Kaum drei Paternoster her. Soeben hat es Jankel dem Mathias erzählt.«

»Der Jankel, der weiß immer alles gleich und manchmal selbst ein bißchen früher ...«

»Solche Pferde, die reinen Riesen!«

»Aus dem Stall haben sie sie hinausgeführt. Der Knecht war in der Mühle um Hafer zu holen, kommt zurück, und, hast du nicht gesehen, weder Pferde noch Geschirr, und der Hofhund vergiftet, denkt nur!«

»Zum Winter geht es, da fängt manch Verschiedenes an.«

»Das kommt davon, weil keine Strafe für die Diebe da ist. Hale, viel werden sie ihm machen, stecken ihn ins Kriminal, geben ihm zu essen, in der Wärme wird er sitzen, lernt verschiedene Praktiken mit den Kollegen, und wenn sie ihn rauslassen, dann gibt's noch einen besseren Dieb, einen studierten.«

»Wenn man mir so mein Pferd herausholen würde und ich würde einen solchen zu fassen kriegen, dann würd' ich ihn auf dem Fleck umbringen, wie einen tollen Hund«, rief einer der Burschen.

»Nur das hätte so einer verdient, die Dummen warten nur auf Gerechtigkeit. Jeder hat das Recht, wenn ihm Unrecht geschieht, sich Recht zu verschaffen.«

»So einen müßte man einfangen und dann gemeinsam umbringen, dann gibt's auch keine Strafe, denn alle können sie doch nicht bestrafen?«

»Ich weiß schon ... das haben sie bei uns so gemacht ... gleich, da war ich schon mit dem zweiten verheiratet ... nein, ich glaube, Mathias war es noch ...«

Aber diese Ausführungen unterbrach Boryna, der gerade in die Stube trat.

»Ihr flüstert hier so schön miteinander, daß man es von der anderen Seite des Weihers hört!« rief er lustig, nahm die Mütze ab und begrüßte alle der Reihe nach. Er mußte schon einen sitzen haben, denn er war rot wie ein Spitzhahn, den Knierock hatte er aufgelassen und sprach laut und viel, was sonst nicht seine Gewohnheit war. Er hatte Lust, sich neben Jagna zu setzen, aber er wägte ab, daß es wohl nicht gut anginge so vor den Augen der ganzen Versammlung, solange sie nicht mit ihm versprochen war; so redete er denn lustig darauf los und besah sie sich mit Wohlgefallen, wie schön sie heute war und wie fein sie sich mit dem von ihm geschenkten Kopftuch aufgeputzt hatte.

Gleich darauf trugen Witek und Jakob eine lange Bank an den Herd heran, Fine wischte sie mit einem reinen Linnen ab und fing an, die Schüsseln und Löffel für das Essen aufzusetzen.

Und Boryna brachte aus der Kammer eine dickbäuchige, zwei Quart große Buttel Aquavit und begann damit, alle der Reihe nach abzugehen und jedem zuzutrinken.

Die Mädchen zierten sich etwas, bis schließlich einer der Burschen sagte:

»Die sind auf Schnaps lecker, wie die Katz' auf die Milch, nur wollen sie sich erst bitten lassen.«

»Selbst der richtige Säufer, sitzt immerzu bei Jankel, da denkt er, daß alle dasselbe!« ...

Und sie tranken, drehten sich weg, versteckten ihre Gesichter hinter der Hand, gossen den Rest auf den Boden aus, zogen eine Fratze, sagten: »Stark is er« und gaben Boryna das Glas zurück.

Nur Jagna versteifte sich und trank nicht, trotz der Bitten und Überredungen.

»Selbst den Geschmack von Branntwein kenn' ich nicht, und bin nicht neugierig darauf«, sagte sie.

»Na, setzt euch nur hin, liebe Leute, was da ist, wollen wir essen«, lud der Alte ein.

Sie setzten sich nach vielen Umständen, wie das die gute Sitte wollte und aßen gemächlich, zwischendurch miteinander redend.

Aus den Schüsseln stieg der Dampf und hüllte alle in eine Dunstwolke ein ... aus der nur das Schaben der Löffel, Schmatzen und gelegentlich ein Wort zu hören war.

Sie hatten ein leckeres Essen gekocht, manch einer wunderte sich selbst darob. Es gab Fleischbrühe mit Kartoffeln, gekochtes Fleisch mit gerösteter Gerstengrütze und Kohl mit Erbsen – es war eine ehrliche Bewirtung, wie es ein Hofbauer zu spendieren hat, und außerdem tat Boryna immerzu auffordern und mehrmals nötigen, und Fine ihrerseits sowohl wie Anna paßten auf, um zuzulegen und zuzugießen ...

Witek warf trockene Klötze aufs Feuer, das lustig knatterte, und Jakob trug in der Zeit, da gegessen wurde, Kohl in die Stube und schüttete ihn aus einen Haufen, zog begierig die Düfte ein, leckte sich den Bart und seufzte vor sich hin.

»Einen halben Ochsen würd' ich runterschlucken, mit einem oder zwei Schüsselchen Grütze ... und die Biester fressen so wie die ausgehungerten Pferde, bringen's noch fertig, einem nicht mal einen Knochen übrigzulassen«, dachte er mit Unbehagen und schnallte den Gurt fester, denn es knurrte ihm nur so vor Hunger in den Eingeweiden.

Sie waren bald zu Ende und erhoben sich mit einem »Gott bezahl's!« für die Wirte.

»Laßt es euch wohl bekommen!«

Ein Lärmen entstand; der ging hinaus, um sich durchzulüften und die Knochen zu recken, der war begierig nach dem Wetter zu sehen, ob es sich nicht aufhellte, und die Burschen, die machten, daß sie zu den Mädchen auf die Galerie kamen, um mit ihnen herumzutollen.

Jakob aber saß auf der Schwelle mit einer Schüssel zwischen den Knien und aß, daß ihm die Ohren bebten, ohne auf Waupa zu achten, der sich verschiedenartig in Erinnerung brachte, und als er sah, daß nichts zu holen war, auf die Galerie zu den Hunden hinausschob, die den Menschen nachgefolgt waren und sich um die Knochen balgten, die Fine ihnen hingeworfen hatte.

Sie machten sich gerade abermals an die Arbeit, als Rochus unter die Tür trat mit einem: »Gelobt sei Jesus Christus!«

»In Ewigkeit, Amen!« antworteten sie im Chor.

»Beeilt euch, Wanderer, setzt euch her – solang noch nicht die Schüssel leer ... Verspätet habt ihr euch, aber es wird noch für euch reichen ...«, rief Boryna und schob ihm einen Stuhl an den Herd heran.

»Gib mir Milch und Brot, Fine, das wird schon reichen.«

»Es ist auch noch ein bißchen Fleisch«, ließ sich Anna schüchtern vernehmen.

»Nein, Gott bezahl's, aber Fleisch esse ich nicht.«

Sie schwiegen erst und betrachteten ihn mit einer freundlichen Neugierde; als er sich aber ans Essen setzte, erhoben sich Gespräche und Gelächter aufs neue.

Nur Jagna sah oft mit Staunen auf den Wandersmann, daß ein solcher Mensch, ganz wie alle anderen, doch am heiligen Grabe gewesen war, die halbe Welt gesehen hatte und so viele Wunder ... »Wie mag es denn da in dieser Welt sein? Wohin muß man gehen, um da hinzukommen? ... Ringsherum sind doch nur Dörfer, Felder und Wälder, und hinter ihnen wieder Dörfer, Felder und Wälder ... An die hundert Meilen muß einer wohl gehen, oder vielleicht auch an die tausend«, dachte sie und hatte eine seltsame Lust, zu fragen, aber wie hätte sie das wagen können, er hätte sie gewiß noch ausgelacht ...

Rafus sein Sohn, dieser, der vom Militär zurück war, hatte eine Geige gebracht, sie gestimmt, und fing an, verschiedene Lieder aufzuspielen.

Eine Stille entstand, nur der Regen peitschte gegen die Scheiben und die Hunde geiferten vor dem Haus. Und er spielte immerzu und immer wieder etwas Neues, mit den Händen fingerte er und strich so mit dem Bogen über die Saiten, daß die Melodie wie von selbst herauskam ... Er spielte fromme Lieder, als ob sie für jenen Wandersmann bestimmt wären, der das Auge nicht von ihm wandte; und darauf wiederum spielte er andere, ganz weltliche, vom Hans, der in den Krieg gemußt – jenes Lied, das die Mädchen so oft auf dem Feld anstimmten ... und so klagend stieg es aus jenen Hölzern, daß ein Frösteln durch alle Knochen ging, und Jagusch, die auf Musik empfindlich war, wie selten eine, fühlte, daß ihr die Tränen über die Wangen liefen.

»Hör' doch auf, denn Jagusch weint ...«, rief Nastuscha hinüber.

»Nein ... das ist nur so ... es nimmt mich immer mit ... das Spiele n...nein ...«, flüsterte sie beschämt und verbarg das Gesicht hinter der Schürze.

Es half aber nichts, denn obgleich sie nicht wollte, tropften ihr die Tränen von selbst aus jener seltsamen Sehnsüchtigkeit, die ihr im Herzen geblieben war, Gott weiß wonach ...

Doch der Bursche hörte nicht auf zu spielen, nur daß er jetzt feurige Mazurken und solche Obereks vom Ohr ausholend über die Fiedel schnitt und geigte, daß die Mädchen sich nicht mehr zu helfen wußten und vor lauter Lust die bebenden Knie aneinanderpreßten, dabei mit den Armen schwingend, und die Burschen hell aufjuchzten und hin und wieder im Takte trampelten ... Die Stube füllte sich mit solchem Lärm, Getrampel und Gelächter, daß die Scheiben klirrten.

Plötzlich fing aus dem Flur ein Hund an, zu winseln, und heulte so furchtbar auf, daß alle verstummten.

»Was ist geschehen?«

Rochus stürzte so schnell nach dem Flur hin, daß er fast über die Krauthobel zu Fall gekommen wäre.

»Ist nichts ... irgendein Junge hat dem Hund den Schwanz zwischen die Tür geklemmt, darum schrie er«, rief Antek, nachdem er auf den Flur geguckt hatte.

»Das ist gewiß Witek seine Arbeit«, bemerkte Boryna.

»I, wie denn, Witek würde einem Hund was zuleide tun, er, der das ganze krüpplige Tierzeug vom Dorf zusammentreibt und auskuriert ...«, verteidigte Fine empört.

Rochus kehrte stark aufgebracht zurück, er mußte wohl den Hund befreit haben, denn man hörte das Winseln nur noch irgendwo fern zwischen den Hecken.

»Auch der Hund ist Gottes Kreatur und fühlt, wenn man ihm Unrecht zufügt, ganz wie ein Mensch ... Herr Jesus hatte auch seinen Hund und ließ ihm von niemand was antun ...«, sagte er leidenschaftlich.

»Herr Jesus sollte da einen Hund gehabt haben, wie alle Menschen?« zweifelte Gusche.

»Daß ihr es wißt, daß er einen hatte, und Burek hat er ihn genannt ...«

»Hale ... Na! Sieh mal an ...!« ließen sich neugierige Stimmen vernehmen.

Rochus schwieg eine Weile, dann aber hob er seinen weißen Kopf, der mit langen, über der Stirn gerade geschnittenen Haaren gekrönt war, heftete seine hellen, wie blaßgeweinten Augen auf die Feuersglut und ließ sich leise vernehmen, indem er mit den Fingern die Perlen des Rosenkranzes abtastete.

»... In jener fernen Zeit ...

Als der Herr Jesus noch auf Erden wandelte und das Volk selber regierte, ist also geschehen, was ich hier sagen werde ...

Es ging sich der Herr Jesus zur Kirchweih nach Mstow, und kein Weg war nirgends da, nur böse glühende Sande überall, denn die Sonne brannte und es war eine solche Hitze, als wie wenn Gewitter kommt ...

Und kein Schatten und kein Schutz.

Herr Jesus ging mit vieler Geduld, denn zum Wald war noch ein gutes Stück Wegs, und da er seine lieben heiligen Füße schon nicht mehr fühlte vor Müdigkeit und arg zu leiden hatte wegen dem Durst – so setzte er sich eins ums andere Mal, wenn es da auch noch so mächtig brannte, auf einen der Flugsandhaufen, wo nur lauter Ziegenbart wuchs. Schatten war da nur so viel, was die verdorrten Stauden der Königskerzen hergaben, so daß selbst ein Vöglein dort keinen Unterschlupf gefunden hätte ...

Und kaum hatte er sich zum Sitzen niedergelassen und hatte nicht einmal redlich aufgejapst, als auch gleich der Böse, wie dieser häßliche Habicht, der von oben herab auf ein müdes Vöglein stößt, dahergefahren kam, und so hatte der Verpestete mit seinen Hufen den Sand aufgeschlagen und hat sich so wie 'n Vieh herumgewälzt, daß eine solche Staubwolke aufkam und eine solche Finsternis entstand, daß die Welt nicht mehr zu sehen war.

Herr Jesus, obschon es ihm den Atem in der Brust einklemmte und ihm die Glieder matt wurden, stand allemal auf und ging seiner Wege weiter, und lachte sich nur über den Dummen, denn er wußte ja, daß der Böse ihm den Weg verwirren wollte, damit er nicht zur Kirchweih ankäme, dem sündigen Volk Vergebung zu bringen ...

Und so wanderte der Herr Jesus ... und wanderte ... bis er denn zum Wald hinkam ...

Er ruhte sich nicht schlecht in diesem Schatten aus, labte sich an dem Wasser und langte sich einen Bissen aus dem Bettelsack, danach brach er sich einen tüchtigen Stecken aus dem Buschwerk 'raus, bekreuzigte sich und stapfte in den Wald hinein.

Und der Forst war alt und dicht, und die Sümpfe ungangbar, und die Moräste und Moorwasser so fürchterlich, daß der Böse wohl dort hausen mußte, und das Dickicht so groß, daß selbst manchem Vogel nicht leicht war, da durchzudringen. Kaum ist da der Herr Jesus drin, da fängt auch schon der Böse an, den Forst zu schütteln, zu heulen, und die Tannen wegzubrechen. – Und der Wind, da er doch ein Höllenknecht ist, half ihm so schnell er konnte, riß das Dürrholz ab, riß die Äste zu Boden, riß die ganzen Eichen um, dröhnte und knatterte im Forst herum, wie nur 'n Dummer kann.

Eine solche Dunkelheit kam über den Wald, daß man sich ruhig hatte das Auge ausstechen lassen können und hätte grad soviel gesehen – und dazu ein Rauschen und ein Knacken ... und dazu ein Wirbelwind ... und plötzlich springt ein solches Tiergezeug hervor, bleckt die Zähne ... und knurrt ... und schreckt ... und leuchtet mit den Glotzen und langt schon fast ... fast mit den Krallen zu ... aber natürlich, daß sie sich nicht trauten, denn wieso denn sollten sie ... es war doch Herr Jesus in der eigenen heiligen Person ...

Doch auch der Herr Jesus hatte es satt, dieses dumme Scheuchen, und da er es eilig zur Kirchweih hatte, so machte er das Zeichen des heiligen Kreuzes über dem Forst, und gleich versank der Böse mit seiner ganzen Anverwandtschaft in den Moorwassern.

Es blieb nur so ein wilder Hund nach, denn zu jener Zeit waren die Hunde noch nicht mit den Menschen verbrüdert.

Dieser Hund da war zurückgeblieben, kam hinter Herrn Jesus hergestürzt, bellte, und machte sich an seine lieben heiligen Füße heran, das eine Mal schnappte er mit den Hauern nach den Hosen, das andere Mal riß er ihm den Kapottrock entzwei, griff nach den Bettelsacken und versuchte mit Gewalt an das lebendige Fleisch heranzukommen ... Herr Jesus aber, da er barmherzig war und keiner Kreatur etwas zuleide getan hätte – und er hätte ihn doch mit dem Stecken leicht zuschanden machen können oder selbst mit einem einzigen Gedanken vernichten – sagte nur:

›Da hast du ein Brötlein, Dummer, wenn du hungrig bist‹, und er warf ihm etwas aus dem Sack zu.

Der Hund aber war so böse und verstockt, daß er gar nichts danach fragte, seine Hauer bleckte, knurrte, geiferte, immer dichter herandrängte und schon ganz dem Herrn Jesus seine Hosen verdorben hatte.

›Brot hab' ich dir gegeben, dir kein Unrecht getan und du reißt mir hier die Kleider vom Leib und bellst drauflos. Dumm bist du, mein Hündchen, weil du deinen Herrn nicht erkannt hast. Das wirst du noch beim Menschen abdienen müssen und wirst ohne ihn nicht auskommen können ...« Herr Jesus sagte das so stark, daß der Hund sich mit eins auf den Hintern setzte; er drehte um, tat seinen Schwanz einklemmen, heulte auf und rannte wie besessen in die Welt hinein.

Und Herr Jesus kam zur Kirchweih.

Auf der Kirchweih war so viel Volk wie Bäume im Wald oder Gras auf den Wiesen – ganz dicht.

In der Kirche war aber es leer – denn in der Schenke wurde gespielt, und gleich an der Kirchentür wurde Markt abgehalten, getrunken und Lotterei getrieben, Gott zum Verdruß, wie das um solche Zeit sich trifft.

Es tritt Herr Jesus nach dem Hochamt heraus und schaut, er sieht das Volk wogen wie das Korn unterm Wind, einmal nach dieser Seite, einmal nach der andern, und rennen; einer rennt mit einer Peitsche, ein anderer reißt eine Latte vom Zaun, ein dritter langt sich eine Runge, und noch einer sucht sich einen Stein, die Weiber kreischen und klettern auf die Zäune und auf die Wagen, die Kinder heulen los und alles schreit:

›Toller Hund, toller Hund!‹

Und der Hund mitten durch das Volk, wie durch eine plötzlich aufgerissene Gasse mit heraushängender Zunge schnurstracks auf Herrn Jesus zu.

Es erschrak nicht unser Herr, nein … er erkannte, daß es derselbe Hund aus dem Wald war, so breitete er denn seinen heiligen Kapottrock aus und spricht zum Tier, das plötzlich stehengeblieben war:

›Komm her, Burek, bei mir bist du noch sicherer geborgen, wie selbst im Wald.‹

Er deckte ihn mit dem Kapottrock zu, legte die Hände über ihn und sprach:

›Tötet ihn nicht, Leute, das ist auch Gottes Geschöpf, und es ist arm, hungrig, gehetzt und herrenlos.‹

Aber die Bauern fingen an zu schreien und zu schimpfen, zu brummen und mit den Rungen auf den Boden zu schlagen: ›Das wäre ein wildes und tolles Tier, und hätte ihnen schon so viel Gänslein und Lämmlein gestohlen, und Schaden machte es immerzu und kein Respekt habe es vor den Menschen, und wäre gleich mit den Zähnen bereit … so daß niemand ins Feld ohne Stock gehen kann, denn es gäbe keine Sicherheit vor dieser Teufelsbrut … und man müßte ihn durchaus erschlagen.‹

Und sie wollten den Hund mit Gewalt unter dem Herrn Jesus seinen Kapottrock hervorholen und umbringen.

Bis Herrn Jesus der Zorn ankam und er sie anfuhr:

›Rührt nicht an, alle miteinander! Den Hund, den tut ihr fürchten, ihr Liederjahne und Säufer, aber den Herrgott, den fürchtet ihr nicht, was? …‹

Sie wichen zurück, denn er hatte mit Macht gesprochen, und weiter sagte ihnen Herr Jesus, daß sie Liederjane wären … zur Kirchweih wären sie gekommen und täten hier nur in den Schenken herumsitzen, und Gott zum Zorn sein, und keine Buße täten sie, und wären Schandmäuler und Schinder füreinander und Diebe und gottloses Pack, und Gottes Strafe würde sie schon erreichen.

So schloß Herr Jesus, erhob seinen Stecken und wollte fortgehen …

Aber das Volk hatte ihn schon erkannt und nu hin, da, auf die Knie, und nur so losgeheult und geweint und gewimmert …

›Herr, bleibe mit uns! Bleibe, oh Herr Jesu Christ! Bleibe! Treu wollen wir zu dir halten, wie 'n Hund … wir Säufer, wir Gottvergessenen, wir schlechten Menschen, oh bleibe, bestrafe, schlage, aber bleibe …, wir verlassenen Waisen, wir herrenlosen Menschen …‹ Und sie weinten so und bettelten so und küßten seine Hände und seine heiligen Füße, daß das Herz des Herrn weich wurde; ein paar Paternoster lang blieb er mit ihnen, belehrte sie, sprach sie der Sünden ledig und segnete alles.

Und dann, als er schon im Weggehen war, sprach er:

Hat euch der Hund unrecht getan, so soll er von nun an euch dienen. Die Gänslein wird er hüten, die Lämmlein beschützen, und so du der eine oder der andere dich besäufst – wird er dein Hab und Gut bewachen und wird euch von nun an Freund sein.

›Aber ehren sollt ihr ihn und kein Unrecht tun.‹

Und unser Herr Jesus ging fort in die weite Welt.

Und als er sich umsieht – sitzt Burek auf demselben Platz.

›Burek, was kommst du nicht, willst du Dummer denn allein dableiben? …‹

Und der Hund ging mit und folgte jetzunder dem Herrn auf Weg und Steg so sacht und bedachtsam und so treu, wie der beste Knecht.

Und sie gingen fortan miteinander.

Durch die Wälder, über die Wasser – und durch die ganze Welt.

Und wenn sie manchmal Hunger zu leiden hatten, dann spürte der Hund wohl ein Vögelein oder ein Gänslein auf oder brachte ein Schaf, und so lebten sie gemeinsam.

Und manches gute Mal, wenn der liebe Herr ermüdet ruhte, jagte Burek die bösen Menschen fort oder vertrieb ein wildes Tier und gab unsern Herrn Jesus nicht heraus, mitnichten …

Als die Zeit kam, daß die häßlichen Juden und die bösen Pharisäer den Herrn zur Richtstätte brachten – warf sich Burek auf alle und biß um sich und verteidigte so gut er konnte, seinen Herrn, das arme, liebe Tier:

Und Herr Jesus sprach zu ihm unter der Last des Kreuzes, das er für seine heilige Marter schleppen mußte.

›Das Gewissen wird sie stärker beißen … Du kommst da nicht gegenan …‹

Und als sie den Gemarterten ans Kreuz geschlagen hatten, setzte sich Burek hin und heulte …

… Am zweiten Tag, als alle fortgegangen waren und weder die allerheiligste liebe Jungfrau noch die heiligen Apostel da waren … blieb nur noch Burek allein …

… Er leckte immerzu die heiligen, mit Nageln durchbohrten, absterbenden lieben Füße des Herrn Jesus und heulte … und heulte … und heulte …

… Und als schon der dritte Tag gekommen war … erwachte Herr Jesus und sieht, daß niemand mehr am Kreuze geblieben ist, nur einzig der Burek winselt kläglich und drückt sich dicht an seine Füße …

… Da sah unser allerheiligster Herr Jesus Christus mitleidig aus ihn herab in jener Stunde und sagte mit dem letzten Hauch:

›Komm mit mir, Burek!‹

– – – – –

Und in diesem Augenblick ließ das Hündlein seinen letzten Atem und folgte dem Herrn.

Amen.«

»So war es, wie ich sagte, liebe Leute!« sprach er sanft, als er beendigt hatte, bekreuzigte sich und ging auf die andere Seite, wo ihm schon Anna seine Schlafstätte bereitet hatte, denn er war sehr ermüdet.

Tiefes Schweigen lag über die Stube gebreitet, alle ließen sich die seltsame Geschichte durch den Kopf gehen, und einige Mädchen, wie Jagna, Fine und Nastuscha wischten sich ein paar heimliche Tränen ab, so hatte sie das Los des Herrn und Bureks Abenteuer mit Rührung erfüllt; und das schon allein, daß sich ein solcher Hund in der Welt fand, der besser und treuer unserm Herrn diente, als die Menschen, gab allen nicht wenig zu denken ... und sie fingen allmählich an, langsam verschiedene leise Bemerkungen zu machen und sich über diese Bestimmung Gottes zu wundern, bis Gusche, die aufmerksam zugehört hatte, den Kopf erhob, höhnisch auflachte und sprach:

»Eia popei, der Bauer pflückt Pflaumen und es sind ihrer zwei! Ich werd' euch was Besseres sagen, wie der Mensch zum Ochsen gekommen ist:

> Es schuf Gott einen Stier,
> Und der Stier war allhier,
> Und der Bauer nahm ein Messer
> Und machte es besser.
> Hat ihm von unten abgeschnitten.
> Ein Ochse kam sich angeschritten ...
> ... Und der Ochs ist da,
> Ju-hi-vallera.

Meine Wahrheit ist grad so gut, wie dem Rochus seine.« Sie fing an zu lachen.

Auch alle in der Stube brachen in ein Gelächter aus und bald schwirrten Scherze, lustige Reden und verschiedene Erzählungen durch den Raum.

»Gusche, die weiß alles ...«

»Warum denn auch nicht, Witwe von drei Männern, da lernt man schon was.«

»Natürlich, der eine lehrte ihr was des Morgens mit dem Peitschenstiel ... der zweite mittags mit dem Riemen, und der dritte trieb's ihr oft abends mit der Runge ein ...«, schrie Raphus.

»Einen vierten würd' ich auch noch heiraten, aber nicht dich, denn du bist mir zu dumm und läufst mit einer Rotznase herum, wie 'n Judenjunge.«

»Wie es dem Herrn Jesus seinem Hund ohne Herrn erging, geradeso kann ein Frauenzimmer nicht ohne Prügel auskommen ... Der Gusche ist dabei auch nicht gut zumut«, warf einer der Burschen ein.

»Dumm bist du ... paß du nur auf, wenn du dem Vater seine Quärtchen zu Jankel trägst, daß dich niemand sieht, und die Witwenschaft laß mal in Ruh, das ist nichts für deinen Verstand«, knurrte sie ihn scharf an, daß sie allesamt schwiegen, denn sie fürchteten, daß sie in der Wut alles laut sagen würde, was sie wußte, und sie konnte eine Menge wissen. Ein eigensinniges Weib war sie, ein unverträgliches, und hatte über alles ihr Urteil fertig, und manchmal ein solches, daß den Menschen ein Schauer über die Haut lief und die Haare sich sträubten, denn sie achtete nichts, nicht mal den Priester und die Kirche, so daß Hochwürden sie schon öfters ermahnen mußte und ihr ans Herz legen, es nicht wieder zu vergessen. Das hatte aber nicht geholfen, und sie erzählte bann noch obendrein im Dorf herum:

»Auch ohne Priester findet jeder den Weg zum lieben Gott, wenn er nur ehrlich ist; es ist besser, er paßte auf seine Wirtschafterin auf, denn sie läuft jetzt mit noch einem und wird wieder irgendwo was ablegen ...«

Das war Gusche ...

Sie wollten schon auseinandergehen, als der Schulze mit dem Schultheiß eintraten. Sie gingen gerade von Hütte zu Hütte, um zu sagen, daß man morgen, laut Verordnung, auf dem Weg hinter der Mühle zum Scharwerk zu kommen habe, denn die Regengüsse hätten die Erde unterspült ...

Kaum daß er eingetreten war, breitete der Schulze die Arme auseinander und rief:

»Die besten Mädchen hat sich das alte Biest zusammengerufen!«

Er hatte wahr gesprochen, denn es waren ja wirklich nur lauter Hofbauerntöchter, von guter Abkunft und mit einer guten Mitgift.

Denn Boryna war doch auch der erste im ganzen Dorf, sollte er sich denn da Dienstvolk und Kätnerinnen oder solche Armut, die zu zehnen an einem Kuhschwanz hängt, zusammenholen und zu sich einladen!

Der Schulze trat mit dem Alten beiseite, redete aber so leise, daß niemand etwas hören konnte, schäkerte mit den Mädchen herum und ging bald darauf, denn er hatte noch die Hälfte des Dorfes für morgen zusammenzurufen. Es dauerte auch nicht mehr lange, daß sie alle auseinander gingen, da es spät war und Kohl zum Schälen fast schon fehlte.

Boryna dankte allen und jedem einzeln, und was die älteren Frauen waren, so öffnete er ihnen die Tür und brachte sie vors Haus ...

Aber Gusche sagte noch im Weggehen ganz laut:

»Gott bezahl's für die Bewirtung, aber ganz gut war es nicht.«

»Hale! Na ...«

»Eine Wirtin fehlt euch, Matheus, und ohnedem kann keine Ordnung sein ...«

»Ih du mein, was soll man machen, was soll man machen, ist schon Gottes Fügung, daß sie gestorben ist ...«

»Gibt es denn wenig Mädchen! Jeden Donnerstag lauern sie doch im Dorf, ob nicht zu irgendeiner Brautbitter von euch gehen ...«, sprach sie listig, um ihm die Zunge zu lockern. Boryna aber, obgleich er schon die Antwort fertig hatte, kratzte sich nur über den Kopf, lächelte und suchte unwillkürlich mit den Augen nach Jagusch, die sich zum Gehen anschickte ...

Darauf hatte schon Antek gelauert, er zog sich unmerklich an und ging zuerst hinaus.

Jagusch ging allein nach Hause, denn die anderen wohnten auf der anderen Seite nach der Mühle zu.

»Jagusch!« flüsterte er, sich in der Dunkelheit hinter irgendeinem Zaun hervorschiebend.

Sie blieb stehen und erbebte, denn sie hatte seine Stimme erkannt.

»Ich werd' dich heimbringen, Jagusch!« Er sah sich um, die Nacht war dunkel und ohne Sterne; der Wind brauste in den Lüften und fuhr über die Baumkronen.

Er umfaßte sie fest, und so aneinandergeschmiegt verschwanden sie in den Dunkelheiten.

*   *
*

Am nächsten Tag durchflog ganz Lipce die Kunde von Borynas Versprechung mit Jagna.

»Der Schulze war als Brautbitter gegangen – darum lief die Schulzin, denn er hatte ihr strengstens verboten, auch nur einen Hauch vom Munde zu lassen, bis daß er wiederkäme, erst um die Vesperzeit zur Nachbarin, um sozusagen Salz zu borgen, und im Weggehen schon konnte sie nicht länger an sich halten, nahm die Gevatterin auf die Seite und tuschelte ihr die Nachricht zu:

»Wißt ihr denn schon, Boryna hat zu Jagna mit Schnaps geschickt! Aber nicht erzählen, der Meine hat es verboten.«

»Ist nicht die Möglichkeit! Wo werd' ich denn mit der Zunge so herumlaufen! Bin doch kein Klatschmaul … So 'n alter Kerl und macht sich an die dritte Frau heran! Was werden bloß die Kinder sagen! Oh diese Welt!« stöhnte sie empört heraus.

Und kaum war die Schulzin aus dem Haus, wickelte sie die Schürze um und stürzte, vorsichtig Umschau haltend, durch den Obstgarten zu den Klembs, die nebenan wohnten, um eine Heedebürste zu borgen, da ihre irgendwo weggekommen sei.

»Habt ihr gehört! Boryna heiratet dem Dominik seine Jagna! Gerade eben sind sie zu ihr mit Schnaps hin.«

»Nein! – was ihr nicht sagt! Wie sollte er denn, hat doch erwachsene Kinder und ist doch schon selbst in Jahren!«

»Das schon, jung ist er nicht mehr, aber abschlagen werden sie ihm nicht, nein, ein Hofbauer wie der und noch dazu so reich!«

»Und dann die Jagna! Hat man so was gesehen! Mit dem … und mit wem die sich wohl alles 'rumgetrieben hat … und jetzt wird die die erste Hofbäuerin sein! Das ist 'ne Gerechtigkeit in der Welt! … und wieviel Mädchen sind noch da … wenn schon, ist da doch auch meiner Schwester ihre …«

»Oder meine Brudertochter! Und Kopschiwa seine, und die andern und Nastuscha! Sind die nicht auch Bauerntöchter, nett und reputierlich, was? …«

»Wie die sich aufblasen wird! Geht ja schon jetzt wie 'n Pfau herum und steckt die Nase in die Luft.«

»Das wird schon nicht ohne Gotteslästerung abgehen – der Schmied und die anderen Kinder werden der Stiefmutter nichts schenken, was ihnen zukommt, nein.«

»Hale, werden sie da was machen können? Grund und Boden gehört dem Alten, sein Wille gilt da.«

»Dem Recht nach, versteht sich, versteht sich, aber was die Gerechtigkeit ist, da ist doch auch den Kindern ihrs mit.«

»Ih, du lieber Gott, Gerechtigkeit is da, wo das Geld is …«

Sie ereiferten sich und klagten über den Lauf der Welt, dann gingen sie auseinander und mit ihnen kam die Neuigkeit wie eine Flut über das ganze Dorf.

Und da nicht viel Arbeit zu tun war, und sonst nichts Wichtiges, und die Menschen in den Häusern herumsaßen, denn die Wege waren bis zum Grund aufgeweicht, so hatte man nichts Besseres zu tun, als die Versprechung in allen Häusern durchzunehmen. Das ganze Dorf war voll Neugierde, wie das wohl ausgehen sollte; von vornherein wurden Schlägereien und Prozesse und Gott weiß was für Geschichten erwartet. Wieso denn, man kannte doch Borynas Heftigkeit, wenn der sich mal in was verbeißen würde, tät' er für Hochwürden selbst nicht davon ablassen; und was Antek sein Trotz war, da wußte man auch Bescheid.

Selbst die Menschen, die zum Scharwerk auf dem durchbrochenen Damm hinter der Mühle zusammengetrieben waren, blieben hier und da stehen und fingen an, über diesen Fall zu debattieren.

Der eine sagte was, der andere sagte was, bis schließlich der alte Klemb, der ein kluger und würdiger Bauer war, sich streng vernehmen ließ:

»Da kommt noch was Schlimmes davon, fürs ganze Dorf, paßt nur auf.«

»Antek wird nicht Platz machen, wieso denn, noch ein neues Maul für die Schüssel«, sagte irgendeiner.

»Dummes Zeug, bei Boryna reicht es auch für fünf – um den Erbanteil geht es da.«

»Ohne daß er ihr was verschreibt, wird das nicht abgehen.«

»Die Dominikbäuerin ist nicht dumm, die wird schon allen was einrichten.«

»Das ist die Mutter, da ist es ihr hundsverdammtes Recht, wenn sie für ihr Kind einsteht«, warf Klemb ein.

»In der Kirche sitzt sie nur immerzu und ist schlau auf die Groschen wie 'n Jude.«

»Red' nicht das erste beste von den Menschen, damit dir die Zunge nicht steif wird.«

Und so befaßte sich das Dorf den ganzen Nachmittag mit der Versprechung, was auch kein Wunder war, denn die Borynas waren erbangesessene, alte Hofbauern; und Matheus war doch obenan in der Gemeinde, wenn er auch kein Amt hatte. Wie sollte es denn auch anders sein, auf urewiger Bauernerde saß er, sein Ahn und Urahn hatten schon da gesessen, und Verstand hatte er und Reichtum hatte er auch – so daß sie alle, ob sie wollten oder nicht, auf ihn hören mußten und ihn hoch achteten.

Nur keins von den Kindern, selbst der Schmied nicht, hatten noch etwas von der Versprechung gehört, jedermann fürchtete, mit dieser Nachricht zu ihnen zu laufen, um nicht im ersten Ärger etwas abzubekommen.

So war es denn bei Borynas noch still, selbst stiller heute noch wie gewöhnlich – der Regen hatte nachgelassen, und schon vom Morgen an begann der Himmel sich aufzuklären; darum war Antek mit Jakob und den Frauensleuten gleich nach dem Frühstück in den Wald gefahren, um Dürrholz für die Feuerung zu sammeln und zu versuchen, ob es nicht möglich wäre, etwas Fichtenstreu zusammenzuharken.

Der Alte war zu Hause geblieben.

Schon vom frühen Morgen an war er seltsam unverträglich und eigentümlich mißgestimmt, so daß er nur nach einer Gelegenheit suchte, die Unruhe und das Gift, die in ihm gärten, auf jemanden abzuschieben; Witek hatte er schon durchgeprügelt, weil er vergessen hatte, den Kühen frische Streu hinzuwerfen und weil sie bis zur Hälfte der Flanken im Mist lagen; mit Antek hatte er sich gezankt; Anna hatte er angeschrien wegen des Jungen, der auf allen Vieren vors Haus gekrochen war und sich über und über mit Schmutz besudelt hatte; selbst auf Fine hatte er losgehackt, daß sie allzulange trödelte ... und die Pferde auf sie warteten.

Und als er schließlich allein mit Gusche zurückgeblieben war, die seit gestern da war, um aufs Vieh zu sehen, da wußte er schon gar nicht mehr, was er mit sich anfangen sollte. Er brachte sich ständig in Erinnerung, was ihm Ambrosius über den Empfang bei der Dominikbäuerin erzählt hatte, und was Jagna gesagt hatte, trotzdem hatte er in sich nicht die rechte Sicherheit und glaubte dem Alten nicht recht, der für ein Glas Schnaps einen schon belügen konnte. Er kroch in der Stube herum, sah durchs Fenster auf den leeren Weg, oder guckte unruhig von der Galerie sogar auf Jagusch ihr Haus – und erwartete das Dunkelwerden wie eine Erlösung ...

Hundertmal hatte er Lust, nach dem Schulzen zu laufen, um sie zu treiben, daß sie doch eher gingen – aber er blieb daheim, da die Augen Gusches, die überall hinter ihm her waren, ihn zurückhielten; das waren zusammengekniffene Augen, die voll Hohn leuchteten und sich lustig machten ...

»Das Hexenaas dreht mit ihren Glotzen an einem herum, wie mit einem Bohrer!« dachte er.

Gusche aber machte sich in Haus und Hof mit dem Wocken unter dem Arm zu schaffen und sah sich fleißig um, sie spann, daß die Spindel in der Luft surrte; wickelte den Faden auf und ging weiter, zu den Gänsen, zu den Schweinen – nach dem Kuhstall, und Waupa trottete schläfrig und träge hinter ihr her. Sie redete den Alten nicht an, obgleich sie gut wußte, was ihn so mitnahm und mißmutig machte, und ihn so umhertrieb, daß er sich sogar entschloß, die Pflöcke an der Hauswand einzuschlagen, die den Winterbelag der Wände stützen sollten.

Sie blieb nur immer wieder bei ihm stehen und sagte schließlich:

»Die Arbeit geht euch heut nicht gut vonstatten.«

»Ja, sie geht nicht. Gottverdamm mich! Sie geht nicht ...«

»Das wird hier noch 'ne Hölle geben, du lieber Jesus, das wird was geben!« dachte sie im Weitergehen. »Der Alte hat recht, ganz recht, daß er heiratet! Sonst würden ihm die Kinder so ein Altenteil geben, wie meine mir!«

»Ganze zehn Morgen Feld hab' ich weggegeben, wie reines Gold, und was hab' ich davon?« ... Sie spie aus vor Wut. »Lohnarbeit muß ich tun, zu einer Kätnerin bin ich heruntergekommen! ...«

Der Alte aber, der nicht länger an sich halten konnte, schmiß die Art zu Boden und rief aus:

»Für den Hund ist solche Arbeit!«

»Es sitzt euch was innen.«

»Es sitzt, es sitzt ...«

Gusche setzte sich auf die Wandbank, spann einen langen Faden, wickelte ihn auf die Spindel und sagte leise, etwas ängstlich:

»Ihr habt doch keinen Grund, euch zu verdrießen und zu sorgen.«

»Wißt ihr's denn?«

»Habt keine Angst, die Dominikbäuerin ist klug und Jagna hat auch ihren Verstand.«

»Meint ihr!« rief er freudig und setzte sich zu ihr.

»Wieso denn, meine Augen hab' ich doch.«

Sie schwiegen lange, sich gegenseitig hinhaltend.

»Ladet mich zur Hochzeit ein, dann werd' ich euch ein solches Hopfenlied[5] singen, daß gleich in neun Monaten Taufe ist ...«, fing sie spöttisch an; aber da sie merkte, daß der Alte finster wurde, warf sie in einem anderen Tone hin:

»Recht tut ihr schon, Matheus, das ist gewiß. Hätt' ich mir damals einen genommen, als der Meine gestorben war, dann ständ' ich heute nicht wie 'ne Kätnerin da, nein ... Dumm war ich, habe den Kindern vertraut, bin auf den Altenteil gegangen, habe ihnen meinen Grund und Boden abgeschrieben, und was denn nu? ...«

»Ich schreib' nicht eine einzige Feldparzelle ab!« sagte er hart.

»Ihr habt Vernunft, daß ihr so redet, das habt ihr! Auf den Gerichten habe ich mich herumschleppen müssen, da sind mir noch die paar Silberlinge, die ich hatte, draufgegangen, und Gerechtigkeit habe ich mir doch nicht damit gekauft ... und für die alten Tage bin ich auf Lohnarbeit und auf Herumgestoßensein angewiesen! Daß dies Aaszeug unterm Zaun verreckt für das, was sie mir angetan. Sonntag bin ich hingegangen, um doch wenigstens das Haus mal zu sehen und den Fruchtgarten, wo ich die Bäume noch alle selbst gepfropft habe – da hat die Schwiegertochter das Maul auf mich losgelassen, daß ich da spijenieren hingekommen bin. Du lieber Herr Jesus! Zum Spijenieren auf meinem eignen Grund und Boden! Ich dachte, ich sollte gleich totfallen, so hat mich das abgewürgt! Zu Hochwürden bin ich gewesen, wenn schon nicht anders, daß er sie von der Kanzel 'runtermacht, da hat er mir gesagt, daß der Herr Jesus mich für dieses Unrecht belohnen wird! Natürlich, natürlich ... wenn einer nichts hat, dann ist er gut für die Gnade vom Jesus, so ist es schon ... aber immerhin hätt' ich lieber gemocht auf meinem Grund und Boden herumzuwirtschaften, in der warmen Stube unterm Federbett zu schlafen, fette Sachen zu essen und amesieren ...«

Und sie begann mit einem solchen Feuereifer auf alles zu schimpfen, daß Boryna aufstand und fortging ins Dorf zum Schulzen hin, da es ja auch schon schummerig wurde.

»Geht ihr denn bald, was?«

»In diesem Augenblick noch, Simeon muß schon kommen.«

Er kam auch gleich, und sie gingen zusammen zur Schenke, um ein Gläschen zu trinken und Arrak zum Brauttraktament mitzunehmen. Ambrosius war schon da und schloß sich ihnen an, aber sie tranken nur kurz, denn Matheus trieb sie an.

»Ich werde hier auf euch warten; und wenn sie euch Bescheid trinken, dann bringt die Frauen gleich mit her«, rief er noch hinterdrein.

Sie stapften so kräftig mittwegs vorwärts, daß der Schmutz nur so aufsprang; die Dämmerung verdichtete sich und umhüllte die Welt mit einem grauen, traurigen Gewebe, unter dem das ganze Dorf versunken lag; nur hier und da begannen aus

---

5   *Das Hopfenlied*: Ein uraltes polnisches, recht anzügliches und derbes Hochzeitslied, das der Braut nach der Trauung von älteren verheirateten Frauen gesungen wird. Es ist ein an ausgelassensten Varianten reicher Chorus der Erfahrenen, die sich in allerlei Ratschlägen und gepfefferten Enthüllungen ergehen.

den Dunkelheiten die Lichter auszublitzen, und die Hunde fingen auf den Heckenwegen an zu bellen, wie gewöhnlich vor der Abendmahlzeit.

»Gevatter?« ließ sich nach einer Weile der Schulze vernehmen.

»Häh?«

»Mir deucht, Boryna wird 'ne feine Hochzeit herrichten?«

»Herrichten, oder nicht herrichten!« sagte der andere hämisch, denn er war von Natur aus ein Nörgler.

»Er wird schon eine herrichten! Der Schulze sagt euch das, da könnt ihr's mir glauben. Wir werden schon aus ihnen ein solches Paar drehen; haha, ihr werdet sehen.«

»Nur daß die Stute noch durchgehen wird, denn der Hengst, deucht mir, hat schon Hanf im Schweif!«

»Das ist nicht eure Sache.«

»Hale … Die Kinder werden auf uns fluchen …«

»Es wird schon alles sein werden, das sag' ich euch, als Schulze.«

Sie traten gleich darauf ins Haus der Dominikbäuerin ein.

Die fein sauber gefegte Stube war schon erleuchtet – denn man erwartete sie doch.

Die Brautbitter gaben Gott zum Gruß, nickten allen Anwesenden zu, auch den Jungen, die in der Stube waren, setzten sich auf die ans Herdfeuer gerückten Stühle und fingen von diesem und jenem an zu reden.

»Eine Kälte ist das, als ob's schon zum Frost ginge«, begann der Schulze das Gespräch und wärmte sich die Hände.

»Na, natürlich, zum Frühjahr geht's ja auch nicht, da kann man sich nicht wundern!«

»Habt ihr schon den Kohl eingefahren, was?«

»Ih … etwas ist da auf dem Kohlfeld nachgeblieben, aber jetzt kann man ja nicht 'ran«, antwortete die Alte gelassen und folgte mit den Augen der Jagna, die am Fenster das Garn auf eine Weise doppelfädig haspelte und heut so wohlgeraten aussah, daß der Schulze, noch ein junger Mann, sie mit begehrlichen Augen ansah – und schließlich dergestalt anknüpfte:

»Da es so schlimmes Wetter und solch ein Schmutz und solche Dunkelheit ist, so sind wir, ich und der Simeon, vom Wege zu euch eingekehrt; ihr habt uns würdig empfangen, mit gutem Wort bewirtet – so wollen wir von euch denn etwas einhandeln, Mutter …«

»In der Welt kann man dies und jenes einhandeln, nur muß man sich umtun danach …«

»Wahr habt ihr geredet, Mutter; doch ist es uns nicht danach, uns umzutun, denn bei euch, dünkt uns, sind wir am rechten Ort.«

»Handelt man los«, rief sie vergnügt.

»Eine Färse würden wir so zum Beispiel vielleicht wollen.«

»Ho, ho! Die steht hoch im Preis; am ersten besten Schnürchen wird sie schon nicht fortgeführt!«

»Aus geweihtem Silber bringen wir ein Schnürchen für sie mit und aus solchem, daß selbst ein Drache das nicht zerreißen könnte. Na, wieviel denn, Mutter?« Und er fing an, die Flasche aus der Tasche herauszuziehen ...

»Wieviel? Das ist nicht leicht zu sagen! Jung ist die noch, aufs neunzehnte Frühjahr geht's ihr erst, und gut und arbeitsam, daß sie noch paar Jahr bei der Mutter bleiben könnte ...«

»Ein müßiges Bleiben ist das – da kommt kein Zuwachs raus, das ist ein müßiges Bleiben ...«

»Manch eine könnt' ihn auch leicht bei der Mutter schon haben!« murmelte Simeon. Der Schulze lachte schallend auf, und die Alte blitzte nur mit den Augen und sagte rasch:

»Sucht euch eine andere, meine kann warten.«

»Natürlich kann sie das, aber wir finden keine schmuckere und von keiner besseren Mutter!«

»Meint ihr! ...«

»Ich, der Schulze, sag es euch, da müßt ihr es glauben.« Er holte ein Glas hervor, wischte es mit dem Rockschoß aus, goß Arrak ein und sagte ernst: »Hört aufmerksam zu, Dominikbäuerin, was ich euch sagen werde; ein Beamter bin ich, und mein Wort ist nicht wie so 'n Vöglein, das hier mal pfeift und da mal piukt, und hast du nicht gesehen! Und Simeon, das weiß man auch, wer der ist – kein Landstreicher doch nicht, aber ein Hofbauer, Vater von Kindern und Schultheiß! ... Versteht ihr, was für 'ne Personage zu euch gekommen ist und wozu sie gekommen sind, versteht ihr das?«

»Ich versteh' schon recht, Peter, und weiß schon.«

»Eine kluge Frau seid ihr, da wißt ihr, daß die Jagusch früher oder später mal aus dem Hause muß und auf ihr Eigenes, so hat es schon Herr Jesus bestimmt, und die Eltern ziehen die Kinder für die Welt groß, nicht für sich.«

»Das ist schon wahr, wahr, und du, Mutter –

> Hüte, hege, pflege ...
> Und rück' noch Geld heraus.
> Nimmt sie dir einer aus dem Haus!«

»So ist es schon in der Welt, das wird man auch nicht ändern. Vielleicht trinken wir uns einen Tropfen zu, was, Mutter?«

»Was weiß ich denn? ... Zwingen werd' ich sie nicht, was, Jagusch, willst du ihm Bescheid trinken? ...«

»Ih ... wie weiß ich ...«, pipste Jagna auf, das gerötete Gesicht zum Fenster abdrehend.

»Gehorsam ist sie! Ein demütiges Kalb, wird von zwei Müttern gesäugt ...«, warf Simeon ernst bei.

»In eure Hände, Mutter!«

»Trinkt in Gottes Namen; aber ihr habt noch nicht gesagt, wer es ist:« sagte sie, da es nicht schicklich war, im voraus und aus einem anderen Munde, als dem der Brautbitter, darüber Bescheid zu wissen.

»Wer? Der Boryna selbst doch!« rief er, das Glas herunterstürzend.

»Ein alter Witwer!« rief sie wie enttäuscht zurück.

»Alt! Beleidigt doch nicht den Herrgott! Alt, und hatte doch vor kurzem noch eine Gerichtssache wegen Alimente!«

»Das ist wahr, aber es war doch nicht seins.«

»Wie sollte er auch, ein solcher Hofbauer und sich mit der ersten besten einlassen! Trinkt Mutter ...«

»Trinken würd' ich schon, aber weil es doch man 'n Witwer ist, und ein Alter ist ja näher dran, bei Abraham sein Bier trinken zu müssen, und was dann? ... Die Kinder werden die Stiefmutter 'rausjagen und ...«

»Matheus sagte, daß eine Verschreibung wohl sein müßte«, brummte Simeon.

»Vor der Hochzeit wohl noch!«

Die Brautbitter verstummten; erst nach einer Weile goß der Schulze ein neues Glas voll und wandte sich damit nach Jagna.

»Trink' mal, Jagusch, trink' mal! Einen Eh'mann freien wir dir zu, der ein Mann wie eine Eiche ist, Herrin wirst du sein, Hofbäuerin, die erste im Dorf; nu, komm' mal, in deine Hände, Jagusch, brauchst dich nicht zu schanieren ...«

Sie zögerte, wurde rot und drehte sich zur Wand hin; doch schließlich, nachdem sie ihr Gesicht mit der Schürze verdeckt hatte, trank sie einen kleinen Schluck und schüttete den Rest zu Boden ...

Danach machte das Glas die Runde von einem zum andern. Die Alte bot Brot und Salz an und gab noch schließlich geräucherte Dörrwurst als Beigabe zum Schnaps.

Sie tranken ein paarmal der Reihe nach, daß ihnen allen die Augen sich aufhellten und die Zungen locker wurden. Nur Jagna lief davon nach ihrer Kammer, denn ein Weinen hatte sie gepackt, sie wußte selbst nicht, warum; man konnte durch die Wand hindurch ihr Schluchzen hören.

Die Alte wollte zu ihr laufen, aber der Schulze hielt sie zurück.

»Auch das Kalb blökt, wenn man es von der Mutter absetzt ... die Sache kennt man. Nicht in die Welt geht sie doch, nicht in ein anderes Dorf, da werdet ihr euch noch dran freuen können ... Kein Unrecht wird ihr passieren, ich, der Schulze, sag' es euch – glaubt mir ...«

»Das schon ... nur habe ich immer gedacht, daß ich noch Enkelkinder erleben sollte, zur Freude auf die alten Tage ...«

»Da sorgt euch nicht darüber, eh' noch die Ernte anfängt, werdet ihr schon den ersten haben ...«

»Das weiß nur der Herr Jesus voraus, nicht wir schuldigen Menschen! Getrunken haben wir, das ist schon wahr ... aber mir ist so sonderlich schwer ums Herz, wie bei einem Begräbnis ...«

»Is auch kein Wunder, die einzige Tochter im Haus, da ist euch noch ihr schon gleich bange ... Noch ein Schluck gegen den Kummer! Wißt ihr was, wir gehen mitsammen zur Schenke, denn mir ist schon der Branntwein ausgegangen und der Herr Bräutigam sitzt da und hat schon Kohlchen unterm Hintern.«

»Sollen wir denn in einer Schenke Verlobung feiern?«

»Nach alter Sitte, wie es unsere Väter taten, ich der Schulze hab' es euch gesagt – dann glaubt.«

Die Frauen zogen sich etwas festlicher an und bald gingen sie alle zum Hause hinaus.

»Und die Jungen sollen denn die nicht mit? Der Schwester ihre Verlobung ist für die doch auch ein Fest«, bemerkte der Schulze, da die Burschen traurige Gesichter machten und unruhig auf die Mutter blickten.

»Es ist schwer, das Haus nur Gottes Vorsehung zu überlassen.«

»Ruft doch die Agathe von den Klembs, die wird schon hier einhüten.«

»Agathe, die ist schon auf den Bettel gegangen. Man wird jemanden unterwegs auffinden. Kommt nur, Jendschych, und du auch, Schymek, zieht die Kapottröcke an; was denn, wollt ihr denn wie die Lumpen gehen ... und wenn sich mir einer betrinkt ... dann soll er was erleben. Die Kühe sind noch nicht besorgt, für die Schweine müssen noch die Kartoffeln zerstoßen werden – denkt daran.«

»Wir denken, Mutter, wir denken!« flüsterten sie ängstlich, obgleich sie schon lange Kerle bis fast an die Decke heran waren und breit gewachsen, wie Birnbäume auf den Feldrainen, aber sie gehorchten der Mutter, wie Halbwüchsige, weil sie sie mit eiserner Hand an den Schöpfen hielt, und wenn es nötig war, ihnen selbst mal über die Sitzgegend fuhr und nach den Zotteln langte oder Maulschellen austeilte; aber Gehorsam und Achtung, das mußte sein.

Sie gingen nach der Schenke.

Es war schon dunkle Nacht, daß man keine Hand vor Augen sah, wie gewöhnlich in der Herbstregenzeit. Der Wind ging oben in den Lüften und schlug auf die Kronen der Bäume ein, daß sie sich schüttelten und aufrauschend auf die Zäune legten; der Weiher brauste und warf sich so hin und her, daß zu Gischt zerstobene Spritzer auf die Mitte des Weges flogen und nicht selten den Gehenden ins Gesicht peitschten.

Die Schenke war auch nicht sehr hell, der Wind blies durch eine kleine eingedrückte Scheibe und ließ das Lämpchen, das an einer Schnur über dem Schenktisch hing, hin und her schaukeln, wie eine goldene Blume.

Boryna stürzte ihnen entgegen, um sie zu begrüßen und umarmte und küßte sie mit plötzlicher Wärme, da er merkte, daß Jagusch schon so gut wie sein war.

»Und Herr Jesus sagte: nimm dir armes Erdenwurm ein Frauenzimmer, damit dir armseligem Tropf die Zeit nicht über werde dahiero. Amen!« lallte Ambrosius, der schon über eine Stunde getrunken hatte und nun natürlich mit der Zunge und auf den Beinen nicht sicher war.

Der Jude stellte also gleich Arrak, süßen Schnaps und Essenz auf die Tonbank, dazu Heringe, einen Safrankuchen und irgendwelche seltsame Brezelchen mit Mohn.

»Eßt, trinkt, liebe Leute, leibliche Brüder, treue Christenmenschen!« forderte Ambrosius auf. »Ich hatte auch mal eine Frau, nur ich weiß schon gar nicht mehr wo ... in Frankreich glaub' ich ... nein, in Italien war es, nein ... jetzt aber bin ich eine alleinstehende Waise ... Ich sag' euch, rief da mal der Korporal: Schließt euch zusammen!«

»Trinkt mal, Leute! Fangt an, Peter«, unterbrach ihn Boryna, der für einen ganzen Silberling Karamelbonbons brachte und sie Jagna in die Faust drückte. »Da, Jagusch, fein süß sind sie, da.«

»Hale ... ihr macht euch Schaden ...«, zierte sie sich.

»Fürcht' dich nicht ... ich kann's mir leisten, du wirst selbst sehen ... da ... für dich würd' ich selbst Vogelmilch finden ... du wirst schon bei mir nichts auszustehen haben ...« ... und er fing an, sie um die Taille zu fassen und sie zum Essen und Trinken aufzufordern. Jagna nahm alles ruhig, kalt und gleichgültig an, als ob es nicht ihre Verlobung heute wäre. Nur an eines hatte sie gedacht, ob der Alte wohl die Korallenschnüre, von denen er auf dem Jahrmarkt gesprochen hatte, noch vor der Hochzeit hergeben würde.

Sie fingen an, die Gläser dicht hintereinander zu leeren, Arrak und Süßen umschichtig, und alle sprachen auf einmal, selbst die Dominikbauerin hatte sich einen Ordentlichen angetrunken, und nu mal schlankweg allerhand Verschiedenes auseinandergesetzt und losgeredet, so daß der Schulze sich wunderte, was für eine kluge Frau sie doch wäre.

Auch die Söhne hatten einen Festen sitzen, denn Ambrosius und der Schulze tranken ihnen häufig zu und forderten sie auf.

»Trinkt, Jungen, ist doch Jagnas Versprechung, trinkt ...«

»Wir wissen, wir wissen«, antworteten sie zugleich und wollten Ambrosius die Hand küssen. Schließlich zog die Dominikbäuerin Boryna nach dem Fenster beiseite und sagte ohne Umschweife:

»Sie ist euer – die Jagusch, Matheus, euer.«

»Gott lohn's euch für die Tochter, Mutter.« Er griff sie um den Hals und küßte sie.

»Ihr habt doch versprochen, eine Verschreibung zu machen, was?«

»Verschreibung! Wozu Verschreibung, was mein ist, das ist auch ihres ...«

»Hale, damit sie doch ein mutiges Auge hat vor den Stiefkindern, daß sie sie nicht beschimpfen!«

»Die sollen sich bloß hüten! Alles ist mein, da ist es auch der Jagusch ihr eigen.«

»Gott bezahl's euch, aber merkt zu, etwas älter seid ihr doch, und jeder ist doch sterblich, denn

> Der Tod wählt nicht lang,
> Nimmt hier einen Menschen – da ein Lamm
> Und morgen – bist selbst du nicht geborgen.«

»Noch bin ich rüstig, an die zwanzig Jahr halt' ich noch aus, fürchtet euch nicht!«

»Den Fürchtenicht haben die Wölfe gefressen.«

»Ich freu' mich so, sagt, was ihr möchtet! Soll ich euch die drei Morgen neben Lucas seinen abschreiben?«

»'ne Fliege ist dem Hund noch recht, wenn er hungrig ist – wir sind nicht hungrig. Jagusch fallen vom Vater her fünf Morgen zu und wohl ein Morgen Wald ... verschreibt ihr auch sechs Morgen; die sechs Morgen am Weg, wo ihr dieses Jahr Kartoffeln hattet.«

»Mein bestes Feld!«

»Ist vielleicht die Jagusch ein Ausschuß und nicht die Beste im Dorf!«

»Natürlich, das ist sie, darum Hab' ich ja auch die Brautbitter geschickt; aber, mein Gott, sechs Morgen, das ist ein mächtiges Stück Land, eine ganze Wirtschaft. Was würden die Kinder dazu sagen!« Er fing an, sich auf dem Kopf zu kratzen, denn es hatte ihn ganz schmerzhaft gepackt; wie denn auch, so viel von der besten Erde herzugeben!

»Ih du meine Güte, ihr seid doch auch klug, so leicht findet man keinen zweiten wie ihr, ihr müßt doch selbst begreifen, daß eine Verschreibung nur da ist, um das Mädchen sicherzustellen. Es wird euch doch euer Leben lang von diesem Boden keiner etwas abmessen und nehmen; und was Jagusch ihres ist, was ihr dem Recht nach vom Vater zukommt, da wird man gleich zum Frühjahr einen Dmeter bestellen und das ist dann schon euer, da könnt ihr schon säen ... Begreift ihr, daß es nicht euer Nachteil ist, und die sechs Morgen werdet ihr abschreiben.«

»Versteht sich, für Jagusch schreib' ich sie ab ...«

»Wann denn?«

»Kann auch morgen sein! Nein, Sonnabend bestellen wir das Aufgebot und fahren gleich nach der Stadt. Was da, einmal muß die Ziege sterben!«

»Jagusch, komm mal, Töchterchen, komm!« rief sie dem Mädchen zu, dem der Schulze etwas auseinandersetzte und sie dermaßen an die Tonbank drängte, daß sie aus vollem Halse lachte.

»Da verschreibt dir der Matheus die sechs Morgen am Weg«, sagte sie.

»Gott bezahl's euch«, murmelte sie, ihm die Hand hinstreckend.

»Trinkt mal Jagna von diesem Süßen zu ...«

Sie tranken aus, Matheus faßte sie um und war im Begriff, sie den Leuten vorzuführen, aber sie entglitt ihm und trat an die Brüder heran, mit denen Ambrosius reformierte und trank.

In der Schenke erhob sich ein immer größeres Stimmengewirr, und es wurde immer voller, denn dieser und jener, der die Stimmen drinnen horte, trat herein, um nachzusehen, und manch einer wiederum, um bei dieser Gelegenheit sich auf fremde Kosten einen zu leisten; selbst der blinde Bettler, der sich vom Hund führen ließ, fand sich ein und saß auf einer sichtbaren Stelle, horchte herum und betete ein ums andere Mal laut und vernehmlich, bis sie ihn merkten. Die Dominikbäuerin ging selbst zu ihm hin mit Schnaps und Essen und drückte ihm ein paar Kupfermünzen in die Faust.

Sie hatten sich einen Tüchtigen angetrunken, so daß schon alle durcheinander redeten, einander auf die Schultern klopften, sich umfaßten und küßten, und ein jeder war dem andern Bruder und Freund, wie gewöhnlich, wenn die Gläser dicht nacheinander folgen.

Nur der Jude machte sich leise zu schaffen und stellte immer neue Maße und Bierflaschen hin und schrieb mit Kreide an die Tür, was jeder spendierte.

Und Boryna war vor Freude wie benebelt, trank, traktierte, forderte auf, redete, wie man ihn selten reden gehört hatte und strebte in einen fort nach Jagusch hin, sprach verliebtes Zeug auf sie ein, strich ihr ums Mäulchen, und da es sich nicht schickte in aller Leute Gegenwart sie zu umhalsen und abzuküssen, obgleich es ihn mächtig danach gelüstete, so faßte er sie nur immer wieder um die Taille und zog sie in eine dunkle Ecke.

Die Dominikbäuerin hatte sich bald besonnen, daß es schon Zeit war, nach Hause zu gehen, und begann die Söhne zu rufen, sich bereit zu halten.

Schymek aber war schon regelrecht besoffen, so daß er auf die Reden der Mutter nur den Gurt zurechtrückte, mit der Faust auf den Tisch lostrommelte und schrie:

»Ein Hofbauer bin ich, hundsverdammt noch mal ... Wer Lust hat, der kann gehen ... Will ich trinken, dann werd' ich trinken ... Jude, Schnaps her!«

»Still, Schymek, still, sonst wird sie dich durchprügeln!« jammerte Jendschych mit weinerlicher Stimme, er war auch schon stark angetrunken, und hielt den Bruder am Kapottrock zurück.

»Nach Hause, Burschen, nach Hause!« zischte die Dominikbauerin drohend.

»Ein Hofbauer bin ich! Wenn ich bleiben will, dann bleib' ich und werde Schnaps trinken ... genug schon der mütterlichen Regiererei ... und will sie nicht ... dann schmeiß' ich 'raus, hundsverdammt noch mal ...«

Doch die Alte schlug ihn vor die Brust, daß es schallte; er kam ins Wanken und wurde nüchtern; Jendschych setzte ihm die Mütze auf und führte ihn hinaus. Die Luft hatte Schymek augenscheinlich wieder benebelt, denn kaum war er ein paar Schritte gegangen, torkelte er, klammerte sich an den Zaun und fing an zu schreien und zu skandalieren.

»Ein Hofbauer bin ich, hundsverdammt noch mal ... mein ist der Grund und Boden ... was mir paßt ... mache ich ... Branntwein trink' ich ... Jude, Arrak her ... und will sie nicht ... schmeiß' ich 'raus ...«

»Schymek! Um Gottes willen, Schymek, komm nach Hause, die Mutter kommt schon!« jammerte Jendschych, und weinte helle Tränen.

Bald darauf kam auch die Alte mit Jagna und nahm die Söhne mit, die sich inzwischen schon in die Haare gefahren waren und sich am Zaun im Schmutz herumprügelten.

In der Schenke wurde es, nachdem die Frauen gegangen waren, etwas stiller, die Leute gingen langsam auseinander, so daß nur Boryna mit den Brautbittern zurückblieb, außerdem noch Ambrosius und der Bettler, der nun auch mittrank.

Ambrosius war schon gar nicht mehr bei Besinnung, stand mitten in der Stube, sang und erzählte laut vor sich hin.

»Schwarz war er ... so schwarz wie ein Kochtopf ... er zielte auf mich ... aber kannst mich wo treffen ... das Bajonett hab' ich ihm in den Bauch gerannt ... 'rumgedreht hab' ich, daß es nur geknackt hat ... das war der erste! ... Wir stehen ... und stehen, da kommt der Kapitän angesetzt ... Jesus Christus! Der Kapitän selbst! ... Jungens ... sagt er ... Leute ... sagt er.

Schließt zusammen! ... Schließt zusammen! ...« schrie er mit einer gewaltigen Stimme, reckte sich kerzengerade und ging langsam zurück und der Holzfuß stieß auf – »trinkt mir zu, Peter, trinkt ... eine arme Waise bin ich ...« lallte er undeutlich von der Wand her, an der er lehnte; er wartete aber nicht mehr ab, sondern sprang gleich auf und ging hinaus – nur vom Weg aus drang seine heisere Stimme herüber, denn er hatte zu singen begonnen ...

In die Schankstube trat der Müller, ein gewaltiger Kerl in städtischer Kleidung, mit rotem Gesicht, weißhaarig und mit kleinen, flinken Äuglein!

»Die Hofbauern trinken sich einen! Ho, ho, der Schulze und der Schultheiß und Boryna! 'ne Hochzeit oder was!«

»Nichts anderes. Trinkt einen mit uns, Herr Müller, trinkt«, schlug Boryna vor.

»Wenn das so ist, kann ich euch eine Neuheit sagen, daß ihr mit einem Male nüchtern sein werdet!«

Sie starrten ihn mit geistesabwesenden Augen an.

»Nicht einmal eine Stunde ist es her, daß der Gutsherr den Hau in der Wolfsschlucht verkauft hat!«

»Dieser Gauner, hundsverflucht! ... Verkauft, unsern Wald verkauft!« schrie Boryna auf und schleuderte außer sich die erste beste Flasche zu Boden.

»Verkauft hat er! Das Recht ist auch für den Gutsherrn, und für jeden ist das Recht ...«, lallte der völlig betrunkene Simeon.

»Das ist nicht wahr! Ich, der Schulze sag' es euch, daß es nicht wahr ist, dann glaubt's!«

»Verkauft kann er ihn haben, nur daß wir ihn nicht hergeben, so wahr ein Gott im Himmel ist, geben tun wir ihn nicht!« rief Boryna und hämmerte mit der Faust auf den Tisch ...

Der Müller ging davon, sie aber beratschlagten noch bis tief in die Nacht hinein und drohten nach dem Herrenhof hinüber.

* * *

Ein paar Tage waren vergangen, seit Jagusch versprochen war.

Die Regenfälle hatten aufgehört, die Wege waren angetrocknet und etwas froststeif geworden, das Wasser hatte sich verlaufen, so daß nur in den Ackerfurchen, hier und da in den Niederungen und auf den Mooren trübe Lachen, wie verweinte Augen, glasten ...

Allerseelen kam, grau, sonnenlos und tot, nicht einmal der Wind wühlte in den vertrockneten Stauden, und schüttelte die Bäume nicht, die schwer über die Erde gebeugt dastanden ...

Eine schmerzliche, dumpfe Stille lastete auf der Welt.

Und in Lipce tönten schon vom Morgen an die Glocken langsam und unaufhörlich – leidschwere, klagende Töne begannen über den im Nebel liegenden, leeren Feldern aufzustöhnen, und riefen mit düsterer Trauerstimme in den trüben Tag hinein – in jenen Tag, der sich blaß erhoben hatte, in Nebel verhüllt bis weit in die unerreichbaren Fernen, bis weit in jene Grenzenlosigkeit des Himmels und der Erde – dunstblau, wie eine unergründliche Wassertiefe.

Von der Morgenröte im Osten her, die noch blaß glimmte, wie gerinnendes Kupfer, begannen unter den blaugrauen Wolken hin Schwärme von Dohlen und Krähen dahinzuflitzen ...

Sie zogen hoch, hoch, daß man sie kaum mit dem Auge erkennen konnte, daß man kaum mit dem Ohr dieses wilde, klagende Gekrächze und Geschrei unterscheiden konnte, das dem Gestöhn der Herbstnächte ähnlich war.

Und die Glocken läuteten immerzu.

Der düstere Hymnus ergoß sich schwer in die tote, stumpfe Luft, sank in Klagelauten auf die Felder nieder, dröhnte trauervoll durch die Dörfer und Wälder – floß durch die ganze Welt, so daß Menschen, Felder und Dörfer nur ein einziges großes Herz zu sein schienen, in dem wehmütige Klage pochte ...

Die Vögelzüge fluteten in einem fort dahin; Staunen und Angst erweckte ihr Anblick, denn sie zogen immer tiefer und in immer größeren Schwärmen, so daß sie auf dem Himmel wie verwehte Rußflocken zu sehen waren; das dumpfe Rauschen ihrer Flügel und ihrer Rufe steigerte sich, wurde mächtiger und brauste wie ein nahender Sturm ... Sie kreisten über dem Dorf und flatterten über den Feldern, wie ein Haufen Blätter, den die Windsbraut emporgerissen hatte, sie gingen in die Wälder nieder, hängten sich an die nackten Pappeln, besetzten die Kirchenlinden, die Bäume auf dem Friedhof, die Obstgärten, die Firste der Hütten und selbst die Zäune ... bis sie, durch das ununterbrochene Dröhnen der Glocken aufgescheucht, emporflatterten und in einer schwarzen Wolke waldwärts zogen ... und das scharfe durchdringende Rauschen zog ihnen nach.

»Ein schwerer Winter kommt«, sagten die Leute.

»Sie ziehen nach den Wäldern, das gibt sicherlich bald Schnee.«

Und das Volk trat immer zahlreicher vor die Hütten, denn niemals waren noch so viel Vögel zusammen gesehen worden – lange blickte ihnen alles mit seltsamem Bangen nach, bis sie in die Wälder versanken. Man starrte, seufzte schwer, dieser oder jener machte das Zeichen des Kreuzes auf die Stirn zum Schutz gegen das Böse, und sie fingen an, sich zum Kirchgang anzukleiden und hinauszutreten, denn die Glocken stöhnten dumpf ... immerzu, und es kamen schon aus den anderen Dörfern Leute des Wegs. Sie tauchten aus dem Nebel auf den Fußstegen und Feldpfaden auf.

Zehrende Trauer fiel auf alle Seelen; eine eigentümlich schmerzliche Stille umspann die Herzen – die Stille wehmütigen Sinnens und eines Gedenkens jener, die schon dort hingegangen waren, unter die überhängenden Birken und die schwarzen, gebeugten Kreuze.

»Oh, du mein lieber Jesu! Mein Jesu!« seufzten sie und hoben ihre Gesichter, fahl wie die Erde, empor, und tauchten unerschrockene Augen in das Geheimnis, und gingen ruhig hin, Opfer und Gebete für die Toten zu bringen.

Das ganze Dorf war wie ertrunken in dieser schweren, wehmutsvollen Stille – nur die ängstlichen Bittgesänge der Bettler klangen zuweilen von der Kirche herüber.

Auch auf dem Borynahof war es stiller wie gewöhnlich – obgleich dort drinnen die Hölle auf der Lauer saß, bereit bei der ersten besten Gelegenheit hervorzubrechen ...

Es mußte ja ..., denn die Kinder wußten schon alles.

Und am gestrigen Sonntag war das erste Aufbot des Alten mit Jagusch herausgekommen ...

Am Sonnabend waren sie nach der Stadt gewesen, wo Boryna ihr beim Notar sechs Morgen abgeschrieben hatte ... Er war spät und mit einem zerkratzten Gesicht nach

Hause gekommen, denn da er etwas angetrunken war, wollte er schon auf dem Wagen Jagusch nehmen, und kriegte gerade so viel, wie sie mit Faust und Krallen ihm verabfolgt hatte.

Zu Hause sprach er mit keinem, obgleich ihm Antek immerzu unter die Augen kam; er legte sich gleich schlafen, so wie er stand, in den Stiefeln und im Schafpelz ... so daß am nächsten Morgen Fine gegen ihn zu murren anfing, er hätte das Federbett mit Schmutz beschmiert.

»Still, Fine, still! Das passiert schon manch einem, der sonst nie Schnaps trinkt ...«, sagte er lustig und ging gleich am frühen Morgen zu Jagna, dort saß er bis in die späte Nacht, so daß sie mit dem Mittagessen und Abendbrot vergeblich auf ihn gewartet hatten.

Auch heute war er spät aufgestanden, denn es war schon lange nach Sonnenaufgang, hatte den besten Knierock übergezogen, befahl Witek, die guten Stiefel mit Schmer einzuschmieren und neue Stroheinlage dafür zurechtzuschneiden – Jakob hatte ihn rasiert, er hatte sich seinen Gurt umgewickelt, setzte den schwarzen Hut mit der roten Kokarde auf und sah ungeduldig zum Fenster hinaus auf die Frontgalerie, wo Anna ihren Jungen lauste; er wollte ihr nicht begegnen. Schließlich hatte er es doch erspäht, daß sie auf einen Augenblick in die Stube gegangen war, und schob heimlich hinaus zwischen die Hecken. – So viel nur gerade hatten sie ihn an diesem Tag zu sehen bekommen ...

Fine weinte den ganzen Tag herum und irrte in der Stube hin und her wie ein gefangener Vogel! Antek aber glühte in immer schmerzlicheren und grausameren Qualen – er aß nicht, schlief nicht, es wollte ihm nichts gelingen; betäubt und gänzlich geistesabwesend war er noch und wußte nicht, was ihm geschehen war. Auf seinem Gesicht lagerten tiefe Schatten, so daß die Augen noch größer wurden und glasig glühten, wie durch Stein gewordene Tränen – mit zusammengebissenen Zähnen, um nicht laut zu schreien und zu fluchen, wanderte er in der Stube herum, und dann ums Haus. Oder er ging in den Heckenweg, auf die Dorfstraße, kehrte um, ließ sich auf die Bank in der Galerie fallen und saß, stundenlang vor sich hinbrütend und ganz ertrunken im Schmerz, der immer noch in ihm wuchs und ihn immer stärker packte.

Das Haus lag stumm, nur Weinen, Aufstöhnen und Seufzer ertönten darin, wie nach einem Begräbnis. Die Türen von den Ställen standen sperrangelweit auf, so daß das Vieh sich im Obstgarten herumtrieb und in die Fenster guckte; aber niemand war da, der es eingetrieben hätte, nur der alte Waupa versuchte, es bellend zusammenzutreiben – aber vergeblich, er konnte es nicht bewältigen.

Im Stall reinigte Jakob ein Gewehr auf der Pritsche und Witek sah mit andächtigem Staunen zu und lugte durch das enge Fensterchen, damit man sie nicht überraschte ...

»Hat das einen Knall gegeben, Jesus! – Ich dachte, daß der Gutsherr oder der Förster schießen ...«

»Hale ... jawohl ... ich habe lange nicht mehr geschossen, tüchtig hatte ich es geladen und 'n Donner hat es gegeben, wie aus einer Kanone ...«

»Seid ihr wohl gleich am Abend hingegangen?«

»Ja, aufs Gutsfeld beim Wald bin ich hingegangen, denn da lieben die Ricken auf die Wintersaat hinauszukommen ... Es war dunkel, da hab' ich denn lange gesessen ... und plötzlich beim Morgengrauen kommt ein guter Bock ... Ich hab' mich so hingekauert, daß er nur fünf Schritt von mir ab war ... ich habe nicht geschossen, weil er furchtbar groß war, wie ein Ochs ... da denk' ich ... mit dem wirst du nicht fertig ... Ich habe ihn durchgelassen ... und so in ein Paternoster oder in zwei ... kamen die Ricken heraus ... Ich hab' mir die beste ausgesucht ... und kaum daß ich anlege, da gibt es einen Knall! Tüchtig hab' ich geladen, ha, der Arm ist mir geschwollen, so hat mich der Kolben gestoßen ... aber sie ist umgefallen ... nur mit den Füßen hat sie noch gezappelt ... wie sollte sie nicht auch ... 'ne halbe Handvoll Blei hat sie in die Seite gekriegt ... und geblökt hat das Vieh ... daß ich Angst hatte, der Förster könnte es hören; abschlachten mußt' ich sie noch ...«

»Ist sie im Walde geblieben, was?« fragte der Junge, ganz erhitzt durch die Erzählung.

»Sie ist geblieben, wo sie geblieben ist, das ist nicht deine Sache, und sagst du einem wenn auch nur ein kleines Wort, dann sollst du sehen, was ich dir mache ...«

»Wenn ihr verbietet, dann sag' ich auch nichts, aber Fine, der kann man doch?«

»Hale, damit es das ganze Dorf gleich zu wissen kriegt, da hast du einen Groschen, kauf' dir was ...«

»Nein, ich sag' es auch so nicht, nur nehmt mich mal mit, mein guter, goldener ...«

»Frühstücken!« rief Fine vorm Haus.

»Nur still sein, dann nehm' ich dich schon mal mit, das tu' ich!«

»Und laßt ihr mich nur ein einziges Malchen einen Schuß machen, wollt ihr, hm?« flehte er.

»Na ... das Pulver, denkst du, Dummer, kriegt man umsonst ...«

»Geld hab' ich, Jakob, hab' ich schon, noch vom Jahrmarktstag her, da hat mir der Bauer zwei Silberlinge geschenkt, die ich für Seelengebete aufbewahrt habe, diese ...«

»Schön, schön, ich will es dir lernen«, murmelte er und strich dem Burschen über den Kopf ... so hatte ihm dieser durch sein Betteln das Herz gewonnen ...

Einige Paternoster nach dem Frühstück waren schon beide auf dem Weg zur Kirche. Jakob humpelte rüstig voraus und Witek war etwas zurückgeblieben, weil es ihn genierte, daß er keine Stiefel hatte und barfuß gehen mußte.

»Und darf man denn barfuß in die Sakristei, was?« fragte er leise.

»Dummerjahn. Herr Jesus wird wohl auf fremde Stiefel achtgeben, anstatt auf das Gebet ...«

»Das schon wohl, aber in Stiefeln schickt es sich doch besser ...«, flüsterte er betrübt.

»Stiefel wirst du dir auch noch mal kaufen, das wirst du schon ...«

»Die kauf' ich, Jakob, die will ich kaufen. Wenn ich nur erst groß bin und ein Knecht bin, dann fahre ich gleich nach Warschau und werde mich zu den Pferden verdingen ... und in der Stadt, da gehen sie schon alle in Stiefeln, nicht, Jakob?«

»Natürlich, natürlich! – und was weißt du denn davon?«

»Und wie noch! – Fünf Jahre war ich da, als sie mich aus Kozlow brachten, da weiß ich's noch gut ... jawohl, 'ne Kälte war es ... zu Fuß gingen wir zur Arbeit an der Maschine ... ich weiß noch ... und die vielen hellen Lichter ... ich seh' noch wie das flimmert ... ich weiß ... ein Haus neben dem andern, und solche großen, da sind die Kirchen nichts dagegen ...«

»Was du nicht zusammenschnackst!« warf ihm Jakob verächtlich zu ...

»Ich weiß gut, Jakob ... die Dächer könnt' ich doch nicht sehen ... und die vielen Kutschen ... Fenster bis zur Erde ... jawohl ... ganze Wände waren, glaub' ich, aus Glas ... und in einem fort ein solches Läuten ...«

»Natürlich, was sollte denn das sonst für Läuten sein?«

»So viele Kirchen, das ist kein Wunder!«

Sie schwiegen, denn sie waren schon auf dem Kirchhof und fingen an, sich durch die dichte Menschenschar durchzudrängen, die die Kirche ringsum belagerte, weil drinnen nicht genug Platz war.

Die Bettler hatten vom Haupteingang bis weit auf die Dorfstraße hinaus eine Gasse gebildet und jeder machte sich auf seine Art bemerkbar, schrie und betete laut und bettelte um Unterstützung, und manche strichen die Geige und stimmten Lieder mit klagender Stimme an, andere spielten Flöte oder auf der Ziehharmonika, und es war ein Lärm, daß es in den Ohren gellte ...

In der Sakristei standen die Leute so dicht gedrängt, daß um den Tisch herum, an dem der Organist Gaben für die Seelenfürbitten empfing, den Menschen fast die Rippen krachten; an einem anderen Tisch aber saß sein Sohn, der Jascho, derselbe der die höheren Schulen durchmachte.

Jakob hatte sich zuerst durchgedrängt und überreichte dem Organisten eine nicht kleine Liste von Namen. Dieser vermerkte sich alle Namen und nahm für jede Seele drei Kopeken oder auch, wenn einer kein parates Geld hatte, drei Eier.

Witek blieb etwas zurück, da man ihm tüchtig auf die bloßen Füße getreten hatte, aber er drängelte vorwärts so gut er konnte, obgleich manch einer aufmurrte, daß er sich unter die Ellenbogen drücke und den älteren Leuten den Weg vertrete; das Geld hielt er fest in der Faust – erst als sie ihn bis vor den Tisch hingeschubst hatten, gerade auf den Organisten zu, versagte ihm die Zunge ... Wie denn auch, um ihn herum nichts als Hofbauern und Hofbäuerinnen, fast das ganze Dorf, auch die Müllerin im Hut, wie eine Gutsherrin, und die Schmiedsleute und der Schulze mit der Seinen ... und alle sehen ihn an ... hören zu ... und zählen sich laut die verschiedenen Seelen vor ... und geben jeder zehn, zwanzig Namen auf ... für die ganze Familie ... für Väter, Großeltern und Urahnen ... Und er, was? ... Weiß er denn, wer seine Mutter ist? Wer der Vater? Weiß er das? ... Hat er denn einen, für den er hier was geben kann? Mein Jesu! Oh du mein Jesulein ... er stand da mit weit aufgerissenem Mund und großen himmelblauen Augen, hilflos, wie ein richtiger Dummerjahn ... Das Herz hatte sich ihm im Leibe gekrümmt vor lauter Pein, so daß er kaum japste, kaum Atem holen konnte ... und so bang wurd' es ihm im Leibe, als ob er schon den letzten Hauch lassen sollte ... aber er blieb nicht so stehen, denn man hatte ihn in die Ecke unter das Weihwasserbecken zurückgeschoben. Er stützte sich mit seinem jungen Kopf gegen die Zinnschüssel, um nicht zu fallen, und die Tränen liefen wie Perlenschnüre aus seinen Augen ... wie Rosenkränze des Schmerzes ... Vergeblich versuchte er sie zurückzuhalten ... es war umsonst ... und es war in ihm ein solches Beben, daß es ihn in allen seinen jungen Knochen schüttelte, daß er weder gerade stehen noch die Zähne zusammenkriegen konnte; er hockte sich in der Ecke nieder, abseits von den Menschenblicken und weinte herzhafte Tränen eines verlassenen Waisenkindes ...

»Mütterchen! Mütterchen!« wimmerte etwas in ihm und zerriß ihm die Seele bis in alle Gründe. Und er konnte es nicht fassen und es sich nicht erklären, warum denn alle Väter haben, Mütter haben, und er allein nur Waise ist, er allein nur, er allein ...

»Jesu, mein Jesu! ...« schluchzte er und klagte, wie ein Vöglein, das von den Netzen gewürgt wird. Erst Jakob fand ihn wieder und rief ihm zu:

»Witek, hast du denn schon für Seelenfürbitten gegeben?«

»Nein«, antwortete er, riß sich plötzlich empor, trocknete die Augen und schritt entschlossen nach dem Tisch hin ... jawohl, auch er wird Namen aufgeben ... was brauchen sie zu wissen, daß er niemanden hat ... wozu ... daß er Waise ist, weiß er für sich allein genug ... und daß er ein Findelkind ist, nun dann ist er eben eins ... Selbstsicher ließ er die Augen in die Runde wandern und gab mit fester Stimme die Namen: Josepha, Marianne und Anton auf, die ihm als erste einfielen ...

Er bezahlte, nahm den Rest und betrat mit Jakob die Kirche, um ein Gebet zu sprechen und zuzuhören, wie der Priester auch die Namen seiner Seelen aufrufen würde ...

Mitten in der Kirche stand ein Katafalk mit einem Sarg darauf, der mit hell brennenden Lichtern umstellt war, der Priester las von der Kanzel herab unzählige Namens-Verzeichnisse vor ... und wenn er sich einmal unterbrach, antwortete ihm das laute Gebet, daß alle für die Seelen, die im Fegefeuer weilen, sprachen.

Witek kniete neben Jakob hin, der einen Rosenkranz unter dem Rock hervorzog und alle Aves und Credos abzubeten begann, die der Priester verordnet hatte. Auch er sprach ein und das andere Gebet, aber die eintönigen Stimmen der Betenden, die Wärme und die Erschöpfung nach dem Weinen hatten ihn müde gemacht, so daß er sich etwas gegen die Hüfte Jakobs stützte und einschlief ...

– – – – –

Nachmittags zogen zur Vesperandacht, die einmal im Jahr in der Friedhofskapelle abgehalten wurde, alle Borynaleute hinaus.

Es gingen die Anteks mit den Kindern, es gingen die Schmiedsleute, es ging Fine mit Gusche und zuletzt humpelte Jakob neben Witek – um diesen Festtag bis zur Neige auszukosten.

Der Tag schloß schon die grauen, müden Lider, erlosch und versank langsam in die erschreckenden, trüben Abgründe der Dunkelheiten; der Wind regte sich und begann stöhnend über die Felder zu ziehen, er warf sich zwischen die armseligen Bäume und blies mit dem scharfen, faulichten Atem des Herbstes.

Still war es, eine seltsam düstere Allerseelenstille; die Menge ging des Wegs im strengen Schweigen, nur das dumpfe Aufstampfen der Füße ließ sich vernehmen, nur die Bäume am Weg schaukelten unruhig, und das leise, schmerzliche Rauschen der Zweige zitterte über den Häuptern, nur das Musizieren der Bettler und die Bettelgesänge schluchzten in der Luft und zerfielen ohne Widerhall.

Vor dem Tor und selbst schon zwischen den Grabhügeln an der Friedhofsmauer standen Reihen von Fässern, wie man sie sonst für die Salzlauge gebraucht, und um sie herum machten sich Scharen von Bettlern breit.

Das Volk flutete auf der ganzen Breite des Wegs, unter den Pappelbäumen dem Friedhof zu; in der Dämmerung, die die Welt wie mit grauer Asche bestreut hatte, blinkten die Lichter der kleinen Kerzen, die einzelne bei sich hatten, und schaukelten die gelben Flämmchen der Öllampen, und jeder zog vor dem Eintritt ein Brot, einen Käse, ein Stückchen Speck oder Wurst aus seinem Bündel hervor, oder auch eine Haspel Garn, oder eine Handvoll gekämmten Flachses, einen Kranz getrockneter Pilze, … sie legten alles andächtig in die Fässer hinein. Einige davon waren für den Priester bestimmt; für den Organisten und für Ambrosius standen auch welche da, und der Rest war für die Bettler. Und wer nichts hineinlegte, der drückte etwas Geld in die ausgestreckten Hände der Armen … und flüsterte die Namen der Verstorbenen, für die er um eine Fürbitte bat … Der Chorus von Gebeten, Gesängen, von aufgezählten Namen erhob sich immerzu mit einem klagenden Klang weit über die Friedhofspforte hinaus; die Leute gingen vorüber, gingen weiter, zerstreuten sich zwischen die Grabhügel, so daß bald Johanniswürmchen gleich Lichtlein hier und da aus der Dunkelheit, aus dem Dickicht der Bäume aus den vertrockneten Gräsern aufzuglimmen und zu flimmern begannen.

Das dumpfe, ängstlich gedämpfte Flüstern der Gebete bebte durch die Stille, die dicht über der Erde lag; manchmal riß sich ein schmerzliches Schluchzen von den Grabhügeln los, und manches Mal rankte sich zwischen den Kreuzen hindurch ein jammervolles Weheklagen und stieg auf in herzzerreißenden Windungen; oder ein jäher, kurzer, verzweiflungsvoller Schrei fuhr wie ein Blitz durch die Luft, und Kindergewimmer klang aus den dämmerigen Dickichten, wie das Zirpen verwaister Vögel im Nest.

Zuweilen senkte sich dumpfes, schweres Schweigen auf den Friedhof, so daß man nur das düstere Rauschen der Bäume hörte; die Stimmen waren verhallt und nur noch in die fernen Himmel stieg ein Echo von all dem Weinen, all den Klagen und bangen Rufen und zog hoch über die weite Welt dahin …

Die Menschen bewegten sich nur noch lautlos zwischen den Gräbern umher, flüsterten ängstlich und schauten voll Bangen in die nachtverhüllte, unergründliche Weite …

»Jeder muß sterben!« seufzten sie schwer mit starrer Ergebung und schleppten sich weiter, ließen sich an den Gräbern der Väter nieder, sprachen Gebete, oder saßen stumm und versunken da, taub auf die Sprache des Lebens, taub auf die Sprache des Todes, taub gegen die Stimme des Schmerzes – den Bäumen ähnlich, und wie die Bäume bebten ihre Seelen im traumhaften Gefühl der Angst …

»Mein Jesus! Barmherziger Herr, Maria!« entströmte es der Wirrnis ihrer gequälten Seelen, und fahl, wie das Antlitz der Mutter Erde, hoben sich ihre erstarrten und erschöpften Gesichter; ihre grauen Augen, die wie die Lachen waren, die aus der Dämmerung noch weißlich starren, hefteten sie auf die Kreuze, und mit Bewegungen, rote das traumbefangene Wanken der Baume, ließen sie sich auf die Knie fallen;

Christus zu Füßen legten sie ihre geängsteten Herzen nieder und brachen in das heilige Weinen der Hingabe und Ergebung aus.

Jakob und Witek gingen mit den anderen herum, und als es gänzlich dunkel wurde, wandte sich Jakob nach dem im Hintergrunde liegenden alten Friedhof.

Dort zwischen den verfallenen Gräbern war es still, leer und düster – dort lagen die Vergessenen, an die alle Erinnerung längst gestorben war – wie ihre Tage, wie ihre Zeiten, und wie alles, was zu ihnen gehörte; es ließen dort nur irgendwelche Vögel ihre unheimlichen Schreie vernehmen, das Dickicht raschelte dort traurig, und hier und da ragte ein vermodertes Kreuz. – Dort lagen ganze Geschlechter, ganze Dörfer, ganze Generationen hingemäht – dort betete schon niemand mehr, man weinte dort nicht und brannte keine Lämpchen ... Der Wind nur heulte da in den Ästen, riß die letzten Blätter von den Zweigen und schleuderte sie in die Nacht der endgültigen Vernichtung zu ... Dort stießen sich nur Stimmen, die keine Stimmen waren, und Schatten, die doch keine Schatten waren, gegen die nackten Bäume, wie erblindete Vögel, und schienen um Erbarmung zu winseln.

Jakob holte ein paar ersparte Brotschnitten hervor, riß sie in Brocken, kniete nieder und warf sie über die Grabhügel.

»Esse, christliche Seele, die ich dich zu dieser Abendzeit anrufe, esse, menschliche Büßerin, esse!« flüsterte er ganz hingenommen.

»Nehmen sie es denn?« fragte Witek leise mit geängsteter Stimme.

»Versteht sich! Der Priester läßt es nicht zu, sie zu füttern! ... Manch einer legt was in die Tonnen, aber die Armen haben nichts davon ... dem Pfarrer seine Schweine und den Bettlern ihre haben ihren Fraß davon ... und die büßenden Seelen leiden Hunger ...«

»Werden sie auch kommen? ...«

»Fürcht' dich nicht ... alle, die im Fegefeuer Qualen leiden ... alle. Herr Jesus läßt sie an diesem Tage die Erde betreten, damit sie die Ihren besuchen ...«

»Damit sie die Ihren besuchen!« wiederholte Witek mit einem Gruseln.

»Fürcht' dich nicht, Dummer, du, der Böse hat heute keinen Zutritt, die Fürbitten jagen ihn weg und die Gebete und Lichter ... Der Herr Jesus geht doch heute selbst durch die Welt und zählt nach, wieviel Seelen er noch hat, der liebe Hausherr, bis er sie sich alle ausfindet, alle ... Gut weiß ich noch, wie meine Mutter sagte, und auch die alten Leute sagen es aus ...«

»Der Herr Jesus geht heute in der Welt herum?« flüsterte Witek und blickte sich aufmerksam um ...

»Du wirst ihn wohl gerade sehen können ... den sehen doch nur die Heiligen, oder die, welche am meisten dulden müssen.«

»Sieh mal, da leuchtet was, das sind doch Menschen«, rief Witek angstvoll und zeigte auf eine Reihe Grabhügel, ganz schon am Friedhofszaun ...

»Da liegen die, die man im Forst erschlagen hat ... jawohl ... auch meine Herrschaft liegt da ... und meine Mutter ... jawohl ...«

Sie zwängten sich durch das Dickicht und knieten an einer Anzahl verfallener Grabhügel, die so auseinandergeweht waren, daß kaum einer von ihnen übriggeblieben war; weder Kreuze bezeichneten die Stellen noch Bäume beschatteten sie; nichts war da, nur der kahle Sand und ein paar vertrocknete Stauden von Königskerzen und darüber Stille, Vergessenheit und Tod ...

Ambrosius mit Gusche und der alte Klemb knieten an den Gräbern dieser Toten; zwei Lämplein, die man in den Sand gedrückt hatte, glimmten, der Wind kam herangefegt, ließ die Lichtlein schaukeln, riß die Worte der Gebete auseinander und trug sie davon in die schwarze Nacht ...

»Das ist so ... meine Mutter liegt da ... ich entsinne mich ...« flüsterte Jakob leise, mehr vor sich hin als zu Witek, der sich neben ihm hingekauert hatte, denn ein Frösteln war ihm durch alle Glieder gefahren.

»Und man nannte sie Magdalena ... Der Vater hatte sein eigenes Land, diente aber im Gutshof als Kutscher ... fuhr mit dem Hengstgespann mit dem älteren Herrn ... und dann ist er gestorben ... den Grund und Boden haben die Oheime genommen ... und ich habe die Schweine von der Herrschaft gehütet ... Jawohl, Magdalena hat die Mutter geheißen und der Vater – Peter, und der Familienname war Socha, wie auch der meine ist. Und dann hat mich der Gutsherr zu den Pferden genommen, damit ich an Vaters Stelle mit dem Hengstgespann fahren sollte ... auf Jagden sind wir immerlos gefahren zu anderen Herrschaften ... auch ich habe nicht schlecht geschossen ... der jüngere Gutsherr hatte mir ein Gewehr gegeben ... und die Mutter, die saß nur immerzu mit der älteren Gnädigen im Herrenhof ... Ich weiß es noch gut ... und als alle gehen mußten ... haben sie mich auch genommen ... Ein ganzes Jahr war ich dabei ... und habe gemacht, was mir befohlen wurde ... Gewiß habe ich nicht einen Graurock kalt gemacht ... und nicht zwei ... und der jüngere Gutsherr kriegte einen in die Kaldaunen ... die Eingeweide sind ihm rausgegangen. Ist doch mein Herr gewesen ... ein herzensguter Mann ... auf die Schultern hab' ich ihn genommen und hinausgetragen ... und dann ist er in die warmen Länder gefahren, mir aber hat er befohlen Briefe nach dem alten Herrn zu bringen ... da bin ich denn gegangen ... das ist schon gewißlich wahr, daß ich abgejagt war und herunter bis auf den Hund ... die Pfote haben sie mir durchgeschossen, heilen wollte die da nicht mehr, da ich in einem zu draußen war, immer unter freiem Himmel ... und Schnee lag bis an den Gurt hoch, verteufeltes Frostwetter dabei ... ich weiß noch ... jawohl ... Nachts hab' ich mich da angeschleppt ... ich suche herum. Jesus, Maria! Als ob mir einer mit der Runge einen über den Schädel gehauen hätte! ... Das Herrenhaus ist nicht da, die Wirtschaftsgebäude sind weg ... selbst die Zäune sind nicht übriggeblieben, alles abgebrannt bis auf den Grund ... und der alte gnädige Herr und die alte Gnädige und meine Mutter ... und die Josefa, die sie als Kammermädchen da hatten ... liegen zu Tode geschlagen im Garten! ... Jesu! Jesu! alles weiß ich noch ... jawohl ... Maria«, stöhnte er leise und erbsengroße Tränen kollerten ihm dicht hintereinander über sein Gesicht, so daß er sie nicht einmal abwischte ... Er seufzte kummervoll und sehnsüchtig vor sich hin, denn alles war lebendig vor ihm aufgewacht, neben ihm war Witek eingeschlafen, denn das Weinen hatte den armen Wicht müde gemacht ...

Es ging immer tiefer in die Nacht hinein, der Wind zerrte immer heftiger an den Bäumen, so daß die langen Strähnen der Birken über die Grabhügel fegten, und ihre weißen Stämme tauchten aus den Dunkelheiten hervor, wie in Totenlinnen gehüllt

… Die Menschen gingen auseinander … die Lichter erloschen … die Gesänge der Bettler verstummten … ein feierliches Schweigen, voll seltsamer Geräusche und ergreifender Stimmen nahm Besitz vom Gräberhain … Es war als ob der Friedhof sich mit Schatten füllte … als ob eine Schar Gespenster sich drängte … als ob ein Dickicht voll dämmriger Umrisse aufwuchs … und ein Chorus leiser schluchzender Stimmen zu spinnen begann … als ob ein Meer nie zu ergründender Zuckungen aus den Dunkelheiten hervorzuquellen begann … durchwebt von Angstblitzen, von schütterndem Aufschluchzen … vom Geheimnis voll Grauen und Wirrwarr, bis sich ein Krähenschwarm von der Kapelle aufwarf und schreiend nach den Feldern flügelte, da begannen mit einem Male in ganz Lipce die Hunde zu heulen, lange und trostlos bang …

Das Dorf verhielt sich still, trotz des Festtages; die Wege waren leer, die Schenke verschlossen und nur hier und da durch die kleinen schwitzigen Scheibchen blinkten Lichtlein und flossen leise, andächtige Gesänge und laute Gebete, die für die Verstorbenen gesprochen wurden …

Mit Angst schlich man vor die Türen der Häuser, mit Angst lauschte man auf das Rauschen der Bäume, mit Angst blickte man sich nach den Fenstern um – ob die nicht da stehen, ob die nicht erscheinen, die an diesem Tage herumirren, getrieben durch die Sehnsucht und durch Gottes Willen … ob sie nicht an den Kreuzwegen mit Büßerstimmen wimmern … ob sie nicht wehmütig durch die Scheiben starren …

Und hier und da stellten die Hausmütter nach altem heiligen Brauch die Reste der Abendmahlzeit auf die Mauerbänke an den Häusern, bekreuzigten sich mit frommem Schauer und flüsterten …

»Da nimm, labe dich, christliche Seele, die du im Fegefeuer weilest …«

In Stille, Wehmut, Erinnerungen und Bangen floß dieser Allerseelenabend dahin …

Drinnen in der Stube bei Anteks saß Rochus, jener Wanderer aus dem heiligen Land; er las und erzählte fromme, heilige Geschichten.

Es waren genug Menschen da, denn auch Ambrosius mit Gusche und Klemb waren gekommen, und Jakob mit Witek, und Fine mit Nastuscha waren zugegen; nur der alte Boryna war fort, er saß bis spät in der Nacht bei Jagna.

Es war eine Stille in der Stube, nur das Heimchen knarrte überm Herd, und die trockenen Scheite knallten in der Feuersglut.

Sie saßen alle auf den Bänken vor dem Herd, nur Antek blieb am Fenster. Rochus stocherte hin und wieder mit einem Stecken in den Kohlen herum und redete mit leiser Stimme:

»… Es ist nicht grauenvoll zu sterben, nein, denn wahrlich, wie jene Vögelchen, die, wenn es gegen Winter geht, nach den warmen Ländern ziehen, so ist auch die mühselige liebe Seele, die nach Jesu verlangt …

Wie jene Bäumchen in ihrer Nacktheit, die der Herrgott zur Lenzzeit in grüne Blättlein und wohlriechende Blümelein kleidet, so ist die Menschenseele, die nach Jesus geht, um Freude, Lust, Lenz und ihr ewiges Kleid zu empfangen.

Wie jene müde Mutter Erde von der Sonne umarmt wird – so wird der Herr jede liebe Seele liebkosend umfangen, daß ihr weder Winter noch Schmerz, noch der Tod selbst etwas werden anhaben können …

Denn seht! nur Weinen ist auf dieser Erden, nur Kummer und Leid!

Und die Bosheit mehrt sich, wie die Disteln, und wächst zu Wäldern auf!

Und alles ist eitel und vergeblich, alles ist wie dieser Moder, wie jene Bläslein, die ein Wind auf dem Wasser aufbläht, und ein zweiter zunichte macht.«

* * *

Von der Kanzel sag' ich es immer wieder, einem nach dem andern, aber ihr seid, wie die Hunde, immer aufeinander los, immer nur«, – der Wind stieß dem Priester den Rest seiner Rede in die Kehle zurück, so daß er einen Hustenanfall bekam; Antek schritt neben ihm daher, schwieg und spähte zwischen die Bäume ins Dunkel.

Der Wind fuhr immer stärker einher, wälzte sich über den Weg und schlug so stark gegen die Pappeln und rüttelte sie so heftig, daß sie sich stöhnend neigten und empört aufrauschten.

»Und hab' ich dem Biest nicht gesagt«, fing wieder der Priester an, »daß er die Stute selbst nach dem Weiher führen soll, da hat er sie doch herausgelassen – na, und da hat sie sich nun glücklich verlaufen ... Wo sie doch blind ist, ... und wenn sie nun zwischen die Zäune kommt. Die Beine kann sie sich brechen!« jammerte er und suchte sorgsam umher, sah fast hinter jeden Zaun und ließ die Blicke über die Felder gehen.

»Sie ist doch aber immer selbst gegangen ...«

»Die kennt den Weg nach dem Weiher ... das schon, wenn einer das Faß mit Wasser füllen würde und sie nur in die Richt drehen wollte, dann würde sie schon von selbst zum Pfarrhaus zurechtfinden ... Aber sonst haben sie sie doch bei Tag herausgelassen ... und heute hat Magda oder Walek sie doch erst bei Dunkel vorgespannt ... Walek!« rief er laut, denn irgendein Schatten tauchte zwischen den Pappeln auf ...

»Walek hab' ich auf unserer Seite gesehen, aber noch vor Dunkelwerden.«

»Der ist natürlich erst suchen gegangen, als die rechte Zeit schon vorbei war! – Die Stute ist an die zwanzig Jahre schon, die ist bei mir zur Welt gekommen ... und ihr Gnadenbrot hat sie sich schon langst verdient ... und anhänglich ist sie wie ein Mensch ... Mein Gott, wenn ihr nur nichts Böses passiert!«

»Was soll ihr da geschehen«, brummte Antek voll Wut, denn hätte er sich etwa nicht ärgern sollen, er war doch zu Hochwürden gegangen, um sich Rat zu holen, um sich zu beklagen, aber der, nur angeschrien hatte er ihn da, und obendrein hatte er ihn dann noch mitgeschleppt, um seine Stute zu suchen! Natürlich ist es schade um die Stute, wenn sie auch blind und alt ist, aber immerhin ist doch der Mensch die Hauptsache!

»Und du, gehe in dich und hüte deine Zunge, denn es ist dein leiblicher Vater! Hörst du!«

»Das weiß ich gut genug!« antwortete er giftig.

»Eine Todsünde ist es und Gottesfrevel. Nichts Gutes wird sich der da erkämpfen, wer in Pflichtvergessenheit die Hand gegen die Eltern hebt und sich dem Gebot Gottes widersetzt. Deinen Verstand hast du, du solltest es doch wissen.«

»Ich will nur Gerechtigkeit!«

»Und suchst Rache, was?«

Antek wußte nicht, was er darauf sagen sollte.

»Und das will ich dir noch sagen, ein frommes Kalb wird von zwei Müttern gesäugt.«

»Das sagen mir alle ... natürlich, nur daß ich diese Frommheit satt habe, länger halt' ich's nicht mehr aus! Wenn er selbst ein Räuber und ein Betrüger wäre ... weil es der leibliche Vater ist, da ist ihm schon alles erlaubt, und die Kinder dürfen nicht für ihr Recht stehen! Herrgott nochmal, das ist 'ne Einrichtung in der Welt, daß man ausspeien möchte und so weit fortlaufen, wie einen die Augen nur führen können.«

»Na, da geh' doch, wer hält dich denn!« warf der Priester aufbrausend dazwischen.

»Vielleicht geh' ich auch, was soll ich denn hier noch tun, was bloß?« murmelte er leise und tränenschwer.

»Du redest, und das ist alles. Manch einer hat auch nicht ein Ackerbeet und sitzt da, arbeitet und dankt noch Gott dafür. An die Arbeit solltest du dich halten und nicht herumjammern wie 'n Weib. Gesund bist du, stark, hast was, wo du dich dran halten kannst ...«

»Gewiß, ganze drei Morgen sogar!« warf Antek verächtlich hin.

»Hast Frau und Kind, daran solltest du lieber denken.«

»Ich denk' schon, ich denk' ...«, murrte er zwischen den Zähnen.

Sie kamen auf die Schenke zu, deren Fenster erleuchtet waren. Bis auf den Weg drangen vereinzelte Stimmen herüber.

»Was ist denn das, wieder eine Sauferei, was?«

»Das sind die Rekruten, die man dieses Jahr ausgehoben hat, sie trinken zum Zeitvertreib ... Sonntags treibt man sie in die Welt hinaus, da machen sie sich noch heute einen lustigen Tag ...«

»Die Schenke ist so gut wie voll!« murmelte der Priester, an der Pappel stehenbleibend, von wo man gut durchs Fenster den ganzen Innenraum überblicken konnte, der mit Menschen vollgepfropft war.

»Sie sollten doch heute zusammenkommen, um wegen dem Wald Rat zu halten ... den der Gutsherr an die Juden zum Fällen losgeschlagen hat ...«

»Den ganzen hat er doch nicht verkauft, es ist noch so viel nachgeblieben!«

»Bevor er mit uns nicht einig ist, wird nicht eine Tanne angerührt!«

»Wie denn?« ... fragte der Priester mit etwas erschrockener Stimme.

»Wir lassen's nicht zu, dagegen hilft nichts! Der Vater will prozessieren, doch Klemb und die, die mit ihm halten, sagen, daß sie keine Gerichte wollen, aber daß die Bäume gefällt werden, das ließen sie nicht zu, und wenn es selbst nötig wäre, daß das ganze Dorf hinaus müßte, dann werden sie gehen, selbst wenn es mit Äxten und Heugabeln ist, wie es gerade kommt, ihr Eigenes geben sie nicht her ...«

»Jesus Maria! Dann würd' es ja ohne Schlägerei und ohne Unglück nicht abgehen!«

»Das versteht sich! Erst muß man ein paar Köpfe der Herrenhofleute mit der Axt spalten, dann hat man gleich Gerechtigkeit!«

»Antek! Du hast wohl den Verstand verloren vor Wut, oder was fehlt dir? Du redest ja Unsinn, mein Bester!«

Aber Antek hörte nicht mehr auf ihn, er wandte sich rasch ab und verschwand im Dunkel; und der Priester, der das Rädergeroll und das leise, klagende Wiehern der Stute vernommen hatte, schritt rasch auf den Pfarrhof zu ...

Antek seinerseits ging in der Richtung der Mühle, ins untere Dorf und zwar auf der anderen Seite des Weihers entlang, um nicht an Jagnas Haus vorüber zu müssen.

Wie ein Splitter steckte sie ihm unter dem Herzen, wie ein böser Splitter, so daß man sie weder herausreißen noch vor ihr flüchten konnte.

Ein grelles Licht strahlte aus ihrem Haus, hell und besonders lustig ... er blieb stehen, um nur das eine einzige Mal hineinzusehen, um wenigstens seiner Wut Luft zu machen – aber es riß ihn irgendwas von der Stelle, so daß er davonraste wie ein Sturm, ohne sich umzusehen.

»Dem Vater Seine war sie schon, dem Vater Seine!«

Zum Schwager, dem Schmied flüchtete er – einen Rat wird der auch nicht geben, aber man kann unter Menschen sitzen und nicht dort sein in Vaters Haus ... Und dieser Priester zum Beispiel! Die Arbeit hält er ihm vor! Hale, und selbst macht er nichts, hat keinen Kummer und keine Sorgen, dann ist es leicht, andere anzutreiben. Auf Weib und Kinder hat er ihn verwiesen ... Die vergißt er schon nicht, nein! Dieses Geflenn, diese Demut und die bettelnden Hundeaugen hat er schon gerade genugsam satt ... und wenn sie nicht wäre! ... Wenn er allein wäre! Herr Jesus! Er stöhnte auf und es packte ihn eine solche wahnsinnige Wut, daß ihn die Lust ankam, irgendwem an die Gurgel zu springen, zu würgen, zu zerreißen und bis zum Tod zu schlagen! ...

Aber wen? ... Nein, er wußte es nicht und die Wut schwand so plötzlich, wie sie gekommen war; mit leeren Augen starrte er in die Nacht und horchte auf das Rütteln des Sturmes, der sich durch die Gärten wühlte und so an den Bäumen rüttelte, daß sie sich über die Zäune lehnten und ihn mit ihren Zweigen gegen das Gesicht peitschten ... Er schleppte sich so langsam und schwerfällig weiter, daß er kaum vorwärtskam, denn es begannen seine Seele die Gespenster der Müdigkeit, Trauer und Ohnmacht zu bedrängen, so daß er bald vergessen hatte, wohin er ging und was er gewollt hatte ...

»Dem Vater Seine ist Jagna, dem Vater Seine!« sprach er immer wieder vor sich hin – »dem Vater Seine«, immer stiller – wie ein Gebet, das einem nicht entschwinden darf.

In der Schmiede war es rot von der Feuerglut, ein Bursche blies so mächtig mit dem Blasebalg, daß die aufglühenden Kohlen brausten und zu einer blutigen Flamme auflöderten; der Schmied stand am Amboß, hatte die Mütze aus der Stirn geschoben, die Ärmel hochgekrempt, einen Lederschurz um und ein dermaßen rußgeschwärztes Gesicht, daß ihm die Augen nur wie kleine Kohlen im Kopfe glühten; er hämmerte ein rotgeglühtes Eisenstück so stark, daß es donnerte, und ein Funkenregen unter dem Hammer hervorsprühte, mit Zischen in die aufgeweichte Erde fallend.

»Was gibt's denn?« fragte er nach einer Weile.

»Ja, was soll es da geben!« antwortete Antek leise, gegen einen Korbwagen lehnend, von denen etliche zum Beschlagen dastanden, und starrte versunken in die Glut.

Der Schmied schaffte tüchtig, immer wieder glühte er das Eisen und hämmerte, schlug den Hammer im Takt oder half dem Burschen nach beim Blasen mit dem Blasebalg, wenn man stärkeres Feuer brauchte, und heimlich sah er zu Antek hinüber. Ein boshaftes Lächeln schlängelte sich unter seinem rostroten Schnurrbart.

»Du warst, hör' ich, bei Hochwürden? Na und was gab's?«

»Was sollte es geben, gar nichts. Dasselbe hätte man in der Kirche hören können.«

»Und hast du was anderes erwartet?« meinte der Schmied ironisch lachend.

»Er ist doch der Priester, ein gelernter Mann ...«, sprach Antek, sich gleichsam entschuldigend.

»Gelernt, wie man was nehmen soll, aber nicht wie man einem was gibt.«

Antek war schon die Lust vergangen, etwas dagegen zu sagen.

»Ich geh' in die Stube«, sagte er nach einer Weile.

»Geh nur, der Schulze kommt auch 'rüber, da kommen wir gleich nach! Und der Tabak ist auf dem Schränkchen, kannst was rauchen ...«

Er hörte kaum hin und trat in die Wohnung, die auf der anderen Seite vom Weg lag.

Die Schwester zündete Feuer an und der älteste Junge lernte am Tisch aus der Fibel ... sie begrüßten sich schweigend.

»Lernt er da?« bemerkte er, denn der Junge buchstabierte laut und deutete mit einem zugespitzten Stöcklein von Buchstabe zu Buchstabe.

»Seit der Kartoffelernte schon; das Fräulein von der Mühle zeigt ihm das, denn Meiner hat keine Zeit dafür.«

»Rochus tut auch seit gestern in Vaters Stube wieder lehren.«

»Ich wollte den Jasiek da auch hinschicken, aber Meiner läßt das nicht zu, weil es bei Vater ist und weil das Fräulein mehr gelehrt ist, denn sie war auf den Schulen in Warschau ...«

»Gewiß, gewiß ...«, sagte er, um irgendwas zu sagen.

»Und Jasiek ist so anstellig dabei, daß sich das Fräulein selbst wundert.«

»Wie sollt' er auch nicht ... ist doch dem Schmied sein Fleisch und Blut ..., der Sohn von solchem Klugschnacker ...«

»Du machst dich lustig, und er hat doch recht, wenn er sagt, daß der Vater, solange er lebt, die ganze Schenkung zunichte machen kann.«

»Versteht sich, reiß mal dem Wolf aus der Gurgel, was er schon verschluckt hat! Sechs ganze Morgen Land. Ich mit der Frau, wir dienen ihm da fast wie Gesinde, und er verschreibt's einer Fremden, der ersten besten ...«

»Wenn du dich zanken wirst, und fluchen, und Rat bei anderen holen, und dich prozessieren – dann jagt er dich noch zum Hause 'raus«, redete sie leise, sich nach der Tür umblickend.

»Wer hat das gesagt?« brach er los, vom Stuhl auffahrend.

»Still doch ... das sagen die Leute, still! ...« flüsterte sie ängstlich.

»Weichen tu' ich keinen Schritt, laß ihn mich mal mit Gewalt 'rausjagen, zum Gericht geh ich, prozessieren werd' ich mich, weichen tu' ich nicht!« schrie er schon fast.

»Du wirst die Mauer schon nicht mit dem Kopf einrennen, und wenn du auch noch so sehr, wie ein Schafsbock, drauflos stoßen würdest!« sagte der Schmied, die Stube betretend.

»Was soll man da tun? Du hast klug reden, da gib denn auch einen klugen Rat ...«

»Mit Böswilligkeiten ist nichts vom Alten 'rauszukriegen!« Er zündete die Pfeife an und fing an, ihm vorzustellen, zu erklären und ihn zu begütigen, und er drehte so viel herum, daß Antek endlich ein Licht aufging.

»Du hältst es mit ihm?« schrie er los.

»Für die Gerechtigkeit bin ich!«

»Hat er dir gut dafür bezahlt?«

»Wenn er bezahlt hat, dann nicht aus deiner Tasche.«

»Gerade aus meiner, hundsverdammt noch mal, aus meiner! Das ist mir ein Wohltäter aus andermanns Tasche, so 'n Aas. Genug hast du gekriegt, da soll's dir wohl nicht eilig sein.«

»Dasselbe nur, was du auch bekommen hast!«

»Hale, dasselbe ... und das Hausgerät, und die Kleider und die Kuh, und was hast du nicht alles dem Vater abgelistet? Ich merk' es mir schon, und die jungen Gänse, und Ferkel, wer kann das alles aufzählen. Und das Bullenkalb, das er dir neulich gegeben hat, ist das nichts?«

»Du hättest es ja auch nehmen können.«

»Ein Dieb bin ich nicht und 'n Zigeuner auch nicht!«

»Ich aber bin der Dieb, ich? ...«

Sie sprangen aufeinander zu, bereit, sich gleich an den Rockklappen zu packen, aber sie ließen bald nach, denn Antek sagte leiser.

»Ich sag' das nicht für dich ... Aber das Meine geb' ich nicht ab, wenn ich drumumkommen sollte.«

»Ih ... dir geht es nicht so um den Grund und Boden, deucht mir ...«, warf der Schmied spöttisch ein.

»Und warum denn sonst? ...«

»Hinter der Jagna bist du her gewesen, da kommt es dir jetzt sauer an.«

»Hast du 's gesehen? ...« schrie Antek, wie ins Herz getroffen.

»Es gibt solche im Dorf, die es gesehen haben, und das nicht nur einmal ...«

»Daß ihre Augen mit Nacht geschlagen werden!« murmelte er schon etwas leiser, denn gerade trat der Schulze in die Stube und begrüßte die Anwesenden; er schien zu wissen, weshalb sie sich zankten, denn auch er begann alsogleich den Alten zu verteidigen und zu entschuldigen.

»Gut mit Schnaps traktiert hat er euch und mit Würsten gefüttert, kein Wunder daß ihr jetzt zu ihm haltet ...«

»Rede nicht das erste beste Zeug, wenn der Schulze zu dir spricht!« rief dieser hochmütig.

»Eure Schulzenschaft ist für mich grob so viel wert, wie dieser zerbrochene Stecken ...«

»Was hast du gesagt, was?«

»Ihr habt es gehört! Und wenn nicht, dann sag' ich euch noch solches Wort dazu, daß euch die Fersen jucken werden ...«

»Sag' dieses Wort, untersteh' dich!«

»Das sag' ich – ihr seid ein Saufkumpan, Wortbrecher, ein Judassohn! Ich will es sagen, ich tu' es sagen, daß ihr für das Geld der Gemeinde herumludert, und daß ihr euch gut dafür vom Herrenhof habt schmieren lassen, daß der Gutsherr unsern Wald hat verkaufen können! ... Und wenn ihr noch was wollt, dann leg' ich euch noch was drauf, aber mit diesem Knüttel ... rief er hitzig, nach seinem Stecken langend.

»Du sprichst zu einem Beamten, mäßige dich, ehe es dich gereuen sollte, Antek!«

»Und in meinem Haus falle nicht die Menschen an, denn hier ist keine Schenke«, schrie der Schmied, indem er sich schützend vor den Schulzen aufpflanzte; aber Antek achtete auf nichts mehr, schnauzte die beiden hundsmäßig an, schmiß die Türe zu und entfernte sich ...

Es hatte ihn redlich erleichtert, und er kehrte etwas beruhigt nach Hause zurück; nur das eine tat ihn verdrießen, daß er sich unnötigerweise mit seinem Schwager gezankt hatte.

»Jetzt werden sie schon alle gegen mich sein«, dachte er am nächsten Tag des Morgens beim Frühstück, und erblickte mit Staunen den Schmied, der in die Stube trat.

Sie begrüßten sich, als ob nie etwas zwischen ihnen vorgefallen wäre.

Und da Antek im Begriff war, nach der Scheune zu gehen, um Häcksel zu schneiden, ging ihm der Schmied nach, setzte sich auf einen Garbenhaufen nieder, den man von der Banse zum Dreschen hinuntergeworfen hatte und fing leise an:

»Zum Teufel alle Zänkereien und weswegen noch? Wegen einem dummen Wort! Da bin ich denn als erster zu dir gekommen, hier hast du meine Hand, wir wollen wieder Frieden machen ...«

Antek reichte ihm die Hand, sah ihn mißtrauisch an und murmelte:

»Selbstredend war es nur wegen der Worte, denn Ärger gegen euch hatt' ich nicht. Der Schulze hat mich aufgebracht, denn was soll er für ihn eintreten, ... ist doch nicht seine Sache, da soll er seine Finger davon lassen!«

»Gerade das habe ich ihm auch gesagt, als er dir noch nachrennen wollte ...«

»Mich schlagen ... ich würde ihm schon eine Tracht verabfolgen wie seinem Vetter, der noch von der Erntezeit her seine Rippen kuriert ...«, rief er aus und fing an, das Stroh in die Häckselschneide zu stopfen.

»Auch daran hab' ich ihn erinnert ...«, warf der Schmied bescheiden ein und lächelte durchtrieben.

»Ich werd' schon mit ihm abrechnen, er wird schon an mich denken ... Diese noblichte Personage, so 'n Beamtenbiest! ...«

»Ist doch nur 'n Hohlkopf, und damit genug, laß ihn fahren. Etwas anderes hab' ich mir ausgedacht und darum will ich mit dir reden ... Das muß man so machen ... Nachmittags wird hier die Meine kommen, dann geht ihr mit ihr zusammen zum Alten, euch gründlich zu bereden ... Das Gewüte und Geklage in allen Ecken herum hat da keinen Wert, vor die Augen muß man treten und geradeaus sagen, was man auf der Leber hat ... Gut kann es werden, oder nicht gut werden, aber vorgehalten muß ihm alles werden!«

»Was hat man ihm da vorzuhalten, wenn er die Verschreibung gemacht hat!«

»Mit Wut bringt man es bei ihm zu nichts! Natürlich, daß er ihr die Verschreibung gemacht hat, solange er lebt kann er sie aber immer wieder zurücknehmen, merk' dir das; darum eben braucht man nicht gegen ihn anzugehen. Laß ihn sich verheiraten, laß ihn seinen Spaß haben.«

Antek erblaßte etwas bei dieser Erwähnung und begann innerlich zu beben, so daß er mit dem Häckselschneiden aufhören mußte.

»Dagegen empöre dich nicht ihm direkt ins Gesicht hinein, lob' nur erst, daß er gut dran tut zu heiraten und daß er das mit der Verschreibung nach seinem Willen tun konnte ..., wenn er nur den Rest uns verspricht, dir und der Meinen, aber vor Zeugen!« fügte er schlau hinzu.

»Und Fine und Gregor?« fragte Antek widerwillig.

»Die wird man auszahlen! Hat denn vielleicht der Gregor wenig im voraus bekommen? Fast jeden Monat schickt er ihm doch was nach seinem Regiment. Hör' nur auf mich und tu' wie ich rate, und du wirst nichts dabei verlieren. Das ist schon mein Verstand, ich werde das schon so deichseln, daß alles unser sein wird ...«

»Der Hammel lebt noch und der Kürschner näht schon einen Schafspelz aus seinem Fell ...«

»Höre auf mich ... Laß ihn erst mal vor Zeugen versprechen, damit man was hat, wo man die Krallen ansetzen kann ... Gerichte sind noch da und Gerechtigkeit auch, hab' keine Angst. Und es ist schon ein Haken dran, denn von deiner Mutter ist doch Grund und Boden nachgeblieben ...«

»Große Geschichte, vier Morgen zusammen – für mich und für die Deine ...«

»Aber weder du noch die Meine haben ihn gekriegt! Und so viele Jahre, die er darauf sät und erntet! – Dafür wird er euch gut zahlen müssen und mit Prezenten! ... Ich wiederhole es dir noch einmal, sei dem Alten in keiner Sache entgegen, lobe und red' ihm um den Bart, gehe hin zur Hochzeit, spare nicht an guten Worten und du wirst sehen, daß wir ihn uns deichseln werden ... Und wenn es nicht in Güte geht, dann wird das Gericht ihn schon 'rumkriegen ... Mit Jagusch kennt ihr euch gut aus ... da könnte sie dir auch was nützen ... sag' ihr nur was davon ... sie könnte den Alten noch besser auf unsere Seite kriegen ..., na, einverstanden? ... Ich muß nämlich schon gehen ...«

»Einverstanden! beeil' du dich, mir aus den Augen zu kommen, damit ich dir nicht eines ins Maul gebe und dich vors Tor schmeiße!« preßte er zwischen den Zähnen hervor.

»Was ... Antek? Was ist dir?« stotterte der Schmied erschrocken, denn Antek ließ die Sense fahren und kam auf ihn zu; blaß und mit schrecklichen Augen.

»Judas, Aas, Dieb!« gurgelte er aus sich heraus mit schnaubendem Haß, so daß der Schmied aufsprang und auf und davon rannte.

»Er ist wohl nicht richtig geworden, oder was war das? ...« dachte er immerzu unterwegs. »Was soll ich da denken, ich hab' ihm einen guten Rat gegeben ... und der? ... wenn er so dumm ist, dann laß ihn als Tagelöhner gehen, mag der Alte ihn

fortjagen, da will ich noch mithelfen ... und so oder anders, ich laß nicht von dem Grund und Boden ... So einer bist du also! Ins Maul wolltest du mir eine langen, vors Tor schmeißen, daß ich mit dir teilen wollte, ... daß ich wie zu einem Bruder gekommen bin mit einem guten Wort! So einer bist du! Aha, allein möchtest du alles einstecken! Daß du's nicht erlebst! Meine Pläne hast du mir 'rausgelockt, da werd' ich dir, Biest, schon was einbrocken, daß dich das englische Fieber schütteln wird.«
Er wurde immer wütiger, denn es ärgerte ihn fürchterlich, daß Antek seine Pläne durchschaut hatte und vielleicht noch gar imstande sein würde, ihn vor dem Alten zu verraten. Davor hatte er die größte Angst.

»Dem muß man vorbeugen!« entschied er sofort; und trotz der Angst vor Antek kehrte er nach dem Borynahof um.

»Ist der Hofbauer da?« fragte er Witek, der vor dem Haus auf die Gänse im Weiher mit Steinen warf.

»Hale, was soll er zu Hause sein, ist ja zu den Müllers gegangen zur Hochzeit zu laden ...«

»Ich geh' ihm entgegen, wir werden uns sozusagen zufällig treffen«, dachte er und ging in der Richtung der Mühle davon; aber unterwegs kehrte er noch bei sich ein und befahl der Frau, sich schön anzukleiden, die Kinder mitzunehmen und gleich, wenn man zu Mittag geläutet hatte, zu Anteks hinüberzugehen.

»Er wird dir schon sagen, was du zu tun hast! Mache nichts allein und nichts nach deinem eigenen Kopf, denn du bist dumm genug, und nur wenn 's nötig sein wird, dann heule los, umfange Vaters Knie und leg' dich aufs Bitten ... und höre gut zu, was Vater sagen wird und was Antek vordem sagt ...« Ein gutes Paternoster lang unterwies er sie so und schaute dabei zum Fenster hinaus, ob der Alte nicht auf der Brücke auftauchen sollte.

»Ich geh' in die Mühle gucken, ob sie die Hirse schon fertig haben.« Die Zeit wurde ihm zu Hause lang.

Er ging langsam, blieb stehen und überlegte. Gewiß, wer kann da wissen, was er tun wird.

»Angefahren hat er mich, und tun könnte er doch was ich ihm geraten habe ... dann ist's besser, daß die Frau dabei ist ... und wenn er es nicht tut, werden sie sich verzanken ... der Alte wird ihn 'rausschmeißen ...«

»So oder so, immer gibt's für einen was ab ...«, er lachte befriedigt auf, rieb sich die Hände, drückte die Mütze fester auf, knöpfte den Knierock zu, denn es war windig und eine durchdringende Kühle kam vom Weiher.

»Einen Nachtfrost kriegen wir oder neue Regenfälle!« murmelte er, auf der Brücke anhaltend und den Himmel beschauend. Die Wolken jagten tief, waren dunkelgrau und schwer und wie beschmutzt, gleich Herden ungewaschener Schafe. Der Weiher murrte dumpf, seine Wasser platschten von Zeit zu Zeit an die Ufer, wo hier und da zwischen schwarzen gebeugten Erlen und weit ausladenden Weiden Frauen in grellroten Röcken sichtbar waren, die Wäsche wuschen – die Waschhölzer klopften wütend an den beiden Ufern des Weihers. Die Wege waren leer, nur ganze Scharen von Gänsen paddelten im dicken Schmutzbrei und in den Gräben, die voll abgefallener

Blätter und Kehricht waren, und Kinder schrien vor den Häusern. Die Hähne fingen an auf den Zäunen zu krähen, als ob sie einen Witterungswechsel melden wollten.

»In der Mühle paß ich ihn schneller ab!« brummte er vor sich hin und ging talwärts.

Nachdem der Schmied gegangen war, fing Antek mit solcher Wut an, Häcksel zu schneiden und hatte sich dermaßen in diese Arbeit vertieft und so viel Häcksel bis Mittag fertig gemacht, daß Jakob, der vom Walde gekommen war, rief:

»Für eine ganze Woche wird das reichen, na!« Er gab seiner Verwunderung so laut Ausdruck, daß Antek zur Besinnung kam, das Häckselmesser hinwarf, sich räkelte und den Weg zum Wohnhaus einschlug.

»Was kommt, das kommt; aber heute sprech' ich mit dem Vater!« beschloß er ... »Ein Zigeuner ist er, der Schmied, und ein Judas, vielleicht tut er aber doch gut raten ... gewiß steckt da was dahinter ...«, dachte er und ging in Vaters Stube nachzusehen, er trat aber gleich zurück, denn es saßen dort an die zwanzig Kinder, die alle zugleich buchstabierten ... Rochus unterrichtete sie und paßte fleißig auf, daß sie keine dummen Streiche machten ... Er wandelte in der Stube herum mit einem Rosenkranz in der Hand, hörte zu, verbesserte manchmal eins, zupfte ein anderes am Ohr, streichelte hier und da einen der kleinen Köpfe und setzte sich des öfteren heran, um geduldig zu erklären, was da im Buch stand; er stellte Fragen, und die ganze Schar der Kinder drängte sich, eins das andere überbietend, zur Antwort heran, wie Truthähne, wenn sie einer aufgereizt hat ... sie machten einen solchen Lärm, daß man sie auch auf der anderen Seite hören konnte ...

Anna bereitete das Mittagessen und redete hier und da mit ihrem Vater, dem alten Bylica, der sich bei ihr selten sehen ließ, da er viel kränkelte und sich kaum mehr fortbewegen konnte.

Er saß am Fenster, auf seinen Stock gestützt, ließ die Augen durch die Stube schweifen und blickte einmal zu den Kindern hin, die in der Ecke zusammengekauert und still dasaßen, dann wieder auf Anna ... er war ganz weißhaarig, seine Lippen bewegten sich rastlos und seine Stimme war schwach, wie die eines Vögleins ... sein Atem ging in pfeifenden Tönen ...

»Habt ihr denn schon gefrühstückt, he?« fragte sie leise.

»Ih ... die Wahrheit zu sagen, hat es Veronka vergessen ... und ich hab' mich auch nicht gemeldet, nein ...«

»Veronka läßt selbst die Hunde hungern, denn sie kommen hier zu mir manchmal zum Nachfuttern!« rief sie. Sie hatte außerdem noch etwas gegen die ältere Schwester seit dem vergangenen Winter, weil diese nach dem Tode der Mutter alles, was übriggeblieben war, an sich gerissen hatte und nichts wieder herausgeben wollte, deswegen sahen sie sich so gut wie gar nicht.

»Weil sie doch auch keinen Überfluß haben, nein ...« versuchte er mit leiser Stimme zu verteidigen ... »Stach drischt beim Organist', da ißt er auch was mit, und nimmt noch vier Groschen jeden Tag ... und zu Haus sind so viel Mäuler zu stopfen ... daß es selbst mit den Kartoffeln nicht reicht ... Das ist schon wahr ... daß sie zwei Kühe haben, und Milch ist auch da ... so daß sie Käse und Butter nach der Stadt tragen kann und dafür manchen Groschen bekommt ... aber sie vergißt oft, daß man essen braucht ... kein Wunder, wohl – wohl ... die vielen Kinder ... Beiderwand webt sie den Leuten auch noch ... und spinnt und tut sich abschinden, wie ein Lasttier ... viel brauch' ich doch auch nicht ... wenn es nur zur rechten Zeit was gäbe und jeden Tag ... dann könnte man ...«

»Dann zieht doch zum Frühjahr besser zu uns, wenn ihr es bei dieser Hündin so schlecht habt ...«

»Ich tu' mich doch nicht beklagen, klagen tu' ich nicht, nur ... von wegen ...« die Stimme brach ihm plötzlich zusammen ...

»Ihr könntet die Gänse hüten und auf die Kinder passen ...«

»Ich würd' schon alles machen, Hanusch, alles«, flüsterte er ganz leise.

»In der Stube ist Platz, da würde man ein Bett hineinstellen, damit ihr es warm habt ...«

»Ich würd' ja schon im Kuhstall oder auch bei den Pferden ..., wenn ich nur bei dir sein könnte, Hanusch, nur nicht mehr zurück! Nur nicht ...« er verschluckte sich bei dieser flehentlichen Bitte und die Tränen fingen an, ihm aus den tiefliegenden, geröteten Augen zu tropfen ... »Das Federbett hat sie mir weggenommen – sie sagt, die Kinder haben nichts zum Zudecken ... das ist wahr ... sie froren, daß ich sie selbst zu mir nahm ... aber der alte Schafspelz ist nun schon ganz ausgeschabt, der wärmt mich gar nicht mehr ... und das Bett hat sie mir genommen ... und auf meiner Seite ist es kalt ... nicht ein Stück Holz erlaubt sie mir ... und jeden Löffel Essen hält sie vor ... zum Betteln treibt sie mich 'raus ... Aber ich hab' doch gar keine Kraft, zu dir hab' ich mich kaum noch hingeschleppt ...«

»Um Gottes willen! Warum habt ihr uns denn nie etwas gesagt, daß ihr's so schlecht habt ...«

»Wie soll man denn ... die eigene Tochter ... er ist 'n guter Mann, aber immer auf Taglohn ... wie soll man denn ...«

»Dieses Höllenweib! Die Hälfte des Bodens hat sie genommen, und das halbe Haus und alles, und gibt euch solch ein Altenteil! An die Gerichte muß man sich wenden! Sie sollten euch doch Essen geben und Heizung und das, was ihr an Kleidern braucht, und wir die zwölf Rubel das Jahr ... denn wir haben auch noch eure Schuld bezahlt ... ist es nicht so? ...«

»Is wahr! Ehrlich seid ihr, is wahr ... Aber auch die paar Silberlinge von euch, die ich, weil ich doch mal begraben werden muß, zurückgelegt habe, hat sie mir abgetrieben ... und dann, man mußte es doch auch geben ... das hätte man doch nicht anders können ... das Kind doch ... Er schwieg, still und zusammengekauert blieb er sitzen und glich mehr einem Haufen alter Hobelspäne, denn einem lebendigen Menschen.

Nach dem Mittagessen, als die Schmiedin mit ihren Kindern eingetreten war und man gerade angefangen hatte, sich zu begrüßen, nahm er das Bündelchen, das ihm Anna im geheimen zurechtgemacht hatte, und machte sich leise davon.

Boryna war zu Mittag nicht gekommen.

Die Schmiedin beschloß also zu warten, selbst wenn es bis in die Nacht gehen sollte. Anna stellte den Webstuhl am Fenster zurecht und zog die Wergfasern durch den Weberkamm. Hin und wieder nur, wenn auch schüchtern, warf sie irgendein Wort ins Gespräch, das Antek mit der Schwester führte. Er breitete vor ihr seine

Klagen aus, denen sie beipflichtete; aber das dauerte nicht lange, denn Gusche stürzte herein und sagte so nebenher:

»Von den Organistenleuten komm' ich eben zu euch 'rübergelaufen, ich hab' da waschen müssen ... Eben war Matheus mit der Jagna da, zur Hochzeit zu bitten. Die gehen hin! Natürlich, Art find' sich zu Art, der Reiche zum Reichen ... auch der Priester ist gebeten ...«

»Auch Hochwürden haben sie gebeten! ...« rief Anna.

»Warum denn nicht, ist er vielleicht ein Heiliger, oder was? Sie haben gebeten, er hat gesagt vielleicht wollte er kommen ... warum denn auch nicht? Ist die Braut vielleicht nicht schmuck, werden sie vielleicht kein gutes Essen und Trinken bereit halten! Die Müllersleute haben auch zugesagt mit der Tochter. Ho, ho, solche Hochzeit hat man noch nicht gesehen, seit Lipce Lipce ist! Ich weiß Bescheid, weil ich doch mit Müllers Eve das Essen kochen soll. Ein Mastschwein hat ihnen schon Ambrosius ausgeweidet, Würste machen sie auch schon ...« – sie unterbrach sich plötzlich, denn niemand sagte etwas, niemand befragte sie, sie saßen mürrisch da. Gusche sah die ganze Gesellschaft aufmerksam an und rief aus:

»Bei euch soll's wohl Sturm geben?«

»Sturm oder nicht, das ist nicht eure Sache!« sagte die Schmiedin so schneidend, daß Gusche beleidigt nach der anderen Seite zu Fine abschob, die die Bänke und Stühle wieder zurechtrückte, denn die Kinder hatten sich schon zerstreut und Rochus war ins Dorf gegangen.

»Gewiß wird sich Vater nichts abgehen lassen«, murmelte die Schmiedin mit einer gekränkten Stimme.

»Hat er's am Ende nicht dazu!« sagte Anna und verstummte erschrocken, weil Antek drohend zu ihr herübergeblickt hatte. Sie saßen nun fast schweigend da und warteten; hin und wieder sagte eines von ihnen ein Wort und wiederum trat das dumpf-drückende und beunruhigende Schweigen ein ...

Vor dem Hause auf der Galerie machte Witek mit den Kindern einen solchen Spektakel, daß Waupa bellte und das ganze Haus dröhnte.

»Bares Geld muß er auch genug haben, denn immerzu verkauft er was, und wo sollte er es sonst lassen?«

Antek machte eine wegwerfende Bewegung bei den Worten seiner Schwester und trat aus der Stube ins Freie. Es wurde ihm langweilig zu Hause, die Unruhe und die Angst wurden stärker in ihm, er wußte selbst nicht warum; er wartete auf den Vater, konnte sich kaum mehr gedulden, und war doch in tiefster Seele zufrieden, daß dieser sich so lange nicht blicken ließ. »Nicht wegen Grund und Boden ist es dir zu tun, sondern um die Jaguscha!« Er dachte an diese Worte, die der Schmied gestern gesagt hatte ... »Wie ein Hund lügt er!« rief er ganz außer sich. Er machte sich daran, die Wände nach der Hofseite zu für den Winter abzudichten. Witek trug ihm von einem Haufen Nadelstreu herbei, er stampfte sie fest und umsteckte sie mit kleinen Latten, aber die Hände zitterten ihm und immer wieder unterbrach er die Arbeit. Er stützte sich gegen die Wand und sah zwischen den nackten, blätterlosen Bäumen hindurch auf den Weiher, hinüber zu Jaguscha ihrem Haus ... Nein, nicht Liebe wuchs da in ihm, sondern Wut und tausend feindliche Gefühle, so daß es ihn schon wundernahm!

»Hündin, Aas, einen Knochen hat man ihr hingeworfen und sie läuft«, dachte er. Aber es kamen auf ihn Erinnerungen zu, krochen von irgendwo heran aus den öden Feldern, von den Wegen, aus den schwarzen Obstgärten mit ihren krummästigen Bäumen, umstellten sein Herz, hakten sich an seine Gedanken, tauchten vor seinen Augen auf ... bis Schweiß seine Stirn bedeckte, seine Augen aufglühten und ein starker feuriger Schauer ihn durchrieselte! ... Hah, dort im Obstgarten ... und damals im Wald ... und als sie zusammen aus der Stadt heimkamen ...

Jesus! er torkelte fast, dann plötzlich sah er ganz nahe vor sich ihr glutüberflammtes Gesicht, glaubte den leidenschaftlichen Atem zu hören; ihre hellblauen Augen, ihr voller Mund, so rot und so nah, daß er seinen Hauch spürte, übergossen ihn mit einer Glut ... und ihre leise, stockende Stimme hörte er leidenschaftlich und liebestrunken: »Antosch! ... Antosch!« flüstern – sie neigte sich nahe an ihn heran, so daß er ihren Leib dicht bei sich fühlte, ihre Brüste, ihre Arme, ihre Knie – und er rieb sich die Augen und jagte diese lockenden Traumgesichte von sich. Seine ganze verbissene Wut taute ihm vom Herzen herab, wie das Eis der Strohdächer, das die Sonne zur Frühlingszeit erwärmt, und eine solche Liebe erwachte in ihm aufs neue, eine so schmerzliche Sehnsucht erhob in ihm ihr stachlichtes Haupt, ein solches furchtbares Sehnen, daß er am liebsten mit dem Kopf gegen die Wand gerannt wäre und gellend aufgebrüllt hätte!

»Daß da der Blitz hineinfahren möchte!« rief er, zu sich kommend, und sah scharf auf Witek, ob er nicht irgend etwas merke ...

Seit drei Wochen war er in Fieber, in Erwartung irgendeines Wunders, er wußte keinen Rat, konnte keinen Einspruch erheben! Wie oft waren ihm schon die wahnsinnigsten Gedanken und Entschlüsse gekommen, so daß er schon hinlaufen wollte, um sie zu sehen, war es eine Nacht vielleicht, daß er in Regen und Kälte wie ein Hund vor ihrer Tür auf der Lauer gelegen hatte! Sie war nicht herausgekommen, sie mied ihn, auf der Straße ging sie ihm schon von weitem aus dem Weg! ...

Wenn nicht, dann schon nicht! Und immer mehr verbiß er sich in Groll gegen sie und gegen alles! Dem Vater Seine ist sie, dann gilt sie mir dasselbe, wie eine Fremde, irgend so eine Hergelaufene, so 'n herrenloser Hund, so 'n Dieb, der unser höchstes Gut an sich reißt, unseren Boden nimmt – mit dem Knüttel werd' ich sie hinaustreiben und noch dazu zu Tode schlagen!

Und wollte er nicht oft genug dem Vater vor die Augen treten und sagen: ihr könnt Euch nicht mit Jagna verheiraten, denn sie ist Meine! Aber die Angst ließ ihm das Haar zu Berge stehen, was wird darauf der Alte sagen, die Leute, das Dorf? ...

Jagusch will doch aber seine Stiefmutter werden, eine Mutter sozusagen – wie darf denn das sein, wie? ... Das muß doch eine Sünde sein, eine Sünde! Er hatte sogar Angst, daran zu denken, weil ihm das Herz vor unerklärlichem Grausen zu stocken drohte, aus Furcht vor irgendeiner entschlichen Strafe Gottes ... Und niemandem davon sagen können, und es immer in sich zu tragen, wie eine Glut – wie ein lebendiges Feuer, das bis auf die Knochen brennt ... das geht über Menschenkraft, das kann er nicht!

Und schon in einer Woche soll der Priester sie ihm antrauen ...

»Der Hofbauer kommen!« rief Witek hastig, so daß Antek erschrocken aufzuckte.

Es dunkelte schon rings im Land ...

Die Dämmerung schüttete sich über das Dorf aus, wie noch nicht erloschene Asche, noch rötlich von verborgenen Gluten – die Abendröten brannten aus, verblaßten zur Farbe der dunkelbraunen Wolken, die der Wind vor sich hertrieb, im Westen aufstaute und zu riesenhaften Bergen aufeinandertürmte. Es wurde kalt, die Erde erstarrte, die Luft hatte eine Schärfe und eine Frische, als wäre Nachtfrost zu erwarten, und so hellhörig war sie, daß das Aufstampfen des zur Tranke getriebenen Viehs lauter herklang, und das Knarren der Einfahrtstore und der hölzernen Brunnenschwengel, sowie die Gespräche, Kindergeschrei und Hundegebelfer deutlicher von jenseits des Weihers herüberkamen; hier und da leuchteten schon die Fenster auf und lange, zuckende, zerfetzte Lichtspiegelungen fielen auf die Wasserfläche ... Am Waldsaum schob sich langsam eine rostrote Mondscheibe hervor, Feuerbrände standen über ihr, als ob in der Tiefe des Waldes eine große Feuersbrunst lohte.

Boryna zog seine Werktagskleider an und ging über den Hof, nach der Wirtschaft zu sehen, er guckte zu den Kühen ein, bei den Pferden, in die Scheune und selbst noch zu den Ferkeln, schnauzte Jakob wegen irgend etwas an, und Witek kriegte auch was ab wegen der Kälber, die aus der Umzäumung ausgebrochen waren und sich zwischen den Kühen herumtrieben. Als er wieder in seine Stube eintrat, warteten sie da schon alle auf ihn ... Sie schwiegen, nur aller Augen richteten sich auf ihn und glitten gleich wieder ab, denn er blieb mitten in der Stube stehen, sah sie sich nacheinander an und fragte spöttisch:

»Alle da! wie zu irgendeinem Gericht!«

»Darum nicht, Vater, aber mit einer Bitte sind wir zu euch gekommen«, sagte die Schmiedin eingeschüchtert.

»Und warum ist denn der Deine nicht dabei? ...«

»Er hat eine dringende Arbeit vor, da ist er zu Hause geblieben ...«

»Natürlich ... Arbeit ... natürlich ...«, lächelte er verständnisvoll, warf den Kapottrock ab und fing an, die Stiefel auszuziehen; und sie schwiegen, ohne zu wissen, wo sie ansetzen sollten. Die Schmiedin räusperte sich und ermahnte die Kinder zur Ruhe, die anfingen, herumzutollen, Anna saß auf der Schwelle und stillte den Jungen und überflog mit unruhigen Augen das Gesicht Anteks, der am Fenster lehnte und sich im Kopfe zurechtlegte, was er sagen sollte. Er zitterte am ganzen Leibe vor Aufregung und Ungeduld. Die einzige, Fine, schälte ruhig Kartoffeln am Herd, warf Stücke Holz aufs Feuer und blickte neugierig alle der Reihe nach an, denn sie konnte nichts begreifen.

»Was wollt ihr, redet?« rief er scharf, durch das Schweigen unruhig gemacht.

»Das heißt ... red' doch, Antek ... das heißt, wir sind gekommen, von wegen ... was die Verschreibung ist«, stotterte die Schmiedin.

»Die Verschreibung hab' ich gemacht und Sonntag ist die Hochzeit ... laßt es euch gesagt sein!«

»Das wissen wir, aber nicht darum sind wir gekommen.«

»Und warum denn sonst?«

»Ganze sechs Morgen habt ihr abgeschrieben!«

»Weil ich das so wollte, und wenn es mir einfällt, dann werde ich diesen Augenblick alles verschreiben ...«

»Wenn alles euer sein wird, dann werdet ihr's verschreiben!« sagte Antek.

»Und wem seins ist es denn, was, wem seins? ...«

»Der Kinder ihr's, unser.«

»Dumm bist du, wie 'n Hammel! Der Boden ist mein und ich mach' mit ihm, was mir gefällt.«

»Ihr macht es, oder ihr macht es auch nicht ...«

»Wirst du's mir verbieten, du?«

»Ich, versteht sich, und wir alle, und wenn nicht, dann werden es euch die Gerichte verbieten«, schrie er, denn er konnte nicht länger an sich halten und ließ sich von einer sinnlosen Wut hinreißen.

»Mit Gerichten drohst du mir, was? Mit Gerichten! Halt' deine Schnauze, solang ich noch gut bin, sonst wirst du es bereuen!« schrie er, mit den Fäusten auf ihn losspringend.

»Unrecht lassen wir uns nicht tun!« kreischte Anna auf, sich hochrichtend.

»Und was willst du? Drei Morgen Land hat sie in die Ehe gebracht und einen alten Fetzen und wird hier das Maul aufreißen?«

»Selbst das nicht habt ihr Antek gegeben, selbst die paar Morgen, die ihm von der Mutter Seite zukommen, und arbeiten müssen wir für euch wie Gesinde, rein wie die Ochsen.«

»Dafür nehmt ihr die Ernte von drei Morgen ein.«

»Und Arbeit leisten müssen wir euch wie für zwanzig oder noch mehr.«

»Wenn ihr meint, daß euch unrecht geschieht, geht hin und sucht euch was Besseres.«

»Suchen brauchen wir nicht, denn hier ist unser Besitz! Unser seit Ahn und Urahn!« rief Antek mit Wucht.

Der Alte warf ihm einen harten Blick zu und antwortete nicht; er setzte sich an den Feuerherd und stieß so heftig mit dem Feuerhaken in die Scheite, daß die Funken auseinanderstoben. Böse war er, feurige Zornwellen gingen über sein Gesicht und die Haarsträhnen fielen ihm immer wieder über die Augen, die wie bei einer Wildkatze glühten ... doch er bezwang sich noch, obgleich er kaum an sich halten konnte.

Ein lange währendes Schweigen, erfüllte die Stube, so daß man nur das Keuchen und die raschen Atemzüge hören konnte. Anna schluchzte leise und schaukelte das Kind, das zu greinen angefangen hatte.

»Wir haben nichts gegen diese Heirat, wenn ihr wollt, dann heiratet ...«

»Ihr könnt euch widersetzen, ich geb' nichts drum.«

»Nehmt doch nur die Abschreibung zurück«, warf Anna unter Tränen ein.

»Willst du wohl still sein, was hast du, gottverflucht nochmal, in einem fort herumzuplärren, wie eine Hündin!« Er warf so stark den Feuerhaken in die Glut, daß Feuerbrände durchs Zimmer flogen.

»Und ihr mäßigt euch, denn es ist nicht eure Magd, daß ihr das Maul aufreißt!«

»Was hat die denn hier zu schnauzen!«

»Das Recht hat sie schon, denn sie tritt für ihr Eigenes ein!« schrie Antek immer lauter.

»Wenn ihr wollt, dann könnt ihr schon verschreiben, aber was übriggeblieben ist, das schreibt für uns ab«, fing die Schmiedin leise wieder an ...

»Guck einer die Dumme an, mit meinem Hab und Gut will sie hier disponieren. Brauchst keine Angst zu haben, auf den Altenteil geh' ich zu euch nicht ... laßt euch das gesagt sein!«

»Und wir lassen doch nicht ab. Gerechtigkeit wollen wir.«

»Wenn ich einen Knüttel nehme, dann werd' ich euch Gerechtigkeit austeilen.«

»Versucht nur anzutippen, dann erlebt ihr gewißlich die Hochzeit nicht mehr ...«

Und sie fingen an, sich gegenseitig zu beschimpfen, aufeinander loszuspringen, sich zu bedrohen, mit den Fäusten auf den Tisch zu schlagen und alle ihre Kränkungen und Klagen herzuzählen! Antek war so außer sich geraten und hatte sich so erbost, eine solche Wut brach aus ihm hervor, daß er den Alten mal am Arm, mal an der Rockklappe schüttelte und bereit war loszuschlagen ..., aber Boryna beherrschte sich immer noch, er wollte keine Schlägerei, schob Antek beiseite, antwortete nur hin und wieder auf die Beleidigungen, um nur den Nachbarn und dem ganzen Dorf kein Schauspiel zu geben! In der Stube erhob sich ein solches Geschrei, eine solche Unordnung und ein solches Heulen, denn die beiden Weiber weinten und schrien um die Wette, und die Kinder kreischten ebenfalls, daß Jakob und Witek vom Hof aus unter die Fenster gelaufen kamen, aber auseinanderkennen konnten sie nichts, weil alle zugleich schrien, und zuletzt, als die Stimmen ihnen schon versagten, krächzten sie einander nur noch mit Flüchen und Drohungen an. Da brach Anna in ein neues gewaltiges Schluchzen aus; sie lehnte gegen den Rauchfang und begann mit einer sinnlos erregten Stimme, deren Worte durch Tränen fast erstickt waren, zu schreien:

»Bleibt uns nur übrig, auf den Bettel zu gehen, in die Welt ... oh, mein Jesus, mein Jesus! ... Wie die Lasttiere haben wir gearbeitet, tage- und nächtelang ..., als Gesinde hat er uns gehalten ... und jetzt, was? ... Der liebe Gott wird euch strafen für unser Unrecht! ... das wird er ... Ganze sechs Morgen hat er verschrieben ... und die Kleiderstücke der Mutter ... und die Perlenschnüre ... alles das ... Und für wen ist das alles? Für ein solches Schwein ... Daß du unter dem Zaun verreckst für unser Unrecht, daß dich die Würmer zernagen, du Abschaum, du Straßendirne, du! ...«

»Was hast du gesagt? ...« brüllte der Alte auf und sprang auf sie zu ...

»Daß sie ein Frauenzimmer für alle ist und ein Rumtreiber, das weiß das ganze Dorf ... die ganze Welt weiß das ... alle ... alle ... alle ...«

»Heb' du dich weg von ihr, sonst schlag' ich dir die Schnauze an der Mauer entzwei ... wahr' dich! ...« – Und er fing an, sie hin und her zu schütteln, aber Antek sprang hinzu, schützte sie und fing ebenfalls an, laut zu schreien:

»Ich sag' es mit, daß sie ein Frauenzimmer für jeden ist, ich! Mit der schlief schon jeder, der es gewollt hat, ich! ...« rief er und redete, was ihm der Speichel in den Mund trug; er kam nicht zu Ende, denn der Alte, schon bis zum äußersten aufgebracht, schlug ihm dermaßen mit der Faust ins Gesicht, daß er mit dem Kopf gegen einen Glasschrank taumelte und im Fallen ihn mit sich zu Boden riß ... Er sprang blutüberströmt auf und stürzte sich auf den Vater. Sie warfen sich aufeinander, wie zwei wütige Hunde, packten sich vor die Brust und schoben sich, miteinander ringend, in der Stube hin und her, sie warfen einander, schlugen gegen die Betten, gegen die Laden und Wände auf, daß die Köpfe krachten. Ein unbeschreibliches Geschrei erhob sich, die Frauen wollten sie auseinanderzerren, aber es gelang ihnen nicht, denn sie waren schon zu Boden gestürzt, und so verknäult miteinander durch Haß und Kränkung, wälzten, drückten und würgten sie sich ...

Zum Glück hatten sie die Nachbarn bald auseinandergebracht und voneinander entfernt ...

Antek trugen sie auf die andere Seite und gossen kaltes Wasser über ihn, weil er ohnmächtig geworden war vor Ermattung und Blutverlust, denn die Scheiben des Schrankes hatten ihm das Gesicht zerschnitten.

Dem Alten war nichts geschehen; sein Spenzer war nur etwas zerrissen, das Gesicht zerschunden und ganz blau vor Wut ... Er beschimpfte die Leute, die zusammengelaufen waren, und wies sie zum Hause hinaus, die Tür zum Flur schloß er ab und setzte sich an den Feuerherd ...

Aber beruhigen konnte er sich nicht, denn in einem fort kehrte ihm die Erinnerung an das wieder, was sie von Jagna gesagt hatten, es stieß ihn wie mit einem Messer ins Herz ...

»Das werd' ich dir nachtragen, du Hund, das sollst du fühlen!« schwor er sich zu. »Wie kann man denn, auf Jagusch ...« Aber gleich kam ihm zu Bewußtsein, was er schon öfters über sie gehört hatte, was früher über sie geredet worden war und was er nie beachtet hatte! Es überkam ihn heiß und es wurde ihm seltsam atembeklemmend und verdrießlich zumute ... »Lügenkram, Klatschmäuler und neidisches Pack, das weiß man!« rief er laut aus, aber immer mehr von dem Gerede der Leute kam ihm in den Sinn. »Wie denn, der eigene Sohn sagt's ja! Wie sollten denn die da nicht herumkläffen? Aaszeug!« Aber diese Gedanken fraßen wie Feuer in ihm ...

Nachdem Fine die Spuren des Kampfes beseitigt hatte, und das Abendbrot, wenn auch verspätet, auf den Tisch kam, machte er den Versuch, ein paar Kartoffeln zu essen. Er legte aber den Löffel bald weg. Es war ihm unmöglich, irgend etwas herunterzuschlucken.

»Hast du den Pferden Futter eingeschüttet?« fragte er Jakob.

»Versteht sich ...«

»Wo ist Witek?«

»Zu Ambrosius ist er gelaufen, damit er Antek den Kopf verbindet; sein Gesicht ist ihm aufgeschwollen, sieht schon aus wie 'n Suppentopf«, fügte er hinzu und machte sich gleich davon, denn der Mond schien und er hatte gerade heute vor, sich auf Jagd auf die am Waldrand liegenden Felder zu begeben ... »Biester«, brummte er vor sich hin, das gute Leben bläht sie auf, darum schlagen sie sich.

Auch der Alte hatte sich noch aufgemacht und war ins Dorf gegangen, zu Jagna sah er aber nicht ein, obgleich noch Licht bei ihr war; gerade schon vor ihrer Tür kehrte er um und ging die Dorfstraße entlang der Mühle zu.

Die Nacht war kalt und sternenklar; der Nachtfrost ließ die Erde erstarren; der Mond hing hoch und schien so hell, daß der ganze Weiher wie Quecksilber auffunkelte, die Bäume warfen lange zittrige Schatten auf die leeren Wege. Es war schon spät, die Lichter in den Häusern erloschen, nur die geweißten Wände traten noch stärker hervor aus den kahlen Gärten. Stille und Nacht umfingen das ganze Dorf, einzig die Mühle ratterte und das Wasser gurgelte eintönig ... Matheus ging mal auf der einen, mal auf der anderen Seite des Weihers auf und ab und wußte nicht, was er mit sich anfangen sollte; er hatte sich nicht beruhigt, nein, weit davon entfernt, die Wut und der Haß gruben noch stärker in ihm; bis er schließlich nach der Schenke ging und nach dem Schulzen schickte, mit dem er dann bis Mitternacht saß und trank, aber den nagenden Wurm zu ertränken, wollte ihm nicht gelingen ... nur einen Entschluß faßte er.

Am nächsten Tag des Morgens, sobald er aufgestanden war, ging er auf die andere Seite hinüber. Antek lag noch im Bett, mit einem Tuch verbunden, das voller Blutflecken war; er richtete sich auf.

»In diesem Augenblick verlaßt ihr mein Haus, daß nicht eine Spur von euch nachbleibt«, schrie der Alte. »Willst du Krieg, willst du Gericht, geh' nach dem Gericht, verklage mich, such' dir dein Recht. Was du von deinem gesäet hast, wirst du im Sommer ernten, und jetzt, schere dich! Daß meine Augen euch nicht mehr sehen! Hast du gehört!« brüllte er los, denn Antek erhob sich, antwortete nichts ... und fing an, sich langsam anzuziehen ...

»Daß ihr mir bis Mittag weg seid!« rief er noch vom Flur her.

Auch darauf antwortete Antek kein Wort, als ob er nichts gehört hätte ...

»Fine, rufe mal Jakob her, er soll die Stute vor den Wagen spannen und sie hinausfahren, wohin sie wollen!«

»Hale, dem Jakob fehlt aber was, er liegt auf der Pritsche und stöhnt in einem fort, und sagt, daß er gar nicht aufstehen kann, so schmerzt ihn das schiefe Bein ...«

»Hale, das Bein schmerzt ihn! Das Faultier, sich ausruhen will er ...«, und er machte sich selbst an die morgendliche Verrichtung der Wirtschaftsarbeit ...

Aber Jakob wurde ernstlich krank; er sagte nicht, was ihm fehlte, obgleich ihn Boryna danach gefragt hatte; er klagte nur, er wäre krank und stöhnte und ächzte so, daß die Pferde wieherten, an die Pritsche herankamen und ihm das Gesicht beschnupperten und leckten; Witek trug ihm immer wieder Wasser in einem Eimer zu und wusch heimlich im Strom irgendwelche blutige Fetzen ...

Der Alte merkte es nicht, denn er stand und paßte auf, daß die Anteks wegkamen.

Sie zogen auch wirklich aus.

Schon ohne Geschrei, ohne zu zanken, ohne sich zu widersetzen, sie packten ihre Sachen, trugen ihre Wirtschaftsgeräte hinaus und schnürten ihre Bündel; Anna wurde ein paarmal schlecht vor Kummer, so daß Antek ihr Wasser holen mußte, um sie wieder hochzukriegen; er trieb in einem fort an, um nur so schnell wie möglich dem Vater aus dem Gesicht zu kommen ... je eher je besser ...

Er hatte sich ein Pferd von Klembs geborgt, das väterliche wollte er nicht, und brachte sein Hab und Gut zu Annas Vater hinüber, der am Ende des Dorfes, noch hinter der Schenke wohnte ...

Aus dem Dorf kamen ein paar Hofbauern mit Rochus an der Spitze; sie wollten Frieden stiften zwischen den beiden; doch weder Vater noch Sohn ließen sich irgendwie beikommen ...

»Er mag versuchen, wie die Freiheit schmeckt und das eigene Brot«, entgegnete der Alte.

Antek antwortete nichts auf die Zureden, er hob nur die Faust und stieß einen solchen Fluch aus und drohte so furchtbar, daß selbst Rochus erblaßte und zu den Weibern zurücktrat, von denen sich eine gehörige Anzahl an den Hecken und auf der Galerie des Hauses angesammelt hatte, um Anna zu helfen, hauptsächlich aber, um laut zu jammern, das Mundwerk im Gange zu halten und miteinander zu klatschen! ...

Als Fine mit verheultem Gesicht das Mittagessen für den Vater und Rochus aus den Tisch stellte, bogen die anderen mit den letzten Sachen und den Kindern aus dem Heckenweg auf die Landstraße ... Antek sah sich nicht einmal um nach dem Haus, er bekreuzigte sich nur und seufzte schwer auf, schlug auf das Pferd ein, stützte den Wagen, der hoch vollgeladen war und ging, wie ein Toter, leichenblaß nebenher. Die Augen glühten ihm im verbissenen Haß und die Zähne knirschten wie im Fieber ... aber er sprach nicht ein einziges Wort; Anna aber schleppte sich hinter dem Wagen her, der ältere Junge klammerte sich an den mütterlichen Beiderwandrock und schrie gottsjämmerlich, den jüngeren hielt sie an ihre Brust gepreßt und trieb ein paar Kühe, zwei magere Ferkel und eine Schar Gänse vor sich her, und sie heulte, und wehklagte und fluchte so laut, daß die Menschen aus den Häusern traten und im Zuge wie auf einer Prozession ihnen nachfolgten ...

Beim Alten aß man Mittag in düsterem Schweigen.

Der alte Waupa bellte auf der Galerie, lief dem Wagen nach, kehrte wieder um und heulte ... Witek rief ihn, aber der Hund hörte nicht, lief im Garten umher, beschnüffelte den Hof, stürzte in die leere Stube, raste in ihr ein paarmal umher und rannte zurück auf den Flur, wo er zu bellen und zu winseln begann; er strich um Fine herum, raste wie toll wieder hinaus, blieb sitzen mit starren, wirren Augen und sprang schließlich auf, klemmte den Schwanz zwischen die Beine und rannte hinter Anteks drein ...

»Da ist auch der Waupa ihnen nachgegangen ...«

»Der kehrt schon zurück, wenn er erst hungern muß, der kehrt zurück, brauchst keine Angst zu haben, Fine«, sagte der Alte weich. »Weine nicht. Dummchen, mach' die andere Seite rein, dann wird der Rochus da 'ne Wohnung haben können. Ruf' Gusche, dann wird sie dir helfen ... und guck' auf die Wirtschaft, bist doch die Hofbäuerin jetzt, auf deinen Schultern liegt jetzt alles ... na, nun wein' man nicht mehr«, er zog ihren Kopf zu sich heran, streichelte, preßte sie in die Arme und liebkoste sie.

»Nach der Stadt werde ich gehen, dann kauf' ich dir neue Schuhe!«

»Kauft ihr, Väterchen? Werdet ihr wirklich kaufen? ...«

»Ich kauf' sie dir, ich kauf' dir auch noch mehr, sei nur 'ne gute Tochter und paß schön auf die Wirtschaft.«

»Werdet ihr mir denn auch Stoff für eine Jacke kaufen, wie Nastuscha Täubich eine hat?«

»Ich kauf' ihn dir, meine Tochter, ich kauf' ihn ...«

»Und Bänder, aber lange, damit ich sie auf eurer Hochzeit tragen kann.«

»Was du nur brauchst, kannst du sagen, alles wirst du kriegen, alles.«

* *
*

»Schläfst du denn, Jagusch? ...«

»Kann ich denn da schlafen. Schon beim Morgengrauen bin ich aufgewacht, und immerzu hab' ich es im Kopfe, daß heute Hochzeit ist ... man kann es kaum glauben.«

»Bist du bange, meine Tochter, was?« fragte sie etwas leiser mit einer ängstlichen Hoffnung im Herzen ...

»Was sollte es mir da bange sein! Nur daß ich von euch gehen muß auf Meines ...«

Die Alte erwiderte nichts, sie unterdrückte das Wehmutsgefühl, das sie plötzlich erfaßt hatte, erhob sich vom Lager, kleidete sich flüchtig an und ging in den Stall, um die Jungen zu wecken, die nach dem gestrigen Polterabend nicht zur rechten Zeit aufgestanden waren und in den vollen Tag hinein schliefen. Der Morgen hatte die Erde mit einer silbrigen Lichtflut überschwemmt, aus der hier und da der Rauhreif aufblinkte. Im Osten entbrannte die Morgenröte, als ob irgendwer Gluten über den Himmel ausgestreut hatte.

Die Dominikbäuerin hatte ihre Morgenwaschung auf dem Flur vorgenommen und machte sich leise in der Stube zu schaffen, doch von Zeit zu Zeit sah sie nach Jagna hinüber, deren Kopf zwischen den Kissen des Lagers im Morgengrauen, das noch die Stube erfüllte, kaum zu erkennen war ...

»Liege nur, Tochter, liege du nur! ... Das letztemal schläfst du in deiner Mutter Haus«, dachte sie mit Zärtlichkeit und immer wiederkehrendem Wehmutsgefühl. Sie konnte nicht glauben, daß es wirklich heute schon so weit war und mußte sich alles erst deutlich wieder in Erinnerung rufen ... Sie hatte es doch selbst so gewünscht, und nun, nun ... eine Angst hatte sie gepackt und fing sie so an zu schütteln, daß sie sich vor Schmerzen krümmte ... Sie ließ sich auf den Bettrand nieder ... »Boryna ist ein guter Mann, der wird sie in Ehren halten und ihr kein Unrecht antun ... und Jagusch wird ihn leiten, wie sie will, denn der Alte sieht nichts in der ganzen Welt, nur sie ...«

»Nein, nein, deswegen brauchte sie sich nicht zu ängstigen, deswegen nicht ... aber die Stiefkinder! Das war es ... wozu brauchte er die Anteks gleich aus dem Haus zu jagen? Jetzt werden sie erst schüren und auf Rache sinnen! ... Und wären sie geblieben, und der Antek so dicht daneben, da wär' doch nur was Gotteslästerliches daraus geworden, oder noch Schlimmeres! ... Oh, du mein Jesus! Und zu helfen gibt's da nichts mehr ... Das Aufgebot ist schon 'raus ... das Schwein ist geschlachtet, die Hochzeitsgäste auch schon geladen ... so viel schon fertig ... die Verschreibungsurkunde in der Lade ... Nein, nein! Komme was da will, aber ein Unrecht laß ich ihr nicht tun, solange ich lebe!« dachte sie entschlossen und ging wieder und schrie die Jungen an, warum sie nicht aufstanden.

Nachdem sie zurückgekommen war, wollte sie Jagna laut anrufen, doch diese war wieder eingeschlafen; vom Bett her kam ihr leiser gleichmäßiger Atem, und die Alte faßten wieder verschiedene Zweifel, und Wehmutsgefühle griffen mit Sperberklauen nach ihrem Herzen, zerfleischten es und schrien in ihr mit den Stimmen der Sorge und der Angst! Sie kniete am Fenster nieder, starrte mit ihren geröteten, fiebrigen Augen ins Morgenlicht und betete lange und heiß. Sie stand neu gekräftigt wieder auf, bereit allem die Stirn zu bieten!

»Jagusch! Steh' auf, Tochter, es ist schon Zeit! die Eve wird gleich zum Kochen hier sein, und noch so viel Arbeit ist da!«

»Is gutes Wetter?« fragte sie, schläfrig den Kopf hochrichtend.

»Und was für eins, es glitzert nur so in der Welt vom Morgenfrost! Gleich geht die Sonne auf ...«

Jagna kleidete sich schnell an. Die Alte war ihr dabei behilflich und schien lange zu überlegen, bis sie schließlich sagte:

»Und das will ich dir nochmal sagen, was ich dir schon früher gesagt habe ... Den Boryna muß man achten ... ein guter Mensch ist er ... Und laß dich nicht wieder mit irgend jemand ein ... damit man dich nicht auf den Zungen 'rumträgt ... die Menschen sind wie die Hunde ... die beißen wo sie können! Hörst du mich denn, meine Tochter? ...«

»Ich hör' schon, ich hör' schon, und ihr redet, als ob ich nicht selber meinen Verstand hätte ...«

»Guter Rat ist niemandem zuviel ... Paß auch darauf, daß du mir mit dem Boryna nicht so holterdiepolter umgehst, immer nur sanft und mit Güte ... Ein Älterer gibt mehr acht auf so was, wie irgendein Grünschnabel ..., und wer weiß, er kann dir noch Grund zuschreiben oder etwas Bargeld zustecken!«

»Ich geb' nichts drauf«, murrte sie verärgert auf.

»Weil du jung bist und dumm ... Seh dich nur mal im Dorf um, zwischen den Menschen, da kannst du sehen, um was sie sich zanken und abarbeiten und Sorge tragen! Nur um den Grund und Boden, um Hab und Gut! Wäre es dir vielleicht gut, ohne diesen heiligen Streifen Erde, wie? Dich hat der Herr Jesus nicht dazu geschaffen, auf Lohnarbeit zu gehen und dich durchzuhungern. Und weswegen hab' ich denn mein ganzes Leben gesorgt – nur für dich, Jagusch! Und jetzt bleib' ich, wie der einzelne Finger, ganz allein auf mich gestellt? ...«

»Gehen die Jungen vielleicht in die Welt? Die bleiben dir doch ...«

»Von denen hab' ich grad soviel wie von einem Tag, der vergangen ist!« rief sie aus und zerfloß in Tränen. »Und mit den Stiefkindern mußt du Frieden halten!« fügte sie hinzu, die Augen trocknend.

»Fine ist 'n gutes Mädchen, Gregor kommt noch nicht bald vom Militär heim ... und ...«

»Vor den Schmiedsleuten mußt du dich in acht nehmen ...«

»Die stehen sich doch mit Matheus, und wie dick ...«

»Da hat der Schmied seine Berechnung bei, die hat er! Aber ich wach' schon ... Am schlimmsten ist es mit Anteks, weil sie sich nicht versöhnen wollen ... selbst Hochwürden wollte gestern Frieden stiften ... sie haben aber nicht gewollt ...«

»Weil Matheus wie 'n böser Hund ist, ... sie so aus dem Hause zu jagen!« rief sie leidenschaftlich.

»Was ist dir bloß, Jagusch, was ist denn? Der Antek hat doch am schlimmsten auf dich geredet, den Grund und Boden hat er dir wieder wegnehmen wollen und geflucht hat er und hat sich gegen dich verschworen, daß man das gar nicht alles wiedersagen kann.«

»Antek gegen mich? Belogen haben sie euch, daß ihnen ihre häßlichen Zungen verdorren ...«

»Warum hältst du denn auf Anteks Seite, du? ...« klagte sie drohend.

»Weil alle gegen ihn sind! Ich bin nicht so wie ein Bettlerhund, der hinter jedem herläuft, der ihm nur einen Brocken hinwirft! Ich sehe gut, daß ihm Unrecht geschieht ...«

»Dann würdest du ihm vielleicht das Verschriebene zurückgeben ... wie? ...«

Aber Jagna kam nicht zur Antwort, denn die Tränen stürzten ihr aus den Augen. Sie rannte in den Alkoven, drückte die Tür hinter sich zu und heulte da lange.

Die Dominikbäuerin störte sie nicht; aber eine neue Sorge glitt ihr ins Herz hinein ... Doch die Zeit war nicht zum Meditieren: Eve kam, die Jungen räkelten sich vor der Flurtür, man mußte darangehen, Ordnung zu machen und die letzten Vorbereitungen treffen ...

Die Sonne war aufgestanden, der Tag rollte rüstig vorwärts.

Es war ein ordentlicher Nachtfrost gewesen, so daß die Pfützen auf den Wegen und die Ränder des Weihers sich mit Eis bedeckt hatten und das leichtere Vieh sich schon auf den festgefrornen Wegen halten konnte, ohne einzubrechen.

Wärme kam auf, an den Hecken und im Schatten schimmerte es noch weißlich, von den Strohdächern jedoch tropfte das Tauwasser in leuchtenden Perlenschnüren und auf den Mooren dampften die Dünste, wie aufsteigender Rauch. Die Luft war so klar, daß man die umliegenden Felder wie auf der eigenen Handfläche vor sich liegen sah, die Wälder hatten sich näher herangeschoben, so daß man die einzelnen Bäume auseinanderkennen konnte ...

Auf dem blauen, tiefhängenden Himmel war nicht ein Wölkchen zu sehen.

Es ging auf gut Wetter, denn die Krähen flatterten zwischen den Häusern herum und die Hähne krähten.

Ein rechter Sonntag war es, und obgleich die Kirchenglocken noch nicht läuteten, wimmelte es im Dorf wie in einem Bienenhaus. Die Hälfte des Dorfes traf ihre Vorbereitungen zur Hochzeit Jagnas mit dem Boryna.

Von einem Haus zum anderen liefen durch die reifbedeckten Obstgärten Mädchen und trugen Bündel von Bändern, Beiderwandröcke und verschiedenfarbigen Putz ...

In den Bauernhöfen herrschte ein großer Wirrwarr, man bereitete sich vor, probierte den feinsten Staat an, putzte sich, und durch die vielfach geöffneten Fenster und Türen erklangen schon freudige Stimmen und selbst Hochzeitslieder.

Auch im Hause der Dominikbäuerin entstand ein Lärm und eine Verwirrung, wie es an solchen Tagen üblich ist.

Das Haus war frisch geweißt worden, und obgleich der Kalk von der Nässe etwas abgeblättert war, leuchtete es schon von weitem; auch geschmückt war es wie zum Pfingstfest. Die Burschen hatten schon gestern überall, ins Strohdach und wo nur Ritzen in den Wänden waren, Tannenreiser gesteckt und den ganzen Heckenweg, von der Dorfstraße bis zum Flur mit Fichtennadeln bestreut – es duftete wie im Forst zur Frühlingszeit.

Und auch innen war alles fein säuberlich hergerichtet.

Auf der anderen Seite, wo sonst ein Aufbewahrungsort für altes Gerümpel war, loderte ein tüchtiges Feuer, an dem die Eve vom Müller unter Beihilfe von Gusche und ein paar Nachbarinnen das Amt der Köchin versah.

Aus der ersten Stube hatten sie jegliches überflüssige Gerät in die Kammer getragen, daß nur die Bilder zurückgeblieben waren. Die Jungen stellten starke Bänke und lange Tische an den Wänden entlang auf. Die Stube war auch neu geweißt, sauber gescheuert und der Herd mit einem hellblauen Leintuch bedeckt. Die Stubendecke und die altersschwarzen Balken aber hatte Jagusch reich mit Papiermustern verziert. Matheus hatte aus der Stadt buntes Papier gebracht und sie hatte daraus zackige Räderchen, Blümlein und verschiedene Seltsamkeiten ausgeschnitten; Hunde zum Beispiel, die Schafe vor sich herjagen, und den Hirten mit seinem Stock hinterdrein laufend, oder eine ganze Prozession mit einem Priester, mit Fahnen und Bildern und andere Verschiedenheiten, daß es schwer ist alles zu behalten; und alles war so getroffen und so lebendig wiedergegeben, daß sich die Menschen gestern am Polterabend darüber gewundert hatten. – Sie konnte auch ganz anderes noch, alles was sie sich nur dachte, oder was sie ansah, konnte sie machen …, so daß es in Lipce kein Haus gab ohne diese ihre Papierbilder …

Sie hatte sich in der Kammer etwas in Ordnung gebracht und kam heraus, den Rest der Papierbilder an den Wänden entlang unter den Heiligenbildern aufzukleben, denn anderswo war schon kein Platz mehr.

»Jagusch! du könntest jetzt wahrlich schon deinen wunderlichen Kram in Ruhe lassen, die Brautjungfern müssen in diesem Augenblick noch kommen … die Menschen fangen bald an, sich einzufinden; die Musik geht auch schon im Dorf herum … und die gibt sich mit Spielereien ab …«

»Ich komm noch zurecht …«, gab sie kurzweg zur Antwort, und ließ bald das Aufkleben nach; denn sie hatte schon keine rechte Geduld mehr dazu … Sie streute noch Fichtennadeln über den Fußboden aus, bedeckte die Tische mit feinem Linnen, räumte in der Kammer auf, neckte sich mit den Brüdern herum und ging dann vor die Tür hinaus, um lange in die Weite zu sehen! Gar keine Freude fühlte sie in sich, gar keine. Sie dachte nur, daß sie sich satt tanzen würde und daß es Musik und Singen geben würde, worauf sie gerade Lust hatte. Sie war wie dieser helle, funkelnde und doch herbsttote, stumme Tag. Wenn sie nicht alles daran erinnert hätte, daß heute Hochzeit sein sollte, würde sie nicht daran gedacht haben. Boryna hatte ihr gestern am Polterabend acht Schnüre Korallen geschenkt, die er von den beiden Seligen noch hatte … Sie lagen tief in der Lade, nicht einmal anprobiert hatte sie sie … Sie gab nichts drauf, ihr war heute überhaupt alles gleich … Nur irgendwo fortlaufen hatte sie mögen, vor sich hinrennen, wenn auch in die weite Welt … aber wohin da? Wußte sie es denn! Alles war ihr heute zuwider, immer nur kam es ihr in den Sinn, was die Mutter über Antek gesagt hatte … »Wie denn nur, er hatte Schlechtes über sie geredet, er? …« Sie konnte das nicht glauben, sie wollte nicht … ein Weinen kam ihr an, wenn sie nur daran dachte! … Wenn er aber doch! … gestern, als sie am Weiher die Wäsche wusch, ging er vorbei, ohne sie auch nur anzusehen! Und als sie des Morgens mit Boryna zur Beichte gingen und ihm vor der Kirche

151

begegneten ... ist er doch auf der Stelle umgekehrt, wie vor einem bösen Hund ... Und wenn aber doch? ... Dann laß ihn geifern, wenn er so ist, laß ihn geifern! ...

Sie fing an, sich gegen ihn zu empören, plötzlich aber stürzten die ganzen Erinnerungen an jenen Abend, als sie von Boryna vom Kohlschälen heimkehrten, auf sie ein, tauchten sie ganz in Feuer, umschlangen ihre Seele mit solcher Macht und lebten so greifbar in ihr auf, daß sie sich nicht mehr zu helfen wußte ... und sich mit einmal an die Mutter wandte:

»Wißt ihr aber, nach der Trauung sollt ihr mir nicht mein Haar abschneiden!«

»Hale, was die sich Kluges ausgedacht hat! – Hat man das je gehört, daß man dem Mädchen nach der Trauung die Haare nicht stutzt!«

»Aber die auf den Herrenhöfen und in den Städten werden auch nicht geschoren!«

»Natürlich, versteht sich, weil ihnen das so paßt für ihre Zügellosigkeit, damit sie die Menschen beschwindeln und sich für was anderes ausgeben können. Neue Ordnungen wird sie hier einführen! Laß die Frauenspersonen vom Herrenhof was Komisches aus sich machen, daß die Leute darüber lachen müssen, laß sie mit Zotteln wie die Judenmädchen herumlaufen – das können sie, wenn sie so dumm sind; du aber bist eine Hofbauerntochter von Ahn und Urahn und keine Stadtschlampe, darum mußt du es machen, wie es unser Herrgott befohlen hat und wie man es immer in unserem Bauernstand gehalten hat ... Ich kenne diese städtischen Erfindungen, ich kenn' sie ... die sind noch niemandem zum Wohl geraten! Ist nicht die Pakulanka in die Stadt dienen gegangen; und was nun? ... Der Schulze hat es mir gesagt, ein Papier wäre in die Kanzlei gekommen, daß sie ihr Kind erwürgt hat und im Kriminal sitzt ... oder auch dieser Wojtek, Borynas Verwandter von der Schwester Seite, hat sich mächtig was in der Stadt beiseitegelegt, daß er jetzt in den Dörfern rundum auf den Bettel gehen muß ... und früher da hatte er einen Hof in Wolka, und Pferde und Brot soviel er wollte ... Semmeln wollte er essen, da hat er nun einen Stock und einen Bettelsack für die alten Tage.« Jagna aber gab nicht acht auf die weisen Beispiele und wollte nichts vom Abschneiden des Haares wissen ... Auch Eve versuchte sie zu überreden, und gerade sie war eine, die sich auskannte, nicht nur ein Dorf hatte sie gesehen, und ging jahraus jahrein mit den Pilgerzügen nach Tschenstochau. Auch die Gusche machte ihr die Sache klar, aber wie sie nun einmal war, konnte es nicht ohne Sticheleien und Gespött abgehen, und schließlich sagte sie:

»Laß du den Zopf, laß ihn nur, der wird Boryna zu paß kommen, um die Hand wird er ihn sich wickeln, um dich besser dran zu halten und dir fester mit dem Stock welche draufzuzählen ... dann wirst du ihn noch selber abschneiden ... Ich kannte manch eine ...« weiter kam sie nicht, denn Witek tauchte auf, um sie zu rufen. Nach der Vertreibung der Anteks war sie nämlich zu Boryna übergesiedelt, weil Fine mit der Wirtschaft nicht fertig werden konnte. Sie half heute der Eve beim Kochen, und ging ab und zu hinüber, auf die Wirtschaft zu sehen, denn der Alte hatte heute zu nichts Sinn, die Fine war schon seit Morgen bei den Schmiedsleuten, um sich da auszuputzen, und der Jakob lag noch immer krank.

»Kommt rasch, der Jakob verlangt nach euch«, drängte der Junge.

»Geht es ihm denn schlechter?«

»Versteht sich, er jammert und stöhnt, daß man es bis auf der Dorfstraße hört!«

»Ich komm' in diesem Nu. I du mein, ich will nur eben sehen, was mit ihm los ist und komm' gleich wieder ...«

»Beeil' du dich auch, Jagusch. Wir haben gleich die Brautjungfern im Haus«, trieb die Mutter an.

Aber Jagusch eilte sich nicht, sie ging wie im Traum herum, ließ sich hier und da auf eine Bank fallen, dann wieder sprang sie auf und fing an aufzuräumen, aber die Arbeit glitt ihr aus den Händen, und sie blieb lange stehen, gedankenlos durchs Fenster starrend. Die Seele schaukelte in ihr wie bewegtes Wasser und schlug immer wieder an die Erinnerungen, wie gegen einen Stein ...

Im Hause aber entstand ein immer lauteres Stimmengewirr, denn in einem fort kamen verschiedene Gevatterinnen, Verwandte und Hofbäuerinnen hereingelaufen und brachten nach der alten Sitte Hühner, einen Leib Weißbrot, Butterkuchen, Salz, Mehl, Speck oder auch einen in Papier gewickelten Silberrubel – und alles das als Dank für die Hochzeitseinladung, damit die Wirtin sich nicht zu große Unkosten machen sollte.

Sie tranken der Brautmutter mit einem Gläschen Süßen zu, plauschten miteinander, bestaunten alles und liefen rasch ihrer Wege.

Die Dominikbäuerin war emsig an der Arbeit – sie überwachte die Zubereitung des Festschmauses, räumte auf, gab Anweisungen, hielt ihr wachsames Auge über allem und hatte für alles einen guten Rat bereit; sie mußte die Jungen immerzu antreiben, denn sie ließen sich viel Zeit, und sobald es nur ging, lief einer von ihnen ins Dorf zum Schulzen, denn da waren schon die Musikanten, und die Brautführer sammelten sich dort.

Zum Gottesdienst war kaum einer gegangen, was Hochwürden recht erzürnt hatte, denn um einer Hochzeit willen durfte man doch nicht den Kirchgang vergessen – was ja schon recht war, aber das Volk meinte, daß solche Hochzeiten nicht jeden Sonntag gefeiert würden.

Gleich nach Mittag fingen die geladenen Gäste aus den benachbarten Dörfern an einzutreffen.

Die Sonne hatte schon die Mittagshöhe überschritten und streute blasses herbstliches Licht aus, so daß die Erde wie übertaut gleißte, die Fenster flammten, der Weiher schimmerte und glitzerte, die wassergefüllten Gräben am Weg flimmerten wie Fensterscheiben und die ganze Welt war wie gesättigt mit dem Licht und mit der letzten Wärme des ersterbenden Herbstes.

Eine dumpfe, stumme Stille umhüllte die übergoldete Erde.

Der Tag brannte grell zu Ende und erlosch langsam.

Aber in Lipce war ein Getöse wie auf einem Jahrmarkt.

Gleich nachdem man die Vesper ausgeläutet hatte, schoben die Musikanten vom Hause des Schulzen auf die Dorfstraße hinaus.

Zu vorderst kam die Geige mit der Flöte, hintennach brummelte die Trommel mit den klirrenden Schellen, und der Brummbaß im Putz der bunten Bänder hupfte hinterdrein.

Hinter den Musikanten kamen die beiden Brautbitter und die Brautführer – sechs an der Zahl.

Und alles junge Burschen, stattlich und schlank wie Fichten anzuschauen, dünn in der Taille, in den Schultern breit gewachsen, leidenschaftliche Tänzer, trotzige, herrische Schnauzen, stolze Draufgänger, die vor nichts beiseite drehen – lauter Hofbauernsöhne, erbangesessene.

Sie stampften zu einem Haufen eng aneinander gedrängt inmitten des Wegs daher, so daß die Erde unter ihren Füßen dröhnte; sie kamen freudig und festlich angeschritten und waren prächtig anzusehen. Die gestreiften Hosen, die roten Spenzer, die Büschel bunter Bänder an den Hüten ließen ihre Farben im Sonnenschein spielen und die aufgeknöpften weißen Haartuchröcke blähten sich im Wind wie Flügel ...

Sie juchheiten hellauf, sangen sich einen, trampelten verwegen im Takt dazu und kamen so brausend dahergezogen, als ob ein junger Forst sich im Sturm auf die Wanderschaft gemacht hätte ...

Die Musik spielte ihnen einen Polnischen auf und sie zogen von Haus zu Haus, die Hochzeitsgäste einzuholen. – Hier trug man ihnen Branntwein heraus, dort lud man sie in die Stube ein, anderswo antwortete man ihnen mit Gesängen – und von überall kamen geschmückte Menschen herbei, die sich ihnen anschlossen, um gemeinsam weiterzuziehen. Vor den Fenstern der Brautjungfern stimmten schon alle miteinander das althergebrachte Lied an:

> Komm' heraus, Brautjungferlein, komm' heraus Kathrinchen,
> Komm', es ist schon Zeit –
> Es werden dir spielen, es werden dir singen
> Baß und Geige zum Geleit –
> Und wer nicht satt zu essen kriegt und nicht genug zu trinken ...
> Der geh' nach Haus zur rechten Zeit!
> Oj-ta-dana-dana! Oj-ta-dana-da! ...

Sie juchzten gemeinsam und mit solcher Macht, daß es durchs ganze Dorf schallte, daß die frohen Stimmen über die Felder klangen, im Wald hallten und in die weite Welt flogen.

Die Leute traten vor die Häuser, eilten in die Gärten, kletterten auf die Zäune, und auch manch einer, der nicht zu der Hochzeitsgesellschaft gehörte, schloß sich ihnen an, um Aug und Ohr zu sättigen. Fast das ganze Dorf hatte sich um die Hochzeitsbitter geschart und sie mit einem dichten Haufen umdrangt, ehe sie noch ankamen, so daß sie immer langsamer gingen. Ein zahlloser Kinderschwarm rannte ihnen voraus, kreischte und sang mit.

Sie geleiteten die Gäste bis ans Hochzeitshaus und spielten ihnen zu einem würdigen Eintritt auf, um dann nach dem Haus des Bräutigams umzukehren.

Witek, der im Spenzerrock mit Bandkokarde und flatternden Bändern stolz hinter den Brautführern herging, sprang jetzt voraus.

»Hofbauer, die Musik mit den Brautführern kommt!« schrie er ins Fenster hinein und rannte zu Jakob hin.

Mit Schwung begannen sie auf der Hausgalerie zu spielen; da trat in einem Nu Boryna heraus, sperrte die Tür weit auf, begrüßte sie alle und lud sie ein, hineinzutreten; doch der Schulze und Simeon faßten ihn unter die Arme und führten ihn schon geradewegs zu Jagna, denn es war Zeit, zur Kirche zu gehen.

Er ging rasch, und es war erstaunlich, wie jung er aussah; das Haar gestutzt, das Gesicht sein sauber ausrasiert, sah er stattlich aus in seiner festlichen Kleidung wie kaum einer; und da er mächtig viel von sich hielt, so fiel seine breitgewachsene Gestalt schon von weitem auf durch die Würde, die sich auch in seinem Antlitz ausprägte; er scherzte fröhlich mit den Burschen, redete dies und das und wandte sich immer wieder an den Schmied, der ihm ständig in den Weg kam.

Würdig führten sie ihn zur Dominikbäuerin hinein; das Volk trat auseinander, sie aber geleiteten ihn mit Musik und Singen geräuschvoll in die Stube.

Jagusch war nicht zugegen, die Frauen putzten sie noch in der Kammer, die fest verschlossen war und eifrig gehütet wurde, denn die Burschen versuchten gegen die Tür anzudrücken und eine Ritze in der Bretterwand aufzukratzen. Sie neckten sich in einem fort mit den Brautjungfern herum, so daß ein Gekreisch, Gelächter und Weibergeschrei entstand.

Die Mutter mit den Söhnen empfing die Gäste, bewirtete sie mit Schnaps, führte die Respektspersonen nach den Bänken und gab auf alles acht. Es hatte sich so viel Volk eingefunden, daß man sich nur mit Mühe durch die Stube drängen konnte; sie standen bis auf dem Flur und selbst noch auf dem Heckenweg. Und nicht geringe Gäste, nein. Lauter Hofbauern, erbangesessene und von den reichsten. Alles Verwandte und Verschwägerte, Vetters- und Gevattersleute der Borynas und Patsches, obendrein noch alle guten Bekannten selbst aus den Dörfern weit im Umkreis.

Natürlich, daß weder Klemb noch die Wintzioreks noch die armen Teufel, die auf einem Morgen saßen, mit dabei waren, oder gar das kleine Volk, das auf Taglohn ging und es immer mit dem alten Klemb hielt ...

Nicht für den Hund ist die Wurst und nicht für die Schweine der Honig!

Erst in etwa zwei Paternostern öffnete man die Tür zur Kammer und die Organistin mit der Müllerin führten Jagusch in die Stube. Die Brautjungfern bildeten einen Kranz um sie; sie hatten sich so geputzt und sahen so stattlich aus, daß sie wie Blumen waren und doch nicht Blumen, und die Braut, die am stattlichsten gewachsene von allen, stand wie die schönste Rose mitten unter ihnen, ganz in bunten Samten, in weißen Stoffen, in Federn, Bändern, Silber und Gold – so daß sie wie ein Bild anzusehen war, daß man bei den Prozessionen voranträgt. Es wurde plötzlich ganz still, so stumm und starr waren die Leute.

Ha! wahrlich! Seit Mazuren Mazuren ist, gab es hier keine schönere Braut!

Im Nu vollführten die Brautführer einen starken Lärm und sangen aus voller Kehle:

> Spiele, Geiger, spiele vor dem Haus,
> Und du, Jagusch, söhn' dich mit den Eltern aus!
> Spiele, Geiger, spiele vor dem Haus,
> Und du, Jagusch, söhn' dich mit den Brüdern aus!

Boryna trat hervor, faßte ihre Hand und kniete mit ihr nieder, die Mutter machte ein Kreuz über beide mit einem Heiligenbild, segnete sie und sprengte Weihwasser aus, bis Jagusch mit einem Male zu weinen anfing und ihre Füße umfaßte, dann umschlang sie die Knie der anderen, bat um Verzeihung und nahm Abschied von allen. Die Frauen nahmen sie in die Arme, umhalsten sie und schoben sie einander zu, bis sie alle mitsammen zu weinen anfingen; mit der größten Inbrunst begann aber Fine zu schluchzen, da ihr die selige Mutter in den Sinn kam.

Alles strömte zum Hause hinaus, stellte sich in Reih und Glied und ging zu Fuß der nahegelegenen Kirche zu.

Die Musikanten gingen voraus und bliesen und schwangen die Fiedelbogen aus vollen Kräften.

Hinter ihnen wurde Jagna von den Brautführern geleitet – sie ging im üppigen Gang, durch Tränen lächelnd, die ihr noch an den Wimpern hingen; festlich war sie wie ein Blütenstrauch und zog wie eine Sonne die Augen aller auf sich; ihr Haar umkränzte die Stirn in Flechten, und über ihnen trug sie eine Brautkrone aus Pfauenfedern, güldenem Tand und Rosmarinblütenzweigen. Und lange buntfarbene Bänder fielen von dieser Krone auf ihre Schultern herab und flatterten und flogen surrend in einem Regenbogen hinter ihr her; der weiße Rock war reich gekräuselt in der Taille, das Mieder aus himmelblauem Samt war mit Silber ausgenäht, das Hemd hatte weitgebauschte Ärmel und schloß am Halse mit einer blau festonierten, reich gefälteten Falte ab; Schnüre von Korallen und Bernsteinperlen hingen ihr bis auf die Brust herab.

Dann folgten die Brautjungfern mit Matheus. Wie die breitastige Eiche im Forst der schlanken Fichte folgt, so folgte er Jagusch nach; er schaukelte sich in den Hüften und sah sich nach beiden Seiten des Weges um. Ihm war als hatte er eben Anteks Gesicht im Gedränge auftauchen sehen.

Und dann erst kam die Dominikbäuerin mit den Brautbittern, die Schmiedsleute, Fine, die Müllersleute, die Organistin und was so die ersten waren.

Zum Schluß aber drängte das ganze Dorf ihnen nach, den Weg dicht füllend.

Die Sonne ging schon unter, hing rot und groß über dem Walde und übergoß den ganzen Weg, den Weiher und die Häuser mit einem blutigen Schein; sie aber gingen langsam in diesen Gluten dahin, daß es einem in den Augen flimmerte, von diesen Bändern, Pfauenfedern, Blumen und all diesen roten Beinkleidern, orangefarbenen Frauenröcken, Kopftüchern und weißen Männerröcken. Es war als ob ein mit aufgeblühten Blumen bedecktes Feld langsam dem Wind entgegenging und schaukelte und sang, die Brautjungfern nämlich stimmten immer wieder mit dünnen Stimmen das Lied an:

> Es fahren, es fahren, es rollen die Wagen –
> Sie taten dir weinend den Abschied sagen ...
> Hei!
> Die frohen Lieder singen und klingen –
> Sie werden dir, Jagusch, Bitternis bringen ...
> Hei!

Die Dominikbäuerin setzte während des ganzen Weges immer wieder zum Weinen an und bestaunte die Tochter wie ein Heiligenbild, so daß sie nichts hörte, was man zu ihr sprach.

In der Kirche zündete schon Ambrosius die Kerzen auf dem Altar an.

In der Vorhalle machten sie sich noch zurecht, ordneten sich zu Paaren und marschierten dann auf den Altar los, denn auch der Priester kam schon aus der Sakristei.

Die Trauung vollzog sich rasch, denn der Priester hatte es eilig zu einem Kranken. Und als sie die Kirche verlassen wollten, fing der Organist an, auf der Orgel solche Mazurkas, Obereks und solche Kujawentänze aufzuspielen, daß die Füße von selbst aufzuckten, und manch einem wäre fast ein Lied entschlüpft; – ein Glück, daß er sich noch zur rechten Zeit besonnen hatte.

Sie kehrten schon ohne jegliche Festordnung, die ganze Breite der Dorfstraße einnehmend, heim, und gingen wie es grad' einem jeden gefiel. Es ging schon ziemlich hoch her, denn die Brautführer und Brautjungfern sangen, als gälte es ihr Leben.

Die Dominikbäuerin lief schneller voraus, und als sie kamen, begrüßte sie schon Braut und Bräutigam auf der Schwelle des Hauses mit geweihtem Brot, Salz und einem Heiligenbild, und fing danach erst an, die anderen von neuem zu bewillkommnen, zu umarmen und in die Stube zu bitten.

Die Musik spielte im Flur auf, und jeder, der über die Schwelle kam, griff nach der ersten besten Frau, deren er habhaft werden konnte und fügte sich mit ihr gleitenden Schrittes in den »Gehetanz« ein – so zogen die Paare wie eine buntgescheckte Schlange in der Stube im Kreise herum, bogen sich, umkreisten sich, kehrten bedächtig um, stampften würdevoll auf, wiegten sich wie es sich gehörte, gingen, schoben sich vorüber, schlängelten sich Paar nach Paar, Kopf bei Kopf – wie ein ins Wogen gekommener Streifen reifen Roggens, den Mohn und Kornblumen reich durchwirken – und vorne als erstes Paar war Jagusch mit Boryna!

Die Lichter, die am Gesims des Rauchfanges aufgestellt waren, flackerten, das Haus wankte, so daß es schien als müßten die Wände bersten von all dem Gedränge und der Macht, die von den Tänzern strömte ...

Sie wandelten ein gutes Paternoster lang, ehe sie fertig wurden.

Die Musik fing jetzt an, zum ersten Brauttanz zu präludieren, einer alten Sitte gemäß.

Die Leute hatten sich an den Wänden entlang dicht zusammengedrängt und füllten alle Winkel, die Burschen aber bildeten einen großen Kreis, in dem Jagna zu tanzen begann! Das Blut wallte in ihr auf, daß ein Leuchten in ihre blauen Augen stieg und die weißen Zähne aus dem erglühten Gesicht aufblitzten; sie tanzte unermüdlich, die Tänzer immer wieder wechselnd, denn wenn es auch nur einmal in die Runde sein sollte, so mußte sie doch mit jedem herumtanzen.

Die Musikanten spielten scharf, daß ihnen fast die Hände lahm wurden, aber Jagusch hatte erst begonnen; ihr Gesicht hatte sich nur etwas stärker gerötet; sie wirbelte mit solcher Leidenschaft im Kreise herum, daß die Bänder surrend hinter ihr her flatterten, die Gesichter der Umstehenden peitschend, und ihre Röcke, vom Wirbelwind des Tanzes aufgebläht, sich in der Stube ausbreiteten.

Und die Burschen trommelten vor Vergnügen mit den Fäusten auf die Tische und stießen verwegene Juchzer aus.

Erst zum Schluß wählte sie sich den Bräutigam – Boryna hatte darauf schon längst gewartet; er sprang wie ein Luchs auf sie zu, faßte sie um die Taille und drehte sie stürmisch vom Fleck weg im Kreise herum, den Musikanten zuschreiend:

»Den mazurischen Jungen, aber 'n festen!«

... Sie stießen aus ganzer Macht in die Instrumente, so daß es in der Stube aufkochte.

Boryna aber umfaßte Jagna nur noch stärker, warf die Rockschöße über den Arm, setzte den Hut zurecht, klappte die Absätze gegeneinander und stob von der Stelle wie ein Sturmwind davon!

Heia! wie der tanzte! ... tanzte ... tanzte ... wie er sich auf einer Stelle um sich selber drehte, linksum schwenkte, mit den Hacken einen Wirbel schlug, daß vom Fußboden die Splitter flogen und laut aufjuchzte, und mit Jagusch herumwarf und wirbelte, bis sie nur noch wie ein wirres Knäuel waren und wie eine vollgewickelte Spindel sich in der Stube drehten. – Es strömte nur mehr ein Wind und eine einzige Kraft von ihnen.

... Die Musik fiedelte glühend, selbstvergessen ihre maurische Weise ...

Alles drängte sich in die Türen und staute sich in den Ecken, verstummte und sah mit Staunen zu; er aber tanzte, unermüdlich und immer verwegener. Es konnte schon manch einer nicht mehr an sich halten, denn die Füße sprangen ihm schon von selber, so trampelte man nur im Takte mit, und wer hitziger war, nahm sein Mädchen und warf sich in den Tanz, auf nichts mehr achtend.

Jagusch aber wurde doch bald matt, obgleich sie kräftig genug war, und fing an, ihm aus den Händen zu gleiten; da erst hörte er auf und führte sie in die Kammer.

»Da du ein solcher Prachtkerl bist, so laß uns Brüder sein, und bei der ersten Taufe sollst du mich zum Paten haben!« rief der Müller, ihn in seine Arme schließend.

Sie verbrüderten sich gleich herzlich, denn die Musik verstummte und die Bewirtung begann.

Die Dominikbäuerin, die Söhne, der Schmied, die Gusche gingen eifrig mit vollen Flaschen, die Schnapsgläser in der Hand, herum und tranken einem jeden einzeln zu. Fine aber und die Gevatterinnen reichten Butterbröte und Kuchen auf Sieben umher.

Ein immer größerer Lärm entstand, denn jeder sprach laut sein Teil, und alle griffen erfreut nach den Gläsern, um sich das Fest so recht zugute kommen zu lassen.

Auf die Bänke am Fenster setzten sich der Müller mit Boryna, der Schulze, der Organist und was so die ersten Hofbauern waren. Es ging dort schon eine nicht zu kleine Flasche Arrak von Hand zu Hand und nicht in einer Runde; man trug ihnen außerdem noch Bier hinzu – sie tranken eifrig auf gegenseitiges Wohl, fingen schon an, sich zu umarmen und sich miteinander mächtig zu verbrüdern!

Und in der Stube stand das Volk haufenweis beieinander, mit wem und wie es einem gerade paßte, man redete laut und unterhielt sich nicht schlecht bei seinem Gläschen.

In der Kammer, die von einer von den Organistenleuten geborgten Lampe erhellt war, hatten sich die Hofbäuerinnen, mit der Organistin und Müllerin an der Spitze, niedergelassen; auf Truhen und Bänken, die mit Beiderwandröcken bedeckt waren, saßen sie würdevoll, schlürften Meth durch die Zähne, bröckelten sich mit gespreizten Fingern Stückchen von ihrem süßen Kuchen ab, und wenn eine hin und wieder etwas sagte, so war es nur ein Wort: sie hörten aufmerksam zu, was die Müllerin von ihren Kindern erzählte.

Selbst im Hausflur herrschte eine Enge, und etliche versuchten obendrein schon auf die andere Seite einzudringen. Eve mußte sie hinaustreiben, denn man bereitete emsig das Abendessen vor, von dem schon liebliche Düfte durchs ganze Haus zogen, so daß es manch einen in die Nase stach.

Die Jugend hatte sich vors Haus begeben, verweilte auf dem Heckenweg und saß auf der Mauerbank. Die Nacht war kalt, still und ganz wie mit Sternen betaut, man kühlte sich ab und tollte lustig herum, daß es vor Lachen, Gekreisch und Gelaufe nur so dröhnte; einige jagten im Obstgarten hintereinander her, so daß die Alten ihnen aus den Fenstern zuschrien:

»Blümlein sucht ihr da, Mädels? Paßt ihr auf, daß ihr da nichts verliert im Dustern.«
Wer tat auf sie achten?

In der ersten Stube aber wandelten Jagusch und Nastuscha Täubich herum, hielten sich umschlungen, kicherten immerzu und flüsterten sich allerhand ins Ohr. Schymek, der Älteste der Dominikbäuerin, hatte sein Augenmerk auf sie gerichtet und verfolgte Nastuscha mit seinen Blicken überallhin, trat immer wieder mit Schnaps an sie heran, lachte sie an und versuchte ein Gespräch anzuknüpfen.

Der Schmied, festlich gekleidet in einem schwarzen Knierock, die Hosen über die Stiefelschäfte, machte sich am eifrigsten zu schaffen, er war überall da, trank mit jedermann, forderte auf, bewirtete, räsonnierte und war so geschäftig, daß man immerzu in einer anderen Ecke seinen rothaarigen Kopf mit dem sommersprossigen Gesicht auftauchen sah.

Die Jugend hatte ein paarmal herumgetanzt, doch nur kurz und ohne große Lust, da man schon auf das Festmahl lauerte.

Die Alten aber redeten untereinander, und der Schulze, der schon angetrunken war, schrie immer lauter, blähte sich, schlug mit der Faust auf den Tisch und trumpfte auf:

»Der Schulze sagt es euch, dann glaubt. Ein Beamter bin ich, das Papier hab' ich gekriegt und Order hab' ich, die Gemeinde zu berufen, damit wir ein paar Groschen pro Morgen für die Schule bewilligen.«

»Ihr könnt euch gern auch fünf Kopeken pro Morgen bewilligen, Peter, wir tun nicht einen Heller geben!«

»Das tun wir nicht!« wetterte einer los.

»Still da, nötig ist es, wenn eine amtliche Person das sagt ...«

»Eine solche Schule brauchen wir nicht!« sagte Boryna.

»Jawohl, die brauchen wir nicht«, wiederholten die anderen im Chor.

»Hast du nicht gesehen ... In Wola haben sie solche Schule, drei Winter lang sind meine Kinder hingegangen; und was? ... nicht mal ihr Gebet können sie aus dem Gebetbuch lesen ... für die Katz ist solch ein Unterricht!«

»Laßt die Mütter das Gebet lehren, dazu ist nicht die Schule da, ich sag' es euch, der Schulze.«

»Und wozu denn sonst zum Beispiel?« brüllte der andere aus Wola los und sprang von der Bank auf.

»Ich, der Schulze, will es euch sagen, paßt nur gut auf ... gleich, zum ersten ...« aber er brachte seine Erklärung nicht zum Schluß, denn Simeon schrie über den ganzen Tisch herüber, den verkauften Wald hätten die Juden schon gezeichnet und würden ihn bald fällen, sie warteten nur auf Frost und Schlittenbahn.

»Laß sie sich man ihren Wald zeichnen, das Fällen können sie sich in den Baum hängen ...«, warf Boryna ein.

»Zum Bauernkommissar gehen wir klagen.«

»Das ist nichts, der Kommissar hält es doch mit dem Gutsherrn; aber alle zusammen sollte man hingehen und die Holzschläger auseinander jagen.«

»Nicht eine Tanne darf man fällen lassen!«

»Man wird eine Klage vor Gericht einreichen!«

»Trinkt nur zu, Matheus, jetzt ist nicht die Zeit zum Beratschlagen! Wenn man beim guten Trunk sitzt, ist es schon leicht, zu drohen, und wenn es selbst dem Herrgott wäre«, rief der Müller, frisch einschenkend. Diese Reden und Drohungen gingen ihm wider den Strich, denn er hatte sich mit den Juden geeinigt und sollte ihnen auf seiner Sägemühle das Holz schneiden.

Sie tranken einander sitzend zu und erhoben sich darauf, denn man fing schon an, sich für das Abendessen vorzubereiten, das nötige Gerät zusammenzutragen und auf die Tische zu setzen.

Die Bauern ließen aber die Waldfrage nicht fahren, wie sollte man das auch, ein solcher wunder Punkt, ... darum drängten sie sich zusammen und mit gedämpfter Stimme, damit es der Müller nicht hörte, beratschlagten sie und verabredeten sich, bei Boryna zusammenzukommen, um irgendeinen Beschluß zu fassen ... aber sie kamen nicht zu Ende, denn Ambrosius kam herein und schloß sich ihnen ohne weiteres an. Er hatte sich verspätet, da er mit Hochwürden bis im dritten Dorf, in Krosnowa, bei einem Kranken gewesen war, und machte sich jetzt tüchtig ans Trinken, um alles nachzuholen ... Doch es war nicht mehr Zeit genug, denn die älteren Frauen sangen schon im Chor:

> Und ihr lieben Brautführer, heut'
> Ladet zu Tisch die guten Leut'!

Darauf mit den Bänken einen Lärm vollführend, gaben die Brautführer zur Antwort:

> Sie sind schon geladen, sie sitzen zu Hauf
> Und gebt ihr was gutes dann essen sie's auf!

Und bedächtig ging man um die Tische herum, sich auf die Bänke zu setzen.

Selbstverständlich saß auf den ersten Plätzen das Brautpaar, und daneben von beiden Seiten, was so die ersten im Dorf waren dem Ansehen, dem Vermögen und dem Alter nach, bis herunter zu den Brautjungfern und Kindern. Sie hatten kaum Platz gefunden, obgleich die Tische an drei Wänden entlang aufgestellt waren.

Nur die Brautführer, die die Gäste bedienten, sowie die Musikanten setzten sich nicht.

Das Gewirr der Stimmen hatte sich gedämpft und nur der Organist sprach laut und stehend das Gebet – der Schmied allein sprach mit, denn, wie man wußte, konnte er ... auf Lateinisch, und dann tranken sie jeder einen auf die Gesundheit und zum guten Appetit.

Die Köchinnen begannen unter Beihilfe der Brautführer gewaltige dampfende Schüsseln voll Essen hineinzutragen und sangen dazu:

> Wir bringen euch Schüsseln voll Brühe mit Reis
> Und drin selbst ein Federvieh zart und weiß!

Und beim zweiten Gang wurde gesungen:

> Kutteln mit Pfeffer und Salzen
> Laßt froh die Zungen schnalzen!

Die Musikanten aber setzten sich um die Herdstelle und spielten leise verschiedene Liedchen vor, um das Behagen am Schmaus zu steigern.

Sie aßen denn auch voll Würde, langsam und fast im Schweigen vor sich hin, kaum einer ließ ein Wort fallen, so daß nur das Schnalzen der Zungen und das Schaben der Löffel die Stube füllte. Und als sie schon etwas gegessen hatten und der erste Hunger gestillt war, ließ der Schmied wieder eine Flasche die Runde machen, wobei man schon anfing, etwas lebhafter zu reden und über den Tisch weg miteinander zu räsonnieren.

Einzig Jagusch aß so gut wie gar nichts, vergeblich redete Boryna auf sie ein, faßte sie um die Taille und redete ihr zu, wie einem kleinen Kind. Nicht einmal ein Stückchen Fleisch konnte sie herunterschlucken, so ermüdet war sie und heiß. Hin und wieder nur trank sie einen Schluck kaltes Bier, ließ die Augen durch die Stube schweifen und hörte mit einem Ohr auf Borynas Geflüster hin.

»Freust du dich, Jagusch, was? Du mein Schönchen! Du brauchst dich nicht zu fürchten, Jagusch, gut wirst du es bei mir haben, daß es dir selbst bei der Mutter nicht besser war ... Eine Herrin wirst du sein, Jagusch, nur die Herrin ... ich will dir eine Magd halten, damit du dich nicht abzuquälen brauchst ... du sollst schon sehen! ...« redete er leise in sie ein und sah ihr verliebt in die Augen, ohne mehr auf die Menschen zu achten, so daß man sich schon laut über ihn lustig machte.

»Wie so'n Kater um die Speckschwarte streicht er um sie herum.«

»Ist auch ein fetter Bissen.«

»Und was der Alte sich dreht und um sie herumzappelt, da ist ein Hahn nichts dagegen!«

»Wird der sich was auskosten, das alte Biest«, rief der Schulze.

»Wie der Hund im Frost«, brummte der alte Simeon bissig.

Sie brachen in ein Gelächter aus, und der Müller legte sich fast über den Tisch vor Vergnügen und trommelte mit der Faust drauflos.

Die Köchinnen stimmten abermals an:

> Fette Hirse tun wir euch tragen
> Ihr armen Teufel mit hungrigem Magen!

»Jagna, beug' dich zu mir 'ran, dann sag' ich dir was!« sprach der Schulze, neigte sich hinter Borynas Rücken hinüber, denn er saß neben ihm und kniff sie in die Hüfte; »mich da sollst du zum Paten bitten!« rief er lachend und ließ seine lüsternen Augen über sie hingehen, denn sie tat ihm ausnehmend gut gefallen. Sie errötete stark, die Frauen aber stimmten dazu ein Gelächter an, und nu aber los mit Geneck und gepfefferten Witzen und mit Ratschlägen, wie man mit einem Mannsbild umgehen müsse!

»Und das Federbett mußt du jeden Abend vor dem Herd wärmen.«

»Die Hauptsache ist, daß er fettes Essen kriegt, dann wird er schon Kräfte haben ...«

»Und schmeichle ihm, faß ihn oft um den Hals.«

»Nicht zu stramm halten, dann merkt er nicht, wo du ihn hinhaben willst!« räsonnierten sie alle miteinander, wieso Frauen gewöhnlich tun, wenn sie angeheitert sind und den Zungen freien Lauf lassen.

Die Stube erdröhnte vor Lachen, und zuletzt wurden sie so lose mit ihren Mäulern, daß die Müllerin ihnen nahelegen mußte, doch auf die jungen Mädchen und Kinder Rücksicht zu nehmen. Auch der Organist setzte auseinander, daß es eine große Sünde sei, Ärgernis zu verbreiten und ein schlechtes Beispiel zu geben.

»Denn Herr Jesus«, sprach er, »hat uns gesagt, und auch die heiligen Apostel, was alles in den lateinischen Büchern dick gedruckt steht, daß Totschlagen noch besser ist, als Ärgernis zu erregen, denn wenn du bei einem von den Kleinen Ärgernis erregst, dann ist es, als hättest du es mir selbst getan; so steht es in der Heiligen Schrift – denn die Unzucht im Trinken und Essen, desgleichen in Taten wird streng bestraft, das sag' ich euch, lieben Leute«, stotterte er undeutlich, denn er hatte schon nicht ein und nicht zwei Gläser getrunken ...

»Das Biest von Blasebalgtreter, den Spaß möchte er den Menschen verbieten.«

»Am Priesterrock hat er gerochen, jetzt meint er, daß er heilig ist!«

»Laß ihn sich die Ohren mit dem Kapottrock zustopfen!« schwirrten die feindseligen Stimmen, denn man mochte ihn nicht im Dorf.

»Heute ist doch Hochzeit, Sünde gibt es da nicht, wenn man mal Spaß macht, sich amesiert und lacht, wo was zu lachen ist, das tu' ich schon sagen, ich, der Schulze, ich sag' es euch, Leute.«

»Und auch Herr Jesus zum Beispiel ging zu Hochzeiten und trank Wein ...«, warf Ambrosius ernst, aber leise dazwischen; er war schon betrunken, und da er ganz am Ende an der Tür saß, hörte ihn niemand. – Alle redeten jetzt durcheinander, lachten, stießen mit den Gläsern an und langten immer bedächtiger zu, um sich ganz und gar sattzuessen; manch einer lockerte schon den Gürtel und reckte sich, um mehr hineinzukriegen.

Die Köchinnen trugen wieder singend neue Schüsseln herein:

Gegrunzt, gequiekt, gegraben hat es im Gärtelein,
Jetzt muß es den Schaden zahlen – das Schwein!

»Haben die sich angestrengt, na, na!« wunderten sich die Menschen.

»Das will ich meinen, an die tausend Silberlinge wird die Hochzeit kosten ...«

»Es hat sich nicht schlecht bezahlt gemacht, er hat ihr doch die sechs Morgen verschrieben! Zum Schaden der Kinder amüsieren sie sich hier.«

»Und Jagna sitzt dabei wie der reine Brummkater.«

»Dafür leuchten Matheus seine Augen aber wie bei einem Luchs!«

»Ist nur Moder, der lichtert, ih du meine Güte, was sonst!«

»Der wird noch weinen.«

»So einer ist das nicht, der langt ihr eher einen mit dem Stock ...«

»Dasselbe hab' ich schon der Schulzin gesagt, als sie mir von der Verlobung erzählte.«

»Warum ist die denn heute nicht gekommen?«

»Wie soll sie denn, die muß doch jeden Augenblick niederkommen ...«

»Die Hand könnt' ich mir abhauen lassen, daß es nicht lange dauert und die Jagna treibt sich mit den Burschen herum, laßt mal erst die Musiken in die Schenke kommen.«

»Der Mathias wartet nur darauf!«

»Hale, hale?«

»Versteht sich! Dem Wawschon Seine hat gehört, was er in der Schenke herumgeredet hat.«

»Daß sie ihn aber nicht eingeladen haben, mit aufzuspielen?«

»Der Alte wollte es, aber die Dominikwittib hat sich dagegen verwahrt, wie soll sie denn auch anders, alle wissen doch, was war ...«

»Jeder gibt sein Teil dazu, hat sie denn einer gesehen?«

»Dann tut man wohl in den Wind reden?«

»Und der Bartek Kosiol hat sie doch im Frühling mal im Wald ausgespäht.«

»Der Kosiol ist ein Dieb und ein Betrüger, er hat doch mit der Patsches vor Gericht das wegen dem Schwein gehabt, nu tut er aus Gift herumreden.«

»Andere haben auch Augen, können auch noch sehen.«

»Und schlecht wird es enden, man kriegt es schon zu sehen ... versteht sich, mich soll es nichts angehen, aber wenn ich mir so denke, daß den Anteks und deren Kindern solch ein Unrecht geschehen ist – Strafe muß da sein, und sie wird nicht ausbleiben.«

»Versteht sich, der Herr Jesus ist nicht rasch bei der Hand, aber gerecht ist er ...«

»Von Antek hat man doch auch was gemunkelt, mit dem will sie auch mancher hier und da gesehen haben, wie sie sich miteinander verabredeten ...«, sie dämpften die Stimmen, klatschten immer bissiger und nahmen die ganze Familie ohne Gnade vor, der Alten auch nicht das kleinste schenkend und hauptsächlich die Söhne beklagend.

»Ist denn das keine Sünde! Den Burschen wächst schon der Bart unter der Nase, Schymek ist schon gut an die Dreißig und heiraten läßt sie ihn nicht, nicht mal aus dem Haus kann er alleine gehen und bei der ersten besten Kleinigkeit ist da rein der Teufel los.«

»Das ist doch wirklich auch 'ne Schande, so alte Mannsbilder und müssen die ganzen Frauenarbeiten machen ...«

»Damit nur ja die Jagusch nicht ihre Händchen beschmutzt!«

»Und jeder von ihnen hat seine fünf Morgen, da könnten sie doch heiraten!«

»So viele Mädchen sind im Dorf ...«

»Und eure Marzicha wartet doch auch wirklich schon lange genug, und der Grund und Boden liegt gerade neben Patsches ihrem!«

»Paßt ihr nur besser auf eure Franka, daß sie nicht was vom Adam kriegt! Die Alte ist ein Teufelsweib, das weiß man, aber die Burschen sind auch Strohköpfe und Waschlappen!«

»Solche Kerle schon und trauen sich nicht, Mutters Rock loszulassen!«

»Die lassen ihn schon fahren ... Der Schymek läuft schon heute in einem fort hinter Nastuscha Täubich her.«

»Ihr Vater war ganz ebenso – ich weiß noch gut, und wie die Alte jung war, hat sie es ebenso getrieben wie die Jaguscha! ...«

»Wie die Wurzel, so die Staude! – Und wie die Mutter – die Tochter!«

Die Musik verstummte; die Musikanten gingen auf die andere Seite essen, denn der Abendschmaus war zu Ende.

Es wurde plötzlich still, wie in der Kirche während des Offertoriums, nach einer Weile aber entlud sich ein noch stärkeres Stimmengewirr, so daß es schier wie ein Aufbrodeln war; alle redeten auf einmal, schrien und sprachen aufeinander ein über die Tische hinweg, so daß schon der eine den anderen nicht mehr verstehen konnte.

Zum Schluß brachten sie für die Respektspersonen einen mit Honig und Gewürzen zubereiteten Krupnik,[6] und für den Rest stellten sie starken Branntwein und Bier hin.

Kaum einer beachtete, was er trank, denn die Köpfe waren schon nicht schlecht benebelt, und ein Wohligkeitsgefühl versetzte alle in eine behagliche Mattigkeit. Sie setzten sich wie es einem jeden bequemer war, knöpften vor Hitze die Röcke auf und räkelten sich um die Tische herum ... Mit den Fäusten schlugen sie auf, daß die Schüsseln hochsprangen, hielten sich umschlungen, griffen einander an die Rockklappen, oder umarmten sich, redeten einander zu und schütteten sich die Herzen aus, wie der Bruder seinem Bruder, wie der wahre Christ seinem christlichen Nachbarn.

»Schlecht ist es in der Welt! Jawohl! Immer nur zugrunde gehen kann der Mensch und Not leiden ...«

»Wollt ihr euch schicken, verdammtes Hundspack! ...« Unter den Tischen balgten sich die Hunde um die Knochen.

»... Und Trost kann es nur geben, wenn der Nachbar mit dem Nachbarn zusammenkommt, wenn sie beim Glase Schnaps sich die Wahrheit sagen, das Herz ausschütten, und einander vergeben, was einer sich bei dem anderen hat zuschulden

---

6 *Krupnik:* Ein altpolnisches Getränk aus sehr starkem reinen Schnaps, Honig und frischer Butter. Wird mit Nelken und Zimt zum Kochen gebracht und heiß getrunken.

kommen lassen – versteht sich, das abgeweidete Getreide oder die eingepflügte Grenze nicht, denn darüber werden schon die Gerichte Bescheid wissen und die Zeugen werden es aussagen, wer unrecht hat und wem sein Recht zukommt; aber das, was von wegen der Nachbarschaft vorkommt – mal ist es dem einen sein Vieh, das im Garten gewühlt hat, mal sind's die Frauen, die sich herumgezankt haben, manchmal prügeln sich die Kinder, grad wie es kommt ... Dazu ist doch solch Freudetag, daß die Leute vom Groll ablassen und daß Brüderschaft und Eintracht zwischen den Menschen aufkommt!«

»Wenn's auch nur für diese Freudezeit ist, für diesen einen Tag!«

»Und morgen kommt immer noch früh genug! Hei! Vor deinem Los kannst du dich doch nicht verstecken, und wenn schon, dann nur unter die heilige Erde wohl; es kommt, es wird dich ans Genick packen, dir das Joch um den Nacken legen, mit der Not wird es dich antreiben, und nu schlepp' du mal, Volk, lasse dein Blut fließen; sorg' um dein bißchen Habe, laß es nicht aus den Fäusten, nicht für einen Augenblick, damit die Brüder nicht über dich weggehen!«

»Zu Brüdern hat Herr Jesus die Menschen geschaffen, und Wölfe sind sie füreinander!«

»Nein, nicht Wölfe, das ist die Not, die sie jagt, verzankt und die einen auf die andern schleudert, daß sie sich beißen, wie die Hunde um einen benagten Knochen!«

»Nein, nicht die Not allein, der Böse ist es, der die Finsternis über das Volk wirft, daß es nicht auskennt, was gut und was böse ist!«

»Wahrhaftig, wahrhaftig! Und er bläst in die Seele wie in eine Glut, die doch schon verglimmt, bis er Gier und Wut und alle Sünden wachgeblasen hat!«

»Versteht sich, wer auf die Gebote taub ist, hört besser die Teufelsmusik!«

»Einstens war es nicht so! Gehorsam war da, das Alter hat man respektiert und Eintracht tat man halten!«

»Und Grund und Boden hatte jeder, soviel er nur bearbeiten konnte, und Weideland, und Wiesen, und Wald.«

»Und hat denn je einer da von Steuern gehört?«

»Oder hat einer Holz kaufen müssen? ... In den Wald fuhr er und nahm was er brauchte, und wenn es selbst die beste Kiefer oder Eiche war! ... Was dem Gutsherrn seins, war auch dem Bauern seins.«

»Und jetzt ist es nicht dem Gutsherrn, noch dem Bauern seins – dem Juden gehört es, oder noch einem Schlimmeren.«

»Aaszeug! Euch hab' ich zugetrunken, trinkt ihr mir zu! Festgesetzt haben sie sich, wie auf dem eigenen, trinkt mal, dein Wohl, mein Wohl, damit Gerechtigkeit sich machen tut ...«

»Räudiges Herrenvolk! In eure Hände! Nehmt das Glas! Schnaps ist keine Sünde, wenn es nur mit der Würde geht, ein gutes Glas unter Brüdern bekommt der Gesundheit, reinigt das Blut und zieht die bösen Krankheiten ab!«

»Wenn schon trinken, dann lieber gleich 'ne ganze Quart, und wenn sich freuen, dann den ganzen Sonntag lang. Und hast du was zu tun, Menschenkind – dann arbeite flink, schone deine Klumpen nicht und halt' dich ehrlich dran! Und kommt mal sozusagen eine Gelegenheit – Hochzeit, Taufe, oder stirbt einer weg – dann spann' aus, mach' es dir bequem, nimm wahr und mach' dir deine Freude! Und geht es einmal schlecht – die Frau geht zuschanden, ein Vieh verreckt, oder es kommt ein Feuerschaden – Gottes Wille, lehn' dich nicht dawider auf, denn was kannst du, armer Teufel, mit Geschrei und Weinen dir da helfen? – Gar nichts; deine Ruhe wirst du nur los, daß selbst das Essen dir wie Brennesseln im Maule deucht! – Darum dulde du und vertraue auf dem Herrn Jesu seine Gnade ... kommt Schlimmeres, packt dich der Knochenmann an der Gurgel und guckt dir in die Augen – versuch' nicht zu entweichen, das ist nicht deine Macht – denn alles ist in Gottes Hand ...«

»Das ist so, wer kann es nur voraussehen, wann Jesus sagt: Bis dahin deins – hier ist meins, Menschenkind.«

»Wahr, wahr! Hoch, da oben fliegen sie wie Blitze die Befehle von unserem Herrgott und niemand, selbst der Priester, der klügste selbst kann sie im voraus durchschauen, bis daß sie aufs Volk, wie reifes Korn, fallen!«

»Du aber, Mensch, hast nur eins zu wissen – tue deine Sache und lebe, wie die heiligen Gebote befehlen, und sehe nicht in das Kommende ... Herr Jesus tut jedem seinen Lohn zurechtlegen und wird ehrlich jedem seinen Teil zahlen ...«

»Das hat das polnische Volk immer aufrechterhalten – und so soll es in alle Ewigkeit bleiben, Amen!«

»Und mit Geduld wirst du selbst die Tore der Hölle überwinden.«

So redeten sie miteinander, dazwischen häufig einander zutrinkend, und jeder äußerte sich über das, was ihm gerade am Herzen lag und woran er schon lange gewürgt hatte! Am meisten und am lautesten aber räsonierte Ambrosius, natürlich tat man nicht viel auf ihn hinhören, denn jeder redete und wollte seine Sache anbringen, ohne viel auf die anderen zu achten ... In der Stube toste schon ein immer lauteres Stimmengewirr, als plötzlich Gusche mit der Eve hereintraten, gravitätisch einen großen geschmückten Kochlöffel vor sich tragend. – Ein Musikant, der hinterdrein schritt, spielte auf der Geige, sie aber sangen:

> Hebt euch, Leute, von den Tischen,
> Hebt euch von der Bank.
> Ein paar Heller für die Brüh
> Und zehn Heller für die Müh
> Gebt uns hier zum Dank!

Das Volk war satt, angeheitert und leichtgiebig gestimmt durch das gute Essen und viele Trinken, so daß selbst einzelne Silbermünzen in den Kochlöffel warfen.

Allzusammen fingen sie an, sich von den Tischen zu erheben und langsam auseinanderzugehen; die einen wollten frische Luft schöpfen, etliche blieben im Flur oder in der Stube stehen, diskutierten weiter, und andere wiederum umarmten sich zum Zeichen der gegenseitigen Freundschaft, manch einer aber torkelte schon und fegte mit dem Kopf die Wände oder er bockte mit seinem Schädel gegen die anderen an, wie ein Widder – was kein Wunder war, da während des Abendessens die Schnapsbuttel reichlich gekreist hatte.

Am Tisch blieben nur der Schulze und der Müller sitzen. Die beiden zankten sich und gingen mit solcher Hitzigkeit aufeinander los, wie zwei Habichte, so daß Ambrosius sie mit Schnaps zu versöhnen versuchte.

»Paß auf die Kirchtür, alter Kirchenschließer, und laß die Hofbesitzer in Ruh«, knurrte der Schulze.

Ambrosius ging mißmutig davon, er stieß mit seinem Stelzfuß laut auf, und die Schnapsflasche gegen die Brust pressend, sah er sich nach einem Kumpan um, mit dem er in guter Freundschaft sich satt reden und einen ordentlichen trinken könnte.

Die Jugend war auf den Heckenweg hinausgetreten, wo sie sich allesamt eingehakt hatten und miteinander plaudernd und schäkernd auf die Dorfstraße hinausgingen, um allerhand Schabernack zu treiben, so daß es dröhnte vor Gejage und Geschrei. Die Nacht war klar, der Mond hing über dem Weiher; das Wasser glänzte so hell, daß die kleinsten Kreise, die wie unter den Schlägen des Lichts sich ausbreiteten, in halbkreisrunden Schlänglein silbern durch die Stille glitten. Der Nachtfrost griff immer stärker um sich, die Erdkrusten brachen unter den Tritten und der Reif hatte die Dächer weiß überzogen und die Erde eisgrau bestreut.

Es war schon spät, denn die ersten Hähne ließen sich im Dorf vernehmen.

In der Stube machte man inzwischen Ordnung und bereitete alles zum Tanzen vor.

Und als die Musikanten genug gegessen hatten und ausgeruht waren, fingen sie an leise aufzuspielen, um die Hochzeitsgäste wieder zu sammeln.

Doch es war nicht nötig, sie lange anzutreiben, im hellen Haufen drangen sie in die Stube, denn die Geigen lockten so zum Tanz, daß die Füße einen von selbst schon trugen – es war aber zu guter Letzt doch verlorene Liebesmüh, die Burschen fühlten sich noch zu schwer nach dem Festessen, der eine und der andere versuchte sich etwas zu drehen, sie liefen aber bald wieder hinaus auf den Flur, um eine Zigarette zu rauchen oder die festen Wände zu stützen.

Die Frauen führten Jagna in die Kammer ab und Boryna blieb mit der Dominikbäuerin auf der Fensterbank sitzen, und was die Älteren waren, so hatten sie sich auf den Bänken und in den Ecken breit gemacht und redeten miteinander. In der Mitte der Stube waren nur noch die Mädchen geblieben, deren Kichern immer von neuem hörbar wurde; da ihnen aber die Zeit bald lang wurde, richteten sie verschiedene Spiele ein, um die Burschen etwas aus sich herauszulocken.

Zuerst spielten sie das Spiel: »Es geht der Fuchs um den Weg herum, ohne Hand und Fuß.«

Als Fuchs hatten sie Jaschek mit dem Spitznamen »der Verkehrte« verkleidet und ihm einen Schafspelz umgetan, dessen zottelige Innenseite noch außen gekehrt war. Das war ein Tolpatsch und Dummerjahn. Sie hielten ihn alle zum Narren im Dorf. Obgleich er ein ausgewachsener Bursche war, lief er mit offenem Maul herum, spielte mit den Kindern und liebäugelte mit allen Mädchen. Er machte den Eindruck, als ob er nicht ganz richtig sei; da er aber der einzige Sohn war und seine zehn Morgen zu erwarten hatte, so wurde er überall eingeladen. – Häschen war Borynas Fine.

Und sie lachten ... wie sie lachten, Jesus! Jede paar Schritte plusterte sich Jaschek auf und plumps, lag er am Boden, wie ein Stück Holz, denn jedermann versuchte ihm ein Bein zu stellen, und Fine hopste so schön, machte Männchen, muffelte mit den Lippen, daß ein wahrer Hase nichts dagegen war.

Und dann spielte man »Wachtel«.

Nastuscha Täubich führte an, und sie war so flink, flitzte so geschickt durch die Stube, daß sie sie gar nicht greifen konnten, bis sie ihnen von selbst unter die Hände schlüpfte, um mal herumzutanzen.

Und »Schweinchen« wurde gespielt.

Zum Schluß aber machte einer der Brautführer, scheinbar Tomek Wachnik, einen Storch; er hatte sich mit einem Leinentuch den Kopf bedeckt und darunter ließ er als Schnabel einen langen Stock hängen und klapperte so geschickt, daß es sich ganz wie Storchklappern anhörte; Fine, Witek und die kleineren rannten hinter ihm her und schrien:

> Le, le, le ...
> Dein' Mutter in der Hölle.
> Was tut sie denn da suchen?
> Sie backt den Kindern Kuchen.
> Was hat sie denn gemacht?
> Die Kinder umgebracht.

Sie zerstreuten sich schreiend und suchten in den Ecken Schutz, denn er verfolgte sie, stieß mit dem Schnabel nach ihnen und schlug mit den Flügeln um sich.

Die Stube erzitterte vor diesem Gelächter, Gekreisch und Gejage.

Eine gute Stunde mochte schon das Spiel gedauert haben, als der älteste der Brautführer ein Zeichen gab, sich ruhig zu verhalten.

Aus der Kammer führten die Frauen Jagna heraus, die mit einem weißen Linnentuch bedeckt war, und setzten sie inmitten der Stube auf einen Backtrog, über den ein Federbett ausgebreitet lag – die Brautjungfern sprangen hinzu und taten als ob sie sie ihnen entreißen wollten, aber die älteren Frauen und die Männer wehrten ihnen, darum drängten sie sich ihr gegenüber zu einem Haufen zusammen und sangen wie durch Tränen mit trauriger Stimme:

> Nun mußt du sein
> Ohne Kränzelein!
> Die gewundene Frauenhaube
> Oj-ta-dana-da
> Die benähte Frauenhaube
> Ziemt dir jetzt allein! ...

Dann erst deckte man sie auf.

Sie hatte schon eine Haube auf den aufgesteckten dicken Zöpfen, aber sie erschien noch schmucker in dieser Tracht, denn sie lachte, war froh und blickte mit leuchtenden Augen von einem zum anderen.

Die Musik fing in langsamem Takt an zu spielen, und das ganze versammelte Volk, die Alten und die Jungen und die Kinder selbst stimmten mit einer einzigen großen Freudestimme das »Hopfenlied« an. Nach dem Absingen des Liedes wurde Jagusch nur von Hofbäuerinnen zum Tanz geholt. Gusche aber, die sich schon ordentlich einen angetrunken hatte, stemmte die Arme in die Seiten und fing an, ihr zuzusingen:

> Hei! das hätt' ich wissen sollen,
> Daß dich da ein Witwer freit.
> Hei! ein Kränzelein aus Wicken,
> Hei! das hielt ich dir bereit!

Und sie sang auch noch andere Lieder mit allerlei versteckten Anspielungen und Anzüglichkeiten.

Doch niemand achtete darauf, denn die Musikanten geigten schon aus voller Macht und die Menschen traten an zum Tanz. Der Boden erdröhnte plötzlich, als schlügen hundert Dreschflegel auf die Tenne und ein undurchdringbares Gewirr füllte die Stube, denn dicht an dicht folgten die einen den andern, Paar auf Paar, Kopf neben Kopf, und nahmen einen Anlauf. – Die Kapottröcke ließen sie wehen, wiegten sich im breitspurigen Tanzschritt, stampften mit den Absätzen auf, schwenkten die Hüte, und hier und da stimmte einer ein schallendes Lied zur Musik an und die Mädchen sangen ihr »da-dana« dazu. Sie drehten sich immer schneller, ihre Körper schaukelten sich hin und her, bis sie in einen so raschen, wirbelnden, selbstvergessenen Tanz übergingen, daß keiner mehr im Gedränge auseinander zu kennen war.

Und jedesmal, wenn die Geigen einen Hopsa erschallen ließen, stampften hundert Hackenpaare auf den Boden, hundert Stimmen juchten auf, hundert Menschen schwenkten herum, als ob sie ein Windstoß herumgeschleudert hätte – so daß nur das Sausen der Rockschöße und Beiderwandröcke und das Flattern der Kopftücher vernehmbar wurde, die wie farbige Vögel in der Stube aufflogen. Ein, zwei, drei Paternoster gingen vorbei und sie tanzten immerzu, ohne aufzuatmen, ohne Unterbrechung; der Fußboden dröhnte, die Wände bebten, in der Stube brodelte der Lärm, und die Lust wuchs immerzu; wie die Fluten nach dem Gewitterregen – so wogte und wälzte sich der Tanz durch die Stube.

Als sie geendigt hatten, kamen verschiedene Bräuche an die Reihe, wie es beim Aufsetzen der Frauenhaube üblich war.

Zuerst mußte sich Jagna bei den Bäuerinnen einkaufen!

Danach wurden noch manche Hochzeitszeremonien vollführt; bis schließlich die Burschen ein langes Strohseil aus ungedroschenem Weizen drehten und es den Brautjungfern in die Hände gaben, die damit einen großen Kreis umspannten, den sie eifrig bewachten. Mitten drin stand Jagna, und wer mit ihr tanzen wollte, mußte sich gewaltsam zu ihr den Weg bahnen, um sich mit ihr im Kreise zu schwingen, nichtachtend, daß sie ihn mit verschiedenen Strohseilen nur immer so über die Lenden prügelten. Zum Schluß aber begann die Wachnikbäuerin mit der Müllerin für die Haube zu sammeln. Als erster warf der Schulze ein Goldstück auf den Teller, und darauf fingen, wie ein klirrender Hagel, die Silberstücke an niederzuprasseln, und wie Blätter im Herbst flogen die Papierrubel.

Mehr wie dreihundert Silberlinge hatten sie gesammelt.

Ein mächtiges Stück Geld, für die Dominikbäuerin aber war das wie eine Mücke; im übrigen legte sie kein Gewicht auf Geschenktes, denn sie hatte genug Eigenes, nur daß sie sich für Jagusch so bereitwillig auf Unkosten einließ, hatte sie ordentlich mitgenommen, so daß ihr vor Rührung ein Weinen ankam, das sie nicht mehr unterdrücken konnte – sie schrie den Jungen zu, den Schnaps zu bringen und fing selbst an, zu traktieren, zuzutrinken und durch die Tränen, die ihr über die Backen rannen, Gevatter und Gevatterinnen abzuküssen.

»Trinkt, Nachbarn ... trinkt, liebe Leute, Brüderherzen ... Das ist mir ein Freudentag heute ... auf Jagusch ihr Wohl ... dieses Gläschen noch ... dieses«, und hinter ihr drein trank noch der Schmied den anderen zu, und die Jungen auch auf eigene Hand – denn es war ein nicht kleiner Haufen Volk beisammen. Auch Jagusch dankte ihrerseits für die Güte und umfaßte die Knie der älteren Leute! ...

Es brauste auf in der Stube, denn auch die Gläser kreisten dicht hintereinander von Hand zu Hand, und eine Wärme und Fröhlichkeit stieg auf von allen Seiten! Die Gesichter röteten sich, die Augen blitzten auf und die Herzen strebten brüderlich, nachbarlich einander zu. »Hoppla – heh! einmal nur kann die Ziege sterben! Das hat der Mensch, was er mit seinen Menschenbrüdern genossen hat, was er sich amüsiert hat, ohne sich lange um die Welt zu kümmern! Jeden für sich nimmt nur die Knochenfrau vor, aber feiern muß man im Haufen, zum Freuen gehört eine ganze Kompagnie. Sie füllten auch in Haufen die ganze Stube, tranken einander zu und besprachen sich froh und jeder setzte laut auseinander, was er zu sagen hatte, so daß schon der eine den andern nicht mehr hörte; aber das war einerlei, denn sie fühlten so wie so dasselbe, dieselbe Freude hatte sie zusammengebracht und alle ganz durchdrungen!

Und wenn einer trauern will, laß ihn das für morgen aufheben, heute soll er sich amüsieren, Freundschaft genießen, seine Seele erfreuen! So wie der Herr Jesus der heiligen Erde nach ihrem sommerlichen Gebären Ruhe zukommen läßt, so ziemt es, daß auch dem Menschen in der Herbstzeit Ruhe werde, nachdem er sein Feld bestellt hat. Und hast du, Mensch, die Schober und Scheuern voll Korn, schwer wie Gold, das nur auf die Dreschflegel wartet, dann genieße du, und lohne dir die schweren Mühen und Sorgen der langen Sommertage!

So redeten die einen vor sich hin, andere wiederum breiteten sich über ihre Angelegenheiten und Sorgen aus; und etliche, die nicht nur den Kuhschwanz vor sich sahen oder Weiberläufe, scharten sich um den alten Simeon und sprachen über alte Zeiten, neues Unrecht, von Steuern und den Geschäften der ganzen Gemeinde; und sie redeten leise, da es sich auch um des Schulzen Streiche handelte.

Nur Boryna schloß sich keinem Haufen an, er ging von den einen zu den anderen, mal hier- mal dahin, und ließ die Augen hinter Jagna wandern, und blähte sich mächtig, daß sie so schmuck war, den Musikanten warf er immer wieder Silbermünzen hin, damit sie die Fiedelbogen nicht schonten, da sie gedämpfter spielten, um auszuruhen.

Sie stießen plötzlich einen wuchtigen Oberek in die Instrumente, daß einem ein Schauer durch die Knochen lief, und Boryna sprang zu Jagna hin, riß sie fest an sich und schob vom Platz weg einen solchen Tanz, daß die Dielenbretter aufwimmerten, er fegte durch die Stube, wendete, klappte mit den eisenbeschlagenen Hacken auf den Fußboden, wirbelte, das Knie beugend, seine Tänzerin um sich herum, dann glitt er breitspurig durch die Stube, sich im Takte nur so schüttelnd, auf und nieder, hin und her von Wand zu Wand, sang den Musikanten zu, die ihm einen Tusch zur Antwort bliesen, tobte rasend weiter und führte hitzig den Tanz an, denn hinter ihm fingen die anderen Paare an, sich aus den verschiedenen Gruppen zu lösen, aufzutrampeln, zu singen und mit gewaltigem Anlauf loszutanzen, daß sie sich wie hundert surrende Spindeln voll farbiger Garne durch die Stube drehten und so schnell herumwirbelten, daß schon kein Auge auseinanderkennen konnte, wo der Bursch und wo das Mädchen waren. Das war als ob jemand einen Regenbogen ausbreitete und auf ihn mit einem Sturmwind einpeitschte, daß er in allen Farben spielte, aufschillerte und immer schneller, wütender, wilder sich wand, so daß zuweilen die Lichter vom Luftzug verlöscht wurden und Nacht die Tänzer umfing. Durch die Fenster floß das Mondlicht, das in einem sich versprühenden Lichtstreifen funkelte wie siedendes Silber, mitten durch die Dunkelheit, mitten durch das kreisende Menschengewühl, das herangeflutet kam in einer schäumenden, sangerfüllten Welle und aufflimmerte und sich zusammenballte in diesem Lichtschimmer, wie in einem Traumgesicht, um wieder aufzutauchen und für einen Augenblick vor der anderen Wand aufzudämmern, wo die durch das Mondlicht getroffenen Gläser der Bilder sprühende Wiederscheine rieseln ließen, um sich vorbeizuwälzen und in die Nacht zurückzustürzen, daß in der verdunkelten Stube nur schweres Keuchen, Getrampel und Rufe aufstiegen und sich ineinander wirrten mit dumpfem Gedröhn.

Und eine einzige lange Kette von Tanzen begann, ohne Unterbrechung und Ruhepause ... denn kaum hob die Musik an, einen neuen Tanz zu geigen, erhob sich das Volk jäh, reckte sich hoch auf, wie ein Forst, und stürzte sich in den Tanz mit der Wucht eines Wirbelwindes; das Aufstoßen der Hacken klang wie Donnergetöse, Schreie der Lust ließen das ganze Haus erbeben. Und sie überließen sich dem Tanz mit einer Selbstvergessenheit und Raserei, als ginge es in den Sturm, in den Kampf auf Tod und Leben.

Und sie tanzten!

... Die zappelnden, schäkernden Krakowiaks mit der abgerissenen, klirrenden Melodie, die wie mit Ziernäglein beschlagene Gürtel mit tanzfrohen Liedlein ausgeputzt war; die Krakowiaks voll Lachen und Mutwillen, voll fröhlichen Sangs und üppiger, starker, kecker Jugend und zugleich voll lustiger Possen, voll Haschen und Greifen und voll Glut des jungen, liebeshungrigen Blutes. Hei!

... Mazurkas langgedehnt, wie Feldraine, breitgestreckt wie die Mathiasbirnbäume,[7] rauschend, und wie die unabsehbaren Ebenen so breit, voll Schwergewicht und schlank aufstrebend, sehnsüchtig und verwegen, gleitend und dräuend gepackt, würdevoll

---

7   *Mathiasbirnbäume:* Scherzname für wildwachsende Feldbirnbäume. Anspielung auf die Genealogie dieser Baume: das unentkernte Obst, das die Bauern essen und die Spuren davon an den Feldrainen entlang. Mathias entspricht gewissermaßen dem deutschen Sepp.

und draufgängerisch und steifnackig dazu, wie jene Mannsleute, die zu einem Haufen zusammengeschart, wie ein Wald aufragend, sich in den Tanz werfen mit Juchzern und solcher Macht, als ob es zu hundert gegen Tausende angehen sollte – und wenn man dabei die ganze Welt zerreißen, verprügeln, zerstampfen, zu Splittern zerschlagen auf den Absätzen auseinandertragen müßte und selbst zugrunde gehen, um dann noch nach dem Tode zu tanzen, mit den Hacken aufzutrampeln und forsch auf mazurische Art aufzujuchzen: »da-dana!«

... Und mächtige Obereks tanzten sie, ruckweise Springetänze, schwindelnde, tolle, rasende, herausfordernde und wehmütige, sengende und versonnene, mit Klageliedern durchwobene, im Siedetakt des feurigen Blutes pulsende und doch voll Güte und Lieben, plötzlich niedersausende, wie eine Hagelwolke und voll herzlicher Stimmen, voll himmelblauer Blicke, voll lenzverheißender Lüfte, voll düfteschwangeren Zweigerauschens, das aus blütenschweren Obstgärten kommt – Tänze, die wie jene sangerfüllten Frühlingsfelder sind, Tänze, wo auch die Tränen noch durch Lachen fließen, und das Herz Freudelieder singt, und die Seele sich sehnsüchtig losreißt, den fernen Weiten, den entlegenen Wäldern entgegen und in die große Welt hinausfliegt, ahnender Träume voll, vor sich her singend: »Oj Da-dana!«

Solche unsagbaren Tanze folgten einer dem anderen.

Denn also freut sich das Bauernvolk zur gelegenen Zeit.

So tat man auch die Hochzeit von Boryna und Jagusch feiern.

Stunden auf Stunden eilten und versanken unbemerkt im Lärm, im Geschrei, in rauschender Freude und Tanzvergessenheit, so daß sie es gar nicht gewahr wurden, wie es sich schon im Osten zu lichten begann, die Frühlichtschimmer langsam durchzusickern anfingen und die Nacht bleichten. Die Sterne verblaßten, der Mond ging unter, und von den Wäldern erhob sich ein Wind und wehte einher, als wollte er die zerrinnende Dämmerung auseinanderblasen; durch die Fenster sahen krause bepelzte Bäume hinein und neigten immer tiefer die schläfrigen Köpfe voll Rauhreif

... Im Hause aber sang und tanzte man noch immerzu.

Es war als ob Wiesen, Erntefelder und aufgeblühte Obstgärten sich zu einem Fest zusammengefunden hätten und, durch einen Wirbelwind ergriffen, einen endlosen, taumelnden, feurigen Reigen schlangen.

Man hatte die Tür weit geöffnet und die Fenster aufgerissen, das Haus aber spie immer noch Lärm und Lichterschein aus, bebte und zitterte, und krachte, und stöhnte auf, und gab sich immer wilderem Taumel preis, so daß es schon war, als ob die Bäume und Menschen, die Erde und die Sterne, die Zäune und das alte Haus und alles sich bei den Schultern gefaßt hätte, sich zu einem Knäuel verwickelt, sich verstrickt hätte und berauscht, blind, auf nichts mehr achtend, von Sinnen von Wand zu Wand taumelte, von der Stube auf den Flur, vom Flur auf den Weg flutete, von dem Weg waldwärts über die unübersehbaren Felder in die weite Welt hinaus in Tanzraserei drängte, rollte, kreiste und als eine einzige flimmernde Kette in den Lichtscheinen des aufsteigenden Morgenrots sich verlor.

Die Musik war es, die sie da führte, dieses Spielen und Singen ...

... Die Baßgeigen juchzten im Takt und brummten mit zittrigen Stimmen, wie Hummeln, und die Flöte gab die zweite Stimme an, pfiff lustig vor sich hin, zwitscherte, trieb Schabernack scheinbar der Trommel zum Verdruß, die possierlich hüpfte, mit den Schellen Lärm schlug, schäkerte und wackelte, wie ein Judenbart im Wind. Und die Geige führte, ging an der Spitze, wie die beste Tänzerin, sang erst laut und hell, als wollte sie ihre Stimme versuchen, und fing dann gedehnt, durchdringend und traurig an zu klagen, als ob an den Kreuzwegen das Weinen der Verlassenen wimmerte, bis sie sich im Nu umdrehte und plötzlich mit einer kurzen, blitzenden, scharfen Melodie dreinfuhr, als hätten hundert Paare mit den Absätzen geklappt, als hätten hundert Mann aus voller Brust juchheit. Der Atem stockte und ein Schauer lief über die Haut. Und sie fing gleich wieder an, Kreise zu ziehen, vor sich her zu singen, zu wenden, im zierlichen Schritt zu trippeln, zu hüpfen, zu lachen und in Lust sich zu ergehen, so daß die Warme zum Herzen strömte und die Lust zu Kopfe stieg, wie Branntwein ... dann sang sie wieder eine schleppend-traurige Weise, die wie mit Tränentau überperlt war; sie sang das traute, herzliche Lied der Heimat, das trunken ist voll großer Macht und Liebe, und führte in den leidenschaftlich-selbstvergessenen mazurischen Tanz.

– – – – –

Das Frühlicht wurde immer heller, so daß die Lichter verblaßten und die Stube eine schmutzig-trübe Dämmerung überflutete, sie aber vergnügten sich noch aus vollem Herzen, und wem die Bewirtung zu wenig war, der schickte nach der Schenke, Schnaps zu holen, suchte sich Kumpane und trank bis er umfiel.

Wer weggegangen war, der war weg, wer müde war, ruhte aus, wer sich vollgetrunken hatte, der schlief auf der Wandbank oder im Flur; andere aber, die noch weniger ihre Füße regieren konnten, lagen unter den Zäunen und wo es sich gerade traf, der Rest aber tanzte bis zum letzten.

Bis die, die noch am nüchternsten waren, sich zu einem Haufen an der Tür geschart hatten, und mit den Füßen auf dem Fußboden Takt stampfend, zu singen begannen:

> Jetzt geht es heim, ihr Gäste, jung und alt!
> Über weite Wege
> über Wasserstege
> Durch dunklen Wald!
>
> Jetzt geht es heim, ihr Gäste, jung und alt!
> Und Morgen wieder
> Singen wir Lieder,
> Kommen her zu frohem Aufenthalt!

Doch niemand hörte auf sie.

* * *

Gerade brach der Tag an, als Witek, ganz müde vom Fest und von Gusche angetrieben, nach Hause rannte.

Das Dorf schlief noch im tiefen Grund der Dämmerung, die sich schon im Vergehen zu einem dicken Wall dicht über der Erde gestaut hatte, der Weiher lag starr, wie erdrückt, unter dem düsteren Dickicht der Uferbäume und so in die Dunkelheit vergraben, daß er sich kaum gegen die Mitte zu aus der Nacht herausschälte und in milchigem Schimmer, wie ein erblindetes Auge, geisterte.

Es war ein starker Morgenfrost, ein kalter Windzug strich durch die froststarre Luft, die in die Nüstern stach und den Atem beklemmte, die Erde klang hohl unter den Tritten, und die zugefrorenen Pfützen lagen glasig auf den Wegen, wie angelaufene Glasscheiben; die Welt wurde kalkig blaß unter dem allmählich wachsenden Frühlicht und tauchte froststumm und bereift aus den Dämmerungen hervor; nur irgendwo begannen schläfrig ein paar Hunde aufzukläffen, und die Mühle schlurrte aus der Ferne; und um das Hochzeitshaus schlug der festliche Lärm Kreise um Kreise in eines Steinwurfs Breite.

In Borynas Stube glimmte noch, wie ein Johanniswürmchen, ein winziges Lichtlein, so daß Witek neugierig durchs Fenster blickte; der alte Rochus saß am Tisch und sang aus dem Buch fromme Lieder vor sich hin.

Der Junge schlich leise nach dem Kuhstall und wollte nach dem Riegel tasten; plötzlich aber schrie er auf und fuhr erschrocken zurück, denn mit Gewinsel war ein Hund an ihm hochgesprungen.

»Waupa! Waupa! Bist du denn wieder da, mein gutes Hundchen, wieder da, du armer Kerl!« rief er, nachdem er den Hund erkannt hatte und hockte vor Freude zu ihm auf der Schwelle nieder. »Bist hungrig, armer Teufel, was?«

Er suchte unter dem Brustlatz nach der Wurst, die er sich vom Hochzeitsschmaus abgespart hatte und schob sie ihm ins Maul, aber Waupa hatte es nicht eilig mit dem Essen, er bellte in einem fort, sprang an ihm hoch und winselte vor Freude.

»Hungern haben sie dich lassen und dich dann noch 'rausgeschmissen, armer Kerl!« murmelte er, die Tür zum Kuhstall aufsperrend, und warf sich gleich, wie er ging und stand, auf seine Pritsche. »Ich werd' dir schon nichts ankommen lassen und für dich sorgen ...«, brummte er und vergrub sich ins Stroh, der Hund legte sich neben ihn, knurrte ein paarmal auf und leckte ihn hin und wieder ins Gesicht.

Es dauerte nicht mehr lange, da schliefen sie beide. Und vom nebenanliegenden Stall rief Jakob mit schwacher, kranker Stimme; er rief lange, doch Witek schlief wie ein Stein, erst Waupa, der die Stimme erkannt hatte, fing an, so wütend zu bellen und ihn am Rock zu zerren, bis er aufwachte.

»Was denn?« lallte er schlaftrunken.

»Wasser! Die Hitze packt mich so an ... Wasser!«

Obgleich er verdrießlich war, und der Schlaf ihm in den Gliedern saß, ging er doch, einen ganzen Eimer Wasser für Jakob holen, den er ihm zum Trinken hinstellte.

»Ich bin so krank, daß ich kaum Luft schnappen kann ... Was knurrt denn da?«

»Der Hund ist es! ist von den Anteks zurückgekommen, das arme Tier!«

»Waupa!« flüsterte er, in der Dunkelheit nach dem Hundekopf tastend, und Waupa sprang empor, bellte und versuchte auf die Pritsche zu klettern.

»Witek, tu' mal den Pferden etwas Heu einlegen, denn sie klopfen mit den Zähnen an die leeren Krippen, ich kann mich ja nicht rühren. Tanzen sie noch?« fragte er nach einer Weile, nachdem Witek Heu vom Stallboden heruntergeworfen hatte und es in die Raufen hineintat.

»Die werden wohl zu Mittag erst fertig, und manche haben sich so betrunken, daß sie draußen auf der Straße liegen.«

»Die amesieren sich was, die amesieren sich, die Hofbauern«, seufzte er schwer auf.

»Waren die Müllersleute da?«

»Sie waren, nur daß sie früher gegangen sind.«

»Sind wohl viele dagewesen?«

»Wer die zählen könnte ... nicht mehr rühren konnt' man sich im Haus.«

»Haben sie reichlich was aufgetischt?«

»Das war schon rein wie im Herrenhof. Ganze Schüsseln Fleisch haben sie herumgetragen, und was sie Schnaps ausgesoffen haben und noch all das Bier und Met noch! Allein Wurst waren drei gehäufte Mulden voll.«

»Wann ist denn die Brauteinholung?«

»Heute doch, zur Vesper.«

»Die haben noch was vor sich, die werden sich noch genug was amesieren ... Du lieber Jesus, ich dachte, ich sollt' auch was davon abkriegen, und wenn auch man 'n Brocken für mich übergeblieben wär', daß ich mich doch mindestens einmal ordentlich satt essen könnte, und nun lieg' einer hier und verreck', und hör' zu, wie die anderen das Vergnügen haben.«

Witek ging wieder schlafen.

»Wenn man doch mindestens die Augen satt sehen könnte ... wenn doch ...«

Ermattet verstummte er und käute in seinem Innern sein Leid wieder – stille, schüchterne Klagen, die in seiner Brust hin- und herflatterten, wie flügellahme Vöglein, und schmerzvoll zirpten.

»Möge es ihnen wohl bekommen, laß sie wenigstens was vom Leben haben ...«, dachte er, den Kopf des Hundes streichelnd.

Das Fieber umnebelte ihn immer mehr, und um Schutz zu finden, fing er an, das Gebet zu murmeln und sich Jesu Barmherzigkeit warm anzuempfehlen auf Gnade und Ungnade, aber er vergaß, was er sagen wollte, der Schlaf überfiel ihn immer wieder, und die Reihenfolge seiner geflüsterten Worte, die von Bitten und Tränen geschwellt waren, zerriß und verstreute sich, wie eine rote Korallenschnur, so daß er die einzelnen Perlen zusammenraffen wollte, so sichtbar rollten sie über seinen Schafpelz; doch alles entschwand ihm – er schlief ein.

Manchmal wachte er auf, ließ den leeren Blick schweifen, und ohne etwas wahrzunehmen, sank er und stürzte wieder in die tote, leichenstarre Dunkelheit zurück.

Dann wieder stöhnte er und schrie im Schlaf, daß die Pferde schnaubend an den Ketten rissen; das brachte ihn wieder etwas zur Besinnung, und er richtete den Kopf ein wenig auf.

»Jesus, mindestens noch den Tag erleben!« jammerte er angstvoll und ließ die Blicke durchs Fensterchen gehen, um in der Welt den kommenden Tag zu suchen; nach der Sonne spähte er am grauen kalten Himmel, der mit erblassenden Sternen beschlagen war.

Aber der Tag war noch weit.

Der Stall war versunken im trüben dunstigen Licht der Morgendämmerung, so daß schon die Umrisse der Pferde sich abzuzeichnen begannen und die Raufen an den Fenstern wie Rippen gegen das Licht zu sehen waren.

Er konnte nicht mehr einschlafen, denn neue Schmerzen überkamen ihn, sie glitten ihm ins Bein, wie Knüttelstöcke, trieben es auseinander, bohrten und brannten, als ob ihm einer mit lebendiger Glut die Wunden bestreute, so daß er sich plötzlich emporriß und aus ganzer Kraft zu schreien begann, bis Witek davon aufwachte und hereingestürzt kam.

»Ich tu' sterben! Ich tu' sterben! Es schmerzt so in mir, die Krankheit wächst sich aus und tut mich erwürgen ... Witek, lauf' Ambrosius holen ... oh Jesus, oder Gusche, vielleicht helfen sie was, denn ich mach' es nicht mehr ... die letzte Stunde kommt schon über mich ... die letzte Zeit ...« er brach in ein furchtbares Weinen aus, wühlte das Gesicht ins Stroh und schluchzte bang und schwer.

Und Witek lief trotz seiner Schläfrigkeit zum Hochzeitshaus zurück.

Sie waren immer noch im vollen Tanz, Ambrosius aber war besoffen und stand, wie es bei ihm immer so war, mitten auf der Dorfstraße vor dem Haus, torkelte hin und her zwischen Weiher und Zaun und sang sich einen.

Vergeblich flehte ihn Witek an und zerrte ihn am Ärmel, der Alte war wie taub und wußte nichts mehr von sich, er wankte nur und sang verbohrt immerzu dasselbe Lied. Jetzt lief Witek zu Gusche, da sie Erfahrungen in Krankheiten hatte, doch sie saß mit den Gevatterinnen in der Kammer, und sie tranken einander mit dem Kupnik dermaßen zu, taten sich so gütlich am Bier, daß sie alle auf einmal redeten und Gesänge jaulten. Es war nichts mit ihr zu reden. Immer wieder wimmerte Witek, daß sie doch zu Jakob kommen müsse, bis sie ihn schließlich zur Tür hinaus schmiß und ihm mit der Faust noch ein paar nachknuffte. Nachdem er so viel erreicht hatte, rannte er weinend zum Stall zurück.

Da aber Jakob gerade schon wieder eingeschlafen war, so wühlte er sich ins Stroh hinein, zog einen alten Fetzen über den Kopf und schlief ein.

Eine gute Zeit nach dem Frühstück, weckte ihn das Brüllen der hungrigen und ungemelkten Kühe auf und dazu das Keifen Gusches, die, wie die anderen, die Zeit verschlafen hatte und das durch Geschrei in der Wirtschaft wieder gut zu machen versuchte.

Erst nachdem sie etwas Arbeit abgewälzt hatte, sah sie nach Jakob.

»Helft mir doch, ratet mir doch«, bat er leise.

»Heirat' dir 'ne Junge an, dann wirst du gleich auskuriert sein!« fing sie vergnügt an; als sie aber sein blau angelaufenes, geschwollenes Gesicht sah, wurde sie merklich ernster. »Einen Priester brauchst du mehr als einen Arzt! Was soll ich dir da helfen? Besprechen könnt' ich, beräuchern, aber wird das helfen? ... Es scheint mir, daß du die Todkrankheit hast, die reine Todkrankheit ...«

»Soll ich denn sterben?«

»Das steht in Gottes Macht, aber mir deucht, daß du der Knochenfrau nicht mehr entwischst.«

»Sterben soll ich, sagt ihr?«

»Nach Hochwürden müßte man schicken, wie?«

»Hochwürden!« stieß er erstaunt hervor. »Hochwürden hierherbringen in den Stall zu mir? ... Was kommt euch an?«

»Was denn, ist doch nicht aus Zucker, der wird sich hier schon im Pferdemist nicht auflösen! Dazu ist doch der Priester da, daß er kommt, wohin man ihn zu einem Kranken ruft.«

»Jesus! und ich sollte die Frechheit haben, zu mir, in diesen Mist? ...«

»Bist dumm wie'n Schaf!« Sie zuckte mit den Achseln und ging davon.

»Selbst dumm, weiß nicht was sie redet ...« brummte er, arg empört, fiel schwer auf sein Lager zurück und sann noch lange nach. »Hat sich was, das Frauenzimmer ... hale, Hochwürden, der liebe, spaziert sich in den Zimmern herum ... liest aus den Büchern ... redet mit dem lieben Gott ... und zu mir soll man ihn rufen ... diese Frauen, ... nur um die Zunge laufen zu lassen ... Dumme ...«

So blieb er denn einsam liegen, und es war als ob sie ihn vergessen hätten.

Zuweilen nur ließ sich Witek blicken, um den Pferden Hafer aufzuschütten oder sie zu tränken; dann reichte er auch ihm Wasser und verschwand bald wieder. Er lief zurück ins Hochzeitshaus, wo sich die Gäste allmählich zur Brauteinholung einzufinden begannen. Zuweilen stürzte auch Fine mit Geschrei herein und steckte Jakob ein Stück vom Hochzeitskuchen zu, sie plapperte, schnatterte, füllte den Stall mit Geschrei, so daß die Hühner auf den Staffeln erschrocken zu gackeln anfingen, und rannte schnell davon.

Natürlich, die konnte gut rennen, denn man amüsierte sich da schon nicht schlecht, die Musik dröhnte durch die Wände und frohes Geschrei und Singen kam von daher.

Jakob lag still, denn von Zeit zu Zeit packten ihn von ungefähr die Schmerzen; so horchte er denn nur hin und suchte zu erkennen, was sie sich da amüsierten, dabei redete er mal mit Waupa, der ihn nicht für einen Augenblick verließ und gemeinsam mit ihm Fines Kuchen verzehrte; er schnalzte zu den Pferden hinüber und redete mit ihnen, bis sie freudig wieherten und die Köpfe von den Krippen nach ihm drehten, die Jungstute riß sich sogar vom Halfter los und kam bis an die Pritsche zu schäkern und die feuchten, warmen Nüstern an sein Gesicht zu reiben.

»Bist mager geworden, mein Armes, mager!« Er streichelte sie zärtlich und küßte sie auf die geblähten Nüstern. »Hab man keine Angst, bald werd' ich schon gesund, dann will ich dir die Flanken wieder rund machen und wenn es mit reinem Hafer sein soll ...«

Er wurde bald wieder still und blickte gedankenlos auf die schwärzlichen Aststellen, von denen an den Wänden Harz herunter geronnen war, wie erstarrte blutige Tränen.

Der blasse Sonnentag schaute mit stillen Augen durch die Ritzen, durch die aufgesperrte Tür aber ergoß sich ein Strom flirrender, blitzender Helligkeit, die wie die goldenen Spinnweben der Stoppelfelder war; die Fliegen schwirrten darin mit einem taumeligen, schläfrigen Summen.

Stunden auf Stunden gingen dahin, schleppten sich langsam vorüber, wie blinde, lahme Bettler, die mühselig über schlimme Sandwege ziehen; sie gingen in Stille, oder sie waren wie ein Stein, der ins Bodenlose fällt und stürzt, sich verliert, entschwindet, daß selbst das Auge ihn nicht mehr greifen kann.

Manchmal nur stürmte ein Haufen schilpender Spatzen in den Stall und machte sich keck über die Krippen her ...

»Was für verständige Biester!« flüsterte er. »So ein Vöglein, und der Herr Jesus gibt ihm den Verstand, daß es weiß, wo es die Nahrung finden kann. Ruhig, Waupa, laß sie sich satt essen und durchhelfen, die armen Dinger, auch für sie kommt der Winter.« Er besänftigte den Hund, der aufgesprungen war, die Räuber fortzujagen.

Auf dem Hof fingen die Schweine an zu quieken und sich gegen die Ecken der Stallwand zu reiben, so daß das ganze Gebäude bebte, und danach schoben sie ihre langen, dreckigen Rüssel durch die Tür und grunzten.

»Treib' sie 'raus, Waupa, dieses Lungervolk, die haben nie genug!«

Kaum waren sie weg, da begannen die Hühner am Eingang zu gacksen und ein großer roter Hahn guckte behutsam herein, wich zurück, schlug mit den Flügeln und krähte, bis er plötzlich frech über die Schwelle sprang und sich über den Kober voll Hafer machte, und hinter ihm her erschienen seine Hühner, aber sie kamen nicht zum rechten Essen, denn ein Trupp schnatternder Gänse tauchte auf; es flimmerten auf der Schwelle die roten zischelnden Schnäbel und die langgestreckten Halse bewegten sich hin und her.

»Treib' sie 'raus, mein Hund, treib' sie 'raus! Das Kroppzeug hat nur immerzu miteinander zu zanken, ganz wie die Weiber!«

Es ertönte denn auch gleich ein Lärm, Geschrei und ein Flug elf latschen, und Federn flogen auf, wie aus einem aufgerissenen Federbett, denn Waupa ließ sich nicht sein Vergnügen entgehen, er kehrte keuchend mit heraushängender Zunge zurück und winselte freudig.

»Still da!«

Vom Haus herüber tönte das Schimpfen Gusches, Hin- und Herlaufen und das Stoßen der von Stube zu Stube gezerrten Gegenstände.

»Sie bereiten sich zur Brauteinholung!«

Über die Straße kam hin und wieder einer gefahren, und jetzt schlurfte knarrend irgendein Wagen vorüber. Jakob suchte eifrig alles zu erkennen.

»Klembs Leiterwagen, ein Pferd hat er vor, will gewiß Nadelstreu aus dem Wald holen. Natürlich vorne ist die Achse ausgerieben und darum scheuert die Nabe und knarrt.«

Auf den Wegen hallten Schritte; Gespräche, Stimmen ließen sich hören und kaum vernehmbare, kaum empfundene Töne zitterten in der Luft, aber er ergriff sie im Fluge und suchte sie zu unterscheiden.

»Der alte Pietraß geht in die Schenke«, brummte er. Walentys Frau hat was zu schreien ... gewiß sind die Gössel von irgendwem auf ihre Seite gekommen ... Ein Teufel, nicht ein Weib ist das! Kosiols Frau, scheint mir ... natürlich ... sie läuft und schreit ... natürlich ist sie es! ... Rafus sein Peter ... schwadroniert, das Biest, als ob er Klöse im Maul hat ... sieh, die Priesterstute fährt nach Wasser, jawohl ... sie bleibt stehen ... hat sich festgefahren ... wird noch mal die Beine brechen ...

Und so tat er langsam sich alles herauszuhören, und wanderte mit seinen Gedanken und seinem hellsehenden Empfinden durchs ganze Dorf, er sorgte, kümmerte, beunruhigte sich und lebte das Leben des Dorfes, so daß er kaum bemerkte, wie der Tag langsam verstrich; das Licht auf den Wänden begann zu erlöschen, der Türausschnitt erblaßte und im Stall fing die Dämmerung an zu weben.

Schon ganz gegen Abend kam Ambrosius, er war noch nicht ganz nüchtern, denn er ging noch unsicher und redete so schnell, daß man ihn kaum verstehen konnte.

»Das Bein sollst du dir verrenkt haben?«

»Seht mal nach und helft.«

Schweigend wickelte er die blutgetränkten Lappen ab. Sie waren angetrocknet und klebten so fest am Bein, daß Jakob himmelhoch zu schreien anfing.

»Selbst 'ne Jungfrau bei der Geburt quiekt nicht so!« knurrte er verächtlich.

»Es schmerzt doch! Jesus! Zerrt doch nicht so!« Er heulte auf, fast wie ein Tier.

»Die haben dich aber noblicht zugerichtet! Ein Hund hat dir die Wade ausgebissen, oder was ist das?« rief er erstaunt, denn die Wade war zerfetzt und eiterig und das Bein dick geschwollen wie eine Kanne.

»Da ... sagt es nur ja nicht ... der Förster hat mich angeschossen ... nur ...«

»Wahrhaftig ... Schrot sitzt unter der Haut dicht wie Mohn ... Hat er dir die denn von weitem aufgebrannt? Ho, ho! mir deucht mit dem Klumpen ist es aus ... die Knöchelchen knacken nur so. Warum hast du mich denn nicht gleich gerufen?«

»Ich hab' mich gefürchtet ... wenn die das gemerkt hätten, einen Hasen wollt' ich ... ich hatt' ihn auch schon geschossen ... und war schon mitten auf dem Feld ... und da knallt der auf mich los ...«

»Einmal hat der Förster in der Schenke erzählt, daß ihnen da jemand Schaden macht ...«

»Hale ... Schaden ... als ob die Hasen vielleicht jemandem gehörten ... Aas ... hat sich lauern gelegt, um mich zu kriegen ... auf dem Feld bin ich schon, und der schießt aus beiden Läufen auf mich ... daß dich, du Satan ... sagt es nur ja nicht ... vor Gericht würden sie einen bringen ... die Flurjäger ... und auf der Stelle würden sie die Flinte wegnehmen ... und sie tut mir doch nicht gehören ... Ich dachte, das soll selbst vorübergehen ... helft mir doch bloß, denn es schmerzt und reißt so schrecklich ...«

»So ein Schlaumeier bist du! So ein Heimlicher, sieht aus, als ob er von nichts nicht weiß und teilt sich mit dem Gutsherrn die Hasen auf ... Sieh mal an ... aber mit dem Klumpen wirst du bezahlen müssen bei dem Kompagniegeschäft ...«

Er besah das Bein noch einmal und wurde arg bedenklich.

»Zu spät, viel zu spät!«

»Helft doch, helft doch nur«, stöhnte Jakob entsetzt.

Ambrosius antwortete nichts mehr, krempte nur die Ärmel hoch, holte ein scharfes Taschenmesser hervor, packte das Bein fest an und fing an, die Schrotkörner herauszukratzen und den Eiter herauszudrücken.

Zu Anfang brüllte Jakob los wie ein Tier, das geschlachtet wird, bis ihm Ambrosius das Maul mit dem Schafpelz zustopfte, dann wurde er plötzlich still, denn er war vor Schmerzen besinnungslos geworden. Ambrosius reinigte ihm das wunde Bein, belegte es mit einer Salbe und umwickelte es mit neuen Lappen, dann erst machte er sich daran, ihn wieder zu Bewußtsein zu bringen.

»Ins Spital mußt du gehen ...«, knurrte er leise.

»Ins Spital? ...« Jakob war noch ganz benommen.

»Das Bein würden sie dir abschneiden, dann würdest du vielleicht gesund werden.«

»Das Bein?«

»Natürlich, nichts mehr wert ist es, ganz verdorben, wird schon schwarz.«

»Abschneiden?« fragte er, ohne zu begreifen.

»Im Knie. Hab' man keine Angst, mir hat die Kugel das Bein gleich unterm Hintern abgerissen und ich leb' doch auch noch.«

»Ihr meint, man braucht nur das kranke Teil abzuschneiden, und dann war' ich wieder gesund? ...«

»In einem Nu ... aber du mußt gleich ins Spital ...«

»Nee, ich hab' Angst, nee ... nicht ins Spital ...«

»Dummer! ...«

»Da schneiden sie einen bei lebendigem Leibe kaputt ... da ... Schneidet ihr ... ich zahl' euch was ihr wollt, tut es doch ... ich will nicht ins Spital, lieber schon hier verrecken ...«

»Dann verreckst du auch ... das kann dir nur der Doktor abschneiden. Gleich geh' ich zum Schulzen, daß sie dir für morgen eine Fuhre geben und dich in die Stadt fahren.«

»Ihr redet umsonst, denn ins Spital geh' ich nicht ...« sagte er entschlossen.

»Hale, als wenn man dich erst fragen tut, so 'n Dummer!«

»Abschneiden und gleich werd' ich wieder gesund ...«, wiederholte Jakob leise nach seinem Weggehen.

Der Fuß hörte auf zu schmerzen noch der Behandlung, aber er war steif geworden bis zu den Weichen und über die ganze Seite fühlte er ein Kribbeln, wie von Ameisen; er achtete nicht darauf, denn er war ganz in Gedanken versunken.

»Gesund würde ich werden! Das muß schon so sein, daß es so ist, dem Ambrosius fehlt doch auch das ganze Bein ... einen Stelzfuß hat er ... Und er sagt, daß es in einem Nu wieder gut ist ... Aber der Boryna würde mich fortjagen ... natürlich, ein Knecht ohne Bein ... taugt nicht zum Pflug und nicht zur Arbeit. Was soll ich da bloß anfangen? Das Vieh hüten oder auf den Bettel gehen ... in die Welt hinaus, an die Kirchenmauer ...? Oder wie ein alter Schuh auf den Müllhaufen kommen ... am Zaun verrecken. Barmherziger Jesus! Oh Jesus!« Plötzlich hatte er es klar begriffen und richtete sich fast ganz auf in betäubender Angst. »Jesus! Jesus!« wiederholte er wie im Fieber, am ganzen Körper schlotternd und geistesabwesend vor sich hinstarrend.

Ein tiefes, schmerzzerrissenes Weinen quoll in ihm auf, ein Schrei der Hilflosigkeit eines rettungslos in den Abgrund Stürzenden.

Sein Weinen wurde zu einem Heulen, lange rang er hin und her mit seiner Qual, doch durch Tränen und Verzweiflung fingen sich in ihm irgendwelche Entschlüsse und Überlegungen an zu regen, er wurde langsam still, beruhigte sich und vertiefte sich so in sich selbst, daß er nicht mehr hörte, was um ihn geschah; wie durch einen fernen Traum dämmerte ihm ein Spielen, Singen und ein naher Lärm auf.

Gerade um diese Zeit siedelten die Hochzeitsgäste zu Boryna über.

Man bewerkstelligte die Einholung Jagnas zu ihrem Ehemann.

Kurz vordem hatte man eine mächtige Kuh herübergeführt und eine Truhe, Federbetten, sowie verschiedenes Gerät, das sie noch als Mitgift bekommen hatte, herübergefahren.

Jetzt aber, vielleicht ein Paternoster nach Sonnenuntergang, als es schummerig wurde und die Welt infolge eines bevorstehenden Witterungswechsels sich mit Nebeln zu umspinnen begann, schoben die Menschen im Haufen aus dem Hause der Dominikbäuerin auf die Straße.

Die Musik ging an der Spitze und spielte frisch auf; hinterher aber wurde die noch ganz hochzeitsmäßig gekleidete Jagusch von der Mutter, den Brüdern und Gevattern geführt; nebenher und hinterdrein, wie es gerade kam, drängte sich die Schar der Hochzeitsgäste.

Sie gingen langsam am Weiher entlang, der wie schwarz angelaufen dalag und unter der Last der Dämmerung zu erlöschen begann, mitten durch den immer dichter werdenden Nebel in der Stille einer noch stumpfen und blinden Dunkelheit, so daß das Getrampel der Füße und das Spiel der Instrumente dumpf und eingeengt klang, als kämen die Töne aus der Tiefe des Wassers.

Die Jugend stimmte hin und wieder ein Liedchen an, eine Gevatterin trällerte los, oder einer von den Männern juchzte sein »da-dana«, doch sie verstummten bald, es war noch keine rechte Lust da, und die nasse Kälte fuhr einem durch Mark und Bein.

Erst als sie in den Heckenweg einbogen, der auf den Borynahof zuführte, fingen die Brautjungfern an zu singen:

> Und es kam der Dirn' das Weinen
> vor dem Traualtar;
> vier Lichter wurden angebrannt,
> man spielte die Orgel sogar.
> Und du, Mädchen, hast gedacht,
> daß sie dir ewig spielen werden? ...
> Gestern etwas, heute etwas ...
> Und sonst Not und Leid auf Erden ...
> Da-dana! Und sonst Not und Leid auf Erden!

Auf der Galerie, auf der Schwelle wartete schon Boryna, die Junggesellen und Fine.

Vorweg kam die Dominikbäuerin mit einem Bündel, in dem sich eine Brotschnitte, eine Prise Salz, ein Stück Kohle, Wachs von einer Totenkerze und ein Büschel Ähren, das am Kräutersonntag geweiht war, befanden, und als Jagusch über die Schwelle ging, warfen die Gevatterinnen ausgezupfte Stoffasern und Hede hinter ihr her, damit der Böse keinen Zutritt habe und daß ihr alles gedeihen sollte.

Gleichzeitig begrüßten sie sich, küßten sich und wünschten dem jungen Paar Glück, Gesundheit und was da der liebe Gott noch geben mag, und alles strömte in die Stube, so daß sie bald alle Bänke und Winkel besetzt hatten.

Die Musikanten klimperten leise, ihre Instrumente stimmend, um die Bewirtung nicht zu stören, mit der Boryna selbst den Gästen aufwartete.

Er ging mit einem vollen Maßkrug von Gevatter zu Gevatter, bot an, nötigte, umarmte und trank jedem zu; der Schmied war ihm dabei behilflich und schenkte in der anderen Ecke der Stube ein, wahrend Magda und Fine einen mit Honig zubereiteten Quarkkuchen auf Tellern herumtrugen, den die Schmiedin absichtlich für die Brauteinholung gebacken hatte, um sich bei Vätern lieb Kind zu machen.

Aber es wollte nicht recht mit dem Amüsement vorwärtskommen, natürlich goß man nicht den Schnaps hinter sich, anstatt in den Mund und mied die Gläser nicht; sie tranken selbst mit Lust einander zu, nur daß sie irgendwie nicht zur rechten Feststimmung kommen konnten und nicht ins Sieden gerieten, kaum daß die Freude ein paar Bläslein steigen ließ, wie Wasser auf schwachem Feuer; sie saßen matt herum, bewegten sich schwer, linkisch, sprachen wenig und leise und der eine oder der andere der Älteren gähnte heimlich, streckte sich sehnsüchtig und dachte nur daran, wie er wohl irgendwo so schnell wie möglich ins Stroh kommen könnte.

Und die Frauen, obgleich sie ein Gezücht sind, das am meisten Lärm macht und nie genug vom Amüsieren kriegt, drückten sich auf den Bänken herum und steckten in den Ecken einsilbig beieinander.

Jaguscha hatte sich in der ehelichen Kammer gleich die sonstige Festtracht angezogen und trat hinaus, um zu bewirken und die Gäste zu empfangen, aber die Mutter ließ sie nichts anrühren.

»Genieß du deine Hochzeit, mein Töchterchen! Wirst noch genug Arbeit und Mühe haben!« flüsterte sie; sie zog sie immer wieder in ihre Arme und drückte sie mit Tränen in den Augen ans Herz, so daß es manch einem seltsam dünkte, sie ging doch nicht in die Welt, heiratete nicht in ein anderes Dorf und hatte keine Armut zu erwarten.

Sie lachten über diese mütterliche Zärtlichkeit und wetzten ihre Zungen mit Spötteleien; jetzt erst bei der Brauteinholung, da Jagusch als Hofbäuerin und Besitzerin in das eheliche Haus eingezogen war, gingen ihnen die Augen auf; so viel Grund und Boden, das viele Hab und Gut, und alles das hatte sie jetzt. Manch einer der Mütter, deren Töchter schon lange in den Heiratsjahren waren, fuhr der Neid in die Gurgel, und den Mädchen war es auch nicht recht gut zumute, es kam ihnen irgendwelche Verdrießlichkeit an.

Sie gingen miteinander auf die andere Seite des Hauses hinüber, wo früher Anteks gewohnt hatten; Gusche und Eve bereiteten hier das Abendessen vor. Es war ein starkes Geknatter auf dem Feuerherd, und Witek konnte gar nicht genug Holzkloben zutragen und unter die gewaltigen Kochtöpfe schieben.

Sie krochen im ganzen Haus herum und lugten mit ihren neidischen Augen durch jede Ritze.

Wie hätte das auch anders zugehen können, daß man so ein Los nicht neiden sollte.

Allein schon das Haus, das beste im ganzen Dorf war's, groß, hell, hoch, die Stuben rein, wie im Herrenhof, sein geweißt und mit Fußböden und wie sauber! Und das viele Mobiliar, die verschiedenen Geräte, und dann all die Bilder, an die zwanzig Stück sicherlich, und alle mit Glas. Und was war da nicht alles: Kuhställe, Pferdeställe, und die Scheune, und der Schuppen! Und war da nicht vielleicht genug lebendes Inventar! Fünf Kuhschwänze allein, ohne den Bullen, der doch auch ein ordentliches

Stück Profit abwirft! Drei Pferde; und die Felder, und die Schweine, und die Gänse, und ...!

Sie seufzten schmerzlich und immer wieder fing die oder jene eins ums andere Mal zu reden an.

»Mein Gott, daß doch der Herr Jesus immer solchen alles gibt, die es gar nicht verdient haben!«

»Die haben es verstanden, sich zu helfen, die wissen Bescheid!«

»Das ist mal sicher, allemal kriegt der was, der angelaufen kommt.«

»Warum ist denn eure Ulisja nicht so klug gewesen, entgegenzukommen?«

»Weil sie Gottesfurcht genug hat und ein ehrliches Leben führt.«

»Das ist mit den anderen auch so.«

»Und einer anderen wird nichts nachgesehen, man braucht sie nur einmal zur nächtlichen Zeit mit einem zu sehen, und gleich wird sie auf den Zungen durch die ganze Welt getragen.«

»So eine hat Glück ...«

»Weil sie keine Scham hat.«

»Kommt doch 'rüber« rief Jendschych. »Die Musik spielt und in der Stube ist kein einziger Weiberrock. Man will doch was zu tanzen haben!«

»Guck mal an, was der für Lust hat, und wird dir denn die Mutter ... erlauben? ...«

»Laß dir nur nicht deine Höschen abrutschen bei dieser Fahrt, sonst gibt's noch'n Spiegel zu sehen.«

»Und halt die Klumpen besser beisammen!«

»Geh mit Walentys Frau tanzen, dann gibt es zwei Plumpsäcke beieinander!«

Jendschych ließ nur einen Fluch fahren, griff sich die erste beste heraus und führte sie mit sich, ohne viel darauf zu achten, was da hinter ihm her summte.

In der Stube tanzten sie schon, wenn auch nur langsam und fast widerwillig; Nastuscha Täubich und Schymek Patsches allein drehten sich eifrig im Tanz. Sie hatten sich schon vordem verabredet, und als die Musik ansetzte, nahmen sie sich fest in die Arme und tanzten gründlich und ehrlich, und jedesmal wenn sie absetzten, wandelten sie umschlungen in der Stube einher, Hüfte an Hüfte geschmiegt, so daß es sie ordentlich nach einander verlangte; man hörte sie lustig reden und laut lachen, die Dominikbäuerin aber verfolgte ihren Sohn immerzu mit unruhigen Augen.

Erst als der Schulze kam, denn er hatte sich verspätet, weil er die Rekruten nach dem Kreisamt bringen mußte, kam Leben in die Leute; kaum war er eingetreten, kaum hatte er dem und jenem zugetrunken, da fing er schon an mit seinen Gastgebern herumzureden und die jungen Eheleute zu necken.

»Der Herr Bräutigam ist wie eine gekalkte Wand und die Braut wie feines rotes Haartuch.«

»Das könnt ihr morgen sagen ...«

»Ihr seid doch ein Praktikus, Matheus, da habt ihr doch den Tag nicht verpaßt.«

»Ist doch nicht wie ein Gänserich, ... vor allen Leuten! ...«

»Nicht ein halbes Maß Schnaps wett' ich dafür! Wirf du mal einen Stein in die Büsche, da wird schon immer irgendein Vöglein herausgeflogen kommen, das sag' ich euch, der Schulze!«

Sie lachten laut los, denn Jagna war auf die andere Seite geflüchtet.

Auch die Weiber stichelten, soviel ihnen die Spucke nur 'rantrug.

Bald steigerte sich das Stimmengewirr, und Fröhlichkeit ergriff die Gemüter; der Schulze hatte ehrlich dazu geholfen, und auch der Schnaps tat das seine; Boryna sparte nicht und ließ die Flasche oft die Runde machen; auch der Tanz ging nun lebhafter und rascher vonstatten, sie fingen schon an zu singen und aufzutrampeln und drehten sich in einem immer größeren Kreise durch die Stube.

Gerade zu dieser Zeit erschien Ambrosius, ließ sich, kaum daß er über die Schwelle war, nieder und ging mit seinen gierigen Augen der Branntweinflasche nach.

»Euer Kopf dreht sich immer nur dahin, wo die Gläser klirren!« warf der Schulze hin.

»Die klirren, weil das ihr Amt ist; und wer den labet, der da lechzt, der tuet wohl!« entgegnete er ernst.

»Wasser gefällig, alter Schlauch?«

»Was dem Vieh schmeckt, schadet dem Menschen! Man sagt doch: ›Wen das Wasser erlöst, den erlöst es ... der Schnaps stellt aber jeden auf die Beine‹.«

»Denn trink 'mal einen Branntwein, wenn du so'n Kalkulant bist.«

»Trinkt mir zu, Herr Schulze! Man sagt auch das: ›Die Taufe nimm in Wasser, die Hochzeit begieß mit Wein und den Tod mit Tränen.‹«

»Recht haben sie, trinkt einen zweiten ...«

»Vor dem dritten lauf' ich auch nicht weg! Ich trinke immer einen für meine erste Frau und zwei für die zweite.«

»Warum denn das?«

»Weil sie zur rechten Zeit gestorben ist, damit ich noch 'ne dritte haben kann.«

»Auf 'ne Frau sinniert er, und es ist doch schon nach der Abendzeit bei ihm, die Nacht sitzt ihm schon in den Glotzen ...«

»Mein Stecken find't schon noch bei Nacht die Weiberbeine!«

Die Stube erdröhnte vor Gelächter.

»Die Gusche wollen wir euch anheiraten!« schrien die Frauen.

»Den Schnaps mag sie und das Maulwerk hat sie auch«, ergänzten die anderen.

»Man sagt: ›ein arbeitsamer Mann und eine Frau, die ihre Schnauze brauchen kann, kriegen sich die halbe Welt zusamm'n‹.«

Der Schulze setzte sich zu ihm hin und die anderen ringsherum, wo nur ein Platz auf den Bänken war; und als keiner mehr zu finden war, blieben sie stehen, drängten sich zu einem Haufen zusammen und nahmen fast die Hälfte der Stube ein, ohne auf die Tanzenden zu achten.

Gleich begannen da allerhand Neckereien, Erfindungen, Erzählungen, lustige Reden und Anekdötchen, so daß schier die Wände bebten; am meisten aber räsonierte Ambrosius, den Buckel voll log sich die Kanaille und erzählte einem seine Lügengeschichten direkt ins Gesicht, aber so geschickt und ergötzlich, daß sie sich vor Lachen krümmten; und von den Frauen ließ sich die Wachnikbäuerin von keinem übertrumpfen, ihr Maulwerk war obenan, und auch der Schulze pflichtete ihr bei, soweit ihm das sein Ansehen und sein Amt erlaubte.

Die Musik geigte schwungvoll und mächtig, und die Jugend schwang sich frisch herum, juchzte und stieß scharf mit den Absätzen auf, sie aber belustigten sich gemeinsam so froh, daß sie die ganze liebe Welt vergessen hatten, bis einer plötzlich im Flur Jankel entdeckte. Sie schleppten ihn in die Stube. Der Jude nahm die Mütze ab, verbeugte sich, begrüßte die Anwesenden freundschaftlich, ohne darauf zu achten, daß ihm die Spottnamen wie Steine um die Ohren flogen.

»Rotkopf! Ungetaufter! Sohn einer Stute!«

»Ruhig da! Schnaps geben, traktiert ihn mal«, rief der Schulze.

»Bin ich gegangen den Weg, wollt' ich sehen, wie sich die Herren Hofbauern vergnüglich machen. Gott vergelt's, Herr Schulze, ich will den Schnaps trinken, was soll ich nicht trinken auf die Gesundheit von dem Brautpaar?«

Boryna brachte eine Flasche und schenkte ein. Jankel wischte das Glas mit dem Schoß seines Kaftans ab, bedeckte sich und trank aus und goß noch einen zweiten hinter die Binde.

»Bleibt da, Jankel, Unkoscheres sollt ihr nicht haben. Heda, Musikanten, spielt den Jüdischen auf! laßt Jankel tanzen!« riefen sie lachend.

»Ich kann schon tanzen, das ist keine Sünde!«

Doch bevor die Musikanten die Zurufe begriffen hatten, schob sich Jankel auf den Flur hinaus und verschwand im Hof, er war nach Jakob geeilt, das Gewehr in Empfang zu nehmen.

Sie hatten nicht einmal sein Verschwinden gemerkt, denn Ambrosius setzte seine Aufschneidereien fort, und die Wachnikbäuerin tat ihr Bestes, ihn zu begleiten, als müßte sie die Baßgeige zu seinem Schelmenlied spielen; so war ihnen die Zeit bis zum Abendessen vergangen; die Musik spielte schon leiser, man hatte die Tische aufgestellt und lärmte mit den Schüsseln, sie aber lachten in einem fort.

Vergeblich lud Boryna zum Essen ein, man hörte nicht einmal auf ihn. Darauf wiederholte auch Jagusch mehrmals, daß sie doch kommen möchten, da hatte sie aber schon der Schulze mitten in den Haufen gezogen, an seine Seite gesetzt und hielt sie fest bei der Hand.

Schließlich rief Jaschek, den man den ›Verkehrten‹ nannte, ganz laut:

»An die Schüsseln, Leute, das Essen wird sonst kalt!«

»Halt's Maul, Dummkopf, auch für dich wird sich eine Schüssel zum Auslecken finden.«

»Der Küster lügen nur so, daß es raucht. Er denkt wohl, daß ihm einer was glauben tut ...«

»Höre mal, du, was man dir ins Maul gibt, das kannst du nehmen, das ist deins, aber rühr' mich nicht an, damit wirst du nicht fertig.«

»Wollen sehen!« schrie der Bursche zurück; er war etwas dummelig und schwer von Begriff.

»Der Ochs wird ebenso mit mir fertig, vielleicht selbst besser noch«, warf Ambrosius ihm zu.

»Was der Pfarrer in den Eimer leert, trägt Ambrosius hinaus, nun meint er, er hat den ganzen Pfarrer.«

»Laß du nur ein Kalb in die Kirche, dann hat es auch nichts Besseres zu tun, als den Schwanz hochzuheben! Dummes Frauenzimmer!« knurrte er gekränkt, denn es war Jascheks Mutter, die den Versuch gemacht hatte, ihren Sohn zu verteidigen. Als erster erhob er sich und hinter ihm her fingen die anderen an, ihre Plätze an den Tischen einzunehmen. Sie beeilten sich, denn die Köchinnen trugen die dampfenden Schüsseln herein und schmackhafte Düfte zogen durch die Stube.

Sie setzten sich dem Alter nach hin, wie es sich bei einem Brauteinholungsfest schickte. Die Dominikbäuerin mit ihren Söhnen saß in der Mitte; die Brautjungfern und die Brautführer setzten sich beieinander zu Tisch, und Boryna war mit Jagusch mitten in der Stube geblieben, um die Gäste zu bedienen und auf alles Obacht zu geben.

Es wurde ganz still. Nur hinter den Fensterscheiben kreischten die Dorfkinder und prügelten sich untereinander, und Waupa lief bellend ums Haus und versuchte in den Hausflur einzudringen. Die Leute aber bewältigten mit ruhiger Würde das Essen und stachen auf die gehäuften Schüsseln ein. Man hörte nur die Löffel gegen die Kerben des Geschirrs kratzen und die Gläser klirren, die fleißig die Runde machten.

Jagusch aber forderte immerzu auf, schob fast jedem etwas zu, sei es Fleisch oder andere Speisen; sie nötigte die Gäste, daß sie sich ja an allem gütlich tun möchten, und es ging ihr so geschickt vonstatten, sie verstand jedem so passend etwas Schmeichelhaftes zu sagen und tat zu jedermann mit solcher Anmut freundlich, daß manch einer von den Burschen sie mit sehnsüchtigen Augen verfolgte, und die Mutter sich vor Zufriedenheit reckte, ihren Löffel beiseite legte, um besser nach ihr hinschauen zu können und sich über sie zu freuen.

Auch Boryna merkte es, eilte ihr nach, als sie zu den Köchinnen wollte, holte sie im Flur ein, preßte sie fest an sich und küßte sie heftig ab.

»Du meine liebe Wirtin! Wie eine Gutsherrin weißt du dir zu helfen und zu raten!«

»Bin ich denn vielleicht nicht die Wirtin? Aber geht nur wieder in die Stube. Gulbas und Simeon sitzen mürrisch da und essen kaum was. Trinkt ihnen mal zu.«

Versteht sich, daß er ging und ihr gehorchen tat, und alles machte, was sie nur wollte. Jagusch aber war es seltsam froh und lustig zumute. Sie fühlte sich Hausherrin und keine geringe – eine Gutsfrau fast; das Regieren kam ihr wie von selbst, und gleichzeitig wuchs in ihr die Würde und ein machtvoller, selbstsicherer Stolz. Sie ging durch die Stuben und trug sich aufrecht und ungezwungen, sah nach allem scharf und leitete alles so verständig, als ob sie Gott weiß wie lange schon auf Eigenem gewirtschaftet hätte.

»Wie sie ist, wird der Alte bald selber merken müssen, das ist schon seine Sache, aber mir scheint, sie gibt 'ne gute Hausfrau ab«, flüsterte Eve der Gusche zu.

»Klug ist auch die Kathrine, wenn sie was hat in der Terrine!« antwortete diese hämisch. »Laß den Alten ihr erst mal zuwider werden, und laß sie erst mal hinter den Burschen herjagen ...«

»Das wird sie doch nicht tun, nur dahinter sitzt doch noch der Matthias, der wird sie schon nicht so leicht fahren lassen.«

»Ih ... fahren lassen! Dazu wird ihn schon ein anderer kriegen ...«

»Boryna?«

»Hale, Boryna! Da gibt es doch noch einen, der stärker ist als die beiden ... jawohl ... laßt nur erst die Zeit kommen und ihr sollt sehen ...«, sie lächelte listig. »Witek, jag mal den Hund weg, der bellt und bellt, daß einem die Ohren weh tun, kannst auch die verdammten Jungen auseinandertreiben, die drücken uns hier noch die Scheiben ein und zerren den Wandschutz auseinander.«

Witek rannte mit der Peitsche hinaus, der Hund verstummte und man hörte nur noch das Gekreisch von Kinderstimmen und das Getrappel der fortlaufenden Füße; er jagte sie bis auf den Weg hinaus und lief dann vornübergebeugt zurück, denn ein Hagel von Steinen und Schmutzklumpen sauste ihm nach.

»Witek! wart' mal!« rief Rochus, der an der Hausecke nach dem Hof zu im Dunkeln stand. »Ruf' Ambrosius, er soll gleich kommen wegen einer wichtigen Angelegenheit, ich wart' auf der Galerie.«

Erst nach einem Paternoster kam Ambrosius stark erzürnt heraus, denn er war mächtig böse, daß man ihm das Essen im besten Augenblick, grad' beim Spanferkel mit Erbsen unterbrochen hatte.

»Brennt die Kirche, oder was?«

»Schreit nicht, kommt mit zu Jakob, mir ist, er stirbt.«

»Laß ihn verrecken ... Leute hier beim Essen stören. Nach dem Vesper bin ich doch bei ihm gewesen und hab' ihm gesagt, daß er sich zum Spital bereit hält, das Bein würden sie ihm da abschneiden und dann wäre er gleich wieder gesund! ...«

»Das habt ihr ihm gesagt! Jetzt begreif' ich; ich glaube, er hat es sich selber abgeschnitten ...«

»Jesus, Maria! Was denn, selbst abgeschnitten? ...«

»Kommt, kommt schnell, ihr könnt ja nachsehen. Ich ging in den Kuhstall, um mich schlafen zu legen, kaum bin ich auf dem Hof, springt Waupa mich an, bellt, winselt, zerrt mit den Zähnen an meinem Rock, reißt mich vorwärts, ich wußte gar nicht, was er wollte ... und er voraus, und sitzt an der Schwelle des Pferdestalles und winselt. Ich ging also hin und will sehen, was da ist; da liegt Jakob auf der Schwelle, mit dem Kopf noch im Stall. Ich dacht' erst, er wollte Luft schnappen und daß ihm dabei schwach geworden wär'. Ich trug ihn also auf die Pritsche und hab' die Laterne angezündet, um Wasser zu finden, und wie ich ihn zu sehen krieg', liegt er ganz in Blut und leichenblaß, und vom Bein her strömt nur immer so das Blut. Laß uns nur rasch gehen, damit er uns nicht wegstirbt ...«

Sie traten in den Stall, und Ambrosius machte sich scharf dran, ihn in die Besinnung zu bringen; Jakob lag regungslos, atmete wenig und stoßweise und röchelte durch die zusammengepreßten Zähne, so daß man sie ihm geradezu auseinanderzwängen mußte, um ihm etwas Wasser einzuflößen.

Das Bein war ihm am Knie abgetrennt, es hing kaum noch an der Haut fest und blutete stark. An der Schwelle hatten sich verschiedene Blutlachen gebildet, und daneben lag eine blutbesudelte Axt, und der Schleifstein, der sonst unter der Dachtraufe des Pferdestalls stand, lag neben der Schwelle.

»Da haben wir's, sich selbst das Bein abgehackt. Angst hat er gehabt vor dem Spital, und der Dumme denkt, daß er sich selber helfen kann, aber ein starkes

Mannsbild! Jesus, sich selbst seinen Klumpen abzuschneiden! Gar nicht zu glauben! Hat mächtig viel Blut verloren.«

Jakob schlug die Augen plötzlich aus und ließ sie ziemlich klar umherschweifen.

»Ist es abgeflogen? Zweimal hab ich drauflos gehackt, aber es ist mir ganz schwarz vor Augen geworden ...« murmelte er.

»Hast du denn Schmerzen?«

»Nicht die Spur ... Nur die Kräfte sind mir ganz abgegangen, aber ich bin wohler!«

Er lag still und gab nicht einen Schrei von sich, als Ambrosius ihm das Bein zurechtlegte, reinigte und in nasse Tücher wickelte.

Rochus hielt kniend die Laterne hin und betete so inbrünstig, daß ihm die Tränen über die Wangen liefen. Jakob lag immer noch still da und lächelte freudig bewegt und voll inniger Zuversicht, wie ein verlassenes Kindlein auf dem Feld, das den Gräsern zulächelt, die über ihm säuseln, der Sonne nachschaut, zu den vorüberfliegenden Vöglein seine Hände hebt und sich auf seine Art vergnügt und mit allen Dingen redet, ehe es noch weiß, daß es ohne Mutter ist, so war es ihm jetzt zumute; gut war es ihm, ruhig fühlte er sich und ohne Schmerzen, und die Seele war ihm so leicht und froh, daß er sich nichts aus dem Kranksein machte, sich selbst ein klein wenig brüstete ..., wie gut es ihm geglückt war, das Beil zu schärfen ... wie er sich das Bein auf der Schwelle zurechtgelegt hatte ... und mitten in die Kniescheibe hatte er sich dann geschlagen ... Aufgeschmerzt hat es, aber das Bein hat nicht auf einmal locker gelassen ..., da hat er aus ganzer Macht zum zweitenmal ausgeholt ... und sieh da, jetzt ist es alle mit den Schmerzen; es wird wohl genützt haben ... Wenn er nur mehr Kraft hätte, würde er keinen Augenblick mehr hier auf der Pritsche faulen, gleich mal mit Hochzeit feiern ... und sich einen Tanz leisten ... auch essen, denn er hat große Lust dazu.

»Lieg' du ruhig und rühr' dich kein bißchen, zu essen kriegst du gleich, ich will's der Fine sagen.«

Rochus fuhr ihm mit der Hand übers Gesicht und ging mit Ambrosius hinaus.

»Den Priester muß man ihm herholen, solange er bei Bewußtsein ist!«

»Der Priester ist doch aber für den Abend nach Wola zu dem Gutsherrn.«

»Ich hole ihn, man darf nicht zögern!«

»Wola ist eine Meile ... in der Nacht ... und den Weg findet ihr nicht durch den Wald. – Es steht hier ein fertiges Gespann für die Leute, die nach dem Abendessen wegfahren, nehmt das und fahrt.«

Sie führten die Pferde auf die Dorfstraße und Rochus kletterte auf den Sitz.

»Und vergeßt mir nur den Jakob nicht, man muß für ihn sorgen!« rief er im Abfahren.

»Allein laß ich ihn nicht, ich sorg' für ihn.«

Bald aber hatte er ihn vergessen, er hatte nur gerade noch so viel gedacht, der Fine vom Essen zu sagen, er selbst kehrte an den Tisch zurück und setzte sich mit einer solchen Liebe bei einer Flasche fest, daß er kurz darauf von der ganzen lieben Welt nichts mehr wußte.

Fine, die ein gutmütiges Ding war, sammelte alles was sie kriegen konnte, bereitwillig in eine Schüssel, goß ein tüchtiges Maß Schnaps ein und trug alles hinüber.

»Jakob, eßt ein bißchen, macht euch auch ein Fest!«

»Gott bezahl's dir! Die Wurst, deucht mit, hat einen guten Duft, es weht von ihr.«

»Ich hab' sie doch selbst gebraten, daß ihr sie nur ja auch schmeckt.« Sie drückte ihm die Schüssel in die Hände, weil es im Stall dunkel war. »Trinkt erst den Schnaps.«

Er trank alles bis auf den Grund.

»Bleib' doch etwas sitzen, mit ist so einsam hier.«

Er fing an herumzuschmecken, hier und da ein Stückchen in den Mund zu schieben und daran herumzukauen; aber herunterschlucken konnte er nicht recht etwas.

»Amesieren sie sich, was?«

»So eine Hochzeit und so viel Volk, daß ich mein Leben lang nichts Größeres gesehen habe.«

»Is ja auch Boryna seine, da ist es kein Wunder«, murmelte er stolz.

»Das ist so, und der Vater freut sich so und läuft in einem zu hinter Jagusch her, in einem zu.«

»Wie sollt' es auch anders ... so eine Feine und so schön ums Maul, wie eine Herrin!«

»Wißt ihr was, und der Dominikbäuerin ihr Schymek hält zu Nastuscha Täubich.«

»Die Alte wird es nicht zugeben, bei der Nastuscha sitzen doch an die zehn Mäuler auf den drei Morgen.«

»Sie treibt sie auch wo sie nur kann auseinander und paßt mächtig auf.«

»Ist der Schulze da?«

»Der amüsiert die andern und ist immer vorweg mit dem Maul, und der Ambrosius auch.«

»Das sollen sie auch, wenn sie auf solcher Hochzeit sind und bei so einem Bauer! Und weißt du etwas über Anteks?« fragte er leise.

»Natürlich, ich bin am Abend schnell zu ihnen 'rübergelaufen und habe den Kindern Fleisch und Kuchen und Brot gebracht ... Zum Hause hat er mich hinausgeworfen und hat mir, was ich gebracht habe, nachgeschmissen ... Er ist stark erzürnt und so böse, so böse ... und Not und Sorge ist im Haus ... Anna muß sich immer mit der Schwester herumzanken und in die Haare sollen sie sich schon gefahren sein.«

Er sagte nichts darauf, schneuzte sich nur stark und begann seltsam schnell zu atmen.

»Fine«, sagte er nach einer Weile, »die Stute stöhnt so herum und legt sich seit Abend immerzu hin, die ist gewiß vor dem Fohlen ... man müßte da Obacht geben. Was zum Trinken zurechtmachen. Wie sie da herumstöhnt. Das arme gute Vieh, und ich kann nicht helfen ... furchtbar schwach bin ich ... ganz ohne Kraft ...«

Er wurde müde, verstummte und schien einzuschlafen.

Fine ging rasch davon.

»Tseschu! Tseschu, Stute«, rief er, wieder zur Besinnung kommend.

Die Stute wieherte gedehnt auf und fing an hin und her zu zerren, so daß die Kette klirrte.

»Satt essen will ich mich doch einmal! Du kriegst auch deinen Teil, mein Hund, das kriegst du, nur nicht winseln ...«

Er machte sich eifrig über die Wurst her, aber er konnte nicht ..., die Lust war ihm ganz vergangen, das Essen quoll ihm im Munde auf.

»Lieber Jesus, so viel Wurst und so viel Fleisch ... und ich kann nicht ... ganz und gar nicht.«

Vergeblich versuchte er, beleckte, beroch – er konnte nicht, der Arm sank schlaff herab; er schob ihn zwischen das Stroh, ohne die Wurst aus der Hand zu lassen.

»Mein Gott, so viel von all dem Guten, wie ich nie im Leben hatte, und nu kann ich nicht ...«

Wehmut preßte ihm die Seele zusammen und Tränen flossen über sein Gesicht, er weinte hell auf vor Bedauern und schluchzte wie ein Kind, dem man Unrecht getan hat.

»Später will ich was essen, ich ruhe jetzt ein bißchen aus, danach will ich mir ordentlich was zugute tun«, dachte er.

Aber auch später konnte er nicht, er verfiel in einen Schlaf, ohne die Wurst aus der Hand zu lassen und ohne zu merken, daß Waupa im stillen davon abbiß ...

Plötzlich wurde er wach, denn die Musik legte nach dem Abendessen so mächtig los, daß die Wände im Stall erbebten; aus den Schweineställen drang zu ihm das erschrockene Gackern der erwachten Hühner.

Schreie platzten in die Welt hinaus und sprühten aus dem Festtrubel wie rote Lichter in die Nacht, sie hallten wie Donnerschläge im Stalle wieder.

Ein mächtiges Vergnügen war dort schon im Gange, Gelächter, Fröhlichkeit und Tanz; immer wieder erdröhnte die Erde vom Gejage, und Mädchengekreisch zerriß die Luft.

Jakob hörte zuerst hin, doch bald vergaß er alles; ein Schlaf ergriff ihn und trug ihn in eine unbekannte lärmerfüllte Dunkelheit, wie unter rauschendes Wasser hinab, ... in den Schoß mächtiger Wälder, die irgendein Sturm aufbrausen ließ.

Und als die Freude in Strömen zu fluten begann und der Wirbel der wütend aneinander geklappten Hacken das ganze Haus auseinanderzuspalten schien, wachte er etwas auf, ließ die Seele aus den Dunkelheiten emportauchen, erhob sich aus seiner Versunkenheit, kehrte zurück aus grauenerregenden Weiten und horchte.

Und manchmal versuchte er zu essen, oder flüsterte leise und herzlich:

»Tsesch, Tsesch, Tseschka ... Stute!«

Aber schon ging die Seele langsam aus ihm hinaus und strebte den Weltenräumen zu, sie schlug noch irre Kreise – ein armes Jesusvögelein, und konnte sich noch nicht losreißen, so daß sie von Zeit zu Zeit sich wieder an die heilige Erde klammerte, um von ihrer Mühsal auszuruhen und ihr einsames Weinen im Menschenlärm zu ertränken; sie kehrte zu denen zurück, die ihr lieb waren, kehrte unter die Lebendigen, rief klagend nach den Menschenbrüdern und flehte um Hilfe zu ihren Herzen, bis sie schließlich, durch die Macht und Gnade Jesu gestärkt, sich jenen Frühlingsauen entgegenschwang und jenen unermeßlich weiten Brachfeldern Gottes, die mit ewigem Licht und ewiger Freude umsponnen sind.

Und sie flog höher, weiter, weiter bis nach dahin ...

Bis nach dahin, wo man schon weder menschliches Weheklagen, noch das leidvolle Knirschen jeglicher Seele hört ...

Nach dahin, wo nur noch die duftenden Lilien atmen, wo Blütenfelder eingebettet in ihres eigenen Honigs Süße säuseln, wo Sternenflüsse über reichgefärbte Gründe fließen, wo der ewige Tag ist.

... Nach dahin, wo nur leises Beten wallt und Weihrauchdüfte wie Nebel ziehen, wo Schellen summen und Orgelklänge leise tönen und das heilige Hochamt ewig abgehalten wird, wo das schon entsühnte Volk, die Engel und die Heiligen gemeinsam Gottes Ehre singen – zu jener allerheiligsten, urewigen Gotteskirche hin, wo die Menschenseele nichts mehr braucht, als zu beten, unter seligen Tränen aufzuatmen und sich mit dem Herrn zu freuen auf alle ewigen Zeiten.

Dahin riß sich die gequälte, ruhelechzende Seele Jakobs.

— — — — —

Im Hochzeitshause aber tanzten sie immerzu und freuten sich aus vollem Herzen. Die Lust war selbst größer noch als am gestrigen Tage, denn die Bewirtung war noch reichlicher und die Wirte nötigten mit größerer Herzlichkeit. So wurde denn auch getanzt bis zum letzten Atemzug.

Es war eine Siedehitze in ihnen, und wenn sie nur etwas nachließen, erdröhnte die Musik mit erneuter Macht, so daß sie sich nur vorbeugten wie ein Kornfeld, in das der Sturm hineinfährt, neuen Anlauf nahmen, mit den Füßen Lärm aufwirbelten und mit hellem Geschrei einen frischen Tanz begannen, singend, festlich, dicht gedrängt und glutentfacht.

Die Glut hatte ihre Seelen weit gemacht, ließ ihr Blut aufbrausen, ihren Verstand auf und davon rasen, und ihre Herzen aufblühen im Übermaß der Lust; jeder Nerv bebte mit im Takt, jede Regung war Tanz, jeder Aufschrei – ein Gesang, und jedes Auge – ein Leuchten in nimmersatter Seligkeit.

So brachten sie die Nacht dahin, bis der Morgen graute.

Und es kam der Tag ... schwer und leise erhob er sich; von den düsteren, undurchdringlichen Wolkenwällen rieselte die Morgendämmerung auf die Welt herab. Und als die Sonne bald aufgehen sollte, wurde er mit einem Male wieder dunkel, und Schnee begann zu fallen. Es flog zuerst nur eine Flocke hin und wieder und zog Kreise in die Luft, wie fallende Fichtennadeln am windigen Tag. Und dann begann es zu schneien.

Der Schnee fiel wie durch ein dichtes Sieb gerade zur Erde nieder, er fiel gleichmäßig, eintönig und still, breitete sich über die Dächer, Bäume und Hecken aus, wie ein gebleichtes Gewebe und bedeckte die ganze Erde mit seinen weichen Daunen.

Die Hochzeit war nun ausgefeiert, man wollte sich jedoch am Abend in der Schenke noch zusammenfinden, um sich aufzubessern; alles begann dann auseinanderzugehen.

Die Brautführer und die Brautjungfern aber mit den Musikanten an der Spitze stellten sich vor der Galerie auf und sangen gemeinsam ihr letztes Lied:

Gute Nacht dem Brautpaar,
Gute Nacht!
Wir wünschen gute nächtliche Zeit

Und bleiben zu Diensten stets bereit.
Gute Nacht!

– – – – –

Und Jakob legte zur selbigen Stunde seine Seele zu den heiligen Füßen seines lieben Herrn Jesus nieder.

Zweiter Teil: Winter

Der Winter mußte nun kommen ... Er rang noch mit dem Herbst und durchschweifte murrend die schieferblauen Fernen, wie ein hungriges reißendes Tier, so daß man nicht wußte, wann er der mächtigere sein wurde, um sich mit keinem Satz auf die Welt zu stürzen und sein grausames Gebiß in sie hineinzuschlagen ... Die Schauer, die vorüberzogen, brachten nur erst den dünnen, fahlen Herbstschnee.

Noch waren die Tage, die da kamen, starr, voll einer krankhaften Bläue, bang und mit stöhnenden Lauten erfüllt; wie üble Wunden tauchten sie auf und waren von einem Wimmern ganz durchdrungen und stäubten eisiges Licht – echte Leichentage; und die Vögel flohen schreiend in die Wälder, die Wasserläufe glucksten ängstlich und schoben sich träge vorwärts, wie schon halb erstarrt vor Furcht, die Erde erschauerte und jegliche Kreatur hob die verängsteten spähenden Augen gen Norden, wo die unergründliche Wolkenflut sich staute.

Die Nächte waren noch herbstlich – blind, dumpf, verworren und voll Nebelfetzen, aus denen Sternphantome dämmerten – das waren die faulichten Nächte des schlotternden Schweigens, in dem ein erstickter Angstschrei bebte; das waren die Nächte voll schmerzlicher Seufzer, voll Gezerr und plötzlicher Starre, voll Hundegeheul und voll Gerüttel der durchfrosteten Bäume, voll kläglicher Vogelrufe, die nach einem Schutz verlangten, voll grausiger Stimmen aus den in Dunkelheit verlorenen Öden, voll unerklärlichen Flatterns und voll lauernder Gestalten, um die reglosen Wände der Bauernhütten, voll unkenntlicher Zurufe, gräßlichen Schmatzens und jäh durchdringenden Aufheulens ...

Zuweilen nur schälte sich während der Sonnenuntergänge aus den düsteren Wolkenfeldern des bleigrauen Himmels eine rote gewaltige Sonne hervor und sank schwer ein, wie ein Kessel voll geschmolzenen Metalls, aus dem blutige Siededünste stiegen und pechig-schwarzer, mit flammenden Bränden gestreifter Qualm emporschlug – so daß die ganze Welt wie im Brand und Feuerschein zu sehen war.

Und lange, lange noch bis in die Nacht hinein erloschen und erkalteten die roten Gluten, so daß die Menschen sprachen:

»Der Winter wächst und wird auf bösen Winden einhergefahren kommen!«

Und der Winter wuchs alltäglich, allstündlich und mit jedem Augenblick fast.

Schließlich kam er.

Zuerst aber stürmten seine Vorboten heran. Bald nach Sankt Barbara, der Schutzheiligen des sanften Todes, kamen an einem stillen Morgen die ersten kurzen, flatternden Winde angesetzt; sie umkreisten die Erde winselnd, wie Hunde, die eine Fährte wittern, fielen über die Äcker her, knurrten im Buschwerk, zerfetzten den Schnee, zerzausten die Obstbäume in den Gärten, fegten mit ihren Schweifen die Wege rein, wälzten sich in den Gewässern und rissen heimlich etwas von den älteren Strohdächern und Einzäunungen weg. Dann fingen sie an, in sich hinein zu verschrumpfen, um jammernd in die Wälder zu flüchten. Gleich hinterdrein zur Vesperzeit begannen sich aus den Dämmerungen lange, zischende und spitzige Windzungen hervorzuschieben.

Sie wehten die ganze Nacht und wimmerten so in den Feldern, wie eine Schar hungriger Wölfe; sie hatten ordentlich ausgetobt, denn am Morgen sah schon die Erde wie gefleckt unter dem zerstampften und ausgefressenen Schnee aus. Hier und da nur in den Niederungen sah man die zerbrochenen Hürden weiß aufschimmern und die Ackerstriche ließen den Schnee wie vereinzelte Blessen leuchten. Die Wege waren steif und durchfroren; wie mit spitzen Zähnen fraß sich der Frost in die Erde hinein, so daß sie unter den Tritten wie Eisen klang. – Doch sobald der Tag kam, flohen auch diese Winde mit Gekläff von dannen; sie verbargen sich in die Forsten und warteten im Hinterhalt, vor Gier bebend und zu einem neuen bösen Sprunge bereit.

Der Himmel fing schon an, sich immer finsterer zu bewölken. Die Wolken krochen alle aus ihren Höhlen hervor, hoben ihre ungeschlachten Köpfe, reckten ihre zerknitterten Rümpfe, ließen ihre grünlichen Hauer im Licht spielen und kamen in einer dichten Schar heran; sie wälzten sich in einem drohenden, düsteren und lautlosen Gedränge über den Himmel daher. – Vom Norden kamen schwarze, riesige Berge, zerfetzt und zerrissen, übereinandergetürmt, wie niedergestürzte Wälder, ineinander verästelt, von tiefen Klüften zerschnitten und von eisig-grünen Wolkenbänken umlagert und drängten mit einer wilden Macht und mit dumpfem Rauschen vorwärts. – Von Westen, aus der schwarzen, unbeweglichen Wälderwand schoben sich langsam blau geschwollene Wälle, hier und da wie von einem Feuer durchleuchtet, und sie folgten einander in einer endlosen Reihe, in einem immer größeren Auge, wie Schwärme gewaltiger Vögel. – Von Osten schleppten sich flache, rostige, wie uralte, eiterfarbene Wolken, scheußlich, wie in Fäulnis übergegangene Kadaver, von denen die Nässe der Verwesung niedertrieft. – Auch vom Süden her kamen sie gezogen, sahen verschossen und rötlich aus, Kolken und Torfmooren ähnlich, waren ganz voll Striemen und bläulicher Beulen, voll Flecke und gräßlichen Gewimmels, als wären sie mit wühlendem Gewürm bevölkert. – Und auch von oben herab, wie mitten aus der erloschenen Sonne fielen Wolken in schmutzigen Fetzen herab und waren buntgescheckt wie abkühlende Schlacken. – Und alle strebten sich zu vereinen, ballten sich zu gewaltigen Massen zusammen und überfluteten den Himmel mit einem schwarzen, furchtbaren Gebrodel von Schmutz und Trümmern.

Die Welt verdunkelte sich plötzlich, eine dumpfe Stille entstand; jegliche Helle erlosch, die Augen der Gewässer wurden trüb – es war als ob alles mit erstarrten Blicken und wie staunend, mit verhaltenem Atem stehen geblieben wäre; eine Bangigkeit wehte über die Erde, der Frost ging bis ans Mark, die Angst griff an die Gurgel, die Seelen sanken in den Staub, ein grausames Entsetzen ließ schwer seine Flügel über allem Lebendigen schlagen. Man sah einen Hasen durchs Dorf rennen mit windzerzaustem Pelz, Krähen kamen mit durchdringendem Geschrei in die Scheunen gestürzt und verirrten sich selbst in die Flure der Häuser, Hunde heulten wie besessen auf den Mauerbänken, in sich geduckt flohen die Menschen in ihre Behausungen und am Weiher rannte die blinde Stute, die Trümmer ihres Wagens nachschleifend, stieß gegen die Zäune und Baumstämme und suchte mit einem wilden Angstgewieher ihren Stall.

Eine trübe, drückende Dunkelheit goß sich aus: die Wolken sanken immer tiefer, wälzten sich von den Wäldern in einem durcheinander gewirbelten Nebeldickicht heran und schoben über den Ackerbeeten dahin, wie aufgewühlte, furchtbar daherstürmende Wasserfluten; sie stürzten sich auf das Dorf und überschwemmten alles mit einem eisigen, schmutziggrauen Dunst; – plötzlich brach der Himmel in der Mitte hervor und erglänzte bläulich, wie die Fläche eines Brunnenspiegels; ein scharfes Pfeifen zerriß die Dunkelheiten, die Nebel ballten sich jäh zusammen, und aus dem aufgeplatzten Abgrund schlug der erste Sturmstoß hervor, und hinter ihm der zweite, der zehnte, hundertste!

In Herden kamen sie heulend dahergebraust, flossen aus diesem Schlund, wie nicht zu dämmende Fluten, rissen wie an Ketten und prallten in einem wütend aufgeifernden Haufen gegen die Wolkenberge an. Sie warfen sich auf die Dunkelheit, durchbohrten sie bis auf den Grund, fraßen sich hindurch und fegten sie wie morsch gewordenes Stroh auseinander.

Ein Getöse ging durch die Welt, eine Verwirrung, ein Rauschen, Pfeifen, und Staubwirbel flogen.

Die durch die scharfen Hufe der Winde zertretenen Wolkenmassen flohen geduckt hinter die Wälder und Forsten, aufs neue tauchte der Himmel hervor und der Tag öffnete blinzelnd seine bleischweren Augen. Tier und Mensch atmeten erleichtert auf.

Doch die Winde wehten in einem fort, fast eine ganze Woche lang, ohne nachzulassen und aufzuhören. Bei Tag war es noch auszuhalten, und nur der ging hinaus, den die Not trieb, die anderen saßen in ihren Hütten und harrten auf das Ende der Stürme, aber die Nächte waren kaum zu ertragen. Hoch oben waren sie hell, sternenklar und still, aber unten, dicht über der Erde feierte die Windsbraut ihre Teufelsfeste, als gälte es, den Tod hundert erhängter Mannsleute zu feiern. Man konnte nicht einschlafen: ein solches Geheul war es, ein solches Geknack, Gedonner und Geroll, als ob tausend leere Wagen in schnellster Fahrt über den hartgefrorenen, unebenen Weg angerollt kämen; und dazu noch dieses Getrampel, unter dem die Erde bebte, diese Gott weiß woher kommenden Laute, dieses Schreien und Heulen!

In den Häusern knarrte und ächzte es, denn immer wieder drückte der Sturm mit den Schultern gegen die Wände, stieß gegen die Ecken an, brach die Dachtraufen heraus, griff an die Diemen, drückte die Schlote ein und versuchte mit seinem Kopf gegen die Türen anzurennen, so daß manch eine nachgeben mußte. Die Menschen sprangen mitten in der Nacht aus ihren Betten und liefen die Fenster zu verstopfen, denn der Wind drängte sich ins Innere, wie ein lästiges, schreiendes Schwein und peitschte mit einer solchen Kälte um sich, daß die Menschen selbst unter ihren Federbetten noch vor Frost halb erstarrten. Niemand konnte später sagen, was sie alles in diesen Tagen hatten erdulden müssen. Und was für Schaden der Sturm angerichtet hatte, war gar nicht zu zählen; er hatte Zäune umgeworfen, Löcher in die Strohdächer gerissen; beim Schulzen hatte er einen neuen Schuppen umgeworfen, trug dem Bartek Kosiol sein Scheunendach gute paar Klafter weit feldeinwärts, hatte bei Wintzioreks den Schornstein zertrümmert, riß sich in der Mühle ein großes Stück Lattendach ab, und was kleinere Schäden waren, was er an Bäumen in den Obstgarten und Forsten geknickt hatte, war kaum auszudenken! Auf der Landstraße hatte er an die zwanzig Pappeln entwurzelt, so daß sie quer über den Weg lagen, wie grausam hingemordete und ausgeraubte Leichen.

Während dieser Tage voll Sturmgeheul und Getöse war Lipce wie ausgestorben, die Wirbelwinde trieben so heftig ihr ausgelassenes Spiel auf den Wegen, daß, wenn sich nur einer aus seiner Behausung hervorwagte, sie ihn schon am Schöpfe packten und ihn hin und her schleuderten wie es ihnen gerade gefiel; in die Gräben, an die Bäume, an die Zäune stießen sie die Menschen. Jaschek der Verkehrte wurde selbst von der Brücke in den Weiher geweht, so daß er sich kaum wieder herausfinden konnte. Und sie bliesen in einem zu, warfen mit Sand, trugen Aste, Späne, Stroh von den Dächern, und manchmal auch die ganze Krone eines kleinen Baumes mit sich, und alle diese Dinge flogen in einem einzigen Wirbelstaub, wie arme verwehte Vögel einher, stießen gegen die Wände und wurden weit hinausgetragen.

Die ältesten Menschen erinnerten sich nicht, so widerwärtige und unausstehbare Stürme erlebt zu haben.

Man drückte sich in den rauchigen Stuben herum und zankte nicht wenig aus Langeweile, denn es war selbst schwer, auch nur die Nase zur Haustür hinauszustecken; nur was die ungeduldigeren Frauensleute waren, die drückten sich an den Hecken entlang und machten sich sozusagen mit den Spinnrocken nach einer Gevatterin auf den Weg, aber es war doch nur um die Jungen loszulassen und einander ihr Leid zu klagen.

Die Männer droschen wütend drauf los. Hinter den angelehnten Scheunentoren hörte man die Dreschflegel von früh bis zum späten Abend klopfen. Der Frost hatte das Getreide ausgedörrt, so daß es sich leichter schälte. Nur um die Vesperzeit, wenn der Sturm etwas nachgelassen hatte, schlich manch einer von den Burschen mit einem Maß Getreide nach der Schenke.

Und die Stürme wehten immerzu mit derselben Macht, und der Frost biß immer fester um sich, so daß die Bäche und Gräben zufroren und die Moore erstarrten; selbst der Weiher bedeckte sich mit einer durchsichtigen, fast hellblauen Eisdecke, und nur an der Brücke, wo es tiefer war, brauste das Wasser noch und ließ sich nicht bändigen, aber die Uferränder lagen schon so frostgefesselt, daß man, um das Vieh zu tränken, Wunen ins Eis einhauen mußte.

Erst am Tag der heiligen Lucia kam ein Umschlag in der Witterung.

Der Frost ließ nach und es wurde etwas wärmer, die Winde waren im Verenden, denn nur von Zeit zu Zeit noch fuhren sie durch die Lüfte, waren aber weicher und nicht so zänkisch; der Himmel glättete sich wie ein geeggtes Feld, und war wie mit einem grauweißen Sackleinentuch bedeckt; er senkte sich so tief herab, daß er sich wie auf die Pappeln am Wege zu stützen schien. Doch war die Luft trüb, grau und dumpf.

Und kaum hatte man zu Mittag ausgeläutet, da wurde es ein wenig dunkler, und Schnee begann in großen Flocken zu fallen. Er rieselte so dicht, daß er bald alle Bäume und Erhebungen mit weißem Flaum bedeckt hatte.

Die Nacht senkte sich rascher, aber der Schnee ließ nicht nach zu fallen, er kam immer dichter und war etwas trockener und kleinflockiger. So schneite es die ganze Nacht.

Bei Morgengrauen lag der Schnee schon gute drei Spannen hoch, er hatte die Erde völlig mit einem Pelz bedeckt, die Welt mit einer bläulichen Weiße umflort und stäubte noch immerzu ohne Unterlaß.

Eine solche Stille legte sich über das Erdenrund, daß nicht ein einziger Lufthauch aufzuckte, nicht ein Laut durch die herabgleitenden Flocken dringen konnte – nichts! Alles wurde ringsum lautlos und taub, hielt erstarrt wie vor einem Wunder an und horchte vorgebeugt und feierlich in dieses kaum fühlbare Geräusch, in diesen stillen Flug, in diese tote Weiße hinein, die in zuckenden Schwingungen ohne Ende niederschwebte.

Eine weißliche Dämmerung stand auf, wuchs, reckte sich; ein makelloses weißes Frühlicht rann und rieselte, ganz durchsetzt von einer weißen feinen, ganz feinen schönen Wolke zur Erde nieder; es floß zu einem undurchdringlichen Flockendickicht verwoben, wie gefrorenes Himmelslicht zur Erde nieder, als wäre aller Sternenglanz zu Reifkristallen erstarrt und schüttete, durch seinen Himmelsflug zu Staub zerrieben, die Welt zu. Die Wälder verhüllten sich rasch, die Felder versanken, daß sie kein Auge mehr sehen konnte, die Wege entschwanden, das ganze Dorf zerfloß und wurde von dieser blendenden, nebelweißen Wolke aufgesogen. Schließlich nahmen die Augen nichts mehr wahr, als das Rinnen des Schneestaubes, der so leise, so gleichmäßig, so sanft hinabglitt, wie Kirschblütenblätter in einer Mondnacht.

Auf drei Schritte konnte man weder ein Haus noch einen Baum, einen Zaun noch einen Menschen unterscheiden; nur die Stimmen flogen durch die Weiße wie ermattete Falter und verflogen sich; Gott weiß, woher sie kamen und wohin sie wollten; und immer schwächer flatterten sie, immer leiser ...

So schneite es zwei Tage und zwei Nächte lang, bis schließlich alle Häuser eingeschneit waren und wie Schneehügel ragten, aus denen schmutzige Rauchsträhnen drangen; die Wege und Felder bildeten nur noch eine einzige Fläche, die Obstgärten waren voll Schnee bis an die Ränder der Zäune, der Teich verschwand ganz unter den Schneemengen; eine weiße, grenzenlose Ebene, kühl und unwegsam, breitete sich aus – flaumig und wunderbar, und der Schnee rieselte immerzu, nur daß er immer trockener und feiner wurde, denn in den Nächten drang schon das Sternengeflimmer hindurch und am Tag konnte man hier und da hinter dieser flatternden weißen Hede den Himmel blauen sehen. Auch die Luft wurde hellhöriger, die Stimmen drangen scharf, frisch und schallend durch das weiße Gewirr. Das Dorf war erwacht, man begann sich zu regen; manch einer fuhr mit dem Schlitten hinaus, mußte aber rasch wieder umkehren, denn die Wege waren nicht fahrbar; hier und da grub man Fußsteige zwischen den Häusern, schaufelte die Schneemassen von den Haustüren auseinander und öffnete sperrangelweit die Türen der Kuhställe. Alles freute sich, und die Kinder waren schon ganz toll vor Vergnügen; überall kläfften die Hunde, leckten hier und da am Schnee und jagten sich mit den jungen Burschen um die Wette; es wimmelte auf den Wegen, Gekreisch klang von den Hecken her; sie schrien, warfen sich mit Schneebällen, wälzten sich im weichen, flauschigen Schnee, richteten gewaltige Schneemänner auf, kamen mit Schlitten angezogen, daß das ganze Dorf voll Jubel und Gejage war. Selbst Rochus mußte an diesem Tage mit dem Unterricht aufhören, denn er konnte kein Kind bei der Fibel halten.

Am dritten Tag, in der Abenddämmerung, hörte es auf zu schneien, es stäubte noch hin und wieder, aber nur so viel, als ob jemand einen Mehlsack über der Welt ausklopfte, so daß man es kaum bemerken konnte; doch der Himmel wurde düster, die Krähen flatterten um die Gehöfte und blieben auf den Wegen sitzen. Eine sternenlose Nacht spannte sich bleiern aus und starrte so tot und reglos weiß aus den verdunkelten Schneemassen, als ob sie ganz außer Kräften wäre.

»Das leiseste Windchen und wir kriegen ein Schneetreiben«, murmelte am Morgen des folgenden Tages der alte Bylica, durchs Fenster sehend.

»Laß es nur kommen, mir ist alles gleich!« knurrte Antek und erhob sich von seinem Lager.

Anna zündete das Feuer auf dem Herd an und sah vom Hausflur ins Freie; es war noch früh, die Hähne krähten im Dorf, ein dichtes Dunkel lag noch über der Welt, und die Erde sah aus, als hatte sie jemand mit einem Gemisch von Kalk und Ruß überstreut. Man konnte weder Bäume, noch Häuser, noch die Ferne unterscheiden, nur im Osten glimmte ein Schimmer, wie von einer Glut unter der Asche; tiefe Stille war rings ausgebreitet und ein scharfer Frosthauch drang herein.

Auch in der Stube herrschte eine schneidende, feuchte Kälte, die so durchdringend war, daß Anna ihre bloßen Füße in die Pantinen steckte. Auf dem Herd glimmte es kaum, denn die frischen Wacholderzweige prasselten und qualmten nur; sie spaltete ein paar Späne von irgendeinem Brett und stopfte etwas Stroh dazwischen, bis schließlich eine Flamme hervorschlug und die Stube ein wenig erhellte.

»So viel ist von diesem Zeug zusammengeflogen, daß es für den ganzen Winter reicht«, knüpfte der Alte an, auf die kleine, mit grünlichem, dickem Eis überzogene Scheibe hauchend, um hinauszuschauen.

Der ältere Knabe, der schon im vierten Jahr war, fing an im Bett aufzuweinen, und von der anderen Seite des Hauses aus der Wohnung der Stachs ertönten die scharfen Stimmen eines Gezänks, ein Wehklagen, Kindergeschrei und das Schmeißen von Türen.

»Veronka beginnt wieder den Tag mit ihrem Gebet!« murmelte Antek verächtlich, sich die Füße mit am Herd gewärmten Fußlappen umwickelnd.

»Sie hat sich das Schreien nu einmal so angewöhnt und schreit, wenn es auch nicht not tut, aber nicht weil sie böse ist, nee, nur so« ... stotterte der Alte.

»Versteht sich – und die Kinder schlägt sie auch, weil sie nicht böse ist? Oder daß sie dem Stach kein gutes Wort gibt, nur in einem fort rum-bumm, wie auf einen Hund, das ist wohl auch, weil sie gut ist!« sagte Anna, an der Wiege niederkniend, um dem Jüngeren, der ab und zu greinte und mit den Beinchen strampelte, die Brust zu geben.

»Drei Wochen, seitdem wir bei euch hier in der Hütte sitzen, sind es schon, und nicht ein Tag ist vergangen, ohne Geschrei, Prügelei und Zähnegefletsch. Ein Hund von Frauenzimmer ist das! Und Stacho ist ein Waschlappen, arbeitet wie ein Vieh und hat es schlechter wie'n Hund.«

Der Alte blickte ängstlich auf, wollte selbst etwas zur Verteidigung sagen, als die Tür aufging und Stacho, der einen Dreschflegel geschultert trug, den Kopf zur Stube hereinsteckte.

»Antek, willst du zum Dreschen kommen? Der Organist hat gesagt, ich sollte mir einen zunehmen, für die Gerste; trocken ist sie und läßt sich gut abschlagen ... Philipp hat mich gebeten, aber wenn du möchtest ... dann natürlich sollst du's verdienen ...«

»Gott bezahl's, nehmt euch Philipp hinzu, ich werde nicht zum Organisten auf Tagelohn gehen.«

»Dein Wille. Bleibt mit Gott.«

Anna sprang auf unter dem Eindruck dieser Antwort, beugte sich jedoch sogleich vornüber zur Wiege und versteckte ihren Kopf darin, um ihre Tränen und ihren Kummer nicht zu zeigen!

»Was soll nur bloß werden, ein solcher Winter, eine solche furchtbare Kälte, solche Armut, daß sie nur von Kartoffeln mit Salz leben, kein Heller im Hause, und er will nicht arbeiten! Ganze Tage lang sitzt er in der Stube herum, raucht Zigaretten und spintisiert! – Oder rennt umher wie ein Dummer – hinter dem Wind wohl! Mein Gott, mein Gott!« stöhnte sie schmerzlich vor sich hin. »Selbst Jankel will nicht mehr borgen, die Kuh werden sie verkaufen müssen, was tun – er hat sich darauf versteift, dann verkauft er auch, und eine Arbeit wird er doch nicht angreifen ... Natürlich, wahr ist es schon, daß es sich für ihn nicht paßt, auf Lohnarbeit zu gehen, und unangenehm ist es auch, aber was anfangen, was? – Wenn sie doch ein Mannsbild wäre, mein Gott, ihre Krallen würde sie nicht schonen, die Arme bis über die Ellenbogen in die Arbeit stecken, nur nicht die Kuh verkaufen, nur bis zum Frühling aushalten, den Winter überdauern ... Aber was soll ich helfen, ich Arme, was? ...« Ihre Seele knirschte auf, sie wußte sich keinen Rat mehr.

Sie ging an die alltägliche Arbeit und sah verstohlen zu ihrem Mann hinüber, der vor dem Herd saß. Das ältere Bürschlein hatte er in den Schoß seines Schafpelzes gewickelt und wärmte ihm seine kleinen Füßchen mit seiner Handfläche, die er ab und zu gegen das Feuer hielt. Er starrte finster in die Glut und seufzte. Der Alte schälte am Fenster Kartoffeln.

Ein unangenehmes beunruhigendes Schweigen, getränkt mit heimlichem Kummer und übervoll vom würgenden Gefühl des Elends, webte zwischen ihnen. Sie blickten sich nicht in die Augen, redeten nicht zueinander, denn die Worte ertranken in lauter Sorgen, das Lächeln erlosch, in den Augen blitzten unterdrückte Vorwürfe und in den bleichen ausgezehrten Gesichtern war Bitterkeit zu sehen. – Groll ging zwischen ihnen um und damit eine trotzige eiserne Hartnäckigkeit. Über drei Wochen waren schon vergangen, seitdem sie aus dem väterlichen Hause vertrieben worden waren; so viele lange Tage, so viele Nächte, und sie hatten doch beide nichts vergessen, das Unrecht nicht verschmerzt, waren aus ihrem Haß nicht zu sich gekommen und fühlten alles so stark, als wäre es erst diesen Augenblick geschehen.

Das Feuer knisterte lustig, eine Wärme breitete sich in der Stube aus, so daß das Eis an den Scheiben zu schmelzen begann, die Schneestreifen, die durch die Ritzen hineingeweht waren, tauten an den nackten Mauerschwellen auf und der Lehmboden schwitzte, daß er von der Nässe ganz beschlagen war.

»Kommen denn diese Juden?« fragte sie schließlich.

»Sie sagten so.«

Und wieder sprachen sie kein Wort miteinander. Wozu denn auch? Wer von ihnen hatte was zu reden und worüber? Anna vielleicht? ... die fürchtete doch, ihren Mund aufzutun, damit nicht das Leid, wovon ihr Herz übervoll war, wider Willen hervorbrechen sollte. – Nein, alles verbarg sie in sich und hielt es zurück, so gut sie konnte. Und Antek, was sollte der reden? – Daß es ihm schlecht ging? Auch ohnedem wußte man's ja, und für Vertraulichkeiten war er überhaupt nie zu haben, und darüber herumzuschwatzen, wenn auch nur mit seiner eigenen Frau, hatte er keine Lust. Wie soll man da sprechen, wenn die Seele von Haß zerfressen wird, wenn das Herz sich bei jeder Erinnerung schmerzvoll krümmt und die Hände sich mit einer solchen Wut zusammenkrallen, daß er sich am liebsten auf das ganze Dorf hätte stürzen mögen.

Er trug keine süßen Erinnerungen an Jagna mehr mit sich herum, es war als hätte er sie niemals geliebt, als hätte er sie nie in dieselben Arme genommen, die jetzt bereit waren, sie zu zerfleischen. Aber einen eigentlichen Groll hatte er nicht gegen sie.

»Manch ein Frauenzimmer ist wie ein herumtreibender Hund. Auf jeden wird sie hören, der sie mit einer Scholle Erde locken wird oder auch mit dem Stock nachhilft.« Er dachte an sie, doch nicht oft, denn sie entschwand seinem Gedächtnis unter der Last des blutenden, lebendigen und schmerzlichen Grolls, den er gegen seinen Vater hegte. Der war schuld, der Vater war es, der ihnen Unrecht getan hatte, der war dieser Haken, der sich ihm mitten ins Herz gebohrt hatte und schmerzte; durch ihn war das alles gekommen, nur durch ihn!

Und er scharrte und häufte alles Böse und alles Unrecht, das er erlitten hatte, zusammen und sagte es sich vor, wie ein Gebet, das man nicht vergessen darf! Das war ein schmerzlicher und dorniger Rosenkranz, aber er hatte sich ihn Perle nach Perle durchs Herz hindurchgefädelt, um sich besser an alles zu erinnern!

Seine Armut ging ihm wenig nahe; wenn einer ein gesundes Mannsbild ist, genügt ihm schon ein Dach über dem Kopf, und was die Kinder anbetrifft, laß doch die Frau dafür sorgen; aber das Unrecht, das ganz allein war es, das ihn wie Feuer brannte, das immerzu in ihm wuchs und wucherte, wie eine stechende Brennessel! Wie war es denn auch anders möglich, kaum drei Wochen, und schon hatte sich das ganze Dorf von ihm abgewandt, als ob sie ihn nicht einmal kennten, als wäre er der erste beste Zugelaufene; sie wichen ihm aus, wie einem Aussätzigen, kein Mensch redete ihn an, guckte mal bei ihm ein, um ihm ein gutes Wort zu sagen, das ihn hätte trösten können – wie auf einen Mörder blickten sie auf ihn.

Nicht, dann eben nicht, bitten wird er keinen, aber auch in den Ecken will er nicht herumhocken, oder den Menschen aus dem Weg gehen. Wenn Krieg, dann schon ganzer Krieg! Aber warum das alles? Weil er sich mit dem Vater geprügelt hat? War es das erstemal im Dorf, oder was? Prügelt sich Josef Wachnik nicht alle paar Tage? ... Hat denn der Stach Ploschka dem seinen nicht den Fuß aus dem Gelenk geschlagen? Niemand hat denen auch nur ein dummes Wort gesagt, ihn aber beschimpften sie, denn wenn der liebe Gott einmal gegen einen ist, dann sind es auch gleich die

Heiligen obendrein. Das ist die Arbeit des Alten, aber heimgezahlt kriegt er es, alles kriegt er heimgezahlt.

Er keuchte nur so vor Rachegedanken, in denen er diese ganze Zeit wie in Fieber und Selbstvergessenheit lebte; an die Arbeit ging er nicht, dachte nicht über die Armut nach, kümmerte sich nicht um den nächsten Tag; er wälzte nur immer wieder die schweren Qualen in sich herum und zerrte daran. Oft sprang er nachts vom Lager, rannte ins Dorf, irrte auf den Wegen, verkroch sich in die Dunkelheit und träumte von einer schrecklichen Vergeltung. Nichts wollte er ihnen vergeben, das schwor er sich zu.

Sie aßen schweigend ihr Frühstück, er aber saß in einem fort mürrisch dabei und kaute seine Erinnerungen wie stechende, bittere Disteln wieder.

Es wurde vollends Tag, das Feuer glimmte nur mehr, und durch die etwas abgetauten engen Scheiben drang das weißliche kalte Schneelicht herein; trübe, kühle Lichter waren bis in alle Winkel verstreut und enthüllten allmählich die Stube, so daß sie bald in ihrem ganzen Elend sichtbar wurde.

Mein Gott, Borynas Haus war ja der reine Herrenhof im Vergleich mit diesem verfallenen Loch; was ... Haus? ... In Vaters Kuhstall konnten noch eher Menschen wohnen! Ein durchfaultet Schweinestall war das hier, aber kein Haus; ein Haufen modriger Balken mit Mist und verfaultem Kehricht darin. Auf dem Boden nicht ein einziges Brett, nichts als die kahle Lehmdiele und noch voll Löcher, voll angefrorenen Schmutzes und eingestampften Kehrichts; laß es nur mal erst vom Herd auftauen, die reine Jauche schlägt einem in die Nase. Und aus diesem Morast hoben sich ausgequollene, zermürbte und durchfaulte Wände, die Nässe floß von ihnen herab, und in den Ecken schüttelte der Frost seinen weißen Bart. Die Wände waren voll Löcher, die man mit Lehm zugeschmiert hatte, und stellenweise waren sie selbst nur mit Stroh und Mist verstopft. Die niedrige Balkendecke hing wie ein altes zerrissenes Sieb darüber; sie war mehr Stroh und Spinngewebe als Bretter. Nur der Hausrat und die paar Heiligenbilder an den Wänden verdeckten noch etwas dieses Elend. Die Kleiderstanze unter der Balkendecke mit den daran hängenden Kleidungsstücken und die Holzlade versteckten einen Verschlag aus Reisig, hinter dem die Kühe ihren Platz hatten.

Anna war ohne sich zu beeilen bald mit der Wirtschaft fertig, da war ja auch nicht viel: die Kuh, die Färse, ein Schwein und ein paar Gänse und Hühner – das war die ganze Herrlichkeit und der ganze Reichtum. Sie kleidete die Jungen an, so daß sie sich bald auf den Flur hinaustrollten, um mit Veronkas Kindern zu spielen; nicht lange danach wurde von dort Geschrei und Gekreisch vernehmbar. Sie machte sich nun selber etwas in Ordnung, da die Händler kommen sollten, und auch ins Dorf mußte sie dann gehen.

Sie wollte eigentlich mit ihrem Mann beratschlagen, um das eine oder andere im voraus über den Verkauf zu besprechen, aber sie traute sich nicht anzufangen. Antek saß nämlich noch immer vor dem ausgebrannten Herd, starrte vor sich hin und war so finster, daß sie ein Schreck durchfuhr.

Was fehlte ihm nur? Sie streifte die Pantinen ab, um ihn nicht noch durch den Lärm zu ärgern, aber immer häufiger ließ sie ihre Blicke voll ängstlicher Fürsorge und Besorgnis auf ihm ruhen.

Schwerer ist es ihm, das ist gewiß, weil er nicht so wie die anderen ist, wohl schon schwerer – sie fühlte eine rechte Lust, ihn anzureden, um ihn mal anzuhören und zu bemitleiden; schon stellte sie sich an ihn heran und hatte ein gutes Wort im Herzen für ihn bereit – doch sie wagte es nicht. Wie sollte sie da auch was sagen können, wenn er sie gar nicht beachtet, als ob er gar nicht sähe, was um ihn vor sich geht. Sie seufzte schmerzlich auf; ihr war nicht leicht zumute, nein – keine Honigsüße hatte sie im Herzen, sondern nur bittere Pein! Mein Jesu, anders haben es die anderen, selbst die Kätnerinnen haben es noch besser. – Und auf ihren Schultern liegt alles, sorge dich, mühe dich, gib auf alles acht, kümmere dich um alles allein – keiner ist da, den man anreden kann, keiner, vor dem man sein Herz ausschütten könnte! Laß ihn sie anschreien, schlagen, dann wüßte sie mindestens, daß im Hause ein lebendiges Mannsbild ist und kein totes Stück Holz. Und er – nichts davon, manchmal nur knurrt er, wie ein böser Hund oder sieht einen an, daß man wird, als müsse einem die Seele verfrieren – man kann ihn nicht anreden, kann nicht mit offenem Herzen zu ihm kommen, wie das doch so ist im Ehestand, oder wenn man sich gut Freund ist. Hale! sage mal was, beklage dich nur, jawohl! Was geht ihn sein Weib an, die eigene Frau – höchstens so viel, daß sie das Haus bewacht, Essen kocht und auf die Kinder paßt. Kümmert er sich denn um etwas? Denkt er mal daran, einen zu umfassen und zärtlich zu tun, durch Güte was zu erreichen und ordentlich zu umarmen, oder mal so recht um und um mit einem zu reden? Das ist ihm alles eins, alles! Immer nur die hochspinatschen Gedanken; wie ein Fremder benimmt er sich, von nichts weiß er was! ... und du, Mensch, nimm du mal alles auf deinen eigenen Buckel, quäle dich allein herum, zerreiß' dich, sorg' dich, und nicht einmal ein gutes Wort gibt man dir dafür! ...

Sie konnte ihren Schmerz nicht mehr eindämmen und lief weinend hinter die Verschalung zu den Kühen, dort lehnte sie sich an die Krippe und schluchzte leise; als aber die Rote zu schnaufen begann und ihr Gesicht und Rücken beleckte, brach sie in ein lautes Weheklagen aus ... »Auch du wirst weggehen müssen, auch du ... bald kommen sie her ... um dich handeln werden sie ... legen dir ein Tau um die Hörner ... führen dich weg ... in die Welt werden sie dich wegschleppen, unsere Ernährerin ... weit hinaus!« ... flüsterte sie, indem sie den Hals der Kuh umfaßte und sich vom Schmerz übermannt an das kluge Tier schmiegte. Sie konnte mit ihrem Stöhnen und Weinen gar nicht fertig werden, denn eine plötzliche starke Empörung war in ihr wach geworden. Nein, so konnte es nicht länger sein, die Kuh werden sie verkaufen, zu essen gibt es nichts mehr, und er sitzt herum, sucht sich keine Arbeit, zum Dreschen geht er auch nicht, selbst wenn sie ihn darum bitten. Und wenn es auch nur ein Silberling zwanzig täglich wäre, da wär' doch mindestens was da für Salz und Fett, wenn einem auch noch diese paar Tropfen Milch genommen werden.

Sie kehrte in die Stube zurück.

»Antek!« sagte sie scharf, bereit, ihm alles furchtlos zu sagen.

Er sah aus stillen, geröteten Augen zu ihr auf und blickte sie so traurig und klagend an, daß ihr die Seele schier erstarb, der Ärger glitt von ihr ab, und das Herz fing an, voll Mitgefühl zu klopfen.

»Hast du gesagt, daß sie wegen der Kuh kommen sollen?« sprach sie leise und seltsam weich.

»Sie kommen wohl schon, die Hunde geifern ja am Weg.«

»Doch nicht, sie bellen an der Zufahrt von Sikora«, meinte sie hinaussehend.

»Noch vor Mittag haben sie zugesagt, diesen Augenblick noch müssen sie kommen.«

»Müssen wir denn verkaufen?«

»Was sollen wir denn tun, Geld braucht man und Futter reicht auch nicht mehr für zwei ... wir müssen. Hanusch, was soll man da machen ... Schade um die Kuh ... das ist schon wahr ... aber hast du kein Geld, dann wirst du selbst die Nase nicht eintunken können«, redete er leise vor sich hin und mit solcher Güte, daß Annas Seele auftaute und das Herz ihr voll wurde von freudiger Zuversicht. Sie sah ihm in die Augen mit treuen, gehorsamen Hundeblicken, und nichts war ihr mehr leid in diesem Augenblick, auch die Kuh nicht; sie blickte nur aufmerksam und ohne Groll in das ihr so liebe Gesicht und horchte auf die Stimme, die ihr wie Feuer durch und durch ging und in ihr nur lauter Güte und Rührung weckte.

»Natürlich, daß man es nötig hatte. Die Färse blieb ja noch, die würde zur Fastenzeit kalben, da kriegte man noch ein bißchen Milch«, meinte sie weiter, nur um ihn noch ein wenig reden zu machen.

»Und wenn das Futter nicht reicht, dann kauft man was zu.«

»Höchstens Haferstroh, denn das Roggenstroh reicht bis Frühjahr. Vater, tut doch da die Kartoffelgrube offenschaufeln, man muß mal nachsehen, ob nicht die Frostwinde die Kartoffeln zuschanden gemacht haben.«

»Bleibt nur sitzen«, meinte Antek, »diese Arbeit ist zu schwer für euch, ich werd' den Schnee schon wegschaufeln.«

Er erhob sich, nahm den Schafpelz ab, griff nach dem Spaten und ging vors Haus hinaus.

Der Schnee lag fast bis zu gleicher Höhe mit dem Dach, denn das Haus stand auf einer windigen Stelle fast ganz außerhalb des Dorfes, ein paar Klafter von der Landstraße, und war weder durch einen Zaun noch durch einen kleinen Garten geschützt. Ein paar wilde zerzauste Süßkirschbäume wuchsen vor den Fenstern, waren aber dermaßen zugeschneit, daß nur die Zweige aus dem Schnee herausragten, wie verkrümmte kranke Finger. Vor den Fenstern hatte der Alte schon den Schnee bei Morgengrauen fortgeschaufelt, die Kartoffelgrube aber war so zugeweht worden, daß man sie gar nicht mehr unter den Schneemassen unterscheiden konnte.

Antek machte sich rüstig an die Arbeit, denn der Schnee lag in Mannshöhe. Trotzdem er noch frisch war, hatte er sich schon etwas verhärtet und gesetzt, so daß man ihn in Blöcken abhacken mußte. Bevor er noch den Schnee abgewälzt hatte, war er schon richtig in Schweiß gebadet, doch er arbeitete gern und war guter Dinge dabei; hin und wieder warf er auf die Kinder, die vor der Türschwelle spielten, mit einem Klumpen Schnee. Nur auf Augenblicke kam ihm die Erinnerung an alle seine Qualen und lähmte seinen Mut; er hörte auf zu arbeiten und ließ die Augen in die

Welt irren. Dann seufzte er, die Seele war ihm aus Irrwege gekommen und schweifte hilflos umher wie ein Schaf, das sich zur nächtlichen Stunde verlaufen hatte. Der Tag war wolkig und grau, der weißdurchsetzte Himmel lagerte tief über der Erde, die Schneelasten breiteten sich in einem dicken, weichen Pelz aus und lagen soweit das Auge reichen konnte als eine bläuliche, lautlose, tote Ebene da. Eine neblige Luft von einem starren Reif durchdrungen verhüllte wie ein seines Gewebe die Welt. Da die Hütte von Bylica ganz frei, fast wie auf einem Hügel lag, so sah man das Dorf von da aus vor sich, wie auf einer Handfläche ausgebreitet liegen. Reihen kleiner Schneehügel saßen, wie beschneite Maulwurfshaufen, dicht nebeneinander und zogen sich in einem langen Kranz um den schneeverwehten zugefrorenen Weiher. Nirgends konnte man ein Haus ganz aus dem Schnee herausragen sehen, in dem das Dorf wie versunken lag; hier und da sah man nur die schwärzlichen Scheunenwände; ein rostiggelber Torfrauch kräuselte sich in der Luft und nackte Baumgerippe zeichneten sich unbestimmt unter den Schneekappen ab. Nur die Stimmen hallten scharf wieder in dieser endlosen Weiße und flogen von einem Ende des Dorfes zum andern; das eintönige Klopfen der Dreschflegel dröhnte dumpf, als käme es tief aus der Erde. Die Wege lagen menschenleer und verschneit, und auf den Schneefeldern sah man nicht eine lebendige Seele ... nichts als die riesengroße, weiße und tote Öde, ganz in Schnee erstarrt. Die nebligen Weiten flössen so ineinander, daß man den Himmel vom Erdenrand nicht mehr unterscheiden konnte, einzig die Wälder blauten ein wenig aus dem glasigen Weiß, wie eine Wolkenwand.

Antek sah nicht lange in die öde Schneeweite, er richtete nur seine Augen auf das Dorf und suchte nach dem väterlichen Hause, doch ehe er einen Gedanken fassen konnte, kreischte Anna, die in die Kartoffelgrube gestiegen war, zu ihm herüber:

»Sie haben keinen Frost gekriegt! Den Wachniks haben die kalten Winde so die Kartoffeln mitgenommen, daß sie die halbe Grube voll an die Schweine verfüttert haben, unsere sind gesund.«

»Schon gut. Steig' mal heraus, es scheint mir, daß die Juden kommen! Man muß die Kuh vors Haus führen.«

»Jawohl, das sind die Juden, niemand anders sonst! Natürlich sind es die Pestigen!« ... rief sie böse.

Wahrhaftig stapften auf dem von der Schenke her führenden Pfad, der gänzlich zugeschneit war und den kaum die plumpen Spuren von Stachs Pantinen bezeichneten, zwei Juden daher; versteht sich, daß die Hunde des halben Dorfes hinter ihnen drein waren und sich eifrig kläffend an sie heranzumachen versuchten, so daß Antek den Händlern entgegengehen mußte, um sie in Schutz zu nehmen.

»Nu, wie geht es sich? Haben mer uns verspätet in der Zeit! Is sich das ein Schnee, ein Schnee! Nicht fahren kann man und nicht gehen. Im Walde, wißt ihr, sind sie beim Aufgraben vom Wege ... Scharwerkarbeit! ...«

Er antwortete nicht auf ihr Gerede und führte sie nur in die Stube, daß sie sich etwas erwärmen sollten.

Anna wischte inzwischen der Kuh die mistbeschmutzten Flanken ab, dann melkte sie sie noch einmal, um einen letzten Rest Milch zu bekommen, den die Kuh noch hergab, und führte sie durch die Stube hindurch ins Freie. Die Kuh ging nur störrisch und unzufrieden vorwärts, und als sie über die Türschwelle hinaus war, reckte sie ihr Maul nach unten und roch und leckte an dem Schnee, bis sie schließlich ganz unerwartet ein leises, klagendes, langgedehntes Brüllen hören ließ und so heftig an ihrem Seil riß, daß der Alte, der zugriff, sie kaum halten konnte.

Anna mochte es nicht länger mit ansehen; ein so bitteres Leid erfaßte sie und begann in ihr so heftig zu bohren, daß sie in ein Weinen ausbrach, die Kinder weinten und jammerten mit und klammerten sich an Mutters Rock. Auch Antek war es nicht froh zumute, mit zusammengeklemmten Zähnen lehnte er an der Wand und sah auf die Krähen, die um die Kartoffelgrube im aufgewühlten Schnee saßen. Die Händler muschelten inzwischen miteinander und gingen daran, die Kuh von allen Seiten zu betasten und zu besehen.

Den Antekleuten war es dabei zumute wie auf einem Totengang, sie drehten sich weg von dem guten, lieben Vieh, das vergeblich an seiner Fessel zerrte, die ängstlich glotzenden Augen auf seine Ernährer richtete und dumpf brüllte.

»Jesu! ... Dazu hab' ich dich, mein gutes Kuhchen, gefüttert, dazu für dich gesorgt und dich gepflegt ... daß sie dich auf die Schlachtbank ... ins Verderben ... bringen sollen!« lamentierte Anna, mit dem Kopf gegen die Wand schlagend, und die Kinder echoten ihr jammernd nach.

Aber vergeblich waren Klagen und vergeblich war das Weinen, ganz umsonst; denn was Muß ist, kann der Mensch nicht andern, gegen sein Los kommt keiner an, auch nicht gegen das, was sein soll ...

»Was wollt ihr haben?« fragte schließlich der ältere weißhaarige Jude.

»Dreihundert Silberlinge.«

»Dreihundert Silberlinge für so e mieses Fleisch, ihr werdet wohl krank, Antoni, oder wie is es?«

»Schnauze du mir nicht von mies auf meine Kuh, damit du nicht was abkriegst! Sieh einer nur den, die Kuh ist jung, kaum im fünften Jahr, und fett«, schrie Anna.

»Stille ... stille ... es wird nicht gezankt im Handel, von wegen einem Wort ... nehmt ihr die dreißig Rubel?«

»Ich habe meins gesagt!«

»Und ich sage meins auch, einunddreißig ... na, einunddreißig und einen halben ... na, zweiunddreißig ... gebt mir die Hand ... na, zweiunddreißig und einen halben ... abgemacht!«

»Ich hab's gesagt!«

»Das letzte Wort, dreiunddreißig! Nicht, dann nicht!« sagte der Jüngere phlegmatisch und sah sich nach seinem Stock um, während der Ältere seinen Kaftan zuknöpfte.

»Für solchene ... dreiunddreißig Rubel ... Herr du mein Gott, Leute ... Diese Kuh, breit wie der ganze Kuhstall, die Haut allein ist zehn Rubel wert ... und das für solchene Kuh! ... Betrüger, Christusmörder« ... stotterte der Alte, die Kuh beklopfend, nur daß niemand auf ihn achtete.

Die Juden fingen ein verzweifeltes Handeln an, und Antek wollte von seinem auch nicht abgehen, etwas nur hatte er abgelassen, aber nicht viel, denn in Wirklichkeit hatte die Kuh einen beträchtlichen Wert, und wenn man sie zum Frühjahr einem Bauer verkauft hätte, wären ohne weiteres fünfzig Rubel gezahlt worden. Aber wo das Muß mit der Peitsche antreibt, da zieht die Not an den Ortscheiten – die Juden wußten das gut; und obgleich sie immer lauter schrien und immer häufiger Antek ihren Handschlag anboten zum Abschluß des Geschäftes, gaben sie immer nur ein wenig zu, höchstens einen halben Rubel ...

Es kam schon so weit, daß sie erzürnt fortgingen und Anna die Kuh schon wieder hinter den Verschlag zurückzerrte; selbst Antek war wütend geworden und entschlossen, den Verkauf aufzugeben, aber die Händler kehrten wieder um, und schrien, winselten und schwuren, daß sie nicht mehr geben könnten, boten aufs neue ihren Handschlag an und begannen die Kuh abermals zu durchprüfen. Man einigte sich schließlich auf vierzig Rubel und zwei Silberlinge Taugeld für Bylica ...

Sie zahlten gleich in bar aus; der Alte führte ihnen die Kuh nach bis an den Schlitten, der vor der Schenke wartete, und Anna mit den Kindern gab der Roten das Geleit bis an die Landstraße; jede paar Schritte strich sie ihr über das Maul, lehnte sich an sie und konnte sich weder von ihrem lieben Vieh trennen noch dem Kummer und dem Leid Einhalt tun.

Noch auf der Landstraße blieb sie stehen, um ihr nachzublicken und aus voller Seele auf dieses rothaarige ungetaufte Volk zu fluchen.

Eine solche Kuh zu verlieren, kein Wunder, daß da der Frau die Leber eins aufspielte.

»Als hätten sie aus dem Haus einen auf den Gottesacker gebracht, so leer ist es«, sagte sie bei der Rückkehr und sah immer wieder hinter die leere Verschalung oder durchs Fenster auf den ausgetretenen Fußweg, den Mist und Hufstapfen bezeichneten, wobei sie ein ums andere Mal in Weinen und Wehklagen ausbrach.

»Du könntest das lassen, wie das reine Kalb brüllt und brüllt sie!« rief Antek, der am Tisch vor dem ausgebreiteten Geld saß.

»Wen es nicht schmerzen tut, dem ist alles gut. Es hat dich unsere Armut nicht geschmerzt, da du die Kuh verschleudert hast, sie den Juden für die Schlachtbank gabst!«

»Hale, soll ich mich wohl aufreißen und dir aus den Eingeweiden Geld herausholen, was?«

»Wie die letzten Kätner sind wir jetzt, wie Bettelvolk, nicht mal das bißchen Milch, und gar keine Freude mehr. So viel hab' ich mir auf Meinem erworben, so viel! Du Jesu, mein Jesu! Die anderen mühen sich, arbeiten wie die Ochsen und kaufen noch was hinzu für die Wirtschaft – und der verkauft noch die letzte Kuh, die ich vom Vaterhaus habe ... Da kommt dann auch wohl schon das letzte Verderben, das allerletzte!« jammerte sie verstört.

»Heule du nur, das zieht dir vom Kopf ab, wenn du schon so dumm sein mußt und keinen Verstand hast! Hier hast du das Geld, bezahle, wo du was schuldig bist, kauf' was du brauchst und verstecke den Rest.« – Er schob ihr das Häuflein Geld zu und steckte einen Fünfrubelschein in seine Brusttasche.

»Wozu brauchst du das viele Geld?«

»Wozu? Allein mit dem Stock in der Hand werd' ich nicht losgehen.«

»Wohin willst du denn?«

»Weg, nach Arbeit sehen, faulen werd' ich hier nicht.«

»Weg? Überall gehen die Hunde barfuß und überall weht den Armen der Wind ins Gesicht! Allein soll ich hier bleiben, wie?« Sie erhob, ohne es zu wissen, ihre Stimme und näherte sich ihm drohend, er achtete nicht darauf – seinen Schafpelz hatte er umgetan, sich mit dem Gürtel umwickelt und suchte nach seiner Mütze.

»Bei den Bauern werd' ich nicht arbeiten und sollte ich verrecken, nein!« sagte er fest.

»Der Organist braucht doch einen zum Dreschen!«

»Hale, dieser Fratzen! so'n Bock, der nur an der Orgel herumblökt und den Bauern auf die Hand sieht ..., davon lebt, was er zusammenbettelt und herausschwindelt, zu einem solchen geh' ich nicht auf Taglohn!«

»Wer nicht will, dem ist alles zuviel!«

»Hast nichts gegen rumzureden!« schrie er wütend.

»Tu' ich dir jemals was sagen, bin ich dir schon lästig gekommen? Du tust ja, was du willst!«

»Ich geh' auf die Herrenhöfe nachfragen«, er sprach wieder ruhig, »werde mich nach einem Dienst umsehen, vielleicht bekomme ich was von Weihnachten an, wenn es auch nur als Pflüger ist, nur nicht hier die Luft verstinken und das Unrecht in einem fort vor Augen haben; das halt' einer aus! Genug hab' ich, Mitleid brauch' ich nicht und satt hab' ich's auch. Was haben sie einen immer anzustarren, wie einen räudigen Hund ... In die Welt will ich, so weit wie ich nur sehen kann, nur weg von hier ... nur weg, so schnell wie möglich weg!« ... fing er an zu schreien und war ganz außer sich.

Anna war wie erstarrt vor Entsetzen und stand da, ohne sich zu rühren; so hatte sie ihn noch nie gesehen.

»Bleib' mit Gott, in ein paar Tagen bin ich wieder hier.«

»Antek!« rief sie verzweifelt.

»Was denn?« Er kehrte vom Flur wieder um.

»Willst du mir denn nicht mal ein gutes Wort gönnen? ... nicht mal das? ...«

»Was denn, soll ich dich am Ende erst noch abtätscheln, und Amouren mit dir treiben? Da hab' ich andere Dinge im Kopf«, er schlug die Tür hinter sich zu und ging hinaus.

Er pfiff durch die Zähne, stützte sich auf seinen Stock und schritt rüstig aus, so daß der Schnee unter seinen Füßen knirschte. Vom Weg aus sah er sich nach dem Haus um. Anna stand an der Wand und schluchzte, und aus dem anderen Fenster sah Veronka hinaus.

»Aas, heult nur und heult – dazu hat sie Verstand genug! – In die Welt geh' ich fort!« murmelte er und sah rundum. Seine Augen flogen über die reifverhüllten Schneeweißen! Eine Sehnsucht zog und drängte ihn und trieb ihn vor sich hin, so daß er mit Freuden an andere Dörfer, neue Menschen und an ein neues Leben dachte. Ganz unerwartet war das über ihn gekommen, ganz von selbst, und hatte ihn plötzlich mit fortgerissen, wie wenn reißendes Wasser einen schwachen Strauch ergreift, so daß es gar nicht möglich war, sich zu widersetzen oder umzukehren. Sein Los hatte ihn in die Welt hinausgetrieben. Noch vor einer Stunde dachte er nicht daran, daß er gehen würde, wußte es nicht einmal. Von selbst ist es gekommen aus der Welt, wohl der Wind hatte ihm diesen Wunsch angeweht und ihm das Herz mit dem unaufhaltsamen Begehren der Flucht geschürt. Lohnarbeit oder irgendwas, nur fort von hier, fortgehen ... Hei! wie ein Vogel würde er auffliegen, in die weite Welt hinaus, über die Wälder, über das grenzenlose Land ... Natürlich, was soll er da verkommen, worauf denn warten? Diese Erinnerungen haben ihn schon aufgesogen, daß ihm die Seele wie ein Hobelspan ausgetrocknet ist, was hat er davon? ... Der Priester hat recht, gut hat er es ihm klargemacht, daß er mit dem Vater vor Gericht nichts gewinnen wird und noch viel Geld zuzahlen muß. Und mit der Rache wird er schon den rechten Augenblick finden ... den rechten Augenblick; da ist keiner, dem er ein Unrecht geschenkt hätte ... Und jetzt nur weiter irgendwohin, nur weg von Lipce ...

Wo denn zuerst wohl? ...

Er blieb an der Biegung vor der Pappelallee stehen und sah etwas unschlüssig über die im Nebeldunst daliegenden Felder. Ein Kälteschauer hatte ihn durchrieselt, so daß seine Zähne aufeinanderschlugen und ihm von innen ein Beben ankam.

»Durchs Dorf will ich gehen, und dann die Landstraße hinter der Mühle«, beschloß er rasch und bog nach dem Dorf ab. Noch war er nicht einmal ein paar Klafter gegangen, als er zur Seite hinter die Pappelbäume ausweichen mußte – mitten durch die Straße kam ein Schlitten mit Schellengeläute, ganz in eine weiße Schneestaubwolke gehüllt, geradeswegs auf ihn zu.

Boryna kam mit Jagna angefahren, er lenkte selbst; die Pferde griffen mächtig aus, den Schlittenkasten hinter sich her schleifend, wie eine Feder; der Alte schlug noch mit der Peitsche drein, trieb an und erzählte ihr lachend etwas. Auch Jagusch sprach laut, brach jedoch plötzlich ab, als sie Antek gewahrte; ihre Augen sogen sich auf einen Augenblick aneinander fest, auf dieses eine kurze Blitzen nur, dann wurden sie auseinandergerissen, der Schlitten glitt rasch davon und versank im Schneegefiirr. Antek rührte sich nicht von der Stelle, er war ganz versteinert und sah ihnen nur nach ... zuweilen tauchten sie aus der Schneeweiße auf, es blitzte der rote Beiderwand an Jagusch ihrem Kleid oder die Schellen klirrten lauter auf, sie verschwanden, verloren sich unter dem Dach der bereiften Zweige, die, ineinander verwoben, sich über dem Weg wölbten; es war als jagten sie mitten durch diese Weiße hindurch, als hätte man einen Durchschlag in den Schneemassen gemacht, und diese Wölbung stützte sich auf die schwärzlichen Stämme der Pappeln, die von beiden Seiten des Weges gebückt dastanden und sich beugten wie in einem schweren, ermüdenden Aufstieg hügelan. Er sah noch immerzu in ihre Augen, sie standen vor ihm, blitzten im Schneewirbel wie Flachsblüten, wuchsen überall aus der Landstraße hervor und schauten erschrocken und verängstigt, staunend und freudig zugleich drein und doch durchdringend und voll lebendiger Glut.

Seine Seele verdunkelte sich, versank in Nebel, als hätte ihn der weiße Reif ganz zugeschüttet und ganz durchdrungen, und nur diese himmelblauen Augen ganz allein leuchteten noch in ihm. Er ließ den Kopf hängen und schleppte sich langsam weiter, ein- und zweimal drehte er sich immer wieder um, doch es war schon nichts mehr zu sehen unter den Pappeln, manchmal nur klagte von weitem eine Schelle auf und eine Schneewolke erhob sich in der Ferne.

Alles war ihm entschwunden, als hatte er plötzlich die Seele verloren, an nichts dachte er mehr zurück, nur hilflos sah er sich um, ohne zu wissen, was er anfangen sollte ... wohin gehen ... und was mit ihm geschehen war – als wäre er in einen wachen Traum verfallen, aus dem er nicht erwachen konnte.

Fast ohne zu wissen, drehte er nach der Schenke um, ein paar Schlitten ausweichend, die mit Menschen angefüllt waren; doch er konnte niemanden unterscheiden, obgleich er aufmerksam hinsah.

»Wohin wollen denn die alle zusammen?« wandte er sich an Zankel, der an der Tür der Schenke stand.

»Zum Gericht. Die Klage gegen den Gutshof wegen der Kuh und dem Durchprügeln der Hüter, ihr wißt ja schon! Sie fahren mit allen Zeugen, Boryna ist schon voraus.«

»Werden sie denn gewinnen?«

»Warum sollen sie verlieren? Sie klagen gegen den Gutsherrn aus Wola, der Gutsherr aus Rudka wird zu Gericht sitzen, warum soll da der Gutsherr verlieren? Die Leute fahren sich etwas spazieren, werden den Weg zurechtfahren, sich amüsieren – in der Stadt brauchen die Unseren auch was zu verdienen. So gewinnen alle was.«

Antek gab nicht acht auf sein Gespött, ließ sich Branntwein geben, lehnte sich über die Tonbank und stand so in sich versunken, wie von Sinnen, fast eine gute Stunde da, ohne selbst das Schnapsglas angerührt zu haben.

»Euch fehlt was?«

»Ii, was sollte mir da fehlen ... laßt mich mal in den Alkoven hinein.«

»Man kann nicht, dort sitzen Händler, große Händler, die haben gekauft den zweiten Hau vom Gutsherrn, den in der Wolfskuhle, nu brauchen se Ruhe, vielleicht schlafen se auch.«

»Die Krätzjuden werd' ich an ihren Bärten herausschleppen und in den Schnee hinausschmeißen!« schrie er und warf sich wütend gegen den Alkoven, aber an der Tür kehrte er um, nahm die Flasche und drückte sich hinter den Tisch in die dunkelste Ecke.

In der Schenke war es leer und still, nur die Juden riefen hin und wieder mal etwas in ihrer Sprache, so daß Jankel zu ihnen hineinrannte, oder es kam auch einer herein auf ein Gläschen, trank aus und ging davon. Der Tag neigte sich schon auf die andere Seite und der Frost schien wieder zu steigen, denn die Kufen der Schlitten knirschten im Schnee und eine Kälte zog durch die Schenke. Antek aber saß noch immer und trank; er schien nachzudenken und wußte gar nicht, was mit ihm und rings um ihn geschah.

Ein Quartmaß nach dem anderen wurde ihm eingeschenkt, er aber sah immer nur jene blauen Augen vor sich, die ihm so nah waren, daß seine Augenlider sie fast streiften; die dritte Quart trank er aus und immer noch leuchteten sie, nur fingen sie an zu kreisen, zu schaukeln und durch die Schenke zu Irrlichtern. Ein Frost kam ihm vor Angst, er sprang auf, schlug mit der Flasche auf den Tisch, daß sie in Stücke zersprang und ging zur Tür.

»Bezahlen sollt ihr!« schrie Zankel, ihm den Weg eilig vertretend, »bezahlen sollt ihr, ich werd' euch nicht borgen.«

»Aus dem Weg, du Hundejud', sonst schlag' ich dich zu Tode!« brüllte er mit solcher Macht, daß der Jude erbleichte und schnell beiseite trat.

Antek aber stieß gegen die Tür und machte sich davon.

* *
*

Gegen Mittag erhellte sich der Tag ein wenig, aber nur so viel, wie wenn jemand einen brennenden Kienspan durch die Luft geschwenkt hätte; die Helle erlosch wieder bald und es fing an, sich zu verdüstern, als wollte sich Schnee in der Luft zu einem neuen Gestöber zusammenballen.

In der Stube der Anteks war es seltsam finster, kalt und traurig; die Kinder spielten auf dem Bett und schirpten leise, wie erschrockene Küchlein, Anna aber wurde von einer Unruhe hin- und hergezerrt, so daß sie sich keinen Rat mehr wußte. Sie lief von Ecke zu Ecke, sah durchs Fenster oder stellte sich vors Haus und ließ die brennenden Augen über das Schneeland streifen. Aber nicht ein lebendiges Wesen war auf den Wegen oder im Felde zu sehen – ein paar Schlittengespanne schoben sich nach der Schenke zu vorbei und verschwanden unter den. Pappeln, als waren sie in den Schneetiefen eingesunken ohne Spur und ohne einen Laut. Nichts blieb zurück als diese tote Stille und die Leere ohne Ende.

»Wenn doch wenigstens ein Bettler käme, daß man mit jemand sprechen könnte!« seufzte sie vor sich hin.

»Kutzusch! Kutzu, Kutzu, Ku...tzu!« Sie fing an, die Hühner durch den Schnee vor sich hinzujagen, denn sie waren herausgekrochen und suchten sich Sitzgelegenheiten auf den Kirschbäumen. Sie griff sie und trug sie auf die Staffeln zurück. Auf dem Flur begann sie, auf Veronka einzuschelten, wie konnte man denn den Eimer mit Spülwasser für die Schweine auf den Flur stellen! Diese pestigen Biester hatten alles umgeworfen, daß sich eine Pfütze an der Tür gebildet hatte.

»... Achte auf die Schweine, wenn du hier Hausfrau sein willst, laß die Kinder aufpassen ... ich werde nicht deinetwegen im Schmutz herumplatschen ...« schrie sie durch die Tür.

»... Die Kuh hat sie verkauft und will hier das Wort führen, sieh mal an, der Schmutz stört sie schon, feine Dame, und selbst sitzt sie wie im Schweinestall.«

»... Das geht dich nichts an, wo ich sitze und um meine Kuh hast du dich nicht zu kümmern!«

»... Dann laß auch meine Schweine in Ruh, du!«

Anna warf die Tür hinter sich zu; was sollte sie sich mit einem solchen Höllenweib einlassen – sage ihr ein Wort, und sie wird an einem halben Schock nicht genug haben und am liebsten noch schlagen. Sie schloß die Tür mit einem Haken, holte das Geld hervor und machte sich daran, alles mühsam zu berechnen. Nicht wenig hatte sie sich abgequält bei dieser Menge Geld, sie irrte sich immerzu dabei: der Arger auf Veronka saß ihr noch in den Gliedern und die Unruhe um Antek peinigte sie; dann wieder war es ihr, als schnaufte die Kuh hinter der Wand – und Erinnerungen an den Borynahof überkamen sie.

»... Ist schon wahr, wie in einem Schweinestall sitzt man hier, das ist so!« murmelte sie und sah sich in der Stube um, »da war ein Fußboden, Fenster wie es sich gehört, geweißte Wände, warm und sauber überall und alles im Überfluß ... Was sie da wohl machen? ... Fine wäscht das Geschirr auf nach dem Mittagessen und Jagna spinnt und sieht durch die Fensterscheiben, die sauber sind, ohne Eis ... hat sie denn was auszustehen? ... Alle Perlenschnüre der Seligen hat sie bekommen und die Beiderwandröcke, die Kleider, Tücher ... Viel zu arbeiten hat sie nicht, braucht sich nicht zu sorgen, kriegt fettes Essen ... Hat denn Stacho nicht gesagt, daß Gusche für sie arbeiten muß ... und die räkelt sich unter dem Federbett in den hellen Tag hinein und trinkt Tee ... die Kartoffeln bekommen ihr nicht ... und der Alte schmeichelt an ihr herum und tut, als wenn sie ein kleines Kind wäre ...«

Eine Wut ergriff sie plötzlich, so daß sie mit eins von ihrer Lade aufsprang und die geballte Faust drohend erhob.

»Dieb, Aas, Diebische, das Mensch, so'n Luder!« schrie sie laut, so daß der Alte, der auf der Ofenbank nickte, erschrocken aufgesprungen war.

»Vater, stopft die Kartoffelgrube mit dem Strohbündel zu und schaufelt den Schnee darüber, denn es fängt an zu frieren«, sagte sie ruhiger und machte sich wieder ans Zählen.

Dem Alten ging die Arbeit nicht rasch vonstatten, es war eine Menge Schnee da, und viel Kräfte hatte er nicht, dabei ließen ihm die zwei Silberlinge Taugeld keine Ruh, die beiden Silbermünzen leuchteten auf dem Tisch, fast ganz neu waren sie, er hatte es gut im Gedächtnis.

»Vielleicht geben sie sie mir auch ...« dachte er, »wem sollen sie denn gehören? ... Der Klumpen war ihm ganz abgestorben von dem Strich so hat die Rote gezerrt ... und er hat sie doch festgehalten ... und hat er sie nicht den Händlern angepriesen ... das haben sie gehört ... vielleicht geben sie's ... Gleich würde er dem Älteren, Pietrusch, auf der ersten Kirmes eine Mundharmonika kaufen ... auch dem Kleinen müßte man ... der Veronka ihrem auch ... Spitzbuben sind es, lästiges Zeug, aber müssen tut man doch ... und für sich selbst Schnupftabak ... kräftigen, daß es einem dabei in den Eingeweiden bohrt, denn dem Stach seiner ist milde ... nicht einmal niesen tut man danach ...« Er rechnete sich alles vor und arbeitete so gemächlich, daß, als Anna in einer Stunde nach ihm sah, kaum das Stroh der Kartoffelgrube mit Schnee bedeckt war.

»Für einen Mann tut ihr essen, aber nicht so viel wie'n Kind könnt ihr arbeiten ...«

»Ich eile mich, Hanusch, ... doch ... nur daß ich ein bißchen außer Atem gekommen bin, da hab' ich etwas Luft geschnappt ... in diesem Momang wird's ... in diesem Momang ...« stotterte er erschrocken.

»Der Abend ist schon überm Wald, der Frost nimmt zu und die ganze Grube ist durcheinandergewühlt, als wenn die Schweine dabei gewesen wären. Geht ins Haus und paßt auf die Kinder auf.«

Sie machte sich selbst ans Schneeschaufeln und mit solchem Eifer, daß in zwei guten Paternostern die Grube zugeworfen und schön festgeklopft war.

Es fing schon an zu dämmern, als sie fertig wurde, in der Stube breitete sich eine durchdringende Kälte aus, der nasse Lehmboden verhärtete sich und dröhnte hohl wie eine Tenne unter den Pantinen; der Frost setzte jäh an und bedeckte aufs neue die Fensterscheiben mit seinen vielfältigen Mustern. Die Kinder quästen etwas, es schien, daß sie hungrig waren, sie hatte nicht einmal Zeit, sie zu beschwichtigen, denn sie mußte doch noch Häcksel für die Färse schneiden, das Schwein füttern, denn es quiekte und drängte an der Tür, und die Gänse waren noch zu tränken; schließlich, nachdem alles besorgt war, wiederholte sie sich, was sie einem jeden zu zahlen hatte und machte sich zum Fortgehen bereit.

»Vater, macht mal Feuer und paßt auf die Kinder auf, in ein paar Augenblicken bin ich wieder hier, und wenn Antek kommen sollte, dann ist der Kohl im Tiegel auf der Herdplatte.«

»Gut, Hanusch, ich werd' gleich einheizen und Obacht geben und der Kohl ist im Tiegel, ich weiß, Hanusch, ich weiß.«

»Und das Taugeld hab' ich genommen, ihr braucht es doch nicht, zu essen habt ihr und was anzuziehen auch, was braucht ihr da mehr?« ...

»Versteht sich ... alles hab' ich, Hanusch, alles ...« murmelte er ganz leise und drehte sich rasch nach den Kindern um, denn die Tränen begannen ihm aus den Augen zu tropfen.

Der Frost wehte ihr entgegen, als sie hinaustrat, daß sie die Beiderwandschürze fester über dem Kopf zusammenzog; der Schnee knirschte unter den Füßen. Eine bläuliche, spröde, seltsam durchsichtige Dämmerung rieselte auf die Erde herab, der Himmel war klar, wie aus Glas und in den Fernen ganz unverhüllt, hier und da flackerten schon in den Höhen ein paar Sterne.

Sie tastete immer wieder an der Brust nach ihrem Gelde und überlegte, daß sie hier und da herumfragen würde, vielleicht ließe sich eine Arbeit finden oder erbitten für Antek; in die Welt hinaus läßt sie ihn nicht gehen! Jetzt erst kam es ihr zu Bewußtsein, was er da alles geredet hatte, und es wurde ihr dunkel vor Augen bei dieser Erinnerung. Nein, solange sie lebt, will sie nicht in ein anderes Dorf ziehen, will nicht unter Fremde gehen, verdorren würde sie da aus Sehnsucht!

Sie umfaßte mit den Augen den Weg, die verschneiten Häuser, die Gärten, die kaum aus den Schneewällen zu sehen waren, und die dämmernden endlosen Felder. Der stille, frostige Abend sank immer rascher nieder, der Sterne kamen immer mehr, als ob sie jemand mit vollen Händen ausstreute, und auf der nächtlichen Erde blitzten im Schneeland die Lichtlein der Häuser auf; man fühlte den Rauch in der Luft, Menschen gingen auf der Dorfstraße und Stimmen hallten, als kämen sie dicht über den Schnee daher geflogen.

»Das ist meine Heimat und ich will mich nicht in der Welt herumtreiben wie Wind, nein!« flüsterte sie entschlossen und verlangsamte etwas die Schritte, denn stellenweise sanken ihre Beine bis an die Knie in den krustigen Schnee ein, so daß sie die Pantinen herausziehen mußte.

»Hier hat mich der Herr Jesu auf die Welt gesetzt, dann will ich auch hier bis zu meinem Tode bleiben. Nur bis zum Frühjahr durchhalten, dann wird es schon besser, leichter auch. Und wenn Antek nicht arbeiten will, so gehe ich doch noch lange nicht betteln; ans Spinnen werd' ich mich machen, weben, irgendwas tun, nur um die Krallen irgendwo festzuhaken, damit einen die Armut nicht unterkriegt ... das ist wahr, Veronka verdient mit dem Weben so viel, daß sie noch etwas Geld beiseitegelegt hat«, überlegte sie, in den Pfad zur Schenke einbiegend. »Gelobt sei Jesus Christus«, sagte sie, eintretend. »In Ewigkeit«, gab Jankel zurück und schaukelte wie gewöhnlich über seinem Buch, ohne auf sie zu achten, erst als sie das Geld vor ihm ausbreitete, lächelte er freundschaftlich, hellte etwas das Licht der Hängelampe auf und half ihr zu zählen; selbst einen Schnaps bot er ihr an. Von Antek und über seine Schuld sagte er kein Wort. Er war ein Schlauer, was brauchte so ein Frauenzimmer die Geschäfte der Mannsleute zu wissen, gut in den Kopf geht es ihr doch nicht hinein, begreifen tut sie nicht und ist nur gleich bereit, mit dem Maulwerk loszufahren. Erst als sie sich zum Weggehen anschickte, sagte er:

»Und der Eurige, was tut er?«

»Antek ... der ist fort, Arbeit suchen.«

»Ist denn da vielleicht Mangel an Arbeit im Dorf, in der Mühle ist das Sägewerk im Gange, und ich kann auch einen geschickten Mann zum Holzeinfahren brauchen.«

»Hale, in der Schenke wird Meiner nicht arbeiten«, rief sie.

»Dann laß ihn schlafen, laß ihn sich erholen, wenn er ein so großer Herr ist! Gänse habt ihr, füttert sie heraus, dann kauf' ich sie für die Feiertage.

»Verkaufen sollt' ich die, habe doch nur eben so viel gelassen, wie zur Zucht nötig ist.«

»Zum Frühjahr werdet ihr junge kaufen, ich brauche die gemästeten. Wenn ihr wollt, könnt ihr alles auf Kredit nehmen, mit den Gänsen bezahlt ihr dann, wir werden abrechnen.«

»Nein, die Gänschen verkauf' ich nicht!«

»Ihr verkauft sie schon, ihr verkauft sie schon, wenn ihr die Kuh erst aufgegessen habt, selbst billig werdet ihr sie verkaufen ...«

»Daß du's nicht erlebst, du krätziger Jud'!« murmelte sie schon im Weggehen.

Der Frost wuchs, daß es schon in den Nasenlöchern kribbelte, am Himmel funkelten viele Sterne und von den Wäldern kam ein frostiger, beißender Luftzug herüber. Anna ging langsam mitten auf der Dorfstraße und sah sich nach den Häusern um; bei Wachniks, die als letzte vor der Kirche saßen, war Licht; von dem Gehöft der Ploscheks drang ein Lärm von Stimmen und Schweinegequiek herüber und im Pfarrhaus leuchteten alle Fenster; man hörte ungeduldiges Pferdegestampf vor der Hausveranda; bei den Klembs, die gleich neben dem Pfarrhof wohnten, blinkte Licht, es mußte jemand bei den Kuhställen sein, denn das Knirschen des Schnees unter den Stiefeln war vernehmbar, und etwas weiter vor der Kirche, wo sich das Dorf zerteilte, wie zwei Arme, die den Weiher umfaßten, war kaum mehr etwas in der Dunkelheit zu erkennen, nur hier und da erklang ein Hundegebell und ein einsames Lichtlein schimmerte durch die weiße Nacht.

Anna sah nach der Richtung des Borynahofs, seufzte auf und bog vor der Kirche in einen langen Heckenweg ein, der zwischen Klembs Obstgarten und dem Pfarrgarten zu den Organistenleuten führte. Der Fußweg war ganz verschneit, nur wenige Fußspuren bildeten einen schmalen Pfad; Buschwerk verdeckte ihn fast ganz und fast bei jedem Schritt stäubten die angestreiften schneebehangenen Zweige Schnee auf sie nieder.

Das Haus stand im Hintergrund des Pfarrhofs, hatte aber seine eigene Zufahrt. Weinen und Schreien klang von dort herüber und vor dem Hauseingang zeichneten sich die dunklen Umrisse eines Holzkoffers vom Schnee ab, Kleidungsstücke, ein Federbett und allerhand Kram lagen rings umher, und an der Wand schluchzte Magda, die Organistenmagd, und schrie gottserbärmlich.

»Hinausgejagt haben sie mich! Hinausgetrieben haben sie mich! In diese Kälte wie einen Hund, ganz hinaus! Und wo soll ich da bleiben, ich arme Waise, wo denn nur?«

»Schreie nicht, du Schwein!« krächzte eine Stimme vom Flur aus, dessen Türen aufstanden. »Wenn ich einen Stock nehme, dann wirst du gleich das Maul halten! Mach', daß du mir auf der Stelle fortkommst, geh' nach deinem Franek, du, Schlampe.«

»Guten Tag, Anna Borynowa! Du meine Güte, seit Herbst wußte man es ja schon … und hab' ich nicht gebeten, beschworen, bewacht – behüte du mal so was Liederliches! Alle zu Bett, und die hinaus in die Welt, hat sich jetzt ein Balg zurechtpromeniert! Und gleich hab' ich ihr doch gesagt: Magda, besinne dich, gehe in dich, er wird dich nicht heiraten … in die lebendigen Augen hat sie mir alles verneint. Natürlich, daß ich es schließlich gemerkt habe, das Frauenzimmer wurde ja immer dicker und wuchs wie Sauerteig, und da hab' ich ihr noch gesagt, wie einer die's verdient: geh', versteck' dich wo, auf ein anderes Dorf, solange es Zeit ist, solange die Menschen noch nichts sehen … Als ob die auf mich hat hören wollen … Bis sie heute im Kuhstall beim Melken die Wehen gepackt haben … eine ganze Gelte voll Milch hat sie mir ausgegossen … und meine Franja kommt erschrocken angelaufen und schreit, daß der Magda was passiert. Jesus Maria, in meinem Hause, eine solche Schande, was würde der Priester dazu sagen! Daß du mir vom Haus weggehst, sonst laß ich dich auf die Dorfstraße hinausschmeißen!« kreischte sie noch einmal auf, vors Haus stürzend.

Magda riß sich empor von der Wand und fing an, weinend und wehklagend ihr Zeug aufzusammeln und in Bündel zusammenzubinden.

»Tretet ein, Anna, ist das kalt draußen. Daß hier keine Spur nach dir übrigbleibt!« schrie sie im Weggehen.

Sie führte Anna durch einen langen Flur.

Die sehr große, niedrige Stube erhellte ein auf dem Herbrost flackerndes Feuer. Der Organist, der Rock und Weste abgelegt hatte, saß mit hochgekrempten Hemdsärmeln, rot wie ein Krebs, vor der Glut und buk Oblaten … immer wieder schöpfte er mit dem Löffel den angerührten, flüssigen Teig aus einer großen Schüssel, goß ihn in eine Eisenform, preßte sie zusammen, daß es zischte und setzte sie aufs Feuer über einen auf die Schmalseite gelegten Ziegelstein, darauf drehte er die Form um, nahm die Oblate heraus und warf sie auf ein niedriges Stühlchen, vor dem ein kleiner Junge die Ränder jeder Oblate mit der Schere beschnitt.

Anna bot allen einen Gruß an und küßte der Organistin die Hand.

»Setzt euch, wärmt euch etwas, und was gibt's denn bei euch Gutes?«

Sie konnte sich nicht gleich sammeln, um etwas darauf zu erwidern, sie wagte es nicht und sah sich in der Wohnung um, verstohlen nach dem Nebenzimmer schielend, wo auf einem langen Tisch an der Wand ganze Stöße weißer Oblaten zu sehen waren; sie waren mit einem Brett belastet, und zwei Mädchen legten sie zu kleinen Päckchen zusammen und wickelten bunte Papierstreifen darum. Aus dem unsichtbaren Hintergrund des Raumes kam das eintönige Summen eines Klavizimbels ... die Musik zog sich wie Spinnwebe durchs Zimmer, einmal griff sie in die höheren Register, erhob sich wie im Singen, dann dämpfte sie sich, daß man nur mehr das klimpernde Herumgreifen der Finger hörte, oder die Töne rissen plötzlich kurz und mit durchdringendem Kreischton ab, daß es der Anna wie ein Schauer durch und durch fuhr, der Organist aber rief:

»Tä, Esel! das Fis verschluckt er, wie die reine Speckgriebe! ... Wiederholen von *Laudamus pueri* ...«

»Schon für das Weihnachtsfest?« fragte sie, da es doch nicht anging, wie ein Murmeltier zu sitzen.

»Ja, ein so großes Kirchspiel und so weit auseinander, allen muß man doch vor dem Fest Oblaten bringen, da fang' ich schon rechtzeitig an.«

»Sind die aus Weizenmehl?«

»Probiert nur.«

Er reichte ihr eine noch ganz warme Oblate.

»Wie sollt' ich das wagen, die aufzuessen?«

Sie griff mit der Beiderwandschürze zu und hielt die Oblate ehrfurchtsvoll gegen das Licht.

»Was da für verschiedene Geschichten aufgedruckt sind, Jesus!«

»Rechts im ersten Kreis sind die Muttergottes, Sankt Johannes, Herr Jesus, und im anderen Kreis ... seht ihr da ... die Krippe mit der Raufe, das Vieh ... das Jesuskindlein im Heu, Sankt Joseph, die heilige Jungfrau, und hier knien die drei Könige«, ... erläuterte die Organistin.

»Ganz so, wahrhaftig, wie das alles schlau gemacht ist, das ist wahr!« ...

Sie wickelte die Oblate ins Tuch und steckte sie hinters Mieder. Es trat ein Mann herein und sagte etwas, worauf der Organist ausrief.

»Michael! Zur Taufe sind sie gekommen, nimm die Schlüssel und geh' in die Kirche, denn Ambrosius bedient heute im Pfarrhaus, der Pfarrer weiß es schon ...«

Die Musik verstummte und durch die Stube kam ein hoher, blasser Junge.

»Is 'ne Waise, Bruderskind, 'ne Wohltat von Meinem ... er lernt bei ihm ... Man kann da ja nicht anders, wenn man sich auch selbst schädigt, in der Familie muß man sich doch helfen ...«

Anna kam allmählich in ein wehleidiges Reden und ließ ihren Klagen und ihrer Besorgnis freien Lauf, zum erstenmal seit drei Wochen konnte sie sich gründlich sattreden.

Sie hörten ihr zu, sprachen hin und wieder ein Wort, und obgleich sie sich hüteten, über Boryna auch nur ein Wort zu sagen, bedauerten sie sie so herzlich, daß sie selbst ins Heulen kam. Die Organistin, die eine kluge Frau war, begriff gleich und sagte als erste:

»Vielleicht habt ihr etwas Zeit über, dann könntet ihr mir meine Wolle zurechtspinnen. Ich wollte sie sonst der Pakulina geben, aber nehmt ihr sie nur mit; spinnt sie mir aber ja auf dem Spinnrad, denn auf dem Wocken kommt es nicht egal heraus.«

»Gott bezahl's, ich brauch' schon Arbeit, nur ich wußt' nicht, wie ich darum bitten sollt'.«

»Na, na, laßt das Danken; der Mensch soll einer dem anderen hilfreich sein. Die Wolle ist schon gekrempelt, an die hundert Pfund werden es sein.«

»Ich werd' sie schon fein Herrichten, das kenn' ich, beim Vater habe ich doch allein für alle gesponnen, gewebt und gefärbt; nichts haben sie für die Kleidung anzuschaffen brauchen, nein!« ...

»Seht nach, trocken und weich ist sie.«

»Muß wohl von Gutsschafen sein, schöne Wolle.«

»Und wenn ihr Mehl, Grütze, Erbsen nötig habt, dann sagt es nur, ich werd' es euch geben. Wir können es mit im Arbeitslohn verrechnen.«

Sie führte sie in die Kammer, wo es ganz voll von Getreidetonnen und -säcken war; Speckseiten waren an der Wand aufgehangen, und ganze Bündel Garn hingen von den Balken herab; die gewaltig dicken Leinwandballen lagen da, übereinandergetürmt zu Haufen, und was da noch an getrockneten Pilzen, Käsen, verschiedenen Glaskruken, an radgroßen Brotlaiben, die eine ganze Reihe auf den Borten bildeten, und an allem anderen Hab und Gut zu sehen war, das konnte man sich gar nicht ausdenken.

»Ganz gleichmäßig werd' ich sie ihnen auf dem Spinnrad fertig machen; Gott soll es ihnen vergelten, daß sie mir geholfen haben, aber ich glaube, daß ich die Wolle allein nicht forttragen kann.«

»Ich schick' sie euch nach durch einen Knecht.«

»Das ist schon recht, denn ich muß auch noch ins Dorf.«

Sie bedankte sich nochmals, aber etwas leiser und kühler – der Neid hatte sie ins Herz gebissen.

»Alles gibt das Volk diesen, schleppt's ihnen heran, macht's ihnen zurecht – da haben sie auch volle Kammern; oder zieht er vielleicht nicht den Menschen das Fell über die Ohren mit seinen Prezenten! Hat einer eine Schafherde, dann hat er was für jede Begerde! Laß sie mal das alles selbst erarbeiten. Hale!« ... sann sie, in den Heckenweg hineintretend; von Magda war auch nicht eine Spur mehr zu sehen, außer einem alten schlechten Stiefel, der sich schwarz vom Schnee abzeichnete; sie beschleunigte ihre Schritte, denn es war schon spät, etwas zu lange hatte sie bei den Organistenleuten gesessen.

»Wo könnte man denn und bei wem wegen einer Arbeit für Antek Umfrage halten?«

Solange sie als Hofbäuerin galt, hielten sie alle Freundschaft mit ihr, immerzu kam irgendwer ins Haus, hatte dies und jenes nötig, sagte ihr Freundlichkeiten ins Gesicht ... und jetzt muß sie hier mitten im Weg stehen und sich sorgen, wohin sie wohl gehen soll, zu wem? ... Nein, sie wird sich keinem aufdrängen, mit den Frauen würde sie nur gern wie früher etwas plaudern.

Sie blieb vor dem Hause der Klembs, vor Simeons Hof stehen; aber hineingehen, dazu konnte sie sich nicht entschließen, und es kam ihr in Erinnerung, daß ihr Antek befohlen hatte, sich nicht mit Menschen einzulassen. »Einen guten Rat geben sie einem nicht, helfen werden sie nicht, aber bemitleiden werden sie dich, wie einen verreckten Hund, sagte er.«

»Oh, das ist wahr, die reinste Wahrheit!« murmelte sie, an die Organistenleute denkend.

Hei, wenn sie ein Mannsbild wäre, gleich würde sie sich an die Arbeit machen und für alles Rat schaffen. Herumwinseln würde sie nicht und den Leuten ihre Armut vor die Nase halten.

Sie fühlte in sich einen solchen Wolfshunger auf Arbeit, einen solchen Kräftezudrang, daß sie sich reckte und dabei fester und sicherer ausschritt. Es lockte und lockte sie immerzu, auch am Hause des Schwiegervaters vorüberzugehen, um mindestens doch in den Heckenweg einen Blick zu werfen und sich, wenn auch nur einmal, daran satt zu sehen; sie kehrte aber dennoch an der Kirche um und schwenkte auf einen schmalen Pfad ab, der quer durch den zugefrorenen Weiher nach der Mühle zu lief. Sie schritt rasch aus, ohne nach den Seiten zu blicken, nur mit dem einen Gedanken beschäftigt, auf dem glatten Eis nicht auszugleiten und so schnell wie möglich vorüberzugehen, nicht zu sehen, nicht noch mehr die Seele durch Erinnerungen zu verwunden. Aber sie konnte es nicht lassen und blieb gerade gegenüber dem Borynahof jäh stehen, ohne die Macht zu haben, ihre Augen von den durch die Fensterscheiben glimmenden Lichtern loszureißen.

»Und es ist doch unser, unser ... wie soll man denn in die Welt gehen ... Der Schmied würde sofort alles an sich raffen ... nein, ich rühr' mich nicht von hier ... wie ein Hund werde ich aufpassen, ob Antek will oder nicht ... Der Vater hat auch kein ewiges Leben, und vielleicht ändert sich noch etwas ... die armen Kinder geb' ich nicht ins Verderben, und selbst geh' ich auch nicht ... das gehört doch ihnen ... uns ...« träumte sie, auf den schneebelasteten Obstgarten starrend, gegen den die Umrisse der Gebäude mit ihrem weißen silbrig aufglitzernden und schwärzlichen Wänden hervortraten und im Hintergrund über einem Schuppen sich der spitze Giebel eines Getreideschobers zeigte. Die Füße waren ihr wie am Eis festgefroren, so daß sie sich weder von der Stelle bewegen noch die Augen und das ungestüm klopfende Herz von dem Anblick losreißen konnte.

Eine stille, dunkelblaue Frostnacht mit Sternenschwärmen, wie mit silbernem Staub bestreut, umhüllte die verschneite Erde; die Baume standen regungslos unter der Schneelast gebeugt, schlafgebannt, rätselhaft in dieser Stille, die sich über die Welt ergoß, wie weiße Schatten von Gespenstern oder zu Gestalten erstarrte Dünste; die fast körperlosen zarten Schneemassen glitzerten, jeglicher Laut war erstorben, nur hin und wieder zitterte es durch die Frostluft fast wie ein Raunen von zuckenden Sternen, von Pulsschlägen der durchfrornen Erde und von schlaftrunkenen Atemzügen der todesstarren Bäume. Und Anna stand immerzu, ohne auf die entfliehende Zeit, noch auf die beißende eisige Kälte zu achten. Ihre Augen hatten sich an dem Hause festgesogen und tranken sein Bild. Sie umschlang es mit ihrem ganzen Herzen und nahm es mit der ganzen Macht ihres hungernden Verlangens und ihrer Traumwünsche in sich auf.

Erst das Aufknirschen des Schnees rüttelte sie auf; irgend jemand kam von der Straße auf den Weiher zu und lenkte seine Schritte nach ihrer Richtung hin; nach einigen Augenblicken befand sie sich Auge in Auge mit Nastuscha Täubich.

»Hanka!« rief diese erstaunt aus.

»Du wunderst dich, als wäre ich schon verreckt und ginge hier nach dem Tode um!«

»Was euch nur einfällt, ich hab' euch doch lange nicht gesehen, da hab' ich mich verwundert. – Wohin geht ihr denn?«

»Nach der Mühle doch.«

»Das ist auch mein Weg, ich bringe dem Mathias sein Abendbrot dahin.«

»Arbeitet er jetzt in der Mühle, lernt die Müllerei?«

»Wie sollte er sich wohl für einen MüllerskNecht bereiten! An dem Sägewerk ist er, das man neben der Mühle gebaut hat, sie haben es eilig und arbeiten schon bis in die Nacht.«

Sie gingen nebeneinander. Anna sagte kaum ein Wort mehr und Nastuscha plapperte in einem fort, doch hütete sie sich, über Boryna etwas zu sagen. Natürlich fragte auch Anna nicht danach; es ging nicht gut, obgleich sie da gern etwas davon gewußt hätte.

»Zahlt denn der Müller gut?«

»Fünf Silberlinge, fünfzehn bekommt der Mathias.«

»So viel sogar! Fünf Silberlinge und noch ...«

»Es geht doch alles da nach seinem Kopf, da ist es auch kein Wunder.«

Anna schwieg; als sie aber gerade an der Schmiede vorbeigingen, wo man durch die eingeschlagenen Fensterchen rote Lichter flackern sah, die auf den Schnee einen blutigen Schein warfen, murmelte sie:

»Dieser Judas hat immer was zu tun.«

»Einen Gesellen hat er sich hinzugenommen, und selbst ist er immer unterwegs; er soll mit den Juden wegen dem Wald in Kompanie sein, und gemeinsam betrügen sie dann die Menschen.«

»Wird denn der Wald schon geschlagen?«

»Aus was für einer Wildnis ihr bloß kommt, daß ihr das nicht wißt.«

»Aus einer Wildnis nicht, aber wegen Neuigkeiten lauf' ich nicht im Dorf herum.«

»Na, daß ihr es wißt, die fällen schon den Forst, aber dort, wo der hinzugekaufte ist.«

»Versteht sich, unseren werden sie sich doch nicht erlauben anzurühren.«

»Nur weiß man nicht, wer's verbieten wird, der Schulze hält's mit dem Gutshof, der Schultheiß, und was sonst so alle Reichen sind, auch.«

»Das ist so, wer wird die Reichen 'rumkriegen, wer wird sie überwinden? ... Sieh doch bei uns mal ein, Nastuscha.«

»Gott auf den Weg, ich komm' mal mit dem Spinnrocken zu euch.«

Sie trennten sich vor dem Wohnhaus der Müllersleute, Nastuscha bog nach der etwas tiefer gelegenen Mühle ab und Anna trat durch den Hof in die Küche. Sie war nur mit knapper Not hineingekommen, denn die Hunde fielen sie an und kläfften dermaßen und drängten sie so gegen die Wand, daß Eve sie erst verteidigen und hineingeleiten mußte. Ehe sie noch ins Reden kamen, trat die Müllerin ein und sagte gleich ohne Umschweife.

»Habt ihr für meinen Mann was Geschäftliches? Er ist in der Mühle.«

Anna wartete nicht, sondern ging, aber sie traf ihn unterwegs. Er führte sie ins Zimmer, wo sie ihm auch gleich bezahlte, was sie für Grütze und Mehl schuldig war.

»Die Kuh eßt ihr auf?« sagte er, das Geld in ein Schubfach schiebend.

»Was soll man tun! Steine kann man doch nicht beißen.« Sie war verärgert.

»Ein Tagedieb ist er, euer Mann, das laßt euch gesagt sein.«

»Ein Tagedieb oder auch nicht! Was soll er denn arbeiten, wo und bei wem?«

»Gibt's denn nicht genug zu dreschen im Dorf?«

»Ein Knecht und ein Tagelöhner ist er noch nicht gewesen, da kann man sich auch nicht wundern, daß er sich nicht dazwischendrängt.«

»Wird sich schon dran gewöhnen müssen, das wird er! Schade um den Mann, obgleich ihm der Wolf aus den Augen guckt, und diese Unverträglichkeit; selbst vor dem eigenen Vater hat er keine Achtung gehabt, aber schade ist es doch um den Menschen ...«

»Man sagt ja ... daß bei dem Herrn Müller Arbeit ist ... tät ich bitten ... vielleicht nimmt der Herr Antek für die Arbeit ... tät ich bitten« – sie fing an zu weinen, umfing seine Knie, küßte seine Hände und bat inbrünstig.

»Laß ihn kommen, bitten werd' ich ihn nicht, Arbeit ist da, aber schwere Arbeit, das Holz ist für die Sägemühle herzurichten.«

»Das wird er schon kriegen, er ist zu allem geschickt, wie kaum einer im Dorf ...«

»Das weiß ich, darum sag' ich auch, daß er sich melden kann; aber das will ich euch sagen, ihr paßt schlecht auf Euren auf – ja ja ...«

Sie blieb erschrocken stehen, ohne etwas verstanden zu haben.

»Der Kerl hat Weib und Kinder und jagt anderen Frauenzimmern nach.«

Sie erblaßte und begann innerlich zu beben.

»Die Wahrheit sag' ich euch, die Nächte treibt er sich umher, die Leute haben ihn schon mehr wie einmal gesehen.«

Sie atmete mächtig erleichtert auf, denn das wußte sie und verstand es auch, daß ihn der Gedanke an das ihm geschehene Unrecht in den Nächten umhertrieb und nicht schlafen ließ ... und die Menschen müssen das gleich auf ihre Art ausmalen.

»Der könnte sich mal an die Arbeit machen, da würde ihm das Lieben gleich aus dem Kopf fahren.«

»Er ist doch aber ein Hofbauernsohn ...«

»Ein Gutsherr ist das Biest vielleicht; wird hier in Arbeitsgelegenheiten herumwühlen, wie das Schwein in einen vollen Trog; wenn er so wählerisch ist, hätte man mit dem Vater in Frieden leben sollen, anstatt hinter Jaguscha herzurennen ... das ist doch schon 'ne Sünd' und Schand', und dazu nicht eine kleine ...«

»Was ist dem Herrn in den Kopf gekommen?« rief sie rasch.

»Ich sage euch wie es ist, das ganze Dorf weiß davon, fragt nur herum«, rief er laut und schnell, da er hitzig von Natur war und gern die Wahrheit einem ohne Umschweife direkt an den Kopf warf.

»Soll er denn kommen?« fragte sie leise.

»Laß ihn kommen, es kann selbst morgen sein. Was habt ihr denn, warum heult ihr?« ...

»Nein, nein, daß ist nur so vom Frost ...«

Langsam und schweren Schrittes, als ob sie etwas bis zur Erde niederbeugte, kehrte sie nach Hause zurück, kaum konnte sie die Beine von der Stelle heben. Die Welt war dunkel geworden und der Schnee grau, so daß sie sich nicht auf den Fußpfad zurechtfinden konnte. Vergeblich rieb sie sich die Augen, wischte sich die halberstarrten Tränen von den Wimpern ab – vergeblich; sie fand ihn nicht, sah nichts und ging nur immerzu durch diese plötzliche Finsternis, die sie mit Wehmut erfüllte, Jesu, und mit solcher Wehmut.

»Hinter der Jaguscha läuft er, hinter der Jaguscha ...«

Sie konnte keinen Atem fangen, das Herz zuckte in ihr wie ein getroffener Vogel, es schwindelte ihr, so daß sie sich gegen irgendeinen Baum am Weiher lehnte und sich fest daran drückte bis zum Schmerz.

»Vielleicht ist es auch nicht wahr, vielleicht hatte er gelogen ...« Sie griff ängstlich danach und klammerte sich daran fest.

»Mein Jesu, nicht genug Unglück, nicht genug Schmach, und nun noch das auf meinen armen Kopf, das noch ...« sie stöhnte wehmütig auf, und um den Schmerz zu dämpfen, fing sie an schnell zu laufen, bis sie den Atem und die Besinnung verlor, als jagten Wölfe hinter ihr drein. Atemlos, halb tot stürzte sie in die Stube.

Antek war noch nicht dagewesen.

Die Kinder saßen am Herd auf Großvaters Schafspelz; der Alte schnitzte ihnen eine Windmühle und unterhielt sie.

»Die Wolle haben sie gebracht, Hanusch, in drei Säcken haben sie sie gebracht ...«

Sie band die Säcke auf und fand in einem, oben einen großen Laib Brot, ein ordentliches Stück Speck und über ein halbes polnisches Quart Grütze.

»Der Herr Jesus zahle dir diese Güte heim«, murmelte sie gerührt und bereitete gleich ein reichliches Abendessen, die Kinder aber legte sie bald schlafen.

Es wurde rasch still im ganzen Hause, denn bei Veronka schliefen sie schon, und der Alte hatte sich auch schon auf die Ofenbank hingestreckt und war eingeschlafen. Anna machte das Spinnrad in Ordnung, setzte sich am Herd zurecht und fing an zu spinnen.

Bis tief in die Nacht hinein saß sie, bis die Hähne zum erstenmal krähten, und immerzu, wie ihr Faden, spannen sich ihr die Worte des Müllers durch den Sinn: »hinter Jagna rennt er, hinter der Jagna!«

Das Rädchen surrte leise, eintönig, unermüdlich, durch das Fenster blickte die Mondnacht mit einem froststarren Gesicht, schien gegen die Scheiben zu klirren und aufseufzend sich an die Wände zu pressen; die Kälte kroch aus den Ecken hervor, griff nach den Beinen und breitete sich wie weißer Schimmel über den Lehmboden aus; das Heimchen zirpte hinter dem Herd, manchmal unterbrach es sich, wenn eins der Kinder durch den Schlaf zu schreien anfing und sich im Bett herumwarf – und wieder entstand eine tiefe frostgebannte Stille! Es fror immer schärfer, wie mit eisernen Klauen preßte die Kälte alles zusammen, denn immer wieder knackten die Bretter im Dachstuhl, es knallte in den alten verbogenen Wänden jäh auf, als hatte jemand geschossen, oder ein Balken quoll, vom Frost auseinandergezwängt, leise knisternd in die Breite. Die Kälte hatte die Diemen ganz und gar durchdrungen, so daß sie wie im Schmerz aufbebten, und das ganze Haus krümmte sich, drückte sich an den Erdboden und zuckte vor Kälte.

»Daß mir das auch nicht in den Kopf gekommen ist! Natürlich eine solche schöne, wohlgenährte Schmeichelkatze, und ich, was? ... Ein solches Gestell, nur Haut und Knochen, was bin ich denn! Und wenn ich auch jede Ader für ihn aufreißen würde, hilft das nicht, wenn er das Herz nicht für mich hat. – Was bin ich! was?« ...

Eine große Hilflosigkeit kam über sie, so still und schmerzlich, so furchtbar schmerzlich, daß sie selbst nicht mehr weinen konnte, die Kräfte versagten ihr, sie bebte in ihrem Innern wie ein schwaches Bäumchen, das vor Kälte dem Erstarren nahe ist und weder seiner Marter entfliehen kann noch Hilfe erbitten oder sich wehren – wie ein solches armes Bäumchen fror Annas Seele. Sie lehnte den Kopf gegen das Spinnrad, ließ die Hände sinken und starrte vor sich hin in ihr unglückseliges Los, in ihre bittere Hilflosigkeit. Lange, lange verharrte sie so, nur hin und wieder rollte unter den bläulichen Lidern eine heiße Träne hervor und fiel auf die Wolle, zu einem Schmerzensrosenkranz voll blutigen Leids erstarrend.

Am nächsten Morgen aber stand sie etwas beruhigter auf, wie hätte es auch sonst werden sollen; hatte sie vielleicht Zeit zum Sichsorgen wie eine Gutsherrin! »Vielleicht ist es so, wie dieser Müller es gesagt hat, vielleicht ist es aber auch nicht so! Wird sie ihre Hände darum müßig in den Schoß legen, wird sie weinen und klagen, wenn alles auf ihren Schultern liegt, die Kinder und die Wirtschaft und die ganze Not! Wer wird da helfen, wenn sie es nicht tut?« Sie betete nur heiß vor der schmerzensreichen Muttergottes und machte das Gelübde, wenn Herr Jesus alles zum Guten wenden würde, im Frühjahr nach Tschenstochau zu pilgern, drei Messen zu bestellen und einen ganzen Stein Wachs, wenn es ihr besser gehen sollte, in die Kirche zu tragen für Licht am Hauptaltar.

Sie fühlte sich so erleichtert, als hätte sie gebeichtet und das heilige Sakrament empfangen, so daß sie sich eifrig ans Spinnen machte; doch der Tag, obgleich er hell und sonnig war, zog sich ihr über die Maßen in die Länge, so quälte sie die Sorge um Antek.

Erst abends kam er an, gerade zum Abendbrot, er sah so armselig aus, war so mitgenommen und still und begrüßte sie so treuherzig, hatte auch den Kindern Semmeln mitgebracht, daß sie fast allen Verdacht vergaß; und als er ihr noch Häcksel geschnitten hatte und ihr bei der Besorgung der Wirtschaft half, so gut er konnte, wurde sie innerlich so tief gerührt, daß es kaum zu sagen war.

Er sprach nicht davon, wo er gewesen war und was er getrieben hatte; natürlich traute sie sich nicht, ihn deswegen auszufragen.

Nach der Abendmahlzeit kam Stacho, der oft zu ihnen einsah, obgleich ihm Veronka dieses verbot, und kurze Zeit nach ihm erschien der alte Klemb.

Sie waren nicht wenig verwundert, denn es war der erste Mensch aus dem Dorf, seit sie hinausgetrieben worden waren, sie glaubten er käme mit irgendeinem Geschäft.

»Da sich niemand von euch zeigt, so hab' ich gedacht, euch mal aufzusuchen«, sagte er offenherzig.

Sie dankten ihm mit aufrichtiger und herzlicher Dankbarkeit.

Man setzte sich in eine Reihe auf die Bank am Herd und unterhielt sich langsam und würdig; der alte Bylica warf inzwischen ab und zu frische Zweige aufs Feuer.

»Der Frost ist nicht schlecht!«

»Man kann schon schwerlich ohne Schafpelz und Fäustlinge dreschen«, sagte Stacho.

»Und das Schlimmste ist, daß sich auch schon Wölfe zeigen.«

Sie blickten Klemb verwundert an.

»Das ist wirklich wahr, heute nacht haben sie versucht, unter dem Schulzen seinem Schweinestall sich durchzugraben, etwas muß sie schon verscheucht haben, daß sie sich keins von den Ferkeln mitgenommen haben, und ein Loch haben sie gescharrt, bis ganz unter die Mauerschwellen. Ich bin mittags selbst dort gewesen und hab' es mir besehen, fünf Stück sind es sicher gewesen!«

»Das soll uns gewiß auf einen harten Winter deuten.«

»Das muß so sein, denn kaum haben die Fröste angesetzt und schon kommen die Wölfe heran ...«

»Bei Wola, auf dem Weg hinter der Mühle, ihr wißt doch, habe ich dichte Spuren gesehen, als ob eine ganze Herde schräg über den Weg gelaufen wäre, besehen hab' ich sie, aber ich dachte, daß es die Feldhunde des Gutsherrn gewesen wären, und gewiß waren's Wölfe ...« sagte Antek mit Lebhaftigkeit.

»Wart ihr auch im Schlag?« fragte Klemb.

»Nein, die Leute sagten mir nur, daß man schon den zugekauften Wald bei der Wolfskuhle fällt.«

»Auch mir hat der Förster erzählt, daß der Gutsherr keinen aus Lipce zur Arbeit rufen läßt, aus Ärger scheint es, daß sie ihren Anteil fordern.«

»Wer wird ihm denn den Wald fällen, wenn nicht unsere aus Lipce?« mischte sich Anna hinein.

»Du meine Güte, überall sitzt so viel Volk zu Hause und wartet auf Arbeit, wie auf Gnade. Gibt's denn vielleicht wenige in Wola selbst, und diese Weichselzöpfe aus Rubka oder etwa die Schmutzfinken aus Dembica. Laß den Gutsherrn nur ein Wort sagen, und in einem Tag wird er ein paar hundert der Geschicktesten haben. Solange sie auf dem Zugekauften fällen, laß sie nur fällen, die können auch was verdienen, viel ist das auch nicht, und für unsereinen ist es zu weit.«

»Und wenn sie mit unserm Wald anfangen?« fragte Stacho.

»Lassen wir nicht zu!« warf Klemb kurz und fest hin, »wir wollen schon unsere Kräfte versuchen, laß den Gutsherrn sehen wer stärker ist, er oder das ganze Volk, laß ihn sehen.«

Sie sprachen nicht mehr davon, zu sehr lag diese Sache allen auf der Leber und fraß an ihnen, nur der alte Bylica stotterte noch schüchtern etwas hervor:

»Ich kenn' das Herrengewächs aus Wola, und ob ich's kenn', der wird euch gut zum Narren halten ...«

»Laß ihn, Kinder sind wir nicht, irreführen lassen wir uns nicht«, schloß Klemb.

Sie redeten noch etwas über die Hinaustreibung Magdas durch die Organistenleute, auch darüber sagte Klemb seine Meinung.

»Versteht sich, menschlich ist das nicht, aber es ist auch schwer, ein Spital aus dem eigenen Haus zu machen, die Magda ist doch mit ihnen weder verwandt noch verschwägert.«

Sie sprachen über dies und jenes und gingen ziemlich spät auseinander; im Weggehen forderte sie Klemb in seiner kurz angebundenen Art und Weise auf, mal bei ihm vorzusehen; wenn sie was nötig hätten, brauchten sie es nur zu sagen – da würde man schon nachbarlich etwas Hülsenfrüchte, Futter für die Färse oder auch ein paar Silberlinge finden ...

Die Antekleute blieben allein.

Nach langem Zögern und vielen ängstlichen Seufzern fragte Anna schließlich:

»Hast du denn irgendwo Arbeit gefunden?«

»Nein, auf dem einen und dem anderen Gut bin ich gewesen, hab' herumgefragt, auch bei den Leuten, aber nichts war da ...« sagte er leise, ohne die Augen zu heben, denn obgleich es auch auf Wahrheit beruhte, daß er hier und da gewesen war, so hatte er sich doch nicht um Arbeit bemüht, sondern sich die ganze Zeit nur herumgetrieben.

Sie gingen schlafen; die Kinder waren der Wärme wegen am Fußende des Bettes niedergelegt und schliefen. Dunkelheit erfüllte die Stube, nur das Mondlicht flutete durch die zugefrorenen glitzernden Scheiben und drang in die Stube in einem leuchtenden Streifen, sie aber schliefen nicht. Anna wälzte sich von einer Seite auf die andere und überlegte: sollte sie jetzt was von dem Sägewerk sagen oder morgen früh erst?

»Gesucht hab' ich, aber wenn ich selbst was bekommen würde, gehe ich nicht aus dem Dorf, in der Welt werd' ich mich nicht herumtreiben, wie ein herrenloser Hund«, murmelte er nach einem langen Schweigen.

»Dasselbe hab' ich mir überlegt, ganz dasselbe!« rief sie freudig aus, »was soll man das Brot in der Welt suchen; auch im Dorf trifft sich gerade ein nicht schlechter Verdienst, der Müller hat mir gesagt, daß er für dich Arbeit an der Sagemühle hat, gleich von morgen an selbst, und zahlen tut er zwei Silberlinge und fünfzehn.«

»Bist du fragen gewesen?« rief er aus.

»Nein, bezahlen tat ich ihm, was ich ihm schuldig war, und er hat selbst gesagt, daß er nach dir schicken wollte; nicht einmal ein Wort hab' ich ihm gesagt«, entschuldigte sie sich verängstigt.

Er sagte nichts mehr und so schwieg sie denn auch. Unbeweglich lagen sie nebeneinander, ohne ein Wort, der Schlaf war ihnen ganz abgekommen, ganz heimlich sannen sie sich etwas zurecht, manchmal seufzte eines von ihnen auf, und wieder ließen sie ihre Seelen in diese dumpfe tote Stille versinken. Hunde bellten im Dorfe irgendwo, weit, weit und kaum vernehmbar, sie hörten die Hähne krähen, und ein leises Windesrauschen begann über dem Haus zu raunen.

»Schläfst du denn?« sie schob sich etwas näher heran.

»Der Schlaf ist mir ganz vergangen.«

Er lag rücklings mit den Armen unter dem Kopf so nahe bei ihr und doch so fern in Gedanken und in seinem Herzen – unbeweglich lag er, ohne Atem fast, ohne Besinnung, denn Jaguschas Augen tauchten wieder aus der Dunkelheit vor ihm auf und funkelten bläulich im Mondlichtschimmer ...

Anna schob sich noch näher heran, preßte das heiße Gesicht an seine Schulter, schmiegte sich aus ganzem Herzen an ihn. – Nein, es waren schon keine Zweifel mehr in ihr, kein Groll und keine Bitterkeit, nur voll eines herzlichen Liebesgefühls, voll einer Seelenfreude, in der Zuversicht und Hingabe war, drängte sie sich an sein Herz.

»Jantosch, willst du morgen arbeiten gehen?« fragte sie bebend, um nur etwas zu sagen, um seine Stimme zu hören und sich mit seiner Seele zu bereden.

»Vielleicht tu' ich's auch, versteht sich, man muß hin, man muß ...« antwortete er ihr, ohne nachzudenken.

»Geh, Jantosch, geh hin ...« bat sie weich, warf ihm ihren Arm um den Nacken und suchte mit heißen Lippen nach seinem kaum atmenden Mund.

Doch er zuckte nicht einmal, antwortete nicht, fühlte nicht ihre Umarmung, wußte nichts von ihr. Mit weit aufgerissenen Augen sah er in die Augen der anderen, in Jagusch ihre himmelblauen Augen.

* * *

Am hellen Tag, nach dem Frühstück brachte der Müller Antek auf den Arbeitsplatz, ließ ihn an der Zufahrt inmitten von angehäuften großen Holzblöcken stehen und ging selbst zu Mathias, der gerade auf der Sagemühle das Holz zurechtrichten und die Sägen in Bewegung setzen ließ, er redete mit ihm etwas und rief:

»Geht hier an die Arbeit und hört in allem auf Mathias, er disponiert hier in meinem Namen.« Gleich darauf ging er weg, denn vom Fluß kam eine unangenehme Kälte und durchdringende Zugluft.

»Gewiß habt ihr kein Beil?« fragte Mathias zu ihm hinabsteigend und ihn freundschaftlich begrüßend.

»Mit der Axt bin ich hergekommen, ich hab' es nicht gewußt.«

»Das ist gerade so, als ob ihr euch mit den Zähnen dranmachen solltet; das Holz ist durchfroren und bröckelt ab, wie Glas, nichts würdet ihr mit einer Axt anfangen können, die greift nicht an oder höchstens so viel, als ob ihr was abnagen wolltet. Ich borg' euch für heute ein Beil, man muß es aufschärfen, etwas mehr flach legen, seht, so ... Bartek, macht euch mit Boryna zu zweit an diese junge Eiche heran, macht sie rasch zurecht, denn das Holz kommt bald von der Säge herunter.«

Hinter einem gewaltigen im Schnee liegenden Holzblock reckte sich ein hagerer, hoher Mann von etwas vornübergebeugter Haltung, mit einer Pfeife zwischen den Zähnen und einer mächtigen grauweißen Schafpelzmütze auf dem Kopf. Er trug einen gelben Schafpelz, Pantinen und rote gestreifte Hosen; auf sein blinkendes Beil gestützt spie er durch die Zähne aus und sagte vergnügt:

»Mit mir heiratet euch an, ihr werdet sehen, das gibt ein Paar, das in Frieden lebt, ohne Geschrei und Prügel.«

»Ein mächtiger Wald, und die Bäume wie Kerzen.«

»Knorrige Biester, daß Gott erbarm, wie mit Kieselsteinen beschlagen; selten ein Tag, daß nicht das Beil daran schartig wird. Wetzt nur eures nicht ganz trocken, aber glatt, man muß es dem Strich nach über den Stein abziehen, nach einer Richtung nur, dann ist die Schneide kräftiger; mit dem Eisen da ist es so wie mit manch einem Menschen: triffst du, was es mag, dann kannst du es führen wie einen Hund an der Leine, wohin es dir nur einfällt; der Schleifstein steht im Mühlhaus am Gang zum Schroten.«

In einem kurzbemessenen Paternoster schon stellte sich Antek an die Arbeit dem Bartek gegenüber und fing an, ganze Holzschichten abzuspalten und den Stamm der Länge nach zu behauen, bis zur scharfen Kante, die Bartek mit Teer bezeichnet hatte; er redete nicht, denn es hatte ihn stark verletzt, daß ein solcher wie Mathias ihm, dem Boryna, befehlen sollte – was aber tun, muß der Bauch mal suchen – darf das Hemd nicht fluchen, so spuckte er nur in die Hände und klammerte sich mit Wut an sein Beil.

»Das läßt sich nicht schlecht an bei euch, nicht schlecht!« bemerkte Bartek.

Natürlich, daß er damit fertig werden konnte, nichts Besonderes war ihm die Holzbearbeitung, und den Verstand hatte er doch auch auf dem Fleck; nur daß die Arbeit für einen nicht Gewohnten sauer war, so kam er bald ganz außer Atem und in Schweiß, daß er selbst den Schafpelz abwerfen mußte.

Der Frost aber war mächtig, und da man immerzu aufrecht stehen und im Schnee wühlen mußte, erstarrten die Hände und blieben ihm fast am Griff haften. Die Zeit wurde ihm so lang, daß er kaum Mittag erwarten konnte.

Doch zu Mittag kaute er nur ein Stück trockenes Brot, trank frisches Wasser vom Fluß dazu und folgte nicht einmal den anderen ins Mühlhaus unter Dach, er fürchtete dort auf Bekannte zu stoßen, die ihr Getreide zum Mahlen nach der Mühle gebracht hatten und auf die Reihenfolge warteten. Sie hätten sich am Ende über ihn aufgehalten und sich noch über sein Elend und seine Erniedrigung freuen können, eher sollten sie verrecken … Er blieb draußen im Frost stehen, dann setzte er sich an die Wand des Mühlhauses, kaute Brot und ließ die Augen über das Sägewerk schweifen, das an der einen Ecke mit der Mühle verbunden war und dicht am Fluß lag, so daß das Wasser unter ihm von den vier Mühlenrädern herunterfloß und als ein dicker grünlicher Wall die Sägen in Bewegung setzte.

Er war noch nicht ganz ausgeruht und hatte sich noch nicht erholt, wie es sich gehört, als Mathias, der bei den Müllersleuten zu Mittag aß, zurückkam und schon von weitem zu rufen anfing:

»Rauskommen! Rauskommen!«

Es nützte schon nichts, ob einer wollte oder nicht, er mußte doch, wenn auch über die Kürze der Mittagspause fluchend, aufstehen und mit den anderen an die Arbeit gehen.

Und sie rührten sich eifrig, denn der Frost peitschte sie und trieb sie mächtig an.

Die Mühle ratterte immerzu und das Wasser trieb brausend auf die Sägemühle zu, unter den Rädern hervorsprudelnd, die mit Eis bewachsen waren, als hätten sie grüne Zotteln und lange ineinander verwickelte Strähnen; die Sägen knirschten ohne Unterlaß, daß es war, als bissen sie Glas entzwei und spien gelbe Sägespäne aus. Mathias machte sich unermüdlich zu schaffen, richtete die Klötze, staute das Wasser auf, ließ es wieder fließen, nagelte das Holz mit Klammern an die Borten, machte Vermessungen, schrie auf die Leute und trieb sie an. Überall war er geschäftig dabei, eifrig wie ein Stieglitz im Hanf; sein rot und grün gestreifter Spenzer und die grauweiße Schafpelzmütze flitzten überall auf dem mit zerstampftem Schnee und mit Holzspänen bedeckten Hof hin und her, wo man das Holz zurecht machte. Dann sah man ihn wieder nach der Mühle laufen, mit Menschen reden, disponieren, antreiben, lachen, herumscherzen und vor sich hin pfeifen. Er mühte sich mächtig ab, am häufigsten sah man ihn aber auf dem Brettergerüst bei den Sägen. Er war da gut zu erkennen, denn das Sägewerk hatte keine Seitenwände und machte deswegen einen freien Durchblick möglich. Es ruhte ziemlich hoch über dem Fluß auf vier tüchtigen Pfählen, gegen die das Wasser so stark anprallte, daß das Reitdach, welches nur auf den beiden Giebelwänden ruhte, hin und wieder gerüttelt wurde, wie ein Strohwisch im Winde.

»Ein geschicktes Biest!« murmelte Antek mit Anerkennung, aber nicht ohne Ärger.

»Kriegt er vielleicht wenig dafür?« brummte Bartek als Antwort.

Sie schlugen sich mit den Armen warm, denn der böse Frost wurde immer stärker, und arbeiteten schweigend weiter.

Viel Volk war da an der Arbeit, man hatte aber keine Zeit zur Unterhaltung – zwei paßten bei den Sägen auf, warfen die zersägten Klötze ab und zogen neue herauf, zwei andere zerschnitten die nicht durchgesägten Enden und legten die Bretter zu gewaltigen Stößen aufeinander; was dünner war und noch feucht, bargen sie vor dem Frost in den Schuppen, und noch zwei andere schälten die Rinde von den umherliegenden Eichen, Fichten und Tannen ab, so daß Bartek oft zu ihnen spottend hinüberrief:

»He, ihr da, pestige Baumschinder, werdet ihr nicht bald zum Abdecker ausgelernt haben!«

Sie ärgerten sich darüber, denn es waren doch keine Köter, denen sie die Haut abzogen; aber Zeit war nicht da, wegen eines Spitznamen Zank anzufangen. Mathias jagte sie dermaßen, daß nur selten einer hin und wieder sich nach dem Mühlhause schleichen konnte, um die froststarren Hände zu wärmen; er kam schon gleich atemlos von selber zurück, denn die Arbeit duldete keinen Aufschub.

Es dämmerte schon gut, als Antek sich nach Hause schleppte, er war so durchfroren, ermüdet und abgemattet, alle Knochen schmerzten ihm so, daß er gleich nach dem Abendbrot unter das Federbett kroch und wie ein Klotz schlief.

Anna hatte keinen Mut, ihn über irgend etwas auszufragen, sie trachtete ihm alles nach Möglichkeit recht zu machen, beschwichtigte in einem fort die Kinder und hielt den Alten an, mit seinen klotzigen Stiefeln keinen Lärm zu machen; sie selbst ging barfuß herum, um ihn nur nicht aufzuwecken, und bei Morgengrauen, als er sich zurechtmachte, auf Arbeit zu gehen, kochte sie ihm einen Topf Milch zu den Kartoffeln, damit er ordentlich was in den Magen bekäme und besser warm würde.

»Hundsverdeubelt! die Knochen schmerzen mir, daß ich mich gar nicht bewegen kann!« klagte er.

»Das ist nur zuerst, weil ihr es nicht gewohnt seid und euch nicht eingewöhnt habt ...« erklärte der Alte.

»Vorbeigehen wird es schon, das weiß ich. Wirst du mir nicht Mittagessen rüberbringen, Hanusch?«

»Versteht sich, so ein Stück Weg kannst du doch nicht zu Mittag laufen, ich bring' es dir hin ...«

Er machte sich gleich auf den Weg, denn bei Tagesanbruch mußte schon mit dem Arbeiten begonnen werden.

Und so fingen für ihn die Tage einer schweren, mühevollen Arbeit an.

Und ob es der ärgste Frost war, der einem mit der bösen Kälte zusetzte, ob Stürme mit Wind und Schnee um sich peitschten, daß man kaum die Augen auftun konnte, ob Tauwetter kam und einer tagelang im aufgeweichten Schnee stehen mußte, während ihm die widerwärtige, feuchte Kälte bis ins Mark kroch, ob Schneegestöber kamen, so daß man sein eigenes Beil nicht mehr sehen konnte – man mußte doch vor Tagesgrauen aufspringen und ganze Tage lang arbeiten, daß es in den Knochen knackte, und jede Sehne vor Müdigkeit nachgab; und immerzu sich sputen mußte man obendrein, denn die vier Sägen fraßen so geschwind das Holz, daß man kaum genug zurechtmachen konnte, und Mathias trieb auch noch immerzu vorwärts.

Doch nicht das war ihm zuwider, die schwere Arbeit nicht und nicht die Stürme, die Fröste, die Nässe und argen Schneegestöber, allmählich gewöhnte er sich daran – denn ist's erst einer gewohnt, dann merkt er nicht, daß er selbst in der Hölle wohnt – sagen die klugen Leute; was er aber nicht ausstehen konnte, das war Mathias sein Regieren und seine ewigen Quengeleien.

Die anderen achteten nicht darauf; er aber kochte vor Wut jedesmal, wenn er es hörte, und gab ihm manches Mal eine so knurrige Antwort, daß dieser ihn nur so mit den Augen anblitzte und danach an allem etwas auszusetzen hatte, gerade wie mit Absicht, aber direkt etwas zu sagen traute sich Mathias nicht. Und doch wußte er ihn immer so zu treffen, daß Antek die Hände juckten und seine Fäuste sich ballten, doch er beherrschte sich immer wieder, so gut er konnte, dämpfte seinen Zorn und häufte nur im Gedächtnis all jene Sticheleien an. Er fühlte es wohl, daß Mathias nur auf die Gelegenheit wartete, ihn aus der Arbeit zu treiben.

Es lag ihm nicht soviel an der Arbeit selbst, als daran, daß er sich nicht von dem ersten besten unterkriegen lassen wollte – und noch von einem solchen Lumpensohn dazu, wie Mathias ...

Kurz und gut, daß sie immer wütender sich gegeneinander erzürnten; und ganz tief auf dem Grunde ihres Zornes steckte, wie ein schmerzender Splitter, Jaguscha. Beide waren sie hinter ihr her gewesen, seit langem schon, seit Frühjahr und vielleicht selbst seit Fastnacht und hatten im geheimen versucht, einander auszustechen, denn ein jeder wußte über den andern Bescheid. Nur daß Mathias alles fast vor den Augen des Dorfes machte und laut über sein Lieben sprach, Antek aber sich damit verstecken mußte – darum verzehrte ihn auch ein dumpfer brennender Neid.

Sie hatten nie miteinander Freundschaft gehalten und sich schon stets mit scheelen Augen angesehen; schon oft hatten sie vor den Leuten Drohungen gegeneinander laut werden lassen, dabei hielt sich jeder von ihnen für den Stärksten im Dorfe; doch jetzt wuchs in ihnen Wut und Verstimmung von Tag zu Tag, so daß sie schon nach Ablauf einer Woche sich nicht mehr begrüßten und mit funkelnden Augen aneinander vorübergingen, wie zwei wütende Wölfe.

Mathias war kein schlechter und ungefälliger Mensch, im Gegenteil, er hatte ein hilfsbereites Herz und eine offene Hand; nur etwas allzustark eingebildet war er, erhob sich zu sehr über die anderen, sah sie über die Achsel an und hatte außerdem auch noch diesen Fehler, daß er sich für einen solchen hielt, dem kein Mädchen widerstehen konnte. Er hatte es gern, sich gelegentlich damit zu brüsten und herumzuprahlen, um nur in allem immer als erster zu gelten. So war es ihm auch jetzt sehr willkommen, über sich reden zu können und zu erzählen, daß Antek jetzt unter ihm arbeite und ihm in allem gehorchen müsse, daß er demütig zu ihm emporblicke, um nur nicht von der Arbeit weggejagt zu werden.

Eigentümlich schien das denen, die Antek kannten, aber sie meinten, daß er sich wohl unterworfen und gebeugt haben müsse, um die Arbeit nicht zu verlieren; andere aber wollten daraus folgern, daß noch mal ganz andere Geschichten daraus kommen würden, denn Antek würde sich das nicht gefallen lassen, meinten sie, und würde, wenn schon nicht heute, dann morgen, für sein Recht mit den Fäusten einstehen, und es gab selbst Leute, die bereit waren, darauf eine Wette einzugehen, daß er Mathias zu Apfelmus schlagen würde.

Antek wußte nichts von diesem Gerede, denn in die Häuser ging er nicht, wich den Bekannten aus, ohne ein Wort gesagt zu haben und kehrte geradeswegs von der Arbeit nach Hause zurück; wohin es aber kommen mußte, das wußte er schon gut, denn den Mathias durchschaute er längst.

»Dich Aas werd' ich so zu Brei schlagen, daß ein Hund dich nicht mal fressen wird, das wird dir schon deine Schnauze sanft machen, daß du dich nicht mehr überhebst und rumspreizst«, entschlüpfte es ihm eines Tages bei der Arbeit; Bartek vernahm es und sagte:

»Laßt ihn doch, man bezahlt ihn ja dafür, daß er antreiben soll!« Der Alte verstand nicht, worum es ging.

»Selbst der Hund kann mich ärgern, wenn er um nichts geifert.«

»Ihr nehmt es euch zu sehr zu Herzen, euch wird noch die Leber brandig, dabei, deucht mir, seid ihr bei der Arbeit auch zu hitzig.«

»Weil ich friere«, warf er nachlässig hin.

»Langsam muß man alles machen, der Reihe nach, auch der Herr Jesus hätte die Welt in einem Tage bauen können und hat es doch vorgezogen, eine ganze Woche in Ruhe darüber zu arbeiten ... Die Arbeit ist kein Vogel, die fliegt euch nicht auf und davon, und sich für den Müller oder für einen anderen abzurackern, da gibt es für euch doch weder einen Willen noch ein Muß ... der Mathias ist ja dafür da, wie ein Hund, der über fremdes Gut wachen muß; ihr werdet euch doch nicht wegen dem Gegeifer auf ihn erbosen?« ...

»Wie ich's meine, hab' ich es gesagt ... Wo wart ihr denn im Sommer, daß ich euch nicht einmal im Dorfe gesehen habe?« fragte er ihn, um das Gespräch abzulenken.

»Etwas gearbeitet hat man, etwas Gottes Welt begguckt, die Augen daran geweidet und der Seele zu wachsen geholfen ...« sprach Bartek langsam, mit dem Behauen an der anderen Seite des Baumes beschäftigt, dann und wann reckte er sich auf und dehnte die Glieder, daß es ihm in den Gelenken knackte; seine Pfeife behielt er aber dabei immer zwischen den Zähnen und erzählte behaglich weiter.

»Ich habe mit Mathias an einem neuen Gutshaus gebaut, weil er aber immer so antrieb und weil auch schon Frühling draußen war und es nach Sonne roch, so hab' ich ihn sitzen lassen, und damals gingen gerade die Menschen nach Kalvaria, da ging ich denn mit, um an einem Sündenablaß teilzuhaben und die Welt etwas zu besehen.«

»Ist es denn da weit nach diesem Kalvaria?«

»Zwei Wochen sind wir gegangen, das liegt schon ganz hinter Krakau; aber ich bin nicht hingekommen. In einem Dorf, wo wir zu Mittag aßen, baute der Bauer ein Haus, und er verstand sich so schön darauf, wie eine Ziege auf Pfeffer; da wurde ich ärgerlich und habe das Biest ausgeschimpft, denn er hatte viel Bauholz verdorben; und so blieb ich denn bei ihm, da er mich ja auch darum gebeten hatte. In zwei Monaten hab' ich ihm ein Haus zurechtgezimmert, daß es rein wie ein Herrenhof war. Dafür wollte er mich sogar mit seiner Schwester, einer Witwe, verheiraten, die nebenan auf fünf Morgen saß.«

»Gewiß war sie alt.«

»Auch noch eine Junge sollte es vielleicht sein! Aber noch gar nicht zu verachten, jawohl, nur ein bißchen kahlköpfig und krummbeinig, und dazu noch ein Blick, schief wie ein Bohrer, und ums Maul war sie glatt wie ein Brotlaib, den ein paar Wochen lang die Mäuse benagt haben – ein pikfeines Frauenzimmer, 'ne gute Seele; ein deftiges Fressen hatt' ich bei ihr – mal Rührei mit Wurst, mal Fettes mit Schnaps, und andere Schmackhaftigkeiten waren auch da; und sie war so versessen auf mich, daß sie mich nicht schnell genug hätt' unter das Federbett kriegen mögen …; da hab' ich mich denn schließlich bei Nacht und Nebel davongemacht …«

»Hätte man da nicht einheiraten sollen, sind doch immerhin fünf Morgen? …«

»Und der lausige Schafpelz des Seligen dazu. Was soll ich da mit einem Frauenzimmer? Ist mir schon längst zuwider, dieses Weibergezücht, längst schon! Immer nur das Geschrei, Gekreisch und Gerenne um einen herum, rein wie die Elstern auf dem Zaun, und sagst du ihr ein Wort, dann raschelt sie mit ihren zwanzig, wie mit Erbsenstroh … du hast den Verstand, und die fegt nur immer mit der Zunge umher. Du redest zu ihr wie zu einem Menschen, und die versteht nichts und überlegt nichts und plappert nur das erste beste drauf los. Man sagt, daß der Herr Jesus der Frau nur eine halbe Seele gegeben hat, und das muß wahr sein … und die andere Hälfte soll der Teufel zurechtgemacht haben …«

»Es sollen auch Kluge darunter sein …« sagte Antek melancholisch.

»Auch weiße Krähen soll es geben, nur daß sie niemand gesehen hat!«

»Habt ihr nicht eure eigene Frau gehabt, was?«

»Das hab' ich, ja!« … er brach plötzlich ab, reckte sich und starrte mit seinen grauen Augen in die Weite. Alt war er schon und wie ein Hobelspan so dürr, sehnig und aufrecht – nur jetzt sah er etwas gebückt aus und die Pfeife wackelte ihm zwischen den Zähnen; seine Augenlider klappten rasch, rasch auf und ab.

»Holz herunter, aufziehen!« rief der Mann von den Sägen herüber. »Rasch da, Bartek, nicht stehenbleiben, sonst bleiben auch die Sägen stehen«, schrie Mathias.

»Hale, Dummer, rascher, wie einer kann, kann er nicht! Sieh mal einer, da ist die Krähe aufs Kirchendach gestiegen, krächzt und glaubt, daß sie der Priester auf der Kanzel ist«, brummte er böse, doch mußte ihn etwas im Inneren angekommen sein, denn immer häufiger ruhte er aus, seufzte und guckte, ob's nicht bald Mittag würde.

Gut, daß es auch bald darauf so weit war, denn auch die Frauen zeigten sich schon mit ihren Zweierkrügen, und auch Anna bog um die Ecke der Mühle. Das Sägewerk hielt an; alle gingen zum Essen ins Mühlhaus. Antek aber, der mit dem Müllersknecht gut bekannt war, denn sie hatten manche Flasche miteinander ausgetrunken, setzte sich in dessen Kammer zurecht. Er versteckte sich nicht mehr vor den Leuten und wich ihnen nicht aus, zeigte ihnen aber solche Augen, daß sie ihm von selbst aus dem Weg gingen.

In einer Hitze, daß man darin kaum atmen konnte, saßen ein paar Männer in Schafpelzen und redeten lustig miteinander; es waren Leute aus entlegeneren Dörfern, die ihr Getreide nach der Mühle gebracht hatten und darauf warteten, bis es gemahlen wurde. Sie füllten Torf nach in den schon glühend roten kleinen Ofen, rauchten Zigaretten, daß das ganze Stübchen in Rauch schwamm und redeten miteinander.

Antek setzte sich auf ein paar Säcken dicht am Kammerfenster nieder, nahm seinen Zweiertopf zwischen die Knie und machte sich gierig daran, seinen Kohl mit Erbsen und seine Kartoffelklöße mit Milch zu verzehren, Anna aber hockte neben ihm und sah gerührt zu. Die Arbeit hatte ihn etwas magerer gemacht und ließ ihn dunkler erscheinen, und hier und da schelperte ihm die Haut im Gesicht ab, von dem vielen Arbeiten im Frost; dennoch schien er ihr schön wie kein anderer in der Welt – und das war er auch: hoch war er, gerade gewachsen, schlank in der Taille und breit in den Schultern; er hatte ein länglich-schmales Gesicht; eine kühn gebogene Nase wie einen Habichtschnabel, nur nicht so höckerig, große graugrüne Augen und Brauen, die aussahen, als hätte jemand mit einer Kohle einen Strich quer über seine Stirn gezogen, fast von Schläfe zu Schläfe, und es war ein Anblick zum Fürchten, wenn er sie im Zorn zusammenzog. Seine hohe Stirn war bis zur Hälfte mit einem dunklen, fast schwarzen Haar verdeckt, das in einem geraden Strich gestutzt war, und den Schnauzbart hatte er wie alle anderen glatt ausrasiert, so daß man die weißen Zähne mitten zwischen den roten Lippen blitzen sah, wie eine Perlenschnur ... so wohlgestaltet schien er ihr, daß sie sich nie an ihm satt sehen konnte.

»Konnte denn der Vater das nicht herbringen, warum sollst du jeden Tag solchen Weg laufen!«

»Er sollt' bei der Färse etwas Mist wegnehmen, und ich wollte es dir auch lieber selber bringen.«

Sie richtete es sich immer so ein, daß sie ihm das Essen selber hintragen konnte, um ihn doch wenigstens sehen zu können.

»Was gibt's?« fragte er, den Rest auslöffelnd.

»Was soll es geben! – Einen Sack Wolle hab' ich schon fertig gesponnen und fünf Docken hab' ich der Organistin hingebracht. Die hat sich ordentlich gefreut ... Nur Pietrusch ist etwas fiebrig, er will nicht recht essen und quält immerzu.«

»Überfressen hat er sich, das ist es.«

»Gewiß, so muß es sein, gewiß ... Auch Jankel war wegen der Gänse da ...«

»Willst du sie verkaufen?«

»Hale, und zum Frühjahr soll ich welche einkaufen!«

»Mach' wie du willst, das ist deine Sache.«

»Und bei den Wachniks haben sie sich wieder verprügelt, nach dem Priester haben sie selbst geschickt, daß er sie auseinander bringt und bei Patsches soll ein Kalb an einer Mohrrübe erstickt sein.«

»Was geht es mich an«, brummte er ungeduldig.

»Der Organist war zur Garbenbitte da«, sagte sie nach einer Weile, aber schon ganz schüchtern.

»Was hast du gegeben?«

»Zwei Handvoll gekämmten Flachs und vier Eier ... Er sagte, daß er, wenn wir es nötig hätten, uns einen Wagen Haferstroh geben kann, und auf das Geld will er bis zum Sommer warten, oder auch auf Abzahlung in Tagelohn können wir es bekommen. Ich habe nichts genommen, was sollen wir auch bei ihm holen, es ist doch ... es kommt uns ja noch Trockenfutter vom Vater zu, nur zwei Wagen haben wir von so vielen Morgen genommen ...«

»Ich werd' nicht fragen gehen, und daß du dich nicht unterstehst! Nimm beim Organisten auf Abzahlung in Tagelohn, und wenn nicht, dann wird man das letzte Viehstück verkaufen, aber solange ich lebe, werd' ich den Vater nicht darum bitten, verstehst du?« ...

»Ich versteh' schon, vom Organisten nehmen« ...

»Vielleicht verdien' ich auch so viel, daß es reichen wird, nur nicht vor allen Menschen heulen!«

»Ich wein' doch nicht, nee ... Nimm du nur aber vom Müller einen halben polnischen Scheffel Gerste für Grütze, das kommt billiger, wie fertige kaufen.«

»Gut, heute will ich es sagen und dann bleib' ich mal einen Abend da, damit sie gemahlen wird.«

Anna ging fort und er blieb noch, eine Zigarette rauchend, ohne sich in die Gespräche einzumischen, die die Bauern miteinander führten. Sie sprachen gerade vom Bruder des Gutsherrn aus Wola.

»Jacek war sein Name, ich hab' ihn gut gekannt!« rief Bartek, gerade in die Kammer tretend.

»Dann wißt ihr es gewiß, daß er aus fernen Ländern heimgekehrt ist.«

»Nein, ich dachte schon, daß er lange gestorben ist.«

»Er lebt noch, keine zwei Wochen sind es erst her, daß er gekommen ist.«

»Er ist zurück, aber sie sagten, daß er nicht ganz bei rechtem Verstand ist ... will nicht auf dem Herrenhof wohnen, und ist in den Wald zum Förster übergesiedelt; alles macht er selbst, Essen und Kleidung, daß sich alle wundern; und abends spielt er auf der Geige, oft trifft man ihn auf der Landstraße und auf verschiedenen Grabhügeln, wo er sich etwas spielt ...«

»Sie sagten doch, daß er von Dorf zu Dorf geht und alle nach irgendeinem Jakob ausfragt ...«

»Jakob! Mancher Hund heißt Burek.«

»Den Familiennamen sagt er nicht, sucht nur immerzu nach einem Jakob, der ihn aus dem Krieg herausgetragen hat und vom Tode gerettet.«

»Wir hatten auch einen Jakob, der mit den Herren in die Wälder gegangen ist, der ist aber schon tot!« warf Antek hin und erhob sich, denn schon hörte man Mathias hinter der Wand schreien.

»Herauskommen, ihr wollt hier wohl bis zur Vesperzeit Mittag machen!«

Antek packte die Wut, er lief hinaus und schrie zurück:

»Brüll' nicht umsonst, wir können schon alle hören.«

»Mit Fleisch hat er sich vollgefressen und will sich mit Geschrei den Wanst leicht machen«, sagte Bartek.

»Ii ... der schreit nur, um sich bei dem Müller gut einzusetzen«, gab einer hinzu.

»Beim Essen liegen sie herum, bereden sich, spielen die Hofbauern, die Biester, und können nicht einmal ein ganzes Hosenpaar zeigen ...« murmelte Mathias immerzu.

»Das ist für euch, Antek!«

»Halt dein Maul und nimm die Zunge hinter das Gebiß, daß ich sie dir nicht einklemme, und hüte dich, über die Hofbauern herzuziehen!« schrie Antek auf, jetzt schon zu allem bereit.

Aber Mathias zog vor, sein Maul zu halten, nur mit bösen Blicken schaute er drein und sagte schon den ganzen Tag kein Wort mehr zu irgendeinem; aber auf Anteks Arbeit gab er eifrig acht und bewachte jeden seiner Schritte; er konnte ihm aber gar nicht beikommen, denn Antek arbeitete ehrlich, daß selbst der Müller, der zweimal täglich kam, nach dem Gang der Arbeit zu sehen, dieses bemerkte und bei der ersten Wochenauszahlung ihm den Lohn um ganze drei Silberlinge erhöhte.

Mathias schäumte darüber vor Wut und rückte später dem Müller ordentlich zu Leibe, der aber sagte gelassen:

»Du giltst mir als gut, er gilt mir auch als gut; gut ist mir jedermann, der seine Arbeit ehrlich tut.«

»Das ist nur mir zum Ärgernis, daß der Herr Müller Antek mehr Lohn gibt.«

»Der ist mir soviel wert wie Bartek, vielleicht auch noch mehr, darum hab' ich ihm den Lohn erhöht. Ich bin ein gerechter Mann, das weiß ein jeder.«

»Dann schmeiß' ich alles zum Teufel, laß den Herrn Müller sich selbst an die Arbeit stellen ...« drohte er.

»Schmeiß er sie, such er Semmeln, wenn ihm das Brot nicht schmeckt, mag er gehen; das Sägewerk wird Boryna leiten können; und selbst für vier Silberlinge pro Tag!« sagte der Müller lachend, denn er richtete alles mit Absicht so ein, um billiger Arbeit zu haben.

Mathias merkte auch sofort, daß der Müller nicht nachlassen würde und daß er nicht einzuschüchtern war, darum drängte er nicht länger und versteckte den Ärger gegen Antek tief innen. Wie lebendiges Feuer fraß der Zorn an ihm weiter, aber gegen die Leute schien er nachgiebiger und nachsichtiger geworden zu sein; man merkte es auch sofort, und Bartek sagte zu den anderen, verächtlich ausspuckend:

»Dumm ist er, wie'n junger Hund, der nicht weiß, wie er in einen Stiefel beißen soll; hat eins ins Maul gekriegt, nun wedelt er herum. Er dachte, daß die Gnade nur für ihn allein da ist, man wird ihn ebensogut wegjagen, wenn nur ein besserer da ist ... mit den Reichen ist es immer so ...«

Antek war das alles gleich, er freute sich weder über den größeren Lohn noch darüber, daß Mathias das Mundwerk weich geworden war, und daß das Dorf sich über ihn jetzt lustig machte; was man sich bei der Arbeit erzählte, das ging ihn alles zusammen gerade soviel an, wie das vergangene Jahr, oder selbst weniger noch. Nicht um Geld arbeitete er, das war eher Annas Freude, sondern weil es ihm so gefiel, und wenn es ihm beliebt hätte, auf dem Rücken zu liegen, hätte er es getan, wenn selbst Gott weiß was passiert wäre. Und da es ihm paßte zu arbeiten, hatte er sich geradezu darin festgebohrt und schaffte wie ein Pferd in der Tretmühle, das auch ohne angetrieben zu werden im Kreise läuft, solange man es nicht anhält.

So ging ein Tag nach dem anderen, eine Woche nach der anderen in schwerer ununterbrochener Arbeit bis dicht vor Weihnachten vorüber, langsam begann auch ihm die Seele stiller zu werden, bis sie ihm allmählich wie zu Eis erstarrte. Er war gar nicht mehr dem früheren Antek ähnlich; die Leute wunderten sich darüber und sprachen verschieden über diese Umwandlung. Aber das war nur nach außen hin, für die Menschenaugen, denn innen war er ganz anders. Wie im reißenden tiefen Strudel, den der Frost in Eisketten schlägt und den die Schneemassen zudecken und der doch immerdar gurgelt und schäumt und tost bis die Eishülle jäh birst und die Wasser losbrechen – so war es in Anteks Seele. Er arbeitete, schuftete, brachte das Geld bis auf den letzten Heller der Frau, saß die ganzen Abende zu Hause und war gut wie niemals, so still und so ruhig, spielte mit den Kindern, half in der Wirtschaft, sagte keinem ein unnützes Wort, klagte nicht und schien alles Unrecht vergessen zu haben – doch er betrog Annas Herz damit nicht, nein; natürlich freute sie sich über diesen Wechsel, las ihm von den Augen ab, was er brauchte, und war ihm die treueste und aufmerksamste Magd; oft genug aber fing sie mit ihren Augen seine traurigen Blicke auf, hörte oft geängstet auf seine verstohlenen Seufzer und ließ oftmals mutlos die Hände sinken und blickte sich mit angsterstorbenem Herzen um, um vorauszusehen, woher das Unglück kommen würde, denn sie fühlte es gut, daß in seinem Innern etwas Schreckliches braute, etwas, was er nur mit Macht zurückhielt, das sich in ihm nur geduckt, nur auf die Lauer gelegt hatte und ihm die Seele aussog, immer und immerzu.

Doch er sagte kein Wort, ob es ihm schlecht oder gut ging, kehrte von der Arbeit geradeswegs nach Hause und sprang bei Morgengrauen, wenn zur Adventsandacht geläutet wurde, aus den Federn, so daß er Tag für Tag an der erleuchteten Kirche vorbeiging, Tag für Tag blieb er vor der Vorhalle stehen, um auf das Spiel der Orgel zu horchen, auf diese Musikstimmen, diese gedämpften, durchdringenden und aufsingenden Töne, die wie mitten aus all den Frösten erklangen, sich aus dem morgendlichen Grau gebaren, aus den kupfernen Morgenröten aufklirrten und aus den Eishüllen und der durchfrorenen Erde heraus emporschwebten, wie ein sehnsuchtsvoll heraufbrechendes Träumen aus langem Schlaf – aus dem langen, schweren Winterschlaf. Tag für Tag beschleunigte er die Schritte, man sollte nicht sehen, daß er andächtig hinhörte, und lief dann jenseits des Weihers, auf dem weiteren Weg, nur um nicht an Vaters Haus vorüberzukommen und irgendwem zu begegnen.

»Keinem! Nein!«

Darum saß er auch Sonntags fest zu Hause, trotz der Bitten Annas, mit ihr zur Kirche zu gehen. Nein und nochmal nein! Er fürchtete eine Begegnung mit Jagna, er wußte gut, daß er nicht an sich halten würde, es nicht ertragen könnte!

Außerdem wußte er von Bartek, mit dem er gut Freund geworden war, und selbst fühlte er es auch, daß sie ihn auf Schritt und Tritt, wie einen Dieb, bewachten und belauerten, als ob sie sich gegen ihn verschworen hätten; und er bemerkte auch oft ein Paar um die Ecke lugende Augen, fühlte manches Mal, daß man sich nach ihm umblickte, daß neugierig sich anklammernde Blicke hinter ihm hergingen, die gerne bereit wären, bis auf den Grund der Seele zu tauchen, jede ihrer Absichten ans Licht zu zerren und ganz zu durchschauen. All diese Blicke, die wie mit einem Bohrer sich in seine Seele versenkten, quälten ihn arg.

»Ihr beißt es doch nicht auf, Aasvolk, nie und nimmer«, murmelte er haßerfüllt, sich immer wütender in seinen Zorn gegen alle verbeißend und ging noch eifriger den Menschen aus dem Weg.

»Ich brauche keinen. Die Freundschaft mit mir selbst ist mir schon genug, kaum daß ich damit fertig werde«, sagte er zu Klemb, der ihm Vorwürfe machte, daß er nie zu ihm einsah.

Und er hatte recht, kaum daß er mit sich selber fertig werden konnte, so war es schon; mit starker Faust hatte er sich zusammengerissen, hatte die Seele wie in eine eiserne Kandare genommen und hielt sie fest, ließ sie nicht locker; doch immer häufiger geschah es, daß ihn eine Ermattung packte, immer häufiger überkam ihn die Lust, alles wegzuschleudern und sich der Gnade seines Schicksals zu überlassen. Mochte es schlecht oder gut werden – das war ihm einerlei. Das Leben wurde ihm zuwider, ein tiefer Schmerz fraß sich in ihn ein, hatte sich wie ein Habicht ihm ins Herz gekrallt, riß daran und zerfleischte es.

Es war ihm schwer in diesem Joch, lästig, eng und beklemmend, wie einem angekoppelten Gaul in der Hürde, wie einem Hund an der Kette, so schwer ... man konnte es gar nicht sagen!

Wie ein Fruchtbaum fühlte er sich, den der Sturm gebrochen hatte und der, dem Untergang geweiht, inmitten eines blühenden, gesundheitsstrotzenden Obstgartens langsam dahindorrt.

Denn ringsumher lebten doch die Menschen, war das Dorf, brodelte des Lebens tiefgründiges Gegurgel; seine Wellen schlugen wie fließendes Wasser, das vorüberzieht, und ergossen sich immerwährend mit dem gleichen, vollen, frischen Lebensstrom. Lipce lebte das alltägliche, altgewohnte Leben. Bei den Wachniks da hatte man Taufe gefeiert; bei Klembs war eine Verlobung gewesen und man hatte sich gut unterhalten, wenn auch ohne Musik, wie es sich für die Adventszeit paßte; es war auch einer ans Sterben gekommen, der Bartek, sagten sie, den der Schwiegersohn nach der Kartoffelernte so verprügelt hatte, daß er kränkelte und dahinsiechte, bis er nur mehr bei Abraham seinen Bierschoppen trinken konnte; Gusche war auf Klage gegangen, wider die Kinder wegen ihres Altenteils, und manche andere Geschäfte waren im Gange, immer verschiedene und in jedem Haus fast etwas Neues, so daß das Volk genug zum Beratschlagen hatte, genug zum Lachen und zum Sorgen; und in verschiedenen

Häusern versammelten sich an den langen Winterabenden die Frauen mit ihren Spinnrocken, um gemeinsam zu spinnen – Jesus, was die dann da lustig waren und lachten, und das Gerede und die Zurufe; bis auf die Dorfstraße hörte man ihre ausgelassene Lustigkeit. Zank hatte es inzwischen überall schon genug gegeben, und wie viele Freundschaften, Versprechungen, Liebeleien, was da herumgestanden wurde vor den Häusern, und das Getue und Gedreh', all die Schlägereien und Sticheleien und kurzweiligen Wortgefechte – rein wie in einem Bienenschwarm oder Ameisenhaufen war es, es hallte nur so davon in den Häusern wieder.

Und jeder lebte auf seine Weise, wie es ihm am besten zu passen schien, und doch mit den anderen in Gemeinschaft, wie es Gott geboten hatte.

Der plagte sich, mühte sich und sorgte, der andere vergnügte sich und hatte nichts Lieberes zu tun, als mit seinen Freunden den Becher kreisen zu lassen; einer blähte sich, dünkte sich erhaben über die anderen, noch einer war hinter den Mädchen drein, ein anderer kränkelte und sah nichts mehr vom Leben als Pfarrers Kuhstall; und der und jener verkroch sich auf der warmen Ofenbank – dem einen war Freude, dem anderen Sorge beschieden, und diesem weder eins noch das andere – und alle lebten sie das geräuschvolle Leben, mit ihrer ganzen Seele und mit voller Macht.

Er allein nur war wie außerhalb des Dorfes, außerhalb der Menschen und fühlte sich wie ein fremder Vogel, der ängstlich und hungrig ist – und wenn er auch um die hellen Fenster flattert, sich nach den vollen Scheuern sehnt und gern zu den Menschen möchte, so wagt er doch nicht hineinzufliegen; beschreibt nur Kreise, späht hinein, horcht auf, nährt sich mit Qual, trinkt Sehnsüchte, und wagt doch nicht hineinzufliegen.

»Höchstens, wenn der Herr Jesus etwas ändern täte ... zum Guten brächte ...«

Doch er fürchtete sich, auch nur an eine solche Wendung zu denken.

Ein paar Tage vor dem Weihnachtsfest begegnete er von ungefähr eines Morgens dem Schmied; Antek wollte ihm ausweichen, doch dieser vertrat ihm den Weg, streckte ihm als erster die Hand hin und sagte weich, wie bedauernd:

»Gewartet hab' ich, daß du kommen würdest, wie zum leiblichen Bruder ... ich hätte dir doch raten können und helfen, obgleich auch bei mir kein Überfluß ist.«

»Du hättest hinkommen können und helfen!«

»Wie denn, als erster sollte ich mich aufdrängen, daß du mich fortgejagt hättest, wie die Fine ...«

»Natürlich, wen es nicht schmerzen tut, der hat zum Warten Mut.«

»Nicht schmerzen! Das gleiche Unrecht ist uns geschehen, darum ist auch der Schmerz der gleiche.«

»Schwindle einem nicht noch in die lebendigen Augen, hale, glaubst wohl, einen Dummen vor dir zu haben ...«

»Bei Gott im Himmel, die reine Wahrheit hab' ich gesagt.«

»Fuchsluder! kommt dahergerannt, schnüffelt, dreht und wischt noch mit dem Schwanz die Spuren weg, damit man nicht einmal Wind von ihm kriegt und seinen Schaden rächt.«

»Daß ich auf der Hochzeit war, deswegen, scheint mir, bist du mir gram! Das ist wahr, ich bin dagewesen, das will ich gar nicht bestreiten, ich mußte ja hin, der

Priester selbst hat auf mich eingeredet und mich gedrängt, damit keine Gotteslästerung daraus käme, daß die Kinder für sich bleiben und der Vater für sich.«

»Auf des Priesters Zureden bist du hingegangen? Sag' das einem anderen, der wird's vielleicht glauben, ich nicht. Rupfen tust du den Alten für diese Freundschaft, wie du nur kannst, du gehst da schon nicht mit leeren Händen weg ...«

»Nur die Dummen nehmen nicht, wenn man ihnen was geben will; aber ich hab' doch nicht gegen dich geredet, nein, das kann das ganze Dorf bezeugen, frag' mal die Gusche, die sitzt doch so wie so den ganzen Tag bei dem Alten; ich hab' selbst mit dem Vater gesprochen, daß ihr euch versöhnen solltet ... das wird sich schon machen ... zurechtdeichseln ... man kriegt es schon glatt ...«

»Versöhn' du die Hunde, hast du verstanden! Um den Krieg hab' ich dich nicht gefragt, da brauchst du mir nicht mit der Versöhnung zu kommen; sieh mir mal da, diesen guten Freund! Du würdest mir schon 'ne Versöhnung machen, wenn du mir noch erst diesen letzten Schafpelz vom Buckel gerissen hättest ... Ich sag' es dir nochmal, laß du mich ganz in Ruhe und geh' du mir aus dem Weg, denn wenn mich einmal die Wut packt, dann rupf' ich dir deine Eichhornzotteln vom Kopf und faß dich mal an die Rippen, daß dich selbst die Gendarmen nicht retten werden, obgleich du mit ihnen unter einer Decke steckst. Das will ich dir gesagt haben.«

Er wandte sich weg und ging davon, ohne sich nach dem anderen auch nur umzusehen, der mit aufgesperrtem Maul mitten auf dem Weg stehenblieb.

»Zigeuner, Aas! ... hält zum Alten und kommt mir hier mit Freundschaften; beide würde er uns am liebsten auf den Bettel schicken, wenn er es nur könnte.«

Er konnte sich lange nicht beruhigen nach dieser Begegnung, obendrein hatte er kein Glück an diesem Tage vom frühen Morgen an; kaum hatte er sich ans Behauen gemacht, wurde das Beil an einem Knorren schartig, und dann gleich nach Mittag wurde ihm noch der Fuß durch einen Baum geklemmt; es war ein wahres Wunder, daß er nicht ganz zerquetscht wurde, den Stiefel mußte er aber abziehen und Eis auflegen, denn der Fuß war geschwollen und schmerzte arg ... Und zudem war auch Mathias heute wie ein giftiger Hund, er zankte mit allen, nichts war ihm recht, alles zu wenig; er schrie, trieb an, und beinahe wäre es wohl zu etwas Schlechterem gekommen. Es legte sich schon alles so seltsam zurecht, selbst die Grütze, die Franek für heute fertig mahlen sollte und weswegen ihm Anna Tag für Tag den Kopf heiß machte, hatte dieser nicht fertiggemacht und redete sich mit Zeitmangel aus.

Au Hause war es auch nicht wie immer, Anna ging besorgt und mit verweinten Augen herum, denn Pietrusch lag im Fieber, ganz in Glut, so daß sie die Gusche bestellen mußte, um den Jungen zu beräuchern und abzustreichen.

Die Gusche war gerade während des Abendessens gekommen, setzte sich an den Herd und sah sich heimlich in der Stube um; sie hatte große Lust zu reden; doch die beiden antworteten ihr nur wenig, so daß sie sich gleich daranmachte, den Jungen zu untersuchen und zu behandeln ...

»Ich geh' zur Mühle nachsehen, sonst machen sie mir das mit der Grütze nicht«, sagte Antek nach der Mütze greifend.

»Der Vater könnte doch gehen und aufschütten! ...«

»Ich tu' es selbst, um so eher hast du sie!« – Und er ging eilig davon. Wütend war er und erregt und bis im Innersten aufgewühlt, wie ein einsamer Baum, den der Sturm zerzaust. Alles reizte ihn zu Hause und machte ihn ungeduldig, am meisten aber noch die alles betastenden diebischen Augen von Gusche.

Es war ein stiller Abend ohne Frost; schon vom Morgen an war es milder geworden; viele Sterne waren nicht da, nur hier und dort sah man einen in weiter Ferne wie durch Schleier zucken; vom Wald kam Wind auf und mit ihm ein fernes, dumpfes Rauschen, wie vor einem Witterungsumschlag; im Dorfe klang häufig Hundegebell, und immer wieder wehte der Schnee stäubend von den Bäumen ... der Rauch schlängelte sich dicht über dem Weg – die Lust war feucht und durchdringend.

In der Mühle befanden sich, da es dicht vor Weihnachten war, viele Menschen; die, deren Korn gerade gemahlen wurde, paßten an den Gängen auf, und der Rest saß im Stüblein des Müllerknechts. Mitten unter ihnen war Mathias, er schien etwas Besonderes zu erzählen, denn jeden Augenblick brachen sie in ein Gelächter aus.

Antek trat gleich von der Schwelle des Stübchens zurück und ging nach der Mühle, Franek zu suchen.

»Der findet sich mit der Magda auf dem Deich ab, mit der, die die Organistenleute fortgejagt haben.«

»Der Müller wollte ihn davonjagen, wenn er noch einmal das Frauenzimmer in der Mühle treffen würde, und sie saß hier die ganzen Nächte herum, wo sollte sie denn auch bleiben, das arme Mensch!« erklärte ihm ein Bauer.

»Wofür einer im Frühling springen tut, davor wird ihm im Winter schlecht zumut«, warf ein anderer lachend ein.

Antek setzte sich an den Walzen, worin das feinste Mehl zubereitet wurde; von seinem Platz aus konnte er gerade die offenstehende Tür und einen Teil der Kammer überblicken, so daß er dort Mathias, mit dem Rücken zur Tür gewandt, sitzen sah und hinter ihm die Köpfe der anderen, die sich ihm dicht zuneigten und eifrig lauschten; er hätte selbst hören können was sie sprachen, denn er saß ganz nahe; nur das Rattern der Mühle hinderte ihn etwas daran, außerdem war es ihm auch ganz gleich was sie sagten.

Er hatte sich auf ein paar Säcke geworfen und schien, müde wie er war, einnicken zu wollen.

Die Mühle ratterte ohne Unterlaß, zitterte in allen Fugen, bebte und arbeitete mit all ihren Gängen; die Räder klapperten so laut, als ob hunderte von Frauen mit Waschschlägeln immerzu dreinschlügen; das Wasser wälzte sich mit gurgelndem Lärm über die Räder, zerschlug sich in zischenden Schaum und schneeichte Spritzer und stürzte sich rauschend in den Fluß.

Antek wartete eine gute Stunde auf Franek; schließlich erhob er sich, um ihn zu suchen und sich auch gleichzeitig etwas aufzurütteln, denn eine Schläfrigkeit lag drückend auf ihm. Die Ausgangstür war dicht neben dem Stübchen, er ging vorbei und, schon an die Türklinke fassend, hielt er plötzlich inne, denn Mathias' Worte trafen sein Ohr.

»... und der Alte kocht selbst die Milch oder den Tee und trägt ihn ihr ans Federbett heran ... Man sagt, daß er selbst die Kühe besorgt und mit Gusche den Hausstand führt, daß sie sich nur nicht die Händchen beschmutzt ... er soll ihr in der Stadt einen aus Putzellan gekauft haben, wenn sie mal hinter die Scheune muß, sonst könnte sie sich doch mal verkühlen ...«

Sie brachen in ein heftiges Gelächter aus, und allerhand Witze regneten hageldicht. Antek aber wich, ohne selbst zu wissen warum, bis auf die alte Stelle zurück, ließ sich auf die Säcke fallen und sah gedankenlos in den langen roten Lichtstreif hinein, der durch die offene Tür der Kammer drang. Er hörte nichts, das Rattern übertönte die Stimmen, die Mühle bebte immerzu, eine graue Wolke Mehlstaub breitete sich wie ein Schleier im Mühlhaus aus, die Lämplein an der Decke glimmten hier und da durch den weißen Staub, funkelten gelb wie lauernde Katzenaugen und zuckten hin und wieder an ihren Schnüren. Er konnte nicht ruhig sitzenbleiben, erhob sich wieder, schob sich leise auf den Zehenspitzen dicht an die Tür heran und horchte.

»... alles hat sie ihm erklärt«, redete Mathias, »sie hatte Eile und ist über den Jaun gestiegen, und davon ... sagt sie. – Die Dominikbäuerin hat es bestätigt, daß so was den Mädchen oft passiert, daß auch ihr dasselbe passiert ist in ihrer Jungfernschaft ... Das kann jetzt jede sagen, wenn sie nur mal ordentlich über den Zaun gestiegen ist ... und der Alte, das Schaf, glaubt daran. So klug wie der sein will und glaubt so was ...«

Sie lachten so, daß sie fast umfielen und ein quarrendes Gelächter durch das Mühlhaus schallte.

Antek schob sich näher heran und blieb fast auf der Schwelle stehen, blaß wie eine Leiche, mit geballten Fäusten, geduckt wie zu einem Sprung.

»Und das, was sie über Antek erzählt haben«, nahm Mathias wieder auf, nachdem sie genug gelacht hatten, »daß die beiden sich schon gut kannten, ist nicht wahr, das werd' ich wohl selber am besten wissen. Hab' doch selbst gehört, wie er da bei ihr an der Kammertür, wie ein Hund, herumgewinselt hat, mit einem Besen hat sie ihn da fortjagen müssen. Wie eine Klette am Hundeschwanz, so hat er sich da angehangen, sie hat ihn aber immer weggetrieben ...«

»Ihr habt es doch gewiß nicht gesehen, im Dorf haben sie was anderes darüber erzählt ...« meinte einer.

»Und ob ich das gesehen habe, als ob ich nur einmal bei ihr in der Kammer gewesen wär', die hat sich doch oft genug bei mir über ihn beklagt!«

»Du lügst, du Hund!« schrie Antek, die Schwelle überschreitend.

Mathias sprang in einem Nu hoch und wandte sich nach ihm um; aber ehe er sich etwas versah, warf sich Antek auf ihn, wie ein wütender Wolf, griff mit einer Hand nach den Rockklappen und begann ihn zu würgen, bis Mathias den Atem verlor und keinen Laut mehr von sich geben konnte, mit der anderen Hand packte er ihn am Gurt und riß ihn hoch auf, wie man einen Strauch herausreißt, stieß mit dem Fuß die Tür ins Freie auf und schleppte ihn hinter das Sägewerk an den von einem Zaun umgrenzten Fluß. Dort stieß er ihn mit solcher Gewalt von sich, daß vier Latten wie Halme knickten, und Mathias, wie ein schwerer Klotz, ins Wasser stürzte.

Ein plötzlicher Lärm und ein großes Geschrei entstand, denn der Fluß war an dieser Stelle reißend und tief. Es kamen von allen Seiten Leute zur Rettung herbei und zogen Mathias eilig wieder heraus; doch er war besinnungslos, kaum daß sie ihn wieder zu Bewußtsein bringen konnten. Selbst der Müller lief herbei, und in ein paar Paternostern brachten sie den Ambrosius. Es hatten sich schon viele Leute vom Dorf zusammengefunden, ehe sie so weit waren, daß sie Mathias ins Haus des Müllers trugen, denn er verlor immer wieder die Besinnung und brach Blut.

Selbst nach dem Priester war schon hinübergeschickt worden, denn es schien so schlecht mit ihm zu stehen, daß man glaubte, er würde den Morgen nicht erleben.

Antek setzte sich, nachdem Mathias fortgetragen worden war, ruhig an seinen Platz am Ofen, wärmte sich die Hände und redete mit Franek, der sich eingefunden hatte; und als alle zurückgekehrt waren und der Lärm sich etwas gelegt hatte, sagte er laut und nachdrücklich, damit es alle hörten und ein jeder es sich ein für allemal merkte:

»Wer über mich das Maul aufreißt und meint, er kann über mich herziehen, dem kann es nochmal so gehen oder noch besser!«

Niemand sagte ein Wort, sie blickten auf ihn voll Achtung und mit großem Staunen; wie konnte das nur möglich sein, einen solchen Kerl wie Mathias so mir nichts dir nichts sich herzulangen wie einen Strohwisch, ihn wegzuschleppen und ins Wasser zu schmeißen! Niemand hatte wohl noch von einem gehört, der eine solche Kraft hatte! ... Wenn sie sich noch geprügelt oder gerungen hätten und einer von dem andern überwältigt worden wäre, wenn er ihm selbst die Knochen im Leibe zerschlagen oder ihn sogar umgebracht hätte – das passierte schon mehr! Aber nein, einen nur so, wie einen jungen Hund, an den Ohren zu kriegen und ins Wasser zu schleudern! Daß ihm die Rippen an den Zaunlatten gebrochen sind, schadet nichts, die wird er sich schon ausheilen; aber die Schande die wird Mathias nicht verwinden können! ... Den Menschen so zum Spott zu machen für das ganze Leben! ...

»Nee, nee, du meine Güte, so was ist noch nicht dagewesen«, tuschelten sie untereinander.

Aber Antek achtete nicht auf sie, er hatte die Grütze fertig gemahlen und ging gegen Mitternacht heim; es war noch Licht beim Müller in der Stube, wo sie Mathias hingebettet hatten.

»Jetzt wirst du, Aas, nicht mehr damit groß tun, daß du bei Jagna in der Kammer gewesen bist!« murmelte er haßerfüllt und spie aus.

Zu Hause sagte er nichts darüber, obgleich Anna noch nicht schlief, denn sie hatte noch zu spinnen; aber am Morgen ging er nicht mehr arbeiten, denn er war sicher, daß sie ihn doch fortschicken würden. Gleich nach dem Frühstück jedoch kam der Müller selbst herübergelaufen.

»Kommt doch 'rüber zur Arbeit, das mit Mathias geht mich nichts an, das ist eure Sache; aber das Sägewerk kann nicht warten bis er wieder gesund ist; leitet ihr die Arbeit, ich geb' euch dafür vier Silberlinge und das Mittagessen.«

»Ich werd' nicht gehen; gibt mir der Herr das, was er dem Mathias gegeben hat, dann ist es recht, ich werd' es ihm nicht schlechter führen.«

Der Müller wütete, feilschte, mußte aber schließlich klein beigeben, denn es war kein anderer Rat möglich; er nahm ihn auch gleich mit, und sie gingen davon.

Anna begriff nichts davon, denn sie hatte noch nichts darüber gehört.

* * *
 *

Am Vorweihnachtstag brodelte schon vom frühen Morgen eine rege fieberhafte Geschäftigkeit in ganz Lipce.

In der Nacht, oder selbst erst bei Morgengrauen griff der Frost wieder heftig um sich, und da er nach einigen milderen und feuchten Nebeltagen gekommen war, so überzog er die Bäume mit dickem Rauhreif wie mit Glasspänen und allerfeinsten Daunen; selbst die Sonne hatte sich ganz herausgeschält und leuchtete am lichtblauen, mit durchsichtig-zarten Nebeln übersponnenen Himmel, nur daß sie blaß war und kalt, einer in der Monstranz ruhenden Hostie vergleichbar. Sie wärmte nicht, dagegen aber steigerte sich der Frost im Laufe des Tages und durchdrang alles mit einer so argen Kälte, daß es den Atem benahm. Jegliches Lebewesen ging im Dunst seines eigenen Atems umher, wie in einem nebligen Schwaden; doch die Welt war schon ganz in Sonne getaucht und erstrahlte in einem so flimmernd hellen Licht und scharfem Glitzern, daß es war, als ob einer mit Diamanttau die Schneefluren bedeckt hatte; die Augen taten einem weh beim Schauen.

Die umliegenden schneeverschütteten Felder lagen blendend weiß, funkelnd, aber dumpf und tot da; nur manchmal flatterte ein Vogel durch die schimmernden Weißen, so daß man seinen schwarzen Schatten über die Ackerbeete huschen sah, oder auch eine kleine Schar Rebhühner lockte sich unter den verschneiten Büschen und schlich scheu und wachsam zu den menschlichen Behausungen hin, unter die vollen Scheuern; ab und zu, aber selten, hob sich ein Hase dunkel vom weißen Gelände ab, er hüpfte auf dem Schnee, machte Männchen und scharrte an der harten Eiskruste, um an die Wintersaat zu gelangen; doch durch das Bellen der Hunde aufgescheucht, floh er wieder in die bereiften Wälder zurück, wo alles im Schnee vergraben lag und die Kälte alles erstarren ließ. Leer und lautlos war es auf diesen grenzenlosen Schneeebenen, und nur irgendwo in bläulichen Fernen tauchten, wie Schemen, Dörfer mit dunstgrauen Gärten und dunkel sich abhebenden Dickichten auf, und zugefrorene Bäche gleißten auf.

Eine durchdringende, ganz vom frostigen Glanz durchleuchtete Kälte wehte durch die Welt und durchdrang alles mit ihrer eisigen Stille.

Kein Schrei zerriß das starre Schweigen der Felder, keine lebendige Stimme zuckte auf, nicht einmal ein Windstoß ließ den trockenen, glitzernden Schnee aufraschen, nur selten kam von den in Schneewehen versunkenen Wegen ein klagendes Schellengeläut oder das Knarren der Schlittenkufen herübergeirrt, aber so schwach und fern, daß, ehe man noch erfassen und erkennen konnte, von woher und wo, alles schon wieder verklungen war, als hätte es die Stille verschlungen.

Doch auf allen Wegen von Lipce diesseits und jenseits des Weihers tummelten sich mit lautem Lärm die Menschen; frohe Feststimmung zitterte in der Lust, alle Gemüter erfüllend, und fand selbst in den Stimmen des Viehs ihren Widerhall; Rufe hallten wie Musikklänge durch die hellhörige Frostluft, lautes lustiges Lachen flog von einem Ende des Dorfes zum anderen, und Freude sprühte aus den Herzen; die Hunde wälzten sich wie toll im Schnee und bellten freudig auf, um den Krähen nachzujagen, die um die Gewese flatterten; in den Ställen wieherten die Pferde und aus den Kuhställen drang gedehntes sehnsüchtiges Gebrüll; selbst der Schnee schien lustiger unter den Füßen zu knirschen, die Schlittenkufen quietschten auf den harten glattgeschlitterten Wegen, der Rauch stieg in bläulichen Säulen kerzengerade in die Luft; die Fenster der Dorfhäuser spielten im Licht, daß es die Augen blendete, und überall war die Welt voll Stimmengewirr, Kindergeschrei, voll Lärm, gackernder Gänsestimmen und Jurufe; alle Wege waren mit Menschen überfüllt, vor den Häusern, in den Heckenwegen und durch die schneebedeckten Gärten blitzten die roten Beiderwandröcke der Frauen, die von Hütte zu Hütte rannten, und immer wieder stäubten von den im eiligen Lauf berührten Bäumen und Büschen ganze Streifen Rauhreif, gleich silbernem Staub.

Selbst die Mühle ratterte heute nicht, sie war für die ganzen Feiertage abgestellt worden; nur die kalte, durchsichtige Glasfläche des Wassers, das man aus den Stauwerken abfließen ließ, rann mit gurgelndem Getön, und von irgendwo, aus den neblig rauchenden Dünsten der Sümpfe und Moore erhoben sich die Schreie der Wildenten, und ganze Schwärme von ihnen sah man aufsteigen.

In jedem Haus bei Simeons und Mathies', bei dem Schulzen und bei Klembs – und wer wollte sie alle zählen – lüftete man die Stuben, wusch, scheuerte, streute sie sowie die Flure und selbst den Schnee vor den Türen mit frischen Tannennadeln aus, weißte die rußgeschwärzten Rauchfänge und war überall eifrig beim Backen der Brote und Feststellen, machte die Heringe zurecht und rührte in unglasierten großen Tonschüsseln Mohn für die Klöße.

Das Weihnachtsfest sollte doch kommen, der Festtag des göttlichen Kindleins, der frohe Tag des Wunders und der Gnade Christi für die Welt, die gesegnete Unterbrechung der langen arbeitsreichen Tage. So wachte denn die Seele jeglichen Menschenkindes aus der Winterstarre auf, schüttelte alles Graue von sich, erhob sich und kam freuderfüllt, ganz vom tiefen Gefühl durchdrungen, dem Geburtstage des Herrn entgegen!

Auch auf dem Borynahof war derselbe Lärm, das gleiche Gelaufe und die gleichen Vorbereitungen.

Der Alte war mit Pjetrek, den er an Jakobs Statt für die Pferde genommen hatte, noch vor Tagesanbruch in die Stadt gefahren, Einkäufe zu machen.

Im Hause herrschte ein emsiges Schaffen, Fine sang ganz leise vor sich hin und schnitt aus bunten Papieren die seltsamsten Dinge aus, die, wenn man sie, sei es auf einen Balken oder auf Bilderrahmen klebt, aussehen wie mit grellen Farben gemalt, so daß es einem vom Anschauen ordentlich vor den Augen zu flimmern beginnt; Jagna aber knetete mit bis an die Ellenbogen hochgekrempelten Ärmeln Teig in einem Trog und buk mit Mutters Beistand weiße Bröte aus gebeuteltem Mehl und so lange Stollen, daß sie aussahen, wie die langen Petersilienbeete im Garten. Sie hatte es sehr eilig, denn der Teig stieg schon und die Laibe mußten geformt werden; sie sah auch ab und zu nach Fines Arbeit, nach dem Quarkkäse mit Honig, der sich schon unter dem Federbett anwärmte und auf den Ofen wartete, oder sie lief zum Backofen auf die andere Seite, wo schon ein tüchtiges Feuer brannte.

Witek hatte befohlen bekommen, aufs Feuer zu achten und Holzscheite nachzulegen; aber er hatte sich nur beim Frühbrot sehen lassen und verschwand gleich darauf irgendwohin. Fine und die Dominikbäuerin riefen nach ihm und suchten ihn vergeblich auf dem ganzen Hof, der Bengel antwortete ihnen nicht einmal; er saß längst in den Büschen, im freien Feld hinter dem Schober und legte Netze für die Rebhühner, die er dicht mit Getreidestreu überdeckte, um sie unsichtbar zu machen und die Vögel anzulocken. Waupa und der Storch waren bei ihm. Es war derselbe Vogel, den er im Herbst gepflegt und ausgeheilt hatte, er beschützte, fütterte ihn, hatte ihn auch schon manches Kunststück gelehrt und sie waren mit der Zeit so gut Freund miteinander geworden, daß er nur auf seine Art zu pfeifen brauchte und der Vogel kam sogleich heran und folgte ihm so gut, wie Waupa selbst. Die beiden Tiere hatten sich recht miteinander befreundet und gingen gemeinsam auf Rattenjagd im Pferdestall.

Rochus, den Boryna für die ganzen Feiertage zu sich genommen hatte, saß seit frühem Morgen in der Kirche und schmückte mit Ambrosius zusammen die Altäre und Wände mit Tannenzweigen aus, die der Pferdeknecht eingefahren hatte.

Es war schon bald Mittag, als Jagna mit dem Brot fertig wurde; sie legte die Laibe auf ein Brett, beklopfte sie noch und schmierte sie mit Eiweiß, damit sie nicht allzustark im Feuer sprängen, als Witek den Kopf zur Tür hereinsteckte und rief:

»Sie kommen mit der Weihnachtsgabe!«

Vom frühen Morgen schon trug Jascho, der ältere Organistenjunge, der, welcher die Schule besuchte, gemeinsam mit seinem jüngeren Bruder die Oblaten herum.

Jagna erblickte sie gerade, als sie schon vor der Hausgalerie waren, so daß es nicht einmal möglich war, etwas abzuräumen, als sie schon mit einem: »Gelobt sei Jesus Christus« die Stube betraten.

Sie war beschämt über die Unordnung, die überall herrschte, suchte ihre bloßen Arme unter der Schürze zu verbergen und bat sie, sich etwas niederzusetzen, um auszuruhen, denn sie hatten gewaltige Körbe mit, und der Jüngere schleppte obendrein noch nicht allzukleine Säcke, die auch nicht leer waren.

»Wir haben noch das halbe Dorf abzulaufen, wir können nicht lange sitzen!« wehrte der Ältere ab.

»Mag der Herr Jascho sich doch ein wenig wärmen, bei solchem Frost!«

»Und vielleicht ein bißchen heiße Milch gefällig, gleich will ich sie aufkochen«, schlug die Dominikbäuerin vor. Sie versuchten eine Ausrede, ließen sich aber doch auf die Lade am Fenster nieder. Jascho hatte sich ganz in den Anblick von Jagna vertieft, so daß sie errötete und hastig die Ärmel herabzuziehen begann; auch er wurde rot wie eine Runkelrübe und suchte eifrig im Korb nach Oblaten herum; schließlich holte er ein besseres Päckchen mit bunten Oblaten hervor, das dicker und von einem Goldstreifen umwunden war, Jagusch griff mit der Schürze zu und legte es auf den Tisch neben die Passion, dann trug sie ihm aus der Kammer eine gut gehäufte Metze Leinsamen und sechs Eier heraus.

»Ist der Herr Jascho schon lange zurück?«

»Erst Sonntag bin ich gekommen, vor drei Tagen!«

»Gewiß hat man Heimweh in diesen Schulen?« fragte die Dominikbäuerin.

»Nicht sehr, aber es ist auch nicht mehr lange, nur noch zum Frühling!«

»Das sagte mir die Frau Organistin schon auf meiner Hochzeit, daß der Herr Jascho auf den Priester lernt ...«

»Ja, von Ostern an, ja!« sagte er leiser und senkte die Augen.

»Du mein Gott, daß er nun Priester wird und, so Gott will, noch in unserem Kirchspiel.«

»Und was gibt's denn bei euch?« fragte er, um die ihm unangenehmen Fragen zu unterbrechen.

»Was denn sonst! Gott sei Dank, nichts Schlechtes. Langsam macht es sich, langsam rundum, wie in einer Tretmühle, wie gewöhnlich im Bauernstand!«

»Zu eurer Hochzeit, Jagusch, wollte ich kommen, aber sie haben mich nicht fortgelassen.«

»Und was für ein Fest das war, drei ganze Tage haben sie getanzt!« rief Fine.

»Der Jakob ist, wie ich höre, um diese Zeit gestorben?«

»Ja, gestorben ist er, gestorben, der arme Kerl, das Blut ist ihm weggegangen, selbst ohne die heilige Beichte hat er das Leben beschlossen. Man sagt im Dorf, daß er jetzt büßt, daß sie gesehen haben, wie etwas zur nächtlichen Zeit sich herumtreibt und auf den Kreuzwegen jammert, an den Kreuzen stehenbleibt und auf Gottes Erbarmen wartet! ... Das muß Jakobs Seele sein, keine andere!«

»Was ihr da redet!«

»Jawohl, die Wahrheit red' ich, selbst hab ich's nicht gesehen und will es nicht beschwören, aber es kann sein, das kann es; es gibt solche Einrichtungen in der Welt, daß Menschenverstand, wenn er selbst der größte wäre, nichts verstehen und erklären wird. Gottes Angelegenheiten sind das, nicht menschliche und was wir Armen können, das kennen wir, den Rest kann der liebe Gott!«

»Schade um den Jakob, der Priester selbst, als er mir von seinem Tode erzählte, hat um ihn geweint.«

»Das war auch ein ehrlicher Knecht, wie man so leicht keinen solchen wiederfindet, und still, fromm, arbeitsam; fremdes Gut rührte er nicht an, und er war stets bereit, mit dem Armen seinen letzten Kapottrock zu teilen.«

»So wechselt es immerzu in Lipce, daß ich jedesmal, wenn ich komme, mich nicht zurechtfinden kann. Heute war ich auch bei Anteks: die Kinder krank, so viel Not ist bei ihnen, daß es einen jammert; und er, wie hat der sich geändert, so abgemagert ist er, ich habe ihn kaum wiedergekannt!«

Sie entgegneten darauf kein Wort, nur Jagna drehte rasch ihr Gesicht ab und fing an, das Brot auf die Ofenschaufel zu legen; und die Alte rollte so mit den Augen, daß er gleich merkte, es müßte ihnen beiden unangenehm sein; er wollte es gut machen und sann nach, was er nun noch hätte sagen können, als Fine, ganz rot, zu ihm hintrat, um ihn um ein paar bunte Oblaten zu bitten.

»Für die Welten brauch' ich welche, es waren noch einige vom vorigen Jahr, aber zur Hochzeit sind sie ganz draufgegangen.«

Natürlich gab er ihr mehrere und in fünf Farben sogar.

»So viel! Jesus, das reicht ja für Welten, für Monde und Sterne!« rief sie erfreut aus; sie tuschelten beide mit Jagna, und beschämt, das Gesicht mit der Schürze verdeckend, brachte sie ihm dafür an die sechs Eier.

Gerade um diese Zeit kam Boryna aus der Stadt heim und trat in die Stube; ihm nach drängten sich Waupa und der Storch durch die Tür, denn auch Witek war gleichzeitig mit dem Bauer erschienen.

»Macht rasch die Tür zu, sonst verkühlt sich der Teig!« schrie die Alte.

»Wenn die Frauenzimmer ans Ordnungmachen gehen, dann müssen sich die Männer anderswo einmieten, selbst in der Schenke, wenn es nicht anders sein kann, sonst haben sie Schuld, wenn Klüten in den Teig kommen«, lachte Boryna, seine erstarrten Hände wärmend.

»Ein Weg ist draußen, glatt wie Glas, eine prächtige Schneebahn! Aber solch ein Frost dazu, daß es schwer fällt, im Schlitten stillzusitzen! Gib dem Pjetrek wenigstens etwas Brot, Jagusch, denn er ist bis auf die Knochen durchfroren in seinem Soldatenmantel. Bleibt Jascho für lange zu Haus?«

»Bis zu den heiligen drei Königen.«

»Der Vater hat an Jascho eine gute Hilfe bei der Orgel und auch in der Kanzlei! Dem Alten war es natürlich leid, das Federbett bei einem solchen Frost loszulassen.«

»Nicht deshalb, nur weil heute die Kuh gekalbt hat, da ist er zu Hause geblieben und paßt auf.«

»Zur rechten Zeit kommt es, für den ganzen Winter wird Milch da sein.«

»Hale, Witek, hast du dem Füllen zu trinken gegeben?«

»Ich hab' ihm doch was selbst hingetragen«, sagte Jagna, »aber selbst vom Finger wollte es die Milch nicht runtersaugen; es springt nur so herum und will nach der Stute, darum hab' ich es in die größere Abteilung gebracht.«

Die beiden Jungen gingen hinaus; Jascho aber drehte sich noch am Heckenweg nach Jagna um, denn sie schien selbst noch schöner, wie im Herbst vor der Hochzeit.

Kein Wunder, daß sie den Alten sich ganz zu Willen gemacht hatte und er von aller Welt nichts mehr sah außer ihr. Man hatte schon recht mit dem, was man im Dorf sagte; denn es schien, daß er vor lauter Liebe manchmal ganz dumm wurde; obgleich er unbeugsam wie früher gegen alle anderen geblieben war, konnte Jagusch mit ihm anfangen, was sie wollte. Er hörte auf sie in allen Dingen, sah mit ihren Augen, fragte sie um Rat und die Dominikbäuerin nicht minder, denn sie hatten ihn ganz in ihrer Macht. Und es ging ihm auch gut dabei, die Wirtschaft kam vorwärts, alles war in Ordnung, seine Bequemlichkeit hatte er und jemanden, dem er seinen Kummer klagen durfte, den er um Rat befragen konnte; er dachte auch an nichts anderes, sorgte sich um nichts, was nicht Jagusch anging, und war in sie vergafft, wie in ein Heiligenbild.

Selbst jetzt, während er sich am Herd wärmte, folgten seine verliebten Augen ihr nach, und als wäre es noch vor der Hochzeit, sagte er ihr in einem fort Zärtlichkeiten und dachte nur immer daran, womit er sich bei ihr einschmeicheln könnte.

Jagna scherte sich um sein ganzes Lieben so viel wie um den Schnee vom vorigen Jahr; sie war eigentümlich finster, ungeduldig durch seine Liebesbeteuerungen und böse dazu; alles reizte sie, so daß sie wie ein böser Wind in der Stube einherfuhr – die Arbeit schob sie auf die Mutter und auf Fine ab, und selbst der Alte wurde häufig mit bissigen Worten zum Zugreifen aufgefordert; sie aber ging auf die andere Seite und tat als ob sie nach dem Ofen sehen wollte, oder dann, um in den Stall nach dem

Füllen zu gucken, und all das nur, um allein zu bleiben und ihren Gedanken über Antek freien Lauf zu lassen.

Jascho hatte ihn ihr in Erinnerung gerufen, so daß er wie lebendig vor ihren Augen auftauchte, ganz wie lebendig ...

Fast drei Monate hatte sie ihn nicht gesehen, es war noch lange vor der Hochzeit, ausgenommen das eine Mal, damals, als sie ihn im Vorüberfahren am Pappelweg traf ... Das war schon so lange her, die Zeit floß wie rinnendes Wasser vorüber; die Hochzeit, die Übersiedelung, verschiedene Sorgen, die Wirtschaft, wann hätte sie da an ihn denken sollen! Sie sah ihn nicht, so kam er ihr auch nicht in den Sinn, und die Leute trauten sich nicht, ihr von ihm zu sprechen ... Und jetzt, sie wußte selbst nicht warum, tauchte er plötzlich vor ihren Blicken auf und sah sie mit solcher Wehmut und einem solchen Vorwurf an, daß ihr die Seele vor Kummer erbebte.

»Ich habe dir nichts getan, nein, warum zeigst du dich mir, wie eine büßende Seele, warum schreckst du mich?« dachte sie leiderfüllt, sich gegen die Erinnerungen wehrend ... Es war ihr aber doch ganz seltsam, warum er ihr so lebhaft in Erinnerung kam, warum nicht Mathias, nicht Stacho Ploschka und keiner von den anderen? ... Niemand, nur gerade dieser! Er hatte ihr wohl etwas beigebracht, daß sie sich jetzt quälen und aus sich heraus mußte, daß sie in Ängsten zu ersticken drohte. Eine solche Sehnsucht wuchs in ihr, daß sie sie wie einen Druck auf den Magen fühlte; es trieb sie etwas in die Welt hinaus, daß sie hätte gehen mögen, so weit nur die Blicke reichten, über die Felder und durch die Wälder.

»Was mochte er wohl machen, der Arme, was er wohl dachte? Und keine Möglichkeit, mit ihm zu reden, keine Möglichkeit und ... nicht erlaubt! Das ist es, nicht erlaubt, du lieber Jesus, eine Todsünde war es ja, eine Todsünde! – Das hatte ihr ja auch der Priester bei der Beichte gesagt, das hat er gesagt ... nur einmal sprechen mögen hätte sie mit ihm, wenn auch bei Zeugen, wenn auch ... und jetzt darf sie es nicht, web er heute noch morgen, noch irgendwann! Dem Boryna gehört sie für alle Ewigkeiten ... So muß es sein!«

»Jaguscha, komm doch her, man muß das Brot umsetzen!« rief die Alte.

Sie tief schnell hin und arbeitete, was sie konnte, doch den Gedanken an Antek konnte sie nicht los werden, immer wieder trat er ihr vor die Seele, und überall kamen ihr seine blauen Augen und die schwarzen Brauen und die roten, süßen, gierigen Lippen in Erinnerung.

Vergeblich griff sie mit Leidenschaft zur Arbeit, alles flog nur so in ihren Händen, die Stube hatte sie ausgeräumt, machte sich gegen Abend selbst an die Besorgung der Kühe, was sie fast nie tat; doch nichts wollte helfen, immer stand er noch vor ihr und die Sehnsucht wuchs in ihr und zerriß ihr die Seele; sie war so furchtbar aufgeregt, daß sie sich auf der Lade neben Fine, die eilig an ihren Welten bastelte, niederließ und in ein Weinen ausbrach.

Die Mutter suchte sie zu beruhigen, es beruhigte sie der erschrockene Gatte; sie gingen so fürsorglich mit ihr um, wie mit einem greinenden Kindlein, streichelten sie, sahen ihr in die Augen, doch nichts half, sie weinte sich aus, und gleich war es, als änderte sich etwas in ihr, denn sie erhob sich fast lustig von der Lade, redete lachend und war selbst bereit zu singen, wenn es nicht gerade Adventszeit gewesen wäre.

Erstaunt sah Boryna sie an, die Mutter begann sie aufmerksam zu betrachten, dann blickten sich die beiden lange und mit wichtigen Gesichtern an; sie gingen bald beide in den Hausflur, tuschelten dort etwas miteinander und kamen froh, vergnügt und lachend zurück, um nun erst sie in die Arme zu nehmen, abzuküssen, und sie waren beide so gut zu ihr, daß ihr die Alte sogar im Eifer zurief:

»Trag du den Backtrog nicht, das laß jetzt den Matheus tun!«

»Als wenn mir das was Neues wäre, noch schwerere Sachen wie das zu tragen!«

Sie begriff gar nicht.

Doch der Alte ließ es nicht zu und kriegte sie dann gelegentlich in der Kammer zu fassen, küßte sie mächtig ab und flüsterte ihr freudig erregt etwas ins Ohr, daß Fine es nicht hören sollte.

»Ihr seid mit der Mutter im Kopf verrückt, das ist nicht wahr, was ihr sagt, nein! ...«

»Wir kennen uns mit deiner Mutter beide darauf aus, ich sag' es dir, daß es so ist. Gleich, was haben wir jetzt? Weihnachten ... Dann würde es erst im Juli so weit sein, gerade zur Ernte ... keine rechte Zeit, dazu die Hitze, die Arbeiten im Feld; aber was soll man machen, man muß auch dafür Gott danken ...« Und wieder fing er an, sie zu küssen, bis sie sich ihm ärgerlich entriß und mit Vorwürfen zur Mutter lief, aber die Alte bestätigte es entschieden.

»Das ist nicht wahr, das scheint euch nur so!« verneinte sie heftig.

»Es freut dich nicht, wie ich sehe?«

»Was sollte es mich freuen, hab' ich nicht genug Sorgen, und dazu noch eine neue Plage?«

»Red' nicht so, daß dich der Herr Jesus nicht dafür bestraft.«

»Laß ihn bestrafen, laß ihn!«

»Warum denn gehst du so dagegen an, wie?«

»Weil ich nicht will, das ist genug!«

»Es würde doch, wenn ein Kind da wäre, im Falle, daß der Alte stürbe, was Gott verhüte, zu seiner Verschreibung noch das Kindesteil hinzukommen, gerad so viel wie für die anderen, und du könntest vielleicht auf dem ganzen Grund und Boden bleiben ...«

»Ihr habt nur den Boden und immer wieder den Boden im Kopf, und mir gilt er soviel, wie gar nichts ...«

»Weil du noch jung und dumm bist und das erste beste redest! Der Mensch ohne Boden ist wie einer ohne Füße, er rollt und rollt nur immer hin und her und kommt nirgends hin. Sag' nur das dem Matheus nicht, sonst wird er ärgerlich sein ...«

»Ich werd' es seinetwegen nicht zurückhalten, was geht mich Matheus an!«

»Dann sperr' dein Maul auf vor der ganzen Welt, wenn du keinen Verstand hast und laß mich in Ruhe das Brot herausnehmen, sonst verkohlt es mir noch ganz; tu lieber was, nimm die Heringe aus dem Wasser und leg' sie in Milch, dann werden sie mehr Salz verlieren und laß Fine den Mohn reiben, es ist noch so viel zu tun und bald haben wir Abend.«

Es war auch so, der Abend war schon vor der Tür, die Sonne versank hinter den Wäldern, und grelle Abendröten ergossen sich über den Himmel, blutrote Buchten bildend, so daß der Schnee zu glühen schien, als wäre er mit Gluten bestreut – im Dorf aber wurde es immer stiller und stummer: man trug noch Wasser vom Weiher herbei, hackte Holz, dann kam einer eilig in seinem Schlitten daher, so daß den Gäulen die Milz spielte, man lief über den Weiher hin und her, hier und da knarrten die Torflügel, hin und wieder erschollen verschiedene Stimmen, aber langsam mit dem Erlöschen der Abenbröte, mit der aschgrauen Bläue, die über die Welt gerieselt kam, erstarb das Leben, wurde es um die Häuser still, und die Wege leerten sich. Die fernen Felder versanken ins Dunkel, der Winterabend kam rasch und nahm die Erde in seine Gewalt, und der Frost erhob sich auch schon und griff so fest zu, daß der Schnee immer lauter unter den Tritten klang und die Scheiben sich mit seltsamen Eiszweigen und Blumen zierten.

Das Dorf verschwand in grauen Schneedämmerungen, als wäre es zerronnen, man sah weder Häuser, Zäune noch Gärten, nur die Lichter allein glimmten scharf und dichter wie sonst, denn überall bereitete man sich zum Weihnachtsmahl.

In jedem Haus beim Reichen und beim Kätner, sowie bei den Ärmsten der Armen schmückte man sich und wartete feierlich, und in jedem Haus stellte man in der Stubenecke nach Osten zu eine Getreidegarbe, bedeckte die Bänke oder Tische mit gebleichtem Linnen, unter das man Heu gebreitet hatte, und spähte durch die Fensterscheiben nach dem ersten Stern.

Man sah die Sterne nicht gleich am frühen Abend, wie das sonst gewöhnlich bei Frostwetter ist, denn als die letzten Abendgluten erloschen waren, fing der Himmel an sich wie in bläulichen Dunst einzuspinnen und verschwand dann ganz im Grau.

Fine und Witek, die Wachtposten vor der Galerie standen, waren schon ganz durchfroren, als sie endlich den ersten Stern erblickten.

»Er ist da! Er ist da!« schrie Witek auf einmal los. Darauf sah Boryna hinaus, dann die anderen und zuletzt auch Rochus noch.

Natürlich war er es, gerade im Osten waren die grauen Wolkenvorhänge wie durchgerissen und aus den tiefen dunkelblauen Gründen gebar sich ein Stern und schien zusehends zu wachsen; er kam, sprühte Licht, leuchtete immer schärfer und schien immer näher, bis Rochus auf den Schnee niederkniete und nach ihm die anderen.

»Das ist der Stern der drei Könige, der Stern von Bethlehem, bei dessen Schein unser Herr geboren wurde, möge sein Name gelobt sein!«

Sie wiederholten fromm seine Worte und starrten auf das ferne Leuchten, auf diesen Zeugen des Wunders, in dieses sichtbare Zeichen des göttlichen Erbarmens für die Welt.

Ihre Herzen begannen voll inniger Dankbarkeit, voll heißen Glaubens und voll Zuversicht zu schlagen, sie nahmen dieses reine Licht in sich auf, wie heiliges Feuer, das alles Böse vernichtet, wie ein Sakrament.

Und der Stern wurde größer und schwebte schon wie eine helle Kugel. Bläuliche Strahlen gingen von ihm aus, wie Speichen eines heiligen Rades, glitzerten über die Schneemassen dahin und zerrissen mit ihren Lichtsplittern das Dunkel. Diesem Stern folgten am Himmel wie getreue Diener viele andere, zu einem unzählbaren, undurchdringlichen Schwärm gehäuft, daß der Himmelsdom wie mit Lichttau bedeckt war und sich über die Welt breitete wie ein blaues mit silbernen Nägeln beschlagenes Tuch.

»Es ist Zeit zu abendmahlen, da das Wort Leib geworden ist!« sagte Rochus.

Sie traten ins Haus und besetzten gleich die hohe, lange Bank.

Zuerst setzte sich Boryna, dann die Dominikbäuerin mit den Söhnen, sie hatte ihr Teil dazu gegeben, um gemeinsam das Weihnachtsmahl zu feiern; Rochus setzte sich in der Mitte, es setzte sich der Pjetrek, es setzte sich Witek neben Fine, und nur Jaguscha nahm kaum auf einen Augenblick Platz, da sie ans Auftragen und Zulegen der Speisen denken mußte.

Eine feierliche Stille erfüllte die Stube.

Boryna bekreuzigte sich und verteilte die Oblate unter alle. Sie aßen sie mit Ehrfurcht, als wäre es der heilige Leib des Herrn.

»Christus ist in dieser Stunde geboren, so will jedes Geschöpf sich mit diesem heiligen Brot laben!« sagte Rochus.

Und obgleich sie Hunger hatten, denn den ganzen Tag waren sie bei trockenem Brot geblieben, aßen sie langsam und würdevoll.

Zuerst gab es mit Pilzen gekochte saure Rübensuppe mit ganzen Kartoffeln darin, dann kamen in Mehl gerollte Heringe, die auf Hanföl gebraten waren, dann Weizenklöße mit Mohn, Kraut mit Pilzen, auch mit Öl übergossen, und zuletzt gar trug Jagna einen wahren Leckerbissen auf: Ölkuchen aus Buchweizengrütze mit Honig eingerührt und in Mohnöl gebraten; sie aßen gewöhnliches Brot dazwischen, denn weder Kuchen noch Stollen, die mit Butter und Milch angerührt waren, durfte man an diesem Tage zu sich nehmen.

Sie speisten lange, und selten daß einer ein Wort sagte, so daß nur das Schaben der Löffel gegen die Schüssel und Schmatzen zu hören waren. Boryna wollte immer wieder aufspringen, um Jaguscha zu helfen, ihr die Arbeit abzunehmen, so daß die Alte ihn ermahnen mußte.

»Bleibt sitzen, der geschieht nichts, das ist noch weit bis ihre Zeit kommt; die ersten Festtage sind es auf ihrem Eigenen, laß sie sich daran gewöhnen! ...«

Waupa aber winselte leise und stupste die Sitzenden von hinten mit dem Kopf an, strich herum und schmeichelte sich ein, daß man ihm eher etwas geben sollte, während der Storch, der seinen Platz im Hausflur hatte, gar oft gegen die Wand mit dem Schnabel stieß und klapperte, so daß ihm die Hühner von den Staffeln antworteten.

Sie waren noch nicht fertig, als jemand gegen das Fenster klopfte.

»Nicht hereinlassen, nicht umsehen, das ist das Schlechte, kommt es herein, so bleibt es das ganze Jahr über!« rief die Dominikbäuerin.

Sie ließen die Löffel sinken und horchten geängstigt auf, das Klopfen wiederholte sich abermals.

»Jakobs Seele!« flüsterte Fine.

»Red' nicht dummes Zeug, es ist ein Bedürftiger; an diesem Tag darf niemand hungrig sein oder ohne Dach bleiben«, sagte Rochus, sich erhebend, um die Tür zu öffnen.

Es war Gusche; sie blieb demütig auf der Schwelle stehen, und durch Tränen, die ihr erbsengroß über die Wangen liefen, bat sie leise:

»Gebt mir eine Ecke und was ihr sonst dem Hund hingeworfen hättet! Erbarmt euch der Verlassenen ... Ich habe gewartet, daß mich meine Kinder einladen werden ... ich habe gewartet ... in der Hütte ist es kalt ... umsonst hab' ich gefroren ... umsonst ... Mein Jesus ... und jetzt, wie ein Bettelweib ... wie eine ... die eigenen Kinder ... haben mich allein gelassen ohne ein Krümchen Brot ... schlimmer selbst wie einen Hund ... aber da bei denen geht es laut zu, das ganze Haus voll Menschen ... ich bin rundum gegangen ... habe in die Fenster geguckt ... umsonst.«

»Setzt euch zu uns. Ihr hättet gleich abends kommen sollen und nicht auf die Gnade der Kinder warten ... nur in den Sarg schlagen sie euch gern die letzten Nägel, um sich zu vergewissern, daß ihr nicht mehr wiederkommt, sie zu holen.«

Und mit großer Güte machte ihr Boryna neben sich selber Platz.

Aber sie konnte kaum schlucken, obgleich Jagusch es an nichts für sie fehlen ließ und sie aufrichtig zum Essen nötigte; was half das, sie konnte nicht, saß still, in sich gekehrt und zusammengesunken da, daß man nur aus dem Zucken des Rückens sah, welcher Kummer an ihr zehrte.

Es wurde in der Stube still, warm, gemütlich und so andachtsvoll, als läge das heilige Jesuskind zwischen ihnen.

Ein gewaltiges, ständig aufrecht gehaltenes Feuer knatterte lustig auf dem Herd und erhellte die ganze Stube, daß die Gläser der Heiligenbilder schimmerten und die zugefrorenen Scheiben rot blinkten. Sie saßen jetzt nebeneinander auf der Bank vor dem Feuer und besprachen sich leise und ernst.

Dann kochte Jagusch Kaffee, den sie sich reichlich süßten und langsam tranken ...

Bis Rochus ein Buch unter dem Rock hervorzog, das mit einem Rosenkranz umwickelt war, und mit leiser, tiefgerührter Stimme zu lesen begann:

»... und also ward die neue Zeit erkoren, die Jungfrau hat einen Sohn geboren; weit im Judäischen Lande in Bethlehem der sehr ärmlichen Stadt ist der Herr in Armut auf die Welt gekommen; auf Heu, im elendigen Stall, zwischen Vieh, das ihm in dieser stillen, frohen Nacht verbrüdert wurde. – Und derselbe Stern, der heute leuchtet, entbrannte damals für das heilige Kindelein und weisete den Weg den drei Königen, die, wenn auch Heidentröpfe und schwarz wie Küchentöpfe, doch ein fühlendes Herz hatten und aus fernen Ländern von weither hinter den unübersehbaren Meeren, hinter den grausigen Bergen herbeigeeilt kamen mit Gaben, um von der Wahrheit Zeugnis abzulegen.«

Er las lange diese Erzählung und seine Stimme steigerte sich, wurde zu einem Beten und ging fast in ein Singen über, so daß es war, als ob er die heilige Litanei verkündete, und alle saßen sie im andächtigen Schweigen, in der Stille ihrer lauschenden Herzen, im Beben ihrer wundergeblendeten Seelen, im lautersten Erfühlen der Gnade des Herrn, die dem Volk geschenkt ward!

»Hei, du lieber Jesus! Im elenden Stall ward es dir, zur Welt zu kommen, dort in den fernen Ländern, zwischen Fremden, zwischen häßlichen Juden und bösen Ketzern! Und in solcher Armut, in einem solchen Frost! Oh du heiligste Armut, o du süßestes Kindelein! ...« dachten sie, und ihre Herzen schlugen voll Mitgefühl, und die Seelen flogen auf und strebten in die Welt hinaus, wie ziehende Vögel bis zu jenem Lande der Geburt, nach jenem Schuppen, vor jene Krippe, über der die Engel sangen; sie legten ihre Herzen zu den heiligen Füßen des Kindleins nieder und mit der ganzen Macht des entflammten Glaubens und der Zuversicht boten sie sich ihm als treueste Diener an für alle Ewigleiten, Amen!

Und Rochus las immerzu, bis Fine, die ein weichherziges Mägdlein war, über das schlimme Los des Heilands bitterlich zu weinen anfing, und auch Jagusch, die das Gesicht in die Hände gestützt hatte, weinte, daß ihr die Tränen durch die Finger rannen; sie versteckte den Kopf hinter Jendschych, der mit aufgesperrtem Maul neben ihr saß, lauschte und sich dermaßen über das, was er hörte, wunderte, daß er immer wieder den Schymek an den Rockschößen zerrte und rief:

»Sieh! ... hörst du es, Schymek!« Doch er schwieg gleich wieder unter dem strengen, zurechtweisenden Blick der Mutter.

»Selbst eine Wiege hat das arme Ding nicht gehabt!«

»'n Wunder, daß es nicht verfroren ist!«

»Und daß der Herr Jesus so viel erleiden mochte!« sprachen sie überlegend, als die Erzählung zu Ende war, und Rochus antwortete ihnen darauf:

»Weil er nur durch sein Leiden und sein Opfer das Volk erretten konnte, und wenn nicht das, hätte der Böse schon ganz über die Welt regiert und die Seelen für sich ausgenommen.«

»Er regiert hier auf Erden noch immer gut genug«, flüsterte Gusche.

»Die Sünde regiert und die Schlechtigkeit, das sind die Gevatterinnen des Bösen!«

»Ii ... wer kann wissen, was da herrscht und regiert; eins ist aber gewiß, daß das schlechte Schicksal und das Leiden seine Macht über den Menschen haben.«

»Redet nicht so, die Wut auf die Kinder macht euch blind, paßt auf, daß ihr euch nicht versündigt! ...«

Er wies sie streng zurecht, und sie redete auch nicht mehr dagegen; alle waren sie verstummt und überlegten sich, was sie gehört hatten; Schymek aber hatte sich erhoben und wollte sich unbemerkt hinausschleichen.

»Wohin denn so eilig?« zischte die Alte, die auf alles acht gab.

»Ins Dorf will ich, hier ist mir zu heiß ...« stotterte er verwirrt.

»Zu Nastuscha zieht es ihn, scharmezieren ... was?«

»Wollt ihr es mir verbieten, mich nicht weglassen! ...« sprach er etwas schärfer; aber seine Mütze hatte er schon auf die Lade geschmissen.

»Ihr geht nach Haus, du und Jendschych, das Haus ist nur unter Gottes Schutz zurückgeblieben, seht nach den Kühen und wartet bis ich komme, euch zu holen, dann gehen wir zusammen in die Kirche«, befahl sie; aber die Burschen zogen es vor, dazubleiben, anstatt in der leeren Stube zu Hause zu sitzen, sie trieb sie auch nicht weiter an, sondern erhob sich gleich und nahm vom Tisch eine Oblate.

»Witek, kannst die Laterne anzünden, wir wollen zu den Kühen gehen. In dieser Weihnachtsnacht versteht auch jedes Vieh die Menschensprache und kann selber reden, da doch der Herr unter ihnen geboren wurde. Wenn da einer ohne Sünde ist und sie anredet, dem werden sie mit Menschenstimmen Bescheid geben; heute sind sie den Menschen gleich und fühlen gemeinschaftlich mit ihnen, da muß man die Oblate mit ihnen teilen ...«

Sie begaben sich alle nach dem Kuhstall, voraus Witek mit dem Licht.

Die Kühe lagen in einer Reihe nebeneinander, langsam wiederkäuend; doch unter dem Lichtschein, beim Klang der Stimmen fingen sie an auszuschnaufen, sich schwerfällig zum Aufstehen zu bereiten und die großen Köpfe bedächtig zu wenden.

»Du bist die Hausfrau, Jagusch, und dein Recht ist es, die Oblate zu verteilen. Sie werden dir besser gedeihen und gesund bleiben; morgen früh aber darf man sie nicht melken, abends erst, sonst würden sie die Milch verlieren.«

Jagna brach die Oblate in fünf Teile, und sich zu jeder Kuh niederbückend, machte sie das Zeichen des heiligen Kreuzes auf die Stirnen zwischen den Hörnern und legte dann die Oblatenstücke in die Mäuler auf die breiten rauhen Zungen.

»Und den Pferden werdet ihr nichts geben?« fragte Fine.

»Sie waren nicht um jene Zeit bei der Geburt, deshalb darf man nicht.«

Sie kehrten in die Stube zurück, und Rochus sprach:

»Jedes Geschöpf, jeder Grashalm, wenn auch der winzigste, das geringste Steinchen, selbst der Stern, den man kaum sehen kann – alle fühlen sie heute und wissen es alle, daß der Herr geboren ward.«

»Lieber Jesus! Alle! Dann auch diese Erde und diese Steine?« rief Jagna aus.

»Die Wahrheit hab' ich gesagt, so ist es – alles hat seine Seele. Was es nur auf der Welt gibt, alles ist fühlend und wartet auf seine Stunde, bis der Herr Jesus sich erbarmt und sagen wird:

›Stehe auf, Seele, lebe, verdiene dir den Himmel!‹ Denn auch der kleinste Wurm und der zitternde Grashalm, alles macht sich auf seine Art verdient und nimmt auf seine Art teil an Gottes Ehre. Und in dieser einzigen Nacht im ganzen Jahre erhebt sich alles, wacht auf, horcht und wartet auf dieses Wort.

»Für die einen kommt es, für die anderen ist die Reihenfolge noch nicht da, darum legen sie sich dann wieder geduldig ins Dunkel, auf den Tag wartend, der eine als Stein, der andere als Wasser, Erde, Baum und wer als noch was anderes, wie es der Herr da einem jeden bestimmt hat! ...«

Sie schwiegen und überlegten, was er gesagt hatte, denn es waren kluge Worte, die unmittelbar zu Herzen gingen; doch Boryna und der Dominikbäuerin schienen sie nicht die reine Wahrheit; sie legten sie sich auf diese und jene Art zurecht und konnten es doch nicht begreifen. Gewiß, Gottes Macht ist unerklärlich und tut Wunder, aber daß die Steine und jedes seine Seele haben sollte ... das konnten sie nicht herausbekommen und dachten auch nicht länger darüber nach, denn die Schmiedsleute traten mit ihren Kindern ein.

»Wir möchten beim Vater etwas zusammenbleiben und dann gemeinsam zur Hirtenmesse gehen«, erklärte der Schmied.

»Setzt euch, setzt euch ... es wird angenehmer sein im ganzen Haufen, alle werden wir ja da beisammen sein, nur Gregor fehlt.«

Fine warf dem Vater einen zornigen Blick zu, weil ihr die Anteks in den Sinn kamen; aber sie fürchtete sich, darüber etwas zu sagen.

Sie besetzten wieder die Bänke vor dem Feuer, nur Pjetrek blieb auf dem Hof und spaltete Holz, damit genug Feuerung für die Feiertage da wäre, Witek aber trug die Scheite mit einer Tracht und legte sie im Flur zurecht.

»Na, das hätt' ich bald vergessen! Der Schulze ist mir nachgelaufen und hat mich gebeten, daß ihr gleich zu der Seinen kommen sollt, Dominikbäuerin, sie schreit schon und kommt immer hoch; gewiß wird sie diese Nacht niederkommen.«

»Ich wollte doch mit allen zusammen in die Kirche; wenn es aber schon so ist, daß sie schreit, dann laufe ich schnell hin nachzusehen. Heute früh war ich da, ich hab' gedacht, daß sie noch ein paar Tage aushalten tät.«

Sie redete leise mit der Schmiedin und machte sich eilig auf den Weg nach der Kranken; sie war eine, die sich auf Krankheiten auskannte und manchen besser auskuriert hatte als die Doktoren.

Rochus aber begann inzwischen verschiedene Geschichten zu erzählen, die zu diesem Tag paßten, und unter anderen auch diese:

»Es wird schon lange her sein, denn soviel Jahre, wieviel von Christi Geburt verflossen sind, als ein Mann, ein reicher Hofbauer vom Jahrmarkt heimkehrte, auf dem er ein paar tüchtige Bullenkälber verkauft hatte; die Taler hielt er wohlverwahrt im Stiefelschaft und einen nicht schlechten Stecken hatte er in der Hand, stark war er auch, vielleicht selbst der Stärkste im Dorf; er eilte sich aber, um noch vor der Nacht nach Hause zu kommen, denn zu jenen Zeiten versteckten sich arge Räuber in den Wäldern und vertraten oft den guten Leuten den Weg.

In der Sommerzeit mußte es gewesen sein, denn der Forst war grün, duftend und voll lebendiger Stimmen; da es aber mächtig wehte, so schaukelten die Bäume, und ein furchtbares Rauschen ging hoch oben durch die Lüfte. Es eilte sich der gute Bauersmann soviel er konnte und sah sich ängstlich um in der Runde, aber nichts war zu sehen ... nur mächtige Tannen standen neben Tannen, Eichen an Eichen und Kiefern an Kiefern, und nirgends eine lebendige Seele, nur daß die Vögelein zwischen den Stämmen schwirrten. Die Angst ergriff ihn immer stärker, da er gerade an einem Kreuz vorbei mußte und durch ein solches Gestrüpp, daß man da selbst mit den Augen nicht durchdringen konnte. Hier war es, wo die Räubermänner meistens die Menschen anfielen; so bekreuzigte er sich, sprach laut das Gebet und rannte was das Zeug halten wollte ...

Er war schon glücklich aus dem Hochwald herausgekommen und schlug sich schon durch krüppeliges Fichten- und Wacholdergebüsch hindurch, sah schon das wogende grüne Feld und hörte das Rauschen des Flusses, und Lerchen sangen, Menschen erblickte er bei den Pflügen und ein Schwärm. Störche zog gerade den Mooren zu; er roch selbst schon bei jedem Windzug die Kirschgarten, die gerade in Blüte standen ... als aus diesem letzten Gestrüpp die Räubermänner hervorsprangen. Zwölf waren es an der Zahl und alle mit Messern! Er wehrte sich, aber bald hatten sie ihn überwältigt, und da er die Gelder nicht im Guten abgeben wollte und schrie, so hatten sie ihn auf den Rücken geworfen, mit den Füßen niedergedrückt, hoben die Messer und schon wollten sie ihn stechen ... und sieh da! plötzlich versteinerten sie und blieben so mit erhobenen Messern, gebückt, furchtbar und doch unbeweglich stehen – und rings um ihn war auch alles andere erstarrt ... Die Vögel verstummten und hingen in den Lüften ... die Flüsse stockten ... die Sonne hing wie erkaltet ... die Bäume und die Getreidefelder blieben so, wie sie der Wind niedergebeugt hatte ... und die Störche waren mit ihren ausgebreiteten Flügeln wie am Himmel festgewachsen ... selbst der pflügende Bauer blieb mit erhobener Peitsche stehen – die ganze Welt hielt in einem Nu erschrocken und versteinert an.

Wie lange das war, weiß man nicht, bis über der Erde Engelsgesang ertönte:

›Es wird Gott geboren, alle Macht erschauert!‹

Alles setzte sich gleich in Bewegung, aber die Räubersleute ließen von dem Bauer ab, und in diesem Wunder eine Warnung sehend, gingen sie gemeinsam diesen Engelsstimmen nach zu jenem Stall, um dem Neugeborenen zu huldigen! Und mit ihnen zugleich alles was nur lebte auf Erden und in der Luft.«

Sie wunderten sich alle sehr darüber, was Rochus erzählte; danach gab Boryna und auch der Schmied manches und allerlei zum besten.

Schließlich sagte Gusche, die die ganze Zeit über still dagesessen hatte, bitter:

»Ihr redet und redet, und davon ist gerade soviel wahr, daß euch die Zeit lang wird! Hale, als ob's wahr wäre, daß früher verschiedene Beschützer vom Himmel kamen und den Armen und Bedrückten nicht verderben ließen. Warum sieht man denn jetzt solche nicht mehr? Gibt es vielleicht weniger Elend und Armseligkeit und Seelenpein? ... Der Mensch ist wie ein schutzloser Vogel, der in die Welt gelassen wurde – und der Habicht und die reißenden Tiere und der Hunger und zum Schluß die Knochenmadam, die kriegen ihn schon 'rum – und die da reden von Barmherzigkeit, leben wie die Dummen und täuschen einen mit Hoffnungen, daß Erlösung kommen wird! Es kommt schon was, aber der Antichrist, der wird Gerechtigkeit machen, der wird sich erbarmen, wie ein Habicht, wenn er ein Kücken frißt.«

Rochus sprang auf und fing an, mit lauter Stimme zu rufen:

»Lästere nicht, Weib, mach' dich nicht sündig, höre nicht auf teuflische Einflüsterungen, sonst bringst du dich ins Verderben und in ewiges Feuer!« Er fiel auf die Bank zurück, die Tränen hatten ihm die Stimme erstickt, daß er nur so bebte vor heiligem Grausen und vor Schmerz über die verlorene Seele; und nachdem er etwas zu sich gekommen war, legte er mit der ganzen Macht der gläubigen Seele die Wahrheit aus und wies sie auf gute Wege.

Lange, lange sprach er, daß selbst der Priester auf der Kanzel das nicht hätte besser können.

Inzwischen aber rief Witek, der über die Erzählung, daß in dieser Nacht die Kühe Menschenstimmen annähmen, tief bewegt war, Fine heraus, und sie gingen beide nach dem Kuhstall.

Sich bei den Händen haltend und vor Angst zitternd, dabei sich ein ums andere Mal bekreuzigend, schoben sie sich zu den Kühen in den Stall hinein.

Sie knieten vor der größten nieder, die wie die Mutter des ganzen Kuhstalls war; der Atem ging ihnen aus, ihre Seelen bebten, und Tränen füllten ihnen die Augen, und ihre Herzen waren voll Bangigkeit, voll von einer heiligen Angst, wie in der Kirche bei der Vorzeigung des heiligen Sakraments; aber eine herzliche Zuversicht und ein Glaube war in ihnen ... da beugte sich Witek bis ans Ohr der Kuh vor und sagte bebend:

»Grauchen, Grauchen! ...«

Sie antwortete mit keinem einzigen Laut, schnaufte nur, kaute, bewegte das Maul und schleckte mit der Zunge.

»Es ist ihr wohl was geschehen, daß sie nicht antwortet, vielleicht zur Strafe.«

Sie knieten bei der anderen nieder und wieder fragte Witek, aber schon fast mit Weinen ...

»Schecke! Schecke! ...«

Beide drängten sie sich an das Maul der Kuh und horchten mit erstorbenem Atem, hörten jedoch nichts, kein Wort, gar nichts ...

»Gewiß sind wir sündig, dann werden wir auch nichts hören; nur denen antworten sie, die ohne Sünde sind, und wir sind sündig ...«

»Is wahr, Fine, is wahr? Sündige sind wir, Sündige ... mein Jesus ... is wahr? ... Dem Bauer hab' ich Spagat genommen ... und auch noch den alten Riemen ... und auch noch ...« Er konnte nicht weiter reden, ein Weinen kam über ihn, und die Reue und das Bewußtsein der Schuld, daß er zu schluchzen anfing, und Fine weinte herzlich mit. Sie weinten so gemeinsam, ohne sich beruhigen zu können, bis sie beide einander alle ihre Verschuldungen und Sünden gebeichtet hatten ...

In der Stube merkte niemand ihre Abwesenheit, man sang dort jetzt fromme Lieder, da es vor Mitternacht nicht an der Zeit war, Weihnachtslieder anzustimmen.

Auf der anderen Seite aber wusch und säuberte sich Pjetrek gründlich und zog sich ganz um; Jagna hatte ihm die neuen Kleider, die sie ihm in der Kammer aufbewahrt hatte, hinausgetragen.

Sie schrien erstaunt auf, als er danach in die Stube trat; seinen Soldatenmantel und die ganze Uniform hatte er abgelegt und blieb nun, wie alle bäurisch gekleidet, vor ihnen stehen.

»Man hat mich ausgelacht, hat mich grauer Burek genannt, so hab' ich mich denn umgekleidet!« stotterte er hervor.

»Die Sprache ändere du, nicht die Lappen!« warf Gusche ein.

»Von selbst kommt sie ihm wieder, von selbst, denn die Seele, scheint es, hat er nicht ganz verloren.«

»Fünf Jahre draußen gewesen, hat seine Sprache nicht gehört, da ist es auch kein Wunder! ...«

Sie schwiegen plötzlich, denn der scharfe durchdringende Ton der Betglocke drang in die Stube.

»Sie läuten zur Hirtenmesse, wir müssen uns zurechtmachen.«

In einem Paternoster vielleicht traten sie alle hinaus außer Gusche, die geblieben war, das Haus einzuhüten und hauptsächlich, um dem bedrängten Herzen freien Lauf zu geben.

Die Frostnacht war blau und voll Sternengefunkel.

Die Betglocke läutete immerzu und zwitscherte wie ein Vöglein, die Menschen zur Kirche zusammenrufend.

Die Leute traten auch schon überall aus den Behausungen; hier und da blitzte durch eine der sich öffnenden Türen ein Lichtstreif, hier und da erloschen die Fenster, manchmal klang aus dem Dunkel eine Stimme, ein Husten, das Knirschen des Schnees unter den Stiefeln, oder ein frommes Wort, mit dem sie sich begrüßten; und immer häufiger tauchten Gestalten aus der graublauen Nacht hervor, sie zogen in Scharen vorüber, man hörte das Aufstampfen ihrer Füße durch die trockene Luft schallen.

Alles was lebte, zog zur Kirche, in den Häusern blieben nur die ganz Alten, die Kranken und Krüppel zurück.

Von weitem schon sah man durchs Dunkel die Kirchenfenster glühen und die Haupttür, die sperrangelweit offen stand und aus der das Licht quoll, das Volk aber flutete und flutete durch diesen Eingang, wie ein Strom, langsam das mit Fichten und Tannen geschmückte Innere der Kirche füllend; es war als ob in ihr ein dichter Wald emporgewachsen wäre, der sich an die weißen Wände lehnte, die Altäre umstand, aus den Bänken emporragte und fast mit seinen Wipfeln die Kirchenwölbung berührte; er schaukelte, wankte unter dem Druck der lebendigen Flut, und wie ein Nebel umflorte ihn der Dunst der atmenden Menschen, hinter dem die Lichter der Kerzen an den Altären verschleiert flimmerten.

Und die Menschen strömten immer noch hinzu und fluteten ohne Ende ...

In einem ganzen Haufen kamen die aus Rudka, sie gingen Arm an Arm, rasch und wuchtig, denn es waren gewaltige Kerle von hoher Statur, in dunkelblauen Knieröcken, und dazu schienen sie alle fast weißköpfig, denn ihre Haare waren wie aus Flachs gesponnen, und ihre Frauen, allesamt von schönem Wuchs, trugen doppelte Beiderwandschürzen und große Hauben, die mit roten Kopftüchern umwunden waren.

Hin und wieder, spärlich, nur immer zu zweien und dreien, kamen die aus Modlica gezogen, lauter mageres, elendes Volk in geflickten weißgrauen Kapottröcken, mit Knütteln in den Fäusten; denn sie kamen zu Fuß. In den Schenken machte über sie das Gespött die Runde, daß sie sich nur von Beißkern nährten, denn sie saßen auf tiefgelegenen Äckern zwischen Mooren, und ein Geruch kam von ihnen wie von Torfrauch.

Auch aus Mola kamen die Leute familienweise an und waren wie Wacholderbüsche, die immer in einen Haufen zusammengedrängt wachsen; nicht sehr hoch gewachsen, lauter Mittelwuchs und dickbäuchig, wie Säcke, dabei aber doch rasch, großmäulig, mächtige Prozessierer, Raufbolde und nicht geringe Walddiebe. Sie trugen graue, mit schwarzen Litzen benähte Kapottröcke und waren mit roten Gurten umgürtet.

Auch die kleinadligen Dörfler aus dem Geschlecht derer von Rschepetzki waren gekommen, »Sack, Pack und Lumpetzki«, wie man zu sagen pflegte, oder man sagte auch, daß derer fünf an einem Kuhschwanz hingen und zu dreien eine Mütze hatten. Sie gingen in einem Haufen, schweigend, blickten lauernd und von oben herab, und ihre Frauen, die wie die Gutsherrinnen geputzt waren, dabei schön weiß ums Maul und wie lustige Vöglein zwitschernd, führten sie in ihrer Mitte und behandelten sie mit Respekt.

Gleich hinterher drängten sich die Leute aus Pschylenka, sie kamen hochgewachsen wie ein Fichtenwald, schlank und stark und so aufgeputzt, daß es die Augen schmerzte; weiße Haartuchröcke hatten sie an, trugen rote Westen und grüne Bänder am Hemd, und die Hosen waren gelbgestreift. Sie bahnten sich trotzig und auf keinen achtend ihren Weg bis vor den Hauptaltar.

Ihnen folgten fast schon als letzte etwa die Bauern aus Dembitza, wie Gutsherren; viele waren es nicht, jeder kam für sich mit Pomp und blähte sich und tat stolz und nahm in den Bänken vor dem Hauptaltar Platz, vor den anderen den Vortritt heischend in der Zuversicht des eigenen Reichtums; ihre Frauen trugen Gebetbücher, hatten weiße, unter dem Kinn festgebundene Häubchen und Bauschröcke aus feinem Tuch an ... Dann kamen noch Leute aus weiter gelegenen Dörfern, aus verschiedenen Siedelungen und Gehöften, die im Walde lagen, aus Holzhackerhütten und von Herrenhöfen – wer hätte das alles behalten und aufzählen können! ...

Und in diesem dichtgestauten und wogenden Gedränge, das wie ein Wald rauschte, blitzten häufig die weißen Kapottröcke der Leute aus Lipce und die roten Tücher ihrer Frauen auf.

Die Kirche war gedrängt voll, bis auf den letzten Platz in der Vorhalle, so daß die, die zuletzt kamen, ihre Andacht draußen vor der Tür halten mußten.

Der Priester erschien für die erste Messe, die Orgel ertönte, das Volk regte sich, beugte sich nieder und sank in die Knie vor der Majestät des Herrn.

Stille war nun eingetreten, niemand sang mehr, jeder betete nur und starrte auf den Priester und auf jenes Lichtlein hoch oben über dem Altar, die Orgel summte mit einem innig gedämpften Klang, daß es einen bis ins Mark erschauern ließ; manchmal wandte sich der Priester um, breitete die Hände auseinander und sprach laut das heilige lateinische Wort, und das Volk erhob seine Arme, seufzte tief auf, beugte sich in frommer Reue, schlug sich auf die Brust und betete inbrünstig.

Als dann die Messe zu Ende war, stieg der Priester auf die Kanzel und redete lange, unterwies die Menschen über die Heiligkeit des Tages, warnte vor dem Schlechten, wetterte, fuchtelte mit den Armen und donnerte so glühende Worte, daß manch einer tief aufseufzte, ein anderer sich gegen die Brust schlug, jener in seinem Gewissen die Sünde bereute und mancher in Gedanken Buße tat, mancher sich versann, und wer da ein weicheres Gemüt hatte, wie meist die Frauen, brach in ein Weinen aus, denn der Priester sprach mit Feuer und so klug, daß es jedem zu Herzen und zu Sinn ging, natürlich aber nur denen, die zuhörten, denn es waren viele da, die das Duseln in der Warme übermannt hatte.

Erst vor der zweiten Messe, als das Volk schon etwas mürber geworden war vom Beten, erdröhnte wieder die Orgel, und der Priester sang:

»In der Krippe liegt das Kindelein,
wer kommt hin und kehret bei ihm ein ...«

Das Volk wogte auf, erhob sich von den Knien, griff im Nu die Melodie auf und sang wie aus einer Kehle mit, daß es brauste:

»Dem Kleinen Weihnachtslieder singen!«

Die Tannen in der Kirche erbebten, die Lichter zuckten auf unter diesem herzlichen Sturm der Stimmen.

Und schon hatten sie sich dermaßen mit ihren Seelen mit der Inbrunst ihres Glaubens und mit ihren Stimmen zusammengeschlossen, daß es war, als ob eine einzige Stimme dieses gewaltige Lied sang, das aus den Herzen der Menschen quoll, um bis an die Füßchen des heiligen Kindes zu branden.

Als sie auch die zweite Messe zu Ende gehört hatten, fing der Organist dermaßen tanzfrohe Weihnachtslieder an zu spielen, daß es schwer war, ruhig auf einer Stelle zu bleiben, sie rückten hin und her, traten sich den Takt dazu, drehten sich zum Chor um und jauchzten froh ihre Weihnachtslieder zur Begleitung der Orgel.

Nur Antek allein sang nicht mit den anderen, er war mit der Frau und mit den Stachs gekommen, ließ sie aber voraus und blieb selbst hinter den Bänken; er wollte nicht mehr die alte Stelle unter den Hofbauern am Hauptaltar einnehmen und sah sich gerade um, wo er sich hinsetzen konnte, als er den Vater mit all seinen Leuten bemerkte; sie drängten sich durch die Mitte der Kirche, voran kam Jagna.

Er trat hinter einen Tannenbaum zurück und ließ sie nicht mehr aus den Augen, denn man konnte schon von weitem ihre aufrechte Gestalt sehen; sie setzte sich gleich beim Durchgang auf den Rand einer Bank, er aber drängte sich, ohne sich auch nur einen Gedanken zu machen, noch sich irgendwie Rechenschaft zu geben, eigensinnig durch das Menschengewühl, bis er an ihre Seite gelangte, und als man während der Messe niederkniete, kniete auch er hin und neigte sich so dicht zu ihr heran, daß er mit dem Kopf ihre Knie berührte.

Sie bemerkte es nicht gleich, denn das kleine Wachsstöckchen, in dessen Schein sie aus dem Gebetbuch lesend betete, verbreitete ein so schwaches Licht, und die Tannenzweige deckten ihn so zu, daß man selbst in der Nähe nichts sehen konnte, erst bei der Erhebung des heiligen Sakraments, als sie niedergekniet war und sich auf die Brust schlagend den Kopf vorbeugte, blickte sie unwillkürlich zur Seite – das Herz stockte ihr, sie erstarrte fast vor freudigem Schreck, wagte sich nicht zu rühren, wagte nicht zum zweitenmal hinzusehen, denn dieses Gesicht schien ihr ein Traum zu sein, ein Trugbild und nichts anderes sonst ... Sie schloß die Augen und kniete lange, lange gebeugt, zur Erde hingekauert, vor Aufregung fast bewußtlos ... bis sie sich plötzlich wieder hinsetzte und ihm geradeaus ins Gesicht blickte.

Ja, er war es, Antek, sehr abgemagert, schwärzlich, elend, sie konnte es selbst in diesem Dämmer leicht erkennen, und diese großen, einen überfallenden und trotzigen Augen sahen voll Zärtlichkeit auf sie und waren so voll Leid, daß sich ihr die Seele vor Bangigkeit und Mitleid zusammenpreßte und die Tränen ihr von selbst in die Augen kamen.

Sie saß steif da, wie auch die anderen Frauen, starrte ins Buch, konnte aber nicht einen einzigen Buchstaben erkennen, nicht einmal die Seiten, nichts! Denn seine traurigen klagenden Augen, seine Augen, aus denen ein Leuchten ging, standen vor ihr, schimmerten wie Sterne und hatten ihr die ganze Welt verdeckt, so daß sie sich ganz verloren hatte, ganz hin war – und er kniete immerzu, sie hörte seinen kurzen, heißen Atem und fühlte diese süße Gewalt, diese furchtbare Gewalt, die von ihm strömte, die ihr ans Herz ging, sie wie mit Stricken band und mit Bangen und Lust erfüllte, sie mit Schauern durchrieselte, so daß sie der Verstand schier verließ, in ihr mit so mächtigem Schrei nach Liebe wiederhallte, daß jedes Gliedlein bebte und das

Herz wie ein Vogel zuckte, dem man aus Mutwillen die Flügel an die Wand genagelt hatte! ...

Die Messe wurde abgehalten, die Predigt kam, die zweite Messe war vorüber; das Volk sang gemeinsam, betete, seufzte auf, weinte – und sie beide waren wie außerhalb der ganzen Welt, hörten nichts, sahen nichts, fühlten nichts, als nur einander selbst.

Angst, Freude, Liebe, Erinnerungen, Versprechungen, Beschwörungen und Begehren loderten abwechselnd in ihren Herzen auf, gingen von Herz zu Herz, verbanden sie, so daß sie sich schon als eins fühlten, so daß ihnen die Herzen zusammenschlugen und die Augen im gleichen Glanz erstrahlten.

Antek schob sich noch näher heran und stützte seinen Arm gegen ihre Hüfte, so daß sie ganz die Besinnung verlor, eine dunkle Röte übergoß ihr Gesicht; und als sie zum zweitenmal niederkniete, flüsterte er mit heißen, glühenden Lippen dicht an ihrem Ohr:

»Jagusch! Jagusch!«

Sie erbebte und wäre fast vor Freude und Erregung umgesunken, dermaßen hatte sie diese Stimme mit Freude und Lust erfüllt und sie getroffen wie mit einem scharfen Schwertstoß voll süßer Wollust.

»Komme doch einmal hinter den Schober hinaus ... jeden Abend werde ich auf dich warten ... fürchte dich nicht ... ich muß durchaus mit dir sprechen ... komm! ...« flüsterte er leidenschaftlich und so nah, so nah, daß sein Atem ihr auf dem Gesicht brannte ...

Sie antwortete nicht, die Kräfte ließen sie im Stich, die Stimme blieb ihr in der Kehle stecken, das Herz bebte und pochte dermaßen, daß es wohl die anderen ringsum hören mußten – und dennoch hob sie sich etwas, als wollte sie schon dorthin laufen ... wohin er sie bat ... wohin seine Liebe sie rief ...

Gerade zur rechten Zeit stimmte man das Weihnachtslied an, die Kirche erschallte aufs neue vor Gesängen, so daß sie etwas zu sich kam, sich setzte und die Blicke durch die Kirche und über die Menschen schweifen ließ.

Aber Antek war nicht mehr da, unmerklich war er beiseite getreten und hatte sich dann bis auf den Kirchhof zurückgezogen.

Lange stand er in der Kälte am Glockenhaus, versuchte sich zu ernüchtern, Luft zu schöpfen und zu sich zu kommen ... eine solche Freude weitete ihm das Herz, ein solcher Jubel war in ihm, ein solcher Schrei der Macht, daß er weder den Gesang hörte, der durch die Kirchentür hinausflutete, noch die stillen wimmernden Laute, die vom Glockenhaus kamen ... Nichts hörte er, nichts wußte er mehr, er griff eine Handvoll Schnee und schluckte ihn gierig herunter, und sprang dann über die Mauer auf den Weg und rannte schnell, wie ein Sturmwind, querfeldein.

* *
*

Die Borynaleute kehrten erst bei Morgengrauen aus der Kirche zurück, und kaum in einem Paternoster schnarchte alles im Hause, daß es nur so widerhallte; nur Jagusch allein, obgleich sie sehr ermüdet war, konnte nicht einschlafen; vergeblich preßte sie den Kopf in die Kissen, vergeblich versuchte sie die Augen zu schließen, wahrend sie das Federbett über den Kopf zog – nichts wollte helfen, der Schlaf kam nicht; nur etwas wie ein Alp überfiel sie, legte sich mit einer solchen Schwere auf ihre Brust, daß sie nicht aufatmen, nicht schreien, noch aus dem Bett aufspringen konnte; unbeweglich lag sie halb wach, halb träumend in einer Starre da, in der der Verstand nichts unterscheidet und nur die Seele Erinnerungen aus sich spinnt, wie ein Wocken, und die ganze Welt mit ihrem Gespinst umwindet, lauter Wunder sieht, über die Lande schwebt, sich in Sonne kleidet und selbst nicht mehr ist, als die Spiegelungen in einem klaren aber aufgewühlten Wasser ... so war es mit Jagna; und obgleich sie nicht eingeschlafen war, so war ihr doch alles aus dem Bewußtsein geschwunden; wie ein Vogel flog ihre Seele von Wunder zu Wunder – durch jene erloschenen Tage, durch jene erstorbenen Zeiten, die nur noch in Erinnerungen lebten ... sie glaubte noch in der Kirche zu sein ... und da war Antek, der neben ihr kniete und in einem fort sprach, er glühte sie mit seinen Augen an, er glühte sie mit seinen Worten an, erfüllte sie mit einer süßen Qual und einer süßen Angst zugleich ... Dann hörte sie einen Gesang erschallen und eine Orgel dröhnte so durchdringend, daß sie fast jeden Ton gesondert in sich fühlte ... das rote drohende Gesicht des Priesters sah sie, seine über dem Volk ausgestreckten Hände ... dann Lichter ... und später kamen andere, alte Erinnerungen über sie ... die Begegnungen mit ihm ... die Küsse ... Umarmungen, und eine solche Fieberglut durchdrang sie, eine solche Wohligkeit, daß sie sich dehnte und sich mit aller Macht in die Kissen preßte ... dann wieder hörte sie genau und laut: »Komm hinaus! komm hinaus! ...« bis sie sich erhob und gehen fühlte ... geduckt unter Bäumen und in Dunkelheiten ... und eine Angst bebte in ihr, ein Schrei lief ihr nach, ein Entsetzen wehte aus den Dunkelheiten ...

Und so immerzu und immerzu im Kreise herum, einmal das eine, einmal das andere, das zehnte und das hundertste kam über sie, daß sie sich weder auf sich selbst besinnen noch diesem Zauber entrinnen konnte – es war gewiß nichts anderes, als ein Alp, der sie plagte, oder der Böse mußte sie versuchen und machte sie für die Sünde willfährig.

Es war schon voller Tag, als sie sich von ihrem Lager erhob; doch sie fühlte sich wie gerädert, alle Glieder schmerzten sie, sie war blaß, aufgewühlt und sehr traurig.

Der Frost hatte etwas nachgelassen, das Wetter wurde trüb, der Schnee stäubte zuweilen und hin und wieder kam ein heftiger Wind auf, zerrte an den Bäumen, die wie in einer Schneestaubwolke standen, und blies pfeifend über die Wege; trotzdem hallte es im Dorf vor festlichem Jubel wider, eine Menschenmenge bewegte sich auf allen Wegen, oft sauste einer in einem Schlitten vorbei, und in Haufen stand das Volk, miteinander redend, an den Zäunen herum; man besuchte einander nachbarlich, und die Kinder tollten auf dem Weiher herum, wie junge Füllen auf der Weide, ihre Zurufe und ihr Geschrei schallten durchs ganze Dorf.

Aber Jagusch wollte es nicht froh noch wohl im Herzen werden, mitnichten: sie fror, obgleich das Feuer auf dem Herd lustig flackerte; es war ihr dumpf zumute trotz all des herrschenden Lebens und der Liedchen von Fine, die durch das Haus klangen; fremd fühlte sie sich unter ihren Leuten, so fremd, daß sie sie alle mit Angst anblickte; ihr war als wäre sie unter böse Menschen geraten.

Und ohne widerstehen zu können, gab sie sich immer wieder den heißen Flüsterworten Anteks hin, die immerzu gleich mächtig in ihrem Herzen widerhallten ...

»Gottes Zorn und ewige Verdammnis für solche«, hörte sie ganz deutlich die Stimme des Pfarrers reden, sah vor sich sein rotes Gesicht und die ausgestreckten drohenden Hände.

Sie verschwor sich bebend im tiefen Schuldbewußtsein, daß sie nicht hinausgehen würde; nein, nein! Ich gehe nicht hinaus! Eine Todsünde wäre es, eine furchtbare Todsünde!« wiederholte sie, sich an diesem Worte stärkend und sich gegen das Böse wehrend; aber ihre Seele schrie in Leid und Qual und riß sich ihm entgegen mit ganzer Macht, mit der ganzen Lebenskraft, wie ein Baum, den die Schneewehen niedergebeugt haben, sich im Frühjahr zur Sonne emporreißt, wie die Erde, die sich unter dem ersten warmen Hauch reckt ...

Aber die Angst vor der Sünde gab dennoch den Ausschlag, so daß sie sich bezwang und sich Mühe gab, ihn zu vergessen, für immer zu vergessen ... Sie ging nicht aus dem Haus, hatte selbst Angst, sich in den Heckenweg hinauszuwagen, denn vielleicht wartete und lauerte er irgendwo auf sie und würde sie dann rufen ... würde sie sich ihm dann widersetzen können, würde sie die Seele halten können und nicht dieser Stimme nachrennen? ...

Eifrig machte sie sich an die häuslichen Arbeiten, aber es war ja nicht viel zu tun, Fine hatte schon alles besorgt, und obendrein ging der Alte immerzu hinter ihr her und erlaubte ihr nicht, irgend etwas anzufassen.

»Ruhe aus, überheb' dich nicht, damit dir nicht etwa was Schlechtes zustößt.«

So machte sie denn auch nichts und irrte ziellos in den Stuben umher, sah hinaus, ohne zu wissen warum, blieb auf der Galerie stehen, und immer größer wurde die Gereiztheit in ihr; es ärgerten sie die bewachenden Augen des Ehemanns, es ärgerte sie die Freude und das Leben des ganzen Hauses, selbst der in der Stube auf und ab wandelnde Storch machte sie wütend, so daß sie ihn absichtlich mit ihrem Beiderwandrock anstieß, bis sie es schließlich nicht länger aushielt und in einem geeigneten Augenblick zur Mutter hinüberrannte; aber sie lief quer über den Weiher, sich alle Augenblicke ängstlich umsehend, ob er nicht irgendwo hinter einem Baum auf der Lauer stände.

Die Mutter war nicht zu Hause, am Morgen hatte sie nachgesehen und war zur Schulzin zurückgekehrt. Jendschych rauchte in den Rauchfang hinein und lief immer wieder auf den Weg hinaus, um auszuspähen, denn Schymek putzte sich in der Kammer.

Es wurde ihr mit einem Male anders zumute, aller Kummer war von ihr gewichen, als sie sich wieder, wie früher, in ihrer Stube im alten Heim fühlte; sie wurde ganz lustig und fing fast unbewußt an, herumzuwirtschaften, sah zu den Kühen ein, siebte die Milch durch, die vom Morgen noch in den Gelten stand, warf den Hühnern Futter hin, kehrte die Stube und räumte alles auf, was nötig war; dabei unterhielt sie sich lustig mit den Jungen, denn auch Schymek war, mit einem neuen Kapottrock angetan, in die Stube gekommen und kämmte sich sein Haar vor dem kleinen Spiegel zurecht.

»Warum machst du dich denn so sein?«

»Ins Dorf will ich, bei den Ploscheks sammeln sich die Burschen.«

»Wird dir denn die Mutter das erlauben, ha?«

»Immerzu werd' ich sie doch nicht um Erlaubnis fragen, ich habe auch meinen Verstand und meinen Willen ... und was mir gut dünkt – das tu' ich! ...«

»Gewiß tut er es, gewiß!« pflichtete Jendschych bei, ängstlich den Weg entlang lugend.

»Daß du es weißt, ich tu's, ihr zum Trotz, zu den Ploscheks geh' ich, in die Schenke geh' ich auch und mit den Burschen werd' ich trinken!« schrie er trotzig.

»Gib dem Dummen seinen Willen, dann geht er wie ein Kalb auf und davon, obgleich er nur noch das Euter braucht«, sagte sie leise vor sich hin, ohne dagegen zu reden, obgleich er über die Mutter herzog und heftig drohte; sie hörte nur wenig danach hin, denn es war schon Zeit, nach Hause zu gehen, sie mußte doch zurückkehren; aber es tat ihr leid, von hier fort zu müssen, so daß sie sich fast mit Weinen erhob und langsam und schwerfällig davonging.

Zu Hause aber ging es noch lauter und lustiger her, wie vorhin. Nastuscha Täubich war herübergerannt gekommen und neckte sich mit Fine herum, daß man es bis auf die Straße hören konnte.

»Wißt ihr, mein Zweig ist aufgeblüht!« rief Fine der eintretenden Jagna zu.

»Was für ein Zweig?«

»Am Andreasabend hab' ich ihn doch abgeschnitten, in den Sand gesteckt und auf den Ofen gestellt, und jetzt blüht er! Gestern hab' ich noch nachgesehen, nicht ein einziges Blümelein war da, und in der Nacht ist er ganz aufgeblüht, seht mal!«

Sie brachte behutsam einen mit Sand angefüllten Topf, in dem ein ziemlich großer, mit zarten Kirschblüten bedeckter Zweig stak.

»Schöne rosa Süßkirschblüten und duften fein«, murmelte Witek nachdenklich vor sich hin.

»Das ist wahr, Süßkirschblüten!«

Sie stellten sich ringsherum und betrachteten mit Staunen und seltsamer Freude das blütenbedeckte, duftende Reis, als Gusche eintrat. Sie war aber heute, schon wie immer, selbstbewußt, laut, trotzig und nur darauf achtend, wie sie einem ordentlich was anhaken konnte.

»Der Zweig ist aufgeblüht, aber nicht für dich, Fine, du brauchst noch 'n Riemen oder selbst was Härteres!« sagte sie gleich beim Eintritt.

»Gewiß ist er für mich aufgeblüht, ich hab' ihn doch ganz allein in der Andreasnacht abgeschnitten, ganz allein ...«

»Bist nur 'ne junge Dirn, das soll gewiß für Nastuschas Hochzeit sein!« meinte Jagusch.

»In den Topf haben wir ihn beide gesteckt, aber ich hab' ihn doch selbst abgeschnitten, der ist für mich aufgeblüht«, schrie sie weinerlich, weil man ihr nicht beipflichten wollte.

»Du hast noch Zeit, hinter den Burschen herzurennen und am Zaunüberstieg herumzustehen, erst ist es Zeit für die Älteren, die Älteren kommen erst an die Reihe!« sagte sie, nach Nastuscha hinlachend und die Blicke abwendend. »Sei nur still, Fine ... Wißt ihr denn schon, in der Nacht ist die Organistenmagda in der Vorhalle der Kirche niedergekommen!«

»Was ihr nicht sagt!«

»Die reine Wahrheit! Ambrosius ging läuten und ist fast auf sie getreten.«

»Mein Jesus! und ist sie nicht totgefroren?«

»Na und ob, das Kind ist auf den Tod verfroren und die Magda kann kaum mehr wieder zu Atem kommen. Sie haben sie nach dem Pfarrhaus gebracht und wollen sie wieder zu sich bringen; aber besser wär' es schon, sie blieb ganz weg ... was hat denn die für ein Muß zu leben, was hat sie da zu erwarten: nur Kummer und Mühsal.«

»Mathias hat gesagt, daß sie, seit die Organistenleute sie rausgejagt haben, meist in der Mühle gesessen hat; aber nachher hat sie der Franek mal geschlagen und weggetrieben, wohl weil der Müller es nicht mehr wollte.«

»Was hätte er denn mit ihr anfangen sollen, vielleicht sie sich einrahmen und an die Wand hängen? Er ist ein Mannsbild, gerade wie alle anderen, viel versprochen – gebrochen, genommen – zerronnen! Versteht sich, ohne Schuld ist er auch nicht, aber am meisten sind die Organistenleute schuld! Solange sie gesund war, hat sie schuften können, wie zwei Ochsen, ganz allein hat sie alles gemacht, und ist das vielleicht 'ne kleine Wirtschaft, die sie haben? Fünf Kühe allein, und die vielen Kinder, und noch Schweine und Geflügel und das ganze Land! Und wie sie nun krank war, da haben sie sie denn einfach rausgejagt, solches Aaszeug, wie die! Und das wollen noch Menschen sein!«

»Warum hat sie sich denn auch mit Franek eingelassen!« rief Nastuscha.

»Dasselbe würdest du auch tun, sogar mit Jaschek, wenn du nur glauben würdest, daß er das Aufgebot bezahlen wird!«

Nastuscha wurde ganz wütend und fing an, auf sie einzuzanken, aber da Boryna in die Stube trat, wurden beide still.

»Wißt ihr das von Magda! Sie lebt wieder, sie haben den Geist noch in ihr aufgestöbert; Ambrosius sagt: noch ein Paternoster länger und die Welt hätte von ihr nur mehr die Fersen sehen können; Rochus reibt sie mit Schnee ab und flößt ihr zu trinken ein, aber die wird wohl lange an sich 'rumkurieren müssen.«

»Wo soll sie sich denn aber hintun, so 'n armes Ding?«

»Die Kosiols müssen wohl 'ran, das ist doch ihre Verwandtschaft!«

»Die Kosiols! Die leben ja selbst nur davon, was sie sich irgendwo herlangen und abzigeunern, wofür sollen denn die sie kurieren! So viel reiche Leute sind im Dorf, all die Hofbauern, und keiner geht da helfen!«

»Natürlich, die Hofbauern haben Brunnen, die nie alle werden, denen soll es von selber vom Himmel herabfliegen, daß sie nur so nach allen Seiten was wegschenken können! Jeder hat genug an seinen eigenen Sorgen, was sollen ihn da auch noch die fremden angehen! Das fehlte noch, daß ich jeden, der was braucht, vom Weg auflesen, ins Haus bringen, füttern und pflegen sollte und vielleicht auch noch die Doktoren bezahlen! Alt seid ihr, und im Kopf habt ihr Wind.«

»Das ist wahr, daß niemand ein Muß hat, den anderen zu helfen, aber der Mensch ist auch kein Vieh, daß er unter dem Zaun verrecken soll.«

»Das ist schon solche Einrichtung in der Welt und wird es auch bleiben, werdet ihr's vielleicht ändern?«

»Ich weiß noch, daß früher vor den Kriegen, zu Herrenzeiten, ein Hospital für die Armen im Dorf war, in dem Haus, wo jetzt der Organist sitzt; ich hab' es noch gut in Erinnerung, daß sie dafür von jedem Morgen etwas zahlen mußten.«

Boryna wurde ungeduldig und wollte nicht weiter darüber reden.

»Unser Reden hilft da so viel wie der Weihrauch dem Toten!« schloß er finster.

»Versteht sich, daß es nicht helfen wird, das schon wohl! Wer keine Barmherzigkeit für Menschenleid hat, dem ist auch das Weinen nichts nütze! Wem es gut geht, dem scheint es, daß alles in der Welt geschieht, wie es sich gehört und wie der liebe Gott geboten hat!«

Aber Boryna antwortete nicht mehr darauf, Gusche wandte sich also an Nastuscha.

»Wie sind denn Mathias seine Rippen, besser?«

»Mathias, was ist denn dem passiert?«

»Wißt ihr denn das nicht?« ... rief Nastuscha. »Noch vor den Feiertagen, am Dienstag war es, glaub' ich, hat ihn euer Antek so verprügelt, an die Rockklappen hat er ihn zu fassen gekriegt, aus dem Mühlhaus hinausgetragen und so gegen den Zaun geschleudert, daß vier Latten weggebrochen sind, ins Wasser gefallen ist er, fast wäre er ertrunken. Jetzt liegt er krank und speit Blut, er kann sich kaum bewegen, und Ambrosius sagt, daß sich ihm die Gebärmutter[1] im Leib umgekehrt hat, vier Rippen hat er gebrochen! Und er jammert und stöhnt immerzu!«

Sie begann zu weinen.

Jagna war bei den ersten Worten aufgesprungen, als wäre sie mitten ins Herz gestochen worden; denn es war ihr gleich in den Sinn gekommen, daß das gewiß nur ihretwegen gewesen war; sie ließ sich aber gleich wieder auf die Lade zurücksinken und fing an, die zuckenden Lider gegen die Kirschblüten zu pressen, um sie zu kühlen.

Es war bei Borynas ein allgemeines Staunen, denn sie wußten von nichts; im ganzen Dorf hatte man es gleich herumgetragen, nur bis zu ihnen war nichts davon gedrungen.

»Da sind sich die Rechten begegnet, ein Raufbold dem anderen, die werden einander nicht allzuviel Schaden antun!« knurrte der Alte, aber er mußte böse sein, denn er hatte Runzeln übers ganze Gesicht; danach fing er an, Brennholz aufs Feuer zu werfen.

»Weswegen haben sie sich denn verprügelt?« fragte Jagna später.

»Deinetwegen!« knurrte die Alte böse.

»Wirklich? Sagt doch die Wahrheit!«

»Ich sagt' es ja! Mathias hat damit in der Mühle vor dem Mannsvolk geprotzt, daß er oft bei dir in der Kammer war. Das hat denn Antek gehört und ihn verprügelt! Wie die Hunde um eine Hündin, so beißen sie sich deinetwegen zu Tode.«

»Macht euch nicht lustig, mir ist es nicht leicht, so was zu hören.«

»Frage im Dorf herum, wenn du mir nicht glaubst, jeder wird dir dasselbe sagen; ich erzähl' doch nicht, daß Mathias die Wahrheit gesagt hat, nur was er den Menschen sagte ...«

»Der abscheuliche Lügner, so ein Lügner!«

---

1 *Gebärmutter:* Die Bauern in Polen glauben, daß auch der Mann eine Gebärmutter hat.

»Wer wird sich da wohl vor Klatschmäulern wahren können! Selbst im Grabe noch lassen sie einem oft keine Ruh.«

»Das ist gut, daß er ihn verprügelt hat, gut ist es, ich möchte ihm selbst noch was zugeben!« zischte sie gehässig.

»Sieh mal an, wie da dem Kücken die Habichtkrallen wachsen.«

»Für Unwahrheit würde ich einen gleich totschlagen! Dieses Lügenaas!«

»Dasselbe sag' ich allen, nur daß sie es nicht glauben wollen und dich auf die Zungen nehmen.«

»Wenn ihnen Antek die Zungen zuschlägt, dann werden sie schon den Mund halten!«

»Hale, mit der ganzen Welt soll er deinetwegen Krieg führen, wie?« Sie verzerrte boshaft ihr Gesicht.

»Und ihr seid wie der richtige Judas, flüstert einem eure Sachen ein und freut euch noch über fremde Not.«

Jagna wurde furchtbar zornig, vielleicht zum erstenmal im Leben hatte es sie so heftig gepackt; sie war so böse auf Mathias, daß sie bereit gewesen wäre, zu ihm hinzurennen und ihm, wenn nicht anders, mit ihren Krallen zu Leibe zu gehen, sie hätte diesen Jörn nicht ertragen können, wenn sie die Erinnerung an Antek und an seine Güte nicht besänftigt hätte! Eine große Zärtlichkeit überkam sie, und ein Gefühl unaussprechlicher Dankbarkeit, daß er sie verteidigt hatte und ihr kein Unrecht hatte geschehen lassen; trotzdem aber fuhr sie so im Hause herum und schrie dermaßen auf Fine und Witek wegen jeder Kleinigkeit ein, daß der Alte sich besorgt zu ihr setzte, sie übers Gesicht zu streicheln anfing und fragte:

»Was ist dir denn, Jagusch, was nur?«

»Was sollte mir denn sein, nichts. Rückt doch weg, vor Leuten wird er zärtlich tun!«

Sie schob ihn barsch beiseite.

»Hale, streicheln wird er sie hier noch und umfassen, dieser alte Knasterbart!« dachte sie wütend; zum erstenmal bemerkte sie sein Alter, zum erstenmal erwachte in ihr eine tiefe Abneigung, ein Abscheu und fast ein Haß gegen ihn. Mit einer lauernden und schadenfrohen Verächtlichkeit betrachtete sie ihn jetzt, denn tatsächlich war er in den letzten Zeiten stark gealtert; er schleppte die Füße nach, hielt sich krumm, und die Hände zitterten ihm.

»Dieser Greis, dieses Gestell!«

Sie schüttelte sich vor Ekel, dachte um so eindringlicher an Antek, wehrte sich nicht mehr vor den Erinnerungen und floh nicht mehr vor dem verführerischen, süßen Geflüster.

Schier ohne Ende schien ihr heute der Tag, nicht zum Aushalten, so daß sie jeden Augenblick auf die Galerie trat, in den Garten hinter das Haus und durch die Bäume hindurch auf die Felder spähte ... oder sie lehnte gegen den Reiserzaun, der den Obstgarten von der Straße trennte, die hinter dem Dorf an den Garten und Wirtschaftsgebäuden entlang lief, und ließ die Augen in die weite Welt schweifen, über die Schneefelder, nach den Wäldern zu, die kaum dunkelten, daß sie zuletzt nichts mehr sah, nichts unterscheiden konnte; eine tiefe Freude war über sie gekommen, daß er sich für sie eingesetzt hatte und nicht erlauben wollte, daß ihr ein Unrecht geschah.

»Ein solcher würde mit allen fertig werden! Ein Starker, wie der ist, solch ein Starker!« dachte sie voll Zärtlichkeit. – Wenn er jetzt erschienen wäre, in diesem Augenblick! Nein, sie hätte ihm nicht widerstehen können! ...

Der Schober stand nur einen Katzensprung entfernt, gleich hinter dem Weg, etwas im Feld; die Spatzen schirpten in ihm und verbargen sich in ganzen Schwärmen in einer großen Höhlung im Heu; der Knecht war zu faul gewesen, hoch hinaufzusteigen und das Heu von oben abzutragen, obgleich es Boryna so befohlen hatte, und zerrte sich ganze Büschel Heu so lange heraus, bis ein Loch entstanden war, in dem mehrere Menschen bequem Platz finden konnten.

»Komm hinaus zum Schober! Komm!« wiederholte sie sich unbewußt Anteks Bitte.

Sie floh ins Haus zurück, denn man fing an, zur Vesper zu läuten, und sie bekam plötzlich Lust, allein zur Kirche zu gehen, in der dumpfen, unklaren Hoffnung, daß sie ihn dort treffen würde.

Natürlich war er nicht in der Kirche, dafür traf sie Anna gleich am Eingang in der Halle; sie bot ihr Gott zum Gruß und hielt die Hand zurück, damit Anna ihre Finger zuerst im Weihwasserbecken netzen konnte.

Diese aber antwortete ihr mit keinem Gruß, langte auch nicht nach dem Weihwasser und ging an ihr vorbei, sie mit einem harten Blick treffend.

Die Tränen kamen Jagna in die Augen über diesen Schimpf und die offenkundige Bosheit, aber sie konnte, nachdem sie in ihrer Bank Platz genommen hatte, die Blicke nicht von diesem bleichen, abgemagerten Gesicht losreißen.

»Anteks Frau, und solch ein blasses Ding, diese magere Armseligkeit, nee, nee!« ging es ihr durch den Kopf; aber bald hatte sie sie vergessen, denn auf dem Chor wurde gesungen und die Orgel spielte so schön und leise und so feierlich, daß sie sich ganz in die Musik vertiefte. Niemals noch war es ihr so wohl und so süß zumute gewesen in der Kirche, niemals; sie betete nicht einmal, das Gebetbuch lag aufgeschlagen vor ihr, der unbenutzte Rosenkranz hing ihr zwischen den Fingern; sie aber seufzte nur und schweifte mit den Blicken durch die Dämmerung, die durch die Fenster hereinflutete über die Bilder, über die vielen Vergoldungen, über das Flimmern der Kerzen und die kaum noch sichtbaren Farben, und die Seele schwebte hinaus in andere Welten, in die Herrlichkeiten, in die Himmel der Träume, in die verlöschenden, gedämpften Klänge, in die gebeterfüllten Gesänge, in den heiligen Frieden der Ekstase und trank ein solches Vergessen eines jeglichen, daß Jagna nicht mehr daran dachte, wo sie war; es schien ihr nur, als träten die Heiligen aus den Bildern hervor, stiegen herab, kämen auf sie zu mit dem süßseligsten Lächeln, streckten die segnenden Arme über ihr aus und schritten weiter über den Köpfen des Volkes, das sich, wie ein Getreidefeld, etwas geneigt hatte ... und da droben wehen blaue und rote Gewänder, leuchten mitleidige Blicke, tönen unaussprechliche Weisen und Dankeslieder, daß es schon gar nicht mehr zu sagen war!

Sie erwachte erst als die Vesper zu Ende war und die Orgel verstummte, die Stille weckte sie aus diesem träumerischen Schwärmen. Sie erhob sich mit Bedauern und trat mit den anderen hinaus; vor der Kirche kam ihr Anna wieder über den Weg.

Sie blieb plötzlich dicht vor ihr stehen, und es schien, als hätte sie ihr etwas sagen wollen, doch sie sah sie nur haßerfüllt an und ging.

»Die glotzt einen an und meint, damit tut sie einen erschrecken, die Dumme!« dachte Jagna auf dem Heimweg.

Der Abend war schon herabgesunken, ein friedlicher, gedämpfter Feiertagsabend; es war dunkel, die Sternenlichter erblaßten im trüben Himmel, so daß nur hier und da ein Strahl aufsprühte; der Schnee stäubte etwas und fiel langsam, geräuschlos nieder, glitzerte hinter den Scheiben und spann sich in einem endlos langen, flockigen Gespinst dahin.

In der Stube war es auch still, es ging dort selbst etwas schläfrig her, früh am Abend war Schymek gekommen, dem Anschein nach zum Besuch, hauptsächlich aber, um Nastuscha zu treffen; sie saßen nebeneinander und unterhielten sich leise. Boryna war noch nicht da. Gusche saß, Kartoffel schälend, vor dem Herd, und auf der anderen Hausseite spielte Pjetrek leise auf der Geige und noch dazu so klagend, daß Waupa zuweilen aufwinselte und langgedehnt zu heulen begann; auch Witek und Fine saßen dort, bis Jagna, der die Musik durch und durch ging, von der Tür aus rief:

»Hör' auf, Pjetrek, es kommt einem schon rein das Weinen an bei dieser Musik.«

»Ich meinerseits könnte selbst schlafen beim Spielen«, lachte Gusche.

Die Geige verstummte; erst nach einer Zeit wieder ließ sie sich ganz leise, kaum hörbar, aus dem Stall vernehmen, denn bis dahin hatte sich Pjetrek verzogen und spielte noch lange in die Nacht hinein. Das Essen zum Abend war fast gargekocht, als der Alte zurückkehrte.

»Die Schulzin ist niedergekommen, ein Lärm ist da, die Dominikbäuerin muß die Menschen auseinandertreiben, so viele sind zusammengelaufen. Du mußt auch da morgen nachsehen, Jagusch.«

»Da will ich hinlaufen, sofort!« rief sie eifrig und ganz erhitzt.

»Kannst auch gleich, ich komme mit.«

»Ach ... dann schon vielleicht besser morgen ... Ihr sagt, daß dort so viel Volk ist, ich mag besser am Tag, es schneit und dunkel ist es auch! ...« entschuldigte sie sich plötzlich verstimmt, und Boryna war damit einverstanden; er drängte auch nicht, da gerade die Schmiedin mit den Kindern in die Stube trat.

»Und wo ist denn Deiner?«

»Die Dreschmaschine in Wola ist nicht in Ordnung, da haben sie ihn gerufen, weil der Gutsschmied allein keinen Rat weiß ...«

»Etwas oft fährt er jetzt nach dem Herrenhof«, warf Gusche bedeutungsvoll hin.

»Schadet es euch denn?«

»Wie sollte es? Ich merk' mir nur und überleg' es mir und warte, was dabei rauskommt ...«

Damit war es aber zu Ende, denn niemand hatte Lust, eine laute Unterredung für die anderen zu führen, jeder redete leise und träge ein gelegentliches Wort, Schläfrigkeit überkam sie fast allesamt vom gestrigen Nachtaufsitzen her, so daß sie selbst das Abendbrot ohne Appetit aßen; der eine und der andere sah aber staunend auf Jaguscha, die fieberhaft in der Stube herumhantierte, zum Essen nötigte, obgleich sie schon die Löffel hingelegt hatten, und ohne Grund in ein Lachen ausbrach, dann wieder sich zu den Mädchen setzte, eins durchs andere redete und ohne es zu beendigen auf die andere Seite des Hauses rannte. Vom Flur aus kehrte sie aber schon wieder zurück. Sie war in ein quälendes Drängen voll Besorgnisse und Ängste verfallen. Der Abend schleppte sich träge, langsam und schläfrig vorwärts, und in ihr wuchs und steigerte sich die unüberwindliche Lust hinters Haus ... nach dem Schober ... zu laufen. Aber sie konnte sich nicht entschließen, sie hatte Angst, man würde es bemerken ... fürchtete sich vor der Sünde ... hielt sich mit ganzer Macht zurück und bebte vor Qual; ihre Seele aber klagte in ihr wie ein Hund an der Kette, und das Herz wollte sich losreißen ... nein, sie konnte nicht, sie konnte nicht ... und er steht vielleicht schon dort ... wartet ... späht aus ... irrt vielleicht ums Haus ... oder guckt im Garten versteckt durch die Fenster, schaut sie jetzt an ... und bittet ... und verzagt vor Kummer, daß sie nicht hinausgekommen ist ... Sie lauft wohl doch hin, länger hält sie es nicht aus ... nur auf einen kleinen Augenblick, auf das eine einzige Wort, um ihm zu sagen: »Geh, ich komme nicht, das ist Sünde ...« Schon sah sie sich nach ihrer Beiderwandschürze um, schon ging sie auf die Tür zu ... sie ging schon ... aber etwas hatte sie ans Genick gepackt und auf der Stelle festgehalten ... sie hatte Angst ... und Gusches Augen gingen ihr nach wie Hunde, die eine Fährte wittern; auch Nastuscha sah sie seltsam an ... der Alte auch ... Wissen sie was? ... Ob sie was merken? ... Nein, heute geh' ich nicht hin, nein! ...

Sie überwand sich schließlich, fühlte sich aber dermaßen ermattet, daß sie gar nicht mehr wußte, was um sie geschah. Sie erwachte erst, als Waupa vor dem Hause zu bellen anfing; in der Stube war es fast leer, einzig Gusche nickte am Kamin, und der Alte blickte zum Fenster hinaus, denn der Hund bellte immer wütender.

»Gewiß Antek, er hat vergeblich auf mich gewartet und« ... sie sprang erschrocken auf.

Aber es war der alte Klemb, der in der Tür auftauchte, und hinter ihm her traten langsam, den Schnee abstäubend und die Stiefel an der Schwelle putzend, Wintziorek, der lahme Gschela, Michael Caban, Franz Bylica, der Bruder von Annas Vater, Walenty mit dem schiefen Maul und Joseph Wachnik ein.

Boryna wunderte sich über diese Prozession, aber natürlich ließ er nichts davon über den Mund kommen, antwortete auf die Begrüßungen, reichte die Hand, lud zum Sitzen ein, schob die Bänke heran und bot Schnupftabak an ...

Sie setzten sich in eine Reihe, langten bereitwillig zu, dieser nieste, der andere wischte sich die Nase, jener die Augen, denn der Tabak war kräftig, ein anderer sah sich in der Stube um, ein dritter warf ein Wort hin und der nächste antwortete bedächtig und mit Überlegung – dieser sprach vom Schnee, jener tischte seine Sorgen auf und mancher seufzte nur und bekräftigte das Gesagte mit einem Kopfnicken, und sie führten allzusammen kluge Reden, langsam die Unterredung dahin lenkend, worum sie gekommen waren ...

Boryna drehte sich hin und her auf der Bank, sah ihnen in die Augen, zog sie an den Zungen und versuchte ihnen von allen Seiten beizukommen.

Sie ließen sich jedoch nicht irreführen, saßen in einer Reihe, lauter weiße Köpfe, vertrocknet, glatt ausrasiert und zur Erde gebeugt – wie moosbewachsene Steinblöcke im Feld saßen sie da, streng, hart, unzugänglich, lauter kluge Köpfe, und sie hüteten sich wohl, vor der Zeit das Gewünschte auszusprechen und gingen im Kreise, wie auf Feldrainen, um die Angelegenheit herum, ganz wie die schlauen Schäferhunde, wenn sie die Schafe eintreiben wollen.

Bis schließlich Klemb sich räusperte, ausspie und feierlich sagte:

»Was soll man da lange herumzögern und warten; wir sind hergekommen, um zu erfahren, ob ihr zu uns haltet? ...«

»Wir können uns nicht gut ohne euch entscheiden ...«

»Ihr seid doch der Erste im Dorf.«

»Und mit Verstand hat bei euch der Herr Jesus nicht gespart.«

»Und wenn ihr auch kein Amt habt, so seid ihr doch obenan in der Gemeinde ...«

»Jeder sieht erst auf euch hin.«

»Umso mehr, da es um das Unrecht zu tun ist, das allen geschieht.« Jeder hatte sein Teil gesagt und ihn möglichst herausgestrichen, so daß Boryna rot wurde, seine Hände ausbreitete und ausrief:

»Liebe Leute, nur daß ich nicht weiß, weswegen ihr hergekommen seid?«

»Wegen unserem Wald doch, nach den Drei Königen sollen sie ihn fällen.«

»Sie schneiden doch schon auf dem Sägewerk immerzu Holz.«

»Das Judenholz aus Rudka, wißt ihr es nicht?«

»Ich hab' es nicht gewußt, die Zeit ist mir zu knapp, um unter die Leute zu gehen und herumzuhorchen ...«

»Und ihr wart es doch, der zuerst gegen den Gutsherrn geschimpft hat ...«

»Weil ich meinte, daß er unseren Wald verkauft hat ...«

»Wessen denn sonst, wessen?« schrie Caban auf.

»Natürlich den auf dem Zugekauften.«

»Auf dem Zugekauften hat er ihn verkauft und in der Wolfskuhle auch, und fällen soll er bald ...«

»Ohne unsere Erlaubnis wird er nicht fällen.«

»Versteht sich, aber das Holz haben sie schon gezeichnet, den Wald ausgemessen und fangen nach den Drei Königen an.«

»Wenn es so ist, dann muß man mit einer Klage nach dem Kommissar fahren«, sagte Boryna nach einiger Überlegung.

»Von der Saat zum Erntekranz bleibt nicht jeder heil und ganz«, brummte Caban.

»Und wer auf den Tod krank ist, dem nützen auch keine Doktoren!« fügte Walenty mit dem schiefen Maul hinzu.

»Eine Klage hilft so viel, daß, bevor die Beamten kommen und verbieten, schon nicht einmal Stümpfe von unserem Wald übrigbleiben, und wie war es in Dembica, erinnert ihr euch?«

»Mit dem Gutshof ist es so wie mit einem Wolf: laß ihn nur ein Schaf schmecken, dann holt er sich bald die ganze Herde.«

»Man darf nicht zulassen, daß er aufsässig wird.«

»Da habt ihr ein kluges Wort gesagt, Matheus; morgen nach der Kirche sollen sich die Hofbauern bei mir versammeln, damit die Gemeinde irgendeinen Beschluß faßt; so sind wir zu euch gekommen, euch zur Beratung einzuladen.«

»Werden alle kommen? ...«

»Alle, und gleich nach der Kirchzeit ...«

»Morgen ... Wie soll ich das nur, da muß ich ja notwendig nach Wola fahren, das ist wirklich wahr; Verwandte teilen da ein Gut auf und zanken und prozessieren miteinander, da hab' ich versprochen, eine Entscheidung zu treffen, damit den Waisen kein Unrecht geschieht; fahren muß ich, aber was ihr beschließt, das werd' ich so annehmen, als ob ich gemeinsam mit euch beratschlagt hätte.«

Sie gingen etwas verdrießlich davon, denn obgleich er auch allen recht gab und sich mit allem einverstanden erklärte, was sie sagten, so hatten sie doch gut herausgefühlt, daß er nicht ehrlich zu ihnen hielt.

»Hale, beschließt euch was, aber ohne mich!« dachte er – »der Schulze und der Müller und was die Ersten im Dorf sind, gehen nicht mit euch! Mag der Gutshof erfahren, daß ich nicht gegen ihn bin, desto eher bezahlen sie mir meine Kuh ... und werden mit jedem einzelnen Einigung suchen ... Die Dummen ... bis zur letzten Fichte sollte man ihm erlauben, den Wald zu fällen ... und dann erst mit dem Geschrei los, vor die Gerichte, mit Beschlag belegen, an die Wand drücken – mehr würde er da geben, als bei friedlicher Abmachung. Laß sie sich beratschlagen, ich will abseits abwarten, Eile hab' ich nicht, nein! ...«

Das ganze Haus hatte sich schon schlafen gelegt und Matheus saß noch immer, schrieb mit der Kreide auf der Bank, rechnete und überlegte lange in die Nacht hinein.

Am nächsten Morgen, gleich nach dem Frühstück, ließ er den Knecht den Schlitten richten.

»Ich fahr', wie ich es gestern gesagt habe, nach Wola, paß auf das Haus auf, Jagusch, und wenn einer fragen sollte, dann sag' ihm, daß ich hab' weg müssen, und sieh' bei der Schulzin ein.«

»Kommt ihr spät wieder?« fragte sie mit einer lauernden Freude im Herzen.

»Vielleicht zur Vesperzeit oder auch später.«

»Er zog sich festlich an, und sie trug ihm die Kleidungsstücke aus der Kammer heran, band ihm die Schleife am Halsausschnitt des Hemdes fest und half in allem mit fieberhafter Ungeduld, trieb den Pjetrek an, daß er die Pferde rascher anspannen sollte, zitterte an allen Gliedern und konnte nicht ruhig auf der Stelle bleiben. Die Freude schrie in ihr, die Freude, daß er für einen ganzen Tag wegfahren und spät zurückkehren würde, vielleicht erst in der Nacht, und sie würde allein bleiben und beim Dunkelwerden – beim Dunkelwerden geht sie zum Heuschober hinaus ... Sie tut es! Hei! Die Seele wollte ihr aufliegen, die Augen lachten, die Hände streckten sich aus, die Brust spannte sich, und Gluten fuhren blitzartig durch sie hin und überfluteten sie mit einer quälenden Süße ... Aber plötzlich und unvermutet ergriff sie ein seltsames Bangen und schnürte ihr das Herz zu; so daß sie verstummte, im Innern ganz still wurde und wie geistesabwesend Boryna nachblickte, der sich mit dem Gurt umwickelt hatte, die Mütze aufsetzte und Witek allerhand Befehle gab.

»Nehmt mich mit!« flüsterte sie leise.

»Hole, wer bleibt denn im Haus?« Er verwunderte sich sehr.

»Nehmt mich doch mit, Sankt Stephan ist heut, viel Arbeit ist nicht da, nehmt mich, es wird mir die Zeit so lang, nehmt mich mit«, bat sie mit solcher Wärme, daß er trotz seiner Verwunderung doch nicht widerstehen konnte und zusagte.

In ein paar Augenblicken war sie fertig, und sie sausten gleich vom Haus aus in voller Fahrt davon, daß der Schlitten nur so über den Schnee fegte.

* * *

Ich dachte, daß du schon irgendwo im Schnee steckengeblieben bist!« murmelte Boryna hämisch.

»Hale, kann man denn schnell gehen bei solchem Schneesturm, ganz im Dustern bin ich gegangen, denn der Wind schleudert einem so den Schnee ins Gesicht, daß man die Augen nicht auftun kann, und dazu noch solche Schneewehen auf den Wegen und ein solches Treiben, daß man nicht zwei Schritt weit was unterscheiden kann.«

»Mutter zu Hause?«

»Versteht sich, wo würden die denn gehen bei solchem Hundewetter; heut früh waren Mutter bei Kosiols, mit Magda steht es schlecht, sie hat sich schon auf Pfarrers Kuhstall verguckt, da kann man ja auch nichts helfen«, erzählte Jagna, den Schnee abstäubend.

»Was gibt's denn Neues im Dorf?« fragte er höhnisch.

»Geht fragen, dann werdet ihr wissen, nach Neuigkeiten bin ich nicht ausgewesen!«

»Der Gutsherr ist gekommen, weißt du es nicht?«

»Ein Hund kann dieses Wetter nicht aushalten, was soll denn der Gutsherr da Lust haben ...«

»Wen das Muß treibt, der wird auch auf Schneesturm nicht achten.«

»Gewiß, wenn einer muß ...« sie lächelte zweifelnd.

»Er hat es selbst zugesagt, gebeten hat ihn niemand«, sagte Boryna streng; er legte das Schnitzmesser beiseite, stand auf vom Holzblock und trat ans Fenster, um hinauszusehen; aber draußen war ein solches Stäuben und Fegen und alles wirbelte so durcheinander, daß man weder Hecken noch Bäume sehen konnte.

»Es scheint mir, daß der Schnee aufgehört hat«, sagte er etwas sanfter.

»Das wohl, er wirbelt und stäubt nur so umeinander und fegt und fliegt einen an, daß man gar nicht den Weg erkennen kann«, sagte Jagna, wärmte die Hände und machte sich daran, das Garn von der Spindel auf die Weise zu wickeln; der Alte kehrte an seine Arbeit zurück, sah aber immer ungeduldiger zum Fenster hinaus und horchte.

»Wo ist denn Fine?« fragte er nach einer Weile.

»Gewiß bei Nastuscha, in einem fort sitzt sie da.«

»Ein Rumtreiber ist die Dirn, nicht ein Paternoster kann die zu Haus sitzen.«

»Weil sie sich langweilt, sagt sie.«

»Sieh einer, auf Amüsemang wird sie ausgehen.«

»Die redet sich nur so um die Arbeit 'rum.«

»Kannst du ihr denn nicht befehlen?«

»Jawohl, ich hab' ihr das ein- oder zweimal gesagt! Das Maul hat sie gegen mich aufgerissen, als ob ich ein Hund wäre; wenn ihr nicht die Zügel fester zieht, dann sitzen ihr meine Befehle Gott weiß wo.«

Doch der Alte ließ ihre Beschwerde an sich vorbeigehen, immer ungeduldiger schien er zu horchen, es drang aber keine Menschenstimme von draußen in die Stube; nur der Sturm heulte, wälzte sich durch die Welt dahin und stemmte sich wie mit mächtigen Schultern gegen die Wände an, so daß das Haus krachte und ächzte.

»Geht ihr denn hin?« fragte sie leise.

Er antwortete nicht; seine Ohren hatten das Öffnen der Flurtür vernommen, gleich darauf kam auch Witek atemlos hereingestürzt und rief von der Türschwelle:

»Der Gutsherr ist schon angekommen!«

»Seit langem schon? Mach' du mal rasch die Tür zu.«

»Man hört ja doch noch die Schellen!«

»Ist er denn allein gekommen?«

»Es weht ja doch so, daß ich nur die Pferde hab' auskennen können.«

»Laufe sogleich und erkundige dich, wo er gehalten hat!«

»Werdet ihr denn zu ihm hingehen?« fragte sie leise mit verhaltenem Atem.

»Ich warte, bis sie mich rufen, anbieten werd' ich mich nicht, aber ohne mich werden sie doch nichts beschließen ...«

Sie schwiegen beide; Jagna wickelte das Garn auf, die Fäden zählend und sie zu Docken zusammenbindend, und der Alte warf, da ihm die Arbeit vor Ungeduld aus den Fingern glitt, alles von sich und fing an, sich zum Ausgehen anzukleiden; bevor er aber noch fertig wurde, kam Witek angerannt.

»Der Gutsherr sitzen beim Müller in der Stube nach der Straße zu, und die Pferde stehen auf dem Hof.«

»Was hast du dich da so besudelt?«

»Weil der Wind mich auf eine Schneewehe geworfen hat ...«

»Versteht sich – mußt dich schön mit den Jungen im Schnee rumgebalgt haben ...«

»Der Wind hat mich umgeschmissen ...«

»Zerreiß' deine Kleidung, zerreiß' sie; wenn ich dir, Aas, aber mit dem Riemen eins aufbrennen werde, dann wirst du dir das schon merken.«

»Es ist doch aber wahr, es weht und schmeißt einen immer zu um, daß man gar nicht stehen kann ...«

»Laß den Herd los, in der Nacht wirst du dich genug warmen und sage Pjetrek, er soll sich ans Dreschen machen, helfen sollst du ihm, und daß du dich nicht im Dorf herumtreibst wie ein junger Hund mit heraushängender Zunge.«

»Ich geh' schon, nur Holz will ich noch holen, die Bäuerin hat's befohlen ...« murmelte er kläglich, voll Verdrießlichkeit, daß er nicht erzählen konnte, was er im Dorf gesehen hatte; er drehte sich noch ein paarmal in der Stube herum, pfiff nach Waupa, der sich nur noch fester zu einem Knäuel zusammendrehte und gar nicht auf ihn hören wollte, und ging dann ohne ihn zur Stube hinaus. Boryna aber, zum Ausgehen fertig, drückte sich in den Ecken herum, stocherte im Herd, ging nach der Scheune einsehen, spähte durchs Fenster, trat dann vors Haus und wartete immer ungeduldiger, aber niemand kam ihn zu holen.

»Vielleicht haben sie es vergessen ...« bemerkte Jagna.

»Was denn, mich hätten sie vergessen? ...«

»Weil ihr immer dem Schmied glaubt, und das ist der erste Lügner ...«

»Du bist dumm, rede nicht, wovon du nichts verstehst ...«

Sie verstummte beleidigt; vergeblich versuchte er mit sanften Worten wieder anzuknüpfen, bis er schließlich selbst in Wut geriet, die Mütze aufsetzte und geräuschvoll davonging.

Jagusch machte den Spinnrocken zurecht, setzte sich ans Fenster und spann, von Zeit zu Zeit in den hinter den Scheiben tobenden Schneesturm hinausblickend.

Der Wind heulte furchtbar, wahre Schneewolken wälzten sich zerfetzt, zu haushohen Wirbeln, zu Riesenbäumen aufgetürmt durch die Welt und stießen eins ums andere Mal gegen das Haus, so daß alles in der Stube bebte, die Schüsseln, die im Schränkchen aufgestellt waren, klirrten aneinander und die Welten aus Oblaten schaukelten an der Balkendecke hin und her. Es wehte so durchdringend kalt von den Fenstern und Türen, daß Waupa immerzu sich ein wärmeres Lager suchen mußte und Jagna eine Beiderwandschürze über die Schulter zog.

Witek schob sich leise herein und sagte schüchtern:

»Bäuerin!«

»Was denn?«

»Wißt ihr, der Gutsherr ist mit einem Hengstgespann gekommen. Kutschpferde, die reinen Riesen, seine Rappen in roten Netzen mit Federn auf den Köpfen und Schellen auf den Gurten, und sie leuchten so voll Gold wie die Bilder in der Kirche! Und wie die gelaufen sind, da ist der Wind nichts bei!«

»Kein Wunder, sind doch herrschaftliche, keine Bauernpferde!«

»Jesus, noch nie hab' ich solche Ungeheuer gesehen!«

»Warum auch nicht, sie tun nichts und leben vom reinen Hafer!«

»Das schon, aber wenn man unsere Jungstute ausfüttern täte und den Schwanz abschneiden und die Mähne einflechten und mit dem Schimmel vom Schulzen zusammenspannen, dann würden sie auch so jagen, was, Bäuerin? ...«

Der Hund sprang plötzlich auf, borstete sich und fing an zu bellen.

»Sieh' doch mal hinaus, jemand ist auf der Galerie.«

Doch ehe Witek noch konnte, trat ein ganz schneebeladener Mann über die Schwelle, bot Gott zum Gruß, klopfte die Mütze gegen die Stiefel ab und sah sich in der Stube um.

»Wenn ihr es erlaubt, tu' ich mich etwas wärmen und ausruhen!« sagte er in bittendem Ton.

»Setzt euch! Witek, wirf mal was aufs Feuer«, befahl sie verwirrt.

Der Unbekannte setzte sich am Herd nieder, wärmte sich etwas und zündete die Pfeife an.

»Ist das Borynas Haus, von Matheus Boryna?« fragte er, von einem Zettel ablesend.

»Das hier ist Boryna seins«, bejahte sie ängstlich, denn es schien ihr, daß es einer vom Amt war.

»Ist der Vater zu Hause?«

»Meiner ist ins Dorf gegangen.«

»Ich werde warten; erlaubt, daß ich etwas am Feuer sitzen bleibe, durchfroren ist man.«

»Bleibt sitzen, weder Bank noch Feuer wird weniger davon.«

Der Unbekannte nahm den Schafpelz ab, aber er mußte es kalt haben, denn er schauerte ganz zusammen, rieb sich die Hände und schob sich immer näher ans Feuer heran.

»Schwerer Winter dieses Jahr«, murmelte er.

»Versteht sich, nicht leicht. Und soll ich vielleicht Milch aufkochen zum Durchwärmen?«

»Dank' euch schön, wenn ihr Tee hättet! ...«

»Da war welcher im Herbst; als Meiner es im Magen hatte, hab' ich ihn aus der Stadt mitgebracht, aber der ist jetzt hin, ich weiß nicht, bei wem man im Dorf den finden kann ...«

»Der Hochwürden trinken doch in einem zu Tee«, warf Witek ein.

»Hale, wirst du zu ihm hinlaufen und borgen, was!«

»Ist nicht nötig, nein, Tee hab' ich bei mir, kocht mir nur etwas Wasser auf ...«

»Heißes Wasser sozusagen?«

Sie stellte einen Topf Wasser ans Feuer und setzte sich an den Spinnrocken zurück, aber sie spann nicht, nur daß sie zum Schein hin und wieder mal die Spindel aufschnurren ließ, und blickte ihn eifrig an voll dumpfer Unruhe und Neugierde; was mochte das wohl für einer sein, was wollte der, vielleicht einer vom Amt mit einer Zählungsliste, denn immerzu sah er in ein kleines Büchlein hinein ... Seine Kleidung war fast herrschaftlich, grau mit grün, wie es die herrschaftlichen Jäger tragen; und dann hatte er wieder eine Mütze und einen Bauernpelz! Irgendein Sonderbarer oder ein Weltwanderer! Vielleicht auch noch was anderes, sann sie, sich mit Witek durch die Blicke verständigend, der tat, als ob er Holz aufs Feuer legte und hauptsächlich den Fremden betrachtete und sich sehr wunderte, daß er nach Waupa mit der Zunge schnalzte.

»Er wird beißen, ist ein böser Hund!« murmelte er unwillkürlich.

»Hab' keine Angst, mich beißen die Hunde nicht.« Er lächelte seltsam und streichelte den an seine Knie sich schmiegenden Hundekopf.

Bald kam Fine in die Stube und gleich hinter ihr her sah die Wawschonbäuerin ein, dann wieder einer von den Nachbarn, denn es hatte sich schon in der Nachbarschaft herumgesprochen, daß ein Fremder bei den Borynas säße.

Und jener saß und wärmte sich immer noch, ohne auf die Menschen, ihr Geflüster und ihr Gerede zu achten; erst als das Wasser aufkochte, holte er aus irgendeinem Stückchen Papier Tee hervor, schüttete ihn ein, langte sich vom Bord ein weißes Töpflein, goß kochendes Wasser hinein, und hin und wieder ein Stück Zucker in den Mund steckend und einen Schluck nehmend, ging er auf und ab, sah sich die Bilder und Gegenstände an oder blieb mitten in der Stube stehen und blickte den Menschen so durchdringend in die Augen, daß einem ganz sonderbar im Leib dabei wurde.

»Wer hat das geklebt?« er zeigte auf die Welten, die an der Balkendecke hingen.

»Das bin ich gewesen!« piepste Fine errötend.

Er ging dann noch lange auf und ab und Waupa folgte ihm Schritt für Schritt.

»Wer hat das so gemalt?« rief er erstaunt, vor den Papiersilhouetten stehenbleibend, die auf die Rahmen der Bilder und hier und da selbst unmittelbar an der Wand aufgeklebt waren.

»Das ist aber doch nichts Gemaltes, nur aus Papier ausgeschnitten!« entgegnete Jagna.

»Ist nicht möglich!« rief er aus.

»Hab' sie doch selber ausgeschnitten, da muß ich es schon wissen!«

»Und habt ihr euch das selber ausgedacht, wie?«

»Selber, jedes Kind im Dorf kann das doch.«

Er schwieg wieder, schenkte sich zum zweitenmal Tee ein, setzte sich an den Feuerherd und sprach ein paar gute Paternoster lang kein Wort.

Die Menschen waren auseinandergegangen, denn der Abend kam und der Schneesturm hatte nachgelassen, nur manchmal setzte noch ein scharfer Wind ein, der sich kreisend drehte und wirbelte und gegen die Häuser blies; aber immer seltener und schwächer war sein Flug wie bei einem Vogel, der durch einen weiten Weg ganz von Kräften gekommen ist.

Jagna stellte schließlich den Spinnrocken beiseite und machte sich an die abendlichen Arbeiten.

»Hat bei euch ein Jakob Socha gedient?« fragte der Unbekannte.

»Das soll wohl Jakob sein! Natürlich hat er bei uns gedient, aber es ist mit dem Armen doch ans Sterben gekommen im Herbst noch.«

»Der Priester hat es mir gesagt. Mein Gott, seit dem Sommer habe ich ihn in allen Dörfern im Umkreis gesucht und hab' ihn erst nach dem Tod gefunden.«

»Unseren Jakob habt ihr gesucht?« rief Witek bewegt aus.

»Dann müssen der Herr wohl dem Erbherrn aus Wola sein Bruder sein?«

»Woher kennt ihr mich denn?«

»Manchesmal haben die Leute erzählt, daß dem Gutsherrn sein Bruder aus fernen Ländern zurückgekehrt ist und in allen Dörfern nach einem Jakob sucht, aber niemand wußte, welchen er gemeint hat.«

»Den Socha, erst heute hab' ich es erfahren, daß er bei euch gedient hat und gestorben ist.«

»Sie haben ihn angeschossen, das Blut ist ihm ganz weggelaufen, er ist gestorben, tot!« rief Witek durch Tränen.

»War er lange bei euch?«

»Immer, so lange ich nur zurückdenken kann, immer hat er bei Borynas gedient.«

»Ein ehrlicher Mensch war er, wie man sagt?« fragte er schüchtern.

»Und wie noch, das ganze Dorf kann es bezeugen, alle, selbst Hochwürden haben bei dem Begräbnis geweint und haben nichts für die Totenmesse nehmen wollen.«

»Und mich hat er das Gebet gelehrt, schießen auch; wie ein eigener Vater hat er immer für mich gesorgt, und manchmal hat er mir einen Zehner geschenkt und … und …« er heulte los bei dieser Erinnerung.

»Und fromm war er, ein stiller, arbeitsamer Knecht, so daß selbst Hochwürden ihn häufig gelobt hat …«

»Ist er auf eurem Kirchhof begraben?«

»Wo denn sonst anders?«

»Ich weiß es wo, ich will zeigen. Ambrosius hat ihm ein Kreuz hingesetzt, und der Rochus hat alles auf ein Täfelchen aufgeschrieben. Wenn es auch noch so zugeweht ist, da kenn' ich mich aus und bring' jeden hin«, rief Witek.

»Na, dann gehen wir gleich, da mit wir noch vor Nacht hinkommen.«

Der Unbekannte zog seinen Schafpelz an und blieb eine lange Weile mitten in der Stube stehen, irgendwo vor sich hinstarrend. Er war schon alt, etwas gebeugt, weißhaarig und dürr wie ein Span; er hatte ein zerfurchtes, erdgraues Gesicht und eine Vertiefung in der linken Backe – die alte Spur einer Kugel – und über dem Auge war eine lange rote Narbe zu sehen. Seine Nase war lang, der Bart dünn und buschig, die Augen dunkel, tief eingesunken und stark leuchtend; die Pfeife ließ er nicht für einen Augenblick aus den Zähnen und zündete sie sich immer wieder an, schließlich bewegte er sich, wollte der Jagna irgendein Geldstück geben, sie steckte aber ihre Hände weg und errötete stark.

»Nehmt nur, umsonst gibt es nichts in der Welt ...«

»Hale, vielleicht ist in der Welt eine solche Mode; bin ich denn ein Jude oder ein Händler, der sich für Wasser und Feuer zahlen läßt?« murmelte sie beleidigt.

»Gott bezahl' euch eure Gastfreundlichkeit! Sagt dem Euren, daß Jacek aus Wola da war. Er wird sich meiner erinnern, ich seh' noch mal bei euch ein, jetzt hab' ich es eilig, denn die Nacht kommt heran. Bleibt mit Gott.«

»Gott mit euch!«

Sie wollte ihm die Hand küssen, aber er entriß sie ihr und ging rasch hinaus.

Auf die Erde rieselte die erste kaum sichtbare Dämmerung herab, der Sturm hatte sich gelegt; nur von den Schneewehen, die wie Dämme sich quer über die Straße gelagert hatten, wehte ein trockener feiner Schnee, als klopfte man einen Mehlbeutel aus; aber nur auf dem Boden stäubte und wirbelte es so, denn in den Lüften war schon alles still geworden, so daß die Häuser und Obstgärten ins Klare emportauchten und ganz sichtbar in dem bläulich zerfließenden Dunst der Dämmerung dastanden.

Das Dorf war wie aus einer Starre erwacht, die Wege belebten sich, Stimmen erklangen aus den Heckenwegen, hier und da machte man sich daran, Schneemassen vor den Häusern wegzuschaufeln, schlug neue Wuhnen ins Eis, trug Wasser, öffnete die Scheunentore, daß das Aufschlagen der Dreschflegel vernehmbarer auf den Wegen erklang, und hin und wieder waren schon Schlittengespanne sichtbar, die sich mit Mühe den Weg durch den Schnee bahnten, und selbst die Krähen waren wieder um die Gehöfte herum aufgetaucht, was ein untrügliches Zeichen war, daß ein Witterungswechsel kommen sollte.

Der Herr Jacek sah neugierig ringsumher, fragte manchmal nach den Leuten, die ihnen begegneten, manchmal nach den Häusern und schritt so rüstig aus, daß Witek kaum mitkommen konnte, und voraus lief Waupa, laut und fröhlich bellend.

Vor der Kirche häuften sich solche gewaltige Schneewehen, daß die ganze Ummauerung zugeschüttet war, der Schnee reichte fast bis an die Äste der Bäume. Sie mußten am Pfarrhof, dem gegenüber sich ein ganzer Haufen Jungen schreiend umhertrieb und sich mit Schnee bewarf, einen Umweg machen. Waupa, der die Jungen anbellte, wurde von einem gerade noch am Rücken gepackt und in eine noch stäubende weiche Wehe hineingeworfen; Witek sprang ihm zu Hilfe, hatte aber auch was auszustehen durch all' die vielen Schneebälle, so daß er kaum herauskriechen konnte. Er gab dem einen und dem anderen ein paar Tüchtige wieder und rannte eiligst weiter, denn der Herr Jacek wartete nicht.

Sie konnten sich kaum bis zum Friedhof durcharbeiten, und auch da noch lag der Schnee mannshoch und in solchen Mengen, daß nur die Arme der Kreuze über den Rücken der Schneewälle dunkel emporragten; der Platz lag etwas frei, so daß der Wind bisweilen durchblies und der Schneestaub alles in einen weißen Nebel einhüllte; nur die Stämme der hin und her geschüttelten Bäume tauchten aus ihm auf. Die Felder ringsherum lagen von der Dämmerung bläulich angehaucht, in matter, fast blinder Weiße da, so daß man nichts unterscheiden konnte, weder die Bäume noch die Steinhaufen auf den Feldrainen, noch die ferneren Waldstriche – nur dicht hinter dem Friedhof sah man auf einem verschneiten Pfad etliche Menschen schwer beladen und tief zur Erde gebeugt langsam dahinziehen; das Schneetreiben verhüllte sie etwas, so daß sie manchmal ganz verschwunden waren, und wenn der Wind nachließ, sah man einzelne Gestalten, darunter Frauen in roten Beiderwandröcken immer näher kommen.

»Was sind das für Menschen, kommen wohl vom Jahrmarkt?«

»Hale, das sind doch die Kätner, die haben im Wald Holz geholt.«

»Und auf dem Rücken tragen sie alles?«

»Das schon, sie haben doch keine Pferde, da müssen sie es schon auf dem Rücken heranschleppen.«

»Sind denn viele von denen im Dorf?«

»Natürlich, nicht wenig. Grund und Boden haben doch nur die Hofbauern, die anderen sitzen auf Miete und gehen auf Taglohn oder verdingen sich.«

»Und gehen sie denn oft so nach Holz aus, wie?«

»Einmal in der Woche doch, da erlaubt ihnen der Gutsherr, da dürfen sie mit der Kugel Holz abschlagen gehen, und was denn einer von Dürrholz abbrechen kann, das packt er in sein Leinentuch und kann es dann wegtragen, das ist dann seins; was das Recht ist, dürfen doch nur die Hofbauern mit der Axt nach dem Wald hinfahren ... Wir sind mit dem Jakob immerzu da hingefahren und nicht einmal, aber öfters haben wir eine gute Baumseele im Wagen gehabt, denn der Jakob, der wußte es schon, wie man in einem Nu eine junge Buche fällt und dann unter die Äste versteckt, daß selbst der Heger nichts gemerkt hat!« rief er ganz stolz.

»Ist denn Jakob lange krank gewesen, erzähle mir nur ja alles.«

Natürlich ließ sich Witek nicht lange bitten und erzählte was er nur wußte. Der Herr Jacek unterbrach ihn mehrmals mit Fragen, blieb erregt stehen, hob die Hände, rief etwas ganz laut, aber der Junge konnte nicht herausfinden, worum es ihm zu tun war und weshalb er sich so verwunderte, denn in Wahrheit hatte er nicht gut zugehört, es war ihm etwas die Angst angekommen, weil es schon dunkelte und der ganze Friedhof aussah, als ob er ein Totenhemd übergezogen hätte, sonderbare Laute glaubte er zu hören; so lief er, den Weg weisend, vor ihm her und schaute mit ängstlichen Augen nach Jakobs Kreuz aus; schließlich fand er es, ganz nahe an der

Kirchhofsplanke neben den verwehten Grabhügeln jener, die im Krieg erschlagen worden waren und an denen er zu Allerseelen noch gebetet hatte.

»Dies hier ist seins, auf dem Kreuz steht es geschrieben: Jakob Socha!« er lautierte die Aufschrift, mit dem Finger über die weißen großen Lettern fahrend. »Das hat Rochus aufgeschrieben, und das Kreuz hat Ambrosius zurechtgemacht!«

Der Herr Jacek gab ihm zwei Silberlinge und befahl ihm, eilig nach Hause zu gehen.

Der Junge lief davon, was das Zeug hielt, und nur ein einziges Mal wandte er sich um, um nach Waupa zu pfeifen und zu sehen, was dieser da machte.

»Jesus! Dem Gutsherrn sein Bruder und kniet an Jakobs Grab«, flüsterte er erstaunt; aber da die Dämmerung sich senkte und die niedergebeugten Bäume seltsam und furchtbar zitterten, so ergriff ihn eine solche Angst, daß er im vollen Galopp querfeldein nach dem Dorf zurückrannte. Erst bei der Kirche hielt er an, um etwas Luft zu schnappen und das Geld anzuschauen, das er fest in der Faust hielt; der Hund hatte ihn auch gerade eingeholt, und so kehrten sie denn beide langsam nach Hause zurück.

In der Nähe des Weihers stieß er auf Antek, der von der Arbeit heimkehrte, der Hund warf sich ihm entgegen und schwänzelte, bellte und winselte freudig, bis Antek ihn zu streicheln begann.

»Guter Hund, schöner, guter! Woher kommst du denn, Witek?«

Witek erzählte alles, natürlich sagte er nichts vom Geld.

»Könntest mal zu den Kindern kommen.«

»Ich renn' mal hin, ich renn' mal hin; für Pjetrusch hab' ich schon einen kleinen Wagen gemacht und ein Wundertier ...«

»Bring' ihn her, hier hast du einen Zehner, damit du's nicht vergißt ...«

»Ich laufe gleich hin, werd' nur mal sehen, ob der Bauer nicht schon heimgekommen sind ...«

»Ist er denn nicht zu Hause?« fragte Antek scheinbar gleichgültig und erbebte dabei.

»Der ist beim Müller, er berät sich mit dem Gutsherrn, und mit den anderen!«

»Ist die Bäuerin zu Haus?« fragte er leiser.

»Die ist zu Hause, bei der Wirtschaft. Ich seh' nur mal nach, gleich bin ich wieder da ...«

»Kannst kommen, kannst kommen!« murmelte er und wollte ihn ausfragen, sich erkundigen, aber er wagte es nicht; es kamen und gingen Leute an ihnen vorbei, außerdem hätte der dumme Junge noch ausplaudern und herumbringen können. Er ging rasch in der Richtung seines Hauses davon; vor der Kirche sah er sich aber aufmerksam um, ob es niemand merkte und bog auf einen kleinen Pfad ab, der hinter den Scheunen lief!

Witek aber rannte ins Haus hinein.

Boryna war noch nicht da; in der Stube war es schon dunkel, nur auf dem Herd glühten einige Scheite. Jagna besorgte geschäftig die abendlichen Arbeiten; sie war ärgerlich, denn Fine hatte sich wieder irgendwo davongemacht, obgleich noch so viel Arbeit da war, daß man nicht wußte, wo man zuerst angreifen sollte! Sie hörte nicht einmal auf Witeks Erzählungen hin; erst als er Antek erwähnte, hielt sie plötzlich inne und horchte auf ...

»Sag' es nur niemandem, daß er dir einen Zehner gegeben hat.«

»Wenn ihr befehlt, dann laß ich nicht einen Ton hören.«

»Hier hast du noch einen und behalt' es gut im Gedächtnis. Ist er heimwärts gegangen? ...«

Nein, sie wollte nicht auf seine Antwort warten, sprang plötzlich auf und lief wie von Angst getrieben auf die Galerie, wo sie Pjetrek zu rufen begann und mit einem ängstlich lauernden Blick den Garten und den Heckenweg überflog. Selbst hinter dem Schuppen und vor dem Schober sah sie nach, niemand war zu sehen ... Sie beruhigte sich bald, aber es hatte sie eine solche Mißmutigkeit befallen, daß sie auf Fine einzuschreien begann und sie hin und her jagte, damit sie den Kühen schneller den Drank zurechtmachte; sie warf ihr vor, daß sie sich immerzu von Haus zu Haus herumtrieb und nichts tat. Natürlich konnte die Dirne auch noch nicht mal schweigen, denn sie war trotzig, großmäulig und eigensinnig, so zankte sie sich denn Wort um Wort.

»Maul du nur noch! Wenn Vater kommt, dann wird er dich gleich mit dem Riemen zur Ruhe kriegen!« drohte Jagna, die Lampe anzündend und sich wieder ans Spinnrad setzend. Sie antwortete nicht mehr auf Fines Gemurr, denn es war ihr, als ob jemand unter dem Fenster an der Giebelseite auf und ab ginge.

»Sieh doch einmal heraus, Witek, das Schwein muß aus dem Stall herausgekrochen sein, mir deucht, es läuft im Garten herum.«

Aber Witek versicherte, daß er alle eingejagt und die Tür gut verschlossen hätte; Fine ging auf die andere Seite und trug mit Pjetrek die Kübel mit dem Drank für die Kühe hinaus, dann kam sie angelaufen, um die Gelten zum Melken zu holen.

»Ich werde selbst melken, ruh' dich aus, wenn du dich so abgearbeitet haben willst!«

»Ja, melkt nur allein, da werdet ihr gewiß wieder die Hälfte der Milch in den Eutern lassen!« rief Fine bissig hinterher.

»Halt dein Maul!« schrie Jagna zornig zurück, schlüpfte in die Pantinen hinein, schürzte die Röcke hoch, nahm die Gelten und ging nach dem Kuhstall.

Es war schon völlig Abend geworden; der Wind hatte sich beruhigt und das Schneetreiben ließ nach, aber der schwarze, sternenlose Himmel hing ganz tief herab, große Wolken überfluteten ihn, die Schneeflächen lagen in einem düsteren Grau, eine wehmütige müde Stille drückte die Welt nieder; keine Stimme drang vom Dorf herüber, nur von irgendwo aus der Schmiede kam ein fernes dumpfes Hämmern.

Im Kuhstall war es dunkel und schwül, die Kühe schlürften den Drank und scheuerten laut vernehmbar mit den Zungen auf dem Grund der Kübel, hin und wieder schwer aufschnaufend.

Jagna fand tastend einen Schemel, setzte sich an die erste Kuh in der Reihe heran, fand das Euter, wischte es mit der Schürze ab und, den Kopf gegen den Wanst der Kuh gelehnt, fing sie an zu melken.

Eine Stille umfing sie, das kleinste Geräusch konnte sie deutlich hören; die Milch schlurpte eins ums andere Mal in die Gelte, vom Stall tönte Pferdegestampf herüber, und vom Wohnhaus hörte man das gedämpfte, geiferige Räsonnieren Fines.

»Die redet herum, aber die Kartoffeln werden nicht geschält«, brummte sie und verstummte plötzlich, um aufzuhorchen, denn der Schnee im Hof knirschte auf, als käme jemand rechts vom Schuppen her, scheinbar sehr langsam ... er blieb selbst hin und wieder stehen ... denn es wurde für Augenblicke ganz still ... dann hörte man abermals Tritte ... der Schnee knirschte immer näher ... sie riß den Kopf zurück und spähte durch das dämmerige Türloch hinaus ... eine undeutliche Gestalt hob sich plötzlich gegen die Öffnung ab.

»Pjetrek! ...« rief sie.

»Still Jagusch, still!«

»Antek!«

Sie war ganz verstört, die ganze Kraft hatte sie verlassen, so daß sie kein Wort mehr hervorbringen konnte, bewegungslos dasaß, ohne einen Gedanken fassen zu können und ohne sich Rechenschaft zu geben, an den Eutern zog, daß die Milch nur so auf den Beiderwandrock und auf die Erde spritzte. Eine Glut kam über sie, und es war ihr, als ob eine sengende Flamme sie mit ihrem Sturmhauch umfing, vor ihren Augen aufblitzte, flirrte und ihr Herz in Süße anschwellen ließ; und dermaßen hatte es sie an die Gurgel gepackt und ihr den Atem benommen, daß es sie rein wundernahm, nicht tot zu Boden gestürzt zu sein.

»Seit Weihnacht her hab' ich auf dich gelauert, Tag für Tag, jeden Abend hab' ich wie ein Hund am Schober aufgepaßt, du bist nicht gekommen ...« flüsterte er.

Diese erstickte, leidenschaftliche, durch die Glut der Liebe verharschte, mit Lust geschwängerte Stimme kam über sie wie siedende Gluten, wie Feuer, wie eine süße Wollust, wie ein siegreicher Schrei der Macht ... Er stand ihr gerade gegenüber, sie fühlte es, wie er sich auf die Kuh stützte, sich vorbeugte und sie ganz aus der Nähe ansah, so daß sein heißer Atem ihr Haupt streifte.

»Fürcht' dich nicht, Jagusch. Kein Mensch hat es gesehen, hab' keine Angst. Ich könnt' es doch nicht mehr aushalten; ich weiß mir nicht zu helfen, Tag und Nacht und zu jeglicher Stunde hab' ich dich immerzu vor den Augen, liegst mir immerzu im Sinn, Jagusch; wirst du mir denn nichts sagen?«

»Was soll ich dir sagen, was?« murmelte sie mit einer von Weinen durchbebten Stimme.

Sie schwiegen beide. Die Stimmen versagten ihnen ganz, die Rührung und die plötzliche Nähe benahm ihnen den Atem; die ersehnte Einsamkeit, die Nacht waren wie eine Ohnmacht über sie gekommen, hatten sich wie eine süße Last und seltsame Beängstigung auf sie gelegt! Es hatte sie zueinander hingerissen, und jetzt war es selbst schwer, nur ein Wort zu sagen, sie hatten nacheinander verlangt, und nun vermochten sie es nicht einmal, einander die Hand zu reichen – sie schwiegen.

Die Kuh schlürfte laut ihren Drank und schlug so heftig mit der Schweif gegen die Flanken, daß sie Antek immer wieder ins Gesicht traf, bis er kräftig zugriff, ihn fest in der Hand behielt und, sich noch mehr über den Rücken des Tieres vorbeugend, wieder zu flüstern begann:

»Der Schlaf kommt mir nicht an, essen mag ich auch nicht mehr, und mit der Arbeit will es gar nicht mehr gehen, durch dich Jagusch, durch dich ...«

»Und mir ist es auch nicht leicht, nein ...«

»Hast du denn mal an mich gedacht, Jagusch, hast du denn das getan? ...«

»Wie sollt' ich nicht denken, wenn du mir immerzu in den Sinn kommst, immerzu, so daß ich mir schon gar keinen Rat mehr weiß. Ist es denn wahr, daß du wegen mir Mathias verprügelt hast?«

»Es ist wahr. Er hat über dich gelogen; da hab' ich ihm das Maul gestopft, und jedem werd' ich dasselbe tun!«

Die Wohnhaustür klappte, und jemand kam über den Hof gerannt, geradezu auf den Kuhstall, so daß Antek kaum Zeit hatte, nach den Krippen zu springen und sich dort niederzuducken.

»Die Fine hat gesagt, ich soll die Zuber holen, weil man den Schweinen das Fressen zurechtmachen muß.

»Nimm beide, nimm!« konnte sie kaum hervorstottern.

»Die Bleß hat aber noch nicht ausgetrunken, ich komme später nochmal.«

Witek rannte davon, man hörte, wie die Tür wieder klappte, und dann erst schob sich Antek aus seinem Versteck hervor.

»Das Aas wird wiederkommen ... ich geh' nach dem Schober, da wart' ich; kommst du heraus, Jagusch?«

»Ich fürcht' mich ...«

»Komm und wär' es auch 'ne Stunde, oder zwei, warten tu' ich, komm!« flehte er.

Er schob sich von hinten näher an sie heran, denn sie saß immer noch neben der Kuh, umschlang sie heiß, beugte ihren Kopf zurück und preßte seine Lippen so heftig auf die ihren, daß sie den Atem verlor, die Hände sanken ihr matt nieder, die Gelte flog auf den Boden; sie war ganz außer sich, reckte sich immer stärker ihm entgegen und drängte sich so sinnlos mit ihrem Mund an seinen Mund heran, daß sie sich auf Tod und Leben zusammenschlossen, ineinander versanken und eine lange Weile in diesem leidenschaftlichen, wilden, bewußtlosen Kuß verharrten.

Schließlich riß er sich los und rannte geduckt zum Kuhstall hinaus.

Endlich sprang auch sie auf, um ihm nachzustürzen, aber schon war er wie ein Schatten über die Schwelle geglitten und verschwand in die Nacht. Er war nicht mehr zugegen, aber dieses leise heiße Flüstern klang in ihr so stark und befehlend wieder, daß sie sich staunend im Kuhstall umsah ... Natürlich war niemand da; die Kühe käuten ihr Futter wieder und klatschten mit den Schweifen. Sie sah hinaus auf den Hof, vor der Schwelle stand die Nacht mit ihren undurchdringlichen Dunkelheiten, eine drückende Stille lastete auf der Welt, und nur jene Hammerschläge klirrten in der Ferne ... Und doch war er dagewesen ... hatte neben ihr gestanden, sie umarmt, geküßt ... noch brennen die Lippen, noch durchfährt es sie blitzartig und heiß und im Herzen steigt ein solcher Freudenschrei auf, daß es gar nicht zu sagen ist! Jesus, mein Jesus! etwas riß sie hoch und drängte sie hinaus, so daß sie ihm gleich, in diesem Augenblick ans Ende der Welt gefolgt wäre! ... »Jantosch!« rief sie, fast ohne zu wissen, was sie tat, und erst die eigene Stimme brachte sie etwas zu sich. Sie beeilte sich soviel sie konnte mit dem Melken, aber sie war so zerfahren, daß sie oft zwischen den Vorderbeinen der Kühe nach dem Euter suchte, und sie war so berauscht vor Glückseligkeit, daß sie erst auf dem Wege nach Hause, draußen im Frost gewahr wurde, daß ihr Gesicht von Tränen feucht war. Sie trug die Milch hinüber, vergaß aber ganz, sie durchzusieben und lief auf die andere Seite, denn Nastuschas Stimme ließ sich von dorther hören; doch sie sagte ihr kein Wort, kehrte zurück und fing an, sich vor dem Spiegelchen zu putzen, dann warf sie noch Scheite aufs Feuer und überlegte, was sie noch Eiliges zu tun hatte ... aber was half es, nichts konnte sie sich erinnern, nicht das mindeste ... denn nur das einzige dachte sie, daß Antek am Schober wartete, daß er wartete ... Sie lief zwecklos in der Stube umher, warf die Beiderwandschürze um und ging davon.

Leise hatte sie sich an den Fenstern vorbeigedrückt und ging auf der Giebelseite auf den schmalen Durchgang zwischen Obstgarten und Schuppen zu, der mit schneebehangenen Ästen wie mit einem Dach überdeckt war, so daß sie sich bücken mußte.

Antek lauerte auf sie an dem Zaunüberstieg, stürzte sich wie ein Wolf aus sie und zog sie mit sich nach dem Schober, der gleich jenseits des Weges stand, sie fast im Arm tragend.

Doch sie hatten kein Glück an diesem Tage, denn kaum waren sie in den Schober geklettert, kaum hatten sie sich im Kuß zusammengefunden, als die scharfe, weit vernehmbare Stimme Borynas ertönte:

»Jagusch! Jagusch! ...«

Als wäre ein Blitz zwischen sie gefahren, so sprangen sie auseinander, Antek stürzte nach der Seite davon und rannte gebückt an den Gärten entlang und Jagna lief auf den Hof, ohne auf die Zweige zu achten, die ihr die Schürze vom Kopf gerissen hatten und sie ganz mit Schnee von oben bis unten bestäubten. Sie rieb sich das Gesicht mit Schnee ab, las eine Tracht Holz am Schuppen zusammen und kehrte langsam und ruhig in die Stube zurück.

Der Alte blickte ihr von unten herauf etwas seltsam ins Gesicht.

»Bei der Grauen habe ich nachgesehen, denn sie stöhnt ein bißchen und legt sich immerzu hin ...«

»Ich hab' dich im Kuhstall gesucht und nicht sehen können ...«

»Weil ich da schon am Schuppen Holz aufgelesen habe.«

»Und wo hast du dich denn so mit Schnee besudelt? ...«

»Wo denn? Vom Dach hängen die Schneebärte herab und stäuben einem auf den Kopf, wenn man nur daran rührt«, setzte sie ruhig auseinander, aber ihr Gesicht wandte sie vom Feuer ab, um ihre glühenden Wangen zu verbergen.

Doch den Alten führte sie nicht damit an; geradeaus in die Augen blickte er ihr nicht, sah aber gut, daß sie ganz heiß und rot war und daß ihre Augen leuchteten und loderten wie bei einer Kranken. Ein dumpfer, unklarer Verdacht glitt ihm ins Herz, eine böse Eifersucht begann sich in ihm zu regen und aufzuknurren und legte sich wie ein Hund auf die Lauer. Lange überlegte er und sann nach, bis daß es ihm einfiel, daß es gewiß Mathias war, der sie getroffen und irgendwo gegen den Zaun gedrückt hatte.

Gerade trat Nastuscha Täubich in die Stube herein, und gleich fing er an, sie auszuhorchen.

»Was denn, Mathias soll doch schon bald wieder gesund werden, er geht doch schon herum? ...«

»Hale, gesund!«

»Mir sagte jemand, daß man ihn zur Vesperzeit sah, soll im Dorf herumgegangen sein ...« redete er schlau auf sie ein und sah dabei fleißig auf Jagna.

»Die Klatschmäuler reden, was ihnen nur in den Sinn kommt; der Mathias kann sich kaum bewegen, selbst aus dem Bett steht er noch nicht auf; das einzige, daß er nicht mehr Blut von sich gibt. Ambrosius hat ihm heute Schröpfköpfe gestellt und jetzt hat er Branntwein mit Fett zurechtgebraut; sie kurieren sich beide so, daß man das Singen bis auf die Dorfstraße hört.«

Er fragte nicht mehr, aber den Verdacht konnte er nicht los werden.

Und Jagna, da dieses Schweigen ihr lästig war und Borynas spionierende Augen ihr keine Ruhe ließen, fing an, ausführlich über den Besuch des Herrn Jacek zu erzählen.

Boryna war sehr erstaunt und begann zu überlegen, was das wohl zu bedeuten haben konnte, sann darüber nach, überlegte, deliberierte, drehte jedes Wort für sich im Kopfe herum, bis ihm schließlich daraus klar wurde, daß der Gutsherr den Herrn Jacek zu ihm gesandt hatte, um herauszukriegen, was das Volk über den Schlag dachte.

»Aber er hat doch nicht ein Wort über den Wald gefragt.«

»Hale, ein solcher wird dich an der Nase herumführen wie an einem Tau, daß du, eh du dich versiehst, ihm schon alles ausgeplaudert haben wirst. Hoho, ich kenn' diese Herrenbrut.«

»Ich sag' euch doch, nach Jakob und nach den Papierbildern hat er nur gefragt.«

»Der geht auf den Feldrainen um die Sache herum, um den Weg auszuspähen! Dahinter steckt was, irgendein Streich von dem Gutsherrn; wie sollte es auch nicht, ist dem Gutsherrn sein Bruder und wird sich da um Jakob kümmern! Nur ein Dummer glaubt an solches Gerede. Man sagt, dieser Jacek soll etwas nicht ganz richtig sein, er schleppt sich immerzu von Dorf zu Dorf, spielt auf der Geige vor den Heiligenbildern und redet verschiedenes durcheinander. Und hat er denn gesagt, daß er wiederkommen wird?«

»Er hat es gesagt und nach euch gefragt.«

»Na, na, es will mir nicht in den Kopf.«

»Und habt ihr den Gutsherrn gesehen?« fragte sie weich, um ihm nur nicht Zeit zum Nachsinnen zu lassen.

Er zuckte auf, als hätte ihn eine Bremse in die Weichen gestochen.

»Nein, bei Simeon hab' ich die ganze Zeit gesessen«, sagte er und verstummte.

Sie wagte nicht mehr, zu fragen, denn er rannte in der Stube umher, wie ein wütiger Hund, schrie wegen der kleinsten Sache, trieb an und fluchte, bis es so still wurde, als hätte der Sandmann Mohn in die Stube gestreut; jeder ging ihm am liebsten aus den Augen, um nicht auch etwas abzubekommen.

In diesem lästigen Schweigen setzten sie sich zum Nachtmahl nieder, als Rochus eintrat, sich seiner Gewohnheit gemäß an den Herd setzte, das ihm gebotene Essen ablehnte, und als sie beendet hatten, leise zu sprechen begann:

»Nicht von mir komme ich. Im Dorf sagt man, daß der Gutsherr sich gegen Lipce erbost hat und nicht einen Mann zum Fällen rufen wird; ich bin hergekommen, um euch zu fragen, ob es wahr ist.«

»In Gott des Vaters und des Sohnes Namen, woher soll ich das wissen, zum erstenmal hör' ich es ...«

»Eine Beratung war doch heute beim Müller, von dort ist diese Neuheit ausgegangen.«

»Der Schulze, der Müller und der Schmied haben sich beraten, nicht ich!«

»Wieso denn, man erzählte doch, daß bei euch der Gutsherr selbst gewesen ist und daß ihr mit ihm fortgegangen seid.«

»Ich hab' mich nicht mit ihnen beratschlagt; ihr könnt ruhig glauben, was ihr wollt, aber ich sag' euch, was die Wahrheit ist.«

Er wollte nicht eingestehen, wie sehr ihn diese Übergehung schmerzte, daß sie sich ohne ihn besprochen hatten.

Er war wieder ganz zornig bei dieser Erinnerung geworden, doch er schwieg; nur in seinem Innern käute er die Kränkung wie Brennesseln wieder und beherrschte sich so gut er konnte, damit Rochus nicht merkte, was in ihm vorging.

»Wie denn, wie ein Dummer hatte er gewartet und ausgespäht, und die haben sich ohne ihn beratschlagt! Das wird er ihnen nicht vergeben, daran sollen sie sich erinnern. Sie halten ihn wohl für nichts, dann wird er ihnen zeigen, was er im Dorf bedeutet. Kein anderer als der Müller hat das gemacht, dieser Knechtsohn, hergelaufener. Durch fremdes Unrecht ist er zu Geld gekommen, und jetzt erhebt er sich über alle, dieser Betrüger; er wüßte schon über ihn solche Dinge, daß daraus Zuchthaus käme, das wüßte er ... oder auch dieser Schulze! Vieh sollte er lieber hüten und nicht den Älteren vorstehen wollen, dieser Trunkenbold; man hat ihn zum Schulzen gemacht, aber ebenso können sie ihn morgen absetzen und selbst Ambrosius wählen, derselbe Nutzen wäre von beiden! Und der Schmied, der liebe Schwiegersohn, der pestige! Laß ihn nur einmal ins Haus kommen! Oder dieser Gutsherr, ein Wolf ist das, immer nur um das Volk herumrennen und aufpassen und herumschnüffeln, wo er was für sich losreißen könnte! Ein feiner Herr, das Aas, auf dem Bauerngrund sitzt er, verkauft den Bauernwald, lebt von der Gnade der Bauern und wird sich hier noch gegen das Volk verschwören! Das Aas denkt nicht dran, daß die Dreschflegel sich auch über die herrschaftliche Haut hermachen können, wie über jede andere!« – Doch er sagte kein Wort von diesen Erwägungen, er war ja kein Frauenzimmer, um sich vor anderen zu beklagen und Freundschaften zu suchen! Das nagte ganz gewaltig an ihm, das schmerzte ihn selbst stark; aber was ging das einen anderen an! Bald besann er sich jedoch, daß es nicht üblich war, bei einem Fremden mit verschlossenem Maul dazusitzen; so erhob er sich von der Bank und sagte:

»Was für Neuigkeiten ihr erzählt; wenn sich aber der Gutsherr versteift und niemanden rufen wird, dann kann ihn doch niemand zwingen.«

»Das ist schon wahr, aber wenn ihm eine würdige Person die Sache vorstellen würde, wieviel Volk dadurch Not leidet, dann würde er vielleicht auch nachgeben.«

»Bitten werd' ich ihn nicht!« rief Boryna schneidend.

»An die zwanzig Kätner sitzen im Dorf und warten auf Arbeit, wie auf Gottes Erbarmen! Ihr wißt es selber, welche es sind, der Winter ist schwer, der Schnee, die Fröste, manch einem sind schon die Kartoffeln erfroren, und kein Verdienst! Ehe der Frühling da ist, wird eine solche Not kommen, daß man schon gar nicht daran denken mag. Jetzt schon ist die Not so groß, daß manch einer nur einmal am Tag was Warmes in den Magen kriegt und hungrig sich schlafen legen muß. Sie haben allesamt darauf gerechnet, daß, wenn der Gutsherr in der Wolfskuhle fällen ließe, es für jeden Arbeit geben würde. Und da soll er sich plötzlich zugeschworen haben, daß er nicht einen aus Lipce zur Arbeit nimmt! Er ist wohl deshalb wütend geworden, weil sie eine Klage an den Kommissar gegen ihn geschrieben haben.«

»Ich hab' sie selbst mit unterschrieben und werde fest dabei bleiben, daß er nicht ein Fichtlein fällt, bis er sich mit uns geeinigt hat und das zurückgibt, was unser ist.«

»Wenn es so ist, dann werden sie den Wald vielleicht nicht fällen.«

»Unseren nicht.«

»Was soll aber aus diesen armen Leuten werden, was?« seufzte Rochus.

»Ich kann ihnen nicht helfen, und damit sie was zu arbeiten haben, kann ich doch nicht mein Eigen fortgeben. Andere soll ich beschützen, für andere mich einsetzen, und wenn mir Unrecht geschieht, dann wird mir wohl ein Hund helfen ...«

»Ich seh' daraus, daß ihr es mit dem Gutshof haltet.«

»Ich halte mit mir und mit der Gerechtigkeit, merkt es Euch. Ich habe anderes im Kopfe. Da kann ich auch nicht weinen, wenn da Wojtek oder Bartek nichts ins Maul zu stecken haben, das ist dem Pfarrer seine Sache und nicht meine! Ein einzelner könnte mit allem nicht fertig werden, wenn er selbst wollte.«

»Aber er kann viel helfen, sehr viel!« warf Rochus traurig ein.

»Versucht mal Wasser mit einem Sieb zu tragen, da werdet ihr sehen, was ihr zusammenholt; so ist es auch mit der Armut; das ist wohl schon so eine Einrichtung Gottes, und, so scheint mir, bleibt es auch, daß der eine was hat und der andere dem Wind auf dem Feld nachjagt.«

Rochus schüttelte nur den Kopf und ging bekümmert davon, denn er hatte nicht eine solche Härte gegen die Not der Mitmenschen bei Boryna vermutet; der Alte geleitete ihn in den Heckenweg und, wie er das alltäglich tat, ging er durchs Gehöft, um zu den Kühen und Pferden einzusehen, denn es war schon spät.

Jagna machte die Betten und klopfte gerade die eine Federdecke zurecht, halblaut das Gebet vor sich hinmurmelnd, als Matheus hereintrat und ihr ein beschneites Kleidungsstück vor die Füße schmiß.

»Die Schürzen verlierst du, ich habe sie beim Zaunüberstieg gefunden!« sagte er leise und so hart und sah sie dabei so durchdringend an, daß sie vor Entsetzen erstarrte und erst nach einer ganzen Weile mit einer kläglichen Stimme sich zu rechtfertigen versuchte.

»Das ist doch ... dieser Waupa ... was er nur kann ... schleppt er aus dem Haus ... Gestern hat er mir die Holzstiefel in seine Hundehütte geschleppt! Ein Aas von Hund, was der einem Schaden macht ...«

»Der Waupa? ... Sieh, sieh ... na-na ...« murmelte er höhnisch, denn er glaubte ihr nicht das mindeste davon.

* * *

Am Tage der heiligen drei Könige, der in diesem Jahre gerade auf einen Montag fiel, zog das Volk, bevor noch der Abendgottesdienst zu Ende war, denn es klang noch

Gesang und Orgelspiel von der Kirche herüber, bedächtigen Schritts zur Schenke, da zum erstenmal nach der Adventszeit und nach Weihnachten Tanzmusik sein sollte, und außerdem auch die Verlobung der Malgoschka Klemb mit Wizek Socha bevorstand; dieser Socha, obgleich er sich ebenso schrieb, wie der verstorbene Jakob, leugnete jegliche Verwandtschaft mit ihm, da er ein schlechter Mensch war und sich auf seine paar Morgen mächtig viel einbildete.

Man sagte auch, daß Stacho Ploschka, der schon seit der Kartoffelernte der Schultheißentochter Ulischja den Hof machte, heute auch gewiß die Angelegenheit mit Schnaps begießen und mit dem Alten alles in Ordnung bringen würde. Dieser war ihm nicht gewogen und versagte ihm die Tochter, da Stacho ein mächtiger Draufgänger und ein unbezwingbarer Sausewind war und mit seinen Eltern immerzu in Streit lag; er wollte auch zu der Ulischja noch ganze vier Morgen oder zweitausend Rubel Auszahlung in bar haben und zwei Kuhschwänze obendrein.

Auch der Schulze feierte heute Taufe, aber zu Hause; trotzdem rechneten viele von seinen Bekannten, daß er, wenn er sich erst einen angetrunken hätte, nicht mehr zu Hause bleiben würde und mit der ganzen Kompanie in die Schenke käme, und spendieren würde er dann auch.

Außer diesen Lockmitteln gab es noch größere, wichtigere Angelegenheiten, die im gleichen Maße alle beschäftigten.

Denn es war so geschehen, daß man während des Hochamts von Leuten aus anderen Dörfern in Erfahrung gebracht hatte, der Gutsherr hätte, was er an Menschen für den Schlag brauchte, schon verdingt, und die Handgelder waren schon gegeben. Aus Rudka sollten zehn gehen, fünfzehn aus Modlica, an die acht aus Dembica und von den kleinadligen Dörflern derer von Rschepetzki nahe an die zwanzig, aus Lipce aber keiner. Die Tatsache war also klar und sicher, denn auch der Förster selbst, der zum Hochamt da war, hatte es bestätigt.

Nicht klein war denn auch die Sorge, die sich auf die Ärmeren legte, und nicht leicht.

Gewiß gab es in Lipce Reiche genug, die den ganzen Mund voll nehmen konnten, und noch mehr; und auch selbst geringeres Volk, das sich nichts aus Nebenverdiensten machte. Aber es waren auch solche da, bei denen die Armut zum Fenster herausschrie, obgleich sie das nicht gerne wahr haben wollten, um die Freundschaft mit den Reichen nicht zu verlieren und stets mit ihnen auf gleich und gleich zu gelten; es fehlte außerdem auch nicht an Kätnern und an solchen, die nur ihre Hütten hatten, die alle mit Dreschen bei den Hofbauern oder an der Sagemühle mit der Art sich ihr Geld verdienten, und wo sich nur Arbeit fand, dabei waren. Die konnten sich sowieso kaum so viel zusammenkratzen, daß sie mit Gottes Hilfe durchkamen, und es blieben immer noch etwa fünf Familien, für die es im Winter völlig an Arbeit fehlte; und gerade diese warteten, wie auf Erlösung, auf die Arbeit im Schlag.

Und was jetzt anfangen?

Der Winter war hart, nur wenige hatten vorrätiges Geld und manchen waren schon die Kartoffeln ausgegangen. Not herrschte in den Hütten; und der Hunger grinste zur Tür hinein; bis zum Frühling war es noch weit und von nirgendwo Hilfe; kein Wunder, daß schwere Besorgnis auf die Seelen fiel. Sie hielten in den Häusern Versammlungen ab, überlegten hin und her, bis sie schließlich in einem großen Haufen zu Klemb kamen, daß er sie zum Pfarrer führen möchte, um dort Rat zu holen; aber Klemb redete sich mit der Verlobungsfeier seiner Tochter heraus, auch die anderen Hofbauern drehten sich wie die Aale, denn es war ihnen nur um sich selbst zu tun, und ihre Berechnung hatten sie auch dabei. Darüber wurde der Bartek von der Sägemühle ganz erzürnt, denn obgleich er selbst Arbeit genug hatte, hielt er es doch mit dem armen Volk. Er nahm sich noch den Philipp von jenseits des Weihers hinzu, Stacho, den Schwiegersohn von Bylica, den Bartek Kosiol und Walek mit dem schiefen Maul, und alle gingen sie zu Hochwürden mit der Bitte, sich beim Gutsherrn für das arme Volk zu verwenden.

Sie kamen lange nicht wieder zum Vorschein; erst nach der Vesper kam Ambrosius zu dem Kobusbauer angelaufen und erzählte, daß sie sich mit dem Pfarrer berieten und später gleich in die Schenke kämen.

Inzwischen war es Abend geworden, die letzten Gluten brannten aus und glühten nur noch hier und da im Westen auf, wie in grauer Asche verlöschende Scheite und langsam hüllte sich die Welt in das bläuliche eiskalte Leinentuch der Nacht ein. Der Mond war noch nicht zu sehen, aber von den trockenen, frostumfangenen Schneemassen kamen kalte eisige Scheine, in denen jedwedes Ding aussah, als hätte es ein Totenhemd um und wäre schon gestorben; nun fingen auch die Sterne an, sich über den dunklen Himmel auszustreuen, und sie wuchsen und funkelten so in jenen Weiten und leuchteten so lebhaft, daß ein Gleißen über das Schneeland ging. Auch der Frost nahm mächtig zu, und eine solche böse Kälte entstand, daß es in den Ohren summte, und selbst der leiseste Laut flog in die Weite hinaus.

In den Hütten hatte man schon Licht angebrannt, man eilte mit den abendlichen Arbeiten und trug noch Wasser vom Weiher; manchmal knarrte ein Tor, oder ein Vieh ließ sich vernehmen, ein Schlitten eilte nach Hause, und die Menschen liefen rasch über die Gehöfte, denn der Frost brannte wie mit glühendem Eisen ins Gesicht und benahm den Atem; im Dorf wurde es allmählich schon stiller.

Nur von der Schenke ließen sich die Stimmen der Musik immer schärfer vernehmen, und natürlich machte sich fast aus jedem Haus irgendwer auf und ging hinüber, um Nachrichten zu holen; und manche, die weder eine Verlobung noch ein Geschäft hatten, zogen hin, weil sie den Schnaps witterten. Da es aber auch den Frauenzimmern über wurde, allein zu Hause zu sitzen, und die Mädchen es gar nicht mehr aushalten konnten ohne Amüsement, so daß ihnen die Füße schon von selbst in Erwartung der Musik gingen, kam auch das Weibsvolk nach der Schenke gelaufen, ehe es noch ganz dunkel wurde, um die Männer sozusagen nach Hause zu treiben; sie blieben dann aber. Den Eltern nach kamen auch die Kinder, die schon in den Jahren waren, besonders die Burschen; sie lockten sich durch Pfiffe an den Heckenwegen und erschienen haufenweise, den Flur der Schenke und die Wandbänke vor dem Haus besetzend, obgleich der Frost wie mit lebendigem Feuer zu Leibe ging.

In der Schenke aber war schon ein tüchtiges Gedränge. Ein mächtiges Feuer loderte auf dem Herd, so daß die Hälfte der Stube von dem blutigen Schein der Scheite übergossen war, die der Jude durch seine Magd ständig nachwerfen ließ. Wer hereinkam, putzte seine Stiefel am Feuerherd, wärmte sich die steifgefrorenen Hände und schob sich ins Gedränge, die Seinen ausfindig zu machen; denn trotz des Herdfeuers und der Lampe über der Tonbank lagen die Ecken im Dunkeln, und leicht war es nicht, sich gleich auszukennen. In einer Ecke nach der Dorfstraße zu, auf Sauerkrautfässern saßen die Musikanten, hin und wieder auf den Instrumenten wie aufs Geratewohl klimpernd; der Tanz hatte noch nicht richtig begonnen, nur daß sich da manchmal ein ungeduldigeres Paar etwas drehte.

In der Stube aber, an den Wänden entlang und um die Tische herum scharten sich die Menschen in Kompanien, doch nur wenige hielten ein Glas in den Fingern oder tranken einander zu, hauptsächlich redeten sie nur miteinander, sich hin und wieder umsehend und auf die Eintretenden achtend.

An der Tonbank war der Lärm am lautesten, denn es standen da in einem ganzen Haufen Klembs Gäste und Sochas Verwandte. Doch auch sie tranken einander selten zu, redeten nur miteinander und erwiesen sich gegenseitige Ehrenbezeugungen, wie es so bei einer Verlobung schicklich ist.

Alle aber sahen häufig, doch unmerklich, nach den Fenstern hin, wo hinter den Tischen mehrere derer von Rschepetzki saßen; sie waren noch bei Tag gekommen und sitzengeblieben. Niemand zeigte ihnen Feindschaft, aber auch niemand hatte es eilig, sich mit ihnen abzugeben; nur Ambrosius mußte sich gleich an sie heranmachen und sich mit ihnen verbrüdern, er sog gehörig den Schnaps ein und log was nur das Zeug zusammenhielt. Neben ihnen stand Bartek von der Sägemühle mit seiner Gesellschaft und erzählte laut, was ihm Hochwürden gesagt hatte, dabei auf den Gutsherrn mächtig fluchend, worin ihm Wojtek Kobus am lautesten beipflichtete. Dieses war ein magerer kleiner Mann und so hitzig, daß er immerzu hochsprang, mit den Fäusten auf den Tisch einschlug und hin und her schoß, wie der Vogel, dessen Namen er trug, denn er hieß mit Recht Lerchenfalk; das tat er aber mit Absicht, man setzte nämlich voraus, daß die von Rschepetzki am kommenden Tag in den Wald zum Fällen ziehen würden, doch keiner von ihnen schien etwas zu merken, so ruhig und mit sich selbst nur beschäftigt saßen sie da.

Auch von den Hofbauern gab niemand weiter acht auf dieses Geschimpfe und nahm es sich nicht allzusehr zu Herzen, daß Hochwürden sich nicht für sie beim Gutsherrn verwenden wollte, im Gegenteil, man wandte sich von ihnen ab und mied sie, je lauter sie schrien; denn im Gedränge, das die Schenke füllte, suchte sich jeder nach Belieben seine Gesellschaft und tat sich mit solchen zusammen, mit denen es ihm am besten paßte, ohne auf seine Nachbarn zu achten – einzig Gusche ging von Haufen zu Haufen, stichelte, vollführte allerhand Späße, legte den Menschen Neuigkeiten in die Ohren und gab dabei fleißig acht, wo schon die Flaschen klirrten und das Glas die Runde machte.

Und so kamen sie allmählich, langsam und unmerklich, ins Vergnügen hinein; ein immer lauteres Stimmengewirr füllte die Stube, und immer öfter klangen die Gläser, und immer dichter wurde es, daß die Tür schon fast gar nicht mehr zublieb, und immer noch kamen und kamen sie – schließlich spielten die Musikanten, die Klemb bewirtet hatte, einen üppigen Mazurek, und als erstes Paar ging Socha mit Malgoschka in den Tanz, und ihnen folgte, wer gerade Lust hatte.

Doch nicht viele waren es, die da tanzten; man sah sich nach den ersten Dorfkavalieren um – auf Stacho Ploschka, Wachnik, auf den Bruder des Schulzen und auf andere noch, die sich mit den Mädchen in den Ecken verabredeten, lustige Reden führten und halblaut sich über die Rschepetzkischen adligen Dörfler lustig machten, denen Ambrosius in einem fort beipflichtete.

Gerade in dem Augenblick kam Mathias an; er ging noch am Stock, denn er war kaum erst vom Krankenlager aufgekommen; es hatte ihn nach Menschen verlangt. Er ließ sich mit Honig aufgekochten Schnaps zurechtbrauen, setzte sich neben den Herd, trank hin und wieder und warf mal hier, mal da seinen Bekannten ein vergnügliches Wort hinüber; doch plötzlich wurde er still, denn Antek erschien in der Tür, bemerkte ihn, hob trotzig den Kopf, verdrehte die Augen und versuchte vorüberzugehen, als ob er ihn nicht gesehen hätte.

Mathias hob sich etwas hoch und rief:

»Boryna! kommt doch zu mir.«

»Hast du ein Geschäft, dann komm selbst heran«, sagte dieser scharf, im Glauben, daß Mathias ihn anrempeln wollte.

»Ich käm' schon, aber ohne Stecken kann ich mich ja noch nicht rühren«, entgegnete Mathias weich.

Antek traute ihm nicht, runzelte drohend die Brauen und ging; aber Mathias griff ihn darauf am Arm und nötigte ihn, sich neben ihn auf die Bank niederzusetzen.

»Setz' dich zu mir! Hast gemacht, daß ich mich nun vor der ganzen Welt genier', und verhauen, du Biest, hast du mich, daß sie mir schon den Priester 'rangeholt haben; aber was gegen dich hab' ich doch nicht. Ich will denn schon als erster kommen mit dem guten Wort. Trink' eins mit mir, sonst hat mich niemand noch verprügelt; ich dachte nicht, daß es je einen auf der Welt gäbe. Bist ein deftiger Kerl, einen, wie ich einer bin, gleich so wie ein Bund Stroh hinzuschmeißen, nee ... so was ...«

»Weil du mir in der Arbeit immerzu dreingefahren bist und wegen deinem Herumschwatzen, das mir schon eklig war; es hat mich denn endlich so angepackt, daß ich mir gar nichts mehr überlegt hab', was ich da anrichte.«

»Recht hast du, ja ja, selbst will ich das bestätigen, und das nicht aus Angst, aber gutwillig ... Hast du mich aber zugerichtet, na, lebendiges Blut hab' ich von mir gegeben, die Rippen sind mir zerplatzt. Ich will dir einen zutrinken, Antek, ach was, laß den Zorn fahren, ich tu' dir schon nichts mehr nachtragen, obgleich mir mein Buckel noch weh tut ... Du bist wohl noch stärker, als der Lorenz aus Wola? ...«

»Hab' ich den nicht erst zur Erntezeit auf der Kirmes verhauen, der soll sich noch kurieren ...«

»Den Lorenz? Gesagt haben sie's, aber geglaubt hab' ich es nicht. Jude, Arrak her, mit Essenz, in einem Nu aber, sonst renk' ich dich aus!« schrie er.

»Aber was du da vor den Kerlen geschnauzt hast, das ist doch nicht wahr?« fragte Antek leise.

»Nee, is schon nich wahr, aus Ärger hab' ich nur so geredet ... wie sollt' ich denn da ...« wehrte er ab, die Flasche gegen das Licht haltend, daß ihm der andere nicht die Wahrheit aus den Augen lesen sollte.

Sie tranken einander ein- und zweimal zu, dann gab Antek eine Runde aus und sie tranken sich abermals zu; und so saßen sie denn nebeneinander schon ganz verbrüdert und in einer solchen Freundschaft, daß man sich selbst in der Schenke darüber wunderte. Mathias aber hatte sich keinen Schlechten angetrunken, schrie der Musik zu, sie sollte flinker spielen, stampfte im Takt auf, lachte laut mit den Burschen, bis er plötzlich stiller wurde und Antek ins Ohr zu erzählen begann.

»Natürlich, auch das ist wahr, daß ich sie mit Gewalt 'rumkriegen wollte, aber sie hat mich mit den Krallen so zugerichtet, als ob man mich mit dem Maul über die Dornen gezogen hätte. Die hatte dich schon lieber, das weiß ich gut, du brauchst nicht gegen anzureden; dich hat sie gemocht, darum wollte sie mich nicht einmal angucken! ... Es ist schon schwer, den Ochsen zu führen – will er sich von selbst nicht vorwärts rühren; der Neid hat an mir genagt, daß es gar nicht zu sagen ist. Ha! So 'n Mädel, wie ein Wunder, eine Schönere kann der Mensch gar nicht finden, und hat den Alten geheiratet zu deinem Schaden, das kann ich schon gar nicht verstehen ...«

»Zu meinem Schaden und zu meinem Verderben!« stöhnte Antek leise auf und sprang hoch, so hatte die Glut in ihm aufbegehrt bei dieser Erinnerung. Er fluchte nur auf und murmelte etwas vor sich hin.

»Still doch, wenn die Leute es hören, tragen sie es herum.«

»Hab' ich denn was gesagt?«

»Versteht sich, nur daß ich's nicht gut gehört habe, aber die anderen konnten es vielleicht.«

»Weil ich es schon gar nicht mehr aushalten kann, so preßt es mir die Brust auseinander, daß es von selbst aus mir hervorbricht, ganz von selbst ...«

»Ich sag' dir, laß dich nicht unterkriegen, solange noch Zeit ist«, riet er schlau, ihn vorsichtig aushorchend.

»Kann ich denn da, wenn das Lieben schlimmer wie eine Krankheit ist; es geht einem wie Feuer durch die Knochen, als ob es einem im Herzen siedete, und solche Sehnsucht kommt über einen, daß man zuletzt nicht mehr schläft und nicht mehr ißt und nichts tun kann, nur mit dem Kopf gegen die Wand rennen möchte man, oder sich lieber gleich das Leben nehmen!«

»Und ob ich das nicht weiß! Mein Jesus, bin ich denn nicht selbst hinter der Jaguscha her gewesen? Aber einen Rat gibt es nur gegen das Lieben: sich verheiraten; als ob man sich im Handumdrehen umgewandelt hätte, so ist's einem dann mit einemmal. Eine andere ließe sich auch schon finden; und wenn man nicht heiraten kann, dann muß man eben sehen, das Weibsbild so 'ranzukriegen, und da ist einem dann gleich der Hunger weg, und mit dem Lieben ist man auch fertig. Die Wahrheit sag' ich dir, bin doch kein schlechter Praktikus!« setzte er ihm prahlerisch auseinander.

»Und wenn es auch dann nicht vorübergeht?« sagte Antek traurig.

»Natürlich, wenn einer hinter dem Zaun herumwimmert, an den Häuserecken auflauert und mit den Beinen schlottert, sobald er einen Weiberrock knistern hört – bei einem solchen wird's nicht rasch besser; das ist aber ein Kalb und kein Kerl, für einen solchen würd' ich nicht einmal einen Pfifferling geben«, warf er verächtlich hin.

»Die reine Wahrheit hast du gesagt, aber ich glaub', es gibt auch solches Mannsvolk, das gibt es ...« er versank in Nachsinnen.

»Trink' nur einen zu, es ist mir in der Kehle ganz trocken geworden! Hundsverdammt mit diesen Weibsleuten; manch eine ist ein solches Püppchen, daß sie sich, wenn einer nur auf sie pustete, schon mit den Beinen zudecken würde, und ein andermal kann sie den kräftigsten Kerl wie ein Kalb an der Schnur herumführen, nimmt einem die ganze Macht weg, den ganzen Verstand weg und macht einen zum Schluß noch zum Gespött der ganzen Welt! Ein Teufelssamen sind diese Äser, ich sag's dir, trink' mir einen zu! ...«

»In deine Hände, Bruderherz, in deine!«

»Gott bezahl's, ich sag' dir, spuck' auf dieses Teufelsvolk, deinen Verstand hast du doch ...«

Sie tranken einmal und noch einmal und redeten miteinander. Antek war schon etwas angetrunken, und da er niemals Gelegenheit hatte, sich vor jemandem das Herz zu erleichtern, faßte ihn eine rasende Lust, sich auszusprechen, so daß er sich kaum schon zurückhalten konnte und hin und wieder ein schwerwiegendes Wort hinwarf, aus dem Mathias sich sowieso alles zurechtlegen konnte; er ließ sich jedoch nichts davon merken.

In der Schenke aber war das Vergnügen schon recht im Gange, die Musikanten fiedelten aus Leibeskräften, und Tänze folgten auf Tänze. Man trank bereits in allen Ecken, und verschiedentlich war man selbst beim Zanken, überall aber redete man so laut, daß ein Heidenlärm die Stube füllte; und das Gestampf der Tänzer tönte wie Dreschflegelgeklopf. Klemb und seine Kompanie waren nach dem Alkoven abgeschoben, von woher auch ein nicht geringes Geschrei herüberdrang; nur Socha und Malgoschka tanzten eifrig, oder sie liefen, sich unterfassend, in den Frost hinaus, an die frische Luft. – Bartek von der Sägemühle mit den Seinen stand noch immer auf derselben Stelle, sie tranken schon aus der zweiten Flasche, und Wojtek Kobus schrie den Rschepetzkischen gerade ins Gesicht:

»Edle Herren, Aaszeug, Sack und Pack!« Denn sie hielten sich ja für Edelleute.

»Feine Gutsherren, ein halbes Dorf melkt eine Kuh!« warf ein anderer bissig ein.

»Weichselzöpfe, ohne Pferde kommen sie aus, weil die Läuse sie schon allein vorwärts tragen.«

»Judenknechte!«

»Gutskehrichtbesen, als Hunde sollten sie sich verdingen, wenn sie so gute Witterung haben!«

»Die haben sich ihr Teil auf dem Gutshof herausgewittert und kommen jetzt angezogen.«

»Werden hier den Menschen die Arbeit wegnehmen.«

»Wir wollen euch schon die Weichselzöpfe kämmen, daß ihr ohne Köpfe davonlauft!«

»Eckenschnüffler, Herumstreicher, den Juden fehlt die Heizung in den Ofen, gleich kommen sie angelaufen!« Sie setzten ihnen mit allerhand Reden stark zu, und manch einer drohte ihnen mit der Faust und wollte auf sie eindringen; immer mehr Menschen tobten gegen sie an, ein immer hitzigerer Kreis umgab sie, da der Schnaps schon mit manchem durchging; sie aber entgegneten nichts, saßen im Haufen beieinander, hielten nur die Knüttel fest zwischen den Knien, tranken Bier, aßen Wurst dazwischen, die sie mitgebracht hatten, und blickten trotzig und unerschrocken auf die Bauern.

Es wäre vielleicht auch zu einer Schlägerei gekommen, aber Klemb kam angerannt, fing an zu beruhigen, vorzustellen und zu bitten, und die anderen wurden denn auch beiseitegezogen und an der Tonbank bewirtet. Dann spielte die Musik wieder mächtig auf, und Ambrosius fing abermals an, seine unerhörten Geschichten über Kriege, Napoleon und den Kapitän aufzutischen und dann auch andere kurzweilige Dinge zu erzählen, so daß sich manch einer vor Lachen nicht mehr halten konnte; er aber lehnte sich sehr befriedigt und schon nicht übel angetrunken breit über den Tisch und sprach:

»Zum Schluß will ich euch noch eine Geschichte erzählen, kurz ist sie, dann ich hab' es eilig, in den Tanz zu gehen, und auch die Mädel sind mir gram, daß ich mich nicht sehen lasse! Ihr wißt doch, daß heute die Verlobung der Klembschen mit dem Wizek Socha ist. Wenn ich gewollt hätte, dann wäre es meine Verlobung mit der Malgoschka gewesen, ja, meine! Und das war nämlich so, am Donnerstag kamen sie beim alten Klemb angesetzt, mit Schnaps! Au gleicher Zeit kamen sie von Socha und auch von Pritschek; die einen trinken ihm mit Arrak zu, die anderen mit Süßem, und den einen trinkt Klemb Bescheid und gießt auch, was die anderen anbieten, nicht weg. Der eine ist gut und der andere ist nicht schlechter!

Die Brautbitter schwitzen, so reden sie und preisen ihre Kavaliere an:

Der hat pikfeine Morgen, mit Lärchendünger gedüngt, und der andere solche, auf denen die Hunde ihre Hochzeiten feiern.

Einer hat ein Haus, wo die Schweine unter der Mauerschwelle hineinkriechen und der andere auch kein schlechteres.

Beide sind reiche Herren, wie man sie sich weit und breit suchen kann!

Socha hat einen ganzen Kragen von Schafpelz, denn den Rest haben die Hunde auseinandergeschleppt; Pritschek aber hat einen Gurt von einer Sonntagshose und einen leuchtenden Hosenknopf, wie reines Gold!

Der eine ist ein Bursche, schlank wie ein Heuhaufen, und dem anderen haben die Kartoffeln den Bauch aufgebläht.

Feine Kerle!

Dem Socha läuft die Spucke aus dem Maul von selbst 'runter, und Pritschek hat Triefaugen!

In allem sind sie sich gleich und so arbeitsam und verbissen, daß sie ein halbes Quart Kartoffeln auf einmal aufessen und sich gleich nach einem zweiten umsehen! Beide sind gut als Schwiegersöhne, beide können Vieh hüten, die Stube ausfegen, Mist ausnehmen; beide tun der Dirn kein Leid an, denn mit den Störchen sind sie nicht in Kompanie.

Prächtige Burschen, gesprächig, schlaue Köpfe, scharfsinnige, und mit dem Löffel finden sie immer den Weg nach dem Mund und nicht anderswohin.

Was soll man da machen; beide scheinen sie dem Alten gleich gut. So dreht er sich denn hin und her, bohrt in der Nase herum und fragt die Malgoschka, welchen willst du denn?

Beide sind Mißgeburten, Väterchen, erlaubt, daß ich dann schon lieber den Ambrosius wähle.

Der Alte schüttelte den Kopf, überlegte lange, man weiß ja, daß er ein Kluger ist. Und die Burschen drängen, und die Brautbitter reden immerzu das ihre; so trank er von dem einen Arrak und von dem anderen trank er Süßen und sagte: bringt mal die Wage her!

Sie brachten die Wage, stellten sie auf und er redete.

Wiegt euch mal, Jungen; wer schwerer wiegt, den will ich zum Schwiegersohn nehmen.

Die Brautbitter fingen an, sich zu sorgen, schickten nach frischem Schnaps und überlegten: welcher nun? Denn beide waren in Wirklichkeit wie ausgetrocknete Wanzen.

Da holten Pritschek seine Brautbitter ihren Verstand hervor, sie steckten dem Bräutigam Steine hinter den Brustlatz und stopften ihm auch die Taschen damit voll. Auch Socha seine waren nicht dumm, es war aber nur nichts da; so haben sie ihm einen Gänserich unter den Kapottrock gesteckt und stellen ihn so auf die Wage ... sie zählen ab, da sagt plötzlich etwas Ss ... Ss ... Ss ..., Socha nämlich, und der Gänserich, bums, auf den Boden! Alle lachten los und der alte Klemb sagt: ein Schlaumeier ist das Biest, wenn er auch das Gewicht nicht hält, du wirst mein Schwiegersohn!«

Versteht sich, daß bei der ganzen Geschichte außer diesem Wiegen nichts Wahres dran war; da er es aber so komisch erzählte, so lachten sie Tränen vor Vergnügen und brachen in solche Lachsalven aus, daß es durch die ganze Schenke schallte.

Bald strömten Klembs Gäste aus dem Alkoven in die Stube und gingen im ganzen Haufen zum Tanz; ein Geschrei, Getrampel, Gejohl erhob sich, daß man schon die einzelnen Stimmen nicht mehr unterscheiden konnte.

Die Köpfe fingen an zu dampfen, die Hitze ging ihnen schon durch und durch und die Fröhlichkeit stieg. Die Zungen vergnügten sich, was sie nur konnten, und die Älteren umdrängten die Tische, gesellten sich zueinander, wo es nur anging und wo immer nur Platz war, denn die Tänzer drehten sich in immer weiteren Kreisen und stießen sie auseinander. Jeder sprach laut, trank den anderen zu, vergnügte sich mit ihnen, gab seine Meinung zum besten und genoß den Festtag.

Die Musik aber fiedelte feurig drauf los, und rasende Tänze folgten einander, obgleich ein solches Gedränge herrschte, daß Kopf an Kopf, Schulter an Schulter gepreßt waren, und sie sprangen und ruckten dermaßen durch die Stube, juchzten fröhlich und schlugen mit den Hacken auf, daß die Dielen quietschten und die Tonbank schüttelte.

Es war ein deftiges Vergnügen, denn alle gaben ihr volles Teil hinzu, soviel es nur herhalten wollte.

Es war doch die Winterzeit, das Volk hatte seine arbeitsmüden Hände von der Mutter Erde abgehoben, richtete die gebeugten Nacken auf, ließ die sorgenbeladenen Seelen aufatmen. Ein jeder reckte sich, wuchs, und alle wurden sie sich gleich im Genuß des Freiseins, der Ruhe und im Bewußtsein einer Sorglosigkeit, so daß jeder Mensch für sich deutlich zu sehen war – wie die einzelnen Bäume in einem Wald, die man im Sommer nicht herauskennen kann, denn gleichmäßig steht er in einem grünen Dickicht über die Heimaterde gebeugt, und erst wenn Schnee gefallen ist und die Erde sich zudeckt, sieht man jeden Baum für sich und unterscheidet sogleich, ob es eine junge Eiche, Buche oder eine Espe ist ...

Ganz so war es auch mit dem Volk.

Nur Mathias und Antek rührten sich nicht von ihrem Platz, sie saßen freundschaftlich beieinander und plauderten halblaut, während sich ihnen immerzu jemand beigesellte, das Seine zulegend über manches und mancherlei; es schloß sich ihnen Stacho Ploschka und Balcerek an, es kam der Bruder des Schulzen und andere, all die ersten Junggesellen im Dorf, die auf der Hochzeit von Jaguscha Hochzeitsbitter gewesen waren. Zuerst gesellten sie sich ihnen etwas zögernd bei, da man nicht wußte, ob Antek nicht mit scharfen Worten um sich schmeißen würde; aber nein, er reichte jedem die Hand und sah ihnen allen freundlich ins Gesicht, so daß sie bald einen dichtgedrängten Kreis um ihn schlossen, eifrig auf ihn hörten, ihm Freundschaft bezeugten und Freundlichkeiten sagten und ihm in allem zustimmten wie früher, als er noch ihr Anführer war; er lächelte etwas bitter, denn es kam ihm in Erinnerung, wie noch gestern ganz dieselben ihm schon von weitem auf der Dorfstraße ausbogen.

»Man sieht dich auch nirgends, du kommst nicht in die Schenke!« sagte Ploschka.

»Ich arbeit' von früh bis spät, da hab' ich für die Schenke keine Zeit.«

»Wahr, wahr!« bestätigten sie halblaut und gingen dann langsam auf verschiedene Dorfangelegenheiten über, sprachen von den Vätern, über die Mädchen, über den Winter; aber das Gespräch wollte nicht recht in Gang kommen. Antek redete kaum etwas und sah in einem zu nach der Tür, er hoffte nämlich, daß Jagna kommen sollte. Erst als Balcerek über die während der Feiertage bezüglich des Waldes bei den Klembs stattgefundene Beratung zu erzählen anfing, hörte er aufmerksam zu.

»Was haben sie denn beschlossen?« fragte er.

»Ach, was sollten die wohl, gewimmert haben sie, geklagt, gejammert; aber einen Beschluß haben sie nicht gefaßt, außer dem, daß man das Fällen nicht zulassen darf.«

»Was werden die Vernünftiges beschließen, diese Strohwische!« rief Ploschka. »Sie versammeln sich, trinken Schnaps, verpusten sich, klagen sich aus, und von diesen Beratungen bleibt so viel nach wie vom vorjährigen Schnee, und der Gutsherr kann inzwischen ruhig fällen, den ganzen Wald, wenn es ihm paßt.«

»Man soll nicht erlauben«, sagte Mathias kurz.

»Wer wird ihn denn zurückhalten, wer wird es ihm verbieten«, fingen sie an zu rufen.

»Wer, wenn nicht ihr?«

»Natürlich, die werden einem was erlauben, einmal hab' ich ein Wort gesagt, da hat mich der Vater angeschrien, ich sollte auf meine eigene Nase achten; dieses wäre nicht meine Angelegenheit, sondern ihre, die der Hofbauern! Natürlich haben sie das Recht dazu, denn sie halten alles in der Faust und lassen es selbst nicht auf eine Minute los; und was haben wir zu bedeuten, soviel wie Knechte sind wir!« tobte Ploschka.

»Schlecht ist es, ganz schlecht.«

»Und nicht wie es sein sollte!«

»Versteht sich, daß sie die Jüngeren 'ranlassen sollten zum Boden und zum Regieren.«

»Und selbst sollten sie auf den Altenteil gehen!«

»Ich habe meinen Militärdienst gemacht, die Jahre gehen, und was mein ist, das wollen sie mir nicht geben!« schrie Ploschka.

»Jeder hat seine Zeit.«

»Und alle sind wir hier im Nachteil.«

»Am meisten aber Antek.«

»Man müßte im Dorf eine neue Ordnung machen!« murmelte Schymek, Jaguschas Bruder, hart; er war vor kurzem gekommen und hatte still hinter den anderen gestanden. Sie sahen ihn erstaunt an; er aber trat ganz nach vorne und fing leidenschaftlich an, über die ihm zugefügte Ungerechtigkeit zu räsonnieren, sah dabei allen in die Augen und errötete, da er nicht gewohnt war, vor anderen zu sprechen und auch noch ein bißchen Angst vor der Mutter hatte.

»Den Verstand hat ihm die Nastuscha beigebracht!« murmelte einer; alle lachten los, so daß Schymek verstummte und sich ins Dunkel zurückzog; darauf begann Gschela Rakoski, der Bruder des Schulzen, zu reden, obgleich er nicht gesprächig war und etwas mit der Zunge anstieß.

»Daß die Alten den Grund und Boden festhalten und den Kindern nichts ablassen, ist natürlich schlecht, weil es Unrecht ist – aber was das Schlimmste ist, daß sie dumm regieren. Mit diesem Wald hatte es doch schon lange ein Ende genommen, wenn die sich mit dem Gutsherrn geeinigt hätten.«

»Wieso denn, je zwei Morgen hat er geben wollen, während uns vier auf die halbe Hufe zukommen.«

»Zukommen oder nicht zukommen, das weiß man noch gar nicht, das werden schon die Beamten entscheiden.«

»Die halten aber doch mit den Herren!«

»Hale, hat sich was; der Kommissar selbst hat doch gesagt, daß man sich nicht auf zwei Morgen einigen sollte, da muß der Gutsherr doch mehr geben! erläuterte Balcerek.

»Ruhig da, der Schmied kommt mit dem Serschanten!« flüsterte Mathias.

Sie sahen nach der Tür, und wirklich: der Schmied und der Sergeant geleiteten sich, beide unterhakt, herein; beide waren nicht schlecht angetrunken und drängten sich derb durch die Menge, geradeswegs auf die Tonbank zu; aber sie blieben dort nicht lange stehen, der Jude geleitete sie nach dem Alkoven.

»Auf der Taufe beim Schulzen haben sie sich so traktiert.«

»Na, feiert er sie denn heute?« fragte Antek.

»Unsere Väter sitzen doch alle da. Der Schultheiß hat mit der Balcerekbäuerin Pate gestanden, denn der alte Boryna soll einen Zank gehabt haben mit ihm, er hat nicht wollen«, erklärte Ploschka.

»Was ist denn das für einer?« rief Balcerek.

»Das? Das ist der Herr Jacek, dem Gutsherrn sein Bruder aus Wola!« erläuterte Gschela; sie standen selbst auf, um sich ihn besser anzusehen, wie er sich durch das Gedränge einen Weg bahnte und langsam mit den Augen herumsuchte, bis er auf den Bartek von der Sägemühle stieß und sich mit ihm bis an die Wand zurückzog, wo die von Rschepetzki saßen.

»Was will er?«

»Was? Gar nichts – der geht nur so in den Dörfern herum, redet mit den Bauern, unterstützt mal einen, spielt auf der Geige, lehrt die Mädchen verschiedene Lieder singen; soll ein bißchen bummelig sein.«

»Erzähle doch zu Ende, Gschela, was du angefangen hast! Sprich doch weiter!«

»Vom Wald hab' ich gesprochen; ich mein', wenn ich so raten soll, daß wir die Sache nicht den Alten allein überlassen, sonst verderben sie sie nur noch.«

»Ach was, dagegen ist nur ein Rat; fangen sie an, den Wald zu schlagen, muß das ganze Dorf hin ... auseinandertreiben, nicht erlauben, bis der Gutsherr sich mit der Gemeinde verständigt hat!« sagte Antek fest.

»Dasselbe haben sie bei Klemb beschlossen.«

»Beschlossen ja, aber tun werden sie's nicht, wer wird da mitmachen?«

»Die Hofbauern gehen mit.«

»Nicht alle.«

»Wenn Boryna führen wird, dann gehen sie alle.«

»Man weiß es nur nicht, ob es Matheus wollen wird.«

»Dann kann Antek führen!« schrie der junge Balcerek hitzig.

Alle pflichteten ihm eifrig bei, einzig Gschela war dagegen; und da er in der Welt herum gewesen war und eine Zeitung »Das Morgenrot« las, so fing er an gelehrt wie aus einem Buch zu beweisen, daß man Gewalttaten nicht ausführen dürfe, denn die Gerichte würden sich dazwischen mischen, keiner würde dann etwas erlangen, außer dem einen – eingesperrt zu werden. Man müßte sich schon aus der Stadt einen Advokaten bestellen, und der würde dann alles nach Recht und Gerechtigkeit zu drehen wissen.

Sie wollten nicht lange auf ihn hören und manch einer machte sich lustig über ihn, bis er arg wütend wurde und sagte:

»Auf die Väter klagt ihr, daß sie dumm sind, und selbst habt ihr nicht für einen Groschen Verstand und redet nur Fremdes nach, gerad wie die Kinder, die noch auf allen Vieren kriechen!«

»Boryna mit Jaguscha und mit den Mädchen!« bemerkte einer.

Antek, der etwas dem Gschela entgegnen wollte, schwieg und folgte Jagna mit den Augen.

Sie kamen schon spät nach dem Abendessen, denn der Alte hatte sich lange dem Gejammer Fines und dem Zureden Nastuschas widersetzt, er wartete bis Jagusch ihn bitten würde; aber sie hatte gleich nach dem Mittagessen ganz entschieden angekündigt, daß sie zur Tanzmusik gehen würde; er entgegnete ihr streng, sie würde nicht einen Schritt aus dem Hause tun, er wäre nicht zum Schulzen hingegangen, darum ginge er auch nirgends hin.

Sie bat ihn nicht mehr, hatte sich dermaßen in sich verbissen, daß sie mit keinem Wort mehr sich vernehmen ließ; sie weinte nur in den Ecken herum, blieb vor dem Haus stehen mitten im Frost und wirbelte, wie ein böser Wind, durch die Stuben, es wehte eine Kälte von ihr, so verärgert war sie; und als sie sich zum Abendbrot setzten, kam sie nicht zum Essen, sondern fing an, die Beiderwandröcke aus der Lade hervorzuholen, anzuprobieren und sich zu putzen.

Was sollte denn der Alte tun, er fluchte, redete dawider, versicherte, er würde nicht mitgehen und mußte schließlich noch mächtig um Verzeihung bitten und sie, ob er mochte oder nicht, in die Schenke führen.

Trotzig und hochfahrend kam er herein, begrüßte kaum einen, denn es waren noch wenig Gleichgestellte zugegen. Was die Ersten waren, die nahmen beim Schulzen an der Tauffeier teil; den Sohn aber hatte er nicht bemerkt, obgleich er sich eifrig im Gedränge umsah.

Antek seinerseits ließ die Jaguscha nicht mehr aus den Augen, sie stand gerade an der Tonbank; die Burschen drängten von allen Seiten auf sie ein, sie zum Tanz zu laden, sie aber lehnte ab, redete lustig mit ihnen weiter, dabei heimlich mit den Blicken die Menschen streifend; und so schön kam sie ihnen heute vor, daß man, obgleich das Volk schon angetrunken war, erstaunt auf sie blickte. Schöner wie alle anderen war sie. Und doch war da noch Nastuscha, die einer Malve glich, der Farbe ihrer roten Kleider und ihrem Wuchse nach, und Veronka Ploschka, rot wie eine Georgine und sehr selbstbewußt; Sochas Tochter, kaum herangewachsen, der reine Kiek-in-die-Welt noch, aber ein schlankes Mädchen mit einem Mäulchen, süß wie Zucker; es waren auch genug andere da – wohlgeratene und schöngewachsene, die die Augen der Burschen auf sich zogen, wie Balcereks Maruschka zum Beispiel – eine üppig aufgeschossene Dirn, die schön weiß war und stramm wie eine Rübe und als die erste Tänzerin im Dorf galt – und doch konnte sich keine mit Jagna messen, gar keine.

Sie übertraf alle an Schönheit, Kleidung, Haltung und durch das Leuchten ihrer hellblauen Augen. Wie eine Rose Kressen, Malven, Georginen und Mohnblumen übertrifft, daß sie in allem geringer neben ihr erscheinen, so übertraf auch sie alle und herrschte über allen. Sie hatte sich heute wie zu einer Hochzeit aufgeputzt, hatte einen kräftig-gelben, grün und weiß gestreiften Beiderwandrock angezogen und ein Mieder aus blauem Samt mit einem goldenen Faden durchwebt und zur halben Brusthöhe tief ausgeschnitten, und auf dem seinen Hemd, das in blendendweißen Krausen sich um Hals und Hände üppig wellte, hatte sie Schnüre von Korallen, Bernstein und Glasperlen umgetan. Auf dem Haar trug sie ein seidenes Tüchlein, blaßblau mit rosa Buketts bestreut, von dem die Enden ihr auf den Rücken herabfielen.

Die Weiber nahmen sie wegen dieses Aufputzes mächtig vor und zogen boshaft über sie her; sie kümmerte sich gar nicht darum. Sie hatte bald Antek herausgefunden und errötete vor Freude, wie Wasser bei Sonnenuntergang; dann drehte sie sich nach dem Alten um, dem der Jude etwas erzählte, ihn gleich nach dem Alkoven geleitend, wo er denn auch sitzen blieb.

Natürlich hatte Antek nur darauf gewartet, denn gleich drängelte er sich seitwärts an sie heran und begrüßte sie beide ruhig, obgleich Fine sich absichtlich abgewandt hatte.

»Seid ihr zur Tanzmusik oder zu Malgoschkas Verlobung hier?«

»Zur Tanzmusik ...« antwortete sie leise, denn die Aufregung hatte ihr ganz die Stimme benommen.

Sie standen eine Zeitlang wortlos nebeneinander, atmeten nur rascher und blickten sich heimlich in die Augen; die Tänzer hatten sie nach der Wand zu beiseite gedrängt; die Nastuscha wurde von Schymek zum Tanz weggeholt, und Fine war irgendwo aufgehalten worden, so daß sie allein stehenblieben.

»Tag für Tag warte ich … Tag für Tag …« flüsterte er ganz leise.

»Kann ich denn kommen? … Sie bewachen mich ja …« antwortete sie bebend; ihre Hände begegneten sich ganz von selbst, ihre Hüften preßten sie gegeneinander an; sie waren beide blaß geworden, der Atem stockte ihnen, und ein Feuer glühte aus ihren Augen, und in ihren Herzen war ein solches Jubilieren, daß es kaum zu sagen war.

»Geh ein bißchen zurück, laß los! …« bat sie ganz leise, denn es war voll Menschen rings um sie herum.

Er antwortete nicht, faßte sie nur fest um, stieß die Menschenmenge auseinander und führte sie im Kreise, den Musikanten zurufend:

»Einen Oberek, Jungen, aber einen festen!«

Natürlich fuhren sie denn auch in die Saiten, daß es krachte und die Baßgeige aufstöhnte; sie kannten ihn doch, daß er, wenn er im Schwung war, die ganze Schenke traktieren würde!

Hinter ihm drein folgten die Kameraden im Tanzschritt, der Ploschka tanzte, es tanzte Balcerek, es tanzte Gschela und auch andere noch, und Mathias, da es seine Rippen noch nicht zuließen, trampelte im Takt und rief ihnen aufmunternde Worte zu!

Antek drehte sich im raschen Tanz, er hatte sich an die Spitze geschoben, hatte alle überholt und führte als erstes Paar so feurig an, daß er an nichts mehr dachte und auf nichts mehr achtete, und Jagusch drückte sich so zärtlich an ihn und bat nur immerzu, nach Atem ringend:

»Nur noch ein wenig, Jantosch, noch ein wenig!«

Sie tanzten lange zusammen, ruhten nur so viel aus, um etwas Atem zu schöpfen und Bier zu trinken und stürzten sich aufs neue in den Tanz, ohne zu beachten, daß die Leute auf sie aufmerksam wurden, tuschelten, die Gesichter verzogen und ganz laut bissige Bemerkungen machten.

Antek war heute alles gleich; er war ganz außer sich, wenn er sie nur bei sich fühlte und sie an sich pressen konnte, so fest, daß sie sich ganz aufrecken mußte und die lieben blauen Augen schloß. Freude klang in ihm und ein solcher Jubel, als stände der Frühling in ihm auf. Er hatte die Menschen und die ganze Welt vergessen, das Blut begann in ihm zu wallen, und eine so trotzige, unnachgiebige Macht erhob sich in seinem Innern, daß ihm die Brust fast springen wollte. Und Jagusch war wie ertrunken in Wonneseligkeit und Leidenschaft! Er hob sie, wie ein Riese, fast vom Boden im Tanz, sie widerstand ihm auch nicht; wie sollte sie auch, wie hätte sie das können, wenn er mit ihr drehte, wirbelte, sie an sich preßte, daß ihr zuweilen dunkel vor den Augen wurde und die ganze Welt ihr entschwand. Und es war in ihr ein solcher Jubel, eine solche Lust und das Gefühl eines solchen Jungseins, daß sie schon nichts mehr sah, nur diese seine schwarzen Brauen, die unergründlichen Augen und den roten, lockenden Mund.

Und die Geigen jauchzten verwegen auf und sangen und klangen in einem Lied dahin, das brennend wie der Wind zur Erntezeit war und das das Blut in Feuer verwandelte und das Herz in Jubel und Macht widerhallen ließ; die Baßgeigen aber meckerten im Hopsatakt dazu, daß die Füße wie von selber flogen und die Hacken aneinanderknallten; die Flöte pfiff dazwischen und lockte wie eine Amsel im Lenz und erfüllte mit solchem Wohlgefühl und öffnete das Herz so weit, daß einem ein Schauer der Lust über den Rücken lief, der Kopf ganz verwirrt wurde, der Atem stockte und man zugleich weinen und lachen, juchzen und sich anschmiegen, küssen und irgendwohin in die weite Welt, in eine leidenschaftliche Versunkenheit hätte fliegen mögen. Sie tanzten so hitzig, daß die Schenke zitterte und die Fässer mit den Musikanten obendrauf bebten.

An die fünfzig Paare flimmerten bunt auf in diesem großen Kreis, der sich von Wand zu Wand drehte in einem so voll Freude und Macht trunkenen Sang, daß die Flaschen umfielen, die Lampen sich verdunkelten und sie ein nächtliches, zuckendes Dunkel umfing. Nur von den Scheiten auf dem Herd, die durch den Wirbel des Vorbeisausens zur Glut angefacht waren, stäubten die Funken und brachen in blutige Flammenzungen aus, in deren Schein der zusammengedrängte Menschenknäuel, der sich in einem dichten Durcheinander rundum drehte, kaum zu sehen war. Man konnte mit dem Auge weder fassen noch erkennen, wo der Mann und wo das Weibsbild waren! Die Kapottröcke wehten hoch her, wie weiße Flügel; Beiderwandröcke, Bänder, Schürzen, erhitzte Gesichter, leuchtende Augen, wütendes Getrampel, Gesänge, Zurufe – alles mischte sich durcheinander, drehte sich im Kreise; wie eine Spindel, von der ein gewaltiger Lärm kam und durch die geöffnete Flurtür hinaus in die schneebedeckte frostige Winternacht zog.

Antek aber tanzte immerzu voraus, klappte am lautesten mit den Hacken, fegte wie ein wirbelnder Sturmwind rundum, ließ sich auf ein Knie zur Erde nieder, so daß sie dachten, er würde fallen ... aber weit gefehlt! ... Schon stand er wieder, raste aufs neue, juchheite, warf von Zeit zu Zeit den Musikanten ein Liedlein zu und flog durch das Gedränge, stieß auseinander, stampfte aus, kam wie ein Wetter, daß manch einen die Furcht packte und nur wenige ihm nachkommen konnten.

Eine gute Stunde tummelte er sich so herum, und obgleich die anderen ermüdet anhielten und auch den Musikanten die Hände erlahmen wollten, warf er ihnen Geld hin, feuerte sie zum Spielen an und tanzte, daß sie zum Schluß nur zu zweien im Kreise übriggeblieben waren.

Versteht sich, daß die Weiber deswegen schon ganz laut über eine solche Lustbarkeit mäkelten, die Köpfe schüttelten, die Jungen in Bewegung setzten und Boryna bemitleideten, bis Fine, die auf Antek böse war, und mehr noch auf die Stiefmutter, zum Alten hingerannt kam.

»Vater, der Antek tanzt mit der Stiefmutter, so daß die Leute sich aushalten!« flüsterte sie.

»Laß sie tanzen, dazu ist die Schenke da!« antwortete er und stieß weitererzählend wieder mit dem Sergeanten und mit dem Schmied an.

Sie kehrte unverrichteter Sache wieder um und fing an, die beiden aufmerksam zu beobachten, da sie nach dem Tanz an der Tonbank mit einem ganzen Haufen

Mädchen und Burschen standen. Lustig war es da, denn Ambrosius, schon ganz betrunken, erzählte solche Geschichten, daß die Madchen sich die Schürzen vors Gesicht hielten und die Burschen laut lachten und noch das ihre zugaben. Antek spendierte allen Bier, trank als erster allen zu, nötigte und umhalste die Burschen, umarmte sie und steckte den Mädchen ganze Hände voll Karamelbonbons zwischen das Mieder, um dabei auch Jagusch dasselbe tun zu können; trotzdem er ermüdet war, lachte er am lautesten und redete vergnügt drauf los.

In der Schenke amüsierte man sich denn auch nicht schlecht, das Volk war schon ganz aufgetaut und mitten im Vergnügen; immerzu tanzten Paare vorüber und die anderen stauten sich, wo nur Platz da war, besprachen sich, tranken einander zu, verbrüderten sich miteinander und vergnügten sich aus ganzem Herzen. Die Rschepetzkischen Edelleute waren hinter ihrem Tisch hervorgekommen, denn sie hatten sich schon mit den Leuten aus Lipce beim Schnaps befreundet, einige von ihnen gingen selbst in den Tanz; die Mädchen zeigten sich ihnen nicht abgeneigt, denn sie hatten ein zarteres Benehmen und brachten höflich ihre Aufforderung vor.

Anteks Gesellschaft vergnügte sich für sich, es waren lauter junge Leute und die ersten im Dorf. Er aber, obgleich er mit allen redete, wußte gar nichts mehr von Gottes Welt und achtete, als hätte er heute die ganze Besinnung verloren, auf nichts mehr, verbarg sich mit nichts, denn er hätte es selbst nicht vermocht – so gab er auch darauf nicht mehr acht, daß die Menschen ringsum ihn aufmerksam beäugten und scharf beobachteten. Hale, was sollte er sich darum kümmern, immerzu flüsterte er Jaguscha etwas ins Ohr, preßte sie an die Wand, umfaßte sie, griff nach ihren Händen und hielt sich kaum noch vom Küssen zurück! Die Augen irrten geistesabwesend umher, und in seiner Brust war ein so stürmisches Drängen, daß er bereit war, alles zu wagen, wenn es nur gleich in ihrer Gegenwart wäre, denn in ihren blauen, leidenschaftentflammten Augen sah er – Bewunderung und Liebe! Er schien zu wachsen, blickte stolz um sich und juchzte hin und wieder den anderen zu, wie ein Sturmwind, der losbrechen muß! Dabei trank er tüchtig und zwang auch Jaguscha dazu, so daß es ihr ganz wirr im Kopf wurde, und sie nicht wußte, was mit ihr geschah. Nur zuweilen, wenn die Musik schwieg und es in der Schenke etwas stiller wurde, kam sie ein bißchen zur Besinnung, eine Angst erfaßte sie dann und sie sah staunend um sich, als ob sie nach Hilfe suchte; selbst zu fliehen hatte sie Lust, aber er stand neben ihr und sah sie so an und eine solche Glut kam von ihm, ein solches Lieben staute sich in ihr, daß sie in einem Nu alles vergaß.

Das dauerte so ziemlich lange, Antek gab schon Branntwein für die ganze Gesellschaft aus. Der Jude gab ihm bereitwillig auf Kredit und strich jedes Quart doppelt an die Tür.

Da aber der ganzen Kumpanei sich die Köpfe zu verwirren begannen, so gingen sie allesamt wieder in den Tanz, um sich etwas zu ernüchtern. Natürlich tanzte Antek mit Jaguscha vornan.

In diesem Augenblick trat Boryna aus dem Alkoven hervor, denn die empörten Weiber hatten ihn herbeigeholt; er sah hin und hatte auch schon rasch alles begriffen; ein arger Zorn packte ihn, er biß aber nur die Zähne zusammen, knöpfte die Ösen seines Knierocks zu, setzte die Mütze fest auf und begann, sich zu ihnen durchzudrängen. Man trat vor ihm auseinander, denn er war weiß wie die Wand geworden und seine Augen funkelten wild.

»Nach Hause!« sagte er laut, als sie herangetanzt kamen und wollte Jagna am Arm festhalten, aber in einem Nu drehte Antek auf der Stelle um und wirbelte weiter, so daß sie sich ihm vergeblich zu entreißen versuchte.

Da sprang Boryna heran, stieß den Kreis auseinander und riß sie aus Anteks Armen; er ließ nicht locker und, ohne den Sohn anzusehen, führte er sie zur Schenke hinaus.

Die Musik schwieg plötzlich, eine jähe Stille legte sich auf die Anwesenden, so daß sie wie erstarrt dastanden; keiner sagte ein Wort, sie begriffen, daß etwas Entsetzliches vor sich gehen würde, weil Antek den Davoneilenden nachstürzte, die zusammengedrängten Menschen wie Garben auseinanderschob und aus der Schenke rannte; kaum hatte ihn die Frostluft getroffen, stolperte er über einen Holzblock, der vor dem Hause lag und fiel in den Schnee; bald hatte er sich jedoch wieder erhoben und holte sie an der Biegung des Weges am Weiher ein.

»Gehe deines Wegs, fall' die Menschen nicht an!« schrie der Alte, sich nach ihm umwendend.

Jagna rannte schreiend ins Haus, und Fine steckte dem Alten irgendeine Latte in die Hände und kreischte auf:

»Schlagt den Räuber, haut ihn doch, Väterchen!«

»Laßt sie los, laßt sie! ...« gurgelte Antek ganz besinnungslos vor Zorn und schob sich mit den Fäusten heran, bereit, loszuschlagen.

»Ich sage dir, geh weg, denn so wahr Gott im Himmel, schlag' ich dich tot, wie einen Hund! Hörst du!« schrie wieder der Alte, schon zu allem bereit. Antek trat, ohne es selbst zu wissen, zurück, die Hände sanken ihm herab und eine so große Angst befiel ihn, daß er zu zittern anfing. Der Alte ging langsam dem Hause zu.

Antek rannte ihm schon nicht mehr nach, er stand bebend und gedankenlos und ließ die leeren Augen in die Runde schweifen; ringsum war niemand mehr da, der Mond schien hell, die Schneemassen funkelten, und ein düsteres Weiß lag über allem. Er konnte sich nicht darauf besinnen, was geschehen war, kam erst wieder in der Schenke etwas zu sich, wohin ihn seine Freunde geführt hatten, die ihm zu Hilfe gesprungen waren, als es ruchbar geworden war, daß er sich mit dem Vater prügle.

Das Tanzvergnügen war auch schon zu Ende; man ging auseinander, da es ja auch schon spät war, die Schenke leerte sich rasch, und auf den Wegen schallten eine Zeitlang Zurufe und Gesänge. Nur die Rschepetzkischen waren noch dageblieben, denn sie wollten übernachten. Der Herr Jacek spielte ihnen auf der Geige sehr traurige Weisen vor, daß sie am Tisch mit aufgestützten Armen saßen und vor sich hin seufzten; Antek war nun auch da und saß für sich in einer Ecke; da man aus ihm kein vernünftiges Wort hatte herausbekommen können, ließen sie ihn alle im Stich. Er kauerte dort wie tot und auf nichts mehr achtend, und der Jude erinnerte ihn vergeblich daran, daß er die Schenke schließen wollte; er hörte nicht und verstand gar nichts, er kam erst auf Annas Stimme zu sich. Sie war gekommen, denn die Leute hatten ihr zugetragen, daß er sich wieder mit dem Vater geprügelt habe.

»Was willst du?« fragte er.

»Komm nach Haus, es ist schon spät«, bat sie, die Tränen zurückhaltend.

»Geh selbst, ich geh' nicht mit dir! Ich sag' dir, scher' dich!« schrie er drohend, und dann plötzlich beugte er sich ganz ohne Grund zu ihr und sagte ihr geradeaus ins Gesicht: »Wenn sie mich in Ketten schmieden sollten und ins Gefängnis sperren, würde ich noch freier sein, wie bei dir ... freier! Hörst du? ...«

Anna weinte kläglich auf und ging ihres Wegs.

Auch er erhob sich jetzt, trat hinaus und schleppte sich in der Richtung nach der Mühle davon.

Die Nacht war hell, von Mondesglanz durchschimmert; die Bäume warfen lange, ganz blaue, silbrige Schatten, der Frost hatte so fest zugepackt, daß hin und wieder ein Knacken in den Zaunlatten zu hören war und etwas, wie ein gequältes Ächzen, über das funkelnde Schneeland glitt; eine tote, frosterstarrte Ruhe hüllte die ganze Welt ein, das Dorf schlief schon, nicht ein einziges Fenster blinkte Licht, nicht ein Hund bellte auf, selbst die Mühle ratterte nicht – nichts; nur fern von der Schenke drang noch die heisere Stimme von Ambrosius herüber, der seiner Gewohnheit gemäß mitten auf dem Weg sang – es klang aber nur noch schwach und wie verschleiert.

Antek schleppte sich schwer und langsam am Weiher entlang, blieb stehen, sah sich geistesabwesend um und horchte angstvoll auf; denn immer wieder hallten in ihm die furchtbaren väterlichen Worte nach, und immerzu sah er seine zornigen Augen, die auf ihn wie mit einem Messer einstachen, so daß er, ohne es zu wissen, immer wieder zurückschrak. Ein Angstgefühl schnürte ihm die Kehle zu, das Herz stockte, die Haare sträubten sich und aus den Gedanken schwand der Groll, schwand das Lieben, schwand alles hin und blieb nur der tödliche Schreck, das bebende Entsetzen und die verzweifelte, qualvolle Ohnmacht.

Er wußte selbst nicht, daß er heimwärts zu gehen begann, als ihn vom Kirchhof her laute Klagen und ein klägliches Weinen erreichten; unter einem Kreuze, das ganz dicht an der Kirchhofspforte stand, lag jemand mit weit ausgespreizten Armen auf dem Schnee. Im Schatten, der von der Mauer fiel, konnte man nichts unterscheiden; er bückte sich im Glauben, es wäre ein fremder Wanderer oder auch ein Betrunkener – das war aber Anna, die da lag und Gottes Gnade anflehte.

»Komm nach Haus, bei dieser Kälte, komm, Hanusch!« bat er, denn es war ihm seltsam weich ums Herz geworden; da sie aber nichts sagte, hob er sie mit Gewalt empor und brachte sie heim.

Sie sprachen nicht mehr miteinander, denn Anna weinte bitterlich.

* * *

Auf dem Borynahof war es wie in einem Grab nach diesem Fest – kein Weinen, kein Zanken und Fluchen, aber eine lastende Stille, feindlich lauernd und voll zurückgehaltenen Zornes und unterdrückter Klagen.

Das ganze Haus verstummte, umspann sich mit Düsterkeit und lebte in ständiger Angst und Erwartung vor etwas Schrecklichem, als müßte das Dach jeden Augenblick den Menschen über den Köpfen zusammenstürzen.

Der Alte, nachdem er zurückgekehrt war, sagte weder gleich darauf noch am nächsten Tage ein einziges Wort zu Jagusch, beklagte sich selbst nicht vor der Dominikbäuerin, als ob nichts geschehen wäre.

Er wurde nur von dem in seinem Inneren niedergeduckten Zorn krank und konnte sich nicht vom Bett erheben, fühlte in einem fort eine Übelkeit, hatte Stechen in der Seite und eine zehrende Hitze im Leib.

»Das ist nichts anderes, als daß die Leber einen Brand gekriegt hat oder auch daß die Gebärmutter sich gesenkt hat!« sagte die Dominikbäuerin, ihm die Seiten mit heißem Öl schmierend; er antwortete nichts, stöhnte nur schmerzlich und sah eigensinnig auf die Balkendecke.

»Nein, Jaguscha ihre Schuld ist das nicht!« begann sie leise, damit es die Leute in der Stube nicht hörten, denn sie war schon arg darüber besorgt, daß er kein Wort über den gestrigen Vorfall gesagt hatte.

»Wessen denn sonst?« brummte er.

»Worin soll sie denn schuldig sein! Ihr habt sie doch allein gelassen und seid in den Alkoven trinken gegangen, die Musik spielte, alle tanzten, vergnügten sich, was sollte sie vielleicht wie ein Termit in der Ecke stehen? Jung ist sie doch und gesund und will sich doch amüsieren. Er hat sie dazu gezwungen, da ist sie denn mit ihm tanzen gegangen. Konnte sie da nicht gehen, jeder hat doch in der Schenke das Recht, die aufzufordern, die ihm gefällt; und daß er sie gewählt und dann nicht losgelassen hat, dieser Räuber, das ist nur aus Wut auf euch, nur aus Wut!«

»Schmiert nur zu und macht, daß ich bald gesund werde, und lehrt mich nicht Verstand, ich weiß gut, wie es war, euer Reden brauch' ich nicht.«

»Wenn ihr so klug seid, dann müßtet ihr auch das wissen, daß eine junge, gesunde Frau auch ihren Spaß braucht! Es ist doch kein Stück Holz oder ein altes Weib, hat ein Mannsbild geheiratet und braucht auch ein Mannsbild und nicht einen Greis, um mit ihm den Rosenkranz durchzufingern, nee!«

»Warum habt ihr sie mir denn gegeben?« warf er höhnisch hin.

»Warum? Wer hat denn da wie ein Hund gewinselt? Ich war es nicht, die euch gebeten hat, daß ihr sie nehmen sollt, ich hab' sie euch nicht unter die Nase gebunden, sie selbst sich auch nicht! Sie hätte jeden anderen heiraten können von den Ersten im Dorf, genug waren für sie da ...«

»Das schon, aber nicht zum Heiraten ...«

»Daß sich euch die Zunge verdreht für dieses hundsgemeine Gegeifer!«

»Euch hat wohl die Wahrheit wie Brennesseln gestochen, daß ihr hier so auffahrt!«

»Häßlicher Lügenkram, das ist nicht wahr! Lügenkram!«

Er zog das Federbett über die Brust, drehte sich nach der Wand und ließ sich mit keinem Wort auf ihre hitzigen Beweisführungen ein; erst als sie zu weinen anfing, murmelte er bissig:

»Wenn das Weib mit dem Schlegel nicht kann, dann glaubt sie mit Tränen was zu kriegen!«

Er wußte schon gut, was er gesagt hatte, ganz gut! Jetzt, da er sich vom Bett nicht erheben konnte, kam es ihm in den Sinn, was man über sie früher erzählt hatte. Er überdachte es, legte es sich zurecht, zog seine Schlüsse und überlegte, und eine solche Wut erfaßte ihn, eine solche Eifersucht nagte an ihm, daß er nicht ruhig liegen konnte, sondern sich auf dem Bett hin- und herwarf, leise vor sich hin fluchte oder sich mit dem Gesicht nach der Stube hindrehte und mit seinen bösen Habichtaugen

Jagna auf Schritt und Tritt verfolgte ... Sie aber sah etwas blaß und abgehärmt aus, ging wie traumbefangen im Hause herum und blickte ihn mit kläglichen Augen eines zu Unrecht bestraften Kindes an und seufzte so, daß es ihm leid wurde, sein Herz begann schon etwas aufzutauen; aber um so größer wuchs seine Eifersucht.

So schleppte es sich fast schon eine ganze Woche lang, daß es gar nicht mehr zum Aushalten im Hause war, denn sie hatte doch eine empfindsame Seele und war wie eine Blume, die ein Frost nur etwas anzuhauchen braucht – und sie läßt den Kopf hängen und erbebt vor Schmerz. Sie magerte auch zusehends ab, denn sie konnte nicht schlafen, das Essen schmeckte ihr nicht; es war ihr schwer, still auf dem Fleck zu sitzen und sich mit irgendeiner Arbeit zu befassen, denn alles flog ihr aus den Händen, und immerwährend folgte ihr auf Schritt und Tritt die Angst. Wie sollte es denn auch anders sein, wenn der Alte dalag, immerzu herumächzte, kein gutes Wort sagte und mit Räuberblicken nach ihr sah! Immerzu fühlte sie seine Augen auf sich ruhen, immerzu, so daß sie es schon gar nicht aushalten konnte. Das Leben dünkte ihr eine Last, denn auch von Antek wußte sie nichts; er hatte sich die ganze Woche noch nicht blicken lassen, obgleich sie manchen Abend in tödlicher Angst nach dem Schober gelaufen war, um nach ihm auszuschauen. Sie wagte keinen zu fragen. Es wurde ihr auf dem Borynahof die Zeit so lang, daß sie ein paarmal am Tag zur Mutter lief; aber die Dominikbäuerin saß wenig zu Hause. Mal war sie bei Kranken, dann steckte sie in der Kirche; und wenn sie da war, zeigte sie ein grimmiges Gesicht und machte ihr bittere Vorwürfe; auch die Jungen gingen finster, mißmutig und bedrückt herum, denn die Alte hatte Schymek mit der Flachsbreche durchgeprügelt, da er am Dreikönigstag in der Schenke ganze vier Silberlinge versoffen hatte. Dann fing sie an, bei den Nachbarn einzusehen, um irgendwie den Tag herumzubringen; aber auch dort wollte es ihr nicht wohl werden; natürlich wiesen sie sie nicht fort, aber sie siebten die Worte so dünn durch die Zähne und sahen mürrisch vor sich hin, dabei klagten sie alle zusammen über die Krankheit des Alten und jammerten über das schlechte Wetter, das jetzt gekommen war.

Auch Fine gab ihr bissige Antworten, wo und wie sie immer nur konnte; und selbst Witek fürchtete sich, auf seine Art zu plappern in Gegenwart des Bauern. Sie hatte wirklich rein niemanden mehr, mit dem sie ein Wort reden konnte, höchstens das bißchen Freude und die Zerstreuung, wenn Pjetrek an den Abenden nach der Arbeit leise im Stall auf seiner Geige spielte, denn im Hause erlaubte es ihm der Alte nicht.

Und der Winter war immerzu streng, frostig und stürmisch, so daß man zu Hause sitzen mußte!

Erst so gegen Sonnabend kroch der Alte, obgleich er noch nicht gesund war, aus dem Bett, zog sich warm an, denn es war gerade eine sehr starke Kälte und ging ins Dorf.

Er sah bei verschiedenen ein, hier um sich etwas zu wärmen, dort kam er mit besonderen Angelegenheiten und ließ sich selbst mit solchen ein, an denen er sonst ohne ein Wort vorbeiging, und überall fing er zuerst von dem Vorfall in der Schenke an, drehte alles ins Lächerliche um und erzählte bereitwillig, wie tüchtig er sich angetrunken hätte und daß er dadurch krank geworden wäre.

Man wunderte sich darüber, bestätigte, nickte mit den Köpfen, aber niemand ließ sich was weismachen. Sie kannten doch seinen unbeugsamen Hochmut und wußten nur zu gut, daß man ihn, wenn sein Ehrgefühl dabei im Spiel war, auf lebendigem Feuer hatte rösten können und er hätte doch keinen Laut von sich gegeben; sie wußten auch, wie sehr er sich stets über die anderen erhob, wie er sich blähte und sich für den Besten im Dorf hielt, dabei auch mächtig achtgab, daß die Leute nicht an ihm die Zungen wetzten.

Man begriff es, daß er vorsorgte, um den Klatsch, der entstanden war, zu ersticken.

Und der alte Simeon, der Schultheiß, sagte ihm, wie das so seine Art war, geradeaus ins Gesicht:

»Eia popei, es pflückt der Bauer Pflaumen, und es sind ihrer zwei! Das Menschengerede ist wie Feuer, mit den Krallen werdet ihr es nicht auslöschen, es muß von selbst ausbrennen! Und das will ich euch noch in Erinnerung bringen, was ich da vor der Hochzeit gesagt habe: wenn der Alte eine Junge freit, dann jagt er den Bösen nicht mal mit geweihtem Wasser davon!«

Boryna wurde ärgerlich und ging geradeswegs nach Haus; Jagusch aber, die im Glauben war, daß nun, da er aufgestanden war, alles vorüber sei und zum Alten wiederkehren würde, atmete erleichtert auf und versuchte wieder mit ihm anzuknüpfen, ihm in die Augen zu sehen, sich einzuschmeicheln und in der Stube süß herumzugirren, wie vorher ... Aber bald ernüchterte er sie mit einem solchen scharfen Wort, daß sie ganz außer sich vor Schreck wurde; und auch später änderte er sich nicht, tat nicht zärtlich, zog sie nicht an sich, versuchte nicht ihre Gedanken zu erraten, bemühte sich nicht um ihre Gunst, sondern herrschte sie scharf an, wie eine Dienstmagd, wegen jeder Nachlässigkeit und trieb sie an die Arbeit.

Von diesem Tag an nahm er wieder alles in seine Fäuste, überwachte alles und ließ nichts aus den Händen. Tagelang, nachdem er wieder gesund geworden war, drosch er mit Pjetrek und machte sich in der Scheune am Korn zu schaffen, ohne fast einen Schritt aus dem Gehöft zu gehen, denn sogar an den Abenden brachte er noch die Pferdegeschirre in Ordnung und schnitzte auf dem Holzblock verschiedene Wirtschaftssachen; dabei bewachte er Jagna so fleißig, daß sie selbst nicht einen Schritt tun konnte, ohne daß er nachsehen ging; selbst ihre Festtagskleider hielt er unter Verschluß und trug den Schlüssel mit sich herum.

Was sie da nicht alles auszustehen hatte. Und daß er wegen jeder Kleinigkeit auf sie einschrie und nicht ein gutes Wort für sie hatte, das allein war noch nicht genug; aber er tat noch gerade so, als ob sie nicht die Hausfrau wäre, denn nur der Fine gab er Anordnungen, was zu tun sei, mit ihr nur besprach er verschiedene Angelegenheiten, von denen die Dirn nicht viel verstehen konnte, und ließ Fine allein auf alles Obacht geben.

Und Jagna war wie nicht mehr vorhanden für ihn, sie spann ganze Tage lang, ging wie irr umher oder flüchtete zur Mutter, um sich da auszuklagen und ihr Leid zu erzählen; aber auch die Alte hatte nichts ausrichten können, denn er sagte ihr scharf:

»Die Herrin war sie, konnte tun und lassen was sie wollte, nichts hat ihr gefehlt; sie hat es nicht zu schätzen gewußt, laß sie jetzt was anderes ausprobieren! Und das will ich euch nur gesagt haben, ihr könnt es ihr wiedersagen: solange ich meine

Klumpen rühre, werde ich, was mein ist, zu hüten wissen und lasse nicht zu, daß man über mich lacht, wie über eine Strohpuppe, merkt euch das.«

»Um Gotteswillen, sie hat doch nichts Schlimmes getan!«

»Hätte sie was getan, würde ich ihr noch ganz anders beikommen! Es ist mir schon genug, daß sie sich mit dem Antek eingelassen hat!«

»In der Schenke, beim Tanz doch, wo alle dabei waren!«

»Hale, in der Schenke nur! Hale ...!« er hatte es sich nämlich überlegt, daß sie zu Antek hinausgewesen sein mußte, als er damals ihre Schürze im Heckenweg fand.

Er ließ sich also nicht überzeugen, glaubte nicht und hielt fest an seiner Meinung; zum Schluß aber sagte er:

»Ich bin ein guter und friedfertiger Mensch, alle wissen das; aber wenn einer mit der Peitsche nach mir langt, der kann die Runge zu fühlen kriegen.«

»Schlagt den, der schuldig ist, aber Unrecht sollt ihr nicht tun, denn aus jedem Unrecht wächst Vergeltung.«

»Wer seins verteidigt, der tut kein Unrecht!«

»Nur daß ihr rechtzeitig seht, wo euer Eigentum zu Ende ist!«

»Ihr droht, wie ich sehe!«

»Ich sag' nur, was ich zu sagen habe, und ihr vertraut allzusehr auf euch selbst. Denkt nur daran: Wer die anderen zeichnet – ist selbst gezeichnet!«

»Genug hab' ich von euren Lehren und Sprüchen, ich hab' noch meinen eigenen Verstand!« sagte et im Zorn.

Und dabei blieb es, denn die Dominikbäuerin, da sie seine Verstocktheit und seinen Starrsinn sah, kam nicht auf diese Angelegenheit zurück in der Hoffnung, daß es auch schon so vorübergehen und sich einrenken würde, er aber ließ nicht einen einzigen Tag locker, er verbiß sich sogar und gefiel sich in seinem Ärger; und obgleich er des öfteren bei Nacht, wenn er Jagusch weinen hörte, unbewußt hochkam, um schnell nach ihr zu sehen, so besann er sich doch wieder zur rechten Zeit und tat dann, als wäre er aufgestanden, um durchs Fenster zu gucken oder nachzuprüfen, ob die Türen gut verschlossen seien.

Das schleppte sich so ganze paar Wochen lang ohne Unterbrechung; Jagna war es verdrießlich, traurig und so schlecht zumute, daß sie es kaum mehr so ertragen konnte; den Menschen wagte sie nicht in die Augen zu sehen, sie schämte sich vor dem ganzen Dorf, denn alle wußten es gut, was da auf dem Borynahof vor sich ging.

Das Haus mutete ganz finster an, und sie schlichen darin alle leise und ängstlich wie Schatten einher.

In Wahrheit war da auch kaum einer, der bei ihnen einsah, da jeder bei sich zu Hause selbst genug Zank hatte! Auch der Schulze zeigte sich nicht, verärgert darüber, daß Boryna sein Kind nicht hatte aus der Taufe heben wollen; nur einzig die beiden Dominikburschen kamen manchmal vorbei, oder Nastuscha Täubich mit dem Spinnrocken; die kam aber hauptsächlich zu Fine und um sich mit Schymek zu treffen, so daß man von ihr keinen Nutzen haben konnte. Manchmal kam auch Rochus nachzusehen; doch da er die düsteren, verärgerten Gesichter sah, blieb er nur kurz sitzen.

Einzig der Schmied war jeden Abend da und blieb lange, hetzte so gut er konnte den Alten gegen Jagna auf und schmeichelte sich neu in Gunst ein. Natürlich kam auch Gusche oft, um das ihre beizutun, wo es gerade einen Zank gab. Die Dominikbäuerin erschien jeden Tag und wiederholte nun Tag für Tag, Jagna müsse den Alten durch Demut gewinnen.

Was half's, Jagna wollte sich nicht demütigen, nein, um keinen Preis, im Gegenteil: eine Empörung wuchs in ihr und ein Zorn zuckte in ihr immer öfter auf. Sehr viel unterstützte sie darin Gusche, und einmal sagte sie ihr selbst leise:

»Jagusch, du tust mir ja furchtbar leid, als ob du meine leibliche Tochter wärest! Dieser alte Hund tut dir unrecht! Und du leidest wie ein Lämmlein! Nicht so machen es die anderen Weiber! ...«

»Wie denn?« fragte sie neugierig, denn ihre Lage war ihr schon ganz zuwider.

»Den Bösen wirst du durch Güte nicht 'rumkriegen, nur mit noch größerer Bosheit! Wie eine Magd hält er dich, und du sagst nichts dazu; er soll dir ja die Kleider in der Lade verschlossen halten und bewacht dich, wo du stehst und gehst, gibt dir nicht ein gutes Wort – und du, was tust du dagegen? Seufzen, dich grämen und auf Gottes Erbarmen warten! Solange der Mensch nichts selber tut, gibt ihm auch der Herrgott weder Hab noch Gut! Wenn es so auf mich käme, dann würde ich wissen, was zu tun wäre! Die Fine würde ich verprügeln, daß sie mir nicht im Hause regiert, du bist doch die Bäuerin, und dem Mann würde ich auch in nichts nachgeben! Will er Krieg, dann soll er einen solchen haben, daß er ihm bis zum Hals heraushängt! Hale, laß mal das Mannsbild über dich regieren, bald wird er da selbst nach dem Stock greifen, und Gott weiß, womit es dann endet!

Und das erste«, sie senkte die Stimme und flüsterte es ihr ins Ohr, »stell' ihn zurück, wie den Jungstier von der Kuh und laß ihn nicht ein bißchen an dich heran, halt' ihn dir wie einen Hund an der Schwelle! Du wirst bald sehen, wie er weich wird, wie er sich begütigt!«

Jagna sprang vom Spinnrocken auf, um ihr errötetes Gesicht zu verbergen.

»Was schämst du dich, Dumme? Da ist nichts Schlechtes dabei! Alle tun dasselbe und werden es immer tun; ich bin nicht die erste, die so ein Mittel ausgedacht hat! Man weiß ja doch, daß man ein Mannsbild mit dem Weiberrock weiter hinlocken wird, wie einen Hund mit einer Speckschwarte, denn der Hund wird es eher noch gewahr! Und mit einem Alten ist es leichter, wie mit einem Jungen, weil er gieriger ist und auch schwerer in fremden Häusern auf Schaden gehen kann! Tu das, und bald wirst du mir danken! Und was sie da über dich und Antek schnauzen, das nimm dir nicht zu Herzen; wenn du wie der frisch gefallene Schnee wärest, den Ruß finden sie doch auf dir! Das ist in der Welt eine solche Einrichtung, daß sie einen, der sich duckt, nicht einmal durchgehen lassen, wenn er einen Finger krümmt; und wer nicht darauf achtet, was man über ihn sagt, wer fest und keck ist, der kann tun, was ihm nur in den Sinn kommt. Keiner wird selbst mit einem Wörtchen dagegen anmurren, und einschmeicheln werden sie sich bei einem, wie Hündchen! Den Starken gehört die ganze Welt, den Zähen, Unnachgiebigen! Über mich haben sie genug geredet, gerade genug, und über deine Mutter auch, da es doch bekannt war mit diesem Florek ...«

»Rührt mir nicht die Mutter an!«

»Mag sie dir heilig bleiben! Das ist auch wahr, daß jeder etwas Heiliges nötig hat.«

Lange noch redete sie und unterwies sie, und allmählich, wenn auch nicht gefragt, erzählte sie über Antek, was sie sich nur ausdenken konnte! Gierig hörte Jaguscha zu, ohne sich jedoch mit einem Wort zu verraten, und ihre Ratschläge nahm sie sich stark zu Herzen und grübelte darüber einen ganzen Tag. Abends aber, als Rochus, der Schmied und Nastuscha da waren, sagte sie zum Alten:

»Gebt mir doch die Schlüssel zur Lade, die Kleider muß ich durchlüften!«

Er reichte sie ihr etwas beschämt, denn Nastuscha lachte los; trotzdem aber, als sie mit dem Umlegen fertig war, streckte er die Hand nach dem Schlüssel aus.

»Da drinnen ist nur meine Kleidung, dafür paß ich schon selber auf!« sagte sie trotzig.

Und von diesem Abend an fing im Hause die Hölle an! Der Alte änderte sich nicht, aber auch sie ließ nicht nach, und auf ein Wort antwortete sie mit einem Schock und so laut, daß man ihr Schreien auf der Dorfstraße hören konnte. Viel half das nicht; so fing sie denn an, alles dem Alten zum Ärger zu machen.

Auf Fine hackte sie bei jeder Gelegenheit ein und züchtigte sie oft so schmerzlich, daß das Mädchen weinend davonlief, um sich zu beklagen. Das nützte aber nicht viel, denn Jaguscha keifte nur noch mehr, wenn nicht alles nach ihrem Willen ging. Für die Abende ging sie absichtlich auf die andere Seite hinüber, den Alten in der ersten Stube zurücklassend, hielt Pjetrek zum Spielen an und sang zu seiner Begleitung verschiedene Lieder bis spät in die Nacht; dann wiederum putzte sie sich Sonntags aus, so gut sie nur konnte, und ohne auf den Ehemann zu warten, ging sie allein zur Kirche, auf den Wegen mit den Burschen herumstehend.

Der Alte staunte über diesen Wechsel, wütete, versuchte sich dagegen zu stemmen, beugte vor, daß es nicht im Dorf ruchbar wurde, konnte aber nicht gegen ihre Launen an, und immer häufiger gab er nach, um des heiligen Friedens willen.

»Du liebe Güte! Wie ein Lämmlein schien sie, wie ein demütiges Schäflein, und jetzt ist sie wie eine Borste!« rief er einmal, mit der Gusche redend.

»Das Brot bläht sie auf und geht mit ihr durch!« sagte sie empört, denn sie pflichtete immer dem bei, der sie um Rat fragte. »Aber das will ich euch sagen, solange es noch Zeit ist, muß man mit was Hartem die Launen austreiben, denn später wird man selbst mit einer Runge nicht beikommen!«

»Das ist kein Brauch bei den Borynas!« sagte er hochfahrend.

»Es scheint mir, daß es auch bei den Borynas dazu kommt!« murmelte sie bissig.

Ein paar Tage später, gleich nach Mariä Lichtmeß, brachte Ambrosius abends Bescheid, daß der Priester am nächsten Tag seine Weihnachtsrundfahrt beginnen würde.

Sie machten sich gleich am frühen Morgen ans Reinemachen, und sogar der Alte ging selbst daran, den Heckenweg vom Schnee reinzuschaufeln, um der Hölle aus dem Weg zu gehen, denn Jagna hatte das reine Donnerwetter auf Fine losgelassen; sie lüfteten die Stuben, fegten die Spinnweben von den Wänden ab, Fine streute die Galerie und den Flur mit gelbem Sand aus, und eiligst warfen sie sich in ihren Feiertagsstaat, denn der Priester war schon bei den Balcereks in der nächsten Nachbarschaft.

Bald hielt auch sein Schlitten vor der Galerie, und er selbst in einem Chorhemd über dem Pelz, von den beiden Organistenjungen geführt, die wie zur Messe gekleidet waren, trat in die Stube. Er sprach die lateinischen Gebete, besprengte alles und ging auf den Hof, die Gebäude und den ganzen Besitz zu weihen. Boryna trug ihm auf einem Teller Weihwasser nach, der Priester aber betete laut und weihte alles der Reihenfolge nach. Die Organistenjungen gingen daneben, Weihnachtslieder singend und oft mit den Schellen klirrend, der Rest folgte ihnen, wie bei einer Prozession.

Nachdem Hochwürden fertig war, kehrte er in die Stube zurück und setzte sich, um auszuruhen; und bis Boryna mit dem Knecht einen halben polnischen Scheffel Hafer und ein Quartmaß Erbsen in den Schlitten geschüttet hatten, begann er Fine und Witek das Gebet abzuhören.

Sie konnten es so fein, daß er sich selbst verwunderte und danach fragte, von wem sie es gelernt hätten.

»Das Gebet hat mich Jakob gelehrt und den Katechismus und die Fibel Rochus«, antwortete Witek keck, so daß ihn der Priester über den Kopf streichelte; doch Fine hatte dermaßen den Mut verloren, daß sie nur errötete, zu weinen anfing und nicht ein Wort mehr hervorstottern konnte. Er gab ihnen je zwei Heiligenbilder und ermahnte sie, gegen die Älteren gehorsam zu sein, fleißig zu beten und sich vor Sünde zu hüten, denn der Böse lauert auf Schritt und Tritt und überredet einen zur Hölle. Und dann aber, die Stimme erhebend und Jagna anschauend, schloß er drohend:

»Ich sag' euch, nichts wird sich vor den Augen der göttlichen Gerechtigkeit verbergen, nicht das geringste! Hütet euch vor dem Tag des Gerichts und der Strafe, tut Buße und bessert euch, solange es noch Zeit ist!«

Die Kinder brachen in ein Weinen aus, denn es war ihnen zumute, wie in der Kirche während der Predigt. Auch Jaguscha fing das Herz an ängstlich zu klopfen, und eine Röte überzog ihr Gesicht, denn sie verstand es wohl, daß das für sie gemeint war; und als Matheus wieder in die Stube trat, ging sie hinaus, ohne zu wagen, dem Priester in die Augen zu sehen.

»Ich wollte mit euch reden, Matheus!« murmelte der Priester, als sie allein geblieben waren, ließ ihn neben sich sitzen, räusperte sich, reichte ihm die Schnupftabaksdose, wischte sich die Nase mit einem feinen Tuch; von dem, wie Witek später erzählte, ein Duft kam, wie aus einem Weihrauchschiffchen, reckte sich die Finger, daß sie knackten, und begann leise:

»Die Leute haben es mir erzählt, was da in der Schenke geschehen ist!«

»Natürlich, vor aller Augen war es!« bestätigte der Alte traurig.

»Geht doch nicht in die Schenke und bringt dort nicht die Frauen hin, so oft verbiet' ich es, schreie mir die Lunge krank, bitte – nichts nützt; da habt ihr also denn euren Lohn. Aber dankt Gott heiß, daß es keine größere Sünde gewesen ist, ich sag' es euch, keine größere Sünde!«

»Keine!« sein Gesicht erhellte sich, denn dem Priester glaubte er.

»Sie erzählten mir auch, daß ihr sie jetzt grausam dafür straft; da tut ihr unrecht, und wer Ungerechtigkeit begeht, sündigt, ich sage es euch, er sündigt!«

»Ii, wo denn, ich wollte sie nur etwas stramm nehmen, ich wollt' ja nur ...«

»Antek ist schuld, nicht sie!« unterbrach er ihn hitzig. »Absichtlich euch zum Ärger hat er sie zum Tanzen gezwungen, augenscheinlich wollte er mit euch einen Krakeel, ich sag' es euch, einen Krakeel wollte er!« versicherte er feierlich, durch die Dominikbäuerin unterwiesen, auf deren Worte er sich vollständig verließ. »Aber was ich da noch sagen wollte … aha … das Fohlen rennt so im Stall herum, man muß es hinter die Umzäunung tun, sonst wird der Wallach noch nach ihm ausschlagen und das Unglück ist fertig; im vorigen Jahr ist mir eins ganz ebenso zuschanden gerichtet worden. Von welchem Hengst denn?«

»Von dem Müller seinem!«

»Das hab' ich gleich an der Farbe und an der Blesse erkannt, ein tüchtiges Fohlen! Aber mit Antek müßtet ihr durchaus Frieden machen, durch diese Ärgernisse ist der Kerl ganz außer Rand und Band geraten.«

»Ich hab' mich nicht mit ihm gezankt, so werd' ich ihn auch nicht um Frieden bitten«, sagte Boryna verbissen.

»Ich rat' es euch als Priester, ihr könnt dann tun, was euch das Gewissen sagt; aber das sag' ich euch: durch eure Schuld geht der Mensch zugrunde. Heute erst haben sie mir erzählt, daß er immerzu in der Schenke sitzt, alle Burschen aufreizt, gegen die Alten schimpft und etwas gegen den Gutshof vorhat.«

»Mir hat man davon nichts erzählt.«

»Wenn ein räudiges Schaf zwischen die Herde kommt, dann steckt es alle anderen an! Und von diesen Aufwiegeleien gegen den Gutshof kann großes Unglück für das ganze Dorf kommen.« Aber Boryna wollte nicht über diese Angelegenheit sprechen, so sprach der Priester noch über dies und jenes und sagte schließlich:

»Nur mit Eintracht, mein Lieber, nur mit Eintracht.« Er nahm eine Prise und setzte die Mütze auf. »Auf Eintracht steht die ganze Welt, einträchtig, auf gütlichem Wege, da würde auch der Gutsherr mit euch einig werden; er sagte es, erwähnte mir etwas darüber, das ist ein guter Mensch, er würde lieber alles gut nachbarlich erledigen …«

»Wolfsnachbarschaft! Gegen solchen ist ein Knüttel oder Eisen das beste.«

Der Priester machte eine jähe abwehrende Bewegung und sah ihm ins Gesicht; da er aber seinen grauen, kalten, unerbittlichen Augen begegnete und seine zusammengepreßten Lippen sah, drehte er sich rasch weg und rieb sich nervös die Hände, denn er mochte keinen Streit.

»Ich muß schon gehen. Das will ich euch aber noch sagen, ihr solltet nicht mit allzugroßer Strenge die Frau gegen euch verstimmen. Jung ist sie noch, hat es bunt im Kopf, wie jede Frau, da muß man mit ihr klug und gerecht umgehen; manches darf man nicht sehen und nicht hören und auf das andere nicht achten, um sich dadurch gegen Unfrieden zu verwahren, denn daraus kommen die schlechtesten Dinge. Gottes Segen ist mit den Friedfertigen, ich sag es euch, Gottes Segen! – Was ist das für 'n Teufelsfratz!« schrie er, plötzlich aufspringend, denn der unbeweglich neben der Truhe stehende Storch holte mit einem mächtigen Stoß gegen den glänzenden Stiefel des Priesters aus und stieß darauf ein.

»Der Storch doch; Witek hat ihn sich im Herbst hergenommen, denn der arme Vogel ist zurückgeblieben, hat ihn sich auskuriert, weil ja sein Flügel gebrochen war, und jetzt sitzt er hier und fängt Mäuse, wie eine Katze.«

»Na, wißt ihr, einen zahmen Storch hab' ich noch nicht gesehen, seltsam, ganz seltsam!«

Er beugte sich zu ihm und wollte ihn streicheln; aber der Storch ließ sich nicht anfassen, drehte den Hals herum und, seitwärts lauernd, versuchte er wieder gegen den Priesterstiefel auszuholen.

»Wißt ihr, der gefällt mir so, den würd' ich gern euch abkaufen, wollt ihr?«

»Was sollt' ich da verkaufen, der Junge wird ihn gleich hinübertragen nach dem Pfarrhof.«

»Ich schicke den Walek danach.«

»Der läßt sich von keinem anfassen, nur auf Witek hört er.«

Sie riefen den Jungen, der Priester gab ihm einen Silberling und beauftragte Witek, den Vogel in der Abenddämmerung zu bringen, nachdem er von seiner Rundfahrt zurück wäre; aber Witek brach in ein Geheul aus, nahm gleich nach dem Weggehen des Priesters den Storch in den Kuhstall und brüllte dort fast bis zum Abend, so daß der Alte ihn erst mit einem Riemen zur Ruhe bringen mußte, um ihn an das Hinübertragen des Vogels erinnern zu können. Natürlich mußte der Junge gehorchen, aber sein Herz krampfte sich ihm vor Leid und Bitternis zusammen; selbst die Schläge fühlte er nicht sehr, ging mit vor Weinen geschwollenen Augenlidern wie blöd umher und stürzte, sobald er nur konnte, immer wieder auf den Storch, umarmte und küßte ihn, und schluchzte immer wieder kläglich auf ...

In der Dämmerung aber, als der Priester schon aus dem Dorf heimgekehrt war, bedeckte er den Storch mit seinem Rock, um ihn gegen die Kälte zu schützen und trug ihn mit Fine gemeinsam hinüber, denn der Vogel war schwer. Hin und wieder noch aufschluchzend, trugen sie ihn auf den Pfarrhof und Waupa begleitete sie; aber auch er bellte etwas mißmutig.

Je länger der Alte die Worte des Priesters überlegte und das, was ihm dieser so aufrichtig versichert hatte, desto heiterer wurde er, beruhigte sich und änderte langsam und unmerklich sein Benehmen Jagna gegenüber.

Alles kehrte zum früheren Zustand zurück; aber das frühere, freudige Leben wollte nicht wieder ins Haus einziehen, auch die innere Ruhe nicht und das stille tiefe Vertrauen.

Es war wie mit einem zerschlagenen Topf, der, wenn er auch bedrahtet und vollständig wieder ganz zu sein scheint, doch irgendwo durchsickert und das Wasser an irgendeiner solchen Stelle durchläßt, daß man sie selbst nicht gegen das Licht erkennen kann.

So war es jetzt auf dem Borynahof bestellt, denn in diesen Frieden sickerten, wie durch unkenntliche Ritzen, lauerndes Mißtrauen, kaum verblaßter Groll und noch ganz lebendiger und nicht erstickter Verdacht.

Der Alte nämlich, verlor sein Mißtrauen nicht trotz der aufrichtigsten Mühe, die er sich gab, und achtete fast unwillkürlich immerzu auf jede Bewegung Jagnas; sie aber hatte nicht auf einen Augenblick seine Wut und seine scharfen Worte vergessen und kochte nur immer so vor Rachegedanken, ohne imstande zu sein, sich diesen durchdringenden und bewachenden Blicken zu entziehen.

Vielleicht aber begann sie gerade darum, daß er sie ständig belauerte und ihr nicht glaubte, ihn um so mehr zu hassen und immer unwiderstehlicher nach Antek hinzustreben.

Sie hatte sich schon so geschickt einzurichten gewußt, daß sie jede paar Tage ihn am Schober traf. Darin war ihnen auch Witek behilflich, der wegen dem Storch gar kein Herz mehr für den Bauern hatte und sich an Jagna hing, da sie ihm jetzt auch besseres Vesperbrot gab, mit mehr Belag, und da ihm nun auch von Antek nicht selten ein paar Groschen abfielen. Hauptsächlich aber half ihnen Gusche; sie hatte sich dermaßen in Jagnas Gunst einzuschmeicheln vermocht und so viel Vertrauen bei Antek erweckt, daß es den beiden geradezu unmöglich war, sich ohne ihre Beihilfe zu treffen. Sie war es auch, die Nachrichten von einem zum anderen herübertrug, die die beiden gegen den Alten schützte und sie vor Überraschungen bewahrte. Und alles das tat sie aus reinem Groll gegen die ganze Welt! Sie rächte sich nur bei den anderen für ihr eigenes Elend und Unrecht; sie konnte nämlich weder Jagna noch Antek leiden, noch weniger aber den Alten, wie schließlich alle Reichen im Dorf, die da alles hatten, während für sie selbst nicht einmal ein Winkel übrigblieb, wo sie ihr Haupt hätte hinlegen können und wo auch nur ein Löffel Nahrung für sie zu finden gewesen wäre. Gleich stark haßte sie aber auch die Armen und höhnte noch obendrein über sie.

Geradezu die Teufelsgevatterin oder selbst noch etwas Schlimmeres war sie, was man ihr allerwegs nachsagte.

»Sie werden sich bei den Köpfen fassen und wie die wütenden Hunde totbeißen«, dachte sie oft, sehr über ihr Werk zufrieden; da man aber im Winter nicht viel zu arbeiten hatte, so ging sie mit dem Spinnrocken von Haus zu Haus, horchte aus und stachelte die einen gegen die anderen auf, sich über alle zugleich lustig machend. Sie wagten nicht, die Tür vor ihr zu schließen aus Angst vor ihrer bösen Zunge, hauptsächlich aber, weil man ihr den bösen Blick nachsagte ... sie sah auch zu den Anteks ein, traf ihn aber am häufigsten, wenn er von der Arbeit heimkehrte, und steckte ihm dann die Neuigkeiten über Jagna zu.

Etwa zwei Wochen nach der Anwesenheit des Priesters im Borynahof wurde sie seiner in der Nähe des Weihers habhaft.

»Das will ich dir nur sagen, mächtig hat der Alte beim Priester auf dich geschimpft.«

»Weswegen hat er denn da wieder gejaffelt?« fragte er nachlässig.

»Daß du die Menschen gegen den Gutshof aufwiegelst, daß man dich den Gendarmen übergeben müßte und noch anderes ...«

»Laß ihn nur versuchen! Ehe sie mich nehmen, würde ich ihm einen solchen roten Hahn aufs Dach setzen, daß nicht Stein auf Stein übrigbliebe!« rief er leidenschaftlich.

Sie kam gleich mit dieser Neuigkeit zum Alten angerannt; er dachte lange nach und sagte schließlich leise:

»Das sieht ihm ähnlich, diesem Räuber, das sieht ihm ähnlich.«

Mehr sagte er nicht, er wollte keine Vertraulichkeiten mit einem Frauenzimmer; als aber Rochus abends kam, vertraute er sich ihm an.

»Glaubt nicht alles, was Gusche bringt, das ist eine schlechte Frau!«

»Vielleicht ist es auch nicht wahr, aber es hat schon ähnliches gegeben. Der alte Pritschek hat doch bei seinem Schwager angezündet, weil er ihn bei der Teilung der Erbschaft benachteiligt hatte; im Kriminal hat er deswegen gesessen, aber 'runtergebrannt hat er ihm seins doch. Das könnte Antek auch tun, er muß was darüber erwähnt haben, ganz von selbst hätte sie sich das nicht ausgesonnen.«

Rochus, der ein guter Mensch war, wurde darüber sehr besorgt und fing an, ihn zu überreden.

»Versöhnt euch doch, laßt ihm doch etwas von dem Grund und Boden ab, auch er muß leben; um so eher kommt er zur Vernunft, und es werden schon keine Gründe zum Gezänk und zu Drohungen sein.«

»Das tu' ich nicht, nein! und sollte ich darum ganz zugrunde gehen und mit Bettelsäcken losziehen – dann werd' ich gehen; aber solange ich lebe, geb' ich nicht ein Ackerbeet ab. Daß er mich geschlagen und wie einen Hund traktiert hat, das tät' ich vergeben, obgleich es einem schwer ankommt – wenn er aber auch noch so was vorhat! ...«

»Vorgeschwatzt haben sie euch was, und ihr nehmt's zu Herzen!«

»Natürlich, daß es Unwahrheit ist, natürlich ... aber daß dieses möglich wäre, darüber läuft es einem ordentlich kalt durch die Knochen, und der Verstand geht einem schier umeinander ... wenn ich denke, daß so was geschehen könnte ...«

Er erstarrte förmlich vor Grauen bei der alleinigen Vermutung einer solchen Möglichkeit und ballte die Fäuste. Er wußte nichts Bestimmtes, dachte auch nie darüber nach und war sogar im Innern tief von Jaguschas Unschuld überzeugt; aber es kam ihm jetzt plötzlich, daß in diesem Sohneshaß gegen ihn etwas mehr sein mußte, als Wut und Groll wegen des Grund und Bodens, daß diese hartnäckige Feindschaft, die er damals in seinen Augen gesehen hatte, aus einem anderen Quell kommen mußte, das fühlte er gut – und gerade in diesem Augenblick fühlte er in seinem Innern denselben kalten, rachegierigen und unerbittlichen Haß, so daß er zu Rochus gewandt leise sagte:

»Zu eng ist es für uns beide in Lipce!«

»Was euch nur in den Kopf kommt, was?« rief dieser erschrocken aus.

»Und Gott bewahre, daß er mir je unter die Finger kommt bei einer solchen Gelegenheit ...«

Rochus beruhigte ihn, redete auf ihn ein, konnte aber nichts erreichen.

»Er wird mich verbrennen, ihr werdet es sehen.«

Seit dieser Zeit fand er nur selten Ruhe. Bei jedesmaligem Hereinbrechen der Dämmerung hielt er in unauffälliger Weise Wacht, lauerte hinter den Ecken herum, ging ums Haus und um die Gebäude und sah unter die Strohdächer. Auch nachts wachte er oft auf, horchte ganze Stunden lang, und bei dem geringsten Lärm sprang er aus dem Bett und durchsuchte mit seinem Hund alle Winkel und Ecken. Einmal erspähte er am Schober ausgetretene, halb zugewehte Spuren, er entdeckte sie später auch noch beim Zaunüberstieg und vergewisserte sich noch mehr in der Überzeugung, daß Antek nachts herausschleiche und nur die Gelegenheit suche, um bei ihm Feuer anzulegen; etwas anderes kam ihm noch nicht in den Sinn.

Er kaufte vom Müller einen sehr bösen Hund, zimmerte ihm ein Hundehaus am Schuppen zurecht, reizte ihn immerzu, gab ihm wenig zu essen und tat ihn immer noch hetzen, so daß das Tier die ganzen Nächte lang wütend heulte und jedermann anging. Manch einen hatte es schon ordentlich zugerichtet, und man hatte darüber schon verschiedenfach Klage geführt.

Aber bei all den Vorsichtsmaßregeln und dem vielen Wachen wurde der Alte magerer und zehrte so ab, daß ihm der Gurt schon auf die Hüften hinabrutschte und tiefe Schatten in sein Gesicht kamen; der Rücken wurde krumm, seine Füße begann er nachzuschleifen und war bald rein zu einem Hobelspan ausgedörrt von all den heimlichen Sorgen und Gedanken. Seine Augen glühten, wie in einer Krankheit.

Da er aber mit niemandem näheren Umgang pflegte und niemanden hatte, bei dem er sich erleichtern konnte, so brannten und versengten ihn denn diese heimlichen Gluten noch mehr.

Niemand erriet auch, was ihm da in den Eingeweiden saß und seine Kräfte untergrub.

Man wußte nur, daß er jetzt mehr über sein Hab und Gut wachte, sich einen bösen Hund angeschafft hatte, ganze Nächte lang aufpaßte, und man glaubte, es wäre darum, weil die Wölfe sich in diesem Winter über alle Maßen vermehrt hatten; denn selten verging eine Nacht, daß sie nicht in Rudeln an das Dorf heranschlichen, man hörte öfters ihr Heulen, und häufig untergruben sie Kuhställe, um zu den Kühen zu gelangen; hier und da gelang es ihnen auch, sich etwas wegzuholen. Und außerdem, wie das so immer der Fall war, wenn es nach dem Frühling ging, machten immer häufiger Gerüchte über Diebe die Runde; sie sollten einem Bauer aus Dembica ein paar Stuten gestohlen haben, in Rubka einen Masteber, dann wiederum anderweitig eine Kuh – und wie ein Stein, der ins Wasser gefallen … keine Spur von ihnen! Manch einer in Lipce kratzte sich denn auch den Schädel, besah die Verschlüsse und bewachte den Stall, da sie ja die besten Pferde der Umgegend hatten.

Und so ging die Zeit langsam, gleichmäßig, wie die Stunden in einer Uhr dahin, man konnte ihr weder voraneilen, noch sie aufhalten!

Der Winter war immer noch streng, obgleich veränderlich, wie selten; es kamen solche Fröste, wie die Ältesten sich nicht erinnerten, dann gingen gewaltige Schneemengen nieder, es folgten ganze Wochen Tauwetter, daß das Wasser hoch in den Gräben stand und hier und da auch die Ackerbeete schwarz hervorlugten, oder es kamen solche Schneegestöber und Stürme, daß man die Welt nicht mehr sah, und darauf wieder ruhige Tage, an denen die Sonne so wärmte, daß die Wege von Kindern wimmelten. Die Türen wurden aufgerissen, Freude erfaßte die Menschen, und die Alten wärmten sich an den Wänden.

In Lipce ging aber alles nach den uralten Ordnungen, wem Tod bestimmt war – der starb, wem Freude – der vergnügte sich, wem Armut – der klagte, wem Krankheit – der beichtete und wartete auf das Ende – und man schob sich so mit Gottes Hilfe von Tag zu Tag, von Woche zu Woche vorwärts, um nur den Frühling erst zu erleben, oder das was einem bestimmt ist.

Indessen erklang jeden Sonntag die Musikkapelle in der Schenke, man tanzte, trank, zankte manchmal, griff auch einander an die Schöpfe, daß der Priester darauf von der Kanzel ermahnen mußte, und natürlich auch langwierige Gerichtsverhandlungen danach kamen. Die Hochzeit von Klembs Tochter wurde gefeiert, drei Tage lang hatte man sich vergnügt, und so großspurig, daß der Klemb, wie man sagte, fünfzig Rubel beim Organisten für diese Hochzeitsfeier hinzuborgen mußte. Der Schultheiß richtete auch eine nicht schlechte Verlobungsfeier seiner Tochter mit Ploschka her. Anderwärts wurden Taufen gefeiert, aber wenige nur, weil es noch nicht die Zeit war, denn viele Frauen erwarteten erst etwas zum Frühjahr.

Auch der alte Pritschek war um diese Zeit gestorben, kaum daß er eine Woche lang krank war, und er war erst im vierundsechzigsten Lebensjahr, der arme Teufel; das ganze Dorf ging zum Begräbnis, denn die Kinder hatten ein feines Leichenmahl gegeben ...

Wo man sich aber an den Abenden zum Spinnen versammelte, fanden sich so viele Mädchen und Burschen ein und es kam solches Vergnügen, solches Gelächter und solche Fröhlichkeit auf, daß es eine Freude war; und auch Mathias, der wieder ganz hergestellt war, führte die Jugend an und trieb den meisten Schabernack.

Und das viele Getratsch und Geklatsch, verschiedene Verdrießlichkeiten, Gezänk, nachbarlicher Hader, Neuigkeiten – das ganze Dorf hallte davon wider. Und manchmal traf es sich, daß ein Bettler kam, der viel herumgewesen war, allerhand über die Welt erzählte und wochenlang im Dorf saß.

Manchmal kam auch ein Brief von einem der Burschen, die beim Militär waren; was aber dann da gelesen, beratschlagt und erzählt wurde, was die Mädchen dann da zu seufzen und die Mütter zu weinen hatten, das reichte für ganze Wochen.

Auch andere Sachen kamen vor! Die Magda war in die Schenke in Dienst gegangen; Borynas Hund hatte Walek seinen Jungen gebissen, daß man dem Alten mit Prozeß drohte; Andreas seine Kuh war an einer Kartoffel erstickt, so daß sie Ambrosius notschlachten mußte; Gschela borgte vom Müller hundertundfünfzig Rubel und gab als Pfand seine Wiese her; dann wieder hatte der Schmied ein paar Pferde gekauft, worüber man sich sehr verwunderte und sich mächtig aufhielt. Hochwürden waren eine ganze Woche lang krank gewesen, daß selbst ein Priester aus Tymow kommen mußte, ihn zu vertreten; von den Dieben sprach man, von verschiedenen Gespenstern plapperten die Weiber; auch von den Wölfen erzählte man sich recht häufig, daß sie zum Beispiel die Schafe im Gutshof abgewürgt hätten. Man sprach über die Wirtschaft, über die Welt und die Menschen und von verschiedenen anderen Dingen, wer könnte das alles behalten und erzählen! Und so war immerzu was Neues, daß es allen für die Tage und die langen Abende reichte, denn jeder hatte ja im Winter keinen Mangel an Zeit.

Desgleichen unterhielt man sich auf dem Borynahof, nur mit dem einen Unterschied, daß der Alte immerzu wie angewachsen zu Hause saß, zu keinen Vergnügungen hinging und auch den Frauen das Hingehen nicht erlaubte, so daß Jagna schon die Verzweiflung ankam und Fine ganze Tage lang vor Ärger maulte, die Zeit wurde ihr zu Hause furchtbar lang. Das einzige Vergnügen, das er ihnen nicht verbot, war mit den Spinnrocken auf Besuch zu gehen, aber auch nur dorthin, wo sich lauter ältere Frauen versammelten.

Sie saßen denn die Abende meistens zu Hause.

Eines Abends, so gegen Ende Februar, hatten sich auf dem Borynahof ein paar Personen zusammengefunden und saßen auf der anderen Seite des Hauses; die Dominikbäuerin webte bei einem kleinen Lämpchen das Leinen. Sie hatten sich wegen des starken Frostes um den Herd versammelt. Jagna und Nastuscha spannen, daß die Spindeln surrten; das Abendessen war noch am Kochen, und Fine wirtschaftete in der Stube herum; der Alte aber paffte den Rauch seiner Pfeife in den Rauchfang und schien tief nachzusinnen, denn er sprach kaum ein Wort. Allen war diese Stille langweilig – denn nur das Feuer knatterte, das Heimchen knarrte, und der Webestuhl in der Ecke schlurfte von Zeit zu Zeit; niemand redete ein Wort, so fing denn Nastuscha als erste an:

»Geht ihr denn morgen zu Klembs mit den Wocken?«

»Maruscha ist heute bitten gewesen.«

»Rochus hat versprochen, daß er dort aus den Büchern Geschichten von den Königen lesen wird.«

»Ich würd' schon hingehen, aber ich weiß es noch nicht ...« Sie sah fragend zum Alten hinüber.

»Dann geh' ich auch hin, Väterchen ...« bat Fine.

Er antwortete nicht, denn der Hund bellte laut auf der Galerie, und gleich darauf schob sich schüchtern Jaschek der Verkehrte, den sie zum Spott so nannten, zur Stube hinein.

»Schließ' die Tür, du Dämlak, hier ist kein Kuhstall!« schrie die Dominikbäuerin.

»Fürchte dich nur nicht, wir werden dich hier nicht auffressen. Was siehst du dich so um?« fragte Jagna.

»Weil ... der Storch ... der lauert gewiß, er will mich nur hacken ...« stotterte er, mit erschrockenen Augen nach allen Ecken spähend.

»Hoho, den Storch haben der Bauer Hochwürden herausgegeben, der tut dir schon nichts mehr!« brummte Witek.

»Ich weiß auch nicht, wozu man ihn halten mußte, hat nur den Menschen Unrecht getan.«

»Setz' dich, red' kein dummes Zeug!« befahl ihm Nastuscha, einen Platz neben sich freimachend.

»Hale, wem hat er was getan, den Dummen nur und den fremden Hunden! Ging wie ein Gnädiger in der Stube herum, fing Mäuse, ging allen aus dem Weg, und doch haben sie ihn weggetan!« murmelte der Junge mit einem Vorwurf.

»Still, still man, zum Frühjahr wirst du dir einen anderen zähmen, wenn es dir so leid tut wegen dem Storchvieh.«

»Nee, zähmen tu' ich mir keinen, denn auch dieser wird wieder mein; laß es nur erst warm werden, da hab' ich mir schon so ein Mittel dafür ausgedacht, daß er es auf dem Pfarrhof nicht aushalten wird und ankommt.«

Jaschek wollte durchaus dieses Mittel erfahren, aber Witek knurrte nur:

»Dummer! kannst die Hühner befühlen? Denkst wohl, daß du was Besseres raten kannst. Wer seinen Verstand hat, der wird auch sein Mittel finden und wird es nicht von anderen nehmen!«

Nastuscha schimpfte ihn aus, Jaschek in Schutz nehmend, denn sie hielt viel von ihm; etwas dummelig war er schon, man lachte über ihn im Dorf und ein Tölpel war er auch, aber der einzige Sohn auf zehn Morgen; das Mädchen rechnete also, daß Schymek doch nur fünf hatte und man auch noch nicht wußte, ob die Dominikbäuerin ihm erlauben würde zu heiraten; so hatte sie denn den Burschen auf sich ganz versessen gemacht, daß er ihr immerzu nachlief, sie wollte ihn sich für den Notfall vorbehalten.

Jetzt saß er neben ihr, sah ihr in die Augen und überlegte, was er da wohl sagen könnte, als der Schulze eintrat. Er war wieder mit dem Alten versöhnt; gleich an der Schwelle rief er laut aus:

»Eine Zustellung hab' ich euch gebracht, ihr sollt morgen mittag zum Gericht.«

»Wegen der Kuh, zweite Instanz?«

»So steht es hier auch, wegen der Kuh gegen den Gutshof!«

»Früh muß man wegfahren, denn nach der Kreisstadt ist es ein Stück Wegs. Witek, geh' gleich zu Pjetrek und macht alles zurecht, was nottut, du fährst mit als Zeuge; und ist Bartek benachrichtigt?«

»Ich bin heut im Amt gewesen, und für alle hab' ich Aufstellungen gebracht, im ganzen Haufen werdet ihr hinfahren; der Gutshof ist schuld, laß ihn zahlen.«

»Und ob, vielleicht nicht, so eine Kuh!«

»Kommt auf die andere Seite, ich hab' noch mit euch zu reden«, flüsterte der Schulze.

Sie gingen hinüber und saßen da so lange, daß ihnen Fine dort das Abendbrot bringen mußte.

Der Schulze beredete Boryna, und nicht zum erstenmal, er möge sich ihnen anschließen und es mit dem Gutshof nicht ganz verderben, die Gerichtsentscheidung hinausschieben und warten, aber nicht zu Klemb und zu den anderen halten und dergleichen mehr. Der Alte schwankte noch immer, berechnete, sagte nicht nein und neigte sich weder nach der einen noch nach der anderen Seite, denn er war sehr erzürnt, daß ihn der Gutsherr nicht zur Beratung beim Müller hinzugezogen hatte.

Der Schulze aber, da er sah, daß er ihm nicht beikommen konnte, sagte zum Schluß, um ihn anzulocken:

»Wißt ihr, daß ich, der Müller und der Schmied uns mit dem Gutshof geeinigt haben, daß wir drei allein das Holz nach der Sägemühle und dann die Bretter nach der Stadt fahren?«

»Das versteht sich, daß ich das weiß; genug haben die anderen doch, gerade genug auf euch geflucht, daß ihr niemanden was verdienen laßt.«

»Das geht mich gerade viel an, was die da schnauzen, schade um die Zeit; da will ich euch aber sagen, was wir drei beschlossen haben – paßt nur auf, was ich euch sage.«

Der Alte blinzelte nur mit den Augen und überlegte, was das für eine List sein sollte.

»Wir haben beschlossen, euch mit zur Kompanie zuzulassen. Fahrt mit uns! Gute Pferde habt ihr, der Knecht faulenzt jetzt nur herum, und der Verdienst ist sicher.

Sie zahlen nach Kubik. Bis die Arbeiten im Feld beginnen, werdet ihr mindestens an die hundert Rubel verdienen.«

»Wann wollt ihr mit dem Einfahren beginnen?« sagte er nach langer Überlegung.

»Selbst morgen, wenn es sein soll! Sie fällen schon auf dem näheren Hau, die Wege sind auch nicht schlecht, da kann man, solange die Schlittenbahn anhält, viel zusammenbringen, mein Knecht fährt Donnerstag los.«

»Verflucht noch mal, wenn ich aber nur wüßte, wie diese meine Sache mit der Kuh ausfallen würde!«

»Schlagt euch nur zu uns, und sie wird schon gut ausfallen, ich, der Schulze, sag' es euch ...«

Der Alte überlegte lange, aufmerksam den Schulzen beäugend, schrieb was mit Kreide auf die Bank, kratzte sich den Kopf und sagte:

»Gut, ich werde mit euch Holz einfahren und will mich mit euch zusammenspannen.«

»Wenn es so ist, dann seht mal morgen nach der Gerichtssitzung beim Müller ein, dann wollen wir noch beraten; ich muß aber schon laufen, denn der Schmied beschlägt mir den Schlitten.«

Er ging sehr zufrieden davon, in der Überzeugung, daß er den Alten mit diesem Holzeinfahren festgelegt und auf seine Seite hinübergebracht hatte.

»Versteht sich, der Müller konnte mit dem Gutshof Abkommen treffen, sein Grund und Boden war nicht Bauernland und der Wald ging ihn nichts an; auch der Schulze saß auf ehemaligem Kirchland, der Schmied ebenso, aber doch nicht er, Boryna! Das Holz einfahren für sich, und die Sache um den Wald für sich«, rechnete er; »bevor eine Einigung mit dem Gutsherrn zustande kommt, oder ehe es zum Krieg kommt, wird noch viel Zeit vorübergehen ... was schadet's ihm, wenn er denen beipflichtet, sich auf den Dummen ausspielt und mit ihnen Part macht, er wird auch dann nicht ablassen von dem was sein ist; inzwischen aber kann er seine sechzig, siebzig Rubel verdienen, die Pferde müssen ja auch so Futter kriegen, und der Knecht muß bezahlt werden!« Er schmunzelte in sich hinein, rieb sich die Hände und murmelte zufrieden.

»Dumme Biester, dumm wie die reinen Schöpse, glauben, daß sie mich am Strick haben, wie ein Kalb, die Dummen.«

Er kehrte vergnügt zu den Frauen zurück. Jaguscha war nicht in der Stube.

»Wo ist denn Jaguscha?«

»Den Schweinen haben sie das Futter hingetragen!« erklärte Nastuscha.

Er redete fröhlich dies und jenes, scherzte mit Jaschek, mit der Dominikbäuerin und wartete immer ungeduldiger auf die Frau, denn sie kam ziemlich lange nicht zurück; er ließ sich nichts anmerken und ging auf den Hof hinaus. Witek und Pjetrek richteten auf der Tenne in der Scheune den Schlitten für die morgige Fahrt, man mußte den Wagenkorb auf die Kufen stellen und ihn daran befestigen. Er sah zu, redete, guckte zu den Pferden ein, zu den Schweinen, in den Kuhstall – Jagna war nirgends zu sehen. Er blieb unter der Dachtraufe, etwas im Schatten stehen und wartete. Die Nacht war dunkel, ein kalter Wind flog auf, und es sauste in den Lüften; große schwarze Wolken jagten in Rudeln über den Himmel, der Schnee stäubte hin und wieder.

Vielleicht in einem oder zwei Paternostern tauchte ein Schatten auf dem Gang vom Zaunüberstieg auf – der Alte schob sich rasch hervor, sprang heran und flüsterte wütend:

»Wo warst du denn, was?«

Aber Jagna, obgleich sie sich zuerst erschrocken hatte, sagte spöttisch:

»Seht nach, ob ihr nicht mit der Nase den Weg findet!«

Er fing nicht mehr darüber in der Stube an, und als sie sich zum Schlafen bereiteten, sagte er gütig und ganz weich, ohne die Augen aus Jagna zu erheben:

»Willst du denn morgen zu den Klembs laufen?«

»Wenn ihr's nicht verbietet, dann gehen wir, ich und die Fine.«

»Möchtest du, dann werd' ich dich nicht hindern ... Aber zur Gerichtsverhandlung muß ich hin, das Haus bleibt unter Gottes Obhut allein; besser wär' es, du bliebest zu Hause ...«

»Werdet ihr denn nicht vor Nacht heimkommen? ...«

»Es scheint mir, daß es wohl erst spät in der Nacht sein wird ... es sieht nach Schnee aus, weit ist es auch, ich werde nicht zurecht kommen ... Aber wenn du durchaus darauf dringst, dann geh', ich will es dir nicht verwehren ...«

* * *

Schon seit dem frühen Morgen neigte das Wetter zu einem Schneesturm; der Tag war wolkig, windig und sehr widerwärtig; ein feiner trockener Schnee stäubte, dabei war er körnig wie kaum auf der Handmühle zerriebene Grütze; zugleich wurde der Wind heftiger und lärmender und begann sich in unerwarteten Wirbelstößen zu drehen, so daß er nach allen Seiten schwankte, wie ein Trunkenbold, winselte, pfiff und wütend den Schnee aufpeitschte.

Ohne jedoch auf das Wetter zu achten, hatten sich Anna mit dem alten Bylica und mit ihnen noch ein paar Kätnerinnen gleich am frühen Mittag in den Wald nach Reisern aufgemacht.

Das Wetter war unausstehlich; der Wind ging in den Feldern um, riß die armen Bäume fast aus der Wurzel, rasselte durchs Dorf, wirbelte allweil Schneewolken empor, sie mit Gejohl im Kreise drehend, um sie über der Welt auszustäuben, wie Tücher voll weißer stechender Acheln; alles ertrank in einer unkenntlichen Trübe.

Gleich hinter dem Dorf wandten sie sich im Gänseschritt über die verwehten Feldraine den noch fernen Wäldern zu, die kaum mit den Gipfeln aus dem Schneestaub sichtbar waren.

Der Sturm steigerte sich noch, stieß von allen Seiten auf sie nieder, tanzte, drehte sich und peitschte so auf sie ein, daß sie sich kaum auf den Beinen halten konnten; sie beugten sich nur noch tiefer zur Erde nieder; er aber kam ihnen von vorne entgegen, riß den trockenen, mit Sand durchwirbelten Schnee empor und schleuderte ihn so ins Gesicht, daß man die Augen schützen mußte.

Sie gingen schweigend, da der Wind ihnen den Atem benahm und die Worte vom Munde fortriß, stöhnten hin und wieder auf und rieben sich die Hände mit Schnee, denn die Kälte war durchdringend und fuhr durch die elenden Kleider; um die Steinhaufen und Baumstämme wuchsen Schneewehen auf und versperrten den Weg, wie mit weißen Deichen, so daß man jede umgehen mußte, nicht wenig den Weg dadurch verlängernd.

Anna ging an der Spitze und sah sich oft nach dem Vater um, der zusammengeduckt, den Kopf mit einer Beiderwandschürze umwickelt, in Anteks altem Schafpelz, den er sich mit einem Strohseil umgürtet hatte, ganz am Ende nachgeschleppt kam und kaum gegen den Wind angehen konnte. Das Atmen kam ihm schwer an, so daß er jeden Augenblick stehenbleiben mußte, um sich etwas zu verpusten und die vom Wind tränenden Augen zu trocknen, dann eilte er eifrig weiter, leise vor sich hin stöhnend.

»Ich komm' schon, Hanusch, ich komm' ... sei nur nicht bange, ich bleib' nicht stecken!«

Natürlich hätte er es vorgezogen, auf der Ofenbank zu sitzen; aber was sollte er denn, wenn die Arme gehen mußte, wo hätte er denn Mut finden sollen, zurückzubleiben! Zu Hause war ja auch ein Frost nicht zum Aushalten; die Kinder wimmerten vor Kälte, und man hatte nicht einmal Holz, um Essen zu kochen, so daß sie nur trockenes Brot gegessen hatten ... Und dieser kalte Wind fuhr einem durch die Knochen wie mit Eisfingern ... sann er, hinter den anderen herhumpelnd.

»Das ist so, wenn die Not einen an den Schopf faßt, da kannst du, Menschenkind, nicht entwischen, nee!«

So biß denn Anna die Zähne zusammen und ging mit den Kätnerinnen Holz zu sammeln. Das war so, so weit war es also gekommen, auf gleich und gleich mit Philipka, Krakalina, der alten Kobus und Magda Kosiol, mit dem ärmsten Volk in einer Reihe.

Sie seufzte nur schwer, verbiß sich und ging weiter; nicht zum erstenmal war das so, nein.

»Laß man, laß man!« murmelte sie hart vor sich hin, ihre Geduld und Kraft zusammenreißend.

Ist es nötig, dann wird sie Holz sammeln gehen, es auf dem Rücken schleppen und sich mit solchen Bettelweibern in eine Reihe stellen, wie Philipka eine ist; weinen aber wird sie nicht und sich nicht beklagen oder um Unterstützung sich mühen.

Wohin sollte sie sich denn auch wenden, man würde ihr schon was geben, ein mitleidiges Wort wohl, bei dem es sie wundernehmen sollte, wenn ihr das Blut nicht aus dem Herzen spritzte. Der Herr Jesus versucht sie, legt ihr schwere Kreuze auf, vielleicht wird er sie auch einmal belohnen ... Laß es nur so sein, sie wird alles durchhalten, wird sich und die Kinder nicht zugrunde gehen lassen, wird die Hände nicht sinken lassen, dem Mitleid und Spott der Menschen wird sie sich nicht ausliefern!

Was hatte sie in den letzten Zeiten gelitten; jedes Glied bebte in ihr und schien fast unter der Last dieses Schmerzes zusammenzubrechen – was hatte sie gelitten!

Nicht die Armut und das Elend war es, nicht der Hunger, daß es oft kaum für die Kinder reichte, nicht das, daß Antek in der Schenke saß und mit den Kameraden sein Geld vertrank, sich um das Haus nicht kümmerte und wie ein herumtreibender Hund in die Stube geschlichen kam und auf die geringste Anspielung nach dem Stock griff – das passiert nicht selten auch anderswo, das könnte man noch vergeben; eine schlechte Stunde ist über ihn gekommen, das könnte noch, wenn man nur geduldig abwarten würde, vorübergehen. – Aber diese Untreue konnte sie nicht vergessen, nicht verwinden noch vergeben.

Nein, das brachte sie nicht über sich. Wie denn, eine Frau hat er und Kinder, und vergißt das alles, wegen dieser ... Das griff ihr wie mit glühenden Zangen ans Herz, zermürbte sie durch und durch und wurde zu einem brennenden, nimmer weichenden Erinnern.

»Hinter der Jagna rennt er, sie hat er lieb, durch sie ist das alles so!«

Es war ihr, als ob der Böse neben ihr herginge und ihr immerzu furchtbare Erinnerungen ins Ohr flüsterte; man kann nicht vor ihnen flüchten, kann sie nicht vergessen, nimmer! Der Schmerz über die Zurücksetzung ihrer Seele, über die Erniedrigung, die Scham, die Eifersucht und Rache, all diese Hexen des Unglücks steckten ihre stachligen Köpfe in ihr Herz und rissen daran, daß man hätte laut schreien mögen und mit dem Kopf gegen die Wand schlagen.

»Erbarme dich, Herr, lasse nach, Jesu!« stöhnte es in ihr, und sie hob die brennenden Augen voll Tränen, die nicht versiegen wollten, zum Himmel empor.

Sie fing an schneller auszuschreiten, denn es wehte so auf diesen am Wald gelegenen Anhöhen, daß sie es vor Kälte nicht länger aushalten konnte; die Weiber aber blieben etwas zurück und gingen langsam, wie rote Knäule, kaum im Schneetreiben sichtbar. Der Forst war schon nahe und tauchte, wenn die Schneenebel auf einen Augenblick niederfielen, plötzlich aus dem Weiß als eine mächtige dunkle Wand zusammengedrängter Stämme hervor, zwischen denen stille eisige Tiefen dunkelten.

»Kommt rasch, im Wald könnt ihr euch ausruhen!« rief sie ihnen ungeduldig zu.

Aber die Frauen hatten es nicht eilig; sie hielten häufig an, mit vom Wind abgewandten Gesichtern, im Schnee niederhockend wie eine Schar Rebhühner, und redeten leise miteinander. Auf ihr Rufen brummte nur die Philipka widerwillig.

»Die Anna jagt so wie der Hund hinter den Krähen her und glaubt wohl, daß sie dabei was einfangen kann, wenn es schneller geht.«

»Wo es mit der Ärmsten hingekommen ist!« murmelte die Krakalina mitleidig.

»Die hat sich genug auf dem Borynahof gewärmt, fett gespeist, Gutes genossen, da kann sie jetzt auch von der Armut was zu kosten kriegen. Manch einer stirbt sein Lebelang fast vor Hunger, rackert sich ab wie ein Lasttier, und niemand hat Mitleid mit ihm.«

»Und früher, da hat sie uns nicht einmal guten Tag gesagt ...«

»Du meine Güte, das Brot läßt die Hörner wachsen und der Hunger die Beine, sagt man.«

»Einmal wollt' ich bei ihr Pferdegeschirr holen, da hat sie gesagt, sie hätte es für sich allein.«

»Das ist schon wahr, eine offene Hand für die Menschen hat sie nie gehabt, hat sich über die anderen erhoben, wie alle vom Borynahof, aber schade ist es um die Frau, jammerschade.«

»Es geschieht ihr recht, aber der Antek, das ist ein Lump.«

»Versteht sich, daß der ein Lump ist, das ist schon wahr. Das weiß man aber auch: wenn die Hündin nicht will, kann der Hund auch nichts machen, jedes Mannsbild rennt hin, wenn man ihn mit Weiberröcken lockt.«

»Wenn mir das käme, mitten auf dem Weg würd' ich der Jagna zu Kopf steigen, sie anpöbeln, beschimpfen und ihr die Zotteln durchkämmen, daß sie ihr Lebtag daran denken müßte.«

»Es kommt schon noch dazu, oder mit was weit Schlimmerem kann das noch mal enden!«

»Das ist schon so mit der Patschesbrut, und die Dominikbauerin war auch nicht anders, ih wo! ...«

»Kommen wir schon; der Wind weht von unten, dann wird er wohl gegen Abend nachlassen.«

Sie schleppten sich bis zum Wald und zerstreuten sich nicht sehr weit, um sich bei der Rückkehr leichter zusammenrufen zu können.

Eine Dämmerung umfing sie und verschlang sie ganz, so daß kaum noch eine Spur von ihnen zurückgeblieben war.

Der Forst war alt, gewaltig und hoch; Fichten standen da neben Fichten in unzahlbaren Mengen, in einem dichten Durcheinander, so schlank, gerade und mächtig, daß sie wie riesige Säulen aus rostigem Kupfer dünkten, die in unübersehbaren Reihen im Halbdunkel der graugrünen Gewölbe auftauchten. Düsterer, eisiger Schimmer schlug vom Schneeboden empor, und oben, durch die zerfetzten Äste tagte wie durch durchlöcherte Strohdächer ein weißlichtrüber Himmel.

Hoch oben wälzte sich der Sturm vorüber, unten aber war es manchmal eine Stille, wie in der Kirche, wenn plötzlich die Orgel verstummt und die Gesänge innehalten – und nur noch die letzten Seufzer flüstern, das Gescharr der Füße, der verhauchende Ton der Gebete und die gedämpften ersterbenden Klänge hörbar sind. – So stand der Forst da, unbeweglich und stumm, wie auf das Donnergetöse und auf den wilden Schrei der niedergestampften Felder lauschend, der irgendwo in der Ferne sich losrang und hoch oben, fernab dahinzog, so daß er nur wie ein klagendes Zwitschern durch den Wald zuckte.

Plötzlich aber fiel der Sturm mit ganzer Macht den Forst an, ließ alle seine Stoßzähne gegen die Stämme ankrachen, fraß sich in die finstere kalte Tiefe hinein, brüllte durch die Dunkelheit und begann die uralten Waldriesen zu zausen. Doch vergeblich, er konnte sie nicht überwinden, entkräftet sank er zurück, verstummte und erstarb winselnd in dem dichten, an der Erde kriechenden Buschwerk – der Wald bebte nicht einmal, nicht ein Ast knackte, nicht ein Stamm fing an zu schaukeln; die Stille wurde nur noch tiefer und entsetzlicher, so daß man zuweilen selbst den flatternden Flügelschlag eines Vogels in den Dunkelheiten hören konnte.

Manchmal wiederum stieß die Windsbraut so plötzlich und unerwartet mächtig auf den Wald nieder, wie ein ausgehungerter Habicht auf seine Beute, ihre Schwingen schlugen laut auf, sie riß an den Wipfeln und zerbrach alles und warf alles mit wildem Gebrüll um – der Forst erbebte wie aus dem Schlaf gerüttelt, schüttelte seine Totenruhe ab, schwankte von einem Ende zum anderen und ließ von Baum zu Baum ein Wiegen gehen. Ein drohendes unterdrücktes Murren kam dahergeflogen, erhob sich, reckte sich jäh auf und schien zu gehen, beugte sich schwer vornüber, schlug mit furchtbarem Getöse um sich und holte jetzt schon, wie ein von Wut und Rache geblendeter Riese aus, daß ein Lärm entstand, ein Kampfgetöse den Wald erfüllte, ein Schreck jegliche Kreatur die im Dickicht niedergeduckt saß, überfiel, und die vor Angst wie wahnsinnig gewordenen Vögel durch das Schneegestöber dahinschossen, das sich stürmisch zwischen die zermalmten Äste und Wipfel ergoß.

Und darauf kamen wieder lange, ganz tote Stillen, in denen man deutlich ein fernes, schweres Krachen hörte.

»Neben der Wolfskuhle fällen sie den Wald, er stürzt dicht«, flüsterte der Alte, am Erdboden auf die dumpfen Stöße horchend.

»Trödelt nicht, wir wollen doch nicht bis zur Nacht hier sitzen.«

Sie drangen in das junge, hohe Gehege, in ein solches Dickicht von wirren und dicht aneinandergepreßten Zweigen, daß sie sich kaum hineinzwängen konnten; eine Grabesstille umfing sie, kein Laut drang mehr hinein, selbst das Licht sickerte nur mühsam durch die dicke Schneedecke, die, wie ein Dach, auf den Baumwipfeln lag. Ein erdiges, zu Asche zerfallenes Grau füllte den Grund, es lag dort fast kein Schnee auf der Erde, und nur das seit langem abgefallene, verwitterte Dürrholz bedeckte stellenweise den Boden bis zur Kniehöhe; hier und da schimmerten grüne Moosfelder und hin und wieder stieß man auf einen vertrockneten Fliegenpilz oder auf vergilbte Beeren, die wie versteckt vor dem Winter dahingen.

Anna brach mit dem Kugelstock die dickeren Zweige ab, schnitt sie zu gleicher Länge zurecht, alles auf ein ausgebreitetes Leintuch legend, und sie arbeitete so eifrig, daß sie ganz warm wurde und das Kopftuch abwerfen mußte. In ungefähr einer Stunde hatte sie eine solche Holzlast zurechtgemacht, daß es ihr kaum möglich wurde, sie sich aufzuladen; auch der Alte hatte schon ein gutes Bündel zusammengebracht, schnürte es mit einem Tau zusammen und schleppte es über den Boden, sich nach einem Baumstumpf umsehend, von dem aus er es leichter auf den Buckel heben konnte.

Sie juchten nach den Frauen, aber im Hochwald hatte wieder der Sturm zu wüten begonnen, darum konnten sie sich nicht verständigen.

»Wir müssen versuchen, auf den Pappelweg zu kommen, Hanusch, da wird es besser gehen, als durch die Felder.«

»Dann gehen wir, haltet euch nur heran und bleibt nicht weit zurück.«

Sie wandten sich gleich von der Stelle nach links durch ein Stück alten Eichwaldes; aber schwer war es, dort durchzukommen, der Schnee ging bis über die Knie und häufte sich stellenweise zu ganzen Wällen auf, denn die kahlen Bäume standen weit auseinander; nur hin und wieder bebten an den breiten mächtigen Ästen weiße Bärte, und hier und da bog sich ein junges, noch ganz mit rostbraunen Laubzotteln bedecktes Eichbäumchen ächzend zur Erde nieder. Der Wind blies mit ganzer Macht und stäubte so mit Schnee, daß es unmöglich war, zu gehen. Der Alte wurde rasch matt und blieb stehen, und auch Annas Kräfte wollten nicht recht reichen; sie stützte sich mit ihrer Last des öfteren gegen die Baumstämme und suchte mit verängstigten Augen nach einem besseren Weg.

»Hier kommen wir nicht durch, und hinter dem Eichwald ist ein Sumpf, kehren wir lieber nach den Feldern um.«

Sie wandten sich also wieder dem großen, dicht zusammengedrängten Fichtenwald zu, wo es etwas ruhiger war und der Schnee nicht so hoch lag, und bald kamen sie aufs Feld – aber es ging dort ein solches Schneetreiben um, daß man die Welt nicht einmal auf die Weite eines Steinwurfs sehen konnte; nichts war da, als eine weiße, aufgewühlte, daherjagende Undurchdringlichkeit. Der Sturmwind aber drängte immerzu gegen den Forst an, prallte wie von einer Wand zurück, wuchs unbesiegt wieder an, scharrte ganze Schneehügel auf und peitschte wie mit einer weißen Wolke auf die Bäume ein, so daß ein Stöhnen durch den Wald ging. Er wirbelte, drehte und schlug so um sich, daß er gleich den Alten zu Boden warf, kaum daß sie den Acker betreten hatten. Sie mußte, sich selbst kaum aufrecht haltend, ihm wieder auf die Beine helfen. Dann kehrten sie in den Forst zurück, und hinter den Stämmen niedergehockt überlegten sie, wohin sie gehen sollten, denn man wußte schon gar nicht mehr, nach welcher Richtung man sich zu wenden hatte.

»Diesen Pfad links muß man wählen, und wir kommen sicherlich beim Kreuz auf die Pappelallee hinaus.«

»Aber ich seh' ihn doch gar nicht, diesen Steg.«

Er mußte es ihr lange auseinandersetzen, denn sie fürchtete, sich ins Ungewisse zu wagen.

»Und wißt ihr auch, nach welcher Seite wir uns zu halten haben?«

»Mich deucht, linker Hand.«

Sie schleppten sich am Waldrand entlang, um doch etwas Schutz vor dem Anprall des Windes zu haben.

»Kommt schneller, wir haben gleich Nacht.«

»Nur ein bißchen Luft schnappen, 'n bißchen, Hanusch, ich renn' schon, ich renn' schon ...«

Es war natürlich nicht leicht, sich da durchzuarbeiten; der Weg war ganz verschüttet, und seitwärts von den Feldern stieß obendrein der Wind immerzu mächtig auf sie ein und peitschte sie mit Schneemassen; vergeblich versteckten sie sich hinter die Bäume, oder hockten wie arme Häschen hinter Wacholderbüschen nieder, es wehte ihnen doch überall bis ins Mark. Aber weiter in den Wald zu gehen, schien ihnen unheimlich, denn die Bäume rauschten wild, und der ganze Wald wogte und schien den Boden fast mit den Ästen fegen zu wollen, die Zweige schlugen ihnen ins Gesicht, und zuweilen hörten sie unter Krachen alte Fichten stürzen, daß es war, als ob der ganze Forst zermalmt zusammenbrechen müßte.

Sie liefen soviel sie nur konnten, um so rasch wie möglich auf die Landstraße zu gelangen und noch vor Nacht zurechtzukommen, denn sie konnte jeden Augenblick hereinbrechen; es dämmerte schon etwas auf den Feldern, durch die zerzausten Schneefälle sah man sich glanzlose Streifen winden, wie noch ganz blasse Rauchsträhnen.

Sie drangen endlich zur Landstraße durch und sanken, halb tot vor Ermattung, neben dem Kreuz nieder.

Das Kreuz stand am Waldrand, dicht an der Straße; vier mächtige Birken wie in weißen langen Hemden und mit Zweigen, die wie Zöpfe herabhingen, schützten es an der Waldseite. Auf dem schwarzen Holz war die Gestalt des Gekreuzigten aus Blech ausgeschnitten zu sehen, die mit solchen Farben bemalt war, daß er wie lebendig schien. Der Wind mußte das Bild losgerissen haben, denn es hing nur an einer Hand und schlug gegen das Holz mit einem so rostigen Knarren, als wollte es um Mitleid und Hilfe bitten. Die Birken, die der Sturm hin- und herzerrte, bedeckten es immerzu mit ihrem Gezweig, sie bebten und verbeugten sich, und die Schneewolken überschütteten es mit ihrem Staub, so daß es ganz wie im Nebel dastand, durch den der bläuliche Jesusleib zu sehen war und sein blasses, blutüberströmtes Antlitz tauchte immer wieder aus den weißen Schneewehen hervor; es wurde einem ganz grausig zumute dabei.

Der Alte sah ihn mit Entsetzen an und bekreuzigte sich, aber er traute sich nicht zu reden, denn Anna hatte ein strenges, verbissenes, unauskennbares Gesicht, das wie die Nacht war, die schon lauernd durch die Welt, durch die Stürme, Schneewirbel und fliegenden Nebel näherkam.

Sie schien nichts zu sehen und nichts zu beachten, und war in finsteren Gedanken versunken, die immer nur um das eine, um Anteks Verrat, kreisten; ein Wirbel raste in ihr, voll blutiger Seufzer, voll zu Eis erstarrter brennender Tränen, voll lebendiger, schmerzverharschter Leidensstimmen.

»Keine Scham hat er, keine Gottesfurcht; es ist doch, als ob er sich mit der leibhaftigen Mutter zusammengetan hätte! Jesus! Jesus! ...«

Ein Grauen riß sie empor mit Sturmesmacht, die Angst schüttelte sie; und dann kochte es in ihr auf vor wildem haßerfüllten Zorn, wie ein Forst, der sich plötzlich geduckt hatte und wütend dem Sturm die Stirn bot.

»Gehen wir rasch, gehen wir!« rief sie, die Last aufnehmend, und betrat unter ihrem Gewicht gebückt den Weg, ohne sich nach dem Alten umzusehen; ein unüberwindlicher, hartnackiger Zorn trieb sie an.

»Ich werd' dir alles heimzahlen, das tu' ich!« wimmerte es wild in ihr, wie aus jenen nackten schreidurchzuckten Pappeln, die mit dem Sturm rangen.

»Genug davon, da müßte doch selbst ein Stein schon bersten, wenn ihn ein solcher Wurm ankommt! Wenn Antek will, laß ihn zugrunde gehen, laß ihn in der Schenke sitzen; aber mein Unrecht werd' ich ihr nicht vergeben, nein, alles werd' ich ihr heimzahlen! Wenn ich dafür im Kriminal verfaulen sollte, mag es sein; aber es wäre doch wohl keine Gerechtigkeit mehr auf der Welt, wenn die heilige Erde eine solche ruhig tragen sollte ...« sann sie grimmig. Doch langsam fing in ihr dieser Groll an zu erlöschen und verblaßte wie Blumen im Frost, denn es begann ihr an Kräften zu mangeln, die Last drückte sie nieder, die Knorren bohrten sich ihr in den Rücken und preßten sich ungeachtet der umgeschlagenen Beiderwandschürze und der Jacke ins lebendige Fleisch, die Arme schmerzten furchtbar, und der zu einem Tau gedrehte Knoten des Leintuches schnitt ihr in die Gurgel und würgte sie; sie ging immer langsamer und schwerfälliger.

Die Landstraße war hoch voll Schnee und hier und da mit Schneewehen versperrt und den Winden ganz preisgegeben, daß man die Pappeln an den beiden Seiten des

Weges kaum sehen konnte; sie standen in einer wankenden, endlosen Reihe, rauschten verzweiflungsvoll und zerrten wie in Netze verwickelte schreiende Vögel, die blindlings mit den Flügeln um sich schlagen. Es schien, als ob der Sturm schon etwas von seiner Macht verloren hätte, in den Lüften wurde es ruhiger; dafür wälzte er sich aber um so wütender über die Felder, an beiden Seiten des Weges, auf der Ebene, in dämmeriggrauen trüben Weiten brodelte der Schneesturm immerzu, tausende von Wirbeln drehten sich im Teufelstanz, tausende von Knäulen rissen sich los und rollten über die Erde, zu riesigen, surrenden Spindeln anwachsend, und zahllose hochaufgetürmte Haufen, zahllose aufgewühlte Wälle und Dämme schoben sich übers Feld, bewegten sich, wuchsen, hoben sich hoch, schienen bis an den Himmel zu reichen, verdeckten die ganze Welt und zerplatzten mit Pfeifen und Lärm. Die ganze Erde war wie ein kochender Kessel, voll von einem siedenden weißen Gischt, mit Rauhreif und Eisdämpfen bedeckt. Von allen Seiten kamen mit der heraufziehenden Nacht tausende von Stimmen herangekeucht, erhoben sich vom Boden, zischten durch die Lüfte, brausten von überall heran, und ein Sausen schwirrte rings, als ob man mit Peitschen durch die Luft hiebe; unbegreifliche Töne zuckten über der Erde einher und das Rauschen der Wälder erdröhnte wie Orgelmusik bei der Erhebung des heiligen Sakraments; dann wieder durchschnitten lange klägliche Schreie die Luft, als ob Stimmen verirrter Vögel herüberklangen, ein winselndes, furchtbares Gewimmer und grausiges Gekicher waren zu hören, durchrauscht von dem dürren Sausen der Pappeln, die in den trüben weißen Staubwirbeln mit himmelwärts ausgestreckten Armen schwankten, wie furchtbare Wahrzeichen.

Nicht einen Schritt weit konnte man vor sich her sehen, so daß Anna fast blindlings sich von Pappel zu Pappel forttastete, sie ruhte oft aus, mit Entsetzen auf diese Stimmen lauschend.

Unter einer Pappel hob sich dunkel ein hingekauerter Hase ab, der bei ihrem Anblick sich in den Schneesturm stürzte und gleich wie von Krallen mit fortgerissen wurde, so daß sein schmerzliches Klagen aus dem Schneegestöber ertönte. Sie sah ihm mitleidig nach, denn sie konnte sich selber kaum fortbewegen, mußte sich immer tiefer ducken und vermochte schon kaum die Beine aus dem Schnee zu ziehen, so drückte sie ihre Last nieder, und zuweilen war es ihr, als ob sie den ganzen Winter mit seinen Schneemassen und Stürmen und die ganze Welt auf ihrem Rücken trüge und daß sie schon immer so tödlich erschöpft daherging, kaum mehr lebend vor Übermüdung, mit ihrer blutenden tieftraurigen Seele, und daß sie sich ewig so bis an den jüngsten Tag schleppen würde, immerfort. Die Zeit wurde ihr furchtbar lang, als ob der Weg nie ein Ende nehmen wollte, und das Bündel lastete so auf ihr, daß sie immer öfter an den Bäumen lehnte und immer länger wie umnebelt, halb bewußtlos dasaß, das brennende Gesicht mit Schnee kühlte, die Augen rieb, sich aufrüttelte so gut es gehen wollte und immer wie tief bis auf den Grund dieses aufgewühlten, grausamen Wirbelsturms der Elemente tauchen mußte. Sie weinte hin und wieder kläglich auf, die Tränen flossen ihr von selbst aus dem tiefsten, verborgensten Menschenelend heraus, aus dem Grund eines zerrissenen Herzens, aus dem Jammer der hilflos Verderbenden; manchmal, doch selten nur, denn sie vergaß alles, betete sie; aber ihre Gebete waren leise und flehend, Wort für Wort fiel, wie ein klagendes

Schirpen eines erfrierenden Vögleins, das nur hin und wieder einen seiner Flügel regt, aber schon ganz entkräftet niedersitzt, sich zusammenkauert und in immer tiefere Schlaftrunkenheit versinkt.

Sie zuckte nur noch manchmal wieder auf, sich erschrocken hochreißend, denn es war ihr, als hörte sie Kinderrufe und -weinen, als ob es ihr Pjetrusch wäre.

Und wieder rannte sie mit der ganzen Anspannung ihrer Kräfte, stolperte über Schneewälle, verwickelte sich in Schneewehen und eilte, getrieben von der Angst um die Kinder, die in ihr jäh aufgekommen war und sie vorwärtspeitschte, weiter, so daß sie schon weder Ermüdung noch Kälte fühlte.

Der Wind trug ihr ein Schellengeläut, das Klirren von Ortscheiten und Menschenstimmen zu, aber so verloren, daß sie, obgleich sie stehengeblieben war und aufhorchte, nicht ein Wort unterscheiden konnte; irgend jemand kam hinter ihr her gefahren, immer näher schon, bis aus dem Schneestäuben zwei Pferdeköpfe auftauchten.

»Der Vater!« flüsterte sie, als sie die weiße Blesse der Jungstute erblickte, und ohne zu warten, versuchte sie weiterzugehen.

Sie hatte sich nicht geirrt, es war Boryna, der mit Witek und Ambrosius vom Gericht heimkehrte; sie fuhren langsam, denn man konnte sich kaum durch die Schneehügel einen Weg bahnen, und an den schlimmeren Stellen mußten sie die Pferde selbst am Zaun vorüberführen; sie schienen nicht schlecht angetrunken zu sein, denn sie lachten und redeten laut, und Ambrosius sang alle Augenblicke, wie das seine Art so war, ohne auf den Schneesturm zu achten.

Anna trat zur Seite, das Tuch noch tiefer über die Augen ziehend; trotzdem erkannte sie der Alte beim Überholen auf den ersten Blick und brannte den Pferden ein paar Peitschenhiebe auf, um rascher vorüberzufahren; die Gäule zogen auch von der Stelle stark an, blieben aber, gleich wieder in einer neuen Schneewehe stecken; da erst sah er sich um, hielt die Pferde an, und als Anna aus dem Schneetreiben auftauchte und mit dem Schlitten in gleicher Linie war, sagte er:

»Wirf das Holz in den Korbsitz und sitz' auf, ich fahre dich ein Stück.«

Sie war die väterlichen Befehle so gewohnt, daß sie alles ohne Zögern erfüllte.

»Den Bylica hat der Bartek mitgenommen, er saß unterm Baum und weinte, sie fahren hinter uns her.«

Sie antwortete nicht, starrte finster vor sich her in die Trübe der Nacht und des Schneesturms, der rings um sie her raste, und saß zusammengekauert auf dem Vordersitz, vor Ermattung schlotternd und ohne noch imstande zu sein, die Gedanken zu sammeln; der Alte betrachtete sie lange und aufmerksam. Abgemagert war sie, daß es einem leid tat, ihr abgezehrtes Gesicht anzusehen, das hier und da erfrorene Stellen aufwies, ihre Augen waren vom vielen Weinen angeschwollen und der Mund schmerzlich verbissen; sie zitterte am ganzen Leib vor Kälte und Müdigkeit, vergeblich das zerrissene alte Tuch um sich zusammenziehend.

»Du mußt dich schonen, in diesem Zustand kann man sich leicht 'ne Krankheit dazuholen ...«

»Wer soll wohl für mich die Arbeit tun?« murmelte sie leise.

»Geht man denn bei solchem Wetter in den Forst?«

»Es hat uns an Holz gefehlt, es war doch nichts da zum Essen kochen ...«

»Sind die Jungen gesund?«

»Mit Pjetrusch war es ein paar Wochen nicht recht, aber jetzt ist er schon wieder munter, der würd' schon zweimal soviel essen, wenn er könnte.« Sie antwortete geradeaus und sah ihm dabei frei ins Gesicht, ohne die frühere Scheu und erschrockene Unterwürfigkeit; der Alte aber redete sie immerzu an, fragte sie aus und wunderte sich, wie sehr sie sich geändert hatte, er konnte die frühere Anna gar nicht wiederfinden. Eine seltsame kühle Ruhe kam von ihr, eine steinerne unbeugsame Macht sprach aus ihrem zusammengebissenen Mund. Er entsetzte sie nicht mehr, wie früher, sie sprach mit ihm wie gleich mit gleich, wie mit einem Fremden über verschiedene Dinge, sich nicht mit einem Wort beklagend oder gar jammernd ... Sie gab ihre Antworten geradeaus, vernünftig und mit einer seltsam strengen, leidgefestigten Stimme, in der das verborgene Leid wie unter einer erstarrten Erdkruste lag, nur in den blauen, vom Weinen verblaßten Augen glimmten noch die scharfen Brände einer stark fühlenden Seele.

»Du hast dich verwandelt, seh' ich.«

»Die Not schmiedet den Menschen leichter um, wie der Schmied das Eisen.«

Er erstaunte über die Antwort, so daß er selbst nicht wußte, was er sagen sollte, darum wandte er sich an Ambrosius, um mit ihm über die Gerichtssache mit dem Gutshof zu sprechen, die er wider alle Versicherungen des Schulzen verloren hatte, und auch die Kosten mußte er noch bezahlen.

»Ich hol' mir das ein, was ich verloren habe ...« sprach er ganz ruhig.

»Schwer wird es sein, der Gutshof hat lange Arme und wird sich überall zu schützen wissen.«

»Auch gegen den Schutz gibt es ein Mittel, für alles gibt es ein Mittel, nur Geduld haben und die richtige Zeit abwarten.«

»Ihr habt recht, Matheus. Ist das aber eine Kälte, na, es würde sich lohnen in die Schenke einzukehren zur Aufwärmung.«

»Wir wollen einkehren, soll es sauer sein, dann laß es gleich wie Essig werden. Aber ich sag' es euch, nur der Schmied muß das Eisen schmieden, solange es Hitze in sich hat, der Mensch, wenn der was gewinnen will, muß sein Los kalt schmieden und in Geduld härten.«

Sie kamen nahe ans Dorf heran; es war schon dunkel geworden, und der Sturm fing an, sich zu legen; auf der Straße wehte es noch so stark, daß man die Häuser nicht einmal erkennen konnte, doch wurde es schon allmählich stiller.

Am Steg, der nach Annas Haus führte, hielt Boryna die Pferde an und half ihr, als sie ausgestiegen war, die Last auf den Rücken zu laden; schließlich sagte er leise, sich nur an sie wendend:

»Sieh doch mal einen Tag bei mir ein, wenn es auch morgen sein sollte. Ich denke es muß um euch schlecht stehen, dieser Lump vertrinkt alles, und du hungerst gewiß mit den Kindern.«

»Ihr habt uns fortgejagt, wie sollte ich da Mut haben ...«

»Dummheiten, das ist eine andere Sache, geht dich nichts an; komm, sag' ich dir, es findet sich auch noch was für euch.«

Sie küßte seine Hand und wandte sich weg, ohne ein Wort zu sagen; so war die Rührung über sie gekommen, daß sie nicht einen Laut mehr aus der Gurgel herausbekommen konnte.

»Kommst du denn?« fragte er sie mit seltsam weicher und warmer Stimme.

»Ich werde kommen, Gott bezahl's euch, wenn ihr befehlt, dann werd' ich schon kommen ...«

Er trieb die Pferde an und drehte gleich nach der Schenke hin. Anna aber lief nach Hause, ohne auf ihren Vater zu warten, der gerade aus Barteks Schlitten herausgestiegen kam.

In der Stube war es dunkel und so kalt, daß es noch schlimmer schien wie draußen; die Kinder schliefen zusammengekauert unter dem Federbett. Sie machte sich rasch ans Kochen und an die häuslichen Besorgungen und dachte immerzu über die seltsame Begegnung mit Boryna nach.

»Nein, wenn du verrecken solltest, komme ich doch nicht, der Antek würde mir schön was geben!« rief sie zornig; gleichzeitig aber kamen andere, ruhigere Gedanken über sie und mit ihnen eine erbitterte Auflehnung gegen ihren Mann.

Wie war es denn, durch wen hatte sie am meisten gelitten, wenn nicht durch ihn!

»Der Alte hat dieser Sau Grund und Boden abgeschrieben und sie fortgejagt, das ist wahr, aber Antek hat ihn zuerst geschlagen und hat immerzu gegen ihn gegeifert; da ist er denn auch tückisch geworden ... Er hatte ja das Recht; jeder hätte es so gemacht, der Boden ist sein und der Kinder ihrer, aber solange er lebt, ist es sein Wille, zu geben oder nicht zu geben. Und wie weich hatte er gesagt: Komm! und hat noch nach den Kindern gefragt, nach allem! Versteht sich, die Hälfte von dem Elend und von dieser Schande wäre nicht gewesen, wenn sich Antek nicht mit dieser Hündin eingelassen hätte, dafür kann der Alte nichts, nein.«

Sie überlegte und erklärte es sich nach allen Seiten, und immer mehr wich in ihr der Ärger gegen den Alten.

Bald nachher schleppte sich auch Bylica herein; er war so durchfroren und so furchtbar matt, daß er sich eine gute Stunde am Herd wärmte, bevor er zu erzählen anfing, wie er schon ganz entkräftet war und wohl unter einem Baum, totgefroren wäre, wenn nicht Boryna ihn gefunden und Bartek veranlaßt hätte, ihn mitzunehmen.

»Er hat mich ausgespäht und wollte mich auf seinen Schlitten nehmen; aber wie ich ihm dann gesagt habe, daß du vorausgewesen bist, hat er mich dem Bartek gelassen und selbst hat er die Pferde angetrieben, um dir nachzukommen.«

»Das war so? Mir hat er nichts davon gesagt.«

»Der ist nur von außen hart, daß man es nicht merken soll.«

Nach dem Abendessen, als die Kinder gesättigt waren und in den Federbetten eingepackt wieder schliefen, setzte sich Anna ans Feuer, um den Rest der Wolle, die sie von der Organistin bekommen hatte, zu spinnen; der Alte aber wärmte sich noch immerzu, blickte schüchtern nach ihr, räusperte sich und sammelte seinen Mut, bis er schließlich ängstlich begann:

»Mach' mit ihm Frieden, guck' dich nicht nach Antek um, denk' an dich und an die Kinder.«

»Das ist leicht gesagt.«

»Wenn er aber als erster zu dir gekommen ist mit dem guten Wort und vom Groll gelassen hat? Dort bei ihm zu Hause ist die Hölle los ... wenn nicht heute, dann morgen jagt er die Jagna raus und wird allein bleiben ... Fine wird nicht mit einer so großen Wirtschaft allein fertig, alt ist er noch nicht, aber alles kann er auch nicht selbst tun und kann nicht auf alles Obacht geben ... es wäre gut, wenn du dann wieder bei ihm in Gnaden wärest ... darum müßtest du dich bemühen ... du wärest ihm dann zur Hand, wenn die Zeit dafür kommt ... man weiß nicht, wie es dann werden kann ... er könnte dich dann vielleicht zurückrufen ... dieser Not wirst du nicht standhalten, nein ...«

Sie ließ auf seine Worte die Spindel fahren, stützte den Kopf gegen den Rockenstock und versank in Nachsinnen über ihr Los, bedächtig den Ratschlägen ihres Vaters nachgehend.

Der Alte aber machte sich seine Schlafgelegenheit zurecht und fragte leise:

»Hat er mit dir unterwegs geredet?«

Sie erzählte, wie es gewesen war.

»Dann geh' hin, lauf' gleich morgen zu ihm, meine Tochter, stell' dich ihm, wenn er dich ruft, lauf' ... sieh nur auf dich und auf die Kinder ... halte dich an den Alten ... les' ihm alles, was er nur will, von den Augen ab ... sei gut zu ihm ... ein demütiges Kalb findet gleich zwei Mütter zum Saugen ... mit Groll hat noch niemand die Welt für sich gekriegt ... Auch Antek wird noch zu dir zurückkehren ... das Böse hat sich in ihm festgesetzt und treibt ihn herum ... aber er wird schon sein Einsehen haben und zurückkommen ... Herr Jesus gibt dir die Stunde, wo du aus dem Elend herauskommen kannst ... hör' du auf niemanden nich' und lauf hin ...«

Er redete lange noch auf sie ein und versuchte sie zu überzeugen, aber da er keine Antwort erhielt, verstummte er verdrießlich, und nachdem er sich sein Lager bereitet hatte, legte er sich still hin; Anna aber spann weiter, über seine Ratschläge sinnend.

Manchmal sah sie durchs Fenster, ob nicht Antek zurückkäme, doch es war nichts zu hören.

Sie setzte sich wieder an die Arbeit, konnte aber nicht spinnen, der Faden zerriß, die Spindel glitt ihr aus den Fingern, und immer eifriger überlegte sie sich Borynas Worte.

Und vielleicht geschieht es so, vielleicht kommt eine solche Stunde, daß er sie rufen wird ...

Und langsam, langsam, erst noch wie von weitem her, noch unentschlossen, kam ihr die unüberwindliche Lust, sich mit Boryna zu versöhnen und zu ihm zurückzukehren.

»Drei von uns leiden Not, und bald werden es vier sein! Werd' ich denn da noch Rat schaffen können?«

Antek zählte sie nicht mehr mit, zog ihn in diesem Augenblick nicht in Betracht, sie sah nur sich und die Kinder, sie fühlte sich bereit, für alle einen Entschluß allein zu fassen. Was sollte sie denn auch, auf wen konnte sie sich verlassen? Wer würde ihr helfen? Nur einzig Gott, oder auch Boryna!

Sie fing an vor sich hinzuträumen; wenn sie nur wieder zurück wäre, an die Wirtschaft käme, wenn sie nur erst wieder Erde unter den Füßen fühlen würde, dann würde sie sich so daran festhalten, so mit ganzer Seele, und mit den Krallen sich darin vergraben, daß nichts sie losreißen und nichts sie kleinkriegen würde. Die Hoffnung wuchs in ihr und gab ihr so viel Kraft, daß sich in ihr alles vor Zuversicht, Mut und Hartnäckigkeit anspannte; eine Röte überflog immer wieder ihr Gesicht und ihre Augen begannen zu leuchten. Sie fühlte sich schon sogar dort, regierte schon auf dem Borynahof, war die Bäuerin.

Lange, vielleicht selbst bis zur Mitternacht träumte sie so dahin und faßte den Entschluß, gleich am frühen Morgen, wie er es befohlen hatte, zu ihm hinzugehen; die Kinder würde sie mitnehmen. Und wenn es ihr Antek Gott weiß wie verbieten würde, wenn er sie selbst schlagen würde, hören wird sie nicht auf ihn, geht hin und läßt nicht die gute Gelegenheit vorüberstreichen. Sie fühlte in sich eine unüberwindliche Kampfeslust, und wenn sie es selbst mit der ganzen Welt hätte aufnehmen sollen, sie schwankte nicht mehr, sie hatte vor nichts mehr Angst!

Sie sah noch einmal hinaus, der Wind hatte sich ganz gelegt, es war völlig still geworden, die Nacht war dunkel, daß man kaum den Schnee grau dämmern sah; am Himmel ballten sich gewaltige Wolken zusammen und wälzten sich wie Wasserberge vorüber; irgendwoher von den fernen Wäldern aus der undurchdringlichen Dunkelheit kam ein dumpfes Rauschen.

Sie löschte das Licht aus, Gebete murmelnd, und begann sich auszukleiden.

Plötzlich zuckte durch die Stille ein ferner gedämpfter Lärm, wuchs, wurde immer deutlicher; und mit ihm zugleich warf sich ein blutiger Schein gegen die Scheiben.

Sie lief erschrocken vors Haus.

Es brannte, irgendwo aus der Mitte des Dorfes quollen wahre Säulen von Feuer, Rauch und Funken empor.

Die Glocke fing an Feuersturm zu läuten, und das Geschrei wurde lauter.

»Feuer! wacht auf, Feuer!« schrie sie nach den Stachs hinüber; sie warf rasch etwas über und stürzte auf den Weg, aber fast im selbigen Augenblick stieß sie auf Antek, der vom Dorf angerannt kam.

»Wo brennt es?«

»Ich weiß nicht, zurück nach Haus!«

»Vielleicht beim Vater, denn es ist gerade mitten im Dorf!« stotterte sie in tödlicher Angst.

»Zurück, Canaille!« brüllte er auf, sie mit Gewalt in die Stube zerrend.

Er war blutbespritzt, ohne Mütze, sein Schafpelz war zerrissen, das Gesicht rußgeschwärzt, die Augen glühten ihm wild und sinnlos im Kopf.

* * *

Am selbigen Tag, schon gut gegen Abend, nachdem jeder seine Wirtschaft besorgt hatte, fing man an, sich bei Klembs zum Spinnabend zu versammeln.

Die Klembbäuerin hatte hauptsächlich lauter ältere Frauen geladen. Verwandte oder Gevatterinnen; sie erschienen auch zur rechten Zeit, eine nach der anderen, ohne die Gastgeber im Stich zu lassen oder sich stark zu verspäten, denn jede Gevatterin kam gerne zu der anderen, um sich gemeinsam zu besprechen und was Neues zu hören.

Als erste, wie das so ihre Gewohnheit war, kam die Wachnikbäuerin mit ein paar Handvoll Wolle in der Schürze und mit den Ersatzspindeln unter dem Arm; dann kam die alte Täubich, Mathias' Mutter, mit einem sauren Gesicht, als ob sie Essig getrunken hätte, mit einem Tuch über der Backe und ewig über alles klagend; danach wie eine gackernde, sich blähende Henne die Walentybäuerin; nach ihr die Sikorabäuerin, die reine Schnatterliese, dünn wie ein Besenstiel, und in den nachbarlichen Zänken die Verbissenste; ihr nach kam, wie ein dickes Faß, die Ploschkabäuerin angewackelt mit roten Backen, gut ausgefüttert, ewig geputzt, voll Selbstbewußtsein, alle im Räsonnieren übertreffend und großmäulig, wie selten eine, aber doch allgemein beliebt; gleich hinter ihr her schob sich leise, schleichend wie ein scheuer Kater, die Balcerek, trocken, klein, welk, finster, eine bekannte Prozessiererin, die sich mit der Hälfte des Dorfes zankte und jeden Monat vor Gericht erschien; nach ihnen drang keck, obgleich nicht geladen, die Kobusbäuerin, Wojteks Frau, in die Stube, sie galt als größtes Klatschmaul und war ein Neidhammel sondergleichen, so daß man sich vor ihrer Freundschaft wie vor Feuer hütete. Es kam auch pustend und atemlos die Frau des schiefmäuligen Gschela, eine, die den Schnaps liebte, eine Lustigmacherin und Listige, wie es ihresgleichen wenige gab, und die schlimmste Schadenmacherin im ganzen Dorfe. Die alte Sochabäuerin war auch gekommen, sie war die Mutter von Klembs Schwiegersohn, eine stille, sehr fromme Frau, die mit der Dominikbäuerin um die Wette in der Kirche saß; es kamen auch noch andere, verschiedene, über die schon nichts mehr zu sagen war, denn sie waren einander ähnlich, wie die Gänse in der Gänseherde; man hätte die eine von der anderen nicht unterscheiden können, höchstens nach der Kleidung wohl. So sammelte sich recht viel Weibervolk, jede mit dem, was sie gerade zu tun hatte: mit Wolle zum Spinnen, mit Flachs, mit Werg, manche mit Näharbeiten oder mit einem Arm voll Daunenfedern zum Zerpflücken, um nur seinen Anschein zu geben, daß sie wegen nichts, das heißt zum Plappern, sich zusammengefunden hätten.

Sie setzten sich in einen großen Kreis inmitten der Stube unter der Lampe, die an der Balkendecke hing; wie Büsche auf einem breiten Beet waren sie anzusehen, derb gewachsen, voll ausgereift und durch den Lebensherbst schon etwas mitgenommen; denn sie waren schon alle in den Jahren, meist gleichaltrig.

Die Klembbäuerin begegnete allen gleich freundlich, leise jede einzeln begrüßend; sie war auf der Brust schwach und hatte eine dünne, kurzatmige Stimme; und der Klembbauer, der ein gutmütiger, kluger Mann war, welcher mit allen Frieden hielt, redete freundliche Worte und schob selbst jeder die Stühle und Bänke heran ...

Etwas später kamen noch Jagna mit Fine und Nastuscha, und danach ein paar Mädchen, worauf sich auch einzeln die Burschen einzufinden begannen.

Viel Volk hatte sich zusammengefunden, denn die Abende waren ja lang, und Arbeit hatte man so gut wie gar keine. Der Winter war streng und die Tage unwirtlich. Da wurde es denn auch langweilig, mit den Hühnern schlafen zu gehen, denn auch so konnte man sich bis zum Morgengrauen satt schlafen und zurechtliegen, bis daß die Seiten selbst schmerzten.

Sie setzten sich wie es kam, die einen auf die Bänke, die anderen auf die Laden; manchen aber, wie den Burschen zum Beispiel, brachten die Klembs Holzklötze vom

Hof, und es blieb doch noch Platz in der Stube, denn das Haus war groß, wenn auch niedrig und altmodisch gebaut; es stammte noch von Klembs Urahn her, so daß man ihm reichlich hundertundfünfzig Jahre gab; auch schon etwas in die Erde eingesackt war es, stand krumm da wie ein Greis und berührte mit dem Strohdach die Zäune, so daß sie es stützen mußten, um es vor dem Einsturz zu bewahren.

Allmählich erst entstand ein Stimmengewirr, denn sie redeten noch leise miteinander, und nur die Spindeln surrten auf dem Fußboden; hier und da schnurrte ein Rädchen, aber nicht allzuhäufig, denn sie trauten nicht besonders den neumodischen Erfindungen und zogen es vor, nach alter Art auf den Wockenstöcken zu spinnen.

Die Klembburschen – und es waren ihrer vier ausgewachsene Jungen, schlank wie Fichten und schon fast mit Schnurrbärten – drehten Strohseile an der Tür; der Rest der Burschen aber machte es sich in den Ecken bequem, Zigaretten rauchend, dabei lachend und sich mit den Mädchen neckend, so daß jeden Augenblick die ganze Stube vor Lachen und Gekicher erbebte, und die Älteren gaben noch gern was zu, damit das Vergnügen und Gelächter größer wurde.

Zuletzt erschien auch der ungeduldig erwartete Rochus, und gleich hinter ihm kam Mathias.

»Weht es denn noch?« fragte eine.

»Es hat ganz aufgehört und es scheint auf andere Witterung zu gehen.«

»Und von den Wäldern rauscht was, gewißlich kommt Tauwetter«, gab Klemb zu.

Rochus setzte sich zur Seite an eine zurechtgestellte Schüssel, er unterrichtete jetzt bei Klembs die Kinder, wohnte dort und aß bei ihnen. Mathias aber begrüßte einige, ohne Jagna anzusehen, als hätte er sie gar nicht bemerkt, obgleich sie in der Mitte saß und ihm als erste in die Augen fiel. Sie lächelte leicht dazu, unmerklich mit den Augen die Eingangstür bewachend.

»Hat das aber heute geweht, daß Gott bewahr! Die Frauen sind halbtot aus dem Wald heimgekommen, und Anna mit dem alten Bylica sollen noch nicht zurück sein«, begann die Sochabäuerin.

»Das ist so, den Armen weht der Wind immer ins Gesicht«, murmelte die Kobusbäuerin.

»Wohin es mit dieser Anna doch gekommen ist!« wollte die Ploschkabäuerin anknüpfen; als sie aber merkte, daß Jagna über und über glutrot wurde, brach sie schnell ab, über anderes redend.

»War Gusche nicht da?« fragte Rochus.

»Mit Klatsch und Verleumdung kann sie sich bei uns nicht vollfüttern, da macht sie sich nichts aus einer solchen Kompanie.«

»Ein Klatschmaul ist das, da hat sie heute so bei Simeons gehetzt, daß dem Schultheiß seine Frau mit der Schulzin aneinander geraten sind, und wenn sich nicht die Menschen hineingemischt hätten, wäre es zu einer Schlägerei gekommen.«

»Das kommt davon, daß sie ihr immer erlauben, das erste Wort zu führen.«

»Und geben ihr nach, als ob sie was Ehrliches wäre.«

»Es findet sich keiner, der ihr diese ständigen Zänke und Hetzereien heimzahlen würde.«

»Alle wissen doch wie es ist; warum glauben sie denn dem Lügengegeifer?«

»Das ist wahr, wer aber findet da heraus, wann sie die Wahrheit sagt und wann sie einem was vorschwindelt?«

»Das kommt alles dadurch, daß jede gern über die andere was hören will«, schloß die Ploschkabäuerin.

»Die sollte sich an mich hängen, ich würd' es ihr nicht durchlassen!« rief Therese, die Soldatenfrau.

»Hale, als ob sie nicht jeden Tag dich im Dorf herumtrüge ...« flüsterte die Balcerekbäuerin höhnisch.

»Habt ihr es gehört, wiederholt es gleich!« schrie sie, purpurrot geworden; es war ja bekannt, daß sie sich mit Mathias gut kannte.

»Ich wiederhol' es dir schon, selbst geradeaus ins Gesicht, wenn nur erst Deiner vom Militär zurück ist!«

»Kommt mir nicht in die Quere! Hast du nicht gesehen, den ersten besten Unsinn werden sie hier erzählen!«

»Schrei' nicht, wenn dich niemand anrührt«, wies sie die Ploschkabäuerin streng zurecht; aber Therese konnte sich lange nicht beruhigen, in einem fort etwas leise vor sich hinmurmelnd.

»Sind sie schon mit dem Bären dagewesen?« fragte Rochus, um die Aufmerksamkeit nach einer anderen Richtung zu lenken.

»Die werden in diesem Augenblick da sein, jetzt sind sie schon beim Organisten.«

»Welche gehen denn da diesmal herum?«

»Dem Gulbas seine Galgenstricke und Philipka ihre Jungen!«

»Sie kommen schon, sie kommen!« fingen die Mädchen an zu rufen, denn es erscholl vor dem Hause ein langgedehntes Brüllen, und gleich darauf erklangen vom Flur aus die Stimmen verschiedenen Getiers: ein Hahn krähte, Schafe blökten, ein Pferd wieherte und irgendwer spielte auf einer Pfeife; zuletzt öffnete sich die Tür, und voraus schob ein Junge in einem mit dem Fell nach oben gekehrten Schafpelz, mit einer hohen Mütze und einem geschwärzten Gesicht, so daß er wie ein Zigeuner aussah. Er schleppte hinter sich an einem langen Strohseil den Bären, der ganz mit Erbsenstroh umwickelt war und einen Pelzkopf hatte mit sich bewegenden Papierohren und einer roten Zunge, die vielleicht eine Elle lang heraushing; an die Hände hatte er Stöcke gebunden, die in Erbsenstroh ganz eingewickelt waren und in Stiefeln steckten, so daß er wie auf allen Vieren ging. Ihm nach, gleich dahinter, ging der zweite Führer mit einer Pritsche aus Stroh und einem Stock, der mit spitzen Holzpflöcklein gespickt war, auf denen Stücke Speck und Brotlaibe staken; dann hingen da auch verschiedene dickbäuchige Säcklein, und erst hinter ihnen kam der Michael vom Organisten, der auf der Pfeife spielte, in die Stube und mit ihm ein Haufen anderer Jungen, die mit den Stöcken auf den Fußboden schlugen und aus ganzer Kraft grölten.

Der Bär bot Gott zum Gruß, krähte darauf wie ein Gockel, blökte wie ein Hammel, wieherte wie ein feuriger Hengst und fing an laut auszurufen:

»Bärenführer sind wir aus unbekanntem Land, an dem fernen Strand, hinter der großen Wälderwand! wo die Menschen auf den Köpfen gehen, sich mit dem Feuer die Kühlung anwehen und wo die Zäune aus Würsten bestehen; wo man die Töpfe zum Kochen in die Sonne stellt, wo die gebratenen Schweine schwimmen und der Schnaps vom Himmel fällt; einen bösen Bären führen wir daher und gehen in der Welt umher! Es haben uns die Leute gesagt, daß in diesem Dorf reiche Hofbauern sind, freigebige Bäuerinnen und schöne Mädchen! Da sind wir denn gekommen aus dem fernen Land hinter dem weiten Donaustrand, daß man uns bewirtet, freundlich aufnimmt und uns was auf den Weg gibt, Amen!«

»Zeigt was ihr könnt, und vielleicht findet sich was für euch in der Kammer«, sagte Klemb.

»Wir zeigen es gleich! Hei! Spiel' auf, Pfeife! Tanze, Petz, tanze!« schrie einer, auf den Bären mit dem Stock einschlagend. Darauf kreischte die Pfeife los in einem hüpfenden Kunterbunt, die Burschen klopften mit den Stöcken auf den Fußboden auf und schrien, der Führer ahmte verschiedene Stimmen nach, und der Bär sprang auf allen Vieren herum, bewegte die Ohren, ließ die Zunge klappen, schlug aus, jagte hinter den Mädchen drein, und der Führer tat, als wollte er ihn zurückhalten und schlug mit der Pritsche um sich her was das Zeug nur hielt, immerwahrend ausrufend:

»Hast du keinen Mann gefunden,
wirst mit Erbsenstroh geschunden!«

Ein Lärm entstand in der Stube, ein Geschrei, Gepolter, Gelaufe, Gejage und Kreischen und eine solche Lustigkeit, daß sie sich die Seiten vor Lachen hielten; der Bär aber tollte immerzu herum, machte allerhand Spaß, wälzte sich auf dem Boden, brüllte, sprang komisch umher oder umfaßte ein Mädchen mit seinen hölzernen Füßen und zwang sie zu tanzen im Takt von Michaels Pfeife; und die sogenannten Bärenführer mit den Jungen machten solchen Radau, daß es fast ein Wunder war, wie das Haus bei alldem Geschrei, Gerenn und Gelächter nicht aus den Fugen geriet.

Die Klembbäuerin versah ihre Säckel reichlich, so daß sie sich endlich trollten; aber lange noch hörte man auf dem Weg Schreien und Hundegebell.

»Wer hat denn den Bären vorgestellt?« fragte die Sochabäuerin, als es etwas stiller wurde.

»War doch Jaschek der Verkehrte, habt ihr ihn denn nicht erkannt?«

»Ich konnte unter diesem Pelzkopf nichts erkennen.«

»Du liebe Güte, zum Spaßmachen hat dieser Plumpsack genug Verstand!« bemerkte die Kobusbäuerin.

»Ihr redet rein so, als ob Jaschek schon ganz dumm wäre!« verteidigte ihn Nastuscha; Mathias unterstützte sie darin, allerhand über Jaschek erzählend, wie er nur schüchtern wäre, aber durchaus nicht dumm, und verteidigte ihn dermaßen, daß niemand mehr dawider redete; nur verständnisvolles und verstecktes Lächeln huschte über die Gesichter. Sie setzten sich wieder auf die früheren Plätze und redeten lustig miteinander; die Mädchen aber, mit Fine an der Spitze, die die Keckste war, drangen auf Rochus ein, der am Herd saß, und quälten ihn tüchtig und schmeichelten ihm um die Wette, damit er eine Geschichte erzähle, wie damals im Herbst bei Boryna.

»Und erinnerst du dich noch, Fine, was ich damals erzählt habe?«

»Und wie! Das war doch über den Herrn Jesus seinen Burek!«

»Ich sag' euch heute was über die Könige, wenn ihr es wissen wollt!«

Sie schoben ihm einen Stuhl unter die Lampe, machten etwas Platz, so daß er in der Mitte saß und wie ein grauer Eichbaum auf einer Waldwiese aussah, den im Halbkreis dicht aneinandergedrängtes, vorgebeugtes Buschwerk umgibt. Und langsam, mit gedämpfter Stimme, fing er an zu erzählen.

Eine solche Stille erfüllte die Stube, daß nur die Spindeln surrten und das Feuer hin und wieder auf dem Herd aufknallte oder irgendein Seufzer durch die Stube ging – und Rochus erzählte allerhand Wunder- und Königsgeschichten, von grausigen Kriegen, von Bergen, wo ein verzaubertes Heer schläft, das nur auf einen Hörnerruf wartet, um aufzuwachen und die Feinde zu überfallen, sie zu schlagen und die Erde vom Bösen zu säubern; von gewaltigen Schlössern, wo güldene Kemenaten sind, wo verwunschene Prinzessinnen in weißen Gewändern in Mondscheinnächten klagen und auf den Erlöser warten, wo in leeren Zimmern allnächtlich Musik erschallt, Feste gefeiert werden, Menschen zusammenströmen, und wenn nur der Hahn kräht, alles versinkt und sich ins Grab legt; von Ländern, wo Menschen groß wie Bäume sind, wo Riesen ganze Berge umherschleudern, wo unermeßliche Schätze sind, die von Höllendrachen gehütet werden, wo Vögel aus reiner Glut leben, wo Räuber hausen und es von selbst prügelnde Stöcke gibt, und von jenen Lelum-Polelum[2] und jenen Mittagsgöttinnen, Gespenstern, Erscheinungen, Zaubereien und Seltsamkeiten! Und noch andere, ganz verschiedene, herrliche Geschichten, gar nicht zu glauben, so daß die Spindeln aus den Händen glitt und die Seelen in die verzauberten Welten hinausflogen; die Augen glühten, herzliche Tränen flössen, und ein Wunder war es, daß die Herzen nicht aus der Brust sprangen vor Staunen und Sehnsucht.

Und zum Schluß erzählte er von einem König, den die Herren zum Spott den Bauernkönig genannt hatten, da er ein menschlicher, gerechter Herr war und dem ganzen Volk viel Gutes tat; er berichtete über die grausigen Kriege, die er geführt hatte, über seine Irrfahrten und wie er sich als Bauer verkleidete und von Dorf zu Dorf ging, sich mit dem Volk in Gevatterschaften verbrüderte, über alle Mißstände herumhorchte, das geschehene Unrecht gut machte, Haß löschte, und dann, um mit den Bauern ganz gleich zu sein, sich noch mit einer Hofbauerntochter nahe bei Krakau verheiratet hat; und ihr Name war Sophie, er hatte Kinder mit ihr, führte sie aufs Krakauer Schloß und regierte dort lange Jahre, wie der beste Vater des Volkes und der erste Hofbauer im Land.

Sie hörten immer eifriger zu, nicht ein Wort verlierend, und selbst den Atem anhaltend, um nur ja nicht diesen Rosenkranz von Herrlichkeiten zu unterbrechen. Jaguscha konnte gar nicht mehr spinnen, sie ließ ihre Hände sinken, beugte den Kopf vor und, die Wange gegen den Wocken gestützt, versenkte sie die blauen tränenfeuchten Augen in Rochus Gesicht, der ihr wie ein aus einem Heiligenbild herabgestiegener Heiliger schien; denn er sah ganz danach aus mit seinem weißen Haar, dem langen, weißen Bart und auch den blassen Augen, die irgendwo in jenseitige Welten starrten. Sie hörte ihm mit ganzer Seele und aus voller Macht ihres stark fühlenden Herzens zu und nahm so leidenschaftlichen Anteil an seinen Erzählungen, daß sie vor Rührung kaum Atem schöpfen konnte; alles sah sie wie lebendig vor sich und folgte ihm mit

---

2 *Lelum-Polelum:* Eine altslavische Gottheit mit einem Doppelgesicht.

der Seele, wohin er sie mit den Worten führte, am meisten aber ergriff sie diese Geschichte vom König und der Bauerntochter. Jesus! wie ihr das herrlich schien!

»Und der König selbst hat da so mit den Bauern gemeinsam gelebt?« fragte Klemb nach langem Schweigen.

»Der König selbst.«

»Jesus! Sterben würde ich, wenn ein König mich anreden würde!« flüsterte Nastuscha.

»Ich würde ihm durch die ganze Welt nachfolgen, auf ein einziges Wort hin! Durch die ganze Welt!« rief Jagna leidenschaftlich und so durchdrungen von jenem starken Entschluß und von einer so selbstvergessenen Rührung, daß sie, wenn er in diesem Augenblick erschienen wäre und das Wort gesagt hätte, hinausgeeilt wäre, wie sie ging und stand in die Nacht, in den Frost hinaus bis ans Ende der Welt!

Sie fielen gleich über Rochus her mit allerhand Fragen, wo denn solche Schlösser wären, solche Armeen, diese Reichtümer, diese Macht und Herrlichkeit, wo solche Könige, wo denn nur?

So erzählte er ihnen etwas traurig und so klug dabei allerhand Geschehenes, und legte ihnen solche Gebote ans Herz, daß sie nur immerzu schwer aufseufzten, alles überlegend und fleißig alle Einrichtungen in der Welt überdenkend.

»Nur das Heute ist in der Macht des Menschen, und das Morgen in Gottes Macht!« sagte Klemb.

Rochus ruhte ermüdet aus, und da die Seelen aller noch ganz voll jener Köstlichkeiten waren, so fingen sie untereinander an, erst etwas leise und dann schon laut, daß es alle hörten, zu erzählen, was jeder wußte.

Sagte die eine was und die zweite, so fiel auch der dritten und vierten etwas ein, und jede trug was Neues heran, daß sich diese Märlein wie Wockenfäden spannen, wie Mondeslicht, das auf angelaufenen toten Gewässern, die im tiefen Walde versteckt ruhen, farbig aufblinkt. Die eine wußte etwas von einer Ertrunkenen zu sagen, die in den Nachten kam, ihr hungerndes Kindchen zu stillen – und von Gespenstern redeten sie, denen man in den Särgen die Herzen mit Espenpflöcken durchbohren mußte, damit sie den Menschen nicht das Blut wegsaugten – und von der Mittagsgöttin, die auf den Feldrainen die Menschen erwürgt, von redenden Bäumen, Werwölfen, von fürchterlichen Erscheinungen und Seelen, die Buße tun – und von solchen seltsamen, erschrecklichen Dingen, bei deren Erwähnung die Haare sich sträubten, die Herzen vor Angst erstarben und allen ein kalter Schauer über den Körper rieselte, so daß sie jäh verstummten, sich ängstlich umblickend und aufhorchend; denn es schien allen plötzlich, als ob etwas auf dem Boden herumtappte und hinter den Fenstern jemand lauerte, als ob durch die Scheiben blutrote Augen glühten und in den dunklen Ecken unkenntliche Schatten sich ballten … bis manch eine sich schnell bekreuzigte, leise mit klappernden Zähnen Gebete murmelnd … Aber das ging alles so rasch vorüber, wie ein Schatten, wenn ein Wölklein die Sonne zudeckt, daß man danach nicht einmal weiß, ob er dagewesen ist … Und sie erzählten abermals und spannen und wickelten ihre endlosen Maren, denen selbst Rochus eifrig lauschte, weiter aus, bis dieser zuletzt eine neue Geschichte von einem Pferd erzählte …

»Ein armer Bauer auf fünf Morgen hatte ein Pferd, aber ein so störrisches und einen solchen Faulenzer, wie wenige nur; vergeblich pflegte er ihn, fütterte ihn mit Hafer, recht machen konnte er es ihm nicht; das Pferd wollte nicht arbeiten, zerriß das Geschirr und schlug aus, daß man nicht herantreten konnte … Eines Tages wurde der Bauer arg böse, denn er hatte eingesehen, daß er ihm auf gütlichem Wege nicht beikommen könnte, spannte es vor einen Pflug und fing an, absichtlich ein altes Brachfeld zu pflügen, um es etwas zu ermüden und zur Demut zu zwingen. Doch der Gaul wollte nicht ziehen; da prügelte er ihn also mit dem Peitschenstock windelweich und zwang ihn dazu. Das Pferd arbeitete, hielt es aber für ein Unrecht und merkte es sich gut, bis es den geeigneten Augenblick abgepaßt hatte. Als der Bauer einmal sich gebückt hatte, um ihm die Fesseln von den Beinen zu nehmen, schlug es mit den Hinterhufen aus und traf ihn, daß er auf der Stelle tot war, es selbst aber jagte davon in die weite Welt, in die Freiheit!

Im Sommer ging es dem Gaul nicht schlecht, er lag im Schatten herum und weidete in fremdem Getreide; als jedoch der Winter kam und Schnee gefallen war, der Frost fest zugepackt hatte, Mangel an Futter sich fühlbar machte und die Kälte bis ans Mark drang, rannte er immer weiter, Nahrung zu suchen. So jagte er Tage und Nächte dahin, denn immerzu war ringsherum Winter, Schnee und Frost – und die Wölfe dicht hinterher, so daß ihn schon manch einer mit den Krallen an die Seiten gefaßt hatte …

Er rennt, rennt, rennt, bis er an den Rand des Winters gekommen ist, auf eine Wiese, wo es warm war und Gras bis über die Knie wuchs; die Quellen murmelten und funkelten im Sonnenschein, kühle Schatten schaukelten an den Ufern, und es wehte ein lieblicher Windhauch. Da stürzte sich der Gaul über dieses Gras her, und nun mal erst fressen, denn er war ganz ausgehungert – aber wie er mit den Zähnen nach dem Gras greift, beißt er immer nur auf scharfe Steine – das Gras ist verschwunden! – Er will Wasser trinken – nichts da, nur stinkender Schmutz ist geblieben! Im Schatten wollte er sich niederlegen – die Schatten wichen zurück und die Sonne brannte wie lebendiges Feuer! Einen ganzen Tag quälte er sich so ganz vergeblich.

Er wollte schon nach den Wäldern zurückkehren – die Wälder waren weg! Schmerzlich wieherte der arme Gaul auf, von der Ferne antworteten ihm irgendwelche Pferde; er schleppte sich in der Richtung dieser Stimmen und erblickte schließlich hinter den Wiesen einen so prachtvollen Gutshof, wie aus Silberglanz, und die Fensterscheiben waren aus Edelsteinen, und ein Dach hatte es wie aus Himmelsbläue, mit goldenen Sternen benagelt. Menschen bewegten sich da auch hin und her. Er schleppte sich nach ihnen; denn selbst schwer zu arbeiten hätte er vorgezogen, als elendiglich vor Hunger umzukommen … Er blieb in der Sonnenglut den ganzen Tag lang stehen, denn niemand kam mit einem Halfter auf ihn zu; erst um die Abendzeit tritt da einer an ihn heran, wie der Bauer selbst! Der Herr Jesus war es, dieser heiligste Hofherr, der Herr des Himmels, und er sprach:

›Hier hast du nichts zu suchen, du Faulpelz und Totschläger; erst wenn dich die segnen werden, die dir jetzt fluchen, laß ich dich in den Stall herein.‹

›Er hat mich geschlagen, da hab' ich mich gewehrt!‹

›Wegen dem Schlagen halte ich Gericht, aber auch die Gerechtigkeit halte ich in den Händen.‹

›Ich bin doch aber so hungrig und durstig und lahm!‹ wimmerte der Gaul.

›Ich habe gesagt, was ich gesagt habe; scher' dich fort, sonst laß ich dich noch von den Wölfen fortjagen und hetzen ...‹

So kehrte denn das Pferdevieh ins winterliche Land zurück und schleppte sich durch Kälte und Hunger und in großer Angst dahin, denn die Wölfe jagten es fleißig vor sich her, es mit Geheul schreckend, diese Jesushunde, bis es denn in einer Frühlingsnacht vor dem Tor seines Hofes anlangte und aufwieherte, damit man es wieder aufnehmen sollte; es kam aber darauf die Witwe mit ihren Kindern herausgelaufen und, ohne den Gaul zu erkennen, so elend sah er aus, fingen sie an ihn zu prügeln mit allem, was ihnen gerade unter die Hände kam und fortzujagen und zu fluchen und ihr Unrecht herzusagen; denn durch den Tod des Bauern war die Witwe arm geworden und lebte mit den Kindern in großer Not.

Der Gaul wandte sich nach den Wäldern zurück, denn er wußte nicht mehr was tun; die wilden Tiere fielen über ihn her, und nicht einmal verteidigen konnte er sich, es war ihm schon selbst der Tod ganz gleichgültig; doch die Tiere betasteten ihn nur, und das ältere unter ihnen sagte:

›Wir fressen dich nicht, denn du bist uns zu mager, nur Haut und Knochen, schade um die Krallen; doch wollen wir uns deiner erbarmen und dir helfen ...‹

Sie nahmen ihn in ihre Mitte und führten ihn am Morgen aufs Feld des Bauernhofes, wo sie ihn vor den Pflug spannten, der auf dem Acker stand; die Witwe pflügte sonst mit der Kuh und mit den Kindern zusammen.

›Du wirst ihnen den Pflug ziehen, sie werden dich auffüttern und im Herbst kehren wir wieder, dich auszuspannen!‹ sagten sie.

Bei Tagesanbruch kam die Witwe und erkannte ihn plötzlich, und obgleich sie zuerst aufschrie, es wäre ein Wunder, daß er zurückgekommen sei und schon vor dem Pflug stände, so ergriff sie doch bald das Leid der Erinnerung, daß sie wieder zu fluchen begann und ihn zu schlagen anhub, soviel sie nur konnte. Sie ließ ihn dann aber auch arbeiten und arbeiten und gerbte ihm sein Unrecht ins Fell. Den ganzen Sommer ging das in so schwerer, geduldiger Arbeit, und ob auch dem Gaul die Haut vom Kummer wundgerieben wurde, wieherte er doch nicht einmal, er wußte, daß er gerechte Strafe litt. Erst in ein paar Jahren, als die Frau sich einen neuen Bauer und neues Land erarbeitet hatte, das nachbarlich neben ihrem lag, wurde sie weichherziger gegen das Pferd und sprach:

›Du hast uns geschädigt, aber durch dich hat Herr Jesus uns Segen gegeben, alles ist gediehen, einen nicht üblen Bauersmann hab' ich gefunden: so will ich dir denn schon von Herzen vergeben haben.‹

Und gleich in derselben Nacht, als im Hof Taufe gefeiert wurde, kamen die Wölfe des Herrn Jesus, holten das Pferd aus dem Stall und führten es nach jener himmlischen Hürde!«

Man wunderte sich nicht wenig über dieses Gottesgericht und überlegte es sich hin und her, wie doch der Herr Jesus immer Böses bestraft und Gutes belohnt und nichts außer acht läßt, nicht einmal solch ein Pferd zum Beispiel.

»Wenn es selbst jener kleine Wurm wäre, der in der Wand bohrt, auch er wird sich nicht vor seinem Auge verbergen ...«

»Nicht einmal der geheimste Gedanke oder eine häßliche Begierde«, warf Rochus ein.

Jagna erschauerte bei diesen Worten, denn gerade kam auch Antek herein; doch kaum einer hatte ihn bemerkt, obgleich eine vollkommene Stille herrschte, denn just fing die Walentybäuerin an, solche Herrlichkeiten über eine verzauberte Prinzessin zu erzählen, daß die Spindeln zu surren aufgehört hatten und alle die Hände sinken ließen; man hielt den Atem an und saß wie verzaubert mit hochauslauschender Seele da.

Und so neigte sich dieser kalte Februarabend dem Ende zu.

Die Seelen erhoben sich, wuchsen in den Himmel hinein und flammten wie harzige Kienspäne auf, so daß nur leise Seufzer, Laute des Entzückens und hingesummte Wünsche durch die Stube schwirrten wie blütenbunte Schmetterlinge.

Sie spannen sich ein in das lebendige, flimmernde, farbenbunte Gespinst des Wunderbaren, das ihnen die Augen für all die traurige, graue und arme Welt verschloß.

Sie irrten über dunkles Land, das nur von seltsamen Gesichten erhellt wurde, die wie Zunder in blutiger Glut aufflammten, sie eilten nach den silbernen Quellen, wo rätselvoller Gesang, heimliches Rufen und Geplätscher war; in die verzauberten Wälder zogen sie hinaus, wo Ritter und Riesen, prächtige Schlösser und furchtbare Gespenster und Drachen waren, die höllisches Feuer von sich gaben; sie blieben verängstet an den Kreuzwegen stehen, wo Vampire kichernd vorübersausten, wo die Gehenkten mit der Stimme der Verruchten schrien und die Nachtkobolde mit Fledermausflügeln vorüberflogen; tasteten sich über Grabhügeln den Schatten büßender Selbstmörder nach; horchten in leeren zerfallenen Schlössern und Kirchen auf seltsame Stimmen, blickten endlosen Augen grauenerregender Phantome nach, waren mitten im Schlachtengetöse und wiederum tief unter dem Wasserspiegel, wo die Muttergottes jeden Frühling die zu Kränzen verwobenen Schwalben weckt und in die Welt fliegen läßt.

Und sie durcheilten Himmel und Hölle, alle Grausigkeiten, alle Finsternisse des göttlichen Zornes und alle Lichtfüllen seiner heiligen Gnade, durchwanderten unaussprechliche Wunderlande und -zeiten voll entzückender und staunenerregender Dinge – Welten, durch die die Menschenseelen nur irren, wie vom Blitz geblendete Vögel, Orte, die der Mensch nur in der Stunde des Wunders oder im Traum besucht, die er glanzbeglänzt beschaut, bestaunt, ohne recht zu wissen, ob er noch unter den Lebenden ist!

Hei! Als wäre das Meer aufgestanden in einem undurchdringlichen Wall, in einer Flut voll Zaubermacht, Geflimmer und Herrlichkeiten, daß den Augen die ganze Erde, die Stube, die eisige Nacht entschwand, diese ganze Welt voll verschiedener Bedrängnisse und Elend, voll Unrecht, Tränen, Klagen und Erwartungen, und die Blicke sich für eine andere neue und so wundersame Welt öffneten, daß es der Mund gar nicht aussprechen konnte.

Die Märchenwelt umhüllte sie, das Märchenleben band sie mit Regenbogen, Märchenträume wurden Wirklichkeit – sie erstarben fast vor Entzücken, indem sie zugleich doch auferstanden, wo das Leben hell war, groß, mächtig, reich und heilig und mit Köstlichkeiten durchwachsen, wie reifes Getreide mit Mohn und Wicken – wo jeder Baum spricht, jede Quelle singt, jeder Vogel verzaubert ist, jeder Stein eine Seele hat, jeder Wald voll Zauberkräfte, jedes Erdklümpchen voll unbekannter Mächte ist – wo alles Große, Übermenschliche, nie Gesehene das heilige Leben des Wunders lebt!

Dahin drängten sie sich mit der ganzen Macht der Sehnsucht, dahin ließen sie sich tragen, wie vom Zauber gebannt, wo alles sich zu einer unzerreißbaren Kette von Traum und Leben, Wunder und Wunsch fügte, zu einem Reigen eines erträumten Seins, zu dem sich immerzu von allem Elend des Erdenseins die müden, wunden Seelen losreißen!

Was ist dann dieses graue und elendige Leben, was ist dieser Alltag, der den Blicken eines Kranken ähnelt, der mit Trauer wie mit Nebel verschleiert ist; Dunkelheit ist das nur, traurige lästige Nacht, aus der einem erst in der Todesstunde jene Wunder leibhaftig werden.

Wie ein Zugvieh, das sein Joch zur Erde niederbeugt, lebst du, Menschenkind, sorgst und mühst dich, um den Tag zu verleben und denkst nicht einmal daran, was um dich herum geschieht, was für Weihrauchdüfte durch die Welt wehen, von welchen heiligen Altären Stimmen kommen und welche verborgenen Wunder überall zugegen sind.

Wie ein blinder Stein in Wassertiefen lebst du, Menschenkind! ...

In Dunkelheit pflügst du den Acker des Lebens, säest Weinen, deine Mühe und deinen Schmerz! ...

Und im Kot wälzt du deine Sternenseele, Mensch! ...

Sie erzählten immer weiter, und Rochus half ihnen bereitwillig dabei und wunderte sich, seufzte und weinte mit, wenn die anderen weinten ...

Zuweilen kam ein lang andauerndes, tiefes Schweigen über sie, so daß man das Klopfen der bewegten Herzen hörte; feuchter Augenglanz leuchtete wie Tau, Seufzer des Staunens zitterten in der Luft, die Seelen legten sich zu den Füßen des Herrn in diesem Dom der Wunder und sangen das allmächtige Loblied des Dankes. Die Stille sang aus all den vom Zauber ganz erfüllten, bebenden Herzen, die berauscht vom heiligen Abendmahl des Träumens waren – so wie die Erde bebt, wenn sie sich im Frühlingssonnenschein badet, wie jene Gewässer in der Abendstunde bei schönem, stillen Wetter, über die nur ein Erzittern, Regenbogenschein und Farben huschen; wie jene jungen Getreidefelder in der frühen Stunde eines Maiabends, die lieblich schaukeln, gedehnt raunen und mit ihren Ährenbüschelchen Dankgebete flüstern.

Jaguscha fühlte sich wie im Himmel, sie empfand alles so tief, nahm es so in sich auf, glaubte so fest daran, daß dieses alles in ihr wuchs und wie lebendig vor ihr aufstand, sie hätte es alles in Papier ausschneiden können. Man gab ihr beschriebene Kinderhefte von Rochus seinen kleinen Schülern, und sie schnitt, der Erzählung lauschend, Gespenster, Könige, Nachtmahre, Drachen und mancherlei Dinge der Reihe nach aus und traf alles so richtig, daß es jeder auf den ersten Blick erkennen konnte.

Sie hatte so viel davon ausgeschnitten, daß man damit einen ganzen Balken hätte bekleben können, und färbte es noch mit blauem und rotem Stift, den ihr Antek zugeschoben hatte. Sie hörte so eifrig zu und war so in ihre Arbeit vertieft, daß sie die ganze Welt vergessen hatte, nicht einmal ihn beachtete und nicht sah, daß er aus irgendeinem Grunde ungeduldig wurde und ihr heimlich Zeichen machte ... niemand anders bemerkte es in dieser Versunkenheit und Stille, die in der Stube herrschten.

Plötzlich fingen die Hunde an, wütend zu bellen und auf dem Heckenweg auf aufzuwinseln, bis einer von Klembs Jungen hinauslief und dann erzählte, daß irgendein Kerl von den Fenstern fortgerannt sei.

Sie achteten nicht darauf, und wußten es nicht, daß später, als die Hunde still wurden, ein Gesicht sich hinter den Fensterscheiben vorbeischob und so rasch verschwand, daß nur ein Mädchen erschrocken aufschrie und sich erstaunt die Augen zu reiben begann.

»Da schleicht sich doch einer hinter dem Fenster«, rief sie aus.

»Man hört ja, wie der Schnee unter den Füßen knirscht.«

»Als ob er an der Wand hochklettern wollte!«

Sie waren alle wie erstarrt und horchten. Jeder fürchtete sich vom Platz zu rühren; eine plötzliche Angst hatte sie gepackt.

»Worüber einer spricht, das kommt ihm zu Gesicht«, flüsterte eine ganz bange.

»Vom Bösen hat man geredet, vielleicht hat er sich auch herbeirufen lassen und guckt nach, wen er nehmen könnte!«

»Jesus Maria!«

»Seht mal heraus. Jungen, da ist kein Mensch da, die Hunde spielen gewiß im Schnee.«

»Hale, ich hab' ihn doch gut hinter dem Fenster gesehen, ein Kopf wie ein Zuber und rote Glotzen!«

»Das ist dir nur so vorgekommen«, rief Rochus, und da niemand hinaussehen wollte, ging er selbst vors Haus, um alle zu beruhigen.

»Ich werd' euch eine Geschichte von der Mutter Gottes erzählen, dann verschwinden gleich alle Gesichte«, sagte er, sich auf den alten Platz niedersetzend; sie beruhigten sich etwas, aber immer wieder hob jemand die Augen zum Fenster und schlotterte vor heimlicher Angst.

»Lange ist es schon her, daß dieses geschehen ist, lange, vor vielen hundert Jahren, nur in alten Büchern steht es noch geschrieben. In einem Dorf bei Krakau lebte ein Bauersmann, Kasimir war sein Name und der Familienname Jastschomb, seit langem waren sie da angesiedelt, ein Erbbauer war er, ein reicher, saete auf vielen Hufen, hatte feinen Wald, einen Bauernhof wie einen Herrensitz und eine Mühle am Bach. Der Herr Jesus schenkte ihm seinen Segen, alles gedieh bei ihm, die Scheuern waren immer voll, das Geld war in der Truhe immer da, die Kinder gesund und die Frau rechtschaffen; er war auch ein guter, kluger, nachsichtiger Mensch von demutsvollem Herzen, gerecht gegen jedes Geschöpf.

Er stand wie ein Vater der Gemeinde vor, beschützte die Armen, verteidigte die Gerechtigkeit, belastete nicht mit Steuern, sah in allem auf Ehrlichkeit und war stets der Erste, wenn es galt, dem Nächsten beizustehen und zu helfen.

So lebte er also still, ruhig und glücklich wie beim lieben Gott auf der Ofenbank.

Bis einmal der König das Volk zum Krieg gegen die Heiden zusammenzurufen begann.

Jastschomb besorgte sich sehr, denn es tat ihm leid, von Haus und Hof fortzugehen und in jene blutigen Schlachten zu ziehen.

Aber der königliche Knecht stand an der Tür und hieß ihn eilen!

Und es bereitete sich ein großer Krieg vor, der arge Türke war in die polnischen Lande gedrungen, äscherte die Dörfer ein, beraubte die Kirchen, ermordete die Priester, schlug das Volk tot oder trieb es in Fesseln in seine heidnischen Länder.

Man mußte sich bereit halten und an die Verteidigung gehen!

Ewiges Leben erwartet diejenigen, die bereitwillig ihr Leben für die Brüder und für den heiligen Glauben hingeben.

So rief denn Jastschomb die Gemeinde zusammen, wählte die tüchtigsten Burschen aus, nahm Wagen und Pferde, und sie zogen bald eines Morgens nach der heiligen Messe zum Dorf hinaus.

Und das ganze Dorf gab ihnen weinend und wehklagend das Geleit bis zum Standbild der Tschenstochauer Muttergottes, das am Wege stand, wo sich die Heerstraßen kreuzten. Er bekriegte den Feind ein Jahr, zwei Jahre, bis schließlich jegliche Spur von ihm verloren ging.

Die anderen waren schon lange heimgekehrt und Jastschomb kam und kam nicht wieder; man dachte, er wäre schon erschlagen oder der Türke hätte ihn in Gefangenschaft geschleppt, wovon selbst im geheimen noch verschiedene Bettler und Wanderer zu erzählen wußten.

Im dritten Jahre schließlich kam er zur frühen Frühlingszeit wieder, aber ganz allein, ohne Reisige, ohne Wagen noch Rosse: zu Fuß, ärmlich, abgetrieben und nur mit einem Stab, wie ein Bettler ...

Er betete heiß vor dem Muttergottesbild, daß es ihm gegeben war, sein Land wiederzusehen, und schritt eilig dem Dorfe zu ...

Keiner begrüßte ihn, keiner kannte ihn wieder, und die Hunde mußte er von sich abwehren.

Da kommt er vor sein Haus, reibt sich die Augen, bekreuzigt sich und kann es nicht wiedererkennen.

Jesus Maria! Keine Wirtschaftsgebäude, keine Ställe, keine Obstgärten, nicht einmal Zäune, vom Vieh keine Spur ... und vom Haus nur die Wände ... von den Kindern nichts zu sehen ... alles leer ... und grausig ... nur die kranke Frau schleppte sich vom armseligen Lager ihm entgegen und weinte bitter auf.

Als ob der Blitz in ihn gefahren wäre!

Während er Krieg geführt hatte und die Feinde des Herrn niederzwang, ist die Seuche in sein Haus gekommen, hat ihm alle Kinder erschlagen ... Der Blitz hatte alles verbrannt ... die Wölfe die Herden erwürgt ... böse Menschen hatten ihm Hab und Gut geraubt ... Die Nachbarn Grund und Boden genommen ... Die Hitze hatte die Saaten verbrannt ... Hagel den Rest vernichtet ... so daß nichts geblieben war, nur Erde und Himmel.

Er blieb wie leblos auf der Schwelle, und gegen die Vesperzeit, als man das Ave zu läuten begann, sprang er plötzlich auf und fing mit furchtbarer Stimme an zu fluchen und zu drohen!

Vergeblich hielt ihn die Frau ab, lag vergeblich flehend zu seinen Füßen, er verfluchte und verfluchte alles, da er umsonst sein Blut für die Sache des Herrn vergossen hatte, umsonst die Kirchen verteidigt, umsonst Wunden empfangen und Hunger gelitten, umsonst redlich und fromm war, alles umsonst – der Herr hatte ihn dennoch verlassen und dem Untergang geweiht!

Furchtbar lästerte er gegen Gottes Namen, schrie, er würde sich schon dem Bösen ganz ausliefern, denn er allein ließe die Menschen nicht im Stich, wenn sie in Not wären.

Versteht sich, daß auf solche Aufforderung sich der Böse gleich bei ihm einstellte. Jastschomb kam nicht mehr zur Besinnung aus diesem argen Zorn und rief nur:

›Hilf, Teufel, wenn du kannst, denn es ist mir ein großes Unrecht geschehen!‹

Der Dumme hatte nicht begriffen, daß der Herr Jesus ihn nur prüfen und in Versuchung führen wollte.

›Ich helf' dir – und gibst du dafür die Seele?‹ quarrte der Böse.

›Ich geb' sie, und wenn es sofort geschehen sollte!‹

Sie schrieben einen Schuldschein aus, den der Bauer mit dem Blut aus dem Herzfinger unterschrieb.

Und gleich von diesem Tage an fing alles an, ihm nach Wunsch zu gedeihen; selbst tat er wenig, paßte nur auf und gab Befehle, und der Michel, so ließ sich nämlich der Böse nennen, arbeitete für ihn – und andere Teufel, die als Knechte und Ausländische verkleidet waren, halfen mit – so daß in kurzer Zeit die Wirtschaft noch besser, größer und reicher war als je zuvor.

Nur neue Kinder waren nicht da, wie sollten sie wohl ohne Gottes Segen kommen!

Das nagte an Jastschomb arg und manches Mal grübelte er in den Nächten, wie es wohl einmal dazu kommen würde, wenn er in dieser ewigen Hölle brennen müßte, und der Reichtum und nichts freute ihn mehr ... Bis ihm Michel das vor die Augen führen mußte, wie alle Reichen, alle großen Herren, Könige, Gelehrte und sogar die größten Bischöfe sich bei lebendigem Leibe dem Teufel verschrieben hätten, und keiner von ihnen sorge sich oder denke darüber nach, was da nach dem Tode sein würde; sie machten sich nur das Leben vergnügt und genössen alles, soviel sie könnten.

Und Jastschomb beruhigte sich immer danach und verschwor sich noch ärger gegen Gott, selbst das Kreuz am Wald hatte er umgehauen, warf die Heiligenbilder aus dem Haus und machte sich schon an das Standbild der Muttergottes, um es zu zerschlagen, denn es störte ihn beim Pflügen; kaum hatte es sein Weib vermocht, ihn mit Flehen und Bitten davon abzubringen.

So flossen Jahre auf Jahre dahin, wie reißendes Wasser; die Reichtümer wuchsen ins Unermeßliche und mit ihnen auch seine Bedeutung, so daß selbst der König bei ihm einkehrte, ihn zu Hofe bat und unter seine Hofleute setzte.

Darüber blähte sich Jastschomb auf, erhob sich über die andern, verachtete die Armen, hatte jegliche Redlichkeit von sich abgetan und machte sich aus der ganzen Welt nichts mehr.

Der Dumme! er dachte nicht daran, womit man dafür zahlen mußte ...

Bis schließlich auch die Stunde der Abrechnung kam. Herr Jesus hatte die Geduld verloren und hatte keine Nachsicht mehr mit dem verstockten Sünder ...

Es kam die Zeit des Gerichts und der Strafe ...

Zuerst überfielen ihn schwere Krankheiten und ließen nicht einen Augenblick von ihm ab.

Dann fiel das Vieh an der Seuche.

Dann verbrannte ein Blitz die Gebäude.

Dann schlug der Hagel das Getreide nieder.

Dann lief ihm das Gesinde davon.

Dann kam noch solche Hitze, daß alles zu Asche verdorrte. Bäume starben ab, Gewässer trockneten aus, die Erde barst auseinander.

Dann ließen ihn die Menschen ganz im Stich und die Not setzte sich an die Schwelle.

Er aber lag schwer danieder, das Fleisch fiel ihm in Fetzen ab, die Knochen faulten ihm.

Vergeblich wimmerte er zu Michel und zu seinen Teufelskumpanen um Hilfe: selbst der Böse hilft nicht, wenn über einen die zornige Hand Gottes sich senkt.

Und auch die Teufel kümmerten sich nicht mehr um ihn; er war ja ihnen verfallen. Damit er also eher stürbe, bliesen sie ihm auf seine furchtbaren Wunden, daß sie noch mehr eitern sollten.

Nur Gottes Erbarmen einzig und allein konnte ihn retten.

Es war wohl im Spätherbst, da kam eine so stürmische Nacht, daß der Wind das Dach des Wohnhauses abtrug und alle Türen und Fenster herausriß. Gleich kam auch ein ganzer Schwarm Teufel zusammengeflogen; sie fingen an, um die Ecken zu tanzen und mit den Mistgabeln sich ins Innere zu drängen, denn Jastschomb lag schon im Sterben.

Das Weib verteidigte ihn so gut es konnte, ihn mit einem Heiligenbild bedeckend oder mit geweihter Kreide die Türschwellen und Fenster zeichnend, aber sie ermüdete schon ganz von all der großen Sorge, er könnte ohne Sakramente und ohne mit Gott versöhnt zu sein, sterben; und obgleich er es ihr verbot, denn so verstockt war er selbst noch in der letzten Stunde, und der Böse überall Hindernisse stellte, fand sie doch eine Gelegenheit, um nach dem Pfarrhof zu laufen.

Aber der Priester bereitete sich vor, auszufahren und wollte nicht zum Gottlosen hin.

»Wen der Herrgott verlassen hat, den müssen die Teufel nehmen, da kann ich nichts nützen ...« und er fuhr nach einem Herrenhof, Karten zu spielen.

Sie weinte bitter vor Kummer und kniete vor jenem Tschenstochauer Muttergottesbild hin, mit blutigem Weinen und herzlichem Jammer um Erbarmen wimmernd.

Die heilige Jungfrau erbarmte sich ihrer und fing an zu sprechen:

›Weine nicht, Weib, deine Bitten sind erhört ...‹

Und sie steigt vom Altar, wie sie da stand, mit goldener Krone und im himmelblauen sternenbesaeten Mantel und mit einem Rosenkranz am Gürtel, zu ihr nieder ... voll Güte strahlend ... allerheiligst und einem Morgenstern vergleichbar ... Das Weib fiel vor ihr aufs Antlitz.

Sie hob sie mit ihren heiligen lieben Händen auf, trocknete ihr mitleidig die Tränen, drückte sie ans Herz und sagte gerührt:

›Führ' mich ins Haus, vielleicht kann ich dir etwas helfen, treue Dienerin.‹

Sie besah sich den Kranken und ihr mitleidvolles Herz wurde sehr bewegt.

›Ohne Priester wird das nicht gehen, ich bin nur eine Frau und besitze nicht eine solche Macht, wie sie der Herr Jesus den Priestern gegeben hat! Ein Lump ist der Pfarrer, kümmert sich nicht um das Volk, ein ganz schlechter Hirt ist er und wird sich dafür streng verantworten müssen; doch er allein hat die Macht, von den Sünden zu erlösen ... Hier hast du den Rosenkranz, verteidige damit den Sünder, bis ich zurückkomme.‹

Wie sollte man da aber gehen? ... Die Nacht war dunkel, Sturm, Regen, Schmutz, ein weites Stück Wegs und noch dazu die Teufel, die überall Unfug trieben.

Sie war nicht bange, die Himmelsherrin, nein! ... Sie tat nur ein Leintuch um gegen das schlechte Wetter und trat in die Dunkelheit hinaus ...

Sie kam zum Herrenhof, arg ermüdet und bis auf den letzten Faden durchnäßt, klopfte demütig bittend an, der Priester möge rasch zu einem Kranken kommen; dieser aber, da er bemerkt hatte, daß es etwas Armseliges war und da noch draußen so ein Hundewetter herrschte, ließ sagen, er käme am Morgen, jetzt hätte er keine Zeit und spielte weiter, trank und amüsierte sich mit den Herren.

Die Muttergottes seufzte nur wehmütig auf über diese Unredlichkeit und ließ es geschehen, daß gleich eine goldene Karosse erschien mit Pferden und Lakaien; sie verkleidete sich als eine Starostenfrau und trat in die Zimmer.

Versteht sich, daß der Priester bereitwillig und sofort hinfuhr.

Sie kamen noch zur rechten Zeit; aber der Tod saß schon auf der Schwelle und die Teufel versuchten mit Gewalt, an den Mann heranzukommen, um ihn noch bei lebendigem Leibe zu entführen, bevor der Priester mit dem Leib Christi käme; nur daß das Weib ihnen noch wehrte, mal mit dem Rosenkranz, mal mit einem Heiligenbild die Tür verdeckend und mal mit dem Gebet, mal mit dem Namen des Herrn ihn verteidigend.

Jastschomb beichtete, bereute seine Sünden, bat Gott um Verzeihung, wurde seiner Vergehen ledig gesprochen und gab sofort Gott die Seele ab. Die Allerheiligste selbst schloß ihm die Augen, segnete die Frau und sagte zum entsetzten Priester:

›Komm mit mir! ...‹

Er konnte sich immer noch nicht fassen, ging jedoch mit. Er sieht sich um vor dem Haus ... da ist weder die Kutsche noch die Dienerschaft zu sehen, nur Regen, Schmutz, Dunkelheit – und der Tod, der Schritt für Schritt ihm folgt ... Er erschrak sehr und fing an, hinter der heiligen Jungfrau drein nach der Kapelle zu rennen.

Er sieht hin, da steigt sie schon in Mantel und Krone, von Engelchören umgeben, auf den Altar, auf ihren früheren Platz.

Da erkannte er die Himmelskönigin, und Angst erfüllte ihn; er fiel auf die Knie, brach in ein lautes Heulen aus und streckte die Hände zu ihr empor, um Erbarmen bittend.

Und die heilige Jungfrau blickte ihn zornig an und sagte:

›Ganze Jahrhunderte wirst du so weinend knien für deine Sünden, bis du für sie genug gebüßt hast …‹

Er verwandelte sich gleich in einen Stein und blieb dort; nur in den Nächten weint er, streckt die Hände aus, wartet auf Erbarmen und kniet schon seit Jahrhunderten.

Amen! …

— — — — —

Bis auf den heutigen Tag kann man dieses Steinbild in Dombrowa bei Pschedbosche besehen: es steht vor der Kirche zur ewigen Erinnerung und Warnung der Sünder, daß die Strafe für Böses keinen verfehlen wird.«

Ein langes und tiefes Schweigen fiel auf alle Anwesenden, jeder überlegte sich das Gehörte, und jeder war voll jener heiligen Stille, Bewunderung, Güte und Ehrfurcht.

Was soll man da auch in einem solchen Augenblick sagen, wenn einem die Seele sich weitet, wie Eisen im Feuer, ganz mächtig wird voll Empfindungen und Licht, so daß man sie nur zu berühren brauchte, und sie würde gleich zu einem Sternenregen zersprühen und sich als Regenbogen zwischen Erde und Himmel ausbreiten.

So verharrten sie im Schweigen, solange nicht die letzten Gluten in ihnen im Erlöschen waren.

Mathias zog eine Flöte hervor, fing darauf an zu fingern und leise eine zu Herzen gehende Weise zu spielen, die war als hätte einer Tautropfen auf Spinnweben gefädelt; und die Sochabäuerin sang »In deinem Schutz«. Sie sangen halblaut mit.

Und darauf fingen sie langsam an, über dies und jenes miteinander zu plaudern, wie es so üblich ist.

Die Jugend lachte miteinander, denn Therese, die Soldatenfrau, gab den Burschen verschiedene lustige Rätsel auf; da aber einer gesagt hatte, Boryna wäre schon vom Gericht heimgekommen und tränke in der Schenke mit seiner Kumpanei, so beeilte sich Jagna und ging leise davon, ohne selbst Fine zu rufen, und hinter ihr her schlich sich heimlich Antek von bannen, er holte sie noch auf dem Flur an der Schwelle ein, faßte sie fest bei der Hand und führte sie durch eine andere Tür auf den Hof und von dort durch den Obstgarten hinter die Scheunen.

Man hatte ihr Verschwinden fast nicht beachtet, denn gerade rief Therese laut:

»Ohne Seele, ohne Fett und rührt sich unterm Federbett! Was ist das?«

»Brot, Brot, das weiß jeder!« riefen sie, sich um sie scharend.

»Und das: Es jagen Gäste über Lindenbäste? …«

»Sieb und Erbsen!«

»Jedes Kind weiß solche Rätsel.«

»Dann sagt andere, klügere!«

»Wird im Hemd geboren und läuft nackt in der Welt herum?«

Sie rieten lange, bis schließlich Mathias sagte, es wäre der Käse, und gab selber folgendes Rätsel auf:

»Das Lindenholz singt zum fröhlichen Tanz,
Und es wackelt ein Pferd auf 'm Schöps mit dem Schwanz!«

Mit Mühe errieten sie, daß es die Geige sein sollte. Therese aber sagte ein noch schwierigeres Rätsel:

»Ohne Kopf, ohne Füße, ohn' Arm und ohne Bauch,
Und wohin es sich wendet, da pustet es auch!«

Wind sollte es bedeuten; sie fingen darüber an zu streiten, sich lustig zu machen und immer komischere Rätsel herzusagen, bis die Stube vor Stimmengewirr und Lustigkeit erdröhnte.

Und noch tief in der Nacht vergnügten sie sich so gemeinschaftlich.

* * *

Die stürzten in den Obstgarten, schoben sich gebückt unter den herabhängenden Ästen und liefen ängstlich und rasch wie aufgescheuchtes Wild hinter die Scheunen, ins nachtverhüllte Schneeland, ins sternenlose Dunkel, in die unergründliche Stille der durchfrorenen Felder.

Die Nacht nahm sie auf; das Dorf entschwand, die Stimmen der Menschen schwiegen plötzlich ganz, und selbst die leisesten Töne des Lebens zerrissen, so daß sie gleich alles vergessen hatten, und umfaßt, dicht aneinandergedrängt, Hüfte an Hüfte, etwas vorgebeugt, freudig und ängstlich, schweigsam und voll inneren Jubels rannten sie, was sie rennen konnten, in die neblige Bläue der vom Schweigen umsponnenen Welt.

»Jagusch!«
»Was denn?«
»Bist du da?«
»Wie sollt' ich nicht! ...«

So viel nur sagten sie, zuweilen stehenbleibend, um Atem zu schöpfen.

Ängstliches Herzklopfen und der mächtige Schrei eines zurückgehaltenen Jubels raubte ihnen die Rede; sie versenkten die Augen immer wieder ineinander, die Blicke blitzten einander an, wie heißes, stummes Wetterleuchten, und die Lippen fanden einander mit unwiderstehlicher Gewalt und mit einer so hungrigen, verzehrenden Leidenschaft, daß sie vor Trunkenheit taumelten; der Atem versagte ihnen, und ein Wunder, daß ihnen die Herzen nicht zersprangen; sie fühlten die Erde nicht mehr unter ihren Füßen, sie versanken in einen feurigen Abgrund, und mit Augen, die vor Glut nichts mehr sahen, starrten sie um sich, rissen sie sich vorwärts und stürzten weiter, ohne fast zu wissen wohin, um nur weiter zu laufen und wenn es selbst bis in die tiefste Nacht gehen sollte, bis dahin, wo die zusammengeballten Schatten lagen ...

Noch eine Strecke ... weiter ... immer weiter ... bis alles ihren Augen entschwand, die ganze Welt und selbst die Erinnerung daran, bis sie sich ganz in diese Selbstvergessenheit verloren hatten, wie in einen Traum, den man sich nicht gegenwärtig machen kann; die Seelen nur ahnen etwas von ihm; sie tauchten in ihm unter, wie in jenen Wundertraum, den sie dort vor einem Augenblick noch in Klembs Stube wachend geträumt hatten und waren doch noch ganz umfangen von dem Lichtstreif dieser stillen, geheimnisvollen Erzählungen, noch voll von jenen Wundern und Gesichten; so daß diese erträumten Märchenmächte auf ihre Seelen den wundersamen Blütenschnee der Eingenommenheit, der heiligen Ergriffenheit, des tiefsten Staunens, der ungestillten Sehnsüchte niederrieseln ließen.

Der Märchenregenbogen jener Wunder und Träume hielt sie noch ganz umfangen, so daß sie wie im Reigenschritt dahinwandelten, Seite an Seite mit jenen Traumgestalten, die sie vor einer Weile noch beschworen hatten. Sie gingen durch Märchenlande, durch die Welt jener übermenschlichen Bilder alles Geschehens und alles Wunderbaren, durch die Lichtkreise des tiefsten Staunens und der seligsten Verzauberungen. Gesichte schaukelten im Dunkeln, huschten über den Himmel dahin, wuchsen hervor, wohin nur das Auge blickte, überkamen die Herzen, so daß sie auf Augenblicke den Atem anhalten mußten, fast vor Bangigkeit ersterbend und aneinandergepreßt, stumm, verängstet in die bodenlose, zusammengeballte Tiefe der Traumgesichte blickten.

Und dann, zur Besinnung kommend, ließen sie ihre erstaunten Blicke lange durch die Welt irren, ohne recht zu wissen, ob sie noch unter den Lebenden wären, ob diese Wunder wirklich aus ihnen gekommen waren, ob nicht alles Traum und Trug gewesen war! ...

»Fürchtest du dich nicht, Jagusch, was?«

»Ich würd' ja bis ans Ende der Welt mit dir laufen, bis in den Tod!« flüsterte sie mit Nachdruck, sich an ihn leidenschaftlich schmiegend ...

»Hast du denn auf mich gewartet?« fragte er nach einer Weile.

»Gewiß, doch! Wenn nur einer in den Flur kam, hat es mich schon hochgerissen, deshalb bin ich doch zu den Klembs gegangen ... deshalb ... ich dachte, ich würde es nimmer abwarten können ...«

»Und als ich kam, hast du getan, als sähest du mich nicht ...«

»Dummer ... sollt' ich da schauen, daß sie was merkten! Aber es hat mich so angepackt, daß es ein Wunder ist, wenn ich nicht vom Stuhl gefallen bin ... sogar Wasser hab' ich getrunken, um wieder zurecht zu kommen ...«

»Liebes, du! ...«

»Du saßest hinten, ich fühlte es gut; aber es war mir bange, mich nach dir umzusehen, ich hab' mich nicht getraut, was zu sagen ... und das Herz pochte und hämmerte nur so, daß es die Menschen wohl hören mußten ... Jesus! fast hätte ich geschrien vor Freude! ...«

»Ich dacht' mir schon, daß ich dich bei Klembs treffen würde und daß wir zusammen weggehen sollten ...«

»Nach Haus wollt' ich, aber da hast du mich gezwungen ...«

»Wolltest du nicht, Jagusch, was?«

»Hale ... oft hab' ich gedacht, daß es so kommen möchte ... oft ...«

»Hast du das wirklich gedacht, wirklich, Jagusch?« flüsterte er leidenschaftlich auf sie ein.

»Etwa nicht, Jantosch! Immerzu, immer, immerzu ... Da am Zaunübersteig ist es nicht gut ...«

»Das ist wahr … hier wird uns keiner verscheuchen … Allein sind wir …«

»Allein! … Und eine solche Dunkelheit … und ein …« flüsterte sie, sich ihm an den Hals werfend und ihn mit der ganzen Macht ihrer Leidenschaft und Liebe umarmend …

Es wehte nicht mehr auf den Feldern, nur hin und wieder fuhr ein Lüftchen daher und strich mit weichem Windhauch, wie im kosenden Geflüster kühlend über ihre heißen Gesichter. Es waren weder glitzernde Sterne da noch der Mond war am tief niederhängenden Himmel zu sehen, auf dem sich wie schmutzig graue, zerfetzte Fließe die Wolken drängten, so daß es schien, als ob eine Herde grauer Ochsen sich über leere und nackte Brachfelder ausgebreitet hätte; die Weiten dämmerten wie versteckt hinter dahinsiechendem rostbraunen Rauch, und die ganze Welt schien wie aus den Nebeln des ringsum zuckenden Dunkels und der aufgewühlten Trübe gesponnen zu sein.

Ein tiefes, beunruhigendes, aber kaum fühlbares Raunen zitterte in der Luft, kam wie aus den in der Nacht versunkenen Wäldern geflossen, von den Wolken vielleicht, aus den wilden Wolkenschlüften, aus denen immer wieder Scharen weißer Wölklein aufflogen, die rasch wie Frühlingsschwärme, hinter denen Habichte jagen, dahingehen.

Die Nacht war dunkel und wie schmerzlich erregt, stumm und doch voll einer seltsamen Bewegung, voll Angst, voll ungreifbaren Aufzuckens, ängstlicher Geräusche, lauernder Phantome, voll plötzlichen Geschehens unerklärlicher und entsetzlicher Dinge; manchmal nur blitzten jäh aus den Wällen der Dunkelheit gespenstig blasse Schneemassen, dann wieder krochen eisige, feuchte, wie eiterige Hellen hervor, sich zwischen den Schatten schlängelnd, dann war es, als schlösse die Nacht ihre Lider wieder zu, Dunkelheiten glitten wie schwarze undurchdringliche Regenfluten nieder und die ganze Welt entschwand, daß die Augen, außerstande, etwas zu erhaschen, kraftlos in die tiefste Tiefe des Entsetzens versanken und die Seele, wie von einer stummen, toten Last bedrückt, erstarrte. Zuweilen zerrissen die Schattenvorhänge und platzten auf, als hätte sie ein Blitz zerteilt, und durch die furchtbaren Klüften der Wolken sah man in den Tiefen dunkelblaue sternübersäete stille Himmelsfelder liegen.

Dann wieder kam es wie ein Aufzucken von den Feldern oder von den Hütten, vielleicht auch vom Himmel oder aus den versunkenen Weiten, man wußte gar nicht woher, etwas zersprengt Dahingleitendes, fast wie Stimmen, dann wie Lichter, wie verlorener Widerhall, wie Gespenster von Klängen und langst gestorbenen Dingen, die durch die Welt irrten; sie flossen in einem wehmutsvollen Zug und verloren sich irgendwohin, wie erlöschende Sternenstrahlen.

Sie aber waren für alles blind, ein Sturm war in ihren Seelen aufgewacht und wuchs und steigerte sich mit jedem Augenblick, er wälzte sich von Herz zu Herz mit einer Flut brennenden, unaussprechlichen Begehrens, durchzuckt von den blitzenden Blicken, durchbebt von einem fast schmerzlichen Erzittern und einer jähen Unruhe, voll brennender Küsse, verstrickter und verworrener Worte, die wie Blitze blendeten, durchsetzt von totenhaftem Schweigen, voll einer Inbrunst und einer solchen Hingerissenheit zugleich, daß sie sich in ihren Umarmungen fast erstickten, sich aneinander drückten bis zum Schmerz und mit ihren Händen einander am liebsten zerrissen hätten, um in der Wollust ihrer Qual zu baden. Ihre umflorten Augen sahen nichts mehr; sie sahen nicht einmal sich selbst.

Und von dem Liebessturm ergriffen, für alles blind, wie in einem Taumel, besinnungslos, wie zwei ineinander zerfließende, flammende Fackeln, flohen sie in diese undurchdringliche Nacht, in die Öde und in die stumme Einsamkeit, um sich einander ganz hinzugeben auf Leben und Tod und bis zum Grund ihrer Seelen, die vom ewigen Hunger des Daseinwollens verzehrt wurden.

Sie konnten schon nicht mehr sprechen, nur besinnungslose Schreie kamen aus ihrem Innern und gepreßtes Flüstern wie zerrissene und hochauflohende Feuergarben, und irre, von Raserei trunkene Worte und Blicke, die sich tief ins lebendige Leben fraßen – wahnsinnverstörte Blicke – Blicke, wie die Macht der Stürme, die sich begegnen, bis sie ein furchtbares Zittern der Gier erfaßte, daß sie sich mit einem fast schluchzenden Schrei einander in die Arme warfen und schon ohne Besinnung niedersanken ...

Die ganze Welt drehte sich und stürzte mit ihnen in die Feuerschlünde ...

»Den Verstand verlier' ich noch! ...«
»Schrei nicht ... still, Jagusch ...«
»Ich muß ja ... toll werd' ich noch oder sonst was!«
»Ein Wunder, daß das Herz nicht zerplatzt!«
»Ich verbrenne ... Herrgott, laß los ... ich muß doch Atem fangen« ...

»Jesu, ... ich sterb' sonst ... Oh Jesu! ...«
»Du Einzige in der Welt ...«
»Jantosch! Jantosch! ...«

Wie jene Säfte, die im Verborgenen unter der Erde hausen, zu jeder Frühlingszeit erwachen, anschwellen, in ihrer unsterblichen Begierde zueinanderstreben durch die Weltendämme, von den letzten Enden der Erde einherdrängen, durch alle Himmel kreisen, bis sie sich gefunden haben, bis sie sich ineinander verloren haben und sich im heiligen Geheimnis begatten, um dann den erstaunten Augen als Lenzespracht, als Blume, Menschenseele oder als Rauschen grüner Bäume zu erscheinen ...

So trieb es auch sie zueinander durch lange Sehnsüchte, durch Wochen der Qual, durch graue, leere, bange Tage, bis sie sich fanden und mit dem gleichen, unüberwindlichen Schrei des Begehrens einander in die Arme stürzten, sich so gewaltig zusammenschließend, wie zwei mächtige Fichten, wenn sie der Sturm ausreißt und zerschmettert gegeneinander schleudert, daß sie sich verzweifelt mit ganzer Macht ineinander verschlingen und im Todesringen schaukeln, zerren, wanken, bis sie gemeinsam in den grimmen Tod niederstürzen ...

Und die Nacht beschützte sie und umspann sie, damit das Vorausbestimmte geschah ...

– – – – –

Die Rebhühner fingen irgendwo im Dunkeln an, sich zu locken, so nah, daß man den ganzen Schwarm gehen hörte; ein rasches Rauschen ließ sich vernehmen, als wenn Flügel zum Flug gehoben würden und gegen den Schnee schlügen; vereinzelte, herbe Laute zerrissen die Stille, und vom Dorf her, das nicht weit abliegen konnte, erklang wie erstickt ein kräftiges Hähnekrähen.

»Es ist schon spät ...« murmelte sie angstvoll.

»Noch weit bis zur Mitternacht, die krähen nur zum Witterungsumschlag.«

»Es wird tauen ...«

»Versteht sich, der Schnee ist weich geworden.«

Irgendwo in der Nähe hinter dem Steinhaufen, an dem sie saßen, fingen Hasen an, sich zu jagen und zu springen, wie wenn sie Hochzeit hielten, und rannten dann in einem ganzen Haufen an ihnen vorüber, so daß sie entsetzt zurücksprangen.

»Die paaren sich, die Biester, und werden dann wie blind, daß sie nicht einmal auf den Menschen achten. Nach dem Frühling zu geht es.«

»Ich dachte, es wär' ein wildes Tier ...«

»Still da, hocke nieder!« flüsterte er mit angstvoller Stimme.

Sie hockten stumm dicht am Steinhaufen nieder. Aus dem durch Schneeschimmer erhellten Dunkel begannen lange, schleichende Schatten aufzutauchen ... und schoben sich langsam ... geduckt vorwärts und verschwanden dann wieder ganz, als wären sie in den Boden versunken, so daß nur die Augen, wie Johanniskäfer, aus dem Busch leuchteten; sie waren vielleicht nur einige Klafter weit von ihnen entfernt, zogen langsam vorüber und entschwanden in den Dunkelheiten, bis plötzlich ein kurzes, schmerzliches Aufquäken eines Hasen erklang, dann ein scharfes Getrampel, ein Röcheln, ein entsetzliches Sichbalgen, das Knacken zermalmter Knochen, drohendes Knurren; und wieder bereitete sich tiefes und beunruhigendes Schweigen ringsum.

»Die Wölfe haben ein Häschen zerrissen.«

»Daß sie uns nicht aufgespürt haben!«

»Wir sitzen ihnen vom Wind ab, da haben sie es nicht herausgerochen.«

»Ich fürcht' mich ... gehen wir schon lieber ... es ist so kalt hier ...« Sie schauerte zusammen.

Er umschlang sie und wärmte sie mit solchen Küssen, daß sie bald die ganze Welt vergaßen; sie faßten sich fest um die Hüften und gingen über einen Pfad, der sich ihnen ganz von selbst geboten hatte; sie schritten, schwer sich wiegend, dahin mit der Bewegung der Bäume, die mit einem Blütenübermaß bedeckt sind und leise im Bienengesumm sich schaukeln.

Sie schwiegen. Um sie war nichts, als die Inbrunst ihrer Küsse, ihrer Seufzer, ihrer leidenschaftlichen Ausrufe, als das Gurren ihres Liebesrausches und das freudige Pochen der Herzen; sie gingen wie in zuckende Gluten von Frühlingsfeldern eingehüllt; sie waren wie die von Lenzblumen besäeten Matten, die ein lichtes Freudengesumm umfängt, denn auch ihre Augen blühten auf, wie jene Frühlingsauen, auch sie strömten den heißen Atem jener im Sonnenbrand erglühter Felder, auch in ihnen war ein Beben, gleich dem Zittern der wachsenden Gräser, ein Aufrauschen gleich dem Zucken und Flirren der Frühlingsbäche und ein Singen gleich dem gedämpften

Vogelgezwitscher; ihre Herzen pochten zugleich mit jenem Pulsen der heiligen Frühlingserde und ihre Blicke sanken ineinander, wie schwerer Blütenschnee der fruchtbaren Apfelblüte, und leise, seltene Worte sproßten aus dem Kern der Seele, wie leuchtende Baumtriebe in Maientagen, und die Atemzüge waren wie die Lüfte, die die jungen Saaten liebkosten, die Seelen – wie ein sonnenheller Frühlingstag, wie Getreidefelder, die hochgereckt stehen, voll Lerchengezwitscher, voll Glanz, voll Rauschen, voll schimmernden Grüns und unverwüstlicher Daseinsfreude ...

Dann verstummten sie plötzlich, blieben stehen, in den Dämmer ihrer Versunkenheit sich verlierend; so ist es, wenn eine Wolke die Sonne verdeckt und die Welt still wird, sich verdunkelt, und ein Augenblick in Wehmut und Angst verstreicht.

Doch bald erwachten sie aus diesen Betäubungen, die Freude flammte in ihnen auf, festlicher Klang hallte durch die Seelen, beflügelte sie mit der Macht eines solchen Glücksgefühls, riß sie so mächtig empor zum himmelhohen Flug, daß sie, ohne es selbst zu wissen, in ein leidenschaftliches, unbewußtes Singen verfielen ...

Sie wiegten sich im Takt der Stimmen, die mit regenbogenfarbenen Flügeln zu schlagen schienen und in einem glühenden Sternenstrudel von Klängen in die starre, leere Nacht zerstoben.

Sie achteten auf nichts, gingen aneinandergeschmiegt, willenlos ineinander verloren, ohne Erinnerung, durch diese übermenschliche Macht des Fühlens trunken, die sie in paradiesische Welten trug und die aus ihnen in einem regellosen, verworrenen, fast wortlosem Lied hinausströmte.

... Ein wilder und stürmischer Gesang floß als ein reißender Strom aus den übervollen Herzen und klang in die Welt hinaus, wie ein siegreicher Schrei der Liebe ...

... und wie ein Feuerbusch flammte er im Chaos der Nacht und in der lichtlosen Trübe ...

... er war auf Augenblicke, wie ein zersprengendes Grollen von Wasserfluten, die ihre Eisfesseln zerreißen ...

... und erstarb mit einem kaum hörbaren, summenden und süßen Geraun der im Sonnenschein schaukelnden Getreidewogen.

... es zerrissen goldene Ketten von Klängen, zerfielen im Wind und schleppten sich wie rostzerfressen immer langsamer über die Ackerbeete, daß sie schließlich nur wie Schreie der Nacht zu hören waren, wie hilfloses Aufschluchzen, verlorenes Rufen, wie ein banger, ferner Laut ...

... um in Grabesstille zu ersterben.

Aber dann wieder rissen sie sich empor wie aufgescheuchte Vögel, die im wilden Flug zur Sonne auffliegen; ihre Herzen überflutete eine solche Macht des Aufschwungs und ein solcher Wunsch, sich im All zu verlieren, daß eine Seligkeit aus ihnen hervorbrach wie ein strahlender Lobgesang, ein inbrünstiges Gebet der ganzen Erde und der Schrei des ewigen Seins.

– – – – –

»Jagusch!« flüsterte er wie erstickt, als hätte er sie erst jetzt neben sich erblickt.

»Ich bin es schon!« antwortete sie mit tränenschwerer, leiser Stimme.

Sie befanden sich auf einem Feldweg, der mit dem Dorf in gleicher Richtung unter den Scheunen entlang lief, aber schon von Borynas Seite.

Plötzlich fing Jagna an zu weinen.

»Was ist dir?«

»Weiß ich denn, was mir ist? ... Etwas hat mich so gedrückt, daß mir die Tränen von selber gekommen sind.«

Er wurde sehr besorgt; sie setzten sich auf einen der hervorstehenden Winkel hinter einer Scheune nieder; er zog sie an sich und umschlang sie mit seinen Armen, so daß sie sich wie ein kleines Kind an seine Brust drückte und in Nachsinnen versank, und die Tränen tropften ihr von den Augen wie der Tau von den Blumen. Antek trocknete sie bald mit der Handfläche, bald mit dem Ärmel, doch sie flossen immerzu ...

»Fürchtest du dich?«

»Weswegen denn? Es ist mir nur so still zumute geworden, als stände der Tod neben mir, und es treibt mich so, daß ich bis an den Himmel klettern möchte und mit den Wolken auf und davon fliegen.«

Er antwortete nicht; sie verstummten beide. Es wurde in ihnen plötzlich dunkler, ein Schatten fiel auf ihre Seelen und trübte die hellen Tiefen und durchdrang sie mit einem seltsam schmerzlichen Sehnen, so daß es sie noch mächtiger zueinander riß, daß sie noch eifriger aneinander Halt suchten, noch stärker nach jener unbekannten, ersehnten Welt drängten ...

Ein Wind wehte vorüber, die Bäume schüttelten sich bang, die beiden mit nassem Schnee überschüttend; die zusammengeballten, schweren Wolken fingen plötzlich an, sich zu verteilen und nach verschiedenen Richtungen zu fliehen, und ein stilles, aufzuckendes Klagen flog über die Schneelande.

»Man muß nach Hause laufen, es ist schon spät«, flüsterte sie, sich etwas erhebend.

»Hab' keine Angst, sie schlafen noch nicht, man hört noch Stimmen vom Weg; gewiß geht man bei Klembs auseinander.«

»Ich habe beim Melken die Zuber dagelassen, die Kühe werden sich noch die Beine brechen.«

Sie verstummten, denn einige Stimmen erklangen in der Nähe und gingen vorüber; aber irgendwo seitwärts, als wäre es auf ihrem Pfad, knirschte mit einem Male der Schnee auf, und ein hoher Schatten tauchte so deutlich auf, daß sie aufsprangen.

»Irgend jemand ist dort ... er hat sich nur am Zaun niedergeduckt.«

»Das ist dir nur so vorgekommen ... manches Mal gehen hinter der Wolke solche Schatten.«

Sie horchten noch lange und spähten prüfend in die Nacht.

»Gehen wir nach dem Schober, da wird es stiller sein!« flüsterte er leidenschaftlich.

Sie sahen sich jeden Augenblick ängstlich um, mit verhaltenem Atem stehenbleibend und hinauslauschend, aber es war still und starr ringsum; sie schlichen sich also behutsam an den Schober heran und schoben sich in die tiefe Öffnung, die dicht über der Erde dämmerte.

Es wurde wieder dunkler, die Wolken schlossen sich zu einem undurchdringlichen Vorhang zusammen, die blassen Scheine erloschen, es war als hätte die Nacht die Lider geschlossen und wäre in einen tiefen Schlaf gesunken; der Wind glitt spurlos herüber, eine noch tiefere und bangere Stille breitete sich aus, so daß man das Beben der Bäume unter der überhängenden Schneelast hören konnte und das ferne Gurgeln des Wassers, das über die Mühlenräder floß; nach einer längeren Weile knarrte wieder der Schnee auf dem Feldpfad: man hörte jetzt genau leise, vorsichtige, raubtierhafte Schritte ... Ein Schatten riß sich von einer Wand los und schob sich geduckt immer näher über den Schnee heran, wuchs auf, hielt jeden Augenblick inne und kam wieder näher ... wandte sich hinter den Schober nach der Feldseite zu, kroch fast bis an die Öffnung heran und horchte lange ...

Dann glitt er nach dem Zaunüberstieg und verschwand unter den Bäumen.

Ein Ave war noch nicht vergangen, als er sich wieder zeigte, einen gewaltigen Strohbund hinter sich herschleppend, er blieb auf einen Augenblick stehen, hörte hin, sprang auf den Schober zu und verstopfte das enge Loch ... ein Streichholz knisterte auf, und in einem Nu blitzte Feuer aus dem Stroh hervor, zuckte auf, leckte mit hungrigen Zungen empor und brach als blutroter Flammenschein hervor, die ganze Wand des Schobers umfassend.

Boryna aber stand geduckt und grausig anzusehen, wie eine Leiche und lauerte mit einer Mistgabel in der Faust.

— — — — —

Sie merkten rasch, was geschah: blutige Flackerscheine drangen ins Innere und beißender Rauch füllte die Höhle; schreiend sprangen sie auf und schlugen atemlos und fast wahnsinnig vor Angst gegen die Wände, ohne den Ausgang zu finden, bis Antek, wie durch ein Wunder, gegen die zugestopfte Öffnung, die ins Freie führte, stieß, sich mit ganzer Macht dagegen stemmte und mit dem schon brennenden Strohbund zusammen auf den Boden fiel; doch ehe er sich emporreißen konnte, stürzte sich der Alte auf ihn und stach nach ihm mit der Mistgabel. Er hatte ihn nicht gut getroffen, denn Antek sprang empor, schlug ihn, ehe der Alte seinen Stoß erneuern konnte, mit der Faust vor die Brust und rannte davon!

Da stürzte Boryna nach dem Schober, aber Jagna war nicht mehr da, sie blitzte ihm nur vor den Augen und verschwand in der Nacht; so begann er also mit einer rasenden, fast sinnlosen Stimme zu schreien:

»Feuer! Feuer!« und rannte mit der Mistgabel um den Schober herum, so daß er in diesem blutigen Licht wie der Böse selbst schien, denn das Feuer hatte schon den ganzen Schober erfaßt, und sausend, zuckend und zischend schlug es hoch mit einer entsetzlichen Garbe von Flammen und Rauch.

Die Menschen fingen an, herbeizueilen, im Dorf erklangen Rufe, die Glocke schlug Sturm, die Angst rüttelte an die Herzen, und der Feuerschein wuchs, der Brand wehte mit seinem Feuertuch nach allen Seiten hin und sprühte einen wahren Funkenregen auf die Wirtschaftsgebäude und auf das Dorf.

* *
*

Was nach dieser denkwürdigen Nacht in Lipce vorging, das wäre alles selbst dem hellsten Kopf im Dorf nicht leicht zu behalten und wiederzuerzählen gewesen, denn es kochte wie in einem Ameisenhaufen, wenn darin ein Schlingel mit dem Stock herumstochert.

Kaum war es etwas Tag geworden und die Menschen hatten sich die Nacht aus den Augen gerieben, da hatte es schon jeder eilig, nach der Brandstätte zu laufen, so daß manch einer selbst die Morgengebete noch unterwegs hersagte und wie zu einer Schaustellung hinausrannte.

Der Tag stand schwer auf und war so neblig, daß noch immer eine Dämmerung herrschte wie bei Morgengrauen, obgleich es schon Zeit war für das helle Tageslicht. Der Schnee fing an, in nassen Flocken zu schneien und verhüllte die Welt wie mit einem schlottrigen, glasigen und durchweichten Tuch; aber niemand achtete auf das schlechte Wetter; sie kamen von allen Seiten herbei und blieben stundenlang auf der Brandstätte stehen, leise über das Gestrige hin und her redend und eifrig die Ohren spitzend, um etwas Neues zu erhaschen.

Das Stimmengewirr wurde auch bald recht laut, denn immer mehr Menschen kamen hinzu, so daß sie schon in Haufen im Heckenweg standen und den Hof füllten; um den Schober aber staute man sich in einem dichten Gedränge, und überall über dem Schnee leuchteten die roten Frauenröcke auf.

Der Schober war ganz niedergebrannt und eingestürzt, von der Brandstätte ragten nur zwei Pfähle auf, die wie verkohlte Feuerscheite aussahen; von den Schweineställen und vom Schuppen hatte man die Dächer bis auf die Dachstühle abgetragen und auseinandergezerrt, so daß der ganze Weg und das Feld ringsherum eine ganze Strecke weit mit angekohlter Bedachung, mit zersplitterten Dachlatten, durchbranntem Stroh, halbverkohltem Holz und allerlei Verbranntem bedeckt waren.

Der Schnee fiel ohne Unterlaß und bedeckte langsam alles mit einer glatten Hülle, stellenweise war er durch die versteckten Gluten aufgetaut. Zuweilen quollen aus den auseinandergezerrten Heuhaufen Streifen schwarzen Rauches, und eine blasse, knisternde Flamme brach hervor, so daß gleich die Männer mit Feuerhaken darauf zustürzten, sie mit Stiefeln austraten, mit Stöcken dreinschlugen und das Feuer mit Schnee zuwarfen.

Sie hatten gerade einen solchen aufgeglommenen Haufen auseinandergerissen, als einer der Burschen, scheinbar dem Klemb seiner, mit dem Feuerhaken einen angesengten Lappen herausholte und ihn hoch erhob.

»Der Jaguscha ihre Schürze!« rief Kosiols Frau höhnisch, denn man wußte schon gut, was geschehen war.

»Kratzt mal zu, Jungen, vielleicht findet ihr dort noch ein Paar Hosen! ...«

»Hale! die hat er ganz hinausgetragen, nur unterwegs hätte er sie verlieren können.«

Die Mädchen waren schon beim Suchen, denn jemand hatte sie verständigt.

»Um sie Anna heimzutragen«, sagten sie, in ein Gelächter ausbrechend.

»Ruhig, Maulaffen, sieh mal an! Zum Vergnügen haben sie sich hier versammelt und werden die Zähne über fremdes Unglück blecken!« rief der Schultheiß zornig. »Nach Hause mit dem Weibervolk, was steht ihr hier herum? Ihr habt hier schon genug mit den Jungen gedroschen.« Er machte Anstalten, sie auseinander zu treiben.

»Was habt ihr hier unter uns zu suchen! Paßt auf euren Kram, wenn man euch dazu bestellt hat!« schrie Kosiols Frau so entschlossen, daß der Schultheiß sie nur ansah, ausspie und auf den Hof ging; niemand rührte sich von der Stelle; die Weiber aber fingen an, einander die Schürze mit den Füßen zuzuschieben, sie zu besehen und leise, mit Grauen, sich etwas zu erzählen.

»Eine solche müßte man mit der Ofengabel aus dem Dorf jagen, wie eine Hexe!« sagte die Kobusbäuerin laut.

»Gewiß! durch die kommt alles, nur durch die!« pflichtete die Sikorabäuerin bei.

»Das ist so, aber der Herr Jesus hat noch verhütet, daß das ganze Dorf in Flammen und Rauch aufgegangen ist!« murmelte die Sochabäuerin.

»Das ist auch wahr, ein Wunder, das reine Wunder!«

»Es war auch kein Wind nicht da, und sie haben es zur rechten Zeit gemerkt.«

»Und jemand hat Sturm geläutet, denn das Dorf war gerade schon im ersten Schlaf.«

»Es scheint, die Bärenführer gingen gerade aus der Schenke heim und haben es zuerst gemerkt.«

»Du meine Güte! Aber der Boryna selbst hat sie doch im Schober erwischt, und kaum daß er sie auseinandergejagt hatte, da stieg schon gleich das Feuer hoch. Das hab' ich gleich gestern bei den Klembs gemerkt, daß da was kommen würde, als die beiden zusammen losgingen.«

»Er scheint schon lange auf sie gepaßt zu haben.«

»Versteht sich! Mein Junge hat gesagt, daß er gestern die ganze Zeit über vor Klembs auf und ab gegangen ist und ihnen aufgelauert hätte«, näselte die Kobusbäuerin.

»Da sieht man es, daß der Antek das aus Ärger angezündet hat.«

»Hat er denn vielleicht nicht gedroht?«

»Das ganze Dorf wußte davon.«

»Das mußte so enden, so mußte es kommen!« redete Kosiols Frau zwischendrein.

Und im zweiten Haufen der älteren Hofbäuerinnen flüsterte man sich auch allerhand Neuigkeiten zu, aber leiser und mit mehr Würde.

»Der Alte hat die Jagna so verprügelt, daß sie krank bei der Mutter liegt ... Wißt ihr das? ...«

»Natürlich! Gleich am Morgen, sagen sie, hat er sie rausgejagt und hat ihr noch die Lade mit den ganzen Kleidern nachgeschmissen«, fügte die Balcerekbäuerin, die bis jetzt geschwiegen hatte, hinzu.

»Redet nicht das erste beste, ich bin soeben im Haus drin gewesen, die Lade steht auf dem alten Platz«, erklärte die Ploschkabäuerin.

»Aber ich hab' es euch gleich bei der Hochzeit vorausgesagt, daß es so und nicht anders enden wird«, sagte sie, schon etwas lauter.

»Was es nur alles gibt, ach Herr Jesus! Was es nur alles gibt!« stöhnte die Sochabäuerin, sich an den Kopf fassend.

»Na, sie werden ihn ins Kriminal nehmen und damit Schluß!«

»Das kommt ihm auch nach der Gerechtigkeit zu: das ganze Dorf hätte niederbrennen können.«

»Ich hab' schon aufs beste geschlafen, und da trommelt plötzlich der Lukas, der mit den Bärenführern herumgelaufen ist, ans Fenster und schreit: ›Feuer!‹ Jesus Maria! Und die Fenster rot, als hätte jemand die Scheiben mit Feuersgluten beschmissen, das hat mich schon allein aus Angst schwach gemacht ... und da läutet denn auch noch die Glocke Sturm ... und die Leute schreien ...« erzählte die Ploschkabäuerin.

»Als sie mir nur gesagt haben, daß es bei Boryna brennt, da ist mir gleich eine Ahnung gekommen, daß das Antek sein Werk ist«, unterbrach sie eine.

»Seid nur still, ihr redet, als ob ihr es mit eigenen Augen gesehen hättet.«

»Gesehen hab' ich's nicht, aber wenn das doch alle sagen ...«

»Noch zur Fastnacht hat die Gusche darüber hier und da was fallen lassen ...«

»Ohne Zweifel, daß sie ihm Fußeisen anlegen werden und ihn ins Kriminal stecken.«

»Was werden sie ihm da machen? Hat es einer gesehen? Sind Zeugen dafür da, was?« bemerkte die Balcerekbäuerin, die eine bekannte Prozessiererin war und mit den Gesetzen Bescheid wußte.

»Hat ihn vielleicht der Alte nicht abgefaßt? ...«

»Das schon, aber bei was anderem, und wenn selbst, zeugen kann er nicht, weil er der Vater ist und weil sie miteinander in Unfrieden gelebt hatten.«

»Das ist die Sache der Gerichte und nicht unsere; aber wer ist vor Gott und vor den Menschen schuld, wenn nicht diese Hündin von Jagna, was?« erhob wieder die Balcerek ihre strenge Stimme.

»Das ist wahr! Natürlich! Eine solche Zuchtlosigkeit, eine solche Sünde!« flüsterten sie leiser. Sie scharten sich zusammen und fingen an, um die Wette Jagnas Sünden aufzuzählen.

Sie redeten immer lauter und verurteilten sie immer wütender; jetzt brachten sie alles zur Rede, was je dagewesen war oder auch nicht dagewesen, was eine nur wo gehört oder sich selbst ausgedacht hatte; der ganze alte Groll, alle vergangenen Eifersüchte zischten in ihren Seelen auf, daß Schimpfnamen, Flüche, Drohungen, böse und feindselige Worte wie Steinhagel auf sie niederprasselten, und wäre sie in diesem Augenblick erschienen, hätten sie sich zweifellos mit den Fäusten auf sie gestürzt.

Die Männer beredeten sich in einem Haufen für sich, etwas ruhiger zwar, aber sie zogen nicht weniger über Antek her; ein Zorn erfaßte allmählich alle Gemüter, eine tiefe, nachhaltige Erregung ließ die Menge sich hin und her unruhig bewegen, war in den blitzenden Augen zu sehen; manche Faust reckte sich drohend, bereit niederzusausen, und manches harte Wort kam wie ein Stein dahergeschwirrt, daß selbst Mathias, der Antek zuerst verteidigte, nachließ und schließlich nur noch sagte:

»Es hat ihm den Verstand weggenommen, darum ist es so weit gekommen!«

Darauf aber stürzte der Schmied wütend hervor und fing an, den Leuten auseinanderzusetzen, daß Antek schon seit langem mit einer Brandstiftung gedroht hat, daß der Alte es schon lange wußte und die ganzen Nächte aufpaßte.

»Und daß er es gemacht hat, darauf könnt' ich einen Eid leisten; im übrigen sind Zeugen da, sie werden aussagen, und eine Strafe muß für solche sein! Jawohl! Hat er sich denn nicht in einem fort mit den Burschen zusammengesteckt, gegen die Älteren gehetzt und zum Schlechten beredet; ich weiß selbst, mit welchen, ich seh' ihnen jetzt in die Augen, sie hören hier zu und wagen noch einen solchen zu verteidigen!« schrie er drohend. »Von einem solchen kommt es wie die Pest übers ganze Dorf, jawohl, die Pest; den müßte man ins Kriminal ... nach Sibirien, mit Stöcken ihn zu Tode prügeln, wie einen tollen Hund. Ist denn das nicht genug Gotteslästerung, daß einer mit der eigenen Stiefmutter ... Und dann brennt er noch an! Ein Wunder, daß das ganze Dorf nicht in Flammen aufgegangen ist!« schrie et leidenschaftlich. Er schien dabei eine Absicht zu haben.

Das merkte Rochus, der neben Klemb abseits stand, und sagte:

»Ihr stellt euch ihm mächtig in den Weg, obgleich ihr gestern noch mit ihm in der Schenke getrunken habt.«

»Jeder ist mir Feind, der das ganze Dorf an den Bettelstab hätte bringen können!«

»Aber der Gutsherr, der ist für euch kein Feind!« fügte Klemb ernst bei.

Er überschrie sie, und mit ihm schrien die anderen, dann warf er sich unter die Menge, hetzte, rief zur Rache auf und erfand ungeheuerliche Dinge über Antek, so daß das Volk, das schon sowieso aufgebracht war, bis zum Grund aufgewühlt und erregt wurde; sie fingen an laut zu schreien, man sollte den Brandstifter herbeiholen, ihn in Ketten schlagen und ins Amt bringen; und andere, die noch hitziger waren, sahen sich schon nach Stöcken um und wollten laufen, ihn aus dem Haus schleppen und so durchprügeln, daß er es sein Lebelang sich merken sollte! ... Am meisten aber drängten die, denen Antek schon einmal die Rippen mit dem Stock weichgeklopft hatte.

Es entstand ein Lärm und ein Schreien, ein Drohen und Fluchen wurde laut und eine solche Verwirrung kam auf, daß das Volk sich zusammenballte und hin und her gerissen wurde, wie dichtgedrängte Büsche, die ein Sturmwind peitschte; Menschen wogten auf und nieder, drängten wie eine Flut gegen die Zäune und Hoftore an und schoben sich allmählich bis auf die Dorfstraße durch. Vergeblich lief der Schulze hin, um Ruhe zu schaffen, vergeblich setzten ihnen der Schultheiß und die Ältesten auseinander, daß es doch so nicht anginge; ihre Stimmen verschwanden in dem Hollenlärm und sie selbst wurden von der Masse mit fortgedrängt, denn niemand achtete und hörte auf ihr Reden, jeder drängte, war wütend, schrie, was er nur konnte, und es war, als ob eine Besessenheit alle wie in einem Wirbelwind der Rache mit fortgerissen hätte.

Plötzlich fing Kosiols Frau an, sich hindurchzudrängen und aus voller Kehle zu brüllen:

»Beide sind schuldig, beide herbeischleppen und auf der Brandstätte bestrafen ...«

Die Weiber, besonders die Kätnerinnen und das ganze arme Volk, gaben ihr recht; und mit nicht mehr menschlichem Geschrei, aufgeplustert und schon ganz wie von Sinnen drängten sie sich an die Spitze um sie zusammen, wie ein wütender, brausender Strom; es erhob sich ein Geschrei und Gekreisch in den engen Heckenwegen, denn alle drängten gleichzeitig, alle schrien, alle drohten mit den Fäusten und bahnten sich mit Gewalt den Weg, die Augen funkelten drohend, ein wilder verworrener Lärm kam von ihnen her, wie das Gurgeln aufgepeitschter Wasserfluten, wie die Stimme eines allgemeinen Zornes, der alle Herzen entflammt hatte – immer stärker und eiliger ging es vorwärts bis die, die vorne waren, zu rufen anfingen:

»Der Priester mit dem Leib Christi kommt! Der Priester!« Die Menge ruckte plötzlich hin und her, wie an einer Kette, wogte auf und ergoß sich auf die Dorfstraße, blieb stehen, zerfiel in einzelne Haufen, wie auseinandergeschleuderte Wasserspritzer, beruhigte sich und verstummte ganz, und sie fielen auf die Knie; die entblößten

Köpfe vorneigend ... Der Priester kam mit dem Abendmahl von der Kirche her gegangen; Ambrosius schritt mit einer angebrannten Laterne voraus und ließ die Klingel ertönen.

Er ging so rasch durch den fallenden Schnee vorüber, daß er nur wie hinter einer frostangelaufenen Scheibe in diesem dichten Schneeflockennebel zu sehen war, als sie sich von ihren Knien erhoben.

»Nach Philipka geht er, sie hat sich gestern im Forst so verfroren, sagen sie, daß sie schon heute seit frühem Morgen kaum mehr einen Atem hat; man sagt, sie soll den Abend nicht mehr erleben.«

»Sie haben ihn auch zu Bartek von der Sägemühle gerufen ...«

»Ist er denn krank?«

»Natürlich, wißt ihr das nicht? Ein Baumstamm hat ihn so zugerichtet, daß sie aus dem Kerl nichts mehr zusammenkriegen werden ...« flüsterte jemand, während sie dem Priester nachblickten.

Ein paar Hofbäuerinnen machten sich auf, dem Priester ihr Geleit zu geben, und ein ganzer Haufen Burschen rannte quer über den Weiher der Mühle zu, der Rest der Leute aber blieb ratlos stehen, wie eine Schafherde, wenn sie der Hirtenhund plötzlich umkreist hat. Der Zorn war irgendwohin verflogen, die treibende Macht war erlahmt, der Lärm verstummte, sie sahen einander an, als wären sie aus einem tiefen Traum erwacht, traten von einem Fuß auf den anderen, kratzten sich die Schädel, sagten mal dies, mal das, und da sich manch einer beschämt fühlte, so spie er nur aus, drückte die Pelzmütze fester auf und schlich sich heimlich von dem Haufen fort, der sich immer mehr verlor wie zerrinnendes Wasser und langsam nach den Heckenwegen und Höfen zu versickerte. Nur einzig Kosiols Frau geiferte trotz allem laut und drohte noch immer der Jagna und dem Antek; als sie aber sah, daß sie sie alle verließen, und als sie genug geflucht, sich von ihrem Gift erleichtert, und sich obendrein mit Rochus, der ihr mit der Wahrheit gekommen war, gezankt hatte, ging sie ins Dorf, so daß schließlich nur wenig Menschen geblieben waren und außerdem nur noch die, die auf der Brandstätte Wacht hielten und aufpaßten, um für den Fall eines erneuten Ausbruchs des Feuers bei der Hand zu sein.

Auch der Schmied blieb auf dem Hof, aber so verärgert über das, was geschehen war, daß er schwieg und unruhig in alle Ecken spähte und immer wieder den Waupa fortjagte, der ihn anbellte und an ihn heran wollte.

Boryna zeigte sich nicht ein einziges Mal während dieser ganzen Zeit; man sagte, daß er sich ins Federbett vergraben hatte und schlafe. Nur Fine sah mit verweintem, verquollenem Gesicht zum Fenster hinaus auf die Leute und versteckte sich wieder, so daß die Gusche allein die Wirtschaft besorgte. Aber auch sie war heute bissig wie eine Wespe und unzugänglich wie sonst nie, so daß sie sich fürchteten sie auszufragen, denn sie gab solche Antworten, daß es war, als hätte man an Brennesseln geleckt.

Gerade zu Mittag kam der Gemeindeschreiber mit den Gendarmen angefahren; sie fingen an, den Brand zu Protokoll zu nehmen und nach den Ursachen zu forschen; natürlich zerstob da auch der Rest der Leute nach allen Seiten, damit man sie nicht etwa noch zur Zeugenschaft zuziehen möchte.

Die Wege wurden fast ganz leer; tatsächlich fiel auch der Schnee reichlicher und ohne Unterlaß, und selbst auch noch nässer war er, denn er zerschmolz schon im Fallen und überzog alles mit einem schmutzigen Brei. Dafür aber summte es in den Häusern wie in Bienenstöcken, denn in Lipce war es heute wie an einem ganz unerwartet gekommenen Feiertag; wenige taten etwas, keiner dachte an seine Arbeit, so daß hier und da die Kühe vor den leeren Krippen brüllten, und überall besprach man sich nur. Oft schlüpfte einer von Haus zu Haus, die Weiber waren mit ihren Jungen unterwegs, Neuheiten machten die Runde und kreisten, wie Krähen, von Herd zu Herd, und aus den Fenstern, Türen oder selbst aus den Heckenwegen lugten erwartungsvoll neugierige Gesichter, ob die Gendarmen nicht Antek mitnehmen würden.

Die Neugierde und Ungeduld wuchs von Stunde zu Stunde, aber man wußte nichts Sicheres, denn jeden Augenblick kam einer atemlos hereingestürzt und erzählte, daß sie schon zu Antek gegangen waren; andere schwuren aber, daß er die Gendarmen verprügelt und sich aus den Fesseln befreit hatte, daß er auf und davon wäre, und andere klatschten wieder anderes.

Gegen Abend erst fuhr der Wagen des Schulzen mit dem Schreiber und den Gendarmen vorüber, aber ohne Antek.

Ein Erstaunen und eine Enttäuschung bemächtigten sich des Dorfes, denn alle waren doch sicher, daß man ihn in Ketten ins Gefängnis abführen würde, vergeblich zerbrachen sie sich die Köpfe, was wohl der Alte zu Protokoll gegeben hatte, davon wußten aber nur der Schulze und der Schultheiß, doch die wollten nichts sagen; so wuchs also die Neugierde ins Unermeßliche, und immer neue, schon ganz unwahrscheinliche Vermutungen wurden ausgesponnen.

Allmählich dunkelte es schon, es war eine finstere, ziemlich stille Nacht; es hatte aufgehört zu schneien und schien frieren zu wollen, denn obgleich schmutziggraue Wolken über den Himmel jagten, so blitzte doch hier und da in den hohen Weiten ein funkelnder Stern, und ein scharfer Windhauch ließ den etwas aufgeweichten Schnee sich verhärten, so daß er unter den Füßen krachte. In den Häusern blitzten die Lichter, und die Leute, die in den engen Stuben vor den Herdfeuern sich drängten, fingen an, sich nach den Aufregungen des Tages zu beruhigen, ohne jedoch ganz aufzuhören, ihre Vermutungen und Voraussetzungen weiter auszubauen.

Denn gewiß, an Stoff fehlte es nicht; hatte man nämlich Antek nicht festgenommen, dann war er es nicht, der den Brand gelegt hatte, wer denn aber? Die Jagna doch nicht, niemand hätte daran geglaubt; der Alte doch auch nicht, ein solcher Gedanke kam niemandem in den Kopf!

Sie tappten also wie im Dunkeln, ohne einen Ausgang aus diesem quälenden Rätsel zu finden … In allen Häusern redete man davon und niemand erfuhr die Wahrheit; aus diesen Überlegungen kam das nur heraus, daß der Zorn gegen Antek verraucht war, selbst seine Feinde verstummten, und seine Freunde, wie Mathias zum Beispiel, erhoben wieder ihre verteidigenden Stimmen; dafür entstand aber eine arge Abneigung gegen Jagna und steigerte sich bis zum Gefühl des Entsetzens über eine so arge Todsünde. Die Frauen nahmen sie gründlich vor und schleppten sie in ihren Reden durchs ganze Dorf wie über scharfe Dornenhecken, so daß nicht ein heiles Fleckchen an ihr mehr übrigblieb. Und was die Dominikbäuerin dabei abbekam, war auch nicht wenig ... sie fielen um so mehr über sie her, da niemand wußte, was mit Jagna vorging, denn die Alte jagte die Neugierigen wie lästige Hunde von ihrer Schwelle fort.

Aber in einem waren sie sich alle einig – im tiefen Mitleid für Anna, die man aufrichtig und herzlich bedauerte; die Klemb- und die Sikorabäuerin begaben sich sogar gleich am selbigen Abend noch zu ihr mit einem guten Wort und hatten noch dazu einiges für sie ins Knotentuch gewickelt.

So ging also dieser für lange Zeiten denkwürdige Tag vorüber, und am nächsten Morgen kehrte wieder alles zum alten, die Neugierde war in sich zusammengesunken, der Zorn war verraucht, die Erregung hatte sich geglättet und gesetzt, jeder kehrte wieder in seinen Trott zurück, beugte den Kopf unter das Joch und trug sein Los, wie es der liebe Gott befohlen hatte – ohne zu murren und in Geduld.

Natürlich redete man hier und da über diese Ereignisse, aber immer seltener und ergebnisloser; jedem sind schließlich die eigenen Sorgen und Kümmernisse, die jeder Tag mit sich bringt, die nächsten.

Es kam der Monat März und somit ganz unerträgliche Zeiten; die Tage waren dunkel, traurig und so mit Nässe, Regen und feuchtem Schnee erfüllt, daß es schwer war, die Nase aus der Haustür zu stecken, die Sonne schien irgendwo in den niedrig herabhängenden, grünlichen Wolkenfluten verloren gegangen zu sein und blitzte nicht einmal für einen Augenblick auf – die Schneemassen schmolzen langsam, und wo sie vom schlechten Wetter unterwühlt und durchnäßt waren, hatten sie einen grünen Schimmer, als wären sie mit Schimmel überwachsen; das Wasser stand in den Ackerfurchen, überflutete die Niederungen und Zufahrten, und in den Nächten fror es noch so, daß man es schwer hatte, sich auf den eisbedeckten Wegen und Stegen aufrechtzuhalten.

Bei diesem Hundewetter vergaß man auch rascher den Brand, um so mehr, da weder Boryna noch Antek oder Jagna die Menschenaugen durch ihre Gegenwart reizten; so fielen sie denn in Vergessenheit wie ein Stein auf den Grund des Wassers, über dem sich die Oberfläche nur manchmal runzelt, zerbricht, Kreise schlägt, aufplätschert, um dann wieder ruhig weiterzufluten.

Es gingen ein paar Tage bis zum letzten Fastnachtsdienstag vorüber.

Da aber Fastnacht als halbes Fest gefeiert wurde, so entstand schon vom frühen Morgen an eine lebhafte Bewegung in den Häusern, man putzte etwas die Stuben zurecht und aus jedem Hof war fast jemand nach dem Städtchen gefahren, um allerhand einzukaufen, hauptsächlich aber Fleisch oder selbst ein Stück Wurst und Speck; nur die Ärmsten mußten sich mit einem beim Juden auf Borg geholten Hering und mit gesalzenen Kartoffeln begnügen.

Bei den Reichen briet man schon von Mittag an Fastnachtskrapfen, so daß trotz des nassen Wetters die Düfte von bratendem Schmalz, schmorenden Fleischgerichten und von verschiedenen anderen appetitreizenden Schmackhaftigkeiten sich durchs ganze Dorf zogen.

Die Bärenführer wanderten wieder von Haus zu Haus mit ihrem Wundertier, so daß immerzu und aus einem anderen Dorfende die lärmenden Stimmen der Burschen erschollen.

Abends aber nach dem Nachtmahl gab es in der Schenke Tanzmusik, zu der alles, was lebte und die Beine rühren konnte, hinlief, ohne auf den mit Schnee durchmengten Regen zu achten, der gleich beim Dunkelwerden zu fallen begann.

Man vergnügte sich aus vollem Herzen, da es ja das letztemal vor der großen Fastenzeit war. Mathias spielte auf der Geige, ihm zur Begleitung fingerte Pjetrek, Borynas Knecht, auf der Flöte und Jaschek der Verkehrte rührte die Trommel.

Man vergnügte sich so gut wie selten und bis spät in die Nacht. Zum Zeichen, daß es schon Mitternacht und Fastnacht zu Ende sei, ertönte die Kirchenglocke; gleich darauf verstummten die Töne der Musik, man hörte auf zu tanzen, leerte eiligst die Flaschen und Gläser und fing an im stillen auseinanderzugehen, so daß nur der stark angetrunkene Ambrosius vor der Schenke zurückblieb und seiner Gewohnheit gemäß laut zu singen anfing.

Nur im Haus der Dominikbäuerin blitzte Licht bis spät in die Nacht, man sagte selbst bis zum zweiten Hahnenschrei, denn der Schulze und der Schultheiß saßen dort und machten Frieden zwischen Jagusch und Boryna ...

Das Dorf schlief schon lange. Stille umfing die Welt, denn der Regen hatte gegen Mitternacht fast ganz nachgelassen; sie aber beratschlagten noch immer ...

— — — — —

In Anteks Wohnung war aber weder Ruhe noch friedlicher Schlaf und frohe Fastnacht.

Was in Annas Seele in diesen langen Tagen und Nächten vorging, von dem Augenblick an, da Antek sie vor dem Haus getroffen und mit Gewalt zur Umkehr gezwungen hatte, das weiß wohl nur der liebe Herrgott; aber kein Menschenwort kann es wiedergeben.

Natürlich erfuhr sie noch in derselben Nacht alles von Veronka.

Die Seele war wie tot in ihr von all dieser Qual und lag wie ein nackter, in seiner Totenstarre grauenhafter Leichnam da. Die ersten zwei Tage rührte sie sich fast gar nicht vom Spinnrad; spinnen tat sie nicht, bewegte nur willenlos die Hände, wie ein Mensch in einer tödlichen Schlafbefangenheit, starrte mit einem leeren, ausgebrannten Blick in sich hinein, in das grause Wehen ihrer Trübsale, in die qualvollen Untiefen voll brennender Tränen, in die Unbill und Ungerechtigkeit; sie schlief nicht in dieser Zeit, nicht einmal auf das Weinen der Kinder noch auf sich selbst achtete sie, so daß sogar Veronka sich ihrer erbarmte und sich der Kinder und des Alten annahm, der obendrein nach diesem Waldgang erkrankt war und leise stöhnend in seinem Ofenwinkel lag.

Antek war so gut wie gar nicht da, er ging bei Morgengrauen fort und kam spät in der Nacht wieder, ohne sie oder die Kinder eines Blickes zu würdigen. Übrigens war es ihr auch nicht möglich gewesen, sich zu überwinden und ihm auch nur ein Wort zu sagen, das brachte sie nicht über sich; so war ihre Seele vor Kummer erstarrt, als wäre sie zu Stein verhärtet.

Erst am dritten Tag erwachte sie etwas zum Leben, kam zu sich wie aus einem furchtbaren Schlaf, war aber so verändert, als ob sie sich als ein ganz anderes Wesen aus dieser Totenstarre erhoben hätte. Ihr Gesicht war aschfahl und von Runzeln durchzogen, um Jahre schien sie gealtert, und war so kalt und starr, daß sie aussah, als wäre sie aus Holz geschnitzt, nur die trockenen Augen leuchteten scharf und die Lippen bissen sich fest zusammen. Sie war dabei gänzlich abgemagert, so daß die Kleider auf ihr, wie auf einem Stock hingen.

Sie war wieder zum Leben auferstanden, aber auch im Innern verändert; denn wenn auch ihre alte Seele wie zu Asche verbrannt war, fühlte sie im Herzen eine seltsame, früher nie empfundene Macht, eine unerschütterliche Lebenskraft, einen Kampfesmut und eine trotzige Sicherheit, daß sie das alles überwinden und besiegen würde.

Sie stürzte sich gleich auf die kläglich weinenden Kinder, umfaßte sie, und es war ein Wunder, daß sie sie nicht mit ihren Küssen erwürgte; dann brach sie mit ihnen gemeinsam in ein langes, wohltuendes Weinen aus, das erst hatte sie erleichtert und ganz zur Besinnung kommen lassen.

Sie brachte die Stube rasch in Ordnung, ging zu Veronka hinüber, ihr für ihr gutes Herz zu danken und für etwa begangenes früheres Unrecht um Verzeihung zu bitten, und bald war auch der Frieden gestiftet. Die Schwester wunderte sich nicht darüber; sie konnte nur nicht begreifen, daß Anna sich nicht über Antek beklagte, daß sie nicht fluchte und über ihr Los nicht jammerte, nein, als wären diese Dinge tot und seit langem in Vergessenheit geraten, nur so viel sagte sie noch hart zum Schluß:

»Wie eine Witwe fühl' ich mich jetzt, da ist es schon recht, daß ich mich um die Kinder und um alles etwas sorgen muß.«

Und noch an diesem Tag, gegen die Vesperzeit, ging sie ins Dorf zu den Klembs und zu anderen Bekannten, um auszukundschaften, was mit Boryna vor sich ginge … sie hatte seine Worte, die er damals zum Abschied gesagt hatte, gut in Erinnerung.

Aber sie ging nicht gleich zu ihm, sie wartete noch ein paar Tage ab, denn sie schwankte noch, ob sie so rasch nach allem, was geschehen war, sich ihm vor Augen zeigen sollte.

Erst am Aschermittwoch kleidete sie sich so gut sie konnte an, ohne selbst das Frühstück fertig zu machen, gab die Kinder unter Veronkas Obhut und machte sich zum Fortgehen bereit.

»Wohin willst du denn so früh?« fragte Antek.

»In die Kirche geh' ich, Aschermittwoch ist heut'«, sagte sie widerwillig und ausweichend.

»Wirst du denn kein Frühstück herrichten?«

»Geh' du in die Schenke, der Jude borgt dir noch«, entfuhr es ihr unbeabsichtigt.

Er sprang auf, als hätte ihm jemand eins mit dem Stock übergelangt; aber ohne darauf zu achten, ging sie fort.

Sie fürchtete jetzt sein Geschrei und seine Zornanfälle nicht mehr, wie fremd schien er ihr und so fern, daß sie sich selbst darob wunderte; und obgleich in ihr zuweilen etwas aufzuckte, wie das letzte Flämmchen der ehemaligen Liebe – wie eine vom Leid zugeschüttete und ausgetretene Glut, so löschte sie sie in sich absichtlich wieder aus, durch die Macht der Erinnerungen und des nie zu verschmerzenden Unrechts, das ihr geschehen war.

Gerade machten sich auch die Leute schon auf zum Kirchgang, als sie in den Pappelweg einbog.

Der Tag wurde seltsam hell und schön, die Sonne leuchtete vom frühen Morgen an, der kräftige Nachtfrost war noch nicht im Tauwetter zerschmolzen, von den Strohdächern tropfte es aber in glitzernden Perlenschnüren, und das zu Eis gefrorene Wasser auf den Wegen und in den Gräben leuchtete wie Spiegelflächen. Die rauhreifbedeckten Bäume fingen an, in der Sonne zu funkeln, flammten auf und ließen von sich silberne Gespinste auf die Erde fallen; der reine blaue Himmel voll milchweißer, kleiner Wölkchen leuchtete im Licht wie ein Feld blühender Flachsblumen, wenn eine Schafherde sich hineinverirrt und darin werdend so versinkt, daß man kaum die weißen Rücken sieht; es wehte eine reine, frostklare und so frische Luft, daß man sie mit Freude einatmete. Die ganze Welt wurde vergnügter, es gleißten die Pfützen, es schimmerten die von goldenen Lichtern glastübersponnenen Schneemassen, auf den Wegen glitschten eifrig die Kinder und juchten froh, hier und da stand ein Alter an der Wand in der Sonne; selbst die Hunde bellten freudig, den Krähenschwärmen nachjagend, die nach Fraß herumlungerten, und vom wundersam sonnendurchglänzten Himmelsraum ergoß sich heitere Helle und fast lenzliche Wärme über die ganze Welt.

In der Kirche jedoch umwehte Anna eine durchdringende Kühle und tiefes andachtsvolles Schweigen. Die stille Messe wurde schon vor dem Hauptaltar gelesen, und das in frommer Sammlung betende Volk erfüllte dicht das Mittelschiff der Kirche, das von Lichtströmen überflutet war, und immer noch kamen verspätete Kirchgänger hinzu.

Aber Anna drängte sich nicht unter die Menschen, sie ging in ein Seitenschiff der Kirche, das fast leer war und so dämmerig, daß nur hier und da die Vergoldungen in den eiskalten, spärlichen Lichtstreifen leuchteten; sie wollte für sich mit Gott und der eigenen Seele bleiben, kniete vor dem Altar mit dem Bild von Mariä Himmelfahrt nieder, küßte den Boden, breitete die Arme auseinander, und in das liebe Antlitz der barmherzigen Muttergottes starrend, vertiefte sie sich in Andacht.

Hier erst brachen ihre Klagen hervor, dieser heiligen Trösterin zu Füßen legte sie in tiefster Demut und grenzenlosem Vertrauen ihr Herz voll blutiger Wunden nieder und beichtete vor ihr aus voller Seele. Vor der Mutter und Herrin des ganzen Volkes bereute sie alle ihre Sünden; denn natürlich war sie sündig, wenn der Herr Jesus sie so gestraft hatte, das war sie!

»Unfreundlich gegen andere war sie, erhob sich über andere, war zänkisch, nachlässig, und gut essen und sich pflegen, das mochte sie, und war nicht eifrig genug im Dienste des Herrn – sündig war sie schon« – rief es in ihrem Inneren mit einer glühenden, überströmenden, bußfertigen Reue. Ein Wunder war es, daß ihr Herz nicht brach und sie bat um Gottes Erbarmen für Anteks schwere Sünden und Fehle, bettelte um Mitleid und suchte verzweifelt mit ihren herzlichen Bitten nach einem Ausgang, wie ein Vöglein, das vor dem Tod fliehen möchte, mit den Flügeln gegen die Scheiben schlägt und flattert und kläglich aufzwitschert, daß man es retten möge ...

Ein Schluchzen erschütterte sie, und die Glut ihrer Bitten und ihres Flehens brannte in ihr; wie aus einer offenen Wunde floß aus der Seele der Strom der Gebete und der Tränen, die wie blutige Perlen sich über den kalten Fußbeben ausstreuten.

Die Messe war zu Ende, das ganze Volk begann an den Altar heranzutreten, in Bußfertigkeit und Demut und oft selbst mit Weinen niederzuknien und die Köpfe zu beugen, damit der Priester, der laut ein Bußgebet sprach, sie mit Asche bestreue.

Anna ging hinaus, ohne auf das Ende der Aschermittwochszeremonie zu warten; sie fühlte sich sehr gestärkt und vertraute jetzt schon ganz auf Gottes Hilfe.

Mit erhobenem Kopf beantwortete sie die Grüße der Leute und ging unerschrocken unter den neugierigen Blicken vorüber; kühn, wenn auch heimlich bebend, bog sie in den Heckenweg ein, der nach dem Borynahof führte.

Mein Gott, so lange Zeit hatte ihr Fuß dieses Stück Erde nicht berührt, und sie hatte doch immer wie ein Hund kläglich aus der Ferne drum herum gekreist; sie umfaßte jetzt mit liebevollem Blick das Haus, die Wirtschaftsgebäude und Zäune und jedes im Rauhreif glitzernde Bäumchen, das sie so lebendig in ihrer Erinnerung bewahrte, als wäre es aus ihrem Herzen gewachsen, als hätte sie es mit ihrem Herzblut genährt.

Ihre Seele lachte in einer solchen Freude auf, daß sie bereit war, diese heilige Erde zu küssen, und kaum daß sie vor die Galerie getreten war, sprang Waupa mit einem solchen freudigen Gewinsel ihr entgegen, daß Fine aus dem Flur hinaussah und vor Staunen wie erstarrt dastand, den eigenen Augen nicht trauend.

»Hanka! mein Gott! Hanka!«

»Ich bin es, ja, ich bin es, kennst du mich denn nicht wieder? Ist Vater zu Hause?«

»Doch, Vater sind in der Stube ... daß ihr doch gekommen seid ... Hanka! ...« Das gute Mädchen brach in Weinen aus, ihr die Hände voll Herzlichkeit küssend, als wäre das ihre leibliche Mutter.

Der Alte aber kam, da er ihre Stimme vernommen hatte, ihr selbst entgegen und führte sie in die Stube. Schluchzend fiel sie ihm zu Füßen, durch seinen Anblick und durch all die Erinnerungen, die aus jeder Ecke des lieben Hauses auf sie einstürmten, erschüttert. Doch sie beruhigte sich bald, denn der Alte fing an, sie über die Kinder auszufragen und bedauerte voll Mitleid ihr abgezehrtes Aussehen. Sie erzählte ihm alles, nichts verschweigend, und war nur ganz erschrocken über die Veränderung, die mit ihm vorgegangen war; er war sehr gealtert, zu einem Span abgemagert und stark gebückt; nur das Gesicht von früher war geblieben, aber verbissener und strenger war es.

Sie sprachen lange miteinander, ohne ein einziges Mal Antek oder Jagna zu erwähnen; sie hüteten sich beide, an diese wunden Stellen zu rühren. Und als sich Anna nach einer Stunde etwa zum Gehen anschickte, befahl der Alte Fine, so viel in ein paar Bündel einzustecken, wie es irgend gehen wollte. Witek mußte das alles auf einem Schlitten neben ihr herziehen, denn allein hätte sie es nicht fortbringen können, und noch beim Abschiednehmen gab ihr der Alte ein paar Silberlinge für Salz und sagte:

»Komm du nur öfters, wenn es auch jeden Tag sein sollte, man weiß nicht, was mit mir mal vorkommen kann; dann paß du aufs Haus, denn Fine ist dir nicht schlecht gesinnt.«

Damit ging sie fort, unterwegs über Vaters Worte nachdenkend, so daß sie sogar wenig auf Witeks Reden achtgab, der ihr zuflüsterte, daß der Schulze mit dem Schultheiß jeden Tag kämen und den Alten zur Versöhnung mit Jagna drängten, daß der Hofbauer mit der Dominikwittib, mit der er gestern bis spät in die Nacht beratschlagt hatte, bei Hochwürden gewesen war; und so plapperte er, was er nur wußte, um sich bei ihr einzuschmeicheln.

Zu Hause fand sie noch Antek vor, er flickte sich den Stiefel am Fenster und sah sie nicht einmal an; erst als er Witek und all die Bündel gewahrte, sagte er voll Zorn:

»Ich sehe, du bist betteln gewesen ...«

»Wenn ich schon zu einer Bettlerin geworden bin, muß ich ja wohl von der Gnade der Menschen leben.«

Als aber Witek fortgegangen war, brach Antek wütend los:

»Hab' ich dir, Canaille, nicht befohlen, daß du mir nicht zum Vater gehst!«

»Selbst hat er mich gerufen, so bin ich gegangen, selbst hat er mich beschenkt, da hab' ich es schon genommen; Hungers sterben will ich nicht und laß auch nicht zu, daß meine Kinder das müssen, weil du dich nicht darum kümmerst!«

»Trag' das gleich wieder zurück, ich brauche nichts von ihm!« schrie er.

»Aber ich brauche es und die Kinder auch.«

»Ich sage dir, trag' es ihm hin, sonst tue ich es selber und stopfe es ihm in seine Kehle; mag er dann ersticken an seinem Guttun! Hast du gehört, oder ich schmeiße alles zum Hause hinaus!«

»Versuch' es nur, rühr' es nur an, dann wirst du was sehen!« knurrte sie auf, das große Mangelbrett ergreifend, bereit, sich bis zum letzten zu verteidigen und so drohend und wütig dabei, daß er durch diesen plötzlichen Widerstand bestürzt zurücktrat.

»Billig hat er dich gekauft mit einem Brotknust, wie einen Hund«, brummte er finster.

»Noch billiger hast du uns und dich verkauft für Jagna ihren Rock!« schrie sie zurück, ohne Überlegung, so daß er sich duckte, als hätte ihn einer mit dem Messer gestochen; aber Anna, die plötzlich alle Besinnung verloren hatte, denn die Erinnerung an das ihr geschehene Unrecht kam über sie und übermannte den ewig niedergehaltenen Groll, brach in eine jähe, reißende Flut von Vorwürfen aus; sie schenkte ihm nicht eine schlechte Tat und schlug auf ihn mit ihren rasenden Worten wie mit Dreschflegeln ein, und wenn sie es gekonnt hätte, hätte sie ihn auf der Stelle bis zu Tode geschlagen! ...

Er erschrak über diesen Wutanfall, irgendwas riß in seinem Innern; er beugte sich zur Seite und wußte nicht, was er sagen sollte. Der Ärger wich von ihm, und eine bittere, beißende Scham überfiel mit einer solchen Macht seine Seele, daß er nach der Mütze griff und aus dem Hause lief.

Lange konnte er nicht begreifen, was in sie gefahren war und trieb sich wie ein Hund, den man verprügelt hatte, ganz betäubt herum, wie er das schon seit längerem täglich so tat.

Seit jenem entsetzlichen Augenblick des Brandes ging etwas Furchtbares in ihm vor, als wäre er in seinem Innern ganz außer Rand und Band geraten. Arbeiten ging er nicht mehr, obgleich der Müller mehrmals nach ihm geschickt hatte, bummelte im Dorf herum, saß in der Schenke und trank in einem fort, dabei blutige Rachepläne spinnend und nichts mehr außer dem einen sehend, so daß ihn nicht einmal die Verdächtigungen wegen der Brandstiftung beim Vater etwas kümmerten.

»Er soll mir das ins Gesicht sagen, er soll sich unterstehen!« sagte er zu Mathias in der Schenke ganz laut, damit es die Leute hörten.

Er hatte dem Juden die letzte Kuh verkauft und vertrank sie mit den Kameraden, denn er hatte sich mit den Schlimmsten im Dorf zusammengetan; es schlugen sich zu ihm solche wie Bartek Kosiol, wie Philipp von jenseits des Weihers, Franek, der Müllersknecht, und die Gulbasburschen, die schlimmen Galgenstricke, die immer die ersten bei jeder Ausschweifung waren, in einem zu, wie Wölfe sich im Dorf umhertrieben, nur danach spähend, was sie für sich herlangen könnten, um es beim Juden in Schnaps zu vertrinken. Dem Antek war es ganz gleich, wie sie waren, nur scharen sollten sie sich um ihn; sie taten ihm auch ins Gesicht hinein schön, ihm wie die Hunde nach den Augen sehend; denn wenn er auch manchmal einen verprügelte, so gab er doch oft Schnaps aus und verteidigte sie vor den Menschen.

Sie trieben gemeinsam solchen Unfug im Dorf, rempelten die Leute an, vollführten solche Schlägereien, daß Tag für Tag Klagen gegen sie beim Schulzen und selbst bei Hochwürden einliefen.

Mathias warnte ihn, doch alles war vergeblich; es beschwor ihn auch Klemb aus reiner Freundschaft, daß er sich besinnen sollte und nicht ins Verderben rennen möge, vergeblich setzte er ihm alles auseinander – Antek wollte nicht auf sie hören, ließ sich nichts sagen, verbiß sich immer mehr, trank noch mehr und drohte schon dem ganzen Dorf.

Und so rollte sein Leben wie von einem abschüssigen Hügel ins Verderben, auf nichts und auf niemanden achtete er mehr, und das Dorf hörte nicht auf, ihn scharf zu beobachten; denn wenn auch über diese Brandstiftung dieser und jener mancherlei erzählte, so empörte man sich über ihn immer mehr, als man sah, was er trieb. Und da der Schmied im stillen gegen ihn hetzte, so zogen sich allmählich selbst die alten Freunde von ihm zurück, wichen ihm schon von weitem aus, sich als erste laut gegen ihn empörend. Natürlich gab er nicht viel darum, durch seinen Rachedurst ganz verblendet, denn damit nährte er sich und fachte den Haß in sich an zu einer Glut, die zur Flamme werden sollte.

Und obendrein, wie allen zum Trotz, hatte er mit Jagna nicht aufgehört; zog ihn da das Lieben oder was anderes? Gott mochte das wissen – in der Scheune der Dominikbäuerin hatten sie ihre Zusammenkünfte, natürlich im geheimen vor der Mutter, nur der Schymek half ihnen bereitwillig dabei, sicher dafür auf Anteks Hilfe bei seiner Heirat mit Nastuscha hoffend.

Jaguscha ging nur widerwillig zu ihm hinaus und immer unter großer Angst; denn ihre Liebe war ganz flau geworden nach ihres Mannes derben Prügeln, von denen ihr noch schmerzliche Spuren nachgeblieben waren; den Antek aber fürchtete sie nicht minder, denn er hatte sie drohend verwarnt, er würde, wenn sie nicht auf jeden Ruf zu ihm hinauskäme, am hellichten Tag und in Gegenwart aller zu ihr ins Haus kommen und sie besser noch verprügeln als der Alte.

Gewiß, hat man durch einen Sünde begangen – da fühlt man nach ihm nicht Lust noch Verlangen; aber durch die Drohungen zwang er sie, so daß sie hinausging, ob sie wollte oder nicht.

Das dauerte aber nicht lange, denn gleich am Donnerstag nach Aschermittwoch kam Schymek in die Schenke gelaufen, zog ihn beiseite und sagte, daß man soeben Jagna mit dem Alten versöhnt hätte und daß sie schon zu ihm übergesiedelt wäre.

Diese Neuigkeit benebelte Antek so, als hätte ihn jemand mit einer Runge über den Schädel geschlagen; denn gestern in der Dämmerung hatte er sie noch gesehen und kein Wort hatte sie darüber gesagt.

»Sie hat es mir verhehlen wollen«, dachte er; es lag ihm wie Feuer auf dem Herzen, kaum konnte er den Abend erwarten, um hinzulaufen.

Lange umkreiste er das Haus seines Vaters, lauerte und wartete an dem Zaunüberstieg, aber sie zeigte sich nicht einmal; dadurch wurde er so erbost und dreist, daß er einen Knüttel irgendwo herausbrach und damit auf dem Borynahof zuging, schon zu allem bereit und selbst entschlossen, ins Haus einzudringen. – Er war schon auf der Galerie angelangt und griff selbst schon nach der Türklinke, aber im letzten Augenblick stieß ihn etwas zurück: die Erinnerung an das väterliche Gesicht entstand so lebhaft vor seinen Augen, daß er erschrocken zurückwich und vor Entsetzen erbebte; er konnte es nicht über sich bringen und lief scheu und ängstlich geduckt davon.

Er konnte später nicht begreifen, wovor es ihm bange geworden war, ganz wie damals am Weiher und was ihm da hätte passieren können.

Auch an den folgenden Tagen konnte er Jagna nicht treffen, obgleich er ganze Abende am Zaunüberstieg herumstand und ihr wie ein Wolf auflauerte.

Nicht einmal am Sonntag begegnete er ihr, obgleich er lange vor der Kirche aufgepaßt hatte.

Darum hatte er sich ausgedacht, zur Vesper in die Kirche zu gehen, überzeugt, sie dort sicher zu treffen und irgendeine Möglichkeit zu finden, mit ihr zu sprechen.

Er kam etwas spät, denn die Vesper hatte schon begonnen; die Kirche war voll und so dämmerig, daß nur noch oben unter den Gewölben die Reste des Tages grauten, während unten in den hier und da durch die Flämmlein der Wachsstöcke durchhellten Dunkelheiten das Volk wimmelte und raunte, nach dem reich erleuchteten Hauptaltar hin wogend; Antek drängte sich bis ans Gitter am Hauptaltar und sah sich unmerklich um, aber er konnte weder Jagna noch irgend jemanden vom Vaterhof erspähen; anstatt dessen fing er oft neugierige Blicke auf, die an ihm hafteten, und fühlte, daß man auf ihn aufmerksam wurde und das manch einer seinem Nachbar etwas zuflüsterte, verstohlen auf ihn hinweisend.

Sie sangen schon das Fastenlied, denn es war ja der erste Sonntag in der Fastenzeit. Der Priester saß im Chorhemd seitwärts vom Altar mit einem Gebetbuch in der Hand und sah ihn hin und wieder streng an.

Die Orgel dröhnte durchdringend und das ganze Volk sang einstimmig; zuweilen aber brachen die Stimmen ab, die Orgel verstummte und irgendwo vom Chor erklang die plärrende und öfters stockende Stimme des Organisten, der die Meditationen über Christi Marter vorlas.

Antek hörte nichts davon, denn bald hatte er ganz vergessen, weswegen er gekommen war und wo er sich eigentlich befand; die Gesänge ergriffen ihn ganz und umspannen ihn mit einer liebkosenden, wiegenden Melodie, so daß ihn eine seltsame innere Schwäche überfiel; eine Schläfrigkeit und eine tiefe Stille umfingen ihn, daß er irgendwo versank und in eine Helle hineinzufliegen schien, und jedesmal, wenn er zur Besinnung kam und die Augen aufschlug, begegnete er den Blicken des Priesters, der immerzu nach ihm hinsah, da Antek höher als die anderen war und schon von weitem auffiel. Der Priester bohrte seine Augen so fest in ihn ein, daß Antek wie benommen den Kopf zur Seite wandte und wieder alles vergaß. Plötzlich wachte er auf:

»Am Kreuze hängt der Herr, der Schöpfer der Himmelswelt,
Laßt weinen uns und klagen über die Sünden der Welt.«

Die ganze Kirche sang es; wie aus einer einzigen rätselvollen Kehle riß sich dieser Ruf los und brach mit einer solchen klagenden Macht hervor und mit einem solchen schluchzenden Aufstöhnen, daß die Mauern erbebten, das Volk hob sich von den Knien hoch, wogte auf – es sang aus voller Seele den klagenden Sang der Buße.

Sie sangen zu Ende, und lange noch irrte ein stöhnender schmerzlicher Widerhall durch die Kirche, ein Geraun von schluchzenden Stimmen, Seufzern und heißen Gebeten ging durch den Raum.

Die Andacht dauerte noch ziemlich lange, er aber war schon wieder ganz zur Besinnung gekommen. Die Schlaftrunkenheit war von ihm gewichen, und nur eine schwere, unbesiegbare Trauer hatte sich an seine Seele gehängt und bedrängte sie, so daß er die Tränen, die ihm in die Augen stiegen, nicht mehr hätte zurückhalten können, wenn nicht die Scham darüber ihn angepackt hätte; er wollte gerade weggehen, ohne das Ende abzuwarten, als plötzlich die Orgel verstummte, der Priester vor den Altar sich hinstellte und zu unterweisen begann.

Die Leute fingen an, sich nach vorn zu drängen, so daß ein Zurücktreten nicht mehr möglich war, nicht einmal bewegen konnte er sich, so hatten sie ihn an die Balustrade herangeschoben; eine Stille breitete sich aus, man konnte jedes Wort des Priesters deutlich hören. Er sprach von der Marter Jesu; und als er geendigt hatte, fing er an, die sündige Menschheit mit drohend erhobenen Händen zu ermahnen, immer wieder Antek anblickend, der gerade gegenüber, nur etwas tiefer vor ihm stand und seine Augen von ihm nicht losreißen konnte; er war wie gebannt und verzaubert durch die eifernden Blicke des Priesters.

In der zusammengedrängten andächtigen Menge erhob sich schon vereinzeltes Weinen, hier und da ertönte ein Klageseufzer, oder der heilige Name Jesu erklang als ein Aufstöhnen, und der Priester redete immer noch und schon mit einer drohenden Stimme, er schien in den Augen aller zu wachsen und riesengroß zu werden, seine Augen blitzten, seine Hände erhoben sich und die Worte fielen auf die Häupter wie Steine und brannten die Herzen wie mit glühendem Eisen – denn er hatte begonnen, ihnen alle Sünden und Verfehlungen, die sie begingen, vorzuhalten: die Nichtachtung der Gebote Gottes und jenen ewigen Hader, die Schlägereien und Saufereien – und er sprach so leidenschaftlich, daß die Seelen unter der Qual ihrer Sündhaftigkeit erzitterten, alle Herzen in Reue aufschluchzten und ein Weinen und bußfertige Seufzer wie ein rieselnder Regen aufrauschten. Der Priester beugte sich plötzlich nach Antek vor und fing mit einer gewaltigen Stimme an, über die mißratenen Söhne zu sprechen, über die Brandstifter an der Habe der leiblichen Väter, über die Verführer und solche Sünder, die weder dem ewigen Feuer noch der irdischen Strafe entrinnen werden.

Das ganze Volk erschrak, verstummte und blieb mit verhaltenem Atem in der Brust stehen, alle Augen fielen wie ein Hagelschauer über Antek her, denn sie begriffen, wen der Priester meinte, und Antek stand hochaufgereckt, bleich wie Leinwand und kaum atmend da, denn die Worte stürzten mit solcher Macht über ihn her, als ob die ganze Kirche zusammenbrechen wollte; er sah sich nach Rettung um, doch es wurde plötzlich freier um ihn her, er bemerkte erschrockene und drohende Gesichter, die unwillkürlich wie vor einem Aussätzigen zurückweichen zu wollen schienen, und der Priester schrie schon mit ganzer Stimme, verfluchte ihn und rief ihn zur Buße; und dann wandte er sich zum ganzen Volk, streckte die Arme aus und rief, sie sollten sich vor einem solchen Räuber in acht nehmen, sie sollten sich vor ihm hüten, ihm Feuer, Wasser und Essen verweigern, ja selbst von Haus und Herd fernhalten wie die räudige Sünde, die alles ansteckt und besudelt. Und sollte er sich nicht bessern, das Schlechte nicht wieder gut machen und nicht büßen wollen – dann müßten sie ihn wie eine Brennessel ausreißen und fortschmeißen ins Verderben.

Antek drehte sich plötzlich um und fing an, langsam nach dem Ausgang zu schreiten; die Menschen wichen vor ihm zur Seite, so daß er wie durch eine plötzlich entstandene Gasse ging, und die Stimme des Priesters verfolgte ihn und peitschte ihn bis aufs lebendige Blut.

Ein plötzlicher verzweifelter Schrei ertönte in der Kirche, doch er hörte ihn nicht und ging geradeaus immer nur vor sich hin, immer rascher, um nicht tot vor Qual niederzustürzen und um vor diesen strengen Augen und vor dieser furchtbaren Stimme zu entfliehen.

Er stürzte auf die Dorfstraße, ohne zu wissen wohin und rannte durch den Pappelweg nach den Wäldern zu; zuweilen blieb er stehen und horchte auf die Stimme, die ihm noch immer wie eine Glocke in den Ohren klang und so mächtig in seinem Innern dröhnte, daß es ein Wunder war, wenn nicht sein Kopf davon zerbarst.

Die Nacht war dunkel und windig, die Pappelbäume bogen sich rauschend, so daß ihn hin und wieder ein Zweig über das Gesicht schlug; dann wurde es wieder stiller und ein seiner unangenehmer Märzregen peitschte ihm ins Gesicht. Aber Antek achtete auf nichts mehr, er rannte wie ein Irrer, entsetzt und voll sprachlosen Grauens.

»Schlimmer kann es schon nicht werden!« murmelte er schließlich, stehenbleibend. »Recht hat er geredet, ganz recht!«

»Jesus, mein Jesus!« heulte er plötzlich los, sich an den Kopf fassend; denn in diesem Augenblick sah er klar und begriff seine Schuld und seine Sünden und eine grenzenlose Scham ergriff seine Seele und rüttelte daran, als wollte sie sie in Stücke reißen.

Lange saß er unter einem Baum, in die Nacht starrend und in das leise, angsterfüllte und grausige Singen der Bäume versunken.

»Seinetwegen, alles nur seinetwegen!« fing er an zu schreien, und es ergriff ihn wie eine Raserei des Zornes und Hasses, alle seine früheren Kränkungen standen auf, alle wilden Rachepläne ballten sich in ihm zu einem Knäuel zusammen und überstürzten sich in seinen Gedanken, wie die jagenden Wolken am Himmel.

»Ich zahl' es ihm heim! Zahlen soll er mir!« schrie in ihm die alte Verbissenheit wieder auf, so daß er rasch ins Dorf zurückrannte.

Die Kirche war schon verschlossen, in den Häusern war Licht und auf den Wegen traf er hier und da Menschen, die in Häuflein stehenblieben und trotz des Regens und der Kälte sich miteinander beredeten.

Er ging auf die Schenke zu und erblickte durchs Fenster, daß dort viele Menschen waren; doch das machte ihn nicht wankend, fest trat er ein, als ob nichts geschehen wäre, ging auf den größten Haufen zu und wollte die Bekannten begrüßen; es gab ihm wohl irgendeiner die Hand, der Rest aber zerstreute sich rasch nach allen Seiten und verließ eiligst die Schenke.

Ehe er sich versah, war er fast allein geblieben; ein Bettler nur saß noch am Herd und außerdem der Jude hinter der Tonbank.

Er begriff, daß er sie alle auseinandergejagt hatte, doch er schluckte das hinunter und bestellte Schnaps; das nicht ausgetrunkene Glas ließ er aber stehen und ging alsogleich wieder hinaus.

Er irrte planlos um den Weiher herum und betrachtete aufmerksam die Lichtstreifen, die hier und da aus den Fenstern auf den durchweichten Schnee rannen und im Wasser, das das Eis bedeckte, gleißten.

Wieder wurde er in seinem Herzen weicher gestimmt und eine unaussprechlich schwere Last wälzte sich ihm aufs Herz. Er fühlte plötzlich, wie einsam, armselig und unglücklich er war, welches Bedürfnis er hatte, sein Leid jemandem zu klagen, unter die Menschen zu gehen, und wenn auch nur an einem Herdfeuer etwas niederzusitzen, so daß er zu den Ploschkas, dem ersten Haus in der Reihe, hineinging.

Sie waren alle da, aber bei seinem Eintritt sprangen sie erschrocken auf; selbst Stacho wußte nicht, was er sagen sollte.

»Als hätt' ich einen abgeschlachtet, so seht ihr mich an!« sagte er leise und ging in ein anderes Haus, zu den Balcereks; aber auch diese empfingen ihn eisig, brummten dies und jenes vor sich hin und niemand lud ihn auch selbst nur zum Sitzen ein.

Er sah noch hier und da ein, doch überall war das gleiche.

Also, wie um einen letzten Versuch zu machen und sich keinen Schmerz, keine Erniedrigung zu ersparen, ging er zu Mathias. Der war nicht zu Hause; nur die alte Täubich sperrte gleich auf der Stelle ihr Maul gegen ihn auf, wetterte ihn an und jagte ihn wie einen Hund davon.

Nicht mit einem einzigen Wörtlein antwortete er ihr, und brach nicht in Wut aus, denn jeglicher Zorn, jegliches Bewußtsein darüber, was mit ihm geschah, waren ihm abhanden gekommen. Langsam schleppte er sich in die Nacht hinaus, umkreiste den Weiher, blieb hier und da stehen und sah auf das ins Dunkel versunkene Dorf, das sich nur durch die Lichtlein der Fenster abzeichnete. Er blickte erstaunt um sich, als sähe er es zum erstenmal, es umringte ihn mit seinen zur Erde niedergeduckten

Häusern, umzingelte ihn, so daß er sich gar nicht mehr rühren und diesen Zäunen, Gärten und Lichtern nicht entgehen konnte. Er konnte nichts begreifen, fühlte nur, daß eine unüberwindliche Gewalt ihm an die Gurgel griff, ihn zur Erde beugte, unter ein Joch drückte und ihn mit unerklärlicher Angst erfüllte.

Mit tiefem Bangen sah er auf die blitzenden Fenster, denn es war ihm, als bewachten sie ihn, als spähten sie ihm nach und schritten in einer undurchbrochenen Kette auf ihn zu.

»Recht so! Recht so!« flüsterte er mit tiefster Demut aus ganzem reuevollen Herzen, von tödlicher Angst ergriffen und von dem Bewußtsein der gewaltigen Macht des Dorfes durchdrungen.

Die Lichter verloschen langsam eins nach dem andern, das Dorf schlief ein, nur der Regen sprühte und klatschte gegen die gebeugten Bäume, und manchmal bellte ein Hund irgendwo auf; eine grauenvolle Stille hielt die Welt umfaßt, als Antek schließlich zur Besinnung kam und aufsprang.

»Recht hat er geredet ... seine Wahrheit hat er gesprochen ... aber ich schenk' ihm nichts ... wenn ich selbst verrecken sollte, zahl' ich es ihm heim, verflucht! ...« schrie er eigensinnig, mit den Fäusten dem ganzen Dorf und der ganzen Welt drohend.

Er drückte die Mütze auf und ging zur Schenke.

* * *

Es ging zum Frühling ... In einer ununterbrochenen Kette kamen die nassen Märztage, daß schon ein richtiges Hundewetter entstand, mächtig kalt und neblig; Tag für Tag fiel Regen mit Schnee, Tag für Tag schleppten sich schmutzige zerzauste Wolken dunkel über die Felder und hielten dermaßen jegliche Helle nieder, daß eine düstere, zähe Dämmerung vom Morgengrauen bis in die Nacht über der Welt hing, und wenn manchmal aus den grauen Untiefen die Sonne hervorsah, dann war es kaum auf ein Ave, so daß, ehe sich die Seele des Lichts erfreuen konnte und die Knochen die Wärme fühlten, schon neue Dunkelheiten über der Welt sich ausbreiteten, neue Winde ihre Klagen anstimmten, neue Schauer und Wetter kamen, so daß mancher Tag, wie ein besudelter Köter aussah, ganz voll Dreck, mit niederrieselndem Schmutz über und über bedeckt und vor Kälte winselnd.

Die Zeit wurde den Leuten lang, daß es gar nicht zu sagen war, man stärkte und tröstete sich nur damit, der Lenz würde, wenn man nur noch ein zwei Wochen aushielte, sicherlich siegen und alles gut machen. Inzwischen aber dauerte das Schmutzwetter an; es war nicht mehr zum Aushalten, durch die Dächer sickerte die Nässe hindurch, drang hier und da durch die Wände und Fenster und kam zuletzt schon von überallher angeflossen, so daß man mit dem Wasser keinen Rat mehr wußte, denn es flutete von den Feldern her, füllte alle Gräben und ließ die Wege aufglitzern, als wären sie reißende Bäche, es überflutete die Zäune, bildete auf den Höfen große Lachen, und da der Schnee von Tag zu Tag schneller taute und dazu immer noch Regen fiel, die Erde aber rasch aufweichte und das Eis schmolz, so entstand hier und da auf den nach Süden zu gelegenen Stellen ein solcher Dreck, daß man vor den Häusern Bretter legen und auf die Straßenübergänge Stroh auswerfen mußte.

Auch die Nächte waren schwer zu ertragen, sie waren lärmend, regnerisch und so voll Dunkelheit, daß es schon manches Mal scheinen wollte, als wäre alle Helle für ewig erloschen; in den wenigsten Häusern wurde am Abend noch Licht angezündet, die Leute gingen mit dem Eintritt der Dämmerung schlafen, denn die Zeit wurde ihnen gar zu lang. Nur da, wo die Spinnerinnen sich versammelten, leuchteten die Fensterscheiben, und leise tönten die Fastengesänge und andere Lieder von dem bitteren Leiden Christi – es antwortete ihnen der Wind, die Regenschauer und das Rauschen der Bäume, die mit ihren Ästen gegen die Zäune schlugen.

So war es denn auch kein Wunder, daß Lipce in diesem Tauwetter wie versunken dalag, denn kaum konnte man die Häuser von den durchweichten Feldern und der regenerfüllten Welt unterscheiden, kaum konnte man sie in diesen schmutzig grauen Nebeln erspähen, wie sie zur Erde geduckt, triefend vor Nässe, schwarz und ganz armselig dahockten, und Felder, Gärten, Wege und Himmel schienen eine einzige bläuliche Flut, so daß man nicht wußte, wo der Anfang und wo das Ende sein sollte.

Es herrschte dabei eine lästige, durchdringende Kälte, und selten, daß man einem auf der Dorfstraße begegnete; nur der Regen klatschte, die Winde fegten, die armen Bäume zitterten und Trauer wehte durch die Welt. Es schien rings alles leer, und im Dorf, das wie ausgestorben war, regte sich nichts; man hörte nur so viel an lebendigen Stimmen, was dort an Vieh vor seiner leeren Krippe brüllte oder was die Hähne krähten und die Gänseriche, die man von den brütenden Gänsen getrennt hatte, auf den Höfen hin und wieder schrien.

Und weil die Tage immer länger wurden, so wurde den Menschen die Zeit noch mehr zur Last, denn niemand hatte etwas zu tun; nur einige arbeiteten an der Sägemühle, ein paar fuhren Holz für den Müller ein, und der Rest saß in den Häusern herum. Manch einer von den Älteren machte sich daran, die Pflüge zurechtzumachen, Eggen und anderes Ackergerät für den Frühling in Ordnung zu bringen; nur daß auch dieses nicht glatt vonstatten gehen wollte, denn alle wurden durch das Regenwetter in gleicher Weise gequält und Sorgen erfüllten die Herzen, denn das Winterkorn litt schwer unter den kalten Schauern, so daß es auf niedriger gelegenen Feldern teilweise schon ganz erfroren schien. Bei manch einem war es wieder das Viehfutter, das zu Ende ging, und der Hunger sah in die Kuhställe hinein, hier und da zeigte es sich, daß die Kartoffeln erfroren waren. Krankheiten nisteten sich in den Häusern ein und viele spürten schon die böse Zeit der Not, die vor den neuen Ernten kam.

Und in mehr als einem Haus kochte man nur einmal täglich das Essen und bekam Salz als die einzige Zutat. So zog man denn auch immer häufiger zum Müller, einen Scheffel gegen blutigen Tagelohn zu holen, denn er war ein arger Menschenschinder. Niemand hatte bares Geld zu Hause, noch etwas, das er in die Stadt zum Verkauf fahren konnte; es waren auch solche da, die zum Juden in die Schenke gingen und bei ihm bettelten, er möge ihnen doch wenigstens etwas Salz, ein Quart Grütze oder selbst einen Laib Brot borgen.

Natürlich: muß der Bauch mal suchen, darf das Hemd nicht fluchen.

Und bedürftiges Volk war gerade genug da, doch nirgends ein Verdienst; die Hofbauern hatten selbst nichts zu tun; der Gutsherr hatte nicht nachgegeben und gehalten was er sich zugeschworen, daß er keinen aus Lipce etwas im Walde verdienen lassen wollte, obgleich sie von der ganzen Dorfgemeinde bei ihm gewesen waren; natürlich war da jetzt bei Kätnern und ärmeren Bauern eine solche Not, daß manch einer noch sich glücklich preisen und Gott danken konnte, wenn er Kartoffeln mit Salz hatte und die bitteren Tränen als Beigabe dazu. So war es auch natürlich, daß aus allen möglichen Gründen immerwährende Klagen und Unfrieden, Hader und Schlägereien entstanden, denn das Volk hatte schwer zu leiden, ging bedrückt herum in dem Gefühl eines unsicheren Morgens und vor Unruhe krank, so daß es die erste beste Gelegenheit suchte, um dem lieben Nächsten mit Zuschlag das zu vergelten, was an einem jeden selber fraß – darum waren die Häuser voll Geklatsch, Gegeifer und Unfrieden. Und als Teufelszugabe stürzten sich verschiedene Krankheiten aufs Dorf, wie das eben meistens so vor dem Frühling ist, in der ungesunden Zeit, wenn stinkende Ausdünstungen aus der auftauenden Erde steigen. Zuerst kamen also die Pocken, und wie ein Habicht unter den Gosseln würgten sie die kleinen Kinder ab, hin und wieder selbst ein älteres ergreifend; sogar die beiden jüngsten vom Schulzen konnten die herbeigeholten Doktoren nicht retten, so trug man sie denn auf den Friedhof hinaus; dann kamen Fieber und böse Hitzen und andere Krankheiten über die Älteren, in jedem zweiten Hause kränkelte einer, sah auf des Pfarrers Kuhstall und wartete auf Gottes Erbarmen – so daß die Dominikbäuerin gar nicht mit all dem Herumkurieren fertig werden konnte; und dabei fingen auch die Kühe an zu kalben, und manche Frau kam in die Wochen; die Unruhe im Dorf wurde immer größer und die Verwirrung wuchs.

Diese Sachen brachten es mit sich, daß es unter den Leuten zu gären begann; man erwartete immer ungeduldiger den Frühling, denn allen schien es, daß, wenn nur erst der Schnee weg wäre, die Erde auftaute und abtrocknete, die Sonne etwas zu wärmen anfinge und man mit dem Pflug ins Feld hinausgehen könnte, Not und Sorgen ein Ende nehmen müßten.

Aber es hatte den Anschein, als ob der Frühling in diesem Jahr etwas langsamer käme, als in früheren, denn es goß immerzu und auch die Erde taute langsam auf, das Wasser floß träger ab, und was noch schlimmer war, die Kühe haarten noch gar nicht, der Winterpelz saß noch fest; dieses aber bedeutete, daß der Winter noch länger anhalten sollte.

Wenn also nur irgendeine trockene Stunde kam und die Sonne aufleuchtete, wimmelte es gleich vor den Häusern, und die Menschen prüften sehnsüchtig mit erhobenen Köpfen den Himmel, überlegend, ob es nicht auf einen längeren Witterungswechsel ginge; die Alten krochen bis vor die Häuserwände hinaus, sich die machtlosen Glieder zu wärmen; und was an Kindern im Dorfe war, rannte mit Geschrei auf den Wegen, wie Fohlen, die man auf das junge Gras hinausgelassen hatte.

Und was gab es da in solchen Stunden, Freude, Lustigkeit und Lachen!

Die ganze Welt war voll Sonne, alle Gewässer leuchteten, die Gräben waren als hätte sie jemand mit flüssigem Sonnenlicht bis an die Ränder gefüllt, die Wege schienen wie aus geschmolzenem Gold gemacht zu sein, das durch den Regen reingewaschene Eis auf dem Weiher blinkte schwärzlich wie eine Zinnschüssel, selbst die Bäume funkelten naß betaut, nur die von Rinnsalen zerfurchten Felder lagen noch stumm, schwarz und tot da und doch schon wie Wärme atmend und lenzgeschwellt, voll Geglitzer und gurgelnder Wasserstimmen; hier und da leuchtete noch nicht abgetauter Schnee in seiner grellen Weiße, wie Linnen, das man zum Bleichen ausgebreitet hatte. Der Himmel wurde blau, die etwas nebligen wie mit Spinnweben umsponnenen Weiten taten sich auf, so daß das Auge sie durchdringen und hinaus in die endlosen Felder eilen konnte auf die dunklen Umrisse der Dörfer zu, nach dem Umkreis der Wälder, in die freudeatmende Welt, und durch die Lüfte ging ein so liebes, lenzliches Wehen, daß in den Menschenherzen ein Freudeschrei laut wurde, daß die Seelen sich losrissen und es einen in die Welt hinausdrängte, und jeder wäre gern in diesen Sonnenglanz hineingeflogen, wie die Vögel, die von irgendwo aus dem Osten hergezogen kamen und am reinen Himmel dahinschwammen; jeder war froh, vor dem Haus zu stehen und redete gern, selbst mit seinen Feinden.

Dann verstummte alles Gezänk, der Streit erlosch, Wohlwollen zog in die Herzen und lustige Zurufe flogen durchs ganze Dorf, füllten die Häuser mit Frohsinn und zitterten wie Vogelgezwitscher in der warmen Luft.

Man öffnete weit die Haustüren, die vernagelten Fenster, um in die Stuben etwas Luft hineinzulassen, die Weiber setzten sich mit ihren Wocken auf die Wandbänke und selbst die Kindlein trug man in ihrer Wiege hinaus ins Sonnenlicht. Aus den offenen Kuhställen kam hin und wieder sehnsüchtiges Gebrüll, die Pferde wieherten, an den Halftern zerrend, die Gänse liefen von den Eiern weg und lockten sich kreischend mit den Gänserichen in den Obstgärten, die Hähne krähten auf den Zäunen und die Hunde bellten wie toll auf den Wegen, mit den Kindern durch den Straßenschmutz jagend.

Die Leute aber blieben an den Hecken stehen und sahen, mit den Augen gegen das blendende Licht blinzelnd, freudig auf das sich im Sonnenlicht badende Dorf, dessen Fensterscheiben wie im Feuer spielten; die Frauen redeten nachbarlich miteinander von Garten zu Garten, ihre Stimmen hallten im ganzen Dorf wider. Man erzählte sich, daß schon einer die Lerche gehört und daß man schon Bachstelzen auf dem Pappelweg gesehen hätte; dann wiederum wollte einer am Himmel, hoch unter den Wolken, eine Schnur Wildgänse erkannt haben, so daß bald das ganze Dorf auf die Straße stürzte, um sie zu sehen, und noch ein anderer erzählte dann, auch die Störche wären schon auf den Wiesen hinter der Mühle eingefallen. Man glaubte diesem nicht, denn der Monat März war kaum zur Hälfte gediehen! Und einer – es war anscheinend dem Klemb sein Junge – brachte die erste Sumpfviole und rannte mit ihr von Haus zu Haus, daß sie das blasse Blümelein, wie eine große Heiligkeit, mit tiefem Staunen betrachteten und sich sehr verwunderten!

So machte es die verräterische Wärme, daß es den Menschen schien, als finge der Frühling an, als könnten sie bald mit den Pflügen ins Feld hinausziehen. Darum blickte man mit um so größerer Furcht auf den sich plötzlich umwölkenden Himmel und sah mit tiefer Trauer die Sonne sich wieder verbergen und aufs neue einen eisigen Wind aufkommen. Die frohen Lichter erloschen, die Welt wurde dunkler und ein seiner Regen begann zu sprühen! ... Und gegen abend fing es an, große nasse Flocken zu schneien, daß vielleicht in zwei Paternostern das ganze Dorf und die Felder wieder weiß waren.

Alles kehrte so rasch zum früheren Zustand wieder zurück, daß es manch einem bei den neuen Regentagen voll Hagelschauern, Graupeln und Schmutz schien, als wären jene sonnigen Stunden nur ein seliger Traum gewesen.

In solchen Geschäften, Freuden, Nöten und Sehnsüchten ging den Menschen die Zeit dahin; kein Wunder also, daß Anteks Streiche, Borynas Eheleben oder auch andere Geschichten, Todesfälle und was noch alles vorfiel, wie Steine auf den Grund der Erinnerung fielen; denn jeder hatte genug Eigenes, daß er kaum damit fertig werden konnte.

Und die Tage flossen unaufhaltsam vorüber, wuchsen wie Fluten an, die von einem großen Meer kommen, dessen Anfang und Ende kein Mensch erkennen kann; sie flossen und flossen, und kaum hatte einer die Augen geöffnet, kaum hatte er sich umgesehen, kaum etwas begriffen, da war schon eine neue Dämmerung, eine Nacht, ein neues Morgengrauen und ein neuer Tag und neue Sorgen gekommen, und so immerzu im Kreislauf, damit Gottes Wille geschehe!

An einem Tag, wohl gerade zur Halbfastenzeit, wurde das Wetter noch schlechter, als es je sonst gewesen; und obgleich nur ein feiner Regen rann, fühlten sich die Menschen so schlecht wie nie zuvor, krochen wie gefesselt im Dorf herum, wehmütig die Welt beschauend, die so dicht mit Wolken vollgedrängt war, daß es schien, als ob sich ihre aufgequollenen großen Bäuche an den Baumkronen aufrissen. Es war trübe, naß und kalt und so dunkel, daß es einem zumute war, als müßte man vor unüberwindlicher Sehnsucht weinen; niemand zankte sich an diesem Tag, niemand stritt, jedem war alles gleich, denn jeder suchte nach einer stillen Ecke, um sich hinzulegen und alles zu vergessen.

Der Tag war traurig, wie die Blicke eines Kranken, der kaum, nachdem er die Augen geöffnet und etwas erkannt hat, gleich wieder in das krankhafte Dämmern zurücksinkt. Kaum hatte man Mittag eingeläutet, verfinsterte es sich plötzlich, ein dumpf heulender Wind erhob sich und schlug mit Regen vermengt gegen die dunklen Hauswände.

Auf den Wegen war es still und menschenleer, nur der Wind fegte sausend über den Schmutz, der Regen platschte nieder, daß es war als bewerfe jemand die bebenden Bäume und die altersschwarzen Wände mit schwerem Korn. Der Weiher kämpfte gegen das berstende Eis an, denn immer wieder ertönte ein Krachen und Donnern und das Wasser spritzte lärmend über die Ufer.

An einem solchen Tag, gerade zur Vesperzeit, verbreitete sich im Dorf die Kunde, der Gutsherr hätte den Bauernwald zu fällen begonnen.

Niemand wollte dem erst Glauben schenken, denn wie sollte er nun, da er bis jetzt nicht gefällt hatte, Mitte März, wenn die Erde auftaut und die Bäume die Säfte aufzusaugen beginnen, noch fällen?

Gewiß, man arbeitete im Forst, aber jeder wußte, daß es bei der Bearbeitung des Holzes war.

Wie der Gutsherr war, so war er, aber für dumm hielt ihn keiner.

Und man wußte selbst nicht, wer eine solche Neuigkeit verbreitet hatte; trotzdem kochte es auf im Dorf, daß nur die Türen so klappten und der Schmutz unter den Stiefeln aufsprang; sie rannten mit dieser Nachricht von Haus zu Haus, blieben damit auf den Wegen stehen, kamen in der Schenke zusammen, um zu überlegen und den Juden auszufragen; aber der Rote, das Biest, versicherte und schwor, daß er nichts wüßte; hier und da schrie man schon, böse Worte fielen, und selbst das Wehklagen der Frauen ließ sich vernehmen, die Erregung aber wuchs über die Maßen, und Unruhe, Zorn und Angst befielen das Volk.

Erst der alte Klemb meinte, man solle die Neuigkeit zunächst nachprüfen, und ohne auf das schlechte Wetter zu achten, schickte er seine beiden Söhne zu Pferd in den Wald, um Kundschaft einzuziehen!

Sie kamen lange nicht wieder; kein Haus gab es im ganzen Dorf, aus dem nicht jemand nach dem Wald zu über den Feldweg spähte, auf dem sie ausgeritten waren. Aber schon fing es an zu dämmern und sie waren noch nicht zurück; allmählich befiel die Leute eine Erregung, die, wenn sie sich auch nicht äußerte, weil sie mit Gewalt niedergehalten wurde, doch ganz bedrohlich war; denn sie erfüllte die Seelen mit Zorn wie mit beißendem Rauch, und obgleich noch niemand ganz daran glaubte, waren doch alle sicher, daß die böse Kunde sich bewahrheiten würde. So fluchte denn manch einer, knallte mit den Türen und ging auf den Weg hinaus, zu schauen, ob die Ausgerittenen nicht schon wiederkehrten ...

Die Kosiol aber hetzte das Volk auf, wo sie nur konnte; sie lief mit dem großen Maul herum, und wo man ihr nur Gehör schenken wollte, bestätigte sie, bei allen Heiligkeiten schwörend, sie hätte mit eigenen Augen festgestellt, es wäre schon eine gute halbe Hufe des Bauernwaldes gefällt worden. Sie berief sich dabei auf Gusche, mit der sie sich in der letzten Zeit mächtig angeschwestert hatte. Natürlich bestätigte Gusche alles, da ihr jegliche Unruhe Genugtuung bereitete; und nachdem sie hier und da bei dieser Gelegenheit eine Menge verschiedener Neuigkeiten in den Häusern gesammelt hatte, ging sie zu den Borynas.

Gerade hatten sie dort das Lämpchen in der Gesindestube angezündet, Fine und Witek schälten Kartoffeln und Jagna besorgte die Abendwirtschaft; der Alte war etwas später heimgekommen, und Gusche fing an, ihm alles eifrig und mit einer gehörigen Zugabe zu erzählen.

Er entgegnete nichts darauf, sondern sagte zu Jagna:

»Nimm den Spaten und lauf hin, dem Pjetrek zu helfen, man muß das Wasser aus dem Obstgarten ablassen, sonst kann es in die Kartoffelgruben kommen ... Rühr' dich doch schneller, wenn ich 's dir gesagt habe!« schrie er.

Jagna murmelte etwas gegen an, aber er sperrte so giftig das Maul gegen sie auf, daß sie rasch hinlief; er selbst aber ging auf den Hof, um aufzupassen; und seine zornige Stimme war mal aus dem Pferdestall, mal aus dem Kuhstall oder bei den Kartoffelgruben zu hören, und so laut, daß es im Hause widerhallte.

»Ist er denn immerzu so zänkisch?« fragte die Alte.

»Immerzu«, entgegnete Fine, ängstlich aufhorchend.

So war es auch, denn seit dem Tage der Versöhnung mit seiner Frau, zu der er sich so rasch bereit erklärt hatte, daß man sich selbst darüber überall wunderte, war er ganz verwandelt. Immer schon zeigte er sich hart und unnachgiebig, jetzt aber war er rein zu einem Stein geworden. Jagna hatte er ins Haus wieder aufgenommen, warf ihr nichts vor, aber hielt sie jetzt ganz wie eine Magd und behandelte und achtete sie nicht anders. Es half ihr weder Freundlichtun noch ihre Schönheit, nicht einmal der Zorn, Grollen und Geschmoll, womit das Weibervolk die Männer zu bekämpfen pflegt. Er achtete gar nicht darauf, als wäre sie ihm eine Fremde und nicht seine angetraute Frau; und selbst darum kümmerte er sich nicht, was sie trieb, obgleich er gewiß gut über ihre Zusammenkünfte mit Antek Bescheid wußte.

Er lauerte ihr selbst nicht mehr auf und schien gar nichts mehr auf sie zu halten. Ein paar Tage nach der Versöhnung fuhr er in die Stadt und kam erst am nächsten Tag zurück; man flüsterte sich im Dorf zu, daß er beim Notar Verschreibungen gemacht hätte, und andere ließen verlauten, daß er der Jagna seine frühere Verschreibung zurückgenommen hätte. Natürlich wußte niemand die Wahrheit außer Anna, die sich jetzt einer solchen Gunst bei ihrem Schwiegervater erfreute, daß er sich ihr in allem anvertraute und sie um Rat fragte; aber die ließ vor keinem nicht einmal einen Hauch darüber aus dem Mund, sah Tag für Tag beim Alten ein, und die Kinder gingen schon fast gar nicht mehr von dem Borynahof fort, so daß sie oft selbst mit dem Großvater schliefen, so liebte er sie jetzt.

Boryna fing nun wieder an, gesünder auszusehen, ging aufrecht wie früher und sah trotzig in die Welt; nur war er so zänkisch geworden, daß ihn wegen jeder Kleinigkeit die Wut ankam. Es fiel allen schwer, mit ihm auszukommen, geradezu nicht zum Aushalten war es; denn worauf er die Hand legte, das mußte natürlich sich zur Erde beugen, um so zu sein, wie er es wollte, und wenn nicht, dann hinaus aus dem Haus!

Gewiß, Unrecht tat er niemandem, aber auch Güte säte er im allgemeinen nicht aus, die Nachbarn fühlten das gut. Er hatte das Regiment in seine Hände genommen und ließ nicht auf ein Paternoster locker, bewachte gut die Vorratskammern und noch mehr die Tasche, gab selbst von den Vorräten heraus und wachte streng darüber, daß sie nicht das Hab und Gut vergeudeten; gegen alle war er hart, besonders aber gegen Jagna, denn nie gönnte er ihr ein freundliches Wort und trieb sie so zur Arbeit an, wie ein störrisches Pferd, ließ in keiner Weise locker, so daß kein Tag ohne Zank verging, und oft und häufig mußte der Riemen mit nachhelfen oder selbst noch was Härteres, denn in Jagna war ein Böses gefahren und trieb sie zur Auflehnung.

Sie fügte sich wohl: was sollte sie denn auch tun ›des Gatten Brot, des Gatten Wille‹ – aber für ein unangenehmes Wort hatte sie ihrer zehn bereit, auf jedes Anschnauzen erhob sie ein solches Geschrei, machte sie ihm einen solchen Skandal, daß es im ganzen Dorf zu hören war. Es war auch die reine Hölle im Hause immerzu, als hätten beide darin Gefallen gefunden, in Bosheit miteinander aufs äußerste zu ringen, welches von ihnen die Oberhand gewinnen würde, und keines wollte zuerst weichen.

Vergeblich wollte die Dominikbäuerin sie besänftigen und Frieden stiften: sie konnte nicht gegen den Groll und die gegenseitigen Kränkungen und das Unrecht, das ihnen die Herzen überwucherte, ankommen.

Borynas Lieben war wie der vorjährige Frühling vorübergegangen, an den niemand mehr zurückdenkt; es blieb nur die lebhafte Erinnerung an ihre Untreue, die nicht zu tilgende Schande und der unversöhnliche Zorn – auch Jagnas Seele hatte sich bedeutend geändert, es war ihr alles nicht recht, alles schwer und so zuwider, daß es gar nicht zu sagen war; ihre Schuld fühlte sie noch nicht, und die Strafen empfand sie schmerzlicher als die anderen Frauen, da sie ein empfindlicheres Herz hatte, in Zärtlichkeit erzogen war und schon an sich viel zarter war als die anderen.

Sie quälte sich auch, Jesus, und wie sie sich quälte!

Natürlich machte sie dem Alten alles zum Trotz, gab nicht ohne Muß nach und wehrte sich wie sie konnte; aber dieses Joch drückte immer schwerer und schmerzlicher auf ihrem Nacken, und Rettung kam von nirgendwo. Wie viele Male wollte sie zur Mutter zurückkehren – die Alte war damit nicht einverstanden und drohte ihr noch, daß sie sie mit Gewalt und wenn es sein müßte, selbst an einem Tau ihrem Mann zurückbringen würde ...

Was sollte sie da anfangen ... was? Da sie doch nicht leben mochte, wie die anderen Weiber, die da nicht mit den Burschen sparen und sich jede Freude gönnen, zu Hause die Hölle ruhig aushalten, Tag für Tag sich mit ihren Männern herumprügeln und jeden Abend schließlich versöhnt zusammen schlafen gehen.

Nein, das konnte sie nicht; das Leben wurde ihr immer mehr zuwider, und eine unsagbare Sehnsucht wuchs in ihrer Seele auf; konnte sie denn wissen, wonach?

Für Böses zahlte sie mit Bösem heim, aber in ihrem Innern lebte sie ewig verschüchtert, gekränkt und so voll Herzeleid, daß sie oft lange Nächte durchweinte, bis das Kissen naß war; und oft waren ihr diese Tage des Zankes so zuwider, daß sie bereit gewesen wäre, in die weite Welt davonzulaufen. Aber wohin sollte sie wohl gehen, wohin?

Rings war die Welt offen, aber so schrecklich, so undurchdringlich, so fremd und stumm, daß sie vor Angst erstarb, wie ein Vöglein, das die Jungen greifen und unter einen Topf stecken.

Kein Wunder also, daß es sie immer wieder zu Antek hinzog, obgleich sie ihn jetzt nur mehr aus Angst und Verzweiflung liebte: denn damals, nach jener furchtbaren Nacht, nach der Flucht zur Mutter, war in ihr etwas gesprungen und erstorben, daß es sie nicht mehr aus ganzer Liebe zu ihm zog, wie früher, daß sie nicht auf jeden seinen Ruf mit klopfendem Herzen und voll Freude angerannt kam und nur wie aus Muß und Zwang ging, und auch darum, weil es im Hause schlecht und langweilig war und wohl auch, um den Alten zu ärgern, und weil sie glaubte, das frühere große Lieben käme wieder – aber tief im Herzensgrund wuchs ein giftig zehrender Groll gegen ihn, daß alles das, was sie dulden mußte, die Widerwärtigkeiten, die Täuschungen und das ganze schwer zu ertragende Leben seine Schuld wären; und dann noch das tiefere, stillere und unaussprechliche Leid, daß er nicht das war, wie sie ihn sich in ihrer Liebe gedacht hatte – ein wilder, zuckender Groll der Täuschung und der Ernüchterung. Er war ihr doch früher als ein ganz anderer vorgekommen, als einer, der sie mit seiner Liebe in den Himmel trug, sie nur mit Güte zu allem nötigte und dem sie über alles in der Welt teuer war als einer, der so anders war wie die andern, daß er niemandem auch nur in irgend etwas glich – und jetzt schien er ihr ganz ebenso, wie das andere Mannsvolk, selbst schlechter noch, denn sie fürchtete ihn mehr als Boryna; er ängstete sie durch sein finsteres Wesen und sein Leid und entsetzte sie durch seinen Haß. Sie fürchtete ihn, wild schien er ihr und furchtbar, wie ein Räuber aus den Wäldern; war es denn nicht so? Selbst der Priester hatte ihn in der

Kirche aufgerufen, das ganze Dorf hatte sich von ihm abgewandt, die Leute wiesen auf ihn mit den Fingern, wie auf den Schlimmsten; es kam aus ihm wie Grauen und Todsünde, so daß sie oft, wenn sie seine Stimme hörte, vor Entsetzen zusammenschauerte, denn es war ihr, als ob in ihm das Böse hauste und um ihn die ganze Hölle; es wurde ihr dann so schrecklich zumute, wie wenn Hochwürden das Volk ermahnte und mit Qualen ängstigte.

Es kam ihr nicht einmal in den Sinn, daß auch sie an diesen seinen Sünden mitschuldig war, gar nicht; manchmal nur sann sie über seine Veränderung, sie konnte sich nicht alles so klar überlegen, aber sie fühlte es stark, so daß sie immer mehr das Herz für ihn verlor; manchmal lag sie ihm starr, wie jäh von einem Blitz getroffen, in den Armen und ließ sich nehmen, denn wie sollte man sich einem solchen Starken widersetzen? ... Und außerdem war sie doch noch jung, heißblütig, kräftig – und er erdrückte sie fast mit seinen Liebkosungen; so gab sie sich ihm trotz allem, was sie bei sich dachte, gleich mächtig hin, mit diesem Drang der Erde, die ewig nach warmem Regen und Sonne dürstet; nur daß ihre Seele kein einziges Mal mehr ihm zu Füßen fiel vor ungezügelter Freude, daß sie niemals mehr ein solches Glücksempfinden trunken machte, das einen in Wonnegefühlen bis an die Schwelle des Todes leitet, daß sie sich niemals mehr ganz vergaß; es kam nur öfter vor, daß sie in solchen Augenblicken an zu Hause dachte, an die Arbeit, an den Alten und wie sie ihm noch was Arges zum Trotz tun könnte, und manchmal sogar, daß Antek sie doch gleich fortlassen und selbst davongehen möchte.

Gerade jetzt zog ihr das alles durch den Kopf; sie war damit beschäftigt, das Wasser um die Kartoffelgruben auf den Hof abzulassen, arbeitete widerwillig und nur weil sie mußte, dabei aufmerksam auf die Stimme des Alten hinhorchend, um zu sehen, was er auf dem Hof tat. Pjetrek arbeitete eifrig neben ihr, so daß die harten Erdschollen nur so knirschten und der aufgeworfene Schmutz aufklatschte; sie aber tat nur so viel wie nötig war, um zu zeigen, daß sie bei der Arbeit war, und kaum war der Alte ins Haus gegangen, zog sie die Schürze über den Kopf und schlich behutsam, nachdem sie über den Zaun geklettert war, nach Ploschkas Scheune.

Antek war schon da.

»Ich warte doch schon eine Stunde auf dich«, flüsterte er vorwurfsvoll.

»Du hättest gar nicht warten brauchen, wenn du irgendwo was vorhast«, knurrte sie, unwillig sich umsehend, denn die Nacht war ziemlich hell; der Regen hatte nachgelassen und ein kalter trockener Wind wehte nur von den Wäldern und fiel brausend in die Obstgärten ein.

Er zog sie fest an sich heran und begann ihr Gesicht zu küssen.

»Der Schnaps kommt aus dir, wie aus einer Kufe!« murmelte sie, sich mit Abscheu zurücklehnend.

»Weil ich getrunken hab', stinkt dir schon mein Maul?«

»Hale, an den Schnaps hab' ich doch nur gedacht!« sagte sie weicher und leiser.

»Gestern war ich auch da, warum bist du nicht herausgekommen?«

»Es war solche Kälte, und ich hab' doch auch nicht wenig Arbeit.«

»Das ist wahr, und auch mit dem Alten mußt du jetzt schön tun und ihn mit dem Federbett zudecken«, zischte er.

»Versteht sich, ist er denn nicht mein Mann!« warf sie ihm hart und ungeduldig hin.

»Laß das!«

»Wenn es dir nicht gefällt – dann brauchst du überhaupt nicht zu kommen, ich werd' dir nicht nachweinen.«

»Es wird dir wohl schon über, zu mir herauszulaufen, das ist so ...«

»Ach was, weil du immer nur auf mich zu brummen hast, rein wie auf einen gescheckten Hund ...«

»Sieh doch mal, Jagusch, ich hab' doch so viel eigene Sorgen, daß es kein Wunder ist, wenn dem Menschen ein hartes Wort entschlüpft; es ist doch nicht aus Bosheit, nein«, flüsterte er demütig, umfaßte sie und preßte sie herzlich an sich; aber sie blieb steif und verärgert, und wenn sie seine Küsse zurückgab, dann tat sie es, weil es so sein mußte, und wenn sie ein Wort sagte, dann geschah es nur, um was zu reden, und sah sich dabei immerzu um, weil sie doch schon heimgehen wollte.

Er fühlte das gut, allzugut, als hätte man ihm Brennesseln unter den Brustlatz geschoben, so brannte ihn das, bis er mit ängstlichem Vorwurf ihr zuflüsterte:

»Früher hattest du es nicht so eilig, Jagusch ...«

»Ich fürchte mich doch, alle zu Hause können mich suchen ...«

»Versteht sich; aber früher, wenn es die ganze Nacht gewesen wäre, hast du dich nicht gefürchtet, du bist ganz anders ...«

»Red' nicht, was sollt' ich da anders sein ...«

Sie verstummten, sich fest umarmend; manchmal preßten sie sich leidenschaftlicher aneinander, durch ein plötzliches Begehren getrieben, und suchten gierig nach den Lippen, hingerissen durch die gemeinsame Flut der Erinnerungen, durch das Bewußtsein der Schuld gegeneinander, des Sichbedauerns, Mitleids mit sich selbst, und durch den tiefen Wunsch, ineinander zu versinken – aber sie konnten nicht dagegen an, denn ihre Seelen flohen fern voneinander, sie fanden keine zärtlichen und beruhigenden Worte, in ihren Herzen waren so lebhafte, bittere Kränkungen, daß ihre Arme sich unwillkürlich lösten; eine Kühle kam über sie, die Herzen in der Brust schlugen unruhig aneinander und Worte des Trostes und der Zärtlichkeit, die sie einander nicht zu sagen wußten, noch wollten, irrten auf ihren Lippen.

»Hast du mich denn lieb, Jagusch?« flüsterte er leise.

»Das hab' ich dir doch schon mehr wie einmal gesagt! Komme ich denn nicht immer zu dir 'raus, wenn du mich rufst? ...« entgegnete sie ausweichend und rückte mit ihrer Hüfte näher an ihn heran; denn ein Leid bedrückte ihre Seele und füllte ihre Augen mit Tränen, sie hatte Lust, vor ihm zu weinen und ihn um Verzeihung zu bitten, daß sie ihn nicht mehr so lieben könne; aber er merkte das gleich, denn ihre Stimme fiel ihm wie Eis aufs Herz, so daß er ganz vor Schmerz erbebte und vorwurfsvoller Groll, den er nicht mehr zurückhalten konnte, sein Herz überflutete.

»Du lügst wie ein Hund; alle sind von mir abgefallen, da hast du es auch eilig, es den anderen nachzutun. Du hast mich lieb, natürlich, wie den bösen Hund, der beißen könnte und den man sich schwer vom Leibe halten kann! Natürlich! Ich hab' dich ganz durchschaut, ich kenn' dich gut und weiß, wenn man mich hängen wollte, würdest du die erste sein, die den Strick bereit hätte, und wenn sie mich steinigen wollten, würdest du zuerst nach mir schmeißen!« Schnell, stoßweise entfuhren ihm die Worte.

»Jantosch!« stöhnte sie entsetzt auf.

»Still da, solange ich sage, was ich zu sagen hab'«, schrie er drohend und die Fäuste hebend. »Die Wahrheit sag' ich. Und wenn es so weit gekommen ist, dann ist mir schon alles egal, alles!«

»Ich muß schon laufen, sie rufen mich ja!« stotterte sie und wollte entsetzt fliehen; er aber griff nach ihrem Arm, so daß sie sich nicht einmal rühren konnte, und mit einer heiseren, bösen und feindseligen Stimme redete er auf sie ein:

»Und das will ich dir noch sagen, denn mit deinem dummen Verstand kannst du es nicht begreifen, daß, wenn ich so auf den Hund gekommen bin, dann ist es durch dich, dadurch, daß ich dich lieb gehabt habe, verstehst du, dadurch! Wofür hat mich denn der Priester vorgehabt und aus der Kirche herausgetrieben, wie einen Mörder? Um deinetwillen! Alles habe ich erlitten, alles ausgehalten; selbst da hab' ich nicht geflucht, daß dir der Alte so viel von meinem Erbgut verschrieben hat ... Und du hast mich jetzt schon über, windest dich mir aus den Händen, wie ein Aal, zigeunerst mir was vor, rennst davon, fürchtest dich vor mir und schaust mich an, wie alle anderen – wie einen Mörder und den schlechtesten Menschen! Einen anbeten hast du schon nötig, einen anbeten, du möchtest, daß die Burschen hinter dir drein sind, wie die Hunde im Frühjahr, du! ...« schrie er außer sich und walzte all den Groll, den er schon so lange in sich angehäuft hatte und von dem er lebte, auf ihr Haupt; sie beschuldigte er, sie verfluchte er wegen aller Drangsal, die er erlitten hatte, bis ihm schließlich die Stimme versagte und eine solche Wut ihn packte, daß er mit den Fäusten auf sie zu sprang. Doch im letzten Augenblick kam er zur Besinnung, stieß sie nur gegen die Wand und ging eilig davon.

»Mein Jesus, Jantosch!« schrie sie laut auf, als sie plötzlich verstanden hatte, was geschehen war; doch er kehrte nicht um. Sie warf sich ihm verzweifelt entgegen, vertrat ihm den Weg und klammerte sich an seinen Hals fest; er riß sie von sich ab, wie einen Blutegel, warf sie zu Boden und lief, ohne ein Wort zu sagen, von ihr fort. Sie aber sank furchtbar weinend nieder, als ob die ganze Welt über ihr zusammenbrechen wollte.

Erst nach mehreren Paternostern kam sie wieder etwas zu sich, konnte das alles aber noch nicht fassen; das eine nur fühlte sie verzweifelt, daß man ihr ein schreckliches Unrecht angetan hatte; sie hätte es am liebsten aus vollen Kräften in die Welt hinausgeschrien, daß sie unschuldig sei, unschuldig!

Sie rief hinter ihm her, obgleich seine Schritte schon verhallt waren, sie rief in die Nacht hinaus – es war vergeblich.

Eine tiefe, schwere Reue, eine innige Trauer, eine dumpfe, quälende, furchtbare Angst, daß er vielleicht nicht mehr wiederkehren würde, und das alte, plötzlich auferstandene Lieben legten sich auf sie als eine so schwere, harte Last unstillbaren Wehs, daß sie, auf nichts mehr achtend, laut heulend ins Haus lief.

Auf der Galerie stieß sie auf einen der Klembburschen, der nur den Kopf zur Stube hineinsteckte, und schrie:

»Sie fällen den Bauernwald!« dann rannte er weiter.

In einem Nu hatte sich die Nachricht im Dorf verbreitet, flammte wie ein Brand auf, alle Herzen mit Sorge und argem Zorn erfüllend. Die Türen schlossen sich gar nicht mehr, so liefen sie mit Neuigkeiten von Haus zu Haus.

Natürlich war die Angelegenheit für alle von Bedeutung und so bedrohlich, daß das ganze Dorf plötzlich still wurde, als hätte der Blitz eingeschlagen; sie gingen ängstlich wie auf den Fußspitzen herum, redeten im Flüsterton, jedes Wort abwägend, sich ängstlich umblickend, lauernd und aufhorchend; niemand schrie, niemand lamentierte, niemand drohte mit Rache, denn jeder fühlte in diesem Augenblick, daß eine solche Sache kein Spaß sei, daß hier nicht Weibergeschrei, sondern nur kluge Überlegung und gemeinsamer Beschluß etwas helfen würden.

Es war schon spät am Abend, aber der Schlaf war allen vergangen; manche hatten selbst das Abendbrot stehenlassen, vergaßen die abendlichen Besorgungen im Hause, dachten nicht einmal an sich selbst und trieben sich auf den Wegen herum, blieben an den Zäunen oder am Weiher stehen, und leises, ängstliches Geflüster kam, wie Bienengesumm, hier und da aus dem Dunkel.

Das Wetter war still geworden, der Regen hatte aufgehört und es hellte sich sogar auf; über den Himmel jagten große Wolkenherden, und tief unten zog ein frostiger Wind dahin, so daß die Erde zu harten Schollen zu erstarren begann und die regennassen schwarzen Bäume etwas weißlich wurden, sich allmählich mit Reif bedeckend; die Stimmen, obgleich gedämpft, waren deutlicher vernehmbar.

Plötzlich verbreitete sich die Nachricht, daß einzelne Hofbauern sich versammelt hatten und zum Schulzen zögen.

Und es kam Wintziorek mit dem lahmen Gschela vorüber; es kam Michael Caban mit Franek Bylica, dem Vetter von Annas Vater; es kam Socha; es kam Walek mit dem schiefen Maul, Josef Wachnik, Kasimir Sikora und selbst der alte Ploschka – nur Boryna hatte niemand gesehen; aber man sagte, daß auch er hingegangen war ...

Der Schulze war nicht zu Hause, denn gleich nach Mittag war er ins Amt gefahren; so gingen denn alle zusammen im Haufen zu Klemb, ihnen nach drängte sich auch viel Volk, auch Weiber und Kinder; aber sie sperrten die Tür zu, niemanden mehr hineinlassend; und Wojtek, der Klembjunge, war beauftragt worden, auf den Wegen und vor der Schenke aufzupassen, ob sich nicht vielleicht irgendwo ein Gendarm zeigen sollte ...

Vor dem Haus im Heckenweg und selbst auf der Dorfstraße sammelten sich immer mehr Menschen; jeder war neugierig, was dort die Älteren beschließen würden; sie berieten sich auch lange, nur daß niemand wußte, wie noch was; denn nur durch die Fensterscheiben sah man ihre weißen Köpfe im Halbkreis nach dem Herd zu vorgebeugt, auf dem das Feuer brannte, und an der Seite stand Klemb, redete etwas, bückte sich tief und schlug immer wieder mit der Faust auf den Tisch.

Die Ungeduld der Wartenden wuchs von Minute zu Minute, bis schließlich Kobus, dann Kosiols Frau und einzelne Burschen zu murren und laut über die sich Beratenden herzuziehen begannen, daß sie sicher wohl nichts für das Volk beschließen würden, denn es ginge denen doch nur um sich selbst, so daß sie vielleicht noch bereit sein würden, sich mit dem Gutshof zu einigen, und die anderen Leute könnten dann ruhig umkommen ...

Kobus, die Kätner und anderes geringes Volk waren schon so wütend geworden, daß sie offen die anderen beredeten, man sollte, ohne auf die da drinnen zu warten, an sich selbst denken und für sich was beschließen, und zwar solange es noch Zeit wäre, solange sie die anderen noch nicht verschachert hätten ...

Darauf erschien Mathias und fing an, die Leute zur Schenke zu rufen, um sich dort ungezwungen beraten zu können und nicht wie die Hunde am fremden Zaun zu bellen ...

Das leuchtete dem Volk ein und im ganzen Haufen machten sie sich nach der Schenke auf.

Der Jude löschte schon die Lichter, aber er mußte öffnen und sah mit Angst auf die hereindrängende Menge; sie traten schweigend ein, still alle Bänke, Tische und Ecken besetzend, denn niemand trank, sie bildeten nur dichte Haufen, leise miteinander redend und darauf wartend, wer zuerst hervortreten würde und womit ...

Es fehlte auch nicht an Eifrigen, die die ersten dabei sein wollten, nur daß noch jeder schwankte, hervorzutreten und sich nach den andern umsah, bis schließlich Antek sich mittenhinein drängte und von der Stelle weg scharf auf den Gutshof zu schimpfen begann.

Obgleich er im Sinne aller gesprochen hatte, bekräftigte doch kaum einer seine Worte, man hielt sich abseits von ihm, sah ihn scheel und unwillig an, drehte ihm selbst den Rücken, da man noch zu lebhaft des Priesters Tadel und auch alle seine Sünden in Erinnerung hatte; doch er achtete nicht darauf, und da ihn auch gleich die Leidenschaft fortgerissen hatte und ein Rausch voll wilden Draufgängertums ergriff, so schrie er zuletzt aus ganzer Macht:

»Laßt euch nicht unterkriegen, Leute, laßt nicht ab; das Unrecht, das man euch tut, müßt ihr nicht durchgehen lassen! Heut haben sie euch den Wald genommen, und wenn ihr euch nicht wehrt, dann sind sie morgen bereit, die Krallen nach eurem Grund und Boden, nach euren Häusern, nach eurem Hab und Gut auszustrecken! Wer wird ihnen das verbieten! Wer wird sich ihnen widersetzen! ...«

Da kam plötzlich Bewegung ins Volk, ein dumpfes Murren ging durch die Stube, die Menge wogte auf, Augen blitzten wild, hundert Fäuste erhoben sich plötzlich über die Köpfe und aus hundert Kehlen kam ein brausendes Heulen ...

»Wir lassen es nicht zu! Wir lassen es nicht!« schrien sie, daß die Schenke schier vor der Macht ihrer Stimmen erbebte.

Darauf warteten nur die Anführer, denn gleich sprangen Mathias, Kobus und darauf Kosiols Frau und dann auch andere noch in die Mitte, und nun erst ging das Geschrei los, und ein Fluchen und Aufreizen begann, daß bald die Schenke ein einziger Lärm war und man nichts mehr hören konnte als Drohungen, Flüche, Getrampel, das Aufschlagen der Fäuste auf die Tische und das laute, zornige Drohen des empörten Volkes.

Jeder schrie das seine, jeder tobte, jeder riet etwas anderes; sie gebärdeten sich wütend, wie in einem Flur eingeschlossene Hunde ... So entstand also ein arger Tumult, ein Geschrei und ein Dagegenreden, denn das Volk war bis im tiefsten Innern erzürnt und durch das ihm geschehene Unrecht maßlos geworden; aber einigen konnten sie sich nicht, denn es war deiner da, der durch seine Macht alle mitreißen und zum Rachewerk führen konnte.

Sie schlossen sich zu kleineren Haufen zusammen, und in jedem war ein Schreier, der am lautesten brüllte und fluchte; im Gedränge aber waren die Anstifter geschäftig an der Arbeit und warfen, wo es nötig war, ein scharfes Wort in die Menge, so daß zu guter Letzt der eine den andern nicht mehr hören konnte, denn alle schrien auf einmal.

»Die Hälfte des Waldes haben sie gefällt, und solche Eichen, daß selbst fünf Mann sie nicht umfassen können.«

»Der Klembsche hat es doch gesehen, der Klembsche!«

»Sie werden auch den Rest fällen, das tun sie, und werden euch nicht deswegen um Erlaubnis bitten!« krächzte Kosiols Frau, sich zur Tonbank vordrängend.

»Immer haben sie das Volk übervorteilt, wo sie nur konnten!«

»Wenn ihr solche Schafsköpfe seid, dann laß sie euch hintreiben, wohin sie wollen ...«

»Nicht nachgeben, nicht nachgeben! Das ganze Dorf muß hin, auseinandertreiben, ihnen den Wald wegnehmen!«

»Diese Unrechttuer! Zu Tode schlagen müßte man sie!«

»Zu Tode schlagen!« schrien sie alle zusammen auf, und wieder reckten sich drohend die Fäuste; ein gewaltiger Schrei brach hervor und die ganze Menge kochte auf vor Haß und Rache, und als es stiller wurde, hörte man Mathias an der Tonbank zu seinen Leuten schreien:

»Alle haben es eng wie in einem Netz, denn überall sind die Herrenhöfe, drücken von allen Seiten wie mit Wänden das Dorf zusammen und würgen uns ab. Willst du die Kuh hinter dem Dorf auf die Weide lassen, gleich sitzt du im Herrschaftlichen; läßt du das Pferd hinaus – gleich ist der herrschaftliche Hafer hinter dem Rain; den Stein kannst du nicht werfen, denn er fällt auf herrschaftlichen Grund ... und gleich treiben sie ein, gleich Gericht, gleich Strafbefehl!«

»Das ist wahr! Das ist so! Eine gute Wiese, die zwei Heuernten gibt, natürlich gehört sie dem Gutshof! Das beste Feld – herrschaftlich, der Wald – herrschaftlich, die ganze Welt – herrschaftlich ...« bestätigten sie.

»Und du, liebes Volk, sitze im Sand, wärme dich am Mist und warte auf Gottes Erbarmen!«

»Die Wälder wegnehmen, den Boden wegnehmen, nichts lassen, was unser ist!«

Lange schrien sie so, nach allen Seiten fuchtelnd und fluchend, und drohten wutentbrannt; da sie aber laut und in großer Hitzigkeit beratschlagten, so mußte manch einer zur Stärkung Schnaps trinken; die anderen aber tranken Bier, um sich abzukühlen, und den dritten kam das nicht fertig gegessene Abendbrot in Erinnerung, so daß sie auf den Juden um Brot und Heringe einschrien ...

Und als sie etwas gegessen und getrunken hatten, kühlte sich ihre Leidenschaft stark ab und sie fingen an, langsam auseinanderzugehen, ohne etwas beschlossen zu haben.

Mathias aber mit Kobus und Antek, der die ganze Zeit schon abseits stand und etwas überlegte, gingen zu Klemb, und da sie die Hofbauern dort noch trafen, faßten sie mit diesen gemeinsam einen Beschluß für den kommenden Tag und gingen dann still auseinander.

Es war schon späte Nacht, die Lichter verloschen in den Stuben, Friede senkte sich aufs Dorf; nur hin und wieder bellte ein Hund, oder der Wind rauschte auf, so daß die froststarren Bäume in der Dunkelheit gegeneinander anschlugen wie kämpfende Feinde, und dann lange und ängstlich wisperten. Ein tüchtiger Nachtfrost hatte eingesetzt, die Zäune wurden weiß vor Reif; aber gleich nach Mitternacht versteckten sich die Sterne, es verfinsterte sich die Welt und wurde trüb und grau ... das ganze Volk lag im Schlaf; aber die Träume waren schwer und fieberhaft. Immer wieder erhob sich leises Kindergreinen, oder einer erwachte ganz in Schweiß gebadet und so seltsam angsterfüllt, daß er die Seele mit einem Gebet stärken mußte; anderswo ließ ein Geräusch die Leute nicht schlafen, sie sprangen auf, um hinauszusehen, ob es nicht Diebe waren; manch einer schrie im Schlaf und erzählte dann, daß ihn ein Alp gedrückt hätte; oder es heulten irgendwo die Hunde so klagend auf, daß die Herzen vor Bangigkeit in einer bösen Vorahnung erbebten ...

Die lange Nacht schleppte sich träge dahin, die Seele mit Angst, Unruhe und mit furchtbaren Träumen umspinnend, die voll Gespenster und Gesichte waren.

Und kaum daß es zu tagen anfing, so daß es gerade erst ein wenig hell geworden war und die Leute die Augen zu öffnen und die schlaftrunkenen Köpfe zu heben begannen, lief Antek nach dem Glockenhaus und fing an, mit der Glocke Sturm zu läuten, wie bei einem Brand ...

Vergeblich wollten ihn Ambrosius und der Organist daran hindern; er beschimpfte sie, wollte sie selbst schlagen, und tat, was er zu tun hatte, mit ganzer Macht.

Die Glocke dröhnte langsam, ununterbrochen und so düster, daß Angst auf alle Herzen fiel, daß die Menschen erschrocken, halb angezogen, hinausstürzten; zu fragen, was geschehen war und vor den Häusern starr stehenblieben, immerzu darauf hinhorchend; denn die Glocke läutete in einem fort und dröhnte mit einer düsteren, lauten Stimme im Morgenlicht des anbrechenden Tages, so daß die Erde zu beben schien und die Vögel aufgescheucht waldwärts flohen. Das entsetzte Volk aber bekreuzigte sich und versuchte sich zufassen, denn Mathias, Kobus und die anderen liefen im Dorf herum, schlugen mit den Knütteln gegen die Zäune und riefen:

»Nach dem Wald! Auf, nach dem Wald! Heraus, alles heraus! Zur Schenke! Nach dem Wald! ...«

So kleideten sie sich denn über Hals und Kopf an, so daß manch einer noch unterwegs seinen Anzug zuknöpfte und sein Morgengebet beendigte und eiligst nach der Schenke rannte, vor der schon Klemb und einige Hofbauern standen ...

Es fing bald an, auf allen Wegen und Stegen zu wimmeln, in allen Häusern war ein Summen, die Kinder erhoben ein großes Geschrei, die Frauen riefen sich von Garten zu Garten verschiedenes hinüber und es entstand ein Lärm und solches Gerenne, als wäre ein Feuer im Dorf ausgebrochen ...

»Auf, nach dem Wald! Nehme jeder mit, was er kann, wenn Sense denn Sense, Dreschflegel, Rungen, Äxte, alles was da ist!«

»Auf, nach dem Wald!« In diesem Schrei erbebte die Luft und das halbe Dorf hallte davon wider.

Es war schon volle Helle, der Tag war ruhig, heiter und etwas neblig, aber frostig, die Bäume standen ganz voll Reif, wie mit Spinnweben überzogen. Auf den Wegen krachte die unter den Füßen zusammenbrechende Erdkruste, das Wasser hatte sich mit einer Eishaut überzogen, so daß man überall zugefrorene Pfützen sah, die wie zerstampftes Glas aussahen, in der Nase kribbelte die scharfe, frische Luft; sie war so hellhörig, daß das Geschrei und der Lärm weit hinaus vernehmbar waren.

Allmählich wurde es jedoch ruhiger; eine Verbissenheit umfing die Herzen und eine grausame, selbstsichere und unbeugsame Macht ließ die Seelen hart wie Stein werden und kleidete sie in einen solchen strengen Ernst, daß sie, ohne es selbst zu wissen, stumm wurden und sich in sich selbst versenkten.

Die Menge wuchs immerzu, sie hatte schon den ganzen Platz vor der Schenke bis an die Dorfstraße eingenommen; dicht nebeneinander standen sie, Schulter an Schulter, und noch immer kamen Nachzügler hinzu.

Man begrüßte sich schweigend, jeder stellte sich hin, wo es sich gerade traf, sah sich um und wartete ruhig auf die Ältesten, die hingegangen waren, Boryna zu holen.

Er war der Erste im Dorf, so ziemte es ihm, das Volk anzuführen, ohne ihn wäre kein Hofbauer gegangen.

Sie standen also geduldig und still, wie ein dichtgedrängter Wald, der auf die Stimmen horcht, die aus ihm steigen, und auf das Murmeln der Bäche, die irgendwo zwischen den Wurzeln vorüberfließen ... Manchmal nur flog ein Wort hinüber oder herüber, eine Faust zuckte empor, ein paar Augen blitzten härter auf, die Schafpelzmützen bewegten sich die Reihe entlang hastiger, in dies und jenes Gesicht stieg eine heftigere Blutwelle; und wieder war alles bewegungslos, so daß sie wie dicht nebeneinander aufgestellte Garben schienen.

Der Schmied kam angelaufen, zwängte sich durchs Gedränge und fing an, den Leuten abzuraten und sie damit zu schrecken, daß für das, was sie vorhätten, das ganze Dorf in Ketten kommen und sich zugrunde richten würde; und ihm nach wiederholte der Müller das gleiche, aber niemand hörte auf sie – man wußte gut, daß die beiden dem Gutshof verbunden waren und ihren Vorteil dabei hatten, das Volk an seinem Vorhaben zu hindern.

Und auch Rochus kam und machte mit Tränen in den Augen ähnliche Vorstellungen – es half aber nichts.

Bis schließlich selbst der Priester angelaufen kam und auf sie einredete – sie hörten nicht auf ihn, standen wie eine unbewegliche Masse; niemand hatte selbst die Mütze abgenommen, keiner küßte ihm mehr die Hand, und jemand rief sogar laut:

»Sie zahlen ihm, da redet er so!«

»Mit einer Predigt wird man das Unrecht nicht gut machen«, warf ein anderer höhnisch dazwischen.

Und sie sahen so finster und verbissen drein, daß dem Priester darob die Tränen in die Augen stiegen und er nicht nachließ, sie bei allem was heilig ist zu beschwören, sie sollten doch zur Besinnung kommen und auseinandergehen; aber er kam nicht zum Schluß, denn Boryna erschien, und das ganze Volk wandte sich ihm zu.

Matheus war bleich wie eine gekalkte Wand und sah so streng aus, daß sich ein eisiger Hauch auf die Anwesenden legte; aber die Augen leuchteten ihm wie einem

Wolf, er ging hoch aufgereckt, finster und selbstsicher, begrüßte die Bekannten mit einem Kopfnicken und ließ die Augen über das Volk gleiten; sie traten vor ihm auseinander, einen freien Durchgang bildend, er aber bestieg den Balkenhaufen, der vor der Schenke lag; doch ehe er etwas sagen konnte, fing die Menge schon an zu schreien:

»Führt uns, Matheus, führt uns!«

»Auf nach dem Wald! Nach dem Wald!« kreischten andere dazwischen.

Erst als es stiller wurde, beugte er sich vor, streckte die Hände aus und fing mit lauter Stimme an zu rufen:

»Christliches Volk, gerechte Polen, Hofbauern und Kätner! Ein Unrecht ist uns allen geschehen, das gleiche Unrecht, das man weder dulden noch vergeben kann! Der Gutshof fällt unseren Wald, der Gutshof hat keinen von uns zur Arbeit zugelassen, der Gutshof stellt uns immerzu nach und führt uns ins Verderben! Denn es ist gar nicht auszudenken, all die Ungerechtigkeit, die Pfändungen, der Schaden und die Plagen, die das Volk zu leiden hat! Wir haben ihn verklagt – was kann man ihm aber tun? Wir sind hingewesen, Klage zu führen – es war umsonst. Aber das Maß ist voll, jetzt fällt er unseren Wald! Werden wir es denn zulassen, was?«

»Nein, nein! Nicht erlauben! Auseinanderjagen, zu Tode schlagen, nicht ablassen!« schrien sie, und die fahlen, drohenden und düsteren Gesichter leuchteten auf, wie von Blitzen erhellt; hundert Fäuste fuchtelten durch die Lust, hundert brüllten auf und der Zorn machte die Herzen erbeben.

»Unser ist das Recht und niemand will es uns zugestehen; uns gehört der Wald, und er fällt ihn! Was sollen wir armen Waisen denn tun, wenn niemand in der Welt sich um uns sorgt und alle uns benachteiligen, was denn? ... Liebes Volk, christliche Menschen, Polen, ich sag' es euch, es gibt schon keinen anderen Rat, selbst müssen wir unser Hab und Gut verteidigen mit der ganzen Gemeinde hingehen und nicht erlauben, daß man den Wald fällt! Gehen wir alle hin, alles was da lebt und wer noch die Beine rühren kann, das ganze Dorf, alle, wie ein Mann. Fürchtet euch nicht, Leute, habt keine Angst, das Recht ist auf unserer Seite, so ist auch der Wille und die Gerechtigkeit auf unserer Seite, und das ganze Dorf werden sie nicht bestrafen können ... Mir nach, Leute, sammelt euch flink, mir nach! Auf, nach dem Wald!« brüllte er laut auf.

»Nach dem Wald!« schrien sie ihm alle auf einmal zurück; ein Getöse entstand, der Haufen wogte auf, zerplatzte, und mit lauten Zurufen rannte jeder was das Zeug hielt nach Haus, sich zurecht zu machen, so daß eine eilige, fieberhafte Geschäftigkeit entstand; man kleidete sich an, spannte an, schleppte die Schlitten heraus; die Pferde wieherten, die Kinder schrien, Flüche und Weibergejammer erschollen und das ganze Dorf regte sich in emsiger Vorbereitung. Vielleicht in zwei Paternostern zogen sie schon ganz ausgerüstet nach dem Pappelweg hinaus, wo Boryna mit Ploschka, Klemb und den Ersten in Schlitten warteten.

Sie stellten sich in Reih' und Glied auf, wie es gerade kam, die Männer, Burschen, Frauen, selbst die älteren Kinder gingen mit; die einen kamen im Schlitten gefahren, einige zu Pferde, andere in einem Wagen, und der Rest, fast das ganze Dorf war zu Fuß ausgezogen und hatte sich zu einem dichten Menschenschwarm zusammengeschlossen; wie ein langer Ackerstreifen war er anzuschauen, der mit dichten Halmen rauschend und mit dem Rot der Frauenkleider durchwachsen sich in Bewegung gesetzt hatte und über dem hier und da mächtige Pflöcke, Mistgabeln und Dreschflegel ragten und hier und da, wie ein Blitz, eine Sense aufflimmerte. Das Volk zog wie ins Feld, nur daß kein Lachen, keine Scherze und keine Fröhlichkeit dabei waren. Sie blieben lautlos stehen mit finsteren und strengen Gesichtern, schon zu allem bereit; und als es so weit war, richtete sich Boryna im Schlitten auf, umfaßte das Volk mit den Blicken und rief, sich bekreuzigend:

»Im Namen des Vaters, des Sohnes und des Heiligen Geistes! Amen! Vorwärts!«

»Amen! Amen!« pflichteten sie ihm bei, und da gerade die Betglocke erklang – denn der Priester schien mit der Messe begonnen zu haben – bekreuzigte man sich, nahm die Pelzmützen ab, schlug sich an die Brust, und manch einer seufzte wehmütig auf. Und sie setzten sich in Bewegung, einig, entschlossen und im Schweigen, das ganze Dorf fast; nur der Schmied duckte irgendwo in den Heckenwegen nieder, schlich sich bis nach seinem Haus, sprang aufs Pferd und jagte auf Seitenwegen nach dem Herrenhof. Antek aber, der beim Erscheinen des Vaters sich in der Schenke verborgen hatte, nahm, als sie schon davongezogen waren, das Gewehr vom Juden, versteckte es unter dem Schafpelz und rannte querfeldein nach den Wäldern zu ... ohne sich nach dem Volkshaufen umzusehen ...

Die Menge folgte Boryna, der an der Spitze fuhr, rüstig nach.

Gleich hinter ihm her zogen die Ploschkas, so viel ihrer aus drei Höfen waren, von Stacho Ploschka angeführt, nicht gerade schön gewachsenes Volk, großschnauzig, laut und mächtig selbstbewußt.

Und hinterdrein die Sochas, die der Schultheiß führte.

Als dritte kamen die Wachniks, kleine und dürre Kerle, aber verbissen wie die Wespen.

Als vierte gingen die Täubiche, Mathias war ihr Anführer; viel waren ihrer nicht, aber sie wogen die Hälfte des Dorfes auf, denn es waren lauter feste Raufbolde und wie Eichen breitgewachsene Mannsbilder.

Als fünfte kamen die Sikoras, stämmige, sehnige und brummige Gesellen.

Und dann die jungen Klembs und die anderen jungen Burschen, aufgeschossenes, übermütiges, händelsüchtiges und raufustiges Volk, die der Gschela, der Bruder des Schulzen, führte.

Und schließlich kamen die Bylicas, die Kobus, Pritschek, Gulbas, Patsches, Balcereks, und wer hätte sie alle behalten können.

Sie schritten fest aus, daß die Erde unter ihren Tritten bebte, und kamen finster, hart und drohend daher, wie eine Hagelwolke, die nur immerwährend aufzuckt und mit Blitzen geladen ist und doch ganz stumm dahinzieht, bevor sie jäh niedersaust, um die ganze Welt zu zerstampfen.

Und hinter ihnen her zog Weinen, Geschrei und Wehklagen der Zurückbleibenden.

Die Welt war noch von der Nachtkälte ganz erstarrt, voll schläfriger Dumpfheit und ganz von herben, glasigen Nebeln umhüllt.

Stille lag auf den Wäldern, es wehte eine scharfe Kühle, und das blasse Dämmern der Morgenröte färbte die Wipfel und fiel hier und da auf die bleichen Schneefelder.

Nur in der Wolfskuhle hörte man das Krachen der niederstürzenden Bäume, das Aufschlagen der Äxte und das durchdringende knirschende Kreischen der Sägen.

Sie fällten den Wald ...

Mehr als vierzig Mann arbeiteten vom Morgengrauen an, als hätte sich eine Schar Spechte über den Wald hergemacht, sich an die Baumstämme geheftet und hämmerte so versessen und leidenschaftlich drauflos, daß die Bäume einer nach dem anderen fielen und die Lichtung wuchs. Die gefällten Baumriesen lagen hingestreckt, wie ein zerstampftes Getreidefeld, und nur hier und da gleich zähen Disteln ragten die schlanken Samenbäume und beugten sich schwer nieder, wie Mütter, die kläglich die Gefallenen beweinen; hier und da raschelten ein paar nachgebliebene Büsche traurig auf oder ein armseliges Bäumchen, das das Beil nicht verschmäht hatte, bebte ängstlich – und überall auf dem zerstampften Schnee, wie auf jenem letzten Grabeslinnen, lagen die erschlagenen Bäume, Haufen von Ästen, tote Wipfel und mächtige Klötze, geplünderten und zerstückelten Leichnamen ähnlich, und Ströme gelber Sägespäne waren in den Schnee gerieselt wie das klägliche Blut des Waldes.

Und rings um die Lichtung, wie an einem offenen Grabe, stand der Wald in einer zusammengedrängten, undurchdringlichen Masse, wie Freunde, Verwandte und Bekannte, die in einem vorgebeugten Haufen stehengeblieben waren und im ängstlichen Schweigen, mit einem erstickten Schrei der Verzweiflung auf die zu Tode Getroffenen lauschten, starr auf das erbarmungslose Gemetzel sehend.

Denn die Holzschläger schoben sich unaufhaltsam vorwärts, sie hatten sich zu einem breiten Band ausgedehnt und drangen bedächtig und schweigsam auf den Wald ein, der wie unbesiegbar mit einer finsteren, hohen Wand zusammengeschlossener Stämme ihnen den Weg vertrat und sie so mit seiner riesenhaften Gestalt überschattete, daß sie sich im Dämmer seiner Äste zu verlieren schienen. Nur die Äxte blitzten im Waldesdunkel und schlugen unermüdlich drein, immerzu erklang das Kreischen der Sagen, und jeden Augenblick wankte ein Baum, riß sich plötzlich wie ein verräterisch von Leimruten gefangener Vogel von den Seinen los, schlug mit den Zweigen um sich und fiel tödlich aufstöhnend zu Boden – und ihm nach fiel ein zweiter, dritter, zehnter ...

Es stürzten gewaltige, vor Alter grünlich überzogene Fichten, es stürzten die Kiefern in ihren Kapottröcken aus grobem Werg; es stürzten breitgewachsene Tannen, es stürzten auch graue, mit greisen Moosbärten bewachsene Eichen – die Ältesten des Waldes, die die Blitze nicht überwunden und Jahrhunderte nicht zermürbt hatten, und doch hatten die Äxte ihnen den Tod gegeben; und was an anderen, geringeren Bäumen niederfiel, ist gar nicht zu sagen!

Der Wald starb ächzend hin, die Bäume sanken schwer nieder, wie Männer in der Schlacht, die zusammengedrängt Reihe für Reihe vorrücken müssen und dann, von einer unüberwindlichen Macht geschlagen, unerbittlich und gewaltsam, so daß sie nicht einmal Jesus! aufschreien können, allzusammen in der ganzen langen Linie ins Wanken geraten, umsinken und einen grausamen Tod sterben.

Ein Stöhnen ging bis in alle Waldestiefen, die Erde erbebte immer wieder unter der Last der niederstürzenden Bäume, die Äxte schlugen ohne Unterlaß, das Knirschen der Sägen hörte nimmer auf und das Peitschen der Zweige zerschnitt immer wieder wie Todesodem die Lust.

Und so gingen Stunden auf Stunden dahin und eine immer neue Mahd wurde vollendet, doch die Arbeit nahm kein Ende.

Die Elstern hingen sich an die zurückgebliebenen Samenbäume und schrien, ein Krähenschwarm flog krächzend über das Totenfeld, ein Waldtier schob sich aus dem Dickicht hervor, blieb am Rande des Waldes stehen und sah lange mit seinen gläsernen Augen auf die Rauchsträhnen der Feuer, auf die fallenden Bäume, und als es die Menschen erblickte, lief es mit lautem Klagen davon.

Und die Männer fällten hartnäckig weiter, sich in den Forst einfressend, wie Wölfe, die eine Schafherde überfallen, welche zu einem Haufen zusammengedrängt im Todesschreck dasteht und aufblökend wartet, bis das letzte Schäflein unter den Zähnen verendet ist.

Erst nach dem Frühstück, als sich die Sonne so weit erhoben hatte, daß der Rauhreif niederzutropfen begann und goldene Lichtspinnen durch den Forst krochen, hörte jemand ein fernes Getöse.

»Da kommen ja Menschen, in einem ganzen Haufen«, sagte einer, das Ohr an einen Baumstamm legend.

Das Stimmengewirr kam immer näher und wurde immer deutlicher, daß man bald vereinzelte Schreie und das dumpfe Aufstampfen vieler Füße unterscheiden konnte; und eher noch wie in einem Ave tauchte auf einem Waldpfad, der vom Dorf herführte, ein Schlitten auf, der gleich auf die Lichtung zugefahren kam. Der Boryna stand darin, und ihm nach zu Pferde und zu Fuß wälzte sich ein dichter Haufen von Frauen, Männern und Halbwüchsigen heran und alles stürzte mit einem gellenden Geschrei auf die Holzschläger zu.

Boryna sprang vom Schlitten herunter und rannte voraus, und hinter ihm, wie es gerade kam, liefen die anderen; der eine mit einem Knüttel, der andere mit einem Dreschflegel fest in der Faust oder mit einer Mistgabel fuchtelnd, der mit der Sense blinkend, und manch einer gar mit einem Baumast bewaffnet; und die Frauen kamen einfach nur mit ihren Krallen und mit ihrem Geschrei: so stürzten sie allesamt auf die entsetzten Holzschläger.

»Nicht fällen! Ablassen! Das ist unser Wald, wir erlauben es nicht!« schrien sie durcheinander, so daß niemand verstehen konnte, was sie wollten. Boryna blieb als Erster vor den ganz erschrockenen Leuten stehen und brüllte los, daß es im ganzen Wald widerhallte:

»Leute aus Modlica! Leute aus Rschepki und woher ihr sonst noch seid, hört zu!«

Es wurde etwas stiller, und er rief abermals:

»Nehmt was euer ist und geht mit Gott; den Wald zu fällen, verbieten wir euch, und wer nicht hören sollte, kriegt es mit dem ganzen Volk zu tun ...«

Sie widersetzten sich nicht, denn die zornigen Gesichter, die Knüttel, Mistgabeln und Dreschflegel und die Menge des wütenden Volkes, das bereit zum Dreinschlagen war, erfüllten sie mit Angst; sie fingen also an, miteinander zu flüstern, einander zuzurufen, die Äxte hinter die Gurte zu stecken, die Sägen auszunehmen und mit einem zornigen Gemurmel sich zu sammeln; besonders die von Rschepetztischen, da es ja auch Adlige waren und da sie obendrein seit Generationen mit den Leuten aus Lipce in Streit lebten, fluchten ganz laut, knallten mit den Äxten gegen die Bäume und drohten vor sich hin; aber ob sie wollten oder nicht, der Gewalt mußten sie weichen, denn das Volk schrie immer drohender, drängte auf sie ein und zwang sie, sich in den Wald zurückzuziehen.

Die anderen zerstreuten sich über den Schlag, um die Feuer auszulöschen und die zurechtgelegten Klafter auseinanderzureißen; und die Weiber, mit Kosiols Frau an der Spitze, liefen, kaum daß sie die Bretterbuden am Rande des Schlages sahen, um diese gleich auseinanderzuzerren und in den Wald zu verschleppen, daß davon auch nicht eine Spur mehr zu sehen sein sollte.

Boryna aber rief, als er sah, daß die Holzschläger so leichten Kaufes gewichen waren, die Hofbauern zusammen und redete auf sie ein, man müsse nun im ganzen Haufen nach dem Herrenhof ziehen, um dem Gutsherrn zu sagen, daß er nicht wagen sollte, den Wald anzurühren, bevor die Gerichte den Bauern abgeben würden, was ihnen zukommt. Doch ehe sie sich verabredet hatten und herausgefunden, was am besten zu tun war, erhoben die Weiber ein Geschrei und fingen an, in Verwirrung von den Bretterschuppen herzufliehen, denn an die fünfzehn Reiter stürzten aus dem Wald hervor und ritten ihnen dicht im Rücken.

Der Herrenhof, der die Warnung erhalten hatte, kam den Holzhauern zu Hilfe.

An der Spitze der Gutsknechte ritt der Verwalter; sie drangen auf die Lichtung ein im scharfen Trab und fingen an, kaum daß sie die Weiber eingeholt hatten, sie mit Peitschen zu prügeln, und der Verwalter, ein Kerl wie ein Büffel, schlug als erster auf sie ein und brüllte:

»Diebsgesindel, Lausepack! Peitscht sie! Bindet sie! Ins Kriminal damit!«

»Sammelt euch, sammelt euch, hierher, nicht nachgeben!« schrie Boryna, denn das erschrockene Volk stob auseinander; aber auf seine Stimme hielten sie an, und ohne auf die Peitschenhiebe zu achten, die manchen schon auf die Köpfe sausten, rannten sie, die Gesichter mit den Armen schützend, auf den Alten zu.

»Mit den Stöcken auf diese Hundesöhne! Haut die Gäule mit Dreschflegeln!« brüllte der wütende Alte, und nach einem Pfahl greifend, stürzte er als erster denen vom Herrenhof entgegen! Er prügelte, wo es hinfiel, und hinter ihm her, wie ein Forst von einem Sturmwind des Zornes ergriffen, hatten sich die Männer Arm an Arm, Dreschflegel neben Dreschflegel, Mistgabel neben Forke, Reihe an Reihe zusammengeschlossen und stürzten sich mit wahrem Geheul auf die Retter, um sich schlagend, womit ein jeder konnte, so daß es aufdröhnte, als drösche man Erbsen auf dem Dielenboden mit Knütteln aus.

Es erhoben sich wilde Schreie, gotteslästerliche Flüche, das Aufquieken von getroffenen Pferden, Gestöhn von Verwundeten, dumpfes Aufschlagen dicht niedersausender Knüttelstöcke, röchelndes Miteinanderringen und wütende Ausrufe des Kampfes!

Die Herrenhofleute verteidigten sich tapfer und fluchten und prügelten nicht schlechter als die Bauern; aber sie fingen doch schließlich an, sich zu verwirren und zurückzuweichen; denn die Pferde, auf die man mit Dreschflegeln einschlug, bäumten sich, wandten sich schmerzlich wiehernd um und rasten von dannen, bis der Verwalter, als er sah, wie es kam, seinem Falben die Sporen gab und gerade in die Mitte des Volkes auf Boryna eindrang. So viel aber hatte man nur noch von ihm sehen können, denn auf einmal surrten die Dreschflegel los und an die zwanzig, dreißig Schlägel sausten auf ihn ein, an die zwanzig, dreißig Fäuste griffen nach ihm von allen Seiten und rissen ihn aus dem Sattel, so daß er wie ein Strauch, den ein Eber mit der Schnauze unterwühlt hat, jählings stürzte, in den Schnee niederfiel und unter die Füße der Menschen geriet, kaum konnte Boryna den Bewußtlosen beschützen und in Sicherheit bringen.

Nun erst ging alles drunter und drüber, wie wenn der Sturmwind plötzlich in einen Heuhaufen fährt, alles durcheinanderbringt, zu einem unkenntlichen Wirbel vermengt und durchs Feld vor sich her über die Ackerbeete wälzt; ein furchtbares Geschrei entstand und ein solches Chaos, ein solcher Strudel, daß man schon nichts sah, als ineinandergewühlte Menschenhaufen, die sich auf dem Schnee herumbalgten, und nichts außer den wütend niedersausenden Fäusten. Hin und wieder nur riß sich einer aus dem Haufen los und floh wie rasend davon, doch er kehrte rasch wieder mit erneutem Geschrei zurück und warf sich mit neuer Kraft zwischen die Raufenden.

Sie prügelten sich einzeln und in Haufen, zerrten einander an den Rockklappen herum, würgten sich mit den Knien, verkrallten sich bis ins lebendige Fleisch und konnten doch nicht miteinander fertig werden, denn die Herrenhofleute waren von den Pferden gesprungen und wichen nicht einen Schritt zurück, da ihnen auch immerzu Hilfe kam, auch die Holzschläger gesellten sich ihnen zu und halfen ihnen tüchtig, vor allem aber die von Rschepetzkischen, die im ganzen Haufen und ganz lautlos, wie böse Hunde, herbeigerannt kamen, um ihnen beizustehen; und es führte sie alle der Förster an, der im letzten Augenblick erschienen war. Da es aber ein Kerl wie ein Riese war, den man im ganzen Umkreis wegen seiner Kraft kannte und dabei ein mächtiger Draufgänger, und da er auch seine Angelegenheiten mit Lipce hatte, so stürzte er sich überall als erster ins Gewühl, focht als einzelner gegen ganze Haufen und schlug auf die Köpfe mit dem Gewehrkolben ein, jagte auseinander was er konnte und hieb um sich, daß Gott erbarm!

Es ging ihm Stacho Ploschka entgegen, um ihm Einhalt zu tun, denn das Volk fing schon an, vor ihm zu fliehen; er griff ihn aber an die Rockklappen, hob ihn, drehte ihn in der Luft herum und schmiß ihn zu Boden, wie eine ausgedroschene Garbe, daß der Stacho bewußtlos liegen blieb. Es sprang auf ihn einer der Wachniks zu und langte ihm eins mit dem Dreschflegel über den Arm, bekam aber von links her mit der Faust einen solchen Schlag zwischen die Augen, daß er nur die Arme ausbreitete und mit dem Ruf Jesus! zu Boden stürzte.

Schließlich hielt es sogar Mathias nicht aus und warf sich auf ihn; aber obgleich er ein Kerl war, der dem Antek gleichkam, was die Stärke anbelangt, konnte er nicht ein Paternoster lang ihm standhalten. Der Förster überwältigte, verprügelte ihn, besudelte ihn über und über mit Schnee und zwang ihn zur Flucht; er selbst aber ging nun auf Boryna los, der in einem ganzen Haufen sich mit den von Rschepetzkischen herumprügelte; doch ehe er zu ihm durchdringen konnte, überfielen ihn die Weiber mit Geschrei, griffen ihn in ihre Krallen, hingen sich an seine Zotteln und, ihn zur

Erde niederbeugend, balgten sie sich mit ihm herum wie die Dorfköter, wenn sie einen Schäferhund überfallen und sich in sein Fell verbeißend, ihn bald hierhin, bald dorthin zerren.

Um diese Zeit aber gewannen schon die Bauern Oberhand, die Kämpfenden drängten sich zu einem Haufen, vermengten sich untereinander wie die Blätter im Herbst; ein jeder hielt seinen Gegner gepackt, würgte ihn, wälzte sich mit ihm im Schnee herum, und die Weiber fielen von der Seite ein und griffen ihnen in die Haare.

Es herrschte schon ein solches Geschrei, Gewühl und ein solches Durcheinander, daß die eigenen Leute sich kaum mehr erkennen konnten; aber schließlich hatten die Bauern die Leute vom Herrenhof überwältigt, ein paar von ihnen lagen schon blutig auf dem Boben und die anderen flohen ermüdet und ganz außer Kräften heimlich in den Wald hinein. Nur die Holzschläger verteidigten sich noch mit dem Rest ihrer Kräfte, baten aber auch schon hier und da um Frieden; doch das Volk war noch mehr auf sie als auf die Herrenhofleute erzürnt und dermaßen in Hitze geraten wie ein Feuerschwamm im Wind. Niemand hörte auf ihre Bitten, sie gaben auf nichts mehr acht, sondern prügelten drauflos in voller Wut.

Sie warfen die Stöcke, Dreschflegel, Mistgabeln hin und schlossen sich kämpfend zusammen, Mann gegen Mann, Faust gegen Faust und Gewalt gegen Gewalt, sie würgten und preßten einander, rissen und wälzten sich auf dem Boden herum, daß schon alles Geschrei verstummt war und nur schweres Röcheln, Fluchen, ein Hinundhergezerr und -gestampf hörbar wurde.

Ein solcher »jüngster Tag« war hereingebrochen, wie es sich schon gar nicht ausdenken läßt.

Die Leute wurden fast wahnsinnig, der Haß trieb sie an, und die Wut ging mit ihnen durch; und vor allen der Kobus und Kosiols Frau schienen ganz toll geworden zu sein, so daß es einem angst und bange wurde, sie anzusehen: so blutbesudelt und zerrauft waren sie; doch rannten sie immer wieder gegen den Haufen der Kämpfenden an.

Die anderen wehrten sich noch hier und da mit lautem Geschrei gegen die Leute aus Lipce, und es fing schon die Verfolgung der Flüchtenden an, so daß zehn Mann auf einen einzigen einschlugen. Als der Förster endlich die Weiber losgeworden war und, arg zugerichtet, darum aber mit einer um so größeren Wut die Seinen zusammenzurufen begann, und als er Boryna wieder zu sehen bekam, stürzte er sich auf ihn; sie umfaßten sich, preßten sich, einander wie die Bären umklammernd, und es fing ein Ringen, Taumeln und Aufschlagen gegen die Bäume an, denn sie waren bis in den Wald hineingeraten.

Gerade in dem Augenblick kam Antek angelaufen, er hatte sich mächtig verspätet, blieb am Waldrande stehen, um etwas Luft zu schnappen, und gewahrte sofort, was mit dem Vater geschah.

Er blickte sich mit einem Habichtblick um, niemand beachtete sie, alle waren in eine solche Rauferei und Verwirrung hineingeraten, daß er nicht ein einziges Gesicht unterscheiden konnte; so trat er denn zurück, schlich sich bis nach Boryna heran und blieb ein paar Schritte nur entfernt hinter einem Baum stehen.

Der Förster überwand den Alten; es fiel ihm schwer, denn er war schon arg mitgenommen, und auch der Boryna hielt sich noch fest; sie waren gerade zu Boden gestürzt und wälzten sich wie zwei Hunde herum, gegen den Erdboden aufschlagend, aber immer häufiger war der Alte unten, die Pelzmütze war ihm heruntergefallen, so daß sein weißer Kopf über die Baumwurzeln hinschlug.

Antek sah sich noch einmal um, zog die Flinte unter dem Schafpelz hervor, hockte nieder und zielte, nachdem er sich unwillkürlich bekreuzigt hatte, auf des Vaters Kopf ... Ehe er jedoch losdrücken konnte, sprangen die beiden wieder hoch; auch Antek erhob sich und legte wieder an – aber er schoß nicht. Eine plötzliche furchtbare Angst hatte ihm das Herz dermaßen zusammengepreßt, daß er kaum atmen konnte; die Hände flogen ihm hin und her, wie bei einem Fieberanfall, er bebte am ganzen Leib, vor den Augen wurde es ihm dunkel und im Kopf ganz wirr, so daß er eine lange Weile so stehenblieb, ohne zu wissen, was mit ihm geschah; plötzlich ertönte ein kurzer, grausiger Schrei.

»Hilfe, Leute! ... Hilfe! ...«

In diesem Augenblick gerade hatte der Förster Boryna mit dem Gewehrkolben eins über den Schädel gelangt, daß das Blut aufspritzte und der Alte nur aufschrie, die Hände erhob und wie ein Holzklotz zu Boden stürzte ...

Antek kam zur Besinnung, warf die Flinte fort und sprang zum Vater hin; der Alte röchelte nur, das Blut rann über sein Gesicht, sein Kopf war wie gespalten; er lebte noch, aber die Augen umnebelten sich ihm schon, und seine Beine zuckten krampfhaft.

»Vater! Mein Jesus! Vater!« schrie Antek auf mit einer furchtbaren Stimme, riß ihn in die Arme, preßte ihn an die Brust und begann zu schreien:

»Vater! Erschlagen haben sie ihn! Erschlagen!« er heulte wie eine Hündin, der man die Kinder ersäuft hat.

Bis etliche Leute, die am nächsten waren, es hörten und zu Hilfe sprangen; sie legten den schwer Verletzten auf Äste nieder und fingen an, ihm den Kopf mit Schnee dick zu belegen und ihm beizustehen, so gut sie konnten. Antek aber hockte sich nieder, raufte das Haar und schrie ganz geistesabwesend: »Erschlagen haben sie ihn! erschlagen!« so daß sie dachten, ihm hätte sich etwas im Kopf verwirrt.

Auf einmal wurde er still, erinnerte sich plötzlich an alles und stürzte sich mit einem grausigen Geschrei und mit solchem Wahnwitz in den Augen auf den Förster, daß dieser, von einer Angst befallen, jäh zu rennen begann; da er aber fühlte, daß ihn der andere einholen würde, wandte er sich plötzlich um und schoß auf ihn, ihm mitten auf die Brust zielend. Der Schuß ging aber, wie durch ein Wunder, fehl und hatte ihm nur das Gesicht versengt. Wie der Blitz stürzte nun Antek auf ihn zu.

Vergeblich verteidigte er sich, vergeblich suchte er zu entschlüpfen, vergeblich bat er um Erbarmen, voll Verzweiflung und in Todesangst – Antek griff ihn wie ein wütender Wolf in seine Krallen, drückte ihm die Kehle zu, daß es ihm in der Gurgel knirschte, hob ihn hoch und schlug ihn so lange mit dem Kopf gegen einen Baum, bis er den letzten Atem von sich gab.

Und dann war er in eine solche Raserei geraten, daß er nicht mehr wußte, was er tat; er stürzte sich zwischen die Raufenden, und wo er erschien, ergriff alle ein Entsetzen, die Leute rannten vor Angst auseinander, denn er war schrecklich anzusehen, ganz mit eigenem Blut und mit dem Blut des Vaters besudelt, ohne Mütze, mit klebendem Haar, blau im Gesicht wie ein Toter, so grausig und so übermenschlich stark, daß er fast ganz allein den Rest der sich Wehrenden überwand und verprügelte. Man mußte ihn zuletzt beruhigen und zurückhalten, sonst hatte er sie zu Tode geschlagen ...

Die Schlägerei war zu Ende und die Lipce-Bauern erfüllten den Wald mit Freudelärm, obgleich sie ermüdet und wund waren und vielfach bluteten.

Die Frauen verbanden die schwer Verwundeten und trugen sie zu den Schlitten herüber; ihre Zahl war nicht gering. Einer der Klembburschen hatte einen gebrochenen Arm, Jendschych Patsches einen ausgerenkten Fuß, so daß er nicht auftreten konnte und gottserbärmlich schrie, als sie ihn hinübertrugen; der Kobus war so verprügelt, daß er sich nicht rühren konnte, und Mathias spuckte lebendiges Blut und klagte über seine Rückenschmerzen. Auch die anderen hatten nicht wenig gelitten, so daß es fast keinen einzigen gab, der unversehrt davongekommen war. Da sie aber gesiegt hatten, so ließen sie, ohne auf die Schmerzen zu achten, frohe Rufe erschallen und rüsteten sich zur Heimkehr.

Den Boryna hatten sie auf einen Schlitten niedergelegt und zogen langsam mit ihm heimwärts, da sie Angst hatten, er könnte unterwegs sterben; er war bewußtlos, und unter dem Verband quoll immerzu Blut hervor, sickerte über seine Augen und über sein ganzes Gesicht, er war blaß wie Linnen und ganz einem Toten ähnlich.

Antek ging neben dem Schlitten her, mit entsetzten Blicken den Vater anstarrend, stützte seinen Kopf bei jeder Unebenheit des Weges und murmelte kläglich ein ums andere Mal, leise bittend:

»Vater! Mein Gott, Vater! ...«

Die Leute zogen in ungeordneten Haufen, wie es jedem am besten paßte, durch den Wald nach Haus, und mitten auf dem Weg kamen die Schlitten mit den Verwundeten; dieser und jener jammerte auf und stöhnte, der Rest aber ging laut lachend, und lärmte und schrie. Sie erzählten sich allerhand, fingen an mit ihrer Übermacht zu prahlen und sich über die Besiegten luftig zu machen, hier und da erschollen schon Gesänge, hier und da juchzte einer, daß es im ganzen Walde widerhallte, und alle waren vom Sieg wie berauscht; manch einer aber torkelte gegen die Bäume und stolperte über die erste beste Wurzel ...

Man fühlte kaum die Müdigkeit und die erhaltenen Schläge, denn alle Herzen weitete eine unaussprechliche Siegesfreude, sie fühlten sich alle so voll froher Tatkraft und Macht, daß es nur einer noch hätte wagen sollen, sich ihnen zu widersetzen; zu Staub hätten sie ihn zermalmt, gegen die ganze Welt wären sie angegangen.

Sie kamen laut lärmend und festen Schritts einhergegangen, mit leuchtenden Augen den eroberten Wald überschauend, der über ihren Häuptern sich wiegte, schläfrig tauschte und sie mit dem tauigten Getropfe des niederfallenden Reifs bestäubte – als besprengte er sie mit Tränen.

Plötzlich öffnete Boryna die Augen und sah lange auf Antek hin, als wollte er seinen Augen nicht Glauben schenken, bis eine tiefe, stille Freude sein Gesicht erleuchtete; er bewegte ein paarmal die Lippen und flüsterte mit größter Anstrengung:

»Du bist es? ... Du! ...«
Und wieder sank er in Ohnmacht.

Dritter Teil: Frühling

Es war im Morgengrauen zur Frühlingszeit.

Der Apriltag stand träge von seinem Lager aus Dunkelheit und Nebel auf, wie ein Knecht, der erschöpft schlafen gegangen ist und ohne sich ganz ausgeruht zu haben bei Tagesanbruch wieder aufspringen und zum Pflug greifen muß.

Es tagte schon.

Aber reglos lag noch die Stille über allem, nur der Tau, der an den wie in undurchdringlicher Trübe schlafenden Bäumen hing, tropfte dicht hernieder.

Der Himmel über der schwarzen Erde, die stumm und noch ganz im Dunkel verloren dalag, hing hoch oben wie ein ganz von Feuchtigkeit durchtränktes bläuliches Tuch und wurde allmählich heller.

Die Nebel hatten sich wie schäumige, frischgemolkene Milch über die Wiesen und tiefgelegenen Felder ergossen. Von irgendwo aus den noch verhüllten Dörfern fingen die Hähne an wie im Wetteifer zu krähen.

Die letzten Sterne erstarben wie Augen, die voll Schlaftrunkenheit sind.

Im Osten aber begann die Morgenröte aufzuglühen wie Feuersglut unter erkalteter Asche.

Die Nebel wogten jäh auf, blähten sich und drängten in einem trägen Schwall wie die Wasser der Frühlingsschmelze gegen die schwarzen Äcker an, und sie wehten wie Weihrauchdunst in blauen Gespinsten himmelwärts.

Der Tag gebar sich und rang schon mit der erblassenden Nacht, die sich über die Erde nur noch wie ein dicker durchnäßter Schafpelz legte.

Der Himmel ließ, sich immer dichter über die Erde herabsenkend, langsam eine Helle fluten, so daß schon hier und dort die nebelumsponnnenen Schöpfe der Bäume ins Licht tauchten, und anderswo, auf den Anhöhen, entstiegen graue taudurchtränkte Felder aus der Nacht, Teiche blinkten mit ihren angelaufenen Spiegelflächen, und die Bäche zogen sich wie lange betaute Gespinste durch die dünner werdenden Nebel der Morgendämmerung dahin.

Es tagte immer mehr; die Morgenröte fing nach allen Seiten an, durch das tote Blau hindurchzusickern, so daß es über den Himmel zu leuchten begann wie von unsichtbaren Feuerbränden; es wurde so schön hell, daß die Wälder schon ringsherum wie ein dunkler Reifen hervorwuchsen und der lange Weg mit der Doppelreihe der Pappelbäume sich immer klarer ins Licht hinausschob; dicht beieinander stiegen sie hügelwärts wie ermattet im schweren Emporklimmen.

Die Dörfer, die noch wie ertrunken in dem erdennahen Dämmer schienen, wurden hier und da gegen das Morgenrot sichtbar wie schwarze Steine, die aus schaumbedecktem Wasser aufragen, und manch ein Baum, der näher stand, glitzerte schon silbrig im Taugefunkel und Morgenglanz.

Die Sonne war noch nicht da, man fühlte nur, daß sie jeden Augenblick sich aus der Glut herausschälen würde, um über der Welt aufzugehen, die noch bis zuletzt sich auszuschlafen schien, träge die umnebelten Augen öffnete, sich langsam ernüchterte, aber immer noch zu bequem war, sich aus dem süßen, erquickenden Morgenschlummer aufzurütteln, denn eine noch größere Stille senkte sich herab, in den Ohren konnte man sein Blut summen hören. Es war als hätte die Erde ihren Atem angehalten – nur leise wie die Atemzüge eines Kindes kam vom Wald ein Lüftlein herübergezogen und schüttelte die Tauperlen von den Bäumen.

Bis aus diesem blassen Zwielicht des Morgengrauens, aus diesen noch schlafbefangenen, dämmerigen Feldern, auf denen es noch war wie in der Kirche, die andachtsstumm und versunken daliegt, bevor der Priester das heilige Sakrament dem Volke zeigt, plötzlich ein Lerchensingen emporschoß ...

Es riß sich irgendwo vom Ackerland los, flog auf und begann zu klingen wie eine Betglocke aus purem Silber; es hob sich wie ein Frühlingsreis in den blassen Morgenhimmel, stieg himmelwärts, wurde lauter, so daß es in dieser heiligen Stille des Tagesanbruchs weit hinaus in die Welt erklang.

Es fingen nun auch die anderen Lerchen an emporzusteigen, mit den Flügeln zu schlagen, himmelwärts zu schweben und eifrig singend der fühlenden Kreatur den Morgen zu verkünden.

Danach ließen die Kiebitze ihren klagenden Ruf vom Moor herüber ertönen.

Die Störche begannen recht vernehmbar irgendwo in den noch undeutlich sichtbaren Siedelungen zu klappern.

Die Sonne war schon ganz nahe.

Und schließlich erschien sie auch hinter den fernen Wäldern, schob sich aus einem Abgrund empor, als höben unsichtbare Gotteshände einen erglühenden Hostienteller über dem schlafbefangenen Erdenland und segneten die Welt mit dem Segen des Lichts, die Lebenden und die Toten, alles was geboren wird und in Todesschauern erbebt; es war als begönne die heilige Messe des Tages – alles fiel jäh in den Staub vor dieser Majestät und verstummte, die unwürdigen Augen senkend.

Und der Tag war gekommen wie ein grenzenloses Meer seligen Lichtes.

Die Nebel stiegen wie Weihrauch von den Wiesen zum durchgoldeten Himmel auf, und die Vögel und jegliches Geschöpf stimmten den großen Lärm des Singens wie ein herzliches Dankgebet an.

Die Sonne wuchs immer höher, sie erhob sich über schwarze Forste, über zahllose Dörfer, immer höher und nahm groß, glühend und Wärme spendend, wie das heilige Auge der göttlichen Gnade, die Welt in ihre machtvolle und süße Gewalt.

Gerade um diese Zeit erschien auf der sandigen Anhöhe am Wald an den Lupinenschobern des Gutshofs, die unweit der breiten und ausgefahrenen Landstraße standen, die alte Agathe, die weitläufige Verwandte der Klembs.

Sie kehrte vom Bettel heim, vom Jesuserwerb, auf den sie noch zur Zeit der Kartoffelernte hinausgewandert war, sie zog jetzt wie das liebe Vogelvolk, das stets zur Lenzzeit in seine Nester kehrt, zum Heimatdorfe hin.

Eine arme, schwache Alte war sie, ausgemergelt und kaum noch atmend; sie schien wie eine schiefe, morsche Weide am Straßenrand, in der kaum noch Leben glimmt und die im Sandboden verdorren muß; sie kam natürlich ganz in Lumpen gehüllt, mit einem Bettelstock in der Hand und mit Rosenkränzen für die vielen Gebete behangen, ihres Weges gegangen und schleppte Bettelsäcke auf dem Rücken.

Sie kroch gerade bei Sonnenaufgang hinter den Schobern hervor, trippelte emsig vorwärts und hob ihr ausgetrocknetes Antlitz, das fahl wie die vorjährigen Brachfelder war, sonnenwärts; ihre grauen, geröteten Augen blitzten freudig.

Warum denn auch nicht! ... nach einem langen und schweren Winter kehrte sie in ihr Heimatdorf zurück, sie setzte selbst zum Laufen an, daß ihr die Bettelsäcke an den Seiten hochsprangen und die Rosenkränze aufklirrten; da es ihr aber den Atem benahm und die böse Kurzatmigkeit immer wieder ihre schmerzende Brust ankam, so mußte sie öfters anhalten und den Schritt verlangsamen; zuletzt schleppte sie sich nur noch mit Mühe vorwärts, aber ihre begierigen Augen irrten durch die Welt; sie lächelte den grauen Feldern zu, die von einem wie grünlich angelaufenen Dunst verhüllt waren, dem Dorf, das allmählich aus den Nebelfluten emporstieg, den noch kahlen Bäumen, die die Wege bewachten, oder einsam auf den Feldern Wachtposten standen – der ganzen Welt sandte sie ihr Lächeln entgegen!

Die Sonne hatte sich schon ein paar Mann hoch erhoben, so daß man sogar die weitesten Ränder der Felder sehen konnte, alles glitzerte im rosigen Tau: die schwarzen Äcker gleißten im Sonnenstrahl, das Wasser in den Gräben spielte im Licht, Lerchenstimmen schmetterten in der kühlen Morgenluft, und hier und da glimmten noch an den Steinhaufen die letzten Schneeflecke, gelbe Kätzchen zitterten an manchem Baum wie Schnüre aus Bernstein, an den geschützten Stellen aber und um die angewärmten Tümpel drängten sich zwischen rostigen vorjährigen Blättern goldige Halme junger Gräser ans Licht; hier und da sahen die gelben Augen der Butterblumen hervor. Nun fing auch das Morgenlüftlein an, leicht die frischen, feuchten Düfte der sich träge sonnenden Felder zusammenzuraffen und auseinanderzustreuen, und überall schien die Welt so lenzlich, frei und hell, obgleich auch noch etwas grau, und alles atmete eine solche Wohligkeit, daß sich in Agathe die Seele losreißen wollte, um wie ein freudetrunkener Vogel, der mit einem hellen Ruf in die Welt hinausschreit, vorauszufliegen.

»Mein Jesus! liebes Jesuskindelein!« konnte sie kaum hin und wieder vor sich hinstöhnen; sie setzte sich ab und zu nieder, und es war ihr, als müsse sie die ganze Welt in ihr vor Freude bebendes, übervolles Herz nehmen.

Hei! der Lenz war es doch, der über die endlos weiten Felder hergezogen kam. Lerchenlieder kündeten ihn der Welt an, die heilige Sonne und der liebkosende Wind, warm und süß wie Mutterküsse, waren seine Vorboten – die noch verhaltenen Atemzüge der Äcker, die sehnsüchtig der Pflüge und der Saaten harrten, die Freudelaute, die von überall herflogen, und die warme erfrischende Luft, die wie geschwellt war mit allem, was bald Laub, Blüte und volle Ähre werden sollte.

Hei! die Lenzzeit kam doch daher wie eine hohe Herrin im Sommerkleide, mit einem jungen Mäulchen wie Morgenrot, mit hellen Zöpfen blauer Bäche, sie kam von der Sonne her, zog an jenen Apriltagen über die Erde, ließ aus den ausgebreiteten heiligen Händen Lerchen fliegen, daß sie Freude verkündeten, und ihr nach zogen mit freudigem Ruf die Kranichzüge, und Schnüre von Wildgänsen schwebten am blassen Himmel vorüber, und über den Wiesen wiegten sich die Störche, und um die Hütten schwebten die zwitschernden Schwalben – die ganze geflügelte Welt zog mit Gesang daher, und wo nur ihr Sonnenkleid die Erde berührte, da hoben sich zitternde Gräser empor, klebrige Knospen quollen auf, schossen grüne Triebe hervor und raunten scheue Blättlein sich etwas zu, und das neue, üppige, mächtige Leben stand auf. Die Frühlingsfee aber zog schon durch die ganze Welt von Osten nach Westen wie eine allmächtige Abgesandte göttlicher Gnade, die rings um sich Wohltaten spendet ...

Hei! der Lenz umfaßte schon die zur Erde niedergebückten schiefen Hütten, sah mit mitleidigen Augen unter die Strohdächer, weckte das müde, umnachtete Ackerland der Menschenherzen zu neuem Leben auf, daß sie sich aus ihrer Nacht und ihren Kümmernissen erhoben in einem neuen Glauben an ein besseres Los, an reichere Ernten und an jene ersehnte Stunde des Glücks ...

Die ganze Welt hallte vor Leben wider, wie eine tote Glocke, in der ein neuer Klöppel schwingt, ein Klöppel aus Sonnengold, so daß sie hoch her erklingt, läutet, freudvoll tönt, die Ermatteten weckt und solche Dinge, solche Geschehnisse offenbart, solche Wunder und Mächte kündet, daß die Herzen frohen Widerklang geben, daß die Tränen von selbst aus den Augen fließen, daß die Menschenseele aufersteht voll unsterblicher Macht, und vor Freude niederkniend, das Erdenrund umfaßt, die ganze Welt, jede aufquellende Scholle, jeden Baum, jeden Stein und jede Wolke und alles, was sie nur sehen und fühlen kann ...

So empfand es auch Agathe, langsam vor sich hinhumpelnd und mit lechzenden Augen ihre liebe, heilige Heimaterde verschlingend; sie ging wie trunken daher.

Erst als die Betglocke auf der Dorfkirche von Lipce aufjauchzte, wie ein zur Andacht rufendes Vöglein, kam die Alte plötzlich zu sich und fiel auf die Knie.

»... und daß du durch deine heilige Vermittelung bewirkt hast, daß ich heimgekehrt bin ...

... daß du, Herr, deine Gnade der armen Waise zuteil hast werden lassen ...«

Konnte sie denn da beten, wenn ihr die Tränen wie niederrieselnder Regen das Herz überfluteten und über das abgezehrte Gesicht flossen, so daß sie nur irgendwas vor sich hinmurmelte und dermaßen zitterte, daß daran nicht zu denken war, weder den Rosenkranz noch jene Worte des Gebets zu erhaschen, die wie heiße Tropfen über ihre Seele rannen? Also riß sie sich denn mit Macht empor und ging, aufmerksam die Felder beäugend und laut hin und wieder ein Wort des Gebetes hersagend, das ihr plötzlich eingefallen war, ihres Weges weiter.

Da es aber schon fast heller Tag war und die Nebel ganz gefallen waren, so tauchte plötzlich Lipce so nahe wie auf der Handfläche vor ihr auf: es lag etwas talabwärts an dem großen Weiher, der wie ein Spiegel unter seiner lichten Hülle blaute, ringsherum um das Wasser saßen die weiten niedrigen Höfe, die wie recht von sich eingenommene Gevatterinnen sich in den noch fahlen Obstgärten niederhockten. Hier und da hob sich Rauch aus den Schornsteinen der Strohdächer, hier und da blitzten die Fensterscheiben in der Sonne, oder die frisch gekalkten Wände schimmerten durch die schwärzlichen Gärten.

Sie konnte jedes Haus für sich sehen. Versteht sich, am Rande des Dorfes stand die Mühle, deren gurgelndes Geratter immer lebhafter zu ihr drang, und sie ging geradeswegs draufzu, und gegenüber, fast am anderen Ende, hob noch immer die Kirche ihre hohen, weißen Mauern zwischen großen Bäumen und blinkte mit den

Fenstern und dem goldenen Kreuz auf der Turmkugel, und daneben sah man die schwärzlichen Dachziegel des Pfarrhofes. Und weit in der Runde, so weit man nur sehen konnte, bildeten die Wälder einen bläulichen Kranz, breiteten sich endlose Felder aus, lagen ferne Dörfer, die wie Raupen an der Erde hafteten und sich in Gärten versteckten, lagen sich schlängelnde Wege ausgestreckt, erhoben sich Steinhaufen, zogen sich Reihen vorgebeugter Bäume, sandige hier und da mit Wacholder bewachsene Hügel und das schmale Gespinst des Flusses, der gleißend dahinfloß und zwischen den Höfen in den Weiher mündete.

Noch näher aber, rings um das Dorf herum in einem großen Kreis lagen die zu Lipce gehörenden Äcker in Streifen geschnitten wie ausgebreitete Ballen von Sackleinwand bis an die Hügel hin; sie waren ein jedes für sich in Parzellen abgeteilt. Felder schlängelten sich und breiteten sich neben Feldern aus, von krummen Rainen voneinander getrennt, auf denen vielfach breitästige Birnbäume wuchsen, mit Dornsträuchen überwucherte Steinhaufen sich aufrichteten, und schmutzgraue Brachfelder schnitten scharf ins goldige Licht hinein; dann wieder sah man wie grüne Fächer die Saatenfelder, schwärzliche Kartoffeläcker noch vom vorigen Jahr her oder auch schon diesjähriges Ackerland. Aus den Niederungen schimmerten weißlich die Gewässer und zogen sich wie geschmolzener Glast dahin; hinter der Mühle lagen die gelben Wiesen, auf denen hin und wieder klappernd Störche wateten; die Kohlfelder lagen noch so tief unter Wasser, daß nur die Rücken der durchweichten Beete hier und da aufgliederten wie rote auftauchende Fischleiber; weißbäuchige Kibitze umkreisten sie, und auf den Kreuzwegen hielten die heiligen Kreuze und andere Gottesbilder Wacht. Über diesem ganzen Umkreis, der, wo das Dorf sich ausbreitete, etwas tiefer eingesunken lag, hing die glutentbrannte, goldgleißende Sonne und klangen Lerchengesänge. Hin und wieder drangen schon zu ihr die sehnsüchtigen Stimmen des Viehs von den Stallungen her, das gackernde Geschrei der Gänse und weit vernehmbare Menschenstimmen. Plötzlich hauchte auch ein Wind mit seinem lieblichen warmen Atem darüber hinweg, all diese Stimmen sammelnd, und manchmal war es, als wäre die Erde ganz regungslos und versonnen, wie in der heiligen Stunde der Empfängnis.

Auf den Feldern jedoch waren wenige bei der Arbeit zu sehen, höchstens, daß nur gleich hinterm Dorf ein paar Weiber, die den Dung auseinanderstreuten, hier und da herumstocherten; ein scharfer in der Nase kribbelnder Geruch kam von dort in einer schweren Welle.

»Verschlafen haben sie sich, die Faulpelze, oder was, ein solcher Tag, ist doch grad wie ausgesucht, und aufs Feld kommt keiner heraus ... schier betteln tut die Erde um den Pflug!« brummte sie entrüstet vor sich her.

Und um den Ackerbeeten noch näher zu sein, kroch sie von der Landstraße auf den Fußpfad hinunter, der jenseits des Landstraßengrabens lief, wo schon die Tausendschönchen ihre rotbewimperten Äuglein der Sonne öffneten und das Gras dichter grünte.

Wahrhaftig, es war so leer auf den Feldern, daß es wundernahm! Sie wußte es doch noch gut, wie es in anderen Jahren um diese Zeit auf den Ackerbeeten rot von Frauenröcken war, und wie die Welt vor Singen und Mädchengejauchze widerhallte, sie wußte doch, daß es bei einem solchen schönen Wetter schon hohe Zeit für das

Ausfahren des Düngers, für das Pflügen und für die Aussaat war; und heute, was war das? Der einzige Mann, den sie irgendwo inmitten der Felder gewahrte, säte etwas, schritt gebückt einher und kehrte um, im Halbkreis den Samen werfend.

»Müssen wohl Erbsen sein, die er da sät, da es so früh ist ... Sieh da! der Dominikwittib ihre Burschen, scheint mir, denn akkurat dort müssen ihre Felder kommen ... Daß es euch der barmherzige Herr gedeihen läßt und gute Ernte gibt, ihr Lieben!« flüsterte sie herzlich nach ihnen hin.

Der Feldweg war uneben, schwer gangbar, mit frischen Maulwurfshügeln und mit Steinen bedeckt und stellenweise ganz durchweicht, aber sie achtete nicht darauf, mit Wohlgefallen und Rührung jedes Ackerbeet und jede Feldparzelle für sich betrachtend.

»Dem Pfarrer sein Roggen, fein üppig macht er sich! ... Das ist wahr, als ich in die Welt hinaus wanderte, hatte der Knecht den Acker dafür gepflügt, und Hochwürden haben doch noch hier irgendwo gesessen, ich weiß es noch gut ...«

Und wieder humpelte sie weiter, schwer aufseufzend und mit tränenden Augen alles beschauernd.

»Sieh mal an, dem Ploschka sein Roggen ... muß wohl später gesät sein, oder hat er vielleicht zu viel Nässe gekriegt?«

Sie bückte sich mit Mühe und berührte mit den alten, zittrigen Fingern die feuchten Halme, um sie liebevoll wie Kindeshaar zu streicheln.

»Boryna sein Weizen, deftiges Stück! Jawohl! ... Ist doch auch der erste Hofbauer von Lipce ... aber etwas gelblich ist die Saat, sie muß Frost gekriegt haben, oder sonst schon was ... einen schweren Winter hat er durchmachen müssen ...« sann sie und betrachtete an den abgeplatteten Ackerbeeten, an den in den Boden eingedrückten und schlammbedeckten Halmen der Wintersaat die Spuren der Schneeschmelze.

»Haben nicht wenig Not leiden müssen, die Armen hier!« Sie seufzte auf, die Augen mit der Handfläche beschattend, denn ihr entgegen kamen ein paar Burschen vom Dorf her gegangen.

»Wenn das nicht dem Organisten sein Michael ist mit einem von den Organistenjungen. Das geht zur Osterzählung nach Wola, da sie doch solche Körbe schleppen ... Versteht sich, niemand anders.«

Sie bot Gott zum Gruß, als sie näher kamen, sehr zufrieden, mit ihnen einiges reden zu können; aber die Burschen brummten nur einen Gruß zurück und gingen rasch vorüber, in ein eifriges Gespräch miteinander vertieft.

»Von so klein an kenn' ich sie schon, und sie haben mich nicht wiedergekannt!« Es kam sie ein Verdruß an. »Du mein Gott! wie sollten sie sich auch an so ein Bettelweib erinnern! Aber der Michael ist fein groß geworden, gewiß spielt er schon die Orgel für Hochwürden ...«

Sie sann und starrte wieder auf die Landstraße, denn es kam vom Dorfe her ein Jude, der ein ansehnliches Kalb vor sich herschob.

»Von wem ist das gekauft?« fragte sie.

»Der Klemb ihrs!« antwortete der Jude, sich gegen das rotweiße Bullenkalb anstemmend, das störrisch war, sich hin und her drehte und kläglich aufblökte.

»Das ist ganz gewiß von der Bunten ... jawohl ... die ist doch noch vor der Ernte bull'sch geworden ... vielleicht auch von der Grauen ... 'n feines Bullenkalb ...«

Sie sah sich nach ihm mit hofbäuerlichem Wohlwollen um, aber es war nichts mehr von den beiden auf der Landstraße zu sehen: das Kalb hatte sich losgerissen, sprang ins Feld und raste mit erhobenem Schwanz querfeldein, dem Dorf zustrebend, und der Jude im wehenden Kaftan versuchte ihm den Weg abzuschneiden.

»Den Stert kannst du ihm küssen und schön bitten, dann kehrt es dir um ...« murmelte sie sehr zufrieden.

»Auch auf den Klembschen Feldern nicht eine Seele!« bemerkte sie dabei; aber es war schon keine Zeit zu Überlegungen: das Dorf war so nahe, daß sie den Rauch riechen konnte und in den Gärten die lüftenden Federbetten erblickte; so umfaßte sie also mit den Augen das ganze Dorf noch einmal und tiefste dankbare Freude erfüllte darob ihr Herz, daß der Herr Jesus ihr das vergönnt hatte, diesen Frühling noch zu erleben, daß sie nun zu den Ihren, zu den Verwandten wiederkehren konnte.

Und sie hätte doch unter Fremden wegsterben können, denn schwer krank war sie ja gewesen, aber der Herr Jesus hat sie doch heimwärts geführt.

Damit allein hatte sie doch ihre Seele den langen Winter hindurch vertröstet, damit allein sich zu jeder Zeit neue Kräfte gesammelt, sich damit gegen die Fröste, das Elend und den Tod gewehrt ...

Sie setzte sich an den Büschen nieder, um sich etwas zurcchtzumachen, bevor sie das Dorf betrat; aber hatte sie denn die Kräfte dazu, wo sie doch die Freude so mitgenommen hatte, daß jede Faser in ihr bebte und das Herz ihr so zappelte wie ein Vogel, den man erwürgt?

»Es gibt doch gute und mitleidige Menschen, die gibt es noch ...« flüsterte sie, sorgfältig die Bettelsäcke befühlend. Gewiß, sie hatte sich so viel zusammengespart, daß es wohl für ein gutes Begräbnis reichen würde. Seit langen Jahren sann sie doch nur noch darüber und war mit ganzer Seele dabei, damit der Herr Jesus geschehen ließe, wenn die Zeit des Sterbens über sie kommen sollte, daß alles im heimatlichen Dorf, im Bauernhof, auf einem mit Federbetten bedeckten Bett unter einer Reihe von Heiligenbildern vor sich gehen könnte, so wie alle Hofbäuerinnen zu sterben gewohnt waren. Ihr ganzes Leben lang sammelte sie für diesen letzten heiligen Augenblick.

Sie hatte doch schon bei den Klembs auf dem Boden einen Koffer stehen und darin ein ordentliches Federbett, Kissen und Laken und neue Inlets, alles sauber und ungebraucht, um nichts schmutzig zu machen und alles fertig zu haben, und weil auch sonst kein Platz war, wo man die Bettwäsche hintun sollte. Hatte sie denn irgendwo sonst ihre eigene Stube oder ihr eigenes Bett? Mit einer Ecke mußte sie für gewöhnlich fürlieb nehmen, auf einem Strohlager im Stall, oder wie es gerade kam, sich eine Schlafgelegenheit suchen, wo ihr gute Leute erlaubten, den müden Kopf niederzulegen. Sie drängte sich ja auch nie vor unter die Mächtigen und Reichen und klagte nicht über ihr Los, denn sie wußte gut, daß jede Einrichtung in der Welt Gottes Wille wär', der sündige Mensch kann da nichts dran ändern.

So träumte sie nur im stillen und ganz für sich, Gott wegen dieses Hochmuts um Verzeihung bittend, daß sie ein hofbäuerliches Begräbnis haben möchte – darum nur war es ihr in ihren ängstlichen Gebeten zu tun ...

Kein Wunder also, daß sie nun, da sie mit dem letzten Rest ihrer Kräfte und in der Vorahnung des Todes, der wohl nicht lange auf sich warten lassen würde, sich ins Dorf hergeschleppt hatte, nachzurechnen begann, ob sie denn auch nichts vergessen hätte.

Aber nein, sie hatte alles, was nötig war – eine Totenkerze brachte sie mit, sie hatte sie sich erbettelt, als sie einmal einen armen Teufel von Toten bewachen mußte, auch eine Flasche mit geweihtem Wasser war da, und einen neuen Weihwedel hatte sie gekauft, sowie das geweihte Tschenstochauer Muttergottesbildchen, das sie in der Stunde des Sterbens in den Händen halten sollte und die vierzig – fünfzig Silberlinge für die Beisetzung ... und vielleicht würde es selbst für eine Messe am Sarg reichen mit Licht und Besprengung der Leiche, und sollte es nur in der Vorhalle der Kirche sein! Natürlich wagte sie nicht daran zu denken, daß sie der Priester nach dem Kirchhof hinausbegleiten würde.

Wie sollte das denn möglich sein! ... Nicht jeder Hofbauer kommt zu solcher Ehre und solchem Glück, und außerdem, all ihr Geld hätte für das allein nicht einmal gereicht!

Sie seufzte wehmutsvoll auf, sich wieder erhebend.

Seltsam schwach war es ihr zumute geworden, es stach sie in der Brust, der Husten quälte sie, daß sie sich kaum fortbewegen konnte und immerzu stehenblieb.

»Wenn man mindestens bis zur Heuernte aushalten könnte, oder zum Anfang der großen Ernte«, träumte sie sehnsüchtig vor sich hin und klammerte sich mit ängstlichen Blicken an die nächsten Dorfhäuser.

»Und dann leg' ich mich schon hin und sterbe weg, lieber Herr Jesus, jawohl ...« schien sie sich ängstlich zu entschuldigen wegen dieser sündigen Hoffnung.

Aber es überfiel sie jetzt eine neue Sorge: wer nimmt sie ins Haus für diese Zeit des Sterbens?

»Ich werd' mir schon gute, mitfühlende Menschen aussuchen und verspreche ihnen vielleicht etwas bar Geld, dann werden sie leichter einverstanden sein ... Versteht sich! wer sollte sich da um eine Fremde sorgen und sich sein eigen Haus zuwider machen.«

Daß dieses bei den Klembs, bei der Verwandtschaft, geschehen könnte, daran wagte sie nicht einmal zu denken.

»So viele Kinder, im Haus ist es eng, und auch das Geflügel kriecht jetzt aus den Eiern und braucht Platz, das wäre auch keine Ehre für solche Hofbauern, daß unter ihrem Dach verwandtschaftliches Bettelvolk sterben sollte ...«

Sie sann ohne Groll darüber nach, den Weg betretend, der nach dem etwas erhöhten Damm führte. Dieser war errichtet worden, um das Übertreten des Weihers auf die umliegenden Wiesen und Kohlfelder zu verhüten.

Die Mühle stand neben dem Damm, war aber so tief gelegen, daß die mit Mehlstaub bedeckten Dächer nur etwas über den Weg hinausragten, sie bebte und arbeitete mit dumpfem Lärm.

Und links leuchtete der Weiher, die Sonne schleppte ihr goldenes Haar über die das Himmelsblau spiegelnde Wasserfläche; an den Ufern, die mit gebeugten Erlen bewachsen waren, schnatterten die im Wasser herumplätschernden Gänse und auf den noch etwas schlammigen Wegen trieben sich die Kinder in Haufen herum und schrien vergnügt umher.

Lipce lag zu beiden Seiten des Weihers, wie seit jeher, wie immer wohl vom Anfang der Welt an, ganz in schattigen Obstgärten versteckt und zwischen Heckenwegen.

Agathe schleppte sich mühevoll vorwärts, überflog alles hurtig mit den Augen und sah doch jede Kleinigkeit. Im Müllerhaus, das etwas vom Wege ab lag und einem Gutshause ähnlich war, wehten durch die geöffneten Fenster weiße Gardinen, und die Müllerin selbst saß auf der Schwelle inmitten einer piependen Schar gelber Gössel, die aussahen, als wären sie aus schönstem gelben Wachs gemacht.

Agathe gab Gott zum Gruß und ging leise vorüber, froh, daß sie die Hunde, die sich vor dem Hause herumrekelten, nicht gewittert hatten.

Sie überschritt die Brücke, unter der das Wasser lärmend vorüberfloß, um auf die Mühlenräder zu stürzen; die Wege trennten sich hier und gingen auseinander, wie Arme, die den Weiher umfingen.

Sie schwankte einen Augenblick, aber der Wunsch, alles zu sehen, überwog, so schlug sie sich nach links, den etwas weiteren Weg wählend.

Die Schmiede, die gleich als erstes Haus am Rande stand, war verschlossen und stumm, ein vorderes Wagenteil und etliche rostige Pflüge lagen an den rußigen Wänden herum, aber vom Schmied war keine Spur zu sehen, nur die Schmiedin in Rock und Hemd grub im Garten an der Dorfstraße die Gemüsebeete um.

Agathe blieb jetzt vor jedem Hause stehen, lehnte gegen die niedrigen Steinmauern und sah neugierig in die Einfahrten, in die Heckenwege, in die offenstehenden Flure und Fenster. Die Hunde kläfften sie hier und da an, aber nachdem sie sie berochen hatten und die Landsmännin scheinbar erkannten, kehrten sie um, sich auf die Mauerbänke in den Sonnenschein zu legen.

Und sie ging nun auch ganz langsam Schritt für Schritt, kaum atmend vor Ermattung und mehr noch vor herzlicher Freude.

Sie schob sich so leise vorwärts wie das Lüftlein, das hin und wieder über den Weiher strich und in den rötlichen Erlenkätzchen wühlte, sie war grau und unscheinbar wie die Zäune, wie die schon teilweise abtrocknende Erde, oder auch wie der magere Schatten, der von den kahlen Bäumen auf den Boden fiel und den so gut wie niemand sah.

Und sie freute sich aus ganzem Herzen, daß sie alles so fand, wie sie es im Herbst zurückgelassen hatte.

Sie mußten jetzt Frühstück kochen, denn es qualmte aus den Schornsteinen, und verschiedentlich kamen ihr auch durch die offenen Fenster die Düfte gekochter Kartoffeln entgegen.

Obgleich die Kinder hier und da schrien und auch die ihre Gössel bewachenden Gänse hin und wieder ein ängstliches Gegacker erhoben, war es seltsam still und leer im Dorf.

Die Sonne hatte schon die Hälfte des Weges bis Mittag zurückgelegt, überschüttete die Erde mit lichtem Gold und fing schon an, sich im Teich zu spiegeln, aber niemand hatte es eilig, ins Feld hinauszukommen, kein Wagengeroll klang zwischen den

Heckenwegen, es knarrten nirgends wie sonst im Frühjahr die Pflüge, die man aufs Ackerland brachte.

»Zum Jahrmarkt müssen sie gefahren sein, oder was?« dachte sie, immer aufmerksamer Haus um Haus beäugend.

Die Scheunen des Schulzen leuchteten mit ihrem frischen, gelben Holz aus dem blätterlosen Obstgarten, und das Haus von Gulbas, das daneben stand, hatte ein abgerissenes Strohdach, so daß man die Dachlatten wie nacktes Gerippe sehen konnte.

»Die Winde haben es weggerissen, und der Faulpelz hat sich nicht bequemt, es wieder heil zu machen!« brummte sie.

Nebenan saßen die Pritscheks in einer alten, verbogenen Hütte, in der ein paar zerbrochene Fensterscheiben mit Strohwischen zugestopft waren.

Und da war dem Schultheiß sein Hof mit der Giebelseite nach der Straße zu, dem alten Brauch gemäß.

Gleich daneben das Haus der Ploschkas, das sie auf beiden Seiten bewohnten.

Dann der Hof der Balcereks, sie hätte ihn Gott weiß wo erkannt, denn das Haus fiel auf, da die Mädchen die grauen Wände mit Kalk betupft und die Fensterrahmen blau gestrichen hatten.

Und dort wiederum, in einem großen, alten Obstgarten, machten sich die Borynas breit, die ersten und reichsten Hofbauern von Lipce. Die Sonne spiegelte lustig in den sauberen Fensterscheiben, und die Wände leuchteten wie neu geweißt, die Zufahrt war weit, die Wirtschaftsgebäude, die in einer Reihe standen, gerade und so fein, daß manch einer nicht ein solches Wohnhaus hatte, die Zäune heil, und alles in einer solchen Ordnung, wie es selbst in der Holländerkolonie nicht besser sein konnte.

Und weiter hinten stand das Haus der Täubichs.

Und andere noch, die sie alle wie ein Gebet der Reihe nach auswendig herzählen konnte. Doch überall war es gleich still und leer, man sah nur in den Gärten das rote Bettzeug leuchten, das mit allerhand Kleidungsstücken zusammen gelüftet wurde; kaum daß man hier und da nur mit Rock und Hemd bekleidete Frauen zu sehen bekam, die mit dem Umgraben der Beete beschäftigt waren.

In den geschützten Gartenecken ließ schon der Saatkohl grüne Zöpfe aus den angefaulten Köpfen schießen, an den Wänden drängten sich die blassen Triebe der Lilien aus dem grauen Boden hervor, die junge Kohlsaat ging unter dem Schutz des Belags aus Dornenzweigen auf; die Bäume waren über und über mit angeschwellten klebrigen Knospen bedeckt, und überall an den Zäunen wucherten die Brennnesseln und allerhand anderes Unkraut, auch die Stachelbeersträucher waren mit einem hellen jungen Grün überhaucht.

Es war der wahrhaftige Lenz selber, der geradeswegs vom Himmel niederrieselte und in jedem feuchten Erdenklumpen pulste, und doch schien es seltsam leer und still in Lipce.

»Und nirgendwo ein Mannsbild zu sehen. Es mußte wohl schon so sein, daß sie alle zu Gericht waren oder daß man sie zu einer Versammlung berufen hatte«, versuchte sie sich zu erklären, durch die sperrangelweit geöffnete Tür in die Kirche tretend.

Es war schon nach der Messe, Hochwürden nahm im Beichtstuhl die Beichte ab, an die zwanzig Leute aus ferner gelegenen Dörfern saßen still und in sich gekehrt hinten in den Bänken, so daß nur hin und wieder schwere Seufzer oder lauter gesprochene Worte eines Gebetes in der Kirche vernehmbar wurden.

Von der ewigen Lampe, die an einer Schnur vor dem Hauptaltar hing, zogen sich bläuliche Dunststreifen zu den hohen Fenstern hin, durch die die Sonne hereinfiel; hinter den Fensterscheiben schirpten die Spatzen, hin und wieder flatterte einer durch das Kirchenschiff mit einem Strohhalm im Schnabel, und manchmal flog mit Gezwitscher eine Schwalbe durch die Haupttür herein, kreiste irrend in der von den kühlen Mauern umfangenen Stille und floh eilig wieder in das helle Licht hinaus.

Agathe sprach nur ein kurzes Gebet, so eilig hatte sie es, zu den Klembs zu kommen; gleich vor der Kirche aber begegnete ihr fast Nase an Nase die Gusche.

»Agathe!« rief sie mit großem Staunen.

»Ich leb' noch, Bäuerin, jawohl!« sie wollte ihr die Hand küssen.

»Und man sagte schon, daß ihr die Beine irgendwo in den warmen Ländern von euch gestreckt habt. – Aber es hat bei euch das leichte Jesusbrot nicht angeschlagen, seh ich, ihr guckt mir etwas zu sehr nach Pfarrers Kuhstall hin« ... redete sie spöttisch und betrachtete sie genau.

»Ihr sagt die Wahrheit, Bäuerin ... Kaum habe ich schon hier meine Knochen hergeschleppt ... hier will ich auch langsam eingehen, und lange wird's schon nicht halten.«

»Ihr lauft wohl zu den Klembs?

Die werden euch gern aufnehmen, nicht schlecht gefüllte Bettelsäcke schleppt ihr mit euch, etwas Geld wird wohl auch noch eingeknotet sein, da werden sie euch, versteht sich, gern zu der Verwandtschaft zulassen.«

»Wenn sie nur gesund sind! Wißt ihr es nicht?« Dieses ständige Gespött verdroß sie.

»Die sind gesund ... nur der Tomek, da er etwas herumgekränkelt hat, kuriert sich jetzt im Kriminal.«

»Klemb! Thomas! Redet nicht so was, denn mir ist gar nicht zum Lachen.«

»Ich hab's gesagt und will euch noch zugeben, daß er nicht allein sitzt, sondern in guter Gesellschaft, denn mit dem ganzen Dorf ... Auch die Morgen helfen einem nicht, wenn das Gericht die Tür zuklemmt und einem die Fenster bedrahtet.«

»Jesus Maria, heiliger Joseph!« stöhnte die andere auf, wie zu einer Salzsäule vor Staunen erstarrt.

»Lauft mal rasch zu Tomeks Frau, da werdet ihr euch mit Neuigkeiten füttern können, die süßer sind als Honig. Hi hi! Die Kerle feiern, daß es eine Lust ist!« lachte sie höhnisch auf, und ihre bösen Augen schossen Haßblicke.

Agathe schleppte sich wie betäubt davon, ohne doch dem Gehörten so recht Glauben schenken zu können, sie begegnete ein paar bekannten Frauen, die sie mit einem guten Wort begrüßten und von diesem und jenem zu reden anfingen; aber sie schien ihre Worte gar nicht recht zu hören, eine zehrende Angst durchbebte sie, so daß sie schon absichtlich ihren Gang verlangsamte, um nur die Bestätigung dieser bösen Neuigkeit zu verhüten. Lange saß sie am Staket des Pfarrhofes, gedankenlos auf das Pfarrhaus starrend. Auf der Veranda stand der Storch auf einem Bein, als müsse er über die Hunde wachen, die auf den gelben Kieswegen des Gartens herumtollten, und Ambrosius legte mit einer Magd zusammen Grassoden rund um ein Blumenbeet, das sich schon wie eine rostige Eisenbürste von den jungen Trieben verschiedener Blumen rötete.

Erst als sie wieder etwas zu Kräften gekommen war, schlich sie gebückt in den Heckenweg des Klembschen Hofes, der gleich nebenan in einer Reihe mit dem Pfarrhof stand.

Natürlich kam sie nur bebend weiter, hielt sich an den Zäunen fest und überflog mit verängsteten Augen den Garten mit dem Haus im Hintergrund, aber nur die Kühe hörte man laut an den Fenstern aus ihren Zubern schlürfen, die beiden Flurtüren standen offen, so daß sie das Mutterschwein mit den Ferkeln in einer Pfütze des Hofes liegen sah und die Hühner erblickte, die da eifrig im Mist scharrten.

Nachdem sie einen bereits leeren Zuber vom Boden aufgehoben hatte, denn es war einem doch besser zumute, einzutreten, wenn man irgend etwas in der Hand hielt, schob sie sich in die dämmerige Stube hinein.

»Gelobt sei Jesus Christus!« konnte sie kaum hervorstoßen.

»In Ewigkeit! Wer ist denn da?« ließ sich eine wehleidige Stimme aus der Kammer vernehmen.

»Das bin ich doch, die Agathe!« Jesus, wie hatte es sie unter der Brust gepackt.

»Agathe! Na, sieh' einer nur! Agathe!« redete die Klembbäuerin, rasch auf der Schwelle mit einer vollen Schürze piepsender Gössel erscheinend, die Alten liefen zischend und gackernd hinter ihr her. »Na, Gott sei Dank! Die Leute haben erzählt, daß ihr schon um Weihnacht herum gestorben wäret, man wußte nur nicht, wo, so daß der Meine sich schon nach dem Amt aufmachen wollte, um es auszukundschaften. Setzt euch doch ... gewißlich seid ihr müde. Die Gössel kriechen jetzt gerade aus den Eiern ...«

»Eine feine Brut und so viele!«

»Ja, es wird bald ein Schock sein, fünf fehlen dazu. Kommt vors Haus, man muß ihnen zu fressen geben und aufpassen, daß die Alten sie nicht niedertrampeln.«

Sie holte sie sorgsam aus der Schürze hervor, so daß über kurzem der Boden wie von dottergelben Kugeln zu wimmeln anfing; die Alten begannen inzwischen freudig zu schnattern und mit bedächtig wiegenden Schnäbeln ihren Bewegungen zu folgen.

Die Klembbäuerin trug auf einem Brett gehacktes Ei mit Brennesseln und Grütze heraus und hockte zu ihnen nieder, eifrig achtgebend, denn die Alten stießen auf das Kleinzeug ein, traten es nieder und stahlen das Fressen, wo sie nur konnten, dabei einen grellen Lärm vollführend.

»Die werden alle einen grauen Sattel haben«, bemerkte Agathe, sich auf die Mauerbank niedersetzend.

»Versteht sich, sind doch eine feine Rasse. Die Organistin hat mir die Eier umgetauscht, drei von meinen habe ich ihr für eins geben müssen ... Gut, daß ihr schon gekommen seid ... Arbeit ist so viel da, daß man schon rein nicht weiß, wo man zuerst ansetzen soll.«

»Gleich will ich mich an die Arbeit machen, gleich ... nur daß ich mich erst etwas ausruh' ... krank bin ich gewesen, ganz außer Kräften gekommen ... wenn ich mich aber etwas verpuste ... dann gleich ...«

Und sie wollte schon aufstehen, wollte gehen ... um irgendeine Arbeit in Angriff zu nehmen, aber die Arme torkelte nur gegen die Wand und fiel stöhnend auf ihren Sitz zurück.

»Ich seh schon, ihr seid ganz 'runter, arbeiten ist jetzt schon nichts für euch, nee!« sagte die Klemb etwas leiser, Agathes blau angelaufenes und aufgedunsenes Gesicht und ihre seltsam gekrümmte Gestalt betrachtend.

Sie wurde durch diese Besichtigung besorgt und erschrocken, daß man nicht nur keinen Beistand haben würde, sondern selbst noch neue Sorgen zu erwarten hätte.

Agathe schien das vorausgeahnt zu haben, denn sie ließ sich ängstlich und wie entschuldigend vernehmen:

»Seid nicht bange, ich werde euch keinen Platz wegnehmen, oder mich an die Schüssel drängen, nee, nur etwas verpuste ich mich und gehe dann ... ich wollte nur noch euch alle sehen ... nach allem fragen ... aber ich geh dann ...« Die Tränen kamen ihr mit Gewalt in die Augen.

»Ich jag' euch doch nicht weg, ihr könnt bleiben, und wenn es dann euer Wille sein wird, zu gehen, könnt ihr euch wieder aufmachen ...«

»Und wo sind denn die Jungen? Gewiß im Feld mit Tomek?« fragte sie schließlich.

»Wißt ihr denn gar nichts? Die sind doch alle im Kriminal.«

Agathe flocht nur die Hände ineinander im stummen Schmerz.

»Dieses Wort hat mir auch schon die Gusche gesagt, nur habe ich es nicht glauben können.«

»Die reinste Wahrheit hat sie euch gesagt, so ist es, jawohl!«

Sie reckte sich gerade bei dieser Erinnerung, und über das abgezehrte Gesicht rollten schwere Tränen.

Agathe sah sie wie ein Heiligenbild an, ohne zu wagen, auch nur eine Frage zu tun.

»Mein Jesus! Rein das jüngste Gericht hatten wir hier im Dorf, so hat man sie uns denn alle weggenommen und nach der Stadt gebracht, als hätte die letzte Stunde geschlagen, ich sag es euch, ein Wunder, daß ich noch lebe und diesen hellen Tag besehe! Das werden schon morgen ganze drei Wochen sein, und mir scheint es, als ob es erst gestern passiert wäre. Im Haus ist nur der Mathies, ihr wißt doch, und die Mädchen zurückgeblieben, die jetzt den Dünger ins Feld gefahren haben, na, und ich unglückliche Waise!

Wollt ihr denn da weg! Aaszeug ... die eigenen Kinder trampeln sie nieder, wie die Schweine!« schrie sie plötzlich auf die Gänse ein. »Pilusch, pilu – pilu – pilu!«

Sie lockte die Gössel, denn sie waren im ganzen Haufen mit den Muttergänsen in den Heckenweg gelaufen.

»Laßt sie man spielen. Krähen sind nirgends zu sehen, ich werd' schon gut aufpassen.«

»Rühren könnt ihr euch kaum, was wollt ihr da hinter den Gösseln herlaufen! ...«

»Die Krankheit hat schon etwas von mir abgelassen, kaum daß ich hier diese Schwelle betreten habe.«

»Dann paßt auf ... ich werde euch etwas Essen zurechtmachen ... und vielleicht soll man euch Milch aufkochen?«

»Gott bezahl's euch, Bäuerin, aber es ist ja heute Sonnabend im großen Fasten, da paßt es sich nicht, was mit Milch zu essen ... gebt mir irgendeinen Topf kochend Wasser, Brot habe ich, das kann ich dann hineinbrocken und werde ein feines Essen haben.«

Bald brachte auch die Klembbäuerin etwas gesalzenes, heißes Wasser in einer Schüssel, in die die Alte dann das Brot hineinbrockte und, auf den Löffel blasend den Brei, langsam aß, und die Klembbäuerin hockte auf der Hausschwelle nieder, und mit den Augen die Gössel bewachend, die an den Zäunen sich Nahrung herauszupften, erzählte sie weiter.

»Wegen dem Wald ist es gegangen. Der Gutsherr hat ihn heimlich den Juden verkauft. Man fing gleich an, ihn zu schlagen! Es war ein solches Unrecht und von nirgend her Gerechtigkeit, was sollten sie da anfangen? Zu wem mit der Klage gehen? Und obendrein hat er sich gegen das ganze Volk so verbiestert, daß er nicht einen Kätner aus dem Dorf zur Arbeit gerufen hat. Sie haben sich also alle verabredet, und das ganze Dorf ist hingegangen, sein Eigentum zu verteidigen, alles was an Volk nur da war. Man sagte, daß sie alle nicht bestrafen könnten, wenn es dazu kommen sollte, aber an so etwas hat doch niemand gedacht, wie denn auch? Wofür sollten sie wohl auch strafen? Sie haben doch nur für ihr Eigenes eingestanden. Sind nach dem Schlag gegangen, haben die Holzschläger verprügelt, da sie nicht gutwillig gehen wollten, haben die Herrenhofleute verprügelt und alle aus dem Wald gejagt ... Sie haben ihren Willen gehabt, und das der Gerechtigkeit nach, denn solange der Wald nicht verteilt ist, wie es einem jeden zukommt, hat niemand ein Recht was anzurühren. Aber viele von den Unseren sind dabei zuschanden gekommen, den alten Boryna haben sie mit gespaltenem Kopfe heimgebracht: der Förster hat ihn da so zugerichtet; und den wieder hat Boryna sein Antek für den Vater totgeschlagen.«

»Jesus! Totgeschlagen, ganz zu Tode?«

»Ganz zu Tode, und der Alte liegt bis auf den heutigen Tag danieder, ohne daß er wieder zur Besinnung kommen kann, versteht sich, der hat am meisten gelitten; aber auch die anderen nicht wenig. Der Dominikwittib ihr Schymek hatte einen ausgerenkten Fuß, Mathias Täubich haben sie so verhauen, daß sie ihn herfahren mußten; den Stacho Ploschka haben sie den Kopf eingeschlagen, und auch manch anderer hat genug abbekommen, so daß es schwer ist, alles zu behalten, wer und was. Niemand hat sich aber darüber sehr gesorgt oder deswegen viel Lärm gemacht, denn sie hatten ihren Willen durchgesetzt, sie sind auch fein fröhlich mit Gesang heimgekommen, wie nach einem rechten Krieg, die ganze Nacht haben sie vor Freude in der Schenke getrunken, und denen, die am schlimmsten was abbekommen hatten, trugen sie den Schnaps ins Haus.

Und am dritten Tag, grad ein Sonntag war es, der Schnee fiel ganz naß, und es war gleich vom frühen Morgen an ein solches Hundewetter, daß man nicht mal die Nase aus dem Haus stecken mochte. Wir machten uns gerade fertig, zur Kirche zu gehen, als die Gulbasjungen im Dorf herumzuschreien anfingen: ›Die Gendarmen kommen!‹

In einem Paternoster kamen ihrer dreißig angefahren und mit ihnen die Beamten und ein ganzes Gericht, sie hatten sich auf dem Pfarrhof einquartiert. Das kann ich gar nicht sagen, was da nicht alles vor sich gegangen ist, als sie anfingen zu richten, auszufragen, auszuschreiben und das Volk einen nach dem andern unter Bewachung zu nehmen ... Niemand widersetzte sich, jeder war seiner Sache sicher, und alle gaben sie es zu, wie in der heiligen Beichte und sagten die reine Wahrheit. Erst gegen Abend waren sie damit fertig und wollten zuerst das ganze Dorf mit allen Frauen mitschleppen, aber es fing ein solches Geschrei und Kindergeweine an, daß die Männer sich schon nach den Knütteln umsahen. Hochwürden mußte wohl etwas dem Sergeanten vorgestellt haben, daß sie von uns abgelassen haben, selbst Kosiol Seine, die allen mächtig drohte, haben sie nicht genommen, nur die Männer, die haben sie alle ins Kriminal geschleppt, und Boryna seinen Antek ließ man mit Tauen binden!«

»Jesus, mit Tauen ließen sie ihn binden!«

»Das haben sie getan, aber er hat alle zerrissen wie morsches Garn, so daß sie alle Angst gekriegt haben, denn er sah aus, als wäre ihn der Wahnsinn angekommen, oder als hatte ihm der Böse was eingeblasen, und er hat sich vor sie hingestellt und hat ihnen geradeaus ins Gesicht gesagt:

»Schmiedet mich fest in Ketten und paßt auf, sonst werde ich euch noch allesamt umbringen und mir selbst was antun ...«

So hatte er sich verbiestert, daß sie ihm den Vater erschlagen hatten, hat selbst die Hände fürs Eisen hingehalten und sich die Füße noch binden lassen, und so haben sie ihn denn mitgenommen ...«

»Barmherziger Jesus! Maria!« stöhnte Agathe.

»Ich seh es noch und werd' es bis zu meinem Tode nicht vergessen, wie man sie weggeschleppt hat.

Sie haben Meinen mit den Jungen genommen ... haben die Ploschkas genommen ...

Haben die Pritscheks genommen ...

Haben die Täubichs genommen ...

Haben die Wachniks genommen ...

Haben die Balcereks genommen ...

Haben die Sochas genommen ...

... und noch so viele andere, daß sie mehr wie fünfzig Mann ins Kriminal getrieben haben ...

Der Menschenverstand reicht nicht dazu, alles zu sagen, was hier vor sich gegangen ist ... welche blutigen Tränen man hier geweint hat ... und dieses Geschrei und dieser Jammer ... und all das fürchterliche Gefluche.

Und da ist der Frühling gekommen, der Schnee ist rasch abgeflossen, der Acker abgetrocknet, die Erde fleht nur so, daß man sie bestellt, es ist zum Pflügen hohe Zeit, es ist Zeit zum Säen, alle Arbeiten warten schon, und es gibt keinen, der hier was helfen kann!

Nur der Schulze ist übriggeblieben, der Schmied und die paar Alten, die sich kaum rühren können, und von den Burschen nur Jaschek der Verkehrte, der dummliche!

Und da ist noch die Zeit bald da, daß die Frauen niederkommen, ein paar liegen schon, die Kühe kalben auch schon, überall kommt was zur Welt, an die Männer muß man auch denken und ihnen was zu essen heranfahren oder auch bar Geld und das reine Hemd; und so viel andere Arbeit ist noch da, daß man schon gar nicht weiß, was man zuerst anfassen soll, allein wird man doch nicht fertig, und Lohnarbeiter aus anderen Dörfern kann man auch nicht kriegen, denn jeder muß doch erst sein Eigenes machen ...«

»Lassen sie sie denn bald frei?«

»Das weiß der liebe Gott, wann! Der Pfarrer ist nach dem Amt hingewesen, der Schulze ist hingewesen, sie sagen, daß man sie freiläßt, wenn die Untersuchung zu Ende ist, da doch das Gericht erst später sein soll, aber schon drei Wochen sind vergangen, und noch keiner ist heimgekehrt. Rochus ist auch Donnerstag hingewesen, um sich zu erkundigen.«

»Lebt denn der Boryna noch?«

»Er lebt, nur daß er kaum noch Atem in sich hat, und zur Besinnung kommt er auch nicht; wie ein Holzklotz liegt er da ... Die Anna hat Doktoren hergeholt und verschiedene andere, die sich darauf auskennen, helfen tut da aber nichts ...«

»Das ist schon so, werden da Doktoren helfen, wenn einer auf den Tod krank ist!«

Sie verstummten erschöpft. Die Klembbäuerin sah durch den Obstgarten auf den nach der Stadt führenden Pappelweg, der sich fern hinzog, und weinte leise vor sich hin, immer wieder an der Nase herumputzend ...

Und später, während sie geschäftig an der Zubereitung des Mittagessens herumhantierte, erzählte sie bedächtig alles, was im Laufe des Winters im Dorf geschehen war und wovon Agathe nicht das mindeste wußte.

Bis die Alte die Hände auseinanderbreitete und sich ganz duckte vor Staunen und Entsetzen, denn diese Neuigkeiten fielen auf sie nieder wie Steine und erfüllten ihre Seele mit solchem Kummer und Schmerz, daß sie leise zu schluchzen begann.

»Mein Gott, da draußen habe ich in einem fort an Lipce gedacht, aber daß solche Sachen da passieren könnten, ist mir nicht einmal in den Kopf gekommen ... da hab' ich selbst solange ich lebe von nichts Ähnlichem gehört! Das Böse hat sich hier ganz festgesetzt, oder was?«

»Versteht sich, es kommt schon darauf hinaus.«

»Und vielleicht ist das alles Gottes Strafe für Menschenbosheit und für die Sünden!«

»Gewiß ist es nichts anderes. Der Herr Jesus straft für solche Todessünden, wie diese zwischen Antek und seiner Stiefmutter. Und neue Sünden sind da auch noch im Gange und geschehen vor aller Augen.«

Agathe fürchtete sich noch weiter zu fragen, sie erhob nur die zitternde Hand und fing an, sich rasch zu bekreuzigen und inbrünstig ein Gebet zu murmeln.

»Ein solches Unglück ist über das Volk gekommen, und der Boryna liegt auch wie tot da, und man sagt«, sie dämpfte die Stimme und sah sich ängstlich um, »daß die Jaguscha sich schon mit dem Schulzen ordentlich eingelassen hat ... Da es keinen Antek mehr gibt, keinen Mathias und auch keine anderen Burschen, so ist auch der erste beste gut genug, wenn es nur ein deftiges Mannsbild ist ... Oh diese Welt, diese Welt! ...« stöhnte sie auf, die Hände vor Grauen ringend.

Die Alte sagte schon gar nichts mehr, sie fühlte sich plötzlich ermattet und so durch diese Neuigkeiten ergriffen, daß sie sich nach dem Kuhstall hinschleppte, um dort auszuruhen.

Erst gerade bei Sonnenuntergang sah man sie sich ins Dorf zu Bekannten begeben, sie kehrte erst zurück, als man bei den Klembs schon an den Abendschüsseln saß.

Ein Löffel wartete auf sie und auch ein Platz, versteht sich, nicht der erste, aber immerhin auch nicht der letzte, denn neben der Bäuerin selbst, aber sie aß kaum was, wie ein verwöhntes Kindlein, dem nichts recht ist, sie redete nur immerzu mit leiser Stimme über die Welt und jene Orte, wo man Sündenablaß bekommen kann, die sie alle besucht hatte, so daß man sich mächtig darüber wunderte.

Als aber die Nacht sich gesenkt hatte, so daß auch die auf den Fensterscheiben schillernden Abendscheine erloschen und das Dorf ganz stumm wurde, brannte man in der Stube das Licht an und begann, sich zum Schlafengehen zu bereiten; da trug Agathe die Bettelsäcke ans Licht und holte langsam allerlei Verschiedenes, das sie mitgebracht hatte, daraus hervor.

Man schloß um sie einen dichten Kreis, den Atem anhaltend, und sah mit gierigen Augen zu.

Sie aber gab zuerst jedem ein geweihtes heiliges Bildchen, dann den Mädchen so prachtvolle Perlenschnüre, daß sie nur so in allen Farben spielten; ein Lärm entstand darob in der Stube, so drängte sich das Weibsvolk um die Wette zum Spiegel, um zu probieren, sich an ihrem Anblick zu ergötzen und wie aufgeplusterte Puten die Hälse zu blähen; dann fanden sich auch für die Klembburschen Taschenmesser mit einer wirklichen Kastrierklinge dran, und ein ganzes Päckchen Knaster für Klemb, und zum Schluß nahm sie auch eine breite, gewellte und mit bunten Fäden eingefaßte Halskrause für die Hofbäuerin heraus, so daß diese einfach aus großem Vergnügen darüber die Hände zusammenschlug ...

Man freute sich allerseits nicht wenig, besah immer wieder diese Herrlichkeiten und ergötzte die Augen an den Geschenken. Agathe aber erzählte ihnen sehr befriedigt und mit Behagen, wieviel jedes gekostet hatte und wo es gekauft war.

Bis lange in die Nacht saßen sie noch, über die Abwesenden sich besprechend.

»Die Angst packt einen geradezu bei der Gurgel, so still ist es im Dorf!« bemerkte schließlich Agathe, als alle verstummten und dumpfes, totes Schweigen sie überfiel. »Wie war es in anderen Jahren um diese Frühlingszeit, da war doch das ganze Dorf voll Geschrei und Lachen! Mich dünkt es hier schon rein wie ein offenes Grab, nur daß da noch jemand einen Stein draufzuwälzen brauchte und dann Kreuze darüber ... da wäre denn schon kaum einer da, der das Gebet darüber hersagen könnte oder die Messe stiften ...« bejahte die Klembbäuerin trübsinnig.

»Das ist so! Wenn ihr erlaubt, Bäuerin, dann möchte ich schon auf den Boden gehen, die Knochen tun mir weh von dem weiten Weg, und auch die Augen fallen schon zu.«

»Legt euch schlafen, wo es euch gefällt, an Platz fehlt es ja nicht.«

Die Alte sammelte gleich die Säcke und fing an, vom Flur aus die Bodenleiter hinaufzuklettern, als die Klembbäuerin durch die offene Tür hinter ihr drein zu sprechen begann:

»Hale! fast hätte ich es vergessen, euch zu sagen, daß wir euer Federbett aus der Lade genommen haben ... Marzicha hatte zu Fastnacht die Pocken gehabt ... es war eine solche Kälte, und zum Zudecken gab's da nichts ... da haben wir es von euch geborgt ... Es ist schon ausgelüftet und kann selbst morgen nach oben kommen, wenn ihr wollt.«

»Das Federbett ... euer Wille ... versteht sich, wenn es nötig war ... versteht sich ...«

Etwas schnürte ihr die Kehle zu, so daß sie mitten im Reden stecken blieb; sie schleppte sich tastend bis an die Truhe heran, hockte nieder und begann, nachdem sie den Deckel hochgehoben hatte, eifrig mit zitternden Händen darin zu kramen und ihre Totenaussteuer zu befühlen ...

Wirklich ... das Federbett war nicht da ... und ein ganz neues hatte sie zurückgelassen ... in einem ganz sauberen Bezug ... nicht ein einziges Mal war es gebraucht ... sie hatte es sich doch von den auf den Gänseweiden herumliegenden Federn zusammengelesen ... um es für jene letzte Stunde des Todes bereit zu haben.

Und genommen haben sie es ihr ... genommen ...

Ein klägliches Weinen ergriff sie, das Herz wollte ihr schier springen.

Und lange sprach sie ihr Gebet, die Worte reichlich mit bitteren Tränen netzend; lange weinte sie schmerzlich und beklagte sich vor dem lieben Herrn Jesus über das ihr geschehene Unrecht ...

Es mußte schon spät in der Nacht sein, denn die Hähne fingen an, Mitternacht auszukrähen, vielleicht krähten sie auch zum Witterungswechsel.

* * *

Am nächsten Tag war Palmsonntag.

Noch gut vor Sonnenaufgang, aber schon bei hellem Tage trat Anna aus dem Wohnhaus des Borynahofs ins Freie; sie trug nur einen Beiderwandrock und hatte sich irgendein altes Tuch umgeschlagen, denn es war noch recht kalt draußen.

Sie ging bis vor den Heckenweg auf die sich dunkel dahinziehende taufeuchte Dorfstraße, auf der hier und da noch der Reif lag. Es war noch menschenleer, kein Lebenszeichen machte sich ringsum bemerkbar, nur die Morgenröte hob sich scharf vom Himmel ab und begann aufzuleuchten, sie umkleidete die starren Baumwipfel mit einem blauen Flor; die letzten Schatten der Nacht aber lauerten furchtsam an den Hecken entlang.

Anna kehrte auf die Galerie zurück, und nachdem sie mit Mühe niedergekniet war, denn jeden Tag war ihre Niederkunft zu erwarten, begann sie das Gebet herzusagen, mit schlaftrunkenen Augen von Gegenstand zu Gegenstand irrend.

Der Tag stieg langsam in einem blassen Feuerschein empor, die Morgenröte drang wie durch ein Sieb rieselnd hervor und besprengte den ganzen Osten mit hellem Glanz, der sich wie ein goldener Traghimmel über einer strahlenden, aber noch nicht sichtbaren Monstranz erhob.

Da aber ein Nachtfrost gewesen war, so glitzerten die Zäune und Stege, die Dächer und Steine im Reif, und die Bäume standen da wie weißliche Wolken.

Das Dorf schlief noch, in erdennahes Zwielicht gehüllt, so daß nur einzelne von den Hütten, die näher an der Dorfstraße standen, durch ihr leuchtendes Weiß etwas hervortraten; über die nebelumsponnene Fläche des Weihers schoben sich die langen, schwärzlichen Streifen der Strömung, sie schienen wie erstarrender Glast.

Irgendwo ratterte die Mühle ohne Unterlaß, und ein unsichtbares Bächlein kroch über die Steine mit einem leisen, heimlichen Gemurmel.

Die Hähne krähten schon aus Leibeskräften, und die Vöglein zwitscherten in den Obstgärten, ihre Stimmen wie zu einem gemeinschaftlichen Gebet vereinend, als Anna wieder aufmerkte, denn der Schlaf hatte sie übermannt, und die übermatteten Glieder, die noch nicht genügend ausgeruht waren, sehnten sich noch nach dem Federbett; aber sie hielt sich aufrecht, rieb sich die Augen mit Reif ab und ging, nachdem sie das verlorene Wort des Morgengebets wiedergefunden hatte, auf den Hof, nach dem Vieh zu sehen und die Schlafenden zu wecken.

Zuerst öffnete sie die Tür nach dem Schweinestall; der Masteber versuchte gerade, sich auf den Vorderbeinen hochzurichten, da er aber sehr fett war, so fiel er auf seinen dicken Hintern zurück und ließ den grunzenden Rüssel ihr nachgehen, als sie ihm das Fressen durchrührte, etwas Frisches hinzutuend.

»Die Hosen sind dir zu schwer geworden, da wird es dir nicht leicht, dich auf deine Klumpen zu stellen; wenigstens an die vier Finger dick sitzt der Speck.« Sie befühlte ihm wohlgefällig die Seiten.

Dann sperrte sie die Tür zum Hühnerstall auf und warf vor die Schwelle eine Handvoll Schweinefutter als Lockmittel, so daß die Hühner anfingen, von den Staffeln niederzuflattern und die Hähne wieder laut aufkrähten.

Die nebenan eingesperrten Gänse empfingen sie mit Geschnatter und Gezisch, sie jagte die Gänseriche hinaus, die gleich einen Streit mit den Hühnern anfingen, und begann darauf unter den Gänsen, die auf ihren Nestern saßen, die Eier hervorzuholen und sie gegen das Licht zu beschauen.

»Jeden Augenblick fangen sie an, aus dem Ei zu kriechen«, dachte sie und hörte auf das leise, kaum hörbare Picken in den Eiern.

Richtig kam auch Waupa aus seiner Hundehütte heraus, als sie nach dem Stall zuging, reckte sich und gähnte, ohne auf das ihn anzischende Gänsevolk zu achten.

»Hale, Faulenzer, wie ein Arbeitsknecht schläft er die ganze Nacht durch, anstatt zu wachen.«

Der Hund wedelte mit dem Schweif, bellte freudig auf, stürzte zwischen die Hühner, daß die Federn aufflogen, und dann erst ging es los mit dem Anspringen bis hoch an die Brust und mit dem Lecken der Hände, so daß sie, ohne selbst zu wollen, ihn über den Kopf streicheln mußte.

»Mancher Mensch hat nicht so viel Gefühl, wie so ein Tier. Er merkt die Bäuerin, das Biest!« Sie reckte sich ein wenig und ließ die Augen über die bereiften Dächer schweifen, denn die Schwalben, die in einer Reihe auf dem Dachfirst saßen, zwitscherten zart auf.

»Pietrek! Der Tag steht da, groß wie ein Ochs!« schrie sie, mit der Faust an die Tür des Pferdestalls hämmernd, und als sie ein Murmeln und das Aufschieben von Riegeln hörte, machte sie gleich die andere Tür nach dem Kuhstall auf.

Die Kühe lagen in einer Reihe vor den Krippen.

»Witek! Was der Plumpsack schläft, wie nach einer Hochzeit!«

Der Junge war gerade aufgewacht, sprang von der Pritsche und begann rasch die Hosen überzuziehen und erschrocken vor sich hin zu murmeln.

»Wirf den Kühen frisches Heu auf, damit sie bis zum Melken noch was fressen und komme gleich, Kartoffeln zu schaben. Und der Bleß brauchst du nichts zu geben, laß sie sie allein füttern«, fügte sie hart hinzu, denn es war Jagnas Kuh.

»Die füttern sie schon schön was, daß sie immerzu vor Hunger brüllt und das Stroh unter sich wegfrißt.«

»Laß sie krepieren, das ist nicht mein Verlust!« knurrte sie gehässig.

Witek brummte noch etwas; kaum aber war sie gegangen, warf er sich mit dem Hosengurt in der Hand quer über sein Lager hin, um noch mindestens ein Paternoster lang vor sich hinzudöseln.

Anna aber ging noch nach der Scheune, wo auf der Tenne mit Stroh zugedeckte Kartoffeln lagen, von denen die zum Einlegen ausgesucht waren, und sah in den Schuppen hinein, wo man allerhand wirtschaftliches Gerät beiseite legte. Waupa sprang vor ihr her, jeden Augenblick zu den Gänserichen abschweifend, um mit ihnen Streit zu suchen. Nachdem sie schließlich überall aufmerksam nachgesehen hatte, ob nicht in der Nacht irgendwo ein Schaden entstanden war, was sie so Morgen für Morgen gewohnt war zu tun, ging Anna nach dem Zaunüberstieg, um die Wintersaat auf den Feldern in Augenschein zu nehmen.

Sie setzte wieder das unterbrochene Morgengebet fort.

Die Sonne war auch schon aufgestanden, so daß durch den Obstgarten eine Flammenflut sich ergoß, der Reif aufglitzerte und es von den Bäumen zu tropfen begann; auch der Wind hatte sich etwas gerührt und rüttelte leise in den Zweigen. Die Lerchen schmetterten immer dichter, und im Dorf, auf den Wegen, entstand die erste Bewegung; man hörte das Platschen des Wassers beim Füllen der Eimer im Weiher, verrostete Torangeln kreischten irgendwo auf, Gänse schrien und Hundegebell wurde laut, hier und da hörte man auch eine Menschenstimme durch die Morgenstille rufen.

Das Dorf wurde an diesem Tage etwas später wach, da es ja auch Sonntag war, und jeder war froh, ein bißchen länger die müde gearbeiteten Glieder unter dem Federbett zu rekeln.

Anna achtete auf alles dieses nicht und versank ganz in ihre Gedanken, die sie so umsponnen hatten, daß nur ihre Lippen das Gebet sprachen, sie aber war mit ihrer Seele weit ab davon, ganz von Erinnerungen umfangen.

Sie hob die stillen, freudetrunkenen Augen und ließ sie über die Weiten schweifen, die die Wand des fernen Waldes umschloß; über den Wald ergossen sich die Flammen des Sonnenaufgangs und ließen die dicken, bernsteingelben Kiefern aus den bläulichen Dickichten hervorblitzen, und alle Erde ringsum schien im erwachenden, goldenen Licht zu zucken, die Wintersaaten bedeckten die Ackerbeete wie mit einem feuchten grünlichen Flaum, und hier und da glitzerten in den Furchen Wasserrinnsale wie silberne Adern. Von den Feldern kam ein Hauch wie von feuchten, kühlen Atemzügen, die sich mit jener heiligen Frühlingsstille mischten, in der alles wächst und entsteht.

Darauf sah sie aber nicht und achtete nicht darauf.

Es kamen ihr die Erinnerungen an all das Elend, all das Darben, an jene Ungerechtigkeiten und an Anteks Verrat, an all die Schmerzen, die wie Eisennägel Wunden schlugen – Erinnerungen an die Trübsale und vielen Plagen, so daß sie staunen mußte, wie sie das alles hatte überwinden können, um es nun zu erleben, daß der Herr Jesus alles zum Besseren gewendet hatte ...

Sie befand sich doch wieder auf eigener Wirtschaft, hatte Boden unter den Füßen.

Und wer hätte die Macht haben sollen, sie von hier herauszureißen? Wer würde gegen sie ankommen können!

So vieles hatte sie schon überwunden, so vieles ausgehalten in diesem halben Jahr, daß ein anderer Mensch ein Leben lang nicht so viel erduldet; sie würde denn auch jegliches tragen, was dem Herrn Jesus nur gefallen sollte, auf ihre Schultern zu legen; sie würde es aushalten und selbst das noch würde sie gewiß erleben, daß Antek wieder zur Besinnung kommt, und daß dieser Boden ihnen für alle Ewigkeit gehören wird.

Ganze drei Wochen waren es schon, und ihr schien es, als wäre es kaum gestern geschehen, als die Männer nach dem Wald zogen ...

Sie ging nicht mit den anderen, denn in ihrem Zustand war das schwer und auch gefährlich ...

Sie sorgte sich aber um Antek, denn gleich hatte man ihr zugetragen, daß er nicht zu dem übrigen Volk gestoßen war und nicht mitgemacht hatte; sie begriff, daß er es dem Alten zum Trotz tat und vielleicht auch darum, um inzwischen mit der Jaguscha irgendwo zusammenzukommen ...

Das fraß an ihr, aber sie war doch nicht hingegangen, ihm nachzuspüren.

Da plötzlich, gerade gegen Mittag, kommt der Gulbasjunge angerannt und brüllt:

»Wir haben die Gutsleute geschlagen!« dann jagte er wie toll davon.

Sie verabredete sich mit der Klembbäuerin und machten sich beide auf den Weg, den Männern entgegen. Einer der Dominikburschen kam gerade angelaufen, und von weitem hörten sie ihn schreien:

»Boryna haben sie totgeschlagen, den Antek totgeschlagen, Mathias und die anderen!« ... er fuchtelte mit den Händen, murmelte etwas vor sich und sank zu Boden, so daß man ihm die Zähne mit einem Messer auseinanderzwängen mußte, um ihm Wasser einzuflößen, so mitgenommen war er.

Ihr aber war die Seele vor Angst schier zu Stein erstarrt.

Zum Glück kamen schon, ehe sie den Burschen zur Besinnung brachten, die anderen aus dem Wald auf die Landstraße heraus und erzählten, wie es gewesen war, und vielleicht in einem Paternoster konnte sie mit eigenen Augen den Antek leibhaftig neben Vaters Wagen gehen sehen: sein Gesicht war blau angelaufen wie bei einem Toten, er war über und über mit Blut besudelt und völlig geistesabwesend.

Natürlich, daß sie das Weinen erfaßte und ein Schmerz ihr schier das Herz zerriß; doch sie bezwang sich desto mehr, da ihr Vater, der alte Bylica, sie beiseite zog und ihr leise zuflüsterte:

»Der Alte wird bald sterben, Antek weiß von der lieben Welt nichts, und auf dem Borynahof ist kein Mensch da, der Schmied wird da noch einziehen, und niemand kriegt ihn schon heraus!« ...

Sie begriff sofort und rannte so schnell sie laufen konnte nach Haus, nahm die Kinder mit und was sie an Kleidung zu fassen bekam, ließ den Rest unter Veronkas Obhut und übersiedelte schnellstens auf den alten Platz in die andere Hälfte des Borynahauses.

Noch verband Ambrosius den Alten, noch waren die Leute nicht auseinandergegangen, das ganze Dorf hallte noch vom Freudegeschrei der Sieger und vom Gejammer der Verwundeten wider, als sie schon ganz leise eingezogen war und sich auf Ja und Amen eingenistet hatte.

Und sie wachte gut, denn es war doch auch Anteks Grund und Boden, und der Alte hatte kaum einen Atem mehr und konnte jeden Augenblick die Klumpen von sich strecken.

Man weiß es ja, daß es nicht so leicht ist, wenn einer als erster ans Erbe heran kann und sich da festkrallt, ihn wieder abzubringen, und auch das Recht hat er auf seiner Seite.

Was kümmerte sie dem Schmied sein Geschrei und Drohen, mit dem er ihr den Eintritt verwehren wollte, arg erzürnt, daß sie ihm zuvorgekommen war!

Sollte sie da vielleicht jemanden um Erlaubnis bitten? sie hielt den Besitz schon fest, paßte auf, wie ein Wachthund und verteidigte ihr Hab und Gut in der Gewißheit, daß der Alte bald sterben müßte und sie den Antek abführen würden, denn darauf hatte sie Rochus vorbereitet.

Bei wem sollte sie denn da Schutz suchen? Man weiß Bescheid, wenn der Mensch nicht selbst was tut, gibt ihm auch der Herrgott weder Hab noch Gut.

Nicht mit Weinen und Wimmern kommt man zu seinem Recht, sondern nur mit den harten, unnachgiebigen Krallen – das wußte sie ja schon, und ob!

Und obgleich sie den Antek abgeführt hatten, beruhigte sie sich bald, denn was kann ein armes Wurm von Mensch gegen sein Los? Wie soll er sich da wehren, ist doch nur so'n bißchen Erdenstaub ...

Wo war da auch Zeit für langes Gejammer und Klagen, da sie nun eine so große Wirtschaft auf sich genommen hatte!

Sie war doch ganz allein geblieben, wie ein Strauch auf einem Sandhaufen am Kreuzweg, war aber doch nicht vor der Arbeit zurückgewichen, und vor den Menschen war ihr nicht bange geworden. Und sie hatte doch die Jagna gegen sich, die Schmiedsleute waren gegen sie erzürnt, daß Gott erbarm, der Schulze, der seine Pläne mit Jagna hatte und sich mächtig als ihr Beschützer aufspielte, war ihr auch nicht grün, selbst Hochwürden, den die Dominikbäuerin gegen sie einzunehmen verstanden hatte, hielt zu denen.

Nur daß sie sie allesamt nicht 'rumkriegen konnten, sie ließ sich nicht beikommen; jeden Tag wuchs sie tiefer in den Boden hinein und hielt das Regiment fester in den Händen, so daß in kaum zwei Wochen schon alles nach ihrem Willen und nach ihrem Kopf ging.

Sie selbst aber schlief nicht und aß und ruhte nicht, von Morgengrauen bis spät in die Nacht arbeitend, wie ein Zugtier im Joch.

Da sie es aber nicht gewohnt war, eine solche Arbeit zu leisten, und alles nach eigenem Kopf zu entscheiden hatte, von Natur aus jedoch unbeholfen und durch Antek eingeschüchtert war, so fiel ihr das oft so schwer, daß ihr die Hände zu erlahmen drohten.

Doch die Angst, daß sie sie nicht aus der Wirtschaft hinausdrängten und der Haß gegen Jagna hielten sie aufrecht.

Und schließlich war es doch einerlei, woher ihr die Kraft kam, es genügte, daß sie sich nicht beikommen ließ, und darob stieg sie in Achtung und in Ansehen in den Augen aller.

»Sieh mal an! Früher schien es, als ob sie nicht bis drei hätte zählen können, und jetzt reicht sie für ein Mannsbild aus«, redeten die ersten Hofbäuerinnnen im Dorf über sie, und selbst die Ploschkabäuerin sowie die meisten anderen bemühten sich gern um ihre Freundschaft und standen ihr bereitwillig bei mit Rat und Tat und womit sie nur konnten.

Versteht sich, daß sie es mit dankbarem Herzen entgegennahm, sich aber doch nicht allzusehr mit ihnen einlassend und sich nicht besonders über ihre Gnade freuend, denn nicht leicht vergaß sie das noch frische Unrecht.

Sie vermochte nicht über das erste beste herumzureden, darum hatte sie denn auch das nachbarliche Herumschwatzen und das Herumstehen in den Heckenwegen, sowie das Herziehen über die anderen nicht nötig.

Hatte sie nicht vielleicht selber genug Sorgen, als daß sie sich noch über Fremdes aufregen sollte! ...

Sie dachte gerade wieder an Jagna, mit der sie einen erbitterten, stummen und unversöhnlichen Krieg führte, an diese Jaguscha, deren Name schon allein für sie wie ein Stich mit dem Messer war, so daß sie auch jetzt gleich aufsprang, sich eilig bekreuzigte und auf die Brust schlug, das Gebet beschließend.

Sie wurde noch ärgerlicher, da sie im Haus alles schlafend vorfand und auch noch alles auf dem Hof still war.

Sie herrschte den Witek an, trieb Pjetrek von seinem Lager, und auch Fine bekam etwas ab, daß die Sonne schon mannshoch sei und sie noch immer herumliege.

»Nur aus den Augen lassen auf einen einzigen Augenblick, und sie schlafen in allen Ecken herum!« murmelte sie, das Feuer auf dem Herd anzündend.

Sie führte die Kinder auf die Galerie, steckte jedem eine Brotkruste zu und rief Waupa herbei, daß er mit ihnen spielte, selbst aber ging sie hinüber, nach Boryna zu sehen.

Auf der väterlichen Seite war es noch ganz still, so daß sie mit Wut die Tür laut hinter sich zuwarf; das weckte aber die Jagna nicht, und der Alte lag ganz ebenso wie sie ihn am Abend zurückgelassen hatte: auf dem rotgestreiften Bettzeug lag sein bläuliches behaartes Gesicht, mager und wie tot, so daß er jenen Heiligenfiguren ähnlich war, die man aus Holz schnitzt; die weit geöffneten Augen starrten vor sich hin, ohne zu sehen; den Kopf hatte er mit Tüchern verbunden, und die weit von sich gereckten Arme hingen ihm schlaff herunter wie angesägte Äste.

Sie bettete ihn bequemer, glättete das Federbett nach der Richtung der Füße, denn es war in der Stube heiß, und goß ihm dann schluckweise frisches Wasser in den Mund: er trank langsam, daß ihm die Gurgel hin und her ging, doch er bewegte sich weiter nicht; immerzu lag er da, wie ein umgefallener Stamm, nur die Augen leuchteten ihm hin und wieder jäh auf, wie wenn ein Fluß in der Nacht aus den Dunkelheiten hindurchschimmert und auf einen Augenblick aufblitzt.

Nachdem sie über ihn wehmütig aufgeseufzt hatte, stieß sie mit dem Holzpantoffel gegen einen Eimer und warf wütige Blicke auf die Schlafende.

Aber Jaguscha wurde doch nicht wach; sie lag auf der Seite, mit dem Gesicht nach der Stube zu und hatte wohl wegen der Hitze das Federbett bis zur Hälfte der Brust zurückgeschoben; die Arme und der Hals waren entblößt und schimmerten rosig, sie bewegten sich ein bißchen bei jedem leisen Atemzug; durch die offenstehenden kirschroten Lippen schimmerten die Zähne wie weiße Perlenschnüre, und das gelöste Haar überflutete die weißen Kissen und floß zu Boden, wie der reinste in der Sonne getrocknete Flachs.

»Wenn man dir so das Mäulchen mit den Krallen abschaben würde, dann könntest du dich nicht mit deiner Schönheit über die anderen erheben!« flüsterte Anna mit solchem Haß, daß es sie bis ins Herz schüttelte, und sich die Finger ihr wie von selbst zum Kratzen spreizten, aber unwillkürlich glättete sie sich ihr Haar und sah in den Spiegel, der am Fensterkreuz hing; rasch zog sie sich jedoch wieder zurück, nachdem sie ihre geröteten Augen und ihr abgezehrtes Gesicht gewahrte, das ganz mit gelben Flecken bedeckt war.

»Über nichts quält sie sich, frißt sich voll, schläft sich aus in der Wärme, gebiert keine Kinder, und da soll sie nicht schön sein!« überlegte sie voll Bitternis und schmiß im Weggehen die Tür so heftig hinter sich zu, daß die Scheiben aufklirrten.

Endlich wachte Jagna auf. Nur der Alte lag immerzu ohne Bewegung, vor sich hinstarrend da.

Er lag schon so ganze drei Wochen, seitdem man ihn aus dem Wald gebracht hatte. Zuweilen nur schien er aufzuwachen, rief nach Jagna, griff nach ihren Händen, wollte ihr etwas sagen und wurde wieder steif, ohne ein einziges Wort gesprochen zu haben.

Es hatte ihm schon Rochus einen Arzt aus der Stadt hergeholt, der ihn besah, auf einen Papierfetzen etwas aufschrieb und zehn Rubel nahm; auch die Medizin kostete nicht wenig. Und natürlich hatte es gerade so viel geholfen, wie die umsonst gemachten Besprechungen der Dominikbäuerin.

Sie begriffen bald, daß er nicht mehr aufkommen würde, und ließen ihn in Ruhe. Man weiß ja, wenn da einer auf den Tod krank ist, dann muß er sterben und würde man ihm Gott weiß was für Arzneien und Ärzte herbeischaffen; und soll er gesund werden, dann wird er es auch ohne irgendwelche Hilfe.

Sie sorgten also nur so viel um ihn, daß sie ihm oft die nassen Tücher auf dem Kopf wechselten, ihm Wasser zu trinken gaben oder auch etwas Milch, denn essen konnte er nicht, alles gab er wieder von sich.

Die Leute merkten es, vor allem aber Ambrosius, der darin ein Praktikus war, daß Boryna, wenn er nicht zur Besinnung kommen würde, einen leichten und raschen Tod haben müßte. Sie erwarteten fast alltäglich das Ende, aber das Ende kam nicht; es wurde ihnen schon ordentlich zuwider dieses Warten, denn man mußte doch noch auf ihn achtgeben und für ihn sorgen.

Jagnas hundsverdammte Pflicht war es, auf ihn zu passen und ihn zu pflegen; wie sollte das aber werden, wenn sie es doch nicht aushielt, selbst nur eine Stunde zu Hause zu sitzen? Der Alte war ihr ganz zuwider geworden, und auch der ewige Krieg mit Anna, die sie von allem zurückdrängte und sie schlimmer als einen Dieb bewachte, war ihr lästig – kein Wunder also, daß es sie hinausverlangte, daß sie Lust verspürte, auf und davon zu rennen in diese warmen Nachmittage, unter die Menschen, in die Freiheit; sie überließ dann das Bewachen der Fine und eilte Gott weiß wohin, so daß sie öfters erst abends zurückkehrte.

Die Fine aber sorgte für Boryna nur so weit, wie die Menschen es sehen konnten, sie war ja noch zu dumm dazu und ein Herumtreiber obendrein. Anna mußte also auch das noch sich aufladen und für den Kranken sorgen; denn wenn auch die Schmiedsleute wenigstens an die zehn Mal am Tage nachzusehen kamen, dann war es doch nur, um ihr auf die Finger zu passen, ob sie nicht etwas aus dem Hause hinaustrüge. Hauptsächlich aber warteten sie, daß vielleicht der Alte noch einmal reden und über das Vermögen eine Verfügung treffen würde.

Sie gingen einander dabei so zu Leibe wie die Hunde um ein krepiertes Schaf und suchten eines dem anderen, sich gegenseitig anknurrend, das Recht streitig zu machen, wer sein Gebiß zuerst in die Gedärme eingraben und für sich einen guten Bissen losreißen dürfte; inzwischen raffte der Schmied alles an sich, worauf nur sein Auge fiel und was ihm unter die Finger kam, selbst wenn es nur ein Stückchen Spagat oder ein Brett gewesen wäre, so daß man es ihm aus den Fäusten reißen und ihn auf Schritt und Tritt bewachen mußte; kein Tag verging ohne Zank und arges Gefluche.

Man sagt: Morgenstunde hat Gold im Munde, und es ist wahr, aber der Schmied konnte selbst um Mitternacht aufstehen und bis ins zehnte Dorf rennen, wenn es nur um einen guten Verdienst ging, der war schon mächtig gierig aufs Geld und sorgte wie nur wenige vor, wo er was kriegen konnte.

So auch jetzt; kaum, daß Jagna aus dem Bett gekrochen war und die Röcke übergetan hatte, knarrte die Tür, und er schob sich leise zur Stube herein, gerade auf den Kranken zugehend.

»Hat er denn nichts geredet?« Er sah ihm ganz aus der Nähe in die Augen.

»Er liegt ja noch immer wie er gelegen hat!« brummte sie zurück, ihre Haare unter das Kopftuch schiebend.

Sie war noch barfuß und im Hemd, etwas verschlafen und so schön anzusehen, und eine solche brennende Glut und Wohligkeit kam von ihr, daß er, die Lider zusammenkneifend, sie in Augenschein nahm.

»Wißt ihr«, er schob sich ganz nahe an sie heran: »der Organist hat sich bei mir verplappert, daß der Alte viel bar Geld haben muß, denn noch vor Weihnachten wollte er einem Bauer aus Dembica ganze fünfhundert Rubel geben, wegen der Prezente sind sie nur nicht einig geworden. Das Geld muß irgendwo im Haus verborgen sein ... Gebt fleißig auf die Anna acht, denn wenn sie es vor euch zu fassen kriegen sollte, würde es kein Menschenauge wiedersehen ... Ihr könntet langsam und im stillen alle Ecken durchsuchen, daß es aber ja niemand merkt ... Hört ihr denn?«

»Warum sollt' ich denn nicht hören!« Sie bedeckte die Schultern mit einer Beiderwandschürze, denn er betastete sie fast mit seinen Diebsaugen.

Er ging im Zimmer herum und sah wie zufällig hinter die Bilder, eifrig dabei überall herumspähend, wo es nur anging.

»Habt ihr den Schlüssel zu der Kammer?« er blinzelte nach der kleinen verschlossenen Tür hinüber.

»Der hängt doch an der Passion, am Fenster.«

»Einen Meißel hab ich ihm geborgt, es wird schon über ein Monat sein, jetzt muß ich ihn gerade gebrauchen, und nirgends kann ich ihn finden. Ich denk', er muß da wohl irgendwo zwischen dem Kram verlegt sein ...«

»Sucht ihn euch selber, ich mach' mich nicht 'ran, ihn euch herzusuchen.«

Er trat von der Tür zurück, denn im Flur erscholl Annas Stimme; so hing er den Schlüssel auf seinen Platz und griff nach der Mütze.

»Morgen will ich mal suchen ... ich hab' es heute gerade eilig ... Ist denn der Rochus zurückgekommen?«

»Weiß ich denn das? Fragt die Anna.«

Er blieb noch eine Weile stehen, kaute an seinem roten Schnurrbart, und die diebischen Augen flogen ihm von Ecke zu Ecke, dann lachte er in sich hinein und ging.

Jagna warf die Schürze ab und machte sich an das Ordnen des Bettzeugs und an das Aufräumen, hin und wieder lauernde Blicke auf Boryna werfend, und ging immer nur so in der Stube herum, um nicht seinen weit geöffneten, starren Augen zu begegnen.

Gewiß, er war ihr schon zuwider, sie fürchtete ihn und haßte ihn mit ganzer Macht für all das Unrecht, das sie erlitten hatte; und jedesmal, wenn er sie rief und sie mit seinen heißen, klebrigen Händen anfaßte, ging es ihr durch und durch vor Ekel und Angst, so fühlte sie schon den Tod in ihm; aber trotzdem war es wohl sie allein, die es am aufrichtigsten wünschte, er möge wieder gesund werden.

Jetzt erst begriff sie, was sie verlieren würde, wenn er nicht mehr da sein sollte, bei ihm fühlte sie sich als die Bäuerin, alle hörten auf sie, und andere Frauen und Mädchen, ob sie wollten oder nicht, mußten sie achten und ihr den Vortritt lassen – wie sollten sie das auch nicht müssen, Boryna seine Frau war sie doch – und Matheus, obgleich er zu Hause bissig wie ein Hund war und ihr kein gutes Wort gönnte, hielt auf sie vor den Menschen und sah danach, daß keiner wagte, ihr etwa nicht die Ehre zu bezeugen.

Das hatte sie früher nicht begriffen; erst nachdem Anna ins Haus gekommen war und anfing, sich über sie hinwegzusetzen und sie nicht mehr regieren lassen wollte, fing sie an, ihre Verlassenheit und das Unrecht, das man ihr antat, zu fühlen.

Um den Grund und Boden war es ihr doch nicht zu tun – was waren ihr Reichtümer? ... Sie hielt davon gerade so viel, wie vom verflossenen Jahr, und obgleich sie sich schon an das Regieren gewöhnt hatte und sich gerne über die anderen erhob, mit ihrem Reichtum großtuend und sich auf ihrem eigenen Besitz breit machend, so hätte sie dem allen doch nicht nachgeweint – aber es verdroß sie schmerzlich, daß sie vor Anna, vor Anteks Frau zurücktreten mußte: das brannte sie bis ins lebendige Leben und weckte die Wut und die Widerspruchsgeister in ihr.

Natürlich stachelte sie ihre Mutter auf, und auch der Schmied wirkte durch sein alltägliches Hetzen gegen Anna auf sie ein; aus sich selbst hätte sie vielleicht rasch nachgegeben, so war ihr dieser ewige Krieg zuwider, sie hätte selbst manches Mal alles hingeschmissen und wäre zur Mutter übergesiedelt.

»Daß du dich nicht unterstehst! Sitz du da, bis er wegstirbt und paß auf Deines!« befahl ihr die Alte streng.

So saß sie denn, obgleich ihr die Zeit unbeschreiblich lang wurde – war es denn vielleicht auch nicht so? Ganze Tage niemanden zu haben, mit dem man ein Wort reden kann, niemanden, mit dem man lachen und zu dem man hinauslaufen kann ...

Und zu Hause stöhnte der Alte in einem fort herum, war Anna ewig zum Zank bereit und herrschte ein ununterbrochener Krieg, daß es schon gar nicht mehr zum Aushalten war.

Bei der Mutter war es auch nicht verlockend.

So lief sie denn mit dem Wocken von Haus zu Haus – war es denn da aber besser, wenn im ganzen Dorf nur lauter versauerte, verheulte und klagende Weiber waren, wie die reinen Märztage, und überall nur die unaufhörliche Litanei des Wehklagens, nirgends ein Bursche zu sehen, und hätte man ihn selbst nötig wie das liebe Brot.

Sie konnte einfach keinen Platz und keinen Rat mehr finden.

Dazu überkamen sie oft und immer öfter die Erinnerungen an Antek.

Das ist wahr, ganz zuletzt, ehe man ihn genommen hatte, war sie stark gegen ihn abgekühlt, und ihre Begegnungen waren da schon nur noch Angst und Qual gewesen; zum Schluß hatte er ihr auch noch Unrecht getan, daß ein Groll ihre Seele erfüllte, wenn sie nur daran dachte ... aber sie hatte doch jemanden gehabt, zu dem sie hinausgehen konnte, sie wußte doch, daß er da hinter dem Schober jeden Abend auf sie wartete und nach ihr ausspähte ... daß einer da war, dem zu Sinn zu sein wohltat ... Und obgleich sie vor Angst bebte, daß man sie ausspähen könnte, und er sie auch manches Mal wegen des langen Wartens angefahren hatte, so lief sie doch bereitwillig hin und vergaß die ganze Welt, wenn er sie mit Macht an sich riß und sie nahm, ohne um Erlaubnis zu fragen ... Ein Widerstand kam ihr nicht in den Sinn, es wurde ihr ganz schwach zumute, wenn er sie umarmte und sie wie in Gluten tauchte.

Oft konnte sie bis Mitternacht nicht einschlafen und kühlte ihr durch seine Küsse erglühtes Gesicht gegen die kalte Wand, bis zum Grunde aufgewühlt und voll jener süßen, sie heiß überkommenden Erinnerungen, die ihr durch Mark und Bein gingen.

Und jetzt ist sie ganz allein, niemand belauert sie, niemand hat ein Recht auf sie, aber es verlangt sie auch nach niemand, niemand wartet auf sie dort am Zaunüberstieg, und niemand zwingt sie zu sich ...

Daß der Schulze hinter ihr herläuft, mit ihr anfangen möchte, süße Reden führt, sie hier und da an den Zaun drückt und nach der Schenke auf Traktament ziehen möchte, um sie für sich zu haben, das läßt sie sich nur gefallen, weil ihr die Zeit so furchtbar lang wird, und weil kein anderer da ist, mit dem sie lachen könnte; aber zwischen dem und Antek ist ein solcher Unterschied, wie zwischen dem Hofhund und dem Bauer!

Und dann tut sie's auch noch aus Trotz gegen das ganze Dorf und gegen jenen selbst.

Wie ist er zum Schluß mit ihr umgegangen, wie hat er sie schändlich behandelt. Das war doch so – eine ganze Nacht durch und einen ganzen Tag hat er beim Alten gesessen, hat selbst auf ihrem Bett geschlafen, sich nicht mit einem Schritt aus der Stube gerührt und sie doch so gut wie gar nicht bemerkt, obgleich sie in einem fort vor ihm stehenblieb, wie ein Hund mit den Augen um Erbarmen bettelnd.

Er hatte sie nicht einmal angeblickt, sah immer nur den Vater, die Anna und die Kinder, selbst eher noch den Hund an, als sie.

Darum hatte sie vielleicht auch ganz das Herz für ihn verloren, und alles hatte sich in ihr verwandelt; denn als sie ihn in Ketten nahmen, schien er ihr ein so anderer, ein so ganz fremder, gleichgültiger, daß sie es gar nicht vermochte, ihn zu bedauern, und selbst mit heimlicher Freude Anna betrachtete, wie sie sich die Haare raufte, mit dem Kopf gegen die Wand schlug und wie eine Hündin heulte, der man die Jungen ersäuft hatte.

Sie freute sich mit einer gehässigen Freude über ihre Qual und wandte mit Abscheu ihre Augen von seinem furchtbaren Gesicht ab, das ihr fast wie das eines Wahnsinnigen schien.

Er kam ihr damals so fremd vor, daß sie sich seiner jetzt gar nicht mehr entsinnen konnte.

Um so mehr aber dachte sie an jenen anderen Antek, aus jenen vergangenen Tagen all ihrer Liebe und Seligkeit, aus den Tagen der heimlichen Begegnungen, Umarmungen, Küsse und Leidenschaft, an jenen anderen, zu dem jetzt in den schlaflosen Nächten ihre Seele häufig hinstrebte und nach dem das gequälte Herz im Leid und unsagbarer Sehnsucht schrie.

Nach jenem Antek ... aus den Tagen des Glücks suchte sich Jagnas Seele immer wieder loszureißen, ohne zu wissen, wo er war und wo er in der weiten Welt wohl weilen konnte ...

Auch jetzt schwebte sein Bild in ihrer Erinnerung wie ein lieber Traum, von dem man sich schwer trennen kann, als wieder die kreischende Stimme Annas erscholl.

»Wie ein geschundener Hund spektakelt und schreit sie!« flüsterte sie, aus ihrem Nachsinnen erwacht.

Die Sonne sah schon seitwärts in die Stube herein, den dämmerigen Raum mit rötlichem Licht füllend, die Vögel zwitscherten freudig im Garten, die Wärme steigerte sich, und von den Dächern rann der Nachtfrost wie in Glasperlen herunter. Durch das offene Fenster drangen mit dem Morgenwind die Schreie der im Weiher herumplanschenden Gänse herein.

Sie hantierte, wie ein munterer Stieglitz vor sich hinsummend, leise in der Stube herum, denn es war ja Sonntag und bald Zeit, die Palmenreiser zum Kirchgang fertigzumachen. Die Gerten der roten Weide mit silbrigen Kätzchen bedeckt, standen seit gestern in einem Krug, sie waren etwas matt, denn sie hatte vergessen, ihnen Wasser einzugießen. Gerade war sie dabei, sie wieder zu beleben, als Witek ihr durch die Tür zuschrie:

»Die Bäuerin hat gesagt, ihr sollt eure Kuh füttern, sie brüllt schon vor Hunger!«

»Sag ihr, sie hat nichts mit meiner Kuh zu schaffen!« schrie sie ganz laut zurück, hinhorchend, was die andere zur Antwort kläffte.

»Schnauze du nur, bis dir das Maul von selbst müde wird, heut wirst du mich nicht zur Wut bringen!«

Und sie fing mit größter Ruhe an, ihre Kleider aus der Lade hervorzuholen und überlegte, nachdem sie sie über das Bett gebreitet hatte, welches sie für den Kirchgang anziehen sollte. Plötzlich aber überkam sie ein seltsames Gefühl der Traurigkeit, ihr wurde zumute wie unter einer Wolke, die sich über die Sonne legt, so daß die ganze Welt verdunkelt wird. Wozu sollte sie sich denn putzen? für wen denn?

Für die Weiberblicke, die neidisch jedes von ihren Ländern einschätzten, um sie dafür dann noch auf den Zungen herumzutragen?

Sie ließ unwillig den ganzen Putz liegen und fing an, nachdem sie sich ans Fenster gesetzt hatte, ihr üppiges helles Haar zu kämmen, wehmütig dabei ins Dorf hinüberschauend, das schon ganz in Sonnenschein lag und unter tausend Tautropfen glitzerte; hier und da blitzten einzelne Häuser weiß zwischen den Gärten hervor, und blaue Rauchsäulen quollen zum Himmel empor, auf dem Weg aber jenseits des Weihers, ganz im Schutz der Bäume, kamen hin und wieder Frauen vorbei; sie sah das Rot ihrer Beiderwandröcke, das sich im Wasser spiegelte, und konnte beobachten, wie sie zwischen den schon fast zerfließenden Schatten der Uferbäume vorüberschritten; dann schwammen die Gänse in einer weißen Reihe vorbei, mitten durch das helle Blau des gespiegelten Himmels, und ließen hinter sich schwärzliche halbrunde Kreise auf dem Wasser zurück, die leise wie Schlangen dahinkrochen; oder die flinken Schwalben glitten ganz tief an ihr vorüber, das weiße Gefieder ihrer Bäuche blitzte auf; und irgendwo an der Tränke brüllten die Kühe, und ein Hundekläffen wurde vernehmbar.

Sie dachte nicht nach über das, was sie sah, und ließ ihre Augen nach oben schweifen, wo auf dem mit Morgendunst verhängten Himmel ganze Scharen von Wolken zu sehen waren, wie wollige weiße Schäfchen auf der Weide. Irgendwo unter ihnen in fernen Höhen zogen unsichtbare Vogelzüge vorüber, und ihre langgezogenen klagenden Rufe wehten zur Erde nieder; es packte sie etwas jäh an der Brust bei diesen Stimmen, und eine schon lange lauernde Sehnsucht preßte plötzlich ihr Herz zusammen, daß sie mit glanzlosen Augen über die wildbewegten Bäume und über das Wasser in die Weite irrte, wohin auch jene in Bläue getauchten Wolken zu ziehen schienen, sie schaute in die weite Welt hinaus und sah doch nichts, als ihre eigene flutende Sehnsucht, so daß dicke Tränen über ihre erblaßten Wangen zu fließen begannen, wie glitzernde Perlen eines zerrissenen Rosenkranzes – so rollten sie langsam eine nach der anderen irgendwohin, ganz auf den Grund der Seele.

Konnte sie denn fassen, was mit ihr geschehen war?

Sie fühlte nur, daß sich etwas in ihr losriß, sie drängte, vorwärtstrieb, daß sie bis ans Ende der Welt hätte gehen können, so weit nur ihre Augen reichten, so weit sie diese unstillbare Sehnsucht führen würde, und sie weinte so schmerzlos und ohne es fast zu wissen, wie wenn ein blütenbelasteter Baum am Frühlingsmorgen, wenn die Sonne anfängt zu wärmen, und die Winde seine Äste schaukeln, reichlich seinen Tau fallen läßt, seine Wurzeln noch tiefer in die Erde versenkt und von fruchtbaren Säften übervoll die Blütenzweige dem Himmel entgegenstreckt ...

»Witek, bitt' mal schön die Gutsherrin zum Frühstück!« ließ sich Annas schrille Stimme abermals vernehmen.

Jagna fuhr auf, wischte die Tränen ab, kämmte die Haare zu Ende und ging eilig hinüber.

In Annas Stube saßen schon alle beim Frühstück. In der großen Schüssel dampften die Kartoffeln, und gerade begoß sie Fine mit fetter Sahne, die mitgeschmorten Zwiebeln zubereitet war, während die anderen mit gierigen Blicken darauf lauerten, um mit den Löffeln über das Essen herzufallen.

Anna nahm den ersten Platz in der Mitte vor der Bank, auf der gegessen wurde, ein, Pjetrek saß am Ende, und neben ihm hockte Witek auf dem Fußboden, Fine aber aß stehend und paßte auf das Nachfüllen auf; die Kinder hatte man bei einer ansehnlichen Schüssel am Herd niedergesetzt; sie mußten sich mit ihren Löffeln gegen Waupa wehren, der ab und zu mit in die Schüssel langte.

Jagna hatte ihren Platz nach der Tür zu gegenüber Pjetrek.

Sie aßen langsam, von Zeit zu Zeit nur vom Essen aufschauend.

Vergeblich plapperte Fine allerhand Zeug und auch Pjetrek warf manches Wort dazwischen; selbst Anna wurde durch Jagnas traurige verweinte Augen mitleidig gestimmt und ließ ein paar Worte fallen, Jaguscha antwortete mit keinem Ton.

»Wer hat dir denn eine solche Beule geschlagen, Witek?« fragte Anna.

»Gegen die Krippe bin ich gefallen!« Er wurde krebsrot und rieb die schmerzende Stelle, verständnisvoll nach Fine schielend.

»Hast du denn schon Palmreiser geholt?«

»Ich lauf' gleich hin, wenn ich nur fertig gegessen habe«, entschuldigte er sich, eilig sein Essen auslöffelnd.

Plötzlich legte Jagna den Löffel hin und ging hinaus.

»Da hat sie wieder 'ne Bremse gestochen!« flüsterte Fine, dem Pjetrek Rübensuppe zugießend.

»Nicht jeder kann in einem zu plappern wie du. Hat sie denn die Kuh gemolken?«

»Sie hat die Gelte mitgenommen, da ist sie gewiß nach dem Kuhstall gegangen.«

»Hale, Fine, man muß für die Graue Ölkuchen kochen.«

»Sie läßt schon Biestmilch von sich, ich hab' sie heut geschmeckt.«

»Tut sie das, da kalbt sie gewiß bald ...«

»Die wird ein Bullenkalb haben!« sagte Witek, vom Essen aufstehend.

»Dummer!« murmelte Pjetrek verächtlich, den Hosengurt etwas lockernd, denn er hatte seinen Magen nicht schlecht angefüllt und verließ, nachdem er sich die Zigarette an einem Feuerscheit angezündet hatte, mit dem Jungen zusammen die Stube.

Die Frauen machten sich schweigend an die Arbeit, Fine wusch das Geschirr ab und Anna machte die Betten.

»Wollt ihr mit den Palmen zur Kirche gehen?«

»Geh du mit Witek, Pjetrek kann auch hin, laß ihn nur die Pferde erst besorgen; ich bleib zu Haus, will beim Vater aufpassen, vielleicht kommt auch gerade Rochus zurück und bringt Nachricht von Antek ...«

»Soll man nicht der Gusche sagen, sie möchte morgen zu den Kartoffeln kommen?«

»Natürlich! Allein werden wir nicht fertig, und die müssen doch eilig ausgesucht werden.«

»Auch den Dung müßte man ausstreuen!«

»Pjetrek soll bis morgen mittag mit dem Ausfahren zurechtkommen, dann kann er von mittag an mit Witek Dung streuen; und wenn noch was Zeit übrigbleibt, kannst du mit helfen ...«

Gänsegeschnatter ertönte vor den Fenstern, und atemlos stürzte Witek herein.

»Daß du selbst den Gänsen keine Ruhe läßt!«

»Beißen wollten sie mich, da hab' ich mich nur gewehrt!«

Er warf einen ganzen Bund noch taufeuchter Weidengerten, die über und über mit Kätzchen bestreut waren, auf die Lade. Fine fing an, sie zurechtzulegen und band sie mit roter Wolle zusammen.

»Hat dich denn der Storch auf die Stirn gehackt?« fragte sie leise.

»Natürlich, was denn sonst? Sag es ihnen nur nicht ...« Er sah sich nach der Bäuerin um, die den Sonntagsstaat aus der Lade nahm. »Ich will es dir sagen, wie es war ... Ich hab' es ausgespäht, daß sie ihn für die Nacht vor der Veranda draußen lassen ... ganz spät hab' ich mich da hingeschlichen, als schon alle auf dem Pfarrhof schliefen ... und schon hatt' ich ihn ... da hat er mich aber gehackt ... Ich wollt' ihn mit dem Spenzer zudecken und wegtragen ... aber die Hunde haben mich gesehen ... sie kennen mich doch und wollten mich trotzdem angehen, da hab' ich denn weglaufen müssen, das Hosenbein haben sie mir auch noch zuschanden gemacht ... die sollen es noch kriegen ...«

»Und wenn Hochwürden dann merkt, daß du ihm den Storch fortgenommen hast?«

»Wer würd' ihm das sagen? ... Und ich werd' ihn doch wegnehmen, weil es meiner ist.«

»Wohin willst du ihn denn verstecken, daß sie ihn dir nicht wegnehmen?«

»Ich hab' schon solch ein Versteck ausgedacht, daß selbst die Schendarmen ihn nicht herausschnüffeln ... Und dann, wenn sie es vergessen, bring' ich ihn heim und sag', daß ich mir einen neuen hergelockt und zahm gemacht habe – wer wird ihn denn da wiederkennen, Fine? Verrat mich nur nicht, dann bring' ich dir auch junge Vögelchen oder einen kleinen Hasen.«

»Bin ich denn ein Junge, daß ich mit Vögelchen spielen sollt? So'n Dummer! Zieh dich gleich um, dann gehen wir zusammen in die Kirche.«

»Läßt du mich die Palme tragen, Fine? wie?«

»Was dem nicht alles einfällt! ... Die können doch nur die Frauen zum Weihen tragen.«

»Vor der Kirche geb' ich sie dir doch sicher wieder ab, nur durchs Dorf, Fine, nur durchs Dorf ...«

Er bat so lange, bis sie es ihm versprach, um sich danach rasch zu Nastuscha Täubich umzudrehen, die schon ganz zum Kirchgang fertig, die Palmen in der Hand, zur Türe hineintrat.

»Hast du nichts Neues von Mathias?« fragte Anna bei der Begrüßung.

»Nur das, was gestern der Schulze mitgebracht hat: daß er schon besser ist.«

»Der Schulze weiß gerade so viel, wie gar nichts, oder denkt sich aus, was es nicht gibt.«

»Dasselbe soll er auch an Hochwürden gesagt haben.«

»Und über Antek hat er kein Wort zu sagen gewußt.«

»Der Mathias soll doch mit den anderen sitzen und der Antek für sich allein.«

»Ih ... das bellt er sich so zusammen, um was zum Reden zu haben ...«

»War er damit auch bei euch?«

»Jeden Tag kommt er hier an, aber zu der Jaguscha, der hat ja mit ihr seine Geschäfte, da kommen sie denn immer zusammen und beraten sich vor aller Welt am Zaun.«

Sie sagte es leiser, aber mit Nachdruck, dabei durchs Fenster blickend, denn gerade ging Jagna die Galeriestufen hinab, mächtig aufgeputzt, mit einem Gebetbuch und mit den Palmen in den Händen. Lange sah sie ihr nach.

»Ihr werdet euch verspäten, Mädchen, die Leute kommen schon über den Weg.«

»Sie haben doch noch nicht geläutet.«

Auf einmal erklangen die Glocken, laut in das Haus des Herrn rufend, und tönten gemächlich und weit vernehmbar lange Zeit.

In einem Paternoster hatten alle, die zur Kirche wollten, das Haus verlassen.

Anna blieb allein, setzte das Mittagessen auf, brachte sich etwas in Ordnung und nahm die Kinder mit sich, setzte sich mit ihnen auf die Galerie, um sie auszukämmen und zu lausen, denn in der Woche fehlte stets die Zeit dazu.

Die Sonne hatte sich schon ziemlich hoch erhoben, und allerorts schickten sich die Leute an, zur Kirche zu gehen; immer wieder kamen welche aus den Heckenwegen hervor, daß rings auf der Dorfstraße die Röcke der Frauen wie rote Mohnblumen aufleuchteten und ein Stimmengewirr sich näherte; das Geschrei der Dorfkinder, die sich damit vergnügten, Steine ins Wasser zu schleudern, klang bis zu ihr herüber, und hin und wieder hörte man das Rollen der vorüberkommenden Wagen, die voll von Menschen aus anderen Dörfern waren. Es kamen Männer vorbei, scheinbar fremde, und gaben Gott zum Gruß, bis schließlich alles vorüber war und die leeren Wege still wurden.

Nachdem Anna die Kinder zu Ende gelaust hatte, setzte sie sie aufs Stroh bei den Kartoffelgruben, damit sie dort für sich spielen konnten, sah in die brodelnden Töpfe hinein und kehrte auf den alten Platz zurück, halblaut Gebete vor sich hinmurmelnd, denn aus dem Buch konnte sie nicht lesen.

Der Tag erhob sich schon zur Mittagshöhe, und eine ganz feiertägliche Stille hielt das Dorf umfangen, so daß schon nirgends Stimmen zu hören waren, höchstens nur das Schirpen der Spatzen und das Gezwitscher der ihre Nester an den Dachtraufen bauenden Schwalben. Das Wetter war schon warm, und es hatte doch kaum der erste Lenzhauch die Erde berührt und die Bäume gestreift, der Himmel voll Bläue hing wie verjüngt und seltsam leuchtend über der Erde, die Obstgärten standen unbeweglich und hoben Zweige voll geschwellter Knospen der Sonne entgegen, die Eschen, die den Weiher umsäumten, bewegten sich wie ganz leise atmend, und die gelben Kätzlein und die rostroten jungen Triebe der Pappeln öffneten sich dem Licht wie junge Vogelschnäbel, waren klebrig, schienen wie von Honig zu triefen und dufteten.

An den Häuserwänden entlang wärmte die Sonne schon fein, so daß die Fliegen auf den warmen Planken herumkrochen, und manchmal zeigte sich auch schon eine Biene und fiel mit Gesumm in die Maßliebchen ein, die an den Zäunen hervorguckten, oder sie flog von Strauch zu Strauch, von denen jeder wie eine grüne Flamme im Schmuck seiner jungen Blättlein leuchtete.

Von den Feldern und Wäldern aber wehte es noch scharf und feucht.

Die Messe mußte schon zur Hälfte gediehen sein, denn in der stillen wie von Frühlingssäften geschwellten Luft breiteten sich die Klänge ferner Chöre und Orgelspiel aus, und zuweilen ergossen sich wie üppiger Regen die zerrinnenden Stimmen der Schellen.

Die Zeit zog sich langsam und lautlos dahin; als die Sonne ihren Höhepunkt erreicht hatte, verstummten selbst die Vögel, und nur die Krähen, die, voll Diebsgelüste den Gösseln auflauernd, hart oben um den Weiher herumstrichen, machten die Gänse erregt aufkreischen; auch ein Storch klapperte plötzlich irgendwo einmal auf und flog nahe vorüber, man sah nur seinen großen Schatten über die Erde huschen.

Anna betete inbrünstig, dabei auf die Kinder achtgebend und gelegentlich zum Alten einsehend.

Aber was war da zu tun, er lag bewegungslos, vor sich hinstarrend.

Er starb so langsam dahin, lebte seine Zeit zu Ende, von Tag zu Tag wie ährenschweres Getreide, das in der Sonne der scharfen Sichel entgegenreift ... Niemanden erkannte er, denn selbst dann, wenn er Jagna rief und sie bei den Händen festhielt, starrte er anderswohin; aber es schien Anna, daß er auf ihre Stimme hin die Lippen bewegte, und daß ihm dann die Augen hin und her gingen, als wollte er etwas sagen ...

Und so war es immerzu ohne Abwechslung, daß alle, die es mit ansehen mußten, oft ein Weinen ankam.

Mein Jesus, wer hätte das erwartet! Ein solcher Hofbauer, so ein Kluger, und jetzt liegt er wie ein Baum, den der Blitz zuschanden geschlagen hat, der noch voll grüner Zweige ist und doch schon dem Tode als Beute gilt ...

Er war ja noch nicht gestorben, aber leben, das tat er doch auch nicht mehr, war schon ganz in den Händen der göttlichen Gnade.

O Menschenlos, o unverrückbares Verhängnis!

O Macht der göttlichen Bestimmung, die du dich offenbarst, ehe es einer ahnt, sei es am hellichten Tage oder auch in der dunklen Nacht, und dieses bißchen Menschendasein vor dich hinfegst, dem bittern Tode zu! ...

Sie sann wehmutsvoll über ihn nach, zum Himmel emporblickend, seufzte ein-, zweimal auf, betete ihren Rosenkranz zu Ende und machte sich wieder an das mittaglichen Melken – denn: Jammern für sich, aber die Arbeit allem voraus.

Als sie mit den vollen Gelten zurückkam, waren schon alle zurück. Fine erzählte, was der Priester auf der Kanzel geredet hatte und wer in der Kirche gewesen war; es wurde lebendig in der Stube und auf der Hausgalerie, da ein paar gleichalterige Mädchen mit ihr gekommen waren, sie schluckten gemeinsam die geweihten Kätzchen herunter, da sie gegen Halsschmerzen schützen sollten.

Es war genug Lachen dabei, da des öfteren eine ihr Kätzchen nicht herunterschlingen konnte, sich verschluckte und zuletzt noch Wasser nachtrinken mußte, oder die anderen trommelten ihr mit der Faust auf den Rücken, damit es ihr eher durch die Kehle ging, was besonders Witek mit großer Freude besorgte.

Nur Jagna war nicht zum Mittagessen zurückgekommen, man hatte sie gesehen, wie sie mit der Mutter und mit den Schmiedsleuten gegangen war. Aber kaum waren sie von den Schüsseln aufgestanden, als Rochus eintrat. Freudig liefen sie ihm entgegen, um ihn zu begrüßen, denn er war ihnen so lieb geworden, als wenn er wohl ihr eigener Großvater wäre. Er begrüßte sie still, sagte jedem ein Wort und küßte sie auf die Stirn; als man ihm aber das Essen reichte, aß er nicht: er war sehr müde und sah sich besorgt in der Stube um. Anna belauerte seine Augen und wagte doch nicht zu fragen.

»Ich habe den Antek gesehen!« sagte er leise, ohne jemanden anzusehen.

Sie sprang von der Lade auf; eine Angst ergriff sie und preßte ihr das Herz zusammen, so daß sie kein Wort hervorstottern konnte.

»Er ist ganz gesund und guter Dinge. Ich habe mit ihm eine gute Stunde geredet, obgleich uns ein Gendarm bewacht hat.«

»Halten sie ihn denn in Eisen?« stieß sie ängstlich hervor.

»Was ihr nur denkt! ... er sitzt wie alle anderen! ... Er hat es da schon nicht so schlecht, habt nur keine Angst.«

»Der Kosiol erzählte doch, daß sie da prügeln und an die Wand ketten.«

»Vielleicht ist das anderswo so ... für was anderes ... aber den Antek haben sie nicht angerührt«, erzählte er.

Sie schlug vor Freude die Hände zusammen und ein Lächeln wie Sonnenschein huschte über ihr Antlitz.

»Und beim Abschiednehmen hat er noch gesagt, daß ihr den Masteber, ohne euch um was zu kümmern, noch vor dem Fest abschlachten sollt, denn er möchte zu Ostern auch etwas vom Geweihten abhaben.«

»Sie lassen ihn wohl hungern, Gott, der Arme, hungern lassen sie ihn gewißlich!« stöhnte sie weinerlich auf.

»Der Vater haben aber gesagt, daß sie den Eber verkaufen wollten, wenn er gemästet ist«, bemerkte Fine.

»Das hat er, aber wenn Antek zu schlachten befiehlt, dann ist jetzt sein Wille neben Vaters der erste«, erhob Anna wieder ihre scharfe, unnachgiebige Stimme.

»Und dann sagte er noch, daß ihr im Feld alles machen lassen möchtet, was nötig ist und auf niemand was achtet. Ich hab' ihm erzählt, wie gut ihr euch hier zu helfen wißt.«

»Hat er denn darauf was gesagt? was denn?«

Die Freude überkam sie heiß.

»Er hat mir das gesagt, daß, wenn ihr nur wolltet, dann würdet ihr schon mit allem fertig werden.«

»Das würd' ich, versteht sich!« murmelte sie mit Nachdruck, und in ihren Augen blitzte ein unbeugsamer Wille auf.

»Was gibt es hier bei euch Neues?«

»Nichts, alles wie es war ... Werden sie ihn denn bald freilassen?« fragte sie mit einem Beben der Angst.

»Vielleicht gleich nach dem Fest, vielleicht auch ein bißchen später, wenn sie mit der Untersuchung fertig werden ... Und das wird sich noch etwas hinziehen, weil es ja doch das ganze Dorf ist, so viel Volk ...« antwortete er ihr ausweichend, ohne ihr in die Augen zu sehen.

»Hat er denn auch nach dem Haus, nach den Kindern, nach mir gefragt ... nach allen? ...« fragte sie bange.

»Das hat er, versteht sich, alles der Reihe nach hab' ich ihm erzählt.«

»Und von allen im Dorf ...«

Furchtbar gern hätte sie es wissen mögen, ob er auch nach der Jagna gefragt hatte, aber sie wagte das nicht offen auszusprechen, und heimlich, daß er etwas ausplauderte, ohne es zu merken, vermochte sie es nicht, obgleich sie sich lange damit abquälte, denn auch der geeignete Augenblick dafür war vorüber; es hatte sich nämlich im Dorf herumgesprochen, daß Rochus zurück war, und bald darauf, noch vor dem Vespergottesdienst, fingen die Frauen an, zusammenzuströmen, voll Neugierde, etwas über ihre Männer zu erfahren.

Er trat zu ihnen vors Haus, und auf der Mauerbank sitzend erzählte er, was er über jeden erfahren hatte, und obgleich er nichts Schlechtes berichtete, wuchs im Haufen das Aufschluchzen der Frauen immer mehr, und hier und da rang sich selbst ein lautes Weinen und eine Klage los ...

Dann ging er noch ins Dorf, fast in jedes Haus eintretend, und schien wie ein Heiliger mit seinem weißen Bart und den erhobenen Augen; wohin er kam, brachte er Worte des Trostes, und wo er eintrat, füllte er wie mit Helligkeit die Stuben, ließ in den Herzen die Hoffnung erblühen und stärkte die Wankelmütigen mit neuer Zuversicht; aber auch die Tränen flossen da reichlicher, die erneuten Erinnerungen drückten schwerer nieder, und noch sehnsuchtsvoller wurde das Weh ...

Es war richtig, was die Klembbäuerin am vergangenen Tage zu der Agathe gesagt hatte, daß das ganze Dorf einem offenen Grab ähnlich sei; das war schon so, es schien, als hätte eine Seuche in Lipce gehaust und den größten Teil der Bevölkerung unter die Erde gebracht, oder als hätte sich ein Krieg vorübergewälzt und die Männer hingemordet, so daß in den leeren Häusern nur die Frauenklagen und Kinderweinen umgingen und das bis ins Innerste brennende Erinnern an das erlittene Leid.

Es war gar nicht mehr zu sagen, was in den gequälten Seelen vor sich ging!

Die dritte Woche ging ihrem Ende zu, und Lipce hatte sich noch immer nicht beruhigt, im Gegenteil, in einem zu wuchs das Bewußtsein der Ungerechtigkeit, die ihnen angetan war; so nahm es denn auch nicht wunder, daß immerzu, bei jedem neuen Morgengrauen, kaum daß sie aufgewacht waren, jeden Mittag und jeden Abend, in den Häusern oder draußen, wo nur das Volk zusammenkam, ohn' Unterlaß wie ein Bettlergebet Klagen ertönten, und in den Herzen wuchs der Wunsch nach Wiedervergeltung, wie ein Teufelssamen, wie ein schlechtes Unkraut, so daß die Fäuste sich von selbst ballten und gehässige Worte wie Blitze zuckten.

Natürlich hatten Rochus' Worte nur das, was ein unachtsames Stochern in einem glimmenden Feuer, das danach mit erneuter Macht hervorbricht, bewirkt; durch alles war ihnen die Erinnerung an das Geschehene an die Oberfläche gezerrt worden, so daß kaum eine zum Vespergottesdienst ging, sie rotteten sich in den Heckenwegen zusammen, sammelten sich auf der Dorfstraße oder gingen nach der Schenke, sich miteinander unter Weinen und Fluchen zu beratschlagen ...

Anna aber fühlte eine Erleichterung und war so froh über das Lob ihres Mannes und so gestärkt dadurch in ihrem Herzen, so voll Hoffnung, Arbeitslust und so ganz vom Wunsch durchdrungen, zu zeigen, daß sie mit allem fertig werden könnte, daß sie nicht wußte, wo sie zuerst angreifen sollte.

Als die Weiber auseinandergegangen waren, kam gerade die Schmiedin an, um etwas bei dem Kranken zu sitzen, Anna aber begab sich mit Fine nach dem Schweinestall, den Masteber zu besehen.

Sie ließen ihn auf den Hof hinaus, aber da das Tier stark gemästet war, so legte es sich gleich in eine Jauchenlache und wollte sich nicht von der Stelle rühren.

»Gib ihm heute nichts mehr zu fressen, laß ihn sich reinigen.«

»Grad hab' ich es vergessen, ihn heut mittag zu füttern ...«

»Das ist gut für dieses Mal, man müßte ihn gleich morgen ausweiden. Hast du die Gusche gerufen?«

»Sie will noch heute zur Vesperzeit 'rüberkommen, hat sie versprochen ...«

»Tu was um und lauf zu Ambrosius, er möchte morgen, wenn es auch nach der Messe wär', mit den Geräten kommen.«

»Wird er denn können, da doch Hochwürden gesagt hat, daß morgen zwei Priester kämen, um Beichte zu hören?«

»Der findet schon Zeit! ... Er weiß ja, daß ich mit Schnaps nicht sparen werd', und er braucht ja nur rasch abzuschlachten und das Fleisch zu zerteilen, denn die Gusche hilft ja auch mit.«

»Da könnt' ich morgen in der Frühe in die Stadt fahren, von wegen Salz und Zutaten doch ...«

»Möchtest dich wohl durchlüften! ... das ist nicht nötig: alles kann man bei Jankel kriegen, ich geh' da gleich hin und besorg' es.«

»Fine!« rief sie noch hinter ihr her, »und wo ist denn der Pjetrek mit Witek hin?«

»Gewiß sind sie ins Dorf gegangen, denn der Pjetrek hat die Geige mitgenommen.«

»Triffst du sie, dann schick sie hierher, sie müßten den Trog aus dem Schuppen vors Haus bringen, der muß morgen früh ausgebrüht werden.«

Fine, die zufrieden war, daß sie ins Dorf rennen konnte, lief gleich zu Nastuscha hinüber, um mit ihr gemeinsam Ambrosius suchen zu gehen.

Aber Anna kam nicht dazu, in die Schenke zu gehen, denn gleich darauf erschien ihr Vater, der alte Bylica, sie gab ihm etwas zu essen und erzählte ihm freudig, was Rochus für Neuigkeiten von Antek gebracht hatte; doch sie war damit noch nicht fertig geworden, als Magda, die Schmiedin, mit Geschrei in die Stube stürzte.

»Kommt schnell, dem Vater ist was!«

Tatsächlich saß Boryna am Bettrand und sah sich in der Stube um. Anna stürzte auf ihn zu, um ihn zu stützen, daß er nicht vom Bett fiele, er aber sah sie aufmerksam an und heftete dann plötzlich die Augen auf die Tür, durch die gerade der Schmied ganz unverhofft eintrat.

»Anna!«

Er sagte es deutlich und so fest, daß sie im Innern davor erbebte.

»Ich bin ja da. Rührt euch nur nicht, der Arzt hat es verboten«, flüsterte sie erschrocken.

»Was gibt es draußen?«

Er hatte eine Stimme, die wie fremd und gesprungen klang.

»Der Frühling kommt ... warm wird es ...« stotterte sie.

»Sind sie denn aufgestanden? ... Es ist Zeit aufs Feld ...«

Sie wußten nicht, was sie entgegnen sollten und sahen einander an; nur die Schmiedin heulte los.

»Verteidigt euer Hab und Gut! Fest aushalten, Leute!« schrie er auf, aber die Worte zerrissen ihm im Mund, er fing an zu zittern und in Annas Armen zu wanken, so daß die Schmiedsleute ihr beistehen wollten; sie ließ aber doch nicht los, obgleich ihr schon die Arme und der Rücken erlahmten. Sie starrten auf ihn mit Angst und warteten, was er sagen würde.

»Zuerst müßte man die Gerste säen ... Hierher, zu mir, Leute! ... Hilfe! ...« schrie er plötzlich furchtbar auf, wurde steif und fiel nach hinten über, seine Lider schlossen sich, und ein Röcheln wurde hörbar.

»Er stirbt! ... Jesus! ... er stirbt!« schrie Anna, ihn aus ganzer Macht schüttelnd.

Und Magda steckte ihm die Totenkerze in die schlaff herabhängende Hand.

»Den Priester, schnell, Michael! ...«

Doch ehe der Schmied hinausgegangen war, öffnete Boryna wieder die Augen und ließ die Totenkerze aus der Hand fallen, so daß sie auf dem Boden in Stücke zersprang.

»Es ist schon vorbei, er sucht was ...« flüsterte der Schmied, sich über ihn beugend; aber der Alte stieß ihn ziemlich barsch zurück und sagte laut und ganz bei Bewußtsein:

»Anna, laß diese Menschen fortgehen.«

Magda wollte sich weinend auf ihn stürzen, aber er schien sie nicht erkannt zu haben.

»Ich will nicht ... nicht nötig ... jag' sie 'raus ...« wiederholte er hartnäckig.

»Geht doch wenigstens auf den Flur, widersetzt euch nicht ...« flehte Anna.

»Geh du hinaus, Magda, ich bleibe, wo ich bin«, preßte der Schmied unnachgiebig hervor, da er begriffen hatte, daß der Alte etwas Heimliches der Anna sagen wollte.

Das hörte Boryna, und sich erhebend, sah er ihn so drohend an und wies so entschieden mit der Hand auf die Tür, daß der Schmied wie ein getretener Hund die Stube verließ und fluchend nach der auf der Galerie weinenden Magda hinauslief; doch plötzlich verstummte er, stürzte in den Obstgarten, und nachdem er sich geduckt nach dem Fenster der Giebelseite hingeschlichen hatte, preßte er sein Gesicht an die Scheibe, um zu horchen, denn gerade nach dorthin war das Kopfende des Bettes gerichtet, so daß man durchs Fenster einiges hören konnte.

»Setz' dich hierher ...« befahl der Alte, nachdem der Schmied gegangen war.

Natürlich setzte sie sich auf den Bettrand, kaum das Weinen zurückhaltend.

»In der Kammer findest du etwas Geld ... versteck' es, daß es die anderen nicht wegreißen.«

»Wo? ...«

Sie bebte vor Erregung.

»Im Getreide ...«

Er sprach deutlich, nach jedem Wort ausruhend, sie aber hing wie gebannt und die Angst zurückhaltend mit ihren Blicken an seinen seltsam leuchtenden Augen.

»Den Antek mußt du verteidigen ... verkauf' die Hälfte der Wirtschaft und laß nicht ab von ihm ... laß nicht ab ... dein ...«

Er kam nicht zu Ende, wurde blau im Gesicht und sank aufs Lager zurück, seine Augen erloschen und umnebelten sich, er gurgelte noch etwas und versuchte sich scheinbar hochzurichten.

Anna schrie auf vor Angst, die Schmiedsleute kamen wieder hereingerannt, man versuchte ihn zur Besinnung zu bringen, begoß ihn mit Wasser; doch er kam nicht mehr zu sich und lag wieder wie vordem steif und unbeweglich mit offenen Augen da und fern von allem, was um ihn geschah.

Lange saßen sie noch bei ihm, die Frauen weinten leise, und niemand sagte ein Wort; die Dämmerung sank schon hernieder, und die Stube hüllte sich in Schatten, als sie schließlich gemeinsam in den erlöschenden Tag hinaustraten; nur noch im Weiher glimmten die letzten Spuren der Abendröte.

»Was hat er euch gesagt?« fragte der Schmied, scharf Anna den Weg vertretend.

»Ihr habt's gehört.«

»Aber was hat er später geredet?«

»Dasselbe, wie bei euch ...«

»Anna, bringt mich nicht in Zorn, sonst kann es schlimm werden ...«

»Vor euren Drohungen hab' ich gerad soviel Angst, wie vor diesem Hund da ...«

»Er hat euch doch was in die Hand gesteckt ...« fügte er hinterlistig hinzu.

»Das könnt ihr morgen hinter der Scheune finden ...« höhnte sie verächtlich.

Er stürzte auf sie los, und es wäre vielleicht zu was Schlimmerem gekommen, wenn nicht Gusche gerade eingetreten wäre und auf ihre Art losgelegt hätte:

»Ihr beratschlagt da so friedlich und freundschaftlich, daß es durchs ganze Dorf hallt ...«

Er fluchte auf sie, was er nur konnte und ging ins Dorf.

Es wurde bald ganz dunkel, gewaltige Wolken verdeckten den Himmel, daß nicht einmal ein Sternengeflimmer durchdringen konnte; ein Wind erhob sich und griff in die Baumwipfel, daß sie dumpf und traurig rauschten; es ging wieder einem Witterungswechsel zu.

In Annas Stube war es hell und ziemlich laut, das Feuer knallte auf dem Herd, das Abendessen kochte, und ein paar ältere Frauen mit Gusche, die das erste Wort führte, redeten über allerhand. Fine aber mit Nastuscha und Jaschek dem Verkehrten saßen auf der Galerie, denn Pjetrek fiedelte auf der Geige eine so wehmütige Weise, daß einem die Lust zum Weinen dabei ankam, nur Anna konnte nicht still sitzen, in einem fort dachte sie über Borynas Worte nach und ging immer wieder auf die andere Seite, nachzusehen ...

Aber es ging nicht ... es war unmöglich jetzt, in der Kammer zu suchen; die Jagna saß in der Stube und legte ihren Festtagsstaat in der Truhe zurecht.

»Pjetrek, hör' doch auf, es ist beinahe schon Montag und die Karwoche fängt an, und der fiedelt und fiedelt, das ist schon rein eine Sünde!«

Sie schimpfte auf ihn ein, von einem inneren Beben ganz ergriffen, daß sie am liebsten geweint hätte. Er hörte selbstverständlich auf, und alle kamen darauf in die Stube herein.

»Wir reden von dem Gutsherrn seinem Bruder, von dem dummen Jacek!« setzte ihr eine auseinander.

Anna konnte jedoch nicht begreifen, worum es zu tun war, denn die Hunde fingen an, laut im Heckenweg zu bellen. Sie sah hinaus und hetzte obendrein. Waupa stürzte wütend nach dem Obstgarten.

»Kss ... Kss ... Waupa! ... Faß ihn, Burek! Kss ... Kss ...!«

Aber die Hunde verstummten plötzlich und kehrten freudig winselnd um.

Und das war nicht das letztemal so an diesem Abend, ein ängstlicher Argwohn wachte in ihr auf.

»Schließe alles ordentlich zu, Pjetrek, es muß irgendeiner da herumschleichen und kein Fremder, denn die Hunde gehen ihn nicht an.«

Sie gingen bald alle auseinander, und rasch hatte der Schlaf das ganze Haus umfangen; nur Anna ging noch hinaus, nachzuprüfen, ob die Türen verschlossen wären und stand dann lange noch an der Hauswand, ängstlich hinaushorchend ...

»Im Korn ... dann gewiß wohl in einem der Fässer, natürlich ... daß mir nur keiner da eher beigeht! ...«

Ein kalter Angstschweiß überkam sie, und das Herz fing ihr an, stürmisch zu klopfen.

Sie schlief fast gar nicht während dieser Nacht.

* * *

Mach' mal Feuer auf dem Herd und sammle, was an Töpfen da ist, fülle sie mit Wasser und setz' sie auf, ich lauf' indessen zum Juden, Zutaten zu holen.«

»Eilt euch ja, denn der Ambrosius kommt jeden Augenblick.«

»Brauchst keine Angst zu haben, mit Tagesanbruch kommt er nicht her, er muß doch erst die Kirche in Ordnung bringen.«

»Hale, er läutet nur ein und wird hier gleich herkommen, der Rochus sollen ihn doch vertreten.«

»Ich komme noch zurecht, sag du mal den beiden da, sie möchten mal den Trog ausschrubben und vor die Galerie bringen. Wenn Gusche kommt, laß sie die Eimer auswaschen, die Fässer muß man auch aus der Kammer hinaustragen und sie nach dem Weiher bringen, daß sie da aufquellen; vergiß nur nicht, daß da Steine reinkommen, sonst trägt sie das Wasser noch weg. Wecke die Kinder nicht, laß sie schlafen, die armen Würmer, wir haben dann auch mehr Platz ...« schärfte Anna nachdrücklich ein, und nachdem sie die Schürze über den Kopf gezogen hatte, trat sie rasch hinaus in den frühen, regennassen Morgen.

Es war kaum erst Tag geworden, ein wolkiger, naßkalter Tag; weißgraue Nebel dampften aus der durchweichten Erde und fielen als feiner und kalter Regenstaub nieder; die glitschigen, durchnäßten Wege schimmerten weißlich, und die rußgeschwärzten Häuser waren kaum im Regendunst zu sehen. Die triefenden, niedergeduckten Bäume tauchten hier und da wie zitternde Schatten auf, als wären sie selbst auch aus jenen zusammengeballten, glasigen Nebeln gemacht; sie standen über den Weiher gebeugt, der kaum aus den ineinander verwobenen Nebelhüllen hervorblaute, aus denen nur ein bebendes leises Aufplatschen der Regentropfen erscholl, die ununterbrochen auf das Wasser einschlugen, und von überallher kamen die Regenschauer gezogen, so daß die liebe Welt rein gar nicht mehr zu sehen war. Rings war noch kein Mensch zu erblicken.

Erst als die Betglocke mit plärrendem Klang zu läuten begann, leuchteten hier und da die roten Röcke der Frauen auf, die über die trockeneren Stellen der Dorfstraße der Kirche zustrebten.

Anna beschleunigte ihre Schritte, denn sie rechnete, daß sie vielleicht dem Ambrosius an der Wegbiegung vor der Kirche begegnen würde, doch er war noch gar nicht hinausgekommen, nur das blinde Pferd vom Pfarrhof trieb sich wie gewöhnlich am Weiher herum, ein Faß auf Schlittenkufen nach sich ziehend; es blieb immerzu stehen, fuhr sich auf der holperigen Straße fest und suchte, nur durch seine Witterung geleitet, den Weg nach dem Wasser, denn der Knecht hatte sich inzwischen vor dem Regen in einem Heckenweg niedergekauert und rauchte eine Zigarette.

Gerade fuhr vor dem Pfarrhaus ein mit wohlgenährten Braunen bespannter Wagen vor, aus dem der dicke rote Pfarrer aus Laznowo herausstieg.

»Der wird die Beichte hören, da kommt wohl auch jeden Augenblick noch Hochwürden aus Slupia«, dachte sie und sah sich vergeblich nach Ambrosius um; sie wandte sich neben der Kirche auf einen noch mehr durchweichten Weg, der mit Reihen gewaltiger Pappeln besetzt war. Sie standen wie im Nebel der Regenfälle versunken, so daß die mit ihrem beweglichen Schatten wie hinter einer angelaufenen Scheibe schienen; Anna ging an der Schenke vorüber und wählte rechts einen ganz überschwemmten Feldpfad.

Sie hatte sich überlegt, daß sie noch zurechtkommen würde, wenn sie auch noch den Vater besuchte und mit der Schwester etwas plaudern würde, mit der sie sich seit jener Zeit der Übersiedelung auf den Borynahof ganz ausgesöhnt hatte.

Sie waren alle zu Hause.

»Die Fine hat gestern geredet, der Vater wäre krank«, leitete sie ein.

»Ih ... weil er nicht mit arbeiten will, liegt er da unter dem Schafpelz und stöhnt herum und redet sich mit der Krankheit aus«, entgegnete Veronka mürrisch.

»Eine Kälte ist hier bei dir, daß es einem an die Waden geht.« Sie schauerte zusammen; das Haus ließ ja die Nässe durch wie ein Sieb, und schlickiger Schmutz bedeckte den Fußboden.

»Als wenn man gerad was zum Heizen hätte! Wer soll das Dürrholz herholen? Ich hab' doch nicht mehr so viel Kräfte, noch nach dem Wald zu rennen und es dann auf dem Buckel herzuschleppen, wo auch noch so viel andere Arbeit da ist, daß man rein nicht mehr weiß, wo man zuerst hingreifen soll! Wie kann ich da mit allem fertig werden!«

Sie seufzten beide auf über ihre Verlassenheit und Hilflosigkeit.

»Solange der Stacho da war, schien es, daß er sich um nichts im Hause kümmerte; aber da er nun fehlt, sieht man erst, was ein Mannsbild zu bedeuten hat. Fährst du nicht nach der Stadt?«

»Natürlich wollte ich so bald wie möglich hin, aber Rochus sagt, daß man da erst während der Feiertage zu ihnen hinein darf, da will ich mich denn Sonntag auf den Weg machen und dem Armen etwas vom Ostergeweihten hinbringen.«

»Auch ich würde dem Meinen was hintragen, aber was kann ich denn? Die Schnitte trocken Brot?«

»Sorg' dich nicht, ich mache mehr zurecht, daß es für beide reicht, und wir bringen es ihnen zusammen hin.«

»Gott bezahl's dir, wenn die Zeit kommt, dann will ich es dir durch Arbeit vergelten.«

»Ich geb' es dir doch von ganzem Herzen, nicht auf Rückzahlung. Ich hab' selbst nicht schlecht mit der Armut was zu schaffen gehabt, da weiß ich, wie diese Hündin beißt, das hab' ich noch gut im Gedächtnis ...« seufzte sie auf.

»Und unsereins muß mit ihr sein Lebtag Freundschaft halten, so daß man wohl erst im Grab sich vor ihr bergen kann. Ich hatte etwas Extrageld, ich hab' gedacht: zum Frühjahr kaufst du dir ein Ferkel, fütterst es auf, und so wären dann zur Kartoffelernte ein paar Silberlinge hinzugekommen. Da hab' ich aber dem Stacho an die zwanzig Silberlinge geben müssen, hier ein Groschen und da ein Groschen, und wie Wasser ist alles weg, und neues Geld kriegt man ja erst recht nicht zusammen. Das haben wir davon, daß Stacho zu den anderen gehalten hat.«

»Red' nicht das erste beste, aus eigenem Willen ist er mit den anderen gegangen, für sein Eigenes einzustehen, auch ihr werdet da doch einen Morgen Wald für euch haben.«

»Werden! ... wart einer so lange! Ehe die Sonne aufgeht, wird einem der Tau die Augen ausfressen: für den vollen Sack spielt der Dudelsack, und du armer Schlucker handele mit Hunger und freu' dich darauf, daß du einmal essen wirst!«

»Fehlt dir denn was?« fragte Anna schüchtern.

»Was soll ich denn da haben? Was der Jude oder der Müller einem borgen!« rief sie, die Arme verzweifelt ausbreitend.

»Ich kann dir nicht helfen, wenn ich es auch von Herzen gern täte; das ist doch nicht mein Eigentum, ich muß sie mir alle noch vom Leibe halten wie böse Hunde und aufpassen, daß sie mich nicht zum Haus hinaustreiben ... manchmal geht mir der Verstand schon ganz weg vor Sorgen!«

Es kam ihr die verflossene Nacht in den Sinn.

»Dafür sorgt sich die Jaguscha um nichts: die ist nicht so dumm, die genießt, was sie kann ...« sagte Veronka.

»Wieso denn?«

Sie erhob sich und sah mit unruhigen Augen die Schwester an.

»Nichts Besonderes, nur daß sie des Guten bis über die Gurgel hat, und jeden Tag macht sie sich ein Fest. Gestern zum Beispiel hat man sie mit dem Schulzen in der Schenke gesehen, im Alkoven hat sie mit ihm gesessen, und der Jude konnte ihnen gar nicht schnell genug die Quartmaße Schnaps hintragen ... Die ist nicht so dumm, daß sie sich um den Alten grämen sollte ...« warf sie hämisch ein.

»Alles hat sein Ende!« murmelte Anna finster und zog die Beiderwandschürze über den Kopf.

»Aber was sie genossen hat, das wird ihr niemand nehmen, schlaues Biest ...«

»Ein solcher kann leicht Verstand haben, der auf nichts achtet! Hale, einen Eber schlachten wir heute, komm gegen Abend, da könntest du helfen ...« unterbrach Anna diese bitteren Ergüsse und ging hinaus.

Sie sah auf die andere Seite zum Vater ein in die frühere Wohnung; der Alte war kaum auf seinem Lager sichtbar und stöhnte nur leise vor sich hin.

»Was fehlt euch denn, Vater?«

Sie hockte bei ihm nieder.

»Nichts, Kind, nichts, nur daß mich das Fieber schüttelt, und daß es mich furchtbar im Magen kneift ...«

»Das ist hier auch eine Kälte und Feuchtigkeit, ganz wie draußen. Steht mal auf und kommt zu uns, da könnt ihr auf die Kinder achtgeben, denn wir schlachten heute. Habt ihr keinen Hunger?«

»Hunger? ... versteht sich, ein bißchen ... denn sie hat gestern vergessen, mir was zu geben ... das ist schon so ... sie selbst hat auch nur Kartoffeln mit Salz ... der Stacho ist doch im Kriminal ... Ich werd' kommen, Hanusch, versteht sich« ... stöhnte er freudig und begann von seinem Lager herunterzukriechen.

Anna aber rannte, voll böser Gedanken über Jagna, die sie wie mit scharfen Messern stachen, eilig nach der Schenke, Einkäufe zu machen.

Natürlich verlangte jetzt der Jude kein Geld im voraus, wog nur eifrig und maß ab, was sie nur wollte, und schob noch immer was Neues unter die Augen, um ihr Lust zu machen.

»Laß den Jankel geben, was ich gesagt habe! ... Ich bin kein kleines Kind und weiß, weshalb ich gekommen bin und was ich brauch'!« wies sie ihn von oben herab zurecht, ohne sich in ein Gespräch einzulassen.

Der Jude lächelte nur, denn sie hatte so wie so für mindestens fünfzehn Silberlinge eingekauft, da sie auch gleich mehr Branntwein genommen hatte, damit es für die Feiertage reichte und auch Weißbrot, obendrein ein paar Semmelreihen, eine Mandel Heringe und schließlich nahm sie noch ein Fläschchen Arrak dazu, so daß sie kaum das Bündel schleppen konnte.

»Die Jagna kann genießen, und ich soll es wie ein Hund haben? Ich arbeite doch wie ein Zugtier ...« dachte sie auf dem Heimweg; doch es tat ihr leid um die entbehrliche Auslage, und wenn sie sich nicht geschämt hätte, hätte sie dem Juden den Arrak zurückgegeben.

Zu Hause begrüßte sie schon der laute Lärm der Vorbereitungen zum Schlachten, Ambrosius wärmte sich vor dem Herd und neckte sich dabei auf seine Art mit Gusche herum, die damit beschäftigt war, die Geräte abzubrühen; der Dampf erfüllte schon die ganze Stube.

»Ich warte schon auf euch, um dem Schweinevieh mit dem Knüttel eins auf den Schädel zu läuten!«

»Daß ihr euch so schnell beeilt habt!«

»Der Rochus vertritt mich in der Sakristei, dem Pfarrer sein Walek wird dem Organisten den Blasebalg treten, und Magda kann die Kirche ausfegen. Ich hab' alles so eingerichtet, um euch hier nicht im Stich lassen zu müssen! Die Priester werden erst nach dem Frühstück die Beichte abnehmen. Ist das aber eine Kälte heute, die Knochen werden einem ganz mürbe!« rief er mit ganz kläglicher Stimme.

»Die Zähne dörrt er sich am Feuer und klagt wegen Kälte!« staunte Fine.

»Dumme: innen ist es mir kalt, der Holzfuß ist mir ganz steif geworden.«

»Gleich will ich euch was Wärmendes zurechtmachen. Fine, weiche rasch die Heringe ein.«

»Gebt sie, wie sie sind, wenn man sie nur ordentlich mit Schnaps begießt, das zieht fein das Salz heraus.«

»Und ihr bleibt euch immer gleich, wenn man noch zur Mitternacht mit den Gläsern klirren sollte, würdet ihr aufstehen und zum Saufen bereit sein«, bemerkte Gusche bissig.

»Recht habt ihr, Großmutter, es scheint mir aber, daß euch die Zunge etwas steif geworden ist und daß ihr sie gern mit Schnaps netzen möchtet, was?« lachte er, sich die Hände reibend.

»Unter den Tisch würdest du mich nicht trinken, alter Knast.«

»Etwas wenig Menschen sieht man aber heut zur Kirche ziehen«, unterbrach sie Anna sehr unzufrieden über diese Anspielungen wegen des Schnapses.

»Weil es noch früh ist, die kommen noch angelaufen und werden fein rennen, um die Sünden auszuschütteln.«

»Und faulenzen, was Neues hören und neue Sünden auflesen ...«

»Seit gestern schon haben sich die Mädchen vorbereitet«, piepste Fine irgendwo aus einer Ecke hervor.

»Versteht sich, denn vor Hochwürden schämen sie sich«, gab die Alte bei.

»Für euch, Großmutter, wäre es auch schon recht an der Zeit, zur Buße in der Kirchenvorhalle niederzusitzen und am Rosenkränzlein zu spinnen, anstatt andere schlecht zu machen!«

»Ich warte noch, bis du neben mir zu sitzen kommst, du Humpelbein!«

»Ich hab' noch Zeit, erst will ich euch fein was läuten und mit dem Spaten ordentlich beklopfen ...«

»Rührt mich nicht an, denn ich bin böse!« knurrte sie auf.

»Mit dem Stecken will ich mich zur Wehr setzen, da werdet ihr mich nicht beißen, und schade wär's auch um die Zähnchen, da es doch die letzten sind ...«

Gusche rückte sich ärgerlich zurecht, antwortete aber nicht, denn gerade goß Anna das Schnapsglas voll, den beiden zutrinkend, und Fine reichte die Heringe, von denen Ambrosius einen gegen seinen Holzfuß schlug, abzog, am Feuer röstete und mit Appetit aufaß.

»Genug amüsiert! An die Arbeit jetzt, Leute!« rief er plötzlich, seinen Schafpelz abwerfend, krempte die Ärmel hoch, schärfte noch auf dem Schleifstein sein Messer, nahm aus der Ecke einen tüchtigen Kolben zum Zermusen der Kartoffeln für die Schweine und trat rasch auf den Hof hinaus.

Die anderen folgten ihm und sahen zu, wie er mit dem Pjetrek den sich stark sträubenden Eber hervorzog.

»Ein Becken fürs Blut, aber etwas rasch!« schrie er.

Sie brachten alles; der Eber scheuerte sich an der Stallecke und grunzte leise.

Sie standen im Kreise herum und sahen schweigend auf seine fetten Flanken und den dicken herabhängenden Bauch. Immer dichter rieselte ein feiner Regen vom Himmel herab, und die Nebel senkten sich über den Garten. Der Waupa aber umkreiste sie, hin und wieder aufbellend. Ein paar Frauen waren im Heckenweg stehengeblieben, ein paar Kinder hängten sich in die Zäune und sahen neugierig zu ihnen herüber.

Ambrosius bekreuzigte sich, nahm den Kolben etwas hinter sich und begann den Eber seitwärts den Weg zu vertreten. Plötzlich blieb er stehen, holte mit einem Arm aus, beugte sich zur Seite, so stark, daß ihm ein Knopf am Hemd absprang, spannte sich an, und in einem Nu sauste der Schlag auf den Schweinekopf gerade zwischen die Ohren nieder, so daß der Eber aufquiekend auf die Vorderfüße fiel; darauf half er noch einmal nach, aber schon mit beiden Händen den Knüttel fassend, so daß der Eber seitwärts zu Boden stürzte, mit den Füßen zuckend, dann setzte er sich in einem Nu auf den Bauch, ließ das Messer aufblitzen und stieß es ihm bis zum Griff ins Herz hinein.

Sie stellten das Becken unter, das Blut spritzte hervor wie aus einer Wasserspritze und fing an, gurgelnd herauszufließen und zu dampfen, als kochte es.

»Geh da weg, Waupa! Sieh den mal an: Blut möchte er haben jetzt in der Fastenzeit!« ließ er sich schließlich vernehmen, während er den Hund fortjagte und schwer nach Atem rang. Er war etwas müde geworden.

»Wollt ihr ihn auf der Galerie abbrühen?«

»Ich bring den Trog in die Stube, man muß ihn doch aushängen, um ihn zu zerteilen.«

»In der Stube wird zu wenig Platz sein, mein' ich.«

»Ihr habt doch die andere Seite, wo der Vater wohnt, da ist genug Platz, den Alten wird das nicht stören ... nur rasch, denn ehe er abkühlt ist es leichter, die Borsten abzukriegen!« bestimmte er inzwischen, die längeren Borsten vom Rücken abrupfend.

Und in ein paar Paternostern hing schon der abgebrühte von Borsten gesäuberte und abgewaschene Eber auf der Borynaseite an einem Ortscheit, das am Balken befestigt war.

Jagna war nicht da: sie hatte sich gleich des Morgens nach der Kirche begeben, ohne zu ahnen, was vor sich gehen sollte; der Alte lag wie immer im Bett und starrte irgendwohin mit geistesabwesenden Augen.

Zuerst benahmen sie sich leise, sahen sich oft nach dem Kranken um; aber da er sich nicht einmal rührte, vergaßen sie ihn ganz, so eifrig waren sie beim Eber beschäftigt, der die Erwartungen nicht getäuscht hatte, denn er hatte auf dem Rücken gut sechs Finger breit Speck und prächtiges Schmer.

»Nun haben wir ihm was gesungen und ihn hinübergeschafft, es wird schon Zeit, die Sache mit Schnaps zu begießen!« rief Ambrosius, sich die Hände über dem Trog waschend.

»Kommt frühstücken, es wird sich schon auch was zum Trinken finden.«

Natürlich goß er sich noch vor der Rübensuppe mit Kartoffeln einen ansehnlichen Schluck hinunter, beim Essen verweilte er aber nicht lange und machte sich gleich wieder an die Arbeit, die anderen antreibend und besonders Gusche, mit der er gemeinsam arbeitete, da sie ebensogut das Salzen und die Zubereitung von Schweinefleisch verstand.

Anna half mit, soviel sie konnte, und Fine ging gern an alles heran, um nur beim Schweineschlachten dabei sein zu dürfen.

»Hilf mal den Dünger aufladen, daß sie rasch wegkommen, sonst dünkt mich, werden die Faulenzer heute nicht fertig!« rief Anna ihr nach.

Sehr ungern rannte sie auf den Hof, ihren ganzen Ärger an den Burschen auslassend, so daß in einem fort ihr Gezänk zu hören war – warum nicht auch! ... man jagte sie gerade hinaus, als in der Stube immer mehr los war, denn jeden Augenblick kam eine Gevatterin angerannt, um unter irgendeinem Vorwand nachbarlich nachzuschauen und, nachdem sie den aufgehangenen Eber erblickte, die Hände hochzuheben und gleich mal sich laut zu wundern, daß er so groß sei und so schön fett, daß selbst weder der Müller noch der Organist einen solchen gehabt hätten.

Anna war darüber sehr erfreut, sie blähte sich auf, daß sie in der Lage war, ein Schwein schlachten zu können, und obgleich es ihr um den Schnaps etwas leid war, so konnte sie doch nichts anderes tun als ihn hergeben, denn sie mußte ja doch, wie das bei den Hofbauern beim Schlachtfest Sitte war, bewirten; sie bot also Schnaps an und reichte Brot mit Salz herum, damit sie etwas zum Beißen dazu hätten, gern auf die schmeichelhaften Reden hinhörend und dabei nicht wenig selber redend, denn kaum war eine Gevatterin außer dem Hause, so hörte man schon eine andere im Flur die Pantinen ausklopfen, um auf dem Weg zur Kirche auf ein kurzes Ave bei den Borynas einzusehen. Sie kamen wie zu einer Kirmes; viele Kinder hatten sich auch eingefunden und lungerten in den Ecken, wo sie nur konnten in die Fenster guckend, so daß sie die Fine immer wieder auseinanderjagen mußte.

Auch im Dorf war eine ungewöhnliche Bewegung heute, immer mehr Menschen kamen über die Wege gestapft, und immer wieder rollten Wagen aus den anderen Dörfern vorbei, und am Weiher leuchteten die roten Frauenkleider der wie in einer Prozession vorüberziehenden Bäuerinnen auf, denn das Volk zog zur Beichte, weder auf die schlechten Wege, noch auf den verregneten und launischen Tag achtend. Jeden Augenblick kamen Regenschauer nieder, dann wieder blies ein wärmerer Wind durch die Gärten, oder es rieselten dicke Graupen nieder, und dann wiederum durchriß die Sonne die Wolken, die Welt mit ihrem Gold durchwirkend, wie das übrigens meistens während der ersten Frühlingszeit vorzukommen pflegt, wenn das Wetter in seiner Launenhaftigkeit wie manch ein Frauenzimmer ist, das zugleich Lachen und Weinen, Freude und Traurigkeit im Kopf hat, so daß sie selbst nicht weiß, was mit ihr geschieht.

Natürlich achtete niemand bei Anna auf das Wetter, die Arbeit ging flott vonstatten und die Stimmen schwirrten durcheinander; Ambrosius arbeitete rasch, trieb die anderen zur Eile an, neckte sich herum, mußte aber immer wieder nach der Kirche hin, um nachzusehen, ob dort alles in Ordnung sei; dann klagte er über die Kälte und brauchte wieder etwas, um sich zu wärmen.

»Die Priester habe ich auf ihre Plätze gesetzt und so viel Volk um sie gestellt, daß sie sich bis Mittag nicht wieder von der Stelle rühren werden.«

»Hale, Hochwürden aus Laznowo hält es nicht lange aus: sie erzählen doch, daß ihm die Haushälterin in einem fort das Putzelan bereithalten muß.«

»Gebt acht auf eure Nase, Großmutter, und laßt die Priester ungeschoren.«

Er mochte das nicht.

»Und von dem Priester aus Slupia sagt man, daß er immerzu bei der Beichte ein Fläschchen mit was Duftendem in der Faust hat und es sich unter die Nase hält, das Volk soll ihm stinken. Wenn einer gebeichtet hat, dann weht er mit dem Taschentuch die schlechte Luft auseinander und räuchert noch dazu ...«

»Haltet euer Maulwerk: laßt die Priester aus dem Spiel!« brach er ganz erbost los.

»Ist Rochus in der Kirche?« griff Anna rasch auf, denn sie war ebenfalls sehr unzufrieden über das, was die Gusche plapperte.

»Der sitzt schon vom frühen Morgen da, hat zur Messe gedient und hilft jetzt mit, wo was zu tun ist.«

»Und wo ist denn dem Organisten sein Michael?«

»Der ist mit dem Organistenjungen nach Rschepki gegangen, um die Osterzählung vorzunehmen.

»Der pflügt mit Gänsen und säet mit Sand und hat dabei einen guten Stand!« seufzte Ambrosius vor sich hin.

»Und ob! Er kriegt doch für jede eingetragene Seele ein Ei ...«

»Und für die Beichtkarten nimmt er extra drei Heller für die Seele. Jeden Tag seh ich, was sie da für Säcke voll allerhand Sachen schleppen. Allein an Eiern hat die Organistin in der vergangenen Woche an die zweiundzwanzig Schock verkauft«, sagte Gusche.

»Als er hierherkam, da soll er zu Fuß gegangen sein, mit nur einem Bündel, und jetzt würde man sein Hab und Gut auf vier Gutswagen nicht fortschaffen können.«

»Der sitzt doch schon gut seine zwanzig Jahre in Lipce, das Kirchspiel ist groß; dazu arbeitet er, müht sich, spart Geld, so hat er es denn zu etwas gebracht«, erklärte Ambrosius.

»Der hat sich was zusammengescharrt! Das Volk schindet er nur, wo er kann, und ehe er was Rechtes tut, guckt er in die fremde Faust; dreißig Silberlinge nimmt er für eine Beerdigung, für das bißchen Blöken auf lateinisch und Herumfingern auf der Orgel.«

»Auf alle Fälle ist er ein Gelernter in seinem Fach und muß sich manches Mal gut plagen!«

»Gewiß hat man ihn was gelehrt, wie er dünner oder tiefer blöken soll und den Leuten was abluchsen.«

»Ein anderer würde es vertrinken, und der läßt seinen Sohn Priester werden.«

»Da wird er auch eine nicht geringe Ehre und viel Profit haben!« stichelte die alte Gusche eifrig.

Sie wurden mitten drin, als sie gerade recht im Gange waren, unterbrochen, denn Jagna stürzte in die Stube herein und blieb wie versteinert an der Schwelle stehen.

»Du wunderst dich über den Eber?« lachte die Gusche.

»Hättet ihr denn nicht auf eurer Seite schlachten können, die ganze Stube werden sie hier versauen«, stotterte sie hervor, ganz glutrot werdend.

»Du hast Zeit, da kannst du sie dir wieder reinmachen!« entgegnete Anna kalt und mit Nachdruck.

Jagna fuhr auf, als wollte sie sich mit ihr zanken, aber sie ließ es sein, ging unschlüssig in der Stube herum, nahm die Rosenkränze von der Passion ab und ging, nachdem sie das zerwühlte Bett mit einem Tuch bedeckt hatte, ohne ein Wort mehr zu sagen, hinaus, obgleich ihr die Lippen vor niedergehaltenem Zorn bebten.

»Ihr könntet doch was helfen, wir haben so viel zu tun!« sagte ihr Fine auf dem Flur.

Sie geiferte mit solcher Wut auf sie los, daß man nicht einmal die einzelnen Worte auseinanderkennen konnte und rannte wie eine Rasende davon. Witek guckte ihr nach und erzählte dann, sie wäre geradeaus zum Schmied gelaufen.

»Laß sie laufen: da kann sie sich dann ausklagen, das wird sie erleichtern!«

»Ihr werdet wieder Krieg führen müssen!« bemerkte Gusche etwas leiser.

»Du liebe Güte, davon leb' ich ja nur noch!« entgegnete sie ganz ruhig, obgleich sie ängstlich wurde, denn sie begriff, daß jeden Augenblick der Schmied angelaufen kommen müßte, und daß es ohne einen argen Zank nicht abgehen würde.

»Der muß hier gleich erscheinen!« flüsterte Gusche, sie bedauernd.

»Ihr braucht keine Angst zu haben, ich halte schon aus, der wird mich nicht bange machen«, sagte sie lachend.

Gusche schüttelte den Kopf vor Staunen über sie und sah dabei verständnisvoll zu Ambrosius hinüber, der gerade seine Arbeit zusammenpackte.

»Ich geh' mal in die Kirche nachzusehen, ich muß auch zu Mittag läuten und komm gleich zum Essen zurück.«

Er war auch bald wieder da und erzählte, daß die Priester schon zu Tisch säßen, der Müller hätte ein ganzes Netz Fische geschickt, und am Nachmittag sollten sie dann noch die Beichte weiter abnehmen, denn ein Haufen Volk wartete noch.

Nach einem kurzen, eiligen Mahl, das tüchtig mit Schnaps begossen wurde, da Ambrosius in einem zu darüber klagte, daß der Schnaps zu schwach für die salzigen Heringe sei, machten sie sich wieder an die Arbeit.

Gerade zerteilte Ambrosius den Eber und schnitt Fleisch für die Würste ab, und die Gusche hatte auf einer ausgehangenen Tür, die sie als Tisch zurechtgemacht hatten, die Speckseiten auseinandergebreitet und machte darin Einschnitte mit dem Messer, den Speck sorgfältig salzend, als der Schmied hereingestürzt kam.

Man sah ihm im Gesicht an, daß er kaum an sich halten konnte.

»Ich hab's gar nicht gesehen, daß ihr euch einen solchen Eber gekauft habt!« fing er hämisch an.

»Jawohl, den hab' ich gekauft und schlachte ihn, wie ihr seht!«

Etwas Angst hatte sie doch bekommen.

»Ein schöner Eber, dreißig Rubel habt ihr schon gegeben.«

Er besah sich ihn eifrig.

»Und der Speck ist dick, einen zweiten solchen kann man sich suchen!« lachte die Gusche, ihm eine Speckseite unter die Nase haltend.

»Ii ... ganze dreißig hab' ich nicht gegeben, ganze nicht!« sagte Anna lachend.

»Das ist Boryna sein Eber!« brach er plötzlich los, seiner selbst nicht mehr mächtig vor Wut.

»Wie klug: selbst nach dem Schwanz erkennt er noch, wem das Schwein gehört!« höhnte die Alte.

»Mit welchem Recht habt ihr ihn denn geschlachtet?« schrie er erregt.

»Schreit hier nicht herum, denn hier ist nicht die Schenke; und das Recht ist das, daß Antek durch Rochus befohlen hat, ihn zu schlachten.«

»Was hat hier Antek zu regieren? Ist es denn seines hier?«

»Natürlich ist es seines!«

Sie fühlte sich schon sicherer und hatte neuen Mut zum Kampf bekommen.

»Der gehört uns allen ... Ihr sollt es noch teuer bezahlen!«

»Nicht vor dir werden wir Rechenschaft ablegen!«

»Und vor wem denn? Ans Gericht soll die Klage gehen.«

»Seid man erst ruhig und haltet euer Maul, denn der Kranke liegt hier und ihm gehört das alles ...«

»Ihr aber wollt es aufessen.«

»Euch werd' ich gewißlich nicht einmal was zum Riechen übriglassen.«

»Das halbe Schwein werdet ihr mir geben, und ich werd' euch nicht mehr die Hölle heißmachen«, murmelte er etwas sanfter.

»Nicht einen Schinken laß ich euch ab, wenn ihr meint, ihr könnt mich zwingen.«

»Dann gebt ihr mir im guten dieses Viertel und eine Speckseite dazu.«

»Wenn Antek es befiehlt, dann werde ich es tun; aber ohne seinen Befehl nicht einen Knochen.«

»Ist das Weib denn toll geworden, oder was fehlt der! ... Ist denn das Antek sein Eber?« Die Wut ging wieder mit ihm durch.

»Dem Vater seiner ist er, das ist so, als ob er dem Antek seiner wäre; denn da der Vater krank ist, hat er hier zu befehlen, und nach seinem Kopf soll hier alles gehen. Und später wird es, wie es der Herr Jesus geben wird ...«

»Laß ihn im Kriminal befehlen, wenn sie ihm das erlauben ... Die Wirtschaft schmeckt ihm, ... wenn sie ihn nach Sibirien in Ketten schleppen werden, dann kann er dort wirtschaften!« schrie er, vor Wut schäumend.

»Das ist nicht deine Sache! ... Vielleicht werden sie ihn auch hinschleppen, nur daß du auch so nichts von diesem Grund und Boden an dich reißen wirst, damit du noch ein schlimmerer Judas für das Volk wirst!« redete sie drohend, von einer plötzlichen Angst um ihren Mann erfaßt.

Dem Schmied fingen die Beine an zu beben, und die Hände flogen ihm, so eine Lust verspürte er, ihr an die Gurgel zu fahren, sie durch die Stube zu schleifen und mit den Füßen zu treten; aber er hielt sich zurück: Leute waren doch zugegen, er durchbohrte sie nur mit seinen wütenden Blicken, außerstande ein Wort hervorzukeuchen. Aber sie hatte sich nicht einschüchtern lassen, griff nach dem Fleischmesser und sah ihn spöttisch und scharf an, so daß er sich auf die Lade fallen ließ, eine Zigarette zurecht drehte und mit seinen roten Augen die Stube überflog, sich etwas überlegend und berechnend; und bald darauf stand er auf und sagte im gütlichen Ton:

»Kommt mal auf die andere Seite, da will ich euch etwas in Frieden sagen.«

Sie wischte sich die Hände ab und ging, ließ aber hinter sich sperrangelweit die Tür auf.

»Ich will mich ja mit euch nicht zanken und mit euch rechten«, begann er, seine Zigarette anzündend.

»Weil ihr nichts bei mir herausrechten würdet!«

Sie war wieder ruhig.

»Hat der Vater gestern noch was gesagt?«

Er war jetzt sanft und lächelte ihr selbst zu.

»Ni ... er lag ganz still, so wie er heute noch liegt ...«

Eine mißtrauische Wachsamkeit wurde in ihr rege.

»Der Eber, das sind Kleinigkeiten, nicht der Rede wert, schlachtet ihn euch und eßt ihn auf, wenn ihr Lust habt ... das ist nicht mein Verlust. Der Mensch redet oft allerhand Zeug zusammen, das ihm dann leid tut. Denkt nicht daran, was ich da geredet habe! Es handelt sich hier aber um viel was Wichtigeres ... Ihr wißt vielleicht, daß man im Dorf redet, der Vater hätte viel bares Geld im Haus versteckt ...« unterbrach er sich, sie mit seinen Blicken belauernd. »Es würde sich lohnen, nachzusuchen, denn es könnte irgendwo abhanden kommen, wenn, was Gott verhüte, der Tod eintreten sollte, oder auch irgendein Fremder könnte es in die Finger kriegen.«

»Wird er's denn sagen wollen, wo er es versteckt hat?«

Aus ihrem Blick war nichts zu ersehen.

»Euch würde er es ausplaudern, versucht nur, ihn an der Zunge zu ziehen.«

»Wenn ihm nur der Verstand wiederkehrt, da will ich es versuchen ...«

»Wenn ihr klug wäret und könntet die Zunge halten, falls ihr das Geld findet, dann brauchten wir beide nur davon zu wissen. Würde man eine größere Summe finden, dann könnten wir auch leichter Antek aus dem Kriminal herauslösen ... Wozu brauchen's die andern zu wissen? ... Jagna hat genug an dem Verschriebenen ... und man könnte selbst zum Prozessieren Geld haben, um ihr diesen Grund und Boden abzunehmen ... Und dem Gschela, hat er dem vielleicht wenig während der Dienstzeit hingeschickt!« flüsterte er, sich ganz zu ihr niederbeugend.

»Ihr habt recht ... versteht sich ...« stotterte sie und gab eifrig darauf acht, nicht was Überflüssiges zu sagen.

»Ich glaube, daß er es irgendwo im Haus versteckt haben muß ... was denkt ihr darüber?«

»Weiß ich es denn, wenn er mir kein Wort gesagt hat?«

»Vom Korn hat er euch doch gestern etwas geredet ... erinnert ihr es noch?« versuchte er sie zu überlisten.

»Gewiß, er hat ja über die Aussaat geredet.«

»Und von den Tonnen hat er euch doch was gesagt«, erinnerte er, die Blicke nicht von ihr lassend.

»Wieso? Das Korn zur Saat ist doch in den Tonnen!« rief sie und schien nichts zu begreifen.

Er fluchte leise auf, hatte sich aber immer mehr vergewissert, daß sie da etwas wissen mußte; er hatte ihr das von ihrem verschlossenen Gesicht und von ihren ängstlichen lauernden Blicken abgelesen.

»Und was ich euch anvertraut habe, braucht ihr nicht weiter zu erzählen ...«

»Bin ich denn ein Klatschmaul, das nicht aushalten kann, die Neuigkeiten unter die Gevatterinnen zu bringen? ...«

»Ich will euch nur warnen ... Paßt aber gut auf, denn wenn es dem Alten einmal im Kopf getagt hat, so kann es jeden Augenblick bei ihm ganz hell werden ...«

»Na ... wenn das nur bald käme! ...«

Er prüfte sie nochmals mit seinen saugenden Augen, zerrte am Schnurrbart und ging hinaus, begleitet von ihren Blicken, in denen ein versteckter Hohn war.

»Judas, Aas, Dieb!«

Der Haß überströmte sie, sie folgte ihm ein paar Schritte nach; das war doch nicht das erstemal, daß er ihr Drohungen ins Gesicht schleuderte, sie zu ängstigen versuchte und davon sprach, daß man Antek nach Sibirien bringen würde, um ihn da an die Karren festzuketten.

Natürlich glaubte sie nicht ganz daran, denn sie begriff, daß der Schmied hauptsächlich aus Ärger schnauzte, um sie zu erschrecken und sie um so leichter von Grund und Boden treiben zu können.

Dennoch aber setzte sich eine nicht geringe Angst um Antek in ihr fest. Sie versuchte manches Mal darüber Auskunft zu erlangen, wo sie nur konnte, was für eine Strafe er bekommen würde, und merkte zu ihrem Kummer, daß er nicht ganz glatt loskommen würde.

»Es ist wahr, daß er den leibhaftigen Vater verteidigt hatte, aber den Förster hatte er doch umgebracht, da müssen sie ihn ja bestrafen, wieso sollten sie denn anders tun ...«

Das sagten die Besonneneren, so daß sie durchaus nichts Wahres erfahren konnte, denn jeder wollte eine andere Wahrheit beweisen. Der Rechtsanwalt in der Stadt, zu dem sie der Pfarrer mit einem Brief geschickt hatte, hatte ihr gesagt, es könnte verschiedenfach ausfallen: ganz schlecht und nicht schlecht, Geld wäre aber für das Prozessieren nötig, man sollte damit nicht sparen und geduldig warten. Im Dorf jedoch ängstigte man sie am schlimmsten, denn der Schmied säte da seine Geschichten aus und hatte alle nach seinen Absichten umgestimmt.

Es war auch kein Wunder, daß auch jetzt seine Worte ihr wie Steine auf dem Herzen lasteten. Die Beine wollten ihr fast versagen bei der Arbeit, sie konnte kaum sprechen, so benahm ihr die Angst den Atem; und obendrein noch war nach seinem Weggang die Schmiedin angekommen und hatte sich beim Kranken festgesetzt, um die Fliegen, die gar nicht da waren, von ihm fortzuscheuchen, dabei verfolgte sie alles mit aufmerksamen Blicken.

Doch das schien ihr bald langweilig geworden zu sein, denn sie bot sich an, ihnen bei der Arbeit zu helfen.

»Bemüh' dich nicht, Magda, wir werden allein fertig, du mußt dich ja auch genug zu Hause schinden!« gab ihr Anna mit einer solchen Stimme zur Antwort, daß

Magda abließ und nur ängstlich hin und wieder was sagte, da sie ja von Natur aus schüchtern und schweigsam war.

Gerade um die Vesperzeit erschien Jagusch wieder, aber mit der Mutter zusammen.

Sie begrüßten Anna, als lebten sie im größten Einvernehmen miteinander, sie waren so freundschaftlich und taten so einschmeichelnd, daß Anna ganz seltsam berührt wurde; und obgleich sie ihnen mit derselben Münze zahlte, ohne mit guten Worten zu sparen, und ihnen auch Schnaps anbot, so war sie doch auf ihrer Hut. Die Dominikbäuerin schob das Schnapsglas beiseite.

»In der Karwoche! Wie sollt' ich denn jetzt Schnaps trinken?«

»Es ist doch nicht die Schenke und auch eine passende Gelegenheit, da ist es keine Sünde!« entschuldigte sich Anna.

»Der Mensch macht es sich gern leicht und redet sich immer mit passenden Gelegenheiten aus ...«

»Trinkt mir zu, Bäuerin, ich bin kein Organist!« rief Ambrosius.

»Laß einer nur die Gläser klirren, da seid ihr gleich des Teufels«, brummte die Dominikbäuerin, sich ans Verbinden des Kranken machend.

»Du meine Güte ... dem einen macht die Betglocke, daß er sich gegen die Brust schlägt und Buße tut, dem anderen tut es das Klirren der Flaschen an, daß er gleich nach dem Trinkglas um sich tastet ...«

»Da liegt nun der Arme, da liegt er, weiß nichts von Gottes Welt!« klagte die Dominikbäuerin, sich über Boryna beugend.

»Und die Wurst wird er nicht essen und den Schnaps nicht trinken!« setzte im selben Ton die Gusche recht höhnisch hinzu.

»Ihr habt nichts als Spott im Kopf!« wies die Dominikbäuerin sie ärgerlich zurecht.

»Was denn, werd' ich mich vielleicht mit Weinen von meinen Sorgen befreien? Ich hab' nur grad so viel, wie ich mich sattlachen kann.«

»Wer da Böses sät, der mag Trauer und Buße ernten!«

»Das sagt man nicht umsonst, daß Ambrosius, obgleich er an der Kirche ist, bereit wäre, sich mit der Sünde zu verbrüdern, um es sich nur bequem zu machen und was zu genießen!« sagte die Dominikbäuerin hochfahrend und warf ihm einen zornigen Blick zu.

»Nur der kann sich dem Guten widersetzen und mit dem Schlechten verbrüdern, der nicht darauf achtet, was für eine Vergeltung ihm zuteil wird«, fügte sie etwas leiser, schon wie drohend, hinzu.

Schweigen kam in die Stube. Ambrosius drehte sich hin und her und hantierte wütend herum, doch er hielt die scharfe Antwort zurück, denn er wußte gut, daß Hochwürden so wie so jedes Wort spätestens morgen nach der Messe erfahren würde; nicht umsonst saß doch die Dominikbäuerin in einem zu in der Kirche ... Auch die anderen waren verstimmt unter dem Bann ihrer Eulenaugen; selbst die unnachgiebige Gusche schwieg ängstlich.

Das ganze Dorf hatte ja Angst vor ihr; manch einer sollte schon die Macht ihres bösen Blickes auf sich gefühlt haben, manchem hatte es die Glieder krumm und schief gemacht, und mancher wurde krank, als sie auf ihn den bösen Zauber geworfen hatte.

Sie arbeiteten also still vor sich hin mit ängstlich vorgeneigten Gesichtern, so daß nur das ausgedörrte, zerfurchte, wachsbleiche Antlitz der Alten in der Stube zu sehen war. Auch sie redete nicht und griff mit Jagna so energisch bei der Arbeit zu, daß Anna sich nicht traute, ihr zu wehren.

Da aber der Knecht vom Pfarrhof Ambrosius wieder in die Kirche zurückgeholt hatte, so blieben nur die Frauen allein und legten das Fleisch eifrig zurecht, die Speckseiten in die Zuber und ins Faß füllend.

»Auf dieser Seite in der Kammer wird es für das Fleisch kühler sein, man heizt hier auch weniger in der Stube«, verordnete die Dominikbäuerin, mit Jagna die Fässer wegrollend.

Das geschah so rasch, daß sie schon, ehe sich Anna diesem widersetzen, noch zur Besinnung kommen konnte, vieles nach ihrer Kammer fortgerollt hatten. Arg erzürnt fing sie nun ihrerseits an, den Rest auf ihre Seite hinüberzutragen und rief sich noch die Fine und Pjetrek zu Hilfe.

Bei voller Dunkelheit, als man schon das Licht angezündet hatte, machten sie sich noch eilig an das Stopfen der Würste und das Füllen der dicken Sülzen. Anna hackte das Fleisch mit einer düsteren Wut, so aufgebracht war sie noch.

»Ich laß es nicht in der anderen Kammer, daß sie mir alles auffrißt oder wegträgt! Das sollst du nicht erleben! Sieh mal die Schlaue!« murmelte sie durch die Zähne.

»Des Morgens, ganz leise, wenn sie in die Kirche geht, müßtet ihr alles auf eure Seite bringen, und das Geschrei wird ein Ende haben. Sie wird es euch doch nicht mit Gewalt wegnehmen können!« riet Gusche, das Fleisch in lange Därme spritzend, so daß sie sich auf dem Tisch ringelten wie rote, dicke Schlangen, und immer wieder hing sie sie ein Stück weiter über die Stange am Herd.

»Laß sie nur versuchen! Die haben sich verabredet und sind nur deswegen hier angekommen.«

Sie konnte sich nicht beruhigen.

»Ehe Ambrosius zurückkommt, werden die Würste fertig«, sagte die Alte ablenkend.

Aber Anna blieb schweigend, sie hatte sich in die Arbeit vertieft und sann darüber nach, wie sie wohl jene Schwarten und Schinken zurückerlangen könnte.

Das Feuer knallte auf dem Herd und flammte so mächtig auf, daß die ganze Stube rot vor Glut war, und in den Töpfen brodelte allerlei Verschiedenes, woraus die Grützwürste gemacht werden sollten; die Kinder plapperten ängstlich über einem mit Blut gefüllten Becken.

»Ach, mein Gott! mir wird schon ganz übel von all den guten Sachen!« seufzte Witek auf, mit der Nase in der Luft herumschnüffelnd.

»Riech' hier nicht herum, sonst kannst du noch was anderes kriegen! Geh', die Kühe zu tränken, tu' das Heu in die Raufen, schütte Häcksel in die Krippen für die Nacht … Es ist schon spät genug! Wann willst du denn damit fertig werden? …«

»Gleich kommt der Pjetrek, allein werde ich doch nicht fertig …«

»Wo ist er denn hin?«

»Wißt ihr's nicht? … Er hilft ja auf der andern Seite rein zu machen …«

»Was? He, Pjetrek! mach' daß du fortkommst, das Vieh zu besorgen!« rief Anna in den Flur hinein und das mit solcher Wucht, daß Pjetrek sofort in den Hof rannte.

»Und du kannst mal selber deine Klumpen rühren und dir die Stube allein in Ordnung bringen! ... Sieh mal an ... die Gutsherrin, wird sich da die Händchen schonen und sich durch den Knecht bedienen lassen!« schrie sie schon ganz böse und kippte gleichzeitig den Topf um, so daß die dampfende Leber und Lunge auf den Tisch fielen, als plötzlich das Rollen eines Wagens und das Klagen einer Schelle draußen hörbar wurde.

»Das ist der Priester mit dem Leib Christi, der fährt zu irgend jemand! ...« erklärte Bylica, der gerade in die Stube trat.

»Wer wäre denn schon wieder krank geworden? Man hat ja nichts davon gehört! ...«

Irgendwo hinter das Schulzenhaus sind sie gefahren«, schrie Witek atemlos zum Fenster herein.

»Ganz gewiß zu einem der Kätner ...«

»Und vielleicht auch zu jemand von den Euren, denn die Pritscheks sitzen doch auch da ...«

»Hale! die waren gesund: solchem Aaszeug passiert nichts Schlimmes«, murmelte Gusche, und obgleich sie mit den Kindern im ständigen Streit und in Prozessen lebte, fing sie doch an zu zittern.

»Ich will mich erkundigen und bin gleich wieder da.«

Sie lief eilig hinaus.

Aber ein gutes Teil des Abends ging vorüber, und Ambrosius war selbst wieder angelangt, doch Gusche ließ sich nicht sehen; der Alte erzählte, daß man den Priester zu Agathe, der Verwandten der Klembs, gerufen hatte, zu derselben, die da am Sonnabend vom Bettel heimgekehrt war.

»Wieso denn? Sitzt sie nicht bei den Klembs?«

»Bei den Kosiols oder den Pritscheks ist sie untergekrochen, um zu sterben.«

So viel nur hatten sie darüber geredet, denn sie waren eifrig mit der Arbeit beschäftigt, die auch dadurch sich vertrödelt hatte, daß Fine und auch Anna selbst immerzu davon ablaufen mußten, um in den Hof zu rennen und die abendlichen Besorgungen zu machen.

Der Abend schleppte sich langsam vorwärts und wurde schon lästig lang, obendrein kam draußen eine solche Dunkelheit auf, daß man die Faust nicht mehr vor den Augen sehen konnte, ein kalter Regen peitschte auf die Menschen ein, und der Wind stürmte immer wieder gegen die Wände an und wütete in den Gärten, so daß die armen Bäume in der Dunkelheit aufrauschten und hin und her gerissen wurden, und manchmal fuhr er so in den Schornstein, daß die glühenden Scheite vom Herd in die Stube flogen.

Dicht vor Mitternacht wurden sie erst fertig, und Gusche war immer noch nicht zurück.

»Ein solcher Schmutz und Dreck ist draußen, da hatte sie keine Lust mehr, sich hier herzuschleppen!« dachte Anna, als sie vor dem Schlafengehen hinaussah.

Natürlich war es ein Wetter, daß man selbst nicht mal einen Hund hätte hinausjagen mögen, es blies, daß die Dächer knarrten, und die regenschweren, großen Wolken wälzten sich braun und aufgequollen über den trüben Himmel – und nirgends in der Höhe ein Stern, nirgends ein Licht aus den Häusern, die die Nacht ganz verschlungen hatte. Das Dorf schlief schon längst, nur der Wind toste über den Feldern dahin, rang mit den Bäumen und wühlte pfeifend das Wasser des Weihers auf.

Sie gingen gleich schlafen, ohne länger zu warten.

Gusche erschien erst am nächsten Morgen, doch sie war düster wie der schmutzige, windige und kalte Tag selbst; sie hatte sich nur die Hände in der Stube gewärmt und ging gleich in die Scheune an die Arbeit des Kartoffelauslesens, die man dorthin aus den Gruben auf einen Haufen zusammengeschüttet hatte.

Sie arbeitete fast allein, denn Fine lief oft fort, um Dünger aufzuladen, den Pjetrek vom Morgengrauen an eilig ins Feld fuhr. Anna hatte ihn nicht schlecht dafür abgekanzelt, daß er am Tag vorher gefaulenzt hatte und nicht fertig geworden war; so trieb er denn die Pferde mächtig an, schrie auf Witek ein, ließ die Peitsche knallen und fuhr, daß im Schmutz tiefe Rillen entstanden.

»Das Biest von Faulpelz meint, er kann sich jetzt auf dem Vieh Genugtuung verschaffen«, sagte die Gusche, die Gänse verscheuchend, die in einer ganzen Schar auf die Tenne gekommen waren, an den Kartoffeln herumschnäbelten und ein lästiges Geschnatter vollführten. Später redete Fine sie an, aber sie antwortete nicht, saß wie ein Brummkater und versteckte eifrig unter der tief über die Stirn herabgeschobenen Beiderwandschürze die seltsam geröteten Augen.

Anna sah zuerst nur einmal zu den beiden ein, denn sie lauerte in der Stube auf Jagnas Fortgang, um das Fleisch in ihre Kammer zu holen und dabei auch gleich die Getreidefässer zu durchsuchen; aber zu ihrem Verdruß rührte sich Jagna nicht mit einem Schritt aus dem Haus, so daß sie, ohne es schon länger aushalten zu können, zum Kranken hinüberging und, nach irgend etwas fragend, die Kammer betrat.

»Was sucht ihr da? Ich weiß ja, wo alles liegt, da kann ich es euch zeigen!« rief Jagna, ihr nachgehend, so daß sie wieder hinausgehen mußte, kaum daß sie die Hände ins Korn gesteckt hatte, das Geld mußte wohl tiefer unten sein.

Sie begriff gleich, daß die andere sie bewachte, so ließ sie es gezwungen nach und verlegte die Ausführung ihrer Absicht auf eine geeignetere Zeit.

»Man muß an das Zurechtmachen der Geschenke gehen«, dachte sie und sah wehmutsvoll die Würste an, die auf einer Stange hingen; es war nämlich Sitte bei den Borynas, sowie auch bei den anderen ersten Hofbauern im Dorf, gleich am folgenden Tag nach dem Schweineschlachten den nächsten Verwandten und auch allen, mit denen man sonst Freundschaft hielt, eine Wurst oder irgendein gutes Stück Fleisch hinzuschicken.

»Versteht sich, daß es nicht leicht ist, aber geben muß man schon, sonst würden sie sagen, daß du es ihnen nicht gönnst«, sagte plötzlich der alte Bylica, gerade den Gegenstand ihrer wehmütigen Sorge treffend.

So machte sie sich denn, wenn auch tief aufseufzend und schweren Herzens, daran, auf Tellern und Schüsseln alles zurechtzulegen; sie vertauschte mehrmals die zu kurzen Stücke mit größeren, hier ein großes Stück Grützwurst zulegend, da wieder was abnehmend, bis sie schließlich, müde und wehleidig, die Fine herbeirief.

»Zieh' dich schön an und bring' das weg …«

»Jesus, so viel von allem! …«

»Was soll man tun, wenn es sein muß! In den Mathies kann der Mathies alles hineinkriegen, aber aus dem Mathies springt der Mathies doch nicht heraus. Diese längeren bringst du zuerst der Muhme: Obgleich sie mich nur immer scheel ansieht und auf mich in einem fort zu schimpfen hat, kann man es doch nicht lassen; die Schüssel mit dem da kriegt die Schulzin: er ist ein Schurke, sie haben aber mit Matheus Freundschaft gehalten, und nützen kann er einem ja auch was; diese ganze Grützwurst, die Bratwurst und das Stück Rippe, das ist alles für Magda, für die Schmiedsleute: die sollen nicht geifern, daß wir allein Vaters Schwein aufessen; versteht sich, daß man ihnen damit nicht das Maul ganz stopfen kann, aber sie werden nicht mehr so viel zanken können ... Der Pritschekbäuerin hier diese Wurst da: hochfahrend und hochnäsig ist sie und auch großschnauzig dazu, aber mit der Freundschaft ist sie zuerst gekommen ... der Klembbäuerin bringst du diesen letzten Teller ...«

»Und der Dominikbäuerin, werdet ihr der nichts hinschicken?«

»Später gibt man ihr was, nachmittags ... natürlich muß man ... mit solch einer ist es wie mit dem Dreck: rühr' nicht dran und geh' lieber noch von weitem darum herum. Trage alles schön vernünftig weg und red' dich da nicht mit den Mädchen fest, denn die Arbeit wartet hier.«

»Gebt auch was der Nastuscha, sie sind so arm, selbst für Salz haben sie nichts ...« bat sie leise.

»Laßt sie kommen, dann geb' ich ihr schon was. Vater, nehmt ihr für die Veronka was mit, sie sollte gestern einsehen kommen ...«

»Die Müllerin hat sie doch vor Abend noch gerufen, daß sie ihr die Zimmer zurechtmacht, denn gewiß kommen da für die Feiertage welche zu Besuch.«

Und lange noch brachte er seine Neuigkeiten hervor; Anna aber kleidete sich etwas wärmer an, nachdem sie Fine fortgeschickt hatte, und lief hin, der Gusche zu helfen und die Jungen anzutreiben.

»Wir haben auf euch mit dem Abendbrot gewartet«, fing sie an, durch das Schweigen der Alten betroffen.

»Ii ... ich hab' mich schon da allein am Sehen sattgegessen, daß es mich heute noch im Magen drückt ...«

»Ist wohl die Agathe, die krank geworden ist?«

»Jawohl, bei den Kosiols stirbt sie langsam weg, die arme Waise.«

»Wie denn, liegt sie nicht bei den Klembs?«

»Als Verwandten wollen sie einen gelten lassen, wenn man nichts braucht oder mit vollen Händen kommt; sonst aber hetzen sie dich mit den Hunden von Hof und Haus ...«

»Was ihr nicht sagt! Die haben sie doch nicht fortgejagt!«

»Hale, gekommen ist sie zu ihnen am Sonnabend und ist gleich in der Nacht krank geworden ... Man sagt, daß ihr die Klembbäuerin das Federbett genommen hat und sie fast nackt in die Welt hat laufen lassen.«

»Die Klembbäuerin! Das kann nicht sein, ist doch eine so gutmütige Frau, die klatschen sich wohl was zurecht.«

»Ich hab's mir nicht ausgedacht, es ist mir so und nicht anders zu Ohren gekommen ...«

»Bei den Kosiols liegt sie? Wer hätte das gedacht, daß die so mildherzig wären!«

»Für Geld ist selbst der Priester mildherzig. Kosiols haben von der Agathe zwanzig Silberlinge bar Geld bekommen, dafür sollen sie sie bei sich bis zu ihrem Tode behalten, denn die Alte rechnet damit, daß sie jeden Augenblick wegsterben wird. Das Begräbnis natürlich für sich, die Alte geht aber, wenn nicht heute, dann sicher morgen ein, die macht's nicht mehr lange ... nee ...«

Sie verstummte und versuchte vergeblich, das Schluchzen zu unterdrücken.

»Was fehlt euch denn, seid ihr krank?« fragte Anna mitleidig.

»So viel Menschenelend hab' ich fressen müssen, daß es mich schließlich ganz durchmürbt hat. Der Mensch ist ja kein Stein, man wehrt sich vor sich selbst, wenn es auch nur mit dieser Wut auf die ganze Welt ist, aber wer wird sich da ganz schützen können: es kommt schließlich so eine Zeit, daß man es nicht mehr aushalten kann, und die Seele wird wie dieser klägliche Staub.«

Sie brach in ein Weinen aus und konnte sich lange nicht beruhigen, die Nase laut schneuzend, bis sie schließlich wieder wehleidig zu erzählen begann; ihre Worte fielen wie bittere, brennende Tränen auf Annas Seele.

»Kein Ende gibt es für dieses Menschenverderben. Ich habe mich bei der Agathe hingesetzt, und als der Priester schon davongefahren ist, da kommt die Philipka angerannt, die hinterm Weiher, und schreit, daß ihre Älteste stirbt ... Natürlich lauf' ich da hin ... Du lieber Jesus, in der Stube der leibhaftige Frost ... Die Fensterscheiben mit Stroh verstopft ... ein Bett nur im Haus, und der Rest nistet auf ein und demselben Lager wie die Hunde ... die Dirn ist nicht gestorben, nur der Hunger hat sie so zu packen gekriegt ... Kartoffeln fehlen ihnen schon, das Federbett haben sie verkauft ... jedes Quartchen Grütze müssen sie beim Müller abbetteln, niemand will ihnen was borgen oder geben, ehe die neue Ernte da ist ... Wer sollt' es auch? ... Eine Rettung gibt es da nicht, der Philipp ist ja mit den anderen im Kriminal ... Kaum bin ich nun da von denen fort, da sagt mir Gregors Frau, daß die Florka, dem Pritschek Seine, niedergekommen ist und Hilfe braucht ... Schurken sind es und haben mich so benachteiligt, obgleich es doch meine eigenen Kinder sind ... da bin ich denn hingegangen, es ist ja nicht die Zeit, an geschehenes Unrecht zu denken ... Na, und die Not bleckt auch da nicht schlecht die Zähne; all das Kleinzeug, die Florka krank, nicht ein Heller da und Hilfe von nirgendwo ... vom Grund und Boden können sie doch nichts abbeißen ... zum Kochen ist auch keiner da, der Acker liegt unbearbeitet, und der Frühling kommt, und der Adam sitzt mit den anderen im Kriminal ... Sie hat einen gesunden Jungen zur Welt gebracht, der kam was ab, wenn er nur gut gedeiht, denn die Florka ist abgemagert, daß sie nur so wie ein Span aussieht und hat nicht einen Tropfen Milch in der Brust, und die Kuh ist gerade nach dem Kalben ... Und überall ist es so schlecht, und von den Kätnern da ist schon gar nicht mehr zu reden ... Es ist keiner da, der was arbeiten oder verdienen könnte ... Da sollte schon der Herr Jesus lieber sorgen, daß sie einen leichten Tod fänden, dann würde sich das arme Volk nicht mehr zu quälen brauchen.«

»Und wer hat es reichlich jetzt im Dorf? Überall ist die Not da und die schweren Sorgen.«

»Hale, die Hofbauern haben sich auch mächtig viel zu sorgen ... der eine zerbricht sich den Kopf, womit er sich am besten die Kaldaunen stopfen könnte, ein anderer, wem er Geld auf die höchsten Prozente borgen soll ... Aber keiner kümmert sich um die Notleidenden, wenn sie selbst hinterm Zaun verrecken sollten ... Mein Gott, in ein und demselben Dorf sitzen sie dicht beieinander, und keinem verdirbt es den Schlaf ... Versteht sich, jeder überläßt dem Herrn Jesus die Sorge um die Armen und wälzt alles auf Gottes Fügung ab, und selbst ist er zufrieden, wenn er bei einer vollen Schüssel seinen Bauch pflegen kann, und wenn es schon sein muß, dann stopft er sich noch die Ohren mit dem warmen Schafpelz zu, um nur nicht das Wimmern der anderen zu hören, denen es schlecht geht ...«

»Was soll man da helfen? Wer hat denn so viel, daß er aller Armut ein Ende machen könnte?«

»Wer keine Lust hat, der weiß sich auch herauszureden! Ich sag' es nicht für euch, ihr seid ja nicht auf eurem Eigenen, und ich weiß gut, daß es Euch schwer geht; aber es gibt solche, die was helfen könnten, die gibt es: der Müller zum Beispiel, der Priester, der Organist und manch ein anderer ...«

»Wenn ihnen das jemand nahelegen würde, dann würden sie sich vielleicht auch erbarmen ...« versuchte Anna zu entschuldigen.

»Wer eine fühlende Seele hat, der wird den Ruf der Armen von selbst hören, dem braucht man es nicht erst von der Kanzel in die Ohren zu schreien! Du liebe Güte, die wissen recht gut, wie es dem armen Volk geht, sie werden doch durch Menschennot fett und satt ... der Müller, der hat ja jetzt seine Erntezeit, obgleich es noch weit zur schlimmen Zeit der Vorerntenot ist: die Leute ziehen in einem zu nach seiner Mühle wie in einer Prozession, um Mehl und Grütze für die letzten paar Heller zu holen, oder selbst zu borgen auf gute Prozente oder für Entgelt in Taglohn; und wenn man selbst dem Juden das Federbett verkaufen sollte, was zu essen muß man ja haben ...«

»Das ist wahr, niemand gibt was umsonst ...«

Anna dachte an ihre eigenen kaum noch überstandenen Armutssorgen und seufzte schwer auf.

»Ich habe bis spät bei der Florka gesessen, da kamen denn auch genug Frauen, sie haben erzählt, wie es im Dorf aussieht, ja ja ...«

»Mein Gott!« schrie plötzlich Anna aufspringend, denn der Wind hatte dermaßen das Scheunentor zugeschlagen, daß es ein Wunder war, wie es noch zusammenhielt. Sie öffnete das Tor mit Mühe und stemmte ein paar feste Pflöcke dagegen.

»Das weht heute mächtig, aber der Wind ist warm, daß er nur keinen Regen bringt.«

»Die Wagen sinken schon so wie so bis an die Achse ein im Feld.«

»Ein paar gute Sonnentage, und gleich wird es trocken, wir haben doch Frühling.«

»Wenn man doch vor dem Fest noch mit der Aussaat beginnen könnte!«

Sie redeten hin und her, eifrig mit der Arbeit beschäftigt, bis sie schließlich ganz still wurden, man hörte nur das Kollern der aussortierten Kartoffeln, denn sie warfen die kleineren auf einen Haufen und die faulen auf einen anderen.

»Es bleibt genug zum Ausfüttern der Sau und für den Drank für die Kühe auch noch.«

Aber Anna schien nicht auf sie zu hören, sie sann nur immerzu, wie sie sich wohl am geschicktesten an Vaters Geld heranmachen könnte und blickte nur hin und wieder auf, um durch das Scheunentor ins Freie auf die zerzausten Bäume zu sehen, die mit dem Sturm rangen. Zerfetzte schieferblaue Wolken jagten über den Himmel und sahen aus wie Garben, die auseinandergerissen worden sind, und der Wind steigerte sich immer noch und blies von unten herauf, daß die Strohdächer der Häuser sich wie Bürsten sträubten. Eine nasse und von Dunggeruch erfüllte Kälte machte sich unangenehm bemerkbar. Auf dem Hof war es fast leer, nur hin und wieder liefen ein paar Hühner, die der Wind vor sich hertrieb, mit geblähtem Gefieder vorbei, die Gänse saßen im Schutze des Zaunes über ihren Gösseln, die leise piepten; und jedesmal nach Ablauf einiger Paternoster kam Pjetrek mit seinem leeren Wagen gefahren, wendete, blieb gerade der Tenne gegenüber stehen, schlug sich mit den Händen warm, warf den Pferden ein Bündel Heu hin und fuhr, nachdem er mit Witek gemeinsam den Wagen vollgeladen hatte, wieder aufs Feld hinaus.

Manchmal kam Fine zurückgelaufen, rot, atemlos, ganz von der Wichtigkeit dieses Herumtragens der Würste erfüllt, und plapperte los.

»Den Schulzen hab' ich es schon hingetragen, und jetzt lauf ich zur Muhme ... Sie saßen zu Hause, die Stuben weißen sie schon für die Feiertage, und wie sie sich bedankt haben ...«

Sie erzählte ausführlich, obgleich sie niemand ausfragte, und rannte wieder ins Dorf, behutsam die in ein weißes Tuch gebundenen Schüsseln mit Geschenken vor sich her haltend.

»Die reine Plappermühle ist die Dirn, aber geschickt ist sie«, bemerkte Gusche.

»Gewiß – ist schon geschickt, aber um dumme Streiche zu machen und wenn sie sich irgendwo was amüsieren kann ...«

»Was wollt ihr denn anderes bei einem solchen Kiek-in-die-Welt, ist doch noch das reine Kind ...«

»Witek, sieh doch mal nach, wer da ins Haus gegangen ist!« rief plötzlich Anna.

»Der Schmied sind soeben gekommen.«

Wie von einer bösen Ahnung getroffen, rannte sie geradeaus nach Vaters Seite; der Kranke lag, wie immer, rücklings auf seinem Lager, Jagna nähte etwas am Fenster, in der Stube aber war sonst niemand mehr.

»Wo hat sich denn der Michael hingetan? ...«

»Der muß hier irgendwo sein, er sucht den Wagenschlüssel, den er mal dem Matheus geborgt hat«, erklärte Jagna, ohne die Augen von der Arbeit zu heben.

Anna sah auf den Flur, er war nicht da; sie sah auf ihre Seite: der Bylica saß da nur mit den Kindern am Herd und schnitzte ihnen Windmühlen; selbst auf dem Hof suchte sie, nirgends war eine Spur von ihnen zu finden, so rannte sie denn geradeaus in die Kammer, obgleich die Tür zu war.

Und wirklich, da stand er an einem der Fässer, die Hände bis über die Ellbogen im Korn, und wühlte darin eifrig.

»In der Gerste wird er den Schlüssel versteckt haben, was?« warf sie atemlos vor Erregung hin, sich drohend vor ihm aufpflanzend.

»Ich sehe nach, ob sie nicht schimmelig ist, ob man sie zur Aussaat gebrauchen kann ...« stotterte er, da sie ihn so plötzlich überrascht hatte.

»Das ist nicht eure Sache! ... Was habt ihr hier herumzuschnüffeln?«

Er zog, wenn auch ungern, seine Hände heraus, und kaum imstande, seine Wut zu beherrschen, brummte er ihr zu:

»Und ihr bewacht mich wie einen Dieb ...«

»Als ob ich nicht wüßte, weshalb ihr hierhergekommen seid? Hale, in anderer Leute Kammern wird er eindringen und in den Fässern herumstöbern, vielleicht noch die Vorlegeschlösser abreißen und die Truhen aufmachen ... was?« schrie sie immer lauter.

»Hab' ich euch gestern nicht gesagt, was wir suchen müssen ...« Er mühte sich, ruhig zu bleiben.

»Ihr habt mir was vorgeschwindelt, um mir nur Sand in die Augen zu streuen, und macht inzwischen ganz was anderes, ich hab' eure Judaspläne längst durchschaut ...«

»Willst du dein Maul halten, Anka, sonst schlag' ich's dir noch zu!« brüllte er drohend los.

»Versuch' es, du Räuber! Rühr' mich nur mit einem Finger an, und ich mach' solch ein Geschrei, daß das halbe Dorf zusammenläuft, dann werden sie sehen, was für einer du bist!« gab sie ihm zurück.

Er sah sich aufmerksam in der Kammer um und trat schließlich, laut vor sich hinfluchend, zurück.

Sie sahen sich aus der Nähe so scharf in die Augen, daß sie, wenn es ihnen möglich gewesen wäre, einander mit diesen funkelnden Blicken durchbohrt hätten.

Anna mußte sogar Wasser danach trinken und konnte lange nicht nach dieser Erregung zu sich kommen.

»Man muß das Geld finden und es sicher verstecken, denn wenn er es zu sehen kriegt, stiehlt er es weg«, sann sie, nach der Scheune zurückkehrend, doch plötzlich wandte sie sich auf halbem Weg zurück.

»Du sitzt hier in der Stube, paßt auf und läßt Fremde in die Kammer!« schrie sie von oben herab auf Jagna, in der geöffneten Tür stehenbleibend.

»Michael ist doch kein Fremder; er hat dasselbe Recht wie ihr!« sie hatte gar keine Angst vor ihrem Geschrei.

»Du bellst da wie ein Hund und hast dich mit ihm schön verabredet; aber paß auf, wenn nur was aus dem Haus verloren gehen sollte, so wahr Gott im Himmel, werde ich dich verklagen und anzeigen, daß du mitgeholfen hast ... Das merk' du dir! ...« schrie sie, wutentbrannt.

Jagna sprang sofort auf, nach dem ersten besten Gegenstand greifend, der ihr unter die Hände kam.

»Schlagen willst du! Schlag zu! Versuch nur, dann werd' ich dir dein feines Mäulchen so zurechtrichten, daß dich das Rote begießt und die eigene Mutter dich nicht auskennen wird! ...«

Sie schrie wütend auf sie ein, was ihr nur die Spucke und das Gift auf die Zunge brachten.

Und Gott weiß, womit das noch geendet hätte, denn sie gingen schon mit den Krallen aufeinander los, wenn nicht Rochus gerade zur rechten Zeit erschienen wäre, so daß Anna, durch seine Blicke beschämt, etwas zur Besinnung kam, verstummte und zu guter Letzt nur noch die Tür im Weggehen mit ganzer Wut ins Schloß warf.

Jagna blieb mitten in der Stube stehen, konnte sich aber kaum vor Entsetzen rühren; ihre Lippen bebten wie im Fieber, und das Herz pochte; die Tränen kollerten wie Erbsen über ihre Wangen. Bis sie schließlich zu sich kam, das Mangelbrett, das sie in der Hand behalten hatte, in eine Ecke warf und aufs Bett stürzte, von einem schmerzlichen, unstillbaren Weinen gepackt.

Anna erzählte inzwischen an Rochus, worum sie sich gezankt hatten.

Er hörte aufmerksam ihren geiferigen, vom Schluchzen durchflochtenen Erzählungen zu; da er aber nicht gut daraus klug werden konnte, so unterbrach er sie streng, schob selbst das ihm vorgesetzte Essen beiseite und griff sehr erzürnt nach der Mütze.

»Es wird schon nötig sein, daß ich in die Welt geh und niemals Lipce wiederseh, wenn ihr so seid. Dem Bösen ist das alles zur Freude oder dem Judenvolk, das sich über das Gezänk und die Dummheit der Christen lustig macht! Du mein barmherziger Jesus, ist nicht schon genug Not, genug Krankheit, genug Hungerleiden da, und die wollen sich da noch jeder für sich untereinander in die Schöpfe fahren und ihre Wut aneinander ausüben.«

Er kam ganz außer Atem, Anna aber ward von einer solchen Wehmut und Angst erfüllt, daß er vielleicht in Wut fortgehen würde, daß sie seine Hände küßte, ihn aus ganzem Herzen um Verzeihung bittend.

»Daß ihr es wißt, es ist mit ihr jetzt gar nicht mehr auszuhalten, alles macht sie einem zum Arger und zum Schaden. Die sitzt doch hier nur sowieso uns zum Nachteil ... vielleicht nicht? So viel Grund und Boden, wie er ihr verschrieben hat ... Und ihr wißt doch gar nicht, wie sie ist! ... Was sie da mit den Burschen angestellt hat ... was sie« ... nein, sie konnte nichts über Antek sagen ... »und jetzt soll sie sich mit dem Schulzen abgeben ...« fügte sie etwas leiser hinzu. »Darum, wenn ich sie nur zu sehen bekomme, kocht es schon in mir vor Wut, und ich könnte ihr auf der Stelle ein Messer einrennen ...«

»Laßt die Rache Gott! Sie ist auch ein Mensch und fühlt das ihr angetane Unrecht, und für ihre Sünden wird sie sich schwer verantworten müssen. Ich sag' es euch: tut ihr kein Unrecht!«

»Bin ich denn etwa die, die ihr was zuleide tut?«

Sie war sehr erstaunt, ohne begreifen zu können, worin Jagna Unrecht geschehen sollte.

Rochus kaute an seinem Brot und ließ, etwas überlegend, die Augen durch die Stube schweifen; schließlich streichelte er die Köpfe der Kinder, die sich an seine Knie schmiegten und machte sich zum Fortgehen fertig.

»Ich sehe zu euch in einem der nächsten Abende ein, und jetzt will ich euch nur das sagen: laßt sie nur, tut eure Sache, und den Rest wird der Herr Jesus machen ...«

Er bot Gott zum Gruß und ging ins Dorf.

* * *

Rochus schleppte sich langsam über den Weg am Weiher entlang, weil der Wind auf ihn so einpeitschte, daß er sich kaum auf seinen Beinen halten konnte, außerdem war er mächtig durch das alles, was im Dorfe vor sich ging, besorgt; immer wieder sahen seine brennenden Augen auf die Häuser hin; er sann und seufzte schwer. Es stand wahrhaftig schlecht mit Lipce, so schlecht, daß es schon gar nicht schlimmer werden konnte.

Das schlimmste aber war nicht das, daß manch einer schier Hungers starb, daß die Krankheiten gediehen, daß die Leute sich zankten und einander mehr noch in die Schöpfe fuhren, daß der Tod sich seine Opfer immer häufiger langte – ganz ebenso war es auch früher und in ehemaligen Zeiten gewesen, das war das Volk schon gewöhnt und wußte gut, daß es nicht anders werden konnte … Das Übel war noch größer und ganz etwas anderes – die Erde lag unberührt, denn es war keiner da, der sie hätte bestellen können.

Es kam schon der Frühling über die ganze Welt, mit den Schwärmen der heimkehrenden Vögel, die ihre vorjährigen Nester suchten, auf den Anhöhen trockneten die Äcker ab, das Wasser verlief sich, und die Erde schrie fast nach dem Pflug, nach Dünger und dem heiligen Saatkorn.

Und wer sollte denn ins Feld gehen, wenn alle arbeitsfähigen Hände im Gefängnis waren! … Es waren doch nur fast lauter Frauen im Dorf zurückgeblieben, und ihre Kräfte und ihr Verstand konnten das nicht alles bewältigen.

Und obendrein kam über manche schon die Zeit des Gebärens, wie das zur Frühlingszeit im Dorf so war; die Kühe kalbten, das Geflügel wurde ausgebrütet, die Mutterschweine warfen ihre Ferkel, und es war auch die Zeit, in den Gärten zu säen und den Saatkohl zu pflanzen, man mußte die Kartoffeln sortieren, die Saatkartoffeln aus der Grube holen, das Wasser von den Ackerbeeten ablassen, Dung ausfahren – und wenn einer die Arme bis über die Ellbogen in die Arbeit gesteckt hätte, ohne die Männer war es doch nicht möglich, auszukommen … Und da mußte man doch auch noch das Vieh besorgen, tränken, Häcksel schneiden, Holz kleinmachen, oder aus dem Wald herschleppen; und so viel Alltagsarbeit war da, allein schon mit den Kindern, von denen es überall wimmelte, daß Gott erbarm! Sie fühlten ihre Glieder nicht mehr, der Rücken war ihnen am Abend steif vor Müdigkeit, und doch war immer nur kaum die Hälfte getan – und all die wichtigen Feldarbeiten – wie sah es damit aus? …

Und die Erde wartete; die junge Sonne wärmte sie, die Winde strichen über sie hin, die warmen, fruchtbaren Regen überrieselten sie, die nebligen, linden Frühlingsnächte machten sie wieder fester – so daß die Gräser schon wie eine grüne Bürste sprossen, die Wintersaaten sich im raschen Wachstum erhoben, Lerchen über den Ackerbeeten schmetterten, Störche aus den Wiesen herumstelzten, so daß schon hier und da Blumen aus den Sümpfen ausblühten zum schimmernden Himmel empor, der sich Tag für Tag wie ein helles blaues Leinentuch immer höher spannte, so daß die sehnsüchtigen Augen schon immer ferner schweifen konnten, bis weit über die Ränder des Dorfes und der Wälder, in jene Ferne, die in der Zeit der Winternebel ganz verhangen war; die ganze Welt erwachte aus der Totenstarre, reckte sich und schmückte sich für das Frühlingsfest der Freude und Lust ...

Überall aber in der Nachbarschaft, wohin das Auge nur reichen konnte, arbeitete man so eifrig, daß ganze Tage lang, ob es regnete oder Sonnenschein war, lustiges Singen und frohe Juchzer von dort herüberhallten; auf den Feldern blinkten die Pflüge, Menschen bewegten sich hin und her, Pferde wieherten, und frohes Wagengeroll wurde vernehmbar; nur die zu Lipce gehörenden Felder waren menschenleer, sie lagen ganz still und wehmütig wie ein Friedhof da.

Und obendrein lastete noch auf dem Dorf die schwere Sorge um die Eingesperrten ...

Kaum verging ein Tag, daß nicht ein paar Menschen mit irgendwelchen Bündeln nach der Stadt zogen, um dort vergeblich darum zu flehen, daß man die doch unschuldig Eingekerkerten freilassen möge.

Hale! wird da einer wohl Erbarmen mit dem benachteiligten Volke haben, wenn es sich nicht selbst Gerechtigkeit verschafft! ...

Es war schlecht, so schlecht, daß selbst fremde Leute aus anderen Dörfern schon zu merken anfingen, daß das Unrecht, das den Bauern aus Lipce geschah, ein Unrecht an dem ganzen Bauernvolk war. Wie konnte denn das auch anders sein, es beißt doch nur der Aff den Affen in den After, aber Menschen, die sollten doch zusammenhalten, daß auch dem anderen nicht geschieht, was dem einen schon geschehen ist.

Es war also kein Wunder, daß andere Dörfer, obgleich sie vordem wegen der Grenzen und verschiedener nachbarlicher Schädigungen mit Lipce in Streit lagen und auch neidisch darauf waren, daß die aus Lipce sich über alle anderen erhoben und ihr Dorf für das erste hielten, jetzt allen Zwist beiseite ließen und den Groll von sich taten; denn oft geschah es nun, daß einer aus Rudka, aus Wola oder Dembica und selbst von den kleinadeligen Dörflern aus Rschepki sich nach Lipce aufmachte, um heimlich die Lage der Dinge auszukundschaften.

Sonntags aber, nach dem Hochamt, oder wie gestern, als sie zur Beichte gekommen waren, erkundigten sie sich eifrig nach den Eingesperrten, fluchten mächtig, machten drohende Gesichter und ballten mit denen aus Lipce zusammen die Fäuste gegen die Unterdrücker, voll Teilnahme das Los des benachteiligten Volkes mitempfindend.

Gerade darüber sann jetzt Rochus nach und faßte dabei wichtige Entschlüsse; er verlangsamte seinen Schritt noch mehr, blieb häufig stehen, suchte Schutz gegen den Wind hinter den dickeren Baumstämmen und schien ringsum nichts zu sehen und immer nur in weite Fernen zu starren ...

Es wurde immer heller und wärmer, nur der lästige Wind steigerte sich von Stunde zu Stunde, so daß ein Brausen durch die ganze Welt ging, und die dünneren Bäumchen beugten sich ächzend vor, mit den Zweigen den Weiher peitschend. Der Wind riß das Stroh von den Dächern los und brach die mürben Zweige ab; es wehte jetzt in den Lüften mit solcher Macht, daß alles ins Schwanken kam: die Gärten, die Zäune und die einzelnen Bäume, bis daß es zuletzt schien, sie flögen mit dem Sturm einher, und selbst die aus den zerspaltenen Wolken sich enthüllende blasse Sonne schien am Himmel mitzufliegen, über den das Gewölk wie treibende Sandmassen dahinhuschte. Neben der Kirche sah man einen Schwarm Vögel, die mit ausgebreiteten Flügeln, außerstande, sich gegen die Macht des Sturmes zu wehren, mit fortgerissen wurden und mit ängstlichem Schreien gegen den Turm und die hin und her gerüttelten Bäume anflatterten.

Mochte auch der Sturm lästig sein und hier und da einen Schaden angerichtet haben, so trocknete er doch gleichzeitig stark die Felder aus; seit Morgen waren schon die Ackerstreifen viel heller geworden, und das Wasser war von den Wegen schon stark weggesickert.

Rochus blieb lange, in seine Überlegungen vertieft, stehen, die ganze liebe Welt dabei vergessend, bis er plötzlich aufhorchte, denn der Sturm trieb ihm zankende Stimmen zu.

Er spähte um sich: jenseits des Weihers vor dem Hause des Schultheißen sah man zwischen den Zäunen einen Haufen Frauen in roten Röcken stehen und irgendwelche Menschen dazwischen. Aufmerksam geworden, eilte er darauf zu, ohne noch zu wissen, was geschehen war.

Als er aber von weitem der Gendarmen mit dem Schulzen ansichtig wurde, drehte er in den nächsten Heckenweg ab, von woher er sich behutsam an den Haufen heranzuschleichen versuchte; er mochte es seltsamerweise nicht, Amtspersonen unter die Augen zu kommen.

Das Stimmengewirr wurde immer lauter, immer mehr Frauen kamen zusammen, Kinder liefen auch in einem ganzen Haufen von allen Seiten herbei, sich zwischen die Älteren drängend; sie stießen und schoben einander, daß ein wahres Gedränge im Heckenweg entstand, und der ganze Haufe ergoß sich auf die Landstraße, ohne auf den Schmutz, noch auf die vom Sturm gerüttelten Bäume zu achten, die mit ihren Ästen um sich schlugen. Sie schrien alle miteinander, dann erhoben sich einzelne Stimmen, aber worum es sich handelte, konnte Rochus nicht herausbekommen, denn der Wind riß die Worte fort. Er sah nur, indem er zwischen den Bäumen hindurchblickte, daß die Ploschkabäuerin das erste Wort führte: dick, fett und mit rotem Gesicht, wie sie war, schrie sie überlaut jemand etwas zu und fuchtelte so wütend mit ihren Fäusten dem Schulzen unter die Nase, daß dieser erschrocken zurückwich, und die übrigen Weiber pflichteten ihr wie eine Herde aufgebrachter Puten mit Geschrei bei. Die Kobusbäuerin aber gab sich von außen her vergeblich die Mühe, an die Gendarmen heranzukommen, vor denen man schon immerzu mit zusammengeballten Fäusten oder hier und da selbst mit einem Stock oder einem alten Besenstiel in der Luft fuchtelte.

Der Schulze stellte ihnen etwas vor, kratzte sich bedenklich den Kopf und hielt dabei die andrängenden Weiber zurück, während die Gendarmen sich behutsam aus der Menge zurückgezogen hatten, um nach der Mühle zu zu verschwinden; der Schulze lief ihnen nach, hin und wieder noch ein Wort zurückrufend und den Jungen drohend, denn sie hatten angefangen, ihm Schmutz nachzuschleudern.

»Was wollten die?« fragte Rochus, unter die Weiber tretend.

»Was! Daß das Dorf zwanzig Wagen mit Menschen dazu für das Scharwerk geben soll, und wir möchten gleich hinausfahren, den Weg im Walde auszubessern ...« erklärte die Ploschkabäuerin.

»Irgendein größerer Beamter soll da vorüberfahren, darum lassen sie die Löcher zuschütten ...«

»Wir haben ihnen gesagt, daß wir weder Wagen noch Pferde geben werden.«

»Wer soll denn da fahren?«

»Laß sie zuerst unsere Männer herauslassen, dann werden sie ihnen den Weg zurechtmachen.«

»Den Gutsherrn sollten sie lieber drankriegen!«

»Selbst könnten sie sich an die Arbeit machen und nicht hier auf den Gehöften herumschnüffeln!«

»Aaszeug, Unrechttuer!« schrie eine immer noch lauter wie die andere.

»Kaum habe ich die Gendarmen gesehen, gleich ist mir eine böse Ahnung gekommen ...«

»Versteht sich, sie haben sich doch mit dem Schulzen vom frühen Morgen an in der Schenke beraten.«

»Sie haben zu viel Schnaps gesoffen und laufen jetzt von Haus zu Haus und treiben die Leute an die Arbeit ...«

»Der Schulze weiß doch gut, wie es hier ist, das hätte er dem Amt vorstellen sollen, er hätte ihnen sagen müssen, wie es in Lipce zugeht«, ließ sich Rochus vernehmen, einen vergeblichen Versuch machend, die erregten Stimmen zu überschreien.

»Hale, der hält gut zu ihnen!«

»Und bringt sie noch als erster auf solche Gedanken.«

»Und darum nur kümmert er sich, was ihm Profit einbringt«, schrien sie wieder los.

»Er hat zugeredet, daß man ihnen jedem eine Mandel Eier oder auch ein Huhn pro Hof geben sollte, dann würden sie ablassen und anstatt dessen die anderen Dörfer zum Scharwerk treiben.«

»Diese Steine würde ich ihnen geben!«

»Und dann noch mit einem Stock was zulegen!«

»Ruhig, Frauenvolk, daß man euch nicht wegen Beamtenbeleidigung bestraft!«

»Laß sie strafen, laß sie uns ins Loch stecken, ich werde selbst dem größten Beamten vor die Augen treten und alles sagen, in was für einer Ungerechtigkeit wir hier leben! ...«

»Vor dem Schulzen sollt' ich mich wohl fürchten! ... Diese pestige Personage! ... Der ist mir so viel wert, wie diese Strohpuppe zum Scheuchen der Spatzen! ... Er denkt nicht daran, daß ihn die Bauern gewählt haben, und daß ihn auch die Bauern aus seinem Amt 'raussetzen können! ...« schrie die Ploschkabäuerin.

»Die sollten noch strafen! ... Zahlen wir denn nicht die Steuern, geben wir ihnen nicht unsere Jungen her zu Rekruten, tun wir nicht, was sie wollen! ... Haben sie noch nicht genug, daß sie uns die Männer weggeholt haben! ...«

»Und laß sie nur kommen, gleich stößt einem was zu.«

»Mir haben sie meinen Hund während der Erntezeit totgeschossen! ...«

»Mich haben sie verklagt, daß sich der Sott im Schornstein angezündet hat? ...«

»Und mich auch im vergangenen Jahr, daß ich meinen Flachs hinter der Scheune getrocknet habe ...«

»Und sie haben den Gulbasjungen verprügelt, als er einen Stein nach ihnen geschmissen hat! ...«

Sie riefen das laut durcheinander, sich um Rochus scharend, so daß er sich die Ohren vor diesem Geschrei zuhalten mußte.

»Seid doch endlich mal still! Mit Reden ist nichts zu helfen! Ruhig da! ...« rief er.

»Dann geht doch zum Schulzen und stellt ihm das vor, sonst ziehen wir da alle mit den Besen hin!« schrie die Kobusbäuerin wütend.

»Ich geh' schon, geht nur erst alle auseinander! ... Jede hat doch so viel zu tun zu Hause ... ich werd' es ihm schon richtig vorstellen! ...« bat er inständig, denn er fürchtete, die Gendarmen könnten wiederkehren.

Da gerade um diese Zeit vom Kirchturm das Mittagläuten erklang, so gingen sie denn auch langsam auseinander, laut räsonnierend und vor den Häusern stehenbleibend.

Rochus aber trat in das Haus des Schultheißen Sikora ein, wo er jetzt wohnte; er unterrichtete hier an diesem Ende des Dorfes in einer leeren Stube bei Sikora. Der Schultheiß war nicht zu Hause, er war mit den Steuergeldern ins Kreisamt gefahren.

Die Sochabäuerin erzählte ihm alles ruhig, der Reihe nach, wie es gewesen war.

»Daß nur aus diesem Geschrei nichts Böses kommt! ...« bemerkte sie zum Schluß.

»Das ist dem Schulzen seine Schuld. Die Gendarmen machen, das ihnen befohlen wurde; er aber weiß doch, daß im Dorf fast lauter Frauen geblieben sind, daß niemand da ist, um im Feld zu arbeiten, und da sollten sie noch zur Scharwerkarbeit hinausfahren? Ich geh' zu ihm hin und laß ihn die Sache gut machen, daß sie nicht noch obendrein Strafe zahlen lassen! ...«

»Das scheint alles, als ob sie sich an Lipce für den Wald rächen wollten! ...« seufzte sie.

»Wer denn? ... der Gutsherr? ... Wie sollte er! Was hat der bei der Regierung zu sagen? ...«

»Immerhin, die Herren untereinander, die halten zusammen, die sind miteinander doch gut Freund, und er hat ja gesagt, daß er sich an Lipce rächen wird!«

»Gott! daß man nicht einen ruhigen Tag hat! ... In einem zu was Neues! ...«

»Wenn nur nicht noch Schlechteres kommt!« Sie faltete die Hände wie zu einem Gebet.

»Die sind da wie die Elstern zusammengeflogen, und geschnauzt haben sie, daß Gott erbarm! ...«

»Wie sollten sie nicht, wen's juckt, der kratzt sich! ...«

»Mit Geschrei kann man nicht helfen, höchstens noch ein neues Unglück herbeiführen!«

Er war aufgebracht und auch etwas erschrocken, daß wieder etwas Neues übers Dorf gekommen war.

»Geht ihr denn wieder zu den Kindern zurück?«

Er erhob sich von der Bank.

»Nein, meine Schule hat jetzt Ferien: die Feiertage sind ja nah; und dann müssen sie ja auch in den Häusern helfen – da ist so viel zu tun! ...«

Heut früh bin ich wegen Lohnarbeitern in Wola gewesen, je drei Silberlinge fürs Pflügen hab' ich versprochen, Essen hätt' ich auch noch dazugegeben – nicht einen einzigen konnte ich kriegen. Jeder macht erst sein Eigenes fertig, wo soll er sich da um andere kümmern! Sie versprechen erst in einer, vielleicht auch in zwei Wochen zu kommen!«

»Jesus! daß der Mensch auch nur diese zwei schwachen Arme hat! ...« seufzte er schwer auf.

»Ihr helft schon sowieso dem Volk genug, das tut ihr! ... Wenn nicht euer Verstand und euer gutes Herz, dann wüßt ich schon gar nicht, wozu es mit uns allen noch kommen könnte!«

»Wenn ich nur das machen könnte, was ich will, dann gäbe es keine Not mehr in der Welt! nein!«

Er breitete die Arme aus in einem schweren Ohnmachtsgefühl und ging rasch davon zum Schulzen. So schnell kam er da aber nicht hin, denn unterwegs trat er hier und da in ein Haus ein.

Das Dorf hatte sich schon etwas beruhigt; noch hörte man da irgendwo in den Heckenwegen die Stimmen der Verbissensten, aber die meisten waren auseinandergegangen, das Mittagessen zurechtzumachen, und auf den Wegen trieb sich nur der Wind herum und rüttelte an den Bäumen.

Bald nach Mittag aber, trotz des lästigen Sturmwindes begann es überall von Menschen zu wimmeln, auf den Zufahrten, in den Gärten, vor den Häusern, auf den Fluren und auch in den Stuben summte es auf wie in Bienenstöcken, so wurde da gearbeitet, und die Weiberstimmen waren in einem fort hörbar – es waren ja auch nur lauter Frauen und Mädchen an der Arbeit, und wenn sich irgendwo ein Junge vorfand, dann war es höchstens ein solcher, der noch am Hemdzipfel kaute oder im besten Fall einer, der nur erst zum Viehhüten tauglich war, denn die älteren saßen mit den Vätern eingesperrt.

Sie schafften eifrig und trieben einander noch zur Eile an, da sie sich ja erst gestern wegen der Beichte einen sogenannten Bettlerfeiertag gemacht hatten, den ganzen Tag fast hatten sie in der Kirche gesessen und heute wieder die Zeit wegen der Gendarmen vertrödelt.

Und die Festtage waren schon vor der Tür, die Karwoche hatte schon begonnen, da mehrte sich denn die Arbeit, und eine Menge verschiedener Sorgen kam dazu – im Hause mußte Ordnung geschafft werden; für die Kinder hatte man was zu nähen, sich selbst etwas zurechtzumachen, nach der Mühle was hinzubringen, an das Ostergeweihte zu denken und an noch so viel anderes mehr, daß schon in jedem Haus sich die Bäuerinnen schwer sorgten, wie sie da allem Rat schaffen sollten und eifrig die Kammern durchstöberten, was man wohl dem Schankwirt verkaufen oder in die Stadt hinbringen könnte, um das nötige Geld zu haben. Ein paar der Frauen waren selbst gleich nach Mittag weggefahren, allerhand Verkaufbares im Wagenstroh versteckt bei sich führend.

»Daß ihr unterwegs keinen Unfall habt wegen dem Sturm!« warnte Rochus die Gulbasbäuerin, die gerade mit einem mageren Gaul vorbeigefahren kam, der kaum gegen den Wind angehen konnte.

Er wandte sich gleich ihrem Hause zu, da er bemerkt hatte, daß die Mädchen, die die Fugen der Hauswände verschmierten, nicht über die Fenster reichen konnten.

Er half ihnen dabei, machte ihnen noch den Kalk zum Weißen in einer Bütte zurecht und bastelte einen seinen Pinsel aus Stroh zusammen.

Dann ging er weiter.

Bei den Wachniks fuhren sie Dünger auf ein in der Nähe gelegenes Feld, aber es ging ihnen so gut vonstatten, daß die Hälfte schon unterwegs zwischen den Wagenbrettern hindurchrutschte; die beiden Mädchen mußten das Pferd am Zaum vorwärtsziehen, denn es wollte, wie sie meinten, nicht gehorchen. Rochus ging jetzt zu ihnen hinüber, klopfte den Dünger auf dem Wagen ordentlich zurecht, wie es sich gehörte, und langte dem Pferd ein paar kräftige Peitschenhiebe über, so daß es alsogleich folgsam wie ein Kind wieder anzog ...

Bei den Balcereks wiederum säte Maruscha, die nach Borynas Jagna als die Schmuckeste im Dorf galt, dicht am Zaun in den schwarzen, gut gedüngten Boden Erbsen aus; sie kam dabei aber vorwärts, wie die Fliege im Teer; sie hatte sich ein Tuch ganz um den Kopf gewickelt, und des Vaters Kapotrock, den sie sich umgetan hatte, damit der Wind ihr nicht die Röcke hochblies, reichte bis zur Erde.

»Eil dich nicht, du wirst auch noch einmal damit fertig werden! ...« lachte er, aufs Ackerbeet zu ihr tretend.

»Wieso ... Man sagt doch: wer da Erbsen säet am Dienstag in der Karwoche – erntet für jede Metze einen Sack!« rief sie zurück.

»Bevor du zu Ende säest, werden dir schon längst die ersten aufgegangen sein! Zu dicht, Marusch, viel zu dicht ... wenn die Erbsen so aufgehen, würden sie sich zu Strähnen ineinander verwickeln und sich legen!«

Er zeigte ihr, wie man mit dem Wind sät, denn die Dumme hatte das gar nicht beachtet und streute den Samen aus, wie es gerade kam.

»Und der Wawschon Socha hat mir doch gesagt, daß du zu allem anstellig bist!« sagte er, wie nebenbei, neben ihr in der ganz durchweichten Furche gehend.

»Habt ihr ihn gesprochen? ...« rief sie, plötzlich stehenbleibend, um Atem zu holen.

Sie war furchtbar rot geworden, fürchtete sich jedoch, ihn auszufragen.

Rochus lächelte nur, aber beim Weggehen sagte er noch:

»Zum Fest werd' ich es ihm sagen, wie du dich hier an die Arbeit machst ...«

Bei den Ploschkas, den Vettern von Stacho, pflügten zwei Jungen ein Kartoffelfeld, gleich an der Landstraße: der eine trieb das Pferd an, der andere tat, als ob er pflügte; beide waren noch die reinen Knirpse, die dem Gaul mit der Nase kaum bis an den Schwanz reichten, und hatten gar nicht Kraft genug, so daß der Pflug ihnen hin und her wie ein Betrunkener schwankte. Sie fluchten und zankten in einem fort miteinander und schlugen mit ganzer Macht auf den Gaul ein, der immer wieder versuchte, nach dem Stall umzudrehen.

»Wir kriegen ihn schon, Rochus, nur, daß der Pflug wegen dieser aasigen Steine immerzu herausspringt, und die Stute will wieder nach dem Fohlen«, erklärte ihm der Ältere weinerlich, nachdem ihm Rochus den Pflug aus den Händen genommen hatte und mit der Pflugschar eine neue Furche ansetzte; währenddessen zeigte er dem Jungen, wie man das Pferd halten müßte.

»Jetzt werden wir bis zum Dunkelwerden das ganze Feld umpflügen!« rief der Junge keck, sich dabei ängstlich umblickend, ob vielleicht einer gesehen hatte, wie

Rochus ihnen half; und als der Alte gegangen war, setzte er sich gleich auf den Pflug zurecht, vom Wind ab, so wie es Vater tat, und zündete sich eine Zigarette an.

Rochus aber ging weiter von Haus zu Haus und gab acht, wo und wie er etwas helfen konnte.

Er beschwichtigte die Zankenden und Uneinigen, teilte Ratschläge aus, und wo es nötig war, da half er selbst bei der schwersten Arbeit mit; bei den Klembs hatte er Holz klein gemacht, als er sah, daß die Klembbäuerin mit einem knorrigen Baumklotz nicht fertig werden konnte; und der Patschesbäuerin holte er Wasser aus dem Weiher, anderwärts wiederum hielt er die ausgelassen tobenden Kinder zum Gehorsam an ...

Und wenn er irgendwo merkte, daß sie sich zu sehr betrübten und beklagten, denn trieb er allerhand Kurzweil und Spaß ... Mit den Mädchen redete er bereitwillig übet Mädchenangelegenheiten und gedachte der Burschen; mit den Frauen sprach er über die Kinder und die Sorgen, über die Nachbarinnen und all die Dinge, an denen das Weibervolk Gefallen findet – um nur die Leute auf bessere Gedanken zu bringen ...

Und da er ein kluger, frommer und vielgereister Mann war, so wußte er gleich vom ersten Blick an, was er jedem zu sagen hatte und mit was für einer Erzählung er die Seele der Trauer entreißen könnte, wem Lachen, wem gemeinsames Gebet frommte, wem ein scharfes, kluges Wort und wem eine ernste Ermahnung.

Er war so gutherzig und mitfühlend, daß er manch eine Nacht, wenn auch ungebeten, bei den Kranken sitzenblieb, durch seine Güte den armen Leidenden Zuversicht einflößend, so daß man ihn schon höher achtete als Hochwürden selbst ...

Und schließlich schien er dem Volk schon ganz wie ein heiliger Mann, der von Hof zu Hof Gottes Erbarmen und Trost trug.

Hale! Konnte er denn da dem ganzen Elend steuern? Konnte er das schlimme Los überwinden und die Hungrigen speisen, die Kranken wieder gesund machen oder all die fehlenden Hände ersetzen?

Er mühte sich doch schon über Menschenmacht, indem er half, wo er konnte, und dem Volk beistand, wie es ihm nur möglich war, nur daß dieses, auf das ganze Dorf verteilt, doch nur ein winziges bißchen Hilfe war, als hätte jemand bei brennender Hitze einem die dürstenden Lippen mit Tau nur befeuchtet, ohne ihn trinken zu lassen! ...

Gewiß! das Dorf war doch groß, es waren da allein an Wohnhäusern über fünfzig Stück, und eine große Ackerfläche lag noch brach da, und das viele Vieh, das immerzu besorgt werden wollte, und die vielen Mäuler, die zu stopfen waren.

Das alles hielt sich, seitdem man die Männer weggeschleppt hatte, mehr durch Gottes Vorsehung als durch menschliches Bemühen; es war also kein Wunder, daß von Tag zu Tag das Elend und die Not wuchsen, daß die Klagen und Sorgen immer größer wurden ...

Rochus fühlte das und wußte es alles recht gut, aber erst heute, da er Haus für Haus aufsuchte, erblickte er, welcher Niedergang sich überall einzuschleichen begonnen hatte ...

Es war nämlich nicht allein genug, daß die Felder unbestellt dalagen, daß niemand pflügte, säte und pflanzte; denn was sie da herumhantierten, war ja so gut wie Kinderspiel – man sah Niedergang und Verwahrlosung auf Schritt und Tritt: die Zäune waren an verschiedenen Stellen am Einstürzen, hier und da sah man auf den abgedeckten Dächern die Sparren und Latten hervorstehen, abgerissene Tore hingen wie verrenkte Flügel herab, und manch ein Haus stand vornübergebeugt da und wartete vergeblich auf eine Stütze.

Und überall standen faulende Wasserpfützen vor den Häusern, der Schmutz reichte bis über die Knie, und allerhand Unrat lag an den Hauswänden entlang, so daß es schwer war, hindurchzukommen; und auf Schritt und Tritt sah man einen solchen Verfall, daß dieser Anblick einem wahrlich zu Herzen gehen konnte; die Kühe brüllten manches Mal vor Hunger, und die Pferde waren über und über mit Mist bedeckt, denn es war keiner da, der sie geputzt hätte.

Und so war es mit allem, selbst die Kälber trieben sich, ganz mit Schmutz besudelt, wie Schweine auf den Wegen herum, die Wirtschaftsgeräte verkamen im Regen, die Pflüge zerfraß der Rost, in den Korbwagen räkelten sich die Mutterschweine, und was sich gebeugt oder losgerissen hatte, was abbrach und zu Boden fiel – das mußte schon so bleiben, denn wer sollte es wieder heil machen? wer ausbessern? wer dem Übel abhelfen und noch schlimmeren Verfall verhüten? ... Die Weiber vielleicht? ...

Den Armen reichten weder die Kräfte, noch die Zeit selbst zu dem, was das Notwendigste war! Versteht sich, würden die Männer erst zurückkommen, in einem Nu wäre es anders ... Sie warteten auch auf ihre Wiederkehr wie auf Gottes Erbarmen, von Tag zu Tag sich mit neuer Hoffnung stärkend ...

Aber die Männer kehrten nicht wieder, und es war keine Möglichkeit, zu erfahren, wann man sie freilassen würde. Inzwischen hatte also nur der Böse seine Freude und seinen Vorteil von diesem Elend des Volkes, von diesem Unfrieden, Gezänk und dieser Qual der in Not und Leid darbenden Herzen.

Eine weißlich-graue Dämmerung streute sich schon über die Welt aus, als Rochus von den Täubichs, aus dem letzten Haus hinter der Kirche, hinaustrat und sich müden Schritts zum Schulzen schleppte, der am entgegengesetzten Dorfende wohnte.

Der Wind polterte noch immerzu und warf sich immer wütender hin und her, dermaßen über die armen Bäume dahinfegend, daß es selbst gefährlich war, ihnen nahezukommen, denn immer wieder flogen abgebrochene Äste auf die Dorfstraße.

Der Alte schlich gebückt dicht an den Zäunen entlang, kaum in diesem seltsamen Grau der Dämmerung sichtbar, die wie aus zu Staub zerriebenem Glas gebildet zusein schien.

»Wenn ihr zum Schulzen geht: der soll in der Mühle sein, zu Hause ist er nicht!« Die Gusche war unerwartet vor ihm aufgetaucht.

Er drehte, ohne ein Wort zu sagen, nach der Mühle um, denn er konnte dieses Klatschmaul nicht ausstehen.

Sie hatte ihn aber bald wieder eingeholt und, neben ihm hertrippelnd, flüsterte sie ihm fast gerade ins Ohr:

»Seht mal auch zu den Meinen, zu den Pritscheks, ein und auch ja zu der Philipka ... tut es doch! ...«

»Wenn ich nur was helfen könnte, dann würde ich schon einsehen ...«

»Die haben so gejammert, daß ihr doch kommen solltet ... geht ja hin! ...« bat sie mit Wärme.

»Gut, nur muß ich zuerst mit dem Schulzen sprechen.«

»Gott bezahl's!«

Sie küßte seine Hand mit zittrigen Lippen.

»Was ist euch?«

Er verwunderte sich sehr, denn immer waren sie miteinander wie im Krieg.

»Was sollte es sein, nur, daß über jeden mal die Zeit kommt, daß er wie der herrenlose, herumtreibende Hund froh ist, wenn ihn eine ehrliche Hand streichelt ...« flüsterte sie durch Tränen; doch ehe er ein gutes Wort für sie gefunden hatte, ging sie rasch davon.

Auch in der Mühle fand er den Schulzen nicht vor. »Der soll mit den Gendarmen nach der Stadt gefahren sein«, sagte der Müllersknecht, ihn zum Ausruhen in sein Stübchen einladend, wo schon genug Frauen aus Lipce und Männer aus anderen Dörfern da saßen, auf ihre Reihenfolge beim Mahlen wartend. Rochus wäre dort gerne länger sitzengeblieben, aber Therese, die Soldatenfrau, die unter anderen da war, setzte sich gleich an ihn heran und fing an, ihn schüchtern und ganz leise über Mathias Täubich auszufragen.

»Ihr seid ja da gewesen, da habt ihr ihn auch sehen müssen ... ist er gesund und wohlauf? Und werden sie ihn freilassen? ...« drang sie auf ihn ein, ohne ihm in die Augen zu schauen.

»Und wie geht es eurem Mann beim Militär? Ist er gesund? Kommt er denn bald wieder? ...« fragte er schließlich ebenso leise, sie mit zornigen Blicken ansehend.

Sie wurde rot und lief zur Stube hinaus hinter die Mühle.

Er schüttelte den Kopf über ihre Verblendung und verließ das Stübchen mit der Absicht, mit ihr zu reden und sie vor der Sünde zu warnen, er konnte sie aber im Mühlhaus in dem fliegenden Mehlstaub und dem Halbdunkel, das trotz des brennenden Lämpchens herrschte, nicht finden; sie hatte sich vor ihm versteckt. Die Mühle aber ratterte so laut, das Wasser stürzte mit solchem Lärm auf die Räder, und der Wind polterte so gegen die Wände und Dächer, wie wenn gewaltige Säcke gegen das Haus geschleudert würden – alles war in einem solchen Beben und Zittern, als ob es in diesem Augenblick auseinanderfallen sollte, bis Rochus das Suchen aufgab und sich auf den Weg zu den anderen Frauen machte.

Währenddessen war es schon ganz Nacht geworden, und durch die sich bewegenden Bäume sah man hier und da wie Wolfsaugen Lichter zittern und blinzeln, aber es war doch seltsam hell draußen, so daß man die in den Obstgärten versteckten Häuser gut sehen konnte, und selbst bis auf die Felder reichte der Blick; der Himmel wölbte sich dunkelblau und fast makellos über der Erde, nur hier und da war er mit Nebelwölkchen wie mit Schneestaub bestreut, und die Sterne kamen immer zahlreicher zum Vorschein; der Sturm jedoch wollte nicht still werden. Im Gegenteil, er hatte noch an Macht gewonnen und tobte über der ganzen Welt.

Es wehte fast die ganze Nacht, so daß kaum einer dazu kam, die Augen, wenn auch auf ein Paternoster, zu schließen, denn der Wind blies durch die Wände hindurch; die Zweige der Bäume peitschten gegen die Scheiben, und es fehlte wenig, daß sie sie eingeschlagen hätten; der wütende Sturm stieß so und drängte dermaßen gegen die Wände an, als stemmte er sich mit mächtigen Schultern dagegen; man fürchtete schon, er würde das ganze Dorf zuschanden wehen.

Es wurde erst gegen Morgen ruhiger; aber kaum hatten die Hähne den Tagesanbruch ausgekräht, und die ermüdeten Menschen waren eingeschlafen, ließ sich ein Donnern vernehmen und rollte schwer über der Welt, Blitze zuckten wie feurige Taue am Himmel auf und zu guter Letzt kam ein Platzregen. Man erzählte selbst, daß die Blitze irgendwo hinter den Wäldern eingeschlagen hätten.

Erst bei vollem Morgen flaute der Sturm ganz ab, der Regen ließ nach und ein warmer Dunst kam von den Feldern; die Vögel fingen an, freudig zu zwitschern, und obgleich die Sonne sich nicht gezeigt hatte, rissen die tief herabhängenden weißlichen Wolken auseinander und der Himmel wurde sein blau. Man meinte, es würde gutes Wetter geben.

Im Dorf aber erhob sich ein Wehklagen, denn es zeigte sich so viel Schaden nach diesem Sturm, daß es gar nicht zu zählen war: auf den Wegen lagen die entwurzelten Bäume wie niedergemäht, Stücke von Dächern und Zäune versperrten die Dorfstraße, so daß man gar nicht mit einem Wagen durchkommen konnte.

Bei den Ploschkas waren die Schweineställe eingestürzt und hatten alle Gänse erdrückt. Und es zeigte sich in jedem Haus ein Schaden, so daß alle Heckenwege vor Frauen wimmelten und das Jammern und Weinen kein Ende nehmen wollte.

Gerade war Anna hinausgetreten, um die Wirtschaft zu besichtigen und den Schaden in Augenschein zu nehmen, als die Sikorabäuerin auf den Hof gerannt kam.

»Wißt ihr's denn nicht? ... Dem Stacho ist das Haus eingestürzt! ... Ein Wunder, daß es sie nicht erschlagen hat!« schrie sie schon von weitem.

»Jesus Maria!«

Sie war vor Entsetzen ganz starr geworden.

»Ich bin geradeaus zu euch gerannt, denn die sind da ganz ohne Verstand und weinen nur immerzu ...«

Anna ergriff eine Schürze, mit der sie den Kopf bedeckte, und rannte, was sie nur rennen konnte; die Menschen, zu denen die Kunde von dem Unglück rasch gedrungen war, folgten ihr im dichten Haufen.

Es war wirklich so, von Stachos Haus waren nur noch die Wände übriggeblieben, nur daß sie noch mehr verbogen und in den Boden gedrückt schienen, das Dach war gar nicht vorhanden, nur ein paar gebrochene Sparren hingen noch am Giebel, auch der Schornstein war eingestürzt, es blieb von ihm nur noch ein spitzer Rest, der wie ein hohler Zahn in die Luft ragte, den Boden rings herum bedeckten zerzauste Garben und zerbrochenes Hausgerät.

Veronka saß an der Wand auf einem Haufen aufeinander gestapelter Sachen und heulte laut, die weinenden Kinder mit den Armen umfassend.

Anna stürzte auf sie zu, die Menschen bildeten um die Sitzende einen Kreis, doch sie hörte und sah nichts und schluchzte immer verzweifelter.

»Oh, wir armen Waisen, wir Unglückseligen! ...« stöhnte sie klagend, daß manch einem dabei die Tränen aus Mitleid in die Augen kamen.

»Und wo sollen wir Unglücklichen uns denn hintun? Wo werden wir uns bergen? Wo sollen wir hin?« schrie sie ganz außer sich, die Kinder an sich pressend.

Und der alte Bylica, geduckt und blau im Gesicht wie ein Toter, ging immerzu um den Trümmerhaufen herum, trieb die Hühner zusammen, warf der Kuh, die am Süßkirschenbaum angebunden stand, einen Happen Heu zu, pfiff dem Hund und starrte wie dumm auf die Menschen ...

Sie dachten schon, er hätte den Verstand ganz verloren.

Plötzlich entstand eine Bewegung in der Menge, man trat auseinander und verbeugte sich demütig, denn der Pfarrer war unerwartet gekommen.

»Ambrosius hat mir soeben von dem Unglück erzählt. Wo ist denn Stachos Frau?«

Sie traten auseinander, so daß sie sichtbar wurde; doch sie sah nichts durch ihre Tränen.

»Veronka, Hochwürden selbst sind doch hergekommen.« flüsterte ihr Anna zu.

Da erst sprang sie auf, und als sie den Priester vor sich stehen sah, fiel sie ihm zu Füßen und brach in ein noch kläglicheres, jammervolles Weinen aus.

»Beruhigt euch, Frau, weint doch nicht! ... Was soll man da tun? ... Gottes Schickung ... na, ich sag' es euch: Gottes Schickung!« wiederholte er seine Worte, selbst so gerührt, daß er sich heimlich die Tränen aus den Augen wischte.

»Auf den Bettel werden wir nun gehen müssen, auf den Bettel in die Welt!«

»Na, schreit doch nicht so, gute Leute lassen euch nicht verderben, und der liebe Gott wird euch anderweitig was zukommen lassen. Habt ihr denn selber keinen Schaden genommen?«

»Gott war noch gnädig gewesen!«

»Das ist ein wahres Wunder.«

»Es hatte ja alle totdrücken können wie die Gänse der Ploschkabäuerin.«

»Nicht eine lebendige Seele wäre davongekommen!« redeten sie eifrig durcheinander.

»Und habt ihr unter dem Vieh auch Verlust? Was? Unter dem Vieh, sag' ich!«

»Gott hat es verhütet, alles war im Flur, und der ist ganz geblieben.«

Der Priester langte nach einer Prise und ließ die tränenerfüllten Augen über den Trümmerhaufen schweifen, der einzig und allein noch von der Hütte übriggeblieben war, das Dach war mit den Decken der Stuben zusammen ganz eingestürzt, und durch die eingedrückten Scheiben sah man einen Haufen zerbrochener Balken und faulen Dachstrohs liegen.

»Ihr habt noch Glück gehabt, es hätte auch sonst alle totdrücken können ... na, na!«

»Das hätte es tun sollen, alle hätte es totschlagen sollen, dann brauchte ich nicht mehr auf dieses Elend zu schauen, dann hätte ich diese Not und dieses Verderben nicht erlebt ... O Jesus, mein Jesus! Ganz ohne etwas bin ich zurückgeblieben mit diesen Waisen ... Wo soll ich mich nun hintun? Was soll ich jetzt anfangen?« heulte sie wieder los, verzweifelt ihr Haar raufend.

Der Priester breitete ratlos die Hände auseinander, von einem Fuß auf den andern tretend.

»Hier wird es trockener sein!« murmelte eine der Frauen schüchtern, ihm ein Brett unterschiebend, denn er stand bis über die Knöchel im Schmutz; er trat darauf, und indem er seine Prise schnupfte, dachte er nach, was er wohl noch zum Trost sagen sollte.

Anna machte sich eifrig um die Schwester und um den alten Vater zu schaffen, und der Rest drängte sich um den Priester und glotzte ihn an.

Vom Dorf kamen immer mehr Frauen und Kinder herbei, der Schmutz platschte unter den Pantinen, und immer zahlreichere ängstliche, gedämpfte Stimmen wurden aus der fortwährend anwachsenden Menge hörbar; dann wieder vernahm man das Weinen von Kindern oder Veronkas schon schwächer werdendes Aufschluchzen; auf den Gesichtern aber, die unter den über die Stirn geschobenen Schürzen kaum zu sehen waren, verbarg sich das Mitleid und lag die Sorge so düster, wie der wolkenverhangene Himmel, der über den Häuptern hing; über manche Wange liefen Tränen ...

Doch sie lehnten sich nicht auf dagegen und nahmen das alles mit Ergebung als göttliche Fügung auf. Wie sollte es denn auch wohl anders sein? wenn jeder Mensch sich noch fremde Not zu Herzen nehmen sollte, dann würde ihm für die eigene seine Kraft nicht ausreichen, und obendrein noch: wird das einer wieder ungeschehen machen können, was schon Schlimmes geschehen ist, wird er es verhindern? ...

Der Priester stellte sich plötzlich neben Veronka und sagte:

»Und zuerst solltet ihr dem lieben Gott danken für eure Errettung ...«

»Das ist wahr, und wenn ich das Ferkel verkaufen sollte, eine Messe will ich dafür lesen lassen ...«

»Das ist nicht nötig; behaltet das Geld für dringendere Geschäfte, ich will sowieso nach den Feiertagen eine Messe für euch lesen.«

Sie küßte ihm die Hände und umfaßte voll herzlichen Dankes für die Güte und das Mitleid seine Knie; er machte eine segnende Gebärde über sie, legte ihr seine Hand aufs Haupt und zog voll Güte die ihn umdrängenden Kinder an sich, sie freundlich streichelnd wie der zärtlichste Vater.

»Verliert nur nicht die Zuversicht, und alles wird sich zum Guten wenden. Wie ist denn das also gewesen?«

»Wie? Wir sind gleich am frühen Abend schlafen gegangen, da in der Lampe kein Öl mehr war und es uns auch an Holz zum Heizen fehlte. Es wehte mächtig, so daß es im ganzen Haus krachte; bange war mir aber nicht darum, denn nicht nur solche Stürme hat es überdauert. Erst konnt' ich nicht schlafen, so blies es durch die Stube, aber dann mußte ich doch eingeschlummert sein. Und da plötzlich knallt es los, daß alles nur so erbebte, und einen Stoß gab es gegen die Wände! Jesus! ... Ich dachte, daß die ganze Welt durcheinander geht. Ich sprang aus dem Bett, und kaum hatt' ich die Kinder im Arm, da kracht schon alles, bricht zusammen und fliegt um meinen Kopf herum ... kaum, daß ich noch in den Flur hinauskam, und das Haus ist hinter mir zusammengestürzt ... Noch hatte ich meine Gedanken nicht beisammen, da fällt der Schornstein mit einem lauten Krach um ... Draußen aber weht es so, daß es schwer war, auf den Beinen aufrecht zu bleiben, und der Wind reißt die Bedachung auseinander. Und dabei noch die Nacht, bis zum Dorf ein Stück Wegs, alle schlafen, gar nicht daran zu denken, daß sie das Rufen hören werden ... Ich hab' mich mit den Kindern in der Kartoffelgrube versteckt, und so haben wir bis zum Morgengrauen da gesessen.«

»Gottes Vorsehung hat über euch gewacht. Wessen Kuh ist denn die da am Baum?«

»Das ist ja meine, unsere einzige Ernährerin!«

»Die wird wohl gut Milch geben, der Rücken wie ein Balken, hat hohe Hüften ... Ist sie trächtig?«

»Die muß dieser Tage schon kalben.«

»Bringt sie nur in meinen Stall, da findet sich schon Platz; bis es mit dem Grünfutter so weit ist, kann sie da stehenbleiben ... Und wohin wollt ihr euch denn hintun, ah? Wohin denn? ...«

Plötzlich fing ein Hund an zu bellen und wütend gegen die Menschen anzuspringen, und als man ihn zurückgejagt hatte, setzte er sich auf die Schwelle des eingestürzten Hauses und fing an, furchtbar zu heulen.

»Ist der toll geworden, oder was? Wem gehört er denn?« fragte der Priester, sich etwas hinter die Frauen versteckend.

»Das ist doch unser Krutschek ... versteht sich, daß es ihm leid tut um den Schaden ... der fühlt es gut, das Hündchen ...« murmelte Bylica und machte sich auf, um ihn zu beschwichtigen.

Der Priester bot Gott zum Gruß, winkte der Sikorabäuerin, sie sollte mitkommen, und seine beiden Hände den Frauen entgegenstreckend, die sich hinzudrängten, sie zu küssen, entfernte er sich langsam.

Sie sahen, daß er noch lange mit ihr auf der Landstraße redete.

Das Weibervolk aber fing ziemlich rasch an, sich zu zerstreuen, nachdem es noch ein bißchen miteinander herumgeredet hatte; man erinnerte sich plötzlich an das Frühstück und an die dringenden Arbeiten.

Am Trümmerhaufen blieb nur die Familie allein zurück, sie überlegten gerade, wie sie da wohl etwas aus der eingestürzten Stube herausholen könnten, als die Sikorabäuerin atemlos zurückkehrte.

»Und zu mir könnt ihr übersiedeln, auf die andere Seite, wo Rochus die Kinder unterrichtet hat ... gewiß, es ist kein Herd da, aber ihr könnt einen Kanonenofen hineinstellen, das wird ausreichen ...« redete sie schnell.

»Du meine Güte, womit sollte ich euch denn die Miete bezahlen?«

»Macht euch darüber keine Sorgen. Werdet ihr was über haben, dann könnt ihr bezahlen, und nicht, dann könnt ihr bei irgendeiner Arbeit mal helfen oder könnt meinetwillen für ein Gott bezahl's da sitzen. Die Stube steht doch leer! Ich bitt' euch von Herzen, und der Pfarrer schickt euch dieses Geld da als ersten Beistand!«

Sie entrollte vor ihren Augen ein Dreirubelpapier.

»Daß ihm Gott die Gesundheit gebe!« rief Veronka, den Schein küssend.

»Gut ist er, daß man einen solchen zweiten gar nicht finden kann!« fügte Anna hinzu.

»Die Kuh wird es in Pfarrers Kuhstall auch nicht schlecht haben, versteht sich! ...« sagte der alte Bylica.

Man begann gleich mit der Übersiedelung.

Sikoras Haus stand unweit am Fußsteg an der Biegung nach dem Dorf zu. Sie fingen sofort an, den Rest von ihrem Hab und Gut und alles, was man in der Eile unter dem Schutt an Geräten und Bettwäsche herausholen konnte, herüber zu schaffen. Anna hatte selbst ihren Knecht zu Hilfe gerufen, und schließlich kam auch

Rochus und machte sich rüstig ans Mithelfen, so daß, ehe noch zu Mittag geläutet wurde, Veronka schon in ihrer neuen Behausung saß.

»Eine Kätnerin bin ich jetzt, fast ein Bettelweib! Vier Ecken und der Ofen, das ist alles, was ich habe; nicht mal ein Bild, nicht eine ganze Schüssel!« klagte sie voll Bitternis, sich nach allen Seiten umblickend.

»Ich bringe dir schon irgendein Bild, und auch was ich an Wirtschaftsgerät entbehren kann. Wenn Stacho zurückkommt, dann wird er mit dem Beistand der Menschen das Haus rasch wieder aufbauen, so daß du hier nicht so lange bleiben wirst ...« beruhigte sie Anna gütig. »Und wo ist denn der Vater?«

Sie wollte ihn zu sich nehmen.

Der Alte war bei seinem Haus zurückgeblieben, saß auf der Flurschwelle und legte seinem Hund einen Verband an.

»Macht euch zurecht, mit mir zu gehen, bei der Veronka ist es auf dem Neuen zu eng, und bei uns findet sich doch noch eine Ecke für euch.«

»Ich geh nicht, Hanusch ... nee, nee ... hier will ich bleiben ... hier bin ich zur Welt gekommen, hier will ich denn auch sterben.«

Was mußte sie bitten und ihm alles vorstellen, aber er wollte nicht, einfach nicht ...

»Im Flur, da mach' ich mir ein Lager schon zurecht ... jawohl ... und wenn du willst ... dann komm' ich zu euch essen ... auf die Kinder kann ich dir passen dafür ... jawohl ... Nimm nur den Hund mit, an der Seite ist er verwundet ... jawohl ... er wird dir gut aufpassen ... der hat einen guten Wind.«

»Die Wände werden noch umfallen und euch zerdrücken!« bat sie und suchte ihn immer wieder zu überreden.

»Ii ... die halten noch länger wie manch ein Mensch ... Nimm das Hündchen mit ...«

Sie drängte nicht mehr, da er nicht wollte. In Wahrheit war es auch bei ihr eng, und sie hätte mit dem Alten immer doch eine neue Sorge gehabt.

Sie befahl dem Pjetrek, den Hund an ein Tau zu nehmen und nach Hause zu bringen.

»Der wird für Burek reichen, der irgendwo weggelaufen ist. Dieses dumme Tier!« rief sie ungeduldig, denn Pjetrek konnte mit dem Hund nicht fertig werden.

»Dummer ... wird da beißen ... da kriegst du alle Tage zu fressen ... jawohl, und im Warmen wirst du liegen können ... Krutschek!« redete der Alte dem Hund freundlich zu und half ihn ans Tau zu befestigen.

Sie lief voraus, um noch vor dem Weggehen bei der Schwester einzusehen.

Sie verwunderte sich sehr, als sie in der Stube bei Veronka ein paar Frauen antraf, und dazu noch Veronka ganz in Tränen aufgelöst.

»Wodurch hab' ich mir nur so viel Güte bei euch verdient, wodurch denn?« hörte sie die Veronka weinerlich reden.

»Viel können wir nicht tun, überall ist die Not groß, aber was wir gebracht haben, das sollt ihr nehmen, denn wir geben es euch aus aufrichtigem Herzen«, redete die Klembbäuerin auf sie ein, ihr ein ziemlich großes Bündel in die Hände stopfend.

»Ein solches Unglück ist euch zugestoßen!«

»Man ist doch auch nicht aus Stein und kennt sich mit der Not aus.«

»Und dazu seid ihr ohne Mann, wie alle.«

»Da ist es euch denn auch noch schwerer.«

»Und der Herr Jesus gibt euch noch eine schwerere Prüfung ...« redeten sie gleichzeitig auf sie ein und legten ihre Bündel vor sie nieder, denn sie hatten sich gemeinsam verabredet und brachten ihr, was jede nur konnte: die eine Erbsen, die andere Gerstengraupen, eine wieder Mehl ...

»Liebe Leute, Bäuerinnen, leibliche Mütter!« schluchzte Veronka gerührt, sie so herzlich umarmend, daß alle miteinander das Weinen ankam.

»Es gibt noch gute Menschen in der Welt, das ist wahr!« dachte Anna gerührt.

Und gerade schob sich auch noch die Organistin zur Tür herein mit einem großen Brotlaib unter dem Arm und einem Stück Speck, das sie in Papier gewickelt hatte.

Anna aber lief, ohne auf ihre Anrede zu warten, rasch heim, da man gerade zu Mittag läutete.

Es war hell draußen, die Sonne zeigte sich jedoch nicht, und dennoch strahlte der Tag eine seltsame sonnige Helle aus; an dem hohen blauen Himmel hatten sich weiße Wolken gelagert, die wie aufgeblähte Tücher waren, und unten breiteten sich die Äcker zu einer endlosen Weite aus, die ganz klar zu sehen war und hier und da grün schimmerte, hier und da fahl aussah, denn es waren Stoppelfelder und Brachland dazwischen, mittendurch leuchteten die Wasserläufe wie spiegelnde Scheiben.

Die Lerchen sangen laut vernehmbar, und von den Feldern, von den Wäldern, aus der blauen Ferne kam frische Frühlingsluft durch die Welt geflossen, ganz von einer warmen Feuchte und von dem Honigduft der Pappelknospen durchtränkt.

Auf den Wegen wimmelte es von Menschen: sie schleppten die vom Sturmwind geknickten Äste und Bäume in die Heckenwege.

In den Lüften aber war es so still, daß die Bäume, die mit dem Flaum des ersten Knospengrüns angehaucht waren, sich kaum bewegten.

Wie eine dichte Wolke tummelten sich unzählige Spatzenscharen um die Kirche herum; auf den Ahornen und breitästigen Linden war es ganz schwarz von ihnen, und der Lärm und das ohrenbetäubende Gezwitscher verbreitete sich durchs ganze Dorf.

Am glatten, leuchtenden Weiher aber schrien die Gänse, die die Gösseln bewachten, und die Waschhölzer schlugen scharf drein, denn es wurde zugleich an verschiedenen Stellen gewaschen. Und überall war ein Leben, überall wurde eilig gearbeitet, man schrie sich von Haus zu Haus Verschiedenes zu, ganze Schwärme von Kindern waren zu sehen, und aus den Gärten blitzten die roten Frauenröcke auf.

Die Flure und Stuben standen sperrangelweit offen, auf den Zäunen trocknete man die frische Wäsche, lüftete in den Obstgärten die Betten, weißte hier und da die Wände; die Hunde machten Streit mit den Schweinen, die an den Gräben herumschnüffelten und hier und da sah man die Kühe ihre gehörnten Köpfe über die Umzäunung heben und hörte sehnsüchtiges Brüllen.

Manch ein Wagen fuhr nach dem Städtchen wegen der Feiertagseinkäufe, und gleich gegen Mittag kam in seinem langen Korbwagen der alte Händler Judka mit Weib und Kind an.

Sie fuhren von Haus zu Haus, von den Hunden eifrig begleitet, die ihnen mächtig zusetzten; und es gab kaum ein Haus, wo der Judka mit leeren Händen herauskam, denn er war kein Betrüger, wie der Schankwirt oder die anderen, zahlte nicht schlecht und half manch einem in der bösen Zeit der Vorerntenot mit barem Geld und auf nicht allzuhohe Prozente aus. Er war ein kluger Mann, der alle im Dorf kannte und wohl wußte, wie er mit jedem reden sollte; so sah man ihn denn immer wieder hier und da ein Kalb auf den Wagen laden oder einen Scheffel Korn heraustragen; die Jüdin handelte aber inzwischen auf eigene Faust und trug Eier, Hähne, ein gerupftes Huhn oder auch einen Ballen Leinwand herbei, denn sie schwindelte sich das hauptsächlich durch Austausch zusammen für die Krausen, Bänder, Litzen und Nadeln und den ganzen Putz, auf den das Frauenvolk stets happig ist, und den sie in einer gewaltigen Schachtel mit sich führte, die Habgierigeren damit anlockend ...

Sie kamen gerade vor den Borynahof gefahren, als schon Fine mit Gekreisch hereingestürzt kam und rief:

»Hanusch, kauft doch rote Litze! Und auch zum Färben der Eier brauchen wir Brasilienfarbe, Nähgarn ist doch auch nicht da!« bat sie ganz flehentlich.

»Morgen fährst du nach der Stadt, da kannst du alles kaufen, was wir brauchen.«

»Das ist selbst billiger in der Stadt, und sie beschwindeln einen nicht so!« bekräftigte sie, froh, daß sie fahren sollte; und ohne erst einen Befehl abzuwarten, stürzte sie zu den Händlern hinaus und schrie, sie brauchten nichts, und verkaufen wollten sie auch nichts.

»Und jag' da die Hühner weg, daß sich nicht eins noch an den Judenwagen mit anspannt!« rief Anna hinter ihr her, vors Haus sehend.

Gerade bog Therese, die Soldatenfrau, eilig in den Heckenweg ein, als ob sie vor der Jüdin flüchten wollte, die ihr etwas nachrief.

Sie kam eilig in die Stube herein, ohne ein Wort hervorbringen zu können, stotterte etwas und war ganz rot und so besorgt, daß ihr selbst die Tränen an den langen Wimpern hingen.

»Was ist denn mit euch, Therese?« fragte Anna voll Neugierde.

»Diese Betrüger geben mir nur fünfzehn Silberlinge für einen ganz neuen Beiderwandrock! Ich brauch' grad das Geld so, daß ich gar nicht weiß, wo ich abbleiben soll ...«

»Zeigt mal her ... ist er denn teuer?« Sie war gierig auf Kleidung.

»Wenn es doch wenigstens dreißig Silberlinge wären! Der Rock ist ganz neu, sieben Ellen und eine halbe Spanne hat er, an Wolle allein hab' ich mehr als vier Pfund gebraucht ... dem Färber hab' ich auch was bezahlt.«

Sie wickelte ihn in der Stube aus; er schimmerte wie ein Regenbogen in allen Farben, so daß es einem vom Ansehen vor den Augen zu flimmern begann.

»Ist das eine Pracht von Rock! Schade, aber was soll man machen? ... Ich brauch' all mein Geld für das Fest doch, könnt ihr denn nicht bis Sonntag nach Ostern warten?«

»Hale, ich brauch' aber das Geld! ich brauch' es noch diesen Augenblick!«

Sie rollte rasch den Rock zusammen, das Gesicht wie beschämt abwendend.

»Vielleicht nimmt ihn die Schulzin ... die haben eher bar Geld.«

Sie fing an, ihn nochmals zu besehen, und ihn sich an die Hüfte haltend anzupassen, mit einem Seufzer des Bedauerns gab sie ihn schließlich zurück.

»Willst du dem Deinen Geld nach dem Militär schicken?«

»Versteht sich ... er hat geschrieben ... er wimmert, daß er Not leidet ... Bleibt mit Gott!«

Sie rannte fast aus dem Haus, und Gusche, die in einem Zuber Kartoffeln für die Mastsau zerstampfte, fing an, aus vollem Halse zu lachen.

»Habt ihr sie an die Wand gedrückt? Ein Wunder, daß sie die Röcke in der Eile nicht verloren hat! Das Geld braucht sie doch für Mathias, nicht für ihren Mann.«

»Sind die denn so miteinander bekannt!« verwunderte sie sich sehr.

»Du liebe Güte! Ihr seid auch, als ob ihr im Walde wohntet ...«

»Woher soll ich's denn wissen?«

»Die Therese, die rennt doch jede Woche nach Mathias hin und lauert wie'n Hund vor dem Gefängnis; sie trägt ihm hin, was sie nur kann.«

»Du mein Gott! ... Sie hat doch ihren eigenen Mann!«

»Das wohl, aber der dient, ist weit fort, man weiß nicht, ob er wiederkommt, und der Frau allein wird die Zeit lang; der Mathias aber war nahe bei der Hand und ist ein Kerl, der sich sehen lassen kann. Was soll sie sich ihn da nicht gönnen?«

Anna kamen Antek und Jagna in den Sinn. Sie versann sich tiefsinnig.

»Und als sie den Mathias genommen haben, da hat sie sich an seine Schwester, an die Nastuscha herangemacht, sie sitzt da sogar bei denen den ganzen Tag im Haus, und dann geht es zusammen in die Stadt. Nastuscha, um sozusagen den Bruder zu sehen und hauptsächlich, um sich Schymek in Erinnerung zu bringen, der Dominikbäuerin ihrem ...

»Daß ihr auch alles wißt! Na, na!«

»Die Dummen machen es ja einem direkt vor den Augen, da kann man es leicht durchschauen. Sie verkauft den letzten Rock, um Mathias einen Festtag zu machen!« höhnte sie bissig.

»Nee, nee, was die Menschen nicht anstellen! ... Ich müßte auch zu Antek hin.«

»So ein Stück Wegs in eurem Zustand, ihr werdet noch krank ... Kann denn da nicht die Fine oder jemand anders hin?« Sie konnte sich kaum zurückhalten, um die Jagna nicht zu erwähnen ...

»Ich gehe allein, Gott wird verhüten, daß mir was geschieht; Rochus sagte, daß sie während der Feiertage zu ihm hineinlassen werden, da will ich denn hinfahren ... Die Schweinsrippe müßte doch aber noch umgelegt werden.«

»Den dritten Tag liegt sie schon im Salz, und recht habt ihr, das könnte nicht schaden; ich geh da gleich hin.«

Sie ging, kehrte aber ebenso rasch, etwas eingeschüchtert, wieder zurück und meldete, daß die Hälfte fehle.

Anna rannte sofort nach der Kammer hinüber, und Fine lief hinterdrein; sie blieben beide über den Zuber gebeugt erschrocken stehen und überlegten, wo das fehlende Teil wohl geblieben wäre.

»Das sind keine Hunde: man sieht genau, wo es mit dem Messer abgeschnitten ist ... ein Fremder ist hier auch nicht hineingekommen wegen den paar Pfund ... Das ist Jagna ihre Arbeit«, entschied Anna, indem sie wütend auf die Stube zuging; aber Jagna war nicht da, der Alte lag nur wie immer mit weit aufgerissenen Augen.

Jetzt erst erinnerte sich Fine, daß Jagna, als sie des Morgens das Haus verließ, etwas unter der Schürze verborgen trug, sie hatte gedacht, daß es irgendein Putz sei, den sie wohl mit einer von den Balcerekmädchen zusammen für das Fest zurechtmachten.

»Sie hat es nach der Mutter getragen ... Wem es schmeckt, der fragt nicht danach, woher es genommen ist ...«

Auf diese Worte Gusches schrie Anna ganz zornig:

»Fine! ruf' den Pjetrek her! ... man muß den Rest nach meiner Kammer herübertragen.«

In einem Augenblick war die Arbeit getan; Anna wollte bei dieser Gelegenheit auch die Fässer mit dem Getreide auf ihre Seite herüberrollen lassen, um darin ruhig nachzusuchen, aber sie ließ es nach, denn es waren ihrer zu viele da, und man hätte es leicht inzwischen dem Schmied melden können.

Den ganzen Nachmittag hatte sie auf Jagna gelauert; und als diese bei Dunkelwerden zurückkehrte, fiel sie über sie her und herrschte sie wegen des Fleisches an.

»Ich hab' es gegessen! ... Es ist ebenso mein, wie euer, da hab' ich mir ein Stück weggeschnitten und aufgegessen!« antwortete sie trotzig. Und obgleich ihr Anna den ganzen Abend keine Ruhe ließ und wütend herumschimpfte, antwortete sie mit keinem Wort mehr, sie wie absichtlich dadurch reizend. Sie kam sogar zum Abendbrot herüber, als ob nichts geschehen wäre und sah ihr lächelnd in die Augen.

Anna wurde fast rasend vor Wut, weil sie es nicht vermocht hatte, sie unterzukriegen.

Darum setzte sie den ganzen Abend allen wegen der geringsten Kleinigkeiten zu und trieb sie selbst früher zu Bett, mit der Begründung, daß am nächsten Tag, als am Gründonnerstag, ans Ordnungmachen gegangen werden müßte.

Sie selbst legte sich auch früher wie gewöhnlich hin, konnte aber bis spät in die Nacht hinein nicht einschlafen, und da sie wütendes Hundegebell hörte, stand sie auf, um hinauszusehen.

Bei Jagna war noch Licht.

»Es ist doch schon spät, schade um das Öl, umsonst kriegt man es nicht!« knurrte sie an der Tür.

»Ihr könnt ja auch so viel brennen, wie ihr wollt, meinetwegen die ganze Nacht!« rief ihr Jagna zurück.

Anna ärgerte sich dermaßen darüber, daß sie erst einschlief, als die ersten Hähne gekräht hatten.

Am frühen Morgen, bei Tagesanbruch, sprang Fine, die sonst der größte Langschläfer war, als erste vom Lager, an die Fahrt nach der Stadt erinnernd, wo sie Einkäufe machen sollte; sie rannte gleich hin, um die Burschen zu wecken, sie sollten die Pferde bereithalten, und muckte trotzig auf, als Anna Pjetrek den Befehl gab, die braune Stute vorzuspannen.

»Ich will nicht in einem Bretterwagen fahren mit der blinden Stute!« heulte sie los. »Bin ich denn ein Bettelweib, daß man mich in einem Mistkarren fährt? Sie wissen doch in der Stadt, wessen Tochter ich bin! Der Vater hätte das nie zugelassen ...«

Sie machte ein solches Geschrei, bis sie zuletzt doch ihren Willen durchsetzte; sie fuhr also mit dem Korbwagen davon, mit einem Zweigespann und mit dem Knecht auf dem Vordersitz, wie die Hofbäuerinnen auszufahren pflegten.

»Kauf' auch rotes und goldenes und was es sonst noch für Papiere gibt!« rief Witek vom Gemüsegarten ihr nach, wo er schon seit Tagesanbruch auf den Beeten die Erdschollen zerkleinerte und die Erde lockerte, denn Anna wollte noch an diesem Tage Kohl säen. Wenn aber die Bäuerin sich längere Zeit nicht vor dem Hause zeigte, rannte er auf die Dorfstraße zu den anderen Jungen und knatterte mit der Holzknarre herum, um die Leute zur Kirche zu rufen, denn es war am Gründonnerstag Sitte, daß die Glocken vom frühen Morgen an schwiegen.

Das gute Wetter befestigte sich immer mehr und glich dem vom gestrigen Tage, nur schien es etwas trauriger und auch stiller in der Welt zu sein. In der Nacht war Frost gewesen, und der Morgen erhob sich, ganz naß vom silbrig-grauen Tau, es war noch etwas neblig und kühl, so daß die Schwalben bei hellem Tag noch immer zusammengekauert und leise zwitschernd auf den Dachfirsten saßen; und die Gänse, die man nach dem Weiher getrieben hatte, kreischten lauter als sonst; das ganze Dorf war aber, kaum daß es Tag wurde, schon auf den Beinen.

Bis zum Frühstück war es noch weit, aber schon herrschte überall ein Lärm und ein Gerenn, und die Kinder, die man aus den Häusern getrieben hatte, damit sie nicht stören sollten, trieben sich auf den Wegen herum, mit den Knarren Unfug treibend und lärmend.

Selbst kaum eine der Frauen war zur Messe gegangen, die heute ohne Orgelklang und ohne Geläute abgehalten wurde. Es war nämlich schon die letzte Zeit für das vorfeiertägliche Ordnungmachen und auch für das Brotbacken, das Einrühren der Kuchen und all die besonderen Brezeln, darum waren auch in jedem Haus die Fenster und Türen fest zu, daß der Teig sich nicht abkühlte, die Herdfeuer flammten und aus den Schornsteinen schlug Rauch zum wolkenverhangenen Himmel empor.

In den Kuhställen brüllte das Vieh, vor Hunger die Krippen benagend, die Schweine wühlten in den Gärten, das Geflügel trieb sich auf den Wegen herum, und die Kinder machten, was sie wollten, zankten miteinander und kletterten auf die Bäume, um Krähennester auszunehmen; es war keiner da, der es ihnen hätte verbieten können; alle Frauen waren mit dem Einrühren und Rollen der Brotlaibe, mit dem Einwickeln der Teigtröge und -mulden in Federbetten und mit dem Einschieben der schon zurechtgemachten Bröte in die Öfen so beschäftigt, daß sie die ganze Welt vergessen hatten und sich nur darum sorgten, daß kein klitschiger Teig in die Kuchen kam und daß sie nicht anbrannten.

Und überall war es dasselbe: beim Müller, bei den Organisten, auf dem Pfarrhof, bei den Hofbauern und Kätnern, selbst der Ärmste, und wenn es auch auf Borg oder für das letzte Quart Getreide wäre, mußte sich den Osterschmaus herrichten, um doch mindestens einmal im Jahr, zu Ostern, nach Herzenslust Fleisch und allerhand Schmackhaftigkeiten zu genießen.

Da sie aber nicht überall Backöfen hatten, so sah man oft die Mädchen von Haus zu Haus mit Trögen und einem Arm voll Kienspäne laufen, und hin und wieder zeigten sich am Weiher die mit Mehl über und über bestäubten und nachlässig gekleideten Weiber, behutsam, als wären es die Tragaltäre bei Kirchumgängen, die großen mit Kissen bedeckten Tischplatten und Mulden voll Gebäck herübertragend.

Selbst in der Kirche wurde eifrig gearbeitet: der Pfarrknecht fuhr vom Walde Tannengrün her, und der Organist begann mit Rochus und Ambrosius das Grab des Herrn Jesus auszuschmücken.

Und am nächsten Tag, am Karfreitag, steigerte sich die Arbeit so sehr, daß nur wenige den Jascho vom Organisten bemerkten, der für die Feiertage aus der Schule freigelassen worden war, im Dorf herumging und in die Fenster guckte, denn es war keine Möglichkeit, irgendwo einzusehen und mit irgendwem zu plaudern.

Wie sollte man auch, es war gar nicht einmal möglich, ein Haus zu betreten, denn überall waren die Durchgänge, ja selbst die Gärten voll von Schränken, Bettgestellen und verschiedenen Hausgeräten, da man heute die Stuben in aller Eile weißte, die Fußböden scheuerte und vor den Häusern die Bilder wusch, die man in Reihen an die Wand gestellt hatte.

Und überall herrschte ein Lärm und ein Durcheinander; sie trieben sich gegenseitig noch zur Eile an, liefen hin und her, schrien laut; und die Kinder hielt man dazu an, den Schmutz an den Zufahrten zusammenzukehren und die Heckenwege mit gelbem Sand auszustreuen.

Und da es sich nach alter Sitte nicht schickte, von Karfreitag morgen an bis Ostersonntag etwas Warmes zu genießen, so hungerten sie etwas Gott zu Ehren, sich mit trockenem Brot und gebackenen Kartoffeln begnügend.

Natürlich, daß während dieser Tage dasselbe auch auf dem Borynahof vor sich ging, nur, da dort mehr Hände zur Arbeit waren und die Geldnot sich nicht so bemerkbar machte, so waren sie denn auch mit ihren Vorbereitungen eher fertig.

Am Karfreitag schon bei Dunkelwerden beendigte Anna mit Pjetrek zusammen das Weißen der Stuben und des Hauses; sie fing an, sich rasch zu waschen und für die Kirche zurechtzumachen, denn es kamen schon die anderen Frauen, um der Zeremonie der Grablegung des Leibes Christi beizuwohnen.

Auf dem Herd war ein großes Feuer angefacht, und in einem Eisentopf, den man zu zweien selbst schwer hätte heben können, kochte ein ganzer Schweinsschinken, der gestern noch rasch etwas geräuchert worden war; im kleineren Kessel aber brodelten die Würste, und es strömten da solche in den Nüstern kribbelnden Düfte durch die Stube, daß Witek, der, bei den Kindern sitzend, etwas schnitzte, immer wieder umherschnüffelte und aufseufzte.

Und am Herd, im vollen Feuerschein, saßen einträchtig Jagna und Fine nebeneinander und waren eifrig mit dem Färben der Ostereier beschäftigt; jede versteckte ihre für sich, um die andere später noch mehr zu übertrumpfen. Jagna wusch ihre Eier zuerst im warmen Wasser ab und bestrich sie, nachdem sie ganz abgetrocknet waren, mit geschmolzenem Wachs, um sie dann der Reihe nach in drei Töpfe mit einer brodelnden Flüssigkeit zu tauchen. Das war eine langwierige Arbeit, denn das Wachs wollte stellenweise nicht halten, oder die Eier wurden zerdrückt und platzten beim

Kochen; schließlich aber hatten sie doch über ein Schock fertig gemacht und fingen an, sie einander vorzuzeigen und mit den am schönsten gefärbten voreinander zu prahlen.

Wie sollte da Fine sich mit Jaguscha messen können! Sie zeigte als erste ihre in Roggengrannen und Zwiebelschalen gekochten Eier, die ganz gelb waren, mit weißen Schnörkelchen und so fein, wie es wohl kaum eine gekonnt hätte; als sie aber der Jaguscha ihre sah, sperrte sie das Maul vor Staunen auf, und es wurde ihr ganz unbehaglich zumute. Wie sollte es auch nicht, es flimmerte einem ja in den Augen vor all den Farben, sie waren rot und gelb und veilchenfarben und hellblau wie Flachsblumen, und man sah darauf solche Dinge, daß es einfach nicht zu glauben war: Hähne, die auf Zäunen krähten, auf einem anderen Ei wiederum Gänse, die gegen in Pfützen liegende Mastschweine anzischten; hier sah man einen weißen Taubenschwarm über ein rotes Feld fliegen und auf anderen solche Muster und Wunder wie auf Fensterscheiben, wenn sie der Frost mit Eis bedeckt.

Man staunte darüber und beschaute sie immer wieder und als Anna mit Gusche aus der Kirche zurückkehrte, fing sie auch an, sie zu besehen; aber sie sagte nichts, nur die Alte flüsterte zum Schluß erstaunt, nachdem sie sie alle besehen hatte:

»Woher du das nur so hast? ... na, na ...«

»Woher? ... Von selbst kommt es aus dem Kopf in die Finger.«

Sie war sehr erfreut!

»Hochwürden müßte man ein paar hintragen.«

»Er wird morgen das Osteressen weihen, dann will ich ihm welche anbieten, vielleicht nimmt er sie doch.«

»Hat sich was mit der Herrlichkeit, die Hochwürden nicht gesehen haben soll! ... Wird der sich was zu wundern haben!« murmelte Anna höhnisch, nachdem Jagna auf ihre Seite gegangen war, denn es war inzwischen spät geworden.

Im Dorf saß man auch diese Nacht noch lange auf.

Es war wolkig und dunkel, wenn auch still; die Mühle ratterte eifrig, und in den meisten Häusern war fast bis Mitternacht Licht, so daß sich Lichtscheine auf die Dorfstraße legten und hier und da bis auf dem Weiher flimmerten: man arbeitete noch an den Festtagskleidern und machte Verschiedenes fertig.

Der Ostersonnabend aber war ganz warm und mit dünnem Nebel umflort, doch sah es recht heiter draußen aus, so daß das Volk trotz der schweren gestrigen Arbeit sich eifrig erhob, obgleich es nur neue Mühen und Sorgen zu erwarten hatte.

Vor der Kirche ertönte bald Geschrei und Gelaufe, denn nach uralter Sitte waren sie, wie jeden Sonnabend vor Ostern, in der Morgenfrühe zusammengekommen, um den sauren Mehlbrei und den Hering, die schlimmsten Plagegeister der langen Fastenzeit, zu begraben.

Da es weder ältere Burschen noch Männer gab, so hatten sich lauter Jungen, mit Jaschek dem Verkehrten als Anführer, verabredet; sie waren irgendwie zu einem großen Topf mit saurem Mehlbrei gekommen, zu dem sie noch allerhand Dreck hinzugetan hatten.

Witek ließ sich überreden und trug den Topf in einem Käsenetz auf dem Rücken, und ein anderer Junge schleifte einen aus Holz geschnitzten Hering neben ihm her.

Der Mehlbrei mit dem Hering kamen voran, und hinter ihnen her in hellem Haufen – die anderen, alle mit den Knarren knatternd und klappernd und aus vollem Halse schreiend. Jaschek führte sie an, obgleich er etwas dümmelig und eigentlich ein Tölpel war, zu allerhand tollen Späßen hatte er aber genug Verstand und Geschick. Sie umgingen in einer Prozession den Weiher und bogen dicht bei der Kirche auf den Pappelweg ein, auf dem das Begräbnis stattfinden sollte, als plötzlich Jaschek mit dem Spaten gegen den Topf stieß, der in Stücke zersprang, und der Mehlbrei sich mit all seinen Zutaten über Witek ergoß.

Es entstand eine große Heiterkeit, sie mußten sich vor Lachen auf den Weg niedersetzen, aber Witek wurde böse und warf sich mit geballten Fäusten auf Jaschek, verprügelte ihn, soviel er konnte, haute sich noch mit den anderen herum, riß sich plötzlich los und rannte heulend nach Hause.

Die Anna gab ihm obendrauf noch was zu für den ganz verdorbenen Spenzer und trieb ihn an, im Wald Wacholderzweige und Hasenbart zu holen.

Auch Pjetrek lachte ihn tüchtig aus, und die Fine, die den Heckenweg entlang bis zur Dorfstraße weißen Sand streute, wollte ihn heute gar nicht bedauern; nachdem sie fertig war, bestreute sie auch noch die ganze Zufahrt vor der Galerie und den Steg unter der Traufe, so daß das Haus wie von einem gelben Band umwunden war.

In Borynas Stube hatten sie schon angefangen, das zum Weihen bestimmte Osteressen aufzustellen.

Die Stube war sauber ausgescheuert, und auch mit Sand ausgestreut und die Fenster schön blank geputzt; von den Wänden hatte man die Spinnweben abgefegt und über Jagnas Bett ein schönes Tuch gebreitet. Anna stellte mit der Dominikbäuerin und der Jagna, mit denen sie schon fast gar nicht mehr redete, am Fenster nach der Giebelwand zu einen großen Tisch neben Borynas Bett auf; er war mit einem feinen, weißen Leinentuch bedeckt, dessen Zacken Jagna mit einer breiten Borte aus roten Papierschnitzeln beklebt hatte. Auf dem Tisch nach der Fensterseite zu stellten sie die hohe, mit Papierblumen geschmückte Passion und unmittelbar davor auf einer umgestülpten Napfkuchenform war ein Lamm aus Butter zu sehen, das Jagna so geschickt geformt hatte, daß es fast wie lebend schien: die Augen hatte es aus Rosenkranzperlen und den Schwanz, die Ohren und die Hufe sowie die kleine Fahne aus roter gezupfter Wolle. Danach erst legte man in einen Kreis die Roggenbrote und Weizenmehlstuten, die mit Butter und Milch angerührt waren, und gelbe Plätzchen, dicht mit Rosinen wie mit Näglein ausgeputzt; es waren auch kleinere dazwischen für Fine und die Kinder, dann gab es noch Quarkkuchen und andere mit Zucker und mit süßem Mohn bestreute Kuchen, und zum Schluß stellten sie eine große Schüssel mit einem riesigen Haufen Würste und dazwischengesteckten entschälten hartgekochten Eiern auf den Tisch und daneben auf einer Pfanne einen ganzen Schinken und einen mächtigen gefüllten Schweinskopf; alles war mit farbigen Eiern geschmückt; man wartete nur noch auf die Wacholderzweige, mit denen es umsteckt werden sollte, und auf den Hasenbart, mit dem man den Tisch zu bekränzen gedachte. Und kaum daß sie damit fertig waren, kamen auch schon die Nachbarinnen mit ihren Schüsseln, Trögen und Näpfen und stellten sie auf der Bank neben dem Tisch auf, denn der Priester hatte befohlen, nur in ein paar Häuser der ersten Hofbauern die zum Weihen bestimmten Speisen zusammenzutragen; es fehlte ihm an Zeit, von Haus zu Haus zu gehen.

Er hatte Lipce am nächsten, so weihte er denn hier schon zuletzt, oft kam er selbst erst in der Abenddämmerung.

Sie gingen auseinander, ohne sich auf lange Unterredungen einzulassen, um noch zur rechten Zeit in die Kirche zu kommen, wo Wasser und Feuer eingeweiht werden sollten; man löschte vor dem Kirchgang noch die Herdfeuer mit Wasser aus, um sie bei der Rückkehr wieder an der jungen geweihten Flamme anzuzünden.

Auch Fine rannte hin und nahm die Kinder mit.

Sie saßen ziemlich lange in der Kirche, denn erst um die Mittagszeit kamen die Frauen zurück, behutsam die Flammen der in der Kirche angezündeten Kerzen schützend.

Fine brachte eine ganze Flasche geweihtes Wasser und auch Feuer nach Hause, mit dem Anna gleich das bereitgelegte Holz anzündete; sie trank dann einen Schluck von dem Wasser und reichte es der Reihe nach allen hin – es sollte vor Halskrankheiten Schutz gewähren – dann besprengte sie damit das Vieh und die Fruchtbäume im Garten, denn es trug zur Fruchtbarkeit bei und gab bei dem Vieh leichtere Geburten.

Als sie danach merkte, daß weder Jagna noch die Schmiedin an den Alten gedacht hatten, wusch sie ihn mit warmem Wasser, kämmte seine zerzausten Haare aus, zog ihm ein frisches Hemd an und bezog das Bett neu. Boryna ließ alles ruhig mit sich geschehen, ohne sich auch nur ein einziges Mal zu bewegen; er lag, wie immer, unbeweglich, irgendwo vor sich hinstarrend, da.

Gleich nach Mittag wurde es ganz feierlich im Dorf, hier und da eilte man noch, um mit den gröbsten Arbeiten fertig zu werden; hauptsächlich aber befaßten sich die Menschen mit der Festtagskleidung und mit Kämmen und Waschen der Kinder, so daß aus manch einem Haus die Schreie der sich Sträubenden erklangen.

Alle sahen ungeduldig nach dem Priester aus, der von seiner Rundfahrt nach den benachbarten Gutshöfen erst gegen Abend heimkehrte; er erschien in seinem Chorhemd, das er über den Priestermantel umgetan hatte.

Der Michael vom Organisten trug ein Messingbecken mit Weihwasser und einen Weihwedel vor ihm her.

Anna kam ihm bis auf den Weg entgegen.

Er hatte es eilig, trat rasch ins Haus, sprach ein Gebet, besprengte die Gaben Gottes und beugte sich über das bläulich-fahle mit langen Bartstoppeln bewachsene Gesicht Borynas.

»Ohne Änderung? Wie?«

»Jawohl, die Wunde ist fast geheilt, und er wird gar nicht besser.«

Er nahm eine Prise und ließ seine Blicke über die an der Schwelle und im Flur befindlichen Menschen schweifen.

»Wo ist denn der Junge, der mir den Storch verkauft hat?«

Fine schob den beschämten Witek vom Herd bis in die Mitte der Stube.

»Hier hast du einen Zehner, der ist wirklich gelungen; er jagt mir so die Hühner aus dem Garten, daß nicht eins übrigbleibt! ... Und welche gehen denn morgen zu ihren Männern?«

»Das halbe Dorf will hin!«

»Das ist schön, nur friedlich und in Ruhe, und zur Ostermesse rechtzeitig erscheinen, ich fange um zehn an, um zehn, sag' ich! Und daß ihr mir nicht in der Kirche schlaft, sonst laß ich euch durch Ambrosius hinausbringen!« fügte er schon im Weggehen drohend hinzu.

Sie folgten ihm in einem Haufen bis zum Müllerhaus.

Witek aber, der Fine seine Kupfermünze zeigte, sagte giftig:

»Nicht lange wird mein Storch noch dem Pfarrer seine Hühner scheuchen, nee! ...«

Sie rannten auseinander, denn die Bäuerin kam auf die Galerie zurück.

Es dunkelte langsam, die Dämmerung sickerte leise auf die Erde herab, die Gärten, Höfe und Felder ringsum in eine bläuliche, kaum durchlässige Trübe tauchend, hier und da schimmerten die weißen Wände der zur Erde geduckten Häuser, zitterten Lichter durch die Gärten und hoch oben schnitt die blasse Sichel des jungen Mondes in den klaren Himmel ein.

Die Stille des Feierabends und allmähliche Dunkelheit umspannen das Dorf; in der alle Dorfhäuser hoch überragenden Kirche erglühten alle Fenster und durch die offene große Tür fiel ein breiter Lichtstreif ins Dunkel.

Bald hörte man das Rollen der ersten Wagen, die am Kirchhof vorfuhren, und die Leute aus ferner gelegenen Dörfern fingen an, sich in Haufen einzufinden; auch in Lipce sah man immer wieder einen den Weg nach der Kirche einschlagen, und oft fiel durch eine plötzlich geöffnete Tür ein Lichtstrahl und versank im dämmerigen Weiher. Man hörte in der warmen, dunstigen Luft das Aufstampfen der Füße und gedämpftes, sich näherndes Stimmengewirr. Sie begrüßten sich auf der Dorfstraße, ohne einander im Dunkel erkennen zu können, und wie ein anschwellender Strom zog alles zur Ostermesse.

Auf dem Borynahof blieben nur die Hunde zum Bewachen, der alte Bylica und Witek zurück, der mit Klembs Mathias eifrig an einem Hahn bastelte, den sie am zweiten Ostertag herumtragen wollten.

Anna schickte den Knecht und Fine mit den Kindern voraus; selbst wollte sie aber später kommen. Sie war schon angekleidet, zögerte aber noch mit dem Weggehen, als wartete sie auf irgend etwas, sie trat immer wieder auf die Galerie hinaus und spähte lauernd nach der Straße hinüber. Erst als Jagna mit der Schmiedin davongegangen waren und sie den Schmied mit dem Schulzen nach der Kirche gehen hörte, kehrte sie nach der Stube um und gab dem alten Bylica eine leise Anordnung. Dieser stellte sich darauf im Heckenweg auf die Lauer, während sie auf den Zehen in die auf der Borynaseite befindliche Kammer schlich ... Nach einer guten halben Stunde kam sie von dort heraus und knöpfte eifrig an der Jacke; ihre Augen glühten, und die Hände flogen ihr.

Sie redete Unverständliches vor sich hin und ging zur Ostermesse.

* *
*

Auf den Wegen war es schon ganz menschenleer und dunkel, in den Häusern erloschen die Lichter. Man sah die letzten Leute vorüberziehen, auf dem Kirchplatz aber drängten sich die Wagen, vor denen die ausgespannten Pferde standen; man konnte in der Dunkelheit ein Schnaufen und Aufstampfen hören, und am Glockenhaus hoben sich die Herrschaftskutschen dunkel ab.

Anna nestelte noch einmal in der Vorhalle an ihrer Jacke, und nachdem sie das Tuch etwas über den Rücken gleiten ließ, fing sie an, sich energisch nach den Vorderbänken hindurchzuzwängen.

Die Kirche war schon gedrängt voll, und das sich stauende Volk wogte hin und her, ein Raunen von gemurmelten Gebeten, Seufzer, Gehüstel und Begrüßungsworte schwirrten durch den Raum, daß von diesem Anprall die Fahnen, die mit ihren Stangen an den Bänken befestigt waren und die Tannenbäume, mit denen man alle Altäre und Wände geschmückt hatte, bebten.

Kaum hatte sie sich nach ihrem Platz hindurchgedrängt, als der Priester mit der Messe begann; aus der Menge hörte man hier und da ein lautes Seufzen, und oft breiteten sich Arme im Gebet auseinander; das Volk sank ehrfurchtsvoll in die Knie und drängte sich immer dichter zusammen; Arm an Arm, Seele an Seele knieten sie nieder, und wie zu einem weiten Feld reihten sich Kopf an Kopf, und nur die unzähligen Augen sah man wie Schmetterlinge aus dieser hin und her wogenden Menschenmenge aufleuchten und nach dem Hauptaltar schweifen, wo das Standbild des auferstandenen Heilands zu sehen war; er stand nackt und mit blutigen Wunden da, kaum nur mit einem roten Mantel bekleidet und mit einem Fähnlein in der Hand.

Eine plötzliche Stille kam über die Kirche, wie an einem Lenzmittag, wenn die Sonne die Felder anwärmt, der Wind nachläßt, die gebeugten Ähren miteinander flüstern, und hoch oben irgendwo im blauen Himmel die süßen Lerchenlieder klingen ...

Sie versanken allmählich in eine so tiefe Andacht, daß ihnen die Lippen zitterten und mit Seufzern untermischte leise Gebete auf ihre Lippen kamen, daß es war, als ob üppiger Regen auf Blätter niederrann; die Köpfe beugten sich immer tiefer vor, zuweilen riß sich ein Aufstöhnen von irgendwo los, streckten sich andächtige Hände bittend dem Altar entgegen, oder es erklang ein leises Kindergreinen aus dieser Menge, die wie am Erdboden kriechendes Strauchwerk sich ängstlich im Dämmer des hohen und finsteren Kirchenschiffes, das wie ein uralter Forst ragte, niedergebeugt hatte; obgleich auf den Altären Lichter glühten, erfüllte dichte Dämmerung die Kirche, denn durch die Fenster und besonders durch die große, weit aufgesperrte Eingangstür drängte sich die schwarze Nacht von draußen herein, wo hinter Wolken hervor die bleiche Sichel des Mondes lugte.

Nur Anna konnte sich nicht ins Gebet vertiefen, sie bebte noch ganz, so bange war ihr zumute; es schien ihr noch immer, als wäre sie in Vaters Kammer.

Ein Frösteln erfaßte sie, ihre Hände fühlten noch die rieselnde Kühle des Kornes, und immer wieder preßte sie die Arme auf die Brust, um das Bündel zu fühlen, das sie dort eingestopft hatte.

Es durchbebte sie eine solche Freude und Angst zugleich, daß der Rosenkranz ihr öfters aus den Fingern glitt. Sie vergaß die Worte des Gebetes und ließ die brennenden

Augen über die Menschen schweifen, ohne einen einzigen zu sehen, obgleich nebenan Fine, Jaguscha mit der Mutter und andere saßen.

In den Bänken, die seitwärts vom Altar standen, beteten aus den Gebetbüchern die Gutsherrinnen aus Rudka und Modlica und die Gutsfräulein aus Wola, die Herren selbst aber standen in der Tür der Sakristei miteinander flüsternd, und an den zum Altar führenden Stufen, etwas weiter ab waren die Müllerin und die Organistin zu sehen, beide mächtig geputzt. Vor dem Gitter, wo der Platz für die ersten Hofbauern aus Lipce war, die stets während des Hochamts Wacht hielten, über Hochwürden den Traghimmel zu tragen pflegten und ihn während der Kirchenumzüge am Arm untergefaßt führten, knieten jetzt zu einer festen Mauer zusammengedrängt, die Bauern aus anderen Dörfern, so daß man kaum darunter den Schulzen, den Schultheiß und den roten Kopf des Schmieds entdecken konnte.

Manch eine der Frauen blickte sehnsüchtig nach dort hinüber, wie nach denen Ausschau haltend, die ihr nahe standen ... umsonst, es waren da Männer aus Dembica, aus Wola, Rschepki, aus dem ganzen Kirchspiel waren sie gekommen; nur die von Lipce sah man nicht, nur diese Ersten fehlten heute. Die Herzen der meisten Weiber begannen zu zittern und wurden wie aufgescheuchte Vögel, so daß manch eine schon weinend den Kopf zur Erde beugte, daß manche aufstöhnende Klage aus dem Gedränge laut wurde, und die schmerzlichen Erinnerungen an ihre Verlassenheit wie mit lebendigem Feuer sie zu brennen begannen.

Konnte es denn auch anders sein, Ostern, der größte Festtag im ganzen Jahr, war da, so viel fremdes Volk hatte sich eingefunden, und über alle vom Fasten etwas abgemagerten Gesichter ist Freude ausgegossen; sie blähen sich auf in ihren Festtagskleidern, machen sich in der Kirche breit, wie die reinen Gutsherren, lassen trotzig die Blicke schweifen, nehmen die ersten Plätze ein; und diese Armen alle aus Lipce, was tun die jetzt, was nur? In Dunkelheit, von Hunger und Kälte gepeinigt, käuen sie das bittere Unrecht wieder, nähren sich von Groll und Sehnsucht ...

Für jegliches Geschöpf ist der Tag der Freude gekommen, nur nicht für sie ... die Armen ... Alle werden sie gemeinsam nach Hause zurückkehren, werden die Festtage genießen, sich am guten Essen, an der Frühlingssonne, an freundschaftlichen Reden laben, alles wie Gott befohlen hat, nur sie nicht, die armen Waisen aus Lipce ...

Jede für sich allein und voll bitteren Leids werden sich die Frauen jener Armen gebeugt nach Hause schleichen und mit Tränen werden sie den Festtagskuchen benetzen und werden sich dann mit ihrer Sehnsucht und mit ihren Sorgen schlafen legen ...

»Jesus, mein Jesus!« ließ sich klagendes, gedämpftes Wehklagen rings um Anna vernehmen, so daß sie endlich zu sich kam und plötzlich die bekannten Gesichter vor sich sah, die alle aus tränenschimmernden Augen vor sich hinblickten ... selbst Jagusch ließ den Kopf hängen, und schwere Tränen tropften ihr aus den Augen auf die weißen Seiten des Gebetbuchs, so daß die Mutter sie erst durch Seitenpüffe zur Besinnung bringen mußte. Hale! konnte sie sich da beruhigen, wo ihr doch gerade Antek in Erinnerung gekommen war und lebendig vor ihr stand, ganz wie damals in der Weihnachtsmesse, seine heiße Stimme meinte sie zu hören, es war ihr, als ob er neben ihr kniete und seinen Kopf gegen ihre Knie preßte ... Das Leid hatte ihr dermaßen das Herz zusammengeschnürt, daß die Tränen von selbst flossen vor plötzlicher Sehnsucht ...

Zum Glück hatte Hochwürden gerade in diesem Augenblick mit der Predigt begonnen, und es entstand ein Geräusch in der Kirche, denn die Leute erhoben sich von den Knien und drängten näher an die Kanzel heran, die Köpfe zum Priester erhebend, der von dem Martertod des Herrn erzählte und davon, wie ihn die scheußlichen Juden gekreuzigt hatten, weil er gekommen war, die Welt zu erlösen, den Benachteiligten Gerechtigkeit zuteil werden zu lassen und sich für die Armen zu verwenden. Er führte den Leuten dieses Unrecht, das dem Herrn geschehen war, so rührend zu Gemüt, daß es manch einem dabei heiß zu Kopfe stieg, und mehr als eine Bauernfaust sich drohend ballte, während das Weibervolk laut schluchzte und an den Nasen herumhantierte.

Er unterwies sie lange, alles eingehend erläuternd, daß schon hier und da der Schlaf die Augen schließen wollte und in den Ecken selbst ordentlich geschlafen wurde, aber gegen das Ende wandte er sich geradeaus an das Volk, und sich von der Kanzel herabbeugend, fing er an, mächtig die Fäuste zu schütteln und zu schreien, daß alltäglich und allstündlich und an jeder Stelle Jesus durch unsere Sünden gemartert werde, daß ihn die Bosheit und die Gottlosigkeit und der Ungehorsam gegen Gottes Gebote immer von neuem den Tod erleiden lassen und jeder Mensch ihn in seinem Inneren kreuzige; ohne an seine Wunden und an sein heiliges Blut, das er zur Erlösung der Menschheit vergossen habe, zu denken!

Da heulte mit einem Male das ganze Volk los, stürmisches Weinen und Schluchzen erfüllten die Kirche, er mußte selbst aufhören zu reden. Erst als sie stiller wurden, fing er wieder, aber schon freudig an, von der Auferstehung des Herrn zu erzählen. Vom Frühling, den der Herr in seiner Güte jahraus jahrein dem sündigen Menschen entstehen läßt bis zu jener Zeit, daß Jesus wiederkehre auf Erden, um über die Lebendigen und die Toten zu Gericht zu sitzen, um die Trotzigen zu erniedrigen, die Sündigen ins Höllenfeuer für alle Ewigkeiten zu stoßen und die Gerechten zu seiner rechten Hand niedersitzen zu lassen zur ewigen Ehre! Denn die Zeit würde schon kommen, daß jegliche Ungerechtigkeit ein Ende hätte, jegliches Unrecht den verdienten Lohn bekäme und das Weinen derer, die da leiden, aufhören würde, und das Böse nicht mehr regieren dürfe ...

Und er sagte das so warm, so herzlich, daß jedes Wort voll Süße in die Herzen floß, in den Seelen einen Sonnenglanz erstrahlen ließ, daß eine seltsame Wohligkeit alle erfüllte; nur die Leute aus Lipce erbebten in Leid, und die Erinnerung an das Unrecht, das sie erlitten, umklammerte mit solcher Wehmut ihre Herzen, daß sie alle zu weinen und zu schluchzen anfingen ...

Eine Bewegung entstand in der Menge ob all diesem Weinen und Jammern, und bald hatte man herausgefunden, worum es sich hier handelte, die anderen drängten sich um sie und fingen an, sich um die Weinenden zu bemühen und sie mit guten Worten zu trösten, und selbst Hochwürden, der sich mit dem Ärmel über die tränenfeuchten Augen fuhr, rief ihnen gütig zu, daß der Herr Jesus jene prüfe, die er am meisten liebe, und wenn die Männer auch schuldig gewesen wären, so würde die

Zeit der Strafe doch bald ein Ende nehmen, sie sollten nur auf Gottes Erbarmen vertrauen, und bald würden sie alle ihre Männer wiederhaben.

Sie beruhigten sich nach diesen Worten, es wurde ihnen mit einem Male leichter zumute und Zuversicht kam in ihre Herzen.

Und als dann der Priester vor dem Altar das Lied der Auferstehung anstimmte, und die Orgel einfallend in mächtigen Tönen erklang, als die Glocken laut aufjubelten, und Hochwürden mit dem allerheiligsten Sakrament die Treppenstufen zum Volk niederzusteigen begann, in einer bläulichen Wolke des Weihrauchs und im anschwellenden Klang der Schellen, stieg aus allen Kehlen ein einziges Lied empor, und in verzückter Hingenommenheit folgte die zusammengedrängte Menge dem schwankenden Traghimmel nach ...

Sie umgingen das Innere der Kirche, ganz langsam, Schritt für Schritt, in furchtbarer Enge, und aus Leibeskräften singend, und die Orgel spielte immerzu und die Glocken läuteten.

Halleluja! Halleluja! Halleluja! dröhnte es durch die Kirche, die Wände schienen zu zittern, alle Herzen sangen mit, alle Kehlen taten mit, und die heißen, leidenschafterglühten Stimmen hoben sich wie auf Schwingen empor, kreisten hoch oben unter der Deckenwölbung der Kirche und flossen in die Lenznacht hinaus.

Erst dicht vor Mitternacht war der Gottesdienst zu Ende, und die Leute drängten eilig hinaus. Nur Anna war noch geblieben; sie hatte sich so in das Gebet vertieft, es hatten sie die Worte des Priesters mit einer solchen Zuversicht erfüllt und die frohen Lieder, die Ostermesse sowie das Bewußtsein dessen, was sie erreicht hatte, sie so gekräftigt, daß sie dankbar ihre ganze Freude Jesus zu Füßen legte, im Gebet die ganze Welt vergessend. Erst Ambrosius zwang sie durch das Klirren der Schlüssel zum Verlassen der leeren Kirche.

Selbst die Angst um Antek, die so lange in ihr lebte und bei jeder Gelegenheit in ihr wach wurde, war wie plötzlich tot, so völlig ruhig und voll Selbstvertrauen fühlte sie sich.

Sie sah sich, langsam den Heimweg antretend, nach ihren Leuten um, die Wagen rollten in einer endlosen Kette, und die Menschen zogen haufenweise an den Seiten der Dorfstraße, die man kaum in der Nacht sehen konnte. Der Mond war schon untergegangen, und es hatte sich stark verdunkelt; graubraune Wolken schoben sich hoch oben vorüber, immer wieder die dunkelblauen Himmelsfelder verdeckend, auf denen die fernen Sterne leuchteten.

Es war eine stille, warme, von Tau durchfeuchtete Nacht; von den Feldern her kam ein weicher, vom würzigen Duft des Erdbodens und der feuchten Niederungen erfüllter Luftzug, und auf den Wegen lagerte der harzige, süße Wohlgeruch der ausschlagenden Pappeln und Birken. Es wimmelte von Menschen auf der nächtlich dunklen Straße; nur hin und wieder sah man vereinzelte Köpfe aus dem Dämmer der beschatteten Wege sich abheben, von überall tönten Schritte und Stimmen, die Hunde kläfften wütend in den Heckenwegen, und in den Häusern blitzten hier und da Lichter auf.

Anna trat ins Haus, nachdem sie unterwegs in die Ställe gesehen hatte. Man legte sich schon schlafen.

»Laß ihn nur wiederkehren und wirtschaften, dann werd' ich ihn nicht mit einem Wörtlein an das Vergangene erinnern«, beschloß sie, sich auskleidend. »Und wenn er sich wieder mit ihr zusammentut?« dachte sie plötzlich, als sie die Jagna auf ihre Seite wiederkehren hörte.

Sie legte sich aufs Lager, eine Zeitlang hinhorchend. Im Dorf war alles still, nur von der Landstraße her tönte noch ein letztes Rädergeroll und verhallte, und Stimmen zerflatterten in der Ferne.

»Es wäre kein Gott auf Erden und keine Gerechtigkeit!« flüsterte sie drohend, doch es fehlten ihr die Kräfte zum Überlegen, denn der Schlaf übermannte sie auf der Stelle.

- - - - -

Am nächsten Morgen erwachte Lipce sehr spät.

Der Tag war schon wie ein erschlossenes, lichtblaues Auge, auf dem noch der weiße Flor der Schlaftrunkenheit liegt, das aber schon zu schimmern beginnt; das Dorf aber schlief noch aufs beste.

Man hatte keine Eile, vom Lager aufzuspringen, obgleich es der Tag der Auferstehung des Herrn war. Die Sonne erschien gleich bei Tagesanbruch und spielte in den Tautropfen und Gewässern; sie zog am hohen Himmel dahin, als wollte sie der ganzen Welt mit Helle und Wärme Halleluja singen.

Sie erhob sich ganz groß und strahlte durch die erdennahen Nebel auf die Gärten und die Felder nieder und zwischen die Häuser hinein, daß die Vögel freudig zu singen begannen, die Wasserläufe mit lustigem Gemurmel erklangen, die Wälder aufrauschten, der Wind erwachte, die jungen Blätter erbebten, daß die dichten Saatenfelder leise zu schaukeln anfingen und die Tautropfen wie Tränen zu Boden fielen.

Hei! Ein froher Tag war gekommen! Christus war auferstanden! Halleluja!

Auferstanden war er, den die menschliche Bosheit gemartert und getötet hatte! Er war wieder unter die Lebenden gekommen, der Vielgeliebte – aus der Dunkelheit und Kälte und den schlimmen Regentagen! Vom Tode hatte er sich befreit, hatte dem Menschen zum Heil das Unüberwindliche überwunden, und jetzt in dieser Frühlingszeit, in der Zeit des Erwachens schwebt er über die Erde hin, in dem allerheiligsten Sonnenlicht verborgen, und streut ringsum Freude, weckt die Ermatteten, belebt die Toten, erhebt die Gebeugten und befruchtet die Unfruchtbaren.

Halleluja! Halleluja! Halleluja!

So hallte es durch die Welt an jenem Tage des Herrn.

Nur in Lipce war es stiller und nicht so froh als in anderen Jahren um diese Zeit.

Sie hatten bis weit in den Morgen hinein geschlafen, denn erst bei vollem Tag, als die Sonne sich über die Obstgärten erhob, entstand Leben in den Häusern, fingen die Tore an zu knarren, und zerzauste Köpfe sahen gähnend in Gottes Welt hinaus, die ganz in Sonne und Glanz stand, von Lerchenstimmen widerhallte und mit jungem Grün überhaucht war.

Auch auf dem Borynahof hatte man die Zeit verschlafen. Nur Anna war ein bißchen früher aufgestanden, um den Pjetrek zu wecken, daß er Pferde und Wagen zurechtmachen sollte; sie selbst aber machte sich daran, das geweihte Osteressen für jeden zurechtzumachen. Inzwischen wusch Fine unter großem Geschrei die Kinder und kleidete sich dabei selbst noch festlich an, und am Brunnen im Hof wuschen sich Pjetrek und Witek ganz fein sauber; der alte Bylica spielte inzwischen mit dem Hund auf der Galerie und schnüffelte in der Luft herum, ob man nicht schon die Würste anschnitte.

Wie es Sitte war, brannten sie kein Feuer auf dem Herd an, sich mit kalten Speisen begnügend. Anna kam gerade mit dem Ostergeweihten aus Borynas Stube heraus, das Essen gleichmäßig auf alle Teller verteilend, so daß jeder ein großes Stück Wurst, Schinken, Käse, Brot und die gleiche Anzahl Eier und süßen Kuchen erhielt.

Erst nachdem sie die Festtagskleider angelegt hatte, rief sie die anderen zum Essen und ging dann selbst, Jaguscha zu holen; diese kam auch gleich fein geputzt herein, sie war so schön, daß sie wie das Morgenrot selber aussah, und ihre hellblauen Augen leuchteten wie Sterne unter dem flachsblonden, glatt gekämmten Haar. Sie waren alle in Feiertagskleidern, so daß die Beiderwandröcke und Mieder leuchteten, und auch Witek hatte, obgleich er barfuß war, einen neuen Spenzer mit leuchtenden Knöpfen an, die er sich bei Pjetrek erbettelt hatte; dieser erschien heute in einer ganz neuen Kleidung: im dunkelblauen Überrock und gelb und grün gestreiften Hosen, war ganz sauber ausrasiert, hatte sich die Haare wie die anderen in einem geraden Strich auf der Stirn zurechtgestutzt und das Hemd mit einem roten Band zusammengebunden.

»Er hat die graue Haut abgeworfen, und sieh da, was für ein feiner Bursch – gerade wie eine Kerze ...« bemerkte Bylica.

Pjetrek lächelte nur, die Augen verdrehend und nach Jaguscha hinüberäugend; seine Gurgel spielte ihm, denn Anna hatte sich bekreuzigend jeden mit Schnaps traktiert und nötigte nun alle zum Niedersitzen. Sie setzten sich auf die Bänke, und selbst Witek nahm, wenn auch schüchtern, ganz am Rande der Bank Platz.

Sie aßen achtsam und im Schweigen und ließen sich das Ostergeweihte gut schmecken, desto mehr, da sie doch so viele Wochen ordentlich gefastet hatten. Die Würste dufteten stark, sie waren ordentlich mit Knoblauch zubereitet, so daß der Duft die Stube erfüllte und die Hunde sich freudig aufwinselnd an sie herandrängten.

Niemand von ihnen sprach, bevor sie nicht den ersten Hunger gestillt hatten, ihre Kinnbacken bewegten sich eifrig, so daß trotz der feierlichen Stille, die beim Essen eingetreten war, ein Geschmatz und das Gluckern des Branntweins erklangen, und Anna gönnte jedem seinen Schluck Schnaps, selbst noch jeden zum Trinken nötigend.

»Fahren wir denn bald?« fragte Pjetrek als erster.

»Wenn möglich, gleich nach dem Frühstück.«

»Gusche wollte gern mit euch zur Stadt fahren«, mischte sich Fine ein.

»Kommt sie zur rechten Zeit, mag sie fahren, warten werd' ich aber nicht.«

»Soll ich Futter für die Pferde mitnehmen?«

»Für einen Ausspann; abends kommen wir zurück.«

Und wieder aßen sie bis ihnen die Augen rein übergingen vor Behagen, daß die Gesichter sich röteten, und das Gefühl der Sättigung die Glieder mit angenehmer Wärme durchrieselte. Sie aßen so gründlich, wie es nur möglich war, sich mit Absicht vollstopfend, und trachteten, solange es nur anging, den Genuß des guten Essens auszukosten. Erst als Anna sich erhob, verließen auch die anderen ihre Plätze mit einem schon tüchtigen Schwergewicht im Magen; Pjetrek und Witek nahmen selbst, was sie nicht aufgegessen hatten, mit sich nach dem Stall.

»Mache nur gleich die Pferde fertig!« beorderte Anna; und nachdem sie für Antek ein so großes Bündel von dem Ostergeweihten zurechtgemacht hatte, daß sie es kaum schleppen konnte, fing sie an, sich für die Fahrt anzukleiden.

Schon warteten die Pferde vor dem Haus, als Gusche atemlos angelaufen kam.

»Fast hätt' ich auf euch nicht mehr gewartet! ...«

»Seid ihr denn schon nach dem Ostergeweihten?« seufzte sie kläglich auf, in der Luft herumschnuppernd.

»Es findet sich noch was für euch, setzt euch und eßt was ...«

Versteht sich, daß man die Arme, die recht ausgehungert schien, nicht erst zu nötigen brauchte, sie machte sich eifrig wie ein Wolf über das Essen her und schlang alles herunter, was ihr unter die Finger kam.

»Der Herr Jesus hat schon gewußt, wozu er das Schweinevieh geschaffen hat!« murmelte sie, nachdem sie etwas gegessen hatte. »Und das nur ist seltsam, daß, wenn man es auch bei Lebzeiten im Schmutz liegen läßt, seinen Tod will man doch lieber mit Branntwein begießen!« höhnte sie auf ihre Art.

»Trinkt auf eure Gesundheit, aber rasch, denn die Zeit läuft.«

In einem Paternoster ungefähr fuhren sie davon. Anna teilte noch vom Wagen herunter Fine Befehle aus und mahnte so eindringlich, den Vater ja nicht zu vergessen, daß diese gleich allerhand Ostergeweihtes auf einen Teller zusammenlegte und hinübertrug. Boryna antwortete auf ihre Anfragen nicht, sah sie nicht einmal an; aber was sie ihm zwischen die Zähne schob, das aß er gierig auf, immerzu mit toten Augen vor sich hinstarrend. Vielleicht hätte er selbst mehr gegessen, aber es wurde Fine zu langweilig; so lief sie denn hinaus, um zuzusehen, wie fast aus jedem Haus die Frauen mit ihren Bündeln hinausgingen und einzelne davonfuhren. An die achtzehn Wagen rollten in der Richtung der Stadt davon, und an den Gräben entlang gingen in einer langen Reihe Frauen in roten Röcken, jede mit ihrem Bündel auf dem Buckel.

Als das letzte Wagengeroll verweht war, fiel eine seltsam trübe und stille Leere aufs Dorf; der Tag schleppte sich langsam weiter, dumpfes Schweigen lag auf allen Wegen, und weder das an einem solchen Festtage gewohnte Treiben, noch ein Singen ließ sich hören, auch Menschen waren nicht zu sehen, nur die wenigen Kinder, die sich am Weiher herumtrieben, machten sich bemerkbar, indem sie mit Steinen nach den Gänsen warfen.

Die Sonne stieg empor, mit Helle die ganze Welt überflutend, die Wärme steigerte sich, so daß schon die Fliegen an den Scheiben zu summen anfingen, die Schwalben sausten eifrig durch die klare Luft, der Weiher lohte wie ein Feuer, und die Bäume, die ganz in Grün getaucht waren, schimmerten frisch und breiteten süßen Honigduft aus; von den weiten Feldern, die ein zartes Blau umfloß, stieg hin und wieder ein kühler, mit Erdgeruch geschwängerter Hauch empor, und Lerchengesang ertönte; die ganze Welt atmete lenzliche, stille Lieblichkeit. Und von den anderen Dörfern, die man kaum in den im Sonnenglast flimmernden Fernen sehen konnte, drangen hin und wieder laute Rufe und Pistolenknallen herüber.

Nur in Lipce war es leer und traurig und wie nach einem Begräbnis; das zur Tränke herausgelassene Vieh trieb sich nur überall herum, wo es ihm paßte, rieb sich gegen die Baumstämme und brüllte sehnsüchtig den grünenden Feldern entgegen. Die Heckenwege und die Flure, die man sperrangelweit offen gelassen hatte, waren leer; auf der Sonnenseite der Häuser aber wärmte man sich hier und da an den weißen Wänden, die Mädchen strählten ihr Haar in den offenstehenden Fenstern, und die Alten saßen vor den Haustüren und lausten die Kinder.

So gingen Stunden in schläfriger und wehmutsvoller Stille vorüber, manchmal schüttelte ein plötzlicher Windzug die Bäume, so daß sie ganz leise aufrauschten, sich nach den Häusern hinneigend und wie ängstlich in die leeren Stuben lugend, oder ein Spatzenschwarm kam laut schreiend von einem Obstgarten auf die Dorfstraße geflogen, und kurz abgerissenes Geschrei von Kindern, die die Krähen von den Kücken fortzuscheuchen versuchten, wurde laut.

Mein Jesus, so war es früher nicht an einem solchen Tage gewesen, nein! ...

Die Sonne war schon über die Schornsteine weg zur Mittagshöhe gestiegen, als Rochus auf den Borynahof kam; er sah zu dem Kranken ein, sprach mit den Kindern und setzte sich auf die Galerie in den Sonnenschein. Er las etwas in einem Buch und ließ die Augen aufmerksam über die Wege schweifen. Bald erschien auch die Schmiedin mit den Kindern, und nachdem sie beim Vater hineingesehen hatte, setzte sie sich auf die Mauerbank.

»Ist der Eure zu Hause?« fragte Rochus nach einer langen Weile.

»Wie sollte er! ... nach der Stadt ist er mit dem Schulzen gefahren.«

»Das ganze Dorf ist heute dort.«

»Gewiß, die Armen werden sich am Ostergeweihten etwas guttun können.«

»Seid ihr nicht mit eurer Mutter hingefahren?« fragte er Jagna, die gerade herauskam.

»Was soll ich denn da!« Sie bog in den Heckenweg, sehnsüchtig auf die Felder schauend.

»Einen neuen Rock hat sie heute!« seufzte Magda auf.

»Das ist doch unserer Mutter ihrer, kennt ihr ihn nicht wieder, was? Auch die Korallenschnüre hat sie alle umgetan, und die großen Bernsteinketten sind auch Mutter ihre gewesen!« belehrte sie Fine mit klagender Stimme. »Nur das Tuch, das sie auf dem Kopf hat, ist ihres.«

»Das ist wahr, so viel Kleidung ist von der Seligen nachgeblieben, und wir durften nie was anrühren, aber der hat er alles gegeben, da hat sie es jetzt leicht, herumzuparadieren ...«

»Hale, und sie beklagt sich noch obendrein bei der Nastuscha, daß sie sich mürbe gelegen haben und stinken ...«

»Daß ihr der Teufelsdreck unter die Nase kommt!«

»Laß nur den Vater erst wieder gesund werden, gleich will ich mir meinen Teil Korallen geben lassen, fünf Peitschenschnüre sind da nachgeblieben, und wie die größten Erbsen jede Perle!«

Magda antwortete nicht und machte sich tief aufseufzend daran, das Jüngste abzusuchen. Fine rannte ins Dorf, und Witek bastelte noch etwas vor dem Stall an seinem

Osterhahn herum; die Kinder aber tummelten sich mit den Hunden vor der Galerie unter Bylicas Aufsicht, der über sie wie eine Glucke wachte; Rochus schien etwas eingenickt zu sein.

»Seid ihr denn schon mit den Feldarbeiten fertig?«

»Kaum daß wir die Kartoffeln gepflanzt und die Erbsen gesät haben.«

»Bei den anderen ist auch das nicht gemacht!«

»Die werden noch fertig, man sagt ja, daß sie die Männer in einer Woche nach Ostern freilassen werden.«

»Wer ist denn so ein Wissender, daß er das sagt?«

»Verschiedene haben es in der Kirche erzahlt! Die Kosiol will hingehen und den Gutsherrn bitten ...«

»So 'ne Dumme, der Gutsherr hält sie doch nicht gefangen!«

»Wenn der sich verwenden würde, dann würde man sie vielleicht doch freilassen.«

»Der hat sich schon mehrmals verwendet, und geholfen hat es doch nicht ...«

»Wenn er nur wollte, aber er will nicht aus Ärger gegen Lipce. Meiner sagt ...« Sie brach plötzlich ab, das verwirrte Gesicht über einen der Kinderköpfe beugend, so daß Rochus vergeblich auf ein weiteres Wort wartete.

»Wann will sich denn die Kosiol auf den Weg dahin machen?« fragte er neugierig.

»Gleich nach Mittag wollten sie gehen ...«

»Die werden nur so viel davon haben, daß sie hin und her laufen und etwas andere Luft schnappen.«

Sie antwortete nicht, denn es bog von der Dorfstraße her der Herr Jacek, dem Gutsherrn sein Bruder, in den Heckenweg ein. Er kam gebückt, mit der Geige unter dem Arm und mit einer Pfeife zwischen den Zähnen dahergegangen; er war mager, hoch gewachsen, mit einem gelben Ziegenbart und hatte unstetig umherirrende Augen. Rochus ging ihm entgegen. Sie mußten sich gut kennen, denn sie gingen zusammen an den Weiher und saßen da lange auf den Steinen, wie etwas miteinander beratend; man hatte schon lange zu Mittag geläutet, als sie endlich auseinandergingen. Rochus kehrte trübsinnig auf die Galerie zurück und sah mißmutig vor sich hin.

»Ist das Herrchen aber wackelig geworden, kaum hätte ich ihn wiedererkannt!« ließ sich Bylica vernehmen.

»Habt ihr ihn denn gekannt?« Er dämpfte die Stimme und sah sich nach der Schmiedin um.

»Und ob ... Hat er denn in seinen jungen Jahren nicht genug Unsinn gemacht ... Das war ja der reine Henker für die Mädchen ... in Wola hat er manche hergenommen ... das weiß ich noch gut, mit was für Kutschpferden der herumgefahren ist ... wie er sich da das Leben fein lustig gemacht hat, das erinnere ich noch ...« murmelte der Alte vor sich hin.

»Er hat dafür schwer gebüßt, recht schwer! ... Dann seid ihr wohl der Älteste im Dorf, wie?«

»Ambrosius muß älter sein, denn solange ich weiß, war er immer alt.«

»Er selbst sagt, daß der Tod ihn vergessen hat!« mischte sich die Schmiedin ein.

»Die Knochenfrau vergißt keinen, sie läßt nur den so lange, damit er mürber wird, denn er ist zu hart ... versteht sich, daß er so gut er kann sich herausschwindeln möchte ... versteht sich ...« stotterte er leise vor sich hin.

Sie verstummten auf längere Zeit.

»Ich weiß noch, wie es in Lipce nur fünfzehn Hofbauern gab«, fing Bylica wieder an, schüchtern die Finger nach dem von Rochus angebotenen Schnupftabak ausstreckend.

»Und jetzt sitzen ihrer vierzig auf demselben Grund und Boden.« Rochus schob ihm die Dose näher heran.

»Und neue warten schon, daß wieder geteilt wird; und ob es ein gutes Jahr oder ein schlechtes ist, immer kommt neuer Zuwachs, versteht sich ... und Grund und Boden wird doch nicht mehr ... noch ein paar Jährchen und es wird für alle zu eng werden ...« Er nieste vielmals hintereinander.

»Und ist es denn jetzt nicht eng genug?« sagte die Schmiedin.

»Das ist wahr, und wenn die Jungen alle heiraten, dann bleibt für die Kinder knapp ein Morgen pro Kopf, das ist schon so ...«

»Dann müssen sie auswandern!« bemerkte Rochus.

»Mit was sollen sie denn losziehen, sie können doch nicht mit den bloßen Nägeln den Wind zusammenkratzen und davon leben.«

»Und die Deutschen, die haben dem Gutsherrn auf Slupia doch das ganze Gut abgekauft, und jetzt bauen sie da schon ... je zwei Hufen kommen auf jeden Hof«, sprach Rochus etwas wehmütig.

»Gewiß ... davon haben sie hier schon erzählt ... hale, die Deutschen, das ist ein anderes Volk, gelehrt und vermögend, die handeln mit den Juden zusammen und ziehen ihren Gewinn aus Menschennot ... die sollten mal wie die Bauern mit den bloßen Händen auf ihrem Grund und Boden wirtschaften müssen, dann würden sie nicht drei Ernten überdauern und bis auf den letzten Mann verkaufen müssen ... In Lipce ist es eng, die Leute haben kaum Luft, und der da hat so viel Land, daß es fast brach liegt ...« Er zeigte auf die Felder des Gutshofs hinter der Mühle, die sich hügelig bis an den Wald ausdehnten, gegen den die Lupinenschober sich schwärzlich abhoben.

»Die da am Wald?«

»Ganz recht, gerade neben den unseren, die liegen gut zum Kauf, an die dreißig Wirtschaften könnte man da herausbekommen ... wohl – wohl ... an die dreißig ... Wird er die aber verkaufen wollen, wenn er kein Geld braucht? ... So ein Reicher ...«

»Hale! reich ... Windet sich nach Geld wie ein Beißker im Schlamm, so daß er selbst schon bei Bauern pumpt und wo er nur kann. Die Juden drücken ihn, wegen dem, was sie ihm für den Wald angezahlt haben. Die Steuern ist er schuldig geblieben, den Lohn kann er nicht mehr zahlen, die Leute haben die noch zu Neujahr fällige Materialbezahlung nicht bekommen, überall ist er was schuldig, und woher soll er denn nehmen, um zu zahlen, da ihm das Amt verboten hat, den Wald zu fällen, bevor er sich nicht mit den Bauern geeinigt hat? Der bleibt nicht lange in Wola sitzen, nee! Man sagt ja, daß er sich schon nach Käufern umsieht ...« breitete sich plötzlich die Schmiedin redselig aus; als aber Rochus mehr von ihr wissen wollte, verstummte sie plötzlich, und nachdem sie sich mit ein paar nichtssagenden Worten aus dem Gespräch herausgezogen hatte, rief sie die Kinder und ging heim.

»Die muß viel durch den Ihrigen wissen, sie fürchtet sich nur, was aus sich herauszulassen ... Der Boden, der da angrenzt, der mag schon gut tragen, und auf den Wiesen, da läßt sich sicher zweimal ernten, versteht sich ...« überlegte der Alte laut, auf die am Wald gelegenen Felder starrend, wo man hinter den Heuschobern die Dächer der Wirtschaftsgebäude einer Gutsmeierei sah, aber Rochus hörte schon nicht mehr auf ihn hin, denn er ging, da er die Kosiol mit anderen Weibern am Weiher stehen sah, rasch auf sie zu.

»Hi ... hi ... die werden den Gutsherrn schön 'rumgekriegt haben ... Mein Jesus, da würden sich die Bauern nicht schlecht bei stehen ... versteht sich, ... ein zweites Dorf würde entstehen, an Händen würde es nicht fehlen und an solchen, die auf Grund und Boden Lust haben ... jawohl ...« träumte Bylica vor sich hin, hinter den Kindern humpelnd, denn sie waren bis auf die Dorfstraße hinausgekrochen.

Man begann zum Vespergottesdienst zu läuten.

Die Sonne fing schon an, sich nach den Wäldern hin zu senken, und die Bäume warfen lange Schatten über die Wege und auf den Weiher; die vorabendliche Stille hatte die Luft so hellhörig gemacht, daß man selbst das ferne Wagengeroll, das Vogelgeschnatter auf den Mooren und das leise durchdringende Orgelspiel in der Kirche hören konnte.

Da schon einige von der Stadt heimwärts kamen, so klapperten plötzlich die Holzpantinen auf allen Stegen los: man eilte herbei, um die Neuigkeiten zu erfahren.

Nachdem der Abendgottesdienst schon vorüber war, sah man schon beim Sonnenuntergang Hochwürden auf der Landstraße nach Wola davonfahren. Ambrosius erzählte, er wäre nach dem Herrenhof zu Ball gefahren, und gleich nach seiner Abfahrt machte sich der Organist mit der ganzen Familie auf, die Müllersleute zu besuchen. Jascho führte die mächtig geputzte Mutter und begrüßte froh die Mädchen, die hinter den Hecken hervorguckten.

Lautlos sank die Dämmerung über das Land, die Sonne war untergegangen und das Abendrot breitete sich immer weiter aus, so daß der halbe Himmel glühte; die Gewässer glimmten blutrot auf und die Scheiben flammten, von der Stadt her kamen die Wagen immer zahlreicher gefahren, und immer lauter erklangen die Mädchenstimmen vor den Häusern.

Nur Anna war noch immer nicht zurück, trotzdem war es laut und lustig auf dem Borynahof; gleichaltrige Mädchen waren zusammengekommen, um Fine zu besuchen, und besetzten wie zwitschernde Stieglitze die Mauerbank und die Galerie, Jaschek den Verkehrten neckend, der hinter der Nastuscha hergelaufen kam; obgleich ihn diese in der sicheren Erwartung auf einen anderen jetzt gänzlich abwies. Fine bewirtete sie, so gut sie konnte, mit Eierkuchen und Wurst.

Nastuscha führte das erste Wort, weil sie ja die älteste war, und machte sich am meisten über Jaschek lustig, der wie der reine Mehlsack schien und doch als flotter Bauernbusch gelten wollte; er stand gerade vor ihnen in gestreiften Hosen, einem neuen Spenzer und Hut, den er sich aufs Ohr geschoben hatte, und hatte die Hände in die Hüften gestemmt, dabei grinsend und ihnen allerhand dummes Zeug erzählend.

»Ihr müßt jetzt auf mich was halten, ich bin doch der einzige Bursch im Dorf!«

»Hab' keine Angst: es gibt noch welche, die hinter den Kühen humpeln können!«

»Diese Mißgeburt! Zum Schälen von Kartoffeln bist du grad gut genug!«

»Den Kindern die Rotznasen putzen!« schrien sie um die Wette, in lautes Gelächter ausbrechend, doch Jaschek ließ sich nicht verblüffen, er spie durch die Zähne aus und sagte:

»An solchem dummen Kroppzeug ist mir nichts gelegen! Ihr habt noch die Gänse zu hüten!«

»Selbst hat er vergangenes Jahr hinter dem Kuhschwanz dreingetanzt und jetzt will er sich hier aufspielen als Erwachsener ...«

»Und jeden Tag sind ihm die Hosen 'runtergerutscht, so ist er vor dem Bullen ausgekniffen.«

»Verheirat' dich mit der Magda vom Jankel, die paßt gerade zu dir!«

»Die zieht die Judenbälge auf, da wird sie denn auch wissen, wie sie dir die Nase putzt.«

»Oder mit Agathe, die kannst du dann von Kirmes zu Kirmes führen«, warfen sie ihm höhnend zu.

»Ich brauchte nur zu einer von euch mit Schnaps zu schicken, dann würde sie noch nach Tschenstochau vor Freude pilgern und jeden Freitag fasten!« entgegnete er.

»Und wird dir denn das die Mutter erlauben? Man braucht dich ja zu Hause zum Abwaschen der Töpfe und Abtasten der Hühner!« rief Nastuscha.

»Ich werd' sonst böse und gehe nach Maruscha Balcerek!«

»Geh nur: die wird schon auf dich mit dem Besenstiel oder mit noch was Besserem lauern ...«

»Und wenn sie dich nur sieht, gleich läßt sie die Hunde von der Kette los.«

»Und verlier' nur nichts unterwegs!« lachte Nastuscha, ihn etwas an seiner Hose zupfend, denn seine ganze Kleidung war etwas reichlich weit, wie zum Nachwachsen geraten.

»Großvaters Stiefel trägt er auf.«

»Eine Weste hat er aus einem Bettbezug, den die Schweine zerrissen haben.«

»Die Worte fielen unter großem Gelächter der Mädchen hageldicht auf ihn nieder; auch er lachte mit und sprang zu, um Nastuscha zu umfassen, doch es hatte ihm eine den Fuß gestellt, so daß er so lang wie er war vor der Hauswand hinfiel, ohne aufstehen zu können, denn sie schubsten ihn immerzu.

»Laßt ihn in Ruh, nicht doch ...« beschwichtigte Fine, ihm aufhelfend; denn obgleich er auch für einen Dummkopf galt, so war er doch ein Hofbauernsohn und noch dazu ein entfernter Verwandter durch die Mutter.

Darauf spielten sie Blindekuh; sie hatten dazu Jaschek gewählt und stellten ihn gegenüber der Galerie auf, mit einem Male mit Geschrei auseinanderstiebend. Er jagte ihnen nach mit auseinandergespreizten Armen, jeden Augenblick gegen Zäune und Wände anstoßend; er richtete sich nach dem Lachen, aber es war nicht leicht, eine zu kriegen, denn sie flitzten wie die Schwalben an ihm vorbei, ihn nur im Vorbeilaufen streifend. Es war ein solches Gestampfe vor dem Haus, als jagte jemand eine Herde Fohlen über festgefrorenen Boden, und ein Gekreisch, Lachen und Geschrei erklang, daß es im ganzen Dorf widerhallte.

Die Dämmerung wurde dichter, das Abendrot war schon im Verlöschen und das Vergnügen noch im vollen Gange, als plötzlich vom Hof her ein Hühnergeschrei vernehmbar wurde.

Fine lief eiligst dahin.

Am Schuppen stand Witek, etwas hinter sich versteckend, und der Gulbasjunge duckte sich hinter den Pflügen nieder, so daß man nur seine hellen Haare schimmern sah.

»Nichts Fine ... nichts ...« flüsterte Witek verwirrt.

»Ein Huhn habt ihr gewürgt ... die Federn fliegen noch herum ...«

»Ich hab' nur dem Hahn ein paar Schwanzfedern ausgerissen, die mußt' ich für meinen Vogel haben. Aber es ist nicht unser Hahn, nee, Fine! Der Gulbas hat ihn hergebracht ... von den seinen! ...«

»Zeig' her!« befahl sie mit strenger Stimme.

Er warf ihr den halbtoten Vogel unter die Füße, dem gänzlich die Federn ausgerupft waren.

»Gewiß, der ist nicht unser!« sagte sie, da sie sich nicht auskennen konnte. »Zeig' deinen Kram.«

Witek holte seinen schon fast fertigen Hahn ans Licht: er war aus Holz geschnitzt und mit Teig beklebt, in den die Federn eingesteckt waren; wie lebendig schien er, denn er hatte einen richtigen Hahnenkopf, der auf ein Stöckchen gesteckt war.

Er stand auf einem rot gestrichenen Brettchen, das so geschickt auf einem kleinen Wagen befestigt war, daß, sobald Witek die lange Deichsel in Bewegung setzte, der Hahn zu hüpfen und mit den Flügeln zu schlagen anfing, dazu krähte der Gulbasjunge so natürlich, daß selbst die Hühner von den Staffeln antworteten.

»Jesus, solange ich lebe, hab' ich nicht so ein Ding gesehen!« Sie hockten dicht daneben.

»Der ist gut, was? Hab' ich den nicht fein gemacht, was Fine?« flüsterte er stolz.

»Hast du dir ihn da ganz allein so herausgeputzt? so ganz von selbst? ...«

Sie wunderte sich immerzu.

»Das hab' ich doch sicher! Nur der Jendrek hat den lebendigen Hahn hergetragen ... das andere hab' ich gemacht ...«

»Nee, guck' bloß, der tut ja das doch, als ob er lebte, und ist doch nichts weiter als Holz. Zeig' das doch den anderen! ... Die werden sich erst wundern! ... Tu' das doch, Witek!«

»Ni ... Morgen gehen wir mit dem Osterhahn, dann können sie ihn doch sehen. Es fehlt noch der Zaun um ihn herum, damit er nicht wegfliegen kann.«

»Besorge die Kühe und komm' in die Stube ... da hast du mehr Licht dazu ...«

»Ich komm' gleich, nur hab' ich noch im Dorf was zu tun ...«

Sie kehrte vors Haus zurück, aber die Mädchen hatten schon das Spiel beendigt und fingen an, auseinanderzugehen, denn es wurde allmählich Nacht. Man brannte schon die Lichter in den Häusern an, Sterne tauchten hier und da auf, und die Abendkühle kam von den Feldern.

Alle Frauen waren schon aus der Stadt zurückgekehrt, und Anna war immer noch nicht da.

Fine bereitete ein reichliches Abendessen. Rübensuppe mit Wurst und Kartoffeln mit einer ordentlichen Fettunke. Sie fing schon an, das Essen zurechtzusetzen, da Rochus schon wartete, die Kinder vor Hunger greinten und Jagna verschiedene Male zur Tür hineingesehen hatte, als Witek sich ganz leise hineinschob und gleich vor den dampfenden Schüsseln niederhockte. Er war eigentümlich rot, aß wenig, stieß mit dem Löffel immerzu gegen seine Zähne an, so zitterten ihm die Hände, und lief davon, ohne zu Ende gegessen zu haben.

Fine konnte ihn noch gerade auf dem Hof vor den Schweineställen abfassen, wo er aus einem Zuber Schweinefutter in die Rockschöße füllte, und sie horchte ihn begierig aus, was denn los sei?

Er wand sich wie ein Aal und versuchte sich herauszulügen, doch schließlich sagte er die Wahrheit.

»Ich hab' Hochwürden meinen Storch weggenommen.«

»Jesus Maria! Hat dich denn niemand gesehen?«

»Nee, Hochwürden sind ja weggefahren, die Hunde waren gerade beim Fressen, und der Storch stand auf der Veranda! Mathies hat es ausspioniert und kam gleich her, um es mir zu sagen! Mit Pjetrek seinem Kapotrock hab' ich ihn zugeworfen, damit er mich nicht hackt, und hab' ihn in ein Versteck gebracht! Laß nur ja nichts davon merken, meine Goldene! In ein paar Wochen will ich ihn ins Haus bringen, da wirst du sehen, wie er wieder auf der Galerie herumspaziert, niemand wird ihn wieder kennen. Verrat' mich nur nicht!«

»Hale! Hab' ich dich denn irgendwann verraten? Ich weiß nur gar nicht, wie du das wagen konntest, Jesus!«

»Ich hab' mir weggeholt, was mir gehört. Ich hab' doch gesagt, daß ich es nicht zulasse, da hab' ich ihn auch weggeholt. Hab' ich ihn vielleicht dazu zahm gemacht, daß die anderen davon ihr Vergnügen haben, hat sich was! ...« murmelte er und lief irgendwo ins Feld.

Bald erschien er wieder und setzte sich an den Herd zu den Kindern, um den Osterhahn fertigzumachen.

In der Stube wurde es seltsam drückend und still. Jaguscha war auf ihre Seite gegangen, und Rochus saß vor dem Haus mit Bylica, den schon der Schlaf ganz übermannt hatte, so daß er hin und her nickte und eine Judenfuhre machte, wie man zu sagen pflegt.

»Geht nach Hause, denn da wartet der Herr Jacek auf euch!« flüsterte ihm Rochus zu.

»Auf mich wartet wer ... Herr Jacek ... ich lauf' schon ... auf mich? ... Na ... na«, stotterte er erstaunt, und, ganz zu sich kommend, machte er sich gleich davon.

Rochus blieb auf der Wandbank sitzen, murmelte sein Gebet und starrte in die Nacht in die unabsehbaren Fernen, wo es vor Sterngeflimmer zuckte und wo tief über dem Land der Mond sein goldenes Gehörn ins Dunkel bohrte.

In den Häusern erloschen die Lichter eines nach dem andern, wie Augen, die der Schlaf schließt; ein Schweigen, das von einem leisen Raunen der Blätter und von einem fernen dumpfen Gurgeln des Flusses durchbebt war, breitete sich ringsum aus. Nur noch beim Müller waren die Fenster erleuchtet, man unterhielt sich dort bis spät in die Nacht.

Es wurde schon in Borynas Stube still, und alle legten sich, nachdem das Licht gelöscht war, schlafen; nur um die Töpfe mit dem Abendessen glühten noch ein paar Kohlen, und das Heimchen zirpte irgendwo in einer Ecke; Rochus aber saß noch immerzu draußen, auf Anna wartend. Erst kurz vor Mitternacht wurde Pferdegetrampel auf der Brücke vor der Mühle hörbar, und bald darauf rollte auch der Wagen heran.

Anna war seltsam trüb und schweigsam, und erst als sie zu Abend gegessen hatte und der Knecht in den Stall gegangen war, wagte er sie zu fragen:

»Habt ihr euren Mann gesehen?«

»Den ganzen Nachmittag habe ich bei ihm gesessen! Er ist wohlauf und frischen Mutes ... er ließ euch grüßen ... Die anderen Männer hab' ich auch gesehen ... man soll sie bald freilassen, nur daß niemand weiß, wann ... Bei dem, der vor den Gerichten Antek verteidigen soll, bin ich mich gewesen.«

Sie sprach es nicht aus, was ihr schwer wie ein Stein auf dem Herzen lastete, nur allerhand anderes brachte sie vor, was Antek gar nicht anging. Bis sie schließlich in ein Weinen ausbrach. Die Tränen flossen ihr, trotzdem sie das Gesicht mit den Händen verdeckt hatte, unaufhaltsam durch die Finger.

»Ich komm' morgen früh ... ruht euch etwas aus: Ihr seid zu stark durchrüttelt worden auf dem Wagen ... wenn euch das nur nicht schadet.«

»Wenn ich doch endlich einmal verrecken würde, daß ich nicht all das durchzumachen brauchte!« brach sie los.

Er schüttelte den Kopf und ging hinaus, ohne ein Wort zu sagen, nur vor dem Haus beschwichtigte er mit zorniger Stimme die arg lärmenden Hunde und jagte sie in die Hundehütte.

Anna aber, die sich alsbald neben die Kinder schlafen gelegt hatte, konnte, trotzdem sie todmüde war, noch lange keine Ruhe finden. Wie sollte sie auch ruhig sein! ... Hatte Antek sie nicht wie einen lästigen Hund empfangen? ... Vom Ostergeweihten hatte er mit Appetit gegessen, hatte die fünfzehn Silberlinge genommen, ohne zu fragen, woher sie sie hatte und hatte sie nicht einmal bemitleidet wegen der Mühe und des langen Weges! ...

Sie erzählte ihm, was und wie alles in der Wirtschaft gemacht wurde – er fand kein Wort des Lobes; im Gegenteil, an manchem hatte er dies und jenes ärgerlich auszusetzen, über das ganze Dorf hat er sie dann noch ausgefragt, aber an die Kinder, da hatte er gar nicht gedacht ... Sie war zu ihm mit einem warmen, lachenden Herzen gekommen, voll Sehnsucht nach seinen Liebkosungen; sie war doch sein ihm angetrautes Weib, die Mutter seiner Kinder, und er hatte sie nicht einmal an sich gezogen, nicht geküßt, sich nicht um ihr Befinden bekümmert ... Wie ein Fremder schien er ihr, und wie eine Fremde sah er sie an, ohne viel auf ihre Erzählungen zu hören; so daß sie schließlich schon gar nicht mehr reden konnte; eine Bitterkeit war in ihr aufgekommen, und die Tränen kamen ihr plötzlich über das Gesicht gelaufen; und was hatte er da getan? Angeschrien hatte er sie noch, daß sie nicht mit Geflenne zu ihm komme sollte. Du lieber Jesus! ein Wunder, daß sie nicht auf dem Fleck tot umgefallen war ... So war also sein Dank für all die schweren Mühen, die sie um sein Hab und Gut hatte, für die Arbeit, die über ihre Kräfte ging, für all das Leid – kein gutes Wort! Kein Trost!

»Jesus, sieh in Barmherzigkeit herab, hilf mir, denn ich kann es nicht mehr machen«, stöhnte sie, den Kopf in die Kissen drückend, um die Kinder nicht aufzuwecken, und jedes Glied bebte in ihr von diesem Weinen, von diesem Leid, von dieser Erniedrigung und dem entsetzlichen Bewußtsein des ihr geschehenen Unrechts.

Sie hatte ihrem Empfinden doch bei ihm und auch später auf dem Rückweg, wo doch immer Menschen um sie waren, nicht nachgeben dürfen, darum hatte es sie jetzt mit einer solchen verzweifelten Macht gepackt; sie erlaubte erst jetzt der Qual, in ihrem Herzen zu wühlen und der bitteren Tränenflut, zu fließen.

– – – – –

Am nächsten Morgen, am Ostermontag, wurde das Wetter noch schöner, der Tau war noch reichlicher gefallen; ein bläulicher Dunst umspann alles, und doch schien die Sonne viel heller, und es war, als wollte der Tag ein recht heiterer werden. Die Vögel sangen lauter, und ein warmes Lüftlein spielte in den Bäumen, so daß sie leise wisperten wie in einem Gebet; die Menschen standen williger auf, die Fenster und Türen weit öffnend, rannten hinaus, die liebe Gotteswelt zu bestaunen, und die Obstgärten, auf denen ein grüner Hauch lag und den weiten Umkreis der Erde, den der Lenz zu umspinnen begann, und die Sonne, die sich froh im glitzernden Tau spiegelte. Die Wintersaat, über die ein beseligender Luftzug strich, schien wie ein blaßgrünes, leicht gekräuseltes Gewässer sacht auf die Häuser zuzufließen.

Man wusch sich vor den Häusern, Zurufe flogen von Garten zu Garten, an verschiedenen Stellen qualmten schon die Schornsteine, die Pferde wieherten in den Ställen, die Tore knarrten in den Angeln, man hörte die Menschen Wasser aus dem Weiher schöpfen, das Vieh ging zur Tränke, Gänse schrien; und als die Glocken erklangen und die mächtigen, himmelan strebenden Töne über dem Dorf erdröhnten und über die Felder und Wälder zogen, steigerte sich noch der Lärm der Stimmen, und die Herzen fingen an, einen lebhafteren und festlicheren Takt zu schlagen.

Die Dorfjungen rannten schon mit den Spritzen herum, aneinander die Ostertaufe vollziehend, oder sie saßen hinter den Bäumen am Weiher auf der Lauer und bespritzten nicht nur die des Wegs Vorüberkommenden, sondern jeden, der sich nur über die Schwelle seines Hauses wagte, so daß schon die ganzen Wände naß waren und Pfützen vor den Häusern standen.

Es kam Leben in die Dorfstraße und in alle Zufahrtswege, ein Geschrei, Lachen und ein Gejage entstand, denn die Mädchen tollten auch nicht schlecht herum, einander begießend und von Garten zu Garten den Jungen nachjagend, welche sie auch, da sie in der Mehrzahl und dabei älter waren, überwältigten und verscheuchten. Sie waren so ausgelassen geworden, daß die beiden Balcereks sogar Jaschek den Verkehrten, der mit einer Feuerspritze der Nastuscha auflauerte, zu fassen bekamen, ihn über und über begossen und noch zum allgemeinen Spott in den Weiher stießen.

Zornig über die ihm angetane Schmach, daß Mädchen ihn überwältigt hatten, rief er sich den Pjetrek, den Borynaknecht, zur Hilfe, und sie hatten es so geschickt angestellt, daß sie die Nastuscha zu fassen bekamen, sie nach dem Brunnen hinschleppten und sie dort so furchtbar begossen, daß sie gottsjämmerlich zu schreien anfing. Und als sie sich dann noch den Witek, den Gulbasjungen und was noch an anderen älteren Dorfjungen da war, hinzugerufen hatten, fingen sie die Maruscha Balcerek ab und bereiteten ihr ein solches Bad, daß die Mutter mit dem Stock ihr zu Hilfe kommen mußte; irgendwo hatten sie auch die Jagna zu fassen gekriegt und begossen sie tüchtig; selbst die Fine bekam ihr Teil, obgleich sie sich aufs Bitten verlegt hatte; heulend kam sie zu Anna gerannt, um sich zu beklagen.

»Die beklagt sich und zufrieden ist sie doch, seht mal nur, was die Dirn für Augen hat! Die hat genug dumme Streiche im Kopf! Mich hat die pestige Bande bis auf die Knochen naß gespritzt ...« beklagte sich Gusche lustig.

»Die Lausbuben! Keinen Menschen lassen sie in Ruh!« klagte Fine, trockene Kleider anziehend; trotz der Angst trat sie aber gleich darauf wieder auf die Galerie hinaus, denn es dröhnte nur so auf den Wegen vom Gelaufe und Gekreisch, und Zurufe erschollen von überall. Die Jungen waren schon rein wie toll geworden, sie gingen in einem ganzen Haufen im Dorf herum und schleppten jeden, dessen sie habhaft werden konnten, vor die Feuerspritze, so daß selbst der Schultheiß kommen und die ausgelassene Bande auseinandertreiben mußte, denn es war nicht mehr menschenmöglich, vors eigene Haus zu treten.

»Mir scheint, ihr seid nicht ganz wohl nach dem gestrigen Tag?« sagte Gusche, ihren Rücken vor dem Herd trocknend.

»Versteht sich, es zittert immerzu in mir und stößt mich so, und übel bin ich auch schon.«

»Legt euch doch hin. Ihr müßtet Quendelaufguß trinken! Ihr seid zu stark geschüttelt worden gestern!« Sie war sehr besorgt, aber da ihr der Duft der gebratenen Grützwurst in die Nase stieg, setzte sie sich mit den anderen zum Frühstück und sah gierig darauf, das beste Stück zu erwischen.

»Eßt doch auch, Bäuerin: mit Hunger hilft man nicht der Gesundheit ...«

»Ich hab' doch aber Abscheu vor dem Fleisch; Tee will ich mir kochen.«

»Zum Durchspülen der Eingeweide ist das nicht schlecht, wenn ihr aber mit Fett durchkochten Branntwein mit Gewürzen trinken wolltet, dann würde es euch rascher helfen ...«

»Versteht sich, selbst einen Toten würde eine solche Medizin auf die Beine bringen!« lachte Pjetrek, der den Platz neben Jagna eingenommen hatte, ihr immerzu in die Augen sah und ihr dienstfertig alles hinreichte, worauf sie nur blickte. Er versuchte sie immer wieder anzureden; da sie ihm aber mit gleichgültigen Antworten kam, so fing er an, die Gusche über Mathias, Stacho, Ploschka und die anderen Burschen auszufragen.

»Natürlich, alle hab' ich sie gesehen, sie sitzen ja zusammen, und die Zimmer, die sind ganz wie im Gutshof hoch und hell und mit Holzdielen drin, nur daß sie da die eisernen Spinnwebe an den Fenstern haben, damit sie die Lust zum Weglaufen nicht ankommt. Und füttern tun sie sie auch nicht schlecht. Zu Mittag hatten sie gerade Erbsensuppe gebracht; ich hab' davon gekostet: wie mit altem Stiefelleder zusammen gekocht und mit Wagenschmiere angerührt; und als zweiten Gang haben sie ihnen geröstete Hirse hingestellt ... na, der Waupa selbst würde sich da nicht 'ranmachen, lieber was dran machen. Für ihr eigenes Geld müssen sie sich ernähren, wer aber keins hat, der muß sich sein Essen mit Beten würzen«, erzählte sie höhnisch.

»Werden sie sie denn bald freilassen?«

»Sie sagten, daß schon einzelne Sonntag nach Ostern heimkommen werden«, flüsterte sie etwas leiser und sah sich behutsam nach Anna um; Jagna war es, als hätte sie etwas hochgerissen, sie lief aus der Stube fort, ohne das Essen beendigt zu haben; die Gusche fing aber über die Kosiol und ihren Bittgang an zu reden.

»Spät sind sie heimgekehrt und alles nutzlos, nur daß sie sich nach der Osterwurst etwas durchrüttelt und sich den Herrenhof angesehen haben! Sie erzählen, es riecht da anders als im Bauernhaus! ... Der Gutsherr hat ihnen gesagt, daß er niemandem helfen kann, denn das ist dem Bauernkommissar und dem Amt seine Sache, und wenn er selbst könnte, so würde er sich für keinen aus Lipce verwenden, denn durch sie hat er ja selbst den größten Schaden! Wißt ihr, den Wald haben sie ihm verboten, zu verkaufen, und die Käufer schleppen ihn jetzt von Gericht zu Gericht. Er soll mächtig geflucht und geschrien haben, die Kränke sollte das ganze Dorf holen, wenn er durch die Bauern an den Bettelstab käme ... Die Kosiol läuft damit seit dem frühen Morgen von Haus zu Haus und droht mit Rache.«

»Was kann sie ihm da antun mit Drohungen, die Dumme!«

»Sagt das nicht, kann da einer wissen, wer ihm die schwache Stelle heraustastet, es kann sie auch ein Geringer am Ende ...« Sie brach plötzlich ab, um Anna zu stützen, die gegen die Wand taumelte.

»Du meine Güte! Euch kommt doch nichts vor der Zeit an«, murmelte Gusche erschrocken, sie nach der Bettstelle zerrend, denn Anna war in ihren Armen ohnmächtig geworden; große Schweißtropfen liefen ihr über das Gesicht, das ganz mit gelben Flecken bedeckt war. Sie lag, kaum atmend, da, Gusche aber rieb ihr die Schläfen mit Essig ein. Erst als sie ihr Meerrettich unter die Nase gehalten hatte, kam Anna zur Besinnung und öffnete die Augen, nur daß sie noch einen Schluckauf nachbekam.

Alle hatten die Stube verlassen und machten sich an die Besorgung der Wirtschaft, nur Witek war geblieben; und als er den geeigneten Augenblick abgepaßt hatte, wandte er sich an Anna mit der Bitte, sie möchte ihn doch mit dem Osterhahn gehen lassen.

»Geh' nur zu, mach' nur dein Zeug nicht zunicht und führ' dich gut auf! Binde die Hunde fest, damit sie euch nicht in ein anderes Dorf nachlaufen! Wann geht ihr denn los?«

»Gleich doch nach der Kirchzeit.«

Gusche steckte den Kopf zum Fenster herein und fragte:

»Wo sind denn die Hunde, Witek? Ich hab' ihnen Essen hinausgetragen, hab' auch schon gerufen, aber keiner ist da!«

»Das ist wahr, auch im Kuhstall sind sie heute morgen nicht gewesen! Waupa! Krutschek! Hier!« rief er, vors Haus rennend, doch kein Hund ließ sich hören.

»Sie müssen ins Dorf gelaufen sein, den Klembs ihre Hündin ist läufig ...« setzte er auseinander.

Niemandem kam es in den Sinn, sich darüber Gedanken zu machen, was mit den Hunden geschehen war – es war doch öfters so. Erst nach einer längeren Zeit hörte Fine irgendwo vom Hof aus ein dumpfes Wimmern; da sie dort aber nichts fand, lief sie in den Garten, im Glauben, daß Witek da mit einem fremden Hund sich was zu schaffen machte. Sie war sehr verwundert, als sie niemanden sah: der Garten war leer, und auch das Winseln ließ nach; aber auf dem Rückweg stieß sie auf Krutschek: er lag tot, mit einem zertrümmerten Schädel, an der Giebelwand.

Sie hob ein solches Geschrei an, daß alle zusammengelaufen kamen.

»Krutschek haben sie erschlagen! Gewiß sind es die Diebe!«

Eine Angst ergriff sie alle.

»Nichts anderes, um Gotteswillen!« schrie Gusche, da sie einen Haufen aufgewühlter Erde und ein großes Loch unter den Mauerschwellen gewahrte.

»Sie haben sich nach Vaters Kammer durchgegraben!«

»Ein Loch, daß man ein Pferd durchkriegen kann!«

»Und alles voll Getreide!«

»Jesus, vielleicht sind die Räuber noch da!« schrie Fine auf.

Sie stürzten auf Borynas Seite, Jagna war nicht mehr da, nur der Alte lag mit dem Gesicht nach der Stube zu; in der sonst dunklen Kammer war es ganz hell, das Licht drang durch die ausgehöhlte Öffnung ein, so daß sie gleich bemerkten, wie alles durcheinander gewühlt war, das ausgeschüttete Getreide bedeckte den Fußboden, auf dem allerlei Kleidungsstücke hingeworfen waren, die man von den Stangen gezerrt hatte, selbst die Garnzaspeln und die Wolle lagen verwirrt und zerzaust herum. Es war zunächst gar nicht möglich, festzustellen, was da fehlte.

Doch Anna hatte gleich begriffen, daß dieses dem Schmied seine Arbeit war; eine Hitze überflog sie bei dem Gedanken, daß, wenn sie sich um einen Tag verspätet hätte, er das Geld sicher weggenommen hätte ... Sie beugte sich über die Grube, ihre Freude vor den Leuten verbergend und etwas an ihrer Jacke nestelnd.

»Wenn nur nichts im Kuhstall fehlt!« sagte sie, als wäre sie von einem Verdacht erfaßt worden.

Zum Glück fehlte nirgends etwas.

»Die Tür war gut verschlossen!« ließ sich Pjetrek vernehmen und sprang plötzlich nach der Kartoffelgrube, zerrte das Strohbündel von der Öffnung weg und holte den winselnden Waupa hervor.

»Versteht sich, die Diebe haben ihn da hineingeworfen; aber das ist doch seltsam, daß ein so böser Hund sich das hat gefallen lassen ...«

»Und niemand in der Nacht hat das Bellen gehört!«

Sie ließen es den Schultheiß wissen, und in einem Nu verbreitete sich das Gerücht im Dorf; man kam angerannt, um zu sehen, zu klagen und sich darüber aufzuhalten. Der Obstgarten füllte sich mit Menschen, die sich wie um einen Beichtstuhl drängten, jeder steckte den Kopf in die Grube, sagte seine Meinung und besah den Krutschek aufmerksam.

Rochus war auch erschienen, und nachdem er die weinende und schluchzende Fine beruhigt hatte, die jedem von neuem erzählte, wie es gewesen war, ging er zu Anna, die wieder im Bett lag und merkwürdig gefaßt schien.

»Ich hab' mich erschrocken, daß ihr es zu sehr zu Herzen nehmen würdet!« begann er.

»Ii ... Gott sei Dank hat er nichts gekriegt ... er hat sich verspätet ...« Sie senkte die Stimme.

»Wißt ihr denn darüber was? ...«

»Meinen Kopf geb' ich dafür ..., das ist der Schmied gewesen.«

»Da hat er es wohl auf was ganz Bestimmtes abgesehen?«

»Versteht sich ... nur daß es ihm entschlüpft ist, euch will ich es nur gesagt haben ...«

»Natürlich, da müßte man schon einen bei der Tat fassen und Zeugen haben ... Na, na, wozu sich der Mensch erdreistet, um das bißchen Hab und Gut! ...«

»Seid aber gut und sagt es selbst dem Antek nicht!« bat sie.

»Ihr wißt ja, daß ich es nicht eilig habe, mit Neuigkeiten herumzulaufen, und es ist immer leichter, einen Menschen tot zu machen, als einen auf die Welt zu bringen. Daß er ein Schwindler ist, das weiß ich ja auch, aber so etwas hätte ich nicht von ihm gedacht.«

»Der ist auch zum Schlimmsten fähig, den kenne ich gut ...«

Der Schulze und der Schultheiß kamen und fingen an, alles sachgemäß zu untersuchen, die Fine eifrig ausfragend.

»Wenn der Kosiol nicht säße, dann möchte ich denken, daß das seine Arbeit ist«, murmelte der Schulze.

»Seid ja still, Peter, denn die Kosiol kommt gerade auf uns zu!« Der Schultheiß stieß ihn warnend an.

»Die mußte man verscheucht haben, da sie scheinbar nichts weggetragen haben.«

»Gewiß, man müßte es den Schendarmen melden ... eine neue Arbeit, der Teufel soll es holen, daß der Mensch nicht einmal den Festtag ruhig feiern kann ...«

Plötzlich beugte sich der Schultheiß zur Erde und hob eine blutbesudelte eiserne Stange auf.

»Damit haben sie den Krutschek umgebracht!«

Das Eisen ging von Hand zu Hand.

»Eine Stange, wie man sie zum Schmieden von Eggenzähnen braucht.«

»Das hätten sie auch in Michaels Schmiede stehlen können.«

»Die Schmiede ist doch seit Karfreitag zu.«

»Man müßte den Schmied fragen, ob ihm nicht etwas fehlt.«

»Sie hätten es stehlen können, sie konnten es auch mitgebracht haben, der Schulze sagt es euch; der Schmied aber ist nicht zu Hause. Was zu machen ist, das ist meine und dem Schultheißen seine Sache!« Er erhob seine Stimme und herrschte die Leute an, sie sollten nicht nutzlos herumstehen und lieber nach Hause gehen.

Niemand hatte sich durch ihn einschüchtern lassen, da es aber Zeit war, sich nach der Kirche zu begeben, so gingen sie bald auseinander, denn auch Leute aus anderen Dörfern kamen schon im Gänseschritt an den Zäunen entlang vorüber und immer öfter hörte man die Wagen auf der Brücke dröhnen.

Und als es ganz menschenleer wurde, schob sich der Bylica in den Garten und fing an, seinen Hund zu besehen, ihn zu rufen und leise auf ihn einzureden.

Das Haus wurde leer, sie waren alle zur Kirche gegangen, nur Anna blieb im Bett liegen, Gebete vor sich hersagend und an Antek denkend; da es aber still geworden war, denn der Alte hatte die Kinder auf die Dorfstraße hinausgebracht, so schlief sie bald fest ein.

Die Mittagstunde kam, eine behagliche Wärme breitete sich aus, und es war so still, daß die Gesänge des Volkes in der Kirche bis weit hinaus ins Freie drangen und selbst die Scheiben der umliegenden Häuser leise aufklirren ließen; man hatte schon zum Offertorium geläutet, und immer noch schlief sie. Erst ein lautes Wagengeroll weckte sie wieder auf; es jagten mehrere Wagen über die holperige Dorfstraße, denn wie es so Brauch war am zweiten Ostertage, veranstalteten die Bauern nach dem Hochamt ein Wagenrennen, wer zuerst nach seinem Haus käme; man sah zwischen den Häusern der Dorfstraße Pferde, auf die mit ganzer Kraft eingepeitscht wurde, vorüberrasen und die mit Menschen vollgepackten großen Bauernwagen nachschleifen.

Sie kamen in einer solchen wilden Fahrt, von Lärm und Lachen begleitet, heran, daß die ganzen Häuser bebten.

Anna wollte sich erheben und hinaussehen, aber die anderen kamen gerade vom Kirchgang zurück. Gusche, die mit dem Zurechtmachen des Mittagmahls beschäftigt war, fing an zu erzählen, wieviel Volk zum Hochamt zusammengekommen war und daß die Kirche nicht einmal die Hälfte hatte fassen können, die ganze Gutsherrschaft der Umgegend wäre dagewesen, und nach dem Hochamt hätte Hochwürden die Hofbauern zu sich nach der Sakristei gerufen und sich mit ihnen beraten. Fine aber erzählte ihrerseits von den Gutsfräulein und wie sie sich da geputzt hatten.

»Wißt ihr, die Fräulein aus Wola die sind in der Taille so eingeklemmt wie die reinen Wespen, mit der Peitsche könnte man sie in zwei Hälften schlagen; man weiß gar nicht, wo sie ihre Bäuche lassen ... Ich hab' sie mir ganz aus der Nähe angeguckt.«

»Wo? Unter die Schnürleiber stopfen sie die. Das hat mir eine erzählt, die in Modlica im Herrenhof Zofe gewesen ist, wie die Herrschaftsfräulein hungern und für die Nacht sich mit Gurten einschnüren, um nur nicht dicker zu werden. Das ist solche herrschaftliche Mode, daß jede Gnädige dünn aussehen muß wie eine Stange und nur am Hintern sich aufbläht.«

»Im Dorf da ist es anders, da machen sich die Burschen über eine Dünne lustig.«

»Versteht sich! Die Dirn muß deftig sein, schön breit überall gewachsen, daß das Mannsbild, wenn es sich an eine ranmacht, was zwischen den Fingern behält ...« sagte Pjetrek, auf Jagna starrend, die die Töpfe auf den Herd setzte.

»Sieh mal diesen Dicksack an, faulenzt hier herum, hat sich mit Fleisch vollgestopft, da kommen ihn solche Gelüste an«, wies ihn Gusche zurecht.

»Wenn so eine herumhantiert, dann wundert man sich rein, daß ihr der Rock nicht platzt ...«

Er wollte noch etwas besonders Gepfeffertes zugeben, aber die Dominikbäuerin war gerade hereingekommen, Anna zu untersuchen, so jagten sie ihn denn aus der Stube hinaus.

Gleich darauf wurde auch das Mittagessen auf der Galerie aufgetragen, denn das Wetter war warm und sonnig. Das junge Grün leuchtete, schaukelte sacht hin und her auf den Zweigen und zitterte wie auf und zu klappende Schmetterlingsflügel, Vogelgezwitscher klang von den Obstgärten her.

Die Dominikbäuerin verbot Anna, sich vom Lager zu rühren, und da gleich nach dem Mittagessen Veronka mit den Kindern gekommen war, stellten sie eine Bank ans Bett heran und Fine brachte etwas von dem Ostergeweihten und eine Flasche Branntwein mit Honig herein, denn Anna wollte, so schwer es ihr auch fiel, würdig, wie es sich für eine Hofbäuerin schickte, die Schwester und auch die Nachbarinnen bewirten, die an diesem Tag wie üblich zu Besuch zusammenzukommen begannen; man wollte sie doch auch beklagen und zugleich einen kleinen Osterschnaps trinken, sich mit Bedacht am süßen Festtagskuchen gütlich tun und allerhand nachbarliche Neuigkeiten erzählen; hauptsächlich aber war man zusammengekommen, um über den Einbruch bei Boryna zu schwatzen.

Die andern wärmten sich draußen vor dem Haus, in der Sonne und unterhielten sich mit den Leuten, die ein- und ausgingen und über das noch nicht zugeschüttete Loch sich verwunderten, hin und wieder ein paar Worte wechselnd; der Schulze hatte verboten, die Öffnung vor der Ankunft des Schreibers und der Gendarmen zuzuwerfen.

Gerade erzählte Gusche davon, wer weiß, zum wievielten Male an diesem Tage, als vom Hof her die Jungen mit dem Osterhahn eindrangen. Witek, der fein festlich geputzt war und selbst Stiefel trug und Borynas Mütze keck auf den Kopf gestülpt hatte, führte sie an, und mit ihm im Haufen gingen Klembs Mathies, der Gulbasjunge, Jendrek, Kuba, der Sohn Gschelas mit dem schiefen Maul, und viele andere noch. Sie hielten Knüttel in den Händen und hatten Säcke über dem Rücken hängen, Witek aber trug Pjetreks Geige unter dem Arm.

Sie zogen ganz festlich zum Hof hinaus und wandten sich zuerst nach dem Pfarrhaus, denn so taten es auch in den früheren Jahren die älteren Burschen. Kühn betraten sie den Garten, stellten sich vor dem Haus in Reih und Glied auf, den Hahn vorschiebend. Witek spielte eins auf der Geige auf, der Gulbasjunge drehte den Hahn hin und her und krähte dazu, und alle miteinander sangen sie mit schrillen hellen Stimmen, den Takt dazu mit den Knütteln und mit den Füßen klopfend:

> »Mit dem Dyngus[1] kommen wir
> singen vom Herrn Jesus hier,
> von Herrn Jesus und Maria,
> Gebt uns was, Frau Gospodynia«[2]

Sie sangen eine Weile immer dreister und lauter, bis Hochwürden herauskam, jedem einen Zehner gab, den Hahn lobte und sie in Gnaden entließ.

Witek schwitzte vor Angst, ob er ihn nicht wegen des Storches fragen würde, der Pfarrer schien ihn aber unter den anderen nicht erkannt zu haben und kehrte in die

1   *Dyngus*: Benennung des Ostermontags, wohl lateinischen Ursprungs. An diesem Tag herrscht bekanntlich in slawischen Ländern der Brauch, sich untereinander mit Wasser zu besprengen.

2   *Gospodynia*: Herrin, Hofbäuerin.

Zimmer zurück, ihnen dazu noch durch die Magd einen ganzen süßen Kuchen hinausschickend; sie stimmten ihm zum Dank noch ein Lied an und zogen dann zum Organisten.

Sie besuchten auch die anderen Höfe, von einer ganzen Schar schreiender Kinder gefolgt, die sich dermaßen um sie drängten, daß sie den Hahn vor ihnen schützen mußten, denn jedes wollte nach seinen Federn langen und ihn nur einmal mit einem Stecken antippen.

Witek führte an und hielt auf alles ein wachsames Auge; wenn sie anfangen sollten, gab er mit dem Fuß das Zeichen und deutete mit dem Fiedelbogen an, wann die hohe und wann die tiefe Stimme einsetzen sollte; er war es auch, der die Gaben entgegennahm. Sie zogen so laut und mit solchem Gepränge einher, daß das ganze Dorf voll Singen und Geigenlieder war; die Leute wunderten sich sehr, daß die kaum etwas aufgewachsenen Bengel plötzlich wie die erwachsenen Burschen taten.

Es ging schon gegen Abend, die rote Sonne stieg schon zu den Wäldern herab und über den lichtblauen Himmel hatten sich weiße Wölklein ausgebreitet wie eine unzählbare Schar Gänse; der Wind zog irgendwo oben dahin, die rostbraunen Wipfel der Pappeln schaukelnd; und im Dorf ging es immer lebhafter und lustiger zu: die älteren Leute beredeten sich vor den Häusern, auf den Flurschwellen sitzend, die Mädchen jagten und neckten sich am Weiher herum, oder sie gingen eingehakt, sich in den Hüften schaukelnd und Liedlein vor sich hinsingend, auf und ab, so daß sie zwischen den Bäumen wie Mohnblumen und bunte Kresse schienen, und das Wasser spiegelte sie wider; Kinder kamen vorüber, die hinter dem Osterhahn liefen, und Menschen gingen auf den Rainen ins Feld hinaus.

Man läutete schon zur Vesperzeit, als die dicke Ploschkabäuerin, nachdem sie zuerst Boryna besucht hatte, zu Anna eintrat.

»Ich bin beim Kranken gewesen. Du mein Jesus, der liegt wie immer ... Ich habe ihn angeredet: nicht einmal angesehen hat er mich. Die Sonne, die ihm aufs Bett scheint, sucht er sich mit den Fingern zusammenzuscharren und zu greifen, und darin wühlt er nun wie ein kleines Kind! Reinweg zum Weinen, was aus dem Menschen geworden ist!« meinte sie, sich ans Bett setzend; sie trank ihr dabei zu, wie die anderen es auch getan hatten, und griff nach dem Kuchen. »Ißt er denn was, es scheint mir, daß er dicker geworden ist.«

»Das schon, so daß es mit ihm doch vielleicht zum Besseren geht!«

»Die Jungen sind mit dem Osterhahn nach Wola gegangen!« rief Fine mit einem Male zur Stube herein; als sie jedoch die Ploschkabäuerin bemerkte, lief sie schnell wieder vors Haus zu Jaguscha.

»Fine, es ist Zeit, das Vieh zu besorgen!« rief Anna ihr nach.

»Das ist gewiß wahr, Feiertag ist Feiertag, der Bauch aber vergißt nicht den Hunger! Die waren auch bei mir mit dem Osterhahn ... geschickt ist er aber, dieser euer Witek! Es scheint was Rechtes in ihm zu stecken.«

»Versteht sich, zum Spaß ist er der erste; und zur Arbeit da muß man ihn mit dem Stock anhalten!«

»Du liebe Güte, mit dem Dienstvolk hat man ja überall sein Teil auszustehen! Die Müllerin hat bei mir über ihre Mägde geklagt, daß sie keine länger wie ein halbes Jahr behalten kann.«

»Die kommen da auch etwas schnell zu einem Zuwachs ... das frische Brot muß es wohl machen!«

»Brot wie Brot, einmal ist es der Knecht; einmal kommt das Söhnchen, dieser, der in den Klassen ist, nach Hause. Und sie sagen, daß auch der Müller selbst keine in Ruh läßt ... da kann man freilich schwer eine Magd, bis ein Jahr um ist, behalten. Was aber auch wahr ist, die werden jetzt immer dreister ... Mein Junge, den ich zum Viehhüten habe, weil meine ja nicht mehr in den Jahren sind, gibt auf mich rein gar nichts, und noch Milch will er zum Vesper haben! Hat man so was gehört!«

»Ich hab' einen Knecht, da weiß ich auch Bescheid, was die alles haben wollen; und sag' ich nicht zu allem ja, dann fragt er nicht lange und macht sich auf und davon während der schlimmsten Arbeitszeit; und was soll ich ohne Knecht machen bei dieser großen Wirtschaft!«

»Daß ihn euch nur keine abspenstig macht«, fügte die andere etwas leiser hinzu.«

»Wißt ihr denn was?« Sie erschrak nicht wenig.

»Ich hab' so was von der Seite weg gehört, vielleicht lügen sie, darum will ich auch nichts gehört haben. Hale, aber wir reden hier und ich bin doch mit einer Angelegenheit zu euch gekommen! Es haben mir ein paar zugesagt, zu mir herüberzukommen, da wollen wir uns denn, wir armen Waisen, mal miteinander besprechen; seht zu, daß ihr auch herüberkommen könnt ... wie sollte es denn auch, daß dem Boryna Seine nicht da wäre, wenn sich die Ersten versammeln«, schmeichelte sie ihr; doch Anna redete sich mit der Krankheit heraus, und wirklich war es so, denn sie fühlte sich selbst etwas taumelig.

Die Ploschkabäuerin aber machte sich, durch die Absage verdrossen, alsogleich auf, die Jagna einzuladen.

Doch auch diese entschuldigte sich damit, daß sie sich bereits mit der Mutter anderweitig verabredet hätte ...

»Geht man hin, Jagna, ihr sehnt euch doch schon so nach den Mannsleuten; und zu der Ploschka kommt sicherlich Ambrosius oder einer von den ganz Alten; immerhin kriegt man doch mindestens ein paar Mannshosen zu sehen.«

»Daß ihr doch immer mit euren Worten wie mit Messern um euch stoßen müßt ...«
»Ich bin vergnügt, da wünsch' ich jedem, was er braucht!« höhnte diese.

Wütend sprang Jaguscha auf und ging davon; dann stand sie lange im Heckenweg und ließ ihre Augen hilflos umherschweifen, sie konnte kaum das Weinen zurückhalten. Die Zeit wurde ihr auch wirklich schrecklich lang.

Was half's, daß man überall den Feiertag merkte, daß es überall vor Menschen wimmelte, daß Lachen und Zurufe das Dorf erfüllten, daß sogar auf den grauen Feldern schon die roten Frauenröcke flimmerten und hier und da selbst frohe Lieder erklangen? ... Ihr war es doch traurig und so seltsam trüb zumute, daß sie es gar nicht mehr aushalten konnte. Vom frühen Morgen an war sie schon wie zerrissen innerlich, und es trieb sie rastlos umher; sie war zu Bekannten gelaufen, war hinaus aufs Feld gegangen und hatte sich selbst schon dreimal an diesem Tag umgekleidet, alles umsonst, nichts half: es trieb sie nur noch stärker hin und her, etwas anfangen hätte sie mögen, irgendwo ganz weit wegrennen, irgend etwas suchen ...

So hatte sie denn auch jetzt den Weg nach der Pappelallee eingeschlagen und ging vor sich hin, der roten gewaltigen Sonnenkugel nachstarrend, die schon in die Wälder versank; sie schritt über die schmalen Schattenschwellen und Lichtstreifen dahin, die die Abendglut zwischen den Baumstämmen ihr zu Füßen warf.

Die kühle Dämmerung wehte sie an und der leise Atem der durchwärmten Felder durchdrang sie mit einem wohligen Schauer; vom Dorf kam immer schwächer werdendes Stimmengewirr herüber, und von irgendwo trug ein Luftzug die singenden Klänge einer Geige her, die sich ans Herz klammerten wie Spinnweben voll klirrender, goldener Tauperlen, bis alles im leisen Geplätscher der Pappeln und im Halbdunkel auseinanderglitt, das schon durch die Furchen der Felder dahergekrochen kam und in den Schlehdornhecken lauerte.

Sie ging vor sich hin, ohne zu wissen, was sie vorwärtstrieb und wohin.

Sie atmete tief, von Zeit zu Zeit die Hände auseinanderbreitend und hilflos stehenbleibend, während sie die heißen Augen wie nach einem Halt suchend in die Runde schweifen ließ; und sie ging immer weiter und weiter, schwanke und gegenstandslose Gedanken spinnend, wie jene Lichtfäden auf dem Wasser, die keiner greifen kann, denn sie verwirren sich und verwehen schon vom Schatten einer Hand. Sie blickte der Sonne nach, ohne etwas vor sich zu sehen; die Pappeln, die sich in Reihen über sie beugten, waren ihr wie neblige Schemen ... sich selbst fühlte sie nur mit aller Macht, und das, was in ihr bis zum Schmerz, bis zum Weinen drängte; sie fühlte, daß etwas sie vorwärtstrieb, daß sie sich am liebsten an die Flügel jener Vögel gehängt hätte, die westwärts zogen, um mit ihnen ans Ende der Welt zu fliegen. Es stieg in ihr eine glühende Macht auf, die sie ganz außer sich brachte, daß ihr die Tränen die Augen verdunkelten und sie wie Feuersgluten immer wieder überfluteten; sie riß die klebrigen und duftenden Pappeltriebe ab und kühlte mit ihnen die heißen Lippen und Augen ...«

Manchmal hockte sie unter einem Baum nieder, und ganz in sich gekehrt, das Gesicht auf die zusammengeballten Hände stützend, versank sie in sich selbst, sich an den Baumstamm schmiegend, sich reckend und fast atemlos ...

Es war als hätte der Lenz in ihr sein heißes Lied angestimmt, so daß in ihrem Innern etwas zu gären und sich zu regen begann wie in der fruchtbaren, noch brachliegenden Erde zur Frühlingszeit, und zu flüstern wie in den Bäumen, die trunken vor Lust am eigenen Wachstum sind, daß sich in ihr etwas auszubreiten begann wie ringsum unter den wärmenden Strahlen der Frühlingssonne.

Es war in ihr ein Beben, ihre Augen brannten, und die müden Füße taumelten unwillkürlich und schienen sie kaum noch tragen zu wollen. Sie hatte Lust zu weinen, zu singen, sich in den weichen Flaum der Saatenfelder zu werfen, auf denen der Tau perlte; dann kam sie eine tolle Lust an, und sich in die Dornbüsche zu stürzen, sich durch das scharfe Dickicht zu zwängen und von dem wilden, süßen Schmerz des Ringens überwältigen zu lassen.

Sie wandte sich plötzlich zurück und lief, als die Geigenstimme sie wieder erreichte, den Tönen entgegen. Hei, wie hatten sie in ihr die Lust aufgewirbelt, mit welcher taumelnden Seligkeit hatten sie sie erfüllt, sie hätte sich in den Tanz stürzen mögen, mitten in das Gedränge einer lärmerfüllten Schenke in den Festtrubel eines Gelages und selbst ins Verderben hinein.

Auf dem Pfad vom Kirchhof nach der Pappelallee, den die rote Abendglut ganz überflutete, ging einer mit einem Buch in der Hand; immer wieder blieb er an einer der weißen Birken stehen.

Es war der Jascho, der Organistensohn.

Sie wollte ihn sich heimlich, hinter einem Baum versteckt, einmal ansehen; doch er hatte sie schon erspäht.

Sie konnte nicht fortlaufen, ihre Füße waren wie festgewurzelt; sie konnte die Augen nicht von ihm losreißen; lächelnd kam er näher, seine Zähne blitzten zwischen den roten Lippen; schlank war er, hoch gewachsen und weiß im Gesicht.

»Ihr tut, als hättet ihr mich nicht wiedererkannt. Jagusch?«

Etwas benahm ihr plötzlich den Atem beim Klang dieser Stimme.

»Was sollt' ich denn nicht erkannt haben! ... Nur, daß der Herr Jascho jetzt so sein ist und so anders ...«

»Gewiß, die Jahre gehen ... Seid ihr bei jemandem da draußen gewesen?«

»Nur so bin ich herumgegangen, das ist doch Feiertag heut. Ist das ein frommes Buch?« Sie berührte es schüchtern.

»Nein, von fernen Ländern und Meeren handelt es.«

»Jesus! Von Meeren! Und diese Bilder, sind die auch nicht heilig?«

»Seht nur nach!« Er schob ihr das Buch näher und zeigte alles.

Sie standen Arm an Arm, ganz unwillkürlich einander mit den Hüften berührend und sich mit den tiefgebeugten Häuptern streifend. Er erklärte ihr hin und wieder etwas; dann hob sie auf ihn die staunenden Augen, ohne zu wagen, vor seltsamer Rührung aufzuatmen, und drängte sich immer näher heran, um besser sehen zu können, denn die Sonne war schon hinter die Wälder getaucht.

Plötzlich erschauerte er und zog sich etwas zurück.

»Es wird dunkel, Zeit nach Hause zu gehen!« flüsterte er leise.

»Gehen wir denn!«

Sie gingen schweigend, von den Schatten der Bäume fast zugedeckt. Die Sonne war untergegangen, und eine bläuliche Dämmerung glitt auf die Felder herab; eine Abendröte war nicht gekommen, nur durch die dicken Pappelstämme sah man den Himmel goldig überflutet; die Welt erblaßte.

»Und ist das alles wahr, was da gezeigt ist?« Sie blieb stehen.

»Alles, Jagusch, alles.«

»Jesus, solch' großes Wasser, solche Welten, daß es schwer zu glauben ist.«

»Das gibt es, Jagusch, wirklich wahr!« flüsterte er immer leiser, ihr so aus der Nähe in die Augen blickend, daß sie den Atem anhalten mußte; ein Frösteln durchlief sie, ihre Brüste drängten ihm entgegen, sie wartete, daß er sie umfassen sollte, ihre Arme weiteten sich, sie war bereit, ihm alles zu gewähren, Jascho aber wich scheu zurück.

»Es ist schon spät, ich lauf', gute Nacht, Jaguscha!« Und er rannte davon.

Ein gutes Paternoster lang stand sie so, bis sie es endlich fertig brachte, sich von der Stelle zu bewegen.

»Hat der mich verzaubert, oder was!« dachte sie, sich träge vorwärtsschleppend; sie fühlte eine Trübe im Kopf und eine Mattigkeit in allen Gliedern.

Es wurde Abend, Lichter blitzten hier und da auf, von der Schenke her klang Musik und gedämpftes Stimmengewirr.

Sie sah durchs Fenster in die hellerleuchtete Schankstube: der Herr Jacek stand in der Mitte und strich die Geige, und vor der Tonbank schwankte Ambrosius und schien, laut lachend, den Kätnerinnen, die da saßen, etwas zu erzählen, dabei oft nach dem Schnapsglas langend.

Plötzlich griff sie jemand fest um die Hüften, so daß sie aufschrie und sich hin und her wand, um loszukommen.

»Ich hab' dich hier erreicht und laß dich nicht mehr ... wir wollen einen zusammen trinken ... komm ...« flüsterte der Schulze, ohne sie aus seiner Gewalt zu lassen, und zog sie durch die Seitentür in den Alkoven.

Niemand sah es, denn es war schon fast ganz dunkel, und kaum einer ging da vorbei.

Es wurde schon stiller im Dorf, die Stimmen verstummten, die Heckenwege wurden leer, die Menschen gingen heim, die Festtage, die Tage der süßen Muße, gingen nun zu Ende, der unvermeidliche Alltag stand vor der Tür und fletschte aus dem Dunkel die scharfen Zähne, so daß manch eine Seele Angst ergriff und neue Sorgen über sie kamen.

Das Dorf bekam ein düsteres und dumpfes Aussehen, es schien sich noch mehr zur Erde niedergeduckt zu haben und noch tiefer in die stummen Obstgärten zu versinken; hier und da saßen noch die Leute auf den Mauerbänken, aßen die Reste vom Ostergeweihten und redeten leise miteinander; anderswo aber schickte man sich bereits an, früher schlafen zu gehen und sang schon fromme Lieder.

Nur bei der Ploschkabäuerin war das Haus noch voll Menschen, und es ging da laut zu, die Nachbarinnen waren zusammengekommen, hatten die Bänke besetzt und besprachen sich würdig miteinander. Die Schulzin saß auf dem Ehrenplatz, dicht daneben die dicke, großschnautzige Balcerekbäuerin, die das große Wort führte; es war auch noch die dürre Sikorabäuerin und die ewig nörgelnde Borynowa, eine Schwägerin des Kranken, gekommen und auch die Schmiedin mit dem Säugling im Arm, sie redete immerzu mit der frommen, stillen Schultheißin; andere waren auch noch zugegen, all die Ersten im Dorf.

Sie saßen aufgebläht und großspurig da wie Glucken im Nest, und alle hatten sie die reichen Feiertagsröcke aus Beiderwand an und hatten ihre Tücher lose um die Schultern geschlagen, wie es in Lipce so Sitte war; auf dem Kopf trugen sie Hauben wie große weiße Räder, reich über der Stirn gezüngelt, und hatten Krausen um, die bis an die Ohren standen, und Korallenschnüre hatten sie umgehängt, wieviel eine jede nur aufbringen konnte. Sie waren mitten drin im Vergnügen, mit roten Gesichtern saßen sie da, breit und glänzend vor Behagen, und strichen eifrig über ihre Röcke, daß sie sich nicht zerknüllen sollten und rückten hier und da immer dichter zusammen, um sich leise miteinander zu besprechen und auch mal mit über diese oder jene emsig herzuziehen.

Und als der Schmied erschienen war, er sagte, er käme soeben aus der Stadt, kam die fröhliche Stimmung erst recht auf. Der Kerl hatte ein Maulwerk wie selten einer, da er dabei aber auch ein bißchen angetrunken war, so fing er an, solche komischen Dinge vorzuschwindeln, daß sie sich vor Lachen die Fäuste in die Hüften stemmten; ein Gelächter brach rings um ihn los, er aber lachte am lautesten von allen, so daß sein Gequarr sogar auf dem Borynahof zu hören war.

Lange amüsierten sie sich so, denn dreimal schickte die Ploschkabäuerin wegen Branntwein zum Juden.

Bei den Borynas saß man noch vor dem Haus, auch Anna, die wieder aus dem Bett gekommen war, befand sich unter den anderen; sie saß da in einen Schafpelz eingewickelt, denn es war kühl geworden nach Sonnenuntergang.

Solange es hell war, las ihnen Rochus aus einem solchen Buch vor, daß Anna sich immer wieder ängstlich umsah und der Fine leise zuflüsterte:

»Sieh mal auf den Weg ...«

Aber niemand, der sie hätte belauschen können, war zu sehen, so las er denn, bis der Abend die Dunkelheit über die Erde breitete, denn sie konnten alle nicht genug davon bekommen. Die Nacht sank über sie nieder, so daß sie sich kaum von der weißen Hauswand abhoben; es war dunkel und recht kühl geworden, keinen Stern konnte man am Himmel erspähen, dumpf und still lag die Welt da, nur irgendwo hörte man das Plätschern des Wassers und das Aufknurren der Hunde.

Sie hatten sich zu einem Haufen zusammengedrängt, so daß Nastuscha, Fine, Veronka und ihre Kinder, Gusche, die Klembbäuerin und Pjetrek fast zu Rochus seinen Füßen saßen und Anna etwas abseits auf einem Stein.

Er erzählte verschiedene Geschichten vom polnischen Volk, heilige Legenden und solche Wunderdinge von der Welt, daß sie niemand hätte ganz begreifen und behalten können.

Sie lauschten ganz andächtig, wagten kaum aufzuatmen, sich von der Stelle zu rühren und tranken mit ganzer Seele seine Worte, die ihnen süß wie Honig schienen.

Er aber sprach, den Blicken fast unsichtbar, mit feierlicher, leiser Stimme:

»Nach dem Winter kommt die Lenzzeit für jedermann, der daraus tätig in Gebet und Bereitschaft wartet.«

»Habt Vertrauen, denn die, die Unrecht leiden, werden immer siegen.«

»Mit Blutopfern und Mühen muß man menschliche Glückseligkeit säen, und wer so gesät hat, dem wird die Saat aufgehen, der wird seine Erntezeit haben.«

»Doch wer nur um das alltägliche Brot sich müht, wird sich nicht an den Tisch des Herrn setzen.«

»Wer nur das Böse beklagt, ohne Gutes zu tun, der fördert noch Schlimmeres.«

Lange sprach er noch und dabei so klug, daß es ihm zu folgen schwer war, immer leiser und ergriffener wurde seine Stimme, und da ihn die Nacht ganz ihren Blicken entzogen hatte, so war es, als käme diese heilige Stimme aus dem Erdboden, als wäre es die Stimme der verstorbenen Borynageschlechter, die in der Nacht der Auferstehung Gott in die Welt gesandt hatte, und sie redete nun aus den morschen Wänden, aus den gebeugten Bäumen und aus der dichten Nacht und mahnte, die zur Besinnung rufend, die ihres Blutes waren.

Alle Seelen ließen sich von diesen Worten tragen, die ihnen wie Glockentöne zu Herzen gingen und in das Land der dämmerigen Hoffnungen in die unerklärliche Wunderwelt der Träume führten.

Niemand merkte es, daß die Hunde im ganzen Dorf zu heulen anfingen, daß jemand auf der Dorfstraße aufschrie und die Erde unter den Tritten laufender Menschen erdröhnte.

»Die Meierei am Wald brennt!« hallte eine Stimme durch den Obstgarten.

Sie liefen auf die Dorfstraße.

Es war tatsächlich so, die herrschaftlichen Wirtschaftsgebäude der Waldmeierei standen in Flammen, die Glut züngelte wie in roten Büscheln aus der Nacht hervor.

»Und das Wort ist Körper geworden!« flüsterte Gusche, an die Kosiol denkend.

»Die Strafe Gottes kommt.«

»Für unser Unrecht!« kreuzten sich die Stimmen in der Dunkelheit.

Überall klappten die Türen, die Menschen kamen halb angekleidet auf die Dorfstraße hinausgestürzt und drängten sich in einem immer größer werdenden Haufen um die Brücke vor der Mühle, von wo alles am besten zu sehen war, und vielleicht in einem Paternoster war dort schon das ganze Dorf beisammen.

Der Brand steigerte sich von Minute zu Minute, die Meierei stand auf einer Anhöhe am Walde, und obgleich sie ein paar Kilometer weit von Lipce entfernt war, sah man das Wachsen des Feuers wie aus unmittelbarer Nähe. Auf dem Hintergrund, den der dunkle Wald bildete, leckten die Feuerzungen zahlreich auf und blutige Rauchwolken ballten sich zusammen. Es war kein Wind da, und das Feuer reckte sich immer höher zum Himmel empor; die Gebäude brannten wie harzige Kienspäne, schwarzer Rauch stieg in Säulen himmelwärts und ein roter Lichtschein ergoß sich in Feuerströmen ins Dunkel und zuckte über dem Walde.

Durchdringendes Gebrüll zerriß die Luft.

»Der Ochsenstall brennt, sie werden nicht viel retten, es ist doch nur eine Tür da.«

»Jetzt fangen gleich die Heuschober an!«

»Die Scheunen brennen schon!« riefen sie bange.

Der Priester kam angelaufen, der Schmied und der Schultheiß eilten herbei, und zuletzt erschien auch, wer weiß woher, der Schulze, und obgleich er so betrunken war, daß er sich kaum auf den Beinen hielt, fing er an zu schreien und die Menschen anzutreiben, sie sollten dem Gutshof zu Hilfe kommen.

Niemand hatte es eilig damit, nur ein böses Murren erscholl aus dem Haufen.

»Laß sie unsere Männer freilassen, die laufen dann gleich hin und helfen!«

Weder Flüche noch Drohungen wollten helfen, selbst die weinerlichen Bitten des Priesters machten keinen Eindruck: das Volk stand unbeweglich und sah finster dem Feuer zu.

»Das Hundspack von Gutsknechten!« schrie die Kobus, ihnen mit der Faust drohend.

Und schließlich mußten der Schulze mit dem Schultheiß und dem Schmied allein abfahren und noch dazu nur mit den bloßen Händen, denn man hatte sie nicht an die Feuerhaken und Eimer gelassen.

»Der da mitmacht soll sich in acht nehmen! Mag das Aas verderben!« schrien sie alle wie mit einer Stimme auf.

Das ganze Dorf war beieinander bis auf die Jüngsten selbst, die herumwimmerten und auf dem Arm geschaukelt werden mußten. Sie hatten sich zu einem großen Haufen angestaut, es sprach kaum einer und wenn schon, dann nur im Flüsterton, sie weideten nur gierig die Augen an dem Schauspiel und atmeten schwer, denn in jedem Herzen wucherte die heimliche, grausame Freude darüber, daß Gott den Gutsherrn für das Lipce angetane Unrecht mit Feuer strafte.

Bis spät in die Nacht brannte es noch, niemand aber kehrte ins Haus zurück: sie warteten geduldig auf das Ende, während das Flammenmeer sich über die Meierei wälzte und mit sich überstürzenden Wogen zum Himmel schlug; brennende Garben aus der Bedachung und Dachlatten flogen in einem blutroten Funkenregen umher und von den roten Feuerbränden erglühten selbst die Baumwipfel und das Dach des Mühlhauses, und der Weiher war, als hätte man ihn mit blasser Glut besprengt.

Wagengeroll, Rufe, Viehgebrüll klangen zu ihnen herüber, und das furchtbare Grauen der Vernichtung schlug ihnen von der Brandstätte entgegen, die Menge stand aber immer noch wie eine lebendige Mauer und sättigte sich an dem Bewußtsein der vollzogenen Rache ...«

Von der Schenke her kam die heisere Stimme des betrunkenen Ambrosius.

»Maruschka, oh Maruschka,
Wem brautest du das Bier wohl da!«

* *
*

Auf die seltsame Neuigkeit hin, die ihr am nächsten Morgen Bylica brachte, wollte sich Anna vom Bett erheben, aber die Gusche griff noch zur rechten Zeit zu und drückte sie in die Kissen zurück. »Rührt euch nicht, es brennt ja doch nirgendwo!« – »Weil der Vater so was sagt, daß es mir ganz wirr im Kopf geworden ist; wascht euch den Schädel mit geweihtem Wasser ab, Vater, dann wird euch die Narrheit loslassen.«

»Nee, Hanusch, ich hab' doch meinen Verstand, das hab' ich, und die Wahrheit hab' ich gesagt, daß der Herr Jacek seit gestern bei mir wohnt ... jawohl ...« brummte Bylica, sich zum Niesen krümmend, nachdem er eine tüchtige Prise zu sich genommen hatte.

»Der scheint schon ganz dumm geworden zu sein! Seht mal zu, ob sie nicht zurückkommen, sie werden mir das Kind noch ganz aushungern.«

»Von der Kirche sieht man noch niemanden kommen!« erklärte Gusche, nach einer Weile wieder daran gehend, das Zimmer weiter auszuräumen und es mit Sand zu bestreuen.

Der Alte nieste hartnäckig einmal übers andere; so daß er aus die Bank niedersitzen mußte.

»Ihr trompetet wie in der Stadt auf dem Markplatz!«

»Weil er stark ist, der Tabak des Herrn Jacek, ein ganzes Paket hat er mir gegeben ... ein ganzes ...«

Es war noch früh am Morgen, durchs Fenster sah die helle, warme Sonne, die Bäume im Garten schaukelten im Wind und durch die offene Tür schoben sich vom Flur aus ein paar Gänsehälse hindurch, rote zischende Schnäbel wurden sichtbar, und eine ganze schlammbeschmutzte Gänseherde mit ihren piepsenden Gösseln versuchte in die Stube einzudringen. Plötzlich knurrte ein Hund irgendwo auf, die Gänse erhoben ein Geschrei, und die Glucken, die auf den Eiern saßen, fingen an ängstlich aufzugackern und von den Nestern aufzuflattern.

»Treibt sie doch in den Obstgarten, da finden sie vielleicht schon etwas Gras, wo sie sich dran 'ranmachen können.«

»Ich jag' sie schon hinaus, Hanusch, und paß auf, wegen der Krähen ...«

Es wurde wieder still in der Stube, nur das Rauschen der Bäume drang von draußen herein, und die Welten schaukelten leise an der schwarzen Balkendecke.

»Was machen denn da die Jungen?« fragte Anna nach einem längeren Schweigen.

»Der Pjetrek pflügt das Kartoffelfeld am Hügel, und Witek ist mit der Egge auf den Flachsbeeten in der Schweinskuhle.«

»Ist es denn da nicht zu feucht?«

»Das schon, die Stiefel bleiben einem noch ganz stecken, aber wenn es mal geeggt wird, trocknet es rascher ab.«

»Ehe sich die Erde zum Säen anwärmt, werd' ich vielleicht schon aufstehen können ...«

»Denkt jetzt an euch, die Arbeit wird euch schon niemand wegstehlen!«

»Sind denn die Kühe schon gemolken?«

»Ich hab' es selbst getan, denn die Jagna hat die Gelten vor dem Kuhstall hingestellt und ist irgendwo weggegangen.«

»In einem fort treibt sie sich im Dorf herum wie ein Hund, man hat weder Hilfe noch Nutzen von ihr. Hale, sagt doch der Kobus, daß ich ihr ein paar Beete zum Kohlpflanzen geben werde und laß den Pjetrek da Dünger hinausfahren und umpflügen, aber vier Tage Lohnarbeit muß ich für jedes Beet haben! Beim Einlegen der Kartoffeln könnte sie die Hälfte abarbeiten und den Rest zur Erntezeit.«

»Die Kosiol möchte auch ein Beet für Flachs haben.«

»Die wird viel dafür leisten, gerad' was der Hund sich zusammenwinselt. Mag sie anderswo suchen, sie hat voriges Jahr genug gegen Vater im ganzen Dorf gebellt, daß er sie übervorteilt hat.«

»Wie ihr meint, euer Grund und Boden, da ist es auch euer Wille! Philipka ist gestern während eurer Niederkunft dagewesen, wegen der Kartoffeln.«

»Wollte sie was für Geld?«

»Abarbeiten wollte sie es; bei denen da ist kein roter Heller zu finden, sie hungern sich nur so eben durch.«

»Einen halben polnischen Scheffel zum Essen kann sie sich gleich nehmen, und wird sie noch mehr brauchen, da muß sie warten bis die Kartoffeln eingelegt sind, man weiß ja nicht, wieviel übrigbleibt. Wenn Fine kommt, dann kann sie die Kartoffeln abmessen, obschon die Philipka keine gute Arbeiterin ist, na! ... die tut nur so, als ob sie arbeitete ...«

»Wovon soll sie denn die Kräfte haben? Die ißt und schläft nicht ihr Teil und jedes Jahr eine Geburt.«

»Das ist eine Not, du lieber Jesus, die Ernte ist noch so weit und die Vorerntenot schon vor der Türe.«

»Vor der Türe! Die sitzt schon in den Häusern und schnürt die Bäuche zusammen, daß man kaum atmen kann.«

»Habt ihr schon die Sau herausgelassen?«

»Sie hat sich an die Wand gelegt, die Ferkel sind aber fein, schön rund wie Semmeln.«

Bylica erschien in der Tür und fing an, irgendwas zu reden:

»Die Gänse sind unten bei den Stachelbeeren geblieben ... Da ist sich gestern der Herr Jacek am Feiertag zu mir gekommen und hat gesagt: ›Ich ziehe zu dir, Bylica, als Mieter, und bezahl' es dir gut‹ ... Ich dachte: der hält den Bauer für einen Dummen wie das so bei den seinen Herren Mode ist; da hab' ich ihm gesagt: ›Geld brauch' ich, und freie Zimmer hab' ich auch!‹ Da hat er gelacht und mir ein Paket Petersburger Tabak gegeben, hat sich das Haus angesehen und hat gesagt: ›Könnt ihr hier wohnen, so werd' ich auch damit fertig, und das Haus werden wir uns langsam ausbessern, daß es uns für ein Herrenhaus reicht!‹«

»Sieh mal einer, so'n Edelmann, dem Gutsherrn sein Bruder!« wunderte sich die Alte.

»Er hat sich ein Lager neben dem meinen zurechtgemacht und sitzt jetzt da. Als ich wegging, hat er eine Zigarette geraucht und die Spatzen mit Korn herangelockt.«

»Und was soll er denn da essen?«

»Die Töpfe hat er mitgebracht und kocht immerzu Tee, den trinkt er denn ...«

»Umsonst macht er das nicht, da muß was dabei sein, daß solch ein Herr ...«

»Das ist dabei, daß er ganz dumm geworden ist! Jeder Mensch müht sich immerzu und sorgt, daß er es besser hat; und so ein Herr möchte es schlechter haben? Den Verstand hat er verloren, das ist nichts anderes«, redete Anna, den Kopf hochhebend, denn auf dem Heckenweg ertönten Menschenstimmen.

Man kehrte schon mit dem Täufling aus der Kirche zurück. Voraus trug Fine unter der Obhut der Dominikbäuerin das Kind in einem Steckkissen, das mit einem Tuch zugedeckt war, hinter ihnen kamen der Schulze mit der Ploschkabäuerin, die man beide zu Paten geladen hatte, und zum Schluß stelzte Ambrosius hintennach, außerstande, mit ihnen gleichen Schritt zu halten.

Doch bevor sie über die Schwelle traten, nahm die Dominikbäuerin das Kind an sich und ging damit, nachdem sie sich bekreuzigt hatte, einem alten Brauch gemäß um das Haus herum, an den Ecken blieb sie stehen, an jeder eigens die Worte hersagend:

»Im Osten – hier weht es ...
Im Norden – hier kühlt es ...
Im Westen – hier dunkelt es ...
Im Süden – hier stürmt es ...

Und überall habe acht, Menschenseele, vor dem Bösen
und vertraue auf Gott.«

»Will fromm sein und ist solch eine Zauberin, diese Dominikwittib!« lachte der Schulze.

»Das Gebet hilft, aber auch das Besprechen schadet nichts, das weiß man ja!« flüsterte die Ploschkabäuerin.

Sie traten geräuschvoll in die Stube. Die Dominikbäuerin wickelte das Kind aus und reichte es splitternackt der Mutter hin, es war krebsrot.

»Einen wahren Christen, dem auf der heiligen Taufe der Name Rochus gegeben worden ist, bringen wir euch hier, Mutter. Möge er euch zur Freude gedeihen!«

»Und laß ihn ein Dutzend von Rochussen zeugen! Ein tüchtiger Kerl: geschrien hat er, daß man ihn gar nicht bei der Taufe zu zwicken brauchte, und das Salz hat er nur so ausgespuckt, daß man lachen mußte ...«

»Weil er aus einer Familie kommt, die sich nicht gegen den Schnaps verschworen hat«, ließ sich Ambrosius vernehmen.

Der Junge greinte und strampelte mit den Beinchen auf dem Federbett, die Dominikbäuerin benetzte ihm mit Schnaps die Augen, die Lippen und die Stirn und gab ihn dann erst Anna an die Brust. Er saugte sich mächtig fest und wurde ganz still.

Anna dankte den Gevattern herzlich, küßte sich mit ihnen und entschuldigte sich, daß die Tauffeier nicht so sei, wie sie für einen Boryna sein müßte.

»Im nächsten Jahre, wenn ihr einen vierten zur Welt bringt, wollen wir das nachholen!« scherzte der Schulze, sich den Schnurrbart glättend, denn das Schnapsglas war schon bis zu ihm gelangt.

»Eine Taufe ohne Vater, das ist wie eine Sünde ohne Vergebung«, ließ sich Ambrosius unbedacht vernehmen.

Darauf fing Anna an zu weinen, so daß die Frauen ihr zutrinken und sie tröstend umarmen mußten, und nachdem sie sich wieder beruhigt hatte, fing sie an, die Anwesenden einzuladen, sich ans Essen zu halten; aus der Schüssel duftete ihnen schon Rührei mit Wurst entgegen.

Gusche bewirtete die Taufgesellschaft, denn Fine sang das Kind in den Schlaf, sie schaukelte es in einer großen Mulde, denn an der alten Wiege fehlten die Kufen.

Lange hörte man die Löffel schaben, und keiner sagte ein Wort.

Da aber eine Menge Kinder in den Flur gekommen waren und immer wieder ihre Köpfe in die Stube steckten, so warf ihnen der Schulze eine Handvoll Karamelbonbons hin; mit Geschrei, sich untereinander prügelnd, trollten sie sich bald vors Haus.

»Selbst Ambrosius hat die Zunge im Mund vergessen!« fing die Gusche an.

»Weil er's sich durch den Kopf gehen läßt, daß man für den Jungen eine Wirtschaft und eine Dirn bereithalten muß.«

»Die Wirtschaft, das ist dem Vater seine Sorge, und die Dirn – den Gevattern ihre!«

»An diesem Gezücht wird schon kein Mangel sein! Man wird sie ihm schon von selbst anbieten und noch obendrein was zuzahlen.«

»Der Schulzin wird, wie mir scheint, die Zeit lang ohne ein Kleines; ich hab' heut gesehen, wie sie die Kleidchen, die von den armen Würmern nachgeblieben sind, gelüftet hat!«

»Und der Herr Schulze verspricht, wie ich höre, zum Herbst wieder 'ne Taufe herzurichten!«

»Hat ein solches Amt und vergißt doch nicht, was nötig ist!«

»Es ist auch wirklich traurig, im Haus ohne Kindergeschrei!« sagte er ernst.

»Das ist wahr, man hat mit ihnen seine liebe Not, aber sie sind mit der Zeit auch eine Hilfe und ein Trost.«

»Schöne Leckerbissen! Auch bei Gold hast du Verlust, wenn du es zu teuer kaufen mußt!« brummte die Gusche.

»Gewiß gibt es auch schlechte, die von den Eltern nicht viel halten und hartherzig sind, doch wie die Wurzel, so die Staude, man erntet, was man gesät hat!« seufzte die Dominikbäuerin auf.

Die Gusche wurde wütend, da sie fühlte, daß die Dominikbäuerin auf sie anspielte.

»Ihr könnt leicht über die anderen lachen, da ihr so gute Jungen habt, die auch ihr Teil spinnen und melken und Töpfe auswaschen, wie die geschicktesten Mädchen.«

»Weil sie in Ehrlichkeit erzogen sind und in Gehorsam.«

»Das ist wahr, sie halten selbst die Mäuler hin, wenn sie was drauf kriegen sollen! Wie abgeguckt und abgemalt, ganz der Vater! Gewiß, wie die Wurzel, so die Staude, da habt ihr die Wahrheit gesagt, denn ich weiß es ja noch, wie ihr es in euren jüngeren Tagen mit den Burschen gehalten habt, so wundert es mich denn auch nicht, daß Jaguscha ganz nach euch geraten ist, sie ist in allem ganz wie ihr: wenn ein Stecken was wollte und hätte eine Mannsmütze auf ... dann würde sie's ihm nicht verwehren aus Güte«, zischte sie ihr dicht am Ohr, so daß diese ganz blaß wurde und den Kopf immer tiefer beugte.

Jagna ging gerade über den Flur, Anna rief sie und bewirtete sie mit Schnaps: sie trank aus, und ohne auf irgend jemand zu sehen, ging sie auf ihre Seite.

Der Schulze wurde mürrisch, denn er wartete vergeblich darauf, daß sie wiederkommen würde.

Das Gespräch wollte nicht in Gang kommen, er horchte und ließ heimlich seine Augen hinter ihr drein gehen, als sie plötzlich wieder im Hof auftauchte.

Auch die Frauen hatten keine Lust zum Reden: die beiden Alten bohrten sich mit ihren wütenden Blicken an, und die Ploschkabäuerin redete leise mit Anna herum. Nur Ambrosius ließ die Flasche nicht locker, und obgleich niemand zuhörte, redete er allerhand vor sich hin und schwindelte die unmöglichsten Dinge vor.

Plötzlich erhob sich der Schulze und tat, als ob er hinters Haus wollte, aber er schlich sich durch den Garten auf den Hof. Jaguscha saß an der Schwelle des Kuhstalles und gab dem scheckigen Kalb vom Finger zu trinken.

Er sah sich ängstlich um und stopfte ihr eine Tüte Karamelbonbons hinters Mieder.

»Hier hast du was, Jagusch, komm, wenn es dunkelt, zum Juden in den Alkoven, da gibt es was Besseres.«

Und ohne auf die Antwort zu warten, kehrte er eilig in die Stube zurück.

»Ho, ho! ein schönes Bullenkalb habt ihr da, das werdet ihr gut verkaufen«, redete er, seinen Kapotrock aufknöpfend.

»Der ist zur Zucht, denn er ist aus einer herrschaftlichen Rasse.«

»Da werdet ihr sicheren Profit haben, denn dem Müller sein Bulle ist nichts mehr wert. Der Antek wird sich über einen solchen Zuwachs freuen.«

»Mein Jesus! Wann wird der ihn zu sehen bekommen?«

»Das wird nicht lange mehr dauern, das sag' ich euch, ihr könnt's glauben.«

»Auf die anderen wartet man ja schon von Tag zu Tag.«

»Ich sag's ja, daß sie bald kommen werden, etwas weiß man doch von wegen dem Amt ...«

»Das Schlimmste aber ist, daß die Felder nicht warten wollen.«

»Wenn man da nicht zur rechten Zeit die Aussaat besorgt, wie soll einer dann noch ruhig an den Herbst denken!«

Es rollte ein Wagen vorüber. Fine sah hinaus und sagte:

»Der Pfarrer sind mit dem Rochus vorbeigefahren!«

»Der Pfarrer wollte Meßwein kaufen«, erklärte Ambrosius.

»Daß er sich da den Rochus zum Schmecken mitgenommen hat und nicht die Dominikbäuerin!« höhnte Gusche.

Ehe die Dominikbäuerin eine passende Antwort geben konnte, trat der Schmied ein, und der Schulze wandte sich ihm zu mit dem Glas.

»Du hast dich verspätet, Michael, hol' uns jetzt mal ein!«

»Bald werd' ich euch einholen, Gevatter, denn man rennt schon hierher, um euch mitzunehmen ...«

Kaum hatte er das gesagt, als der Schultheiß atemlos hereinkam.

»Kommt schnell, Peter, der Schreiber und die Schendarmen warten schon auf euch.«

»Hundsverdammt, nicht ein Paternoster lang Ruhe hat man! Hale, was soll man da tun, das Amt geht vor ...«

»Schickt sie bald fort und kommt wieder.«

»Werd' ich da noch Zeit über haben. Erst die Untersuchung wegen dem Brand der Gutsmeierei und dann noch der Einbruch bei euch.«

Er lief mit dem Schultheiß hinaus, Anna aber sagte, mit ihren Blicken den Schmied durchbohrend:

»Wenn sie hierherkommen, um alles aufzuschreiben, da könnt ihr ihnen sagen, wie es war, Michael.«

Der Schmied zupfte an seinem Schnurrbart und starrte den Säugling an, tuend, als wollte er ihn ansehen.

»Was kann ich ihnen da sagen? ... Gerade so viel, wie die Fine.«

»Ich werde doch nicht die Dirn zu den Beamten hinausschicken, das paßt sich doch nicht; und sagt nur, daß, soweit bekannt, nichts aus der Kammer weggekommen ist. Ob nicht was anderes verloren gegangen ist, das ... weiß nur der liebe Herrgott ... und ...« Sie strich über das Federbett und hüstelte, um ihm ihr höhnisches Gesicht nicht zu zeigen. Er aber machte nur eine unwillige Bewegung und ging hinaus.

»Ein Schwindelmeier, dieses Biest!« lächelte sie leicht.

»Kurz genug war sie schon, die Tauffeier, nun ist sie auch noch ganz zuschanden gegangen!« klagte Ambrosius, nach der Mütze langend.

»Fine, schneide ihm mal ein Stück Wurst ab, dann kann er sich die Feier zu Hause verlängern.«

»Bin ich denn eine Gans, daß ich trockene Wurst stopfen soll?«

»Gießt euch nur zur Unterlage noch Schnaps ein.«

»Die Klugen sagen: meß die Grütze, ehe du sie in den Topf schüttest, sieh die Finger bei der Arbeit nicht an und zähle die Gläser bei der Bewirtung nicht ...«

»Wo die Teufel läuten, da ist der Saufaus Ministrant!«

So redeten sie miteinander hin und her und sparten nicht an Schnaps; es waren aber nicht einmal zwei Paternoster vorüber, als der Schultheiß von Haus zu Haus zu rennen begann, rufend, daß sie zum Schulzen nach dem Schreiber und den Gendarmen kommen möchten.

Das hatte die Ploschkabäuerin so erbost, daß sie die Arme in die Hüften stemmte und das Mundwerk gegen ihn losließ:

»Ich hab' sie irgendwo stecken ... dem Schulzen seine Befehle! Ist denn das unsere Angelegenheit? Haben wir sie hergebeten, die Schendarmen? Meint er, daß wir die Zeit für sie übrig haben? Wir sind keine Hunde, daß wir auf jeden Pfiff angerannt kommen! Wollen sie was, laß sie sich selbst herbemühen und fragen! Der Weg ist ganz derselbe! Wir gehen nicht hin!« schrie sie, sich dem Häuflein erschrockener Frauen auf der Dorfstraße zugesellend, die sich am Weiher versammelt hatten.

»An die Arbeit, Gevatterinnen, ins Feld; wer was von den Hofbäuerinnen will, der weiß, wo er sie zu suchen hat. Hale, sie sollen es nicht erleben, daß wir bei dem ersten besten Befehle alles liegen lassen und hinrennen, um an den Türen herumzustehen, wie die Hunde, diese Dudelsäcke!« schrie sie, ganz erzürnt.

Sie war nach den Borynas die erste Hofbäuerin im Dorf, so taten sie denn, was sie sagte und rannten auseinander, wie aufgescheuchte Hennen; da die meisten aber sowieso schon im Feld arbeiteten, wurde es ganz leer im Dorf; nur die Kinder spielten hier und da am Weiher, und alte Mütterchen wärmten sich in der Sonne.

Natürlich war der Schreiber ganz giftig darob und schimpfte den Schultheiß ordentlich aus; aber ob er nun wollte oder nicht, er mußte ins Feld hinaus. Lange trieben sie sich da herum, von Ackerbeet zu Ackerbeet stapfend, und fragten die Leute aus, ob nicht jemand was über den Brand der Waldmeierei zu sagen hätte. Natürlich erzählten sie ihm gerade so viel, wie er selbst schon wußte, denn wer wäre da den Gendarmen damit gekommen, was jeder für sich behielt?

Die Beamten hatten auf diese Weise die Zeit bis Mittag vertrödeln müssen, waren über Stock und Stein gerannt, hatten sich über und über mit Dreck besudelt, denn die Äcker waren noch teilweise ganz aufgeweicht, und alles war noch dazu umsonst gewesen.

Sie waren darüber so erzürnt, daß der Sergeant, als sie bei Borynas angekommen waren, um den Einbruch zu protokollieren, von vornherein heftig zu fluchen begann; und als er auf der Galerie auf den alten Bylica stieß, sprang er auf ihn mit geballten Fäusten zu und herrschte ihn an: »Du, Hundeschnauze, warum paßt du nicht auf, daß dir die Diebe nicht ins Haus kommen, was!« Und es dauerte nicht lange, da war er schon mit seinen groben Beschimpfungen bis zu seiner Mutter[3] angelangt.

»Paß du meinetwegen auf, denn dazu bist du ja da, ich bin nicht dein Knecht, hast du verstanden!« entgegnete der Alte bissig, aufs tiefste empört.

Der Schreiber brüllte los, er möchte gefälligst das Maul halten, wenn eine Amtsperson mit ihm spräche, sonst würde er ins Loch kommen für seinen Trotz; aber der Alte geriet ganz außer sich vor Wut. Er reckte sich trotzig, und ihn zornig und mit drohenden Blicken anfunkelnd, krächzte er los: »Und was bist du für eine Personage? Der Gemeinde dienst du, die Gemeinde bezahlt dich, dann tu, was dir der Schulze befohlen hat und nimm dich vor den Hofbauern in acht! Sieh mal einer, so'n Stadtfratz von Schreiber! Ißt sich an unserem Brot die Seiten rund und wird hier mit den Menschen umspringen … auch für dich findet sich ein höheres Amt und eine Strafe …«

Der Schulze mit dem Schultheißen sprangen hinzu, um ihn zu beschwichtigen, denn Bylica wütete immer mehr und suchte schon mit zitternden Händen nach irgendeinem festen Gegenstand, um sich herum.

»Schreib' mich nur an, die Strafe will ich bezahlen und geb' dir noch Trinkgeld hinzu, wenn's mir gefällt!« rief er. Sie achteten nicht mehr auf ihn und schrieben alles genau auf, die Hausbewohner über den Einbruch ausfragend, Bylica aber murmelte noch immerzu etwas vor sich hin, ging rund um das Haus, sah in alle Winkel und gab selbst dem Hund einen Fußtritt, denn er konnte sich gar nicht beruhigen.

Nachdem sie fertig waren, wollten sie etwas essen, aber Anna hatte sagen lassen, daß gerade Brot und Milch fehlten und nur Kartoffeln vom Frühstück da wären.

So verzogen sie sich denn nach der Schenke, Stein und Bein auf Lipce fluchend.

»Das hast du gut gemacht, Hanusch, die werden dir nichts tun. Jesus, so ist mir selbst der selige Gutsherr nicht gekommen, obgleich er das hat tun dürfen, nee, nee …«

Lange konnte er die Beleidigung nicht vergessen.

Gleich nach Mittag trat eine der Nachbarinnen ein und sagte, daß die Gendarmen sicher noch in der Schenke sein müßten, und daß der Schultheiß hingelaufen wäre, um die Kosiol zu holen.

»Such' den Wind im Feld!« lachte die Gusche.

»Die ist gewiß in den Wald nach Dürrholz gegangen!«

»In Warschau sitzt sie seit gestern, wegen der Kinder ist sie ins Spital gefahren, sie soll zwei zum Großziehen mitbringen, das heißt von den Findlingen welche …«

»Um sie totzuhungern, wie es mit den anderen vor zwei Jahren war.«

»Vielleicht ist es auch besser für die armen Würmer; die brauchen sich dann nicht das ganze Leben lang herumzuschinden, wie die Hunde …«

»Auch ein Bankert ist doch 'n Menschenkind … die wird sich dafür schwer vor Gott zu verantworten haben.«

»Mit Absicht läßt sie sie nicht hungern, sie ißt sich oft selbst nicht einmal satt, wo soll sie da für die Kinder was hernehmen? …«

---

3   Mit seinen Beschimpfungen bis zur Mutter angelangt. Beliebtes russisches Schimpfwort.

»Man zahlt ihr doch für den Unterhalt, aus Güte nimmt sie sie nicht zu sich!« sagte Anna streng.

»Fünfzig Silberlinge für das ganze Jahr pro Stück, das ist kein großer Staat ...«

»Groß nicht, denn sie vertrinkt alles auf der Stelle, und die armen Kinder sterben dann vor Hunger.«

»Nicht alle: ist denn nicht euer Witek groß geworden und dieser andere, der beim Bauern in Modlica ist?«

»Weil Vater den Witek genommen hat, als er so ein Knirps war, daß er noch am Hemd kaute; im Hause hier hat er sich erst herausgefüttert, mit dem anderen war es ebenso.«

»Verteidige ich denn die Kosiol? ... Ich sag' nur, wie es mir scheint. Die Frau muß ja einen Verdienst suchen, denn sie hat nichts in den Kochtopf zu tun.«

»Versteht sich, Kosiol ist ja nicht da, da kann nichts einkommen.«

»Und mit Agathe ist es ihr nicht geglückt: die Alte ist, anstatt zu sterben, wieder schön gesund geworden und ist von ihr weggezogen. Sie beklagt sich jetzt überall im Dorf, daß ihr die Kosiol Tag für Tag vorgeworfen hat, sie schleppte es mit ihrem Tod nur so hin, um sie zu schädigen.«

»Die kehrt gewiß zu den Klembs zurück: wo soll sie denn sonst bleiben?«

»Die kehrt nicht wieder: sie hat sich auf die Verwandtschaft ganz erzürnt. Die Klembsche wollte sie nicht gern fortlassen, denn die Alte hat ja ihre Betten und gewiß noch ordentlich Geld, aber sie wollte nicht bleiben; sie hat ihren Koffer nach der Schultheißin gebracht und sieht sich um, bei wem sie ruhig sterben könnte.«

»Die wird noch leben und überall kann sie sich jetzt nützlich machen, wenn auch nur beim Gänsehüten und um nach den Kühen zu sehen. Wo hat sich denn wieder die Jagna hingetan?«

»Die kräuselt gewiß beim Organisten dem Fräulein die Falbeln ein.«

»Gerade die rechte Zeit zum Spielen, als ob es hier an Arbeit fehlte!«

»Seit den Feiertagen sitzt sie da in einem zu«, beklagte sich Fine.

»Ich will sie mir mal vornehmen, daß sie an mich denken soll ... Reicht mir doch das Kind herüber.«

Sie nahm es an sich, und nachdem das Essen abgeräumt war, trieb sie alle an die Arbeit. Sie blieb allein in der Stube und horchte hin und wieder auf die Kinder, die vor dem Haus unter Bylicas Obhut spielten, und auf der anderen Seite lag Boryna wie immer allein, starrte ins Sonnenlicht, das sich in einem zuckenden Streifen durchs Zimmer legte, und versuchte eifrig den Glanz, der auf dem Federbett lag, zusammenzuscharren, leise etwas vor sich hinplappernd wie ein Kindlein, das sich selbst überlassen ist.

Im Dorf war es auch ganz leer, denn das Wetter war wie ausgesucht, und wer sich nur rühren konnte, zog hinaus ins Feld.

Seit den Feiertagen schon war es beständig geworden und mit jedem Tag wurde es heller und wärmer.

Die Tage waren schon etwas länger, des Morgens neblig, mittags grau und doch voll Sonnenwärme und dann abends ganz in die hellen Gluten der Sonnenuntergänge getaucht – es waren schon echte Frühlingstage.

Einzelne schleppten sich ganz leise vorüber, wie Bäche, die in der Sonne funkeln, waren auch kühl wie jene und ebenso durchsichtig; sie kamen wie Wellen, die gegen ein Ufer plätschern, waren weit und voll Bläue, und nur hier und da leuchteten sie gelb vor Butterblumen und weiß vor Tausendschönchen und waren geschmückt mit dem zarten Grün der jungen Weiden.

Es kamen auch ganz warme, feuchte, sonnendurchsonnte Tage, die nach Frische dufteten und so voll Wachstum waren, so lenzgeschwellt, so vor Macht trunken, daß man abends, wenn die Vogelstimmen leiser wurden und das Dorf sich schlafen gelegt hatte, schier das Drängen der Wurzeln im Erdboden und das Keimen der Halme fühlte und es einem war, als hörte er das leise Geräusch der sich erschließenden Knospen, das Schießen der neuen Triebe und die Stimmen all der Kreatur, die in Gottes Welt sich gebar ...

Es kamen auch andere Tage, die diesen gar nicht ähnlich waren.

Ohne Sonne, voll Dunst, graublau, niedrig, mit dickbäuchigen Wolken belastet, schwül, schwer und wie Branntwein zu Kopf steigend; die Menschen gingen wie trunken umher, die Bäume überkam ein Beben, und ein Sich-dehnen und jegliches Geschöpf strebte von einem wohligen Drang getrieben aus sich heraus irgendwohin ohne Ziel und ohne Grund, daß man nur schreien, sich recken und ins feuchte Gras sich hätte werfen mögen, wie es die sich wie toll gebärdenden Hunde taten.

Dann kamen wieder solche Tage, die schon vom Morgengrauen an ganz voll Regen waren, wie mit sackleinenem Gewebe umsponnen, so daß man weder die Welt noch die Wege sah, noch die hinter durchnäßten Obstgärten sich niederduckenden Häuser. Der Regen fiel langsam, ständig, ohne Unterbrechung in gleichen, zitternden, grauen Fäden, die sich von einer unsichtbaren Spindel abzuwickeln schienen, Himmel und Erde verbindend, so daß sich alles geduldig vorgebeugt überrieseln ließ, auf das Regengeplätscher und das Rauschen der Wasserrinnsale horchend, die in schaumweißen Bächen von den schwärzlichen Feldern niederrannen.

Es war so wie immer bei jedem Beginn der Lenzzeit, niemand dachte viel darüber nach; Zeit, lange zu grübeln, hatte man auch nicht, denn das Morgengrauen trieb schon die Menschen an die Arbeit, und erst spät am Abend kamen sie bei eintretender Dunkelheit von den Feldern heim; zum Essen und zum Ausruhen wollte ihnen schon gar keine Zeit mehr übrigbleiben.

Auch Lipce war jetzt meist den ganzen Tag leer, es blieb ganz allein unter dem Schutz der alten Mütterchen und Hunde zurück und behütet von den Obstgärten, die immer dichter die Häuser verdeckten; manchmal schleppte sich ein Bettler vorüber, begleitet vom Hundegegeifer, oder es kam ein Wagen vorbei, der zur Mühle wollte; und wieder lagen die Wege menschenleer, und die stummen Häuser sahen durch die Gärten mit ihren angelaufenen Scheibchen auf die weiten, unbegrenzten Felder, die wie mit einem unübersehbaren Ring von Ackerland das ganze Dorf umgaben, es wie eine gute Mutter an den geschwellten Brüsten in einer nährenden Umarmung haltend.

Die warmen, zur Arbeit geeigneten Tage kamen jetzt hin und wieder, von Regenschauern unterbrochen, und einmal fiel selbst noch ein flaumiger Schnee, der die Felder ganz weiß machte; es war aber nur für kurze Zeit, denn gar bald hatte ihn die

Sonne ganz verschluckt – so war es denn kein Wunder, daß im Dorf Unfrieden und Gezänk und allerhand anderer Hader plötzlich aufhörten, denn die Arbeit spannte alle in ein hartes Joch ein und beugte alle Köpfe zur Erde.

Jeden Morgen, wenn der taufeuchte Tag seine blassen Augen aufschloß und die ersten Lerchen ihr Lied anstimmten, sprang schon im ganzen Dorf alles vom Lager auf. Lärm erhob sich, man hörte überall Tore gehen, Kinderweinen, das Kreischen der Gänse, die hinausgetrieben wurden, um an den Gräben Futter zu suchen, und bald darauf führte man die Pferde hinaus, die Dorfjungen zogen mit den Pflügen ins Feld, man trug die Kartoffeln auf die Wagen und begab sich so rasch an die Arbeit, daß es in ein bis zwei Paternostern ganz still und leer im Dorf wurde. Selbst zur Messe ging kaum einer mehr, und oft dröhnten die Orgelklänge durch die menschenleere Kirche, während die Menschen erst beim Läuten der Betglocke auf dem Acker zum Morgengebet niederknieten.

Alle waren im Feld an der Arbeit und doch merkte man fast gar nichts; erst wenn einer genauer hinschaute, sah er hier und da ein paar Pflüge und in schwerer Feldarbeit dahinschreitende Pferde oder einen Wagen am Feldrain, und hier und da im gewaltigen Umkreis der Felder, über denen der helle Frühlingshimmel sich spannte, ein paar Frauen, die wie winzige rote Raupen waren, in der Erde wühlen.

Und von Rudka, von Wola und Modlica, von allen Dörfern ringsum, die man mit den Wipfeln ihrer Obstgärten und mit ihren weißen Häuserwänden aus dem fernen Blau auftauchen sah, kam der laute, mit Rufen und Gesang erfüllte Widerhall der Arbeit. Wohin nur das Auge über die Grenzraine reichte, sah man Männer beim Säen, Pflüge, die in die Erde schnitten, Menschen beim Kartoffeleinlegen, und auf den sandigen Stellen zogen Staubwolken hinter den Eggen her.

Nur das zu Lipce gehörende Land lag fast überall wie erstarrt in seiner Ruhe, schwermütig und kahl da, wie unfruchtbares Ödland. Ganz verwaist lagen die Felder, denn die Frauenhände, obgleich das ganze Dorf sich im Schweiße seines Angesichts von früh bis spät mühte, bedeuteten doch nicht mehr wie im besten Fall ein kleiner Teil der Männer.

Was konnten sie denn allein tun? Sie machten sich eifrig an den Kartoffel- und Flachsbeeten zu schaffen, und auf dem Rest der Felder lockten sich die Rebhühner mit immer lauter vernehmbaren Rufen, oder ein Häschen kam dahergesprungen so langsam, daß man zählen konnte, wievielmal er seinen Spiegel weiß aufblitzen ließ; die Krähen spazierten in Haufen auf den brachliegenden Feldparzellen, die sich wie träge unter der Sonne dehnten und vergeblich auf die emsigen Menschenhände warteten.

Was hatte denn das Volk davon, daß die Tage wie ausgesucht schön waren, daß sie des Morgens aufstanden wie in Silber gebadete, goldene Monstranzen, daß sie voll frischen Grüns waren, nach jungen Kräutern dufteten und von Vogelsingen widerhallten, daß jeder Graben golden leuchtete vor Butterblumen, jeder Rain wie ein mit Tausendschönchen besticktes Band schimmerte und die Wiesen sich wie mit einem Flaum bedeckten, auf den es sich wie ein rosiger Hauch von Blüten legte, daß jedes Bäumchen in seinem jungen Blätterreichtum überfloß und die ganze Erde so voll Frühling war, daß es sich in ihr dehnte und in ihr quoll ob all des lenzlichen Werdens.

Was half das aber, wenn die Felder nicht gepflügt und nicht besät waren, wenn sie unbestellt dalagen und wie gesunde, starke Knechte waren, die sich nur in der Sonne herumräkeln und ganze Wochen vertrödeln. Auf dem fetten Ackerboden wucherte anstatt des Getreides der Hederich, schossen die Disteln hoch, wiegte sich der Majoran an tiefer gelegenen Stellen; auf dem im Herbst umgepflügten Acker rottete sich der rostrote Sauerampfer zusammen, kam die Quecke dicht hervorgeschossen, und auf den Roggenstoppelfeldern waren schlanke Königskerzen aufgestanden, und Kletten spreizten sich wie selbstbewußte Gevatterinnen. Alles, was in Heimlichkeit und Angst bis jetzt gelebt hatte, sproßte nun freudig hervor, wucherte üppig, drängte aus den Furchen auf die Ackerbeete hinauf und machte sich auf den Feldern breit.

Etwas Beängstigendes schien von den verlassenen Feldern zu kommen.

Es war, als ob der über dieses Brachland sich beugende Wald erstaunt vor sich hinflüsterte, als ob die Bäche ängstlicher durch das öde Land sich schlängelten und die mit weißen Knospen belasteten Dornsträucher, die Birnbäume auf den Rainen, die vorüberziehenden Vögel, hin und wieder auch ein Wanderer aus der Fremde und selbst die Kreuze und Heiligenbilder aus Holz und Stein, die die Wege bewachten, als ob alles staunend sich umschaute, um die hellen Tage und die leeren brachliegenden Felder zu befragen:

»Wo sind denn die Bauern? Wo sind die Gesänge geblieben und wo die üppige Freude, wo denn nur? ...«

Das Weinen der Frauen erzählte ihnen, was in Lipce geschehen war.

Und so ging Tag auf Tag vorbei ohne eine Wandlung zum Guten; und es kamen selbst jeden Tag fast weniger Frauen ins Feld, man konnte schon kaum mit den rückständigen häuslichen Arbeiten fertig werden.

Nur auf dem Borynahof ging alles wie immer, etwas langsamer freilich als in anderen Jahren und auch ein bißchen schlechter, da der Pjetrek sich erst zur Feldarbeit anlernen mußte, aber es ging doch immerhin vorwärts, es fehlte da auch nicht an hilfsbereiten Arbeitshänden.

Anna, obgleich noch im Bett liegend, ordnete alles so verständig und energisch an, daß selbst Jaguscha mit den anderen sich an die Arbeit machen mußte. Sie dachte an alles zugleich: an das Vieh, an den Kranken, wo gepflügt und gesät werden sollte, und an die Kinder, denn Bylica war seit der Tauffeier nicht wieder erschienen, er sollte erkrankt sein. Sie lag natürlich tagelang ganz allein und sah die Menschen nur so lange, wie die Mittagszeit oder das Abendessen dauerten; nur die Dominikbäuerin machte sich noch täglich um sie zu schaffen, aber keine der Nachbarinnen zeigte sich, selbst Magda nicht; und Rochus war wie verschollen; er blieb fort, seitdem er damals mit dem Pfarrer weggefahren war. Furchtbar lang wurde ihr dieses Liegen; darum auch, um schneller gesund zu werden und zu Kräften zu kommen, sparte sie nicht an fettem Essen, weder an Eiern noch an Fleisch; und sie befahl selbst, für eine Brühe ein Huhn zu schlachten, freilich eins, das keine Eier legte, das aber doch seine zwei Silberlinge wert war.

Sie überwand auch ihr Wochenbett so rasch, daß sie schon am nächsten Sonntag nach Ostern aufstand mit dem Entschluß, zur Kirche zur Reinigung[4] zu gehen; die Frauen rieten ihr ab, aber sie hatte es sich in den Kopf gesetzt und ging gleich nach dem Hochamt mit der Ploschkabäuerin hin.

Sie war noch recht schwach auf den Beinen und stützte sich oft auf die Gevatterin.

»Es wird mir ganz schwindelig, so riecht es schon nach Frühling.«

»Ein, zwei Tage, und ihr gewöhnt euch daran.«

»Kaum eine Woche und schon so viel hat sich hier draußen geändert, als wär' es mindestens schon einen Monat her.«

»Auf einem raschen Pferd kommt der Lenz gefahren, den holt man nicht ein.«

»Ist das schon grün, Jesus, ist das grün!«

Tatsächlich hingen die Gärten wie grüne Wolken über der Erde, so daß man darin nur die Schornsteine weiß aufblitzen und die Strohdächer dunkel aufragen sah. In den Büschen zwitscherten eifrig die Vögel, von den Feldern aber strich dicht über der Erde ein warmer Luftzug, so daß das Unkraut an den Zäunen hin und her wogte und der Weiher sich kräuselte und runzelte.

»Tüchtige Knospen sind auf den Kirschbäumen, die werden jeden Augenblick aufbrechen.«

»Wenn der Frost sie nicht noch zuschanden macht, gibt's dieses Jahr eine Menge Obst.«

»Man sagt ja – ist die Ernte schlecht, kommt das Obst zurecht!«

»Das paßt schon auf Lipce, dazu wird es wohl kommen!« ... seufzte sie traurig und sah wehmütig über die Felder, auf denen noch nicht einmal gesät war.

Sie hatten sich beeilt, denn das Kind hatte zu schreien begonnen, und auch darum, weil Anna so müde geworden war, daß sie sich gleich zu Hause aufs Bett legen mußte; sie hatte sich noch gar nicht recht ausgeruht, als Witek mit Geschrei angelaufen kam.

»Bäuerin, die Zigeuner kommen ins Dorf!«

»Da hast du Teufel eine Jacke! Die fehlten noch hier. Ruf Pjetrek und verschließt alle Türen, daß sie nicht was wegnehmen.«

Sie trat voll Angst vor's Haus.

Bald zerstreute sich ein ganzer Haufen Zigeunerinnen über das Dorf. Sie kamen verschlampt und zerlumpt daher, schwarz wie Kochtöpfe, trugen ihre Kinder auf dem Rücken und so lästig, daß Gott behüte; bettelnd gingen sie herum, wollten wahrsagen und drängten sich mit Gewalt in die Stuben. Es waren im ganzen an die zehn Weiber, aber Lärm hatten sie gemacht, daß es im ganzen Dorf widerhallte.

»Fine, treib' die Gänse und Hühner auf den Hof, und bring' die Kinder in die Stube, sonst können sie uns was stehlen!« Sie setzte sich auf die Galerie, um aufzupassen, und als sie ein altes Zigeunerweib erspähte, das nach dem Heckenweg einbog,

---

4   *Reinigung*: Die polnischen Bäuerinnen begeben sich nach Beendigung des Wochenbetts nach der Kirche und rutschen kniend mit angebrannten Kerzen in den Händen um den Hauptaltar, um auf diese Weise für sich eine Reinigung zu erflehen. Sie halten den Akt des Gebärens für eine Befleckung.

hetzte sie den Hund darauf. Waupa war ganz wütend geworden und ließ nicht locker, so daß die alte Hexe ihr nur mit dem Stock von weitem drohte und etwas gegen sie anmurmelte.

»Hale, du kannst mir mit deinem Fluchen den Buckel 'runterrutschen, du Diebisches!«

»Die hätte euch schon keinen Zauber angetan, wenn ihr sie auch hereingelassen hättet«, murmelte Jagna höhnisch.

»Aber gestohlen hätte sie was. So eine kann man nicht bewachen, wenn man ihr auch immerzu auf die Finger guckt; wenn ihr euch was wahrsagen lassen wollt, dann rennt doch ihnen nach.«

Sie schien den verborgenen Wunsch richtig getroffen zu haben, denn Jagna ging ins Dorf und lief den ganzen Sonntag nachmittag den Zigeunerinnen nach. Sie konnte sich einer dunklen Angst nicht erwehren, war aber doch begierig, daß man ihr wahrsagte; sie kehrte hundertmal ins Haus zurück und lief ihnen wieder nach, bis sie schließlich in der Dämmerung, als die Zigeunerweiber sich nach dem Wald verzogen und eine in die Schenke eingetreten war, ihr nachfolgte und mit großer Angst, sich immer wieder bekreuzigend, sich von ihr wahrsagen ließ, ohne auf die Leute zu achten, die an der Tonbank standen.

Abends, nachdem man zur Nacht gegessen hatte, kamen die Mädchen zu Fine, schnatterten, auf der Galerie sitzend, über die Zigeuner und erzählten sich gegenseitig, was jeder gewahrsagt worden war ... Der Maruscha Balcerek hatten sie die Hochzeit für die Kartoffelernte vorausgesagt, der Nastuscha viel Geld und einen Mann, Sochas Ulisja, daß sie der Liebhaber sitzen lassen würde, der dicken Veronka von Bartek eine Krankheit und der Therese, der Soldatenfrau ...«

»Einen Bankert, sicherlich!« knurrte die Gusche, die daneben saß.

Sie achteten nicht auf sie, denn gerade hatte sich Pjetrek zu ihnen gesetzt und fing an, Verschiedenes zu erzählen, daß die Zigeuner ihren eigenen König hätten, der große Silberknöpfe trüge und ein solches Ansehen genösse, daß, wenn er selbst zum Spaß einem befehlen würde, sich aufzuhängen, dann würde dieser es sofort tun.

»So'n Diebskönig, so'n Mächtiger, und wird mit Hunden gehetzt«, flüsterte Witek.

»Hundevolk, verfluchte Heiden!« brummte die Gusche, und, näherrückend, erzählte sie, wie die Zigeuner in den Dörfern die Kinder stehlen.

»Damit sie schwarz sind, baden sie sie in einem Aufguß aus Erlenblättern, so daß sie selbst die eigene Mutter nicht wiederkennt, und mit Ziegeln reiben sie bis auf den Knochen diese Stellen ab, wo bei der Taufe das heilige Öl geträufelt ist.«

»Und sie sollen solchen Zauber und solche Besprechungen kennen, daß es einem bange ist, darüber zu reden!« piepste eines der Mädchen.

»Das ist wahr, wenn sie dich nur anhauchen würde, gleich würde dir der Schnurrbart eine Elle lang wachsen.«

»Ihr macht euch lustig! ... Aber man erzählt doch, daß eine alte Zigeunerin einen Bauer im Kirchspiel, das zu Slupia gehört, mit einem Spiegelchen so in die Augen geblitzt hat, daß er gleich blind geworden ist.«

»Und sie sollen die Menschen verwandeln, in was sie nur wollen, selbst in Tiere.«

»Wer sich besäuft, der verwandelt sich selbst am besten in ein Schwein.«

»Hale, und dieser Hofbauer aus Modlica, der voriges Jahr auf der Kirmes da war, ist er nicht auf allen Vieren herumgekrochen und hat er nicht dabei gebellt? ...«

»Der Böse hat ihn besessen gemacht. Hochwürden hat ihm doch erst den Teufel wieder ausgetrieben.«

»Jesus, was es für Sachen in der Welt gibt, daß es einem dabei kalt über die Haut läuft! ...«

»Weil der Böse überall auf der Lauer ist, wie ein Wolf um die Schafherde.«

Angst wehte die Herzen an, so daß sie sich näher zusammen schoben, und Witek begann mit einem plötzlichen Schauer zu erzählen:

»Und bei uns geht es jetzt um ...«

»Red' nicht Unsinn, Dummer!« herrschte ihn Gusche an.

»Wie würd' ich das, es geht doch wirklich jemand im Stall herum und schüttet Hafer in die Krippen, und die Pferde wiehern ... und hinter den Schober geht er, ich hab' gesehen, wie Waupa da hinrannte, und geknurrt hat er auch und mit dem Schweif gewedelt, und sich herumgestrichen hat er auch, da ist aber niemand dagewesen ... Das ist gewiß dem Jakob seine Seele, die hier immer kommt ...« fügte er noch leiser hinzu und sah sich nach allen Seiten um.

»Jakobs Seele!« flüsterte Fine, sich mehrmals hintereinander bekreuzigend.

Sie erbebten alle, ein Frösteln ging ihnen durch Mark und Bein; und als eine Tür aufquietschte, sprangen sie schreiend auf. Es war Anna, die auf der Schwelle erschien.

»Pjetrek, wo haben denn diese Zigeuner ihr Lager?«

»Man sagte in der Kirche, daß sie im Wald hinter dem Borynakreuz stecken.«

»Man muß in der Nacht gut aufpassen, daß sie nicht was wegtragen.«

»In der Nähe sollen sie doch nicht stehlen.«

»Wie es gerade kommt, vor zwei Jahren haben sie auch da gehalten und haben dem Socha eine Sau gestohlen ... Darauf kann man sich nicht verlassen!« warnte Anna. Und als die Mädchen auseinandergegangen waren, sah sie gut zu, daß die Burschen den Pferdestall und den Kuhstall hinter sich zumachten; auf dem Rückweg aber sah sie auf der väterlichen Hausseite ein, ob Jagna schon zurück wäre.

»Lauf' mal, Fine, die Jagna zu holen, sie möchte heimkommen, denn heute laß ich nicht die Tür die ganze Nacht über offen.«

Aber Fine meldete bald, daß es bei der Dominikbäuerin dunkel sei, und im Dorf schliefen sie fast schon überall.

»Ich laß den Rumtreiber nicht herein, laß sie bis morgen draußen bleiben!« drohte sie, den Türriegel vorschiebend.

Es mußte auch schon recht spät gewesen sein, als sie, nachdem ein Rütteln an der Tür vernehmbar wurde, sich vom Bett schleppte, um zu öffnen; sie fuhr zurück, als ihr ein Schnapsgeruch von der Jagna entgegenkam. Sie mußte stark angetrunken sein, denn lange tastete sie nach der Türklinke, und man konnte hören, wie sie in der Stube gegen die Gegenstände stieß und dann so, wie sie da stand, sich aufs Bett warf.

»Sieh einer, auf einer Kirmes hätte sie sich nicht besser traktieren können, na, na! ...«

Diese Nacht sollte wohl aber nicht ruhig vorübergehen, denn beim Morgengrauen hallte ein solches Geschrei und Wehklagen durchs Dorf, daß, wer noch geschlafen hatte, im Hemd auf die Dorfstraße lief, im Glauben, daß es irgendwo brenne.

Das war aber die Balcerekbäuerin, die mit ihren Töchtern zusammen gottsjämmerlich schrie, die Diebe hätten ihr das Pferd weggeholt.

In einem Nu hatte sich das ganze Dorf vor dem Haus gesammelt, und die Balcerek erzählte, fast geistesabwesend vor Weinen und Klagen, wie Maruscha beim Morgengrauen hinausgegangen war, um Hafer in die Krippen zu tun; und was da – die Tür offen, der Stall leer und kein Pferd an der Krippe!

»Barmherziger Jesus, hilf! Helft, Leute, helft!« brüllte die Alte, sich das Haar raufend und gegen die Zäune taumelnd.

Der Schultheiß kam bald angerannt; man hatte auch nach dem Schulzen geschickt, doch dieser war nicht zu Hause gewesen und erschien erst in einigen Paternostern, kaum imstande, sich auf den Beinen zu halten: er war betrunken, verschlafen und nicht bei klarem Verstand, denn er fing an, etwas vor sich hinzumurmeln, so daß ihn der Schultheiß beiseite nehmen mußte, um ihn den Leuten aus den Augen zu bringen.

Aber auch so achtete kaum einer auf ihn, angesichts der schweren Besorgnis, die wie mit Steinen alle Seelen belastet hatte; sie hörten alle darauf, was von der Balcerekbäuerin erzählt wurde und liefen auf den Weg zwischen Stall und Dorfstraße hin und her, ohne zu wissen, was sie anfangen sollten, ratlos und voll Angst, bis eine laut sagte:

»Das ist ein Zigeunerstreich!«

»Das ist wahr, sie sind im Wald. Gestern haben sie hier herumgeschnüffelt!«

»Kein anderer hat es getan, das ist gewiß!« erhoben sich drohende Stimmen.

»Hinlaufen und wegnehmen und sie verprügeln, die Diebe!« schrie die Gulbas.

»Zu Tode schlagen für solch ein Unrecht!«

Sie machten sich mit einem großen Geschrei auf den Weg, als gerade die Sonne aufging; sie rissen sich Pflöcke aus den Zäunen heraus, drohten mit den Fäusten, liefen unschlüssig hin und her und schickten sich schon an, aufzubrechen, als etwas Neues zutage kam.

Die Schultheißin kam weinend angerannt: man hätte ihnen einen Wagen aus dem Hof gestohlen.

Sie erstarrten, als wäre der Blitz zwischen sie gefahren, und lange Zeit konnten sie nichts als seufzen, die Hände ausbreiten und einander mit Grauen anschauen.

»Ein Pferd und einen Wagen haben sie gestohlen! Gott, so was war noch nie im Dorf passiert.«

»Ist das Gottes Strafgericht, das wohl über Lipce kommt?«

»Jede Woche wird es ja schlimmer!«

»Früher, da ist im ganzen Jahre nicht so viel vorgekommen, wie jetzt in einem Monat.«

»Wie soll das bloß einmal enden, wie nur!« flüsterten sie erschrocken einander zu.

Plötzlich stürzten sie hinter dem Schultheißen drein auf Balcereks Garten zu, wo man auf dem betauten Gras und auf der frischen Erde Pferdespuren sehen konnte, die bis nach der Scheune des Schultheißen führten; dort hatten die Diebe das Pferd vor den Wagen gespannt und waren, das Haus umkreisend, über den Acker neben dem Gewese des Müllers auf den Weg gefahren, der nach Wola führte.

Das halbe Dorf verfolgte schweigend die Spuren, die sich mit einem Male bei den verbrannten Schobern der Waldmeierei verloren.

Dieser Diebstahl hatte alle so besorgt gemacht, daß, obgleich das Wetter herrlich war, nur wenige an die Arbeit gingen; sie trieben sich verärgert umher, rangen die Hände, die Balcerekbäuerin beklagend, und redeten sich in einer immer stärkeren Angst um ihr Hab und Gut hinein.

Die Balcerekbäuerin aber saß vor dem Stall wie an einer Totenbahre, mit ganz verweinten Augen und kaum schon imstande, ein Wort hervorzubringen, nur ab und zu brach sie in Wehklagen aus:

»Mein Brauner, mein einziger, mein liebes Tier, mein bester Knecht! Kaum im zehnten Jahr war er, selbst hab' ich ihn von klein an aufgezogen, wie mein eigen Kind; in demselben Jahr wie mein Stacho ist er doch zur Welt gekommen! Was sollen wir armen Waisen ohne dich beginnen, was denn nur?«

Sie klagte so zum Herzerbarmen, daß alle, die ein weicheres Herz hatten, mitweinten, sich über ihren Verlust ausbreitend; denn ohne Pferd, das ist doch gerade so wie ohne Hände zu sein, und das noch jetzt zur Frühlingszeit und wo die Männer fehlten.

Die Nachbarinnen saßen um sie herum und bemühten sich, ihr mit herzlichen Worten zuzusprechen; sie gedachten gemeinsam des Braunen und ergingen sich in Lobsprüchen auf ihn.

»Es war doch ein schönes Pferd und so kräftig und sanft wie ein Kind.«

»Meinen Jungen hat er mir mal getreten; Gevatterin, aber es war doch ein gutes Tier.«

»Wahr ist es schon, daß er an der Fessel was hatte und schon 'n bißchen blind war, aber immerhin hätte man für ihn an die dreißig Papierer gekriegt.«

»Und lustig war er, wie ein Hund; mal hat er doch die Federbetten von den Zäunen 'runtergerissen? Was?«

»So ein zweites Pferd könnte man lange suchen!« klagte sie leidvoll wie über einen Toten, und die Balcerek ergriff immer wieder ein neues Leid, wenn sie nach der Krippe hinübersah, und immerzu mußte sie neu aufheulen; dieser leere Stall weckte in ihr, wie ein frischer Grabhügel, die Erinnerung an einen unersetzbaren Verlust. Sie beruhigte sich erst, als man ihr sagte, daß der Schultheiß den Pjetrek vom Borynahof, des Pfarrers Walek und den Müllerknecht mitgenommen hätte, und daß sie gemeinsam hingefahren wären, die Zigeuner zu suchen.

»Hale, such' einer den Wind im Feld: wer was gestohlen hat, weiß es auch gut zu verstecken.«

Es war schon gut gegen Abend, als sie zurückkehrten, erzählend, daß sie nirgends eine Spur finden konnten, gerade als hätte einer einen Stein ins Wasser geworfen.

Auch der Schulze ließ sich schließlich blicken, und obgleich es schon dunkelte, nahm der den Schultheiß in seinen Wagen und fuhr hin, den Gendarmen und dem

Amt die Sache zu melden; die Balcerekbäuerin aber ging mit ihrer Maruscha in den benachbarten Dörfern auf eigene Faust suchen.

Auch sie kehrten ohne irgendeinen Erfolg zurück, sie erfuhren nur, daß in anderen Dörfern sich die Diebstähle ebenfalls mehrten. Darum fiel auf das Dorf eine noch größere Sorge und die Angst um das eigene Hab und Gut. Der Schulze mußte sogar Wachen bestimmen, und da es an Knechten mangelte, so mußten Nacht für Nacht je zwei Frauen mit ein paar älteren Jungen zusammen im Dorf herumgehen und aufpassen; außerdem wachte man noch in jedem Haus für sich, und alle Mädchen schliefen bei den Pferden und bei den Kühen.

Doch auch dieses half nicht viel, und die Angst wuchs noch, als trotz des Wachens gleich in der nächsten Nacht die Diebe der Philipka jenseits des Weihers eine Muttersau, die gerade vor dem Werfen der Ferkel stand, hinausgeführt hatten.

Es war gar nicht zu beschreiben, was mit der Armen da vor sich ging: sie jammerte so verzweifelt wie nach dem Verlust eines Kindes, denn es war doch auch ihr einziges Hab und Gut, worauf sie rechnen konnte, daß es ihr bis zur Ernte Nahrung gewähren würde; sie brüllte auch dermaßen, mit dem Kopf gegen die Wand dabei schlagend, daß es einem angst und bange wurde, dies mit anzusehen. Selbst zu Hochwürden lief sie mit ihrem Wehklagen hin, so daß er ihr aus Mitgefühl einen ganzen Rubel gab und ihr ein Ferkel versprach von denen, die er zur Erntezeit haben würd.

Das Volk wußte schon gar nicht, wie es die Diebstähle verhindern sollte. Der Tag war wirklich ein wahrer Unglückstag, und da auch zu guter Letzt sich noch das Wetter geändert hatte, ein feiner Regen vom frühen Morgen einpeitschte und ein schwerer grauer Himmel die ganze Welt niederdrückte, so gingen die Leute besorgt umher, seufzten, sahen kummervoll aus und dachten mit Angst an die nächste Nacht.

Wie zum Glück erschien schon ganz am Abend Rochus, und von Haus zu Haus gehend verbreitete er eine so seltsame Kunde, daß es gar nicht zu glauben war. Er erzählte ganz freudig, daß übermorgen, am kommenden Donnerstag, die Nachbarn im ganzen Haufen kommen würden, um Lipce bei der Feldarbeit zu helfen.

Man wollte es zuerst gar nicht glauben; als aber auch Hochwürden ins Dorf ging und feierlichst diese Kunde bestätigte, brach eine solche Freude unter den Menschen aus, daß in der Dämmerung schon, als der Regen nachgelassen hatte, und nur die Pfützen in der Abendröte, die durch die Nässedünste durchgesickert war, aufglühten, auf allen Wegen die Leute herumliefen und sich freudig etwas zuriefen. Man rannte von Nachbar zu Nachbar, um sich alles zu überlegen und sich über die Nachricht zu wundern, man vergaß dabei ganz die Diebstähle und freute sich so herzlich über die unerwartete Hilfe, daß kaum einer selbst wachte in dieser Nacht.

Am nächsten Morgen, kaum hatte sich das Morgengrauen etwas durchgerungen, war das ganze Dorf schon auf den Beinen; man fegte die Häuser, machte sich ans Brotbacken, richtete die Wagen her, schnitt die Kartoffeln durch, zog ins Feld, den Dünger auszustreuen, der noch in Haufen lag – und in manchem Haus trug man schon Sorge für Essen und Getränke zu Ehren dieser unerwarteten Gäste, man begriff nämlich, daß es nötig war, würdig aufzutreten, wie es sich für Hofbauern paßte, darum mußte auch manches Huhn und manche Gans, die zum Verkauf bestimmt waren, ihren Kopf dabei lassen, und viel wurde auf Kredit in der Schenke und in der Mühle genommen, so daß es in Lipce wie vor einem großen Fest aussah.

Und Rochus, wohl der Vergnügteste von allen, machte sich bei den Vorbereitungen den ganzen Tag im Dorf zu schaffen, hier und da noch zur Eile antreibend; er war so strahlend und erstaunlich redselig, daß Anna, die sich schlecht fühlte und wieder zu Bett lag, ihm leise sagte:

»Die Augen leuchten euch, wie bei einer Krankheit ...«

»Ich bin gesund, nur freue ich mich, wie nie noch im Leben. Versteht ihr, wenn so viel Volk hier auf ganze zwei Tage nach Lipce kommt, dann werden sie doch mit den eiligsten Arbeiten fertig. Wie soll man da nicht vergnügt sein?«

»Eins wundert mich nur, daß sie so umsonst, ohne Bezahlung, nur für ein Vergelt's Gott arbeiten wollen ... Das ist doch noch nie dagewesen ...«

»Für ein Vergelt's Gott werden sie kommen, um zu helfen, wie es gerechten Polen und Christenmenschen ziemt! Versteht sich, daß so etwas noch nicht dagewesen ist, darum gerade macht sich das Böse breit in der Welt. Das wird sich mal zum Besseren wenden, ihr werdet es sehen! Das Volk wird zur Vernunft kommen und begreifen, daß es sich aus niemand anders umzusehen hat, daß niemand ihm helfen kann, als nur das Volk sich selbst allein, wenn der eine dem anderen in Not beisteht! So wird es sich auch helfen können und sich mächtig über alles Land ausbreiten, wie ein unbesiegbarer Wald, und seine Feinde werden wie Schnee zergehen! Ihr werdet sehen, es kommt noch solche Zeit!« rief er begeistert und streckte die Hände irgendwohin in die Ferne aus, als wollte er das ganze Volk mit seiner Liebe umfassen, um es zu einem unzertrennlichen Bund zu vereinen ...

Doch er machte sich gleich auf den Weg, als sie ihn auszufragen anfing, wer dieses Wunder bewirkt hätte, daß sie zu Hilfe kommen wollten. Er ging noch lange durchs Dorf, denn bis spät in die Nacht war Licht in allen Häusern, da die Mädchen noch ihren festlichen Staat zurechtlegten, in der Erwartung, daß auch einige Burschen kommen würden.

Und am nächsten Tag, kaum hatte das Morgengrauen die Dächer aufschimmern lassen, war das Dorf schon fertig, es rauchte aus den Schornsteinen, die Mädchen liefen wie toll von Haus zu Haus, und die Jungen stiegen auf Leitern bis auf die Dachfirste, um auf die Landstraße zu sehen. Eine festliche Stille senkte sich nieder. Es war ein wolkiger, sonnenloser, aber warmer Tag gekommen, etwas wie eine Sehnsucht lag in der Luft, die Vögel zwitscherten eifrig in den Obstgärten, und die Stimmen der Menschen schienen gedämpft und schwer in der warmen feuchten Luft zu schweben.

Sie warteten lange, denn erst nachdem man zur Messe abgeläutet hatte, dröhnte es dumpf von der Landstraße herüber, und durch den bläulichen fernen Morgendunst sah man eine Reihe von Wagen rollen.

»Sie kommen aus Wola!«

»Sie kommen aus Rschepki!«

»Sie kommen aus Dembica!«

»Sie kommen aus Pschylenka!«

Man schrie es von allen Seiten, und einer lief noch schneller als der andere nach der Kirche hin, wohin sich schon die ersten Wagen gewendet hatten, und bald darauf war der ganze Platz voll von Menschen und Wagen. Die Männer festlich angetan, sprangen von den Wagen, riefen den von allen Seiten hinzueilenden Frauen Begrüßungsworte zu, und die Kinder erhoben dazwischen ihr lautes Geschrei, die Ankömmlinge umringend.

Sie gingen gleich zur Messe, denn in der Kirche erklang schon die Orgel.

Und als der Priester die Messe zu Ende gelesen hatte, versammelte sich fast das ganze Dorf vor dem Kirchhofstor am Glockenhaus, die Hofbäuerinnen traten hervor, um sie herum die Mädchen, die zu den Burschen hinüberäugten, und die Kätnerinnen standen für sich zu einem Häufchen geschart wie Rebhühner, ohne zu wagen, sich bis Hochwürden vorzudrängen, der bald erschienen war, alle begrüßt hatte und mit Rochus zusammen anzuordnen begann, bei welchem Bauer die einzelnen arbeiten sollten, hauptsächlich darauf achtend, daß die Reicheren zu den Reicheren kämen.

Er hatte alles so rasch bestimmt, daß keine halbe Stunde vergangen war, als jede seine Männer schon mit sich genommen hatte; vor der Kirche blieben nur die verweinten Kätnerinnen und warteten vergeblich, daß ihnen einer zufallen würde; im Dorf aber entstand ein Lärm und ein Leben: man stellte Bänke vor die Häuser hinaus, trug eilig das Frühstück auf und bewirtete mit Schnaps, um sich schneller anzufreunden. Die Mädchen bedienten bereitwillig, selbst kaum das Essen anrührend, denn meistens waren es junge Burschen, die da gekommen waren, und sie hatten sich so herausgeputzt, als wären sie zu ihrer Verlobungsfeier, nicht aber der Arbeit wegen gekommen.

Man hatte jedoch keine Zeit zum langen Hin- und Hererzählen, so sagten sie nur, aus welchen Dörfern sie wären, wie man sie hieße, und aßen selbst wenig, sich dabei recht manierlich damit ausredend, daß sie sich ein reichlicheres Essen noch nicht erarbeitet hätten.

Bald darauf fingen sie an, unter der Leitung der Frauen hinauszufahren.

Es schien, als wäre ein hoher Festtag über das Land gekommen.

Die leeren, bis dahin leblos daliegenden Felder erwachten, die Luft erzitterte vor Menschenstimmen, aus allen Höfen kamen Wagen gerollt, auf allen Pfaden zogen Pflüge dahin, auf allen Rainen sah man Menschen sich vorwärtsbewegen, und von überall, durch die Obstgärten und Felder klangen frohe Zurufe, lustige Begrüßungen, Pferdegewieher und das Knarren der eingetrockneten Wagenräder; die Hunde bellten, hinter den Füllen herjagend, und eine reiche, starke Freude erfüllte die Herzen, sich über den ganzen Umkreis ausbreitend. Sie stellten sich auf den für das Kartoffeleinlegen bestimmten Ackerbeeten, auf den Gersten- und Roggenfeldern, auf den unkrautüberwucherten Brachäckern auf, froh lärmend und mit lauten Zurufen, als wären sie zum Tanz gekommen.

Plötzlich wurde alles still, die Peitschen schnitten durch die Luft, die Ortscheite knirschten auf, die Pferde spannten sich an, und die noch rostigen Pflüge fingen an, langsam sich in die Erde einzufressen, die ersten schwarzen, gleißenden Schollen herausschleudernd, und das Volk reckte sich, zog tief den Atem ein, bekreuzigte sich, ließ die Augen über den Acker in die Runde gehen, beugte sich nieder und griff die mühevolle Arbeit an.

Eine heilige, stumme Andacht umfaßte die Felder, als hätte in diesem unermeßlich freien großen Gottesdom ein Hochamt begonnen. Das Volk hatte sich demütig ans Ackerland gemacht, wurde ganz schweigsam und streute mit stummen Segenswünschen das heilige, fruchtbare Korn aus, gab seine Mühe dran für einen kommenden Erntetag, der Mutter Erde ganz vertrauend.

Hei! wie da die Felder von Lipce auflebten, endlich fühlten sie über sich nach sehnsuchtsvollem Warten die Bauernhand, und so weit das Auge reichen konnte, von dem dunklen Waldstrich bis zu den Anhöhen, wo die Feldgrenzen waren, über das ganze Land hin, in dieser grünlich-grauen dunstigen Luft, in der alles wie in Wasser getaucht schien, sah man rote Röcke, gestreifte Hosen, weiße Bauernkittel blitzen, Pferde mit gebeugten Nacken die Pflugschar ziehen und Wagen an den Rainen stehen.

Es war als hatte ein Bienenschwarm den duftenden Erdboden besetzt und bewegte sich emsig durcheinander in der Stille eines blassen Lenztages; man hörte nur die irgendwo im Unsichtbaren schwebenden Lerchen immer lauter singen; ein Windhauch wehte hin und wieder über das Land, schüttelte die Bäume, blähte die Frauenkleider auf, glättete die Wintersaaten und floh kichernd in den Wald.

Lange Stunden arbeiteten sie so ohne Unterbrechung, sich nur so viel Ruhe gönnend, wie einer brauchte, um sich aufzurecken und Atem zu schöpfen; und wieder machte sich dann jeder über sein Ackerbeet her. Selbst zu Mittag fuhren sie nicht von den Feldern weg, setzten sich nur an den Feldrainen nieder, um etwas aus den Zweierkrügen zu essen und die angespannten Glieder auszuruhen; sobald aber die Pferde gefressen hatten, griffen sie wieder nach den Pflügen, ohne sich lange zu bedenken und zu zögern. Erst bei voller Dämmerung kehrten sie ins Dorf zurück.

Gleich wurde es in den Häusern hell, Stimmen erklangen, und ein Gelauf hub an; durchs ganze Dorf leuchteten die Herdfeuer, die durch die offenen Fenster und Türen ihre Feuerscheine auf die Dorfstraße warfen; in jedem Haus war man eifrig an der Zubereitung der Abendmahlzeit. Ein Lärm erhob sich, Zurufe, Pferdewiehern wurden laut, die Torangeln knarrten, Kälber blökten, die für die Nacht eingetriebenen Gänse schnatterten hinter den Umzäunungen, Kinder kreischten, und das Dorf hallte vor freudigem Lärm wider.

Es wurde erst stiller, als die Hausfrauen die Männer an die Schüsseln luden. Da sie ihnen eine Ehre antun wollten, hatten sie sie auf die ersten Plätze gesetzt, steckten ihnen die besten Bissen zu und sparten auch nicht mit Branntwein.

Überall war man beim Abendessen, durch die offenen Fenster und Türen konnte man die im Halbkreis sitzenden Leute sehen, die eifrig kauten, und ein Schaben von Löffeln hören; gute fette Düfte schlugen einem von überall entgegen.

Nur Rochus setzte sich nirgends für länger hin, er ging von Haus zu Haus, redete freundlich zu, besprach sich und ging wieder weiter zu anderen und immer wieder anderen, wie ein fürsorglicher Wirt, der an alles zugleich denkt; er freute sich mit dem ganzen Dorf und vielleicht ganz heimlich noch etwas mehr.

Selbst bei Anna merkte man den heutigen Festtag, denn obgleich sie keine Hilfe brauchte, so hatte sie doch, um es den anderen leichter zu machen, zwei von den Rschepetzkischen, die bei Veronka und der Täubich arbeiteten, zu sich in Quartier genommen.

Diese aber hatte sie sich ausgesucht, da doch die von Rschepetzki die feineren waren und sich als Edelleute fühlten.

Gewiß hatte man in Lipce über diesen Adel immer gespottet und hatte nicht viel von ihm gehalten, selbst schlimmer noch über sie losziehend als über die Stadtfratzen und »Prefessianten«; doch als sie zum Haus hereintraten, mußte es Anna doch gleich merken, daß sie da etwas Besseres vor sich hatte.

Die beiden Männer waren klein gewachsen und hager, auf städtische Art in schwarze Röcke gekleidet und von würdigem Aussehen; die großen Schnurrbärte hingen ihnen wie Hanfsträhnen herab, und die Augen ließen sie hochher rollen; dennoch waren sie gesprächig und hatten ein feines Wesen und eine ganz herrschaftliche Sprache. Es war ein manierliches Volk, und sie lobten alles so höflich und verstanden einem jeden so mit Worten beizukommen, daß die Weiber sich vor Vergnügen blähten.

Das Abendessen, das ihnen Anna herrichten ließ, war auch recht üppig und wurde ihnen auf einem Tisch gereicht, der mit einem Leintuch bedeckt war.

Sie bediente sie eifrig und befahl auch den anderen, aufmerksam zu sein, so daß man um sie wie auf Zehenspitzen ging und ihnen von den Augen abzulesen versuchte, was sie sich wohl noch wünschen mochten; Jagna aber war, als hätte sie ganz den Kopf verloren, sie hatte sich geputzt wie zu einer Kirmes und saß da, den Jüngeren wie ein Heiligenbild angaffend.

»Der hat seine Gutsfräulein, wird die Barfüßigen nicht beachten«, flüsterte ihr Gusche zu, so daß Jaguscha ganz rot wurde und auf ihre Seite lief.

Gerade war Rochus hereingekommen und sah sich in der Stube nach einer Sitzgelegenheit um.

»Darüber wundern sich unsere Bauersleute aber am meisten, daß die aus Rschepki gekommen sind, Lipce beizustehen«, sagte er leise.

»Nicht wegen unserer Angelegenheit haben wir uns im Wald geprügelt, so hat auch keiner von uns einen Groll im Herzen behalten«, entgegnete der Ältere.

»Das ist auch immer so, wenn sich zwei streiten, hat ein Dritter seinen Vorteil davon.«

»Ihr habt recht, Rochus, aber laß erst die zwei Frieden und Freundschaft schließen, dann kann dieser Dritte seine verdienten Prügel kriegen – was?«

»Klug habt ihr geredet, Herr von Rschepetzki, das ist wahr ...«

»Und was heute Lipce fehlt, kann morgen über Rschepki kommen.«

»Und über jedes andere Dorf, Herr von Rschepetzki, wenn die Leute, anstatt zueinander zu halten und einander zu verteidigen, in Hader leben, sich zersplittern und aus Bosheit sich selber dem Feind ausliefern. Kluge und freundschaftlich gesinnte Nachbarn, das sind die rechten Zäune und Schutzwände: das Schwein kann nicht hindurch und wird den Acker nicht aufwühlen.«

»Das weiß man unter uns Edelleuten gut, Rochus, nur daß die Bauern das noch nicht begreifen, und davon kommt alles Elend ...«

»Auch dafür kommt schon die rechte Zeit, Herr von Rschepetzki: die werden jetzt schon klüger ...«

Sie traten gleich nach dem Abendessen auf die Galerie hinaus, wo Pjetrek schon den Mädchen, die zusammengekommen waren und gern etwas aufgespielt haben wollten, auf der Geige vorspielte.

Der Abend war still und warm, die Nebel hatten wie mit weißen Pelzen die Wiesen zugedeckt, von den Mooren kam das Greinen der Kiebitze, die Mühle ratterte in der gewohnten Weise, und manchmal raunte es in den Bäumen. Der Himmel schien hoch, war aber mit schmutzigbraunen großen Wolken dicht bedeckt, nur an den Rändern der Wolkenwände drang der Widerschein von Mondglanz hervor, und stellenweise schienen die Sterne aus tiefen Wolkenspalten wie aus Brunnenlöchern hell hervor.

Im Dorf summte es wie in einem Bienenhaus vor dem Ausschwärmen. Bis spät in die Nacht leuchteten alle Fenster, bis spät hörte man in den Heckenwegen und auf der Dorfstraße gedämpftes Geflüster und Ausbrüche fröhlichen Lachens. Die Mädchen kicherten mit den Burschen herum und spazierten mit ihnen am Weiher umher, die Älteren aber besprachen sich mit Würde und genossen die abendliche Kühle, vor den Türschwellen mit ihren Wirten sitzend.

Am nächsten Tag aber, als kaum der Himmel im Morgenrot erglühte und auf der Erde noch der blaue Dunst des Tageszwielichts lag, begann schon alles wieder aufzustehen und sich für die Arbeit fertig zu machen.

Die Sonne war schön aufgegangen, so daß die Welt, die mit einem silbrig weißen Reif überzogen war, aufglitzerte. Die Vögel stimmten ein gewaltiges Singen an, in den Bäumen war ein Rauschen, das Wasser geriet in Bewegung, Menschenstimmen erklangen, und der Morgenwind, der die Büsche vom Tau freischüttelte, trug Stimmengewirr und Rufe, Viehgebrüll und Mädchensingen und den ganzen Lärm und das Durcheinander der zur Arbeit Ziehenden durchs Dorf.

Auf den Wiesen lagen noch die Nebel wie weißer Schnee, nur auf dem höheren Ackerland waren sie schon etwas dünner geworden, und von den Sonnenstrahlen getroffen und gejagt, rauchten sie nur noch wie aus Weihrauchschiffchen und stiegen in zerrissenen Gespinsten zum reinen Himmel empor, die Felder lagen noch reifbedeckt da, sich im letzten Schlaf duckend, die Menschen aber drangen von allen Seiten in das schlafumfangene, taubedeckte Ackerland ein, tauchten in die Sonnendünste und machten sich schweigend auf den Ackerbeeten zu schaffen, und aus der Erde, von den Bäumen, aus den bläulichen Weiten, von den in ihren Biegungen aufblitzenden Wasserläufen, aus den Nebeln und vom Himmel, der sich über dem glühenden Lichtkreis der Sonne erhob, durch die ganze Welt kam ein solcher Frühlingsjubel, ein solcher Taumel der Macht, daß es einem schier den Atem benahm, daß die Seele in einer Freude erzitterte, die nur in stillen Tränen niedertropft, sich in befreienden Seufzern kundgibt und im Niederknien vor dem Lenzwunder, das in jedem geringsten Grashalm sichtbar ist.

So sah sich denn das ganze Volk lange rings um, bekreuzigte sich fromm, flüsterte Gebete und griff ohne Lärm zur Arbeit; und als man zur Messe zu läuten begann, war schon jeder an seinem Platz.

Die Nebel waren rasch zerflattert und die Felder tauchten auf in sonniger Helligkeit, daß, so weit man über das zu Lipce gehörende Land blicken konnte, überall rote Röcke aufleuchteten, Pflüge gingen, von Mädchen geführte Eggen sich schleppten, Reihen von Frauen beim Einlegen der Kartoffeln sich bückten; und oft sah man über die langen, schwarzen Ackerbeete Männer mit umgehangenen Leintüchern gehen; sie waren etwas gebückt und streuten mit andächtigen, schenkenden Gebärden das Korn in die aufgelockerte, wartende Erde ...

So arbeiteten sie alle eifrig, ohne selbst die Köpfe zu heben, daß sie sogar Hochwürden nicht bemerkten, der gleich nach der Messe zu seinem Knecht nachzusehen gegangen war, welcher an der Landstraße pflügte, und dann von Feld zu Feld ging, froh die Leute begrüßte, ihnen eine Prise anbot, dem einen eine Zigarette gab, dem anderen ein wohlwollendes Wort hinwarf, die Kinderköpfe streichelte, mit den Mädchen scherzte, hier und da mit einer Erdscholle eine Spatzenschar von der frisch gesäten Gerste wegtrieb und oft eine Handvoll Saatenkorns mit dem Zeichen des Kreuzes segnete und selbst die erste Saat vollzog; und überall trieb er zur Eile an, daß ein Gutsverwalter es nicht besser getan hätte.

Gleich nach dem Mittagessen erschien er wieder mit allen gemeinsam bei der Arbeit und erklärte den Frauen, daß, obgleich heute der Sankt Markustag wäre, die Prozession erst in einer Woche, am dritten Mai, stattfinden sollte.

»Es geht nicht heute, schade um die Zeit, denn die Männer kommen nicht zum zweitenmal zu helfen«, erklärte er und ging bis zum Abend auch selber nicht mehr vom Feld herunter, den Priesterrock hatte er sich hochgeschürzt, stützte sich auf seinen Stock, da er einen ordentlichen Wanst zu schleppen hatte, und ging unermüdlich herum, nur hin und wieder auf einen Feldrain sich setzend, um Atem zu schöpfen und sich den Schweiß von der Glatze zu wischen.

Man sah ihn gern, und die Arbeit schien unter seinen Blicken noch rascher und leichter vonstatten zu gehen, die Männer aber achteten es als eine Ehre, daß bei ihnen Hochwürden selbst den Verwalter spielte.

Die rote und volle Sonne hing schon über den Wäldern, das Land verblaßte und die Fernen begannen zu blauen, als sie die dringendsten Arbeiten beendigt hatten und ins Dorf zurückzogen; sie eilten, um noch vor Nacht nach Hause zu kommen.

Viele bedankten sich für das Abendbrot, schnell nur einen kleinen Imbiß zu sich nehmend, und etliche griffen rasch zu den Schüsseln, die rechtzeitig angerichtet waren; die bereits angespannten Pferde wieherten vor den Häusern.

Der Priester zeigte sich abermals, ging mit Rochus durchs Dorf zu allen der Reihe nach und dankte jedem besonders für die treue Hilfe, die sie Lipce geleistet hatten.

»Denn was du dem Bedürftigen gibst, das ist als gäbest du es dem Herrn Jesus selbst! Na, ich sag' es euch, obgleich ihr nicht eifrig seid im Bestellen der Messen und an die Bedürfnisse der Kirche nicht denkt, obgleich ich schon seit einem Jahr rufe, daß das Dach im Pfarrhaus leckt, so werde ich doch jeden Tag für euch beten;

für dieses euer gutes Herz, das ihr Lipce gezeigt habt ...« rief er gerührt und küßte ein jedes sich vor ihm neigende Haupt.

Sie waren gerade beim Schmied und wandten sich nach der anderen Seite des Dorfes, als ihnen die verweinten Kätnerinnen, die die Kosiol anführte, in den Weg kamen.

»Ich möchte Hochwürden gebeten haben, wir gingen, um nachzufragen, ob denn die Leute uns nicht auch helfen wollen?«

Sie hatte trotzig angefangen, die Stimme erhebend.

»Denn gewartet haben wir doch bis die Reihe an uns kommen soll, und nun fahren die schon weg ...«

»Und wir unglücklichen Waisen sollen hier so ohne Hilfe bleiben ...« redeten sie durcheinander.

Der Priester wurde besorgt und errötete stark.

»Was kann ich euch helfen? ... Es hat nicht für alle ausgereicht ... sowieso haben die Guten ganze zwei Tage geholfen ... na ... ich sag' es ja ... stotterte er, und seine Blicke flogen von einer zur anderen.

»Jawohl! Die haben geholfen, aber den Hofbauern, den Reichen ...« schluchzte Philipka auf.

»Uns ist niemand zur Hilfe geeilt, als wären wir die Aussätzigen ...«

»Niemand tut der Kopf weh, wenn es wegen uns ist ...«

»Wenn auch nur ein paar auf unserem Kartoffelacker gepflügt hätten, aber auch das nicht!« flüsterten sie unter Tränen.

»Meine Lieben ... sie fahren ja schon weg ... na ... man wird schon irgendwie Rat schaffen ... das ist wahr, daß ihr es schwer habt ... auch eure Männer sind mit den anderen ... na, ich sag' es: man wird schon Rat schaffen ...«

»Wie sollen wir denn da auf diese Hilfe warten? ... Und wenn einer nicht einmal seine Kartoffeln zur rechten Zeit in die Erde gesteckt kriegt, bleibt einem schon nichts über, als daß man rein nach einem Strick langt!« klagte die Gulbas los.

»Na, ich sag' es euch ja, es wird sich Rat finden ... Ich geb' euch meine Pferde, wenn es auch für einen ganzen Tag sein soll, nur daß ihr sie mir nicht abhetzt ... den Müller will ich auch bitten, den Schulzen, die Borynas, vielleicht tun sie es auch.«

»Vielleicht! Ja, wart' mal bis die Wölfe die Stute fressen! Kommt, Frauen, jammert nicht umsonst herum! ... Wenn ihr es nicht brauchen würdet, dann wäre Hochwürden mit dem Helfen da. Alles ist nur für die Hofbauern, und das arme Volk kann Steine fressen und seine eigenen Tränen dazu trinken! Der Hirt sorgt sich nur um die Schafe, die er schert; was sollte er sich bei uns holen, die paar Läuse vielleicht!« ließ die Kosiol ihr Maul gehen, so daß der Priester sich die Ohren zuhielt und davonging.

Sie hatten sich zu einem Häufchen zusammengetan und weinten bittere Tränen, dabei laut wehklagend; und Rochus tröstete sie so gut er konnte und versprach ihnen mit herzlichen Worten Hilfe zu schaffen. Er brachte sie etwas beiseite an einen Zaun, denn die Wagen begannen schon nach allen Seiten davonzufahren; es wurde schwarz vor Menschen und Pferden auf den Wegen, die Wagen rollten einer nach dem anderen davon, und von jeder Schwelle flogen ihnen herzliche Worte des Dankes nach.

»Gott bezahl's euch!«

»Bleibt gesund!«

»Wir werden uns bei gelegener Zeit bedanken!«

»Und Sonntags könnt ihr immer die Pferde bei uns einstellen, als wäret ihr hier bei euren Leuten.«

»Und grüßt die Eltern! Und kommt mal mit euren Frauen!«

»Und wenn einer mal Hilfe braucht, dann sind wir auch da!«

»Bleibt mit Gott, liebe Leute, und möge es euch gute Ernte tragen!« riefen sie zurück, mit den Mützen und mit den Händen winkend.

Die Mädchen und was an Kindern im Dorf war, alles lief noch neben den Wagen her und begleitete sie bis vors Dorf. Der größte Haufen drängte sich nach dem Pappelweg, denn dorthin fuhr man gleichzeitig nach drei Dörfern davon. Die Wagen rollten langsam, man unterhielt sich froh, scherzte und brach oft in ein Gelächter aus.

Allmählich sank schon die Dämmerung herab, die Abendröten erloschen, nur die Gewässer glühten hier und da noch rot auf, Nebel schlängelten sich über die Wiesen, und eine abendliche Frühlingsstille webte über der Erde. Irgendwo in der Ferne begannen die Frösche einstimmig zu quarren ...

Man brachte die Davonfahrenden bis an den Kreuzweg und verabschiedete sich da lachend; dieses und jenes wurde noch gerufen, und noch ehe die Pferde in einen schnelleren Gang kamen, stimmte eins der Mädchen ein Liedlein an:

> »Bestellst du, Jaschu, das Aufgebot?
> Horch, der Vater kommt gefahren,
> es donnert auf der Brücke –
> da dana!
> auf der Brücke!«

Und die Burschen antworteten darauf, sich aus ihren Wagen nach ihnen umsehend:

> »Jetzt ist es, Maruschka, noch zu kalt,
> erfrieren würden die Brautbittersleut;
> ich warte bis zur Fastenzeit ...«
> da dana!
> bis zur Fastenzeit! ...«

Die jungen Stimmen klangen durch den tauchten Abend froh in die weite Welt hinaus.

* * *

Die Männer kehren heim!«

Die Nachricht schlug wie ein Blitz ein und griff wie ein Feuer in ganz Lipce um sich.

Sollt' es denn wirklich wahr sein? Wann denn? Und wie denn? ...

Noch wußte es niemand.

Das eine war nur sicher, daß der Gemeindebote, der noch vor Sonnenaufgang mit irgendeinem Papier nach dem Schulzen unterwegs war, der Klembbäuerin darüber etwas gesagt hatte, die gerade ihre Gänse nach dem Weiher trieb; sie stürzte in einem Nu mit dieser Neuigkeit zu den Nachbarn, die Balcerekmädchen aber brachten sie auf eigene Hand in den umliegenden Häusern unter. Es war kaum ein Ave vergangen und schon befand sich alles auf den Beinen, und ganz Lipce hallte wider vor Freude.

Es war noch früh, kaum hatte sich das erste Grau eines Maimorgens hindurchgerungen und der junge, etwas schwärzlich aussehende nasse Tag wollte eben aufstehen; der Regen stäubte wie durch ein ganz dichtes Sieb und rieselte leise auf die ersten Blütenknospen in den Obstgärten herab.

»Die Männer kehren heim! Die Männer kehren heim!« klang es durchs ganze Dorf, hallte es in den Gärten und kam wie ein frohes Glockengeläut aus jedem Haus; aus jedem Herzen stieg der Ruf wie ein Feuerstrahl und riß sich aus jeder Kehle los.

Und der Tag war kaum da, als es schon im Dorf gärte, als wollte man Kirmes feiern: die Kinder liefen mit lauten Zurufen auf die Dorfstraße, die Türen klappten, Frauen kleideten sich hastig in den offenen Dielen an und blickten gespannt zwischen den Blütenbäumen hindurch in die Regendünste, die die Ferne verhüllten.

»Alle werden sie wiederkommen! Die Hofbauern, die Burschen, die Jungen, alle! Sie kommen schon! Sie sind schon aus dem Wald heraus, auf dem Pappelweg sollen sie schon sein!« riefen alle umeinander, und von jeder Schwelle kamen erregte Stimmen; die aber die Hitzigsten waren, rannten schon ganz außer sich ihnen entgegen, hier und da war auch schon Weinen und der Widerhall von raschen Schritten zu hören.

Die Pantinen platschten nur so durch den Schmutz, so rannten immer wieder welche hinter die Kirche nach dem nahen Pappelweg – aber auf der langen, regentrüben Landstraße sah man nichts weiter als Pfützen und tiefe Schneisen, die weißlichgrau schimmerten.

Nicht ein lebendiges Wesen konnte man unter den im Regenwetter ganz schwarz dastehenden Pappeln sehen.

Obgleich sie sehr enttäuscht waren, liefen sie, ohne es sich weiter zu überlegen, ans andere Ende des Dorfes, hinter die Mühle, auf den nach Wola führenden Weg, denn auch von dort konnten die Männer kommen.

Was war aber da zu tun, da auch dort alles ganz leer blieb! Der Regen peitschte auf sie ein und verhüllte die ausgefahrene Landstraße mit einer dichten Dunstwolke; lehmiges Wasser floß in den Gräben, rann gischtig zwischen den Furchen der Felder, und auch über die Landstraße kamen wahre Bäche herangeströmt; die aufgeblühten Schlehdorne, die die grünen Felder umsäumten, standen da als wollten sie ihre frierenden Blüten einziehen.

»Die Krähen fliegen hoch, da geht das schlechte Wetter bald vorüber«, sagte eins der Mädchen, vergeblich ausblickend.

Sie schoben sich etwas weiter vor, denn es tauchte jemand in der Richtung der niedergebrannten Waldmeierei auf dem Weg auf und kam ihnen immer näher.

Der blinde Bettler war es, den alle kannten; der Hund, den er an einem Tau mit sich führte, bellte eifrig und begann zu ihnen hinzuzerren, der Blinde horchte fleißig hin, jeden Augenblick bereit, nach dem Knotenstock zu greifen; als er aber ihre Stimmen hörte, beruhigte er den Hund, bot Gott zum Gruß und sagte vergnügt:

»Ich merke, daß es Leute aus Lipce sind ... häh? Und ziemlich viel Volk, mein' ich ...«

Die Mädchen umzingelten ihn und begannen, eine die andere überschreiend, zu erzählen.

»Rein die Elstern sind hier über mich hergefallen und schreien alle mitsammen!« brummte er, aufmerksam nach allen Seiten hinhorchend, denn sie drängten sich ganz nahe an ihn heran.

Der ganze Haufe wandte sich jetzt um, den Bettler in seiner Mitte führend, der sein großes Blindengesicht vorgeschoben hielt, sich eifrig vorwärtsschleppte und, in den Krücken hängend, ab und zu die stark verkrüppelten Beine aufstemmte.

Er hatte rote, feiste Backen, Augen, die mit einem weißen Häutchen überzogen waren; weiße buschige Augenbrauen, eine Nase wie einen Rüssel und einen reichlich wohlgenährten Wanst.

Geduldig hörte er ihnen zu, als er aber begriffen hatte, worum es sich handelte, unterbrach er ihr Geschnatter:

»Wegen dieser Neuigkeit komme ich doch nur ins Dorf. Ein Ungetaufter hat es mir anvertraut, daß die Männer aus Lipce heute aus dem Kriminal freigelassen werden! Er hat es mir gestern schon erzählt, da dacht' ich, morgen ganz in der Frühe läufst du hin und bringst als Erster Bescheid. Ein solches Dorf wie Lipce, da ist nicht leicht ein gleiches zu finden! Und welche laufen denn neben mir? Ich werd' nicht klug daraus!«

»Die Maruscha Balcerek ... Nastuscha Täubich! ... Ulischja vom Schultheiß! ... Klembs Kasja ... Hanuscha Sikora!« riefen alle zugleich.

»Oha! Da hab' ich mir die besten Jungfern aufgefunden! Es scheint mir, daß ihr die Burschen gar nicht abwarten könnt und müßt euch hier mit einem alten Bettelmann abfinden! ... He?«

»Is nicht wahr! Wir sind hinausgekommen, um die Väter einzuholen«, schrien sie los.

»Um Gottes willen, ich bin ja blind, aber nicht taub!« Er zog seine Schafpelzmütze tiefer über die Ohren.

»Sie sagten im Dorf, daß sie schon kommen, da sind wir denn entgegengelaufen!«

»Und hier ist nun nirgends einer zu sehen!«

»Es ist noch zu früh; es wird gut sein, wenn die Hofbauern bis Mittag da sein werden, denn die Burschen, die kommen wohl bis Abend nicht heim ...«

»Wieso denn, man läßt sie zusammen 'raus, da kommen sie denn doch auch zusammen!«

»Vielleicht werden sie sich in der Stadt noch was verweilen? ... Gibt es denn da wenig Jungfern? ... Was haben sie da für ein Muß, sich nach euch zu sputen? ... He! he!« neckte er sie, kichernd.

»Sie können dort bleiben! Niemand wird ihnen nachweinen!«

»Versteht sich, in der Stadt fehlt es nicht an solchen, die als Ammen gegangen sind oder bei den Juden in den Öfen heizen ... die werden sie gern aufnehmen«, flüsterte Nastuscha finster.

»Wer die städtischen Fetzen vorzieht, auf den gibt unsereins nicht viel!«

»Ihr seid aber lange nicht in Lipce gewesen, Väterchen?« begann ihn eine auszufragen.

»Lang genug nicht, es war doch noch Herbst! Ich habe bei mildtätigen Leuten überwintert, im Gutshof habe ich die schlimme Zeit abgesessen.«

»Vielleicht in Wola? Bei unserem Herrn? Wie?«

»In Wola, ja, ja! Ich bin ja immer auf gut Freund mit den Gutsherren und mit den herrschaftlichen Hunden: die kennen mich und tun mir kein Unrecht! Sie haben mir da eine warme Ofenbank gegeben und Essen, soviel ich nur hereinkriegen konnte, da hab' ich denn die ganze Zeitlang Strohseile gedreht und Gott dazu gelobt. Man hat sich wieder ausgebessert, und auch dem Hundsvieh sind die Seiten wieder fein und rund geworden. Ho! Ho! Der Gutsherr ist ein kluger Mann: er hält zu den Bettlern und weiß, daß er den Bettelsack und die Läuse umsonst haben kann ... he! he!« Sein Bauch wackelte ihm, er blinkte mit den Augenlidern beim Lachen und redete in einem fort.

»Da aber der Herr Jesus uns den Lenz beschert hat, so sind mir die Herrenhofstuben und -gnaden über geworden, ich habe Sehnsucht nach den Bauernhäusern und nach der weiten Welt bekommen ... Hei, ein feiner Regen ist das, das pure Gold, warm und reichlich und fruchtbar, die ganze Welt duftet nach jungem Gras ... Wo rennt ihr denn hin? Holla, Mädchen!«

Er hörte, daß sie auf einmal von der Stelle weg zu rennen anfingen, ihn bei der Mühle stehen lassend.

»He-häh! Mädchen!«

Aber keine gab ihm mehr Antwort: sie hatten die Frauen erblickt, die am Weiher entlang nach dem Hof des Schulzen zogen und machten, daß sie zu ihnen hinüberkamen.

Das halbe Dorf hatte sich dort versammelt, um etwas Tatsächliches zu erfahren.

Der Schulze war scheinbar soeben aufgestanden, denn er hatte nur die Hosen an, saß auf der Schwelle, umwickelte sich die Füße mit Fußlappen und schrie auf seine Frau ein wegen der Stiefel.

Sie stürzten mit Geschrei auf ihn zu, atemlos, beschmutzt, einzelne noch nicht gewaschen und gekämmt und alle vor Ungeduld ganz außer sich.

Er ließ sie sich ausreden, zog die eingefetteten Schaftstiefel an, wusch sich im Flur und, sich das Haar kämmend, warf er neckend durchs offene Fenster hin:

»Habt ihr es eilig, zu den Männern, was? Seid man nicht bange, die kommen heute sicher heim. Mutter, gib doch mal das Papier da, das der Gemeindediener gebracht hat ... hinter dem Bild steckt es.«

Er drehte das Schreiben in den Händen hin und her, und, mit den Fingern darauf klopfend, sagte er:

»Hier steht es, groß wie ein Ochs ... daß die Bauern des Dorfes Lipce, der Gemeinde Tymow, vom Ujesd[5] ... da, lest es euch selber vor! Der Schulze sagt es euch, daß sie wiederkommen, dann muß es schon wahr sein!«

Er warf ihnen das Papier hin, das von Hand zu Hand ging, und obgleich keine auch nur einen Buchstaben herauskriegen konnte, denn es war ja ein amtliches Schriftstück, so klammerten sie sich doch daran, ihre Augen mit einer ängstlichen Freude darauf heftend wie auf ein Heiligenbild; Anna, die endlich auch an die Reihe gekommen war, griff mit der Schürze danach und gab es wieder zurück.

»Kommen sie denn alle zurück, Gevatter?« fragte sie ängstlich.

»Es steht geschrieben, daß sie kommen, dann werden sie auch kommen!«

»Das ganze Dorf haben sie zusammen genommen, da werden sie sie auch zusammen 'rauslassen!« ließ sich eine vernehmen.

Sie ging langsam mit einem vor Freude und Angst verhaltenen Atem.

»Tretet ein, Gevatterin, ihr seid ganz naß geworden!« lud die Schulzin sie ein, aber Anna wollte nicht, sie zog nur die Schürze tiefer über die Stirn und wandte sich als erste wieder zum Gehen.

»Gewiß lassen sie den Antek heimkommen, gewiß!« dachte sie, doch plötzlich mußte sie sich gegen den Zaun lehnen, so hatte sich in ihr etwas zusammengekrampft, sie wäre fast gefallen, die brennenden Lippen halb aufgetan, rang sie gierig nach Luft ... Nein, sie fühlte sich noch nicht gut und seltsam schwach obendrein. »Der Antek wird wiederkommen!« Eine Freude weitete ihr das Herz bis zum Schrei, und gleichzeitig durchdrang sie eine Angst und eine Unsicherheit, und noch ganz dunkle Befürchtungen regten sich in ihr.

Sie ging immer langsamer und schwerfälliger ganz dicht an den Zäunen entlang, denn mitten durch die Dorfstraße kamen die Frauen; sie kamen lachend und lärmend eilig des Wegs, strahlten förmlich vor Freude, und ohne auf das Regenwetter zu achten, scharten sie sich vor den Häusern oder am Weiher zusammen und schwadronierten eifrig miteinander.

Die Gusche holte sie ein.

»Ihr wißt es natürlich! Na, ist das eine Neuheit. Von Tag zu Tag haben wir darauf gewartet, und nun, da sie da ist, ist einem, als hätte man eins mit einem Knüttel auf den Schädel gekriegt. Kommt ihr vom Schulzen?«

»Er hat es bestätigt und selbst vom Papier abgelesen.«

»Hat er das, dann ist es gewiß wahr! Gott Lob und Dank, die armen Schlucker kommen wieder!« murmelte sie warm und fuchtelte befriedigt mit den Armen umher.

Die Tränen waren ihr in die verblaßten Augen gestiegen, so daß sich Anna darob verwunderte.

»Ich dachte, daß ihr fluchen würdet, und ihr heult, na ... na! ...«

»Was denkt ihr denn? Ich sollte jetzt fluchen! Der Mensch läßt nur so manchmal aus Not der Zunge freien Lauf, aber man hat doch auch noch sonst was da in sich

---

5   *Ujesd*: Die russische amtliche Benennung für einen Verwaltungsrayon, entspricht ungefähr dem deutschen »Kreis«. Das Gouvernement wird in Rußland in eine Anzahl von »Ujesden« geteilt.

sitzen; und ob einer da will oder nicht, muß er sich mit den andern gemeinsam freuen und sorgen. Es hilft einem nichts, nur für sich zu leben, nee ...«

Sie gingen an der Schmiede vorbei ... die Hämmer schlugen laut drein, und von der Feuerstelle lohte ein rotes Licht. Der Schmied schlug an der Wand einen Reif um ein Wagenrad. Als er Anna ansichtig wurde, reckte er sich und heftete seine Augen auf ihr erregtes Gesicht.

»Sieh da! ... Da hat Lipce endlich sein Fest! ... Es sollen da manche wiederkommen.«

»Alle kommen sie wieder, der Schulze hat es gelesen!« verbesserte ihn Gusche.

»Alle? ... Die Totschläger lassen sie nicht so mir nichts dir nichts laufen, auf keinen Fall ...«

Anna wurde es im Kopf ganz wirr, und das Herz wollte ihr fast vor Leid zerspringen, aber sie überwand diesen Hieb und sagte zu ihm, schon im Weggehen, mit einem furchtbaren Haß:

»Daß dir deine Hundezunge an den Gaumen festwächst!«

Sie beschleunigte ihre Schritte, vor seinem Gelächter fliehend, das wie mit Krallen in ihr Herz griff.

Erst auf der Hausgalerie sah sie sich um.

»Es grieselt und grieselt in einem fort, da wird es wohl schwer fallen, mit dem Pflug hinauszufahren.«

Sie heuchelte Ruhe.

»Morgenregen und der Tanz einer alten Frau, die dauern beide nicht allzulange.«

»Man müßte inzwischen die Amerikanschen mit der Hacke pflanzen.«

»Die Frauen kommen in einem Nu ... ich bin gestern bei ihnen gewesen, alle haben sie zugesagt, zu kommen, um abzuarbeiten, was sie noch schuldig sind.«

In der Stube flammte schon das Herdfeuer; es war dort warm und heller als draußen. Fine schabte Kartoffeln, und das Kind schrie gottserbärmlich, trotz der Bemühungen der älteren Geschwister, die es zu unterhalten versuchten. Anna kniete gleich an der Wiege nieder, um es zu stillen.

»Fine, laß den Pjetrek die Wagenbretter zurechtmachen, er soll den Dung auf Florkas Kartoffelbeete hinfahren, auf die neben den Patsches ihrem Roggen. Bevor das schlechte Wetter vorüber ist, könnte er noch ein paar Fuhren machen ... was soll er hier herumfaulenzen!«

»Bei euch kann keiner Kameradschaft mit dem Faulenzen schließen.«

»Ich schone doch auch nicht meine Klumpen!« Sie erhob sich und knöpfte ihre Taille zu.

»Hale, ich hätte schon ganz vergessen, daß doch heute von Mittag an gefeiert wird! Der Pfarrer hat ja einen Umzug angesagt von wegen dem, daß der Markustag verlegt worden ist ...«

»Es gibt doch nur an den Kreuztagen Umzüge! ...«

»Von der Kanzel hat er es heute verordnet, da muß man wohl auch ohne die Kreuztage hinausgehen dürfen, um die Grenzen einzuweihen.«

»Die Burschen werden heute manche an den Grenzrainen vornehmen«, meinte Fine und lachte listig den eintretenden Witek an.

»Die Frauen kommen schon. Lauft mit ihnen, Gusche, und verordnet, was not tut. Ich werde zu Hause bleiben, um Frühstück zu kochen und mache alles zurecht. Fine kann mit Witek die Kartoffeln ins Feld tragen!« befahl Anna, den Kätnerinnen nachschauend, die in Leintücher und Schürzen eingepackt, daß man kaum ihre Augen sehen konnte, mit Körben und Hacken sich vor dem Hause sammelten und die Holzpantoffeln gegen die Mauerschwelle abklopften.

Gusche führte sie gleich über den Zaunüberstieg auf einen Feldweg, wo dicht neben einem Schober schwarze, regennasse Beete lagen.

Sie fingen gleich mit der Arbeit an, zu zweien sich auf ein Beet stellend, mit den Gesichtern einander zugewandt – sie hackten mit den Hacken den Boden auf, und, in jede Vertiefung eine Kartoffel steckend, scharrten sie sie zu, die Erde gleichzeitig zu einer Erhöhung aufwerfend, die sich in Streifen quer über die Beete zog.

Vier Frauen waren an der Arbeit und außerdem noch Gusche, die mithalf und antrieb.

Aber die Arbeit ging nicht rasch vonstatten! ... die Hände wurden steif vor Kälte; in den Furchen war es naß, die Pantinen liefen voll Wasser, und die Kleidung ging in dem Schmutzwetter ganz zuschanden, denn der Regen, obgleich er warm und immer feiner wurde, sprühte ununterbrochen auf die Schollen herab und tropfte auf die Blätter der Obstgärten, die ihre blütenbedeckten Zweige bis auf die Dorfstraße hängen ließen und mit einer besonderen Wohligkeit sich dem Regenwetter anzubieten schienen. Doch es wollte schon ein Witterungsumschlag einsetzen: die Hähne krähten, der Himmel hob sich schon hier und da ganz hell ab, die Schwalben schossen schon durch die Lüfte, als ob sie sich etwas auskundschaften wollten, und die Krähen flohen von den Dachfirsten, lautlos und tief über die Felder dahinflügelnd.

Die Weiber wühlten, über ihre Beete gebeugt, in der Erde herum, wie durchnäßte Bündel Lumpen sahen sie aus, redeten miteinander und taten gemächlich und mit langen Zwischenpausen ihre Arbeit, denn es galt ja nur die Abarbeitung der Schulden in Taglohn, bis Gusche, die in den Furchen noch Erbsen pflanzte, sich nach allen Seiten umblickend, laut zu reden begann:

»Nicht viele Hofbäuerinnen kriegt man heute auf dem Feld und in den Gärten zu sehen.«

»Die Männer kehren heim, da steht ihnen der Sinn nicht nach der Arbeit.«

»Das ist schon sicher, ein fettes Essen werden sie ihnen bereithalten und die Federbetten auch noch wärmen ...«

»Ihr macht euch da lustig, und euch selbst bibbert es doch schon in den Beinen nach ihnen!« sagte die Kosiol.

»Ich will nicht nein sagen, denn Lipce ohne Männer ist mir schon ganz zuwider. Alt bin ich gewißlich schon, aber das sag' ich gradaus, wenn sie auch noch solche Biester und Lüderjane sind und noch dazu Betrüger und Raufbolde, da ist einem doch noch mit der schlimmsten Mißgeburt von Mannsbild besser und froher zumute, und das Leben kommt einem gleich ganz anders vor. Wenn eine was anderes sagt, dann lügt sie wie ein Hund.«

»Aber warten haben sie genug müssen, rein wie der Habicht auf den Regen!« seufzte eine auf.

»Manch eine wird das lange Warten teuer büßen müssen, und vor allem wohl die Mädchen ...«

»Da werden gewiß noch nicht mal drei Quartal ablaufen, daß Hochwürden die Hände voll zu tun kriegt ...«

»So alt und reden sich da so viel dummes Zeug zusammen: dazu hat ja der Herr Jesus die Frau geschaffen! Das ist keine Sünde, ein Kind zu kriegen!« widersprach die Frau des schiefmäuligen Gschela.

»Und ihr redet nur immer ein und dasselbe, immer habt ihr was für diese Wechselbälge übrig.«

»Gewiß, immer, bis an mein Lebensende will ich es vor jedem verantworten und aussagen: ein Bankert oder nicht – beide sind Menschensamen, sie haben dasselbe Menschenrecht, und ebenso schätzt sie unser Herr Jesus nur nach ihren Sünden und nach ihren Verdiensten ein ...«

Man überschrie und belachte sie, sie aber schlug sich ruhig mit den Händen warm und schüttelte nur den Kopf.

»Glück auf zur Arbeit! Wie geht es denn?« rief ihnen Anna vom Zaunüberstieg zu.

»Gott bezahl's! Gut, nur daß es noch reichlich naß ist.«

»Sind euch nicht die Kartoffeln ausgegangen?«

Sie setzte sich etwas auf den Holzzaun nieder.

»Sie holen uns, was wir brauchen; mir scheint nur, daß sie etwas zu dick geschnitten sind ...«

»Zu dick? Zur Hälfte muß man doch. Beim Müller legt man die kleineren ganz ein, und Rochus hat gesagt, daß sie dann zweimal soviel tragen.«

»Das muß wohl eine deutsche Mode sein, denn solange Lipce Lipce ist, zerschnitt man hier immer die Kartoffeln auf die Augen hin«, nörgelte die Gulbas.

»Mein Gott, die heutigen Menschen sind doch nicht dümmer als die von gestern.«

»Hale, heutzutag will das Ei klüger sein wie die Henne selbst, und das Kücken möcht' dem ganzen Hühnerhof vorstehen ...«

»Ihr habt's gesagt! In Wahrheit aber gibt's welche, die alt genug dazu sind und doch nicht klüger werden!« schloß Anna, vom Zaunüberstieg zurücktretend.

»Ist die eingebildet, als ob sie schon auf dem ganzen Borynahof allein säße«, murmelte die Kosiol, sich nach ihr umsehend.

»Laßt sie in Ruhe: die Frau ist Gold wert! Man weiß nicht, ob man eine bessere und klügere finden könnte. Jeden Tag sitz' ich doch da; meine Augen habe ich auch und mein Verstehen. Die hat was durchgemacht, schwere Prüfungen hat sie hinter sich, daß Gott erbarm! ...«

»Auf die wartet auch noch manches ... Die Jagna im Hause ... Und wenn der Antek wiederkommt, da fangen hier wieder schöne Geschichten an; man wird was zu hören kriegen ...«

»Man erzählte doch was davon, daß die Jagna sich mit dem Schulzen abgibt, ist denn das so wahr?«

Sie lachten die Philipka aus, daß sie erst danach fragen mußte, was die Spatzen von den Dächern pfiffen.

»Laßt die Zunge nicht mit euch durchgehen: auch der Wind hat manchmal Ohren und trägt es dahin, wo es nicht hingehört!« wies sie die Gusche zurecht.

Sie beugten sich über das Ackerland, die Hacken blitzten, hin und wieder gegen Steine anknirschend, sie aber redeten eifrig und nahmen allmählich das ganze Dorf durch.

Anna aber ging gebückt unter den Kirschbäumen davon; die tief herabhängenden, durchnäßten Zweige, die voll weißlicher Knospen und zarten Blattwerks waren, streiften ihr Haupt.

Sie begab sich auf den Hof, um nach der Wirtschaft zu sehen.

Von den Feiertagen an hatte sie sich fast gar nicht aus dem Hause gerührt, da sich ihr Zustand nach dem letzten Gang zur Kirche, wohin sie als Wöchnerin der Reinigung wegen hingegangen war, verschlimmert hatte. Die letzte Neuigkeit hatte sie aus dem Bett getrieben und hielt sie jetzt aufrecht. Obgleich sie noch fast bei jedem Schritt taumelte, sah sie in alle Ecken ein und geriet immer mehr in Zorn.

Die Kühe sahen eigentümlich mißmutig aus, waren bis zur Hälfte der Flanken mit Mist beschmutzt, die Ferkel schienen nicht besonders gut gewachsen zu sein, selbst die Gänse muteten seltsam still an, als hätte man sie nicht genug gefüttert.

»Du hättest doch mit einem Strohwisch den Wallach abputzen können«, fuhr sie auf Pjetrek los, der sich anschickte, den Dünger auszufahren, dieser aber murmelte irgend etwas gehässig vor sich hin und fuhr davon.

In der Scheune wartete auf sie ein neuer Verdruß: in einem Kartoffelhaufen auf der Tenne wühlte Jaguschas Masteber aufs beste herum, und die Hühner scharrten im Futterkorn, das schon längst auf dem Kornboden hätte liegen sollen. Sie zankte Fine aus und wollte Witek gehörig in die Zotteln fahren, kaum daß er ihr noch entwischen konnte. Fine aber heulte und jammerte los:

»Ich schufte hier immer wie ein Lasttier und ihr tut nichts als auf mich einschreien; und der Jagna, die die ganzen Tage herumfaulenzt, der sagt ihr nichts!«

»Na, sei man still, Dumme, sei nu man still! Du siehst doch selbst, was hier überall für ein Schaden losgeht.«

»Ich kann doch nicht hier alles machen! nee ...«

»Na, nu laß man gut sein, bringt nur die Kartoffeln 'raus, sonst haben sie auf dem Feld zu wenig.«

Sie hörte auf zu schimpfen. Das wußte sie auch schon: »Die Dirn, die kann wirklich nicht alles machen, und Tagelöhner! ... Du lieber Gott. Die sehen schon von früh morgens an aus, ob es nicht bald Abend wird. Mit Tagelöhnern arbeiten und dann auf Verdienst warten, das ist so, als ob einer Wölfe zum Schafhüten verdingen wollte. Ganz gewissenlos sind die Menschen.«

Sie überlegte das voll Erbitterung und ließ ihren Ärger an dem jungen Eber aus, so daß er aufquiekend davonlief, begleitet von Waupa, der, ihn am Ohr haltend, ihn auf seine Art hinausschaffte.

Danach sah sie in den Stall ein – aber hier gab es auch nichts als Ärger. Die Stute nagte an der leeren Krippe, und das Füllen, schmutzig wie ein Schwein, fraß das Stroh unter sich weg.

»Was hätte der Jakob gesagt, wenn er das arme Tier so hätte sehen müssen, dem hätte sich das Herz im Leibe darüber umgedreht«, flüsterte sie vor sich hin, Heu in die Raufen legend und die weichen, warmen Nüstern des jungen Tieres streichelnd.

Sie ging schon nicht mehr weiter: es ergriff sie plötzlich eine solche Verdrossenheit, ein solches Weinen schnürte ihr die Kehle zu, daß sie, gegen Pjetreks Pritsche gelehnt, loszuheulen anfing, ohne selbst recht zu wissen, warum.

Die Kräfte hatten sie ganz verlassen, sie fiel in sich zusammen, so daß sie sich schon rein wie ein lebloser Klotz fühlte. Es wollte ihr gar nicht mehr gelingen, sich mit ihrem bösen Schicksal abzufinden; mein Jesus, sie konnte es wirklich nicht mehr, sie fühlte sich plötzlich so verlassen wie ein einsamer Baum, der auf einem Sandhügel wächst und jedem bösen Wetter ausgeliefert ist. Vor niemandem darf man sich ausklagen, und kein Ende hat all das Schlechte! Man kann nichts anderes als sich immer wieder mit seinem Kummer und seinen Tränen vergiften ... nichts, als die ewige Qual und die Erwartung, daß noch Schlimmeres kommt.

Das Füllen begann ihr Gesicht zu lecken, so daß sie ganz unwillkürlich ihren Kopf an den samtigen Hals schmiegte und immer heftiger schluchzte.

Was sollte ihr der ganze Hof, der Reichtum, die Achtung der Menschen, wenn sie nicht einen Augenblick der Glückseligkeit ihr ganzes Leben lang für sich haben durfte, gar nichts! Sie klagte so wehmütig, daß die Stute aufwieherte und an der Kette zu zerren begann.

Langsam schleppte sie sich in die Stube, und nachdem sie dem schreienden Jungen die Brust gegeben hatte, starrte sie gedankenlos auf die angelaufenen Fensterscheiben, an denen die Regentropfen in langen Streifen niederrieselten.

Das Kind greinte und brach hin und wieder in ein Weinen aus.

»Still, mein Kleiner, still! ... Wenn der Vater heimkehrt, dann bringt er dir ein Hähnchen ... wenn der Vater heimkehrt, setzt er das Söhnchen aufs Pferd ... still mein Kleiner!

> A ... a ... a!
> Zwei graue Kätzlein sind da!
> Graue braune – graue braune
> Kätzelein lala! ...

Der Vater, der kommt heim ..., kommt heim! ...« sang sie vor sich hin, den Säugling hin und her schaukelnd und im Zimmer auf und ab gehend.

»Vielleicht kehrt er auch wieder!« bekräftigte sie es sich selbst, plötzlich stehenbleibend.

Eine Glut überflog sie, ein Machtgefühl reckte ihren niedergebeugten Rücken wieder gerade, und eine solche Freude überströmte ihr Herz, daß sie schon nach der Kammer laufen wollte, um ein Stück Schweinefleisch für ihn abzuschneiden, nach Schnaps für ihn schicken wollte und selbst schon auf die Lade zuging, um sich festlich für ihn zu schmücken. Doch ehe sie dazu kam, fielen ihr die Worte des Schmieds wieder ein und fuhren wie mit Habichtkrallen über sie her; sie erstarrte vor Schreck über diese Erinnerung und sah sich nur, wie nach Rettung suchend, in der Stube mit irrem Blick um, ohne zu wissen, was sie denken und beginnen sollte ...

»Und wenn er nicht heimkehrt! Jesus, mein Jesus!« stöhnte sie auf, sich an den Kopf fassend.

Sie fürchtete, es sich zu gestehen, und doch klang es ihr wie aus einem tiefen Brunnen immer wieder, er würde nicht kommen; es wogte etwas in ihr auf, bis sich ein Schrei der Angst aus ihrem Innern losriß.

Die Kinder in der Stube fingen plötzlich an zu weinen und einander in die Haare zu fahren; sie mußte sie schließlich hinter die Tür bringen und machte sich ans Zubereiten des Essens, denn Fine hatte auch schon durch die Tür hineingesehen und umhergeschnüffelt, ob es nicht bald was gäbe.

Die Tränen mußten versiegen und die Seele sich wieder verschließen, denn das Joch des Alltags schnitt ihr in den Nacken und erinnerte sie daran, daß die Arbeit nicht warten darf ...

Sie sputete sich so gut sie konnte, obgleich ihr die Beine den Dienst versagten und ihr alles aus den Händen glitt. Sie seufzte nur schwer auf, und nur hin und wieder lief ihr noch eine einzelne Träne über die Backen; sie starrte sehnsüchtig in die neblige Welt hinaus ...

»Geht denn die Jaguscha nicht zum Kartoffeleinlegen?« rief Fine durchs Fenster.

Anna stellte sofort den Kochtopf mit Barschtsch[6] aus der Hand und lief auf die andere Seite.

Der Alte lag mit dem Gesicht nach dem Fenster zu, als sähe er nach Jaguscha hin, die vor einem Spiegelchen, das auf der Lade neben dem Fenster stand, ihr langes Haar strählte.

»Ist denn das heute ein Feiertag, daß ihr nicht an die Arbeit geht?«

»Soll ich am Ende mit aufgeflochtenen Haaren hinlaufen?« ...

»Vom frühen Morgen an hast du genug Zeit gehabt, dir zehnmal die Haare aufzustecken!«

»Das schon, aber es paßt mir so!«

»Ihr solltet besser eure Späße mit mir lassen, Jagna!«

»Was denn! Wollt ihr mich hier aus dem Dienst entlassen oder mir was von meinem Dienstlohn abziehen?« fauchte sie Jagna trotzig an, ohne sich viel mit dem Kämmen zu beeilen. »Bei euch sitz' ich hier nicht und hänge nicht von eurer Gnade ab!«

»Und von wessen denn? Wenn es beliebt?«

»Ich bin hier auf dem Meinen, daß ihr es euch merkt!«

»Laß den Vater sterben, dann wird es sich schon zeigen, ob du hier auf dem Deinen sitzt.«

»Solange er lebt, kann ich euch heute noch die Tür weisen.«

»Mir! Du mir!« Sie sprang auf sie zu, als hätte sie einen Peitschenhieb bekommen.

»Ihr hängt euch einem hier an wie eine Klette an einen Hundeschwanz! Nicht das geringste Wort hab' ich euch gesagt, und ihr schreit auf mich ein wie auf ein scheckichtes Pferd.«

---

6   *Barschtsch*: Rote Rübensuppe, eine polnische Nationalspeise.

»Danke Gott, daß du von mir nicht was Schlimmeres erwischt hast!« plusterte sich Anna wütend auf.

»Versucht nur: ich bin hier doch nur eine verlassene Waise und habe keinen, der mich schützt; aber ihr würdet schon sehen, wer obenauf sein würde!«

Sie strich das Haar aus dem Gesicht und bohrte die zornigen, feindseligen Blicke wie Messer in sie ein, so daß Anna auf der Stelle von einer solchen Wut ergriffen wurde, daß sie mit den Fäusten zu drohen begann und schrie, was ihr die Spucke in den Mund brachte.

»Du drohst! Fang' du nur an, versuch' es nur! Das Unschuldskind, die Benachteiligte ... Versteht sich ... Die Leute wissen gut, was du anstellst! Im ganzen Kirchspiel kennt man deine Streiche! Nicht einmal und nicht zweimal hat man dich in der Schenke mit dem Schulzen gesehen! Und damals als ich dir nach Mitternacht die Tür öffnete, da bist du von nichts weiter, als von einer Schlamperei zurückgekommen, wie ein Schwein warst du betrunken ... Der Krug trägt aber nur so lange Wasser, bis er bricht. Wart' nur einmal, wer in Saus und Braus lebt, von dem wird manches im stillen geredet! Bald wird deine Herrschaft ein Ende nehmen, und weder der Schmied noch der Schulze werden dich schützen können ... du ... du! ...«

Sie verschluckte sich an ihrem eigenen Geschrei.

»Ich tue, was mir paßt, und jeder mag sich hüten, sonst kriegt er, was man dem Hunde gibt!« schrie Jagna plötzlich, das Haar, das wie eine Garbe des reinsten Flachses war, über die Schultern zurückwerfend.

Sie war ganz aufgebracht und selbst zum Schlagen bereit, denn sie bebte am ganzen Körper; die Hände flogen ihr, und sie warf so wütende Blicke um sich, daß Anna erschrocken zurückfuhr; sie sagte kein Wort mehr, und nachdem sie nur die Tür ins Schloß geschleudert hatte, rannte sie aus der Stube.

Sie konnte sich nach diesem Zank fast gar nicht mehr bewegen und setzte sich mit dem Kind ans Fenster, während Fine sich mit dem Auftragen des Frühstücks befaßte.

Erst als die anderen wieder an die Arbeit gegangen waren, sammelte sie sich etwas, ließ alles liegen wie es war und machte sich auf den Weg zu ihrem Vater, der seit einigen Tagen ernstlich erkrankt war; doch von der Mitte des Weges kehrte sie wieder um. Es hatte sie ein solches inneres Beben erfaßt, daß sie gar nicht gehen konnte.

Und als sie wieder etwas zu Kräften gekommen war, hantierte sie wie geistesabwesend in der Stube herum, dachte aber dabei hauptsächlich an Antek und versann sich immer tiefer.

Es hellte sich auf, und der Regen hatte nachgelassen, tropfte nur noch von den Dächern und Bäumen, auf den Wegen schimmerten die Pfützen silbrig auf und die Welt wurde immer lichter.

Man rechnete darauf, daß die Sonne sich zu Mittag sicherlich zeigen würde, denn die Schwalben flogen schon ganz hoch, weiße durchgoldete Wolken zogen in Herden über den Himmel, und von den Feldern kam ein warmer Dunst, Vogelstimmen erklangen in den Obstgärten, die mit Blüten wie mit Schnee belastet waren. Auch im Dorf fing es jetzt an, lebendiger zu werden: es qualmte fast aus allen Schornsteinen, denn überall machte man gutes Essen zurecht, die Fröhlichkeit quoll aus den Häusern hervor, und laute Frauenstimmen klangen von überall her; die Mädchen zogen ihren Feiertagsstaat an, flochten Bänder in die Zöpfe, und manch eine rannte, Schnaps zu holen, den der Jude auch bereitwillig auf Kredit gab, soviel einer nur wollte. Und immer wieder bestieg einer die Dachleiter, um von oben alle Wege abzuspähen, die nach der Stadt führten.

Die Frauen waren ans Ordnungmachen gegangen und kaum eine zog aufs Feld; selbst die Gänse hatte man vergessen, an die Gräben zu treiben, sie gackerten laut in den Höfen, und die Kinder, die heute sich selber ganz überlassen waren, vollführten im ganzen Dorf einen heillosen Lärm. Die älteren Jungen machten sich mit langen Stangen auf dem Pappelweg zu schaffen, erkletterten die Bäume, nach den Krähennestern trachtend, so daß die erschrockenen Vögel hoch oben wie eine dunkle Wolke mit kläglichem Krächzen herumflatterten; etliche aber wiederum jagten das blinde Pferd vom Pfarrhof, das vor ein auf Schlittenkufen gestelltes Faß gespannt war, und versuchten, es von dem höheren Ufer in den Weiher zu treiben, doch das Pferd war zu klug, um sich irreführen zu lassen. Manchmal blieb es gerade noch am Rande stehen, wie ihnen zum Trotz, ließ, taub auf alles Geschrei, den Kopf noch tiefer hängen und schüttelte den Schmutz und die Erde von sich ab, mit denen die Bengel wahrlich nicht sparten. Als es aber merkte, daß sie auf die Tonne steigen wollten, um nach den Zügeln zu langen, wieherte es laut auf und ging auf und davon, plötzlich in den größten Haufen der nichtsnutzigen Buben hineinrennend, so daß sie mit Geschrei auseinanderstoben. Gute paar Paternoster unterhielten sie sich so, bis sie das Pferd schließlich doch überlisteten und ihm einen brennenden Strohwisch unter die Nüstern hielten, so daß der scheu gewordene Gaul zur Seite sprang und zwischen die Zäune des Borynahofs geriet. Er riß eine Pforte um und hatte sich mit den Ortscheiten dermaßen festgefahren, daß sie ihn ganz aus der Nähe überfallen konnten und reichlich mit Peitschenschlägen traktierten.

Er hätte sich gewiß die Beine an den Holzlatten gebrochen, wenn nicht Jagna, die den Lärm gehört hatte, dazwischen gekommen wäre und mit einem Stock die Unfugtreiber verjagte. Sie führte das Pferd auf die Dorfstraße; da aber das erschrockene Tier die Witterung verloren hatte und nicht wußte, wohin es sich wenden sollte, so brachte sie es selbst auf den Pfarrhof.

Sie führte es gerade auf den Weg zwischen dem Pfarrgarten und Klembs Hof, als eine Britschka vors Haus des Organisten, das etwas im Hintergrund stand, vorfuhr. Die Organistin war schon auf den Sitz geklettert, und Jascho verabschiedete sich noch mit den Angehörigen vor dem Haus.

»Ich habe das Pferd hergeführt, denn die Kinder haben es gescheucht ...« fing sie schüchtern an.

»Vater, ruf' mal den Walek, er soll das Pferd abnehmen. Tä, du Esel, läßt so die Stute laufen, daß sie sich die Beine bricht, was?« herrschte sie den Knecht an.

Jascho, der Jagna bemerkt hatte, schielte rasch zu den Eltern hinüber und streckte ihr die Hand entgegen.

»Bleibt mit Gott, Jagusch.«

»Schon in die Klassen zurück?«

Etwas, das wie stilles Leid sich über sie legte, schnürte ihr das Herz zusammen.

»Ich bring' ihn ins Priesterseminar, meine Borynowa!« ließ sich die Organistin vernehmen und blickte dabei stolz auf.

»Ins Priesterseminar!«

Sie erhob zu ihm ihre erstaunten Augen, er saß schon auf dem Vordersitz, mit dem Rücken den Pferden zugewandt.

»So werde ich noch länger auf Lipce schauen können!« rief er, mit zärtlichem Blick das grünbemoste Dach des Vaterhauses und die Obstgärten umfassend, in denen der Tau glitzerte und die weißen Blüten sich häuften.

Die Pferde setzten zu einem leichten Trab an.

Jagna ging neben der Britschka her. Jascho rief noch etwas seinen Schwestern zu, die weinend vor dem Hause standen, sah aber nur sie allein: blickte in ihre hellblauen feuchten Augen, die so wundersam wie ein Maientag waren, auf ihr helles Haupt, das dreifach mit Zöpfen wie mit dicken Tauen über der Stirn bekränzt war, und von dem noch zwei Flechten wie im Halbkreis sich um die Ohren schlossen; er sah immer wieder auf ihr zartes Gesicht, das so weiß und schön war wie eine Feldrose.

Sie aber ging fast willenlos, wie durch seine leuchtenden Augen verzaubert, hinter dem Wagen her, ihre Lippen bebten, sie konnte die Zähne nicht zusammenkriegen, ihr Herz klopfte in einem Gefühl der Wohligkeit, und die von einer seltsamen Süße erfüllten Augen schauten ihm demütig nach.

Es war ihr, als hätte sie ein plötzlicher Traum erfaßt, als rieselte über sie der duftende Blütenregen der seligen Versunkenheit ... Erst als der Wagen nach dem Pappelweg einbog, ließen ihre Augen voneinander ab, die feurigen Kettenglieder, die sie verbanden, lösten sich und zersprangen mit einem Mal, daß Jagna mit ihren Blicken wie gegen eine Leere anstieß und plötzlich stehenblieb.

Jascho schwenkte die Mütze zum Abschied, während sie schon in den Schatten des Pappelweges hineinfuhren.

Sie sah in die Runde, sich die Augen reibend, als hätte man sie aus dem Schlaf gerissen.

»Jesus, so einer könnte mit seinen Augen selbst in die Hölle locken ...«

Sie erschauerte, als müsse sie diese brennenden Blicke Jaschos abschütteln.

»Ein Organistensohn und sieht wie ein junger Gutsherr aus ... und wird Priester werden, vielleicht schicken sie ihn noch nach Lipce! ...«

Sie sah sich um: die Britschka entschwand ihren Blicken; nur das Wagengeroll und die Zurufe, mit denen Jascho die ihm Entgegenkommenden begrüßte, trafen noch ihr Ohr.

»So ein Milchbart, fast ein Kind noch, und laß ihn einen nur anblicken, dann ist's grad soviel, als ob ein anderer einen umgefaßt hätte ...«

Sie erschauerte, leckte ihre roten Lippen und reckte sich wollüstig ...

Ein plötzliches Frösteln überkam sie. Jetzt erst merkte sie, daß sie mit bloßem Kopf, barfuß und fast nur im Hemd und in einem zerrissenen Tuch um die Schultern war. Sie errötete ganz beschämt und strebte auf Seitenwegen dem Hause zu.

»Die Männer kommen heim, wißt ihr es schon?« riefen ihr von den Heckenwegen die Mädchen und die Frauen und hier und da selbst die Kinder zu, alle waren sie außer sich vor Freude.

»Was ist dabei?« entgegnete sie zuletzt einer schon ganz ärgerlich.

»Sie kommen doch! Ist das nicht genug?« Sie wunderte sich über ihre Kälte.

»Man hat gerad soviel mit ihnen, wie ohne sie! Diese Dummen!« murmelte sie vor sich hin, unangenehm berührt, daß jede auf den Ihren wartete ...

Sie sah bei der Mutter ein. Nur Jendschych war zu Hause; es war zum erstenmal, daß er von seinem Lager aufgestanden war, seinen verstauchten Fuß hatte er noch mit Lappen umwickelt, saß auf der Schwelle, einen Korb flechtend und pfiff zu den Elstern hinüber, die auf dem Zaun hüpften.

»Weißt du schon, Jagusch? ... Sie sollen heute heimkommen! ...«

»Das schreit schon die ganze Welt heute in einem zu.«

»Weißt du, und die Nastuscha, die ist ganz weg, daß der Schymek heute wiederkommt.«

»Warum denn?« Sie blitzte ihn drohend mit den Augen an, gerade wie die Mutter.

»Ih ... nichts ... Was mich da das Bein aufgeschmerzt hat ...« stotterte er ängstlich hervor. »Still da, Aasbande.« Er warf einen Stecken auf die gackernden Hühner.

Dann tat er, als reibe er den schmerzenden Fuß und sah demütig in ihr finsteres Gesicht.

»Wo ist denn Mutter?«

»Nach dem Pfarrhof sind sie gegangen ... Jagusch, und von der Nastuscha, das ist mir nur so dazwischengekommen.«

»Dummer, glaubst vielleicht, daß niemand davon was weiß! Sie werden sich schon kriegen, was ist denn dabei? ...«

»Wird denn Mutter die Erlaubnis geben, wenn die Nastuscha nur einen Morgen Land hat?«

»Wird er sie fragen, dann nicht. Hale, der Bursch ist doch schon in den Jahren, da muß er denn doch auch seinen Verstand haben und wissen, wie und was ...«

»Den hat er, Jagusch, den hat er schon; und wenn er es sich in den Kopf setzt, und wenn es darauf ankommt, dann wird er auf die Mutter nicht hören, und verheiraten tut er sich, verlangt seinen Teil und wird seinen Willen durchsetzen.«

»Red' du nur, wenn es dir Spaß macht, red' mal los, daß dich nur nicht die Mutter hört!«

Mit einem Male wurde ihr aber ganz traurig zumute. War es vielleicht nicht so? Selbst solche Nastuscha müht sich noch ab, um einen Mann zu kriegen und hat ihre Freude, und die anderen Mädchen auch. Die werden wohl heute allesamt toll werden, denn zu jeder kehrt einer heim.

»Das ist wahr, alle kommen sie doch wieder ...« Eine freudige Ungeduld packte sie, sie ließ den erschrockenen Jendschych sitzen und rannte nach Hause, alles in Ordnung zu bringen zu diesem Empfang, ganz wie die anderen alle, und mit Ungeduld auf die Heimkehrenden zu warten, wie es in diesem Augenblick das ganze Dorf tat.

Sie schaffte mächtig und sang voll Freude und sehnsüchtiger Erwartung vor sich hin, und manches Mal lief sie hinaus, auf die Landstraße zu sehen, auf die auch die Augen aller anderen Frauen aus Lipce gerichtet waren.

»Auf wen wartet ihr denn?« hatte sie irgend jemand plötzlich gefragt.

Es war ihr, als hätte ihr einer unerwartet einen Schlag mit einem Stock über den Kopf versetzt; sie wurde blaß, ließ die Arme sinken wie zwei lahme Flügel, und ihr Herz erbebte vor Leid.

»Das ist wahr, auf wen wartete sie denn? Niemand hat es doch eilig zu ihr, sie ist in der weiten Welt ganz allein ... Höchstens vielleicht Antek! ...« fügte sie angstvoll hinzu. »Antek!« Sie flüsterte es ganz leise vor sich hin, ein Seufzer schwellte ihr Herz, und Erinnerungen zogen durch ihr Bewußtsein wie blasse Nebel, wie ein Wundertraum, den man einmal geträumt hatte. »Vielleicht kehrt er doch heim!« sann sie vor sich hin.

... Wenn ihr auch der Schmied gestern gesagt hat, daß man ihn nicht mit den anderen zugleich aus dem Kriminal freilassen würde, daß er lange Jahre hinter Schloß und Riegel bleiben müßte.

»Vielleicht lassen sie ihn aber doch frei!« wiederholte sie lauter schon, als wollten ihm ihre Gedanken und Erwartungen entgegeneilen; aber sie war ganz ohne Freude und ohne Begeisterung und trug einen ängstlichen, lauernden Unwillen im Herzen.

»Laß ihn kommen! Was hab' ich von ihm!« fuhr sie ungeduldig auf.

Boryna fing an, etwas zu lallen.

Sie wandte ihm mit Abscheu den Rücken, ohne ihm etwas zu essen zu reichen, obgleich sie wußte, daß er darum bettelte.

»Wenn du doch endlich verrecken wolltest!« Sie geriet plötzlich in Wut und, um ihn nicht mehr sehen zu müssen, trat sie wieder auf die Galerie hinaus.

Man hörte am Weiher die Waschschlegel klopfen, und hier und da leuchtete der rote Rock einer der waschenden Frauen auf. Ein trockener Windhauch streifte kaum die grünen Weiden, so daß sie nur hin und wieder schaukelten. Die Sonne war nahe daran, sich aus den weißen Wolken herauszuschälen, die Pfützen leuchteten schon auf, und auf der Spiegelfläche des Weihers tanzten goldige Flimmer, die Regendünste waren zu Boden gesunken, und aus der Umfassung der grauen Steinmauern hoben sich aufblühende Obstgärten immer deutlicher ins Helle empor. Sie sahen wie große Blütengarben aus, von denen ein Duften und ein Vogelgezwitscher kam. Man hörte das scharfe Rattern der Mühle, und von der Schmiede klang das durchdringende Aufschlagen der Hämmer zu ihr herüber, vermischt mit dem Lärm der festlichen Vorbereitungen, der von weitem wie Bienengesumm klang.

»Vielleicht werd' ich ihn doch wiedersehen«, sann sie vor sich hin, das Gesicht und die Haare dem Wind und der Feuchtigkeit darbietend, die von den abtrocknenden Blüten und Blättern auf sie niedertroff.

»Jaguscha, wollt ihr nicht auch arbeiten kommen?« schrie Fine vom Hof herüber.

Es kam ihr nicht einmal in den Sinn, sich zu widersetzen; sie nahm eine Harke und ging zu den arbeitenden Frauen hinüber. Die Kraft und all ihr Trotz waren von ihr gewichen, sie fügte sich selbst gern dem Befehl, der sie aus den Grübeleien und der Unsicherheit herausriß. Eine eigentümliche Sehnsüchtigkeit hatte von ihr Besitz genommen, so daß die Augen sich ihr mit Tränen füllten und die Seele weit hinausstrebte. Sie machte sich so eifrig an die Arbeit, daß die Kätnerinnen bald ganz hinten zurückblieben; doch sie ließ nicht nach, achtete nicht auf Gusches Sticheleien und sah nicht die Weiberblicke, die sie in einem fort belauerten, wie Hunde, die sich heranschleichen, um heimlich zuzupacken.

Hin und wieder reckte sie sich plötzlich wie ein blütenbeschwerter Birnbaum auf einem Feldrain, der sich bei der Berührung des Windes plötzlich aufrichtet und, sich leise wiegend, mit Tausenden von Blütenaugen in die Welt schaut, weißen duftenden Blütenschnee auf die wogenden grünen Getreidefelder niedersinken läßt und im Traum vielleicht noch einmal an den bösen kalten Winter denkt.

Sie sann über Antek nach, öfter noch aber kamen ihr Jaschos leuchtende Augen und seine roten Lippen in Erinnerung. Jaschos liebe Stimme klang in ihrem Herzen so voll Süße wieder, daß jeglicher Gram wich, alles sich aufhellte, und sie, noch tiefer über das Ackerland gebeugt, sich mit der ganzen Macht ihrer Sehnsucht an diese Erinnerungen hing. Denn ihre Natur war wie ein schlanker Spindelbaum und wie der wilde Hopfen, der immer irgendwo sich fortranken muß, an einem Zweig Halt sucht oder sich um einen stolzen Stamm windet, um wachsen und blühen zu können, der aber, wenn man ihm die Stütze wegnimmt und ihn sich selbst überläßt, leicht dem bösen Zufall ausgeliefert ist.

Die Kätnerinnen hatten, da es schon ordentlich warm geworden war, die Schürzen und Leintücher von den Köpfen genommen, sie hatten inzwischen ihr gut Teil miteinander über Jagna getuschelt und begannen, sich nun immer eifriger miteinander zu unterhalten und, ihre Glieder reckend, sehnsüchtig nach der Mittagszeit umzuschauen.

»Kosiol, Ihr seid die Längste – da guckt mal aus, ob die Männer nicht schon auf dem Pappelweg zu sehen sind.«

»Keine Spur und kein Laut davon«, antwortete diese, sich vergeblich auf die Zehenspitzen reckend.

»Wie sollten sie auch so bald kommen! ... Die werden gewißlich nicht vor Dunkelheit da sein ... bei diesem weiten Weg ...«

»Und dann noch die fünf Schenken am Weg«, machte sich Gusche auf ihre Art lustig.

»Die Armen, wie sollen die da an Schenken denken!«

»Sie haben genug Not leiden müssen ...«

»Was haben sie denn auszustehen gehabt, daß sie in der Wärme sich ausgeschlafen und vollgegessen haben? ...«

»Versteht sich, die haben groß was gehabt, wie die Mastschweine von Nesseln und Spreu.«

»Da ist selbst bei trockenen Kartoffeln die Freiheit besser«, sagte Gschelas Frau.

»Ist das eine Herrlichkeit, solch eine Freiheit! ... na, ein Armer hat so viel davon, daß er vor Hunger verrecken kann, wo er will, denn Strafe werden sie ihn dafür nicht zahlen lassen, und der Schandarm wird ihn nicht deswegen ins Kriminal schleppen! ...« höhnte sie.

»Das ist wahr, du meine Güte, das ist wahr! Aber Unfreiheit ist doch Unfreiheit! ...«

»Und was Erbsen mit Speck sind, ist nicht Brühe auf Espenholz!« ahmte Gusche nach, so daß sie alle in ein Gelächter ausbrachen.

553

Philipka versuchte sich zu wehren, aber konnte sie denn einem solchen Schandmaul und einer solchen Zunge standhalten? Gusche machte sich noch weidlich über sie lustig und fing dann gleich noch an, ganz unerhörte Sachen über den Müller zu erzählen, daß er den Leuten auf Borg nur schimmlige Grütze gäbe und bei Barzahlung auch am Gewicht betrüge. Darauf hielt sie sich mit der Kosiol gemeinsam über das ganze Dorf auf, selbst Hochwürden nichts durchlassend. Sie nahmen jedermann auf ihre bösen Zungen und schleiften ihn gehörig umher wie über scharfe Dornhecken ...

Gschelas Frau versuchte einzelne zu verteidigen, aber die Kosiol überschrie sie.

»Ihr würdet selbst solche verteidigen, die in den Kirchen einbrechen.«

»Jeder Mensch braucht Schutz!« murmelte sie mit weicher Stimme.

»Und am meisten der Gschela selbst vor eurem Mangelbrett! ...«

»Das ist nicht eure Sache, über Rechttun zu reden, wo ihr doch dem Bartek Kosiol seine Frau seid! ...« sagte sie hart und reckte sich stolz.

Sie erschraken alle in der Erwartung, daß sich die beiden in die Schöpfe fahren würden, aber sie musterten einander nur mit drohenden Augen. Es war ein Glück, daß gerade Witek angerannt kam, um zum Mittagessen zu rufen und die Kartoffelkörbe zu sammeln, da sie doch von Mittag an feiern sollten.

Sie sprachen nur wenig beim Mittagessen, das Anna auf der Galerie auftragen ließ, denn die Sonne war schon ganz herausgekommen; die ganze Welt erhellte sich, und die Dächer und die blühenden, wie mit weißem Schnee bedeckten Bäume badeten in einer durchsichtigen, duftenden Luft.

Ein lieblicher und stiller Tag hatte sich ausgebreitet, ein Windhauch fuhr so sanft über die Bäume wie Mutterhände, die liebe Kinderwangen streichelte.

Es wurde ein rechtes Fest, denn von Mittag an ging niemand mehr an die Arbeit, selbst das Vieh hatte man von den Weiden eingetrieben, und nur die Ärmsten führten ihre abgemagerten Kühe zum Abweiden an den Rainen und Gärten entlang.

Und als die Sonne schon einige Mann tief unter den Mittagsstand gesunken war, fingen die Leute an, sich vor der Kirche zu sammeln. Sie wärmten sich an der Mauer im Sonnenschein, leise miteinander plaudernd, wie die Vögel, die in den Ahornen und Lindenbäumen zwitscherten, welche einen hohen Kreis bildend, mit ihren kaum grün angehauchten Ästen bis ans Kirchendach reichten. Die Sonne brannte gehörig, wie das so gewöhnlich nach einem Morgenregen ist. Die festlich geschmückten Frauen standen in Haufen auf dem Kirchhof, und einzelne von ihnen sahen sehnsüchtig über die Mauer auf den Pappelweg; der blinde Bettler hatte sich inzwischen mit seinem Hund am Kirchhofstor niedergelassen, sang mit klagender Stimme fromme Lieder, spitzte eifrig die Ohren und klapperte mit seinem Teller, den er den Eintretenden entgegenhielt.

Bald erschien der Pfarrer in einem Chorhemd und einer Stola und mit bloßem Kopf, so daß ihm die Glatze in der Sonne glänzte.

Der Pjetrek vom Borynahof nahm das Kreuz, denn der alte Ambrosius hätte es nicht vermocht, den weiten Weg zu machen; der Schulze, der Schultheiß und einige der kräftigeren Mädchen trugen die Fahnen, die sich gleich im Wind zu entrollen, zu flattern und bunt aufzuwehen begannen; Michael vom Organisten trug das Weihwasser und den Weihwedel. Ambrosius hatte an die Mitglieder der Brüderschaft

Lichter verteilt, der Organist stellte sich mit einem Buch in der Hand neben Hochwürden, und als dieser das Zeichen gab, setzten sie sich in Bewegung, durch das in Blütengärten versunkene Dorf, am Weiher entlang schreitend, so daß sich die ganze Prozession im stillen Wasser wiederspiegelte.

Viele Frauen und Kinder schlossen sich ihnen noch unterwegs an, und zum Schluß erschienen selbst, sich bis an den Priester hindurchdrängend, der Müller und der Schmied.

Ganz am Ende hinter allen schleppte sich Agathe, oft aufhustend, und der Blinde schaukelte auf seinen Krücken hinterdrein; aber vor der Brücke kehrte er um und wandte sich dem Anschein nach nach der Schenke.

Erst hinter der Mühle, die abgestellt war, denn auch der mehlbestäubte Müllerbursche hatte sich ihnen zugesellt, zündeten sie die Kerzen an, der Priester setzte sein schwarzes eckiges Mützchen auf, bekreuzigte sich und stimmte das Lied: »Wer sich in den Schutz des Herrn begibt« an.

Sie fielen alle ein, aus voller Kehle singend, so gut es ein jeder wußte, und wandten sich am Fluß entlang über die Wiesen, wo noch die Regenpfützen auf den Wegen standen und der Boden stellenweise so aufgeweicht war, daß man bis über die Knöchel einsank. Die Kerzen mit den Handflächen schützend, zogen sie über den engen Feldpfad und glichen in ihren roten und gestreiften Beiderwandröcken einer langen bunten Rosenkranzkette.

Der Fluß blitzte in der Sonne und schlängelte sich durch die grünen Wiesen, auf denen hier und da in Haufen gelbe und weiße Blumen wuchsen.

Die Fahnen wehten über ihren Häuptern und sahen wie Vögel mit großen gelbroten ausgebreiteten Flügeln aus, das Kreuz wankte voraus, und die singenden Stimmen flossen durch die stille, klare Luft. Das junge Gras leuchtete, die hellgrünen Weidenbüsche umgaben sie, und Schlehdorne standen ganz in ihre Blütenweiße wie in weiße Hemden gehüllt da.

Leichte Wellchen plätscherten gegen das dicht mit Sumpfdotterblumen betupfte Bachufer, eine leise Begleitung zu den Liedern und Blicken bildend, die vor sich hinstrebten in die Weiten des hellen Himmels, dem blinkenden, goldgeschuppten Fluß entgegen, den fernen Dörfern, die kaum in der blau angehauchten Luft sich durch ihre weißen, blühenden Gärten abzeichneten.

Der Priester ging mit seiner Begleitung gleich hinter dem Kreuz und sang mit den anderen.

»Viele Wildenten fliegen da auf«, sagte er etwas nach links schielend.

»Das sind vorüberziehende Moorenten«, entgegnete der Müller, über den Fluß hinweg auf die Niederungen deutend, die mit gelbem, vorjährigem Ried und mit Erlengebüsch bewachsen waren, man sah dort immer wieder ganze Scharen schwerfällig aufflattern.

»Und mehr Störche gibt es auch wie im Vorjahr.«

»Die finden genug auf den Wiesen zu fressen, da kommen sie denn auch aus der ganzen Welt zusammen, und meiner ist mir gerade zu den Feiertagen weggekommen.«

»Der hat sich gewiß einem Zug angeschlossen, der gerade vorüberflog.«

»Was ist denn da in den gewalzten Beeten gesät?«

»Einen ganzen Morgen Mais habe ich gesät, es ist hier etwas naß; und da man sagt, daß es ein trockenes Jahr sein soll, so wird er vielleicht gedeihen können.«

»Wenn es nur nicht so kommt, wie mit dem meinen im vorigen Jahr: es war nicht einmal der Mühe wert, sich danach zu bücken.«

»Den Rebhühnern ist er gut zupaß gekommen, sie haben sich da recht schön vermehrt«, meinte er, leise lachend.

»Gewiß, Sie haben die Rebhühner gegessen, und meine Schimmel haben an den leeren Krippen geknabbert.«

»Wenn er gut gedeiht, will ich Hochwürden einen Wagen voll verehren.«

»Gott bezahl's, das würde mir recht kommen, denn auch der vorjährige Klee ist nicht berühmt; wenn dann noch dazu große Dürre kommt, geht er sicher ein!« seufzte er kläglich auf und sang wieder mit.

Sie kamen gerade an den ersten Grenzhügel, der so mit aufgeblühten Schlehdornsträuchern bedeckt war, daß er wie ein weißer blütenumsteckter Haufen aussah; die Luft um ihn war voll Bienengesumm.

Sie umringten mit einem Kreis flackernder Lichter das Kreuz, das aus den Büschen aufragte, die gesenkten Fahnen rollten sich ganz auf, und die Leute knieten rings nieder, wie vor einem Altar, auf dem zwischen Blumen, inmitten von summenden Bienen die Majestät des Frühlings sich offenbart hatte! ...

Der Priester begann alsogleich ein Gebet gegen die Hagelschäden zu lesen und sprengte geweihtes Wasser nach allen vier Himmelsrichtungen aus, die Bäume und die Erde, das Wasser und die demütig niedergebeugten Köpfe segnend und die ganze Welt, die in der Lust des Wachsens erbebte.

Das Volk ließ ein neues Lied erklingen und richtete sich schon mutiger und freudiger von den Knien auf.

Sie gingen weiter, gleich nach links quer durch die Wiesen, etwas hügelan wendend. Nur die Kinder blieben etwas länger zurück, da der Gulbasjunge, mit Witek zusammen, ein paar anderen Jungen nach altem Brauch auf dem Grenzhügel eine Tracht Prügel verabfolgte, dabei entstand ein solcher Lärm, daß selbst der Priester ihnen von weitem drohte.

Hinter den Wiesen kamen sie auf eine breite Grenztrift in ein Dickicht schlanker Wacholderbüsche, die wie Wächter am Rand wuchsen. Die Trift war weit ausgedehnt, breitete sich bald nach hier, bald nach dort aus, wie ein Fluß, in dem die dicht mit Blümelein durchmengten Gräser wie grüne Fluten wogten, und selbst in den alten Schneisen wucherten gelbe Gänsedisteln und weiße Tausendschönchen. Hin und wieder machten sich große Steinhaufen, die von Dornbüschen umsponnen waren, breit, und vereinzelt sah man noch hier und da ein paar einsam stehende wilde Birnbäume ganz in Blüte und Bienengesumm wie weiße Heiligtümer, die über den Feldern errichtet worden waren, so daß man Lust fühlte, vor ihnen niederzuknien und die Erde zu küssen, die sie geboren hatte.

Manchmal wiederum tauchte eine junge Birke auf, mit einem weißen Fähnlein angetan, ganz von ihrem grünen aufgeflochtenen Haar umflossen, und so rein und andächtig, wie ein Mädchen, das zum ersten Abendmahl geht.

Sie stiegen langsam hügelan, die Felder von Lipce von der Nordgrenze umgehend, an den Kornfeldern des Müllers vorüber, auf denen junger Roggen wogte.

Der Priester ging gleich hinter dem Kreuz, hinterdrein drängten sich scharenweise die Mädchen und jüngeren Frauen, und am Ende kamen einzeln und zu zweien die alten Mütterchen nach, und Agathe bildete ganz hinten den letzten Zipfel der Prozession. Die Kinder aber tummelten sich zu beiden Seiten des Auges, sich vor den Blicken des Priesters versteckt haltend, um desto dreister herumtollen zu können.

Sie betraten die Ebene, auf der sich jetzt kein Lüftchen regte; die Fahnen hingen schlaff herunter, das Volk hatte sich ausgebreitet, so daß hier und da nur die Frauen aus dem Grün wie bunte Blumen sichtbar wurden, und die Kerzenflammen wie taumelnde Schmetterlinge bebten.

Der Himmel spannte sich hoch und rein, und hier und da lag eine weiße Wolke im Raum, wie ein Schäfchen auf bläulichen, endlosen Feldern, über denen eine große glühende Sonne zog, die Welt mit Wärme und Glanz überflutend.

Und das Lied verstärkte sich, sie fielen so laut ein, daß die Vögel von den in der Nähe wachsenden Bäumen aufflatterten; manchmal schwirrte ein aufgescheuchtes Rebhuhn vor ihren Füßen auf, oder es sprang ein junger Hase unter einer Scholle hervor und rannte blindlings davon.

»Das Winterkorn kommt gut«, murmelte der Priester.

»Und ob! Gestern hab' ich schon die ersten Knoten im Korn gefunden.«

»Wer hat denn das Feld da so eingesaut? ... Die Hälfte Dünger liegt noch oben auf den Schollen!«

»Das sind die Kartoffeln von irgendeiner der Kätnerinnen, sehen grad aus, als ob sie hier mit einer Kuh zu Gange gewesen wären.«

»Die Egge wird dann alles wieder herauszerren. Was das für Pfuscher sind!«

»Der Knecht von Hochwürden hat es umgepflügt«, mischte sich der Schmied mit gedämpfter Stimme ein.

Hochwürden machte eine unwillige Bewegung, aber er sagte nichts; und den Gesang anstimmend ließ er seine Augen über die endlose Weite des fruchtbaren Ackerlandes gehen, das etwas wellig hier und da sich zu kleinen Hügeln erhebend dalag, die wie Brüste einer nährenden Mutter waren, und in einem süßen Atem sich zu regen schienen, als wollte sie alles, was nach diesen Brüsten suchte, an sich ziehen, stillen und es sein kärgliches Los vergessen machen.

Hei! Wie weit die Augen hinausflogen; die ganze Prozession schien nur ein Ameisenzug durch die Getreidefelder zu sein, und Menschenstimmen schwebten wie Lerchensang über der weitgestreckten Ebene.

Die Sonne wandte sich gen Westen, so daß schon die Kornfelder vergoldet dastanden, die blühenden Bäume warfen lange Schatten, und der Weiher von Lipce blitzte aus wie eine glühende Spiegelscheibe aus der Umrahmung von Gärten, die von weißem Blütenschaum gekrönt waren. Das Dorf lag im Tal wie auf dem Grunde einer gewaltigen Schüssel und war so von den Bäumen beschattet, daß nur hier und da eine alte Scheune sichtbar wurde; nur die Kirche überragte mit ihren weißen Wänden alles, und ihr goldenes Kreuz hob sich leuchtend gegen den Hauen Himmel ab.

Rechts von den Gehenden breitete sich die Ebene aus, wie unabsehbares graugrünes Gewässer, aus dem die Dörfer wie dichte Bauminseln, einsame Kreuze und einzelne Bäume hervortauchten. Die Augen flogen wie Vögel da hinaus, doch sie erreichten in ihrem, einen Umkreis beschreibenden Flug keine anderen Grenzen als die ringsum blauenden Wälder.

»Es ist etwas reichlich still ... daß da nicht Regen in der Nacht kommt ...« fing der Priester an.

»Das wohl nicht: es hat sich ganz aufgeklärt, und etwas kühler ist es auch geworden.«

»Am Morgen hat es noch gegossen, und jetzt merkt man schon nichts mehr davon.«

»Das ist so im Frühling, da trocknet es im Nu ab«, mischte sich der Schmied dazwischen.

Sie erreichten den zweiten Grenzhügel, er war groß wie eine Sanddüne; man sagte, daß darunter die im Krieg Erschlagenen lägen. Ein niedriges, schon ganz hinfälliges Kreuz stand darüber, geschmückt mit vorjährigen Kränzen und Heiligenbildern, mit Vorhängen davor; von der Seite aber schmiegte sich eine ausgehöhlte, breitästige Weide daran und ließ ihre jungen Triebe darüber hängen. Es war da seltsam einsam, selbst die Spatzen mochten nicht im hohlen Stamme nisten, und obgleich ringsum nur fruchtbares Land war, lag der Hügel fast ganz kahl da, seine aufgerissenen Flanken leuchteten sandgelb, und nur Hauswurz wuchs hier und da wie eine Flechte am Boden, von dem vereinzelte Stauden Tollkraut und einige vertrocknete Königskerzen vom Vorjahr aufragten.

Hier hielten sie wieder eine Andacht zum Schutz gegen die böse Seuche ab, und sich etwas beeilend, wandten sie sich noch mehr nach links, schräg nach dem Pappelweg, dem Wald zustrebend, wohin der schmale, stark ausgefahrene Feldweg führte.

Sie hatten sich schon im ganzen Haufen nach dorthin in Bewegung gesetzt, und nur Agathe war zurückgeblieben, riß heimlich einen Fetzen vom Kreuztuch ab, und von weitem der Prozession folgend, vergrub sie ihn in kleinen Stücken auf den Feldrainen aus irgendwelchem Aberglauben.

Der Organist stimmte die Litanei an, die träge dahinfloß, denn nur hier und da sang einer vor sich hin, und die Frauen räsonierten leise miteinander, nur wenn es gerade erforderlich war, ein schrilles: »Bete für uns« dazwischenwerfend – die Kinder waren vorausgelaufen und führten sich so lärmend auf, daß der Pjetrek vom Borynahof, sich nach dem Pfarrer umsehend, ärgerlich vor sich hinbrummte:

»Diese Galgenstricke! Nichtsnutze! ... Laß mich mal erst den Gurt abnehmen!«

Der Priester, der schon stark ermüdet war, wischte sich den Schweiß von der Glatze, überflog mit einem Blick die nachbarlichen Felder und wandte sich an den Schulzen:

»Oho, denen sind schon die Erbsen aufgegangen ...«

»Das ist wahr! ... Die müssen früh gesät sein, der Acker ist richtig bestellt worden, so kommen sie sein dicht heraus.«

»Ich habe meine zu Palmsonntag gesät, aber sie fangen erst an, die ersten Keime zu zeigen.«

»Weil es bei Hochwürden da in der Kuhle kälter ist, hier ist der Boden warm.«

»Auch die Gerste ist denen da schön aufgegangen, und gleichmäßig sieht sie aus, wie mit einer Sämaschine gesät.«

»Das sind die Felder von denen aus Modlica, die arbeiten nach herrschaftlicher Mode.«

»Nur auf unseren Feldern ist noch keine Spur von Hafer und Gerste.«

»Alles ist verspätet, der Regen hat es in den Boden geschlagen, da keimt es nicht so schnell.«

»Furchtbar verschandelt ist das alles hier, zum Gottserbarmen«, seufzte der Priester wehmütig auf.

»Dem geschenkten Gaul guckt man nicht ins Maul«, lachte der Schmied.

»Ihr Bengel da, die Ohren werd' ich euch abreißen, wenn ihr nicht nachlaßt!« schrie der Priester auf die Jungen ein, die mit Steinen hinter einer Schar Rebhühner warfen, die quer über die Ackerbeete flüchtete.

Die Gespräche wurden plötzlich still, die Jungen hockten in den Ackerfurchen nieder, der Organist begann wieder mit blökender Stimme sein Lied zu singen, der Schmied fiel laut ein, daß es einem dabei in den Ohren gellte, und die dünnen Weiberstimmen erhoben sich in einem klagenden Chor, so daß die Litanei sich wieder über die Felder ausbreitete, wie ein Vogelzug, der durch einen langen Flug ermattet, langsam immer tiefer niedersinkt.

Sie schoben sich zwischen den grünen Feldern entlang in einem langen, sangerfüllten Streifen, so daß die Leute, die auf den Feldern von Modlica und auch noch auf den weiter abliegenden arbeiteten, ihre Arbeit unterbrachen, die Mützen lüfteten und auf dem Acker niederknieten. Hier und da brüllte ihnen das Vieh entgegen, die gehörnten Häupter hochhebend, und ein aufgescheuchtes Füllen rannte von der Mutter weg ins Weite.

Sie hatten noch eine kleine Strecke zum dritten Hügel zu gehen, wo am Pappelweg ein Kreuz stand, als plötzlich jemand laut ausrief:

»Da kommen ja Männer aus dem Wald!«

»Sind das nicht die unsrigen?«

»Das sind sie, das sind sie!« klang es aus dem Haufen heraus, und an die fünfzehn stürzten sich ihnen entgegen.

»Stehenbleiben! Die Andacht kommt zuerst!« befahl der Priester scharf.

Natürlich blieben sie, aber sie traten von einem Fuß auf den anderen vor Ungeduld. Sie hatten sich zu einem noch dichteren Haufen zusammengedrängt, sich einander anschließend, wie es gerade kam, denn jede riß es mit Allgewalt von der Stelle; der Priester aber ließ keinen voraus, er hatte nur seine Schritte beschleunigt.

Von irgendwoher kam plötzlich ein Windstoß, der die Lichter verlöschte, die Fahnen flatterten auf, das Getreide, die Büsche und die Blütenbäume fingen an zu rauschen und taten, als wollten sie sich verneigen; aber das Volk, obgleich es immer lauter sang, fing schon fast an zu rennen, haftete mit seinen Blicken am nahen Wald und versuchte zwischen den Bäumen hindurch am Weg zu spähen, wo schon deutlich die weißen Bauernröcke aufblitzten.

»Drängt euch da nicht so, rein wie die Dummen: die Männer laufen euch nicht weg!« wies sie der Priester zurecht, denn sie traten ihm auf die Absätze, eine über die andere nach vorne drängend.

Anna, die in einer Reihe mit den ersten Hofbäuerinnen ging, schrie auf, als sie die Bauernkittel erkannte. Sie wußte zu gut, daß sie den Antek nicht darunter finden würde, und dennoch erbebte sie vor Freude, und eine trunkene Hoffnung wollte ihr schier die Seele sprengen, so daß sie vom Weg ab in eine Ackerfurche trat und scharf hinüberspähte.

Jaguscha aber, die neben der Mutter ging, wollte auf der Stelle losrennen; eine Glut überflog sie, sie fing dermaßen an zu beben, daß sie ihre Zähne nicht zusammenbekommen konnte, und auch die anderen Frauen hatten es eilig, zu ihren ersehnten Ehegatten zu gelangen. Einzelne Mädchen und Jungen aber konnten schon gar nicht länger an sich halten und flogen aus dem Haufen, wie Wasser, das aus einem angestoßenen Eimer spritzt; trotz der Zurufe rannten sie querfeldein auf die Landstraße zu, daß ihnen nur so die Waden aufblitzten.

Die Prozession erreichte bald darauf das Borynakreuz, hinter dem gleich am Rande der Felder von Lipce und des herrschaftlichen Waldes der Grenzhügel war.

Dort standen schon die Männer im Schatten mächtiger Birken, die um das Kreuz Wacht hielten; sie hatten schon aus der Ferne die Häupter entblößt, und den Augen der Frauen wurden die lieben Gesichter der Männer, Väter und ersehnten Söhne sichtbar, abgemagerte, abgehärmte Gesichter, die jetzt voll Freude und glückseligen Lachens waren.

»Die Ploschkas! Die Sikoras! Mathias! Klemb und Gulbas! Der alte Gschela! Philipp auch! Die lieben Armen alle! ... Die Armen! Jesus Maria, heiligste Mutter!« tönten die Zurufe und das heiße Geflüster; die Augen loderten vor Freude, die Hände streckten sich schon aus, das niedergehaltene Weinen brach hervor, und ein Schrei wollte laut werden; alle waren schon außer Rand und Band, doch der Priester hielt sie beschwichtigend mit erhobener Stimme zurück, und nachdem er alle bis ans Kreuz geleitet hatte, las er bedächtig das Gebet zum Schutz gegen Feuersgefahr; er las langsam, denn unwillkürlich sah er sich nach allen Seiten um und ließ seine wohlwollenden Augen über die abgehärmten Gesichter gehen.

Alle waren im Halbkreis niedergekniet, und die Tränen flossen ihnen zugleich mit dem heißen Dankgebet, während die Augen am gekreuzigten Heiland hasteten. Erst nachdem der Pfarrer mit dem Gebet fertig geworden war und mit geweihtem Wasser die zur Erde gebeugten Häupter besprengte, nahm er das eckige Mützchen vom Kopf ab und rief laut und fröhlich, daß es hallte:

»Gelobt sei Jesus Christus! Grüß Gott, liebe Leute!«

Sie antworteten ihm selbstverständlich wie aus einem Munde und drängten sich um ihn, wie eine Herde Schafe um ihren Hirten, seine Hände küssend und seine Knie umfassend; und er zog jeden ans Herz, küßte ihre Häupter, strich ihnen über die Wangen, fragte sie besorgt aus und ließ jeden mit einem guten Wort von sich, bis er schließlich ganz ermüdet unter dem Kreuz niedersaß, sich den Schweiß und die Tränen der Rührung aus dem Gesicht wischend.

Das Volk wallte auf wie Wasser, das überkocht.

Ein Stimmengewirr wurde laut, Gelächter, Küsse, freudiges Weinen, Kindergekreisch, heiße, herzliche Worte, Geflüster, Zurufe, die wie ein Singen aus dem freudetrunkenen Herzen kamen; jede zog ihren Mann beiseite, und jeder bewegte sich hin und her, von freudigem Stimmengewirr und Weinen umgeben, in seinem Haufen Frauen und Kinder, und war anzusehen wie ein Tannenbaum mitten im niedrigen Buschwerk … Gut zwei Paternoster lang dauerten die Begrüßungen; sie hätten bis in die Nacht gewährt, wenn der Priester sich nicht besonnen hätte, daß es schon Zeit wäre und das Zeichen zum Aufbruch gab.

Sie setzten sich in Bewegung und gingen durch die junge Tannenschonung, sich zwischen Wacholderbüschen hindurchzwängend, auf den letzten Grenzhügel zu.

Der Priester stimmte das Lieb: »Herzliche Mutter« an, und alle fielen mit lauter Stimme wie ein Mann ein, so daß der Forst wie aufstöhnend Antwort raunte; die Freude hatte ihre Seelen so erfüllt und verlieh ihren Stimmen solche Macht, daß der Gesang wie ein Frühlingsgewitter aufrauschte, das wie von der eigenen drängenden Glut getrieben über den Waldeswipfeln dahinzieht.

Da aber viel Volk hinzugekommen war, so hatte sich der ganze Weg mit Menschen angefüllt, daß viele schon am Ackerrand und viele unter den Bäumen am Waldsaum nebenher gingen, und alle sangen sie wieder und immer wieder, so daß der ganze Forst von dem himmelansteigenden Lied widerhallte.

Dann aber schwieg allmählich Stimme nach Stimme, so daß nur die, die ganz vorn gingen, noch sangen; die meisten hatten es eilig, mit den Ihren zu reden. Die Reihen lösten sich, und Menschen begannen sich nach allen Seiten zu verlieren; man ging familienweise, viele nahmen die kleineren Kinder auf die Arme, und andere, die jünger waren, gingen in Paaren, eifrig miteinander redend; etliche verzogen sich nach dem Wald, um den Blicken der Menschen aus dem Weg zu gehen, und die Mädchen hatten sich, rot wie die Kirschen, an ihre Burschen gehängt, ohne auf irgend jemand mehr zu achten. Hin und wieder aber, wie um ihrem Behagen einen Ausdruck zu geben, fiel die Menge wieder mit lauter Stimme ein, daß die Krähen aus ihren Nestern aufgescheucht davonflatterten, daß die Kerzen verloschen und der Wald ihnen eine Antwort lallte wie aus tiefer, unergründlicher Kehle.

Dann breitete sich abermals Stille aus, so daß man nur noch das Aufstampfen der Tritte hörte, manchmal ein perlendes, heißes Lachen und hingeflüsterte zärtliche Worte aus dem Dickicht, und vorneweg um den Priester murmelten immer noch die Gebete der alten Mütterchen wie eine wiederkehrende, wispernde Flut.

Die Sonne wollte schon untergehen, der Himmel dehnte sich zu einer goldenen Glaskuppel aus, und nur ein paar glührote Wölklein erstarben in den bläulichen Höhen. Die Sonne hatte sich bis an den Himmelssaum geschoben und hing dicht über den Wäldern. Zwischen den gewaltigen Stämmen und dem grünen Unterholz breiteten sich goldene Scheine aus, auf den Waldwiesen schienen aber die einzelnstehenden Bäume lichterloh zu brennen, das Wasser glühte im Walddunkel auf, und der ganze Forst tauchte in blutigen Dunst, so daß nur stellenweise, wo die hochragenden Tannen eine dichte Wand bildeten und wie Männer dastanden, die Schulter an Schulter gestemmt sich aufrecken, dunkle Dämmerung lag, welche aber auch noch hier und da wie von goldenem Gerieseldurchwirkt wurde.

Der Wald schien sich über den Weg zu beugen und aufs Feld zu schauen, seine mächtigen Wipfel streckte er ins Abendrot und stand dabei so still, daß man das Hämmern der Spechte hörte; irgendwo ließ der Kuckuck sein eifriges Rufen vernehmen, und von den Feldern kam das Gezwitscher der Vögel.

Der Weg schlängelte sich stellenweise ganz an den Rand der Felder heran, so daß die Männer ab und zu zu erzählen aufhörten und, sich bis an die Ackerfurche am Weg hindrängend, vorgebeugt gingen und mit den Augen die grünen Fluren umfaßten, auf denen hier und da die Blütenbäume im Abendglanz standen. Sie sahen auf die langen Ackerstreifen, die wie in Demut sich ihnen entgegenschoben, beäugten die Wintersaaten, die wie flutende grünliche Wasser sich vor ihren Herren ausbreiteten und verschlangen sie, diese ihre Mutter Ernährerin, mit ihren Blicken; manch einer bekreuzigte sich dabei, murmelte sein: »Gelobt sei Jesus Christus« vor sich hin, nahm die Mütze ab, und alle Seelen neigten sich voll glühender Verehrung für diese heilige und ersehnte Erde.

Natürlich erhoben sich nach diesen ersten Begrüßungen erneute Zurufe, und abermals überflutete das Freudegefühl die Herzen, so daß manch einer Lust verspürte, in den Wald hinein zu juchzen oder sich auf den Acker niederzuwerfen und seinen Tränen freien Lauf zu lassen.

Nur Anna fühlte sich wie außerhalb der ganzen Welt. Da gingen freilich dicht vor ihr, hinter ihr und ringsherum Männer mit lauter Fröhlichkeit – an jeden schmiegten sich Frau und Kinder, sie plauderten miteinander, freuten sich, sahen sich in die Augen, waren einander nahe, und sie allein nur hatte niemanden, den sie anreden konnte! Das ganze Volk gab sich der unbändigsten Freude hin, und obgleich sie inmitten aller ging, fühlte sie sich so verlassen, und hilflos wie ein verdorrender Baum im Walddickicht, auf dem nicht einmal eine Krähe ein Nest baut und kein Vogel sich niederläßt, um zu rasten. Kaum einer hatte sie selbst auch nur begrüßt – das war schon so! Jeder hatte es doch eilig zu den Seinen ... was konnte sie ihn da angehen? ... Und so viele waren ja heimgekehrt ... selbst der Kosiol, vor dem man jetzt wieder Kammer und Stall hüten konnte, und Tür und Riegel schließen. Selbst die schlimmsten Aufhetzer hatte man freigelassen: den Gschela, den Bruder des Schulzen und Mathias ... nur Antek nicht ... Vielleicht sieht sie ihn nie wieder ...

Nein, sie konnte nicht länger an sich halten, diese Gedanken drückten sie nieder wie Steine; sie konnte kaum die Füße bewegen, doch sie ging erhobenen Hauptes, dem Anschein nach voll Trotz und, wie immer, selbstbewußt. Wenn sie ein Lied anstimmten, sang sie laut mit den anderen, wenn der Priester ein Gebet zu sprechen begann, war sie es, die als erste mit blassen Lippen die Worte wiederholte, und in den langen Zwischenräumen, wenn sie rings um sich das gedämpfte scherzende Geflüster hörte, heftete sie ihre düsteren Blicke auf das leuchtende Kreuz und ging vor sich hin und rang mit den verräterischen Tränen, die verstohlen ihr hin und wieder zwischen den heißen Lidern hindurchsickerten ... Sie hatte nicht einmal gewagt, nach Antek zu fragen, denn wie leicht hätten die Menschen ihre Qual erraten können. Nein, nimmermehr; sie hat schon so viel gelitten, sie wird auch mehr noch verwinden ... ertragen ... Das nahm sie sich vor, indem sie zugleich fühlte, wie ihr die heißen

Tränen aufstiegen, wie das Leid ihr die Kehle zuschnürte, die Augen sich umflorten und die Qual von Augenblick zu Augenblick wuchs.

Nicht sie allein jedoch härmte sich so, auch die Jaguscha fühlte sich nicht besser: sie ging für sich, ängstlich an den Menschen vorbei wie ein scheues Reh schleichend. Auch sie hatte sich von der Freude zuerst hinreißen lassen, so daß sie fast eine der ersten war, die den Männern entgegenliefen; doch niemand kam auf sie zu, niemand nahm sie in seine Arme, niemand küßte sie. Schon von weitem erblickte sie den Kopf von Mathias, denn er überragte die anderen; auf ihn also richteten sich ihre glühenden Blicke, zu ihm zogen sie plötzlich längst vergessene Sehnsüchte, so daß sie sich mit freudigem Zuruf auf ihn zudrängte. Doch er hatte sie so gut wie gar nicht bemerkt. Bevor sie ihn noch erreicht hatte, hing ihm schon die Mutter am Hals, zerrte ihn Nastuscha am Arm, die jüngeren Geschwister umringten ihn, und Therese, die Soldatenfrau, hielt seine Hand fest und sah ihn mit verheultem Gesicht und rot wie eine Runkelrübe an, ohne sich auch nur vor den Blicken der Menschen Zwang anzutun.

Es war ihr, als hätte sie einer mit kaltem Wasser begossen; sie stürzte aus dem Gewühl und lief in den Wald, ohne selbst zu wissen, was mit ihr geschah. Wie konnte es denn auch anders sein, sie hatte doch auch heißes Verlangen, sich mitten in der Menge unter Menschen zu fühlen und sich in den Lärm der Begrüßungen zu stürzen; auch sie wollte sich freuen wie die anderen, denn sie hatte doch auch wie die anderen ein glühendes Herz, auch sie wollte sich hinreißen lassen und in ein Freudejauchzen ausbrechen; und nun sollte sie hier allein gehen, fern von den anderen, gemieden wie ein räudiger Hund.

Sie war ganz von schwerem Leid durchbebt und kaum imstande, ihre Tränen zurückzuhalten; wie eine düstere Wolke, jeden Augenblick bereit, sich in einem Tränenstrom zu entladen, schleppte sie sich einher.

Ein paarmal wollte sie schon umkehren, doch sie brachte es nicht fertig: es tat ihr leid, die anderen zurückzulassen; so trieb sie sich denn zwischen den Menschen umher wie ein Hund, der im Gedränge seinen Herrn sucht. Es zog sie nicht nach der Mutter, auch nicht nach dem Bruder, der sich behutsam in die Wacholderbüsche zu schlagen versuchte und schon um die Nastuscha herumschlich; sonst aber schloß sich ihr keiner an, da jeder genug mit den Seinen beschäftigt war, bis sie schließlich ein Zorn packte, so daß sie am liebsten einen Stein in die Menge, mitten zwischen die zufriedenen, lachenden Gesichter geschleudert hätte.

Zum Glück kamen sie schon aus dem Wald heraus.

Der letzte Grenzhügel stand an einem Kreuzweg, von dem ein Weg geradeaus auf die Mühle zu führte.

Die Sonne ging schon unter, und ein kühler Wind wehte von den Niederungen; der Priester beschleunigte die Andacht, da der Walek schon auf ihn mit dem Wagen wartete.

Sie sangen da noch etwas, aber es kam nur mehr dünn und gesiebt hervorgesickert, denn sie waren müde geworden; die Männer fragten leise allerlei über die während der Feiertage niedergebrannte Meierei aus, deren stark vom Feuer mitgenommenen Gebäude ganz aus der Nähe zu sehen waren; zugleich konnte man auch allerlei Merkwürdiges auf den Gutsfeldern beobachten.

Der Gutsherr ritt auf seiner gelben Stute hinter irgendwelchen Leuten her, dabei immer wieder von Feldparzelle zu Feldparzelle springend. Man maß mit langen Stangen den Boden aus, und am Kreuz, wo die Landstraße sich gabelte, dicht an den verbrannten Schobern, sah man große, gelb bemalte Wagen stehen.

»Was kann das sein?« bemerkte jemand.

»Natürlich mißt man das Feld aus, nur daß es keine Ometer sind.«

»Gewißlich wollen sie da den Boden kaufen, sie sehen aber doch nicht wie Bauern aus.«

»Die sehen gerad wie Deutsche aus.«

»Versteht sich: sie haben ja dunkelblaue Knieröcke an. Pfeifen haben sie auch und Stiefel über die Hosen.«

»Ganz recht, die sehen wie die Holländer aus Grünbach aus«, flüsterten sie, neugierig hinüberstarrend; aber eine dumpfe Unruhe erfaßte sie, und sie merkten es nicht, daß der Schmied schon ganz leise, auf den Gutsherrn zu davongeschlichen war, sich fast ganz in den Ackerfurchen niederduckend.

»Die kaufen wohl die Waldmeierei?«

»Schon während der Feiertage erzählte man, daß der Gutsherr Käufer sucht.«

»Deutsche Nachbarschaft, davor möge uns Gott bewahren!«

Sie brachen diese Betrachtungen ab, denn die Andacht war zu Ende, und der Priester bestieg mit den Organistenleuten seinen Wagen.

Das Volk teilte sich in Gruppen und zog langsam dem Dorfe zu; sie breiteten sich über die Landstraße aus und gingen im Gänseschritt auf den Feldrainen, gerade wie es ein jeder am nächsten nach seinem Zuhause hatte.

Die Sonne war schon untergegangen, und es dunkelte über der Erde; auf dem blaßgrünen Himmel erglühte nur noch die Abendröte. Von den Wiesen hinter der Mühle kamen weiße Dünste gezogen und übersponnen alle Niederungen. In der Stille, die sich über die ganze Welt legte, hörte man nur noch irgendwo einen Storch laut klappern.

Selbst die Menschenstimmen waren erloschen und die ganze Prozession war wie langsam von den Feldern aufgesaugt; nur hier und da leuchtete noch ein roter Rock auf und ein paar weiße Bauernkittel geisterten aus der niedersinkenden bläulichen Dämmerung.

Bald darauf begann sich das Dorf zu beleben und von Stimmen widerzuhallen, denn man kam schon auf allen Wegen laut lärmend heim; ein jeder bekreuzigte sich, die lang vermißte häusliche Schwelle betretend, und manch einer warf sich vor den Heiligenbildern zu Boden, laut vor Freude weinend.

Die Begrüßungen wiederholten sich abermals; Frauen- und Kindergekreisch, das nur von Ausbrüchen der Zärtlichkeit und von lautem Lachen unterbrochen wurde, schallte laut durchs Dorf.

Die Frauen waren ganz erhitzt und wie sinnlos von all dem eifrigen Erzählen und dem Geschrei; sie begannen ihren Lieben das Essen aufzutragen und steckten ihnen allerhand Leckerbissen zu, ihnen aus vollem Herzen zuredend.

Man vergaß die erlittene Not, vergaß die Sorgen und die lange Zeit der Trennung, denn jeder hatte sich genug über seine Rückkehr und die Seinen zu freuen, die er nun wieder hatte, immer wieder umarmte, an die Brust drückte und um allerhand Dinge befragte.

Als sie sich aber satt gegessen hatten, ging man, die Wirtschaft zu besichtigen und sich an seinem Hab und Gut zu freuen; sie trieben sich, obgleich es schon dunkel geworden war, noch lange auf den Höfen und in den Obstgärten herum, streichelten ihr Vieh, und manch einer betastete behutsam und mit einer Zärtlichkeit, als wären es die Häupter seiner Lieben, die blütenschweren Zweige der Obstbäume.

In ganz Lipce war kaum eine Seele, die nicht voll Freude war.

Nur auf dem Borynahof war nichts davon zu spüren.

Das Haus lag fast ganz verlassen da, Gusche war zu ihren Kindern gelaufen, Fine mit Witek trieben sich herum, wo es am belebtesten war, und in der dunklen Stube ging nur Anna auf und ab, das wimmernde Kind im Arm wiegend, und ließ nun endlich ihrem Kummer und ihren Tränen freien Lauf.

Aber selbst allein zu sein war ihr heute nicht vergönnt, denn auf dem dunklen Flur rannte die Jagna ebenso auf und ab, und dasselbe Leid trieb sie rastlos umher; sie warf sich wie ein Vogel hin und her, der gegen die Käfigstangen anschlägt.

So seltsam wollte es die Fügung.

Jagna war noch vor den anderen nach Hause zurückgekehrt, und obgleich sie finster wie die Nacht und ganz böse war, stürzte sie sich auf die Arbeit und griff zu, wo sie nur konnte, auch da, wo es nicht ihre Pflicht war; sie hatte die Kühe gemolken, das Kalb getränkt und selbst den Schweinen das Fressen hingetragen, so daß Anna ganz erstaunt war und ihren eigenen Augen nicht trauen wollte. Und sie schaffte, ohne auf irgend jemand zu achten, als wollte sie sich dadurch betäuben und sich müde arbeiten, um das zu vergessen, was ihr geschehen war, und um das Leid und die Trauer in sich zu ersticken.

Was half jedoch das alles; trotzdem ihr die Hände vor Ermüdung erlahmten und das Kreuz sie schon schmerzte, hatte sie doch in einem fort die Augen voll Tränen, die ihr immerzu heiß heruntertropften, und in der Seele wuchs eine immer stärkere und grausamere Trauer.

Ihre verweinten Augen sahen nicht mehr, was um sie herum war, selbst Pjetrek nicht, der seit ihrem Kommen nicht einen Schritt von ihr gewichen war, ihr half, sie immer wieder anredete und sie mit glühenden Augen umfing. Er schob sich zuweilen so nahe an sie heran, daß sie unwillkürlich zurückwich, bis es schließlich dazu kam, daß er, als sie in der Scheune mit der Futterschwinge Spreu aufnehmen wollte, sie um die Hüften griff, an die Banse preßte, und, ihr etwas zuflüsternd, gierig nach ihren Lippen zu suchen begann.

Sie weigerte sich nicht, denn sie hatte nicht einmal selbst begriffen, was vor sich ging; sie überließ sich ganz seinem Willen, als wäre sie selbst darüber erfreut, daß sie eine Gewalt ergriffen hatte und sie mit sich fortriß; als er sie aber aufs Stroh niedergedrückt hatte und sie seinen feuchten Mund auf ihrer Wange fühlte, riß sie sich heftig empor und schüttelte ihn ab wie einen alten Strohwisch, so daß er heftig gegen die Tenne aufschlug.

Ein mächtiger Zorn hatte sie erfaßt.

»Du pestiges Gestell! ... Du Schweinigel! ... Wag' du nur noch einmal mich anzurühren, dann werde ich dir die Klumpen ausrenken! ... Ich werd' dir hier was von Amouren zu schmecken geben, daß du Blut von dir gibst«, schrie sie, mit einer Harke auf ihn losstürzend.

Bald hatte sie aber wieder alles vergessen und ging nach Erledigung ihrer wirtschaftlichen Besorgungen ins Haus zurück.

Auf der Schwelle stieß sie auf Anna; sie blickten sich in die von Tränen umflorten, wehmutschweren Augen und eilten rasch auseinander.

Die Türen der beiden Stuben standen nach dem Flur zu offen, und in beiden war schon Licht, so daß sie immer wieder wie aus einem unerklärlichen Drang von weitem zueinander hinübersahen.

Und später, bei der gemeinsamen Zubereitung des Abendessens, hantierten sie ganz dicht umeinander herum, doch keine wagte auch nur einen Ton; nur heimlich verfolgten sie einander mit den Augen wie Diebe. Natürlich wußten sie gut, woran sie beide heute zu leiden hatten, und oft stachen ihre bösen rachsüchtigen Blicke aufeinander ein wie mit Messern, und die fest zusammengepreßten Lippen schienen höhnisch zu sprechen:

»Das passiert dir recht! Da hast du es!«

Aber es kamen auch solche Augenblicke, daß sie miteinander Mitleid zu fühlen begannen, daß sie gern ein freundschaftliches Wort ausgetauscht hätten und jede nur eine passende Gelegenheit suchte, um ein freundliches Wort zu sagen. Sie blieben sogar zuweilen dicht nebeneinander stehen, heimlich und erwartungsvoll hinüberäugend, und ihre Verbissenheit ließ nach; der alte Zorn schien zu vergehen, und das gemeinsame Schicksal und die gemeinsame Verlassenheit ließen sie sich einander näher fühlen ... und doch kamen sie sich nicht näher, denn immer wieder hielt sie etwas zurück: einmal das Greinen des Säuglings, dann eine gewisse Scham, ein plötzliches Erwachen der Erinnerung an zugefügtes Unrecht, so daß sie schließlich wieder weit voneinander abrückten und der Haß von neuem in ihren Herzen aufquoll.

»Das passiert dir recht so! Da hast du es!« zischten sie einander heimlich mit lauernden Blicken zu und fühlten sich wieder bereit, loszuzanken, ja selbst mit den Fäusten aufeinander loszugehen, um nur ihrem Zorn freien Lauf zu lassen.

Zum Glück kam es nicht dazu, denn Jaguscha machte sich gleich nach dem Abendessen auf den Weg zu ihrer Mutter.

Der Abend war dunkel, aber ruhig und warm, die Sterne schimmerten nur vereinzelt aus den fahlen Tiefen hervor, auf den Mooren lagen die Dünste wie weiße dicke Pelze, die Frösche begannen zu quarren, und manchmal verirrte sich selbst ein klagendes Aufstöhnen eines Kiebitzes herüber. Die Erde war in Nacht gehüllt, es hoben sich nur irgendwo Bäume schlaftrunken gegen den helleren Himmel ab, Obstgärten grauten kalkig aus dem Dunkel und dufteten zum Himmel empor wie glühende Weihrauchbecken, die Kirschblüten und der kaum erschlossene Flieder breiteten ihre Wohlgerüche aus, das Korn duftete, es roch nach Wasserdünsten und feuchter Erde, jede Blumenart schien ihre Düfte ungemischt zu verbreiten, und alle hauchten sie einen so betäubend süßen Wohlgeruch, daß es einem davon schwindelig wurde.

Das Dorf schlief noch nicht, leise Gespräche bebten durch die Luft, von den Schwellen und Mauerbänken kommend, die im Dunkeln ganz versunken lagen, und die Wege, die die Schatten der Bäume verdeckten, so daß sie nur hier und da mit Lichtstreifen, die aus den Fenstern der Häuser kamen, gesprenkelt waren, wimmelten noch voll Menschen.

Jaguscha schien nach der Mutter zu wollen, drehte aber nach dem Weiher ab und begann an ihm entlang zu gehen; sie hielt aber immer häufiger an, denn jeden Augenblick stieß sie auf ein Pärchen, das fest aneinandergeschmiegt sich flüsternd unterhielt.

Sie begegnete auch ihrem Bruder, der mit der Nastuscha Täubich ging; sie hielten sich umfaßt und küßten einander.

Ganz unverhofft stieß sie auf Maruscha Balcerek und Wawschon, sie standen an irgendeinem Zaun im tiefsten Schatten dicht aneinandergepreßt und schienen nicht mehr zu wissen, was um sie vor sich ging.

Den Stimmen nach konnte sie auch noch viele andere erkennen, aus jedem Schatten am Weg, an den Zäunen, am Weiher, von überallher tönte ihr Geflüster entgegen, halb hingeraunte Worte wurden vernehmbar, heiße Seufzer und erregte Bewegungen wuchsen aus der Nacht. Es war als gärte es im ganzen Dorf vor Liebe und sehnsüchtiger Brunst; selbst die kaum etwas herangewachsenen Mädchen trieben sich auf der Dorfstraße mit den Burschen herum, einander jagend und neckend.

Plötzlich wurde alles das Jagna zuwider, sie versuchte ihnen auszuweichen und wandte sich geradeswegs nach dem Hause der Mutter; doch gerade davor traf sie plötzlich mit Mathias Aug' in Auge zusammen; er sah sie nicht einmal an und ging an ihr vorüber, als wäre sie ein lebloser Baum; mit ihm war Therese, er hielt sie umfaßt und redete auf sie ein … Sie waren schon vorüber, und sie hörte immer noch ihre Stimmen und ihr gedämpftes Lachen.

Da wandte sie sich um und floh, wie von Hunden gehetzt, nach Hause.

Und der stille, duftende Lenzabend voll Wiedersehensfreude und Glückseligkeit floß unaufhaltsam dahin.

Irgendwo aus der Nacht der duftenden Obstgärten zwitscherte eine Flöte ein sehnsüchtiges Lied wie eine Begleitung zu dem Geraun und den Küssen der Liebesseligkeit.

Der große Chor der Frösche begann auf den Mooren zu quarren, setzte hin und wieder aus, und andere Chöre in dem leicht nur umflorten Weiher, der schon wie das Auge eines Einschlummernden war, gaben ihm Antwort mit einem langgezogenen, schläfrigen, immer leiser werdenden Unken, bis die Kinder, die sich auf der Dorfstraße umhertrieben, sie zu überschreien und zu necken versuchten:

Der Storch, brekekekekex,
ist verreckt, verreckt, verreckt!
Raderaderaderah!
kein Storch ist mehr da! ...

* *
*

Der Tag stand warm und in voller Pracht und frisch wie ein gut ausgeschlafener Bursch auf, der, kaum daß er sich etwas geräkelt hat, aufspringt und sich die Augen reibend und Gebete vor sich hinmurmelnd, mit flüchtigem Gähnen an die Arbeit geht.

Die Sonne erhob sich klar; rot und gewaltig kam sie den Himmel heraufgerollt wie auf ein unermeßliches Feld, über das zerstreut in bläulichen Nebeldünsten unzählige Herden weißer Wolken lagen.

Und der Wind trieb sich schon umher wie ein Hausherr, der beim Morgengrauen all seine Leute weckt; er wühlte in den schläfrigen Getreidefeldern, blies die Nebel an, daß sie nach allen Richtungen zerstoben, rüttelte an den herabhängenden Ästen, polterte plötzlich irgendwo am Kreuzweg, schlich dann vorsichtig nach den noch schlafbefangenen Gärten und griff in das Gewirr der Äste, daß von den Kirschbäumen der letzte Blütenschnee niederregnete und wie Tränen auf das Wasser des Weihers sank.

Die Erde erwachte, die Vögel fingen an in den Nestern zu zwitschern, Bäume begannen zu raunen, als sagten sie ihre Morgengebete vor sich her, die Blüten öffneten sich und erhoben ihre schweren, feuchten und schlaftrunkenen Wimpern zur Sonne; glitzernder Tau fiel in perlenden Tropfen nieder.

Ein langes und wohliges Erzittern ging durch alles erwachende Leben; von irgendwo wie aus dem Grund jeglicher Kreatur stieg ein Ruf auf und flog wie ein erster Strahl des Lebendigen in die Welt hinaus. So ist es, wenn die Menschenseele im festen Schlummer ein Alb drückt, so daß sie sich wehrt, ängstet, erstirbt und plötzlich die Augen aufreißt, um die sonnige Helle in sich aufzunehmen und mit einem Schrei der Glückseligkeit den Tag grüßt, froh, daß sie noch unter den Lebenden ist und nicht mehr daran denkt, daß es ein neuer Tag der Mühseligkeiten und des Leids ist, ein Tag, wie es gestern einer war, wie es morgen und in alle Zukunft einer sein wird ...

So erwachte auch Lipce und erhob sich erfrischt aus dem Schlaf; manch zerzauster Kopf sah in die Welt hinaus und ließ die schlaftrunkenen Augen prüfend in den Morgen hinausgehen; hier und da wusch man sich schon vor den Häusern, halb angekleidete Frauen liefen zum Weiher hinüber, um Wasser zu holen, und manch einer hackte schon Holz; man rollte die Wagen auf die Straße vors Haus, der Rauch quoll hier und da aus den Schornsteinen, und es war schon zu hören, wie hin und wieder ein Langschläfer aus dem Schlaf geschrien wurde.

Es war noch früh, im Osten hatte die Sonne sich kaum ein paar Mann hoch erhoben und ließ von seitwärts durch die dämmerigen Obstgärten ihre roten Strahlen sprühen, man regte sich aber schon überall eifrig.

Der Wind hatte sich irgendwo hingetan, und alles schien sich an der lieblichen Stille und an der duftenden Morgenfrische zu laben; das Morgenlicht ließ das Wasser aufglitzern, und der Tau tropfte von den Dächern in dünnen Rinnsalen; die Schwalben blitzten durch die helle Luft, Störche flogen von ihren Nestern auf, Nahrung zu suchen, Hähne krähten auf den Zäunen, freudig mit den Flügeln schlagend, und die Gänse führten mit Geschrei und Geschnatter ihre Jungen nach dem Weiher, der im roten Morgenlicht lag. In den Ställen brüllte das Vieh, und überall fast vor den Haustüren wurden die Kühe eine nach der anderen gemolken; manch einer trieb auch schon sein ganzes lebendes Inventar auf die Dorfstraße hinaus, das dann schaukelnden Schritts oder bedächtig vor sich hintrollend und hin und wieder aufbrüllend hinauszog. Hier und da blieb eins stehen und scheuerte sich an einem Zaun oder Baumstamm; Schafe drängten sich mit hochgereckten Köpfen, inmitten des Weges in einer Staubwolke aufblökend, dicht zusammen. Das ganze Vieh wurde auf den freien Platz vor der Kirche zusammengetrieben, wo ein paar ältere Jungen zu Pferde unter Peitschengeknall und lautem Fluchen die auseinanderstrebende Herde zusammentrieben und auf die Verspäteten einschrien.

Und als der ganze Haufen sich in Bewegung gesetzt hatte, den Pappelweg einnehmend und den gemeinsamen Weideplätzen, die erst dicht am Wald lagen, zustrebend, hob sich eine von der Sonne rot beschienene Staubwolke über ihnen auf, so daß man nur nach dem Blöken der Schafe und nach dem Hundegebell den Weg bezeichnen konnte, den sie eingeschlagen hatten.

Aber auch dann wurde es nicht viel stiller, denn das Dorf begann sich zum Jahrmarkt vorzubereiten. Es mochte etwa eine Woche nach der Rückkehr der Männer aus dem Gefängnis sein. Alles in Lipce kehrte schon langsam zum Alten zurück, wie nach einem bösen Gewitter, das eine Unmenge Schaden angerichtet hat und nach dem man erst allmählich, wenn auch wehklagend, sobald der erste Schreck überwunden ist, zur Arbeit greift.

Natürlich ging es noch nicht, wie es gehen sollte, obgleich die Männer schon das Regiment in ihre festen Fäuste genommen hatten; sie waren noch immer etwas faul mit dem Frühaufstehen und räkelten sich ziemlich lange unter den Federbetten; manch einer sah noch oft in die Schenke ein unter dem Vorwand, Neues über die Gerichtssache zu erfahren; der eine oder der andere vertrödelte seine Zeit, einen halben Tag im Dorf herumschlendernd und sich mit den Gevattern in lange Auseinandersetzungen einlassend, und andere wiederum versuchten hauptsächlich nur erst die dringendsten Arbeiten zu erledigen, denn es war nicht leicht, nach einem so langen Nichtstun wieder stramm an die Arbeit zu gehen – aber von Tag zu Tag kam eine Änderung zum Besseren, mit jedem Tag wurde die Schenke und die Dorfstraße leerer, und die eiserne Notwendigkeit spannte sie immer fester ins Joch der schweren, drückenden Mühsal.

Da es sich gerade traf, daß heute Jahrmarkt in Tymow war, so gingen nur wenige an die Arbeit, denn man bereitete sich allgemein vor, dort hinzufahren.

Die knappe Vorerntezeit war in diesem Jahr schon eher gekommen und machte sich so schwer bemerkbar, daß man allgemein darüber zu jammern anfing; so war es denn auch verständlich, daß ein jeder eifrig hervorsuchte, was er noch entbehren könnte, und wem es nicht darum zu tun war, der ging, um sich mit den Nachbarn zu bereden, etwas von der Welt zu sehen oder um auch nur sein Gläschen zu trinken.

Wo hätte sich denn das Volk sonst aufmuntern sollen, wenn nicht auf dem Jahrmarkt oder auf der Kirmes, denn jeder hatte doch seine Sorgen, wollte sich sein Herz erleichtern, neuen Mut holen und Neuigkeiten erfahren.

Nachdem also das Vieh auf die Weide getrieben worden war, fingen sie an, sich bereit zu machen, die Wagen herzurichten, oder auch, wenn einer gerade den Weg zu Fuß machen wollte, sich allmählich zum Gehen anzuschicken.

Die Ärmeren machten sich zuerst auf den Weg; die Philipka trieb weinend sechs ältere Gänse vor sich hin, die sie von den kaum herangewachsenen Jungen getrennt hatte; ihr Mann war nach der Rückkehr krank geworden, und man hatte nichts mehr in den Topf zu tun.

Einer der Kätner zog eine Färse an den Hörnern aus dem Stall, die gerade jetzt zum Frühjahr hitzig geworden war; da aber die Armut lange Beine und scharfe Krallen hat, führte Gschela mit dem schiefen Maul, obgleich er auf acht Morgen saß, eine Milchkuh am Strohseil davon, und sein Nachbar, der Jusek Wachnik, trieb ein Mutterschwein und etliche Ferkel nach der Stadt.

So halfen sich die armen Schlucker so gut es ging, denn manch einer war schon so in die Enge getrieben worden, daß er selbst seinen letzten Klepper herausholte, wie es der Gulbas gemacht hatte. Die Balcerekbäuerin hatte ihn wegen der fünfzehn Rubel, die er bei ihr vor einiger Zeit auf eine Kuh geliehen hatte, verklagt und drohte mit der Pfändung, so daß der Arme unter Weinen, Wehklagen und Fluchen der ganzen Familie seinen Braunen bestieg und sich davonmachte, ihn loszuschlagen.

Die Wagen rollten bedächtig einer nach dem anderen davon, denn auch die Hofbauern brachten, was ein jeder Entbehrliches hatte, nach der Stadt; der Schulze quälte schon lange wegen der Steuern und drohte mit Strafen; auch die Bäuerinnen gingen, ihr Teil zu verkaufen; so hörte man denn aus manchem Wagen Hühner gackern, und es zischte hin und wieder unter einer Beiderwandschürze ein ansehnlicher Gänserich hervor; es gingen auch etliche zu Fuß, trugen in den Tüchern Eier eingeknotet, führten Butter mit, die sie den Kindern heimlich vom Munde abgespart hatten, und selbst Festtagsröcke oder entbehrliches Leinen schleppte man auf dem Rücken in großen Bündeln zum Verkauf.

Die Not zwang sie, und zur Ernte, zum Neuen war es ja noch ziemlich weit.

Sie hatten es alle so eilig, daß selbst die Messe heute etwas früher abgehalten werden mußte. Die paar Frauen, die vor dem Altar knieten, waren aber nicht imstande, dem Priester zu folgen, denn kaum hatten sie das Offertorium zu Ende gebetet, da löschte schon Ambrosius die Lichter aus und klirrte mit dem Schlüsselbund.

Therese, die Soldatenfrau, die mit irgendeiner Angelegenheit zum Pfarrer gekommen war, erschien gerade, als er schon zum Frühstück ging. Sie traute sich nicht, ihn anzuhalten, so blieb sie denn am Zaun stehen und lauerte, bis daß er sich auf der Veranda zeigen würde. Ehe sie sich jedoch entschließen konnte, näherzutreten, saß er schon im Wagen und gab den Befehl, im Trab nach Tymow zu fahren.

Sie seufzte wehmütig und sah ihm lange nach, wie er in der Richtung des Pappelwegs davonfuhr; in einer grauen Wolke hing der Staub über der Landstraße und begann auf die umliegenden Felder zu sinken; das Wagengeroll der Davonfahrenden klang immer ferner, und nur das grelle Rot der Frauenkleider blitzte hin und wieder zwischen den Baumstämmen der Straße, wo man die Leute im Gänseschritt hinausziehen sah.

Bald darauf wurde es in Lipce ganz still, die Mühle hörte auf zu rattern, die Schmiede stand verschlossen da, die Wege waren gänzlich leer geworden, denn von denen, die zurückgeblieben waren, hatte jeder entweder im Hause oder im Garten hinter dem Haus etwas zu tun.

Therese kehrte recht besorgt nach Haus.

Sie wohnte hinter der Kirche neben Mathias in einer Hütte, die aus einer Stube mit einer halben Diele bestand, denn die andere Hälfte hatte der Bruder bei der Teilung auf seinen Grund und Boden versetzt, und die durchsägten Wände mit dem halben Dach, die an einen rußigen Kamin angeklebt zu sein schienen, sahen aus wie quer durchsägte Rippen.

Nastuscha, die auf der Schwelle ihres Hauses stand, das nur durch einen schmalen Garten von Thereses Haus getrennt war, hatte diese erblickt.

»Na, wie ist es denn? Was hat er dir da aus dem Brief herausgelesen?« rief sie ihr entgegeneilend zu.

Therese erzählte, am Zaunüberstieg lehnend, wie es ihr ergangen war.

»Vielleicht würde der Organist es lesen können? ... Er muß wohl Geschriebenes verstehen können.«

»Natürlich, das kann er, aber wie soll man denn da mit leeren Händen?«

»Nimm ein paar Eier mit.«

»Die Mutter hat ja alle nach der Stadt genommen, nur Enteneier sind nachgeblieben.«

»Mach' dir keine Sorgen darüber: er wird auch Enteneier nehmen.«

»Ich würd' schon gehen, aber ich hab' solche Angst! Wenn ich doch wissen könnte, was da wohl geschrieben steht!« Sie holte aus dem Mieder den Brief ihres Mannes hervor, den ihr der Schulze am Vorabend vom Amt gebracht hatte. »Was kann da wohl drin sein?«

Nastuscha nahm das abgegriffene Papier in die Hand, und am Zaun niederhockend breitete sie es auf ihren Knien aus; sie versuchte abermals mit größter Anstrengung, es zu entziffern. Therese setzte sich dicht zu ihr und sah, mit aufgestütztem Kinn dahockend, ängstlich auf die hingekritzelten Striche, aus denen Nastuscha nur hervorlautieren konnte, daß da ein »Gelobt sei Jesus Christus« ganz zu Anfang stand.

»Mehr krieg' ich nicht heraus, das nützt nichts; Mathias, der würde es gewiß können.«

»Nein, nein!« Sie wurde furchtbar rot und fing an mit leiser Stimme zu bitten: »Sag' nichts vom Brief, Nastuscha, sag' ihm ja nichts ...«

»Aus jedem Buch wollt' ich lesen, wenn es gedruckt wär'; die Buchstaben kenn' ich doch gut und weiß, wie sie alle heißen, aber hier kann ich nichts zusammenkriegen: lauter Gekritzel, so ein krauses Zeug, gerade als ob er eine in Pech getunkte Fliege übers Papier hätt' laufen lassen.«

»Wirst doch nichts sagen, Nastuscha, was?«

»Ich hab' es dir doch schon gestern abend gesagt, daß eure Sache mich nichts angeht. Kommt Deiner vom Militär zurück, da wird doch alles ans Tageslicht kommen!« sagte sie, sich erhebend.

Therese würgte, um ihr Schluchzen zu unterdrücken; sie konnte kein Wort hervorbringen.

Nastuscha ging scheinbar ärgerlich weg, unterwegs die Hühner lockend, und Therese machte sich, nachdem sie fünf Enteneier in ein Bündel getan hatte, auf den Weg zum Organisten.

Es mußte ihr aber dieser Gang nicht leicht fallen, denn sie blieb immer wieder stehen, als wollte sie sich in den dunkelsten Schatten verkriechen; dabei starrte sie immer wieder scheu auf die unerklärlichen Zeichen des Briefes.

»Vielleicht lassen sie ihn wirklich schon los?«

Eine Angst preßte ihr die Kehle zu, die Füße wollten sie kaum tragen, und das Herz pochte wild in ihrer Brust, daß sie sich an die Baumstämme stützen mußte und mit verweinten Augen verstört rings um sich sah, als spähte sie nach einer Rettung.

»Vielleicht schreibt er auch nur wegen Geld!«

Sie ging immer langsamer, der Brief ihres Mannes bedrückte ihre Seele und brannte sie wie Feuer, so daß sie ihn immer wieder hinter dem Mieder hervorzog und ihn schließlich in einen Zipfel ihres Tuches band.

Bei dem Organisten war kein Mensch zu Hause, die Türen nach den leeren Stuben standen offen, und nur in einer, in der das Fenster mit einem Unterrock verhangen war, schnarchte jemand laut unter einem Federbett hervor. Schüchtern schlich sie wieder zum Flur hinaus und sah sich im Hof um; nur eine Magd saß da vor der Küchentür, mit einem Stoßbutterfaß zwischen den Knien, butterte und hielt sich die lästigen Fliegen mit einem Zweig vom Leibe.

»Wo ist denn die Frau?«

»Im Garten, ihr werdet sie hier gleich hören ...«

Therese blieb bei dem Mädchen stehen, den Brief in den Händen zerknitternd und das Kopftuch tiefer noch ins Gesicht zerrend, denn die Sonne kam über die Wirtschaftsgebäude hervor.

Vom Hof hinter dem Pfarrhaus, der nur durch einen Zaun von ihnen getrennt war, erklangen die lauten Stimmen des Hausgeflügels; Enten planschten in den Pfützen und junge Truthennen lockten sich mit klagenden Stimmen irgendwo am Zaun; mit gespreizten Flügeln gingen die Truthähne gurgelnd auf ein paar Ferkel los, die sich mitten im Schmutz breit gemacht hatten; vom Scheunendach flogen Tauben auf, beschrieben einen Kreis in der Luft und ließen sich wie eine schneeweiße Wolke immer wieder auf die roten Dächer des Pfarrhauses nieder. Eine feuchte, aber erquickende Wärme kam von den Feldern; und erblühte Obstgärten mit ihren Apfelbäumen, die ganz rosig angehaucht schimmerten, hoben sich aus dem Grün wie flockige Wolken empor, auf denen das Morgenrot liegt. Bienen flogen leise summend an ihre Arbeit, ein Schmetterling flirrte auf, um wie ein Blütenblatt niederzuschweben, oder ein Spatzenschwarm ließ sich laut lärmend von den Bäumen auf einen Zaun fallen.

Therese traten plötzlich die Tränen in die Augen und rollten unaufhaltsam über die Wangen.

»Ist der Organist zu Hause?« fragte sie, das Gesicht abwendend.

»Wo sollte er denn sonst sein. Hochwürden sind weggefahren, da macht er es sich bequem, wie'n Masteber.«

»Hochwürden sind gewiß zum Jahrmarkt hin?«

»Jawohl, einen Bullen will er kaufen.«

»Als ob er nicht schon genug Hab und Gut hätte?«

»Wer genug hat, der möchte noch mehr«, brummte die Magd.

Therese schwieg, es wurde ihr mit einem Male ganz kläglich zumute bei dem Gedanken, daß es Leute gäbe, die im Überfluß bis hoch an die Gurgel säßen, während sie sich kaum durchfüttern konnte und oft selbst Hunger leiden mußte.

»Die Frau kommen«, rief die Magd und fing an, eifrig den Kolben im Butterfaß zu rühren, so daß die Sahne hoch aufspritzte.

»Das ist dein Streich, du Faulenzer! ... Du hast mir die Pferde absichtlich in den Klee getrieben!« ließ sich vom Obstgarten die zankende Stimme der Organistin vernehmen. »Du hattest nur keine Lust, bis aufs Brachland weiden zu gehen. Jesus, daß man sich auch auf keinen verlassen kann! An die zwei Ruten Klee sind ganz kahlgeweidet! Wart' du nur, ich geh' es gleich sagen, der Onkel wird dir schon die Suppe heiß machen, du Tagedieb, du wirst es dir schon merken.«

»Ich hab' sie aufs Brachland getrieben; selbst hab' ich sie gefesselt und mit einer Leine an dem Pflock festgebunden!«

»Willst du mir auch noch was vorlügen? Der Onkel wird dich vornehmen, na, warte! ...«

»Ich hab' sie nicht hineingetrieben, ich sag' es ja der Tante.«

»Wer denn sonst? Der Priester vielleicht?« schrie sie höhnisch.

»Die Tante hat es erraten: das war der Priester, der da seine Pferde hat grasen lassen.« Er erhob seine Stimme.

»Bist du toll geworden? ... Halt' deine Schnauze; das fehlte noch, daß sich hier so was herumspricht!«

»Nein, ich schweige nicht und sag' es ihm gerade ins Gesicht, denn ich hab' es selbst gesehen. Die Tante schreit mich an, und der Pfarrer hat es doch getan. Ich bin ganz in der Frühe hingegangen, die Pferde von der Weide zu holen; der Braune lag und die Stute weidete daneben; sie waren da, wo ich sie für die Nacht gelassen habe. Die haben genug Spuren hinterlassen, man kann es ja nachprüfen, sie sind gewiß noch warm. Ich hab' die Pferde losgekoppelt, bin auf den Braunen gestiegen, und da seh' ich plötzlich, daß in unserem Klee fremde Pferde weiden. Es fing erst an, Tag zu werden; ich machte, daß ich über die Trift an den Pfarrgarten kam, um ihnen den Weg abzuschneiden; ich komm' da auf den Pfad, der von Klemb aus ins Feld führt, und da steht der Pfarrer mit dem Brevier, sieht sich ringsum und treibt die Pferde immer tiefer mit der Peitsche in den Klee, so daß sie ...«

»Schweig still! Hat man je so was gehört, daß selbst der Propst ... Ich hab' es schon seit langem gesagt, daß dieses Heu vom vergangenen Jahr ... Sei still, da steht jemand ...«

Sie kam eiligst dahergefegt, und gerade hörte man auch den Organisten unter seinem Federbett hervor nach Michael schreien.

Therese gab ihr das Bündel mit den Eiern, und ihre Knie umfassend, bat sie schüchtern, man möchte ihr den Brief ihres Mannes vorlesen.

Die Organistin befahl ihr zu warten.

Erst in ein paar guten Paternostern rief man sie in die Stube. Der Organist saß ganz verschlafen und nur in Hemd und Unterhosen da, schlürfte seinen Kaffee und begann ihr den Brief vorzulesen. Sie horchte, vor Schreck erstarrt, denn ihr Mann gab ihr Nachricht, daß er zur Erntezeit wiederkommen würde; zugleich mit Jakob

Jartschik aus Wola und Gschela Boryna sollten sie zurückkehren. Der Brief war herzlich, der Mann sorgte sich um sie, fragte sie, wie es im Hause stände, ließ die Bekannten grüßen und war schon ganz voll Wiedersehensfreude; und zum Schluß schrieb noch der Gschela Boryna einiges hinzu und bat, man möchte den Vater benachrichtigen; der Arme wußte noch nicht, was mit dem Alten geschehen war.

Therese trafen diese herzlichen, guten Worte wie Peitschenhiebe und drückten sie nieder. Sie rang mit sich, damit man nur nichts erkennen sollte, sie mühte sich, die schreckliche Nachricht ruhig hinzunehmen; aber die verräterischen Tränen stürzten von selbst über ihre heißen Wangen.

»Wie sie sich über die Rückkehr ihres Mannes freut«, murmelte die Organistin höhnisch.

Der Therese rannen die Tränen noch reichlicher übers Gesicht. Die Arme mußte zuletzt weglaufen, um nicht loszuschreien, und verkroch sich in einem Heckenweg.

»Was fang' ich bloß jetzt an, was fang' ich bloß an? Was nur!« klagte sie in ihrem hilflosen Jammer.

»Gewiß, der Mann kehrt zurück und wird dann alles hören.« Die Angst riß sie wie im Wirbel mit sich fort. Der Jaschek war großmütig, aber, wie alle Ploschkas, nachträgerisch: ein Unrecht läßt er einem nicht durch; er wird ihn noch erschlagen! Jesus, hilf, Jesus! Sie dachte nicht an sich. Vor sich hinheulend und ganz im Inneren zerrissen kam sie bei den Borynas an. Anna war nicht da: sie war schon ganz früh in die Stadt gefahren; Jagna hatte bei ihrer Mutter was zu tun, so daß sie nur mehr Gusche und Fine traf: sie breiteten nasse Leinwand im Garten aus.

Therese erzählte von Gschela und wollte eiligst davongehen, aber die Alte zog sie beiseite und flüsterte ihr eigentümlich gütig zu:

»Therese, geh' doch in dich, besinn' dich, die bösen Zungen wirst du nicht still kriegen ... Der Jaschek kommt wieder, und zu hören kriegt er es so wie so. Überleg' es dir doch – die Liebschaft hat der Mensch für einen Monat und den Mann fürs ganze Leben! Ich rat' dir gut.«

»Was ihr da nicht redet? Was?« stotterte sie, als verstände sie nicht.

»Spiel' nicht die Dumme, alle wissen über euch Bescheid; schick' den Mathias fort solange es noch Zeit ist, dann wird es Jaschek nicht glauben, der sehnt sich nach dir, da wirst du ihm leicht einreden, was du nur willst. Daß der Mathias dein Federbett nicht missen mag, kann schon recht sein, aber er ist doch nicht festgewachsen, jag' du ihn fort, solange es noch Zeit ist. Hab' keine Angst, der Jaschek ist doch auch kein Abfall ... Und das Lieben ist so schnell gewesen wie das Gestern, du hältst es nicht auf, wenn du selbst dabei kaputt gingest; die Liebe, das ist doch alles nur wie das Fett auf der Sonntagssuppe; wenn du es jeden Tag essen sollst, kriegst du es auch bald satt und stößt auf davon. Das Lieben ist Weinen – und die Heirat ein Grab, sagen die Leute. Vielleicht ist es auch wahr, nur daß dieses Grab mit dem Mann und den Kindern zugleich noch besser ist wie die Freiheit auf eigene Faust. Heul' nicht und rette dich solange noch Zeit ist. Wenn dich Deiner wegen diesem Lieben zuschanden schlägt und zum Hause hinausjagt, wo sollst du denn da hin? In die Welt, ins Verderben, zum Gelächter der Menschen werden? Der Klughans hat einen Tausch gemacht! Hale – und was hat er da nach Haus gebracht? Wenn du vom Wagen herunterfällst, da kannst du dann schön mit heraushängender Zunge hinter dem Sperrbaum rennen! Gegen den Wind geht dir der Atem bald aus und die Kräfte auch, da bleibst du denn ehe du dich verstehst ganz zurück! Dumm bist du, jedes Mannsbild hat Hosen an, ob er Mathias oder Kuba heißt, jeder schwört, solang er was will. Überleg' dir das und nimm es dir zu Herzen, was ich da sage, deine Muhme bin ich doch und will nur das beste ...«

Aber Therese hörte schon nicht mehr hin, sie lief feldein und warf sich irgendwo in den Roggen, um dort ihren Tränen und ihrem Leid freien Lauf zu lassen.

Vergeblich versuchte sie über Gusches Worte nachzudenken; denn immer wieder ergriff sie ein solches Leid um Mathias, daß sie aufheulend mit dem Kopf gegen die Schollen schlug, wie ein verwundetes Tier.

Erst ein nahes Geschrei ließ sie aufspringen.

Es schien, als ob vor dem Hause des Schulzen sich Leute zankten.

Das war auch so: die Schulzin und die Kosiol traktierten einander mit den gröbsten Schimpfworten.

Sie standen sich gegenüber nur durch die Zäune und durch die Dorfstraße getrennt, in Hemden und Beiderwandröcken und hatten vor Wut kaum Atem mehr; sie fluchten was sie nur konnten und drohten einander mit den Fäusten.

Der Schulze war dabei, seine Pferde vor einen Korbwagen zu spannen und redete hin und wieder ein Wort mit einem Bauer aus Modlica, der auf der Hausgalerie saß, die Weiber gegeneinander aufhetzte und vor Vergnügen mit den Füßen auftrampelte.

Das Geschrei war schon von weitem hörbar, so daß die Menschen wie zu einem Schauspiel von allen Enden herbeigelaufen kamen; es stand schon ein ganzer Menschenhaufen aus der Dorfstraße, und um die Hausecken schoben sich neugierige Köpfe hervor.

Sie zankten auch wirklich, daß es rein nicht mehr zum Ansehen war. Die Schulzin, eine sonst stille und friedfertige Frau, war ganz wild geworden, sie tobte immer heftiger, und die Kosiol wurde mit Absicht immer ruhiger, ließ ihr aber dennoch nichts durchgehen und stach mit höhnischen Worten wie mit Nadelstichen ganz langsam auf sie ein.

»Schreie nur, Frau Schulzin, schrei du nur, die Hunde können es nicht besser«, rief sie.

»Ist denn das das erste oder das zweite Mal! Keine Woche vergeht, daß mir nicht etwas aus dem Haus wegkommt! Mal eine von den eierlegenden Glucken, mal Kücken, mal Enten oder selbst noch eine ausgewachsene Gans; ich red' schon gar nicht von dem Schaden im Haus und Gemüsegarten! Daß du an meinem Unrecht verreckst! Unter dem Zaun sollst du krepieren!«

»Reiß nur den Schnabel auf, du Krähe, schreie nur, das wird dir gut bekommen, Frau Schulzin.«

»Und heute«, wandte sich die Schulzin an Therese, die gerade über die Dorfstraße gegangen kam, »da hab' ich gerade fünf Stücke Leinwand zur Bleiche hinausgetragen. Ich komm' da nach dem Frühstück zurück, um sie zu besprengen. Eins fehlt! Überall hab' ich gesucht. Wie in den Boden versunken! Ich hab' sie doch mit Steinen beschwert, und Wind war auch nicht da! Ganz dünnes, feines Leinen war es, man kriegt kein besseres, wenn man es kaufen will, und weg ist es!«

»Wenn dir dein Schweinefett die Glotzen blind macht, dann kannst du es freilich nicht sehen! ...«

»Weil du es mir gestohlen hast!« schrie die andere zurück.

»Ich hab' es dir gestohlen? Wiederhole es noch einmal, sage es nur!«

»Du Diebin, vor der ganzen Welt will ich es bezeugen. Du wirst es schon gestehen, wenn sie dich in Fesseln ins Kriminal bringen.«

»Eine Diebin schimpft sie mich! Ihr habt es alle gehört, Leute! Ich will dich schon verklagen, so wahr Gott im Himmel ist, alle haben es gehört. Ich hab' es dir gestohlen, hast du Zeugen, du alter Sack? ...«

Die Schulzin griff nach einem Pflock und stürzte auf die Straße, wild hinter der anderen dreinjagend, wie ein wütend gewordener Köter; dabei keifte sie auf sie ein:

»Ich werd' dir schon mit dem Stock was bestätigen! Ich werd' dir was bezeugen! Wenn ich dir erst ...«

»Komm heran, Frau Schulzin! Rühr' mich nur an, du Schweinegevatterin! Rühr' mich an, du hündische Mißgeburt!« grölte die andere, ihr entgegenkommend.

Sie stieß ihren Mann beiseite, der sie zurückhalten wollte; und mit auseinandergespreizten Beinen, die Arme in die Hüften gestemmt, begann sie höhnend zu rufen:

»Schlag' mich nur, schlag' mich, da wirst du nicht lange auf das Kriminal zu warten haben, Frau Schulzin! ...«

»Halt' du deine Schnauze, daß ich dich nicht erst einmal ins Loch sperre!« rief der Schulze dazwischen.

»Sperr' dir tolle Hunde ein, dazu bist du da; nimm besser dein Weibsbild an die Leine, damit sie sich nicht an den Leuten vergreift!« wetterte die Kosiol los, außerstande, sich noch länger im Zügel halten zu können.

»Ein Beamter redet zu dir, merk' dir das, Weib!« rief er drohend zurück.

»Ich hab' es – da, dein Amt, verstehst du! Drohen wird mir der noch, sieh mal an; selbst hast du gewiß das Leinen genommen, wohl für deine Geliebte zum Hemd. Das Gemeindegeld ist dir alle geworden, weil du es versoffen hast, du Saufjan! Hab' keine Angst, man weiß, wie du es treibst. Man wird dich schon einstecken, Herr Beamter, man sperrt dich noch ein!«

Das war aber schon zu viel für die Schulzen, so daß sie wie zwei wütende Wölfe auf die Kosiol losstürzten; die Schulzin schlug ihr als erste mit dem Stock ins Gesicht, und wild aufkreischend krallte sie sich in ihr Haar fest; der Schulze aber begann sie mit den Fäusten zu bearbeiten und schlug zu, wo er gerade traf.

Bartek Kosiol sprang in einem Nu seiner Frau zu Hilfe.

Sie verknäuelten sich ineinander wie sich beißende Hunde, man konnte gar nicht unterscheiden, wessen Fäuste es waren, die da drauflos trommelten wie Dreschflegel, wessen Kopf gegen den Boden anschlug, und wer da schrie. Sie fielen gegen einen Zaun, taumelten dann wieder auf die Straße, wie Garben, die ein Sturmwind vor sich hinwirbelt, und schließlich kamen sie einer über den anderen zu Fall.

Eine Staubwolke wirbelte auf, mit Geschrei und Fluchen wälzten sie sich auf der Dorfstraße herum, schlugen immer wilder aufeinander ein und schrien laut.

Manchmal sprang einer aus dem wilden Handgemenge heraus, manchmal erhoben sie sich alle zugleich und packten, was zu finden war, um damit aufeinander einzuschlagen, oder sie rissen sich an den Haaren und versuchten einander bei den Rockklappen festzuhalten.

Ihr Geschrei gellte durchs ganze Dorf; selbst die Hühner gackerten erschrocken in den Obstgärten auf, und etliche Hunde stimmten ein Geheul an; die Weiber aber lamentierten, sich ratlos um sie drängend, bis schließlich einige Männer, die herbeigerannt kamen, die Kämpfenden auseinanderbrachten.

Was da noch an Flüchen, Geschrei und Drohungen zum besten gegeben wurde, läßt sich nicht sagen. Die Nachbarn machten, daß sie eiligst davonkamen, damit man sie nicht als Zeugen angäbe; aber sie erzählten überall unter dem Siegel der Verschwiegenheit, wie furchtbar die Schulzen die Kosiols verprügelt hätten.

Es waren kaum ein paar Paternoster vergangen, als der Schulze mit einem angeschwollenen Maul, und seine Frau, die ein zerkratztes und vielfach blaugeschlagenes Gesicht hatte, als erste davonfuhren, um eine Klage einzureichen. Eine Stunde später machten sich die Kosiols ebenfalls auf den Weg.

Der alte Ploschka hatte sich bereit erklärt, sie umsonst nach der Stadt zu fahren, nur um dem Schulzen in aller Freundschaft etwas einzubrocken.

Sie fuhren, um Klage zu führen, also in dem Zustand, wie sie sich von der Prügelei erhoben hatten; sie hatten sich nicht einmal etwas in Ordnung gebracht.

Absichtlich fuhren sie im Schritt durchs Dorf, um das ihnen geschehene Unrecht jedermann mitteilen zu können und jedem, der es nur sehen wollte, ihre Verletzungen zu zeigen.

Kosiol hatte eine klaffende Wunde am Kopf, das Blut floß über sein Gesicht und seinen Hals bis auf die Brust, die man durch das zerfetzte Hemd sehen konnte. Er hatte wohl schon wenig Schmerzen, jeden Augenblick aber griff er sich an die Seiten und schrie erbärmlich.

»Oh Gott, ich halt' es schon nicht länger aus! Alle Rippen hat er mir eingedrückt! Leute, helft, ich sterbe gleich! ...«

Und seine Magdusch stimmte klagend bei.

»Mit der Runge hat er ihn geprügelt! Still da, du Ärmster! Wie einen Hund hat er dich mißhandelt; aber es gibt noch Gerechtigkeit und eine Strafe für Totschläger, das ist sicher! Still da, armer Kerl! Er wird dir schon gut dafür zahlen müssen. Zu Tode schlagen wollte er ihn, die Leute haben es ja gesehen; kaum haben sie ihn retten können, das werden sie ehrlich vor Gericht bezeugen müssen!« Sie schrie so laut, immer wieder dazwischen aufheulend, und sah so zugerichtet aus, daß man sie kaum wiedererkennen konnte. Ihr Kopf war entblößt, man konnte sehen, daß das Haar ihr stellenweise mit der Haut ausgerissen war; die Ohren waren blutig gerissen und die Augen blutig unterlaufen, das ganze Gesicht aber so zerkratzt, als wäre ihr einer mit der Egge über die Backen gefahren; und obgleich man wußte, was für ein Pflänzlein sie war, bedauerte man sie doch vielfach ganz aufrichtig.

»So die Leute zu schlagen, nee!«

»Eine Schande und Gotteslästerung, die fahren ja nicht tot und nicht lebendig.«

»Fein zugerichtet, das muß man ihm lassen! Auch der Schlachter hätte es nicht besser gemacht ... Aber dem Herrn Schulzen ist ja alles erlaubt; ist er vielleicht kein Beamter, keine Personage?« fügte höhnisch Ploschka bei, sich ans Volk wendend.

Man war ganz bestürzt, und obgleich die Kosiols schon lange weg waren, konnte sich das Dorf noch immer nicht beruhigen.

Therese, die während der Prügelei sich aus Angst irgendwo verkrochen hatte, kam jetzt erst heraus, als die beiden Parteien schon fort waren.

Sie machte sich gleich auf den Weg nach der Hütte der Kosiols, da der Bartek Kosiol ihr Onkel mütterlicherseits war. Keine Menschenseele war im Haus, nur draußen an der Wand saßen die drei aus Warschau mitgebrachten Kinder.

Sie drängten sich aneinander und kauten gierig an einigen halb gar gekochten Kartoffeln, sich dabei mit Gekreisch gegen einige Ferkel wehrend. Sie waren so elend, abgemagert und mit Schmutz bedeckt, daß Therese ganz mitleidig zumute wurde. Sie trug sie in den Flur, und nachdem sie die Tür verschlossen hatte, lief sie hin, die Neuigkeit zu verbreiten.

Bei den Täubichs war nur die Nastuscha da.

Mathias war gleich noch vor dem Frühstück nach Stacho, dem Schwiegersohn von Bylica, hingegangen. Er untersuchte gerade mit ihm zusammen die Trümmer des eingestürzten Hauses, ob man nicht daraus wieder ein neues aufbauen könnte. Bylica ging hinter den beiden drein und tat hin und wieder seine Meinung hinzu.

Der Herr Jacek saß wie immer vor der Haustür, rauchte eine Zigarette und pfiff auf die Tauben, die um die Süßkirschbäume kreisten.

Die Sonne erhob sich schon zur Mittagshöhe und wärmte gehörig.

Die erhitzte Luft flimmerte über dem Land wie aufzuckendes Wasser, die Kornfelder und die Gärten standen da, als starrten sie in die Sonne, und nur hin und wieder fiel von einem der Süßkirschbäume Bylicas Blütenschnee zu Boden. Die Blütenblätter kamen wie weiße Schmetterlinge dahergeflattert und sanken sanft ins Gras.

Es war schon nahe an Mittag, als Mathias endlich mit seiner Besichtigung fertig war; und indem er hier und da mit dem Beil gegen die Balken klopfte, sagte er entschieden:

»Ganz morsch sind sie, nichts als Moder, daraus kann man kein Haus bauen, das nützt nichts ...«

»Ich würde noch neues hinzukaufen, vielleicht könnte man dann ...« murmelte Stacho mit kläglicher Stimme.

»Kauft gleich ein ganzes Haus dazu, aus diesem Mist da holt einer nicht einen einzigen Balken heraus.«

»Um Gottes willen!«

»Die Mauerschwellen würden aber doch noch halten, nur neue Pfosten müßte man geben ... Die Wände könnte man auch stützen und mit Klammern zusammenziehen ... das ist doch ...« stotterte der alte Bylica hervor.

»Wenn ihr ein solcher Kenner seid, dann baut es euch selbst, ich kann euch nicht aus Moder etwas machen«, gab Mathias ärgerlich zurück, seinen Spenzer überziehend.

Veronka, mit einem Kind im Arm, kam heran und begann zu jammern.

»Was fangen wir jetzt an, was sollen wir bloß tun?«

»An die zweitausend Silberlinge müßte man für ein neues haben«, seufzte Stacho besorgt auf.

»Hale, das gibt höchstens eine Stube und einen Flur.«

»Etwas Holz könnte man doch aus unserem Wald kriegen ... versteht sich, wenn es nur ein kleines bißchen wär' ... und den Rest kauf' ich zu ... versteht sich ... da würde es reichen ... beim Amt müßte man vorstellig werden ...«

»Werden sie es denn jetzt geben, wo doch der Wald im Prozeß ist? ... Man hat ja selbst das Sammeln von Dürrholz verboten. Wartet mit dem Haus, bis der Prozeß vorüber ist«, riet Mathias.

»Warte mal einer so lange, wo sollen wir denn für den Winter bleiben?« brach Veronka los und fing an, kläglich zu weinen.

Die anderen schwiegen. Mathias sammelte seine Zimmergeräte, Stacho kratzte sich den Kopf und Bylica schneuzte sich hinter der Hausecke; man hörte nur Veronkas Schluchzen.

Plötzlich erhob sich der Herr Jacek und sagte laut:

»Weint nicht, Veronka, das Holz wird sich schon finden.«

Sie blieben mit aufgesperrten Mäulern stehen, bis Mathias als erster aus seiner Verwunderung zu sich kam und zu lachen anfing.

»Der Kluge verspricht, und der Dumme freut sich dazu! Hat selbst nicht, den Kopf wo zu bergen, und wird hier den Menschen Häuser verschenken!« sagte er scharf, ihn scheel anblickend; aber der Herr Jacek sagte nichts mehr und setzte sich wieder vor die Schwelle, brannte eine neue Zigarette an, zupfte an seinem Bärtchen und sah in den Himmel.

»Wartet nur noch, über kurzem wird er euch eine ganze Meierei versprechen«, lachte Mathias wieder auf, und, die Schultern zuckend, ging er davon.

Er wandte sich gleich links auf den Feldweg, der zwischen den Scheunen führte.

Wenig Leute arbeiten in den Gemüsegärten; nur hier und da sah man einen roten Frauenrock, und hin und wieder war einer an der Bedachung beschäftigt oder bastelte an einer offenstehenden Scheunentür.

Mathias hatte es nicht eilig, er blieb hier und da stehen, sich mit den Männern über die Prügelei der Schulzen besprechend, grinste den Mädchen zu, redete manch eine lustig an und brachte bei den Weibern ein paar so derbe Witze an, daß ein Gelächter hinter den Hecken erscholl und manch eine aufseufzend ihn mit den Blicken verfolgte.

Gewiß, wohlgeraten war er und kräftig wie ein Eichbaum, er sah entschieden aus wie der erste von allen Burschen im Dorf, der Stärkste war er auch nach Antek Boryna, und ein Tänzer, der sich reichlich mit Stacho Ploschka messen konnte, dabei ein ganz heller Kopf. Da er außerdem zu jeder Arbeit taugte, denn einen Wagen konnte er ebensogut zurechtzimmern wie einen Schornstein ausmauern oder ein Haus bauen, und er spielte auch noch obendrein auf der Flöte, hätte auch manche Mutter, obgleich sein Besitz an Grund und Boden nicht der Rede wert war und das Geld sich bei ihm nicht halten wollte, denn er war für andere zu freigebig, mit ihm gern selbst ein ganzes Kalb vertrunken, um ihn sich als Schwiegersohn zu ködern, und manches Mädchen erlaubte ihm allerhand Vertraulichkeiten, darauf hoffend, daß er um so rascher das Aufgebot machen würde.

Aber alle diese Bemühungen waren vergeblich; er trank den Müttern zu, liebäugelte mit den Töchtern und drehte sich wie ein Beißker, wenn es ans Heiraten gehen sollte.

»Es ist nicht leicht, zu wählen, jede ist gut, und noch bessere wachsen heran, ich wart' noch ein bißchen«, pflegte er den Brautwerberinnen zu sagen, die ihm verschiedene Heiraten antrugen.

Im Winter hatte er sich mit Therese eingelassen und lebte mit ihr fast vor den Augen des ganzen Dorfes, ohne auf die Empörung und auf das Gerede zu achten.

»Kommt der Jaschek zurück, dann geb' ich sie ihm wieder; er wird mich auch noch mit Schnaps traktieren, daß ich ihm das Frauenzimmer gehütet habe«, lachte er, wenn er unter seinen Freunden war, aber bald nach der Rückkehr aus dem Gefängnis hatte er sie satt bekommen und hielt sich immer mehr von ihr zurück.

Auch jetzt, da es zum Mittagessen ging, wählte er den längeren Weg, um unterwegs mit den Mädchen zu schäkern und diese oder jene, wenn es glücken sollte, im Vorübergehen zu kneifen.

Ganz plötzlich stieß er auf Jagna, die im Garten ihrer Mutter Unkraut jätete.

»He, Jaguscha!« rief er freudig aus.

Jagna richtete sich auf und blieb wie eine schlanke Malve mitten auf dem Beet stehen.

»Daß du mich endlich auch siehst? Guck' nur, wie der es eilig hat, schon eine Woche sitzt er im Dorf, und jetzt mit einem Male kommt es ihm bei ...«

»Du bist ja noch viel schöner geworden!« flüsterte er bewundernd.

Sie hatte die Röcke bis zu den Knien aufgerafft, unter dem roten Kopftuch, das sie unter das Kinn gebunden hatte, blauten große, liebliche Augen, die weißen Zähne blitzten unter kirschroten Lippen hervor, und das ganze Gesicht war wie ein schöner, rot angehauchter Apfel anzusehen, wie geschaffen zum Küssen. Sie stemmte sich trotzig in die Hüften und traf ihn mit ihrem funkelnden Blick, daß ihm ein angenehmer Schauer über den Rücken lief. Er sah sich rings um und kam etwas näher heran.

»Seit einer Woche such' ich dich und spähe nach dir aus und immer vergeblich.«

»Lüge dem Hund was vor, der wird dir's vielleicht glauben. Jeden Abend bleckt er die Zähne in den Heckenwegen, jeden Abend schmeichelt er einer anderen was vor und wird mir da noch was einreden wollen.«

»So begrüßt du mich, Jagusch? Wie? ... So? ...«

»Wie soll ich denn anders? Soll ich deine Knie umfassen und dir danken, daß du dich meiner erinnert hast?«

»Ich weiß noch, wie du mich einst empfingst.«

»Was einst war, das ist nicht jetzt.« Sie drehte sich weg, ihr Gesicht verbergend; er aber schob sich plötzlich heran und langte nach ihr mit gierigen Armen.

Sie riß sich zornig los.

»Laß das, die Therese kratzt mir sonst noch die Augen deinetwegen aus!«

»Jagusch!« hauchte er kläglich.

»Geh' zu deiner Soldatenfrau mit deinen Amouren ... dien' dir da deinen Lohn ab, bis der andere heimkommt. Sie hat dich im Kriminal ausgefüttert, hat sich deinetwegen in Unkosten gestürzt, da kannst du es jetzt abarbeiten!« peitschte sie auf ihn mit bösen Worten ein, so daß Mathias verblüfft schwieg.

Ein Schamgefühl überkam ihn, er wurde rot wie eine Runkelrübe, duckte sich und lief einfach weg.

Jagna aber, obgleich sie ihm gesagt hatte, was sie gerade fühlte und was sie schon eine ganze Woche lang mit sich herumtrug, fing schon an, ihre Worte zu bereuen: sie hatte nicht gedacht, daß er sich gleich erzürnen und weglaufen würde.

»So ein Dummer ... ich hab' ihm das doch nur so ... ich hab' mich doch geärgert! ...« dachte sie, verdrießlich hinter ihm dreinschauend.

»Und gleich sich erzürnen! ... Mathias, du! ...«

Aber er hörte es nicht mehr und rannte durch den Obstgarten, als hätte man die Hunde auf ihn gehetzt.

»Böses Aas, so eine Wespe!« murmelte er, auf sein Haus zustrebend. Wut und Bewunderung wechselten ab in seinem Herzen. Wie war das nur möglich. Sie war doch stets so sanft wie ein Kindchen gewesen, konnte nicht einmal richtig den Mund auftun, und nun hat sie ihn doch wie einen Hund traktiert. Die Scham überkam ihn, er sah sich behutsam um, ob nicht jemand den Auftritt gehört hatte.

»Die Therese wird die Dumme ihm noch vorhalten ... was geht ihn diese Soldatenliese an? ... Das hat er doch nur so zum Spaß mit ihr angefangen, mehr war nicht dabei! ... Und wie ihn die Jagna mit den Augen angeblickt hat! Wie hatte sie sich forsch in die Hüften gestemmt! Es wurde einem ganz wohl in ihrer Nähe! ... Jesus, selbst eine Maulschelle von der zu kriegen, ist keine Schande, wenn man nur an den Honig herankommt ...« Die Erregung ging ihm durch alle Glieder, er ging immer langsamer.

»Sie hat sich erzürnt, daß ich mich um sie nicht gekümmert habe ... Is schon meine Schuld ... und dann noch wegen der Therese ...« Er verzog den Mund, als hätte er Essig gekostet. Er hatte wahrlich genug von dieser Heulliese, ihr Geflenn hatte er satt. Einen Treueid hatte er ihr doch nicht geschworen, daß er an ihr hängen bleiben sollte wie ein Kuhschwanz! Sie hat ja ihr Mannsbild! Und der Priester könnte ihn noch von der Kanzel vornehmen. Mit einer solchen da wird der Mensch ganz schlapp. Der Teufel noch mal mit diesen Weibern! wütete er in sich.

Das Mittagessen kochte noch; er fuhr die Nastuscha an, daß sie so getrödelt hatte, und sah bei der Therese ein. Sie melkte gerade ihre Kuh im Garten und wandte ihm ihre seltsam traurigen, kaum erst trockenen Augen zu.

»Warum hast du geheult?«

Sie entschuldigte sich leise, ihm mit einem zärtlichen Blick ins Gesicht sehend.

»Seh' doch lieber auf die Euter, du spritzt ja die Milch über deinen ganzen Rock!«

Er war heute hart und ganz ohne Erbarmen, so daß sie sich den Kopf zerbrach, was ihm wohl zugestoßen sein mochte. Sie verhielt sich ganz still, denn bei jedem Wort, das sie sagte, brach er in Wut aus und rollte mit den Augen.

Er tat, als suchte er irgend etwas vor dem Haus, sah in den Garten hinein und beobachtete sie heimlich, sich im stillen immer mehr wundernd.

»Wo hab' ich bloß meine Augen gehabt? Ist das ein mageres, spilleriges Ding ... Nicht Flaum noch Fleisch! Der schiere Knochen. Die reine Zigeunertrine – Keine Kraft und kein Saft im Leibe, rein nichts ...«

Alles was recht ist, nur die Augen, die waren schön, vielleicht wohl ebenso schön wie die von Jaguscha; groß waren sie, himmelblau, und die schwarzen Augenbrauen, die machten es; doch jedesmal, wenn sie ihn ansah, wandte er den Kopf weg und fluchte leise in sich hinein.

»Glotzt da wie ein Kalb, das den Schwanz hebt!«

Ihr Anstarren machte ihn ungeduldig und reizte ihn immer mehr.

»Nu gerade nicht, fällt mir nicht ein, glotz' du auf den Hundestert! Mich kriegst du doch nicht.«

Während des gemeinsamen Mittagessens sagte er nicht ein einziges Wort zu ihr, sah sie nicht einmal an; und an der Nastuscha fand er heute immerzu etwas zu tadeln.

»Ein Hund würde nicht an so eine Grütze herangehen: wie geräuchert ist sie! ...«

»Nicht doch, nur ein bißchen angebrannt ist sie, und schon bleibt sie dir an den Zähnen hängen.«

»Du hast nicht dawider zu reden! Mit Fliegen hast du sie angerührt, da sind mehr davon drin als Grieben.«

»Die Fliegen genieren ihn schon! So ein Wählerischer! Du wirst dich damit nicht vergiften!«

Beim Kohl klagte er über ranzigen Talg.

»Rühr' ihn lieber gleich mit Wagenschmiere an, dann schmeckt er auch nicht schlechter.«

»Leck' mal an der Wagenachse, dann wirst du sehen, ich bin da nicht drin erfahren!« antwortete sie trotzig.

So hatte er an jedem was auszusetzen und zankte in einem fort; gleich nach dem Mittagessen aber wandte er sich, als er ihre Kuh bemerkte, die sich gegen die Hausecke rieb, gegen Therese, die die ganze Zeit kein Wort gesagt hatte.

»Der Mist sitzt auf ihr wie eine Kruste, kannst du sie nicht abreiben, ha?«

»Naß ist es im Stall, da wird sie leicht schmutzig!«

»Naß! Im Wald gibt's genug Nadelstreu; du wartest nur, daß dir ihn einer zusammenharken und ins Haus bringen soll. Sie wird sich die Flanken wundliegen, anfaulen tut sie noch in dem Dreck! So viele Weiber in einem Haus und Ordnung nicht für einen Heller!« schrie er; aber Therese wich ihm demütig aus ohne ein Wort der Verteidigung und mit den Augen um Mitleid bettelnd.

Sie war ja doch immer eine stille, fügsame Frau gewesen und fleißig, wie eine Ameise; lieb war es ihr selbst, daß er sie in seiner Gewalt hatte und hart regierte. Er aber wütete gerade deshalb noch mehr. Es ärgerten ihn ihre liebenden, ängstlichen Augen, es ärgerte ihn ihr stiller Gang, ihr demütiges Gesicht, und das, daß sie immerzu um ihn herum war. Er hatte schon Lust, sie anzuschreien, daß sie ihm aus den Augen ginge.

»Daß euch die Kränke ... hundsverdammte Wirtschaft!« brach er plötzlich los und, die Zimmermannsgeräte sammelnd, ohne selbst seine Mittagsruhe abzuhalten, ging er zu Klemb, wo er eine Arbeit am Haus hatte.

Sie saßen da noch bei den Schüsseln vor dem Haus.

Er setzte sich auf die Mauerbank und zündete eine Zigarette an.

Die Klembs redeten über die Rückkehr Gschela Borynas aus dem Militär.

»Kehrt er denn schon heim?« fragte er ruhig.

»Wißt ihr das nicht? Der kommt doch zusammen mit Thereses Jaschek und mit dem Jartschak aus Wola.«

»Sie versprechen zur Ernte zurück zu sein. Die Therese ist heute mit einem Brief nach dem Organisten gelaufen, er sollte ihn ihr vorlesen. Er hat es mir doch selbst erzählt.«

»Ist das 'ne Neuigkeit! Der Jaschek kommt wieder!« rief er ganz unwillkürlich.

Sie verstummten alle, sahen sich nur untereinander an, und die Frauen wurden ganz rot vor unterdrücktem Lachen. Er merkte nichts und sagte ruhig, wie über die Nachricht zufrieden:

»Gut, daß er wiederkehrt; vielleicht hören sie auf, über Therese zu klatschen.«

Die Löffel hielten über der Schüssel an, so hatten sie sich verwundert; und, dreist um sich blickend, fügte er noch hinzu:

»Ihr wißt ja, daß man sie nicht schont. Sie geht mich ja nichts an, obgleich es eine entfernte Verwandtschaft von Vaters Seite ist; aber wenn es so auf mich ankäme, dann würde ich die Klatschmäuler schon stopfen, daß sie daran denken sollten! Und die Weiber, die sind die schlimmsten füreinander: der Reinsten hängen sie noch was an und werden sie noch mit Dreck bewerfen.«

»Gewiß, das ist so, gewiß!« bejahten sie, in die Schüssel starrend.

»Seid ihr schon bei Boryna gewesen?« fing er wieder etwas unruhig an.

»Ich will und will hin, aber jeden Tag kommt was dazwischen.«

»Der leidet für uns alle, und niemand denkt an ihn.«

»Hast du denn bei ihm eingesehen?«

»Hale, wenn ich allein hingehe, dann werden sie sagen, daß ich hinter der Jagna her bin.«

»Sieh mal an, wie behutsam, wie 'ne Dirn', wenn sie was gehabt hat«, brummte die alte Agathe, die mit ihrer Schüssel zwischen den Knien am Zaun saß.

»Weil ich dieses ewige Geträtsch schon ganz satt habe.«

»Auch der Wolf wird zahm, wenn ihm die Zähne hohl werden«, lachte Klemb.

»Oder wenn er sich ein Lager sucht«, fügte Mathias hinzu.

»Hoho, da wird man wohl nicht lange zu warten haben, daß du zu einer mit Schnaps schickst«, scherzte einer der Klembburschen.

»Gerade überleg' ich mir in einem fort, welcher ich zutrinken soll.«

»Wähle rasch, Mathias, und bitt' mich zur Brautjungfer«, piepste Kascha, die älteste von den Klembmädchen.

»Was soll man da tun: leicht ist es nicht, und alle sind piknobel, eine wie die andere die beste. Magduscha ist die Reichste, aber schon ohne Zähne, und Triefaugen hat sie auch schon; Ulischja ist wie eine Blume, nur daß sie eine dickere Hüfte hat, und nur eine Tonne Sauerkraut als Mitgift in die Ehe bringt; die Franka … da kriegt man gleich den Zuwachs mit; Maruschka ist zu freigebig für die Burschen, und die Evka, obgleich sie ganze hundert Silberlinge in Kupfer als Mitgift kriegt, ist ein Faulenzer, liegt den ganzen Tag unterm Federbett. Und alle möchten sie fett essen, Süßes trinken und nichts tun. Das reine Gold sind solche Mädchen; und andere wieder haben zu kurze Federbetten für mich.«

Sie lachten los, daß die Tauben vom Dach aufflogen.

»Ich sag' die pure Wahrheit. Selbst hab' ich es ausprobiert, die reichen mir nur bis halb über die Waden, wie soll ich da im Winter schlafen? Wohl in Schaftstiefeln, was? ...«

Die Klembbäuerin wies ihn zurecht, daß er dummes Zeug in Anwesenheit der Mädchen rede.

»Das sag' ich doch nur so zum Spaß, denn man sagt ja, daß ein ehrlicher Spaß keinen Schaden tut, selbst unter dem Federbett.«

Die Mädchen plusterten sich auf wie Truthennen.

»Hale, wie wählerisch! ... Wird sich hier über alle lustig machen! Wenn du in Lipce nicht genug hast, dann such' dir welche in anderen Dörfern!« geiferten sie.

»Genug gibt es davon in Lipce, gerade genug: es ist doch leichter, eine reife Jungfer zu kriegen, als einen ganzen Silberling. Für einen Silbergroschen verkaufen sie sie heute und noch mit Vaters Handgeld dazu. Wenn sich nur Käufer findet! Davon gibt's ja so viele, daß das Dorf von all dem Jungferngekreisch nur so widerhallt; alle sind sie bereit, und jeden Sonnabend waschen sie sich schon von Morgengrauen an, flechten Bänder ins Haar und jagen hinter den Hühnern her in den Gärten und tragen sie dem Juden hin, um Süßen für die Brautbitter parat zu haben, und schon von Mittag an spähen sie um die Hausecken, ob nicht von irgendwoher Brautbitter kommen. Ich sah schon welche, die mit ihren Schürzen selbst vom Dach winkten und schrien: ›Zu mir her, Mathiuschka, zu mir her!‹ Und die Mütter riefen wiederum: ›Zuerst zu der Kascha, liebster Mathiuschka, zu der Kascha! Einen Käs' und eine Mandel Eier leg' ich noch zur Mitgift zu! Zur Kascha!‹«

Er wußte das alles so spaßig zu erzählen, daß die Burschen sich vor Lachen krümmten; aber Klembs Mädchen erhoben ein solches Geschrei wider ihn, daß der Alte sie anherrschen mußte.

»Still da! Die kreischen wie die Elstern vor dem Regen.«

Sie beruhigten sich nicht gleich; um also diesem Geneck ein Ende zu machen, fragte der alte Klemb:

»Warst du dabei, Mathias, wie die Schulzen sich prügelten?«

»Nein, man erzählte mir aber, daß die Kosiols ordentlich was abgekriegt haben.«

»Besser kann man gar nicht. Das ist 'ne Schande, wie die ausgesehen haben! Der Schulze hat sich da was geleistet, na! ...«

»Das Brot der Gemeinde bläht ihn so auf, da springt er so mit den Leuten um.«

»Hauptsächlich aber, daß er vor keinem Angst hat. Wer wird sich ihm da widersetzen wollen? Ein anderer würde für eine solche Geschichte ordentlich blechen müssen, dem aber wird kein Haar gekrümmt. Mit den Beamten ist er gut Freund, da kann er im Kreisamt alles tun, was er nur will ...«

»Weil sie hier Schöpse sind, einen solchen hier regieren zu lassen! Er springt mit den Leuten um und erhebt sich über alle; man wundert sich, daß sie ihm nicht obendrein noch die Füße küssen!«

»Wir haben ihn doch selbst über uns erhoben, so müssen wir ihn auch respektieren.«

»Wer ihn in den Sattel gesetzt hat, der kann ihn wieder aus dem Sattel heben.«

»Schrei' doch nicht so, Mathias, sonst kommt es noch herum.«

»Wenn sie es ihm sagen, dann wird er es schon wissen. Er soll mir nur kommen!«

»Wer soll ihm denn beikommen? Matheus ist krank, jeder überlegt es sich, ob er als Erster gegen ihn angeht; man kann kaum mit den eigenen Sorgen fertig werden«, murmelte der Alte, sich von der Bank erhebend.

Auch die anderen standen zugleich auf.

Die einen legten sich hin, Mittagsruhe zu halten, etliche traten auf die Dorfstraße, die Mädchen wandten sich nach dem Weiher, das Geschirr zu waschen, sich etwas abzukühlen und miteinander zu kichern. Mathias machte sich gleich daran, die Stützen für das Haus zurechtzuhauen, der Klemb aber zündete seine Pfeife an und setzte sich vor die Türschwelle.

»Wird einer sich nur um die anderen sorgen, dann wird es ihm die Not schon selbst besorgen!« brummte er in den Bart, mit Genuß seine Pfeife paffend.

Die Sonne hing fast über dem Haus, der Nachmittag wurde heiß, es wehte warm von den Feldern. Die Obstgärten standen still da, zwischen den Bäumen flimmerte das Sonnengold, der Blütenschnee sank lautlos ins Gras, die Bienen summten um die Apfelbäume, der Weiher gleißte zwischen den Baumästen und selbst die Vögel schwiegen. Eine wohlige Mittagsschläfrigkeit rieselte über die Welt nieder.

Der alte Klemb ging gemächlich, seine Schlaftrunkenheit niederkämpfend, nach der Kartoffelgrube.

Dann blieb er stehen, sog ein paarmal kräftig an der erloschenen Pfeife und spie mehrmals hintereinander aus, mit einer Kopfbewegung sein Haar zurückwerfend, das ihm in einigen Strähnen übers Gesicht gefallen war.

»Hast du nachgesehen?« fragte ihn die Frau, zum Flur hinaussehend.

»Versteht sich ... wenn man nur einmal täglich kochen würde, könnten die Kartoffeln bis zur neuen Ernte reichen.«

»Hale, einmal täglich! Junges und gesundes Volk muß ordentlich was zu essen haben.«

»Wir kommen nicht aus. Die vielen Menschen. Zehn Mäuler und die Bäuche wie Scheffel. Man muß was ausdenken.«

»An die Färse denkst du, wie? Ich will es dir aber sagen, daß ich sie nicht zum Verkauf gebe. Mach' was du willst, aber das Vieh geb' ich nicht her. Merke dir das.«

Er winkte mit beiden Händen ab, als wollte er sich gegen eine lästige Wespe wehren; und als sie fortgegangen war, machte er sich wieder daran, die Pfeife anzuzünden.

»Ei der Daus noch mal, so'n Weib ... Wenn's nötig ist, da ist doch auch die Färse kein Altar!«

Die Sonne brannte gerade in die Augen, und die Schatten waren noch ganz kurz; so kehrte er ihr den Rücken und paffte immer bedächtiger und in immer größeren Abständen. Er hatte den Gurt gelockert, denn die Kartoffeln fingen an, ihn zu drücken; die Sonne wärmte, die Tauben gurrten auf dem Strohdach, und das leise Flüstern der Blätter machte ihn so matt, daß er, gegen die Wand gelehnt, leicht zu nicken anfing, eine sogenannte Judenfuhre machend.

»Thomas! Thomas!«

Er öffnete die Augen. Agathe saß neben ihm, ihn ängstlich beäugend.

»Eine schwere Vorerntezeit habt ihr«, redete sie leise vor sich hin. »Wenn ihr nur wolltet, ein paar Groschen hab' ich, ich könnte euch aushelfen. Ich hab' sie nur für mein Begräbnis zusammengespart, aber da ihr gerade so in Not seid, würd' ich sie euch gern borgen. Schade um die Färse. Sie ist voriges Jahr, als ich da war, zur Welt gekommen, ist von einer gutmilchenden Sorte. Vielleicht erlaubt der Herr Jesus, daß ich es erlebe, da gebt ihr mir das Geld von der neuen Ernte wieder zurück. Von einer Verwandten was anzunehmen ist selbst für einen Hofbauer keine Schande, nehmt nur«, sie schob ihm an die drei Rubel in lauter Silberlingen hin.

»Steck das ein! Ich helf' mit schon.«

»Nehmt doch, einen halben Rubel kann ich noch zulegen, nehmt nur«, bat sie mit ganz leiser Stimme.

»Gott bezahl's euch. Sieh, ihr seid doch mal wirklich eine Gute.«

»Dann nehmt doch ganze dreißig Silberlinge, daß es eine runde Zahl ist«, sie knotete das Geld aus dem Tuch aus, Zehner auf Zehner zulegend. Nehmt da«, bat sie, die Tränen zurückhaltend: ihre Seele war ganz zerrissen, ihr war zumute, als müßte sie sich jeden Heller aus den Eingeweiden holen.

Das Geld gleißte seltsam verlockend in der Sonne. Klemb blinzelte wohlgefällig mit den Augen und scharrte in den Münzen herum, sie waren neu und ganz sauber. Er seufzte schwer auf, mit dem Verlangen ringend, sie an sich zu nehmen, bis er sich zuletzt wegwandte und murmelte:

»Steckt es gut wieder weg, sonst sieht es einer noch und stiehlt es euch weg.«

Sie versuchte es noch einmal, es ihm mit leiser Stimme aufzudrängen, aber nur so; als er darauf aber nichts mehr entgegnete, begann sie eifrig ihre Schätze einzuwickeln und wegzustecken.

»Warum bleibt ihr denn nicht bei uns?« fragte er nach einer Weile.

»Wie soll ich da, keine Arbeit kann ich mehr tun, selbst hinter den Gänsen kann ich nicht mehr dreinlaufen. Soll ich mich denn da umsonst füttern lassen, wie …? Krank bin ich ja, von Tag zu Tag wart' ich immerzu das Ende ab. Gewißlich wäre es mir auch lieber bei der Verwandtschaft zu sterben … wenn es selbst in der Kammer sein sollte, wo die Färse steht … Wie sollt' ich euch aber eine solche Schererei und Sorge machen! Ganze vierzig Silberlinge habe ich fürs Begräbnis … damit auch dabei eine Messe ist … wie bei einem Hofbauer … wie wär das? … Und das Federbett würd' ich zulegen … Habt keine Angst, ich sterb' euch ganz leise weg, ihr werdet es kaum merken … und lange wird es auch nicht dauern …« stotterte sie schüchtern und wartete klopfenden Herzens, daß er sie aufnehmen und ihr sagen würde: »Bleibt hier!«

Aber er entgegnete nichts, als hatte er ihr Flehen nicht begriffen, reckte sich nur, gähnte und versuchte heimlich, sich nach der kleinen Scheune davonzuschleichen, um sich ein wenig ins Stroh zu legen.

»Solch ein Hofbauer ... versteht sich ... wie sollte er auch ... Ein Bettelweib bin ich nur ...« schluchzte sie und wimmerte ganz laut auf, ihm mit ihren blaßgeweinten Augen nachgehend.

Sie schleppte sich, des öfteren aufhustend und immer wieder am Weiher niedersitzend, mühselig davon. Wie alltäglich war sie wieder unterwegs, im Dorf herumzuspähen, wo sie hofbäuerlich, ohne Betrug, hätte sterben können.

Langsam wanderte sie durchs Dorf auf der Suche nach solchen gerechten Leuten. Sie irrte an den Hecken entlang wie ein blasses Spinnweb, das fliegt, ohne zu wissen, wo es sich festhalten soll.

Und das Volk machte sich lustig über sie und riet der Armen zum Spaß, daß sie bei den Verwandten bleiben müßte; und auch den Klembs sagte man, unter dem Vorwand, daß es aus Freundschaft sei, Ähnliches:

»Eine Verwandte ist es immerhin, das Geld für die Beerdigung hat sie, lange wird sie euch doch nicht mehr im Hause sitzenbleiben ... Wo soll sie sich denn sonst hintun?«

Das alles kam der Klembbäuerin in den Sinn, als ihr Mann ihr das mit Agathe Vorgefallene erzählte. Sie hatten sich schon schlafen gelegt, und als das Schnarchen der Kinder nur mehr in der Stube hörbar war, begann sie auf ihn leise einzureden.

»Platz wird sich schon finden ... im Hausflur kann sie liegen bleiben ... die Gänse treibt man nach der Scheune ... viel Essen braucht sie nicht mehr ... lange wird sie es auch nicht mehr machen ... Geld für die Beerdigung hat sie ... und die Leute werden sich dann auch nicht mehr darüber aufhalten ... und das Federbett wird man auch nicht abzugeben brauchen ... versteht sich, das findet man doch nicht alle Tage auf der Straße«, setzte sie ihm gefühlvoll auseinander.

Klemb aber schnarchte los als Antwort darauf. Und erst am nächsten Morgen sagte er:

»Wenn die Agathe ganz ohne Heller wäre, würd' ich sie aufnehmen, das müßte man denn doch ... Gottes Fügung ... Aber so werden sie noch sagen, daß wir sie wegen der paar Groschen behalten. Sie schnauzen auch so schon genug, daß sie um unsertwillen auf den Bettel gegangen ist ... das geht nicht.«

Die Klembbäuerin, die in allem ihrem Mann gehorchte, seufzte nur noch auf beim Gedanken an das Federbett und ging, die Mädchen zur Eile anzutreiben.

Man sollte heute Kohl pflanzen.

Der Tag wurde wie der gestrige, herrlich und sonnig, ein wahrer Maitag. Ein mutwilliges Lüftchen war aufgekommen und tollte über die Felder dahin, so daß das Getreide auf den Ackerbeeten wogte wie schaukelndes Wasser. Die Obstgärten rauschten und ließen den Blütenschnee dicht fallen, und die vollen schweren Blütendolden der Fliederbüsche und Traubenkirschen breiteten ihre Düfte aus. Die Luft war frisch und mit Erdenduft und Blumengerüchen geschwängert. Von den Weideplätzen am Walde trug der Wind Gesänge herüber, und aus der Schmiede klang das Aufdröhnen der Hammerschläge durchs Dorf. Vom frühen Morgen an waren alle Wege voll Stimmengewirr und Menschen. Die Frauen zogen auf die Kohlfelder, in Körben und auf Sieben Kohlsetzlinge tragend und laut von dem gestrigen Jahrmarkt und von dem Vorfall mit dem Schulzen redend.

Und bald, ehe noch der Tau abgetrocknet war, sah man überall auf den schwarzen Kohlfeldern, die nur mit wassergefüllten glitzernden Furchen voneinander getrennt waren, rote Frauenkleider aufschimmern.

Auch die Klemb war mit den Töchtern im Feld, während Klemb und Mathias mit den Burschen daran gingen, das Haus mit Stützen zu versehen.

Doch als die Sonne zu brennen anfing, überließ der Alte die Arbeit seinen Söhnen, und nachdem er den Balcerek herbeigerufen hatte, machte er sich mit ihm auf den Weg, Boryna zu besuchen.

»Schönes Wetter, Gevatter«, sagte Klemb, nach der ihm angebotenen Prise langend.

»Das ist es schon. Wenn nur die Hitze nicht zu lange anhält.«

»Das Sommergetreide ist verspätet, da könnte es leicht mehr als nötig kriegen. Vielleicht läßt es aber der Herr Jesus nicht zu. Und wie war es auf dem Jahrmarkt? Habt ihr was über das Pferd erfahren?«

»Ih ... dem Serschanten habe ich drei Rubel gegeben, da hat er mir versprochen, achtzugeben.«

»Daß man doch keinen Schutz hat! ... Man lebt in einem fort in Angst, rein wie ein Hase, und niemand hilft einem.«

»Und der Schulze ist die reine Strohpuppe«, murmelte Balcerek vorsichtig.

»Man muß an einen neuen denken«, warf Klemb hin.

Balcerek sah ihn schnell an, doch der Alte fügte noch hitzig hinzu:

»Es kommt nur Schande über das ganze Dorf durch ihn. Habt ihr von dem Gestrigen schon gehört?«

»Ih ... eine Prügelei kann jedem passieren, das ist eine alltägliche Sache ... Was anderes aber überleg' ich mir, daß wir für sein Amtieren nicht noch was zuzuzahlen brauchen.«

»Selbst disponiert er doch nicht, der Kassierer und der Schreiber passen ja auf, und auch das Amt.«

»Grad wie die Hunde, die das Fleisch zu bewachen haben! Die passen auf, und schließlich muß der Bauer bezahlen, weil sie es nicht behütet haben.«

»Jawohl, das ist nicht anders! Wißt ihr denn was darüber?«

Balcerek spuckte nur aus und machte mit der Hand eine unbestimmte Bewegung; er wollte nicht reden, brummig war er von Natur aus und durch die Frau eingeschüchtert; so hütete er denn um so mehr seine Zunge.

Sie waren außerdem schon vor dem Borynahof angelangt.

Fine schabte auf der Galerie Kartoffeln.

»Geht nur hinein«, meinte sie, »der Vater liegt dort allein. Anna ist auf dem Kohlfeld, und Jagna arbeitet bei der Mutter.«

In der Stube war sonst niemand zugegen, durch das offene Fenster sahen Fliederblütendolden herein, und die Sonne siebte ihr Gold durch das dichte Laub.

Boryna saß im Bett. Er war ganz abgezehrt, ein weißer Bart starrte borstig um das gelbe Gesicht; sein Kopf war verbunden, und die bläulichen Lippen bewegten sich rastlos.

»Sie gaben Gott zum Gruß, er antwortete aber nicht und rührte sich nicht einmal.«

»Tut ihr uns denn nicht erkennen?« ließ sich der Klemb vernehmen, Borynas Hand ergreifend.

Jener schien aber nur auf das Zwitschern der Schwalben zu lauschen, die unter dem Strohdach ihre Nester bauten, und auf das Rauschen der Zweige, die gegen die Wand klopften und hin und wieder ins Fenster sahen. Es war als wüßte er nichts mehr von dem, was um ihn geschah.

»Matheus!« ließ sich der Klemb vernehmen, ihn abermals etwas am Arm zerrend.

Der Kranke zuckte zusammen, in seinen Augen begann etwas zu zittern, und er starrte lange auf die beiden.

»Hört ihr denn nicht? Ich bin es, Klemb, und das ist Balcerek, euer Gevatter; erkennt ihr ihn denn?«

Sie warteten und sahen ihm in die Augen.

»Her zu mir, Männer! Hierher! Schlagt die Hundesöhne! Schlag los!« schrie er plötzlich mit gewaltiger Stimme, erhob die Hände, als wollte er sich verteidigen und fiel auf den Rücken zurück.

Auf den Lärm kam Fine hereingerannt und begann ihm den Kopf mit nassen Tüchern zu belegen, doch er lag schon ganz still. In seinen weit geöffneten Augen gleißte eine tödliche Angst.

Bald gingen sie davon, sehr besorgt und ganz mitgenommen.

»Ein Kadaver liegt da nur noch, kein lebendiger Mensch«, sagte Klemb, sich nach dem Borynahof umsehend.

Fine schabte wieder die Kartoffeln auf der Galerie, die Kinder spielten in der Nähe der Hauswand, und im Obstgarten stolzierte Witeks Storch umher; ein leichter Windhauch schob maigrüne Zweige vor das offenstehende Fenster.

Sie gingen eine Zeitlang, vom Grauen erfaßt, schweigend nebeneinander dahin, als wären sie aus einer Grabkammer herausgetreten.

»Jeder muß mal dahin kommen, jeder«, flüsterte Klemb wehmütig.

»Jawohl … Gottes Wille … was soll man tun, dagegen kann keiner an … Hale, der hätte aber noch eine Weile leben können, wenn nicht dieser Wald …«

»Gewiß. Aus ist es mit ihm, und die anderen werden davon den Profit haben«, seufzte er.

»Einmal muß ja die Ziege sterben … der hat sein Lebtag sauer genug gearbeitet! …«

»Und für uns kommt vielleicht bald die Zeit, ihm nachzufolgen.«

Sie sahen hart vor sich hin in die Welt, in die wogenden Felder, auf die Wälder, die wie auf der Handfläche dalagen, auf die grünenden Äcker, in den hellen, warmen Frühlingstag hinaus, und ihre Seelen erstarrten vor dem unabänderlichen Willen Gottes.

»Das wird der Mensch nicht ändern, was ihm bestimmt ist.«

Und damit gingen sie auseinander.

Auch die anderen kamen noch an diesem und während der nächsten Tage, den kranken Boryna zu besuchen; aber er erkannte niemand, so daß sie es schließlich aufgaben.

»Der hat genug an den Gebeten um einen leichten Tod, der braucht uns nicht mehr«, sagte der Priester.

Und da jeder genug eigene Sorgen und eigene Not hatte, so war es nicht verwunderlich, daß sie ihn bald alle vergaßen; wenn einer aber dazu kam, ihn zu erwähnen, so sprach er schon wie von einem Toten.

Es ist wahr, der Arme lag auch in einer solchen Verlassenheit, als wäre er ins Grab gelegt worden, und das Gras wüchse schon über seinem Totenhügel.

Wer sollte sich mit ihm befassen?

Es kam vor, daß er ganze Tage lang ohne einen Tropfen Wasser dalag; und er wäre vielleicht vor Hunger gestorben, wenn nicht das gute Herz Witeks, der alles, was er nur kriegen konnte, dem Bauer hintrug; und selbst den Kühen molk er oft im geheimen etwas Milch ab und labte ihn damit. Der Kranke erfüllte sein Herz mit einer seltsam bedrängenden Sorge; und einmal nahm er sogar den Mut, den Knecht zu fragen:

»Pjetrek, ist das wahr, daß, wenn einer ohne Beichte stirbt, dann muß er in die Hölle kommen?«

»Das ist so, der Priester sagt es ja immer in der Kirche.«

»Dann wird auch der Hofbauer in die Hölle kommen?«

»Er ist grad so ein Mensch, wie alle anderen.«

»Hale, ein solcher Hofbauer soll wie die anderen Menschen sein! Hale!«

»Du bist dumm wie ein Kohlstrunk«, ereiferte sich der Pjetrek und setzte es ihm lang und breit auseinander; aber Witek konnte ihm nicht glauben: er wußte für sich genug und ganz was anderes.

So gingen die Tage auf dem Borynahof vorüber.

Im Dorf aber brodelte es hin und her wie in einem Kochtopf.

Die Prügelei des Schulzen hatte es bewirkt; die beiden Parteien suchten Zeugen und trachteten jede für sich, das Volk auf ihre Seite zu bekommen.

Obgleich es nur eine Gerichtssache mit den Kosiols war, verschlief der Schulze nichts und traf alle nur erdenklichen Vorkehrungen. Er hatte auch gleich von Anfang an das Übergewicht, denn mehr als die Hälfte hatte sich für ihn erklärt. Man kannte ihn wie einen bösen Groschen, aber er war doch der Schulze, konnte manchem was helfen, oder auch einen ordentlich aufs heiße Pech setzen; so hatte er durch Überredung, Schmeicheleien und Schnaps sich Zeugen zurechttraktiert, wie er sie gerade brauchen konnte.

Der Kosiol lag schwer krank danieder, selbst den Priester hatten sie zu ihm holen müssen; man sprach allerlei von seiner Krankheit, im geheimen einander anvertrauend, daß er sich nur anstellte, damit der Schulze noch tiefer in die Tasche langen müßte; Gott weiß, wie es da eigentlich war. Man wußte nur, daß die Kosiol allein ganze Tage lang fluchend und wehklagend von Haus zu Haus rannte. Sie erzählte, daß sie schon das Mastschwein mit den Ferkeln für die Kur ihres Mannes hätte verkaufen müssen, rannte fast jeden Tag absichtlich vor das Haus des Schulzen und schrie dort gottserbärmlich, daß der Bartek schon im Sterben liege, rief all die gerecht denkenden Leute heran, für sie zu zeugen und ihr zu helfen.

Nur das ärmere Volk und die weichherzigeren Frauen stellten sich auf ihre Seite, und selbst einer von den kleineren Hofbauern, der Kobus, der ein unruhiger und zänkischer Mensch war. Der Rest wollte nicht einmal darüber etwas hören und leugnete ihr geradeweg in die Augen, irgend etwas davon gesehen zu haben; und mancher riet noch obendrein, sie sollten nicht mit dem Schulzen anfangen, denn gewinnen würden sie doch nicht.

Daraus kamen wieder neue Geschichten, denn der Kobus hatte eine zügellose Zunge, ließ leicht die Faust mitspielen, und die Weiber waren auch nicht wählerisch in ihren Worten.

So folgten denn nur Geschrei und Zorn daraus, denn wie sollten sie gegen die Hofbauern und den Schulzen aufkommen?

Selbst der Jude lachte sie aus und wollte ihnen nichts mehr auf Borg geben.

Es war kaum eine Woche vorüber, und sie hatten alle schon genug von den winselnden Klagen, die man nicht einmal mehr hören mochte.

Da kam ihnen plötzlich ein neuer Beistand, und wieder wurde das ganze Dorf aufgewühlt.

Der Ploschka hatte sich mit dem Müller zusammengetan und stellte sich offenkundig auf die Seite der Kosiols.

Natürlich war es den beiden um diese gerade so viel zu tun, wie um den vorjährigen Schnee; sie hatten aber ihre eigenen Pläne dabei und taten das ihrer Vorteile wegen.

Ploschka war ein sehr ehrgeiziger und verschlossener Mann und bildete sich was auf seinen Verstand und seinen Reichtum ein; und der Müller, man wußte es ja, der Geizkragen und Leuteschinder hätte sich für Geld selbst hängen lassen.

Es entspann sich zwischen den beiden Parteien ein stiller und unerbittlicher Kampf; in Anwesenheit der Menschen, ins Gesicht taten sie natürlich freundschaftlich, begrüßten sich wie früher und geleiteten einander untergefaßt nach der Schenke.

Die Klügeren merkten sofort, daß es dieser Kompagnie nicht um die Gerechtigkeit zu tun war und um das den Kosiols geschehene Unrecht, sondern um etwas anderes, vielleicht selbst um die Schulzenschaft.

»Da hat sich schon mancher daran gemästet, laß auch die anderen was abkriegen!« meinten die Alten, die Köpfe bedächtig wiegend.

So ging die Zeit dahin, und die Verworrenheit im Dorf wurde immer größer.

Bis eines Tages die Nachricht durchs Dorf die Runde machte: vor der Schenke hielten die Deutschen.

»Die wollen sich gewiß auf der Meierei festsetzen«, riet einer.

»Laß sie mit Gott fahren! ... was geht es uns an?« beschwichtigte ein anderer.

Aber eine beunruhigende, ängstliche Neugierde hatte von allen Besitz ergriffen. Sie schrien sich die Neuigkeit von Obstgarten zu Obstgarten herüber, blieben in den Heckenwegen stehen, um darüber zu reden, und andere machten, daß sie schleunigst nach der Schenke kamen, um etwas darüber auszukundschaften.

Es war wirklich so: fünf große Korbwagen standen vor der Zufahrt zur Schenke, alle hatten sie eiserne Achsen, waren gelb und blau gemalt, mit Plantüchern überdacht, unter denen Frauen saßen und allerhand Hausgerät hervorguckte; in der Schenke vor der Tonbank hatten sich wohl an die zehn deutsche Kolonisten niedergelassen und tranken.

Mächtige Kerle waren es, breit gewachsen und bärtig, hatten dunkelblaue Knieröcke an, trugen silberne Ketten auf den wohlgenährten Bäuchen, und die feisten Backen glänzten ihnen von der guten Pflege. Sie schnatterten irgend etwas mit dem Juden herum.

Die Bauern stellten sich im Haufen dazu, schrien laut nach Schnaps, beobachteten sie und versuchten eifrig, etwas herauszubekommen; es war aber schwer, auch nur das kleinste Wörtchen herauszuhorchen. Mathias aber, der auch auf Jüdisch konnte, parlierte mit einmal los, so daß der Schankwirt sich verwundert umdrehte.

Die Deutschen blitzten sich nur mit den Augen an, sagten aber nichts, und als später noch Gschela, der Bruder des Schulzen, ihnen irgendein deutsches Wort hinwarf, drehten sie den Bauern ihre Hintern zu und grunzten etwas Unverständliches untereinander.

»Man sollte ihnen ein paar über die ekligen Schnauzen langen«, sagte Mathias ganz aufgebracht.

»Mit dem Stock müßte man ihnen die Rippen nachzählen, da würden sie gleich reden.«

Und der Adam Klemb murmelte hitzig:

»Ich stoß dem da gleich einen in den Wanst, schmeißt er mich um, dann schlagt zu.«

Sie hielten ihn zurück, denn die Deutschen, die gerade ein Fäßchen Bier genommen hatten, verließen, als hatten sie die Drohung geahnt, rasch die Schenke.

»He, Pluderhosen! Pluderer![7] Nicht so rasch, sonst rutscht euch noch was ab!«

»Die Schweinewänste!« schrien die Jungen ihnen nach.

Gleich nach ihrer Abfahrt gestand der Jude ein, daß die Deutschen schon die Waldmeierei so gut wie gekauft hätten, daß sie hinführen, die Kolonie abzumessen, und daß fünfzehn Familien sich dort festsetzen würden.

»Wir können uns hier auf unseren paar Morgen herumdrücken, und die wollen sich hier auf ganzen Hufen breit machen.«

»Überbiete sie doch, laß nicht zu! Setz' mal deinen Verstand in Bewegung, wenn du so ein Kluger bist ...« schrie Stacho Ploschka dem Gschela zu.

»Hundsverdammt, nu auch das noch!« fluchte Mathias los, mit der Faust auf die Tonbank schlagend. Wenn die sich auf der Waldmeierei festsetzen, dann wird es schwer sein, hier in Lipce auszuhalten«, redete er auf sie ein, denn er war viel in der Welt herumgekommen und kannte die Deutschen gut.

Sie glaubten es ihm nicht, dennoch war das ganze Dorf recht besorgt; sie fingen an zu überlegen und nachzusinnen, was wohl Schlechtes von einer solchen Nachbarschaft für Lipce kommen könnte.

Jeden Tag meldeten die Viehhüter und vorüberziehenden Wanderer, daß am Wald die Felder abgemessen würden, daß man Steine einfuhr und einen Brunnen grub.

So daß manch einer aus Neugierde hinter die Mühle nach Wola zu ging, um sich mit eigenen Augen zu überzeugen, daß man die Wahrheit berichtet hatte.

---

7 *Pluderer*: Ein Schimpfname, ausschließlich als Benennung der Deutschen. Das Wort ist scheinbar von »Pluderhose« abgeleitet. Die ersten deutschen Kolonisten mußten eine dementsprechende Tracht mit Pluderhosen getragen haben, die zu der Wortbildung Veranlassung gegeben hat.

Wie aber die Angelegenheit sich wirklich verhielt, war nicht möglich, zu erfahren.

Sie suchten den Schmied auszuhorchen, denn er hatte sich schon mit den Deutschen beschnüffelt und beschlug ihnen die Pferde; aber er redete sich mit nichtssagenden Worten heraus.

Erst Gschela, der Bruder des Schulzen, der sich aufgemacht hatte, um etwas darüber auszukundschaften, berichtete ihnen die Wahrheit.

Es verhielt sich folgendermaßen: der Gutsherr war einem Deutschen fünfzehntausend Rubel schuldig. Abgeben konnte er sie ihm nicht, und dieser wollte in Zahlung die Waldmeierei nehmen und das noch dazu Fehlende in bar zuzahlen. Der Gutsherr schien einverstanden zu sein, sah sich aber gleichzeitig auch nach anderen Käufern um, da der Deutsche nur sechzig Rubel für einen Morgen geben wollte. So zog der Gutsherr denn die Sache hin, solange es ging.

»Aber eingehen muß er darauf! Die Juden sitzen ihm schon tagein tagaus im Herrenhaus und jeder will sein Geld haben. Der Heger hat mir gesagt, daß man die Kühe schon wegen der Steuern gepfändet hat. Woher soll er es denn nehmen? Das ganze Getreide ist schon auf dem Halm verkauft! Den Wald darf er doch auch nicht fällen, solange wir prozessieren. Er wird sich nicht anders helfen können und muß verkaufen für das erste beste, das sie ihm bieten«, behauptete Gschela.

»Und das so ein feiner Boden, hundert Rubel für einen Morgen wäre nicht zu viel.«

»Na, dann kauft doch, er verkauft es euch mit Kußhand.«

»Hale, das Geld ist teuer, wenn man keins hat!«

»Die Deutschen da werden sich mästen, und du, Bauer, schluck' du mal gefälligst deine Spucke herunter!«

So beredeten sie sich wehmütig seufzend. Es war ihnen ganz bänglich zumute geworden. Natürlich tat es ihnen um den Grund und Boden leid, denn er lag gerade nebenan und war ein ertragreiches Stück Land. Jedem wären ein paar Morgen gut zu paß gekommen, wo sie es doch schon auf dem Eigenen so eng wie in einem Ameisenhaufen hatten, sie konnten sich schon kaum von Ernte zu Ernte ernähren. Solch ein Stück vom besten Boden, das hätte gerade für die Kinder gepaßt. Sie hätten ein neues Dorf aufbauen können, hätten dabei auch noch gutes Wiesenland gekriegt, und Wasser wäre gleich in der Nähe dagewesen … Aber was soll man da machen! Die Deutschen sitzen schon drin, werden sich immerzu ausbreiten, während die Menschen hier in der Enge verrecken müssen.

»Wo soll man mit dem ganzen Nachwuchs hin?« seufzten die Alten auf, den jungen Leuten nachblickend, wenn sie sich an den Abenden auf der Dorfstraße tummelten; es gab genug davon, die Häuser konnten sie kaum fassen! Wovon sollte man aber den Grund und Boden bezahlen, wenn es einem kaum zum nackten Leben reichte?

Sie sorgten sich schwer und gingen selbst zum Pfarrer, um Rat zu holen. Er konnte ihnen aber nicht helfen: aus dem Leeren kann keiner was einschenken.

»Wer keinen Heller hat, der darf nicht einmal die Nase darüber halten. Dem Armen weht der Wind immer ins Gesicht! …«

Aber auch das Klagen und Jammern nützte nichts.

Und, wie um das Maß voll zu machen, wurde die Dürre immer größer. Der Monat Mai neigte sich dem Ende zu, und die Sonne brannte schon wie im Juli. Die Tage wurden still und drückend heiß, die Sonne erhob sich gleich am frühen Morgen in voller Glut am wolkenlosen Himmel und sengte so, daß auf den höher gelegenen Stellen und im Sand das Sommerkorn schon ganz gelblich und matt aussah, das Gras auf den Brachäckern gänzlich verbrannt wurde, die Bäche zu trocknen anfingen und die Kartoffeln, die zuerst ganz kräftig hochgeschossen waren, kaum den Boden mit ihren mageren Stauden beschatteten. Nur das Winterkorn hatte nicht viel gelitten, es hatte sich schön herausgemacht, schon die Ähren angesetzt und wuchs noch immerzu mächtig in die Höhe, so daß es aussah, als ob die Häuser allmählich dahinter versanken und, ganz zur Erde geduckt, nunmehr noch ihre Dächer aus dem Ährenwald emporragen ließen.

Die Nächte waren schwül und so warm, daß man schon hier und da in den Obstgärten schlief, weil man es nicht mehr in den Stuben aushalten konnte.

Durch das heiße Wetter und durch die Sorgen und Verdrießlichkeiten, durch Ploschkas Aufstacheleien gegen den Schulzen und durch die viel schwerere Vorerntezeit wie sonst, kam eine seltsame Unruhe und Friedlosigkeit über Lipce.

Die Leute gingen verstört umher, nur darauf lauernd, wie sie einen mit einem scharfen Wort verwunden oder ihm sonst was antun könnten. Jeder war bereit, sich dem anderen in den Weg zu stellen, so daß das Dorf die reine Hölle wurde. Tag für Tag, sobald nur der Morgen graute, hallte das Dorf vor Zank wider, denn jeden Tag kam was Neues auf: einmal hatten sich die Kobus geprügelt, so daß erst der Pfarrer Frieden stiften mußte und es an ernsten Ermahnungen nicht fehlen ließ; dann waren die Balcerekbäuerin und der Gulbas wegen eines Ferkels, das in den Mohrrüben gewühlt hatte, einander in die Schöpfe geraten; die Ploschkabäuerin hatte sich mit der Schultheißin arg wegen einer Vertauschung von Gösseln erzürnt; man zankte sich wegen der Kinder, wegen der nachbarlichen Schädigungen oder um das erste beste, was da kam, um nur einem was anzuhacken, sich anzuknurren, anzuschreien oder einander zu beschimpfen. Die Zänkereien, Prügeleien und Gerichtssachen mehrten sich wie eine ansteckende Seuche.

Selbst Ambrosius machte sich schon darüber bei einigen aus der Umgegend lustig.

»Eine gute Vorerntezeit hat mir dieses Jahr der Herr Jesus beschert. Neue Leichen hat man nicht, niemand wird geboren, niemand verheiratet sich, und doch traktiert man mich jeden Tag mit Schnaps, ehrt mich und bittet, daß ich zeugen soll. Wenn sie sich noch ein paar Jahre so zanken würden, dann könnte man schier ins Saufen geraten.«

Gewiß, es stand nicht gut um Lipce.

Am schlimmsten war es aber wohl im Hause der Dominikbäuerin.

Schymek war mit den anderen zurückgekehrt, Jendschych war wieder gesund geworden, und Not hatten sie keineswegs auszustehen wie die anderen; da hatte es doch wie sonst sein müssen. Das war es aber nicht, denn die Burschen wollten nicht mehr der Mutter parieren. Sie widersetzten sich trotzig, zankten sich Aug' um Auge, ließen es sich nicht gefallen, daß sie sie schlug und rührten keine Frauenarbeiten an, wie sie es früher getan hatten.

»Mietet euch eine Magd oder tut es selber«, sagten sie hart.

Die Patsches hatte eiserne Fäuste und eine unnachgiebige Seele – wie sollte es auch anders sein! So viele Jahre hatte sie allein regiert, so viele Jahre hatte niemand gewagt, sich ihr zu widersetzen und etwas dawider zu sagen. Und wer tat es jetzt? Wer wagte es, ihr entgegenzutreten? – Die eigenen Kinder!

»Barmherziger Jesus!« rief sie in Groll und Wut, bei jeder Gelegenheit zum Stock greifend, um ihren Söhnen beizukommen. Sie wollte sie zum Gehorsam zwingen. Doch jene gaben nicht nach, sie verbissen sich gerade wie die Mutter und ließen es darauf ankommen. So entstand fast Tag für Tag ein solches Geschrei und Gejage ums Haus herum und in den Stuben, daß sogar die Nachbarn zusammenliefen, sie zu beschwichtigen.

Selbst der Pfarrer, den die Dominikbäuerin aufgestachelt hatte, ließ die Burschen zu sich kommen und ermahnte sie zum Frieden und Gehorsam. Sie hörten ihm geduldig zu, küßten seine Hand, umfaßten demütig seine Knie, wie sich das schickte, änderten sich aber nicht.

»Wir sind keine Kinder und wissen was wir zu tun haben. Laß die Mutter zuerst nachgeben!« entschuldigten sie sich vor den Leuten. »Das ganze Dorf hat über uns gelacht ...«

Die Dominikbäuerin war ganz gelb vor Ärger und Kummer geworden, denn sie ließen sich nicht herumkriegen, und obendrein, anstatt in der Kirche und bei den Gevatterinnen zu sitzen, mußte sie jetzt die Wirtschaft selbst besorgen. In einem fort holte sie sich die Jagna zur Aushilfe. Doch auch die Tochter ersparte ihr keine Sorge und Schande.

Die Patsches hielt zum Schulzen und sollte selbst gegen die Kosiols zeugen, denn sie war bei der Prügelei zugegen gewesen und hatte den Schulzen und seine Frau verbunden. Der Schulze sah auch an den Abenden öfters bei ihr ein, um sich dem Anschein nach mit ihr zu beraten, hauptsächlich aber, um die Jaguscha herauszulocken und sich mit ihr in den Hintergärten herumzutreiben.

Im Dorf bleibt nichts verborgen, man weiß gut, aus welchem Schornstein es raucht und warum; so ward auch der Anstoß, den man an dieser sündigen Liebschaft nahm, immer größer, und gut gesinnte Leute warnten die Alte vor den Folgen.

Konnte sie denn aber das verhindern, wo es doch so war, als täte ihr Jagna trotz all ihrer flehentlichen Bitten alles zum Verdruß. Sie zog die schwerste Sünde und das ärgste Gerede der Menschen dem Aufenthalt im verhaßten Borynahof vor. Das Böse hatte sie erfaßt und trieb sie an. Da war schon niemand mehr da, der imstande gewesen wäre, sie zurückzuhalten.

Der Anna kam das ganz gelegen, und oft sprach sie darüber vor den Leuten.

»Laß sie sich amüsieren, bis man dem Schulzen verbietet, das Gemeindegeld zu vertun. Nichts ist ihm zuviel für sie, er schleppt ihr aus der Stadt zusammen, was er nur kriegen kann; am liebsten würde er sie noch in Gold einfassen. Mögen sie genießen und auf das Ende sehen. Was geht mich das an!«

Natürlich, hatte sie nicht genug Sorgen, die an ihr fraßen? Sie knauserte nicht mit dem Geld für den Rechtsbeistand, und doch wußte man noch nicht, wann Anteks Sache zur Verhandlung kommen sollte, und welche Strafe er zu erwarten hätte. Und der Ärmste verzehrte sich im Gefängnis und wartete sehnsüchtig auf Gottes Erbarmen. Zu Hause aber geriet allmählich alles aus den Fugen. Konnte sie denn alles überwachen? Der Knecht wurde immer frecher, scheinbar stachelte ihn der Schmied auf; und manches Mal, wenn sie zur Stadt war, trieb er sich den ganzen Tag im Dorf herum. Sie drohte, daß sie mit ihm schon abrechnen würde, wenn nur erst Antek zurück wäre.

»Zurück kommen! Dazu ist es noch nicht gekommen, daß man Totschläger freiläßt!« schrie er ihr frech zurück.

Sie wurde ganz starr vor Zorn, man hätte nur so drauflosschlagen mögen auf dieses böse Maul; aber konnte sie da mit ihm fertig werden? Er hätte sie auch noch so sehr anpöbeln können, wer würde da für sie eintreten wollen, wer würde ihr behilflich sein? Man mußte alles ertragen und alles für eine geeignete Zeit in sich verschließen, sonst hätte er fortlaufen können, und alles würde dann auf ihre Schultern kommen; sie konnte doch schon sowieso die Arbeit kaum leisten. Immer mehr fiel sie gesundheitlich ab, selbst das Eisen frißt ja der Rost und auch der Stein halt nicht länger als eine gewisse Zeit aus, und was sollte sie, eine schwache Frau, da tun!

Eines Tages gegen Ende Mai war der Pfarrer mit dem Organisten zur Kirchweih gefahren, und Ambrosius hatte so viel mit den Deutschen, die oft nach der Schenke kamen, getrunken, daß keiner da war, der zum Ave läuten oder die Kirchentür hätte öffnen können.

Man versammelte sich also, um den Abendgottesdienst auf dem Friedhof abzuhalten; es stand dort neben dem Toreingang ein kleines Kapellchen mit der Statue der Muttergottes. Im Mai schmückten sie die Mädchen mit bunten Papierbändern und einer vergoldeten Krone und überstreuten sie mit Feldblumen. Man bewahrte die Kapelle so gut es möglich war, vor gänzlichem Verfall, denn sie war uralt; die Mauern waren zerborsten, bröckelten hier und da ab, so daß selbst die Vögel da nicht mehr nisteten; nur hin und wieder suchte dort ein Hirte bei schlechtem Wetter Schutz. Die Friedhofsbäume, uralte Linden und schlanke Birken und etliche gebeugte Kreuze schützten sie etwas gegen die Winterstürme.

Viel Volk war zusammengekommen, und, so gut es in der Eile gehen wollte, schmückten sie das Kapellchen mit frischem Grün und mit Blumen; einer hatte den Fußboden rein gefegt, einer gelben Sand ausgestreut; und nachdem Lichter und brennende Lämpchen in den Erdboden zu Füßen der Statue gesteckt worden waren, knieten sie alle andächtig nieder.

Vorneweg an der Schwelle, die mit Tulpen und rosa Dornblüten überstreut war, kniete der Schmied und stimmte ein Lied an.

Es war gut nach Sonnenuntergang und dämmerte schon; der Himmel im Westen brannte noch ganz in goldenes Licht getaucht und von einem blassen Grün überflossen; es war völlige Stille ringsumher; die herabhängenden Strähnen der Birken schienen zu Boden niederfließen zu wollen, die Getreidefelder standen mit gebeugten Halmen da, als lauschten sie andächtig dem leisen Zirpen der Grillen und dem Geplätscher des nahen Bächleins.

Die letzten Herden zogen heim nach den Ställen; vom Dorf, von den Feldern und von den unsichtbaren Feldrainen stieg hin und wieder das frohe Singen der heimkehrenden Hirten und langgezogenes Viehgebrüll auf. Das Volk aber sang, das helle Antlitz der Muttergottes anstarrend, die segnend ihre Hände über die ganze Welt ausbreitete.

»Gute Nacht, duftende Lilienblüte!
Gute Nacht!

Der Duft der jungen Birken wehte vom Friedhof her, und die Nachtigallen fingen auch schon an, ihre Kehlen zu prüfen und eine trillernde Melodie anzustimmen, bis sie die Stimmen plötzlich anschwellen ließen; golden schäumende Bäche, perlende Triller ergossen sich, lockendes Schnalzen und zärtliche süße Klagen wurden vernehmbar; und ganz in der Nähe, aus dem Korn, setzte mit einem Male die Geige des Herrn Jacek ein, die Gesänge ganz zart und leise, aber mit so durchdringender Stimme begleitend, daß es war, als klängen die rostgoldenen Roggenähren gegeneinander an, als sänge der goldene Himmel oder die durchglühte Erde das Maienlied.

Bis sie zuletzt alle miteinander sangen – das Volk, die Vögel in den Büschen und die Geige; und wenn sie auf einen Augenblick nachließen, wenn die Nachtigallen so aufschluchzten, daß es fast still wurde und die Geigensaiten Atem zu schöpfen schienen, erhob ein unzähliger Chor von Fröschen seine quarrenden Stimmen und sang in einem einstimmigen Gequäk und langgedehnten Unken.

Und so ging es abwechselnd weiter.

Lange zog sich diese Andacht hin, so daß der Schmied schließlich den Gesang zu beschleunigen begann, seine Stimme hob sich mächtig von den anderen ab, er sah sich oft um und rief dabei nach hinten:

»Flinker, Leute! ...« denn manch einer blieb in der Melodie zurück.

Und einmal sogar herrschte er den kleinen Mathies von Klemb an:

»Gröl' nicht, du Dämlack, du bist hier nicht hinter der Viehherde!«

Es kam mehr Einigkeit in die Stimmen, die sich nun gemeinsam erhoben und wie Taubenschwärme langsam kreisend in den dunkelnden Himmel hineinschwebten.

»Gute Nacht, duftende Lilienblüte!
Gute Nacht!
Unbefleckte Maria, voll Güte!
Gute Nacht!«

Die Dunkelheit würde dichter, und eine warme und stille Nacht umhüllte die Welt, während am Himmel wie silbern zerfließender Tau die Sterne auftauchten, als sie auseinanderzugehen begannen.

Die Mädchen faßten sich unter und sangen im Gehen.

Anna kehrte, mit dem Kindchen im Arm, ganz allein und in Gedanken versunken nach Hause, als der Schmied sie plötzlich einholte und neben ihr herschritt.

Sie sprach nicht; erst vor dem Haus, da sie sah, daß er nicht von ihr ließ, sagte sie:

»Wollt ihr eintreten, Michael?«

»Ich setz' mich etwas auf die Galerie und sag' euch was«, flüsterte er auf sie ein.

Sie erschauerte, denn sie ahnte schon ein neues Unheil.

»Ihr seid wohl bei Antek gewesen?« fing er als erster an.

»Ich war da, aber sie haben mich nicht hineingelassen.«

»Das hab' ich gerade befürchtet.«

»Sprecht, was wollt ihr denn!« Es durchlief sie kalt.

»Was soll ich da wollen? ... Ich weiß nur, was ich aus dem Serschanten heraushorchen konnte.«

»Was denn?« Sie lehnte sich gegen eine Holzsäule und preßte das Kind fester an die Brust.

»Er sagte, daß sie Antek nicht vor der Verhandlung freilassen würden.«

»Warum denn?« Kaum konnte sie die Worte herausbringen, denn ein Beben war in ihr. »Doch aber ... der Advokat hat gesagt, sie würden ihn vielleicht freilassen.«

»Hale, daß er ihnen auf und davonläuft! So ganz ohne Handhabe lassen sie ihn nicht! Ich bin heute ganz als Freund zu euch gekommen. Was da zwischen uns gewesen ist, das ist gewesen; ihr werdet es noch einmal sehen, daß ich recht hatte ... Ihr habt mir nicht geglaubt ... gut ... Aber jetzt hört, was ich euch sagen werde ... und ich sag' euch die Wahrheit, wie dem Priester auf der Beichte ... Mit Antek steht es schlecht! Die werden ihn schwer bestrafen, zehn Jahre kriegt er vielleicht ... Hört ihr es?«

»Ich hör' schon, aber glauben tu' ich nicht viel davon«, beruhigte sie sich plötzlich.

»Manch einer glaubt nicht, bis er es selbst probiert hat. Ich hab' euch die reine Wahrheit gesagt.«

»Das tut ihr immer«, lachte sie verächtlich.

Er fuhr auf und versuchte sie eifrig zu überzeugen, daß er jetzt einfach aus Freundschaft gekommen wäre, nur um was zu helfen. Sie hörte zu, aber ihre Augen irrten durch den Torweg, und ein paarmal erhob sie sich ungeduldig: die noch nicht gemolkenen Kühe brüllten im Stall, die Gänse waren für die Nacht nicht eingetrieben, und ein Füllen jagte sich mit Waupa um die Wette im Heckenweg umher, die beiden Burschen aber hörte man in der Scheune räsonieren. Natürlich glaubte sie ihm kein Wort. Laß ihn sich ausreden, vielleicht zeigt es sich, weswegen er gekommen ist«, dachte sie, auf ihrer Hut bleibend.

»Was soll man da helfen? Was nur?« Sie redete, um nur etwas zu sagen.

»Einen Rat würde ich schon finden«, sagte er noch leiser.

Sie wandte ihm den Rücken.

»Man müßte eine Kaution stellen, dann lassen sie ihn noch vor der Verhandlung frei, da wird er sich schon helfen können, wenn es selbst bis nach Amerika wäre ... greifen werden sie ihn schon nicht können.«

»Jesus Maria! Nach Amerika!« schrie sie unwillkürlich auf.

»Seid nur still, ich sprech' hier wie unter dem heiligen Eid, so hat es der Gutsherr geraten: Mag er fliehen, hat er gesagt, wenigstens zehn Jahre kriegt er ... ganz zunicht wird er werden ... Gestern erst hat er es mir gesagt.«

»Aus dem Dorf heraus ... vom eigenen Boden ... von den Kindern ... Jesus!« Das nur hatte sie begriffen.

»Gebt nur eine Kaution, und den Rest wird schon Antek bestimmen, tut es nur ...«

»Woher soll ich es denn nehmen? ... Mein Gott, so weit fort ... von allem ...«

»Fünfhundert Rubel wollen sie! Ihr habt doch das vom Vater ... nehmt es für die Kaution ... wir können uns dann später miteinander abfinden ... nur daß man was hilft ...«

Sie sprang auf.

»Wie ein Hund bellt ihr nur ein und dasselbe, immerzu!« Sie wollte weggehen.

»Ihr springt da wie eine Dumme«, brauste er auf. »Ich habe es doch nur so gesagt. Hale, wird hier die Vornehme spielen, wegen jedem Wort, und der Mann wird im Gefängnis verfaulen. Ich werd' es ihm sagen, wie ihr euch Mühe macht, ihm zu helfen.«

Sie setzte sich wieder, ohne zu wissen, was sie noch denken sollte.

Er erzählte ihr ausführlich über Amerika, über Bekannte, die dort hingegangen waren; Briefe schrieben sie von dort und hatten selbst Geld für die Ihrigen geschickt. Wie gut es dort wäre, wie jeder seinen Willen hätte, welche Reichtümer sie dort erwarteten. Antek könnte gleich fliehen; er kennt einen Juden, der schon manchen ausgeführt hat, denn es waren doch gewiß nicht wenige, die da fortliefen. Anna hätte dann später nachkommen können, damit man es nicht merken sollte. Kommt Gschela vom Militär zurück, dann könnte er es vom Erbteil abbezahlen, und wenn nicht, dann würde sich auch anderweitig leicht ein Käufer finden. Fragt den Priester, ihr werdet sehen, daß er euch meine Worte bestätigen wird. Ihr werdet es sehen, daß ich es aufrichtig meine, nicht für meinen Vorteil ... Nur laßt vor keinem was fallen, daß die Schandarmen nichts merken, sonst werden sie ihn auch nicht für Tausende freilassen und werden ihn noch in Ketten legen«, schloß er mit Nachdruck.

»Woher nur das Geld zum Auslösen nehmen? So viel!« stöhnte sie auf.

»Ich kenne einen in Modlica, der würde für gute Prozente was geben ... ich kenne auch andere noch ... Geld würde sich schon finden ... das ist mein Verstand schon ... ich werde euch helfen.«

Und lange noch unterwies und beredete er sie.

»Bedenkt, man muß rasch was beschließen.«

Er ging leise davon, so daß sie gar nicht merkte, wie er sich in die Nacht verloren hatte.

Es war schon spät, im Haus schliefen sie schon; nur Witek saß noch auf der Mauerbank, als müßte er die Bäuerin bewachen; im Dorf war schon alles zur Ruhe gegangen, selbst die Hunde bellten nicht; man hörte nur das Wasser gurgeln, und die Nachtigallen sangen in den Gärten. Der Mond war aufgegangen und schob sich wie eine silberne Sichel durch die furchtbaren, dunklen Weiten. Weiße, niedrig kriechende Nebel bedeckten die Wiesen, und über den Roggenfeldern hing eine fahle Wolke des Blütenstaubes; zwischen den Bäumen gleißte der Weiher wie eine Eisfläche. Es summte einem in den Ohren von dieser Stille und von dem Schlagen der Nachtigallen.

Anna saß noch immer auf derselben Stelle wie angenagelt.

»Jesus, aus dem Dorf fliehen, weg vom eigenen Grund und Boden, von allem hier«, dachte und überlegte sie immer nur das eine.

Ein Grauen hatte sie erfaßt, von Minute zu Minute sich steigernd und das Herz in einem furchtbaren Weh und Entsetzen zusammenfressend.

Waupa fing an, auf dem Hof zu heulen, die Nachtigallen verstummten, es kam ein Wind auf, die Schatten fingen an zu wanken, und ein aufstöhnendes Rauschen durchlief die Gärten.

»Der hat Jakobs Seele gesehen!« flüsterte Witek, sich ängstlich bekreuzigend.

»Ein Dummkopf bist du!« wies sie ihn zurecht und trieb ihn an, schlafen zu gehen.

»Als ob er nur einmal käme; immer kommt er, zu den Pferden geht er, schüttet ihnen Hafer zu ... als ob es nur einmal wäre!«

Sie hörte nicht mehr hin, wieder war Stille über die Welt gesunken, die Nachtigallen fingen abermals an ihre Lieder zu singen, und sie saß wie versteinert da und wiederholte nur hin und wieder qualvoll und ängstlich:

»In die weite Welt fliehen! Für immer! Barmherziger Jesus! Für immer! ...«

* *
*

Das Pfingstgrün an den Häusern war noch nicht verwelkt, als eines Morgens ganz unerwartet Rochus erschien.

Erst nach der Messe und nach einer langen Unterredung mit dem Pfarrer zeigte er sich im Dorf. Man sah nicht viele Menschen um die Gewese herumhantieren, denn es war die Zeit des Behackens der Kartoffeln; kaum hatte es sich aber verbreitet, daß Rochus durch die Dorfstraße geht, kam gleich der eine und der andere herausgerannt, um den lange Vermißten zu begrüßen.

Er kam, wie immer, sich auf seinen Stock stützend, ganz langsam daher, mit erhobenem Kopf, in seinem grauen Kapottrock und mit Rosenkränzen behangen; der Wind ließ sein weißes Haar aufwehen, und das magere Gesicht erstrahlte in einer ungewöhnlichen Güte und Fröhlichkeit.

Er ließ seine Blicke über die Häuser und Gärten schweifen, lächelte allen freundlich zu, begrüßte jeden einzeln und streichelte selbst den Kindern die Köpfe, hier und da die auf ihn zukommenden Frauen anredend, so zufrieden war er, alles beim alten zu finden.

»In Tschenstochau bin ich gewesen, mir Ablaß zu holen«, entgegnete er, als sie auf ihn neugierig eindrangen, wo er sich so lange Zeit aufgehalten hatte.

Sie freuten sich so aufrichtig über seine Wiederkehr, daß sie ihm gleich unterwegs alle Neuigkeiten aus Lipce zu erzählen begannen, und manch einer holte sich schon einen Rat, manch einer zog ihn beiseite und suchte gleich alle seine Sorgen nacheinander hervor, wie Spargroschen, die man für die Zeit der Not weggesteckt hat.

»Ganz erschöpft bin ich, einen Tag muß ich erst ausruhen«, entschuldigte er sich, um sie los zu sein.

Sie fingen einer über den anderen an, ihn zu sich einzuladen.

»Einstweilen will ich mich bei Matheus einquartieren, das hab' ich schon der Anna versprochen; und wenn mich dann einer aufnimmt, dann bleib' ich bei ihm für länger.«

Und er wandte sich raschen Schritts dem Borynahof zu.

Natürlich empfing ihn Anna mit Freude und wollte ihn aus vollem Herzen bewirten; doch kaum hatte er seine Bettelsäcke von sich getan und einen Augenblick ausgeruht, machte er sich auf, zum Alten hinüber zu gehen.

»Seht ihn euch mal an, im Garten liegt er, denn in der Stube ist es zu heiß. Ich will euch inzwischen Milch aufkochen, und vielleicht würdet ihr auch Eier essen, wie?«

Aber Rochus war schon im Obstgarten und ging gebückt unter den herabhängenden Zweigen auf den Kranken zu, der in einem mit Federbetten ausgepolsterten Wagenkorb saß und mit einem Schafpelz zugedeckt war; der zu einem Knäuel zusammengerollte Waupa bewachte ihn, und dicht um ihn herum unter den Bäumen stelzte Witeks Storch mit possierlicher Würde.

Der Obstgarten war alt und schattig, die breitästigen Bäume verdeckten so den Himmel, daß nur unten auf dem Rasen hier und da Sonnenstreifen wie goldene Spinnenbeine zuckten.

Matheus lag rücklings. Die sich bewegenden Äste schaukelten raunend über ihm, sich wie ein Schattentuch hin- und herbewegend, so daß nur manchmal, wenn der Wind es zerriß, ihm das Sonnenlicht in die Augen sprühte und ein Stück blauen Himmels sichtbar wurde.

Rochus setzte sich zu ihm.

Die Bäume rauschten, manchmal knurrte der Hund eine Fliege an, und hin und wieder flitzten aufzwitschernde Schwalben zwischen schwarzen Stammen auf grün wogende Felder hinaus.

Der Kranke wandte sich ihm plötzlich zu.

»Erkennt ihr mich, Matheus, wie?«

Boryna huschte ein leises Lächeln über das Antlitz, seine Augen wurden unruhig; er fing an, seine bläulichen Lippen zu bewegen, konnte aber keinen Ton aufbringen.

»Wenn der Herr Jesus es zugeben wird, dann könntet ihr wieder gesund werden.«

Er schien verstanden zu haben, denn er schüttelte wie unwillig seinen Kopf und drehte sich weg. Wieder starrte er auf die schaukelnden Zweige und auf die Sonnenspritzer, die ihm immer wieder die Augen überfluteten.

Rochus seufzte nur auf, bekreuzigte ihn und ging davon.

»Nicht wahr, es scheint, als ob es dem Vater besser ginge?« fragte Anna.

Er sann lange nach, bis er mit einer leisen, aber wichtigen Stimme sagte:

»Auch die Lampe flackert heller auf zum Schluß, ehe sie ganz verlischt. Mir scheint, daß Matheus schon eingeht. Es ist mir verwunderlich, daß er noch lebt, er ist doch rein zu einem Span ausgedörrt ...«

»Er will ja nichts essen, selbst Milch trinkt er nicht immer.«

»Ihr müßt bereit sein, daß es jeden Augenblick mit ihm zu Ende geht.«

»Das muß wohl so sein, mein Gott, ach ja. Dasselbe hat gestern Ambrosius gesagt und selbst geraten, man sollte nicht länger warten und den Sarg bestellen.«

»Laßt den Sarg machen, lange wird er nicht mehr warten ... Wenn die Seele es eilig hat, aus der Welt zu gehen, wird sie nichts halten, selbst das Weinen nicht, denn dann würden einige ganze Jahrhunderte unter uns bleiben müssen«, sagte er traurig, sich an die Milch heranmachend, die sie ihm zurechtgesetzt hatte; und langsam schlürfend, fing er an, sie auszufragen, was sich im Dorfe ereignet hatte.

Sie wiederholte, was er schon unterwegs von den anderen gehört hatte und fing auch an, sich über ihre Sorgen eifrig auszubreiten.

»Wo ist denn die Fine?« unterbrach er sie ungeduldig.

»Im Feld, sie behackt mit Gusche und den Kätnerinnen die Kartoffeln; der Pjetrek ist aber in den Wald gefahren, er fährt dem Stäche Holz für ein neues Haus ein.«

»Baut er denn?«

»Der Herr Jacek hat ihm doch zehn Fichten geschenkt.«

»Hat er das? Man erzählte mir was davon, aber ich hab' es nicht geglaubt.«

»Es ist auch nicht zum Glauben! Zuerst hat niemand das ernst genommen. Er hatte es versprochen, aber manch einer verspricht doch allerlei. Nur der Dumme freut sich vorneweg. Der Herr Jacek hat aber dem Stacho einen Brief gegeben und hat befohlen, ihn dem Gutsherrn hinzubringen. Selbst Veronka hat sich dem widersetzt, daß er gehen sollte, denn wozu umsonst noch die Stiefel ablaufen? ... Sie werden ihn noch auslachen, daß er dem Dummen Glauben geschenkt hat ... Aber Stacho hat sich das in den Kopf gesetzt und ist hingegangen. Er sagte, daß der Gutsherr vielleicht in einem Paternoster, nachdem er den Brief abgegeben hatte, ihn ins Zimmer rufen ließ, ihn mit Schnaps traktierte und gesagt hat: »Komm mit dem Wagen, dann wird dir der Förster zehn Stück Bauholz ausmerken« ... Der Klemb hat ihm seine Pferde gegeben, der Schultheiß hat einen Wagen geschickt, und ich meinen Pjetrek. Der Gutsherr wartete schon auf sie im Wald und hat gleich selbst die besten Stämme von denen ausgesucht, die man im Winter für die Juden geschlagen hat. Na, und jetzt fahren sie ein, denn gut an die dreißig Wagen werden es mit den Ästen zusammen. Der Stacho wird sich ein feines Haus herrichten! Zu sagen braucht man da nicht, wie er dem Herrn Jacek gedankt und ihn um Verzeihung gebeten hat, denn in Wirklichkeit haben sie ihn ja alle für einen Bettler und für einen Dummen gehalten, da man doch nicht wußte, wovon er lebt; und weil er da draußen im Korn immer so 'rumspielt und an den Kreuzen an der Landstraße sitzt, und dann sagt er doch mit einem Male so was, daß man nicht klug daraus werden kann, da haben sie ihn denn für einen gehalten, der nicht ganz richtig ist ... Und ist doch solch ein Herr, daß selbst der Gutsherr auf ihn pariert! ... Wer hätte das vordem geglaubt? ...«

»Seht nicht auf den Menschen, sondern auf seine Werke.«

»Aber daß man so viel Holz wegschenken kann? Der Mathias meint, daß es an die tausend Silberlinge wert ist, und das alles nur für ein Gott bezahl's, das ist hier noch nicht dagewesen!«

»Sie sagten mir, daß er sich dafür das alte Haus auf Lebzeit ausbedungen hat ...«

»Hale, das ist grad so viel wert wie ein gespaltener Holzpantoffel! Wir haben schon selbst gedacht, ob nicht in dieser Güte irgendeine Hinterlist wäre; die Veronka ist sogar bei Hochwürden gewesen, um Rat zu fragen. Er hat sie aber ausgeschimpft, daß sie so dumm ist.«

»Das ist auch wahr. Gibt dir einer was, dann nimm und danke Gott für die Gnade!«

»Man ist doch nicht gewohnt, umsonst was zu kriegen, und dann noch von denen vom Herrenhof! Hat man das je gehört! Hat denn da vielleicht einer dem Bauern was aus Güte gegeben? Wenn man den kleinsten Rat haben will, sehen sie einem in die Hand, und im Amt darf man sich auch nicht ohne Geld zeigen, sonst lassen sie einen morgen oder in einer Woche wiederkommen ... durch diese Sache mit Antek habe ich gesehen, was das für eine Einrichtung in der Welt ist; nicht wenig Geld hab' ich schon auf diese Weise weggebracht.«

»Gut, daß ihr von Antek redet. Ich bin unterwegs in der Stadt gewesen.«

»Da habt ihr ihn vielleicht gesehen?«

»Es war keine Zeit.«

»Ich bin vor kurzem dort gewesen, sie haben mich nicht zu ihm gelassen. Gott weiß, wann ich den wiedersehen werde.«

»Vielleicht eher als ihr denkt«, sagte er lächelnd.

»Jesus, was ihr da nicht sagt!«

»Die Wahrheit. Im Hauptamt haben sie mir gesagt, daß sie Antek vor der Verhandlung freilassen könnten, wenn einer für ihn bürgt, daß er nicht weglaufen wird, oder wenn er als Bürgschaft fünfhundert Rubel bei Gericht hinterlegt.«

»Das ist wohl so, ähnlich hat auch der Schmied geredet!« Sie begann gleich zu erzählen, was dieser geraten und gesagt hatte.

»Der Rat ist gut, aber weil er dem Michael seiner ist, so ist er gefährlich: er hat da was bei ... Mit dem Verkauf soll man es nicht zu eilig haben; aus dem Besitz fährt man mit einem Hengstgespann davon und kehrt rückwärts auf allen vieren zurück ... Man muß was anderes finden ... Vielleicht würde auch einer Bürgschaft leisten. Man müßte unter den Leuten herumfragen ... Natürlich wenn Geld da wäre ...«

»Vielleicht würde sich Geld finden«, flüsterte sie noch leiser. »Ich habe etwas bar Geld da, nur zusammenrechnen konnte ich nicht, vielleicht würde es aber reichen.«

»Zeigt mal her, dann wollen wir es zusammen durchzählen.«

Sie verschwand irgendwo im Hof, und als sie in einem Paternoster wieder zurückgekehrt war, verriegelte sie die Tür und legte ihm das Bündel auf die Knie.«

Es war da Papiergeld und Silber und selbst ein paar Goldmünzen und sechs Korallenschnüre.«

»Das sind die von der Mutter, er hat sie erst der Jagna gegeben und dann wohl weggenommen«, murmelte sie, vor der Bank niederhockend, auf der Rochus das Geld zählte.

»Vierhundertzweiunddreißig Rubel und fünf Silberlinge! Ist das von Matheus, was?«

»Jawohl ... versteht sich ... nach den Feiertagen hat er es mir gegeben ...« stotterte sie, ganz rot werdend.

»Für die Bürgschaft wird es nicht reichen, aber etwas vom Inventar könntet ihr doch verkaufen!«

»Versteht sich, eine Sau könnte ich verkaufen ... eine Kuh könnte man auch, die wäre entbehrlich, der Jude hat schon wegen ihr angefragt ... und dann noch ein paar Scheffel Getreide ...«

»Seht ihr, es macht sich, eins zum anderen, und das Maß wird voll werden. Ohne fremde Hilfe werden wir Antek loskaufen. Weiß denn einer von dem Geld?«

»Der Vater haben es mir gegeben, um Antek zu retten, und befohlen hat er, niemandem ein Wort zu sagen. Ihr seid der erste, dem ich es anvertraut habe ... Wenn Michael ...«

»Ich bring' es nicht herum, seid unbesorgt. Wenn sie mich benachrichtigen, daß es Zeit ist, dann fahr' ich mit euch, den Antek heimzuholen. Das wird man schon zurechtlegen, meine Liebe«, murmelte er, ihre Stirn küssend, denn sie warf sich vor ihm zu Boden, um ihm zu danken.

»Der leibliche Vater wäre nicht besser«, rief sie mit Schluchzen.

»Kommt der Mann heim, dann werdet ihr Gott danken. Wo ist denn die Jaguscha?«

»Die ist noch vor Tagesanbruch mit der Mutter und dem Schulzen nach der Stadt gefahren. Sie sagten zum Notar, die Alte läßt den Grund und Boden auf Jagna überschreiben.«

»Alles der Jagna? Und die Jungen?«

»Aus Wut auf sie tut sie das, weil sie ihr Erbteil haben wollen. Da ist die Hölle los bei denen, kein Tag vergeht ohne Zank; der Schulze aber ist auf der Seite der Dominikbäuerin, er war ja der Vormund der Waisen nach dem Tode von Dominik.«

»Und ich dachte, daß auch noch ganz was anderes ... denn man hat mir da verschiedenes schon erzählt.«

»Die reine Wahrheit haben sie gesagt. Der ist der Jagna ihr Vormund, aber solch einer, daß man sich schämt, so was wiederzugeben. Der Mann atmet noch, und sie grad wie eine Hündin ... Ich würd' es nicht sagen, aber ich hab' die beiden selber im Garten überrascht, na ...«

»Laßt mich mal irgendwo etwas ausruhen«, unterbrach er sie, sich von der Bank erhebend.

Sie wollte ihm Fines Bett zurechtmachen, doch er zog vor, nach der Scheune zu gehen.

»Versteckt das Geld gut«, warnte er sie im Weggehen.

»Erst nachmittag zeigte er sich wieder, aß etwas und wollte sich ins Dorf begeben, als Anna ihm ganz schüchtern in den Weg trat.«

»Wenn ihr mir doch helfen könntet, Rochus, den Altar auszuputzen ...«

»Das ist wahr, daß wir morgen Fronleichnam haben. Wo wollt ihr ihn denn aufrichten?«

»Wo er immer war, vor der Galerie. Der Pjetrek muß gleich aus dem Wald kommen, der bringt Fichtenzweige und Tannenbäumchen, und Gusche hab' ich gleich nachmittags mit Fine zusammen nach Kräutern für die Kränze geschickt.«

»Und die Kerzen und die Leuchter, wie steht es denn damit?«

»Der Ambrosius hat versprochen, sie aus der Kirche morgen ganz früh zu bringen.«

»Und wo werden sie denn noch Altäre aufrichten?«

»Auf unserer Seite noch beim Schulzen und auf der anderen beim Müller und bei den Ploschkas.«

»Ich helf' euch, nur bei Herrn Jacek will ich noch einsehen und bin vor Dunkelwerden wieder da.«

»Sagt doch der Veronka, sie möchte gleich morgen früh helfen kommen.«

Er nickte bejahend und wandte sich Stachos eingestürztem Hause zu.

Herr Jacek saß wie immer vor der Türschwelle, rauchte eine Zigarette, strich seinen Bart und ließ die Augen über die wogenden Getreidefelder den Vögeln nachgehen.

Vor dem Haus aber, unter den Süßkirschbäumen lagen ein paar gewaltige Fichten neben einem Haufen Äste. Der alte Bylica ging um sie herum, maß mit dem Axtstiel ab, hackte hier und da mit der Art einen Knorren ab und brummelte in einem fort vor sich hin.

»Auch du bist auf unseren Hof gekommen ... versteht sich ... fein bist du, das seh' ich schon ... Gott bezahl's dir ... gleich wird dich Mathias nach dem Winkel richten ... du bist gut für Mauerschwellen ... und trocken wirst du es auch haben, hab' keine Angst.«

»Wie zu einem lebendigen Menschen redet er«, murmelte Rochus ganz erstaunt.

»Setzt euch her. Die Freude ist ihm ganz zu Kopf gestiegen. Tagelang sitzt er so beim Holz ... Hört bloß!«

»Und du, armes Ding, hast lange genug im Wald gestanden, da wirst du dich jetzt ausruhen können ... jawohl, niemand wird dich mehr anrühren! ...« plapperte der Alte, mit liebkosenden Händen den gelben, abgeschälten Fichtenstamm streichelnd.

Er trottete auf den umfangreichsten zu, der mitten auf dem Weg abgeladen war, hockte an der Schnittfläche nieder, und liebevoll die gelben harzigen Ringe betrachtend, brummte er:

»So mächtig groß bist du und doch haben sie dich rumgekriegt, ha? Die Juden hätten dich sonst nach der Stadt gebracht, und nun hat es der Herr Jesus erlaubt, daß du bei den deinigen bleibst, bei Hofbauern ... man wird die Bilder auf dir aufhängen, der Priester wird dich mit geweihtem Wasser besprengen ... versteht sich ... wie? ...«

Der Herr Jacek lächelte nur unmerklich darüber, und nachdem er etwas mit Rochus geredet hatte, nahm er die Geige unter den Arm und machte sich über die Feldraine in der Richtung des Waldes davon.

Rochus war noch bei der Veronka sitzengeblieben und ließ sich allerhand erzählen.

Draußen war schon der Abend im Anzug, die Hitze legte sich, und es kam schon eine frische Kühle von den Wiesen; auch der Wind hatte seit Mittag angesetzt, so daß die Roggensaaten, die ganz rostgolden von jungen Ähren waren, wie flutendes Wasser wogten, immer wieder sich beugten, aufwallten, Wirbel zu bilden schienen, um dann wieder gegen die Feldraine und Feldwege zu branden, und es war, als wollten sie gleich ihre Grenzen überfluten; doch sie ließen nur ihre fahlen Mähnen zur Erde gleiten und sprangen zurück wie eine Herde sich bäumender junger Füllen. Der Wind drängte auf sie ein und schüttelte sie wie im Spiel hin und her, so daß sie aufgewühlt wieder von Feldparzelle zu Feldparzelle jagten, sich zu fahlen Graten wölbten, grüne Buchten, rostige Streifen bildeten, raschelten und aufrauschten. Die Lerchen sangen in den Höhen, manchmal schwebte eine Krähenschar darüberhin, gegen den Wind ankämpfend, um alsbald auf die schaukelnden Bäume zu kurzer Rast niederzugehen. Die Sonne rötete sich schon und sank immer tiefer, und das Abendrot ergoß sich langsam über die ganze Welt, über die aufgewühlten Felder und über die aufrauschenden Obstgärten, deren Bäume wie eine gefesselte Vogelherde waren, die sich loszureißen trachtet.

Wegen des am kommenden Tage bevorstehenden Festes zogen die Leute früher von den Feldern heim; vor den Häusern sah man Frauen, die Kränze flochten, Kinder mit Büscheln von grünem Schilf, und vor dem Hof Ploschkas und dem Wohnhaus des Müllers lagen aufgestapelte Birken und Tannen; einzelne davon grub man da ein, wo die Altäre stehen sollten, und hier und da schmückten schon die Mädchen eine Wand mit jungem, frischem Grün, auch den Weg ebnete man an verschiedenen Stellen, schüttete die ausgefahrenen Löcher mit frischer Erde zu, und diese und jene wusch noch am Weiher die Wäsche, so daß vom Aufklatschen der Schlegel die Gänse ängstlich aufzugackern anfingen.

Rochus schickte sich gerade an, Veronka zu verlassen, als auf dem Pappelweg in einer mächtigen Staubwolke ein daherjagender Reiter sichtbar wurde. Die Wagen mit dem für Stacho bestimmten Holz hielten ihn etwas auf, so daß er, um sie zu überholen, schon aufs Feld abbiegen wollte.

»Hallo, das Pferd wirst du noch rehe machen, wohin denn so eilig?« riefen sie ihm zu.

Er überholte sie und jagte aufs Dorf zu, so daß dem Pferd die Milz spielte.

»Hei! Adam, warte doch«, rief Rochus.

Der Klembbursche hielt an und fing an zu brüllen, so laut er nur konnte:

»Wißt ihr es schon, zwei Tote liegen im Wald! Jesus, es hat mir ganz den Atem abgewürgt. Ich hab' das Pferd auf der Wiese geweidet, und wir fuhren schon mit dem Gulbasjungen heim, und da beim Borynakreuz springt plötzlich das Pferd beiseite, so daß ich heruntergefallen bin. Ich gucke: was für ein Satan hat da mein Pferd gescheucht? Und da liegen welche in den Wacholderbüschen ... Wir haben gerufen, und die – kein Wort, liegen wie tot ...«

»Dummkopf, was der sich da ausgedacht hat!« schrien sie zurück.

»Seht selbst nach: sie liegen da! Der Gulbas hat es auch gesehen, er ist aus Angst in den Wald gejagt zu den Kätnerinnen, die da Dürrholz sammeln. Das sind Tote ...«

»Im Namen des Vaters und des Sohnes, so reit' doch hin, den Schulzen zu benachrichtigen!«

»Der Schulze ist doch noch nicht aus der Stadt zurück«, sagte einer.

»Dann muß man es dem Schultheiß melden! ... Er ist mit den Burschen bei der Schmiede, den Weg auszubessern!« riefen sie ihm nach, denn das Pferd setzte schon zu vollem Galopp an.

Natürlich verbreitete sich die Neuigkeit über die Erschlagenen in einem Nu im Dorf; ein Schrei des Entsetzens pflanzte sich fort, man rannte hin und her, und die Leute bekreuzigten sich erschrocken. Und bevor die Sonne untergegangen war, hatte sich schon die Hälfte des Dorfes auf den Weg gemacht. Jemand hatte auch Hochwürden benachrichtigt, so daß er vor den Pfarrhof hinausgetreten war, um die Leute zu befragen. Man war in einem großen Haufen, leise miteinander redend, auf die Landstraße hinausgegangen, die Jugend war bis auf den Pappelweg vorausgeeilt, und alle warteten mit Ungeduld auf den Schultheiß, der mit einem Wagen hinausgefahren war und den Klemb mit einigen Burschen mitgenommen hatte.

Sie warteten lange, denn erst bei voller Dunkelheit kehrte er zurück, zum allgemeinen Staunen aber auf dem Wagen des Schulzen. Er war wütend, schimpfte mächtig und hieb auf die Gäule ein, ohne daran zu denken, bei dem Menschenhaufen halt zu machen; aber jemand hatte die Pferde am Zaum gepackt, so daß er halten und Rede stehen mußte.

»Diese Biester von Jungen, haben sich da was zum Spaß ausgedacht. Tote waren keine da im Wald, es schliefen nur ein paar in den Büschen. Wenn ich den Klembjungen zu fassen kriege, dann geb' ich ihm was, die Leute so zu schrecken. Ich hab' unterwegs den Schulzen getroffen und bin mit ihm mitgefahren, das ist die ganze Geschichte. Wioh! Kleine.«

»Und was fehlt denn dem Schulzen, daß er wie ein Klotz daliegt?« fragte jemand, in den Korbwagen hineinspähend.

»Der Schlaf ist ihm angekommen, das ist alles!« Er trieb auf die Pferde ein und fuhr im Trab davon.

»Aaszeug, diese Spitzbuben, sich so was auszudenken!«

»Das ist dem Gulbas sein Streich, er ist immer der erste für solche dummen Späße!«

»Mit dem Riemen müßten sie ordentlich was drauf haben, was sollen sie da die Menschen umsonst ängstigen!« beklagten sie sich empört und begannen, sich langsam nach den Häusern zu zerstreuen.

Hier und da standen noch einige in kleinen Hausen am Weiher, als sich die Kätnerinnen mit ihren schweren Holzlasten auf dem Rücken zeigten. Die Kosiol ging voraus, ganz gebückt unter der Last; als sie aber die Menschen erblickte, stützte sie ihr Bündel gegen einen Baumstamm.

»Der Schultheiß hat euch gut belogen!« sagte sie, ganz ermattet nach Atem ringend. »Erschlagene waren keine im Wald, das ist schon wahr, aber vielleicht noch was Schlimmeres.«

Und als sich mehr Menschen, durch ihre Stimme herangelockt, näherten, ließ sie auf einmal ihr Mundwerk gehen:

»Wir bogen so grad in den Weg am Wald, der ist es, der nach dem Kreuz führt, da kommt uns plötzlich der Gulbasjunge entgegengelaufen und schreit: im Wacholder sollen zwei Erschlagene liegen. Was? Erschlagene, denk' ich, das siehst du dir an, so was lohnt sich doch noch. Wir gehen also hin … und da sehen wir denn auch von weitem, da liegen welche ganz wie tot … nur die Klumpen staken unter den Büschen hervor. Die Filipka zerrt mich und will weglaufen … Dem Gschela seine plappert schon ein Gebet, und mir läuft es auch ganz kalt über den Buckel; aber ich bekreuzige mich und gehe näher … ich gucke … da liegt ja der Herr Schulze ohne Rock und daneben die Jaguscha von Boryna … und schlafen aufs beste. Die haben sich in der Stadt einen feinen angetrunken, heiß war es ja; da haben sie denn ausruhen wollen im Kühlen und schön tun auch noch dazu. Und was die nach Schnaps gerochen haben! Wir haben sie nicht geweckt; laß erst die Zeugen kommen, laß das ganze Dorf sehen, was hier vor sich geht! Man schämt sich rein, zu sagen, was sie sich da alles ausgezogen hat, die Filipka hat sie aus Mitleid mit der Schürze zugedeckt. Hat einer so eine Luderei gesehen! Alt bin ich, das ist wahr, aber so was, davon hab' ich noch nie gehört. Gleich kam da auch unser Herr Schultheiß an und muß sie noch wecken. Die Jagna ist ihm ins Feld davongelaufen, und den Herrn Schulzen haben sie kaum auf den Wagen heraufgeschafft, betrunken war er wie ein Schwein!«

»Du mein Gott! Jesus!« stöhnte eine der Frauen auf, »so was ist bei uns in Lipce doch noch nicht dagewesen!«

»Wenn das ein Bursche mit einer Magd getan hätte; aber ein Hofbauer, ein Familienvater und der Schulze!«

»Und der Boryna ringt mit dem Tode; keiner ist da, der ihm das Wasser reichen könnte, diese ...«

»Ich würde sie aus dem Dorf jagen! Ich würde so ein Aas mit Ruten vor der Kirche auspeitschen!« fing die Kosiol wieder an zu schreien.

»Das Ärgernis schreit für sich laut genug, wozu soll man da noch was zugeben?« versuchten sie die Frauen zu beschwichtigen.

»Und wo ist denn die Dominikwittib?«

»Die haben sie mit Absicht in der Stadt gelassen, daß sie nicht stört ...«

»Jesus, man kriegt ordentlich Angst, zu denken, was jetzt in der Welt alles passiert!«

»So eine Sünde, ein solches Ärgernis, die Schande fällt doch auf unser ganzes Dorf.«

»Der Jagna ist es schon gleich, was wir hier von ihr denken, die macht morgen dasselbe, wenn es ihr paßt.«

So klagten sie noch in den Häusern bis abends spät, die Hände ringend; und die, die ein weiches Herz hatten, weinten schon vor Entsetzen und Empörung und bebten vor der Strafe Gottes, die nun über alle kommen sollte. Das ganze Dorf hallte von all dem Gerede und all dem Wehklagen wider.

Nur die Burschen, die sich auf der Brücke versammelt hatten, machten sich über die ganze Geschichte lustig und frugen den Gulbasjungen nach allen Einzelheiten aus.

»Ist das ein Gockel, der Schulze! Na! Deftiger Kerl!« lachte Adam Wachnik.

»Er wird für diese Amouren schön was büßen müssen, die Frau reißt ihm noch die Haare aus!«

»Ein halbes Jahr lang läßt sie ihn nicht wieder an sich heran.«

»Nach der Jaguscha wird er es auch nicht eilig haben.«

»Hundsverdammt noch mal, für die Jagna würde manch einer schon was wagen ...«

»Und ob! Ein Frauenzimmer wie eine Hinde; ob man auf einem Gutshof eine schönere finden könnte, das ist noch die Frage: sie braucht einen nur anzusehen, gleich spürt er es in allen Gliedern.«

»Wie Honig ist das Weibsbild, kein Wunder, daß der Antek Boryna ...«

»Laßt mal, Jungen! Der Gulbas lügt das eine und die Kosiol das andere dazu, und die Weiber tun noch das ihre bei, in Wirklichkeit weiß man gar nicht, wie es war ... Über manch eine klatschen sie, wenn sie auch die ehrlichste wäre«, fing Mathias mit einer seltsam ernsten und besorgten Stimme an; aber er kam nicht zu Ende, denn Gschela, der Bruder des Schulzen, trat hinzu.

»Na? Schläft der Peter noch?« fragten die Neugierigen.

»Wenn er auch mein leiblicher Bruder ist; wer so was macht, ist mir wie ein Hund vom heutigen Tage an! Dieses Aas ist aber an allem schuld!« brach er wütend los.

»Das ist nicht wahr«, schrie plötzlich Pjetrek, der Knecht vom Borynahof, mit zusammengeballten Fäusten sich zu Gschela durchzwängend, »wer so bellt, lügt wie ein Hund!«

Sie waren über diese plötzliche Verteidigung sehr erstaunt; er aber schrie, mit den Fäusten drohend:

»Der Schulze allein ist daran schuld! Hat sie ihm vielleicht die Korallenschnüre hingetragen? Hat sie ihn nach der Schenke geschleppt, die ganzen Nächte im Garten gelauert, was? Ich weiß gut, wie er sie gezwungen und verleitet hat! Und wer weiß, ob er ihr nicht auch Tropfen eingegeben hat, daß sie ihm zu Willen ist.«

»So'n pestiger Verteidiger! Fahr' man hier nicht so herum, sonst reißt dir noch dein Hosengurt.«

»Wenn sie erfährt, daß du sie verteidigst, wird sie dir noch den Lohn erhöhen.«

»Oder schenkt ihm ein Paar Hosen von Matheus!«

Sie lachten laut los und spotteten auf ihn ein.

»Ihr Mann kann sie nicht verteidigen, und niemand anders sonst tut es, da will ich es tun ... das werd' ich, hundsverdammt nochmal, und wenn ich nur noch ein böses Wort höre, werde ich meine Faust nicht in der Tasche behalten ... Diese Großmäuler, wenn die 'ne Schwester wär' von einem hier oder eine von euren Weibern, und wenn der da das passieren würde, dann würdet ihr schon gleich eure Schnauzen halten.«

»Halt du deine, dämlicher Knecht! Das ist nicht deine Sache, du hast auf deine Pferdeschwänze zu achten!« brüllte Stacho Ploschka ihn an.

»Und paß auf, daß du nicht was abkriegst!« fügte Wachnik hinzu.

»Und nimm du dich gefälligst vor den Hofbauern in acht, du Zottelkopf!« gab noch einer obenauf.

»Die krätzigen Hofbauern, Äser von Gutsherren! Ich diene, aber ich trage nicht heimlich das Getreide nach dem Juden und schleppe nicht aus der Kammer was weg! Ihr kennt mich noch nicht!« schrie er den sich rasch Verziehenden nach, denen die Lage unbehaglich geworden war, so daß sie, ohne sein Schreien zu beachten, auseinandergingen.

Es wurde schon Abend, doch seltsam klar und windig; es war schon lange nach Sonnenuntergang, und über den Himmel lagen noch die breiten Buchten des blutigen Abendrots ausgebreitet; große Wolken, die wie zerwühlte Maulwurfshügel aussahen, schoben sich langsam herauf. Eine Unruhe wehte über die Welt, der Wind raunte in den Höhen, und nur die höchsten Bäume schüttelten ihre Wipfel, irgendwelche Vögel zogen mit hellen Rufen unsichtbar vorüber, und auch die Gänse in den Gehöften schrien Gott weiß warum, und die Hunde bellten wie toll und rannten bis aufs Feld hinaus. In den Häusern war es auch seltsam unruhig, denn nach dem Abendessen blieb niemand in seiner Stube, keiner setzte sich vor die Haustür, wie gewöhnlich, ein jeder suchte seinen Nachbar auf, sie standen an den Zäunen und besprachen sich leise.

Das Dorf schien dennoch ganz still, es tönte kein Gelächter, keine Gesänge waren zu hören, wie das immer an warmen Abenden der Fall war, denn alle redeten im

Flüsterton, sich vor den Kindern und den Mädchen in acht nehmend; und alle erfüllte die gleiche Empörung und das gleiche Entsetzen.

Bei Anna hatten sich auch ein paar Gevatterinnen auf der Galerie versammelt; sie waren eiligst hergerannt gekommen, um sie zu beklagen und was Neues über die Jagna zu erfahren. Von verschiedenen Seiten versuchten sie heranzukommen; aber Anna sagte traurig:

»Es ist eine Schande und Frevel gegen Gott, aber auch ein großes Unglück.«

»Gewiß, und morgen wird es das ganze Kirchspiel wissen.«

»Und gleich werden sie sagen, daß alles Schlimmste in Lipce passiert.«

»Und auf alle Frauen von Lipce wird die Schande fallen.«

»Weil alle grad so heilig sind; es brauchte sie nur einer so zu nötigen, alle würden sie dasselbe tun!« höhnte die Gusche.

»Seid doch still, das ist jetzt nicht die Zeit zum Lustigmachen!« herrschte die Anna sie von oben herab an und ließ sich mit keinem Wort mehr vernehmen.

Noch würgte die Scham an ihr; aber der Zorn auf Jagna, der sie zuerst gepackt hatte, war verflogen, so daß sie, als die Gevatterinnen sich verzogen hatten, auf die andere Seite ging, um dem Anschein nach nach Matheus zu sehen; als sie aber Jagna in ihren Kleidern schlafend daliegen fand, schloß sie die Tür und zog sie sorgfältig aus.

»Gott behüte vor einem solchen Los!« dachte sie, von einem seltsamen mitleidigen Gefühl erfaßt und sah noch mehrmals an diesem Abend nach ihr.

Gusche mußte etwas davon gemerkt haben, denn sie sagte wie beiläufig:

»Die Jagna ist nicht ohne Sünde, aber am meisten Schuld hat der Schulze.«

»Das ist wahr, ihm müßte man alles heimzahlen, jawohl!« bekräftigte Anna gehässig, so daß Pjetrek sie dankbar anblickte.

Sie hatten das Richtige getroffen, denn bis spät in die Nacht liefen Ploschka und die Kosiols im Dorf herum, die Leute gegen den Schulzen aufhetzend. Ploschka ging selbst in die Häuser hinein und sagte wie scherzend:

»Mit dem Schulzen haben wir Glück, im ganzen Kreis findet man keinen größeren Helden!«

Da sie ihm aber nicht allzustark beipflichteten, so begab er sich nach der Schenke. Es saßen da ein paar kleinere Hofbauern; er ließ Schnaps auffahren, eine und eine zweite Runde, bis sie alle einen sitzen hatten; und dann fing er an, vor ihnen seine Ansichten auszubreiten.

»Unser Schulze benimmt sich fein! Was?«

»Das ist bei ihm nicht das erstemal«, warf der Kobus vorsichtig ein.

»Was ich denk', behalt' ich für mich, ich halt' meinen Mund darüber!« brummte der etwas angetrunkene Sikora, sich schwer auf die Tonbank stützend.

»Halt' auch noch was anderes zwischen deinen Zähnen, niemand wird es dir entreißen!« brach der Ploschka los und fing schon leise an, gegen den Schulzen aufzureizen, indem er den Leuten vortrug, welch' schlechtes Beispiel er dem ganzen Dorf gebe, und welche Schande und was noch sonst durch ihn über alle gekommen sei.

»Ich hab' auch über dich meine Meinung, nur daß ich sie dir nicht sagen werde«, brummte wieder Sikora dazwischen.

»Man müßte ihn des Amts entheben, das ist das einzige Mittel; gleich würde ihm das Maul weicher werden!« räsonierte Ploschka, ihnen ein neues Quart vorsetzend. »Wir haben ihn zum Schulzen gemacht, da haben wir auch die Macht, ihn abzusetzen. Das, was er heute gemacht hat, ist eine Schande fürs ganze Dorf; aber er hat doch noch Schlimmeres fertiggebracht: immer hat er zum Schaden der Gemeinde zum Gutsherrn gehalten, die russische Schule will er in Lipce bauen lassen, die Deutschen hat er auch dem Gutsherrn zugeschanzt, und was er nicht alles in einem fort verpraßt und versäuft ... eine Scheune hat er sich gebaut, ein Pferd hinzugekauft, Fleisch ißt er jede Woche und trinkt Tee und für wessen Geld wohl? Wie? Natürlich nicht für seins, nur für das der Gemeinde ...«

»Was ich davon halt', weiß ich, ein Schweinehund ist der Schulze; aber auch du möchtest deinen Rüssel in den vollen Trog stecken! ...« unterbrach ihn Sikoras Gemurmel.

»Hat sich besoffen und redet nun das erste beste Zeug.«

»Ich bleib' dabei, dich werden wir doch nicht zum Schulzen wählen!«

Sie setzten sich etwas abseits von ihm und berieten sich bis spät in die Nacht.

Am nächsten Tag begann man noch lauter über die ganze Sache zu reden, denn der Pfarrer hatte verboten, einen Altar vor dem Hause des Schulzen aufzustellen, wie das sonst Jahr für Jahr gewesen war. Natürlich hatte er alles erfahren und ließ gleich am frühen Morgen die Dominikbäuerin zu sich rufen, die erst gegen Mitternacht heimgekehrt war; er war so böse, daß er selbst mit dem Organisten geschimpft hatte und auf den Ambrosius mit dem Pfeifenrohr losging.

Der Fronleichnamstag war, wie auch die vorhergehenden, sonnig, aber außerordentlich schwül; nicht der leiseste Lufthauch wehte über die Erde; die Sonne fing gleich nach ihrem Aufgang an, unbarmherzig zu sengen, so daß in der glühenden und trockenen Luft die Blätter wie welk herabhingen und das Getreide sich schwer zu Boden gesenkt hatte; der Sand brannte die Sohlen wie mit Glut, und an den Hauswänden tropfte das Harz herunter, das die Glut aus den Brettern herausgeschmolzen hatte.

Der Herr Jesus ließ die Sonne immer mächtiger drauflos brennen, aber das Volk schien darauf nicht zu achten; schon von Tagesanbruch an entstand ein Leben und Gerenn im Dorf: man bereitete sich zum Kirchgang vor, und die Mädchen, die die Tragaltäre trugen und Blumen vor Hochwürden während der Prozession zu streuen hatten, liefen wie besessen hin und her, ihren Putz anzuprobieren, sich zu kämmen und allerhand Neues einander zu berichten; die Älteren aber putzten in aller Eile die Altäre. Man richtete einen beim Müller, einen auf dem Pfarrhof anstatt beim Schulzen und einen bei Borynas her. Anna half schon von frühem Morgen an Rochus bei der Ausschmückung; auch die anderen Hausgenossen waren dabei.

Sie wurden denn auch als erste im Dorf damit fertig und hatten den Altar so schön geschmückt, daß die Leute ins Staunen gerieten und erzählten, er wäre viel schöner als der beim Müller.

Und es war wirklich so: vor der Galerie war wie ein aus Birkenzweigen und anderem frischen Grün geflochtenes Kapellchen errichtet, das sie ganz mit Beiderwand ausgelegt hatten; es flimmerte vor grellen Farben, und mitten auf einer Erhöhung stand der Altar; er war mit einem ganz weißen, dünnen Linnen bedeckt, Leuchter und Blumen standen darauf in Satten, die Fine mit ausgeschnittenem Zierat aus Goldpapier beklebt hatte.

Ein großes Bild der Muttergottes hing über dem Altar, und daneben hatten sie kleinere Heiligenbilder angebracht, wo überall nur Platz da war. Zum größeren Schmuck hingen sie noch einen Käfig mit einer Amsel, den Nastuscha gebracht hatte, über den Altar: der Vogel sang auf seine Art, da ihm Witek leise was vorpfiff.

Und der ganze Weg von der Dorfstraße bis nach dem Haus war abwechselnd mit Tannen und Birken bepflanzt und dicht mit gelbem Sand und mit Kalmus bestreut.

Fine brachte ganze Arme voll Kornblumen, Rittersporn und Feldwicken und schmückte damit die Wände der kleinen Kapelle; sie umflocht die Bilder, die Leuchter und alles was sich nur bekränzen ließ, selbst den Boden vor dem Altar überschüttete sie mit Blumen; auch das Haus mußte noch was abbekommen; die ganzen Wände und Fenster verschwanden fast hinter dem Grün, und sogar in das Stroh des Dachbelags hatte sie Kalmus hineingesteckt.

Alle arbeiteten fleißig mit, außer Jaguscha, die am frühen Morgen aus dem Haus geschlüpft war und sich nicht mehr gezeigt hatte.

Als sie fertig waren, stand die Sonne schon hoch über dem Dorf, und immer mehr Wagen aus anderen Dörfern kamen angefahren.

Man fing also rasch an, sich für den Kirchgang bereitzumachen.

Nur Witek blieb im Heckenweg auf der Lauer, denn ein Haufen Kinder drängte sich heran, besah den Altar und pfiff auf die Amsel, so daß er sie mit einem langen Stock wegtreiben mußte; und da er mit ihnen nicht fertig werden konnte, hetzte er den Storch auf sie, der scheinbar dazu angelernt war, denn er schob sich lauernd hervor und hackte mit dem scharfen Schnabel nach den bloßen Füßen der Kinder, so daß sie immer wieder schreiend auseinanderstoben.

Die Betglocke hatte gerade ausgeläutet, als sie alle aus dem Borynahof hinaustraten. Fine lief voraus, war ganz in Weiß und hatte Stiefel an, die mit roten Schnürsenkeln verschnürt waren; sie hielt ein Gebetbuch in der Hand.

»Witek, wie seh' ich aus, was?« fragte sie, sich vor ihm auf ihren Absätzen herumdrehend.

»Fein, wie 'ne weiße Gans!« sagte er bewundernd.

»Du verstehst grad soviel davon wie dein Storch; Anna hat gesagt, daß keine im Dorf sich so aufputzen kann«, plapperte sie, den etwas kurz geratenen Rock herunterstreichend.

»Oha, oha! Aber deine Knie gucken rot durch den Rock hindurch, als wenn du gerupft wärst.«

»Dummkopf! Gucke dem Waupa auf den Schwanz! Hale, versteck du lieber den Storch, wenn der Priester mit der Prozession kommt und ihn sieht, dann erkennt er ihn vielleicht«, warnte sie mit gedämpfter Stimme.

»Das ist wahr, die Fine ist 'ne feine Dirn, und die Bäuerin spreizt sich heute wie ein Truthahn!« murmelte er, ihnen bis auf die Dorfstraße nachblickend; da er aber an die Warnung dachte, schleppte er den Storch in eine leere Kartoffelgrube und ließ den Waupa vor dem Altar Wacht halten, selbst lief er inzwischen zu Matheus, der, wie alle Tage, im Obstgarten lag.

Im Dorf war es indessen ganz still geworden, die Wagen waren schon alle vorbeigefahren, alle Menschen vorüber und die Wege leer; nur hier und da spielten die Kinder zwischen den Hecken, in der Sonne lagen die Hunde, und in der flimmernden Luft kreisten tief die Schwalben. In der Kirche fing gleich, nachdem die Betglocke ausgeläutet hatte, das Hochamt an, Hochwürden trat vor den Altar, die Orgel spielte, und gleich nach der Predigt setzten alle Glocken ein.

Die ganze Prozession trat aus dem Schatten des Kirchhofs auf den offenen Platz, der ganz weiß in der sengenden Hitze dalag; das Sonnenlicht überflutete ihre Augen, sie mit glühenden Bränden umfangend, so daß sie nur langsam unter dem Geläut der Glocken, umschwebt vom Gesang und Weihrauchduft in einer Staubwolke, im Lichterglanz über Blumen vorwärtsschritten, die man Hochwürden zu Füßen ausgestreut hatte.

Sie geleiteten ihn nach dem ersten Altar zur rechten Seite des Weihers, der vor dem Borynahof aufgebaut war. Dort las der Priester das erste Evangelium; und nachdem er etwas ausgeruht hatte, führte er das Volk nach dem Altar, der vor dem Hause des Müllers bereit stand.

Die Hitze war noch gestiegen; daß es gar nicht mehr zum Aushalten war; der Staub setzte sich in den Kehlen fest, die Sonne stand wie in einer weißen Glut, und über den hellen Himmel zogen sich weißliche, lange Streifen, die heiße Luft flimmerte und bebte vor den Augen wie eine siedende Flüssigkeit, es schien sich ein Gewitter vorzubereiten.

Eine gute Stunde war schon die Prozession unterwegs, und obgleich sie vor Hitze ganz außer Kräften waren und der Pfarrer selbst ganz in Schweiß gebadet und rot wie eine Runkelrübe ging, schritten sie bedächtig ihres Wegs, der Reihe nach von Altar zu Altar ziehend. Vor jedem wurden aufs neue die Evangelien gelesen und immer wieder neue Lieder angestimmt.

Manchmal nur, wenn das Volk ermüdet verstummte und nur das Aufstampfen der Füße hörbar war, erklang aus der plötzlichen Stille Lerchengesang von den Feldern, irgendwo fing eifrig der Kuckuck an zu rufen, und die Schwalben zwitscherten unter den Dachtraufen, die Glocken aber bimmelten immerzu; sie klangen langsam, fest und inbrünstig.

Und trotzdem das Volk aufs neue wieder zu singen angefangen hatte und die Männer ihre Kehlen nicht schonten, die Frauen mit ihren dünnen Stimmen sich hervordrängten und die Kinder auf ihre Art piepsend nebenhersangen, trotzdem die Schellen klirrten und der trockene Erdboden unter den schweren Tritten dröhnte, erhoben sich die Glockenstimmen über alles; sie klangen jetzt hell und hoch her mit einem goldig-tiefen, freudvollen, seligen Klang, so mächtig und weit vernehmbar, daß es war, als schlüge jemand mit Hämmern auf die Sonne los, und die Welt bebte und hallte von diesem Klang wider.

Und als sie mit dem Rundgang von Altar zu Altar fertig waren, dauerte die Andacht noch lange in der Kirche fort, und lange noch tönte Gesang von dorther.

Kaum waren sie aber vor die Kirche getreten, um sich etwas unter den Bäumen zu ergehen, kaum hatten sie sich mit den Bekannten begrüßt und den Bettlern ein paar Heller aus den Sacktüchern geknotet, als es sich plötzlich verdunkelte und ein Donnergeroll in der Ferne erklang. Ein heißer, trockener Windstoß fuhr auf, so daß die Bäume ins Schwanken gerieten und Staubwolken dahinfegten.

Die Leute aus den näher gelegenen Dörfern brachen eiligst auf.

Doch zunächst fiel nur ein feiner, warmer Regen; es wurde danach noch schwüler und beklemmender, die Sonne brannte unbarmherzig, und die Frösche unkten leiser und schläfriger; es verdunkelte sich immer mehr, die Weiten umflorten sich, das Donnergeroll ließ sich abermals vernehmen, und aus der bläulichen Wolkenwand, die sich im Osten heraufgeschoben hatte, zuckten bleiche, kurze Blitze auf.

Das Gewitter kam langsam heran; schwere, dunkelblaue Wolkenwälle, geschwellt von Regen und Hagel, schoben sich sichelförmig aufeinander zu, der Wind jagte in kurzen polternden Stößen voraus, pfiff in den Baumwipfeln und zerzauste die Getreidefelder; die Vögel flohen schreiend unter den Schutz der Dächer, selbst die Hunde rannten davon, das Vieh auf den Feldern wurde unruhig, und über die Landstraße kamen wirbelnde Staubsäulen angerast – der Donner rollte schon ganz nahe.

Und es waren nicht zwei Paternoster vergangen, als die Sonne in häßliche rostbraune Nebel zu versinken begann und nur noch wie durch eine angelaufene Scheibe hindurchschien. Der Donner grollte über dem Dorf, der Wind stürzte sich auf die Gärten, als wollte er die Bäume entwurzeln, er riß Strohgarben aus der Bedachung, brach Zweige ab und trug sie davon. Die ersten Blitze schlugen in die Wälder ein, der ganze Himmel wurde mit einem Male blau wie eine Leber, die Sonne erlosch, die Winde heulten auf, und dicht nacheinander zuckten die Blitze nieder, ihr grelles Feuer zerriß die Wolkenbänke und blendete die Augen.

Die Häuser erbebten unter dem Getöse, und jegliche Kreatur duckte sich ängstlich nieder.

Zum Glück hatte sich das Gewitter zur Seite geschlagen, die Blitze waren nur ganz in der Ferne niedergegangen und der Sturmwind, ohne viel Schaden zu tun, vorübergeflogen. Der Himmel fing an, sich wieder aufzuhellen, als plötzlich, noch vor der Vesper, ein starker Regen niederprasselte. Es gingen solche Ströme Wasser nieder, daß in einem Augenblick das Getreide wie gemäht dalag, der Fluß stieg und in allen Gräben und durch alle Ackerfurchen kam das schäumende Wasser herangeflossen.

Erst gegen Abend beruhigte es sich; der Regen war vorübergegangen, und als eine rote, strahlende Kugel stieg im Westen die Sonne aus den Wolken hervor ...

Lipce belebte sich wieder; die Leute fingen an, die Türen sperrangelweit zu öffnen und vor ihre Behausungen hinauszutreten; mit Wohlgefallen sogen sie die abgekühlte Luft ein; ein würziger Duft lag über der regenfeuchten Erde, am stärksten aber von allem dufteten die jungen Birken und die Büschel Krauseminz in den Gärten; der feuchte Boden schien in den Strahlen der untergehenden Sonne aufzuglühen, die Pfützen auf der Dorfstraße gleißten, die Blätter und Gräser fingen an zu glitzern, die schäumigen Wasserfluten, die mit freudigem Rauschen sich in den Weiher ergossen, flammten auf.

Ein leichter Windzug wühlte im schwer niederhängenden Getreide, und eine erquickende, beseligende Frische kam von den Wäldern und von den Wiesen; die Kinder wateten lärmend durch die Gräben und Pfützen, die Vögel fingen an im Busch aufzuzwitschern, die Hunde bellten, die Perlhühner im Pfarrhof lockten sich auf den Zäunen, und aus allen Heckenwegen von der Dorfstraße, von den Häusern her klangen hell die Stimmen und Zurufe. Hinter der Mühle fing eine Mädchenstimme zu singen an:

    Maruschka, Maruschka, es regnet fein!
    Marusch, Marusch, laß zur Nacht mich ein.

Vom Feld her kamen mit dem Gebrüll der heimkehrenden Herden die schrillen und rasch hingeträllerten Liedlein der Hirtenmädchen:

    Hast die Ehe mir versprochen,
    Wenn der Roggen eingefahren,
    Und jetzt fährst du ein den Hafer
    und belügst mich wie ein Hund!
    Oj dana! da dana!

Nacheinander begannen nun auch die Wagen all derer, die vom Gewitter überrascht worden waren, hinauszufahren; es blieben aber doch noch viele Hofbauern aus den benachbarten Dörfern zu Gast in Lipce: darunter hauptsächlich diejenigen, die damals so bereitwillig den Frauen Hilfe geleistet hatten. Die reicheren Bauern bewirteten sie dafür heute in ihren Häusern und sparten weder am Essen noch am Trinken, und die Ärmeren geleiteten ihre Wohltäter auf ein Traktament zum Juden, denn es ist doch immer lustiger in der Schenke und bequemer, wenn man im Haufen geht.

    Die Burschen hatten Musik herbeigeholt, so daß schon von der Vesperzeit an das Dudeln der Baßviolen, Geigenklänge und das klirrende Knurren der Trommel aus der Schenke ertönten.

    Es kamen auch noch andere zum Tanz, denn es war schon viel Zeit vergangen, seitdem sie sich hier zu Fastnacht zum letztenmal zusammengefunden hatten.

    Bald hatte sich eine Menge Volk angesammelt, und kein Platz war mehr in der Schenke zu finden, so daß viele sich damit begnügen mußten, vor der Schenke auf einem Balkenhaufen zu sitzen und zuzusehen; da aber das Wetter schön war und am Himmel noch ein goldiger Tagesschimmer lag, machten sie sich vergnüglich an der Hauswand bequem und riefen nach dem Juden, daß er ihnen Getränke herausbringen sollte.

    Die Jugend hatte fast die ganze Schenke für sich in Anspruch genommen und eröffnete den Tanz mit einem kräftigen Oberek, so daß die Wände erbebten und die Dielen aufächzten; den Tanz aber führte zu allgemeinem Erstaunen der Schymek von der Dominikbäuerin mit Nastuscha an. Umsonst hatte ihn der jüngere Bruder davon abzuhalten versucht und auf ihn mit leiser Stimme eingeredet, er konnte nicht dagegen ankommen, denn der Bursche war fest im Auge, wollte auf keinen hören, trank Schnaps und nötigte Nastuscha und seine Kameraden, mitzutrinken; und jedesmal, wenn die Musik einen aufgespielt hatte, warf er den Musikanten Kleingeld hin, umfaßte Nastuscha und schrie, was er konnte:

»Los, Jungen! Los! Wie unsereiner es macht!«

Er sprang in der Stube umher, wie ein losgelassenes Füllen, juchzte hitzig und stampfte mächtig mit den Absätzen auf.

»Der Kerl schüttelt noch seine Strohwische aus den Stiefeln!« flüsterte Ambrosius, so gierig nach den neben ihm Trinkenden schielend, daß ihm die Spucke im Munde zusammenlief. »Und mit den Klumpen schlägt er auf, wie mit einem Dreschflegel: die werden ihm noch auseinandergehen«, fügte er lauter hinzu und rückte den Trinkenden näher.

»Paßt ihr lieber selber auf, daß euch nichts auseinandergeht«, brummte Mathias dicht hinter ihm, der mit seinen Kameraden in einem Haufen stand.

»Trinken wir einen zum Frieden«, entgegnete ihm Ambrosius lachend.

»Hier hast du einen, nur schluck' das Glas nicht auch noch runter, du Saufjan!« Er reichte ihm ein volles Glas und drehte ihm wieder den Rücken, denn Gschela, der Bruder des Schulzen, fing an, etwas mit leiser Stimme zu erzählen. Die anderen hörten ihm, gegen die Tonbank gelehnt, aufmerksam zu und achteten weder auf die Tanzenden, noch auf den Schnaps, der vor ihnen stand. Es waren ihrer sechs, alles die ersten Burschen im Dorf, alles erbangesessene Hofbauernsöhne; sie berieten sich eifrig; da aber ein immer lauterer Lärm und eine immer größere Enge entstand, ließ sie der Jude in seine Wohnstube hinein, denn den Alkoven hatten die Hofbauern mit ihren Gästen besetzt.

In der Stube standen verschiedene zerwühlte Betten, in denen die Judenkinder schliefen, am Tisch war kaum genug Platz für sie. Ein einziges Talglicht schwelte in einem Messingleuchter, der von der Balkendecke herabhing. Gschela ließ die Flasche die Runde machen, sie tranken ein- und zweimal, doch niemand fing damit an, weswegen sie sich da zusammengefunden hatten, bis Mathias spöttisch hinwarf:

»Fang' du an, Gschela, ihr sitzt hier ja, wie die Krähen im Regen!«

Noch war Gschela nicht dazugekommen anzufangen, als der Schmied eintrat, alle begrüßte und sich nach einem Platz umsah, um sich an sie heranzusetzen.

»Dieses Rußmaul kommt immer da zum Vorschein, wo man ihn nicht braucht«, brach Mathias los. »In deine Hände, Michael!« fügte er gleich darauf hinzu, seinen Ärger unterdrückend und reichte ihm das Glas.

Der Schmied trank aus, und eine gute Miene machend, sagte er scherzend:

»Ich bin nicht begierig auf fremde Geheimnisse, ich seh' schon, daß ich hier nicht gern gesehen bin ...«

»Schon recht! Hast es gut an den Freitagen bei den Deutschen, wenn man dir Speck und Kaffee vorsetzt, da gibt es am Feiertag gewiß noch was Besseres ...«

»Du redest hier das erste beste, Ploschka, hast wohl einen zu viel? ...« knurrte er zur Antwort.

»Ich sage, was jeder weiß, daß du dich Tag für Tag mit ihnen abgibst.«

»Wer mir Arbeit gibt, für den arbeit' ich und mache keinen Unterschied.«

»Arbeit! Du machst mit ihnen ganz was anderes noch«, sagte der Wachnik leise.

»Grad wie du es mit dem Gutsherrn wegen unserem Wald gemacht hast«, fügte Pritschek drohend hinzu.

»Es scheint mir, daß ich hier zu einem Verhör gekommen bin ... Sieh mal an, was die nicht alles wissen wollen.«

»Laßt ihn in Ruh, er macht seine Geschäfte ohne uns, da machen wir die unseren auch ohne ihn«, sagte Gschela, ihm scharf in seine unsteten Augen blickend.

»Wenn euch der Schandarm durchs Fenster sehen würde, könnte er denken, daß ihr euch hier verkomplottieren wollt!« Er sagte es wie scherzend, aber seine Lippen bebten vor Zorn.

»Vielleicht ist es auch so, nur daß es nicht gegen dich geht, du bist eine zu kleine Personage dafür, Michael.«

Er drückte die Mütze tiefer in die Stirn und ging, die Tür laut hinter sich ins Schloß werfend.

»Der hat was gerochen und muß gleich angerannt kommen.«

»Das sieht ihm ähnlich, daß er jetzt gleich hinters Fenster geht und horcht.«

»Dann kann er noch so was über sich zu hören kriegen, daß ihm die Lust vergeht.«

»Ruhig da, Jungen!« begann Gschela feierlich. »Ich sagte euch doch schon, daß die Deutschen die Waldmeierei nicht gekauft haben, aber sie können in den nächsten Tagen hinfahren um den Vertrag notariell zu unterzeichnen, sie sagten selbst was vom nächsten Donnerstag.«

»Das wissen wir ja, da muß man was dagegen tun«, rief Mathias ungeduldig.

»Gib einen guten Rat, Gschela: du kannst doch aus dem Buch lesen und hältst auch eine Zeitung, da ist es dir am leichtesten.«

»Wenn die Deutschen den Boden kaufen und sich als Nachbarn hier festsetzen, dann wird es so wie in Gorka werden: die Luft wird einem in Lipce abgeschnitten, und wir werden mit den Bettelsäcken losziehen können oder nach Amerika auswandern müssen.«

»Und die Väter kratzen sich hinterm Ohr und seufzen herum, aber einen Rat weiß keiner.«

»Und den Grund und Boden, den geben sie uns auch nicht ab!« gaben die anderen hinzu.

»Das ist gar nichts mit den Deutschen! Die haben ganz ebenso in Lischki gesessen und unsere Bauern haben sie doch bis auf den letzten wieder ausgekauft; daß es in Gorka anders gekommen ist, daran sind die Leute selbst schuld gewesen: sie haben gesoffen, in einem fort prozessiert und haben sich denn auch die Bettelsäcke herausprozessiert.«

»So können wir ihnen auch die Waldmeierei abkaufen und sie rausjagen!« rief Anteks Vetter, Jendrek Boryna, aus.

»Das ist leicht gesagt: jetzt haben wir doch kein Geld zum Kaufen, wenn sie auch nur sechzig Rubel für einen Morgen zahlen, und später soll einer gleich tausend Silberlinge für dasselbe bereit haben.«

»Wenn die Väter jedem geben würden, was ihm zukommt, dann würde man eher fertig werden.«

»Das ist auch wahr, versteht sich! Dann wüßte jeder, was er zu tun hätte!« schrien sie durcheinander.

»Oh, ihr Dummköpfe! Dummköpfe seid ihr! Die Alten können kaum auf dem Ganzen aushalten, und ihr wollt noch durch die Teilung zu Geld kommen!« unterbrach sie Gschela.

Sie verstummten auf einmal, denn es war so augenscheinlich, was er gesagt hatte, daß ihnen zumute wurde, als hätte ihnen einer mit dem Axtstiel einen Hieb über den Schädel versetzt.

»Die Not kommt nicht davon, daß euch die Väter nichts vom Besitz abgeben wollen«, redete er weiter, »nur davon, daß Lipce zu wenig Land hat, und dabei kommen immer mehr Menschen; und was zu Großvaters Zeiten für drei gereicht hat, muß jetzt unter zehn geteilt werden.«

»Das ist wahrhaftig wahr! Jawohl, so ist es! Versteht sich!« murmelten sie besorgt.

»Dann müßte man die Waldmeierei kaufen und parzellieren!« ließ sich einer plötzlich vernehmen.

»Ein Dorf möchtest du kaufen, und wo ist das Geld?« knurrte Mathias.

»Wartet nur einmal, vielleicht findet sich auch dafür ein Rat.«

Mathias sprang plötzlich auf, schlug mit der Faust auf den Tisch ein und schrie:

»Ja, wartet nur und tut, was euch gefällt, ich hab' schon genug davon; und wenn ich böse werde, dann laß ich das ganze Dorf hier und gehe in die Stadt, da leben die Leute besser.«

»Dein Wille, aber die anderen müssen hier bleiben und irgendwie Rat finden.«

»Ich kann es hier aber wirklich schon nicht länger aushalten, zum Teufel noch mal: überall eine Enge, daß sie fast die Wände auseinanderdrücken, so viele sitzen da, und eine Not – daß es nur so aus allen Ecken schreit; und nebenan da liegt freies Land und bittet nur so, daß man es nimmt ... Und abbeißen kannst du doch nichts, wenn du selbst vor Hunger krepierst; Geld zum Kaufen ist keins da, auch keiner, der einem was borgt. Das Donnerwetter soll da dreinfahren!«

Gschela erzählte, wie es anderswo in anderen Ländern sei.

Sie horchten, wehmütig aufseufzend, und Mathias unterbrach ihn:

»Was nützt uns das, daß die anderen es gut haben! Zeig' mal dem Hungrigen eine volle Schüssel und steck' sie dann weg, laß ihn vom Zusehen satt werden! Die haben es da gut, weil anderswo Schutz für das Volk ist, nicht wie bei uns, wo jeder wie ein Wildling im freien Feld wächst, und ob er verkümmert oder aufwächst, was schert das einen? ... Wenn er nur die Steuern zahlt und sich als Rekrut stellt und sich den Beamten nicht widersetzt! Ein solches Leben wird mir schon ganz zuwider, das hängt einem ja schon zum Halse raus! ...«

Gschela aber fing; nachdem er geduldig zugehört hatte, wieder seins an.

»Es gibt nur ein Mittel, daß die Waldmeierei unser wird.«

Sie schoben sich noch näher heran, um kein Wort zu verlieren, denn plötzlich machte ein Lärm die ganze Schenke erzittern, so daß die Scheiben aufklirrten und die Musik verstummte. Es lief einer hin, um zu erfahren, was vorgefallen sei und erzählte es dann lachend den anderen: Es war die Dominikbäuerin gewesen, die so skandaliert hatte; mit einem Stock in der Hand war sie in die Schenke gekommen, die Söhne zu holen, sie wollte sie schlagen und mit Gewalt nach Hause schleppen; aber sie hatten sich ihr widersetzt und sie hinausgeworfen. Schymek war nun beim Saufen, und der ganz betrunkene Jendschych greinte in den Rauchfang hinein.

Sie frugen nicht weiter, denn Gschela hatte angefangen, ihnen sein Mittel auseinanderzusetzen, und das war so: sich mit dem Gutsherrn auszusöhnen und für einen Morgen Wald vier Morgen Land von der Waldmeierei zu verlangen.

Sie waren ganz erstaunt und furchtbar erfreut über eine solche Möglichkeit; und Gschela erzählte noch, daß sich ein Dorf bei Plock gerade ebenso geeinigt hätte, was in der Zeitung geschrieben stand.

»Das laß ich mir gefallen! Jude, Schnaps her!« rief Ploschka zur Tür hinaus.

»Für drei Morgen Wald hätten wir dann gerade zwölf Morgen Feld.«

»Und wir gegen zehn – eine ganze Wirtschaft wär' das!«

»Und wenn er nur noch Busch zugeben wollte für die Heizung.«

»Und für den Weidewald könnte er doch mindestens jedem einen Morgen Wiesenland geben.«

»Und noch Bauholz dazu!« riefen sie durcheinander.

»Noch ein bißchen, und ihr werdet wollen, daß er euch noch ein Pferd mit einem Wagen und eine Kuh zugibt, wie?« spottete Mathias.

»Seid man still da! … Man muß jetzt die Hofbauern überreden, damit sie sich versammeln und zum Gutsherrn hingehen, um ihm zu erklären, was sie wollen: vielleicht wird er damit einverstanden sein.«

Mathias unterbrach ihn:

»Wenn ihm das Messer nicht an der Kehle sitzt, geht er darauf nicht ein: er braucht gleich Geld; von den Deutschen kriegt er es selbst morgen, wenn es darauf ankommt, nur ja zu sagen braucht er … Und ehe sich unsere Leute fertig gekratzt haben, ehe sie sich miteinander verständigen, ehe sie einig werden, ehe die Weiber mit ihren Wünschen fertig sind, vergehen Monate, und der Gutsherr verkauft den ganzen Grund und Boden und läßt uns seinen Buckel besehen; dann hat er auch Geld und kann abwarten, wie die Sache mit dem Wald ausfällt. Gschelas Mittel ist gut, nur scheint es mir, muß man es auf den Kopf stellen.«

»Rede doch, Mathias, gib einen Rat!«

»Nicht reden und beraten müssen wir, sondern so tun, wie wir es mit dem Wald gemacht haben.«

»Manchmal kann man so und manchmal kann man es nicht!« murmelte Gschela.

»Und ich sag' es dir, daß man es kann auf eine etwas andere Weise, aber es kommt auf dasselbe hin … Man muß nach den Deutschen im ganzen Haufen gehen und ihnen in Ruhe sagen, daß sie sich nicht unterstehen, die Waldmeierei zu kaufen …«

»Die werden grad so dumm sein, daß sie gleich Angst kriegen und auf uns hören!«

»Man wird ihnen sagen, daß wir, wenn sie nicht hören wollen und doch kaufen, aufpassen werden, daß sie nicht bauen können und nicht säen; wir lassen sie nicht einen Schritt außerhalb ihrer Felder tun. Ihr werdet sehen, ob sie nicht Angst kriegen! Wir räuchern sie heraus wie einen Fuchs aus seinem Bau.«

»Jawohl, als ob die sich keinen Rat schaffen könnten! Und so wahr Gott im Himmel, steckt man uns wieder für solche Drohungen ins Loch!« brach Gschela los.

»Stecken sie uns ein, so lassen sie uns wieder heraus, Ewigkeiten bleiben wir da doch nicht drin; um so schlimmer wird es aber für die Deutschen sein ... Dumm sind die nicht, die werden schon im voraus sich das gut überlegen, ob ihnen ein Krieg mit uns bekommen wird ... Auch der Gutsherr wird ein anderes Lied singen, wenn wir ihm die Käufer auseinanderjagen, oder vielleicht nicht? ...«

Aber Gschela konnte nicht länger an sich halten, sprang auf und begann sie mit ganzer Macht von diesem dreisten Plan abzulenken. Er setzte ihnen auseinander, was für Prozesse daraus kommen würden, welche neuen Verluste für alle, welches Elend, und daß man sie für diese ständigen Unruhen auf ein paar Jahre ins Gefängnis stecken könnte ... daß sich das alles in Ruhe mit dem Gutsherrn selbst machen ließe ... Er beschwor sie und flehte, kein neues Unglück über das Dorf zu bringen. So redete er wenigstens zwei Paternoster lang und war davon ganz heiß geworden; er küßte und umarmte sie einen nach dem andern, flehend und bittend, sie möchten diesen Plan aufgeben; doch es war alles umsonst, als hätte einer Erbsen gegen die Mauer geschleudert, und zum Schluß noch sagte Mathias:

»Du predigst wie in der Kirche, als läsest du es von einem Buch ab, wir aber brauchen ganz was anderes!«

Sie sprangen alle mit einem Male auf, schlugen mit den Fäusten auf den Tisch, und redeten los, vor freudiger Erregung fast schreiend:

»Unsere Sache ist gut, man muß zu den Deutschen hingehen und die Pluderer einfach auseinanderjagen! Mathias hat recht, auf ihn wollen wir hören, und wenn einer Angst hat, mag er sich unters Federbett verkriechen!«

Es war keine Möglichkeit, mit ihnen zu reden, so aufgeregt waren sie.

Der Jude brachte gerade eine neue Flasche herein, hörte zu, und, indem er den ausgegossenen Schnaps vom Tisch wegwischte, sagte er bescheiden ...

»Mathias hat e klugen Kopf, sein Rat ist gut.«

»Sieh mal an! Ist denn der Jankel auch gegen die Deutschen, na?« riefen sie erstaunt.

»Ich ziehe vor, mit den Unserigen zu halten, man hat manche Not zu bestehen, wie alle andern, aber mit Gottes Hilfe kann man leben ... Wo aber die Deutschen kommen, da hat nicht nur ein armer Jud nichts zu leben, da hat selbst der Hund nichts zu beißen ... Daß se krepieren mögen, daß sie alle ... Pfe ... die Krankheit abwürgt! ...«

»Ein Jud' und hält zum Volk! Habt ihr das gehört!« Sie wunderten sich immer mehr.

»Ich bin e Jid, aber im Wald hat man mich nicht aufgelesen; hier bin ich geboren, wie ihr auch, mein Großvater und mein Vater! ... Zu wem soll ich denn halten? ... Bin ich nicht einer von den Eurigen? ... Wenn es euch besser geht, da wird es auch mir besser gehen ... wenn ihr feine Hofbauern seid, werd' ich doch können handeln mit euch! ... Wie mein Großvater mit euren Großvätern, na ist es nicht so? ... Und da ihr euch das so klug mit den Deutschen zurechtgedacht habt, so will ich euch eine ganze Flasche Arrak spendieren! ... Auf eure Gesundheit, die Herren Hofbauern von der Waldmeierei!« rief er, dem Gschela zutrinkend.

Sie tranken viel, und eine solche Freude hatte sie übermannt, daß sie fast dem Juden den Bart geküßt hätten; sie setzten ihn zwischen sich und erzählten ihm alles noch einmal und frugen um seinen Rat. Selbst Gschela heiterte sich auf und schloß sich ihnen wieder an, damit sie nichts Schlechtes von ihm dächten.

Die Beratung dauerte nicht mehr lange, denn Mathias erhob sich und rief:

»In die Schankstube, Jungen, die Beine gerade recken, genug für heute! ...«

Sie kehrten im Haufen in die Stube zurück; Mathias nahm einem der Tanzenden Therese weg und begann sogleich, sich mit ihr im Tanz zu drehen. Ihm nach begannen die anderen sich die Mädchen zusammenzuholen, den Musikanten zuzurufen und loszutanzen!

Natürlich setzte die Musik gleich forscher ein, denn man wußte ja, daß mit Mathias nicht zu spaßen war; er zahlte gut, aber auch zum Prügeln war er gleich bereit.

Die ganze Schenke tanzte schon, die Köpfe glühten ihnen, Geschrei, Musik, Gestampf und wilde Zurufe füllten die Stube, über der ein heißer Brodem lag; und durch die offenstehenden Fenster und Türen quoll der festfrohe Lärm zu denen, die draußen an den Wänden sitzend, sich ebenfalls auf ihre Weise der Fröhlichkeit hingaben. Die Hofbauern tranken einander häufig zu und redeten immer lauter und wirrer durcheinander.

Es wurde schon Nacht, die Sterne blitzten auf, die Bäume rauschten leise, und von den Mooren kam das langgezogene Murren der Frösche und die dunklen Rufe der Rohrdommeln; in den Obstgärten schluchzten die Nachtigallen, und die Luft war warm und von Wohlgerüchen schwer. Man genoß den frischen, kühlen Abend; und immer wieder tauchte in der Tür der Schenke ein eng umschlungenes Pärchen auf, um rasch ins Dunkel zu verschwinden ... Draußen an der Wand aber ging es immer lauter zu, sie schrien schon alle durcheinander, so daß es schwer war, sich auszukennen.

»... und kaum, daß ich den Eber herausgelassen hab', daß er nicht einmal die Schnauze in die Kartoffeln stecken konnte, da reißt die auch schon ihr Maulwerk auf ...«

»Die müßte man zum Dorf hinausjagen ... hinausjagen! ...«

»Ich erinnere mich, daß sie es mit einer so gemacht haben, als ich noch jung war! ... Vor der Kirche haben sie sie bis aufs Blut gezüchtigt und haben sie dann mit einem Kuhgespann über die Dorfgrenze gebracht, da hatte man endlich wieder seine Ruhe ...«

»Jude! Ein Quart Starken!«

»Die Milch hat sie meiner Grauen zuschanden gezaubert! ...«

»Einen neuen Schulzen müßte man wählen, damit wird jeder fertig ...«

»Lieber das Übel gleich mit der Wurzel herausreißen ...«

»Jäten muß man sein Kornfeld, daß einem das Unkraut nicht über den Kopf wächst.«

»Trinkt mir zu, und ich will euch was sagen ...«

»Den Stier mußt du bei den Hörnern fassen und nicht nachlassen, bis er umfällt ...«

»Zwei Morgen und einer – sind drei Morgen; drei Morgen und einer – sind vier Morgen.«

»Trinke Bruder, auch die nächste Verwandtschaft hätte nicht besser gehandelt.«

So kamen immer wieder Stimmen aus dem Dunkel, aber es war nicht auszukennen, wer da sprach und zu wem gesprochen wurde; nur die tiefe Stimme von Ambrosius hob sich mal hier und mal da klar von den anderen ab; er ging von einem Haufen zum andern oder sah in die Schenke ein, überall sich sein Gläschen zu holen; er war schon ganz betrunken und konnte kaum auf seinen Beinen stehen, bis er schließlich, um Halt zu suchen, jemanden von der Tonbank an die Rockklappe griff und mit weinerlicher Stimme auf ihn einzureden begann.

»Ich hab' dich doch getauft, Wojtek, und habe deiner Frau so geläutet, daß mir die Arme geschwollen sind: gib ein Glas Schnaps aus, Bruder! Und wenn du ein ganzes Quart ausgibst, dann läute ich ihr nochmal und werd' dir Brautbitter für eine zweite ... jung und stramm soll sie sein, grad wie 'ne Steckrübe! Gib ein Quärtchen aus, Bruder ...«

Die Mädchen und die Burschen amüsierten sich eifrig, die Stube war voll wehender Frauenröcke und Kapottschöße. Einige standen schon vor den Musikanten und sangen, andere tanzten immer wilder; selbst die älteren Frauen hopsten und schrien um die Wette, Gusche aber hatte sich bis in die Mitte vorgedrängt, stemmte die Arme in die Hüften und sang, mit den Füßen aufstampfend, heiser los:

> Ich fürchte keinen Stier,
> und wären es selbst vier! ...
> Vor keinem Burschen tu' ich laufen
> und wär' es selbst ein Haufen! ...

* * *

Die Tage zwischen Fronleichnam und Sonntag waren nicht leicht, weder für Mathias noch für Gschela und die anderen Kameraden. Mathias ließ seine Arbeit an Stachos Haus im Stich, und auch die anderen stellten einstweilen ihre Tätigkeit ein und gingen ganze Tage und Abende lang einzeln von Haus zu Haus, wiegelten das Volk gegen die Deutschen auf und versuchten es, dazu zu bewegen, sie aus der Waldmeierei fortzujagen.

Jankel sparte seinerseits auch nicht mit Zureden, und wo es bei besonders Hartnäckigen nötig war, half er mit Bewirtungen oder selbst mit Kredit nach; aber es ging nur holperig vorwärts; die Älteren kratzten sich über die Schädel, seufzten schwer, und ohne sich für das eine oder andere zu entschließen, sahen sie jeder auf seinen Nächsten und vor allem auf die Weiber, die alle einmütig nichts von diesem Vorstoß gegen die Deutschen wissen wollten.

»Hale! Was denen da in den Kopf gekommen ist! Als wenn nicht gerade schon genug Elend wegen dem Wald da ist? ... Sie haben die eine Sache noch nicht abgesessen und wollen schon wieder neues Unglück über das Dorf bringen!« riefen sie, und die Schultheißin, die sonst eine stille Frau war, griff selbst nach dem Besenstiel, um den Gschela aus dem Haus zu jagen.

»Wenn du die Leute zu neuen Unruhen überreden wirst, dann zeig' ich dich den Schandarmen an! Diese faulen Kerle, zum Arbeiten haben sie keine Lust, da möchten sie denn nur immerzu herumspazieren!« schrie sie vor dem Haus.

Die Balcerek aber wetterte gegen Mathias los:

»Die Hunde werd' ich auf euch Tagediebe hetzen! Mit kochendem Wasser komm' ich euch noch!«

Keine wollte sich auch nur irgendwie zureden lassen. Sie blieben taub gegen alle Auseinandersetzungen und Bitten, so daß es keine Möglichkeit war, ihnen mit Vernunftgründen zu kommen; sie überschrien jeden, und manch eine brach selbst in lautes Weinen dabei aus.

»Ich lasse Meinen nicht gehen! An seinen Rock werd' ich mich hängen, und wenn sie mir die Hände abhacken sollten, ich laß ihn nicht! … Wir haben uns nun grad genug gequält! …«

»Daß euch, dumme Strünke, die schwefligen Wetter auseinandertragen!« fluchte Mathias. »Die schreien und schreien rein wie die Elstern vor dem Regen. Ein Kalb begreift leichter, wenn ein Mensch ihm zuredet, wie so ein Frauenzimmer. So einer wird man selbst die größte Wahrheit umsonst sagen!« klagte er, arg entmutigt.

»Gib es auf, Gschela, du kommst mit ihnen doch nicht zurecht: da müßte man schon jede erst durchbläuen …, oder du müßtest dich mit ihr verheiraten, dann würde sie vielleicht auf dich hören«, klagte er trübsinnig.

»So sind sie schon, mit Gewalt wirst du sie nicht ändern; man muß mit ihnen auf eine andere Art und Weise umgehen; sich nicht widersetzen, nur immer ja sagen und langsam auf seine Seite ziehen«, setzte Gschela auseinander, ohne von seinem Plan abzulassen; denn obgleich er zuerst selbst dagegen war, hatte er sich doch, nachdem er erkannt hatte, daß es nicht anders ging, mit ganzer Seele der Sache hingegeben.

Er war ein harter und unnachgiebiger Mensch, und worauf er sich versteift hatte, das mußte er erreichen, wenn auch Gott weiß was im Wege stand; so achtete er auch jetzt auf nichts, und schlugen sie ihm die Türen vor der Nase zu, dann redete er noch durch die Fenster auf sie ein; die Weiber drohten ihm, er aber ärgerte sich nicht, pflichtete ihnen selbst bei und schmeichelte, wo es nötig war, und bei manch einer erkundigte er sich nach den Kindern und lobte, wie fein sie alles instand zu halten wußte, und schließlich verstand er doch, das Seine anzubringen; und gelang es ihm nicht – dann ging er eben weiter. Ganze zwei Tage war er überall im Dorf, in den Häusern, in den Obstgärten zu sehen, dieses und jenes sprechend, und brachte bei ihnen an, was er ihnen zu sagen hatte. Denen, die das alles nicht gleich begreifen konnten, zeichnete er mit dem Stock auf dem Boden die Felder der Waldmeierei auf, zeigte ihnen die Parzellen an und erklärte geduldig die Vorteile, die ein jeder daraus haben würde. Trotz dieser Mühen wäre all seine Arbeit umsonst gewesen, wenn ihm nicht Rochus beigesprungen wäre. Gegen Sonnabend nachmittag, nachdem sie gemerkt hatten, daß sie das Dorf nicht herumkriegen konnten, riefen sie Rochus hinter die Scheunen des Borynahofes hinaus und vertrauten sich ihm an; sie hatten Angst, er würde dagegen sein.

Aber Rochus überlegte einen Augenblick und sagte:

»Das ist ein Mittel für Räuber, aber zu einem anderen ist schon keine Zeit mehr da, ich will euch gern helfen.«

Und gleich darauf ging er auf die Gemüsebeete hinaus, wo der Pfarrer bei seinem Knecht saß, der Klee mähte. Dieser erzählte später, daß Hochwürden zuerst ganz erzürnt war, geschrien und sich die Ohren zugehalten hätte, nicht einmal zuhören wollte er, dann aber hätten sie sich beide am Feldrain gesetzt und lange miteinander beratschlagt. Rochus schien ihn überzeugt zu haben, denn bei eintretender Dämmerung, als die Leute von den Feldern heimzukehren begannen, ging der Pfarrer ins Dorf, als wollte er sich etwas in der Abendkühle ergehen, sah in verschiedene Gehöfte ein und fragte nach verschiedenem aus; hauptsächlich aber besprach er sich mit den Frauen, und zum Schluß sagte er einer jeden:

»Die Burschen wollen nur Gutes. Man muß sich beeilen, solange es noch Zeit ist. Tut das eure, und ich fahre zum Gutsherrn und werde ihm schon zureden.«

Und er hatte so viel erreicht, daß die Frauen sich nicht mehr widersetzten und die Hofbauern zum Schluß gelangten, daß man es tun müßte, wenn sogar der Priester da zureden tat.

Sie beratschlagten noch den ganzen Abend hindurch, und am Sonntagmorgen hatten alle einmütig ihren Entschluß gefaßt.

Sie sollten nach der Vesper unter der Führung von Rochus, der sich mit den Deutschen in ihrer Sprache verständigen konnte, hinausgehen.

Rochus hatte es ihnen gerade zugesagt; sie gingen freudig aufjuchzend auseinander, er aber blieb auf der Galerie des Borynahauses sitzen, ließ die Perlen des Rosenkranzes durch die Finger gleiten und sann tief nach.

Es war noch früh am Morgen, man hatte erst die Schüsseln vom Frühstück weggeräumt, und der Duft des sauren Mehlbreis und des Specks stieg noch in die Nase; nur Pjetrek war noch nach der Mahlzeit sitzengeblieben und räkelte sich träge herum.

Das Wetter wurde warm, aber nicht drückend, die Schwalben durchschnitten wie Kugeln die Luft. Die Sonne kam erst über dem Haus hervor, im Schatten glitzerten die taufeuchten, niedergebeugten Gräser, und von den Feldern strömte eine Frische, in der der Honigduft von jungem Getreide lag.

Im Hause selbst war es still, wie gewöhnlich am Sonntag; die Frauen waren emsig beim letzten Aufräumen, die Kinder saßen vor der Galerie um eine Schüssel herum und aßen bedächtig, sich mit Geschrei gegen Waupa wehrend, der um jeden Preis etwas abhaben wollte; das Mutterschwein lag an der Hauswand im Sonnenschein und stöhnte, so drangen die jungen Ferkel auf sie ein; dann wieder trieb der Storch die Hühner auseinander und stelzte hinter dem Füllen her, das auf dem Hof herumsprang; manchmal rauschten die Bäume auf, so daß der Obstgarten sich wie schwankend bewegte, und über den Feldern war das Gesumm der arbeitenden Bienen und das Jubilieren der Lerchen zu hören.

Auch auf das Dorf legte sich sonntägliche Stille, so daß man nur hin und wieder einen Laut hörte; eine Henne lockte ihre Küchlein, und irgendwo am Weiher wuschen sich die Dorfjungen mit lautem Lachen und Panschen – hin und wieder quakte eine Ente auf.

Die Wege lagen leer, in der Sonne flimmernd; kaum einer ging vorbei, und nur hier und da an den Haustüren kämmten sich die Mädchen, und irgendwo spielte eine Schalmei.

Rochus fingerte am Rosenkranz, horchte zuweilen auf und dachte hauptsächlich an Jaguscha; er hörte sie in der Stube hin und her gehen, zuweilen blieb sie hinter ihm stehen, dann eilte sie wieder auf den Hof, und wenn sie an ihm wieder vorbei mußte, senkte sie beschämt den Blick; eine plötzliche Röte war in ihr abgehärmtes Gesicht gestiegen.

»Jagusch!« flüsterte er gütig, die Augen zu ihr aufrichtend.

Sie blieb mit angehaltenem Atem erwartungsvoll stehen, er aber, als wüßte er nicht recht, was er sagen wollte, murmelte nur etwas in den Bart und verstummte wieder.

Sie ging wieder auf ihre Seite, setzte sich ans offene Fenster, und gegen den Fensterrahmen gelehnt, sah sie mit traurigen Augen in die Welt voll Sonnenschein, auf die weißen Wölklein, die wie Gänse über den hellen Himmel zogen; und schwere Seufzer entstiegen ihrer Brust; hin und wieder aber tropften ein paar Tränen aus den geröteten Augen und flossen langsam über ihr blasses Gesicht. Hatte sie vielleicht nicht genug durchgemacht in diesen Tagen? Das ganze Dorf hetzte gegen sie wie gegen einen räudigen Hund; die Frauen wandten sich von ihr weg, wenn sie vorüberging, und einzelne spien sogar hinter ihr aus; die Freundinnen wollten sie nicht bemerken, die Männer lächelten verächtlich, und gestern hatte ihr der jüngste Gulbasjunge Schmutz nachgeworfen und hatte ihr noch nachgeschrien, daß sie dem Schulzen seine Buhle sei.

Wie ein Messer ist es ihr durch und durch gegangen, und ein Wunder, daß sie an der Schande nicht erstickt ist.

Mein Gott, war sie denn daran schuld? ... Er hatte sie ja so betrunken gemacht, daß sie nichts mehr von Gottes Welt wußte ... Und jetzt waren alle gegen sie, das ganze Dorf mied sie wie eine Verpestete, niemand wollte sie in Schutz nehmen.

Wo soll sie sich jetzt hinwenden? Man schließt ihr die Türen vor der Nase zu und möchte ihr am liebsten einen Hund nachhetzen! ... Selbst zu der Mutter kann sie nicht kommen: sie hat sie doch weggejagt trotz ihrer Bitten und Tränen ... und wenn nicht Anna, hätte sie sich gewiß schon was Schlimmes angetan ... Das war so, nur einzig Anteks Frau hatte sich in Güte ihrer angenommen, ohne ihre hilfreiche Hand zurückzuziehen, und bei den Menschen hatte sie sie auch noch verteidigt.

Sie war nicht schuldig, nein, der Schulze war schuld; er hatte sie verführt und zur Sünde gebracht; und am meisten schuld an allem war dieser Alte da! Sie mußte plötzlich an ihren Mann denken: »Das ganze Leben hat er mir zunichte gemacht! Wenn ich nicht geheiratet hätte, da hätte man nicht zugelassen, daß man mir Unrecht tut, nein ... Und was hab' ich denn bei ihm gehabt? Weder was vom Leben noch von der Welt!«

Sie sann angestrengt darüber nach, bis daß der Groll in ihr zerrann und ein großer Zorn über sie kam und ihr so in die Glieder fuhr, daß sie in der Stube auf und ab zu rennen begann. »Natürlich, alles Schlechte kam nur durch ihn ... und mit Antek wäre das auch nicht so gewesen ... und der Schulze hätte sich nicht erdreistet ... und alles ...« klagte sie. »Sie hätte still für sich gelebt wie früher, wie alle anderen noch leben ... Der Böse hatte ihn ihr in den Weg gebracht und dann die Mutter mit dem vielen Land verführt, und jetzt kann sie dafür büßen ... das ist so ... daß dich die Würmer zernagen!« brach es wütend aus ihr heraus, sie ballte voll Rachsucht die Fäuste; und als sie durch das Fenster den Korbsitz mit dem Kranken unter den

Bäumen erblickte, lief sie wütend hin und zischte, sich über ihn beugend, haßerfüllt hervor:

»Daß du im Augenblick noch verreckst, du Hund! ...«

Der Alte starrte sie an und murmelte etwas, aber sie war wieder fortgerannt: sie spürte eine mächtige Erleichterung, sie hatte nun einen, auf den sie das ihr geschehene Unrecht abladen konnte.

Der Schmied stand auf der Galerie, als sie vorbeiging, tat aber, als sähe er sie nicht. Er fing an, noch lauter mit Rochus zu reden:

»Mathias sagt, daß ihr sie gegen die Deutschen führen wollt ...«

»Sie haben mich gebeten, dann gehe ich mit ihnen zu den Nachbarn«, sagte Rochus mit Nachdruck.

»Die geben sich Mühe, daß sie bald wieder ins Loch kommen. Denen ist die Frechheit nach der Sache mit dem Wald und dem Gutsherrn zu Kopf gestiegen, sie glauben wohl jetzt, daß, wenn sie wieder in hellen Haufen mit Knütteln und Geschrei angerannt kommen, die Deutschen es gleich mit der Angst kriegen werden und die Waldmeierei aus den Fingern lassen.«

Er konnte kaum seinen Zorn unterdrücken.

»Vielleicht lassen sie auch vom Kauf ab, wer kann das wissen?«

»Hat sich was! Den Grund und Boden haben sie schon abgemessen, alle Familien sind schon hergekommen, den Brunnen graben sie schon, fahren Steine für die Fundamente zusammen ...«

»Ich weiß gut, daß sie beim Notar die Akten noch nicht unterschrieben haben.«

»Mir haben sie zugeschworen, daß schon alles fertig ist.«

»Ich sag' euch, was ich weiß, und wenn der Gutsherr bessere Käufer finden würde ...«

»Lipce wird sie doch auf keinen Fall kaufen, nach Geld riecht hier keiner.«

»Der Gschela kalkuliert da irgend etwas, und es scheint mir ...«

»Gschela!« unterbrach er ihn wütend. »Gschela drängt sich immer auf den ersten Platz, und dumm ist er doch, macht nur das Volk irre und führt es zum Schlechten ...«

»Wir werden sehen, was dabei herauskommt, wir werden sehen!« sprach Rochus, leicht lächelnd, denn der Schmied zerrte sich fast den Schnurrbart aus vor Wut.

»Jacek vom Amt!« rief er plötzlich, als er den Gemeindediener am Heckenweg auftauchen sah.

»Für Anna Matwejewna Boryna, ein Papier vom Amt!« rezitierte Jacek, einen Briefumschlag aus der Posttasche holend.

Anna kam schnell heraus und drehte unruhig das Papier in den Händen hin und her, ohne zu wissen, was sie damit anfangen sollte.

»Ich werde es euch vorlesen«, sagte Rochus.

Der Schmied reckte sich und versuchte über seine Schulter hinweg mit in das Schreiben hineinzusehen, aber Rochus faltete rasch den Brief zusammen und sagte mit der größten Ruhe:

»Das Gericht benachrichtigt euch, daß ihr zweimal wöchentlich Antek sehen dürft.«

Anna bewirtete den Gemeindeboten und kehrte wieder in die Stube zurück; Rochus aber folgte ihr, nachdem der Schmied gegangen war, nach und rief freudig bewegt:

»Etwas anderes steht da in diesem Schreiben, ich wollte es nur nicht vor dem Schmied sagen! Das Gericht benachrichtigt euch, ihr sollt fünfhundert Rubel Bürgschaft bringen. Dann wollen sie Antek gleich herauslassen ... Was ist euch denn? ...«

Sie entgegnete nichts, es benahm ihr ganz die Stimme; sie blieb wie erstarrt stehen, ihre Wangen röteten sich, dann wurde sie wieder blaß wie Kalk, und Tränen kamen ihr in die Augen. Sie breitete die Arme aus und warf sich mit einem tiefen Seufzer aufs Antlitz vor den Heiligenbildern nieder.

Rochus ging leise hinaus, saß auf der Galerie, die Zustellung nochmals durchlesend, und lächelte erfreut vor sich hin; nach einer Weile sah er wieder in der Stube nach.

Anna kniete noch immer, aus ganzer Seele betend; ihr Herz konnte die Freude gar nicht fassen, eine heiße Dankbarkeit überkam sie; kurze abgerissene Seufzer und inbrünstiges Murmeln wuchsen aus ihrer Seele auf und legten sich wie Dankesopfer zu Füßen der Tschenstochauer Madonna. Tränen des Glücks flossen über ihre Wangen, und zugleich mit ihnen zerrann die Erinnerung an all die vergangenen Leiden und all die erlittene Not.

Sie erhob sich schließlich, und die Tränen trocknend sagte sie zu Rochus:

»Ich bin schon zu allem bereit, was da kommen soll, wenn es selbst das Schlechteste wäre, so schlecht wird es schon nicht mehr sein.«

Er war selbst verwundert, wie sie sich plötzlich geändert hatte: ihre Augen glänzten auf, eine Röte war in ihre Wangen gestiegen, und sie reckte sich hoch auf; es war, als ob sie sich plötzlich verjüngt hätte.

»Beeilt euch mit dem Verkauf, kriegt noch das nötige Geld zusammen, und wir fahren dann hin, Antek zu holen, selbst morgen oder am Dienstag, wenn es sein soll.«

»Antek kehrt heim! Antek kehrt heim!« wiederholte sie unwillkürlich.

»Erzählt nichts herum! Wenn er zurückkehrt, werden sie es früh genug sehen, und später muß man sagen, daß sie ihn ohne Pfand freigelassen haben: da wird der Schmied nichts haben, um daran was auszusetzen«, belehrte er sie leise.

Sie versprach es ihm feierlich; nur der Fine wollte sie es sagen, denn sie konnte kaum die gewaltige Freude dämmen; sie ging wie trunken umher, küßte in einem fort die Kinder, redete auf das Fohlen ein, sprach mit der Sau, neckte den Storch und flüsterte dem Waupa, der winselnd ihr auf Schritt und Tritt folgte und ihr in die Augen sah, als ahnte er etwas, gerade wie einem Menschen ins Ohr:

»Sei man still, Dummer, der Bauer kehren heim!«

Sie weinte und lachte durcheinander, lange erzählte sie Matheus etwas darüber, so daß er die Augen aufsperrte und etwas Unverständliches lallte. Sie hatte die ganze Welt vergessen, und Fine mußte sie daran erinnern, daß es schon Zeit wäre, sich zum Kirchgang zurechtzumachen. Hei, wie die Freude sie trug, sie hätte singen mögen, hinausfliegen in die weite Welt und hätte den Getreidefeldern, die sich raschelnd vor ihr niederbeugten, den Bäumen und der ganzen Erde am liebsten zugerufen:

»Der Hofbauer kehren heim! Antek!«

Aus dieser Freude heraus forderte sie selbst Jagna auf, sie möchten doch zusammen gehen, aber Jagna wollte nicht, sie zog es vor, zu Hause zu bleiben.

Niemand hatte ihr etwas über Antek gesagt, aber sie erriet es doch sogleich aus halben Worten und aus Annas Betragen. Auch sie ergriff diese Neuigkeit und wiegte sie in eine freudige, stille Hoffnung, so daß sie, auf nichts mehr achtend, zur Mutter hinrannte.

Sie kam nicht zu einer gelegenen Stunde, denn es war da gerade ein arger Zank im Gange.

Gleich nach dem Frühstück hatte sich Schymek mit einer Zigarette zwischen den Zähnen ans Fenster gesetzt, spie in die Stube und sann lange vor sich hin, bis er schließlich, mit einem Blick nach seinem Bruder zu, sagte:

»Und das will ich euch nur sagen, Mutter, Geld sollt ihr mir geben, denn ich muß das Aufgebot bezahlen. Der Pfarrer hat gesagt, wir sollen vor der Vesper hinkommen.«

»Mit wem willst du dich denn da verheiraten?« fragte sie mit höhnischem Lachen.

»Mit der Nastuscha Täubich, ihr wißt es ja.«

Sie antwortete nicht, eifrig in der Stube bei den Töpfen am Herd beschäftigt. Jendschych legte Holz aufs Feuer, und obgleich es hell brannte, fachte er es in seiner Angst immer eifriger an; der Schymek aber, nachdem er eine Weile gewartet hatte, ließ sich abermals, jedoch schon viel entschiedener vernehmen:

»Ganze fünf Rubel müßt ihr mir geben; man muß ja auch die Verlobung feiern ...«

»Hast du denn schon zu ihr mit Schnaps geschickt, wie?« fragte sie in demselben Tonfall.

»Der Klemb und der Ploschka sind da gewesen.«

»Und hat sie dich denn angenommen, he?« Ihr Kinn zitterte, denn sie lachte böse.

»Versteht sich! ... Natürlich hat sie das!«

»So? Hat sie ... da hat das blinde Huhn sich auch ein Körnlein gefunden: wie soll sie denn auch nicht ja sagen, so ein Gestell! ...«

Schymek runzelte die Stirn, wartete aber, daß sie noch mehr sagen würde.

»Bringe Wasser aus dem Weiher, und du, Jendschych, laß den Eber heraus, denn er quiekt in einem zu ...«

Sie taten es fast unwillkürlich, und als Schymek sich wieder auf der Bank breit gemacht hatte und der Jüngere an der Herdplatte herumhantierte, befahl die Alte mit einer harten Stimme:

»Trage den Drank nach der Färse, Schymek!«

»Tragt ihn euch selber, eure Magd bin ich nicht!« knurrte er trotzig, sich noch bequemer zurechtsetzend.

»Hast du's gehört? ... Treib' mich nicht zur Wut am heiligen Sonntag! ...«

»Ihr habt auch meins gehört: gebt mir das Geld, aber rasch!«

»Ich geb' es nicht! Und zu heiraten erlaub' ich dir auch nicht!« brach sie los.

Er beugte sich plötzlich vor ihr und umfaßte demütig ihre Knie.

»Ich bitt' euch doch, Mutter, ich bettle ja darum, rein wie ein Hund ...«

Seine Stimme klang wie durch Tränen.

Jendschych heulte ebenfalls los und fing an, die Hände der Mutter zu küssen, sie ebenfalls um die Knie zu fassen und mit dem Bruder zusammen zu bitten.

Sie stieß sie böse von sich.

»Daß du dich nicht unterstehst, sonst jag' ich dich in alle Winde!« schrie sie, mit den Fäusten drohend.

Aber Schymek ließ sich nicht mehr einschüchtern, die Worte der Mutter hatten ihn wie Peitschenschläge getroffen, so daß ihm die Wut zu Kopf stieg; er reckte sich trotzig, und die erbliche Verbissenheit der Patsches wallte in ihm auf; er trat in die Mitte der Stube und sagte mit einer furchtbaren Ruhe, sie mit funkelnden Augen anbohrend:

»Du gibst das Geld, und das gleich! ... Länger warten tu' ich nicht und bitten erst recht nicht! ...«

»Nichts geb' ich!« schrie sie außer sich zurück, sich in der Stube nach einem Gegenstand umsehend, mit dem sie auf ihn eingehen konnte.

»Dann nehm' ich es mir!«

Er sprang auf die Lade zu, wie eine Wildkatze; mit einem Ruck hatte er den Deckel aufgerissen und fing an, aus dem Inneren Kleidungsstücke auf den Fußboden herauszuschleudern. Schreiend stürzte sie auf ihre Habe und versuchte erst, nur ihn davon abzudrängen; da er aber nicht einen Schritt zurückwich, packte sie mit einer Hand sein Haar und begann mit der anderen ihn auf Gesicht und Kopf zu schlagen, ihn von hinten zu treten und laut aufzukreischen. Er mühte sich erst noch, sie abzuschütteln, wie man einer lästigen Fliege wehrt und hörte nicht auf, nach Geld zu suchen, bis er, nachdem sie ihm einen Fußtritt irgendwo in die Lenden versetzt hatte, sie mit solcher Wut von sich stieß, daß sie der Länge nach zu Boden fiel; doch sie sprang sofort wieder auf, griff nach einem Feuerhaken und stürzte sich abermals auf ihn. Er wollte keine Prügelei mit der Mutter, so wehrte er nur, so gut er konnte, ihre Schläge ab und versuchte, ihr das Eisen zu entreißen. Ein Lärm erfüllte die Stube, und Jendschych rannte jammernd um sie herum und flehte die Alte kläglich an:

»Mutter, um Gottes willen! ... Mutter! ...«

Jagna, die gerade in diesem Augenblick eingetreten war, warf sich dazwischen, um sie zu entwaffnen, doch es war vergeblich, denn jedesmal, wenn Schymek zurückwich und beiseite sprang, stürzte die Mutter wieder wie ein bissiger Hund über ihn her, schlug auf ihn ein, wohin sie nur treffen konnte, so daß er, schon vor Schmerz ganz außer sich, die Schläge zurückgab. Sie hatten sich regelrecht ineinander verkrallt, und durch die Stube taumelnd, stießen sie gegen die Wände und gegen das herumstehende Hausgerät, dabei ein fürchterliches Geschrei erhebend.

Schon fingen die Menschen an, von allen Seiten her hinzuzulaufen und versuchten, sie auseinanderzubringen, das war aber umsonst; sie hatte sich an ihn geklammert wie ein böses Tier und schlug immerzu in einer wahnsinnigen Wut auf ihn ein, bis er sie mit der Faust zwischen die Augen traf, an beiden Seiten packte und wie ein Bündel mitten in die Stube schmiß; sie wankte und schlug mit ganzer Kraft wie ein lebloser Klotz gegen die glühend heiße Herdplatte auf, wo die Töpfe mit siedendem Wasser standen; der Rauchfang, an den sie sich noch klammern wollte, stürzte ein und begrub sie in einem Nu unter einer Lage von Schutt ...

Man war natürlich sogleich hinzugesprungen, um sie aus dem Trümmerhaufen hervorzuziehen; aber obgleich sie furchtbar verbrüht und zerschunden war, wollte sie trotz ihrer Schmerzen und ohne auf die versengten, schwelenden Röcke zu achten, gleich wieder auf Schymek losstürzen.

»'raus, du verdammte Mißgeburt! 'raus!« brüllte sie, ganz von Sinnen.

Man mußte ihr mit Gewalt die brennenden Kleider vom Leibe reißen und sie festhalten, um ihr das verbrannte Gesicht mit nassen Tüchern zu belegen; aber auch da noch wollte sie sich ihnen entreißen.

»Komm du mir nicht wieder unter meine Augen ... daß dich! ...«

Und Schymek stand nur immerzu und starrte, zerschlagen und zerkratzt wie er war und ganz mit Blut besudelt, mit stieren Augen auf die Mutter; die Angst drückte ihm die Kehle zu, er bebte am ganzen Leib, außerstande ein Wort hervorzustottern, und wußte gar nicht mal, wie ihm geschah.

Doch kaum war etwas Ruhe eingetreten, als sich die Alte den Frauen entriß, hinter den Herd rannte, wo die Kleiderstange hing, Schymeks Sachen herunterriß und sie Stück für Stück zum Fenster hinaus in den Obstgarten schmiß.

»Fort gehst du! Zum Hause hinaus scherst du dich! Hier hast du nichts mehr zu suchen, alles ist mein, nicht ein Ackerbeet kriegst du, nicht einen Löffel Essen, und wenn du vor Hunger verreckst!« schrie sie mit dem Rest ihrer Kräfte; und schließlich, durch den empfindlichen Schmerz überwältigt, brach sie furchtbar stöhnend zusammen.

Man trug sie aufs Bett.

Viele Menschen waren herbeigeeilt, so daß man in der Stube und selbst im Flur dicht gedrängt stand, und auch durch die Fenster versuchten einige hineinzuschauen.

Jagna hatte den Kopf ganz verloren und wußte nicht, was sie anfangen sollte, denn die Alte heulte förmlich vor Schmerz ... sie hatte sich das ganze Gesicht und den Hals verbrüht, und ihre Hände waren mit Brandwunden bedeckt, die Haare waren versengt und die Augen rot verquollen, so daß sie kaum etwas sehen konnte.

Schymek setzte sich an der Hauswand nach dem Obstgarten zu nieder, stützte sein Kinn auf seine zusammengeballten Hände und schien wie leblos dazusitzen; er sah schrecklich zugerichtet aus, und immerzu wieder horchte er auf das Ächzen der Mutter.

Bald kam auch Mathias angerannt und sagte, ihn am Arm zerrend:

»Du sollst mitkommen. Was suchst du hier noch ...«

»Ich geh' nicht! Mein ist der Boden von Vater und Großvater her, da bleib' ich auch darauf und werd' nicht nachgeben!« redete er mit einer düsteren Verbissenheit und stemmte sich unwillkürlich gegen die Hauswand.

Es halfen keine Bitten und Vorstellungen, er rührte sich nicht von der Stelle und hatte selbst aufgehört zu antworten.

Mathias setzte sich neben ihn, ganz ratlos, was da zu beginnen war, und Jendschych, der gerade all die hinausgeschmissenen Röcke, Hosen und Hemden seines Bruders aufgelesen hatte, band sie zu einem Bündel zusammen und legte sie schüchtern vor dem Bruder nieder.

»Ich geh' mit dir, Schymek, ich geh' mit in die Welt!«

»Verdammt noch einmal ... ich hab' es gesagt: keinen Schritt tu' ich von hier, und dabei bleibt es!« schrie Schymek auf, mit den Fäusten gegen die Wand anschlagend, so daß sich Jendschych vor Angst duckte.

Sie verstummten wieder, denn von neuem drang aus der Stube ein schmerzliches Wimmern zu ihnen herüber: Ambrosius verband gerade die Kranke, er hatte die verbrannten Stellen mit frischer, ungesalzener Butter belegt, sie mit irgendwelchen Blättern zugedeckt, auf die er noch saure Milch schichtete, um dann über alles einen feuchten Leinenlappen zu legen. Er gab der dabeistehenden Jagna die Weisung, immer wieder alles mit kaltem Wasser zu netzen, und begab sich eilig in die Kirche, denn die Betglocke läutete schon.

Es war Zeit zum Hochamt; Wagen ratterten und es kamen, die ganze Breite der Dorfstraße einnehmend, die Kirchgänger heran; viele von ihnen traten auf einen Augenblick ein, um zu sehen, wie es mit der Dominikbäuerin abgelaufen war, so daß Jagna die Tür vor den Neugierigen versperren mußte; nur die Sikorabäuerin war drinnen geblieben ...

Es dauerte nicht lange und ringsum wurde es still. Die Dominikbäuerin verhielt sich ruhig, von der Kirche hörte man das leise Summen der Orgel, und die Stimmen der Singenden klangen durch den Garten in einer aufschluchzenden, einschmeichelnden Melodie.

Die Sonne brannte mächtig, die Bäume standen in vormittäglicher Ruhe bewegungslos da, nur hin und wieder erbebte ein Zweig und Schatten schwirrten durcheinander; die Vögel schwiegen ganz, nur im Korn raunte es verstohlen, wenn die Halme ihre fahlen Mähnen schüttelten.

Die Burschen waren immer noch vor dem Haus. Mathias redete leise auf Schymek ein, der nur ab und zu mit dem Kopfe nickte, und Jendschych, der sich dicht dabei auf dem Boden gelagert hatte, starrte dem Rauch nach, der aus Mathias' Zigarette in bläulichen Gespinsten zum Dach hin verschwebte.

Jagna trat mit einem Eimer vor die Tür, um Wasser aus dem Weiher zu holen.

Da erhob sich Mathias, und nachdem er den Burschen versprochen hatte, nachmittag wiederzukommen, ging er in der Richtung der Kirche davon; als er jedoch merkte, daß Jaguscha am Weiher sitzengeblieben war, trat er an sie heran.

Der Eimer stand gefüllt neben ihr, und sie hatte die Füße ins Wasser gesteckt.

»Jaguscha!« flüsterte er ganz dicht hinter ihr, unter einem Erlenbaum stehenbleibend.

Sie ließ rasch den Beiderwandrock über die Knie fallen und sah ihn an; aber sie hatte so verweinte Augen, die voll Trauer und Herzeleid waren, daß ihm das Herz rasch zu schlagen begann.

»Was fehlt dir denn, Jagusch? Bist du krank?«

Die Bäume fingen an, lautlos hin und her zu schaukeln und ließen in einem goldiggrünen Leuchten auf ihrem Haar eine Flut flimmernder Lichter und huschender Schatten irren.

»Nein, nur daß es nicht gut ist hier auf dieser Welt, nein ...« Sie wandte ihre Augen ab.

»Wenn ich dir doch was helfen oder beistehen könnte ...« sagte er herzlich.

»Hale? Damals auf den Gemüsebeeten da bist du doch einfach so weggelaufen und bist nicht wiedergekommen ...«

»Weil du mir Unrecht getan hast! ... Wie könnt' ich da wagen, Jagusch? ...« Er war ganz demütig und voll seltsamer Güte.

»Ich hab' dich doch gerufen danach, und du hast nicht auf mich gehört ...«

»Hast du mich wirklich gerufen, Jagusch?«

»Ich sag' es ja! ... Ich könnte mich einfach so wegmachen, niemand würde sich darum kümmern! ... Wen gehen die Waisen was an? ... Einem Unrecht anzutun, dazu ist jeder bereit, einen mit Füßen zu treten! ...«

Ihr Gesicht flammte auf, sie wandte den Kopf weg und fing bestürzt an, das Wasser mit den Füßen aufzuwühlen. Mathias war ganz ins Grübeln geraten.

Und wieder spann sich die Stille aus; die Orgelklänge flossen in einer einlullenden stillen Welle, der Weiher schimmerte, und kreisförmige Wellchen breiteten sich von den Füßen Jagnas wie gesprenkelte Schlangen aus; Schatten wimmelten über die Glätte der Uferbucht, und zwischen den beiden flogen schon zutrauliche Blicke und verschlangen sich ineinander.

Mathias zog es immer mächtiger zu ihr, er hätte sie am liebsten wie ein kleines Kindchen auf die Arme genommen und mit unendlicher Güte gestreichelt und beruhigt.

»Ich dachte, du wärest mir feind ...« ließ sie sich ganz leise vernehmen.

»Niemals war ich dir gram ... merkst du es denn nicht?«

»Hale, vielleicht einmal früher ... jetzt aber bist du wie die anderen ... grad so wie ...« warf sie unachtsam hin.

Eine plötzliche Erinnerung ließ ihn auffahren, Zorn und Neid standen in ihm auf.

»Weil ... weil du ...«

Nein, er konnte es nicht aus sich herausschleudern, was ihn da würgte, er beherrschte sich wieder und sagte nur kurz und hart:

»Bleib' mit Gott! ...«

Er mußte fliehen, um ihr den Schulzen nicht vorzuhalten.

»Du rennst weg, was hab' ich dir denn wieder für ein Unrecht getan? ...«

Sie war erschrocken und gekränkt.

»Nein ... nein ... mir ...« redete er schnell, ihr in die hellblauen tränennassen Augen blickend, während Mitleid, Zärtlichkeit und Zorn in ihm kämpften: »jag' nur diese Mißgeburt von dir weg, tu' das, Jagusch!« bat er leidenschaftlich.

»Hab' ich ihn herbeigelockt? Halt' ich ihn vielleicht fest!« schrie sie zornig.

Mathias blieb unsicher und ratlos stehen.

Ein Weinen ergriff sie, die dicken Tränen begannen über ihre Wangen zu fließen.

»Wo er mir doch so ein Unrecht angetan ... mich so betrunken gemacht hat ... und keiner tritt für mich ein ... niemand erbarmt sich, alle ziehen sie über mich her! Was kann ich denn dafür? Was?« klagte sie ganz wehmütig.

»Ich werde es diesem Aas heimzahlen!« brach er los, die Fäuste hebend.

»Tu' es, Mathias! Tu' es, und ich will es dir schon ...« bekräftigte sie verbissen.

Er antwortete nichts mehr und eilte in der Richtung der Kirche davon.

Lange noch saß sie am Weiher, sann über Mathias, daß er vielleicht für sie eintreten würde und nicht erlauben, daß man ihr Böses tut.

Und vielleicht würd' es Antek auch tun, kam es ihr plötzlich in den Sinn.

Sie kehrte nach Hause voll heimlich zuversichtlicher Erwartungen.

Die Glocken fingen an zu läuten, das Volk kam vom Gottesdienst, alle Wege begannen sich zu füllen und vom Wagengeroll widerzuhallen; Stimmengewirr und Lachen klang in der Luft, sie gingen in ganzen Haufen, hier und da in den Heckenwegen stehenbleibend; nur vor dem Haus der Dominikbäuerin verstummten sie plötzlich, sahen sich um und gingen mit finsteren Gesichtern vorüber; niemand sah bei der Kranken ein.

Es dauerte auch nicht lange, so war das ganze Dorf voll Leben: in den Stuben, in den Fluren und in den Hauseingängen hörte man die Menschen miteinander reden; in den Obstgärten wurde es laut und belebt, denn man setzte sich unter den Bäumen im Schatten ans Mittagessen; überall konnte man die Essenden sehen, hörte die Löffel klirren, die Schüsseln klappern, und der Duft der Speisen breitete sich in der schwülen Mittagsstille aus, durch die nur hin und wieder das Winseln der bettelnden Hunde klang.

Nur bei der Dominikbäuerin herrschte dumpfe Stille: niemand hatte es eilig, zu ihr zu kommen. Die Alte stöhnte im Fieber, und Jaguscha wurde die Zeit unerträglich lang; sie ging immer wieder unter die Haustür, trat auf den Weg und sah lange sehnsüchtig durchs Fenster, Schymek aber saß wie vordem immer noch an der Hauswand. Nur Jendschych hatte noch den Kopf auf dem rechten Fleck behalten, er war auf die andere Seite des Hauses hinübergegangen und kochte da das Mittagessen.

Erst eine Zeitlang nach Mittag sah Anna bei ihnen ein; sie war ganz seltsam, fragte nach allem aus, sorgte sich sehr um die Kranke und ließ heimlich ihre prüfenden Augen der Jagna nachgehen.

Bald darauf kam auch Mathias wieder, nach Schymek sehen.

»Kommst du mit uns nach den Deutschen?« fragte er.

»Das ist mein Grund und Boden von Vater her, davon laß ich nicht ab«, redete dieser immer wieder vor sich hin.

»Nastuscha wartet auf dich, ihr sollt doch das Aufgebot bestellen.«

»Ich geh' nirgends fort … das ist mein ererbter Grund und Boden …«

»Dummer Esel! Niemand zieht dich doch am Schwanz. Kannst denn hier bis morgen sitzen, wenn du Lust hast!« brauste er auf, und da gerade Jagna die Anna in den Heckenweg hinausbegleitete, schloß er sich Anteks Frau an, ohne die andere zu beachten.

Sie befanden sich beide auf dem Weg am Weiher.

»Ist Rochus schon aus der Kirche?« begann er.

»Jawohl, die Männer sammeln sich schon.«

Er sah sich um, Jagna blickte ihnen nach; da wandte er sich rasch weg und fragte leise, ohne Anna in die Augen zu sehen:

»Ist es denn wahr, daß der Priester irgendwen von der Kanzel vorgenommen hat?«

»Du hast es gehört und ziehst einen noch an der Zunge?«

»Ich bin erst nach der Predigt gekommen, sie haben mir nur davon erzählt, ich dachte aber, daß sie mir was vorgeschwindelt haben, um sich über einen lustig zu machen.«

»Nicht nur eine hat er vorgehabt, und wie er dabei mit den Fäusten gedroht hat … Laut einen zu rügen und auf andere mit Steinen zu schmeißen, das kann jedermann … aber das Böse zu verhindern, dazu ist keiner da.« Sie war tief gekränkt und böse. »Den Schulzen hat er mit keinem Wort berührt, und der hat doch die meiste Schuld«, fügte sie leiser hinzu.

Mathias fluchte wütend los, und obgleich er noch was fragen wollte, fand er nicht den Mut dazu. Sie gingen schweigend nebeneinander. Anna fühlte sich tief getroffen durch den ganzen Vorfall. »Gewiß, Jagna hatte gesündigt, das war so, man hätte ihr das vorhalten müssen; aber daß man da gleich von der Kanzel fast unter Nennung des Namens so was tat … das war schon zu viel … sie war doch eine Boryna und nicht irgendeine«, dachte sie empört. Was zwischen den beiden gewesen ist, das war ihre Sache, und die anderen sollten sich hüten, sich da einzumischen.«

»Die Magda und die Mägde vom Müller, die nimmt er nicht vor, und man weiß ja, was sie treiben! Und den Gutshofmägden aus Wola hat er auch nicht mit den Fäusten gedroht, oder der Gutsherrin aus Gluchowo; tut er der vielleicht auch nur ein Wort sagen, obgleich die ganze Welt weiß, daß sie bei den Knechten sitzt!« redete sie in zorniger Empörung.

»Das ist wahr, und die Therese hat er auch vorgehabt? Wie?« Sie konnte kaum seine Frage verstehen.

»Über die beiden hat er geredet, alle haben gleich gemerkt, wen er gemeint hat.«

»Jemand mußte ihn aufgehetzt haben.« Er konnte kaum an sich halten.

»Man sagte, daß das der Dominikbäuerin ihr Werk ist, oder vielleicht hat es auch die Balcerek getan; eine rächt sich an dir wegen dem Schymek und der Nastuscha, und die andere möchte dich zu ihrer Maruscha hinhaben.«

»Da überwintern also die Krebse! Daß mir das gar nicht in den Kopf gekommen ist …«

»Die Mannsleute können immer nur das erst sehen, was man ihnen dicht unter die Nase hält.«

»Ganz umsonst bemüht sich die Balcerekbäuerin, ganz umsonst! … Der wird die Therese schön kommen … Und der Dominikbäuerin zum Trotz werd' ich dafür sorgen, daß der Schymek die Nastuscha kriegt: ich werd' ihn schon dazu anhalten! Diese Aasweiber!«

»Die führen ihre Geschäfte aus, und die Unschuldigen haben dadurch zu leiden«, sagte Anna trübsinnig.

»Ist es nicht gerade genug, daß sie sich hier noch immer in den Haaren sitzen, es ist schon rein gar nicht mehr zum Aushalten.«

»Solange Matheus seine fünf Sinne beisammen hatte, war doch immer einer da, der was wieder zurechtbringen konnte und auf den sie hörten.«

»Gewiß, der Schulze, dieser Hohlkopf, der hat für so was nicht den Verstand und macht dann noch solche Geschichten, daß niemand mehr im Volk Achtung vor ihm hat … Wenn doch mindestens der Antek bald zurückkäme! …«

»Der kommt bald zurück. Wer wird aber auf ihn hören?« Ihre Augen blitzten.

»Wir haben uns schon mit Gschela und den anderen Burschen besprochen, daß wir, wenn er heimkommt, im Dorf Ordnung schaffen werden. Ihr werdet es schon sehen!«

»Zeit wäre es wirklich schon dafür, alles geht ja hier umeinander.«

Sie kamen gerade vors Haus; auf der Galerie saß schon ein ganzer Haufen Männer.

An die fünfzehn Hofbauern, und dazu noch die ersten Burschen aus dem Dorf, sollten zusammen zu den Deutschen gehen, obgleich eigentlich das ganze Dorf gerade wie damals wegen des Waldes Lust gehabt hatte, mitzukommen.

Es war die Zeit, daß sie sich versammeln sollten, und man wartete ungeduldig auf den Rest, der noch fehlte.

»Auch der Schulze müßte mit uns gehen«, bemerkte einer, sich einen Knüttelstock zurechtmachend.

»Der Amtmann hat ihn doch nach dem Kreisamt bestellt; der Schreiber sagt, daß es wegen der russischen Schule ist, die sie da in Lipce und Modlica haben wollen; einen Gemeinderat soll er zusammenrufen.«

»Laß ihn ihn zusammenrufen: wir bewilligen sie doch nicht!« lachte Klemb.

»Gleich hätten wir da eine neue Steuer pro Morgen, wie in Doly.«

»Natürlich, aber wenn der Amtmann befehlen wird, dann werden sie gehorchen müssen«, bemerkte der Schultheiß.

»Was hat er hier zu befehlen? Mag er seinen Schandarmen befehlen, daß sie nicht mit den Dieben unter einer Decke stecken.«

»Du fängst frech an, Gschela!« warnte der Schultheiß. »Schon manchen hat die Zunge weiter gebracht, als es ihm lieb war.«

»Und ich werde doch reden, weil ich unser Recht kenne und vor den Amtsleuten keine Angst habe; nur euch dummen Schöpsen schlottern die Beine beim Anblick des ersten besten Lumpen vom Amt.«

Er schrie so laut, daß sie alle durch seine Frechheit verschüchtert wurden und manch einer es mit der Angst kriegte; der Klemb aber sagte dazu:

»Das ist auch wahr, eine solche Schule ist nichts wert für uns ... Mein Adam ist ganze zwei Jahre nach Wola gelaufen, ich habe dem Lehrer hin und wieder manchen Scheffel Kartoffeln hingefahren, und die Frau hat ihm noch Eier und Butter zum Fest gebracht; und was war das Ende? Daß er nicht einmal aus einem Gebetbuch lesen kann, und Russisch kann er auch nicht ... Die Kleineren, die den Winter über bei Rochus gelernt haben, können selbst Geschriebenes lesen, und auch in herrschaftlichen Büchern finden sie sich zurecht.«

»Dann sollte man den Rochus verdingen, daß er weiter unterrichtet, denn die Schule ist den Kindern so nötig wie das liebe Brot«, mischte sich wieder Gschela ein.

Darauf schob sich der Schultheiß unter die Menge und fing an, mit gedämpfter Stimme zu sprechen.

»Der Rochus wäre schon der beste, das weiß ich doch ... auch meine Jungen haben fein was bei ihm gelernt – aber man kann ja nicht. Das Amt muß schon was herausgeschnüffelt haben und beobachtet ihn scharf ... Der Serschant hat mich neulich im Amt getroffen und mächtig nach ihm ausgefragt ... Ich hab' ihm nicht viel gesagt, so daß er wütend geworden ist und mir einreden wollte, er wüßte gut, daß Rochus die Kinder lehrt und polnische Bücher und Zeitungen unter die Leute verteilt ... Man muß ihn warnen, daß er auf seiner Hut ist.«

»Das ist 'ne dumme Sache! So ein guter, frommer Mensch; aber daraus kann doch was Böses für das ganze Dorf kommen ... Man muß was dagegen tun und das bald«, erklärte der alte Ploschka.

»Aus Angst würdet ihr ihn noch verraten ... was?« murmelte Gschela bissig.

»Wenn er das Volk gegen die Regierung aufhetzen sollte, allen zum Schaden, dann würde es jeder tun. Du bist noch jung, aber ich erinnere mich noch gut, was damals passierte, als die Herren Krieg geführt haben; man hat da für die kleinste Sache die Bauern mit Peitschen bis aufs lebendige Blut geschunden. Das wollen wir nicht mitmachen.«

»Schulze wollt ihr werden und seid dumm wie ein zerrissener Stiefel!« rief Gschela.

Sie brachen ab, denn Rochus trat aus der Stube, ließ seinen Blick über die Menge gleiten, bekreuzigte sich und rief:

»Es ist schon Zeit, los in Gottes Namen!«

Er ging voraus und hinter ihm drein schritten die Bauern, die Dorfstraße ihrer ganzen Breite nach einnehmend; und etliche Frauen und Kinder liefen noch hinterdrein.

Die Hitze war vorübergegangen, man läutete gerade zur Vesper, die Sonne senkte sich über die Wälder, der Himmel wölbte sich klar und heiter über ihren Häuptern, und die Fernen waren so durchsichtig, daß selbst die ferner gelegenen Dörfer, wie auf der Handfläche dalagen, man konnte aus dem Grün der Wälder die gelben Stämme der Kiefern, die weißen Birken und die großen grauen Eichen gut herauskennen.

Die Frauen blieben hinter der Mühle zurück, während die Männer langsam hügelan stiegen. Der Staub hob sich hinter ihren Tritten, und nur hin und wieder blitzte noch ein weißer Knierock auf.

Sie gingen im Schweigen. Die Gesichter waren streng und herausfordernd und die Augen blickten trotzig und unbeugsam drein.

Manch einer fuchtelte schon, um sich Mut zu machen, mit seinem Eichenknüttel herum, und dieser und jener rieb sich die Hände und reckte sich, als ob er gleich drauflosstürzen müßte.

Sie zogen in einer musterhaften Ordnung, wie in einer Prozession; und wenn einem auch ein Wort entfahren war, so hörte er doch gleich wieder auf, weil ihn die strafenden Blicke der anderen trafen; es war jetzt keine Zeit zum Reden, ein jeder raffte sich innerlich zusammen und sammelte seine Kräfte.

An der Feldmark unterm Kreuz ließen sie sich auf einen Augenblick nieder, um etwas auszuruhen; aber auch jetzt sprach keiner, ihre stillen Augen irrten durch die Welt. Die Häuser von Lipce sah man kaum aus der Fülle der Gärten hervorragen, die goldene Kuppel des Kirchturms glitzerte im Sonnenschein, die grünen Felder schimmerten soweit das Auge reichen konnte; auf den Weiden am Wald sah man die zerstreuten Herden sich bewegen, und der Rauch von einem Feldfeuer schlängelte sich in einem bläulichen Streif himmelan; singende Kinderstimmen klangen herüber, und Weidenflöten tönten rings im Umkreis der im hellen Frühlingsglanz ruhenden Erde, so daß manch einen ein stilles Bedauern und ein Gefühl der Angst überkam und manch einer schwer aufseufzte und ängstlich nach den Feldern der Waldmeierei blickte.

»Vorwärts, es geht doch nicht um Spreu!« trieb sie Rochus an, da er wohl merkte, daß sie zu zögern begannen.

Sie wandten sich der Meierei zu auf einem mit Unkraut überwucherten Feldweg, der wie ein geblümtes Band zwischen den grünen Getreidefeldern lief; der spärliche Roggen war ganz blau vor Kornblumen, im verspäteten Hafer leuchtete der blühende Hederich gelb auf, die Weizenfelder waren ganz mit rotem Feldmohn durchsetzt, und die Kartoffeln sah man erst kaum. Man konnte die Vernachlässigung und den Verfall auf jeden Schritt merken.

»Einfach eine jüdische Wirtschaft, es tut einem weh, das mit anzusehen«, murmelte einer.

»Der schlechteste Bauer bestellt noch besser seinen Grund und Boden.«

»Und so einer, wenn er auch ein Gutsherr sein will, hat nicht mal eine Achtung vor der heiligen Erde.«

»Er saugt den Boden aus wie solch' einer, der von einer hungrigen Kuh noch Milch haben will; kein Wunder, daß der Boden da unfruchtbar geworden ist.«

Sie gingen jetzt über Brachland. Die versengten und halb zerstörten Wirtschaftsgebäude wuchsen schon ganz in der Nähe vor ihnen auf; ein fast gänzlich niedergebrannter Obstgarten mit hier und da noch aufragenden halbverkohlten Baumgerippen, die schmerzlich ihre kahlen Äste zum Himmel erhoben, umgab die Gesindehäuser, aus deren eingestürzten Dächern die Schornsteine aufstiegen. Vor den Häusern im mageren Schatten der toten Äste sah man eine Anzahl Menschen sitzen, das waren die Deutschen. Vor ihnen aus einer Schicht von Ziegelsteinen stand ein Faß Bier, und von einer der Haustüren kam das Spiel einer Flöte. Sie räkelten sich träge auf den Bänken und im Gras, ihre Röcke und Westen hatten sie ausgezogen, ihre Pfeifen hielten sie zwischen den Zähnen und nahmen hin und wieder einen Schluck aus den irdenen Töpfen, die vor ihnen standen; etliche Kinder spielten vor dem Haus, und in der Nähe weideten einige ansehnliche Kühe und Pferde.

Man mußte die Ankommenden bemerkt haben, denn plötzlich begannen sich die Deutschen rasch von ihren Plätzen zu erheben, die Augen mit den Händen zu beschatten und, ihnen entgegenspähend, etwas zu schreien; doch der Älteste rief ihnen scharf ein paar Worte zu, so daß sie sich sogleich wieder hinsetzten und ruhig weiter tranken; die Flöte stimmte eine noch süßere Melodie an, die Lerchen sangen ihnen fast über den Häuptern, und von den Getreidefeldern kam das ununterbrochene Zirpen zahlloser Grillen. Hin und wieder stieg der Lockruf einer Wachtel aus dem Korn; und obgleich die dürre Erde dumpf unter den Tritten der nahenden Männer dröhnte und die eisenbeschlagenen Stiefel gegen die Kieselsteine knirschten, blieben die Deutschen unbeweglich sitzen, als hätten sie nichts gehört und schienen sich nur an ihrem Bier und an der Süße der kühlen Abendluft zu laben.

Die Bauern kamen immer näher heran, sie gingen immer schwerfälliger und langsamer, ihre heftigen Atemzüge mühsam dämmend, aber um so fester ihre

Knüttel mit den Fäusten umspannend; ihre Herzen klopften stürmisch, und es lief ihnen heiß und kalt vor Erregung über den Rücken, die Kehle war ihnen wie zugeschnürt, sie reckten sich und starrten mit trotzig herausfordernden Blicken die Deutschen an; auf ihren starren Gesichtern lag eine strenge Verbissenheit und ein unnachgiebiger Entschluß.

»Gelobt sei Jesus Christus!« sagte Rochus auf Deutsch und blieb stehen, hinter ihm im Halbkreis nahmen die anderen Aufstellung, sich Schulter an Schulter drängend.

Die Deutschen antworteten einmütig, rührten sich aber nicht von ihren Plätzen; nur ein alter Graubart erhob sich und blickte etwas bestürzt auf die im Haufen Dastehenden.

»Wir sind in einer Angelegenheit zu euch gekommen«, fing Rochus wieder an.

»Dann mögen sich die Herren Hofbauern setzen; ihr seid aus Lipce, mein' ich, da können wir denn gut nachbarlich zueinander sprechen! Johann, Fritz, bringt mal Bänke her für die Herren Nachbarn.«

»Gott bezahl's, die Sache ist kurz, wir können stehenbleiben.«

»Sie muß nicht so kurz sein, wenn das ganze Dorf gekommen ist!« rief er auf polnisch.

»Weil es alle zugleich angeht.«

»Noch dreimal so viele sind zu Hause geblieben!« sagte Gschela mit Nachdruck.

»Ihr sollt uns willkommen sein. Da ihr aber als erste den Weg zu uns gefunden habt, so trinkt ihr vielleicht einen Krug Bier mit uns ... auf den nachbarlichen Frieden ... Schenkt ein, Jungen ...«

»Sauf' allein! Sieh mal, wie freigebig! Wir sind hier nicht hergekommen, Bier zu trinken!« schrien die Hitzigsten.

Rochus beruhigte sie mit seinen Blicken, und der alte Deutsche sagte hart:

»Also wir hören.«

Eine Stille entstand, man hörte nur das Schnaufen und kurze erregte Atemzüge; die Leute aus Lipce schlossen sich noch enger zusammen, und auch die Deutschen sprangen einmütig auf und traten ihnen im dichten Haufen entgegen; mit bösen, bohrenden Blicken starrten sie die anderen an, zerrten an ihren Bärten, plusterten sich auf und murmelten etwas vor sich hin.

Die Frauen sahen ängstlich durch die Fenster, die Kinder verbargen sich in den Hausfluren, und die großen fuchshaarigen Hunde, die an der Wand schliefen, richteten sich auf und fingen an zu knurren. So standen sie sich wohl ein gutes Ave lang stumm gegenüber wie Böcke, die mit rot angelaufenen Augen vor sich hinstieren, mit den Hufen aufstampfen, die Nacken vorrecken, die Köpfe senken und bereit sind, auseinander einzustürmen, bis Rochus schließlich das Schweigen unterbrach.

»Wir sind hier für das ganze Dorf, und zwar deswegen«, sprach er laut und vernehmbar in polnischer Sprache, »um euch auf gütlichem Wege zu bitten, ihr möchtet die Waldmeierei nicht kaufen ...«

»Jawohl! So ist es! Darum gerade!« bestätigten sie, mit den Knütteln zum Nachdruck aufstampfend.

Die anderen waren zunächst ganz starr vor Verwunderung.

»Was redet er denn? Was will er? Wir verstehen nichts davon!« murrten sie durcheinander, ohne begreifen zu können, was sie hörten.

Rochus wiederholte ihnen also nochmals auf deutsch, worum es sich handelte; und als er beendigt hatte, fuhr Mathias hitzig auf:

»Macht, ihr Pluderer, daß ihr euch zu allen Teufeln schert!«

Es schien, als ob sie sich auf den Sprecher stürzen wollten, als hätte man sie mit siedendem Wasser begossen; sie redeten wütend durcheinander, stampften zornig auf und schüttelten drohend die Fäuste. Manch einer wäre schon gern mit den Fäusten auf die Bauern losgesprungen, aber sie blieben immer noch wie eine unbewegliche Mauer stehen, mit drohenden Blicken die anderen durchbohrend; ihre Hände bebten, und sie bissen die Zähne fest zusammen.

»Seid ihr denn alle miteinander verrückt geworden?« rief der Alte, die Hände über dem Kopf zusammenschlagend. »Ihr wollt uns verbieten, daß wir hier Land kaufen! Warum denn? Und mit welchem Recht? ...«

Wieder setzte ihm Rochus in Ruhe alles auseinander, wie es sich gehörte; aber der Deutsche wurde ganz rot vor Zorn und schrie ihm zu:

»Das Land gehört dem, der dafür zahlt!«

»Das ist so nach eurer Ansicht, nach unserer ist es anders; es müßte dem gehören, der es braucht«, sagte Rochus feierlich.

»Auf diese Weise könnte man wohl umsonst dazu kommen, auf Räuberart?« spottete der andere höhnisch.

»Mit diesen zehn Fingern, das ist schon gut bezahlt!« antwortete ihm Rochus in demselben Ton.

»Dummes Gerede! Was sollen wir hier die Zeit mit Scherzen vergeuden, die Waldmeierei haben wir gekauft, sie gehört uns und bleibt in unserem Besitz; und wem das nicht gefällt, der kann mit Gott gehen und halte sich fern von uns. Na, was wartet ihr denn da noch? ...«

»Was? Um euch zu sagen: hütet euch, ihr da, unser Land zu nehmen!« brach Gschela los.

»Macht, daß ihr fortkommt, ehe wir euch davonjagen.«

»Solange wir noch nachbarlich darum ersuchen!« riefen die anderen.

»Ihr wollt uns drohen? Wir werden euch verklagen! Man findet schon ein Mittel gegen euch. Ihr habt noch nicht eure Strafe für den Wald abgesessen, da wird man euch noch was dazuzahlen, und ihr könnt es dann zusammen fertig machen!« höhnte der Alte; aber er bebte schon vor Wut, und die anderen konnten sich auch kaum noch zurückhalten.

»Verfluchtes Lausepack!«

»Räuber! Stinkende Hunde!« schrien sie in ihrer Sprache, dabei wie Vipern zischend, wenn sie getreten werden.

»Still da, Hundesöhne, wenn das Volk zu euch spricht!« fluchte Mathias los; aber sie ließen sich nicht dadurch schrecken und schrien immer lauter im ganzen Haufen näher rückend.

Rochus begann, eine Schlagerei befürchtend, seine Leute zurückzudrängen und zu beschwichtigen, aber sie versuchten, sich vorzudrängen und schrien durcheinander:

»Lang doch dem ersten da vom Rand gleich einen über den Schädel!«

»Etwas Blut müßte man ihnen abzapfen!«

»Lassen wir uns das gefallen. Jungen? Über das ganze Volk macht er sich lustig!«

»Sollen wir vielleicht nachgeben?« riefen die Bauern, einander anfeuernd und immer naher und drohender heranrückend, bis schließlich Mathias den Rochus beiseite schob, sich vor die Deutschen aufpflanzte und, wie ein Wolf mit den Zähnen blitzend, die Fäuste reckte und losbrüllte:

»Hört mal, ihr Deutschen! Wir haben zu euch auf menschliche, ehrliche Art und Weise gesprochen, und ihr droht mit Gefängnis und verhöhnt uns! Gut, jetzt wollen wir euch anders aufspielen. Wollt ihr keinen Frieden, dann sagen wir euch vor Gott und vor den Menschen wie unter einem Schwur, baß ihr auf der Waldmeierei nicht sitzen bleibt! Wir sind hier in Frieden gekommen, und ihr wollt Krieg! Ihr habt hinter euch die Gerichte und die Regierung und das Geld, und wir nur diese bloßen Fäuste ... Wir wollen sehen, wer von uns den andern unterkriegt! Und das will ich euch noch zugeben, merkt es euch ... das Feuer ergreift das Stroh, es frißt aber auch feste Mauern und das Getreide auf dem Feld ... das Vieh kann auf der Weide verrecken, und keiner ist sicher, daß ihn nicht was ankommt ... Es ist gut, daß ihr euch merkt, was ich euch sage: Krieg soll sein bei Tag und bei Nacht und an jeglichem Ort ...«

»Krieg! Krieg! So helfe uns Gott«, schrien sie alle zugleich los.

Die Deutschen griffen nach den Holzstangen, die an der Wand lagen, einzelne holten Gewehre hervor und hoben Steine auf, und die Frauen erhoben ein Geschrei.

»Einer soll nur schießen, und ich sage euch: die ganzen Dörfer laufen zusammen.«

»Schießt du, Pluderer, nur auf einen, dann schlagen dich die anderen wie einen räudigen Hund mit Stöcken zu Tode.«

»Fangt nicht an, verfluchte Schwaben,[8] ihr werdet den Bauern nicht standhalten.«

»Und euer Fleisch wird nicht einmal ein hungriger Hund fressen.«

»Rühr' mich nur an, du Pluderer, versuch's nur!« drohten sie keck und herausfordernd.

Sie standen sich schon ganz nahe gegenüber, stachen mit den Blicken aufeinander ein und stampften auf vor Wut, unter lautem Geschrei, mit Stöcken gegen die Stiefel schlagend, so daß Schimpfworte und Drohungen wie Steine hin und her flogen, und schon streckten sich die Krallen, um zuzugreifen; manch einer bebte schon vor Kampfeslust, als Rochus die Seinen abermals zurückdrängte. Sie wandten sich, nur unwillig zurückweichend, etwas seitwärts und achteten wachsam darauf, ihre Rücken zu decken, dabei immer hohnvollere Worte den anderen zurufend.

»Bleibt mit Gott, Schweinebrut!«

»Und wartet nur, bis euch der rote Hahn auf den Dächern krähen wird.«

»Wir sehen hier einmal ein, mit euren Jungfern zu tanzen!«

Rochus mußte sie beschwichtigen, denn sie waren ganz maßlos geworden in ihrer Ausfälligkeit.

---

8   *Schwabe*: Hat ungefähr den gleichen Sinn wie die deutsche Benennung Polack für Pole.

Dämmerung legte sich schon über das Land, die Sonne war untergegangen, ein frischer Wind strich über die Kornfelder, so daß sie, mit den Ähren rauschend, sich verneigten, silbriger Tau hing an den Gräsern, Pfeifentöne und Kindergeschrei schallten durchs Dorf, das Quarren der Frösche tönte von den Mooren, und ein stiller Abend voll lieblicher Düfte breitete sich über die Erde aus.

Die Bauern kehrten langsam heim, die aufgeknöpften Kapottröcke wehten wie weiße Flügel; sie gingen laut redend, blieben immer wieder stehen, einer stimmte sogar ein Liedchen an, so daß es im Forst widerhallte, andere pfiffen zufrieden vor sich hin, und sich nacheinander beredend ließen sie die heißen Blicke über die Felder der Waldmeierei gehen.

»Das Land kann leicht geteilt werden!« sagte der alte Klemb.

»Versteht sich, man könnte sich da Bauernwirtschaften wie Honigwaben herausschneiden, eine wie die andere und jede mit einem Stück Wiese und Weideland.«

»Wenn nur die Deutschen zurücktreten wollten!« seufzte der Schultheiß.

»Macht euch den Kopf nicht schwer, wir werden dafür sorgen, daß sie zurücktreten«, versicherte Matthias.

»Ich würde die Felder hier gleich an der Landstraße haben wollen«, murmelte Adam Pritschek.

»Und ich finde, die in der Mitte am Kreuz würden für mich passen«, sagte ein anderer.

»Ich würde die nach Wola zu gerne haben.«

»Verflucht noch mal, wenn man so die Gemüsebeete der Waldmeierei bekommen könnte!«

»So ein Schlaukopf, gleich das Beste möchte er haben!«

»Es reicht für alle ein Stück«, beruhigte Gschela, denn sie fingen schon an, miteinander zu streiten.

»Wenn sich der Gutsherr einverstanden erklärt und euch die Waldmeierei abgibt, dann wartet auf euch noch manche Mühe«, ließ sich Rochus vernehmen.

»Das kriegen wir schon, alles kriegen wir«, riefen sie freudig.

»Oha! Das ist nichts Schrecklicheres, auf dem Eigenen zu arbeiten!«

»Selbst mit allen Ländern des Gutshofs würden wir fertig werden.«

»Laß sie nur geben, dann werdet ihr schon sehen. Wie ein Baum würde man sich da in die Erde eingraben, laß dann einen kommen und sehen, ob er einen wieder ausreißt!«

Sie redeten eifrig miteinander, ihre Schritte beschleunigend, denn vom Dorf her tauchte schon eine Schar rennender Frauen auf.

* *
*

Es tagte schon, die ganze Welt hatte sich mit einem bläulichen Mehltau bedeckt, wie eine reife Pflaume, als Anna vor den Borynahof vorgefahren kam, der noch ganz schlafbefangen dalag; auf das scharfe Rollen des Wagens hin kamen die Kinder mit Geschrei herausgestürzt, und Waupa begann freudig zu bellen und die Pferde anzuspringen.

»Und wo ist denn Antek?« rief Fine, die, in der Tür stehend, sich den Beiderwandrock über den Kopf stülpte.

»In drei Tagen lassen sie ihn erst frei, er kommt ganz sicher«, antwortete sie gelassen, die Kinder küssend und die mitgebrachten Brezelchen unter sie verteilend.

Witek kam auch aus dem Stall gelaufen und hinter ihm drein das Füllen, das sich bebend an die Stute drängte. Pjetrek zog die Einkäufe aus dem Korbwagen hervor.

»Mähen sie denn schon?« fragte Anna, gleich an der Haustür niedersitzend, um dem Jüngsten die Brust zu geben.

Fünf Mann haben gestern mittag angefangen: der Philipp, der Raphus und der Kobus sind abarbeiten gekommen; den Adam von Klemb und den Mathias haben wir zugemietet.«

»Mathias Täubich, sieh mal an! ...«

»Jawohl, mir war es auch recht verwunderlich, aber er selbst wollte es so; er hat gesagt, daß er sich keinen Buckel holen will von der ewigen Zimmermeisterarbeit, darum wollte er sich das Rückgrat beim Mähen gerade recken.«

Jagna öffnete die Fenster auf ihrer Seite und sah hinaus.

»Schlafen der Vater noch?«

»Im Obstgarten liegt er, ich hab' ihn nicht hereingeholt für die Nacht, denn in der Stube ist es so heiß.«

»Wie geht es denn der Mutter?«

»Ganz wie vorher, vielleicht selbst ein bißchen besser, Ambrosius kuriert sie; gestern war auch der Schäfer aus Wola da, der hat sie beräuchert, hat ihr eine Salbe gegeben und hat gesagt, daß sie in neun Wochen wieder gesund sein wird, nur soll sie ihre Augen vor dem Tageslicht hüten.«

»Das ist wohl das beste für Verbrühung!« sagte Anna und fing an, das Kind noch an der Brust haltend, eifrig über die Neuigkeiten vom vergangenen Tage auszufragen; das dauerte aber nicht lange, denn es wurde schon vollends Tag, das Morgenrot erglühte am Himmel und begann in allen Farben zu spielen, der Tau tropfte von den Bäumen, die Vögel zwitscherten auf in ihren Nestern, und vom Dorf klang schon hier und da das Blöken der Schafe und das Brüllen der Viehherden, die auf die Weide getrieben wurden; man hörte auch von irgendwo eine Sense dengeln, so daß das leise scharfe Klirren hell durch die Luft klang.

Anna lief, kaum daß sie die Reisekleider abgetan hatte, nach Boryna; er lag mit einem Federbett zugedeckt in seinem Korbwagen unter den Bäumen und schlief.

»Wißt ihr!« flüsterte sie, ihn beim Arm zerrend, »in drei Tagen kommt Antek heim. Sie haben ihn nach dem Gouvernementsgefängnis gebracht. Rochus ist ihm mit Geld nachgefahren, wird dort die Bürgschaft hinterlegen, und sie kommen dann beide hierher.

Der Alte richtete sich plötzlich auf und rieb sich die Augen, es schien, als ob er hinhorchte, bald aber sank er wieder in die Kissen zurück; und nachdem er sein Federbett über den Kopf gezogen hatte, war er allem Anschein nach eingeschlafen.

Man konnte sich nicht mit ihm verständigen. Gerade um diese Zeit traten die Mäher in den Heckenweg.

»Bei den Kohlfeldern haben wir gestern die Wiese abgemäht«, erklärte Philipp.

»Dann geht's heute hinter den Fluß nach der Grenze zu, Fine wird es euch schon zeigen.«

»Ist das die in der Entenkuhle, das ist ein feines Stück.«

»Und das Gras geht einem da bis über den Gurt, dicht wie ein Wald ist es, da kann sich das Gras von gestern nicht bei sehen lassen.«

»War es denn so schlecht?«

»Versteht sich, fast ganz ausgedörrt, es war als hätte man eine Bürste zu mähen.«

»Wenn der Tau abtrocknet, dann könnte man heute das Heu etwas umwenden.«

Sie gingen weiter; und Mathias, der etwas lange seine Zigarette bei der Jaguscha angezündet hatte, folgte als letzter nach und sah sich noch immerzu gierig um, wie ein Kater, den man von der Milchschüssel weggejagt hatte.

Auch aus den anderen Häusern zogen die Mäher zahlreich ins Feld.

Die Sonne war gerade erst heraufgekommen, groß und rot erschien sie am Himmelsrand, und der Tag schickte sich an, heiß zu werden.

Die Mäher gingen im Gänseschritt hinter Fine her, die eine lange Stange trug; einige murmelten noch ihre Morgengebete, die anderen reckten ihre Glieder und rieben sich den Schlaf aus den Augen, und hin und wieder sprach einer ein Wort; sie bogen hinter der Mühle ab. Auf den Wiesen lagen dicht über der Erde dünne Nebelstreifen, Erleninseln waren wie Rauchgebilde darüber ausgestreut, und durch seinen bläulichen Flor blitzte hin und wieder der Fluß auf, die betauten Gräser standen gebeugt da, Kiebitze klagten irgendwo, und vom glühenden Osten kam es wie ein Duft von feuchten Blüten.

Fine brachte sie bis an den Grenzrain, maß die väterliche Wiese ab, und nachdem sie auf der Grenze die Stange aufgesteckt hatte, rannte sie zurück.

Sie warfen ihre Spenzer ab, krempten die Hosen bis an die Knie hoch und stellten sich nebeneinander auf, dann stemmten sie ihre Sensenstöcke gegen den Boden und begannen mit den Wetzsteinen über die Sensen zu streichen.

»Üppiges Gras, der reine Pelz, manch einer wird dabei ordentlich schwitzen müssen«, sagte Mathias, sich als erster in der Reihe aufstellend und die Sense zur Probe schwingend.

»Hoch und dicht, na, die werden hier schön Heu ernten können!« sagte der zweite, sich neben ihm aufpflanzend.

»Wenn sie es nur trocken einkriegen«, sagte der dritte, und sah zum Himmel empor.

»Geht der Bauer seine Wiese mähn, kann jedwedes Weib Regen erflehn!« lachte der vierte.

»Das war so in anderen Jahren, aber nicht in diesem! Los, Mathias!«

Sie bekreuzigten sich. Mathias zog seinen Gurt fester, spreizte die Beine, beugte die Schultern vor, spuckte in die Hände, holte tief Atem und ließ in einem breiten Schwung seine Sense sausen, Schwaden neben Schwaden legend; und hintennach folgten die anderen, etwas in schräger Linie zurückbleibend, um einander nicht die Beine zu verletzen; sie taten dasselbe und fraßen sich jeder für sich in die nebelumflorte Wiese ein, mit einem gleichmäßigen und ebenen Schwung der Sensen das Gras niederstreckend; die kalten Schneiden fuhren aufblitzend durch die Luft, und die Gräser sanken schwer nieder, sie mit Tau wie mit Tränen benetzend.

Ein Lüftlein hatte begonnen, über das Gras hinzustreichen, die Kiebitze schrien immer klagender über ihnen, manchmal flogen Rebhühner unter ihren Füßen auf; sie aber mähten unermüdlich, sich von rechts nach links wiegend, und nahmen von der Wiese Zoll für Zoll Besitz; nur hin und wieder blieb einer stehen, um die Sense zu dengeln oder sein Rückgrat gerade zu recken, und wieder mähte er eifrig drauflos, immer längere Schwaden hinter sich lassend.

Ehe sich die Sonne über das Dorf erhoben hatte, ächzten schon alle Wiesen unter den Sensen, überall mähte man, überall blitzte der bläuliche Stahl, erklang aufknirschendes Dengeln, und von überall stieg ein starker Duft von welkenden Gräsern empor.

Das Wetter war wie abgepaßt für eine Heuernte, denn obgleich eine alte Regel sagt: »Fang' nur an, das Heu zu mähen und gleich wird Regen niedergehen!« war in diesem Jahr alles wie umgewechselt. Anstatt der Regenfälle kam Dürre.

Die Tage standen ganz in Tau gebadet auf und waren doch glühend heiß wie ein Fieberkranker und legten sich glutatmend in den Schoß der Abende, die Bäche und Brunnen fingen schon an auszutrocknen, und das Getreide wurde gelb, die Knollenfrüchte dorrten; Ungeziefer war über die Obstgärten gekommen, die Frucht fiel von den Bäumen, die Kühe verloren die Milch, da sie hungrig von den sonnenverbrannten Weideplätzen heimkehrten; und im Weidewald erlaubte der Gutsherr nur denen zu weiden, die fünf Rubel Weiderecht für jedes Stück Vieh bezahlt hatten.

Natürlich konnten nicht alle so viel bares Geld hinschmeißen.

Aber auch ohnedem wurde die Vorerntezeit eine immer schwerere, besonders für die Kätner und für das andere arme Volk.

Man rechnete darauf, daß zu Johanni Regenfälle kommen würden und daß sich dann in den Feldern alles aufbessern sollte, man hatte selbst daraufhin eine Messe lesen lassen, was jedoch nichts helfen wollte, denn die Dürre dauerte an.

Manch einer hatte nichts mehr, in die Töpfe zu tun; dafür gab es keinen Mangel weder an Zänkereien noch an Unfrieden und Klagen. Vielleicht niemals, so weit auch die Ältesten zurückdenken konnten, gab es in Lipce so viele Gerichtsfälle; man sorgte sich um den Prozeß wegen des Waldes, die verschiedenen Streiche des Schulzen waren der Anlaß zu allerhand Zänkereien, dann hatte man auch den Streit der Dominikbäuerin mit ihrem Sohne, die Deutschen, zuletzt auch noch lauter kleinere Sachen, nachbarliche Streitigkeiten und dergleichen; es gab so viel davon, daß man fast die eigene Not vergaß und in einem ständigen Klatsch und Gezänk lebte wie in einem brodelnden Kessel.

Es war auch kein Wunder, daß die Menschen aufatmeten, als die Heuernte kam; das ärmere Volk hatte sich bald über die Herrenhöfe zerstreut, um Erwerb zu suchen; und die Hofbauern griffen, ohne sich viel um Neuigkeiten zu kümmern, freudig zu den Sensen.

Nur die Deutschen hatte man nicht vergessen, denn alltäglich rannte einer nach der Waldmeierei, um auszukundschaften, was sie dort machten.

Sie saßen noch immer da, hatten aber aufgehört den Brunnen zu graben und Steine für die Fundamente zusammenzufahren; und eines Tags sagte der Schmied, die Deutschen hätten den Gutsherrn wegen des Geldes und Lipce wegen Ruhestörung verklagt.

Man lachte weidlich darüber.

Gerade heute, während des Mittagessens auf den Wiesen erzählte man davon recht ausführlich.

Es war ein heißer Mittag gekommen; die bis zur Weißglut erhitzte Sonne stand gerade über den Häuptern, der in einen weißlichen Dunst gehüllte Himmel wölbte sich tief über der Erde, die Glut strömte wie aus einem gewaltigen Ofen, nicht der leiseste Windzug war zu spüren; die Blüten hingen wie welk herab die Vögel schwiegen, und alle Dinge warfen magere und kurze Schatten, ohne imstande zu sein, gegen die Glut zu schützen; es war drückend schwül, nur von den Schwaden kam der scharfe, frische Duft der verwelkenden Gräser; die Getreidefelder, die Gärten und die Häuser waren von einem grellen Licht umflossen – es war als ob alles in der heißen flimmernden Luft zu schmelzen begonnen hätte, und selbst der Fluß rann träger und stiller dahin. Über den gleißenden Gewässern lag ein feiner Glast, das Wasser war so durchsichtig, daß man jeden Gründling unter der wie faserig gestreiften Oberfläche sehen konnte, daß jeder Kieselstein auf dem sandigen Grund und jeder im durchleuchteten Schatten der Uferbucht wühlende Krebs klar zu sehen war. Stille spann sich über der Erde in einem sonnigen einschläfernden Gespinst dahin, und nur die Fliegen summten noch um die Menschen herum.

Die Mäher saßen dicht am Fluß im Schatten einiger hochgewachsener Erlen und löffelten aus ihren Zweierkrügen das Mittagessen. Dem Mathias hatte Nastuscha seins gebracht, während Anna und Gusche den Tagelöhnern das Essen hergetragen hatten; sie setzten sich zu den Männern ins Gras mitten in den Sonnenschein, zogen die Kopftücher tiefer ins Gesicht und hörten neugierig zu.

»Ich habe es von Anfang an immerzu gesagt, daß die Deutschen, wenn nicht heute, dann morgen abziehen müssen!« sagte Mathias, seinen Topf auskratzend.

»Der Pfarrer meint dasselbe!« pflichtete ihm Anna bei.

»Und es wird zuletzt so kommen, wie es dem Gutsherrn paßt«, knurrte der Kobus bissig und streckte sich unter einem Baum lang aus.

»Wie ist mir bloß, die sind ja vor eurem Geschrei nicht mal davongelaufen – haben sie denn gar keine Angst gekriegt?« warf Gusche auf ihre Art ein, worauf sich einer von den Männern vernehmen ließ:

»Der Schmied hat gestern gesagt, daß der Gutsherr sich mit uns einigen wird.«

»Es nimmt mich nur wunder, daß der Michael jetzt zum Dorf hält.«

»Er riecht da einen guten Braten für sich«, zischte die Alte hervor.

»Auch der Müller soll sich beim Gutsherrn für das Dorf verwendet haben.«

»Alle sind sie jetzt für uns, so'n Wohltäterpack!« sagte Mathias. »Ich will es euch sagen, warum sie zu uns halten: dem Schmied hat der Gutsherr gut was in die Hand versprochen, wenn er das macht, daß Lipce sich mit ihm einigt, und der Müller hat Angst gekriegt, daß die Deutschen auf dem Hügel beim Kreuz eine Windmühle bauen; der Jankel hilft auch dem Volk, weil er fürchtet, daß man ihm die Haut über die Ohren zieht; er weiß gut, daß von den Deutschen kein Jude leben kann.«

»Dann muß auch der Gutsherr vor den Bauern Angst gekriegt haben, wenn er Frieden machen will.«

»Ihr habt's geraten, Mutter, der hat die größte Angst, das will ich euch gleich auseinandersetzen ...« Doch mitten im Reden unterbrach sich Mathias, denn vom Dorf her sah man den Witek rennen.

»Bäuerin, kommt doch schnell!« schrie er schon von weitem.

»Was ist denn geschehen? Brennt es, oder was?« Sie war angstvoll aufgesprungen.

»Das ist ... der Hofbauer schreien so! ...«

Sie rannte davon, ohne begriffen zu haben, was geschehen war.

Matheus war schon von frühem Morgen an seltsam gewesen, hatte vor sich hingequäst und in einem fort irgend etwas gemurmelt, wollte sich immerzu auf seinem Lager aufrichten und suchte etwas um sich, so daß Anna, als sie nach den Wiesen ging, der Fine befohlen hatte, auf ihn mehr Obacht zu geben. Diese sah denn auch öfters nach ihm; doch er lag ganz ruhig da. Erst während des Mittagessens hatte er plötzlich angefangen, immerzu zu schreien.

Als Anna angerannt kam, saß er auf dem Rand seines Wagens und rief:

»Wo habt ihr meine Stiefel hingetan! Rasch her damit.«

»Gleich wird man sie aus der Kammer bringen, gleich«, beruhigte sie ihn erschrocken, denn er rollte drohend die Augen und schien ihr ganz bei Bewußtsein.

»Ich hab' die Zeit verschlafen«, er gähnte breit auf. »Es ist schon heller Tag, und ihr schlaft hier noch. Laß Jakob die Eggen bereiten, wir wollen zum Säen ausfahren«, befahl er.

Sie standen um ihn, ohne zu wissen, was sie tun sollten, denn plötzlich beugte er sich vornüber und schien zusammenbrechen zu wollen.

»Hab' keine Angst, Hanusch ... ich bin nur schwach geworden ... Der Antek ist im Feld, was? Im Feld?« wiederholte er, als sie ihn wieder auf dem Federbett zurechtgelegt hatten.

»Jawohl ... vom frühen Morgen an ...« stotterte sie aus Angst, ihm zu widersprechen.

Er sah sich scharf um und redete in einem fort; aber immer wieder entfuhren ihm zwischen einigen klar gesprochenen Worten unvernünftige Reden, er versuchte immer wieder aufzustehen, wollte sich ankleiden und rief abermals nach seinen Stiefeln; dann griff er sich an den Kopf und stöhnte so furchtbar, daß es auf der Dorfstraße zu hören war. Anna, in der Meinung, daß sein Ende nahe sei, ließ ihn ins Haus tragen und schickte gegen Abend nach dem Priester.

Er kam bald mit dem Leib des Herrn; aber nur die letzte Ölung konnte er ihm noch verabfolgen.

»Mehr braucht er nicht, jeden Augenblick muß er wegsterben«, sagte er.

Am Abend kamen viele Menschen hin, denn es war als ob Boryna sterben sollte, Anna steckte ihm selbst eine Totenkerze in die Hand; aber er beruhigte sich allmählich und schlief ein.

Am nächsten Tag war es ebenso, erkannte die Menschen, redete ganz bewußt und lag dann wieder ganze Stunden lang wie ein Toter. Die Schmiedin saß bei ihm, ohne auf einen Augenblick von seinem Lager zu weichen, und Gusche wollte ihn beräuchern.

»Laßt das, ihr werdet noch Feuer machen«, knurrte er sie ganz unerwartet an; und als mittags der Schmied angerannt kam und ihm unter die gesenkten Augenlider zu sehen versuchte, sagte er mit einem eigentümlichen Lächeln:

»Sorg' dich nicht, Michael ... ich geh' euch jetzt schon ein ... ganz gewiß recht bald ...«

Er wandte sich nach der Wand ab und sagte nichts mehr; aber da man sah, daß er immer schwächer wurde und immer mehr zusammenfiel, so bewachte man ihn eifrig, und besonders war es die Jaguscha, mit der jetzt allerhand Seltsames vor sich ging.

Sie hörte plötzlich auf, sich um die Mutter zu kümmern, hatte sie ganz dem Jendschych überlassen und blieb, ohne sich von der Stelle zu rühren, bei ihrem Mann sitzen.

»Ich will selbst auf ihn Obacht geben, das ist mein Recht!« sagte sie zu Anna und der Schmiedin mit solcher Entschiedenheit, daß sie sich nicht mehr widersetzten, um so mehr, da jede genug eigene Arbeit hatte.

Sie ging nicht mehr aus dem Haus, ein dumpfer Schreck hielt sie wie festgebannt; sie wäre nicht fähig gewesen, wie früher, den Alten im Stich zu lassen.

Indessen war das ganze Dorf auf den Wiesen beschäftigt, die Heuernte war im vollen Gange vom ersten Morgengrauen an; sobald das früheste Morgenrot den Himmel färbte, zogen alle hinaus, und Reihen von Männern, die Rock und Weste abgelegt hatten, stellten sich wie Störche in den Wiesen auf, wetzten die Schneiden ihrer Sensen, ließen den Stahl aufblitzen und mähten eifrig ganze Tage lang, sodaß man nichts als den metallischen Klang des Dengelns und die Liedlein der harkenden Mädchen vernahm. Die grünen, duftigen Wiesenflächen wimmelten vor Menschen, waren voll klirrender Laute und heller Stimmen, gestreifte Hosen und rote Beiderwandröcke flimmerten von überallher; lautes Singen stieg auf, die Sensen klangen und frohes Gelächter trillerte durch die Luft, überall schaffte man eifrig und froh. Und jeden Abend, wenn die rote Sonne sich über die Wälder senkte und die Lust voll Vogelstimmen war, wenn die Getreidefelder und die Gräser von Grillengezirp erbebten und die Moore vom Quarren der Frösche widerhallten, wenn ringsum Düfte aufquollen, als wäre die ganze Erde ein Weihrauchbecken, und die schwerbeladenen, hochgetürmten Heuwagen über die Feldwege wankten, kehrten die Mäher mit Gesängen heim. Auf den gelblichen, abgemähten Flächen aber breiteten sich Heuhaufen und Schober in dichten Scharen aus, wie selbstbewußte Gevatterinnen, die sich zueinander zu einem vertraulichen Gespräch zusammengefunden hatten; und dazwischen stapften die Störche, die Kiebitze kreisten klagend darüberhin und weiße Nebel kamen von den Mooren über sie gekrochen.

Durch die offenstehenden Fenster des Borynahofes drangen all die frohen Stimmen des Lebens und der Arbeit herein, die von draußen mit den Weihrauchdüften der

Getreidefelder, mit dem Atem der Wiesen und dem warmen Dunst der Sonne kamen. Jaguscha aber war gegen alles taub.

In der Stube herrschte Totenstille, durch die Büsche vor den Fenstern, die einen Schutz gegen die Hitze boten, drang nur eine grünliche, einschläfernde Dämmerung herein, man hörte die Fliegen summen, und Waupa, der bei seinem Herrn Wache hielt, gähnte hin und wieder und stand auf, um an Jaguscha vorüberzustreichen, die ganze Stunden lang ohne Bewegung und ohne einen Gedanken fassen zu können dasaß.

Matheus redete nicht mehr und stöhnte nicht, er lag ganz still und ließ nur seine Blicke durch die Stube schweifen: seine hellen, wie Glaskugeln schimmernden Augen folgten ihr eigensinnig auf Schritt und Tritt und durchdrangen sie wie kalte Dolche.

Vergeblich wandte sie sich weg, vergeblich wollte sie vergessen: sie starrten sie aus jedem Winkel an, schwebten vor ihr in der Luft und funkelten grausig und lockten so unwiderstehlich, daß sie sich ihrem Willen fügen mußte, um in ihren Anblick zu versinken wie in zwei bodenlose Abgründe.

Und manchmal flehte sie kläglich, als wäre sie plötzlich aus einem furchtbaren Traum erwacht:

»Schaut doch nicht so, ihr zieht mir die Seele aus dem Leib, schaut nicht so!«

Er mußte es verstanden haben, denn er erbebte; sein Gesicht verzerrte sich wie in einem stummen Schrei, die Augen starrten noch grausiger, und über die bläulichen Wangen rollten die Tränen in großen Tropfen.

Sie lief dann weg, das Entsetzen jagte sie davon, und sie blickte zwischen den Bäumen hindurch auf die Wiesen, die voll Menschen und froher Stimmen waren.

Weinend wandte sie sich von dannen.

Sie schlug den Weg nach der Mutter ein; aber kaum hatte sie den Kopf in die dunkle Stube gesteckt, kaum hatte sie der Geruch der Arzneien getroffen, als sie sich eiligst wieder zurückzog.

Und dann weinte sie wieder.

Oder sie ging vors Haus und ließ die Augen sehnsuchtsvoll durch die Weite irren, um dann um so kläglicher und schmerzvoller zu schluchzen und trostlos zu sein, wie ein Vogel mit gebrochenen Flügeln, den der Schwarm verlassen hat.

Und so verging Tag auf Tag, ohne jegliche Änderung. Anna hatte wie alle anderen immerzu mit der Heuernte zu tun und war erst am dritten Tag von morgen an zu Hause geblieben.

»Heut ist Sonnabend, da kehrt der Antek sicher heim!« sagte sie freudig, das Haus zum Empfang des Mannes herrichtend.

Es ging schon auf den Nachmittag zu, und er war immer noch nicht da. Anna war bis hinter die Kirche hinausgeeilt und hatte selbst auf dem Pappelweg gespäht, nirgendwo war was zu sehen, überall war es still und leer.

Die Leute beeilten sich mit dem Einfahren, denn ein Witterungswechsel schien bevorzustehen, die Hähne krähten, die Sonne brannte noch ärger, und strichweise zogen schwere Hagelwolken vorüber, ein Wind war aufgekommen und wehte, ohne eine bestimmte Richtung beizubehalten.

Man erwartete ein Gewitter, aber es kam nur ein kurz andauernder Platzregen, den in einem Nu die ausgedörrte Erde eingesaugt hatte; der einzige Vorteil, den man von ihm hatte, war, daß die Luft etwas frischer geworden war.

Ein etwas kühler Abend war daraus gekommen, es duftete nach frischem Heu und nach feuchter Erde; die Wege lagen im dichten Dunkel, denn der Mond war noch nicht aufgegangen, und an dem schwarzen Himmel glimmten vereinzelt wie goldene Nägel ein paar Sterne; die Lichter der Hütten glühten wie Johanniswürmchen durch die Obstgärten und sammelten sich im Weiher. Überall vor den Häusern aß man das Abendbrot, irgendwo spielte einer auf der Schalmei und ein Lachen klang öfters von hier und da hell durch die Dämmerung herüber. Die Nachtigallen fingen an zu singen, die Felder hallten von Grillengezirp wider, und die Wachteln ließen sich aus der Ferne vernehmen.

Bei den Borynas aß man ebenfalls draußen, es ging dort laut und lebhaft zu, denn Anna hatte, da sie mit dem Mähen fertig geworden waren, alle eingeladen und ein reichliches Abendessen zurechtgemacht; es duftete nach Rührei mit Schnittlauch, man hörte das eifrige Klappern der Löffel, und jeden Augenblick ließ sich die schrille Stimme der Gusche vernehmen, immer wieder begleitet von einem lauten Gelächter; Anna legte fleißig aus den großen Kochtöpfen Essen zu, lud ein und bat, man möchte ordentlich zulangen. Mit ganzer Seele horchte sie aber auf jedes Geräusch hin, das von der Straße kam und lief immer wieder in den Heckenweg, um hinauszuspähen.

Doch von Antek war keine Spur zu sehen, sie stieß nur auf Therese, die an einem Zaun lehnte und auf jemand zu warten schien.

Mathias, der mit Jaguscha, die heute besonders brummig und unwillig war, nicht fertig werden konnte, fing an, aus Wut mit Pjetrek zu zanken, als Jendschych angerannt kam, um der Schwester zu sagen, die Mutter verlangte nach ihr.

Bald gingen alle auseinander, nur Mathias zögerte etwas lange und machte sich erst in einem guten Paternoster davon.

Nach einer Weile trat wieder Anna hinaus und spähte vergeblich ins Dunkel; da traf Mathias' zornige Stimme, irgendwo vom Weiher herkommend, ihr Ohr.

»Was rennst du mir nach wie ein Hund ... ich lauf' dir doch nicht weg ... Sie tragen uns doch schon genug auf den Zungen herum ...« Und dann fügte er noch mehr Unangenehmes hinzu, und als Antwort kamen schluchzende Worte und ein heftiges Weinen.

Doch das rührte Anna nicht, sie wartete auf ihren Mann, was konnten sie da fremde Angelegenheiten angehen? Gusche machte die abendlichen Besorgungen, und das Kind fing an zu greinen; Anna nahm es auf die Arme, wiegte es hin und her und ging, bei dem Kranken einzusehen.

»Der Antek muß jeden Augenblick kommen!« rief sie von der Schwelle.

Boryna lag da, in das Lämpchen starrend, das über dem Herd glimmte.

»Heute haben sie ihn freigelassen, der Rochus wartet auf ihn«, wiederholte sie dicht an seinem Ohr, mit freudigen Blicken erwartungsvoll seine Augen prüfend, um zu sehen, ob er was begriffen hatte; doch scheinbar drang auch diese Nachricht nicht mehr bis zu seinem Gehirn durch, denn er rührte sich nicht einmal und sah sie nicht an.

»Vielleicht tritt er schon ins Dorf ... vielleicht schon ...« dachte sie, jeden Augenblick vors Haus laufend, so sicher war sie, daß er kommen müßte, und so durchbebt von der Erwartung, daß sie fast das Bewußtsein dessen verlor, was mit ihr vorging; sie lachte laut bei dem geringsten Anlaß, führte Selbstgespräche und taumelte wie eine Trunkene. Der Dunkelheit vertraute sie ihre Hoffnungen an und sagte es selbst dem Vieh beim Melken – alle sollten es wissen, daß der Hausherr heimkehrte.

Und sie harrte von Stunde zu Stunde, zuletzt schon nur mit dem Rest ihrer Kraft und ihrer Geduld.

Es wurde schon Nacht, das Dorf ging zur Ruhe. Jaguscha, die von ihrer Mutter heimgekehrt war, hatte sich gleich zu Bett gelegt, und bald schlief das ganze Haus; aber Anna lauerte noch bis tief in die Nacht vor dem Haus; bis sie ganz erschöpft und verheult, nachdem sie die Lichter ausgelöscht hatte, ebenfalls zur Ruhe ging.

Die ganze Welt versank in das tiefe Schweigen des Schlummers.

Im Dorf waren die Lichter eins nach dem andern erloschen wie Augen, die der Schlaf verschließt.

Der Mond kam über den dunkelblauen Himmel, der mit Sternengeflimmer besät war, heraufgerollt, stieg immer höher, wie ein Vogel, den durch eine weite dunkle Wüste seine silbrigen Flügel tragen, die Wolken schliefen hier und da, zu duftigen weißen Ballen zusammengerollt.

Auf Erden aber legte sich die ganze müde Kreatur zum stillen, süßen Schlaf nieder; nur ein Vogel ließ noch hier und da seine rieselnde Liederflut quellen, traumbefangen murmelte das Wasser, und die Bäume, die im Mondlicht badeten, erschauerten hin und wieder, als träumten sie vom gewesenen Tage; manchmal knurrte ein Hund auf oder eine vorbeiflatternde Fledermaus klappte mit den Flügeln, und kriechende Dünste fingen allmählich an, die Erde sorgfältig zuzudecken – ihre müde Mutter Erde.

Aus der Nähe der kaum sichtbaren Häuserwände und aus den Obstgärten kamen friedliche Atemzüge, die Leute schliefen unter freiem Himmel, sich arglos der Nacht anvertrauend.

Auch über Borynas Stube lag eine schlafbefangene Stille, das Heimchen zirpte hinterm Herd, und Jaguschas Atemzüge gingen wie die Flügel eines Falters.

Die Hähne fingen zum erstenmal an zu krähen, als sich plötzlich Boryna auf seinem Lager bewegte, wie wenn er wach werden wollte; es war gerade zu der Zeit, daß das Mondlicht die Fensterscheiben streifte und auf sein Gesicht einen silbernen Schimmer legte.

Boryna setzte sich aufrecht im Bett, mit dem Kopf nickend, und seine Gurgel ging mühsam auf und ab; er wollte etwas sagen, aber es gurgelte ihm nur irgendein Ton im Hals.

Er saß so ziemlich lange und sah sich geistesabwesend um, und hin und wieder scharrten seine Finger im Licht, als wollte er diesen flimmernden Bach, der gegen seine Augen anbrandete, zusammenraffen.

»Es tagt ... es ist Zeit ...« murmelte er schließlich und ließ seine Füße zur Erde herabgleiten.

Dann sah er durchs Fenster, als wäre er aus einem tiefen Schlummer erwacht, und es schien ihm, daß es schon heller Tag wäre, daß er sich verschlafen hätte und wichtige Arbeit auf ihn wartete.

»Zeit aufzustehen ...« wiederholte er, sich mehrmals bekreuzigend und ein Gebet beginnend, er sah sich gleichzeitig nach seiner Kleidung um und langte nach den Stiefeln, dahin wo sie für gewöhnlich standen; aber da er nichts gefunden hatte, vergaß er wieder, was er wollte und tastete hilflos mit seinen Händen um sich, sein Gebet zerriß, und nur einzelne Worte lallte er mit klangloser Stimme.

Plötzlich ballten sich in ihm verworrene Erinnerungen an verschiedene Feldarbeiten und an frühere Geschehnisse zusammen, dann wieder kam etwas über ihn wie ein Widerhall dessen, was während seiner Krankheit um ihn herum geschehen war, es kam in winzigen Fetzen, dämmerte in blassen Bildern und halb verwischten Gebärden in ihm auf, roh wie die Schollen eines umgepflügten Stoppelfeldes, und erwachte jetzt plötzlich, ballte sich zu einem dunklen Wollen in seinem Gehirn zusammen und drängte in die Welt hinaus, so daß er jeden Augenblick hinter irgendeinem Gesicht her war; ehe er es jedoch ergreifen konnte, zerfiel es in seiner Erinnerung wie modriges Gewebe; seine Seele taumelte wie eine Flamme ohne Nahrung.

Er wußte nur wohl das, was verdorrende Bäume beim Frühlingserwachen fühlen, daß es Zeit ist, aus der winterlichen Erstarrung zu erwachen, daß es Zeit ist, die angestauten Triebe schießen zu lassen, mit den Winden aufzurauschen im seligen Lebenssang, und die dabei doch nicht wissen, daß ihr Träumen und Beginnen nutzlos und vergeblich ist ...

Wenn er also etwas unternahm, so tat er es wie ein Pferd nach Jahren des Trottens in einer Tretmühle, das selbst in Freiheit aus Gewohnheit sich in einem zu im Kreise bewegt.

Er öffnete das Fenster und sah hinaus, dann guckte er in die Kammer und fing zuletzt nach einer langen Überlegung an, auf dem Herd herumzuscharren; dann ging er, so wie er dastand, barfuß und im Hemd, zur Tür hinaus.

Die Haustür stand offen, das Mondlicht übergoß den ganzen Flur und an der Schwelle schlief Waupa, zu einem Knäuel zusammengerollt; das Geräusch der nahenden Schritte ließ ihn aufwachen, er fing an zu knurren; als er aber den Hofbauer erkannte, folgte er ihm nach.

Matheus blieb vor dem Hause stehen, kratzte sich hinterm Ohr und sann angestrengt nach, welche eilige Arbeit auf ihn wartete.

Der Hund sprang ihn freudig an, so daß er ihn, wie es seine Gewohnheit war, zu streicheln begann, um dann wieder besorgt in die Welt zu blicken.

Es war taghell, der Mond erhob sich schon über das Haus, so daß ein bläulicher Schatten von den weißen Wänden glitt, das Wasser des Weihers gleißte wie ein Spiegel; das Dorf lag im tiefen Schweigen, nur die Vogelstimmen sangen leidenschaftlich aus den Büschen.

Plötzlich kam ihm eine Erinnerung, denn er wandte sich rasch dem Hof zu. Alle Stalltüren standen offen, die Burschen schnarchten an der Scheunenwand, er sah in den Stall hinein, beklopfte die Pferde, so daß sie aufwieherten; dann steckte er den Kopf in den Kuhstall, die Kühe lagen in einer Reihe, man konnte nur die Rücken im Mondlicht sehen; danach wollte er einen Wagen aus dem Schuppen hervorziehen, er griff sogar nach der hervorstechenden Deichsel; als er aber eine Pflugschar an der Wand des Schweinestalls blinken sah, eilte er dahin, er vergaß es unterwegs jedoch wieder.

Mitten auf dem Hof blieb er stehen und sah sich nach allen Seiten um, denn es war ihm, als riefe man ihn von irgendwo.

Der Brunnenschwengel ragte vor ihm hoch in die Luft und warf einen langen Schatten über den Hof.

»Was soll?« fragte er und horchte auf Antwort.

Der Obstgarten, der wie von Lichtstreifen zerschnitten war, versperrte ihm den Weg, die silbrigen Blätter schienen ganz leise etwas zu raunen.

»Wer ruft mich da?« dachte er und tastete sich zwischen den Baumstämmen hindurch.

Waupa, der ihm in einem fort folgte, winselte auf, so daß er stehenblieb, tief aufseufzte und mit zufriedener Stimme sagte:

»Das ist wahr, mein Hündchen, es ist Zeit zu säen.«

Aber sogleich hatte er auch das wieder vergessen; es zerrann ihm alles in der Erinnerung wie trockener Sand zwischen den Fingern; doch immer neue Erinnerungen trieben ihn weiter, er verwickelte sich in diese Täuschungen wie eine Spindel sich mit Garn umwickelt und immerzu geschäftig zu fliehen scheint, aber dennoch auf derselben Stelle bleibt.

»Versteht sich ... es ist Zeit zu säen ...« sagte er abermals und wandte sich rasch gehend am Schuppen entlang durch einen Heckenweg, der aufs Feld führte; er stieß auf den unglückseligen Schober, der im Winter niedergebrannt war und den man jetzt neu errichtet hatte.

Er wollte ihm zunächst ausweichen, aber plötzlich sprang er zurück, für einen Augenblick kam Klarheit über ihn, wie ein Blitz durchzuckte ihn die Erinnerung; er riß einen Pflock aus der Umzäunung und, ihn mit beiden Händen wie eine Mistgabel greifend, stürzte er mit einem drohenden Gesicht auf die Pfähle des Gebäudes los, bereit zu schlagen und zu morden; doch ehe er zum Stoß ausholen konnte, ließ er hilflos seinen Stock aus den Händen gleiten.

Hinter dem Schober am Weg neben dem Kartoffelfeld zog sich ein langer Streifen Ackerland, er blieb davor stehen und maß ihn mit seinen erstaunten Augen.

Der Mond hatte schon die Hälfte des Wegs am Himmel zurückgelegt, das Land badete im nebligen Licht und lag tauig da wie in die Stille hinaushorchend.

Ein undurchdringliches Schweigen kam von den Feldern, die umflorten Weiten verbanden Erde und Himmel, von den Wiesen krochen weiße Nebel auf und breiteten sich wie Gespinste über die Getreidefelder aus, sie wie mit einem warmen Pelz umhüllend.

Die hochaufgeschossene, grünliche Roggenwand beugte sich über den Feldrain unter der Last ihrer rostgelben Ähren, der Weizen stand schlank und trotzig, und seine dunklen Grannen gleißten, der Hafer und die Gerste, die sich kaum erst zu einem dichten Teppich ausgewachsen hatten, grünten wie Wiesen aus den fahlen Hüllen der lichtbeschienenen Nebel.

Zum zweitenmal krähten schon die Hähne, es war noch Nacht. Die vom tiefsten Schlummer umfangenen Felder atmeten leise raunend, wie von einem Widerhall der Tagesmühen und Sorgen durchzuckt – so atmet die Mutter, wenn sie sich inmitten ihrer Kinder niedergelegt hat, die vertrauensvoll an ihrer Brust schlummern.

Boryna kniete plötzlich auf dem Ackerbeet nieder und fing an, in das ausgebreitete Hemd Erde aufzunehmen, als wäre es Saatkorn aus einem bereitgestellten Sack, bis er, nachdem er so viel Erde zusammengescharrt hatte, daß er sie kaum schleppen konnte, sich emporrichtete, das Zeichen des Kreuzes machte, den Schwung des Armes versuchte und zu säen anfing ...

Er beugte sich unter der Last etwas vor und ging langsam Schritt für Schritt, die Erde über die Ackerbeete mit einer segnenden Gebärde im Halbkreis aussäend.

Waupa folgte ihm, und wenn ein aufgescheuchter Vogel ihnen unter den Füßen aufflog, jagte er eine Weile hinterdrein und kehrte dann wieder zurück, seinen Dienst bei seinem Herrn zu verrichten.

Und Boryna ging, in die wundermächtige Welt der Frühlingsnacht hinausstarrend, lautlos über die Ackerbeete dahin wie ein Gespenst, das jede Scholle, jeden Halm segnete – und säte ... säte unermüdlich immerzu.

Er stolperte über die Schollen, taumelte über die Rinnen, die der Regen in den Acker gerissen hatte; manchmal kam er selbst zu Fall, aber er wußte nichts davon, fühlte nichts außer dem unklaren, unüberwindlichen Drang zu säen.

Er ging bis ans Ende des Feldes; und wenn ihm die Erde fehlte, nahm er sich von neuem einen Vorrat auf und säte weiter; wenn ihm aber die Steinhaufen und Dornenbüsche den Weg versperrten, versuchte er sie zu umgehen.

So war er ziemlich weit hinausgekommen, schon hörte man keine Vogelstimmen mehr, und das ganze Dorf war im nebligen Dämmer untergetaucht; ein fahles, unabsehbares Feldermeer umfing ihn, er versank darin wie ein verirrter Vogel, und wieder kehrte er dann in die Nähe der Häuser zurück, trat in den Bannkreis der Vogelstimmen wieder ein, als trüge ihn die raunende Flut der Halme wieder an den Rand der lebendigen Welt zurück ...

»Jakob, die Eggen los, aber leicht!« rief er hin und wieder wie zu seinem Knecht.

Und so floß die Zeit dahin, und er säte unermüdlich weiter, nur zuweilen blieb er stehen, um auszuruhen und die Glieder zu recken, dann ging er wieder an die vergebliche Arbeit, an die Mühe, die umsonst war, an seine entbehrliche Tätigkeit.

Und dann, als die Nacht sich schon ein bißchen zu trüben begann, die Sterne verblaßten und die Hähne das Morgengrauen auszukrähen anfingen, verlangsamte er sein Tun, blieb häufiger stehen, und schon ganz vergessend, Erde wieder aufzunehmen, säte er aus der leeren Hand als müßte er sich selbst bis zum letzten Rest auf die seit Ahn und Urahn zugehörigen Felder aussäen, als gäbe er alle gelebten Tage, sein ganzes Menschenleben, das er einst erhalten hatte, diesem Land und dem urewigen Gott zurück.

Und um diese letzte Stunde seines Lebens geschah etwas Seltsames: der Himmel wurde grau wie ein Leinentuch, der Mond ging unter, jegliches Licht erlosch, so daß die ganze Welt plötzlich wie erblindete und in graue, verwühlte Untiefen versank; etwas ganz Unbegreifliches war von irgendwo aufgestanden und ging mit schweren Schritten durch die Dämmerungen, so daß die Erde zu wanken schien.

Ein langgezogenes, drohendes Rauschen zog vom Waldrand her.

Die einsamen Feldbäume erbebten, ein Regen vorzeitig verwelkter Blätter rieselte auf die Ähren nieder, und die Gräser und die Kornfelder wogten auf, und von den niedriger gelegenen ruhelosen Feldern erhob sich eine stille ängstliche und klagende Stimme:

»Hofbauer! Hofbauer!«

Die grünen Grannen der Gerste zitterten wie im Weinen und legten sich mit inbrünstigem Kuß zu seinen ermatteten Füßen nieder.

»Hofbauer!« schienen die Roggenfelder zu bitten, die ihm den Weg vertraten und streuten ihren Tränentau vor ihm aus. Klagende Vogelstimmen riefen. Der Wind schluchzte auf über seinem Haupt, die Nebel umspannen ihn in bläuliche Spinnweben und die Stimmen wuchsen, wurden mächtiger, drangen auf ihn von allen Seiten ununterkrochen ein:

»Hofbauer! Hofbauer!«

Endlich hatte er es vernommen, er sah sich um und rief mit leiser Stimme zurück: »Ich bin ja da, was denn?«

Es wurde plötzlich ganz still in der Runde; als er aber wieder mit der leeren und schon ganz schwer gewordenen Hand zu säen begann, sprach die Erde zu ihm in einem mächtigen Chor:

»Bleibt hier! Bleibt bei uns! Bleibt! ...«

Er hielt erstaunt an, es war ihm, als käme plötzlich alles auf ihn zu: die Gräser krochen, es fluteten die wogenden Getreidefelder heran, die Ackerbeete umzingelten ihn, die ganze Welt erhob sich und kam auf ihn zu, so daß ihn die Angst packte; er wollte schreien, konnte aber seine Stimme nicht aus der zusammengeschnürten Kehle hervorbringen, er hätte fliehen mögen, aber die Kräfte reichten nicht; die Erde griff nach seinen Füßen, die Getreidehalme umspannen ihn, die Ackerfurchen hielten ihn zurück, die harten Schollen faßten ihn, die Bäume stellten sich ihm drohend in den Weg, die Disteln krallten nach ihm, die Steine verwundeten seine Füße, ein böser Wind wollte ihn scheuchen, die Nacht verwirrte ihn und all die Stimmen, die durch die Welt hallten:

»Bleibt! Bleibt!«

Er erstarrte plötzlich ganz in seinem Inneren, alles verstummte und blieb unbeweglich stehen; ein Lichtstrahl öffnete ihm die vom Dämmer des Todes umfangenen Augen, der Himmel tat sich auf über ihm, und dort im blendenden Glanz breitete Gott Vater, auf seinem Thron aus Garben sitzend, nach ihm die Hände aus und sprach voll Güte:

»Komm her, menschliches Seelchen, komm zu mir, mühebeladener Knecht!«

Boryna wankte und breitete die Arme aus, wie zur Zeit der Erhebung des heiligen Sakraments in der Kirche:

»Gott bezahl's!« sprach er und fiel aufs Antlitz vor der allerheiligsten Majestät.

Er stürzte zu Boden und starb in jener Stunde der Gnade.

Es fing an, über ihm zu tagen, und Waupa heulte lange und klagend.

Vierter Teil: Sommer

So also war es mit dem Matheus Boryna zum Sterben gekommen.

Da es aber Sonntag war, hatten die Leute des Borynahofes sich verschlafen, so daß erst Waupa sie alle mit seinem lauten Bellen aufwecken mußte; er bellte, heulte und sprang dermaßen gegen die Tür an, und stürzte sich, als man ihm öffnete, so außer sich auf die Leute los, sie an den Kleidern zerrend, dann wieder vor die Tür hinaus laufend und sich umblickend, ob ihm nicht jemand folgte, daß Anna eine bange Ahnung überkam.

»Sieh doch mal nach, Fine, was der Hund eigentlich will.«

Fine lief ihm denn auch vergnügt nach, sich auf dem Wege ab und zu mit ihm neckend.

Er führte sie bis an die Leiche des Vaters.

Sie erhob ein lautes Geschrei, so daß über kurzem die andern alle auf das Feld hinausgelaufen kamen, auf dem der Alte lag; aber er schien schon ganz erstarrt zu sein. Er lag mit dem Gesicht zur Erde, gerade wie er in seiner Todesstunde hingestürzt war, seine Arme hatte er weit ausgebreitet, wie zu einem allerletzten heißen, inbrünstigen Gebet.

Man trug ihn ins Haus und sah, ob ihm nicht noch zu helfen wäre.

Doch alle Mühe war vergeblich, keine Hilfe und kein Sorgen konnten ihm mehr nützen; hier gab es nur einen Toten, das war und blieb so.

Ein arges Wehklagen erhob sich darob im Hause; Anna schluchzte auf einmal hoch auf, Fine lief wie eine Verzweifelte gegen die Wand an und jammerte und schrie, Witek heulte mit den Kindern um die Wette, und im Heckenweg saß Waupa und winselte kläglich; nur Pjetrek, der hier und da herumgestanden hatte, sah sich nach der Sonne um und ging wieder in den Stall, sich schlafen zu legen.

Und Matheus lag auf seinem Bett, langgereckt und starr, mit weit offenem, von der Erde geschwärztem Mund, selber einer Erdscholle ähnlich, die die Sonne ausgedörrt hat, oder auch wie ein Baum, der vom Moder ausgehöhlt worden ist. Die verkrampfte Faust hielt noch immer etwas Erde fest, seine Augen aber starrten wie in einer tiefen Verzückung irgendwohin, weit hinaus, als stände ihnen der Himmel sperrangelweit offen.

Er verbreitete ein solches Todesgrauen um sich, eine solche grausige Starrheit ging von ihm aus, daß sie ihn mit einem Leinentuch zudecken mußten.

Da sich aber das Geschehene rasch im Dorf verbreitet hatte, so kamen, ehe noch die Sonne sich etwas über die Häuser erhob, schon die Menschen hergerannt, um Genaueres zu hören. Immer wieder trat jemand herein, lüftete ein wenig das Totenlaken, sah ihm in die Augen, kniete nieder und sprach ein Gebet; andere aber wiederum blieben, die Hände ringend und ganz verstummt vor Trauer, vor ihm stehen; sie waren bis ins Innerste erschüttert durch diese sichtbare Übermacht Gottes über das menschliche Leben.

Das Wehklagen der Waisen wollte nicht still werden und klang bis auf die Dorfstraße hinaus.

Ambrosius erst trieb alle Leute zur Tür hinaus, schloß die Stube ab und machte sich sodann mit Gusche und Agathe, die sich auch herangeschleppt hatte, um ein Opfergebet zu sprechen, daran, den Toten herzurichten. Er tat das sonst immer gern und war dabei stets guter Dinge, heute aber wurde ihm das Herz schwer.

»Das bißchen menschliche Glückseligkeit!« murmelte er, den Toten entkleidend. »Die Totenmarjell, die packt dich schon an der Gurgel, gerade wenn es ihr paßt und haut dir eine 'runter, und du meinst, du wehrst dich und streckst schon die Beine nach Pfarrers Kuhstall aus.«

Selbst Gusche war ganz mitgenommen und klagte vor sich hin:

»Der Arme hat sich hier in der Welt herumschlagen müssen, das ist man gut, daß er nun tot ist.«

»Ihr sagt es; was hat er denn so auszustehen gehabt?«

»Viel Gutes ist ihm aber auch nicht zugekommen.«

»Wer kriegt denn davon so viel, daß er genug hat! Und wenn er der größte Gutsherr wäre oder der König selbst, sorgen und sich mühen und leiden muß er doch.«

»Das einzige ist, daß er nicht Kälte und nicht Hunger auszustehen gehabt hat.«

»Was ist Hunger, Mutter?! Der Kummer beißt stärker als alles andere.«

»Das ist wahr, als ob ich damit nicht selber Bescheid wüßte! Die Jaguscha hat ihm bis ans lebendige Leben zugesetzt, die Kinder haben ihn auch nicht geschont.«

»Die Kinder waren doch gut, von denen hat er nichts auszustehen gehabt«, mischte sich Agathe, ihr lautes Gebet unterbrechend, ein.

»Paßt besser auf euer Gebet auf! Hale, die klagt hier über den Toten und streckt ihre Ohren nach Neuigkeiten aus«, knurrte Gusche.

»Weil schlechte Kinder nicht so wehklagen würden. Hört doch nur ...«

»Wenn euch einer so viel nachlassen sollte, würdet ihr schon bis zum siebenten Schweiß schreien und die Gurgel nicht schonen.«

»Ruhig da! Da kommt die Jaguscha gelaufen!« beschwichtigte sie Ambrosius.

Jaguscha stürzte gleich darauf in die Stube und blieb mitten drin wie erstarrt stehen, ohne ein Wort hervorstottern zu können.

Sie kleideten gerade Matheus in ein neues Hemd ein.

»Tot ist er!« stöhnte sie schließlich hervor, ihre ängstlichen, verstörten Augen auf ihn heftend. Das Entsetzen griff ihr an die Kehle, und das Herz war wie zu Eis erstarrt, so daß sie kaum Luft kriegen konnte.

»Habt ihr denn nichts gewußt?« fragte Ambrosius behutsam.

»Bei der Mutter hab' ich geschlafen, Witek ist gerade angelaufen gekommen und hat es mir gesagt. Ist er denn wirklich tot?« fragte sie plötzlich, an den Toten herantretend.

»Versteht sich, daß wir ihn hier doch nicht für eine Hochzeit zurecht machen, sondern für den Sarg.«

Sie konnte es gar nicht begreifen, sie mußte sich gegen die Wand stützen, denn es war ihr, als quälte sie ein schwerer Traum und als läge ein Alp auf ihr, und sie könnte nicht aufwachen und müßte, ganz in Schweiß gebadet, in Angst und Qual daliegen. Und immer wieder ging sie zur Stube hinaus und kehrte doch wieder zurück, außerstande, die Augen von dem Toten zu lassen, sprang immer aufs neue auf, um zu fliehen und blieb dennoch da, und es überkam sie doch, daß sie hinausrennen mußte; am Zaunüberstieg stand sie und ließ die Augen, ohne es zu wissen, über die Felder streifen, oder sie setzte sich auf die Mauerbank neben Fine, die sich die Haare zerwühlte, kläglich heulte und schrie:

»Oh, mein einziges Väterchen! Mein Väterchen!«

Natürlich war Haus und Hof voll Weinen und Wehklagen, aber sie allein konnte, obgleich jede Faser in ihr bebte und ein tiefer Schmerz ihr im Herzen brannte, doch nicht eine Träne finden; kein Ton kam aus ihrer Kehle, sie ging wie irr umher, ihre Augen glühten und waren wie erstorben vor Grauen.

Zum Glück kam Anna bald zu sich, und obgleich sie noch etwas vor sich hin weinte, paßte sie schon auf alles auf und regierte wie immer; als die Schmiedsleute angelaufen kamen, hatte sie sich schon ganz beherrscht.

Magda heulte los, der Schmied aber fing sogleich an, Anna auszufragen.

Sie erzählte ihm der Reihe noch, wie es gekommen war.

»Gut, daß ihm der Herr Jesus einen leichten Tod gegeben hat!« murmelte er.

»Soviel wie der gelitten hat ... da hat er ihn auch verdient.«

»Der Arme, bis aufs Feld ist er vor der Knochenfrau davongelaufen!«

»Und noch am Abend hab' ich nach ihm gesehen, da lag er ganz still, genau wie immer.«

»Und hat er denn nichts mehr geredet?« fragte er, mit dem Handrücken über seine trockenen Augen wischend.

»Nicht ein einziges Wort, ich habe ihm das Federbett zurechtgestrichen, hab' ihm zu trinken gegeben und bin dann weggegangen.«

»Und allein ist er aufgestanden! Vielleicht wäre er auch noch nicht gestorben, wenn ihn jemand bewacht hätte«, stöhnte Magda unter Schluchzen hervor.

»Die Jaguscha hat bei der Mutter geschlafen, denn die Alte ist doch schwer krank, das war schon länger so.«

»Es hat schon so kommen müssen, wie es geschehen ist! Lange genug ist er ja schon krank gewesen, mehr doch wie ein Vierteljahr! Und mit wem es nicht nach der Gesundheit geht, für den ist ein schneller Tod das beste. Man muß dem lieben Gott danken, daß er sich nicht mehr quält«, sagte er.

»Versteht sich, und ihr wißt es ja selbst, was von Anfang an die Ärzte und die Arzneien gekostet haben, und alles ist umsonst gewesen.«

»Weil, wenn einer die Todkrankheit hat, auch die Ärzte nichts helfen können.«

»Ein solcher Hofbauer, so ein kluger, mein Jesus!« jammerte Magda.

»Mir ist nur leid, daß der Antek nicht noch zum lebenden Vater zurechtgekommen ist.«

»Er ist doch kein Kind, da hat er doch auch nichts zu weinen. Es wäre richtiger, an das Begräbnis zu denken.«

»Das ist wahr, und gerade wie zum Ärger ist der Rochus nicht da.«

»Wir werden uns schon allein behelfen. Sorgt euch nur nicht, ich werde schon alles zurechtkriegen«, beruhigte sie der Schmied.

Er zeigte zwar ein besorgtes Gesicht, doch schien er etwas anderes im Sinn zu haben. Er seufzte, sprach betrüblich, wischte sich über die Augen und konnte doch niemandem ins Gesicht sehen. Er machte sich daran, dem Ambrosius zu helfen und die Kleider für den Vater zurechtzulegen, und lange schnüffelte er in der Kammer zwischen den Zaspeln Garn und verschiedenem Kram herum, suchte in allen Ecken und stieg selbst auf den Boden, um, wie er sagte, die Stiefel zu holen, die dort hingen. Das Aas – wie ein Blasebalg seufzte er herum, plapperte die Gebete lauter noch wie die Agathe herunter und gedachte in einem fort all der Wohltaten des Seligen; seine Augen suchten indessen rastlos nach irgend etwas in der Stube, und die Hände schoben sich wie von selber unter die Kissen und wühlten gierig im Bettstroh.

Bis Gusche sich schließlich bissig vernehmen ließ:

»Paßt nur auf, daß ihr da nichts Vertrocknetes findet ... und wenn ihr was habt, dann haltet es nur gut, daß es euch nicht zwischen den Fingern rausrutscht; denn man weiß nicht, ob es nicht glitschig ist ...«

»Wen's nicht brennt, dem eilt es nicht!« brummte er zurück und suchte schon ganz offensichtlich, wo er nur konnte, selbst ohne auf den Michael vom Organisten zu achten, der atemlos angelaufen kam, um Ambrosius zu holen.

»Kommt nach der Kirche, da warten mehrere, vier Kinder sollen getauft werden.«

»Laß sie warten, ich werd' doch hier nicht so den nackten Leichnam liegen lassen.«

»Ich mach' es hier für euch, geht nur, Ambrosius«, redete ihm der Schmied zu, um ihn los zu werden.

»Ich hab' mich bereit erklärt, dann mach' ich es auch zu Ende. Nicht oft hab' ich es mit solchem Hofbauer zu tun. Mach' du in der Kirche alles zurecht, was nötig ist, Michael, kannst mich vertreten und laß die Paten mit brennenden Kerzen um den Altar herumgehen, da werden auch ein paar Groschen für dich abfallen. Will da Organist werden und kann nicht einmal bei einer dummen Taufe sich auskennen«, warf er ihm verächtlich nach.

Anna kam mit Mathias an, der für den Sarg Maß nehmen wollte.

»Spar mir nur nicht an seinem letzten Gehäuse, damit der Arme sich ordentlich breit machen kann, nach dem Tode wenigstens«, sagte Ambrosius traurig.

»Mein Jesus! Sein Leben hat er nicht Platz genug auf ein paar Hufen gehabt, und jetzt muß er zwischen die vier Bretter rein«, murmelte Gusche; Agathe aber würgte, ihr Gebet unterbrechend, weinerlich heraus:

»Ein Hofbauer war er, da wird er auch ein hofbäuerliches Begräbnis haben, und ein Armer weiß nicht einmal, wo und an welchem Zaun er seinen letzten Atem von sich geben darf. Daß dir das ewige Licht leuchten möge! Daß du ... solch ein Bauer«, schluchzte sie wieder auf.

Mathias schüttelte aber nur den Kopf, nahm Maß an dem Leichnam, sprach ein Gebet und ging davon; und obgleich es Sonntag war, machte er sich gleich an die Arbeit: jegliches Tischlergerät befand sich im Haus, und die trockenen Eichenbohlen lagen schon seit langem auf dem Boden bereit.

Bald hatte er sich eine Arbeitsgelegenheit im Garten zurechtgemacht, schaffte mächtig und trieb den Pjetrek an, den sie ihm zur Hilfe beigegeben hatten.

Es war schon lange voller Tag, die Sonne brannte hell drauflos, und gleich nach dem Frühstück fing die Hitze an, drückend zu werden, alle Gärten und Felder lagen wie versunken in dem flimmerigen weißen Leuchten der glühenden Luft.

Die matt dastehenden Bäume bewegten hin und wieder ihre Blätter, wie ein Vogel, der in der heißen trägen Luft dasitzt und nur ab und zu seinen Flügel regt. Eine Feiertagsstille hatte sich über das ganze Dorf gebreitet, die Schwalben allein zwitscherten noch eifriger und sausten über den Weiher hin und her, auf den Wegen aber fingen die Wagen an, in graue Staubwolken gehüllt, vorüberzujagen, und die Leute aus den benachbarten Dörfern zogen zur Kirche. Immer wieder ließ einer vor dem Borynahof seine Pferde langsamer gehen, begrüßte die Familie, die weinend vor dem Hause saß, seufzte traurig auf und versuchte, durch die offenstehenden Türen und Fenster ins Innere zu sehen.

Ambrosius machte sich eifrig zu schaffen und eilte sich so beim Einkleiden der Leiche, daß er ordentlich in Schweiß kam; sie hatten das Bett schon in den Obstgarten hinausgetragen und das Bettzeug über die Zäune ausgebreitet, als er der Anna zurief, sie mochte Wacholderbeeren zum Ausräuchern der Stube bringen.

Sie hörte es nicht, wischte sich die Tränen ab, die von selber heruntertropften und starrte ununterbrochen auf die Landstraße, in der Erwartung, jeden Augenblick Antek auftauchen zu sehen.

Doch die Stunden gingen vorüber, und er war immer noch nicht gekommen; schließlich wollte sie selbst Pjetrek zum Auskundschaften in die Stadt schicken.

»Er wird nur das Pferd abjagen und kriegt doch nichts heraus ... versteht sich ...« setzte ihr der alte Bylica auseinander, der gerade mit Veronka gekommen war.

»Im Amt müssen sie doch irgendwas wissen.«

»Das schon ... aber erstens ist doch heute alles zu, da es Sonntag ist, und um wo hineinzukommen, müßte man ihnen ordentlich was zustecken, denn sonst lassen sie einen nirgendwo vor.«

»Ich halte es aber nun schon nicht mehr aus«, klagte sie ihrer Schwester.

»Der kann euch noch genug Freude machen, wartet nur, bis er da ist«, zischte der Schmied und blickte noch der an der Wand sitzenden Jaguscha hin.

»Daß dir deine böse Zunge verdorrt!« fauchte sie ihn an.

»Kein Wunder, nach den Ketten werden einem die Beine schon lahm, da kommt man nicht schnell vorwärts«, fügte er höhnisch hinzu, denn er war ganz aufgebracht durch das nutzlose Geldsuchen.

Sie antwortete nichts, immer wieder auf den Weg hinausblickend.

Man hatte gerade zum Hochamt geläutet, als Ambrosius sich fertig machte, um zur Kirche zu gehen, nachdem er Witek noch befohlen hatte, Borynas Stiefel mit Talg einzureiben, denn sie waren eingetrocknet, und er formte sie ihm so unmöglich über die Füße ziehen.

Der Schmied und Mathias waren irgendwo ins Dorf gegangen, und Veronka machte sich auf, nach Hause zu gehen; sie nahm den alten Vater und Annas Kinder mit; im Haus blieben nur die Frauen und Witek zurück, der bedächtig die Stiefel schmierte, sie am Feuer wärmte und immer wieder hinlief, um den Hofbauer anzusehen oder sich nach Fine umzugucken, die immer leiser vor sich hinschluchzte.

Die Wege lagen menschenleer, denn die Kirchgänger waren schon alle vorüber, und auf dem Borynahof wurde es nun ganz still; nur die Stimme Agathes, die beim

Beten der Totenlitaneien war, drang durch die offenen Fenster, wie ängstliches Vogelgezirp; im Hause räucherte Gusche Stuben und Flur mit Wacholder aus.

Bald schien auch die Messe begonnen zu haben, denn von der Kirche drangen durch die Mittagsstille ferne Gesänge, und Orgelklänge flossen hoch her in einer gedämpften süßen Woge dahin.

Anna, die nicht wußte, wo sie mit sich abbleiben sollte, ging bis nach dem Zaunüberstieg, um dort ihre Gebete zu verrichten.

»So hat er nun sterben müssen!« sann sie wehmütig vor sich hin, die Perlen des Rosenkranzes zwischen den Fingern schiebend; aber das Gebet kam nur hin und wieder über ihre Lippen, denn sie hatte in ihrem Inneren etwas wie ein Knäuel verschiedener Gedanken und Ängste.

»Zweiunddreißig Morgen Land, die Triften, der Wald, das Inventar, eine solche Wirtschaft!« Sie seufzte auf und umfaßte mit liebevollen Blicken die weit sich dahinziehenden Felder und die ganze große Gotteswelt.

»Wenn man so alles auszahlen könnte, und dann hier auf dem Ganzen wirtschaften! So wie der Vater hier gesessen hat!« Ein plötzliches Hochmutsgefühl ließ sie sich aufrecken, sie sah trotzig mitten in die Sonne hinein, lächelte bedeutungsvoll und begann mit einem Herzen voll süßer Hoffnung die Worte des Rosenkranzes vor sich hinzuflüstern.

»Von einer halben Hufe werde ich nichts ablassen, und die Hälfte des Hauses ist auch mein, und die Milchkühe geb' ich auch nicht ab!« sagte sie etwas wehmutsvoll.

Sie vertiefte sich wieder für eine Weile ins Gebet, mit tränenumflorten Augen das ganze Land betrachtend, das wie mit einem goldigen Kleid angetan, in der Sonne vor ihr lag; der schon mit Ähren gekrönte üppige Roggen ließ seine rostgoldenen Gehänge leise schaukeln, die dunkleren Gerstenstreifen schimmerten wie tiefe Wasser, und die hellgrünen Haferfelder, die dicht mit gelbem Hederich durchwachsen waren, fluteten zitterig in der stillen, warmen Mittagsluft. Irgendein großer Vogel schwebte in der Luft über einem roten Kleefeld, das wie ein blutgetränktes Tuch über die Flanke eines Hügels ausgebreitet lag. Hier und da sah man Saubohnen, die mit tausend weißen Blütenaugen um sich schauten, wie lange Ketten von Wachtposten die Kartoffelfelder umstehen, und aus den tiefer gelegenen Stellen grüßte der im Putz seiner hellblauen Blüten leuchtende Flachs herüber und schimmerte wie blaue Kinderäugen, die dem Sonnenlicht entgegenblinzeln.

Es war ein wunderschöner Tag, die Sonne wärmte immer mehr und eine heiße Welle, ganz getränkt vom Duft der zahllosen Blumen, die überall im Getreide blühten, kam von den Feldern mit einer so lieblich erquickenden Macht herangeflutet, daß die Seele vor Freude weit wurde und die Augen sich mit Tränen füllten.

»Heilige Mutter! Du Heilige ...« sprach sie, ihren Kopf neigend.

Die Betglocke bimmelte leise mit einem silbernen Stimmlein über das Land.

»Nach deinem Willen geschieht alles in der Welt, mein lieber Jesus! Nach deinem!« murmelte sie inbrünstig, wieder die Worte des Gebetes aufnehmend.

Irgendwo in der Nähe knackte plötzlich etwas. Sie sah sich aufmerksam um: unter den Kirschbäumen, gegen einen Reißigzaun gelehnt, stand Jaguscha und seufzte trübsinnig vor sich hin.

»Daß man nie einen Augenblick Ruhe hat!« klagte Anna vor sich hin, denn die Erinnerungen schlugen wie mit Brennesseln auf sie ein. »Das ist wahr, die hat doch die Verschreibung!« kam ihr zu Bewußtsein. »Ganze sechs Morgen! Diese Diebin!« Die Wut würgte ihr im Leib, sie drehte Jagna den Rücken, aber sie konnte sich nicht wieder zusammenraffen um weiter zu beten: die alten Kränkungen und der alte Groll überfielen sie wie böse geifernde Hunde.

Der Mittag neigte sich schon, und dünne Schatten fingen an, unter den Bäumen und Häusern hervorzukriechen, im Getreide, das mit hängenden Ähren in der Sonne stand, begannen die Grillen zu zirpen, von hier und da kam das tiefe Summen einer Hummel, und die Wachteln lockten sich im Feld.

Doch die Hitze war immer noch im Steigen und brannte schon erbarmungslos.

Das Hochamt war bald aus, man sah immer häufiger Frauen am Weiher niedersitzen, um ihre Stiefel auszuziehen; die Wege belebten sich wieder und Stimmengewirr und Wagengeroll klangen herüber. Anna ging hastig ins Haus zurück.

Der Leichnam Borynas war schon ganz hergerichtet. Er lag mitten in der Stube auf einer breiten, mit einem Leintuch bedeckten Bank, die mit flammenden Kerzen umstellt war; er war natürlich sein gewaschen, gekämmt und rasiert; nur aus einer Backe hatte er einen langen Schnitt, den ihm Ambrosius mit seinem Rasiermesser beigebracht und danach mit Papier verklebt hatte. Man hatte ihm seinen besten Anzug angezogen: den weißen Haartuchrock, den er sich für die Hochzeit mit der Jaguscha angeschafft hatte, die gestreiften Hosen und fast ganz neue Stiefel.

In den abgearbeiteten, dürren Händen hielt er ein Bildchen der Tschenstochauer Muttergottes; unter die Bank hatten sie eine mit Wasser gefüllte Bütte gestellt, um die Luft abzukühlen, und auf tönernen Deckeln schwelten Wacholderbeeren, die Stube mit einem bläulichen Dunst füllend, in dem die grausige Majestät des Todes sich aufreckte.

Da lag er also, prächtig angetan, in stiller Totenruhe, Matheus Boryna, der gerechte und kluge Mann, der wahrhaftige Christ, der Hofbauer von Ahn und Urahn her, der Erste im Dorf.

Unter dem Dach der Väter hatte er zum letztenmal seinen müden Kopf gebettet – ein Vogel vor dem Flug, der himmelan gehen soll, dahin wo seit Ewigkeiten alle hin müssen.

Er war schon bereit für den Abschied von all seinen Bekannten und Verwandten, bereit für seinen weiten Weg.

Seine Seele beugte sich schon vor dem Gericht des Herrn, und nur sein armseliger Leichnam, die menschliche Hülle, des lebendigen Geistes ledig, lag noch wie leise lächelnd inmitten von Rauch, Lichtern und fortwährenden Gebeten.

Und die Menschen kamen und kamen in einem endlosen Zug: der eine seufzte schwer, der andere schlug sich gegen die Brust und betete herzlich, und manch einer versann sich, traurig mit dem Kopf nickend und eine schwere Träne des Bedauerns aus dem Auge wischend; das Murmeln der Gebete, gedämpftes Aufschluchzen, Seufzer und Geflüster flossen wie herbstliches Regengeplätscher dahin. Und die Menschen kamen und gingen immerzu; es kamen Hofbauern und Kätner, Frauen und Mädchen, Alte und Junge – ganz Lipce drängte sich in der Stube und im Flur zusammen, an den Fenstern aber waren so viele Kinder, und sie führten sich so lärmend auf, daß Witek, der sich nicht mehr zu helfen wußte, Waupa auf sie hetzte; aber der wollte nicht, er hielt sich heute an Fine, umkreise immer wieder das Haus und heulte wie ein Dummer.

Borynas Tod lastete über dem ganzen Dorf; und doch war es ein herrlicher Tag, voll von Sonne und nach Frühling duftend, und lieblich, daß es gar nicht zu sagen war; aber ein seltsames Gefühl der Trauer hatte sich auf die Häuser gelegt, und eine eigentümliche Stille lag auf allen Wegen. Die Menschen gingen bestürzt, mißmutig und niedergedrückt umher, jeder seufzte nur schwer, breitete ratlos die Hände auseinander und sann über das traurige Menschenschicksal nach.

Viele von denen, die mit dem Verstorbenen in Freundschaft gelebt hatten, waren vor dem Hause geblieben, wo bereits einige Hofbäuerinnen die Anna, die Magda und die Fine trösteten, herzlich mit ihnen weinend und über ihr Waisenlos jammernd.

Nur an Jagna trat niemand mit einem guten, tröstenden Wort heran; zwar verlangte sie nicht nach fremdem Mitleid, aber diese Zurücksetzung schmerzte sie doch, so daß sie in den Obstgarten flüchtete, und versteckt im Dickicht saß sie dort ganze Stunden lang und lauschte, wie Mathias den Sarg zimmerte.

»Daß die noch wagt, den Leuten vor die Augen zu kommen!« zischte die Schulzin ihr nach.

»Laßt das nur! Dafür ist jetzt nicht die Zeit da!« sagte eine der Frauen.

»Möge sie der Herr Jesus richten«, fügte Anna mit einer sanften Stimme hinzu.

»Der Schulze wird es schon heilen, was ihr ihr antut!« lachte der Schmied. Es war ein Glück, daß sie den Schulzen zum Müller abberufen hatten, denn die Schulzin plusterte sich schon wie eine Truthenne auf und wartete nur auf eine Gelegenheit, zu zanken.

Der Schmied lachte quarrend auf und machte, daß er davonkam, sie aber blieben noch da, miteinander über verschiedenes redend. Ihre Stimmen klangen immer leiser und schläfriger, ob es aber von den Sorgen kam oder von der Hitze, die schon ganz unerträglich drückte, war schwer zu sagen. Die Luft wurde immer schwüler und seltsam beklemmend, nicht der leiseste Wind kam auf, nicht ein Blättlein und nicht ein Halm bewegten sich, und obgleich Mittag schon lange vorüber war, ergoß sich die Sonnenglut immer noch wie flüssiges Feuer, so daß die Wände Harz schwitzten und das Unkraut und die Blüten welk niederhingen.

Plötzlich ließ sich ein langgezogenes und sehnsüchtiges Brüllen vernehmen; ein Bauer führte jenseits des Weihers eine Kuh vorüber.

»Der will wohl zu dem Priester seinem Bullen!« ließ sich die Ploschkabäuerin vernehmen, die Kuh, die an ihrem Tau riß, mit den Blicken verfolgend.

»Die brüllt, und der Müller brüllt noch besser, aber aus Wut!« setzte Gusche hinzu; aber keine hatte Lust, etwas darauf zu erwidern.

Sie saßen da wie gespreizte Glucken, die sich in den Sand gescharrt hatten, und konnten schon kaum vor Hitze atmen. Sie waren wie benebelt durch die Stille und die Glut, und das fortwährende, weinerliche Geplärr der Agathe, die über dem Toten ihre Gebete hersagte, schläferte sie ein.

Erst als man zur Vesper geläutet hatte, gingen sie alle auseinander; Anna aber schickte nach dem Schmied, daß er mit ihr zu dem Pfarrer gehen sollte, um sich wegen des väterlichen Begräbnisses zu verabreden.

Witek kehrte bald wieder allein zurück.

»Hale, ich hab' mich nicht getraut, heranzugehen; der Michael sitzt mit dem Gutsherrn beim Müller und trinkt Tee«, erzählte er ganz atemlos.

»Mit dem Gutsherrn?«

»Versteht sich, ich kenn' ihn doch! Tee trinken sie da und essen Kuchen, ich hab' es gut gesehen. Und die Hengste, die stehen im Schatten und scharren nur so mit den Beinen.«

Sie war sehr verwundert; nach der Vesper aber zog sie sich festlich an und ging, ohne auf den Schmied zu warten, mit Magda nach dem Pfarrhof hin.

Der Pfarrer war nicht zu Hause, obwohl alle Türen und Fenster weit offen standen; sie setzten sich vor dem Haus nieder, um auf ihn zu warten. Nach einer Weile aber kam die Pfarrmagd, um ihnen Bescheid zu sagen, der Priester wäre im Hof und ließe sie rufen.

Sie fanden ihn im Schatten am Zaun sitzen; und mitten auf dem Hof neben einer ganz leidlichen Kuh, die ein Bauer kurz am Seil hielt, war ein deftiger gescheckter Bulle zu sehen, der mit Gebrüll an der Kette zerrte, die der Knecht kaum festhalten konnte.

»Walek! Wart' noch etwas, laß ihn erst mal ordentlich Lust kriegen!« schrie der Pfarrer, seine schweißbedeckte Glatze abwischend. Er rief die Frauen zu sich heran und begann sie über alles auszufragen, sie zu trösten und ihnen mitleidig zuzureden; als sie ihn aber wegen des Begräbnisses und der Kosten angingen, unterbrach er sie scharf und ungeduldig:

»Das wird sich finden. Ich ziehe den Menschen nicht das Fell über die Ohren. Matheus war der erste Hofbauer im Dorf, da kriegt er auch nicht das erste beste Begräbnis. Na, ich sag' es doch, nicht das erste beste!« wiederholte er mit Nachdruck auf seine Art.

Sie umfaßten seine Knie, ohne schon zu wagen, sich ihm irgendwie zu widersetzen.

»Ich komm' euch gleich! Seh' mal einer diese Schlingel!« schrie er auf die Organistenjungen ein, die hinter dem Zaun lauerten. »Na, was meint ihr zu meinem Bullen, he?«

»Der ist sich was! Besser wie der vom Müller!« gab Anna zu.

»Der und meiner, dagegen ist der nichts Besseres wie ein Ochs! Seht ihn euch nur mal an!« Er führte sie näher heran, mit Wohlgefallen den Bullen beklopfend, der schon wie wild nach der Kuh hinüberzerrte. – »Diesen Nacken, guckt mal! Und was der für einen Rücken hat und 'ne Brust! Der reine Elefant!« rief er, vor Eifer fast schnaubend.

»Das ist schon so, ich hab' einen solchen noch nicht gesehen.«

»He, Kunststück! Ein reiner Holländer, dreihundert Rubel hat er gekostet.«

»So viel Geld!« staunten sie.

»Keinen Pfennig weniger! Walek, laß ihn los ... aber aufpassen, die Kuh ist nicht stark ... Der deckt sie in einem Nu ... Gewiß, daß er teuer ist, aber ich nehme nur einen Rubel, und zehn Kopeken Taugeld kommen drauf, damit Lipce doch mal ordentliche Kühe kriegt. Der Müller ärgert sich über mich; aber mir ist schon das elende Vieh, das dem sein Bulle zuwege bringt, ganz zuwider. Halt doch, zum Donnerwetter, die Kuh dicht am Maul fest, sonst reißt sie sich noch los!« schrie er dem Bauer zu. »Na, geht denn mit Gott«, wandte er sich wieder den Frauen zu, da er merkte, daß sie sich etwas beschämt zur Seite drehten. »Und morgen wird er in die Kirche überführt!« rief er ihnen noch nach, indem er sich schon anschickte, dem Bauer zu helfen, der mit seiner Kuh nicht fertig werden konnte.

»Du wirst mir noch für das Kalb danken, wirst schon so eins kriegen, wie du noch keins gesehen hast! Walek, führ' ihn ein bißchen herum, daß er sich etwas abkühlt, obgleich ... na, für so einen Prachtkerl ist das ja rein wie eine Fliege!« prahlte er.

Die Frauen gingen zu dem Organisten, denn auch mit diesem mußte man sich noch besonders wegen des Begräbnisses verabreden; da sie aber die Organistin mit Kaffee empfangen hatte, wodurch sie sich etwas verplauderten, so war es schon dicht vor Sonnenuntergang, und man trieb bereits das Vieh von den Weiden ein, als sie zu Hause anlangten.

Vor der Galerie stand Herr Jacek mit Mathias und beredete sich mit ihm, seine kleine Pfeife paffend, wegen des Bauholzes, das für Stachos Haus zurechtzuschneiden war.

Mathias hatte scheinbar keine große Lust, denn er versuchte, sich herauszureden.

»Das Holz will ich schon zurechtschneiden, das ist keine große Sache, ob ich aber das Haus bauen werde, das weiß ich noch nicht. Vielleicht werd' ich noch irgendwo in die Welt gehen ... Es wird mir schon die Zeit lang im Dorfe ... Was ich da anfangen werde, das will ich sehen ...« sprach er, nach Jaguscha hinsehend, die ihre Kuh vor dem Stall melkte. »Morgen werd' ich mit dem Sarg fertig, da können wir noch darüber reden«, schloß er rasch und ging davon.

Und der Herr Jacek trat zum Toten ein und sprach ein langes herzliches Gebet, sich ab und zu die Tränen trocknend.

»Wenn ihm doch die Söhne ähnlich werden wollten!« sagte er später zu Anna. »Das war ein guter Mensch und ein echter Pole. Er war mit uns dabei, damals während der Revolution, hat sich aus eigenem Wollen gemeldet und hat seine Knochen nicht geschont. Ich hab' ihn gesehen, wie er gekämpft hat. Und durch uns hat er so zugrunde gehen müssen! ... Ein Fluch ist über uns ...« redete er in sich hinein; und obgleich sie nicht alles verstanden hatte, umfaßte sie doch aus Dankbarkeit für die guten Worte seine Knie.

»Laßt das nur! Ich bin kein anderer Mensch wie ihr!« tief er ärgerlich. »Dumme! Als ob der Gutsherr ein Heiliger wäre!« Er sah noch einmal auf Boryna, setzte an einer Kerze seine Pfeife in Brand und ging davon, ohne auf die Begrüßung des Schmieds zu achten, der gerade den Hausflur betrat.

»Scheint heut' was forsch zu sein! Dieser Bettler!« redete er bissig hinter ihm drein; er war scheinbar sehr vergnügt, setzte sich an seine Frau heran und begann eifrig mit ihr zu flüstern. »Unsere Sache steht gut! Weißt du, Magdusch, der Gutsherr will sich mit Lipce vertragen. Er redet mir zu, ich sollt' ihm helfen. Versteht sich, daß für uns dabei was 'rauskommt. Aber, Frau, du gibst mir seinen Ton von dir, es handelt sich um große Sachen.«

Er sah zum Toten ein, schnüffelte noch hier und da herum und rannte schließlich ins Dorf, wo er die Bauern nach der Schenke zu einer Beratung zusammenzurufen hatte.

Es wurde schon dämmerig, das Abendrot war im Verlöschen und sah schon wie rostiges Blech aus, über das der Abend seine Asche streute; nur noch hier und da leuchtete ein Wölklein, das in sich noch das goldige Licht des Westens trug.

Und als es schon völlig Abend geworden war und die wirtschaftlichen Besorgungen erledigt waren, versammelte sich die ganze Familie um den Toten. Am Kopfende der Bank, von wo die Lichter immer heller hervorleuchteten, schnitt Ambrosius immer wieder die Dochte der Kerzen zurecht und sang aus einem Buch vor sich hin, und vor sich hinweinend wiederholten die anderen mit klagender Stimme die Verse des Liedes.

Da es aber in der Stube eng und schwül war, hatten sich einige Nachbarn bis nach draußen unter die Fenster der Stube verzogen und knieten da nieder und spannen die lange und klagende Melodie der Litanei weiter, so daß es war, als sänge selbst der alte Obstgarten mit.

Die Nacht zog sich langsam über der Welt zusammen, es wurde schon völlig still; hier und da gingen die Menschen zur Ruhe, aus den Obstgärten schimmerte das weiße Bettzeug, und in den Häusern erloschen die Lichter eines nach dem andern; nur die Hähne krähten unruhig, denn eine solche träge und dumpfe Stille hatte sich ausgebreitet, daß es war, als ob es zu einem Witterungswechsel kommen wollte.

Bis spät in die Nacht wurde bei Borynas Leiche gesungen; dann blieben nur noch Ambrosius und Agathe, um bis zum kommenden Tag die Totenwache zu halten.

Sie sangen zunächst laut vernehmbar; als jedoch jegliche Bewegung stockte und die unergründliche Stille der Nacht sich auf sie herabsenkte, begann der Schlaf auch sie zu übermannen, so daß ihre Lieder nur noch wie gemurmelt dahinklangen; sie wachten nicht einmal auf, wenn Waupa gelegentlich sich in die Stube schlich und winselnd die eingefetteten Stiefel seines Herrn beleckte.

Fast gerade gegen Mitternacht kam eine dichte Finsternis über die Erde, die Sterne erloschen, der Himmel umwölkte sich ganz, und es wurde noch stiller; nur hin und wieder erbebte ein Baum, und es rieselte ein ganz leises, ängstliches Geflüster dahin, dann kam etwas durch die Luft herangezogen, irgendein Laut, der weder einem Schrei noch irgendeinem Getöse oder einem fernen Rufen glich und sich dann Gott weiß wohin verlor ...

Das Dorf lag im tiefen Schlaf und ruhte wie eingebettet im Schoß der Dunkelheit; nur Borynas Stube leuchtete blaß in die Nacht hinaus; durch die offenen Fenster sah man Matheus zwischen gelben Kerzen liegen, ein Weihrauchdunst umhüllte ihn mit einem bläulichen Flor. Ambrosius und Agathe hatten ihre Köpfe gegen die Bahre gelehnt, sie schliefen fest, und ihr lautes Schnarchen drang durch die Stube.

Die kurze Sommernacht zog rasch vorüber, als hätte sie es eilig, irgendwo hinzukommen, ehe die ersten Hähne krähten, auch die Kerzen brannten aus und erloschen wie Augen, die es müde geworden waren, immer auf den Toten zu schauen, bis im

Morgengrauen nur die dickste übriggeblieben war und allein noch über Boryna zuckte wie eine goldene Zunge.

Das graue neblige Frühlicht, das von den Feldern herangeschlichen kam und durch die Fenster gerade in Borynas Gesicht blickte, schien es etwas zu beleben; es war als wachte etwas in ihm auf aus einem tiefen Schlaf und horchte dem ersten Vogelgezwitscher in den Nestern und versuchte die schweren, schwärzlichen Augenlider zu heben, um einen Blick in den noch fernen Morgenglanz zu tun.

Das Morgenlicht verdichtete sich und fiel wie ein schneeiger Flaum über die Welt.

Der Himmel hellte sich auf wie ein Linnen auf der Bleiche, wenn die Sonne darauf scheint; es zog eine Kühle von den Feldern, der Weiher seufzte auf, sich schläfrig schaukelnd. Aus dem dunklen Modertuch der Nacht stiegen die Bilder der Wälder wie schwarze, der Erde entquollene Wolken auf, und manch einsamer Baum im Felde ließ seinen flaumigen Schopf sich wie einen Büschel schwarzer Federn in den weißlichen Himmelsgrund recken. Mit einem Mal strich über das Land der erste Frühwind, rüttelte die Bäume in den Obstgärten auf und blies die auf den Mauerbanken schlafenden Menschen an.

Kaum einer war wach geworden, alles lag noch im süßen Morgenschlummer behaglich ausgestreckt, wie es sonst nur nach einem Fest oder Jahrmarkt war.

Bald stand auch der Tag selbst auf, er war etwas neblig und trüb, die Sonne war noch nicht da, aber die Lerchen ließen schon ihre Morgengebete klingen, das Wasser gurgelte lauter, die Getreidefelder fingen an, auf und ab zu wogen, und ihre Halme schlugen mit ihren Ähren leicht gegen die Feldraine und Wege an. Um diese Zeit begannen in den Gehöften die Schafe sehnsüchtig aufzublöken, ab und zu ertönte auch schon das zänkische Aufkreischen der Gänse, die Hähne krähten laut drauflos und hier und da ließen sich die ersten Menschenstimmen vernehmen; die Torangeln knarrten, Pferdegewieher erklang, die Bewegung und Geschäftigkeit des Ausstehens machte sich allenthalben bemerkbar, und das ganze Dorf erwachte, langsam die tägliche Arbeit ergreifend; nur auf dem Borynahof war es noch immer ganz still.

Sie hatten die Zeit vor lauter Sorgen und Trauer verschlafen, und ihr Schnarchen konnte man bis auf den Hof hören.

Der Morgenwind drang immer wieder durch Tür und Fenster ins Haus ein und trieb sich mit langgezogenem Wispern in den Stuben umher; doch vergeblich wehte er dem Toten die Haare von der Stirn und zerrte an der Flamme der letzten Kerze.

Der rührte sich nicht, wachte nicht auf, sprang nicht an die Arbeit und trieb die anderen nicht dazu an; er lag starr und still da, zu Stein geworden und für alles taub.

Der Wind setzte plötzlich stark an und fuhr in den Obstgarten, so daß ringsum alles aufwogte, zu rauschen, sich zu schütteln und zu schaukeln anfing, wie bestrebt in Borynas blau fahles Gesicht zu sehen. Der neblige Tag sah auf ihn, es schauten ihn die unruhigen Bäume an, und die schlanken, biegsamen Malven verneigten sich tief wie junge Mädchen, mit ihren Köpfen zum Fenster hinein winkend. Ab und zu kam eine Biene summend hereingeflogen, oder ein Schmetterling flog geradeswegs auf die Kerzenflamme zu, eine Schwalbe verirrte sich zum Toten herein und kreiste ängstlich zwitschernd in der Stube, dann wieder drangen Fliegen ein, kamen Käfer gekrochen und allerhand Getier, und mit ihnen floß ein leises Summen und Schwirren,

Zirpen und Knacken heran, sich zu einer lebendigen Stimme voll herzlichen Wehklagens vereinend: »Gestorben! Gestorben! Tot!«

Und das ganze Leben schien um ihn zu zittern, zu schluchzen und wehzuklagen, bis es plötzlich ängstlich verstummte; der Wind legte sich, alles hielt den Atem an, stürzte nieder in den Staub, denn aus dem Morgengrau ging die große rote Sonne auf, erhob sich über die Welt, umfaßte sie mit ihrem lebenspendenden Herrscherauge und versteckte sich wieder hinter wirren Wolkensträhnen.

Die Welt wurde grau, und es war kaum ein Ave vergangen, als ein seiner warmer Regen niederging; die Tropfen fielen dicht, und bald hallten alle Felder und Gärten von ununterbrochenem Rauschen wider.

Es kühlte sich mächtig ab; von den Wegen stieg ein frischer Erdduft auf, die Vögel fingen aus Leibeskräften an zu singen und zu zwitschern, und im grauen, zuckenden Regendunst, der die ganze Welt verhüllt hatte, tranken die durstenden Halme, die matten Blätter, die Bäume und die vertrockneten Kehlen der Bäche und die sonnenverbrannte Erde – sie tranken alle miteinander lange und begierig, und jeder Atemzug war ein Dankgebet.

»Gott bezahl's, Bruder Regen! Gott bezahl's, Schwester Wolke! Gott bezahl's!«

Das Niederprasseln des Regens hatte Anna, die dicht am Fenster schlief, aus dem Schlaf geweckt, sie sprang als Erste von ihrem Lager auf.

Laut rufend lief sie in den Stall.

»Pjetrek! Aufstehen! Es regnet! Man muß laufen und den Klee zusammenharken, sonst wird er uns noch ganz durchnäßt! Witek, du Faulpelz, jag' die Kühe 'raus! Die anderen haben sie schon durchs Dorf getrieben!« rief sie scharf, die Gänse aus dem Schweinestall heraustreibend, die mit freudigem Geschnatter hinliefen, um sich in den Pfützen zu baden.

Sie sah zu den Kühen hinein und ließ gerade die Schweine auf den Hof heraus, als der Schmied angelaufen kam; sie verabredeten, was für die bevorstehende Totenfeier, die für den nächsten Tag angesetzt war, gekauft werden mußte; er nahm das Geld, um alles in der Stadt besorgen zu können; vom Wagen herab rief er sie aber noch einmal zu sich und sagte leise:

»Anna, gebt mir die Hälfte, dann laß ich nicht einen Hauch darüber vom Munde, daß ihr da alles beim Alten ausgenommen habt. Machen wir es im Guten ab.«

Sie wurde rot wie eine Runkelrübe und fuhr jäh auf: »Schnauz' du nur herum, schnauz' du nur, und das vor der ganzen Welt; sieh mal, er selber weiß mit dem Bösen Bescheid und meint, sie sollen jetzt alle so sein wie er.«

Er blitzte sie nur mit den Augen an, riß am Schnurrbart und peitschte auf die Pferde ein.

Anna machte sich sofort an die Arbeit; so eine Wirtschaft die wollte versorgt sein, da mußte man schon ordentlich die Hände regen und sich gehörig sorgen, wenn man alles zurechtbringen wollte. So erklang denn auch bald ihre befehlende Stimme wie sonst in Haus und Hof.

Man zündete vor Boryna neue Kerzen an und bedeckte ihn mit einem Laken. Agathe murmelte wieder um ihn ihre Gebete und schüttelte immer wieder neue Kohlen ins Becken unter die Wacholderbeeren.

Jaguscha kam erst nach dem Frühstück von der Mutter zurück; da sie aber Angst vor dem Toten hatte, so trieb sie sich planlos im Hof herum, oft zu Mathias hinübergehend, der sich mit seiner Arbeit auf die Tenne verzogen hatte; er war gerade mit dem Sarg fertig geworden und malte nur noch ein weißes Kreuz auf den Deckel, als Jagna am Scheunentor auftauchte.

Sie schwieg und sah ängstlich auf den schwarzen Sargdeckel.

»Jetzt bist du eine Witwe, Jagusch, wirklich eine Witwe!« flüsterte er mitleidig.

»Versteht sich«, entgegnete sie tränenschwer und ganz leise.

Er betrachtete sie mit herzlicher Teilnahme, sie sah ganz abgemagert und blaß wie eine Oblate aus, und blickte kläglich um sich wie ein Kind, dem Unrecht geschehen war.

»Das ist schon so das Menschenlos«, sagte er trübsinnig.

»Ja, nun bin ich eine Witwe! Das bin ich!« wiederholte sie und Tränen füllten ihre blauen Augen; sie seufzte schwer auf, als müßte ihr die Brust springen, und lief hinters Haus, wo sie, ohne auf den Regen zu achten, lange und kläglich weinte, daß Anna selbst hinausging, um sie ins Haus zu holen, sie zu beruhigen und zu trösten.

»Mit Weinen wirst du es nicht ändern können; auch uns ist es nicht leicht, aber dir, arme Waise, muß das ja noch viel schwerer sein«, sprach sie voll Güte.

»Laß Weinen Weinen sein, wenn erst ein Jahr vorüber ist, dann wollen wir ihr ein solches Hopfenlied singen, daß sie rein den Verstand verliert«, ließ sich Gusche auf ihre Art aus.

»Jetzt ist nicht die Zeit zum Spaßmachen!« wies Anna sie zurecht.

»Ich red' doch die reine Wahrheit! Ist sie denn nicht noch jung und schön, nicht wohlgestaltet und reich! Die wird sich mit dem Stock gegen das Mannsvolk wehren müssen.«

Jagna entgegnete nichts; Anna aber trug das Futter für die Ferkel hinaus und spähte auf den Weg.

»Was ist da bloß passiert?« dachte sie besorgt. »Sie wollten ihn doch Sonnabend frei lassen, und jetzt haben wir schon Montag und von ihm ist nichts zu hören und nichts zu sehen.«

Aber zum Sorgen blieb ihr keine Zeit, denn der Rest des Heus und die ganze Kleernte mußte geharkt werden; der Regen war im vollen Gange, ohne auch nur für einen Augenblick nachzulassen.

Bald nach Mittag erschien der Propst mit dem Organisten, es kamen auch die von der Brüderschaft der Lichttragenden und etliche andere noch. Sie legten Boryna in den Sarg, den Mathias mit einigen Holzstiften zuhämmerte; der Priester hielt eine Andacht ab, besprengte sodann den Sarg mit geweihtem Wasser, und so fuhren sie ihn denn unter leisen Gesängen nach der Kirche, wo Ambrosius schon dabei war, die Totenglocke zu lauten.

Als sie von der Überführung zurückgekehrt waren, wehte ihnen eine solche Leere und unheimliche Stille entgegen, daß Fine losschluchzte. Anna sagte zur Gusche, die dabei war, die Stube in Ordnung zu bringen:

»Obgleich er so lange doch schon wie ein Toter war, so hat man doch immer noch den Herrn im Haus gespürt.«

»Kommt Antek zurück, dann wird auch der Hausherr wieder da sein«, versuchte sich die Alte einzuschmeicheln.

»Wenn er doch nur bald käme«, seufzte sie sehnsüchtig.

Da aber die Erde von grauen, naßkalten Nebeln verhüllt war und der Regen ununterbrochen niederrann, so daß eine Menge Arbeit noch zu verrichten blieb, wischte sie sich die Tränen aus den Augen, holte tief Atem und fing an, die anderen anzutreiben.

»Kommt, Leute! Und wenn es auch der Erste wäre, der gestorben ist, so bringt ihn doch keiner uns wieder zurück, das ist wie ein Stein, der ins tiefe Meer fällt, und die Erde will nicht warten, sie muß bestellt werden.«

Sie führte sie gleich über den Zaunüberstieg aufs Feld, wo die Kartoffeln behackt werden sollten; nur Fine blieb zurück, um die Kinder zu bewachen, und weil sie sich nicht ganz wohl fühlte und ihr Leid noch nicht bezwingen konnte. Waupa lag bei ihr, ohne sie auf einen Augenblick zu verlassen, und auch Witeks Storch hatte sich zu ihr gesellt; er stand auf der Galerie auf einem Bein, wie ein Wachtposten. Der Regen wollte gar nicht aufhören, er stäubte dicht herab und war ganz warm; die Vögel hörten auf zu singen, und jegliche Kreatur verkroch sich still. Die ganze Welt verstummte allmählich und schien in dem tauchten, rieselnden Tropfenfall ganz versunken zu sein, nur hier und da kreischten die Gänse auf und planschten in den bläulichen, schaumbedeckten Pfützen herum.

Die Sonne kam erst im Untergehen als eine feurige Kugel hervor und zündete rote Gluten in den Pfützen und den niederhängenden Regentropfen an.

»Morgen haben wir gutes Wetter, das ist sicher!« redeten die vom Felde Heimkehrenden untereinander.

»Es könnte noch mehr regnen, das ist das reine Gold für die Erde.«

»Die Kartoffeln waren aber auch schon auf dem letzten.«

»Und der Hafer, hat der denn vielleicht nicht gelitten!«

»Ja, ja, wir können Regen brauchen.«

»Wenn es doch nur mal so drei Tage regnen wollte«, seufzte einer von ihnen.

Und es regnete denn auch gleichmäßig, reichlich und ruhig bis in die Nacht hinein, so daß die Leute zufrieden in der abgekühlten, duftenden Abendluft lange noch vor den Haufern stehenblieben. Indessen riefen die Gulbasjungen die Dorfjugend nach den Anhöhen hinter dem Dorf zusammen, um dort die Frühlingsfeuer abzubrennen, da gerade der Vorabend von St. Johanni war. Wegen der Dunkelheit und des schlechten Wetters ließ sich freilich kaum einer hinauslocken, so daß nur hin und wieder am Wald ein schwaches Feuerchen aufleuchtete.

Witek redete Fine schon seit dem Eintritt der Dämmerung zu, daß sie mit ihm zu den Frühlingsfeuern hinauslaufen sollte, aber sie antwortete ihm kläglich:

»Ich lauf' nicht hin; was soll ich da? Damit hab' ich doch nichts zu tun ...«

»Wir brennen nur an, überspringen das Feuer und laufen dann gleich wieder nach Haus«, bat er inständig.

»Du sollst zu Hause bleiben, sonst sag' ich es der Anna«, drohte sie.

Er rannte doch hin und kehrte erst nach dem Abendessen hungrig und ganz mit Schmutz besudelt zurück. Der Regen hatte nicht für einen Augenblick aufgehört; die ganze Nacht regnete es, und erst am hellen Tag, als die Leute schon zur Totenmesse zogen, hörte es endlich auf.

Doch die Sonne zeigte sich nicht; die Welt war wie in einen grauen Dunst gehüllt, aus dem die Felder und die Garten im lebhaften Grün hervorschimmerten; von überall kam das Wasser silbernen Gespinsten gleich herangeflossen. Die Luft war frisch, selbst etwas kühl, und duftete würzig; bei jedem Windhauch sprühten die Regentropfen von den Asten, die Vögel lärmten, die Hunde bellten froh, sich mit den Kindern auf den Wegen jagend, und jede Stimme schnellte hell auf. Die Erde, die gesättigt und voll verhalten er Kräfte dalag, schien in einem unaufhaltsamen Wachstum zu schwellen.

Nachdem Hochwürden die Trauermesse gelesen hatte, setzte er sich dem Pfarrer aus Slupia und dem Organisten gegenüber, die schon ihre Plätze in den Bänken vor dem Hauptaltar eingenommen hatten, und gemeinsam fingen sie alsbald an, lateinische Lieder zu psalmodieren.

Boryna lag hoch oben auf dem Katafalk, umstellt von einem Wald weißer flackernder Kerzen; und ringsherum kniete in Ehrfurcht das ganze Dorf, betend und in die langgezogenen klagenden Gesänge versunken, die zuweilen fast zu einem grausigen Schrei anwuchsen, so daß die Lauschenden ein Grauen ankam und ein grausamer Schmerz die Herzen zusammenpreßte; dann wieder schwellten sie ab zu einem ergreifenden klagenden Aufseufzen, so daß die Seelen entsetzt zusammenschraken und die Tränen von selbst aus den Augen stürzten; und sie erhoben sich abermals wie wundersame himmelanstrebende Engelsgesänge, die von ewiger Glückseligkeit singen, so daß das Volk schwer seufzte, manch einer sich die Augen wischte und hin und wieder sogar einer herzlich ausweinen mußte.

Das dauerte so eine gute Stunde lang, und als sie mit dem Singen fertig waren, entstand ein Getöse; man fing an, sich von den Knien zu erheben, und Ambrosius begann die Lichter vom Katafalk zu sammeln und sie unter die Anwesenden zu verteilen. Der Priester sang noch etwas vor dem Sarg, beräucherte ihn, so daß blaue Dünste ihn zu umwehen begannen, besprengte ihn mit geweihtem Wasser, und mit dem letzten Ton des Liedes noch auf den Lippen wandte er sich dem Ausgang zu, dem Kreuz nach, das vorangetragen wurde.

Die Kirche erbebte vor Weinen und Aufschluchzen, denn es griffen schon die ersten Hofbauern nach dem Sarg, dann hoben sie ihn in den mit Stroh ausgepolsterten Korbwagen; die Gusche aber steckte ganz heimlich, damit es die Priester nicht merken sollten, einen in weißes Linnen gewickelten Laib Brot unter den Sarg, während Pjetrek die Zügel strammer zog, mit der Peitsche durch die Luft schnitt und sich ungeduldig nach den Priestern umblickte.

Die Totenglocken stöhnten auf, man trug die schwarzen Fahnen heraus, die Lichter wurden angezündet, Stacho brachte das Kreuz herbei, und die Priester stimmten das: »*Miserere mei Deus ...*« an.

Und das furchtbare Lied des Todes schluchzte auf zu einem uferlosen Weinen in seiner grausigen düsteren Melodie.

Sie zogen langsam durch den Pappelweg dem Friedhof zu.

Die schwarze Fahne mit dem Totenkopf bauschte sich auf im Wind wie ein dunkler grausiger Vogel und schwebte voran, und hinterdrein schwankte blitzend das silberne Kreuz und dehnte sich der lange Zug der Lichttragenden aus, gefolgt von den Priestern in den schwarzen Kappen.

In der Mitte des Auges fuhren sie den Sarg; er stand in erhöhter Stellung im Stroh, so daß ihn alle immerzu vor den Augen hatten, und ihm nach kam langsamen Schritts die Familie, wehklagend und weinend, daneben aber, wie es sich gerade machte, drängte sich das ganze Dorf und folgte still und trauervoll dem Zug.

Der neblige graue Himmel hing tief herab, als hätte er sich auf die gewaltigen Pappelbäume gestützt, die sich über den Weg beugten. Alles stand bewegungslos und vorgebeugt da, als wollte es auf die Klagelieder lauschen, und als ein Wind vorüberstrich, so daß die Bäume aufrauschten und die Getreidefelder aufwogten, fielen die Tropfen dicht von den Zweigen, wie stille Tränen, und die bewegten Getreidefelder ließen ihre schweren Ähren hin und her wogen und verneigten sich immer tiefer, als wollten sie ihrem Herrn in einem demütigen Gruß zu Füßen sinken.

Das Lied, das die Priester sangen, war in der Lust zerflossen, und plötzlich hatte sich ein Schweigen der Seelen bemächtigt; nur die Glocken stöhnten immerzu und klangen mit düsterer Stimme und riefen etwas in den wolkigen Himmel hinaus, nach den Wäldern hinüber in die nebligen Weiten; die Lerchen fangen über den Feldern, der Wagen knarrte zuweilen, die Fahrten pufften auf im Wind, der Schmutz planschte unter den Füßen, und immer wieder erhob sich das schmerzliche Weinen der Waisen.

»Miserere mei Deus«, nahm wieder der Priester den Gesang auf, und es antwortete ihm der Pfarrer aus Slupia, der Organist und der Schmied, der über Hochwürden einen Regenschirm hielt, da ein feiner Regen wieder eingesetzt hatte.

Und das grausige Lied klang so trostlos, daß schwere, hoffnungslose Trauer die Herzen verdüsterte, daß ein Leid ohne Grenzen auf die Seelen fiel und ein schmerzliches Grübeln wie beißender Rauch über sie kam.

Jesu, sei uns Sündigen gnädig! Barmherziger Jesu!

Oh Menschenlos, unwiderrufliches Schicksal!

Und was nützt dir dein schweres Bemühen? Und was ist denn dieses Menschenleben, das wie Schnee spurlos zerrinnt, so daß die eigenen Kinder sich dessen nicht entsinnen werden?

Nichts als Leid, als Weinen und Dulden ist dein Leben ...

Und was ist Glückseligkeit, Wohlergehen und Hoffnung?

Rauch und Moder, Trug und rein gar nichts ...

Und was bist du selbst, Mensch, der du dich blähst, hochmütig tust und dich stolz über jegliches Geschöpf erhebst?

Wie ein Windhauch bist du, der Gott weiß woher kommt und Gott weiß wozu bläst und Gott weiß wohin verweht ...

Und du willst dich für den Herrn der Welt halten, Mensch? ...

Und wenn dir einer selbst das Paradies schenkte – verlassen mußt du die Erde doch.

Und wenn dir einer alle Macht zuteil werden ließe – der Tod wird sie dir entreißen.

Und spräche man dir den größten Verstand zu – Moder wirst du doch.

Du wirst dein Los nicht überwinden, armseliges Geschöpf, du wirst den Tod nicht besiegen, nein ...

Denn also ist es, daß du hilflos, schwach und unfruchtbar bist, wie jenes Blättlein, das der Wind durch die Welt treibt.

Und also ist es, Mensch, daß dich der Tod in seinen Klauen hält wie jenes Vögelein, das aus dem Nest genommen worden ist, das freudig schirpt und mit den Flügelein schlägt, ohne zu wissen, daß eine verräterische Hand es bald würgen und ihm das liebe Leben rauben wird.

Oh, Seele, warum schleppst du den menschlichen Leichnam? Oh, warum?

So fühlte das Volk, so sann es und überlegte es und sah dabei traurig über die grünen Lande und ließ die sehnsüchtigen Augen durch die Welt schweifen und seufzte schwer im unaussprechlichen Schmerz, bis daß die Gesichter zu Stein erstarrten und die Seelen erbebten.

Aber auch das wußten sie, daß die einzige Zuversicht des Menschen die Gnade Jesu sei, und seine einzige Zuflucht sein heiliges Erbarmen.

»Secundum magnam misericordiam tuam ...«

Die schweren lateinischen Worte fielen wie hartgefrorene Erdschollen nieder, so daß sie unwillkürlich die Köpfe neigten, wie vor den unerbittlichen Sensenhieben des Todes, doch sie gingen unaufhaltsam weiter; hart und gefaßt kamen sie des Wegs daher, und sie waren wie die festen grauen Findlinge, die auf den Feldrainen liegen, zu allem entschlossen und furchtlos, waren wie Brachland und wie die üppigen blütendurchwirkten Felder, und waren auch wie die Bäume kräftig und zerbrechlich zugleich, wie Bäume, die der Blitz jeden Augenblick zerschmettern kann, um sie in die Hand des Todes zu geben, und die dennoch sich zur Sonne emporrecken und das tiefe, freudige Lied des Lebens singen ...

Das ganze Dorf ging im dichten Gedränge, und jeder war so in seiner Trauer versunken, daß er wie allein und verlassen durch eine endlose Leere ging, und jeder hatte sich so versonnen und war so sein mit seinen Gedanken, daß es ihm schien, als sähe er mit seinen vor Tränen glasigen Augen wie ihm da Ahn und Urahn hinausgetragen wurden nach jenem Gottesacker, der schon zwischen den dicken Stämmen der Pappeln sichtbar war ...

Die Glocken läuteten immerzu, und das düstere Lied dröhnte immer klagender; der Friedhof war nicht mehr weit, er wuchs mit seinen Baumgruppen, mit seinen Kreuzen und Totenhügeln aus den Getreidefeldern hervor und schien sich aufzutun wie ein grausiger unersättlicher Schlund, in den langsam und unaufhaltsam die ganze Welt versinkt; und manch einem war es schon, als ob in dieser regnerischen Luft, durch die die Glockenstimmen von allen Seiten drangen, Kerzenflammen überall aufleuchteten, wehende schwarze Fahnen geisterten und Gesänge dahinflossen, als ob schon aus jedem Haus Särge hinausgetragen würden, als ob auf allen Wegen Leichenzüge daherkämen, und jeder Mensch einen zu beweinen hätte und klagte und schluchzte, so daß der ganze Himmel und die Erde ein einziger Klageschrei wären und alles in einem Geriesel endloser bitterer Tränen in den Abgrund versänke ...

Der Leichenzug wandte sich schon auf den Steg, der zum Friedhof führte, als der Gutsherr ihn einholte. Er stieg aus seinem Wagen und ging im größten Gedränge dicht neben dem Sarg im Zuge mit; der Weg war eng, dicht mit Birken bepflanzt, und die Kornfelder säumten ihn von beiden Seiten ein.

Und als die Priester zu singen aufhörten, stimmte die Dominikbäuerin, die niedergebeugt und halb blind an Jagna geklammert einherging, das Lied an: »Wer sich in den Schutz des Herrn begibt.«

Sie fielen eifrig und voll Inbrunst ein, als ob sie sich mit ihren erschrockenen Seelen an dieses herzliche Lied klammern wollten.

Und so betraten sie singend und voll Zuversicht den Friedhof.

Die ersten Hofbauern hoben den Sarg auf ihre Schultern, und selbst der Gutsherr legte mit Hand an; man trug ihn über die gelben Sandwege, zwischen den blumenbedeckten Totenhügeln, zwischen Gras und Kreuzen hindurch bis hinter die Kapelle, wo in einem Gebüsch aus Haseln und Fliedersträuchern das frisch aufgeschaufelte Grab schon wartete.

Ein jammervolles Aufweinen und einige schrille Schreie zerrissen die Luft.

Fahnen und Lichter umringten die tiefe Grube, das Volk knäuelte sich zusammen und drängte vorwärts, ängstlich in die leere, lehmige Tiefe starrend ...

Und als sie noch einiges gesungen hatten, stellte sich der Pfarrer auf einen Haufen ausgeschaufelten Sandes, wandte sich ihnen zu und sagte mit donnernder Stimme:

»Christliches Volk! Leute!«

Es wurde plötzlich still, nur die Glocken stöhnten aus der Ferne, und Fine, die mit ihren Händen sich an den väterlichen Sarg klammerte, wimmerte kläglich auf, auf nichts mehr achtend.

Der Pfarrer aber nahm eine Prise, nieste ein paarmal, und nachdem er mit seinen noch tränenden Augen um sich geblickt hatte, sprach er weit vernehmbar:

»Brüder, wen wollt ihr denn heute beerdigen, wen denn?

Den Matheus Boryna! sagt ihr.

Und ich sag' euch – den ersten Hofbauer, den ehrlichen Menschen und einen gerechten Katholiken begrabt ihr ... Ich kannt' ihn nämlich seit Jahren und lege hier das Zeugnis ab: daß er jedem zum Vorbild gelebt, Gott gelobt, gebeichtet hat und der heiligen Sakramente teilhaftig geworden ist, und für die Armen hat er eine offene Hand gehabt.

Ich sag' euch: eine offene Hand!« wiederholte er, schwer nach Atem ringend.

Das Weinen erscholl rings um ihn, lauter und immer öfter ließen sich schwere Seufzer vernehmen, bis er, nachdem er Atem geschöpft hatte, sich noch wehmütiger vernehmen ließ:

»Und er hat nun sterben müssen, der Arme! Sterben hat er müssen! ...

Der Tod hat ihn sich gewählt, wie der Wolf, der aus der Herde den fettesten Hammel holt, und mitten am hellen Tag, vor den Augen aller, und daran kann ihn niemand hindern.

Wie ein hochragender Baum, in den der Blitz fährt, so daß er zerspalten niederstürzt, so ist auch er durch die arge Sense des Todes niedergemäht worden.

Aber er ist nicht ganz gestorben, wie uns die Heilige Schrift sagt.

Und nun ist dieser Wanderer vor den Toren des Paradieses angekommen, klopft an und fleht, daß man ihm auftue, bis Sankt Petrus ihn fragt:

›Wer bist denn du, und was ist dein Begehren?‹

›Boryna bin ich aus Lipce und bitte um die Gnade des Herrn ...‹

›So haben dir die da unten, deine Brüder, zugesetzt, daß du dein Leben hast von dir tun müssen, was?‹

›Alles will ich sagen‹, spricht da der Matheus, ›macht mir nur erst die Himmelstüre auf, Sankt Petrus, daß mich etwas die Gnade des Herrn anwärmt, denn ich bin zu Eis gefroren auf dieser Erdenwanderschaft.‹

Sankt Petrus tut ein klein wenig die Pforte auf, läßt ihn aber noch nicht hinein und spricht:

›Und lüg' du mir nicht, denn hier kannst du keinem was vorzigeunern. Rede, Seele, offen, warum hast du die Erde verlassen? ...‹

Und da, sieh, da liegt Matheus auf den Knien, das Engelsingen und die Schellen wie zum heiligen Hochamt hat er vernommen und antwortet mit Weinen:

›Die Wahrheit werd' ich sagen, wie in der Beichte: ich konnt' nicht länger aushalten, weil da die Menschen wie die Wölfe aufeinander losgehen, weil da nur Zank und Hader und Gotteslästerung ist ... Das sind keine Menschen, Sankt Petrus, keine Geschöpfe Gottes, nur tolle Hunde und stinkende Schweine. Und es ist so schlecht in der Welt, daß es gar nicht mehr zu sagen ist ...

Jeder Gehorsam ist weg, und die Ehrlichkeit ist weg, und das Mitleid ist weg, Bruder erhebt sich gegen Bruder, Kinder gegen Eltern, Frauen gegen ihre Männer, Diener gegen den Herrn ... sie achten nichts mehr, weder Alter noch Amt, nicht einmal den Priester ...

Der Böse regiert in den Herzen und unter seiner Anleitung regiert die Zügellosigkeit, und Trunksucht, und alle Schlechtigkeiten gedeihen immer mehr.

Der Schuft sitzt neben dem Schuft und betrügt ihn noch mit einem Schuft.

Überall nur List und Betrug, böse Unterdrückung und Diebereien, und was du hast, das darfst du nicht aus der Faust lassen, sonst werden sie es dir gleich wegreißen.

Und wäre es selbst die beste Wiese, so werden sie sie dir zertrampeln und kahl werden.

Und selbst diese einzige Scholle, die du hast, auch die pflügen sie sich noch mit zu ihrem ein.

Und läßt du nur ein einziges Huhn aus dem Hof, gleich fallen sie darüber her, wie die Wölfe.

Und vergiß mal nur ein Stück Eisen oder Tau, das lassen sie nicht ungeschoren und stecken's ein, wenn es selbst dem Priester seins wäre.

Saufen tun sie nur und Zügellosigkeiten treiben, vernachlässigen ganz den Gottesdienst; hündische Heiden sind das und arge Christusmörder, so daß selbst die Juden noch ehrlicher und gottesfürchtiger sind.‹

›So geht es also zu in dem Kirchspiel von Lipce?‹ unterbricht ihn da Sankt Petrus.

›Überall ist es nicht besser, aber in unserem Kirchspiel ist schon rein das Schlimmste los.‹

Und Sankt Petrus schlug die Hände zusammen, runzelte die Brauen und rollte mit den Augen, und mit der Faust zur Erde drohend, sagte er:

›So seid ihr da unten, ihr Lipceleute? Solche Gesellschaft! Daß euch, ihr ekligen Räuber, Heidenvolk ... schlechter seid ihr noch wie die Deutschen. Gute Jahre habt ihr, fruchtbares Land, Triften und Wiesen und jeder ein Stück Wald, und so führt ihr euch da auf! ... Das Brot bläht euch auf, ihr Lumpen! Ich werd' es schon dem Herrn Jesus sagen, das tu' ich, der wird euch schon die Zügel strammer ziehen.‹

Da fing Matheus an, seine Leute zu verteidigen, aber Sankt Petrus wurde noch zorniger und trampelte und schrie:

›Verteidige du sie mir nicht, die Hundesöhne! Und das will ich dir nur sagen: wenn mir diese Judasse sich nicht in drei Wochen bessern und Buße tun, dann werde ich ihnen mit solcher Hungerszeit zusetzen, mit solchen bösen Seuchen, ... das lebendige Feuer schick' ich ihnen 'runter, daß sie an mich denken sollen, diese Schufte.«

Mächtig hatte der Pfarrer gesprochen, seine Worte gingen zu Herzen, und er drohte mit einem solchen Gotteszorn und fuchtelte so mit den Fäusten herum, daß ihm ringsum Schluchzen antwortete und das Volk zu weinen und sich reuevoll vor die Brust zu schlagen anfing ...

Der Priester aber fing, nachdem er sich etwas verschnauft hatte, wieder an, über den Verstorbenen zu reden und daß er für alle gestorben sei ...

Und er mahnte zur Eintracht, mahnte laut zur Gerechtigkeit, rief, sie sollten sich in ihrem sündigen Lebenswandel zügeln, denn man weiß ja nicht, wem als erstem die letzte Stunde schlagen wird, so daß er vor Gottes furchtbarem Gericht erscheinen muß ...

Selbst der Gutsherr wischte sich die Augen mit der Faust.

Bald darauf waren die Priester mit ihrer Mühewaltung fertig und gingen mit dem Gutsherrn davon; und kaum hatten sie den Sarg in die Grube gelassen und angefangen, den Sand darauf zu schütten, so daß es dumpf widerhallte, da brach, mein Jesus, ein Geschrei los und solches Wehklagen, daß es selbst den Härtesten erweicht hätte.

Es heulte die Fine, die Magda, die Anna, und alle die Muhmen heulten mit, es weinten, die ihm nahestanden, und die anderen alle; am kläglichsten aber schluchzte Jaguscha; es hatte sie etwas so gepackt, daß sie gar nicht wieder mit dem Schreien aufhören konnte.

»Hale, jetzt winselt sie, und was hat sie mit dem Seligen angestellt!« murmelte eine der danebenstehenden Frauen, und die Ploschkabäuerin fügte hinzu, sich dabei die Augen trocknend:

»Die weint sich da die Gnade zurecht, daß man sie nicht aus dem Hof jagt.«

»Die denkt wohl, daß sie Dumme findet, die ihr glauben!« sagte die Organistin laut.

Aber Jagna wußte nichts mehr von der ganzen Welt, sie warf sich in den Sand und schluchzte so kläglich, als schüttete man über ihren Leib diese rieselnden Erdmassen, als dröhnten über ihrem Leichnam die düsteren Glockenstimmen, als wäre es ihr eigenes Grab, an dem die anderen weinten ...

Und die Glocken läuteten immerzu, als wollten sie es dem Himmel klagen; und all das Weinen und Jammern über dem frischen Grabhügel klang, als wollte es über das unerbittliche Menschenlos Klage führen und gegen das ewige Unrecht, das den Menschen geschah, Widerspruch erheben.

Sie fingen an, langsam auseinanderzugehen; manch einer kniete noch unterwegs an einem Grabhügel nieder und sprach ein Gebet für seine Toten, einige irrten nachdenklich zwischen den Gräbern umher, und die meisten schickten sich schon allmählich an heimzugehen, wobei sie sich noch erwartungsvoll umsahen, denn der Schmied und Anna luden schon einzelne, wie das so bei Begräbnissen Sitte ist, zum Totenbrot ein.

Nachdem der Grabhügel glattgeklopft war und man das schwarze Kreuz aufgerichtet hatte, nahmen sie die Waisen in ihre Mitte und zogen in einem ganzen Haufen, leise miteinander redend, sie beklagend und selbst zuweilen mitweinend, zum Friedhof hinaus.

In Borynas Stube war schon alles entsprechend hergerichtet, an den Wänden entlang waren ringsum Tische und lange Bänke aufgestellt, und kaum hatten sie Platz genommen, tischte man Brot und Schnaps auf.

Sie tranken einander mit Ernst und Würde zu, langten nach dem Brot, und während sie schweigend aßen, begann der Organist aus einem Buch geeignete Gebete vorzulesen, und darauf sangen sie eine Litanei für die Seele des Toten; sie fangen bereitwillig und voll Eifer und unterbrachen sich nur, wenn der Schmied die Flasche von neuem die Runde machen ließ und Gusche das Brot herumreichte.

Die Frauen hatten sich auf der anderen Seite bei Anna versammelt; sie tranken dort Tee, aßen süßen Kuchen und sangen, von der Organistin angeführt, so herzlich und so durchdringend, daß die Hühner im Garten erschrocken aufgackerten. So also, des Toten gedenkend, aßen sie und tranken für sein Seelenheil, wie es sich für einen solchen Augenblick und einen solchen Hofbauer schickte ...

Der Totenschmaus war reichlich, und Anna lud dabei noch immerzu herzlich ein, zuzulangen, weder an Essen noch an Trank sparend, obgleich manch einer schon zur Mütze langen wollte, denn es war Mittag geworden; man aß Milchsuppe mit Klößen, geschmortes Fleisch mit Kohl und reich mit Fett übergossenes Erbsenmus.

»Bei den anderen kriegt man es nicht einmal zur Hochzeit so!« murmelte die Balcerekbäuerin.

»Hat der Tote vielleicht wenig nachgelassen?«

»Die haben was, woran sie sich trösten können.«

»Bar Geld haben sie gewiß ordentlich was eingesteckt ...«

»Der Schmied beklagt sich, daß welches da war, und daß es irgendwer beiseite gebracht hat.«

»Der klagt und hat es gewiß irgendwo gut versteckt.«

So redeten die Frauen untereinander, bedachtsam die Schüsseln auslöffelnd, und nahmen sich vor Anna in acht, die ununterbrochen darüber wachte, daß jeder das Seine bekam; auf der Seite der Männer erhob sich der schon etwas angetrunkene Organist von seinem Platz und begann mit dem Glas in der Hand den Seligen mit so hochtrabenden Reden und lateinischen Sprüchen zu bedenken, daß alle, obgleich sie nicht viel davon verstanden hatten, die Rührung ankam, wie bei einer Predigt.

Ein Stimmengewirr war schon entstanden, und die Gesichter wurden rot, denn die Flasche machte oft die Runde, und die Gläser klirrten gehörig; mancher tastete aber nur noch mehr nach seinem Schnapsglas und umhalste mit dem anderen Arm den Gevatter, irgend etwas mit steifer Zunge vor sich hinlallend. – Es versuchten noch etliche ein Klagelied anzustimmen und des Seligen zu gedenken, aber niemand stimmte mehr ein, und niemand achtete auf sie; denn alle redeten schon durcheinander, suchten sich nach Belieben ihre Kumpane heraus, verbrüderten sich mit ihnen, immer wieder einander zutrinkend, und die, die den Schnaps besonders liebten, schlichen sich von dannen, um nach der Schenke zu gehen. Einzig Ambrosius war heute nicht der Alte. Natürlich trank er ebensoviel wie die anderen und vielleicht selbst noch mehr, denn er machte immer wieder Anspielungen auf den Schnaps; aber er saß eigentümlich verstimmt in der Ecke, wischte in einem fort an seinen Augen herum und seufzte schwer.

Es stieß ihn einer an und versuchte ihn zu lustigen Erzählungen anzufeuern.

»Rühr' mich nicht an, denn mir ist nicht gut!« brummte er zur Antwort – ich sterb' jetzt bald, das ist schon so ... Nur die Hunde werden mir was nachweinen und ein Frauenzimmer wird mir auf einem geborstenen Topf nachläuten«, flennte er vor sich hin. »Wie soll das denn auch anders sein, ich war doch schon bei Matheus seiner Taufe zugegen. Auf seiner Hochzeit hab' ich getanzt! Seine Eltern hab' ich begraben! Ich weiß es noch gut! Du lieber Jesus, über wie vielem Volk hab' ich die Erde zurechtgeklopft! ... Und jetzt ist es Zeit auch für mich! ...«

Er erhob sich plötzlich und ging schnell in den Obstgarten hinaus; Witek erzählte später, daß der Alte bis spät in die Nacht hinter dem Haus gesessen und geweint hätte ...

Natürlich kümmerte sich niemand um ihn, jeder hatte genug an seinen Sorgen, und außerdem waren auch noch, gerade als es schon dunkelte, ganz unerwartet der Pfarrer und der Gutsherr gekommen.

Der Priester tröstete die Waisen gütig, strich den Kindern über die Köpfe, unterhielt sich mit den Bäuerinnen und trank selbst gerne eine Tasse Tee, die ihm Fine gereicht hatte; der Gutsherr aber nahm vom Schmied ein Glas Schnaps an, nachdem er sich schon vordem mit diesem und jenem über allerhand Dinge unterhalten hatte, trank den Anwesenden zu und sagte zu Anna:

»Wenn es einem leid um Matheus tut, dann bin ich gewiß der erste dazu, denn würde er jetzt noch leben, dann könnte ich mich mit dem ganzen Dorf auf friedlichem Wege einigen. Vielleicht würde ich das auch geben, was ihr früher habt haben wollen!« ließ er sich ganz laut vernehmen und sah sich rings in der Stube um. – »Aber habe ich denn jetzt noch einen, mit dem ich so was bereden kann? Durch den Bauernkommissar will ich das doch nicht machen, und aus dem Dorf ist mir keiner als Erster entgegengekommen! ...«

Sie hörten, jedes seiner Worte abwägend, gespannt zu.

Er versuchte noch auf verschiedenerlei Weise ihnen beizukommen; aber als hätte er zu einer Mauer geredet, so saßen sie da, keiner wollte sich an der Zunge ziehen lassen, niemand tat seinen Mund auf, sie pflichteten ihm nur bei, sich die Köpfe kratzend und einander bedeutungsvoll ansehend, so daß er, als er gemerkt hatte, daß er nicht imstande sein würde, ihr wachsames Mißtrauen zu besiegen, nach dem Priester rief und mit ihm zusammen, von einem ganzen Haufen bis in den Heckenweg begleitet, davonging.

Nach seinem Fortgang begann man sich erst darüber zu wundern und sich den Kopf zu zerbrechen.

»Na, na, daß der Gutsherr selbst zu einem Bauernbegräbnis gekommen ist!«

»Er braucht uns, da kann er kommen und schön tun«, sagte der Ploschka.

»Und warum sollte er denn das nicht vielleicht auch aus gutem Herzen getan haben, was?« verteidigte ihn der Klemb.

»Die Jahre hast du, aber Verstand hast du noch nicht genug gesammelt. Wann wäre denn das gewesen, daß ein Gutsherr dem Dorf mit Freundschaft kommt?«

»Da steckt sicherlich was dahinter, da er es so eifrig mit dem Friedenmachen hat!«

»Das ist so, daß er ihn nötiger hat wie unsereiner.«

»Und wir können warten, das können wir schon!« rief der betrunkene Sikora.

»Ihr könnt es vielleicht, aber die anderen nicht!« schrie Gschela, der Bruder des Schulzen, wütend drauflos.

Sie fingen schon an, sich hier und da zu streiten und aufeinander einzureden, denn der eine redete dies, und der andere wollte seins beweisen, und der dritte war wieder ganz anderer Meinung, und andere wiederum murmelten vor sich hin:

»Er soll uns den Wald und den Boden geben, dann wollen wir uns mit ihm vertragen.«

»Man braucht keinen Frieden, da kommt schon noch eine neue Verteilung von der Regierung aus, das sollt ihr sehen, und dann kriegen wir so wie so alles. Laß ihn, hundsverdammt nochmal, mit den Bettelsäcken losziehen für das Unrecht, das er uns getan hat.«

»Die Juden drücken ihn, da bettelt er um Hilfe bei den Bauern.«

»Und früher, da wußte er nichts anderes als einen anzuschreien: aus dem Weg, Lausepack, sonst gibt's was mit der Peitsche! Hat er das nicht geschrien?«

»Ich sag' es euch, glaubt dem Gutsherrn nicht; jeder von diesen Herren bereitet dem Bauernvolk Verderben«, rief einer, der schon ganz betrunken war.

»Hört doch, Leute!« schrie plötzlich der Schmied los. »Ich will euch ein kluges Wort sagen: wenn der Gutsherr Frieden will, dann muß man mit ihm Frieden machen und nehmen, was sich kriegen läßt, ohne Birnen vom Weidenbaum pflücken zu wollen.«

Darauf erhob sich Gschela, der Bruder des Schulzen, und rief laut:

»Das ist die reine Wahrheit! Kommt nach der Schenke, da wollen wir uns beraten.«

»Und ich will euch allesamt bewirten«, sagte der Schmied bereitwillig.

Sie wandten sich im ganzen Haufen dem Heckenweg zu.

Es dunkelte schon etwas, das Vieh kam von der Weide nach Haus, und durch das ganze Dorf hallte Gebrüll, Gänsegeschnatter, die hellen zwitschernden Liedlein der Weidenflöten und Kindergeschrei und Singen.

Die Männer aber gingen, trotz dem Dawiderreden der Frauen, zur Schenke; nur der Sikora blieb etwas hinter den anderen zurück, hielt sich an den Zäunen fest, und es schien ihn etwas im Halse zu würgen.

Man konnte sie noch weithin hören, wie sie sich laut aufführten; denn manch einer, um sich zu erleichtern, hatte schon ein Liedlein angestimmt oder skandalierte hitzig umher.

Auf dem Borynahof aber, nachdem man nach den Gästen die Tische abgeräumt hatte und der Abend gekommen war, wurde es seltsam still, leer und traurig.

Jaguscha irrte in ihrer Stube herum, wie ein Vogel im Käfig, immer wieder kam sie auf Annas Seite gerannt; als sie aber sah, daß die anderen alle düster und bedrängt herumgingen, lief sie, ohne ein Wort hervorgebracht zu haben, wieder davon.

Das ganze Haus war wie ein Grab, und als sie die Wirtschaft besorgt hatten und mit dem Abendbrot fertig waren, hatte es doch keiner eilig, die Stube zu verlassen, obgleich schon manch einen der Schlaf ankam. Sie saßen vor dem Herd, ins Feuer starrend und ängstlich auf jedes Geräusch horchend.

Der Abend war still, nur hin und wieder strich ein Wind ums Haus, und die Bäume rauschten dann auf, manchmal knackte es im Zaun, oder eine Scheibe klirrte leise, so daß Waupa zu knurren begann und mit gesträubtem Haar aufhorchend stehenblieb, darauf entstand wieder ein langes schier endloses Schweigen.

Sie saßen zuletzt nur noch bebend und ängstlich da, und immer wieder bekreuzigte sich eins von ihnen und begann mit bebenden Lippen ein Gebet zu flüstern; denn allen war es so, als ob sich irgendwo etwas bewegte, auf dem Boden herumginge, so daß die Balken knackten, an den Türen horchte, in die Fenster hineinguckte und gegen die Wände scheuerte; es schien, als ob jemand an die Türklinken faßte, und sich mit schweren Schritten ums Haus schleppte.

Sie horchten, blaß, mit zurückgehaltenem Atem, fast sinnlos vor Angst.

Plötzlich wieherte ein Pferd im Stall auf, Waupa schlug scharf an und sprang nach der Tür, und Fine schrie, ohne länger an sich halten zu können, laut auf:

»Der Vater! O Gott, Vater!« und sie weinte auf vor Angst.

Darauf knackte Gusche dreimal mit den Fingern und sagte mit wichtiger Stimme:

»Heul' nicht, du störst die Seele in ihrer Ruhe, davonzugehen; das Weinen hält sie doch auf der Erde zurück. Macht die Türen auf, daß die irrende Seele zu des Herrn Jesus Gefilden wieder hindurchfindet ... Laß sie nur in Ruhe davonfliegen.«

Sie öffneten die Türen, es wurde ganz still in der Stube, niemand rührte sich, nur die glühenden Augen liefen hin und her, und Waupa schnüffelte in den Ecken herum, winselte hin und wieder, wedelte mit dem Schwanz und schien sich in der Luft an irgend etwas zu streichen; sie fühlten jetzt alle ganz tief, daß zwischen ihnen irgendwo die Seele des Toten einherging.

Bis Anna mit einer bebenden, gepreßten Stimme zu singen begann: »All unsere Tagesmühen!«

Sie sangen mit Inbrunst und mit einer großen Erleichterung mit.

* * *

Ein herrlicher, sommerlicher Tag brach an.

Es mußte schon gegen zehn Uhr sein, denn die Sonne war aus der Mitte des Wegs zwischen Osten und Mittag und brannte immer drauflos, als sich alle Glocken von Lipce laut vernehmen ließen.

Und die, die sie Peter nannten, dröhnte am lautesten und sang wie ein Mann, der zuviel des Guten hat und über die Landstraße torkelt, der ganzen Welt mit einer tiefen Stimme seine Freude verkündend ...

Die zweite, etwas kleinere Glocke aber, von der Ambrosius erzählte, daß man sie einst Paul getauft hatte, klang etwas leiser, aber um so inbrünstiger; in einem höheren Register und sang mit einer hellen reinen Stimme leidenschaftlich wie ein Mädchen, das die Liebe an einem Frühlingstag überkommt, so daß sie aufs Feld rennt, zwischen den Getreidefeldern wandelt und aus vollem Herzen den Winden, den Feldern, dem hellen Himmel und ihrer frohen Seele Lieder singen muß.

Und als dritte zwitscherte die Betglocke wie ein Vogel dazwischen und mühte sich vergeblich, die beiden anderen zu übertönen; sie konnte das nicht zuwege bringen, obgleich sie es mit einer raschen abgerissenen Stimme, wie ein widersprechendes Kind, versuchte. So läuteten sie denn gemeinsam, als wären sie eine richtige Dorfkapelle, denn es klang da wie eine tiefe Baßstimme, wie Geigensingen und wie das Wirbeln einer klirrenden Trommel; sie jubilierten weit vernehmbar und feierlich.

Kirchweih war heute, darum riefen sie das Volk so freudig zusammen. Es sollte doch der Peterpaulstag gefeiert werden, der jedes Jahr festlich in Lipce begangen wurde.

Auch das Wetter war dafür wie ausgesucht, ganz windstill und sonnig; es schien mächtig heiß werden zu wollen, trotzdem hatten schon von Morgengrauen an die Händler angefangen, verschiedene Buden, Kramläden und mit Leinwand überdachte Tische aufzustellen.

Und kaum hatten die Glocken zu läuten begonnen, kaum hatten sich ihre freudigen Stimmen über die Welt verbreitet, als auch schon auf den Wegen, ganz in Staubwolken gehüllt, immer öfter Wagen dahergerollt kamen; auch viele Fußgänger waren unterwegs. Soweit man nur sehen konnte – aus allen Richtungen, auf allen Wegen, Stegen und Feldrainen tauchten Frauen auf in roter Tracht und Männer mit weißen wehenden Kapottröcken.

Sie zogen in einer langen Reihe wie Gänse über die Straße dahin, inmitten der grünen Felder flimmerten immer wieder ihre Kleider auf, beschienen vom heißen Licht der glühenden Sommersonne.

Sie stieg wie ein goldener Vogel immer höher und höher in den blauen, klaren Himmel hinein und sandte immer brennendere Strahlen herab, so daß die Luft über den Feldern schon zu flimmern begann. Noch kam hin und wieder ein frischer Luftzug von den Wiesen und ließ die weißlichen Roggenfelder aufwogen; auch im Hafer krisselte es noch leise, und die jungen Weizenähren zitterten, während der aufgeblühte Flachs wie Wasser in einem blauen Streifen ganz sacht flutete; aber schon fing alles an, in siedende Sonnenglut und Stille zu versinken.

Hei, ein froher Festtag war das, ein wirklicher Kirchweihtag. Die Glocken klangen noch lange in den Tag hinein, und ihre dröhnenden Stimmen gingen so mächtig über das Land, daß die Halme erzitterten und die Vögel erschrocken aufflogen; ihre erzenen Herzen schlugen im gleichmäßigen Takt, und ihr durchdringendes Lied stieg sonnenwärts und klang wie ein Rufen:

»Erbarme dich! Erbarme! Erbarme!«

»Allerheiligste! Unsere Mutter, unsere Mutter, unsere Mutter!«

»Und ich bitte! Und ich bitte! Und ich bitte!«

So sangen sie und verkündeten gemeinsam den hohen Festtag.

Man spürte schon überall in der Lust die Kirchweihstimmung; Festtag war in den mit frischem Grün geschmückten Häusern, in dem von Licht durchleuchteten Umkreis, in den freudigen Stimmen der Menschen und in all dem Unaussprechbaren, was über den Feldern zu wehen schien und die Herzen der Kirchgänger mit stiller, festlicher Seligkeit erfüllte ...

Das Volk eilte in Haufen zu jenem Fest und kam von allen Seiten herangeflutet. Wolken von Staub zogen über alle Wege dahin, Wagengeroll und Pferdegewieher erschollen, Menschenstimmen wurden laut und verbanden sich zu lauten Gesprächen. Manchmal beugte sich einer aus seinem Korbwagen heraus und rief den Fußgängern irgend etwas zu; da schleppte sich irgendein verspäteter Bettler vorwärts, mit klagender Stimme vor sich her singend, und manche kamen, ihre Gebete murmelnd, dahergefahren und sahen sich in stummer Verwunderung um, denn die Erde war wie zu einem Hochzeitstag geschmückt und stand vor ihnen ganz in Blüte und Grün, hallte von Vogelgesängen wider, war erfüllt vom leisen Raunen der Kornfelder und voll von Bienengesumm und so wunderbar, unfaßbar und festlich in ihrer allerheiligsten nährenden Macht, daß einem schier der Atem stockte.

Die Bäume aus den Feldrainen standen wie Wachtposten und starrten in die Sonne; und tiefer, so weit nur das Auge reichen konnte, lagen die grünen Felder und fluteten wie Wasser hin und her, nach den Wegen zu und nach den Rainen und Gräben, die wie geblümte Bänder voll weißer, gelber und lila Farben sich dahinzogen. Es blühte schon der Rittersporn; es blühten die Winden, die aus dem Roggenfeld mit heimlichen, duftenden Kelchen hervorlugten; es blühten die Kornblumen, die an Stellen, wo das Getreide nicht so gut stand, so dicht wuchsen, daß es war, als hätte sich da der Himmel ausgebreitet; es blühten in ganzen Büscheln allerhand wilde Wicken, Hahnenfuß, Gänseblumen und rostrote Disteln, Hederich und Klee, Tausendschönchen und wilde Kamillen und tausende anderer Feldblumen standen in Blüte, deren Namen nur der Herr Jesus weiß, denn für ihn nur blühen sie und duften. Ein Weihrauchdunst stieg von den Feldern auf, ganz wie in der Kirche, wenn Hochwürden das Weihrauchschiffchen schwenkt.

Dieser und jener sog voll Behagen den Duft ein, peitschte auf sein Pferd los und trieb es zur Eile an, denn die Sonne brannte immer feuriger, daß der Schlaf einen schon übermannte und mancher auf seinem Sitz gehörig hin und her schwankte.

Bald füllte sich Lipce bis an den Rand mit Menschen.

Sie kamen und kamen ohne Ende, und überall auf der Dorfstraße, am Weiher, an den Zäunen und in den Höfen, wo man nur etwas Schatten finden konnte, stellten sich die Wagen auf und wurden die Pferde ausgespannt, denn auf dem Platz vor der Kirche war ein solches Gedränge, und so viele Wagen standen da zusammengepfercht, daß es kaum möglich war, sich hindurchzuzwängen.

Das Dorf war geradezu überschwemmt von Menschen, Wagen und Pferden.

Der Lärm wurde immer größer, Stimmen und Zurufe erhoben sich von überallher. Es war als ginge ein Rauschen durch die Menge, wie in einem Wald, den der Wind schüttelt. Die Frauen saßen überall am Weiher, spülten ihre Füße ab, zogen die Stiefel an und machten sich für die Kirche zurecht; die Männer standen im Haufen und besprachen sich nachbarlich miteinander; die Mädchen aber und die Burschen drängten sich gierig auf die Krambuden zu und sammelten sich hauptsächlich um einen Leierkasten, auf dem ein rot ausgeputztes ausländisches Tier allerhand komische Sprünge und Späße machte, so daß sie sich vor Lachen die Seiten hielten.

Der Leierkasten spielte eifrig drauflos, daß manch einem die Füße schon von selber losgehen wollten, und wie zur Begleitung fingen die in einer Doppelreihe von der Vorhalle bis zum Kirchplatz sitzenden Bettler an, ihre Gesänge herzuplärren; ganz am Tor des Kirchhofs aber saß der blinde dicke Bettler, der sich immer von seinem Hund führen ließ und sang am eifrigsten und mit einer alle überschrillenden Stimme.

Kaum hatte man jedoch zum Hochamt geläutet, da ließ auch schon das Volk vom Vergnügen ab und strömte in die Kirche, die sich bald so füllte, daß man sich fast die Rippen eindrückte; und immer wieder kamen noch neue hinzu, drängten sich und fingen schon selbst an zu zanken, aber dennoch mußten die meisten draußen an der Kirchenwand und unter den Kirchhofsbäumen bleiben.

Es waren auch ein paar Priester aus benachbarten Kirchspielen gekommen; sie nahmen draußen unter den Bäumen in den Beichtstühlen Platz, und ohne von dem Gedränge und der Hitze sich stören zu lassen, machten sie sich daran, die Beichte abzunehmen.

Der Wind hatte ganz nachgelassen, und die Hitze war nicht zum Aushalten, das lebendige Feuer floß von oben auf die Köpfe herab; das Volk drängte sich geduldig an die Beichtstühle heran und scharte sich auf dem Kirchhof, vergeblich nach Schatten und Schutz ausspähend.

Der Pfarrer hatte gerade die Messe zu lesen begonnen, als Anna und Fine erst ankamen; da es aber unmöglich war, selbst bis nach der Kirchentüre vorzudringen, so blieben sie in der Sonne am Zaun stehen und sahen sich im Gedränge um, mit einem »Gelobt sei Jesus Christus!« ihre Bekannten begrüßend.

Gleich setzte auch die Orgel ein, und der Gottesdienst nahm seinen Fortgang; die einen knieten, die anderen hockten nur nieder, und alle begannen eifrig zu beten.

Es war gerade Mittag geworden, und die Sonne stand senkrecht über den Köpfen, ihre furchtbare Glut über alles ausgießend, so daß eine Schlaffheit über alles Lebendige kam; weder ein Blatt bewegte sich, noch ein Vogel flog vorüber, und nicht eine Stimme kam von den Feldern. Der Himmel hing leblos wie bis zur Weißglut erhitztes Glas über der Welt, die Luft flimmerte, als wäre sie schon ganz ins Sieden geraten, sie blendete und fraß sich in die Augen ein. Der Boden brannte unter den Füßen, und das Mauerwerk war glühend heiß; das Volk kniete, kaum noch atmend und bewegungslos, im Gebet und schien schon ganz zermürbt vor Hitze.

Erst zur Zeit der Prozession, als die Kirche vor Gesängen erbebte, als sich die Fahnen ihren Weg nach draußen zu bahnen begannen und ihnen nach der Priester durch die Kirchentür hinaustrat, von den Gutsherren geführt, unter einem roten

Baldachin, mit der Monstranz in den Händen, erwachte das in der Sonnenglut kniende Volk und setzte sich in Bewegung, der Prozession folgend.

Gleich nach der Prozession, als die Messe wieder ihren Fortlauf genommen hatte und die Orgel durchdringend erdröhnte, wurde es wieder ganz still auf dem Kirchhof; doch die Schläfrigkeit war schon ganz von ihnen gewichen, das Flüstern der Gebete wurde lauter, und andächtige Seufzer erklangen ringsum; auch die Bettler fingen schon an mit ihren Näpfen zu klappern, und hier und da versuchte man, sich miteinander leise zu unterhalten.

Die Herrschaften aus den umliegenden Herrenhöfen verließen allmählich die Kirche und suchten draußen vergeblich nach einem schattigen Platz, wo sie sich niederlassen konnten; erst als Ambrosius mit Stühlen herankam und unter irgendeinem Baum die Leute verjagt hatte, ließen sie sich nieder und vertieften sich in ein Gespräch.

Auch der Gutsherr aus Wola war da, doch er konnte keine Ruhe finden, wandelte auf und ab, und wenn er nur einen aus Lipce sah, ging er auf ihn zu und redete ihn freundlich an; selbst Anna hatte er bemerkt und drängte sich sofort zu ihr hindurch.

»Ist Eurer schon zurück?«

»Hale, wo sollte er da zurück sein!«

»Ihr sollt doch hingewesen sein, um ihn zu holen?«

»Versteht sich, gleich nach Vaters Begräbnis bin ich hingegangen, aber sie haben auf dem Amt gesagt, daß sie ihn erst in einer Woche freilassen, das wird wohl Mittwoch sein.

»Wie ist es denn mit der Kaution, könnt ihr die schaffen?«

»Der Rochus bemüht sich doch schon darum«, sagte sie vorsichtig.

»Wenn ihr kein Geld habt, dann will ich für Antek bürgen ...«

»Gott bezahl's dem gnädigen Herrn!« Sie beugte sich bis zu seinen Knien herab. »Vielleicht wird der Rochus Rat schaffen, und wenn nicht, dann muß man schon ein anderes Mittel finden.«

»Denkt daran, daß ich für ihn bürge, wenn es nötig ist.«

Er ging weiter, auf die Jaguscha zu, die unweit davon neben ihrer, ganz in ihre Gebete vertieften Mutter saß; da er aber kein geeignetes Wort finden konnte, so lächelte er ihr nur zu und wandte sich wieder nach seinem Platz zurück.

Sie folgte ihm mit den Augen, eifrig nach den Gutsherrinnen hinüberprüfend, die so aufgeputzt waren, daß es einen wundernahm; und, Jesus, wie weiß sie um den Mund und eingeschnitten in der Taille waren. Ein Duft kam von ihnen, rein wie aus einem Weihrauchbecken.

Sie fächelten sich mit irgend etwas, das aussah, wie ein gespreizter Truthahnschwanz. Ein paar junge Gutsherren guckten ihnen immerzu in die Augen, und sie hatten so was miteinander zu lachen, daß die Leute ringsum schon daran Anstoß nahmen.

Plötzlich wurde irgendwo vom Ende des Dorfes her von der Brücke an der Mühle scheinbar ein scharfes Wagengeroll vernehmbar, und eine Staubwolke hob sich bis über die Bäume.

»Das sind wohl welche, die sich verspätet haben«, sagte Pjetrek zu Anna.

»Sie kommen grade zurecht, um die Kerzen auszublasen«, sagte noch einer.

Andere aber bückten sich neugierig über die Mauer und spähten auf den Weg, der um den Weiher lief.

Bald darauf erschien unter dem keifenden Gebell der Hunde eine ganze Reihe gewaltiger Planwagen.

»Das sind die Deutschen! Die Deutschen aus der Waldmeierei!« rief einer.

So war es auch.

Es kamen an die fünfzehn Wagen, die mit ansehnlichen Pferden bespannt waren; unter den Plantüchern sah allerhand häusliches Gerät hervor und waren Frauen und Kinder zu sehen, während rothaarige, wohlgenährte Männer mit Pfeifen zwischen den Zähnen nebenher gingen. Große Hunde folgten den Wagen und fletschten die Zähne gegen die Hunde von Lipce, die immer wieder an sie heran wollten.

Das Volk lief zusammen, um ihnen nachzusehen, und viele kletterten über die Umzäunung und rannten, um sie aus der Nähe betrachten zu können.

Die Deutschen fuhren im Schritt vorüber, sich kaum im Gedränge von Wagen und Pferden den Weg bahnend; kein einziger nahm vor der Kirche die Mütze ab oder begrüßte irgendeinen von den Dastehenden. Nur die Augen funkelten ihnen, und ihre Bärte zitterten wie vor verhaltenem Zorn. Sie sahen trotzig und finster wie Räuber auf das Volk.

»Aasbande! Pluderer! Stutensöhne!« flogen ihnen die Schimpfworte wie Steine nach.

»Deutsche, he! Wer hat recht behalten, was?« schrie Mathias zu ihnen herüber.

»Wer ist hier obenauf?«

»Habt wohl Angst gekriegt vor der Bauernfaust?«

»Wartet doch, heute ist Kirchweih, da können wir uns in der Schenke verbrüdern!«

Die anderen antworteten nichts, peitschten nur auf die Pferde ein und schienen sich sehr zu beeilen.

»Langsamer, Pluderer, sonst kommen die Hosen nicht mit!«

Ein Junge warf ihnen einen Stein nach, und ein zweiter langte sich schon ein paar lose sitzende Ziegelsteine von der Mauer, um seinen Teil dazu zu tun, aber man hielt sie noch zur rechten Zeit zurück.

»Laßt mal, Jungen, laßt die Pest in Frieden wegziehen.«

»Daß euch die Pest hole, ihr ungläubiges Volk!«

Und eine der Frauen streckte ihnen ihre Fäuste nach und schrie:

»Daß ihr bis auf den letzten Mann zuschanden kommt!«

Sie waren schließlich vorübergefahren und fingen an, sich in der Pappelallee zu verlieren, so daß man zuletzt nur noch das Hundegebell und das Wagengeratter aus den Staubwolken hören konnte.

»Ihr habt da fein ausgeräuchert, der ganze Schwarm ist abgezogen!«

»Weil ihnen unsere Schafpelze zu sehr gestunken haben«, lachte einer; und Gschela, der Bruder des Schulzen, klagte komisch:

»Die sind zu zart für Bauernnachbarschaft, und wenn denen nur einer mal auf den Schädel klopft, dann fallen sie gleich um ...«

»Hat sich denn einer mit denen geprügelt?« fragte der Gutsherr neugierig.

»Was soll man sich da prügeln? Mathias hat einen angestoßen, weil er auf sein ›Gelobt sei Jesus Christus!‹ nichts geantwortet hat, da hat er gleich Blut von sich gelassen; ein Wunder, daß ihm die Seele nicht auf und davon geflogen ist.«

»Ein ganz weiches Volk! Fürs Auge sehen die Kerle wie die Eichen aus, und haust du mit der Faust zu, dann ist es als ob du ein Federbett triffst«, fing Mathias leise zu erzählen an.

»Glück haben sie auch nicht auf der Waldmeierei gehabt, die Kühe sollen alle wegkrepiert sein.«

»Das ist wahr, keine einzige hatten sie bei sich.«

»Davon weiß Kobus was!« ließ sich einer der Jungen vorlaut vernehmen; doch der Klemb schrie ihn scharf an:

»Dumm bist du, wie'n Stiefel! An der Seuche sind sie krepiert, man weiß es doch ...«

Sie duckten sich vor Schadenfreude, aber keiner ließ weiter einen Ton hören; erst der Schmied, der sich näher herangeschlichen hatte, sagte:

»Daß die Deutschen weggezogen sind, das haben wir nur dem gnädigen Herrn zu danken.«

»Weil ich das euch lieber geben will, und wenn es auch halb umsonst sein sollte«, versicherte jener mit Eifer, sich darüber ausbreitend und allerhand erzählend, wie er und sein Ahn und Urahn es immer mit den Bauern gehalten hätten und wie sie stets Hand in Hand mit ihnen gegangen wären ...

Darauf lächelte der alte Sikora seltsam und sagte leise:

»Das hat mir der alte Gnädige so fein mit Peitschen auf den Buckel eingerben lassen, daß ich es noch heute weiß.«

Doch der Gutsherr tat, als ob er es nicht hörte und begann gerade zu erzählen, welche Scherereien er gehabt hätte, ehe er die Deutschen losgeworden wäre; sie hörten natürlich zu, alles bejahend, wie das so der Anstand wollte, und dachten bei sich doch das Ihre über seine Wohltaten für das Bauernvolk.

»Feine Wohltäter«, murmelte Sikora, so daß ihm der Klemb einen Stoß gab, damit er schweigen sollte.

So redeten sie sich gemeinsam was vor, bis plötzlich ein Junge in schwarzem Seminaristenrock mit einem weißen Chorhemd darüber und mit dem Teller in der Hand sich zu ihnen hindurchzudrängen versuchte.

»Sieh mal an, das scheint mir ja gerade so, als ob das dem Organisten sein Jascho wäre«, rief einer aus.

Das war er auch, aber schon mit priesterlichen Kleidern angetan; er sammelte für die Kirche, begrüßte alle und heimste tüchtig ein; sie kannten ihn ja, darum wäre es nicht angenehm gewesen sich zu drücken, und jeder knotete aus seinem Taschentuch etwas Kleingeld heraus; manchmal klirrte selbst ein Silberling gegen die Kupfermünzen; der Gutsherr warf einen Rubel hin, und die Gutsherrinnen ließen das Silber nur so hineinrollen; der Jascho aber, obgleich er schon ganz in Schweiß gebadet und rot vor Müdigkeit war, sammelte freudig und unermüdlich weiter, keinen einzigen Menschen auf dem Kirchhof vorüberlassend und jedem ein gutes Wort sagend. Als er auf Anna stieß, begrüßte er sie so freundlich, daß sie sogar ganze vierzig Heller gab; dann blieb er vor Jaguscha stehen und ließ die Münzen auf seinem Teller klirren; sie erhob ihre

Augen und erstarrte schier vor Staunen; er aber schien ganz verwirrt, murmelte etwas und ging hastig weiter.

Sie hatte selbst vergessen, ihm ihre Gabe zu reichen, und sah nur, sah immerzu ihm nach, denn er kam ihr vor wie der Heilige, auf dem Nebenaltar in der Kirche, gerade so jung, so schlank und so fein. Vergeblich rieb sie ihre Augen und bekreuzigte sich eins ums andere Mal; es war als hätte er sie mit seinen leuchtenden Augen ganz verzaubert, sie wußte sich keinen Rat.

»Nur ein Organistensohn, und wie hat er sich fein rausgemacht.«

»Die Mutter bläht sich auch wie ein Truthahn.«

»Schon seit Ostern haben sie ihn in dieser Priesterschule.«

»Der Pfarrer hat ihn sich zur Aushilfe zur Kirchweih hergeholt.«

»Der Alte knausert und zieht den Leuten das Fell über die Ohren, aber für den da ist ihm nichts zu gut.«

»Versteht sich, das ist doch keine geringe Ehre, wenn der Priester wird.«

»Und seinen Profit wird er auch dabei haben.«

So flüsterten sie ringsum, aber Jagna hörte nichts; sie verfolgte ihn mit ihren Augen, wohin er sich auch wandte.

Gerade war auch das Hochamt zu Ende, und der Priester las nur noch die Aufgebote und Seelengebete von der Kanzel herab vor, aber das Volk strömte schon zur Kirche hinaus, und draußen erhoben schon die Bettler ihre klagenden Stimmen und begannen in einem ganzen Chorus ihre Bettellieder zu singen und herzuleiern.

Anna wandte sich ebenfalls dem Ausgang zu, als die Balcerekbäuerin sich auf sie zudrängte, um ihr eine große Neuigkeit mitzuteilen.

»Wißt ihr schon«, schrie sie ganz außer Atem, »eben ist das Aufgebot der Nastuscha mit der Dominikbäuerin ihrem Schymek herausgekommen.«

»Na, na, was wird denn die Dominikbäuerin dazu sagen!«

»Was soll sie sagen? Die wird das bis zum letzten durchkämpfen.«

»Darum kriegt sie doch nicht ihren Willen, der Schymek hat die Jahre und ist in seinem Recht.«

»Das wird 'ne seine kleine Hölle da, paßt nur auf«, meinte Gusche.

»Als ob hier nicht schon sowieso genug Zank und Gotteslästerung ist!« seufzte Anna.

»Habt ihr das vom Schulzen schon gehört?« redete sie die Ploschkabäuerin an, die behäbig auf sie zukam, ihr das rote, feiste Gesicht zuneigend.

»Ich hatte mit dem Begräbnis so viel zu tun, und so viele Sorgen obendrein, daß ich keine Ahnung habe, was im Dorfe passiert ist.«

»Der Serschant hat Meinem erzählt, daß in der Kasse viel Geld fehlen soll; der Schulze läuft schon immerzu bei den Leuten herum und bettelt, daß man ihm das borgen soll, damit der doch wenigstens etwas hineinkriegt, denn jeden Augenblick kann die Untersuchung kommen ...«

»Das hat noch der Vater gesagt, daß es einmal so enden wird.«

»Der hat sich immerzu gebläht und hier groß getan, jetzt wird er für sein Regieren zahlen können!«

»Können sie ihm denn die ganze Wirtschaft wegnehmen?«

»Natürlich, und sollte das nicht reichen, dann muß er den Rest im Kriminal absitzen«, ließ sich Gusche vernehmen; »das Biest hat sich genug gütlich getan, laß ihn jetzt dafür büßen.«

»Es hat mich auch gewundert, daß er sich nicht einmal zum Begräbnis gezeigt hat.«

»Was soll ihn da der Boryna angehen, wenn er mit der Witwe Freundschaft hält.«

Sie schwiegen plötzlich, denn gerade vor ihnen kam Jaguscha, die ihre Mutter führte; die Alte ging gebückt mit noch verbundenen Augen; aber Gusche ließ die Gelegenheit nicht vorbeigehen.

»Wann feiert ihr denn dem Schymek seine Hochzeit? Niemand hätte das gedacht, daß sie heute aufgeboten würden! Natürlich, was kann man dabei tun, wenn dem Jungen die Mädchenarbeiten über werden. Nastuscha kann ja jetzt zur Hand gehen ...« höhnte sie lachend.

Die Dominikbäuerin reckte sich jäh auf und sagte hart:

»Führ' mich schneller, Jaguscha, schneller, sonst wird mich diese Hündin da noch beißen wollen.«

Sie ging hastig davon, als wollte sie vor den Worten flüchten. Die Ploschkabäuerin lachte leise hinter ihr drein.

»Die soll blind sein, aber von euch hat sie genug gesehen ...«

»Blind ja, aber dem Schymek seine Zotteln findet sie gewiß noch von selbst.«

»Gott verhüte, daß sie nicht noch andere zwischen die Finger kriegt ...«

Gusche entgegnete nichts mehr, außerdem herrschte ein solches Gedränge vor dem Kirchhofstor, daß Anna, die hinter den anderen zurückgeblieben war, sie bald verloren hatte; doch es war ihr selbst ganz recht so, denn sie hatte schon alle bösen Sticheleien Gusches satt. Sie fing ruhig an, unter die Bettler Geld zu verteilen, sie vergaß keinen und gab jedem zwei Heller; dem Blinden aber mit dem Hund steckte sie einen ganzen Zehner zu und sagte:

»Kommt zu uns zu Mittag, Väterchen! Zu den Borynas!«

Der Bettler hob den Kopf und starrte sie mit seinen blinden Augen an.

»Dem Antek Seine, scheint mir! Gott bezahl's! Ich komm' schon, natürlich komm ich.«

Hinter dem Tor war es schon etwas freier, aber auch dort saßen die Bettler in zwei Reihen, eine lange Straße bildend und auf verschiedene Weise sich laut bemerkbar machend, und ganz am Ende kniete irgendein Junger mit einem grünen Augenschirm, spielte auf der Geige auf und sang dabei verschiedene Lieder von den Königen und von alten Zeiten, so daß die Menschen ihn im ganzen Haufen umgaben und das Geld reichlich in seine Mütze floß.

Anna blieb in der Nähe des Kirchhofes stehen, um sich nach Fine umzusehen und wurde ganz unerwartet ihren Vater gewahr.

Er saß in einer Reihe mit den Bettlern, streckte seine Hand den Vorübergehenden entgegen und jammerte um Almosen.

Es war ihr, als hätte sie jemand mit einem Messer gestochen; doch dann schien es ihr, als müßte sie sich getauscht haben, sie rieb sich ihre Augen, aber es blieb immer dasselbe, er war es doch, ganz zweifellos! ...

»Der Vater unter den Bettlern! Jesus!« Ein Wunder, daß sie nicht vor Scham gestorben war.

Sie schob ihr Kopftuch tiefer in die Stirn und schlich sich von hinten durch die Wagenreihe heran, in deren unmittelbarer Nähe er saß.

»Was tut ihr hier bloß aufstellen, was?« stöhnte sie auf, sich hinter ihn niederhockend, um sich vor den Blicken der Menschen zu verbergen.

»Hanusch ... ich, ... daß ich ... weil ich dachte ...«

»Ihr kommt mit gleich nach Haus! So eine Schande! Jesus! Kommt bloß! ...«

»Ich gehe nicht ... ich habe mir das schon lange so ausgedacht ... Was soll ich euch zur Last fallen, wenn gute Menschen mich unterstützen wollen? ... Ich ziehe mit den anderen in die Welt ... werde heilige Stätten sehen ... was Neues werd' ich da erfahren ... Ich bring euch auch noch tüchtig viel Geld mit ... Da hast du einen Silberling, kauf' was Feines für Pjetrusch ... kauf mal ...«

Sie griff ihn fest am Kragen und mußte ihn fast mit Gewalt zwischen die Wagen schleppen.

»Gleich nach Haus! Daß ihr keine Scham im Leibe habt!«

»Du läßt mich gleich los, Hanusch! Hanusch, sonst werd' ich böse!«

»Werft die Säcke ab, macht schnell, daß es niemand sieht.«

»Ich tu' das, was mir gefällt, versteht sich ... soll ich mich da schämen ... Wem der Hunger Gevatter ist, dem ist der Bettelsack Mutter ...« Er riß sich plötzlich los und rannte davon zwischen die Wagen und Pferde, und mehr hatte sie nicht von ihm gesehen.

Es war keine Möglichkeit ihn zu suchen und in diesem Gedränge, das jetzt auf dem Platz vor der Kirche entstand, zu finden.

Die Sonne brannte drauflos, daß einem die Haut abschelperte, und der Staub beklemmte den Atem; das Volk aber, obgleich es schon ermüdet und bis aufs Hemd durchschwitzt war, schob und drängte sich in freudiger Erregung und wogte hin und her wie brodelndes Wasser.

Der Leierkasten spielte drauflos, daß es im ganzen Dorf zu hören war; die Bettler plärrten auf ihre Art, Kinder pfiffen auf tönernen Hähnen, Hunde bellten, Pferde bissen sich und quiekten auf, und die Fliegen waren heute mehr wie je lästig. Und jeder redete, rief seinen Bekannten irgend etwas zu, suchte sich seine Gesellschaft und drängte nach den Krambuden hin, um die herum es wie in einem Bienenhaus summte und vor denen lautes Mädchengekreisch zu hören war.

Die Krambuden mit heiligen Sachen schwankten schon unter dem Andrang der Frauen. Ein nicht geringeres Gedränge herrschte dort, wo man die Würste verkaufte, die wie dicke Taue an Stangen aufgehangen waren. Hier und da handelte man auch mit Brot und Brezelchen. Irgendein Jude bot Karamellen feil, und anderswo prangten sogar unter dem Schutze der Leinwandbedachungen bunte Bänder und peitschenlange Perlenschnüre. Es herrschte überall ein solches Gedränge, ein solches Geschrei und solcher Lärm, daß es rein wie in einem jüdischen Bethaus war.

Eine ordentliche Zeit ging vorüber, bis sich das Volk allmählich zu beruhigen begann und stiller wurde; die einen zogen nach der Schenke, die anderen machten sich bereit, um nach Hause zu fahren; und die, die von der Hitze und Müdigkeit angegriffen waren, legten sich im Schatten der Wagen, am Weiher und in den Gärten und Höfen zurecht, um etwas zu sich zu nehmen und auszuruhen.

Die glühende Mittagshitze setzte so zu, daß schon keine Luft zum Atmen mehr da war, und bald hatte überhaupt keiner mehr Lust, sich zu bewegen oder ein Wort zu sagen, sie glichen schon ganz den Bäumen, die halb verdurstet im Sonnenbrand dastanden; nur noch die Kinder hörte man hin und wieder herumschreien, und von Zeit zu Zeit stampfte irgendeins der vor den Wagen gespannten Pferde unruhig auf.

Im Pfarrhaus aber gab der Propst ein Mittagessen für die anwesenden Priester und die Gutsherrschaft; durch die offenen Fenster, durch die man die Köpfe der Speisenden sah, drang Stimmengewirr und Gläserklirren, erklang ein solches Lachen und kamen so schmackhafte Düfte geflossen, daß manch einem der Speichel im Munde zusammenlief.

Ambrosius, festlich gekleidet, mit Medaillen auf der Brust, machte sich in einem fort im Hausflur zu schaffen und tauchte immer wieder auf der Veranda auf.

»Werdet ihr hier weggehen, ihr Aaszeug! sonst kriegt ihr den Stock zu schmecken, daß ihr daran denken sollt!« schrie er.

Da er sich aber nicht mehr gegen die Jungen zu helfen wußte, die wie die Spatzen die Stakete dicht besetzt hatten und von denen die Kühneren selbst schon bis an die Fenster vorgedrungen waren, schimpfte er nur mehr auf sie ein und drohte ihnen gelegentlich mit des Pfarrers Pfeifenstock.

In dem Augenblick kam Anna vorüber und blieb an der Pforte stehen.

»Sucht ihr denn jemanden?« fragte er, ihr entgegenstelzend.

»Habt ihr nicht irgendwo meinen Vater gesehen?«

»Bylica! Diese Hitze, je je, der hat sich gewiß irgendwo im Schatten schlafen gelegt … Te! Du Lümmel!« schrie er abermals los und machte sich hinter den Jungen drein.

Anna aber wandte sich sehr besorgt geradewegs nach Hause und erzählte alles ihrer Schwester, die zu Mittag gekommen war. Doch die Veronka zuckte nur die Achseln.

»Die Krone fällt ihm nicht vom Kopf, daß er sich zu den Bettlern geschlagen hat, und daß es uns leichter sein wird, das ist gewiß. Da haben noch ganz andere ihr Leben als Bettler vor der Kirchtür beschließen müssen.«

»Jesus, solch eine Schande, der eigene Vater auf dem Bettel! Was wird bloß der Antek dazu sagen? Da werden uns die Leute auf die Zungen nehmen und sagen, daß wir den Vater auf den Bettel geschickt haben.«

»Laß sie bellen, was ihnen gefällt. Auf einen anderen zu schnauzen, das kann jeder, aber zum Helfen ist niemand zur Hand.«

»Das will ich dir sagen: ich laß es nicht zu, daß der Vater den Bettler spielt.«

»Dann hol' dir ihn ins Haus und füttre ihn, wenn du so eine Feine sein willst.«

»Das will ich tun! Tut dir schon der Löffel Essen leid, den du ihm geben mußt? Jawohl, das merk' ich schon jetzt, daß du ihn selbst dazu genötigt hast.«

»Hab' ich vielleicht Überfluß, wie? Soll ich etwa den Kindern das Essen vom Munde wegreißen und ihm geben?«

»Ihm kommt ein Altenteil von dir zu, weißt du das nicht mehr?«

»Wenn ich nichts habe, dann kann ich es mir auch nicht aus den Eingeweiden herauszerren.«

»Und wenn du es selbst müßtest, so ist das nur deine Pflicht, denn der Vater geht vor. Oft hat er sich schon bei mir beklagt, daß du ihn hungern läßt und sogar mehr auf die Schweine acht gibst, als auf ihn.«

»Wahrheit, ja, ja ... natürlich laß ich ihn hungern, und selbst genieß' ich wie die Gutsherrin. Schön hab' ich mich da herausgefüttert, daß mir schon der Rock von den Hüften rutscht und daß ich kaum noch meine Klumpen vorwärtsschleppen kann. Wir leben doch nur auf Borg.«

»Red' kein dummes Zeug, man könnte sonst denken, daß es wahr ist.«

»Das ist auch wahr, denn wenn Jankel nicht da wär', dann hätten wir nicht mal Kartoffeln mit Salz. Das ist schon so: der Satte glaubt dem Hungrigen nicht!« redete sie, schon immer kläglicher und fast weinend. Indessen hatte sich auf den Heckenweg, geführt von seinem Hund, der blinde Bettler herangetrollt.

»Setzt euch hier vor dem Haus nieder«, wandte sich Anna an ihn; sie bereitete gerade das Mittagessen vor.

Er setzte sich auf die Mauerbank, legte die Krücken beiseite, ließ den Hund frei und schnüffelte mit seiner großen Nase in der Luft herum, bestrebt, herauszubekommen, ob sie schon äßen und wo sie sitzen könnten.

»Man setzte sich gerade unter den Bäumen zur Mittagsmahlzeit nieder. Anna tat das Essen in die Schüsseln, so daß die schmackhaften Düfte sich ringsum verbreiteten.

»Grütze mit Speck, 'ne gute Sache. Daß es euch wohl bekomme«, murmelte der Bettler, die Düfte mit der Nase einziehend, und leckte sich gierig den Bart.

Sie aßen bedächtig, auf jeden Löffel Essen einblasend; Waupa strich mit leisem Winseln um sie herum, und der Bettlerhund saß mit heraushängender Zunge an der Wand und jappte laut. Es war eine furchtbare Hitze, selbst der Schatten schützte nicht davor; und in der schwülen, einschläfernden Stille hörte man nur die Löffel schaben und hin und wieder eine Schwalbe unter der Dachtraufe leise zwitschern.

»Wenn man so ein Schüsselchen saure Milch zur Abkühlung hätte!« seufzte der Bettler.

»Gleich kriegt ihr sie!« beruhigte ihn Fine.

»Habt ihr heute viel schreien müssen?« fragte Pjetrek, träge seinen Löffel zum Mund führend.

»Gott sei den Sündigen gnädig, möge er ihnen das Unrecht nicht nachtragen, das sie den Bettlern antun. Und ob ich hab' schreien müssen! Wer den Bettler gewahr wird, der guckt gleich fleißig in den Himmel oder biegt schon ein paar Klafter weit vorher ab. Und ein anderer, der das bißchen Geld heraushält, möchte gleich auch noch wieder etwas zurückhaben für seinen Zehner! Rein Hungers sterben muß man dabei.«

»Für alle ist heuer die Vorerntezeit schlecht«, murmelte Veronka.

»Das ist schon wahr, aber für den Schnaps fehlt es keinem an Geld.«

Fine steckte ihm eine große Schüssel Dickmilch zu, die er eifrig auszulöffeln begann.

»Sie sagten heute auf dem Kirchhof«, ließ er sich abermals vernehmen, »daß Lipce sich heute mit dem Gutsherrn einigen soll. Ist denn das wahr?«

»Kriegen sie das, was ihnen zukommt, dann werden sie sich schon einigen«, sagte Anna.

»Und die Deutschen, die haben sich schon davongemacht, wißt ihr das?« warf Witek ein.

»Daß sie die Pest ankommt!« fluchte er los, seine Faust ballend.

»Haben sie euch denn unrecht getan?«

»Ich bin da gestern abend vorbeigekommen, da haben sie mich mit den Hunden vom Hof gehetzt. Diese Ketzerbande, so'n Hundepack! Eure Leute aus Lipce sollen ihnen da so zugesetzt haben, daß sie sich haben auf und davon machen müssen! Solchen würd' ich die Haut bei lebendigem Leib schinden«, redete er, mächtig zulangend, vor sich hin; und als er fertig war, fütterte er seinen Hund und schickte sich an, von der Mauerbank aufzustehen.

»Für euch ist heute Erntezeit, da habt ihr es eilig, an die Arbeit zu gehen«, lachte Pjetrek.

»Das hab' ich; früher waren von unsereinem höchstens sechs auf einer Kirchweih, und heute schreien da an die drei Mandel los, daß einem die Ohren dick werden.«

»Und kommt ja heute zum Übernachten wieder«, lud ihn Fine ein.

»Daß dich der Herr Jesus bei guter Gesundheit erhält, weil du an mich arme Waise gedacht hast.«

»Arme Waise, und den Wanst, den kann er kaum schon schleppen«, neckte ihn Pjetrek und sah zu, wie er sich wie eine dicke Kugel durch den Weg schob und mit dem Stecken zurechtzutasten suchte.

Das Haus wurde bald leer. Die sich im Schatten zurechtgelegt hatten, schnarchten nur so, und der Rest hatte sich nach den Krambuden aufgemacht.

Man hatte zur Vesper geläutet. Die Sonne senkte sich schon mächtig nach Westen, die Hitze hatte etwas nachgelassen, und obgleich sich noch viele vor den Häusern ausruhten, fingen die Menschen an, auf dem Kirchplatz zwischen den Buden und Zelten zusammenzuströmen.

Fine machte sich eiligst mit einigen Mädchen auf, um Heiligenbilder zu kaufen, hauptsächlich aber, um sich an den Bändern, Perlenschnüren und anderen Kirchweihwundern satt zu sehen.

Der Leierkasten spielte wieder, die Bettler stimmten ihre Gesänge an und klapperten mit ihren Näpfen; und allmählich entstand ein arger Lärm von Stimmen, der sich über das ganze Dorf hinzog; es war ein Leben wie in einem Bienenstock vor dem Ausschwärmen.

Jeder war satt und ausgeruht, darum auch gern bereit, Gesellschaft zu suchen und sich gemeinsam zu vergnügen; der eine besprach sich mit seinen Freunden, der andere sperrte seine Augen weit auf, dieser drängte sich dorthin, wo das größte Gedränge war, jener zog mit seinen Gevattern auf ein Gläschen zur Schenke, und etliche gingen in die Küche hinein oder blieben irgendwo im Schatten sitzen, über allerhand Verschiedenes räsonierend, und alle erfüllte zugleich dasselbe frohe Gefühl der Kirchweihstimmung. Das war auch kein Wunder, jeder hatte sich satt geseufzt und gebetet, genug von all der goldenen Pracht, den Lichtern, Bildern und anderen Heiligkeiten zu sehen bekommen; genug geweint, Orgelmusik und Gesänge gehört, die Seele in dieser Feststimmung gebadet, gereinigt und gekräftigt, allerhand Menschen gesehen, Eindrücke gesammelt und hatte sich, wenn auch nur auf diesen einen Tag, aller

Sorgen entledigt! So war es denn nicht mehr als recht, daß sich alle gemeinsam vergnügten, ob es die ersten Hofbauern oder die ärmsten Kätner und das einfache Bettelvolk war. Sie bildeten um die Krambuden ein solches lautes, hin und her wogendes Gedränge und rotteten sich dermaßen zusammen, daß es kaum möglich war, sich durch dieses Menschengewirr einen Weg zu bahnen. Natürlich redeten die Weiber am lautesten, sich eine um die andere nach den Verkaufstischen hindurchzwängend, um all diese Herrlichkeiten zu betasten oder sich an ihnen mindestens satt zu sehen.

Schymek hatte gerade der Nastuscha eine Bernsteinkette, bunte Bänder und ein rotes Tuch gekauft, sie hatte sich gleich damit aufgeputzt, und so gingen sie denn von Krambude zu Krambude, sich umschlungen haltend, vergnügt und wie trunken vor Freude umher.

Hinterdrein schlenderte Fine, die um dieses und jenes, das auf den Verkaufstischen herumlag, handelte und immer wieder wehmütig aufseufzend ihren mageren Silberling in der Hand hin und her drehte.

Jaguscha trieb sich auch irgendwo unweit von ihnen zwischen den Zelten herum, tat aber, als hätte sie den Bruder nicht bemerkt. Sie war allein und ging seltsam traurig und niedergedrückt vor sich hin. Es freuten sie heute weder die wehenden Bänder noch das Spiel des Leierkastens, weder das Gedränge noch der festliche Jubel. Sie ging mit den anderen wie von dem Gedränge vorwärts getragen, blieb stehen, wo auch die anderen stehenblieben, ließ sich dahin schieben, wo man sie hinschob, ohne überhaupt zu wissen, wozu sie gekommen war und wohin sie wollte.

Plötzlich schob sich Mathias an sie heran und sagte demütig: »Jag' mich doch nicht von dir, Jagusch.«

»Hale, hab' ich dich denn irgendwann von mir gejagt?«

»Und ob du es hast! Hast du mich denn vielleicht nicht angefahren?«

»Du hast dich doch schlecht aufgeführt, da mußte ich es ja. Wer hat mich denn ...« sie wurde plötzlich still.

Jascho drängte sich langsam durch die Menge und kam geradeswegs auf sie zu.

»Er ist auch zur Kirchweih hier!« murmelte Mathias, auf den Jungen weisend, der in seinem Priesterrock daherkam und sich lachend wehrte, daß man ihm nicht die Hände küßte.

»Wie ein Herrensohn! Hat der sich herausgemacht! Ich weiß noch gut, wie er vor kurzem hinter den Kuhschwänzen hergerannt ist.«

»Das versteht sich, solch einer wird doch nicht die Kühe hüten«, meinte sie, unangenehm berührt.

»Ich hab' es gesagt. Ich weiß doch noch, wie ihn der Organist mal verhauen hat, weil er die Kühe in Pristscheks Hafer hat weiden lassen und selbst unter einem Baum lag und schlief ...«

Jaguscha ging davon und versuchte schüchtern, zu Jascho zu gelangen. Er lachte sie an; da man ihn aber eifrig von allen Seiten bestaunte, wandte er seine Augen von ihr ab; und nachdem er eine Anzahl Heiligenbilder gekauft hatte, fing er an, sie unter die Mädchen und unter alle, die eins haben wollten, zu verteilen.

Sie blieb wie erstarrt vor ihm stehen und war mit ihren glühenden Blicken ganz in sein Anschauen versunken, und die roten Lippen lächelten ein stilles, strahlendes Lächeln, das süß wie Honig war.

»Hier hast du deine Schutzpatronin, Jaguscha«, sagte er plötzlich, ihr ein Bildchen zusteckend; ihre Hände begegneten sich und fuhren hastig auseinander, als hätten sie sich verbrannt.

Sie erschauerte und traute sich nicht, ihren Mund aufzutun. Er sprach noch irgend etwas, aber sie war so in seinen Anblick versunken, daß sie fast gar nichts verstanden hatte.

Die Menge hatte sie gleich wieder getrennt; sie steckte das Bildchen hinter das Mieder und starrte lange auf die Menschen um sich herum. Er war nirgends mehr zu sehen und mußte wohl schon zur Kirche gegangen sein, denn man hatte schon zur Vesper geläutet, und doch stand er ihr in einem fort vor den Augen.

»Der sieht grad' so wie ein Heiliger aus!« murmelte sie unwillkürlich.

»Das ist auch kein Wunder, daß die Mädchen hinter ihm her sind und fast ihre Augen verlieren könnten. Diese Dummen, die Wurst ist nicht für den Hund!«

Sie sah sich rasch um; das war Mathias, der gesprochen hatte.

Sie brummte irgend etwas, um ihn los zu werden; er aber folgte ihr trotzdem nach, überlegte lange etwas und sagte schließlich:

»Jaguscha, was hat denn die Mutter zu Schymeks Aufgebot gesagt?«

»Was hat sie sagen sollen, wenn er heiraten will, dann laß ihn, das ist seine Sache.«

Er verzog das Gesicht und fragte unruhig:

»Wird sie ihm denn seinen Anteil abschreiben, was?«

»Weiß ich es denn! Sie hat sich mir nicht anvertraut. Laß ihn selber fragen.«

Schymek und Nastuscha, die gerade des Wegs kamen, traten hinzu, und plötzlich fand sich auch Jendschych ein; sie blieben alle miteinander stehen, und Schymek meinte:

»Jaguscha, du wirst doch nicht zur Mutter halten, wenn mir Unrecht geschieht?«

»Natürlich, daß ich zu dir halte. Hast du dich aber verändert in dieser Zeit, na, na! ... Ein ganz anderer bist du geworden!« wunderte sie sich; denn er stand vor ihr, aufgeputzt, sauber ausrasiert und fein gerade gereckt, den Hut hatte er aufs Ohr gerückt und einen milchweißen Kapottrock an.

»Das kommt, weil ich aus Mutters Stall heraus bin.«

»Geht es dir denn jetzt besser in der Freiheit?« Sie lächelte über seinen Trotz.

»Laß den Vogel aus der Hand fliegen, dann wirst du es schon sehen! Das Aufgebot hast du wohl gehört?«

»Wann ist denn die Hochzeit?«

Nastuscha schob sich zärtlich an ihn heran und umfaßte ihn.

»In drei Wochen doch, noch vor der Ernte soll sie sein!« murmelte sie, ganz rot geworden.

»Und wenn es sogar in der Schenke wäre, dann tue ich's doch, und die Mutter werd' ich nicht darum bitten.«

»Hast du denn was, wo du deine Frau unterbringen kannst?«

»Das hab' ich! Versteht sich! Ich geh' nicht bei fremden Leuten einmieten. Laß sie mir nur erst meinen Grund und Boden abschreiben, dann werd' ich schon Rat wissen!« prahlte er wütig drauflos.

»Ich helf ihm, Jagusch, in allem will ich ihm helfen«, bekräftigte Jendschych.

»Wir geben doch auch nicht die Nastuscha ganz nackt aus dem Haus. Tausend Silberlinge kriegt sie in bar«, ließ sich Mathias vernehmen.

Der Schmied, der schon länger um sie herumgestrichen war, zog Mathias beiseite, flüsterte ihm etwas ins Ohr und ging gleich weiter.

Sie redeten noch allerhand miteinander, besonders Schymek breitete sich aus, wie das werden sollte, wenn er Hofbesitzer würde, wie er da noch neues Land zukaufen würde, wie er sich in seinen Grund und Boden verbeißen wollte; und er sagte ihnen, daß sie bald sehen sollten, was für einer er war. Nastuscha sah ihn bewundernd an, Jendschych pflichtete ihm bei; und nur Jaguscha, die kaum mit einem Ohr zugehört hatte, ließ gleichgültig die Augen durch die Welt wandern. Es war ihr schon alles eins.

»Komm zur Schenke, Jagusch, es wird da heute Tanzmusik sein«, bat Mathias.

»Auch die Schenke macht mir keinen Spaß«, entgegnete sie traurig.

Er blickte ihr mitten in ihre umflorten Augen, schob die Mütze ins Gesicht und ging eilig davon, sich mit den Ellenbogen Platz machend. Vor dem Pfarrhof stieß er auf Therese.

»Wohin willst du denn so schnell?« fragte sie ängstlich.

»In die Schenke! Der Schmied ruft die Leute zur Beratung zusammen.«

»Ich würde gern mit dir gehen.«

»Ich jag' dich nicht weg, an Platz wird auch kein Mangel sein; überleg' es dir nur, daß dich die Leute nicht ins Gerede nehmen, daß du so immerzu auf mich paßt.«

»Sie zerren mich auch so schon genug herum, wie die Hunde ein Schaf, das verreckt ist.«

»Warum läßt du dich unterkriegen?« Er war schon böse und ganz ungeduldig.

»Warum? Weißt du denn nicht, warum?« klagte sie leise.

Er riß sich von ihr los und ging voraus, so daß sie ihm kaum nachkommen konnte.

»Da heult sie wieder wie ein Kalb!« fügte er hinzu, sich plötzlich umdrehend.

»Nee, nee ... nur ein Sandkorn ist mir ins Auge geflogen.«

»Wenn ich Geflenne sehe, dann ist es mir gerad, als ob mir einer ein Messer im Leib umdreht!«

Er ging wieder neben ihr und sagte eigentümlich herzlich:

»Hier hast du ein paar Groschen, da kauf dir selber, was du magst und komm' dann in die Schenke, da tanzen wir mal einen.«

Sie blickte ihn mit Augen an, die gar nicht wußten, wie sie ihm danken sollten.

»Was soll ich da mit dem Geld, du bist so gut zu mir ... so ...« flüsterte sie ganz erglüht.

»Komm' aber erst abends, denn vorher werd' ich keine Zeit haben.«

Er sah sich noch von der Schwelle nach ihr um und lächelte, dann trat er in den Flur.

In der Schenke war schon eine Enge und eine Hitze, die nicht zum Aushalten war. In der Schankstube hatte sich allerhand Volk zusammengedrängt, man trank und redete miteinander; im Alkoven aber versammelten sich die jüngeren Männer aus Lipce mit dem Schmied und Gschela, dem Bruder des Schulzen, an der Spitze. Es waren auch einzelne Hofbauern dabei: Ploschka, der Schultheiß, Klemb und Adam Boryna, ein Vetter der Borynas, und selbst Kobus hatte sich an sie herangedrängt, obgleich ihn niemand eingeladen hatte.

Gerade als Mathias eintrat, redete Gschela eifrig und schrieb darauf etwas mit der Kreide auf den Tisch.

Es handelte sich um eine Einigung mit dem Gutsherrn, der versprochen hatte, den Bauern für jeden Morgen Wald vier Morgen von den Feldern der Waldmeierei zu geben und eine gleiche Anzahl einem jeden auf Abzahlung zu überlassen; er wollte ihnen selbst Holz zum Bauen der neuen Häuser auf Borg geben.

Gschela erklärte alles genau und zeichnete mit der Kreide auf, wie sie den Boden teilen sollten und berechnete, was auf jeden käme.

»Überlegt euch gut, was ich sage!« rief er, »das Geschäft ist das reine Gold.«

»Es ist leicht was zu versprechen, und der Dumme geht und freut sich!« brummte Ploschka.

»Das ist die reine Wahrheit und nicht nur Versprechungen. Beim Notar wird er euch alles abschreiben. Laßt euch das gut durch den Kopf gehen! So viel Land für unsereinen. Da fällt doch für jeden in Lipce eine neue Wirtschaft ab. Überlegt euch das ...«

Der Schmied wiederholte nochmals, was ihm der Gutsherr zu sagen befohlen hatte.

Sie hörten ihn aufmerksam an, niemand aber ließ ein Wort fallen; sie starrten nur auf die weißen Striche auf dem Tisch und überlegten nachdenklich.

»Das ist wahr, die Sache ist was wert, aber wird denn der Kommissar das erlauben?« ließ sich als erster der Schultheiß vernehmen und kraute sich bedenklich die langen Zotteln.

»Das muß er! Wenn die Gemeinde etwas beschließt, dann wird sie nicht die Ämter um Erlaubnis bitten! Wenn wir wollen, dann muß er!« fuhr Gschela auf.

»Muß oder nicht muß, schrei du erst mal nicht. Sieh mal einer hinaus, ob der Serschant nicht irgendwo an der Wand herumschnüffelt?«

»Soeben hab' ich ihn noch an der Tonbank gesehen!« sagte Mathias.

»Und wann will der Gutsherr uns das abschreiben?« fragte einer.

»Er sagte, er würde selbst morgen schon. Wenn wir uns nur einigen, will er es gleich abschreiben, und dann kann der Ometer abmessen, was einem jeden zukommt.«

»Da könnte man sich dann ja gleich nach der Ernte an das Land heranmachen.«

»Und es für die Herbstsaat zurecht machen, wie es sich gehört.«

»Mein Jesus, das wird fein was zu arbeiten geben.«

Sie redeten laut und froh durcheinander. Die Freude hatte schon alle ergriffen, sie reckten sich eigenwillig auf, ihre Augen blitzten und ihre Hände griffen schon wie von selber nach diesem ersehnten Stück Erde.

Manch einer sang schon vor sich hin vor Freude und rief nach dem Juden um Schnaps; ein anderer schrie schon allerhand Unausführbares über die Teilung, und jeder träumte von seiner neuen Wirtschaft, vom Reichtum und von allerhand Freuden. Sie schwatzten aufgeregt herum, lachten einander zu, schlugen mit den Fäusten auf die Tische und trampelten hitzig dazu.

»Das wird erst in Lipce ein Fest geben!«

»Hei, was wird man sich da amüsieren und ordentlich einen tanzen!«

»Und wie viele Hochzeiten man da zu Fastnacht wohl feiern wird!«

»Die Mädchen werden bald alle sein!«

»Dann holen wir uns die städtischen heran; können wir uns das dann nicht leisten?«

»Hundsverdammt, nur mit Hengsten will ich dann herumkutschieren!«

»Ruhig da«, schrie der alte Ploschka mit der Faust auftrumpfend, »was die da schreien, gerad wie die Juden am Schabbes! Ich wollte bloß sagen, ob da nicht doch in diesem Versprechen des Gutsherrn irgendeine Falle steckt. Versteht ihr?«

Sie verstummten, als hätte sie einer plötzlich mit kaltem Wasser begossen; und erst nach einer Weile ließ sich der Schultheiß vernehmen:

»Mir will es auch gar nicht in den Kopf, warum er mit einem Mal so freigebig ist?«

»Versteht sich, dahinter muß schon was stecken; man gibt doch nicht so viel Erde fast umsonst weg«, gab einer der Älteren seine Meinung bei.

Darauf aber sprang Gschela auf und schrie:

»Dann will ich euch sagen, daß ihr Schafsköpfe seid, und damit genug!«

Und wieder fing er an, alles zu erklären und die Sache hitzig zu verfechten, daß er zuletzt ganz vor Schweiß triefte; auch der Schmied ließ seine Zunge mächtig laufen und nahm jeden einzeln vor; aber der alte Ploschka ließ sich nicht umkrempeln, er schüttelte nur den Kopf und lächelte bissig, so daß Gschela, der sich schon nicht mehr halten konnte, mit den Fäusten auf ihn zukam.

»Sprecht aus, was ihr meint, das getan werden soll, wenn unsere Sache euch Schwindel dünkt.«

»Das tu' ich! Ich kenn' sie gut, diese hundsverdammte Sippe, das sag' ich euch: glaubt dem Gutsherrn nicht ein Wort, solange er es nicht schwarz auf weiß gibt. Immer haben sie sich an unserer Benachteiligung gemästet, so will er sich jetzt auch an unserer Dummheit sattfressen!«

»So denkt ihr, dann braucht ihr euch nicht zu einigen, aber stört die anderen wenigstens nicht!« schrie Klemb auf ihn ein.

»Du bist mit ihnen in den Wald gezogen, da hältst du jetzt auch zu ihnen!«

»Gewesen bin ich, und wenn es nötig ist, dann geh' ich nochmals, und ich halte nicht zu ihnen, sondern zur Gerechtigkeit und zum ganzen Dorf. Nur ein Dummer will nicht einsehen, daß dabei was Gutes für Lipce herauskommt. Nur der Dumme nimmt nicht, wenn man es ihm gibt.«

»Ihr seid alle miteinander dumm, darum habt ihr es so eilig, für einen Hosengurt ein ganzes Hosenpaar einzutauschen. Dummes Volk! Wenn der Gutsherr so viel gibt, dann kann er auch noch mehr geben.«

Sie fingen immer hitziger an, gegeneinander anzugehen; und da auch die anderen dem Klemb beistanden, so entstand ein solcher Lärm, daß sogar Jankel hereingelaufen kam und vor ihnen eine große Flasche Schnaps hinstellte.

»Scht-scht! Die Herren Hofbauern! Laßt Frieden sein! Auf daß die Waldmeierei ein neues Lipce wird! Und daß jeder ein Herr Hofbauer wird!« rief er, das Glas in die Runde reichend.

Natürlich fingen sie gleich an zu trinken und noch eifriger sich zu besprechen, denn alle außer dem alten Ploschka neigten schon zur Einigung.

Der Schmied mußte dabei irgendeinen dicken Profit haben, denn er redete am lautesten von allen, breitete sich über die Güte der Gutsherren aus und spendierte der ganzen Gesellschaft mal Schnaps, mal Bier und selbst Arrak mit Essenz.

Sie waren schon so ins Feiern gekommen, daß manch einem die Augen aus dem Kopf hervortraten und die Zunge schwer wurde; der Kobus aber, der die ganze Zeit nicht einen Hauch vom Munde gelassen hatte, faßte auf einmal die Leute an den Rockklappen und rief plötzlich:

»Und die Kätner, was soll mit denen werden? Die sollen wohl zugucken? Auch uns kommt Land zu! Wir lassen keine Einigung zu! Es muß nach Gerechtigkeit gehen! Der eine kann schon kaum seinen dicken Wanst tragen, und der andere soll Hungers sterben; wie ist es damit? Das Land muß unter alle gleichmäßig verteilt werden! So 'ne Aasbande, wollen hier die Gutsherrn spielen! Manch einer von ihnen hat nichts als Löcher in den Hosen und trägt die Nase hoch, als wollte er in einem fort niesen! Diese pestigen Weichselzotteln!« Und er redete gegen alle so unziemliche Dinge, daß man ihn zur Tür hinauswerfen mußte; aber er fluchte selbst noch draußen vor der Schenke.

Man fing bald darauf an, auseinanderzugehen; nur die, die sich gern amüsieren mochten, blieben zurück, denn die Musikanten fingen schon an, hin und wieder auf ihren Instrumenten zu klimpern.

Es wurde auch schon gerade Abend, die Sonne sank hinter die Wälder, und der ganze Himmel war wie in einer Glut, selbst die Ähren der Getreidefelder und die Wipfel der Obstgärten badeten in rotgoldener Glut. Ein feuchter, weicher Wind kam auf, die Frösche begannen zu quarren, Wachteln lockten sich, und die Stimmen der Grillen breiteten sich über die Felder aus, wie ununterbrochenes Rascheln reifer Ähren; man fuhr schon von der Kirchweih nach Hause, und hier und da sang schon einer, der sich tüchtig traktiert hatte, ganz laut.

Es wurde still in Lipce, der Platz vor der Kirche leerte sich; aber vor den Häusern saßen noch viele Menschen, kühlten sich und genossen die Abendruhe.

Eine stille Dämmerung war über die Welt gekommen; es dunkelten die Felder, und die Fernen waren schon ganz mit dem Himmel verflossen. Alles wurde still, der Schlaf begann allmählich die Erde zu umfangen und umhüllte sie mit warmem Tau, aus den Gärten aber quollen hin und wieder Vogelstimmen, wie ein abendliches Gebet.

Die Herden kehrten von den Weideplätzen heim, immer wieder stieg ein langgedehntes, sehnsüchtiges Brüllen auf, und endlich sah man die gehörnten Köpfe am erglühten Weiher auftauchen. Irgendwo an der Mühle trieb unter Geschrei die badende Dorfjugend allerhand Schabernack, und von den Gehöften erklangen die Lieder der Mädchen, Gänsegeschnatter und Schafgeblök.

Nur im Borynahof war es still und leer. Anna war mit den Kindern zu irgendeiner Gevatterin gegangen, Pjetrek hatte sich auch irgendwo hingetan, und Jaguscha war seit der Vesper nicht wieder zum Vorschein gekommen; so machte sich denn Fine ganz allein mit den Abendarbeiten zu schaffen.

Der blinde Bettler saß auf der Galerie, streckte sein Gesicht dem kühlen Wind entgegen, murmelte ein Gebet vor sich hin und achtete genau auf Witeks Storch, der sich um ihn herum zu schaffen machte und heimlich lauerte, um mit dem Schnabel nach seinen Füßen zu zielen.

»Sieh mal an … daß du sauer wirst, du Räuber! Da hat er mich aber gehackt«, murmelte er, seine Füße unter sich steckend, und scheuchte ihn mit dem Rosenkranz. Der Storch wich ein paar Schritte zurück und begann wieder, geschickt sich von der Seite mit vorgestrecktem Schnabel an ihn heranzuschleichen.

»Ich hör' dich gut! Du wirst mich nicht mehr kriegen. So ein geschicktes Biest!« murmelte er; da aber vom Hof her Geigenspiel erklang, hatte er sich mit Wohlgefallen ganz in die Musik vertieft und scheuchte nur ab und zu mit dem Rosenkranz den Storch von sich.

»Fine, wer geigt denn da so eifrig?«

»Der Witek doch! Der hat es vom Pjetrek gelernt und fiedelt jetzt immerzu, daß es einem in den Ohren brummt. Witek, hör' auf und lege dem Füllen Klee in die Raufe!« schrie sie.

Der Bettler aber hatte sich irgend etwas überlegt, und als Witek ins Haus gerannt kam, redete er ihn ganz freundlich an.

»Nimm hier den Zehner, weil du so schön den Ton herausgekriegt hast.«

Der Junge war sehr erfreut.

»Und könntest du denn auch fromme Lieder spielen? Was?«

»Ich spiel' euch alles her, was ich nur höre.«

»Jede Raupe lobt ihren Schwanz. Und diese Melodie, kannst du die denn auch spielen, wie?« Er jaulte auf seine Art los.

Aber Witek hörte nicht einmal mehr darauf, er holte die Geige, setzte sich neben ihn nieder und spielte gerade dasselbe; und dann fiedelte er noch andere Lieder herunter, alles was er so in der Kirche gehört hatte, und machte das so geschickt, daß der Bettler staunte.

»Sieh bloß, einen feinen Organisten hättest du abgeben können.«

»Alles krieg' ich heraus, alles, selbst solche herrschaftlichen und auch die, die man in den Schenken singt«, prahlte er freudestrahlend, dabei fröhlich drauflos geigend, so daß sogar die Hühner auf den Staffeln aufgackerten; da aber gerade Anna erschien, trieb sie ihn gleich davon, er sollte der Fine bei der Arbeit helfen.

Es wurde schon ganz dunkel, die letzten Abendgluten erloschen, und der hohe nächtliche Himmel war wie überstreut mit Sternen, das Dorf ging zur Ruhe; nur von der Schenke kam klirrende Musik und fernes Rufen.

Anna saß vor der Galerie, stillte das Kind und redete mit dem Bettler über dies und jenes; der Alte log, daß es nur so dampfte, sie aber redete nicht dawider, dachte sich ihr Teil dazu und sah sehnsüchtig in die Nacht.

Jagna war noch nicht zurückgekehrt, sie saß auch nicht bei der Mutter; gleich am Abend war sie zu den Mädchen ins Dorf gegangen; doch sie konnte nirgends lange aushalten, es trieb sie etwas umher. Es war ihr, als würde sie wie an den Haaren herumgezerrt, und schließlich irrte sie ganz allein im Dorf herum. Lange starrte sie ins Wasser, das erloschen dalag und unter einem leisen Lufthauch erbebte; blickte auf die sich sacht bewegenden Schatten und auf die Lichterscheine, die von den Fenstern über die glatte Fläche des Weihers zuckten und irgendwo erstarben, man wußte nicht recht, wo noch wie! Es trieb sie etwas vorwärts, so daß sie bis hinter die Mühle rannte, bis auf die Wiesen hinaus, wo schon die warmen Pelze der weißen Nebel lagen; die Kiebitze flogen über sie mit schrillen Klageschreien hinweg.

Sie hörte dem Wasser zu, das über das Stauwerk hinweg in den dunklen Rachen des Flusses niederrauschte, in das Bereich der hohen Erlen, die wie schlafbefangen dastanden, und dieses Rauschen schien ihr wie ein wehmütiges Locken und eine tränenschwere Klage zu sein.

Sie lief davon und starrte lange in die Fenster des Müllerhauses, aus denen Lichterglanz, Stimmengewirr und das Klirren der Teller zu ihr drang.

So lief sie schon lange umher, immer von der einen Ecke des Dorfes in die andere, und war wie ein irrendes Wasser, das einmal hier-, einmal dahin fließt und vergeblich nach einem Ausgang sucht und immer wieder klagend gegen die undurchdringlichen Wände anschlägt.

Etwas fraß an ihr, das sie gar nicht benennen konnte; es war weder Leid noch Sehnsucht noch Liebe; und doch waren ihre Augen voll einer trockenen Glut, und im Herzen stieg ein wühlendes, qualvolles Schluchzen auf.

Sie wußte gar nicht, wie sie sich plötzlich vor dem Pfarrhof befand; vor der Veranda des Pfarrhauses stampften ein paar Pferde vor einem Wagen ungeduldig auf; in einem Zimmer nur war Licht, man spielte dort Karten.

Sie hatte eine Weile zugesehen und ging dann durch den Heckenweg weiter, der Klembs Gewese von dem Pfarrgarten trennte. Sie schob sich ängstlich an der Hecke entlang vorwärts; die herabhängenden Zweige der Kirschbäume streiften ihr Gesicht mit taufeuchten Blättlein. Sie ging willenlos, ohne zu wissen, wohin es sie trug, bis das niedrige Organistenhaus ihr den Weg vertrat.

Alle vier Fenster waren erleuchtet und standen offen.

Sie schob sich im Schatten dicht an den Zaun heran und sah ins Innere.

Die Organistenleute saßen mit ihren Kindern im Schein der Hängelampe und tranken Tee, während Jascho im Zimmer auf und ab ging und etwas erzählte.

Sie hörte jedes Wort, das er sprach, jedes Aufknarren der Dielen, das ununterbrochene Ticken der Uhr und die lauten Schnaufer des Organisten.

Und Jascho erzählte solche Wunder, daß sie schon gar nichts mehr begriff.

Sie starrte ihn an wie ein Heiligenbild und trank jeden Ton seiner Stimme wie süßesten Honig in sich ein. Er wandelte in einem fort, immer wieder verschwand er im Innern der Stube und tauchte wieder im Umkreis des Lichts auf; manchmal blieb er am Fenster stehen, so daß sie sich erschrocken an den Zaun drückte, damit er sie nicht bemerken sollte; aber er sah nur in den sternenbedeckten Himmel und sagte dann etwas Lustiges, so daß sie plötzlich alle zu lachen begannen; die Freude kam in ihren Gesichtern wie Sonnenschein auf. Dann setzte er sich an die Mutter heran, die kleinen Schwestern krabbelten ihm auf die Knie und hingen sich an seinen Hals, er umarmte sie herzlich, schaukelte sie und schäkerte mit ihnen, so daß die Stube vor Kinderlachen widerhallte.

Man hörte die Uhr schlagen, und die Organistin sagte, sich von ihrem Platz erhebend:

»Wir reden hier herum, und für dich ist es Zeit schlafen zu gehen! Du mußt doch schon bei Tagesanbruch weg!«

»Das muß ich, Mütterchen! Mein Gott, wie war der Tag kurz!« seufzte er wehmütig auf.

Und Jaguscha war es, als preßte einer ihr Herz so schmerzlich zusammen, daß ihr die Tränen von selbst über die Backen liefen.

»Aber bald kommen die Ferien!« ließ er sich wieder vernehmen, »der Rektor hat mir versprochen, daß er mich für eine Zeitlang nach Hause läßt, wenn ihm der Pfarrer darum schreiben wird.«

»Brauchst keine Angst zu haben, er wird schon schreiben, wenn ich ihn darum bitte«, sagte die Mutter und ging daran, ihm sein Lager auf dem Sofa, gegenüber dem Fenster, zurechtzumachen. Sie halfen alle mit, und selbst der Organist beteiligte sich daran und brachte eine ziemlich große Satte, die er lachend unter das Sofa schob.

Sie nahmen lange Abschied voneinander, am längsten aber die Mutter, die ihn mit Weinen an die Brust preßte und immer wieder küßte.

»Schlaf wohl, mein Sohn, schlaf, mein Kind.«

»Ich bet' nur noch und gleich leg' ich mich hin, Mütterchen.«

Endlich gingen sie hinaus.

Jaguscha sah, wie sie in der nebenan liegenden Stube auf den Zehenspitzen umherschlichen, die Stimmen zu dämpfen schienen, die Fenster schlossen; und bald lag das ganze Haus stumm da und war in einem Nu in Dunkelheit versunken, damit der Jascho nicht gestört wurde.

Auch sie wollte nach Hause, sie hatte sich selbst schon etwas erhoben, aber es war ihr, als hielte sie doch irgend etwas an den Füßen zurück, so daß sie sich nicht von der Stelle bewegen konnte; um so fester preßte sie ihren Rücken an den Zaun, duckte sich um so tiefer und blieb wie verzaubert auf ihrem Fleck, in das letzte erleuchtete Fenster starrend. Jascho las etwas in einem dicken Buch, kniete dann am Fenster nieder, bekreuzigte sich, faltete die Hände, hob die Augen zum Himmel und begann in einem durchdringenden Geflüster zu beten.

Die Nacht war dunkel, eine unergründliche Stille verhüllte die Welt, die Sterne glimmten hoch am Himmel, warme, dufterfüllte Lüfte strichen von den Feldern herüber, und als die Blätter aufrauschten, hörte man auch einen Vogel singen.

Jaguscha ergriff ein Schauer, ihr Herz begann wild zu schlagen, ihre Augen brannten, ihre Lippen waren glühend heiß, und die Arme streckten sich von selbst nach ihm aus; und obgleich sie sich zusammenriß, hatte sie ein solches seltsames, unüberwindliches Beben erfaßt, daß sie sich unwillkürlich gegen den Zaun preßte und sich so fest gegen ihn stützte, daß eine Latte zu knarren begann.

Jascho steckte den Kopf zum Fenster hinaus, sah ringsum und vertiefte sich abermals ins Gebet.

Mit ihr ging aber etwas ganz Sonderbares vor; wahre Feuerströme rannen ihr durch den Leib und überkamen sie mit einer solchen Glut, daß sie fast aufgeschrien hätte vor süßer Qual. Sie hatte vergessen, wo sie sich befand und konnte kaum Atem fangen, so bebte und brannte alles in ihr. Sie war ganz von Schauern durchbebt, wilde jauchzende Schreie wollten sich wie Blitze aus ihrem Innern lösen, ein heißer Wirbelsturm schien sie packen zu wollen, und in einem rasenden Begehren dehnte sie ihre Arme weit, um sie dann wieder eng ineinander zu verkrampfen ... Sie wollte schon näher herantreten, ganz nah an ihn heran, um wenigstens mit den Lippen diese weißen, feinen Hände berühren zu können, um nur vor ihm knien zu dürfen und aus der Nähe dieses liebe Gesichtchen anzuschauen und ihn anzubeten wie ein wundertätiges Bild. Sie bewegte sich aber dennoch nicht, denn eine seltsame Angst und ein plötzliches Grauen hatten sie beschlichen.

»Mein Jesus, barmherziger Gott!« entrang sich ein leises Stöhnen ihrer Brust.

Jascho erhob sich, lehnte sich ganz hinaus, und ins Dunkel starrend, rief er:

»Wer ist da?«

Einen Augenblick war sie wie tot, sie hielt ihren Atem an, ihr Herzschlag stockte und ein heiliges Grauen legte sich wie lähmend über ihre Glieder; es war als ob ihre Seele bis in die Kehle hinauf gestiegen wäre, und voll einer seligen Unruhe erbebte sie erwartungsvoll.

Aber Jascho blickte nach dem Heckenweg, ohne sie zu bemerken; er schloß das Fenster, zog sich schnell aus, und das Licht erlosch ...

Nacht fiel auf ihre Seele, aber sie saß noch lange so, in das schwarze, stumme Fenster starrend. Eine Kühle umfing sie und schien wie mit Silbertau ihre himmelan strebende Seele zu benetzen, denn alles, was in ihr an begehrlichem Blute war, erlosch und ergoß sich über ihren Leib mit einer unaussprechlichen Seligkeit. Es floß auf sie eine feierliche, heilige Stille herab, die wie die Versonnenheit der Blumen vor dem Sonnenaufgang war, und es überkam sie wie ein Gebet des Glücks, das keine Worte hatte und nur eine seltsame Kette der süßesten Verzückungen war, ein urheiliges Staunen der Seele, die unerklärliche Freude eines erwachenden Frühlingstages, und dieses Gebet war mit dicken Perlen seliger Tränen durchflochten, die sich zu einem Rosenkranz des Dankes und der Gnade aneinanderreihten.

* * *

Ich möcht' schon gehen, Hanusch!« bat Fine, ihren Kopf gegen die Kirchenbank stützend, »Dann heb' den Schwanz wie'n Kalb und renn'!« murrte Anna, kaum vom Rosenkranz aufsehend.

»Aber es drückt mich doch so im Magen; mir ist sehr übel.«

»Stör' doch nicht die Andacht, gleich ist sie aus.«

Der Priester beendigte auch gerade die stille Trauermesse für Borynas Seele, die die Familie acht Tage nach seinem Tode abhalten ließ.

Die nächsten Verwandten saßen alle in den Seitenbänken, nur Jaguscha und die Mutter knieten vor dem Hauptaltar; von den Fremden war niemand da, einzig Agathe plapperte irgendwo am Chor ihre Gebete herunter.

In der Kirche war es still, kühl und dämmerig, nur durch die Mitte flutete ein breiter Strom flimmernden Lichts, denn die Sonne drang durch die offene Tür ein und ergoß sich bis unter die Kanzel.

Der Michael vom Organisten war Ministrant, er schüttelte, wie er das so immer tat, dermaßen die Schellen, daß es einem in den Ohren davon gellte; mit lauter Stimme sprach er die Worte des Meßdienstes und ließ seine Augen hinter den Schwalben gehen, die hin und wieder ängstlich aufzwitschernd, durch die Kirche schossen.

Irgendwo vom Weiher her klang das lärmende Klappern der Waschhölzer, die Spatzen schirpten vor den Kirchenfenstern, und dazwischen hörte man eine Glucke, die eine Schar piepender Küchlein in die Kirchenvorhalle zu locken suchte und die Ambrosius immer wieder vertreiben mußte.

Als der Priester die Messe zu Ende gelesen hatte, gingen alle auf den Kirchhof hinaus.

Sie waren schon beim Glockenhaus, als Ambrosius ihnen nachrief:

»Wartet doch! Hochwürden will euch was sagen.«

Es war auch noch kein Ave vergangen, als dieser mit einem Brevier unter dem Arme atemlos herankam; er wischte seine Glatze und begrüßte sie freundlich:

»Meine Lieben, da wollt' ich euch nur noch sagen, daß ihr christlich gehandelt habt, eine Messe für den Verstorbenen lesen zu lassen. Das wird seiner Seele gut tun und zu ihrer ewigen Erlösung beitragen!«

Er nahm eine Prise, nieste kräftig und sich schneuzend fragte er:

»Heute werdet ihr gewiß wegen der Erbteilung miteinander reden, was?«

»Versteht sich, das ist doch so die Sitte, daß man erst in acht Tagen ...« bestätigten sie.

»Das ist es! Gerade davon wollt' ich mit euch noch reden! Teilt es untereinander, denkt aber daran, daß es in Frieden und der Gerechtigkeit nach geschieht. Daß mir nur kein Zank und Unfrieden zu Ohren kommt, sonst rüg' ich es vor allen Leuten von der Kanzel herab! Der Selige würde sich im Grabe umdrehen, wenn er sehen sollte, wie ihr sein sauer Erworbenes zerreißt, wie die Wölfe ein Schaf! Und Gott verhüte, daß ihr mir die Waisen schädigt! Der Gschela ist weit weg, und die Fine ist noch ein dummes Ding! Und was einem zukommt, das muß bis zum letzten Heller herausgegeben werden. Wie er sein Vermögen verteilt hat, das ist seine Sache, aber sein letzter Wille muß erfüllt werden. Vielleicht sieht der Arme in diesem Augenblick auf euch nieder und denkt bei sich: zu Menschen hab' ich sie gemacht, einen ordentlichen Hof hab' ich ihnen hinterlassen, da werden sie doch nicht aufeinander losgehen, wie die Hunde, wenn sie was teilen sollen. Ich predige doch in einem fort von der Kanzel herab: durch Frieden steht nur alles in der Welt, mit Zank hat noch keiner was fertig gebracht. Na, ich sag' es ja, keiner, nur Sünde höchstens und Gotteslästerung! Der Selige war freigebig und hat weder für Licht noch Messe oder für andere Bedürfnisse der Kirche an Geld gespart, darum hat ihn der liebe Gott auch gesegnet ...«

Er redete lange auf tiefe Weise auf sie ein, bis die Frauen losweinten und ihm zum Dank die Knie umfaßten, und Fine klammerte sich selbst aufheulend an seine Hände, so daß er sie an seine Brust zog, sie auf die Stirn küßte und voll Güte sprach:

»Heule nicht, Dumme, der liebe Gott hat die Waisen in einem besonderen Schutz.«

»Der leibhaftige Vater hätte einem nicht besser zur Seele gesprochen«, flüsterte Anna gerührt. Scheinbar war auch Hochwürden ergriffen, denn nachdem er sich die Augen heimlich getrocknet hatte, wandte er sich gleich an den Schmied, ihm eine Prise anbietend, und sprach schnell von was anderem.

»Und wie denn, kommt es zu einer Einigung mit dem Gutsherrn?«

»Das wird es wohl, gerade heute sind fünf Mann nach ihm hin ...«

»Gott sei Dank! Da werd' ich schon umsonst eine Messe lesen auf diesen Frieden hin!«

»Ich glaub', das Dorf müßte wohl für eine Frühmesse, mit Ausstellung des heiligen Sakraments sammeln. Das ist wirklich wahr, das ist doch wie neu zugeteiltes Land und fast ganz umsonst!«

»Du hast den Verstand auf dem richtigen Fleck, Michael, ich hab' schon dem Gutsherrn von dir gesprochen. Na, geht mit Gott und denkt daran: in Frieden und gerecht! He! Aber Michael!« rief er dem Schmied nach, »und sieh mal später nach meiner Chaise, die rechte Feder reibt gegen die Radachse ...«

»Die hat sich so unter dem Pfarrer aus Laznowo ausgeleiert.«

Der Priester sagte darauf nichts mehr; so gingen sie denn geradeswegs nach Hause.

Zum Schluß führte Jaguscha die Mutter, denn die Alte schleppte sich mit Mühe vorwärts und mußte jeden Augenblick ausruhen.

Es war Werktag, man arbeitete überall; so waren denn auch die Wege um den Weiher leer, nur die Kinder spielten hier und da im Sand, und die Hühner scharrten im herumliegenden Mist. Es war noch ziemlich früh, dennoch brannte die Sonne gehörig; zum Glück brachte der Wind etwas Kühlung, er wehte recht kräftig, so daß die Obstgärten, die voll sich rötender Kirschen hingen, hin und her wogten, und die Getreidefelder gegen die Zäune anfluteten, wie erregte Wassermengen.

Die Türen der Häuser standen offen, die Hoftore waren überall weit aufgesperrt, und auf den Zäunen wurde hier und da das Bettzeug gelüftet; alles was nur die Hände rühren konnte, arbeitete draußen im Feld. Manch einer fuhr noch den Rest der verspäteten Heuernte ein; der scharfe Heuduft erfüllte die Luft, und an den überhängenden Asten am Weg, wo die hochgetürmten Wagen vorbeigefahren waren, schaukelten ganze Büschel trockener Halme, die ausgerauften Judenbärten glichen.

Sie gingen langsam und schweigend nebeneinander, in Gedanken über die Teilung versunken.

Irgendwo, wie von den Feldern her, wo man die Kartoffeln behackte, stieg ein Liedlein auf und zog mit dem Wind in die Weite; bei der Mühle hörte man den Waschschlegel einer Frau, die ihre Wäsche wusch, laut ausklopfen und das Wasser, das über die Räder floß, dumpf rauschen.

»Die Mühle arbeitet jetzt in einem fort!« ließ sich Magda als erste vernehmen.

»Vorerntezeit ist es, da hält der Müller seine Ernte ab!«

»Die ist heuer schwerer, als im Vorjahr. Überall ist eine Not, daß es einem nur so in den Ohren gellt, und bei den Kätnern ist der Hunger schon geradezu zu Hause«, seufzte Anna.

»Und die Kosiols, die schnüffeln auch schon im Dorf herum, da braucht man nicht lange zu lauern, bis sie einem was Ordentliches weggestohlen haben«, warf der Schmied ein.

»Redet keinen Unsinn! Die Armen müssen sich helfen, wie sie können; gestern erst hat die Kosiol der Organistin ihre jungen Enten verkauft, damit hat sie sich ein bißchen aufgeholfen ...«

»Die werden es doch bald versoffen haben. Ich will nichts Schlechtes von ihnen gesagt haben, aber es ist doch merkwürdig, daß die Federn von meinem Enterich, der sich am Tage von Vaters Begräbnis verloren hat, von meinem Mathies hinter den Kosiols ihrem Kuhstall gefunden worden sind«, sagte Magda.

»Und wer hat denn damals unser Bettzeug gestohlen?« mischte sich Fine ein.

»Wann kommt denn ihre Sache mit dem Schulzen vor Gericht?«

»Nicht bald, aber der Ploschka unterstützt sie, da werden sie schon dem Schulzen genug einbrocken.«

»Daß doch der Ploschka immer seine Nase in fremde Angelegenheiten stecken muß!«

»Versteht sich, der sucht sich die Freunde zusammen, wo er kann, denn die Schulzenschaft sticht ihn.«

Es kam ihnen Jankel entgegen; er versuchte ein Pferd, das heftig hinten ausschlug und sich aus ganzer Macht sträubte, an der Mähne quer über den Weg zu zerren.

»Steckt ihm Pfeffer unter den Schwanz, dann rennt er vom Fleck los wie'n Hengst!«

»Mög' es gut bekommen, das Amüsieren! Was ich schon mit diesem Pferd ausstehen muß!«

»Stopft ihn mit Stroh aus, macht ihm einen anderen Schwanz an und bringt ihn auf den Markt, dann könnt ihr ihn vielleicht als Kuh verkaufen, denn zum Pferd paßt er nicht mehr!« scherzte der Schmied, und alle brachen in ein Gelächter aus; im selben Augenblick aber riß sich das Pferd los und sprang, ohne auf Jankels Locken und Drohungen zu achten, in den Weiher, wo es sich in aller Ruhe im flachen Wasser herumzuwälzen begann.

»Kluges Biest, der muß wohl von den Zigeunern kommen!«

»Stellt ihm einen Eimer Schnaps hin, dann kommt er vielleicht heraus!« lachte die Organistin, die am Weiher saß und eine Schar junger Enten bewachte, welche wie kleine gelbe Federbällchen herumschwammen; eine aufgeblähte Henne gackerte am Ufer.

»Feine Enten, das sind gewiß die von der Kosiol?« fragte Anna.

»Das sind sie schon, aber sie laufen mir immer nach dem Weiher. Taschuchny! Tasch, tasch, tasch, tasch!« lockte sie und streute ihnen immer wieder eine Handvoll Hirse hin.

Die Enten beeilten sich, um nach dem entgegengesetzten Ufer zu kommen, so daß sie ihnen nachrennen mußte.

»Kommt schneller, Frauen«, trieb der Schmied an; und als sie ins Haus gekommen waren und Anna das Frühstück zuzubereiten begann, fing er gleich an, in den Stuben und im Hof herumzuschnüffeln; selbst die Kartoffelgruben hatte er nicht vergessen, bis Anna sagte:

»Ihr beguckt alles, als ob euch was weggekommen ist!«

»Eine Katze im Sack kauf' ich nicht!«

»Ihr wißt hier besser Bescheid wie ich selbst!« sagte sie höhnisch, den Kaffee in kleine irdene Töpfe gießend. »Dominikbäuerin, Jagusch! Kommt doch zu uns 'rüber!« rief sie hinüber, denn die beiden hatten sich auf der anderen Seite eingeschlossen.

Sie setzten sich auf die Bank, tranken und aßen Brot dazu.

Niemand sagte ein Wort, denn jeder scheute sich als erster anzufangen und sah sich nach den anderen um. Anna war auch seltsam zurückhaltend; natürlich lud sie zum Essen ein, jedem immer wieder zugießend, aber sie ließ den Schmied nicht für einen Augenblick aus den Augen, denn er schob sich unruhig auf seinem Platz hin und her, ließ seine Blicke durch die Stube gehen und räusperte sich eins ums andere Mal. Jaguscha saß finster da, seufzte, und ihre Augen hatten einen Schimmer wie von eben vergossenen Tränen; die Dominikbäuerin blähte sich wie eine Henne und flüsterte auf sie ein; nur die Fine gab auf nichts acht, sie schwatzte dies und jenes und hantierte um die Töpfe herum, in denen Kartoffeln kochten.

Es wurde schon allen die Zeit lang, bis schließlich der Schmied als erster zu reden begann:

»Wie machen wir das also mit der Teilung?«

Anna zuckte auf, und sich gerade reckend, sagte sie ruhig und wohlbedacht:

»Was soll denn da zu machen sein! Ich habe hier nur für das aufzupassen, was dem Meinen gehört, und habe nicht das Recht, über etwas zu bestimmen. Kommt Antek zurück, dann könnt' ihr teilen.«

»Wann wird der wiederkommen, und so kann es doch auch nicht bleiben.«

»Es wird aber so bleiben! Konnte es so lange sein, wie Vater krank war, so kann es auch so bleiben, bis Antek wiederkommt.«

»Er ist es doch nicht allein, der hier was kriegt.«

»Aber er ist der Älteste, dann kommt es ihm auch zu, die Wirtschaft vom Vater zu übernehmen.«

»Hale, er hat kein anderes Recht wie die anderen.«

»Vielleicht könnt ihr sie auch übernehmen, wenn ihr euch mit Antek so einigt. Ich werd' mich doch nicht mit euch herumzanken, das ist nicht mein Wille, der hier was zu bestimmen hat.«

»Jagusch!« erhob die Dominikbäuerin ihre Stimme, »du hast jetzt an dein Teil zu erinnern.«

»Was soll ich denn, die wissen das doch so ...«

Anna wurde plötzlich rot, und Waupa, der ihr gerade unter die Füße kam, einen Fußtritt gebend, sagte sie durch die Zähne:

»Versteht sich, daß wir uns gut an so ein Unrecht erinnern.«

»Ihr habt's gesagt! Hier geht es aber um die sechs Morgen, die der Selige Jaguscha verschrieben hat und nicht um dummes Gerede!«

»Wenn ihr die Verschreibung habt, dann wird euch niemand die wegreißen können!« brummte Magda zornig, die die ganze Zeit ruhig mit dem Kind an der Brust dagesessen hatte.

»Die haben wir, und die ist im Amt gemacht und vor Zeugen.«

»Wenn alle warten, kann auch Jaguscha das.«

»Gewiß, daß sie es dann muß, aber was von Ihrem da ist, das wird sie gleich wegnehmen; sie hat doch die Kuh und das Kalb und noch das Schwein und die Gänse ...«

»Das ist Gemeinsames und kommt zur Teilung«, widersetzte sich der Schmied hartnäckig.

»Zur Teilung! Das könnte euch passen! Was sie als Heiratsgut von mir bekommen hat, kann ihr keiner nehmen! Vielleicht möchtet ihr am liebsten ihre Röcke und das Federbett unter euch teilen, was?« Sie erhob ihre Stimme immer mehr.

»Ich spaß doch nur, und ihr kommt gleich mit euren Krallen ...«

»Jawohl ... ich durchschau' euch gut, ich weiß Bescheid.«

»Was sollen wir denn hier umsonst herumschwatzen. Ihr habt recht, Anna, man muß auf Antek warten. Ich hab' es eilig zum Gutsherrn, denn da wartet man auf mich.« Er erhob sich, und da er Borynas Schafpelz entdeckte, der in einer Ecke über der Kleiderstange hing, begann er ihn vorsichtig herabzuziehen.

»Der müßte mir gerade passen.«

»Laßt ihn hängen, er soll da trocknen«, wehrte Anna ab.

»Aber diese alten Stiefel, die könnt' ihr mir geben. Die Schäfte sind nur heil, und besohlt sind sie auch schon mal«, sagte er schlau und suchte sie von der Stange herunterzuziehen.

»Ich lasse nichts anrühren. Ihr nehmt euch was, und nachher heißt es, daß ich die halbe Wirtschaft auseinandergetragen habe. Nicht eine Zaunlatte rührt ihr mir an, bis das Amt nicht alles aufgenommen hat.«

»Eine Aufnahme ist noch nicht dagewesen, und schon hat sich Vaters Bettzeug irgendwohin getan ...«

»Ich hab' dir doch gesagt, wie alles gewesen ist! Gleich nach seinem Tode hat man es über den Zaun zum Lüften ausgelegt, und in der Nacht hat es jemand gestohlen. Man hatte eben nicht den Kopf dazu.«

»Komisch, daß sich da gleich ein Dieb dazu gefunden hat ...«

»Wieso denn? Soll ich es vielleicht genommen haben und euch was vorlügen?«

»Still da, Weiber! Immer alles ohne Zank; laß das, Magdusch! Wer das gestohlen hat, der mag's für sein Totenlager behalten.«

»Allein das Federbett hat fast dreißig Pfund gewogen.«

»Ich sag' dir, halt' die Schnauze!« schrie er seine Frau an und lockte Anna mit sich nach dem Hof, da er angab, die Ferkel besehen zu wollen.

Sie folgte ihm nach, war aber gut auf der Hut.

»Ich wollte euch einen Rat geben.«

Sie spitzte neugierig ihre Ohren, da sie schon eine Ahnung hatte, worum es sich drehte.

»Wißt ihr was, man müßte noch vor der amtlichen Aufstellung irgendwann abends zwei Kühe zu mir 'rüberbringen. Die Sau könnte man dem Vetter so lange anvertrauen, und was nur angeht, bei anderen Leuten verstecken ... Ich werd' es euch schon sagen, wohin ... Vom Getreide sagt ihr bei der Aufstellung, daß es schon lange dem Jankel verkauft ist, er wird es gerne bestätigen, man kann ihm auch dafür ein, zwei Scheffel geben. Die Jungstute wird der Müller nehmen, sie wird auf seinem Weideland sich etwas herausfüttern können. Und einzelnes von den Hausgeräten könnte man im Getreide und irgendwo in den Gruben verstecken. Das rat' ich euch aus guter Freundschaft! Alle machen es so, die Verstand haben. Ihr habt wie ein Lasttier gearbeitet, da kommt euch der Gerechtigkeit nach auch mehr zu. Mir könnt ihr dann davon irgend etwas abgeben, irgendeinen Brocken. Und Angst braucht ihr nicht zu haben, ich werd' euch schon in allem beistehen. Und dafür werd' ich schon sorgen, daß ihr den Grund und Boden kriegt. Hört nur auf mich, es hat noch keiner was zugezahlt, der meinen Rat befolgt hat ... Selbst der Gutsherr achtet darauf, was ich sage. Na, was meint ihr dazu? ...«

»Das nur, daß ich, was mein ist, nicht aus den Fingern lasse, und auf Fremdes bin ich nicht happig!« antwortete sie langsam, ihn mit verächtlichen Blicken messend. Er drehte sich herum, als hätte man ihm einen Schlag über die Schläfe versetzt, überflog sie mit seinen Augen und zischte hervor:

»Dann hätt' ich schon darüber nichts erwähnt, daß ihr den Vater so ausgeplündert habt ...«

»Das könnt' ihr tun! Und dem Antek werd' ich sagen, daß er mit euch über euren Rat redet.«

Er konnte sich kaum zurückhalten, um nicht loszufluchen, aber er spie nur aus, und schon im Weggehen rief er durchs offene Fenster in die Stube hinein:

»Magda, gib hier auf alles acht, daß die Diebe nicht wieder was wegschleppen.«

Anna sah ihn mit einem höhnischen Lächeln ein.

Er rannte davon wie verbrüht, und als er auf die Schulzin stieß, die gerade in den Heckenweg, der nach dem Borynahof führte, einbog, erzählte er ihr noch lange etwas, dabei heftig mit den Fäusten herumfuchtelnd.

Die Schulzin brachte irgendein Amtspapier.

»Das ist für euch, Anna, der Gemeindebote hat es vom Amt gebracht.«

»Vielleicht etwas über Antek!« flüsterte sie ängstlich, das Schreiben mit der Schürze ergreifend.

»Es soll über Gschela was drin sein. Meiner ist nicht zu Hause, er ist nach dem Kreisamt gefahren, und der Gemeindebote hat nur gesagt, daß da drin geschrieben steht, der Gschela sollte tot sein oder so was ...«

»Jesus Maria!« schrie Fine auf.

Die Magda sprang ebenfalls hoch.

Alle starrten voll Grauen und Angst auf das Schriftstück, und jede griff danach, um es ratlos in ihren zitternden Händen hin und her zu drehen.

»Vielleicht kannst du es herauskriegen, Jagusch!« bat Anna.

Sie umstanden sie voll Angst und Unruhe; nach einer Weile des Lautierens aber meinte sie mutlos:

»Hale, es ist ja nicht in unserer Sprache, ich kann es nicht herauskriegen.«

»Sie ist nicht beim Schreiben dabeigewesen! Dafür kann sie was anderes besser«, zischte die Schulzin herausfordernd.

»Geht eures Wegs und fallt die Leute nicht an, die euch schon von weitem aus dem Weg gehen, wie vor was Stinkendem«, knurrte die Dominikbäuerin sie an.

Doch die Schulzin, froh eine Gelegenheit gefunden zu haben, gab es ihr kräftig zurück.

»Andere zurechtweisen, das versteht ihr; warum verbietet ihr aber eurer feinen Jaguscha nicht, daß sie verheiratete Mannsleute verführt, hah?«

»Laßt das man sein, Pjetrowa!«[1] mischte sich Anna hinein, da sie wohl merkte, wohinaus das gehen sollte; aber die Schulzin war schon nicht mehr zu halten.

»Einmal will ich mir wenigstens nicht Gewalt antun! So viel hab' ich mich wegen der 'rumquälen können, so viel Leib zu fressen gekriegt, daß ich ihr das, solange ich lebe, nachtragen werde!«

»Schnauz' du nur zu! Der Hund wird dich schon nicht überbellen!« knurrte die Alte noch ziemlich ruhig; die Jaguscha aber wurde rot wie eine Runkelrübe; und obgleich ein brennendes Gefühl der Scham in ihr aufgestiegen war, übermannte sie doch eine solche rachsüchtige Verbissenheit, daß sie den Kopf immer höher hob und um sie zu ärgern mit Absicht ihre höhnischen Augen in sie bohrte; ein aufreizendes Lächeln begann ihre Lippen zu kräuseln.

Die Schulzin riß schon ihr Maulwerk wie ein Tor auf, sie war bis ins Tiefste von ihren Blicken verletzt, fluchte und breitete sich geifernd über ihre Verfehlungen aus.

»Du bellst hier das erste beste Zeug herum, weil du dich voll Gift gefressen hast!« unterbrach sie die Alte, »aber Deiner wird schwer vor Gott büßen müssen für das Unglück, das er über sie gebracht hat.«

»Versteht sich, der wird büßen, weil er da ein unschuldiges Kindlein verführt hat! Versteht sich, schönes Kindlein, das mit jedem gern in die Büsche läuft!«

»Haltet eure Schnauze, denn wenn ich auch blind bin, so find' ich noch meinen Weg zu euren filzigen Zotteln«, drohte die Dominikbäuerin, ihren Stock umklammernd.

»Versucht nur! Rühr' du mich nur an, rühr' du mich nur an!« schrie sie herausfordernd.

»Hale, hat sich mit Unrecht, das sie fremden Leuten getan, vollgemästet und will sich hier an einen hängen wie die Klette an einen Hundeschwanz.«

»Worin hab' ich dir denn unrecht getan, du?«

»Wenn man Deinen ins Kriminal steckt, dann wirst du es schon erfahren!«

Die Schulzin sprang mit den Fäusten auf sie los; zum Glück konnte Anna sie noch rechtzeitig zurückweisen und wandte sich scharf gegen die beiden:

»Mein Gott, ihr macht ja hier die reine Schenke aus meiner Wohnung.«

Sie schwiegen auf einen Augenblick und standen sich, schwer atmend und schnaufend, gegenüber; der Dominikbäuerin waren die zornigen Tränen unter den Lappen, mit denen sie ihre Augen verbunden hatte, hervorgequollen und flossen

---

[1] Pietrowa: Peters Frau.

reichlich über ihr abgemagertes Gesicht; aber sie kam als erste zu sich, setzte sich nieder, seufzte auf und breitete ihre Arme auseinander.

»Gott sei mir Sündigen gnädig!«

Die Schulzin rannte wie besessen zur Tür hinaus, aber schon vom Weg kehrte sie um, steckte den Kopf durchs Fenster und fing an, Anna zuzuschreien:

»Ich sag' es dir, jag' sie dir vom Hof, die Schlampe! Jag' sie 'raus, solange es Zeit ist, damit es dich dann nicht reut. Nicht eine Stunde laß sie unter deinem Dach, sonst wird sie dich hier herausbeißen wie eine böse Seuche. Ich rat' es dir, Anna, nimm du dich für! Sei ohn' Erbarmen für sie, ohne Mitleid! Sie lauert nur auf Deinen, du wirst es schon sehen, was sie dir andrehen wird!« Sie beugte sich noch tiefer in die Stube hinein, und schon mit den Fäusten Jaguscha drohend, schrie sie in ihrer ganzen Wut:

»Warte du, du Höllenbrut, warte mal! Ich sterb' nicht ruhig und werd' so lang nicht zur heiligen Beichte gehen, bevor ich es nicht erlebt habe, daß sie dich mit Stöcken zum Dorf hinausjagen! Zu den Soldaten kannst du gehen, du Hündin! Da ist dein Platz, du Schwein!«

Und sie rannte davon; in der Stube aber wurde es still wie im Grab.

Die Dominikbäuerin schüttelte sich vor niedergehaltenem Weinen, Magda schaukelte ihr Kind, und Anna starrte gedankenvoll auf den Herd; die Jaguscha aber, obgleich sie noch den Trotz in ihrem Gesicht und ein böses Lachen auf den Lippen hatte, wurde weiß wie Linnen, denn die letzten Worte hatten sie mitten ins Herz gestochen; sie fühlte plötzlich, als hätten sie auf einmal hundert Messer durchbohrt, und ihr ganzes Herzblut, all ihre Kraft war von ihr gewichen; es blieb nur ein schneidender, ein schon gar nicht mehr menschlicher Schmerz zurück, so daß sie Lust hatte, mit dem Kopf gegen die Wand zu rennen und laut zu schreien; sie bezwang sich jedoch, und ihre Mutter am Ärmel zerrend, flüsterte sie fieberhaft auf sie ein:

»Gehen wir weg von hier, Mutter! Machen wir, daß wir bloß wegkommen!«

»Gut, gut! Ich bin schon ganz von Kräften gekommen, du aber kommst hier zurück und bleibst bei Deinem bis zu Ende.«

»Ich werd' hier nicht bleiben! Alles ist mir schon hier so über geworden, daß ich es nicht länger mehr aushalte! Daß ich eher die Beine gebrochen hätt', als über diese Schwelle zu kommen!«

»So schlecht hast du dich bei uns gefühlt?« fragte Anna mit leiser Stimme.

»Schlimmer wie ein Hund an der Kette; da muß einem noch in der Hölle besser zumute sein.«

»Das nimmt mich wunder, daß du es dann so lange ausgehalten hast, man hat dich doch nicht am Bein hier festgebunden. Du konntest gehen, wohin du wolltest. Du brauchst keine Angst zu haben, um die Knie werde ich dich nicht fassen, und bitten werd' ich dich auch nicht, daß du dableibst! ...«

»Ich werd' schon gehen, und daß euch hier die Seuche abwürgt, wenn ihr so seid!«

»Fluch' du man nicht noch obendrauf, daß ich dir nicht auch meins ins Gesicht sage!«

»Weil schon alle gegen mich sind, das ganze Dorf, alle! ...«

»Leb' in Ehren, dann hat dir niemand auch nur ein Wort vorzuwerfen!«

»Still, Jagusch! Die Anna ist doch nicht gegen dich, sei man ruhig!«

»Laß sie schnauzen. Laß sie doch! Mir geht ihr Bellen irgendwo hin. Was hab' ich denn getan? Vielleicht gestohlen oder einen umgebracht?«

»Hast du noch den Mut zu fragen, was?« sagte Anna, erstaunt vor ihr stehenbleibend. Zieh' mich nicht an der Zunge, damit ich es dir nicht sag'!«

»Sagt nur! Ihr könnt schnauzen, soviel ihr wollt! Das ist mir alles eins!« schrie Jagna immer hitziger. Die Wut loderte in ihr auf wie ein Brand; sie war schon zu allem bereit, selbst zum Schlimmsten.

Annas Augen standen plötzlich voll Tränen, die Erinnerung an Anteks Treulosigkeit biß sich so schmerzlich in ihr Herz fest, daß sie nur noch hervorstottern konnte:

»Und was hast du nur mit Meinem angestellt, was? Der liebe Gott wird dich noch um meinetwillen strafen, paß auf! Keine Ruhe hast du ihm gelassen … nachgejagt bist du ihm, schon rein wie eine läufige Hündin … rein wie eine …« Der Atem ging ihr aus, so hatte sie ein Schluchzen gepackt.

Und Jagusch duckte sich wie ein Wolf, der auf seinem Lager angegriffen wird und bereit ist, alles zu zerfleischen, was ihm unter die Zähne kommt. Der Haß umnebelte sie, und eine Rachsucht ließ sie die Fäuste ballen, so daß sie bis in die Mitte der Stube stürzte und, bis zum äußersten aufgebracht, eine Flut böser Worte hervorstieß, die wie Peitschenhiebe auf Anna einschlugen:

»Ich bin hinter ihm hergelaufen, ich! Was du dir da nicht zurechtlügst! Alle wissen, wie ich ihn mir nicht vom Leib hab' halten können! Wie ein Hund hat er da vor meiner Tür gewinselt, daß ich ihm mindestens meinen Holzpantoffel zu sehen gab! Gezwungen hat er mich! Er ist es doch gewesen, der mir was vorgeredet hat und dann mit mir Dummen gemacht hat, was er wollte! Und jetzt will ich dir die Wahrheit sagen, daß es dich nur nicht reut. Geliebt hat er mich, daß es schon gar nicht zu sagen ist! Und du bist ihm so zuwider geworden, wie ein alter, schmutziger Lumpen; bis über die Gurgel hat der Arme von deiner Liebe genug gehabt, daß er danach aufstieß, wie nach ranzigem Talg und ausspie, wenn er an dich dachte. Der wollte sich selbst was Schlimmes antun, nur um dich nicht immer sehen zu müssen. Da hast du die Wahrheit, die du gewollt hast. Und merk' dir das noch: wenn ich will, dann gibt er dir noch einen Fußtritt, selbst wenn du ihm die Füße küssen solltest, und rennt mir nach bis ans Ende der Welt! Das heb' du dir auf und mein' nicht, daß du neben mir aufkommen kannst, verstehst du?«

Sie schleuderte ihr diese haßerfüllten Worte schon furchtlos und voll Selbstbewußtsein zu und war dabei schön wie noch nie. Selbst die Mutter hörte ihr mit Staunen und Angst zu, sie war so anders wie sonst, schien ihr wie eine Fremde und sah dabei so drohend und zornig aus und war so grausig wie eine Wolke, die Blitze aus sich schleudert.

Anna aber war durch diese Worte zu Tode verwundet: sie schlugen sie bis aufs Blut, peitschten erbarmungslos auf sie ein und zertraten sie wie einen elenden Wurm; sie sank in sich zusammen wie ein Baum, den die Blitze zersplittern, ganz ohne Kraft und Besinnung. Sie konnte kaum mit ihren erblaßten Lippen Luft schöpfen, sie fiel auf die Bank zurück; unter dem Druck dieses Schmerzes schien in ihr alles zu einem mehligen, tauben Staub zu zerfallen; selbst die Tränen hörten auf, über das vor trostloser Qual fahl gewordene Gesicht zu rinnen, obgleich ein schweres, erregtes Schluchzen ihr die Brust fast sprengte. Mit Angst starrte sie vor sich hin wie in einen plötzlich sich öffnenden Abgrund; sie bebte wie ein Halm, den der Sturm zu vernichten droht ...

Jaguscha hatte schon längst aufgehört, zu reden und war mit der Mutter auf ihre Seite gegangen; Magda, die aus Anna kein Wort herauskriegen konnte, hatte sich davongemacht, und selbst Fine hatte es vorgezogen, nach dem Weiher zu laufen, die jungen Enten einzuholen. Anna aber saß unbeweglich auf ihrem Platz wie ein zu Tode erschrockener Vogel, dem man sein Nest ausnimmt und der weder schreien noch um sich schlagen noch flüchten kann und nur manchmal ganz bange den Flügel regt und klagend aufzirpt.

Bis der Herr Jesus sich ihrer erbarmte, und der gequälten Seele Erleichterung gab, so daß sie endlich wie aus einer Ohnmacht zu sich kam; sie fiel vor den Heiligenbildern nieder und weinte erlösende Tränen; sie gelobte sich, nach Tschenstochau zu gehen, wenn das, was sie gehört hatte, nicht eintreffen sollte!

Und gegen Jagna hegte sie keinen Zorn mehr, nur eine Angst vor ihr hatte sie gepackt, so daß sie, als ihre Stimme ihr Ohr traf, sich wie vor etwas Bösem bekreuzigte ...

Schließlich griff sie wieder zur Arbeit, und die eingewohnten Hände arbeiteten von selbst, denn mit ihren Gedanken war sie weit fort; ohne es selbst zu wissen, hatte sie die Kinder in den Obstgarten gebracht, die Stube aufgeräumt und die Zweiertöpfe mit Essen gefüllt; dann trieb sie Fine an, sie schneller aufs Feld zu tragen.

Und als sie allein geblieben war, beruhigte sie sich etwas und fing an über jedes Wort zu sinnen und zu grübeln. Sie war eine gute und verständige Frau und hätte wohl die ihr zugefügten Beleidigungen vergeben, aber über den gekränkten Stolz konnte sie nicht hinwegkommen; immer wieder stieg es heiß in ihr auf, das Herz krümmte sich vor Qual, durch ihren Kopf zogen grausame Rachegedanken; und dieses Gefühl überwog schließlich, so daß sie vor sich hin zu flüstern begann:

»Das ist wahr, daß ich mich in der Schönheit nicht mit ihr messen kann! Aber ich bin ihm angeheiratet und die Mutter seiner Kinder!« Sie reckte sich stolz und voll Selbstsicherheit. »Und läuft er ihr nach, dann wird er schon wiederkommen! Er kann sich doch nicht mit ihr verheiraten!« tröstete sie sich bitter und sah in die Weite.

Es wurde schon Mittag, die Sonne hing über dem Weiher, und die Hitze hatte sich so gesteigert, daß die Erde brennend heiß war, und die glühende Luft wie aus einem Ofen stieg; die Leute kamen von den Feldern, und auf dem Pappelweg stiegen Wolken von Staub auf, die die einkommenden Herden aufwirbelten. Anna überkam plötzlich ein Entschluß, sie lehnte gegen die Wand und überdachte noch alles ein Ave lang; dann trocknete sie sich die Augen, ging über den Flur nach Jagnas Stube und sagte, in der Tür stehenbleibend, ganz gelassen und fest:

»Du kannst dich gleich aus dem Hause scheren!«

Jagna erhob sich von der Bank; sie blieben eine ganze Weile voreinander stehen und maßen sich mit ihren Blicken, bis Anna etwas zurückwich und mit heiserer Stimme wiederholte:

»Scher' dich sofort, und willst du nicht, dann laß ich dich vom Knecht hinausschmeißen … In diesem Augenblick noch!« fügte sie unversöhnlich hinzu.

Die Dominikbäuerin kam auf sie zu und versuchte auf sie einzureden und sie zu beschwichtigen, aber Jagna zuckte nur die Schultern:

»Redet nicht zu diesem Strohwisch! Man weiß, worum es der zu tun ist.«

Sie holte aus ihrer Lade ein Schriftstück hervor.

»Um die Verschreibung geht es dir, um diese paar Morgen, hier hast du sie, friß dich damit voll!«

Sie sagte es verächtlich und schleuderte ihr das Papier ins Gesicht.

»Kannst dich damit zu Tode verschlucken!«

Und ohne auf die Einwände der Mutter zu achten, begann sie rasch ihre Bündel zu schnüren und sie in den Heckenweg hinauszutragen.

Anna wurde es ganz schlecht, als hätte ihr jemand mit der Faust zwischen die Augen geschlagen; doch sie hob das Schriftstück auf und sagte mit drohender Stimme:

»Daß du mir aber schnell machst, sonst werd' ich dich mit den Hunden vom Hof hetzen!« Ein Staunen würgte sie, es wollte ihr gar nicht in den Sinn, daß das alles Wahrheit war. »Wie sollte es auch, ganze sechs Morgen Land hat sie weggeschmissen wie einen zerbrochenen Topf! Wie war das nur möglich! Die mußte wohl schlecht im Kopf sein!« dachte sie, und ihre Blicke gingen ihr nach.

Jagna aber fing schon an, ohne auf sie zu achten, ihre Bilder von der Wand zu nehmen, als Fine mit Geschrei hereingelaufen kam.

»Und gebt mir die Korallen wieder, das sind meine, die sind von der Mutter …«

Jagna wollte sie schon losbinden, doch plötzlich hielt sie inne.

»Nein, das tu' ich nicht! Matheus hat sie mir gegeben, da gehören sie auch mir.«

Fine fing an, laut auf sie einzuschimpfen, so daß Anna sie anschreien mußte, sie möge still sein; Jagna war wie taub auf alles geworden, und nachdem sie ihre Sachen hinausgetragen hatte, lief sie fort, Jendschych zu holen.

Die Dominikbäuerin widersetzte sich schon nicht mehr, sie antwortete aber auch nicht auf Annas Fragen und Fines Geschrei; erst als man die Sachen auf den Wagen geladen hatte, richtete sie sich auf und hob drohend die Faust:

»Daß dich das Schlimmste ankommt.«

Anna überlief es kalt, aber ohne die Worte zu beachten, schrie sie:

»Und wenn der Witek das Vieh eingetrieben hat, dann kann er dir deine Kuh hinschaffen, und den Rest kann einer abends wegholen, dann wird man alles zusammentreiben.«

Sie verließen schweigend das Haus, bogen auf die Dorfstraße ab und gingen um den Weiher herum, ganz am Rande des Wassers, in dem man sie sich widerspiegeln sah.

Anna sah ihnen noch lange nach mit einem Gefühl des Grams und seltsamen Unbehagens. Da sie aber keine Zeit zum Überlegen hatte, denn die Tagelöhner kamen von den Feldern zu Mittag heim, so steckte sie die Verschreibung in einen Holzkoffer, verschloß ihn, machte die väterliche Seite zu und ging ans Zubereiten des Mittagessens. Den ganzen Nachmittag lief sie herum, als wenn sie Gift geschluckt hatte, war einsilbig und schenkte selbst Gusches einschmeichelnden Worten kein Gehör.

»Recht habt ihr getan! Schon lange hätte man sie rausjagen sollen. Die war ja schon ganz außer Rand und Band, die reine Bettlerpeitsche, denn wer kann ihr was tun, wenn die Alte den Priester hinter sich hat! Eine andere hätte er schon längst von der Kanzel 'runter verflucht.«

»Gewiß, wohl!« bestätigte sie, sich abwendend, um nur nichts mehr darüber hören zu brauchen; und als alle wieder aufs Feld an die Arbeit gegangen waren, nahm sie Fine mit, Flachs zu jäten, denn stellenweise kam der Hederich so dicht auf, daß die einzelnen Beete schon von weitem gelb leuchteten.

Sie ging eifrig an die Arbeit, aber dennoch quälten sie die Drohungen der Dominikbäuerin und erfüllten sie mit einer drückenden Angst; hauptsächlich aber sann sie darüber nach, was Antek zu alldem sagen wurde.

»Wenn ich ihm die Verschreibung zeige, dann wird er schon zufrieden sein. So eine Dumme! Sechs Morgen, das ist ja fast eine ganze Wirtschaft!« dachte sie, die Felder überblickend.

»Wißt ihr, Anna, wir haben ganz das Papier über Gschela vergessen.«

»Das ist wahr! Reiß das hier weg, Fine; da will ich doch gleich mal zum Priester laufen, der wird es mir vorlesen.«

Sie war selbst froh, unter die Leute zu gehen und zu hören, was sie zu allem sagten.

Sie brachte sich zu Hause etwas in Ordnung, und nachdem sie das amtliche Schreiben hinter einem Heiligenbild hervorgezogen hatte, begab sie sich damit nach dem Pfarrhaus. Sie traf jedoch den Priester nicht zu Hause an, er war im Feld und bewachte die Tagelöhner, die seine Mohrrüben vom Unkraut säuberten; sie sah ihn schon von weitem, denn er stand da ohne Rock und Weste, mit einem großen Strohhut auf dem Kopf; aber sie wagte nicht, näherzutreten, sie hatte Angst, er könnte über alles unterrichtet sein und wurde sie vielleicht noch vor allen Leuten anschreien. Sie wandte sich also nach der Mühle, wo der Müller mit Mathias zusammen gerade dabei war, etwas an der Sägemühle auszuprobieren.

»Soeben hat mir die Frau erzählt, daß ihr die Stiefmutter 'rausgesetzt habt! Hoho, was ihr für eine seid, zeigt sich zart wie 'ne Bachstelze und steckt solche Habichtskrallen aus!« lachte er und nahm das Papier, um es ihr vorzulesen. Doch kaum hatte er es überflogen, sagte er ernst: »Eine schlechte Neuigkeit! Euer Gschela ist ertrunken! Noch zu Ostern ist es gewesen! Man schreibt, daß ihr seine Sachen im Kreisamt abholen könnt ...«

»Der Gschela ist tot! Du lieber Gott! So jung und gesund, wie der war! Er war doch erst sechsundzwanzig. Zur Erntezeit sollte er doch heimkommen. Ertrunken ist er, im Wasser! Barmherziger Jesus!« stöhnte sie auf, die Hände ringend, denn die Nachricht war ihr sehr zu Herzen gegangen.

»Euch gehn jetzt aber die Erbteile leicht zu!« warf Mathias höhnisch ein. »Jetzt braucht ihr nur noch die Fine 'rauszujagen, dann wird schon alles nur euch und dem Schmied gehören ...«

»Bist du denn schon fertig mit Therese, daß du jetzt an die Jaguscha denkst«, gab sie zurück, so daß der Müller laut loslachte und Mathias sich wegdrehte und eifrig an den Sägen zu hantieren anfing.

»Die läßt sich nicht mir nichts dir nichts 'runterschlucken wie ein Löffel Grütze, das ist eine tüchtige Frau!« sagte der Müller, ihr nachblickend.

Anna trat unterwegs bei Magda ein, die, als sie die Nachricht erfahren hatte, in Tränen ausbrach und unter Schluchzen sagte:

»Gott hat es so gewollt, meine Liebe. So ein kräftiger, ein Mann wie eine Eiche, da gibt es in ganz Lipce kaum einen zweiten; was ist das doch für ein Menschenlos. Heute lebst du und morgen faulst du. Da kann ja der Michael hinfahren und die Sachen holen, was sollen sie verloren gehen! Der Arme, und wie hat er immer nach Hause verlangt! ...«

»Alles ist in Gottes Hand. Aber mit dem Wasser, da hatte er nie Glück gehabt; wißt ihr noch, wie er mal im Weiher fast ertrunken wär'? Der Klemb hat ihn kaum noch retten können. Es war ihm wohl schon so bestimmt, dadurch zu sterben!«

Sie klagten und weinten sich aus und gingen schließlich auseinander, denn jede hatte genug allerhand Alltagssorgen, besonders Anna.

Im Dorf hatten sich all diese Neuigkeiten schnell verbreitet, so daß man schon beim Nachhausegehen in der Dämmerung einander davon erzählte; natürlich bedauerte man Gschela allenthalben; was aber die Jaguscha anbetraf, so hatten sich im Dorf zwei Parteien gebildet: alle Frauen nämlich, besonders die älteren, stellten sich auf Annas Seite und schimpften empört auf Jagna, für die die Männer, wenn auch schüchtern, Partei ergriffen hatten, so daß es selbst hier und da schon zum Zank gekommen war.

Und ehe es noch völlig Abend wurde, ging es im Dorf her wie in einem Bienenhaus; die Gevatterinnen besuchten einander, um sich darüber zu besprechen, einzelne riefen sich etwas über die Zäune und Gärten hinweg zu, oder redeten beim Melken der Kühe in den Heckenwegen mit den Vorübergehenden. In der Dämmerung kam eine von frischem, herbem Duft durchzogene Kühle auf, der Himmel stand im blassen Gold des Abends, von den Feldern drang das Zirpen der Grillen herüber, die Rufe der Wachteln ließen sich vernehmen, und aus den Graben und Sümpfen klang das schläfrige Unken der Frösche. Kinderstimmen, Singen, Viehgebrüll, Wiehern, Blöken, Geschnatter und Wagengeroll hallten durchs Dorf; auf den Wegen aber am Weiher und wo sich nur die Menschen begegneten, redete man eifrig über die letzten Geschehnisse, und auch darüber, mit welchem Erfolg die Bauern vom Gutsherrn heimkehren würden.

Mathias, der von der Sägemühle nach Hause ging, horchte hier und da, spuckte aber immer wieder wütend aus und fluchte leise vor sich hin, um die redseligen Gevatterinnen im weiten Bogen herumgehend; doch schließlich hatten ihn einige, die gerade vor Ploschkas Haus eifrig miteinander schwatzten, dermaßen in Wut gebracht, daß er nicht länger an sich halten konnte und sich aufgebracht hineinmischte.

»Anna hatte kein Recht, sie 'rauszusetzen, sie saß auf ihrem Eigenen. Sie kann für eine solche Geschichte gehörig zu sitzen kommen und ordentlich was zahlen müssen!«

Die dicke, rote Ploschkabäuerin überschrie ihn aber.

»Die Anna hat ihr doch nicht den Grund und Boden vorenthalten wollen, das weiß man doch! Da aber Antek jeden Augenblick zurückkommt, so kann man sich denken, wovor sie Angst gehabt hat! Hale, als ob man sich vor einem im eigenen

Haus schützen könnte! Sollte sie vielleicht mit den Fingern vor den Augen dabeistehen?«

»Ih ... Ihr wißt wohl, einer will was, und ein Grashalm muß dazu herhalten! Ihr redet, was euch die Spucke in den Mund tragt, aber nicht der Gerechtigkeit wegen, sondern aus purem Neid!«

Als hätte er einen Stock in ein Wespennest gesteckt, so fielen sie alle über ihn her.

»Was sollen wir ihr denn neiden, was? Daß sie ein Rumtreiber, eine Schlampe ist, daß ihr ihr nachlauft wie die Hunde, daß jeder gleich zu ihr unters Federbett kriechen möchte, daß durch sie Schande und der Zorn Gottes über das ganze Dorf kommt?«

»Vielleicht auch darum ist es euch leid, das weiß der Hund, was ihr da denkt! Biester von Vogelscheuchen, vor der Sonne ist es ihnen bange! Wäre sie so wie die Magda von der Schenke, dann würdet ihr schon alles durchlassen, und wenn sie selbst das Schlimmste machte, aber weil sie schöner ist wie ihr alle, da würde sie eine jede von euch am liebsten gleich ersäufen.«

Sie keiften dermaßen auf ihn ein, daß er sich eiligst aus dem Staub machen mußte.

»Daß euch Hundepack die verdammten Zungen abfallen!« fluchte er vor sich hin; und am Haus der Dominikbäuerin vorbeigehend, sah er durch das offene Fenster hinein. In der Stube war Licht, die Jaguscha konnte er aber nicht sehen, und hineinzugehen traute er sich nicht; so seufzte er nur und wandte sich seinem Hause zu; gleich darauf stieß er von ungefähr auf Veronka, die zu ihrer Schwester wollte.

»Soeben bin ich bei euch gewesen. Der Stacho hat das Holz schon bearbeitet und die Löcher auch gegraben, man könnte es schon zersägen, wenn ihr kommen wolltet.«

»Wenn? Vielleicht komm' ich schon am heiligen Garnicht! Das Dorf ist mir schon so zuwider, daß ich wohl schon alles wegschmeiße und hingehe, wohin es mir paßt!« schrie er wütend auf und rannte weiter.

»Den hat was gut gestochen, daß er in solcher Fahrt ist!« dachte sie und wandte sich dem Borynahof zu.

Anna war am Abräumen nach der Abendmahlzeit; sie nahm sie aber gleich beiseite und erzählte ihr alles, und wie es gekommen war. Veronka schwieg sich absichtlich über Jaguscha aus und sagte nur etwas über Gschela:

»Da er tot ist, so kommt sein Teil zur Verteilung.«

»Das ist wahr, daran hab' ich noch gar nicht gedacht.«

»Und mit dem, was der Gutsherr für den Wald geben muß, wird für jeden von euch gut eine halbe Hufe herauskommen, ihr seid ja doch bloß drei! Mein Gott, den Reichen kommt selbst andrer Leute Tod zugute«, seufzte sie wehmütig auf.

»Was geht mich der Reichtum an!« versuchte Anna abzuwehren. Als jedoch alle schlafen gegangen waren, machte sie sich daran, auf ihre Art zu rechnen und sich heimlich zu freuen.

Und dann zum Gebet niederkniend, murmelte sie voll Ergebung:

»Wenn er schon gestorben ist, dann war es wohl Gottes Wille.« Und sie betete aufrichtig für sein Seelenheil.

Am nächsten Tage gegen Mittag trat Ambrosius in die Stube.

»Wo seid ihr denn hingewesen?« fragte sie, mit dem Anzünden des Feuers auf dem Herd beschäftigt.

»Bei den Kosiols, eins von den Kindern hat sich zu Tode verbrüht. Sie hat mich geholt, aber da ist nur noch ein Sarg und ein Begräbnis nötig.«

»Welches denn?«

»Dieses kleinere, das sie im Frühjahr aus Warschau mitgebracht hat. Es ist in einen Kochtopf mit siedendem Wasser gefallen und hat sich da fast gekocht.«

»Die hat kein Glück mit diesen Findlingen.«

»Nein, das hat sie nicht. Sie verliert aber auch nichts daran, denn sie zahlen ihr das Begräbnis! Aber nicht deswegen bin ich gekommen.«

Beunruhigt erhob sie auf ihn ihre Augen.

»Wißt ihr, die Dominikbäuerin ist mit der Jaguscha zum Gericht gefahren, sie will euch verklagen, von wegen daß ihr die Tochter 'rausgejagt habt ...«

»Laß sie klagen, was kann sie mir da tun!«

»Sie sind heute früh zur Beichte gewesen, und dann haben sie sich noch lange mit Hochwürden beraten; ich hab' natürlich nicht gehorcht, aber ich sag' nur das, was ich so hab' hören müssen; sie haben sich so über euch beklagt, daß der Pfarrer selbst mit den Fäusten gedroht hat.«

»Will Priester sein und steckt seine Nase in fremde Angelegenheiten!« brauste sie auf; sie war aber durch diese Nachricht dermaßen mitgenommen, daß sie den ganzen Tag wie irr herumging, voll Ängste und voll böser Ahnungen.

Bei voller Dämmerung schon hielt irgendein Wagen vor dem Heckenweg.

Sie rannte erschrocken und am ganzen Körper bebend vors Haus; auf dem Wagen saß der Schulze.

»Das von Gschela wißt ihr wohl schon!« fing er an. »Na, lauter Unglück und kein Ende. Aber ich hab' für euch auch eine gute Nachricht: heute, spätestens morgen kehrt der Antek heim!«

»Wollt ihr mich auch nicht anführen?« Sie wagte gar nicht, ihm zu glauben.

»Der Schulze sagt es euch doch, darum könnt ihr es glauben! Im Amt haben sie es mir gesagt ...«

»Das ist denn auch gut so, daß er wiederkommt, es ist die höchste Zeit!« sagte sie kühl, wie ganz ohne Freude. Der Schulze aber sann etwas nach und sagte sehr freundschaftlich: »Ihr habt das schlecht gemacht mit der Jaguscha! Die hat euch verklagt; man kann euch bestrafen für eigenmächtiges Handeln und Gewaltsantuung. Ihr hattet kein Recht, sie hinauszusetzen, denn sie saß doch auf ihrem Eigenen. Das wird was Böses geben, wenn Antek wiederkommt und es so weit ist, daß man euch einsteckt. Ich rat' euch aus lauter Freundschaft, macht das wieder gut. Ich will für euch tun, was ich kann, daß sie die Klage zurücknehmen; aber das Unrecht müßt ihr selber gutmachen.«

Anna reckte sich und sagte geradeaus:

»Wen verteidigt ihr da? Eine, der man unrecht getan hat oder eure Buhle?«

Er brannte den Pferden so scharf eins auf, daß sie von der Stelle weg losrasten.

* * *

Durch alles, was sie an diesem Tage hatte durchmachen müssen, konnte Anna in der Nacht kaum Schlaf finden; dabei glaubte sie in einem fort irgendwelche Schritte im Heckenweg, dann wieder auf der Dorfstraße und ganz dicht am Hause zu vernehmen. Sie horchte mit klopfendem Herzen; doch das ganze Haus war in tiefem Schlaf befangen, selbst die Kinder greinten nicht. Die Nacht war dumpf, wenn auch hell, und die Sterne funkelten zum Fenster herein; hin und wieder begannen die Bäume zu rauschen, und gegen Mitternacht stand ein Wind auf, der ab und zu anschwoll und wieder abflaute.

In der Stube war es drückend heiß, von der Stelle unter dem Bett, wo die Enten nächtigten, stieg ein übler Dunst auf, aber Anna war zu faul, das Fenster zu öffnen. Der Schlaf war ganz von ihr gewichen, das Federbett brannte sie und die Kissen schienen unter ihrem Kopf zu glühen; sie warf sich auf ihrem Lager hin und her; eine Unruhe überkam sie immer stärker, verschiedene Gedanken wimmelten in ihrem Kopf herum wie Ameisen in einem aufgewühlten Haufen. Immer wieder brach ein heißer Schweiß aus ihr hervor, ein solches Beben überkam sie, daß sie sich gar nicht mehr beherrschen konnte; sie sprang plötzlich aus dem Bett und ging barfuß und im Hemd mit einer Art, die ihr gerade unter die Hände gekommen war, auf den Hof hinaus.

Alle Türen standen sperrangelweit offen, und über allem lag die unergründliche Stille des Schlafes ausgebreitet. Pjetrek lag vor dem Stall und schnarchte; die Pferde kauten ihr Futter und klirrten hin und wieder mit den Ketten; und die Kühe, die man für die Nacht nicht festgebunden hatte, hatten sich hier und da auf dem Hof hingelagert und käuten wieder, ihre feuchten Mäuler unausgesetzt bewegend, während sie ihre schweren gehörnten Köpfe nach ihr hinwandten, sie mit den schwarzen rätselhaften Augäpfeln ansehend.

Sie kehrte wieder ins Bett zurück und blieb mit weit geöffneten Augen und ängstlich hinaushorchend still liegen; denn es kamen Augenblicke, in denen sie ihren Kopf verwettet hätte, daß irgendwelche Stimmen und dumpfe, ferne Schritte sich ganz deutlich vernehmen ließen.

»Vielleicht schlafen sie bei den Nachbarn nicht und reden noch miteinander!« versuchte sie sich einzureden; als aber die Fenster kaum etwas graues Tageslicht hindurchzulassen begannen, erhob sie sich und trat, nachdem sie Anteks Schafpelz rasch übergeworfen hatte, vors Haus.

Aus der Galerie stand Witeks Storch mit dem Kopf unter dem Flügel auf einem Bein und schlief, und vom Heckenweg sah man das weiße Gefieder der Gänse, die sich zu einem Haufen zusammengeduckt hatten.

Die Wipfel der Bäume ragten schon aus der Nacht heraus, ein dichter Tau tröpfelte von den Blättern und fiel leise aufklatschend ins Gras, es wehte eine frische, erquickende Kühle.

Kriechende, nebelblaue Dünste umhüllten die Felder, aus denen die hin und wieder auf dem Feld stehenden höheren Bäume emporragten; ihre Kronen hoben sich wie dichte schwärzliche Rauchgebilde vom Himmel ab.

Dann begann der Weiher aufzuschimmern wie ein großes, blindes Auge, um das die Dunkelheit wie ein Flor lag; die Erlenbüsche an seinen Ufern flüsterten leise und ängstlich miteinander, denn rings war noch alles vom Schlaf befangen, in grauer, undurchdringlicher Trübe und Stille versunken.

Anna setzte sich auf die Mauerbank, und gegen die Wand gelehnt, nickte sie ein wenig vor sich hin und merkte kaum, daß sie doch auf ein paar Paternoster lang eingeschlafen war; denn als sie wieder zu sich kam, war die Nacht schon ganz verblaßt, und im Osten entzündeten sich die leuchtenden Morgenröten wie ferne Brände.

»Wenn sie bei Kühlwerden aufgebrochen sind, dann müssen sie jeden Augenblick da sein!« dachte sie, auf den Weg hinausschauend; sie fühlte sich so erquickt durch diesen kurzen Schlummer, daß sie nicht mehr ins Bett zurückkehrte, und um die Zeit bis Sonnenaufgang schneller hinzubringen trug sie die Kinderkleider nach dem Teich, wo sie sie etwas durchzuwaschen begann.

Und der Tag erhob sich immer schneller; schon krähte irgendwo ein Hahn auf, und gleich darauf hörte man in der Nähe andere mit den Flügeln schlagen und laut rufend sich mit den ganzen Hähnen des Dorfes messen. Dann stimmten, aber nur erst vereinzelt, die Lerchen ihr Singen an, und aus dem dämmrigen Umkreis begannen sich allmählich die geweißten Wände, die Zäune und die leeren taufeuchten Wege herauszuschälen.

Anna wusch wütend drauflos; als aber irgendwo in der Nahe leise Schritte vernehmbar wurden, duckte sie sich erschrocken auf ihrer Stelle nieder und sah sich eifrig um; irgendeinen Schatten sah man von dem Gehöft der Balcereks sich fortschleichen und sich heimlich lauernd an den Bäumen entlang vorbeischieben.

»Natürlich einer, der bei der Maruscha gewesen ist, wer aber wohl?« Sie starrte ihm nach, ohne etwas mehr zu unterscheiden, denn der Schatten war plötzlich spurlos verschwunden. »So eine Stolze, hat so viel Dünkel über ihre Schönheit, und wer hätte gedacht, daß die des Nachts die Burschen einläßt?« dachte sie entrüstet, und schon entdeckte sie den Müllersknecht, der heimlich von dem anderen Ende des Dorfes herübergelaufen kam.

»Der kommt gewiß von der Schenke, von der Magda! Rein wie die Wölfe treiben sie sich hier bei Nacht umher. Was nicht alles passiert!« Sie seufzte tief auf, denn auch ihr kroch ein begehrliches Gefühl über die Glieder, so daß sie sich mehrmals wohlig reckte; da aber das Wasser etwas kühl war, so ging es rasch vorüber, und sie begann mit leiser Stimme, die voll Sehnsucht war, zu singen: »Wenn die Morgenröten steigen!«

Das Lied floß ganz dicht über das taufeuchte Gras dahin und ging in den rosigen Morgen auf.

Es war die Zeit zum Aufstehen gekommen; das Klirren sich öffnender Fenster wurde laut, Pantinen hörte man aufklappen, und verschiedene Stimmen erwachten.

Anna breitete die ausgewaschenen Kinderkleider über den Zaun und ging daran, ihre Leute zu wecken; sie waren aber noch so schlaftrunken, daß sie, kaum daß sie den Kopf erhoben hatten, gleich wieder aufs Lager zurücksanken, ohne zu begreifen, was man von ihnen wollte.

Sie wurde ganz ärgerlich, denn Pjetrek schrie sie von oben herab an:

»Dazu ist es noch viel zu früh, hundsverdammt nochmal! Ich schlaf' bis die Sonne kommt!« und er rührte sich nicht von der Stelle.

Die Kinder fingen an zu greinen, und Fine maulte kläglich:

»Laß mich doch noch, Hanusch! Ich hab' mich doch kaum erst hingelegt.«

Sie beschwichtigte die Kinder, trieb das Geflügel aus den Schweineställen hinaus, und nachdem sie noch ein Paternoster lang gewartet hatte, als schon kurz vor Sonnenaufgang der Himmel ganz erglüht war und der Weiher im Morgenrot aufleuchtete, erhob sie ein solches Geschrei, daß sie alle aufstehen mußten. Dann herrschte sie auch sofort den Witek an, der noch ganz verschlafen sich an den Hausecken herumrekelte.

»Wenn ich dir ein paar harte drüberziehe, dann wirst du schnell aufwachen! Warum hast du, Mißgeburt, nicht die Kühe an die Krippen festgebunden! Willst du, daß sie einander in der Nacht die Bäuche mit den Hörnern aufschlitzen?«

Er murrte etwas dagegen, so daß sie ganz wütend auf ihn lossprang; zum Glück hatte er gleich Reißaus genommen; dann machte sie sich hinter Pjetrek her.

»Die Pferde nagen an den leeren Krippen, und du liegst hier bis in den Tag hinein!«

»Schreit doch nicht so wie 'ne Elster vorm Regen. Das ganze Dorf wird es noch hören!« brummte er.

»Laß sie es hören! Sie können wissen, was du für ein Faulpelz und Tagedieb bist! Warte du, wenn erst der Hofbauer zurück ist, der wird dich 'rankriegen, das wirst du sehen! Fine, he!« rief sie wieder in der anderen Ecke des Hofes »die Rote hat ganz harte Euter, melk' ordentlich, daß du nicht wieder die Hälfte der Milch drin läßt! Und beeil' dich damit, im Dorf treibt man schon die Kühe zur Weide. Witek, nimm hier das Frühstück ... und gleich hinaustreiben und laß mir nicht die Schafe zurück, wie gestern, sonst werd' ich dir kommen!« So erteilte sie ihre Befehle und hantierte selbst bald hier, bald da herum; sie streute den Hühnern ein paar Handvoll Futter hin, trug den vor dem Haus herumquiekenden Schweinen einen Kübel Futter hinaus, machte für das Kalb, das man von der Mutter getrennt hatte, einen Eimer Drank zurecht, warf den Enten gekochte Grütze hin und trieb sie sodann aus den Weiher. Witek bekam noch einen Puff in den Rücken und mußte dann mit seinem Brot im Sack losziehen. Sie hatte selbst den Storch nicht vergessen und stellte ihm einen eisernen Topf voll alter Kartoffeln auf die Galerie hinaus, so daß er herangeschlichen kam, klapperte und mit seinem langen Schnabel hineinstoßend, Kartoffel nach Kartoffel herunterschluckte. Sie war überall da, dachte an alles und wußte für alles einen Rat.

Und als Witek die Kühe und Schafe fortgetrieben hatte, machte sie sich gleich an Pjetrek heran, da sie es nicht mit ansehen konnte, wie er ohne Arbeit herumlungerte.

»Du sollst den Stall ausmisten! Die Kühe haben es jetzt da drinnen zu heiß in der Nacht und besudeln sich wie die Schweine.«

Die Sonne ging gerade in der Ferne auf und umfaßte die Welt mit ihren heißen, glühenden Blicken, als die Kätnerinnen, die zum Abarbeiten kamen, allmählich zu erscheinen begannen.

Anna trieb Fine zum Schälen der Kartoffeln an, gab dem Kind die Brust, und nachdem sie die Beiderwandschürze umgetan hatte, sagte sie:

»Gib hier auf alles acht! Sollte aber Antek zurückkommen, dann schickst du gleich zu mir nach dem Kohlfeld 'rüber. Kommt nun schnell, Frauen, solange noch der Tau liegt und es noch nicht heiß ist; wir wollen den Kohl etwas behacken, und nach dem Frühstück gehen wir dann wieder an die Arbeit von gestern.«

Sie führte sie hinter die Mühle auf die tief gelegenen Wiesen und Moore, die noch ganz silbrig von Tau und niedersinkenden Nebeln waren. Die Torferde schwankte unter den Füßen, als ob man über Lederriemen ginge, und war an verschiedenen Stellen so naß, daß der Fuß einsank; sie mußten solche Stellen umgehen. In den Furchen zwischen den Beeten, die tief wie Gräben waren, stand mit grünem Entenkraut wie mit Schimmel bedecktes Wasser.

Auf den Kohlfeldern war noch kein Mensch zu sehen; die Kiebitze kreisten über den Beeten, und mit wiegendem Schritt stelzten die Störche, nach Nahrung ausspähend, hier und da umher. Es roch nach feuchter Moorerde, und der herbe Geruch von Kalmus und Ried, von denen ganze Büschel um die alten zerfallenen Torfgruben wuchsen, erfüllte die Luft.

»Schönes Wetter, aber es scheint mir, daß es Hitze geben wird«, ließ sich eine der Kätnerinnen vernehmen.

»Gut, daß der Wind etwas kühlt.«

»Weil es noch früh ist, aber der trocknet noch schlimmer aus wie die Sonne.«

»Man erinnert sich schon lange nicht, ein so trockenes Jahr gehabt zu haben!« redeten sie miteinander, sich an die Arbeit auf den erhöhten Kohlbeeten machend.

»Wie der gewachsen ist, manche Köpfe setzen schon an.«

»Wenn sie nur die Raupen nicht auffressen. Bei solcher Dürre, da können sie noch ordentlich drüber herfallen.«

»Das können sie. In Wola haben sie ihn schon zuschanden gefressen.«

»Und in Modlica, da ist er ganz vertrocknet, sie mußten frischen pflanzen.«

Sie unterhielten sich und lockerten dabei mit den Hacken die Erde, die sie an beiden Seiten einer jeden Furche, wo das Unkraut stark wucherte, aufwarfen. Gänsedisteln waren dort mächtig aufgeschossen, und Huflattich und Disteln wuchsen dicht wie ein Wald.

»Was der Mensch nicht sät und nicht braucht, das gedeiht üppig«, bemerkte eine, die Erde von den Wurzeln einer ausgerissenen Unkrautstaude abklopfend.

»Das ist wie alles Böse! Die Sünde sät niemand aus, und die ganze Welt ist voll davon.«

»Weil sie sich gut vermehrt. Du liebe Güte! Solange der Mensch auf der Welt ist, haben wir die auch. Man sagt doch: ohne Sünde gäbe es kein Lachen, oder auch: wenn nicht die Sünde, dann gäbe es keinen Menschen mehr! Die muß wohl zu irgendwas nötig sein, grad wie dieses Unkraut, denn beide hat der Herr Jesus geschaffen«, redete die Gusche, wie sie das gerne so tat.

»Der Herr Jesus sollte das Böse geschaffen haben! Sieh einer! Der Mensch aber, der ist wie ein Schwein, alles muß er mit seinem Rüssel besudeln!« sagte Anna streng, so daß sie schwiegen.

Die Sonne war schon höher gestiegen, und die Nebel ganz weggesunken, als erst die anderen Frauen aus dem Dorf aufs Feld kamen.

»Fleißige Gesellschaft! Die warten, bis der Tau wegtrocknet, um sich die Klumpen nicht erst naß zu machen«, höhnte Anna.

»Nicht jeder ist so auf die Arbeit erpicht, wie ihr!«

»Denn nicht jeder braucht sich so zu sorgen wie ich!« seufzte sie tief auf.

»Wenn der Eure nach Hause kommt, dann werdet ihr euch ausruhen können.«

»Ich habe ein Gelübde gemacht, nach Tschenstochau zu gehen, wenn er nur wiederkehren wollte. Der Schulze hat ihn auf heute angemeldet.«

»Der weiß es doch vom Amt, da muß es wohl wahr sein. Aber dieses Jahr will viel Volk nach Tschenstochau. Die Organistin, sagt man, will auch gehen, sie hat gesagt, daß der Pfarrer selbst den Pilgerzug führen wird!«

»Wer soll ihm denn seinen Bauch tragen!« lachte Gusche auf. »Selbst wird er ihn doch ein solches Stück Wegs nicht schleppen können. Der verspricht nur, wie immer.«

»Ich bin nur paarmal hingewesen; wenn ich aber könnte, ging' ich immer mit«, seufzte Philipka, die jenseits des Weihers wohnte.

»Auf das Faulenzen geht jeder gierig aus.«

»Mein Jesus!« sprach die andere mit Wärme weiter, ohne auf die Sticheleien zu achten. »Das ist ja, als ob der Mensch zum Himmel ginge, so leicht und gut fühlt man sich unterwegs. Und was man da alles von der Welt sieht:, und was man alles zu hören kriegt und sich satt beten kann! Nur paar Wochen sind es, und es scheint einem, als ob er für ganze Jahre sich der Mühen und Sorgen entledigt hatte. Man fühlt sich danach, als ob man neu geboren wäre!«

»Das ist wahr, das ist Gottes Gnade, die einen so stärkt! Versteht sich«, bestätigten einzelne.

Vom Dorf her auf einem Fußpfad am Fluß, der zwischen Schilf und Erlengestrüpp hindurchlief, kam irgendein Mädchen zu ihnen hingelaufen. Anna beschattete die Augen mit der Hand gegen die Sonne, sie konnte aber nichts erkennen; erst ganz in der Nähe sah sie plötzlich, daß es Fine war, die lief, was sie laufen konnte, schon von weitem rufend und mit den Armen winkend:

»Hanusch, Hanusch! Der Antek ist wieder da!«

Anna schmiß die Hacke beiseite, richtete sich auf und wollte im ersten Drang wie ein Vogel davonjagen, doch sie bezwang sich sofort, ließ den hochgeschürzten Beiderwandrock herab; und obgleich es sie vorwärts riß, und obgleich ihr das Herz in der Brust fast zersprang und sie kaum Atem holen und kaum ein Wort sagen konnte, sprach sie ruhig, als wäre nichts geschehen:

»Arbeitet hier allein, und zum Frühstück kommt ins Haus.«

Sie ging langsam und ohne sich zu eilen davon und fragte unterwegs Fine nach allem aus.

Die Frauen sahen sich an; sie waren ganz betroffen über ihre Ruhe.

»Nur vor den Augen der Leute tut sie so ruhig. Damit man sie nicht auslacht, daß sie es eilig zu ihrem Mann hat. Ich würd' dabei nicht so sein!« sagte Gusche.

»Ich auch nicht! Wenn der Antek nur nicht zu neuen Liebschaften Lust kriegt ...«

»Die Jaguscha hat er doch nicht mehr gerade unter der Hand, da vergeht ihm vielleicht die Lust nach ihr.«

»Ach du liebe Güte! Wenn den Mann ein Weiberrock in die Nase sticht, dann läuft er und wenn es bis ans Ende der Welt ist.«

»Das ist auch wahr, daß selbst das Vieh nicht so auf das Schadenmachen versessen ist, wie manch ein Mannsbild ...«

Sie schwatzten miteinander, ohne kaum mehr an ihre Arbeit zu denken; und Anna ging immer gleichen Schritts weiter, wie mit Absicht einzelne, die ihr in den Weg kamen, anredend, obgleich sie nicht wußte, was sie sprach und was ihr geantwortet wurde, denn im Sinn hatte sie nur das eine, daß Antek zurück sei und auf sie warte.

»Und ist er mit Rochus gekommen?« fragte sie, immer wieder auf dasselbe zurückkommend.

»Versteht sich, mit Rochus! Ich hab' es euch doch schon gesagt.«

»Wie sieht er denn aber nur aus?«

»Weiß ich denn, wie? Er ist eben gekommen, da hat er gleich an der Tür schon gefragt: wo ist denn Anna! Ich sagt' es ihm und bin gleich, so schnell ich nur laufen konnte, zu euch gelaufen, das ist alles, was ich weiß!«

»Hat er nach mir gefragt! Daß dir der Herr Jesus ... daß dir ...« Die Freude raubte ihr die Sprache.

Sie erblickte ihn schon von weitem; er saß mit Rochus auf der Galerie, und als er sie kommen sah, ging er ihr durch den Heckenweg entgegen.

Sie kam immer langsamer, immer schwerfälliger auf ihn zu, indem sie sich immer wieder am Zaun festzuhalten versuchte, denn die Knie knickten ihr ein, der Atem versagte ihr, das Weinen würgte sie, und im Kopf hatte sie einen solchen Wirrwarr, daß sie nur noch hervorstottern konnte:

»Bist du wirklich zurück! ...« Die Tränen spülten den Rest der freudigen Worte hinweg.

»Das bin ich, Hanusch! Das bin ich wirklich!« Er preßte sie fest an seine Brust, sie herzlich und voll Güte an sich ziehend. Sie drängte sich schon ganz außer sich an ihn, glückselige Tränen flossen reichlich über ihre erblaßten Wangen, und ihre Lippen bebten; sie war ganz voll Hingabe wie ein sehnsüchtiges Kind.

Lange konnte sie nichts sagen, was hatte sie auch reden sollen und wie alles aussprechen, was mit ihr vorging! Sie wäre doch am liebsten vor ihm auf die Knie gefallen, hätte ihm jedes Stäubchen aus dem Weg geräumt; aber es entriß sich ihrer Brust nur hin und wieder ein Wort und fiel wie ein schweres Samenkorn, wie eine duftende Blüte nieder; ihr warmes Herzblut schien aus jedem zu zucken, und die treuen, hingebungsvollen Augen, voll des grenzenlosen Liebens, blickten zu ihm auf, und ihre ganze Seele vertraute sich seinem Willen und seiner Gnade an.

»Mager bist du aber geworden, Hanusch!« redete er, ihr liebkosend über das Gesicht streichend.

»Wie soll ich denn auch nicht ... so viel hab' ich durchgemacht, so lange gewartet ...«

»Die Frau hat sich überarbeitet«, ließ sich Rochus vernehmen.

»Seid ihr auch da! Ich hab' gar nicht an euch gedacht!« Sie ging auf ihn zu und küßte seine Hände; er aber sagte scherzend:

»Kein Wunder! Ich hab' euch versprochen, ihn herzubringen; da habt Ihr ihn denn auch wieder! ...«

»Das hab' ich! Das hab' ich!« rief sie, mit plötzlichem Staunen vor Antek stehenbleibend, denn er war weiß und zart im Gesicht geworden und sah ganz herrschaftlich aus; und so kräftig und wohlgestaltet war er, gerade als wäre es ein anderer, daß sie es gar nicht begreifen konnte.

»Hab' ich mich denn geändert, daß du mich so anguckst?«

»Das wohl nicht, aber du kommst mir doch anders vor.«

»Warte nur, wenn ich ins Feld arbeiten gehe, werd' ich gleich wie früher.«

Sie lief in die Stube, um das jüngste Kind zu holen.

»Du hast ihn noch nicht gesehen!« rief sie, den schreienden Jungen heraustragend, »sieh nur, er gleicht dir, wie ein Tropfen dem andern.«

»Das ist ein tüchtiger Kerl!« Er wickelte ihn in den Schoß seines Kapottrockes und begann ihn zu schaukeln.

»Rochus hab' ich ihn genannt! Komm Pjetras, geh' du auch schön zum Vater!« Sie hob den Älteren etwas, so daß er, vor sich hin plappernd, auf die Knie des Vaters zu klettern begann. Antek umarmte beide in einem seltsam zärtlichen Gefühl.

»So ein paar liebe Kerle, meine herzigen Püppchen! Wie der Pjetras gewachsen ist, na, na, und wie er sich da was zusammenredet!«

»Das ist schon so, und durchsetzen will er alles, und klug ist er; wenn er die Peitsche zu fassen kriegt, dann knallt er gleich los und jagt die Gänse 'raus.« Sie hockte zu ihnen nieder. »Pjetras, sag' mal: Papa! Sag' doch.«

Er murmelte natürlich irgend etwas und plapperte dann noch allerlei in seiner Art, den Vater an den Haaren zerrend.

»Fine, wo bleibst du denn? Komm doch her«, sagte Antek.

»Ich trau' mich nicht«, kicherte sie verschämt.

»Dumme, komm doch her!« Er zog sie in geschwisterlicher Zuneigung zärtlich an sich. »Jetzt mußt du in allem auf mich hören, wie sonst auf Vater. Hab' keine Angst, ich werd' schon nicht bös sein, Unrecht soll dir durch mich nicht werden.«

Das Mädchen brach in ein klägliches Weinen aus und fing an, über den toten Vater und Bruder zu reden.

»Als mir der Schulze von seinem Tode gesagt hat, da hab' ich mich gerad' so gefühlt, als ob mir jemand eins mit der Runge über den Schädel gelangt hätte; es ist mir ganz wirr davon im Kopf geworden. So ein lieber Kerl, mit dem hab' ich mich immer gut verstanden. Und wer hätte das gedacht! Ich hab' mir das im Kopf zurechtgelegt, wie wir uns in unseren Grund und Boden hätten teilen können; und selbst an eine Frau für ihn hab' ich gedacht.« Er klagte leise und so schmerzlich bewegt, daß Rochus, um die anderen auf weniger traurige Gedanken zu bringen, sich von seiner Stelle erhob und rief:

»Ihr könnt euch hier fein was erzählen, mir aber spielt schon der Magen einen auf.«

»Um Gottes willen, ich hab' es ganz vergessen. Fine, fang' doch mal die zwei gelben Hähnchen. Schipuchny! Schip – Schip – Schip! Oder vielleicht erst Eier oder Brot? Es ist ganz frisches da, und die Butter ist von gestern. Schneid' ihnen die Köpfe ab und steck' sie in kochend Wasser! Ich mach' sie euch gleich fertig. Was bin ich doch für eine Dumme, um das zu vergessen!«

»Laß die Hähne für später, Hanusch, und mach' uns was Deftiges zurecht, etwas von unserer Kost. Es ist mir das städtische Essen schon so über geworden, daß ich mich gerne an eine Schüssel Kartoffeln mit Barschtsch heransetzen würde«, lachte er froh. »Nur für Rochus könntest du was anderes zurechtmachen.«

»Gott bezahl's! Ich hab' gerad nach demselben Lust!«

Anna machte sich eifrig daran, alles zu bereiten. Da aber die Kartoffeln schon im Topf kochten, so holte sie nur noch aus der Kammer die Wurst für die Suppe.

»Die hab' ich für dich aufbewahrt, Antosch. Die ist noch von dem Mastschwein, das du noch vor Ostern hast schlachten lassen.«

»Na, na, das ist ein gehöriges Stück, aber mit Gottes Hilfe werden wir schon damit fertig werden. Hale, Rochus, wo sind denn unsere Geschenke?«

Der Alte schob ihm ein großes Bündel zu, aus dem Antek verschiedenes herauszunehmen begann, um einem jeden etwas zu überreichen.

»Hier, Hanusch, das ist für dich, wenn du irgendwann mal einen weiten Weg vor hast.« Er reichte ihr ein Wolltuch, gerade solches, wie die Organistin eins hatte; es war ganz schwarz mit roten und grünen Streifen.

»Für mich! Daß du an mich wirklich gedacht hast, Jantosch«, rief sie in überfließender Dankbarkeit.

»Na, wenn nicht Rochus mich noch gemahnt hätte, dann hätte ich es fast vergessen; da sind wir denn zusamen hingegangen und haben alles eingekauft.«

Er hatte ordentlich was zusammengekauft, denn er gab seiner Frau noch ein Paar Schuhe und ein hellblaues gelbgeblümtes seidenes Kopftuch. Fine bekam auch ein ähnliches, nur daß es grün war, und außerdem noch eine Krause und zwei bunte Glasperlenschnüre mit langen Bändern zum Zubinden; für die Kinder brachte er Pfefferkuchen und Mundharmonikas mit; selbst der Schmiedin hatte er etwas mitgebracht, denn er legte etwas noch in Papier Eingewickeltes beiseite; nicht einmal Witek und den Knecht hatte er vergessen.

Sie schrien auf vor Staunen über all diese Herrlichkeiten und begannen sie zu besehen und freudig anzuprobieren; der Anna flössen die Tränen über das vor Freude gerötete Gesicht, und Fine faßte sich immer wieder vor Staunen an den Kopf.

Rochus lächelte dazu und rieb sich die Hände, und Antek pfiff nur immer wieder vor sich hin.

»Ihr habt euch eure Geschenke redlich verdient; der Rochus hat mir erzählt, wie das hier in der Wirtschaft alles fein glatt gegangen ist. Laßt man gut sein, ich hab' es nicht wegen dem Bedanken gebracht«, rief er, sie sich abwehrend, denn sie waren auf ihn gestürzt, um ihn zu küssen und zu umarmen.

»Ich habe nicht mal im Traum daran gedacht, daß du so viele Herrlichkeiten mitbringst«, murmelte Anna gerührt und setzte sich hin, die Stiefel anzupassen. »Sie sind ein bißchen eng, die Füße sind mir vom Barfußgehen dick geworden, aber für den Winter werden sie gerade recht sein.«

Rochus begann, sie über das Dorf und verschiedene Angelegenheiten auszufragen; sie erzählte alles durcheinander und machte sich so eifrig mit der Zubereitung des Essens zu schaffen, daß sie bald eine Schüssel reichlich mit Fett übergossener Kartoffeln und eine große Schüssel Barschtsch, in dem wie ein großes Rad die Wurst schwamm, vor sie hinstellte.

Sie gingen eifrig ans Frühstücken.

»Das ist mir ein Essen«, rief Antek lustig dazwischen, »die Wurst riecht fein. Nach solchem Schmaus fühlt man schon ein Gewicht im Bauch. Haben die mich da im Kriminal gefüttert, daß sie der Teufel hol'!«

»Der Arme, Hunger hat er leiden müssen.«

»Versteht sich, zuletzt konnt' ich das schon gar nicht mehr essen.«

»Die Männer haben hier erzählt, die geben so zu essen, daß ein hungriger Hund da nicht mal 'ran mag; ist es denn wahr?«

»Wahr ist es schon, aber das Schlimmste ist, daß man da so eingesperrt sitzen muß. Solange es kalt war, da ging es noch; als aber die Sonne zu wärmen anfing und man erst mal frische Erde zu riechen bekam, da dacht' ich, daß ich schon rein vom Fleck weg verrückt werden sollte. Die Freiheit hat mir selbst besser gerochen wie diese Wurst, ich wollte mich schon an die Fenstergitter heranmachen, man hat mich nur gestört.«

»Ist es denn auch wahr, daß sie da schlagen?« fragte sie ängstlich.

»Das tun sie! Denn da sind auch solche Räuber, die aus reiner Gerechtigkeit jeden Tag ihre Tracht Prügel verdienten. An mich traute man sich nicht mal mit einem kleinen Finger 'ran. Wenn so ein Biest das einmal bei mir hätte ausprobieren wollen, dann hätt' ich ihm gleich mal eine ordentliche Prise unter die Nase gehalten!«

»Versteht sich, wer hätte auch so viel Kraft haben sollen wie du, wo du doch so stark bist?« bestätigte sie, ihn freudig bestaunend und auf seine leiseste Bewegung achtend.

Sie beeilten sich mit dem Essen und gingen dann gleich in die Scheune, wo ihnen Anna in der Banse die Federbetten und Kissen zurechtgemacht hatte.

»Du lieber Gott, die will uns rein noch zu Grieben schmelzen«, lachte Rochus.

Sie sagte nichts mehr und lehnte das Tor an, denn jetzt erst merkte sie, wie sehr sie mitgenommen war; sie erholte sich einen Augenblick und ging dann in den Garten, Petersilie zu jäten. Eine Weile sah sie sich da rings um und brach mit einmal in ein heftiges Weinen aus. Sie weinte und weinte vor Freude, weil die Sonne sie so fein auf den Rücken wärmte, weil die grünen Bäume über ihrem Haupt sich wiegten, weil die Vögel sangen und alles duftete und blühte und weil ihr so wohl und so still und auch so selig zumute war wie nach der heiligen Beichte oder selbst besser noch.

»Daß du das alles bewirkt hast, mein Jesus!« seufzte sie vor herzlicher, schier unaussprechbarer Dankbarkeit über so viel Gutes, das ihr zuteil geworden war, und hob die tränenfeuchten Augen himmelwärts.

»Und daß das nun alles sich gewendet hat!« staunte sie voll Glückseligkeit und fühlte sich fast wie im Himmel selber; und die ganze Zeit, daß sie schliefen, ging sie fast bewußtlos vor Glück umher. Sie wachte über die Scheune, wie eine Glucke, die für ihre Küchlein zu sorgen hat, und brachte die Kinder weit in den Obstgarten hinaus, daß sie nur ja nicht schrien. Das ganze Vieh, das draußen herumlief, trieb sie aus dem Hof hinaus, ohne darauf zu achten, daß die Schweine in den Frühkartoffeln wühlten, und daß die Hühner die aufgehende Gurkensaat zerscharrten. Sie hatte die ganze Welt vergessen und guckte nur immer wieder zu den Schlafenden ein.

Und der Tag wurde ihr so unerträglich lang, daß sie sich schon gar nicht zu helfen wußte. Die Frühstückszeit war vorübergegangen, die Zeit des Mittagessens war vorbei, und sie schliefen noch immerzu. Sie trieb die Leute an die Arbeit, ohne sich darum zu kümmern, was da ohne sie gemacht wurde. Sie wachte ununterbrochen und lief immerzu zwischen der Scheune und dem Wohnhaus hin und her.

Hundertmal holte sie ihre Geschenke hervor, besah sie und rief immer wieder:

»Wo gibt es einen Zweiten, der so fürsorglich und so gut ist?«

Schließlich aber lief sie ins Dorf, die Frauen aufzusuchen, und wessen sie nur ansichtig wurde, dem schrie sie schon von weitem zu:

»Wißt ihr es schon. Meiner ist wieder da. Er schläft jetzt in der Scheune.«

Ihre Augen, ihr Gesicht lachten, und es kam von ihr ein solcher Hauch von Seligkeit und Freude, daß sich die Frauen alle wunderten.

»Dieser Galgenstrick hat sie wohl behext, oder was soll das? Sie ist ja ganz närrisch.«

»Die wird sich bald wieder überheben und die Nase hoch tragen, ihr werdet es schon sehen!«

»Laß den Antek erst wieder seine alten Geschichten anfangen, dann wird ihr schon das Maul wieder weich werden«, besprachen sie sich miteinander.

Sie hörte natürlich nichts von diesem Gerede; und als sie wieder heimgekommen war, machte sie sich eifrig an die Zubereitung eines reichlichen Mahls. Da sie aber auf dem Weiher Gänse schreien hörte, lief sie wieder rasch hinaus, um sie mit Steinen zum Stillschweigen zu bringen, so daß daraus fast ein Zank mit der Müllerin entstanden wäre.

Sie hatte gerade das Vesperbrot den Leuten ins Feld geschickt, als die Männer aus der Scheune kamen; sie trug das Mittagessen vor dem Haus im Schatten der Bäume auf und hatte selbst Schnaps und Bier besorgt, und zum Nachtisch stellte sie noch ein halbes Sieb reifer Kirschen hin, die sie vordem von der Wirtschafterin des Pfarrers geholt hatte.

»Ein reichliches Mittagessen, gerad wie auf einer Hochzeit«, scherzte Rochus.

»Der Hausherr ist doch heimgekehrt, ist denn das nicht ein großes Fest?« entgegnete sie und machte sich in einem zu um sie zu schaffen, selbst aber aß sie kaum etwas.

Nachdem sie zu Ende gespeist hatten, ging Rochus gleich ins Dorf, versprach aber, gegen Abend wiederzukommen, und Anna wandte sich schüchtern an ihren Mann:

»Willst du nicht die Wirtschaft ansehen?«

»Schon gut! Das Feiern hat nun ein Ende, man muß jetzt an die Arbeit gehen! Mein Gott, ich hätt' gar nicht gedacht, daß mir so schnell das Väterliche zukommen sollte!«

Er folgte ihr aufseufzend nach; sie führte ihn zuerst in den Stall, wo ihnen drei Pferde entgegenschnaubten, und hinter einer Umzäunung trieb sich noch ein Fohlen herum; dann gingen sie in den leeren Kuhstall, in die Scheune und besahen das frische Heu; Antek sah selbst in die Schweineställe und in den Schuppen ein, wo verschiedene Ackergeräte waren und sonstiges Wirtschaftsinventar aufbewahrt wurde.

»Man muß die Britschka auf die Tenne schieben, sonst trocknet das Holz bei der Hitze ganz aus.«

»Als wenn ich das nicht schon hundertmal dem Pjetrek befohlen hätte? Und er will gar nicht hören.«

Sie begann die Ferkel und das Geflügel zu locken und prahlte mit dem reichen Zuwachs; als er alles besehen hatte, erzählte sie ihm ausführlich über alle Feldarbeiten, wo und was gesät war und wieviel von jeder Sorte; dabei sah sie ihm eifrig und erwartungsvoll nach den Augen; er aber hatte sich alles im Kopf zurechtgelegt, fragte mal nach diesem, mal nach jenem und sagte zum Schluß:

»Es ist kaum glaublich, daß du das alles hast allein fertig kriegen können.«

»Für dich könnt' ich noch viel mehr tun«, flüsterte sie heiß, mächtig erfreut über sein Lob.

»Du bist mir wirklich ein Held, Hanusch! Das hätt ich gar nicht von dir gedacht, daß du so eine bist.«

»Es war eben nötig, da hat man seine Klumpen nicht geschont.«

Er besah selbst den Obstgarten, der schon voll halbreifer Kirschen hing, und die Beete, auf denen Zwiebeln, Petersilie und Saatkohl wuchsen.

Sie waren schon auf dem Rückweg, als er an der väterlichen Seite vorbeigehend, durchs offene Fenster hinein sah.

»Und wo ist denn die Jagna geblieben?« Mit erstaunten Augen überflog er die leere Stube.

»Wo denn sonst! Bei der Mutter ist sie! Ich hab' sie 'rausgejagt.«

Er zog die Augenbrauen zusammen, überlegte eine Weile und, sich eine Zigarette anzündend, warf er ganz wie nebenbei hin:

»Die Dominikbäuerin ist ein böser Hund, die läßt uns das nicht ohne Prozeß durchgehen.«

»Die sind schon gestern zum Gericht mit der Klage gegangen.«

»Von der Klage bis zum Urteil ist ein weiter Weg. Man muß das aber gut durchdenken, daß sie uns nicht eins aufspielt.«

Sie erzählte ihm, woraus der Zank gekommen war und wie es sich zugetragen hatte, vieles dabei natürlich übergehend; er unterbrach sie nicht, fragte sie nicht aus, runzelte nur hin und wieder die Stirn und blitzte mit den Augen. Erst als sie ihm die Verschreibung übergab, lachte er bissig auf und meinte:

»Die ist gerad' so viel wert, daß du damit hinter die Scheune laufen kannst.«

»Das ist doch aber dasselbe Papier, was der Vater ihr gegeben hat.«

»Und gilt doch nur so viel, wie ein zerbrochener Stecken! Hatte sie es beim Notar abgeschrieben, dann wär' das was wert gewesen. Die hat dir das nur zum Hohn hingeschmissen.«

Er zuckte die Achseln, nahm Pjetrusch auf den Arm und wandte sich nach dem Torweg.

»Ich seh mir mal die Felder an und bin bald wieder da!« warf er schon im Weggehen hin, so daß sie zurückblieb, obgleich es sie sehr verlangte, ihm nachzugehen; er aber sah, am Schober vorbeigehend mit schiefem Blick nach der Stelle herüber, wo jetzt der hoch mit Heu angefüllte neue Bau stand.

»Mathias hat ihn wieder zurechtgemacht. Allein an Stroh haben sie an die drei Diemen fürs Dach gebraucht«, rief sie ihm noch vom Torweg nach.

»Schon gut, schon gut«, brummte er, denn er war nicht neugierig, das zu hören, und ging über das Kartoffelfeld nach dem Feldrain zu fort.

In diesem Jahr war diesseits des Dorfes fast lauter Winterkorn gesät, darum begegnete er auch unterwegs nicht vielen Menschen, und wenn er mit einem zusammentraf, begrüßte er ihn kurz und ging rasch vorüber. Er verlangsamte immer mehr seine Schritte, der Pjetrusch war ordentlich schwer auf seinem Arm, und die heiße, stille Luft machte ihn seltsam müde. Mal blieb er stehen, mal setzte er sich, und unterließ es nicht, jedes Ackerbeet besonders in Augenschein zu nehmen.

»Ho! Ho! Der Hederich würgt den Flachs ab!« rief er, vor den blauen Flachsbeeten stehen bleibend, die mit gelben Flecken durchwachsen waren, »sie haben ihr einen unsauberen Samen gegeben, und sie hat ihn nicht durchgesiebt!«

Danach blieb er bei der Gerste stehen; sie war etwas mager geraten und sah brandig aus, und man konnte sie kaum zwischen den Disteln, den Kamillen und dem Sauerampfer herauskennen.

»Die ist zu naß gesät! Wie ein Schwein hat er den Acker zerwühlt. Daß dir, Biest, die Glieder krumm werden für solche Bearbeitung! Und wie das Aas hier geeggt hat, lauter Schollen liegen noch da und alles voll Quecken!«

Er spie wütend aus und ging auf ein großes Roggenfeld zu, das wie flutendes Wasser in der Sonne wogte und, immer wieder mit den schweren Halmen aneinander raschelnd, sich zu seinen Füßen neigte. Eine tiefe Freude erfüllte ihn, denn es war schier gewachsen, hatte starkes Stroh, und die Ähren hingen an den Halmen wie schwere Peitschenschnüre.

»Das ist ja der reine Wald! Das ist noch Vater seine Saat! Besseren haben die im Gutshof auch nicht!« Er zerrieb eine Ähre zwischen seinen Fingern: das Korn war wohlgeraten und groß, obgleich es noch weich war. »In zwei Wochen wird es Zeit, daß es unter die Sense kommt. Wenn wir nur keinen Hagel kriegen!«

Aber am längsten ließ er seine Augen auf dem Weizen ruhen: er wuchs nicht gleichmäßig, bildete Wirbel und Buchten; aber aus den dunklen, gleißenden Schäften schälten sich große dichte Ähren heraus.

»Da wird man ein gutes Teil ernten können! Man muß ihm nur hier und da wieder etwas Luft schaffen. Der ist auf dem Hügel gesät, und doch scheint ihm die Sonne nichts geschadet zu haben! Das gibt reines Gold!«

Er war langsam hügelan gegangen, bis dahin, wo man die schwarze Wand des Waldes sich aufrecken sah. Das Dorf blieb tief im Grund hinter ihm liegen, es war wie in Obstgärten getaucht; ununterbrochen schimmerte zwischen den Häusern der Weiher zu ihm herauf, und hier und da blitzte ein Fenster im Sonnenlicht.

Irgendwo am Friedhof schnitt man Klee, die Sensen blinkten über der Erde wie bläuliche Blitze; irgendwo anders sah man die Frauen in ihren roten Kleidern arbeiten und Herden weißer Gänse auf einem schmalen Streifen Brachland weiden; hinter dem Dorf auf den grünen Kartoffelfeldern bewegten sich die Leute hin und her wie wandernde Ameisen, und höher noch in weiter Ferne zeichneten sich Dörfer, einsame Gehöfte und vorgebeugte Bäume an sich dahinwindenden Wegen ab, und alles war wie in eine bläuliche Wasserflut getaucht.

Eine tiefe Stille kam hochher über das Land gezogen, das Flimmern der erhitzten Luft blendete die Augen, und eine glühende Hitze lag über allem ausgebreitet. Durch den weißlichen bebenden Glast sah er einen einsamen Storch fliegen, langsam kam er daher, sich schwer auf trägen Flügeln wiegend, und ein paar erschöpfte Krähen flügelten schräg über das Feld.

Die Lerchen sangen irgendwo im Unsichtbaren, der glühende Himmel wölbte sich hoch und rein, und nur ganz vereinzelt war auf den blauen Himmelsfeldern ein weißes Wölklein zu sehen.

Dicht über dem Land aber strich ein leiser, trockener Wind dahin, er torkelte wie ein Trunkener vor sich hin und versuchte nur manchmal, sich mit einem hellen Pfeifen aufzurecken, so daß die Vögel erschrocken aufflatterten, oder er warf sich plötzlich aus dem Hinterhalt ins Getreide, wirbelte darin herum, wühlte es auf bis zum Grund und verlor sich bald wieder irgendwohin; die erregten Kornfelder aber summten lange noch vor sich hin, als wollten sie sich über den Kobold beklagen.

Antek blieb am Wald an einem Brachfeld stehen, und es kam ihn ein neuer Ärger an.

»Noch nicht umgepflügt! Die Pferde stehen ohne Arbeit, der Dünger verbrennt sich im Haufen, und der denkt nicht einmal daran! Daß dich! ...« fluchte er los und wandte sich am Wald entlang gehend in der Richtung des Kreuzes, das am Pappelweg stand.

Er fühlte sich müde, in seinem Kopf war ein Brummen, und der Staub brannte ihn in der Kehle, er setzte sich am Kreuz im Schatten der Birken nieder, legte den schlafenden Pjetrusch auf seinen Rock nieder, und sich hin und wieder den Schweiß aus dem Gesicht wischend, versann er sich und sah in die Weite.

Die Sonne senkte sich schon über die Wälder, und die ersten ängstlichen Schatten schossen unter den Bäumen hervor und schoben sich auf die Getreidefelder zu. Der Wald raunte etwas vor sich hin mit seinen von der Sonne überglühten Wipfeln, und das dichte Unterholz aus Haselbüschen und Espen zitterte wie im Fieber. Die Spechte hämmerten eifrig an ihren Stämmen herum, und irgendwo aus der Ferne kam Elsterngekreisch. Manchmal blitzte zwischen den bemoosten Eichenstammen ein Häher auf, als hätte jemand ein regenbogenfarbenes Wollknäuel durch die Luft geschleudert.

Eine Kühle wehte aus den dunklen, stillen Waldtiefen, die nur hier und da wie von Sonnenkrallen zerrissen waren.

Es duftete nach Pilzen, Harz und sumpfigen Dünsten.

Plötzlich schnellte ein Habicht aus dem Wald auf, beschrieb schräg über die Felder einen Bogen, blieb eine Weile unbeweglich in der Luft hängen und schoß wie ein Blitz ins Getreidefeld hinab ...

Antek sprang auf, um ihn fortzuscheuchen, doch es war schon zu spät; Federn flogen auf, und der Räuber schwang sich in die Luft, eine Schar Rebhühner lockte sich mit ängstlichen Stimmen, und ein aufgescheuchter Hase jagte blindlings querfeldein, daß ihm nur so der weiße Spiegel blitzte.

»Wie der sich das abgepaßt hat! So'n Räuber!« murmelte er, sich niedersetzend, »was soll er denn auch anders tun? Auch der Habicht muß ja leben, das will doch selbst so ein elender Regenwurm. Das ist schon solche Einrichtung in der Welt!« sann er, deckte das Gesicht von Pjetrusch zu, um das die Bienen eifrig summten und schaute einer zottigen Hummel nach, die unermüdlich von Blüte zu Blüte flog.

Er sann darüber nach, wie er vor kurzem noch sich nach Freiheit sehnte und wie ihm die Seele aus Sehnsucht nach diesem Land fast verdorrt wäre!

»Was die mich gequält haben, die Biester!« fluchte er auf; dann aber blieb er unbeweglich sitzen, denn gerade vor ihm steckten ein paar Wachteln ihre ängstlichen Köpfe aus dem Roggen hervor; sie lockten sich mit ihren Rufen und versteckten sich gleich wieder, denn ein ganzer Spatzenschwarm fiel über die Birken her, ließ sich auf den Sand nieder, und unter einem wütenden Geschirp fingen sie an, sich miteinander zu balgen und aufeinander loszuhacken, bis sie plötzlich jäh verstummten und sich erschrocken niederduckten, denn der Habicht fing wieder an zu kreisen und schwebte so tief, daß sein Schatten über die Ackerbeete strich.

»Der weiß euch beizukommen, Krakeelerbande! Gerad so ist es auch mit den Menschen! Bei manch einem kann man mehr durch Drohen herausbekommen, als durch Bitten«, sann er.

Bachstelzen zeigten sich nebenan auf dem Weg, sie wackelten mit den Schwänzlein und trieben sich dicht bei ihm herum, kaum aber hatte er die Hand gerührt, so flogen sie auf die andere Seite des Straßengrabens.

»Die Dummen! Nur ein weniges und ich hatte eine für Pjetrusch gefangen.«

Ein paar Krähen kamen aus dem Wald geschlichen und marschierten die Ackerfurchen entlang, sich mit den Schnäbeln alles, was zu erreichen war, herauspickend; als sie aber den Menschen witterten, fingen sie an, mit geneigten Köpfen nach ihm auszulugen und ihn behutsam zu umgehen, immer näher heranhüpfend und ihre häßlichen Räuberschnäbel aufsperrend.

»Ihr werdet euch nicht an mir mästen!« Er warf nach ihnen mit einem Erdklumpen, und sie flüchteten leise wie Diebe.

Da er aber nach und nach ganz in Gedanken versank und wie leblos da sitzenblieb, in die Welt hineinstarrend und ihren Stimmen mit ganzer Seele lauschend, begann jegliches Getier frech über ihn herzuziehen; Ameisen krochen über seinen Rücken, Schmetterlinge setzten sich immer wieder in sein Haar, Marienwürmchen versuchten auf seinem Gesicht herumzuklettern, und grüne dicke Raupen krochen an seinen Stiefeln hoch, dann wieder zwitscherten ihm ein paar Waldvöglein dicht über seinem Kopf etwas zu, und ein Eichhörnchen, das vom Wald herübergeschlichen kam, hob den rostroten Schweif und blieb einen Augenblick unschlüssig stehen, ob es nicht auf ihn springen sollte; er aber wußte schon gar nichts mehr von all dem, was um ihn herum geschah, denn er versank immer tiefer in irgendeinem Mächtigen, das kam und aus dieser grenzenlosen Erde strömte und seine trunkene Seele mit unaussprechlichen Wonnen füllte.

Es schien ihm, als ob er mit dem Wind über die Getreidefelder strich; als ob jedes Schimmern der zarten feuchten Gräser aus ihm selber käme; als ob er mit dem rieselnden Bach über warmen Sand, über die Wiesen flösse, auf denen der Duft der Heuernte lag; und wieder war es ihm, als flöge er hoch oben mit den Vögeln durch die Welt und riefe mit unerklärlicher Macht der Sonne etwas zu; dann wieder wurde er zum Rauschen der Felder, zum Murmeln des Waldes, zur Kraft und zum Drange jeglichen Wachstums und zur Allgewalt der in Singen und Freude gebärenden heiligen Erde. Und dennoch fühlte er sich selbst und fühlte doch in sich die ganze Welt: das, was einer sieht und fühlt, was einer ertastet und begreift und auch das, was man gar nicht verstehen kann und was manche Seele nur erst in der Stunde des Todes erschaut und was doch im Menschenherzen sich zusammenballt, anschwillt und ins Unbekannte hinausdrängt und süße Tränen erpreßt und mit unstillbarer Sehnsucht wie mit einem Stein beschwert.

Das zog über ihn her wie Wolken, daß, ehe er es begriffen hatte, schon anderes kam und immer Neues und noch Unerklärlicheres.

Er war wach und doch streute der Schlaf seinen Mohn über ihn aus und führte ihn von ungefähr über Schicksale hinweg durch die Weiten der Verzückung, so daß er sich zuletzt schon ganz so fühlte wie zur Zeit, da der Priester während des Hochamts das heilige Sakrament erhebt, wenn die Seele sich hinausschwingt und wie betend nach Engelsgärten wallt, Himmeln und Paradiesen der Glückseligkeit entgegen.

Er war doch hart und nicht rasch bereit zu Zärtlichkeiten, aber in diesen seltsamen Augenblicken wäre er am liebsten zu Boden gestürzt, hätte sich mit heißen Lippen an die Erde festgesogen und die ganze Welt umarmt.

»Das ist nichts anderes, als daß die Luft mich so angreift!« verteidigte er sich, die Brauen runzelnd und die Augen mit der Faust reibend; aber konnte er denn dagegen ankommen, konnte er denn in seinem Inneren die Seligkeit dämpfen, die ihn erglühen machte?

Er fühlte sich doch wieder auf seinem Grund und Boden, auf Ahn und Urahns Scholle und unter den Seinen; da war es kein Wunder, daß seine Seele sich freute und daß jeder seiner Herzschläge in die Welt freudig und machtvoll hinauszurufen schien:

»Da bin ich wieder! Ich bin und bleibe da!«

Er raffte sich zusammen, in sich schon bereit, dem neuen Leben entgegenzutreten und den Weg zu gehen, den schon der Vater gegangen war, den Ahn und Urahn gegangen waren, und so wie sie stemmte er seine breiten Schultern unter die Last des Lebens und war willig, sie unerschrocken und unermüdlich zu tragen, bis auch sein Pjetrusch einst an die Reihe kommen würde ...

»Das muß schon so sein! Der Junge nach dem Alten, der Sohn nach dem Vater immer so fort, einer nach dem anderen, solange es dein Wille ist, barmherziger Jesus«, sann er streng.

Er stützte seinen tiefgebeugten, schweren Kopf auf die Hände, denn es drängten verschiedene Gedanken und Erinnerungen auf ihn ein; und eine harte strenge Stimme, wie die Stimme seines Gewissens, begann ihm solche bitteren und schmerzlichen Wahrheiten vorzuhalten, daß er sich demütig vor ihr niederbeugte, alle seine Schuld und seine Sünden bekennend ...

Sie fiel ihm schwer, diese Beichte, und gar nicht leicht war ihm diese Demut, aber er überwand seinen Trotz, drückte seinen Stolz und seinen Ehrgeiz nieder und überschaute sein ganzes Leben mit dem unerbittlichen Blick des Sichbesinnens; jeder seiner Taten sah er jetzt auf den Grund und nahm sie unter das strenge Gericht seines Verstandes.

»Dumm war ich, das ist alles! In der Welt muß alles seine Ordnung haben! Versteht sich, der Vater hat es klug gesagt: wenn alle in der gleichen Richtung fahren, da geht es einem solchen schlecht, der vom Wagen fällt, der wird unter die Räder kommen! Und zu Fuß kann man die Pferde auch nicht einholen! Daß doch jeder Mensch zu allem erst mit seinem eigenen Verstand kommen muß! Das kommt manch einem teuer zu stehen!« dachte er wehmütig, und ein bitteres Lächeln umspielte seine Lippen.

Vom Wald her hörte man die Kuhklappern und das Gebrüll der heranziehenden Herden.

Er nahm Pjetrusch auf und ging am Rand des Pappelwegs entlang, die Herden an sich vorbeilassend, die von den Waldweiden kamen.

Der Staub wirbelte unter den Hufen auf und hob sich in einer Wolke bis über die Pappeln hinaus, und in den roten Dünsten des Abends sah man die schweren, gehörnten Köpfe sich wiegen, Schafe sich drängen, die von den Hunden umkreist wurden, Schweine, unter Peitschenhieben aufquiekend, sich vorwärts trollen und Kälber blökend nach ihren Müttern suchen; ein paar Hirten ritten hinterdrein, und der Rest folgte zu Fuß, mit den Peitschen knallend, miteinander lustig redend, sich allerhand zurufend; und einer sang selbst, daß es weit vernehmbar war.

Antek war schon hinter ihnen zurückgeblieben, als ihn der Witek plötzlich bemerkte und angelaufen kam, um ihn zu begrüßen und seine Hand zu küssen.

»Bist du aber gewachsen!« sprach er den Jungen wohlwollend an.

»Das ist wahr, denn die Hosen, die ich zum Herbst gekriegt habe, reichen mir jetzt nur bis an die Knie.«

»Brauchst keine Angst zu haben, die Bäuerin wird dir schon neue geben! Ist denn für die Kühe genug Futter auf den Weiden?«

»Wie soll da wohl genug sein? Die Hitze hat das Gras ganz ausgebrannt; wenn die Bäuerin nicht im Stall nachfüttern täte, dann würden sie ganz die Milch verlieren. Laßt mich doch mal den Pjetrusch mit aufs Pferd nehmen«, bat er.

»Hale, er wird sich nicht halten können und fällt noch herunter!«

»Ich hab' ihn doch schon oft auf der Jungstute reiten lassen! Ich werd' ihn auch festhalten, er will doch so gern 'rauf.« Er nahm ihn und setzte ihn auf einen alten Klepper, der mit gesenktem Kopf hinterher trottete, Pjetrusch griff mit den kleinen Händen nach der Mähne, strampelte mit den nackten Beinen und krähte vergnügt auf.

»Was das für ein strammer Kerl ist, mein lieber Bursch!« lächelte Antek, und gleich darauf ging er über den Feldrain auf den Weg zu, der zwischen den Scheunen hindurchlief.

Die Sonne war gerade untergegangen und den ganzen Himmel überzog leuchtendes Gold, das mit blassem Grün vermengt war; der Wind hatte sich ganz gelegt, das Korn ließ seine schweren Ähren hängen, und über die taufeuchten Wiesen kamen lärmende Stimmen vom Dorf herüber, und ein Lied klang von irgendwo aus der Ferne.

Antek ging langsam vorwärts, denn die Erinnerungen lasteten auf ihm; Jaguscha kam ihm in den Sinn, er sah ihre blauen Augen vor sich auftauchen, ihre schimmernden Zähne und die roten vollen Lippen, die er plötzlich so dicht vor sich fühlte, daß er zusammenzuckte und stehenblieb. Wie lebendig stand sie vor ihm auf, er rieb sich die Augen, versuchte sie aus der Erinnerung zu verbannen, aber sie ging wie zum

Trotz neben ihm Hüfte an Hüfte, ganz wie einst, und ihre Nähe schien wie einst ihn mit einer wohligen Glut zu umhüllen, so daß ihm das Blut zu Kopf schoß.

»Vielleicht hat sie auch gut getan, daß sie sie aus dem Hause gejagt hat! Wie ein Splitter hat sie sich in mir festgesetzt, ganz wie ein böser Splitter. Aber was war, das kommt nicht wieder«, seufzte er mit seltsam bedrücktem Herzen auf. »Das geht nicht mehr.« Und sich gerade reckend, sagte er streng zu sich:

»Aus ist es mit der Hundehochzeit!« Er trat schon gerade durch die Umzäunung ein.

Auf dem Hof ging es lebhaft zu; man war dabei, die abendlichen Wirtschaftsarbeiten zu verrichten. Fine melkte die Kühe vor dem Stall und sang mit heller Stimme und Anna knetete Klöße in einem Topf.

Aytek sagte irgend etwas dem Pjetrek, der gerade die Pferde tränkte, und ging hin, die väterliche Seite zu besehen, Anna kam ihm gleich nachgelaufen.

»Man muß die Stube hier in Ordnung bringen, dann können wir hierher übersiedeln. Ist Kalk da?«

»Ich hab' ihn damals noch auf dem Jahrmarkt gekauft; gleich morgen bestell' ich den Stacho, dann kann er die Stube ausweißen. Das ist schon recht, denn hier paßt es sich besser für uns.«

Er überlegte etwas und ging von Ecke zu Ecke.

»Bist du im Feld gewesen?« fragte sie schüchtern.

»Das bin ich, alles ist gut, Hanusch, das hätt' ich alles selbst nicht besser machen können.«

Sie wurde ganz rot vor Freude über sein Lob.

»Der Pjetrek aber könnte lieber die Schweine hüten, anstatt den Grund und Boden zu bearbeiten! So'n Schmierfink!«

»Das weiß ich selber gut genug! Ich hab' schon herumgehorcht, ob ich nicht einen anderen kriegen könnte.«

»Ich werd' ihn schon zwischen die Finger nehmen, und wenn er nicht gehorcht, dann jag' ich ihn in alle Winde!«

Sie wollte noch etwas sagen, aber die Kinder fingen an zu schreien, und sie mußte zu ihnen hin; Antek aber wandte sich nach dem Hof, prüfte alles aufmerksam und mit solcher Strenge, daß, obgleich er nur hin und wieder ein Wort fallen ließ, es den Pjetrek jedesmal kalt überlief; und Witek, der Angst bekommen hatte, ihm unter die Augen zu kommen, ließ sich nur irgendwo aus dem Hinterhalt sehen.

Fine melkte schon die dritte Kuh und sang immer lauter:

Steh, mein Grauchen, still,
wenn ich dich melken will!

»Du brüllst, als ob dir einer die Haut abzöge!« schrie er sie an.

Sie brach jäh ab; da sie aber trotzig und unnachgiebig war, so fing sie gleich darauf wieder an zu singen, aber schon leiser und etwas ängstlich:

Die Mutter hat dich bitten lassen,
Du möchtest ihr viel Milch ablassen.
Steh, mein Grauchen, still!

»Du könntest deinen Mund halten, der Bauer ist doch da!« wies sie Anna zurecht, die den Drank für die letzte Kuh herantrug. »Hier wird jetzt gleich wieder alles in Ordnung kommen«, fügte sie noch hinzu.

Antek nahm ihr den Zuber aus den Händen, und ihn vor die Kuh stellend, sagte er lachend:

»Schrei los, Fine, da laufen die Ratten schneller aus dem Haus ...«

»Ich tu' schon, was mir paßt!« knurrte sie eigensinnig und wie um Streit zu suchen; als sie aber fortgegangen waren, verstummte sie gleich und schmollte nur noch vor sich hin.

Anna machte sich jetzt bei den Schweinen zu schaffen und schleppte so eifrig die schweren Eimer mit dem Schweinefutter heran, daß er sie mitleidig ansah und sagte:

»Das können die Jungen tragen, das ist für dich doch viel zu schwer! Warte nur, ich will dir eine Magd mieten, denn die Gusche hilft dir doch kaum so viel, als was der Hund sich zusammenbellt. Wo steckt sie denn heute?«

»Zu ihren Kindern ist sie gelaufen, sie will mit ihnen Frieden schließen. Eine Magd würd' ich schon brauchen, nur kostet das so viel. Ich würde es schon selbst fertig kriegen, aber wenn du meinst ... dann tue ich es ...« Fast hätte sie ihm die Hand geküßt vor Dankbarkeit und fügte dann freudig hinzu:

»Auch mehr Gänse könnte man dann halten und einen zweiten Masteber zum Verkauf!«

»Wir sitzen nun auf unserem Hof, da wollen wir denn auch hofbäuerlich wirtschaften, gerad' wie es unser Vater getan hat!« sagte er nach längerem Nachsinnen.

Nach dem Abendessen ging er vors Haus, denn die Bekannten und Freunde begannen sich einzufinden, um ihn zu begrüßen und sich an seiner Rückkehr zu freuen.

Mathias war mit Gschela, dem Bruder des Schulzen, gekommen und dann noch Stacho Ploschka, Klemb mit seinem Sohn, der Vetter Adam und verschiedene andere mehr.

»Wir haben auf dich gewartet wie der Habicht auf den Regen!« sagte Gschela.

»Diese Wölfe, die haben mich da gehalten und gehalten! Wegkommen konnte man ja nicht!«

Sie setzten sich auf die Mauerbank ins Dunkel, nur Rochus saß unter dem Fenster im Licht, das im breiten Strahl bis in den Obstgarten fiel.

Der Abend war still, warm und sternenklar, zwischen den Bäumen blitzten die Lichter der Häuser, der Weiher murmelte hin und wieder etwas, als seufzte er, und an den Hauserwänden genossen die Leute die wohltuende Abendkühle.

Antek fragte nach verschiedenen Dingen, wurde aber von Rochus unterbrochen:

»Wißt ihr, daß der Natschalnik[2] befohlen hat, daß Lipce in zwei Wochen eine Versammlung abhalten soll, um eine Schule zu bewilligen?«

2 Natschalnik: russischer Beamter, Kreisvorsteher, entspricht ungefähr dem deutschen Landrat.

»Was geht uns die Schule an, laß die Väter darüber beratschlagen!« ließ sich der junge Ploschka vernehmen; doch der Gschela schimpfte auf ihn ein und sagte:

»Auf die Väter alles abzuschieben und sich selbst den Bauch besonnen lassen, das ist leicht! Weil keiner von den Jungen sich den Kopf zerbrechen will, darum sieht es im Dorf so aus.«

»Wird mir Meiner Grund und Boden abschreiben, dann will ich mich auch gern sorgen.«

Sie begannen darüber heftig zu streiten, bis Antek sich einmischte:

»Dagegen kann man nichts sagen, eine Schule ist in Lipce nötig, aber für dem Natschalnik seine sollte man nicht einen Pfennig bewilligen.«

Rochus pflichtete ihm bei und redete auf sie ein, denn er wollte sie dagegen aufstacheln, so daß sie schließlich ganz ängstlich wurden.

»Beschließt ihr einen Silberling pro Morgen, dann lassen sie euch später einen Rubel zuzahlen … Und wißt ihr nicht noch, wie es mit dem Beschluß über das Gerichtsgebäude gegangen ist? Die haben sich nicht schlecht mit eurem Geld gemästet. Die Bäuche sind ihnen dabei gut gewachsen!«

»Ich steh' schon dafür ein, daß die Gemeinde das nicht beschließt«, flüsterte Gschela, sich an Rochus heransetzend, der ihn darauf beiseite nahm, ihm allerlei heimlich und mit wichtigem Gesicht auseinandersetzte und ihm dann auch verschiedene Bücher und Schriften zusteckte.

Die anderen redeten inzwischen noch dies und das, aber schon etwas träge und unlustig, selbst Mathias war heute mißmutig; er mischte sich wenig ins Gespräch und folgte Antek aufmerksam mit den Augen.

Sie wollten schon auseinandergehen, denn man mußte doch bei Tagesanbruch an die Arbeit, als der Schmied angelaufen kam; er klagte darüber, daß er erst jetzt vom Gutshof gekommen wäre und fluchte auf das ganze Dorf.

»Was hat euch denn wieder gestochen?« fragte Anna durchs Fenster.

»Was? Man schämt sich rein, es zu sagen! Dummköpfe sind sie, diese unsere Bauern, das ist die Sache! Der Gutsherr redet zu ihnen wie zu Menschen, wie zu Hofbauern, und die …, gerade wie die Gänsehirten! Schon haben sie sich alle mit ihm auf dasselbe geeinigt; als es aber zum Unterschreiben gekommen ist, da kratzt sich der eine über den Schädel und brummt: ich weiß noch nicht, und der andere sagt: ich muß noch die Frau fragen; und der dritte fängt an zu winseln, daß man ihm noch die Wiese zugeben soll. Fang' nun einer mit denen was an! Der Gutsherr ist so böse geworden, daß er gar nicht mehr von einer Einigung mit sich reden lassen will; er hat selbst verboten, das Vieh von Lipce in den Weidewald hineinzulassen, und wenn einer es tut, dann wird Beschlag aufs Vieh gelegt.«

Sie erschraken über diese unerwartete Neuigkeit und fluchten auf die Schuldigen; dabei gerieten sie untereinander immer mehr in Uneinigkeit, bis Mathias schließlich traurig sagte:

»Das kommt alles davon, daß das Volk verirrt und verdummt ist, die reinen Schöpse, und niemand ist da, der es zur Vernunft bringen könnte!«

»Hat es denn der Michael nicht genug jedem für sich erklärt?«

»Was da, Michael! Der jagt hinter seinem eigenen Profit her und hält zum Gutshof; da versteht es sich, daß ihm das Volk nicht traut. Die hören zu, aber folgen werden sie ihm nicht ...«

Der Schmied sprang auf und setzte hitzig auseinander, wie es ihm einzig nur um das Wohl des Dorfes zu tun wäre, und wie er selbst von seinem Eigenen etwas zusetzte, um nur eine Einigung zu erzielen.

»Wenn du es selbst in der Kirche schwören würdest, so glaubte dir hier doch niemand«, knurrte Mathias.

»Dann laß es einen anderen versuchen, wir werden sehen, ob er das fertig bringt!« rief der Schmied.

»Versteht sich, daß ein anderer das in die Hand nehmen muß.«

»Aber wer? Vielleicht der Priester oder der Müller?« ließen sich höhnende Stimmen vernehmen.

»Wer? Der Antek Boryna doch! Und wenn der das Dorf nicht zur Vernunft bringen kann, dann müßte man schon der ganzen Geschichte den Buckel zudrehen ...«

»Was, ich? Wer wird auf mich da hören?« stotterte Antek verlegen.

»Du hast den Verstand und bist jetzt der Erste im Dorf, da werden alle dir folgen.«

»Das ist wahr! Natürlich! Du bist der einzige dazu! Wir gehen mit dir«, redeten sie eifrig auf ihn ein. Aber dem Schmied war etwas nicht recht bei der Sache; er drehte sich unruhig hin und her, zupfte an seinem Schnurrbart und fing an, giftig zu lachen, als Antek sagte:

»Die Töpfe werden nicht von Heiligen gedreht, ich kann's ja versuchen, wir können in diesen Tagen noch darüber reden.«

Sie fingen an auseinanderzugehen, und jeder nahm ihn noch einmal beiseite, um ihm zuzureden und ihm zu sagen, daß er ihm folgen würde; der Klemb aber meinte:

»Über dem Volk muß immer einer stehen, der Verstand und Macht und den ehrlichen Willen hat.«

»Und der, wenn es nötig ist, einem ein paar über die Rippen langen kann!« lachte Mathias.

Sie gingen auseinander, unterm Fenster blieben nur noch Antek und der Schmied; Rochus aber kniete auf der Galerie, in seine Gebete vertieft.

Sie sannen jeder für sich, in tiefem Schweigen beieinander sitzend.

Man hörte nur Anna in der Stube herumhantieren; sie klopfte die Betten, zog neue Bezüge über und wusch sich lange, wie zu einem großen Fest; und danach, während sie sich das Haar am Fenster kämmte, sah sie immer ungeduldiger hinaus und spitzte eifrig die Ohren, denn der Schmied fing an, ihm leise von der Sache abzuraten, er würde ebensowenig mit dem Dorf zurechtkommen, und der Gutsherr wäre ihm schlecht gesinnt.

»Das ist nicht wahr! Er hat für ihn bei Gericht gebürgt!« rief Anna durchs Fenster.

»Wenn ihr das besser wißt, können wir ja über was anderes reden ...« Er war giftig wie ein gereizter Hund.

Antek erhob sich und fing an, sich schläfrig zu recken.

»Das will ich dir nur noch zum Schluß sagen: man hat dich nur bis zur gerichtlichen Verhandlung freigelassen, nicht wahr? Du wirst dich an andere Geschäfte binden und hast noch keine Ahnung, zu was sie dich verurteilen werden ...«

Antek ließ sich wieder auf der Bank nieder und versank so in Nachdenken, daß der Schmied, ohne eine Antwort bekommen zu können, schließlich nach Hause ging.

Anna machte sich in einem zu am Fenster zu schaffen, hin und wieder auf Antek sehend; er schien sie nicht zu hören, bis sie schließlich ängstlich und fast bittend sagte:

»Komm' doch, Jantosch, es ist Zeit, schlafen zu gehen ... Du hast heute genug hinter dir ...«

»Ich komme, Hanusch, ich komme schon ...« Er erhob sich schwerfällig von seinem Sitz.

Sie begann sich rasch auszuziehen, während ihre bebenden Lippen das Gebet flüsterten.

»Und wenn sie mich zu Sibirien verurteilen, was dann?« sann er kummervoll, in die Stube tretend.

* * *

Pjetrek, bring mal Holz her«, ließ sich Annas Stimme vor dem Haus vernehmen. Sie sah ganz zerzaust aus und war über und über mit Mehl bestäubt, denn sie kam vom Brotkneten. Im großen Backofen war ein tüchtiges Feuer angefacht; sie stocherte hin und wieder darin und lief dann wieder zu den Broten, um sie mit Mehl zu bestreuen und sie auf einer Holzplatte auf die Galerie hinauszutragen, damit sie in der Sonne schneller aufgingen; sie schaffte emsig, denn der Teig drohte schon, aus dem mit einem Federbett zugedeckten Backtrog herauszuquellen.

»Fine, wirf mal Holz nach, der Rost ist noch nicht glühend!«

Aber Fine war nicht da, und Pjetrek hatte es auch nicht eilig. Er lud im Hof Dünger auf und klopfte ihn, nachdem der Wagen hoch vollgeladen war, bedächtig fest, damit er unterwegs nicht abrutschen konnte; dabei unterhielt er sich mit dem blinden Bettler, der an der Scheune mit dem Drehen von Strohseilen beschäftigt war.

Die Nachmittagssonne brannte noch so, daß die Wände Harz schwitzten, der Boden unter den Füßen glühte und die Luft wie lebendiges Feuer war; man hatte kaum Lust, sich zu regen. Nur die Fliegen summten unermüdlich um den Wagen, und die Pferde rissen an den Strängen und schlugen sich fast die Beine wund, um sich gegen die Bisse der Bremsen zu schützen.

Über dem Hof hing eine schläfrige, drückende Hitze; die Luft war voll vom scharfen Düngergeruch, selbst die Vögel im Obstgarten waren verstummt, die Hühner lagen wie leblos im Sand eingewühlt da, und die Ferkel wälzten sich grunzend in den Pfützen am Brunnen. Plötzlich fing der Bettler an heftig zu niesen, denn vom Kuhstall kam ein verstärkter Düngergeruch.

»Wohl bekomm's, Väterchen!«

»Das weht hier nicht aus einem Weihrauchbecken, und wenn ich es auch schon gewohnt bin, so ist es mir doch ordentlich wie Schnupftabak in die Nase gestiegen.«

»Ist einer was gewohnt, dann bekommt es ihm auch!«

»So'n Dummer, der denkt, ich krieg' nichts anderes in der Welt zu riechen, als nur Mist! ...«

»Ich sag' das nur, weil es mir in den Sinn gekommen ist, was mir mein Vormann im Militär gesagt hat, als er mir beim Einüben zum erstenmal eins übers Maul gelangt hat ...«

»Und hast dich daran gewöhnt, was? Hihihi! ...«

»Hale, das wär' noch besser! Dieses Üben ist mir bald zuwider gewesen, so daß ich das Aas in irgendeiner Ecke mal zu fassen gekriegt habe; da hat er denn sein Maul zugerichtet bekommen, daß ihm sein Kopf wie ein Kürbis angeschwollen ist. Danach hat er mich nicht mehr angerührt ...«

»Hast du lange dienen müssen?«

»Ganze fünf Jahre! Man hatte kein Geld, um sich loszukaufen, da mußte ich mich denn mit dem Karabiner abschleppen. Das war aber nur zu Anfang so, solange ich noch dumm war, da hat jeder mit mir machen können, was er wollte, und Elend hab' ich genug zu fressen gekriegt; aber von den Kameraden hab' ich es bald gelernt, wie man's macht, und wenn uns was gefehlt hat, da haben wir es denen einfach heimlich abgedreht, oder ein Mädel, eine Sluschanka[3] hat es gegeben, weil ich versprochen habe, daß ich sie heiraten will! Und was haben sie mich immer Kartoffelpeter geschimpft und sich über meine Aussprache und unser Gebet lustig gemacht! ...«

»Ah, diese pestigen Heiden, über das Gebet haben sie sich lustig gemacht!«

»Da hab' ich denn jedem einzeln die Rippen abgezählt, gleich haben sie es nachgelassen.«

»Sieh, so ein Starker bist du!«

»Stark oder nicht stark, aber mit dreien werd' ich schon fertig!« prahlte er mit einem Lächeln.

»Hast du den Krieg mitgemacht?«

»Versteht sich, mit den Türken hab' ich doch ... Die haben wir ordentlich untergekriegt!«

»Pjetrek, wo bleibt denn das Holz?« rief Anna abermals.

»Da wo es immer gewesen ist!« brummte er vor sich hin.

»Das ist doch die Bäuerin, die dich ruft«, ermahnte ihn der Bettler aufhorchend.

»Laß sie rufen, jawohl, soll ich ihr vielleicht noch das Geschirr waschen!«

»Bist du taub, oder was?« schrie Anna ihn an und kam ganz dicht herangelaufen.

»Den Ofen werde ich nicht heizen, dazu hab' ich mich nicht verdingt«, schrie er zurück.

Sie fuhr ihn ganz zornig an; er aber redete trotzig dawider und dachte nicht daran, ihrem Befehl zu gehorchen; und als sie ihm mit irgendeinem Wort zu nahe getreten war, steckte er kurzerhand die Mistgabel in den Düngerhaufen und rief zornig:

»Ihr habt hier nicht mit der Jaguscha zu tun, mit Geschrei werdet ihr mir nicht beikommen.«

---

3   Sluschanka: russisch Dienstmädchen. Die im russischen Militär dienenden Polen durchmischen ihre Rede mit russischen Brocken.

»Du wirst sehen, was ich tu! Du sollst noch an mich denken!« drohte sie tief gekränkt; sie ging mit ganzer Wut an das Zubereiten des Brotes heran, so daß der Mehlstaub die ganze Stube füllte und durch die offenen Fenster ins Freie drang. Sie murmelte in einem fort etwas vor sich hin über die Frechheit des Knechtes, während sie die Brotlaibe auf die Galerie trug, nach den Kindern ausschaute und Holz nachfüllte. Sie war schon ganz ermattet von der Arbeit und der Glut; in der Stube war eine beklemmende Hitze, und im Hausflur, wo das Feuer im Backofen loderte, konnte man auch kaum Atem holen. Da auch noch die Fliegen, von denen es an den Wänden wimmelte, ununterkrochen um sie herumsummten und empfindlich stachen, so scheuchte sie sie, schon fast weinend, mit einem Zweig von sich ob; sie schwitzte schon so und war so aufgebracht, daß sie immer langsamer und widerwilliger arbeitete.

Sie war gerade beim Kneten des letzten Teigrestes, als Pjetrek mit dem Wagen zum Hoftor hinausfuhr.

»Wart' mal, du kriegst noch das Vesperbrot mit!«

»Brr! Das will ich schon essen, mein Magen knurrt schon fast seit dem Mittagessen.«

»Hast du denn nicht genug gekriegt?«

»Ih? ... so'n windiges Essen, das geht einem durch den Bauch wie durch ein Sieb.«

»Windig! Sieh einer! Was denn, Fleisch soll ich dir wohl immerzu geben? Als ob ich mich in den Ecken heimlich mit Wurst vollfressen täte! Andere kriegen in der Vorerntezeit nicht einmal das. Kannst zu den Kätnern gehen und sehen, wie die leben.«

Sie brachte eine Satte saure Milch und ein Brotlaib auf die Galerie heraus. Er setzte sich gierig an die Schüssel heran und löffelte bedächtig das Essen in sich hinein, hin und wieder dem Storch eine Brotrinde zuwerfend, der aus dem Garten herausgestapft kam und wie ein Hund neben ihm lungerte.

»Lauter Magermilch«, brummte er, nachdem er sich schon etwas gesättigt hatte.

»Die schiere Sahne möchtest du wohl, darauf kannst du lange lauern.«

Als er sich ganz vollgegessen hatte und schon nach den Zügeln griff, warf sie noch ganz bissig nach:

»Kannst dich bei der Jaguscha verdingen, die gibt dir schon fetteres Essen.«

»Versteht sich, denn solange sie hier die Bäuerin war, hat niemand Hunger leiden brauchen!« Er hieb auf die Pferde ein, stemmte sich gegen den Wagen und machte, daß er fortkam.

Er hatte ihre schwächste Stelle getroffen; doch ehe sie sich aufraffte, ihm zu antworten, war er schon weg.

Die Schwalben unter der Dachtraufe begannen zu zwitschern, und ein Taubenschwarm, der sich auf der Galerie niedergelassen hatte, machte sich dort mit Gegurr zu schaffen. Als sie gerade dabei war, die Tauben zu verjagen, kam ihr ein Schweinegequiek vom Obstgarten her zu Ohren; sie erschrak, denn die Schweine konnten ihr ja die Zwiebeln aufwühlen. Zum Glück war es aber nur die Sau des Nachbars, die sich unter dem Zaune durchzuwühlen versucht hatte.

»Steck' du mir nur den Rüssel rein und untersteh' dich zu wühlen, dann werd' ich dich gleich mal zurichten!«

Kaum aber, daß sie sich wieder an die Arbeit gemacht hatte, sprang der Storch auf die Galerie, und nachdem er sich etwas geduckt und mal mit dem einen, mal mit dem anderen Auge um sich gespäht hatte, fing er an, aus die Brotlaibe einzuhacken und große Stücke Teig herunterzuschlingen.

Sie stürzte mit Geschrei auf ihn los.

Er floh mit vorgerecktem Schnabel, dabei noch eifrig etwas durch die Gurgel zwängend, und als sie ihn schon fast erreicht hatte, um ihm mit einem Stück Holz eins überzulangen, flog er auf das Scheunendach, wo er noch lange stehenblieb, sich den Schnabel am Dachfirst wetzte und klapperte.

»Warte, du Dieb, ich werd' dir noch mal deine Beine ausrenken«, drohte sie ihm, die durchlöcherten Brotlaibe von neuem zurechtknetend.

Gerade kam Fine angerannt, auf die sich nun alles entlud.

»Wo treibst du dich herum? In einem fort bist du am Laufen, schon rein wie eine Katze, der man eine Ochsenblase an den Schwanz gehängt hat! Ich werd' es mal dem Antek sagen, was du für eine Fleißige bist! Geh' und nimm die Kohlen aus dem Ofen, aber rasch.«

»Ich bin nur eben bei Ploschkas Kascha gewesen. Alle sind im Feld' und nicht mal Wasser haben sie der Armen gegeben.«

»Was fehlt denn der? Ist sie krank?«

»Das sind gewiß die Pocken, denn die ist ganz rot und heiß.«

»Bring' du mir hier die Krankheit ins Haus, dann steck' ich dich gleich ins Hospital.«

»Na, als ob das die erste Kranke ist, bei der ich gesessen hab'! Ihr habt wohl vergessen, wie ich bei euch gesessen habe, als ihr in Wochen gekommen seid?« Und sie schnatterte los, wie sie das so gerne tat, dabei verscheuchte sie die Fliegen vom Teig und machte sich daran, die Kohlen aus dem Backofen herauszuholen.

»Man muß den Leuten wohl Vesperbrot hintragen«, unterbrach sie Anna.

»Ich lauf' gleich, und soll ich Eier für Antek braten?«

»Das kannst du tun! Daß du mir nur nicht so mit dem Speck herumwirtschaftest!«

»Gönnt ihr ihm den nicht?«

»Was sollt' ich nicht! Aber was zu fett ist, das könnte auch dem Antek schaden.«

Da Fine gern noch einmal fortlaufen wollte, so hatte sie in einem Nu die Arbeit fertig gemacht, und kaum daß sie noch den Ofen geschlossen hatte, nahm sie die drei Zweiertöpfe mit Milch, tat das Brot in die Schürze und lief davon.

»Sieh mal nach, ob das Leinen schon trocken ist, und wenn du zurückgekommen bist, kannst du es noch einmal begießen, es wird noch bis Sonnenuntergang trocken werden«, rief sie ihr durchs Fenster nach. Aber Fine war schon hinter dem Zaunüberstieg verschwunden; es klang nur noch ein Liedlein von ihrem Weg herüber, und aus dem Roggenfeld tauchte hin und wieder ihr Flachskopf auf.

Auf dem Brachacker am Wald warfen die Kätnerinnen den Dung aus, den Pjetrek heranfuhr, und Antek pflügte ihn unter.

Da aber der lehmige Boden trotz des vorherigen Eggens vertrocknet und hart war, so barsten die Schollen als wären sie aus Stein, und die Pferde zogen den Pflug mit einer solchen Anstrengung, daß die Stränge zu reißen drohten.

Antek hielt den Pflugsterz fest in den Händen und pflügte ganz selbstvergessen und eifrig; ab und zu langte er den Pferden mit der Peitsche eins über, öfter aber noch trieb er sie durch Zurufe und Aufmunterungen an, denn sie waren ganz außer Atem gekommen. Die Arbeit war schwer und mühevoll, doch er führte den Pflug mit fester und wachsamer Hand, Scholle nach Scholle aufwerfend, und ließ breite lange Ackerbeete hinter sich zurück; der Acker war für Weizen bestimmt.

Ihm nach, die Furchen entlang, folgten Krähen und hackten sich Regenwürmer aus den Erdklumpen, und das braune Füllen, das am Feldrain graste, versuchte immer wieder, an die Stute heranzukommen und eifrig nach den mütterlichen Zitzen zu schnuppern.

»Was den da ankommt«, knurrte Antek und knallte ihm ein paarmal um die Beine, so daß es zur Seite sprang und mit erhobenem Schweif sich davonmachte; er aber pflügte unermüdlich weiter, nur hin und wieder das Schweigen des schwülen Sommertages durch ein paar Worte an die Frauen unterbrechend. Er war schon so durch die Arbeit und Hitze ermüdet, daß er den Pjetrek, der gerade angefahren kam, wütend anherrschte:

»Die Frauen warten, und du schleppst dich 'ran, wie ein Lumpensammler!«

»Versteht sich, der Weg ist schwer, und das Pferd kann schon kaum die Beine rühren.«

»Und was hast du solange am Wald stehen brauchen? Gemerkt hab' ich das schon!«

»Ihr könnt es nachsehen, ich scharr' meins nicht wie eine Katze mit Sand zu.«

»Aasschnauze! Wjo, Alte, wjo!«

Doch die Pferde gingen immer langsamer, sie waren mit Schaum bedeckt, und er selbst, obgleich er nur in Hemd und Leinenhose ging, war wie in Schweiß gebadet; die Hände waren ihm schon ganz lahm von all der Arbeit, so daß er, als Fine auftauchte, ihr freudig zurief:

»Du bist gerade zur rechten Zeit gekommen; wir blasen hier schon unsern letzten Atem aus.«

Er zog die Furche bis an den Wald, spannte die Pferde aus, und nachdem er sie abgezäumt hatte, ließ er sie am Waldweg grasen, dann warf er sich am Waldrand in den Schatten nieder und machte sich mit einem wahren Wolfshunger daran, das Essen aus dem Zweierkrug auszulöffeln; inzwischen schnatterte ihm Fine die Ohren voll.

»Laß mich in Ruh, ich bin nicht begierig auf deine Neuigkeiten«, knurrte er böse, so daß sie ärgerlich etwas dagegen sagte und in den Wald lief, Beeren zu sammeln.

Der Wald stand stumm und glutumfangen da, duftete und schien wie ermattet unter den heißen Strahlen der Sonne; nur hin und wieder bewegte sich leise das grüne Unterholz, und aus den Gründen kam ein harzdurchtränkter Luftzug, hin und wieder auch verlorene Stimmen und ein leises Vogelsingen.

Antek lag ausgestreckt im Gras und rauchte seine Zigarette, er blinzelte vor sich hin und sah wie durch einen immer dichter werdenden bläulichen Nebel auf die Felder der Waldmeierei, über die der Gutsherr dahinritt und auf denen verschiedene Leute mit Stangen zu sehen waren.

Mächtige, wie aus Erz gehauene Fichten erhoben sich über ihm und warfen schwankende und einschläfernde Schatten über seine Augen. Er hatte sich schon fast ganz in die Stille eingesponnen, als er plötzlich einen Wagen vorbeirollen hörte.

»Dem Organisten sein Knecht, er fährt Holz nach der Sägemühle, das ist so«, dachte er, seinen schweren Kopf hochhebend; bald ließ er ihn aber wieder sinken, doch er schlief nicht mehr ein, denn es war ihm plötzlich als sagte jemand dicht neben ihm: »Gelobt sei Jesus Christus!«

Es waren ein paar Kätnerinnen, die mit großen Reisigbündeln auf dem Rucken aus dem Wald traten, und ganz zuletzt schleppte sich Gusche tief gebückt unter ihrer Last heran.

»Ruht euch doch aus, die Augen sind euch schon ganz aus dem Kopf gequollen.«

Sie hockte, ganz außer Atem, neben ihm nieder, das Reisigbündel gegen einen Baum lehnend.

»So eine Arbeit ist nichts mehr für euch«, murmelte er mitleidig.

»Das ist schon wahr, ich bin sehr müde geworden.«

»Pjetrek, dichter die Haufen, dichter!« schrie er auf den Knecht ein. »Habt ihr denn niemand, der das für euch tun kann?«

Sie verzog nur das Gesicht und drehte die geröteten, trüben Augen ab.

»Euch kennt man ja gar nicht wieder, ihr seid ja ganz mürbe geworden.«

»Auch der härteste Stein läßt unter dem Hammer was von sich ab«, ächzte sie heraus und ließ den Kopf hängen, »die Not zerfrißt den Menschen schneller noch wie Rost das Eisen.«

»Eine schwere Vorerntezeit ist das dieses Jahr, selbst die Hofbauern müssen darunter leiden.«

»Wer nur Kleie mit Majoran zu essen hat, dem braucht man nicht erst über Not zu reden.«

»Du lieber Gott, ihr solltet doch mal abends rüberkommen, da findet sich immer noch ein Scheffel Kartoffeln für euch. Ihr könnt es ja später zur Erntezeit mal abarbeiten.«

Sie weinte auf, außerstande ein Wort des Dankes hervorzuwürgen.

»Vielleicht findet die Anna auch noch was mehr für euch.«

»Wenn nicht die Anna dagewesen wäre, dann hätten wir schon längst umkommen können«, murmelte sie unter Tränen. »Gewiß tu' ich abarbeiten, wenn ihr mich nur braucht. Und das sag' ich dir, nicht nur von mir aus, daß Gott dir das bezahlen möge. Was bin ich? Nichts weiter, als irgendwas Altes, über das man mit dem Fuß hinwegtritt, ohne sich darum zu kümmern, und den Hunger bin ich schon gut gewöhnt. Aber wenn so diese kleinen Würmer zu jammern anfangen: Großmutter, Hunger! und man hat nichts, womit man den armen Dingern die Bäuche füllen soll, dann sag' ich, daß ich mir lieber die Klumpen abhacken möchte oder selbst was vom Altar herunterreißen könnte und es dem Juden bringen, um sie nur satt zu kriegen.«

»Seid ihr denn wieder bei den Kindern?«

»Ich bin doch die Mutter, da kann ich sie doch nicht im Elend allein sitzen lassen! Und es ist doch dieses Jahr alles Schlechte über sie gekommen. Die Kuh ist ihnen krepiert, die Kartoffeln sind verfault, daß man selbst zur Aussaat hat kaufen müssen, die Scheune hat der Wind umgeschmissen, und dazu kränkelt noch die Frau immerzu vom letzten Wochenbett her; alles geht da rein nur durch ein Gotteswunder vorwärts.«

»Versteht sich, denn dem Wojtek sticht der Schnaps in die Nase und zur Schenke kann er nicht schnell genug kommen.«

»Aus Verzweiflung hat er das manchmal getan, rein aus Verzweiflung; seitdem er aber Arbeit im Forst gekriegt hat, sieht er nicht ein einziges Mal mehr zum Juden ein, das können andere bezeugen«, versuchte sie ihren Sohn eifrig zu verteidigen. »Dem Armen wird jedes Glas angerechnet! Da hat sich der Herr Jesus nun mal in seinem Zorn gehen lassen, das hat er, und gegen so einen armen Teufel sich zu verbiestern. Und warum nun das bloß? Als wenn der was Schlechtes getan hätte?« murrte sie und sah mit einem zornig fragenden Blick nach oben.

»Ihr habt eure Kinder schon genug angeklagt!« sagte er mit Nachdruck.

»Hale, als ob der Herr Jesus auf irgendein dummes Gebell hören wollte! Versteht sich«, fügte sie gleich darauf etwas ängstlich und unruhig hinzu, »wenn die Mutter selbst fluchen sollte, so wünscht sie ihnen doch im Herzen nichts Schlechtes. Hat der Mensch einen Zorn, dann kommt die Wut auch die Zunge an. Das ist schon immer so ...«

»Hat denn der Wojtek schon die Wiese verpfändet, was?«

»Der Müller war mit ganzen tausend Silberlingen da, aber ich hab' es verboten, denn wenn diesem Wolf was zwischen die Krallen kommt, dann wird ihm selbst der Böse das nicht wieder abtreiben. Vielleicht findet sich noch ein anderer mit Geld.«

»Prächtige Wiese, wie ein Amen zwei sichere Heuernten das Jahr, wenn ich da so etwas Geld übrig hätte! ...« Er seufzte auf und leckte sich heimlich den Bart danach.

»Matheus wollte sie doch auch schon kaufen, weil sie gerade neben Jaguschas Feld liegt.«

Er zuckte zusammen bei diesem Namen, und erst nach einem Ave fragte er wie nebenbei, indem er seine Augen weit über die Felder gleiten ließ:

»Was sind denn da für Geschichten bei der Dominikbäuerin im Gange?«

Sie durchschaute ihn im selben Augenblick, ein Lächeln flog über ihre welken Lippen, ihre Augen funkelten auf, und indem sie näher rückte, fing sie an mit bemitleidender Stimme zu reden:

»Was soll da sein! Das ist die reine Hölle bei denen. Im Haus ist es da wie nach einem Begräbnis, es geht einen, ordentlich durch und durch, wenn man das Elend mit ansieht, und Trost und Hilfe kommt von nirgendwo! Die weinen sich die Augen aus und warten auf Gottes Erbarmen! Am schlimmsten aber ist es mit der Jaguscha ...«

Und sie begann wie ein feines Netz mancherlei Verschiedenes über Jaguschas Leid und ihre Verlassenheit vor ihm auszuspinnen. Sie redete hitzig drauflos in der Hoffnung, sich bei ihm einzuschmeicheln und versuchte immer wieder ihn bei der Zunge zu ziehen, doch er schwieg hartnäckig; denn eine solche zehrende Sehnsucht hatte ihn plötzlich gepackt, daß alles in ihm bebte.

Zum Glück kam gerade Fine heran, sie hatte die halbe Schürze voll Preiselbeeren gepflückt und schüttete sie ihm in den Hut, dann nahm sie rasch die Zweierkrüge und lief nach Hause.

Gusche, die keine Antwort von ihm bekommen hatte, fing an, sich aufstöhnend emporzurichten.

»Laßt das nur! Nimm sie auf den Wagen!« befahl er kurz.

Er griff wieder zum Pflug und zog eine Zeitlang geduldig seine Furchen in die harte, vertrocknete Erde. Gebeugt unter seinem Joch wie ein Arbeitstier gab er sich ganz seiner Tätigkeit hin und konnte doch seine Sehnsucht nicht bezwingen.

Der Tag wurde ihm schon lang, immer wieder sah er nach der Sonne und überflog mit ungeduldigen Augen das Feld: es blieb noch ein großes Stück zum Umpflügen übrig. Immer mehr kam der Ärger ihn an, er schlug ganz ohne Grund auf die Pferde ein und schrie den Frauen zu, sich zu eilen! Es trieb ihn irgend etwas an, so daß er schon kaum an sich halten konnte, und solche Gedanken gingen ihm im Kopf herum, daß sein Blick ganz getrübt war und der Pflug immer häufiger in seinen Händen hin und her schwankte, an die Steine hakte und sich am Waldrand so unter einer Baumwurzel festbohrte, daß das Pflugmesser losgerissen wurde.

Es war keine Möglichkeit, länger zu pflügen; er legte also den Pflug auf die Kufen, spannte den Wallach vor und begab sich nach Hause, einen neuen zu holen.

Das Haus war leer, alles stand durcheinander, und die Gegenstände waren mit einer Mehlschicht bedeckt; im Obstgarten aber keifte Anna auf irgend jemand ein.

»Schlampe! Zum Zanken hat sie Zeit!« brummte er, in den Hof gehend. Er wurde da aber noch ärgerlicher, denn der zweite Pflug, den er aus dem Schuppen herausholte, war auch unbrauchbar. Lange bastelte er an ihm herum, immer ungeduldiger auf Anna hinhorchend, die schon ganz wütend loszankte:

»Bezahl' du den Schaden, dann laß ich dir die Sau raus, und willst du nicht, verklag' ich dich bei Gericht! Und für die Leinwand, die du mir letztes Frühjahr auf der Bleiche zerrissen hast, sollst du auch bezahlen; die zerwühlten Kartoffeln, das schenk' ich dir nicht. Ich hab' meine Zeugen für alles! Sieh bloß einer die Kluge, wird sich hier ihr Schwein auf meinem Land ausmästen! Das laß ich mir nicht gefallen! Und ein andermal werd' ich deiner Sau und dir die Klumpen zuschanden schlagen!« ließ sie ihr Maulwerk gehen. Da aber die Nachbarin ihr auch nichts schuldig blieb, so wurde das Gekeif immer wütender; sie drohten einander schon mit geballten Fäusten, sich über die Zäune reckend.

»Anna!« schrie Antek, sich den Pflug auf die Schultern ladend.

Sie kam mit Geschrei und wie eine Henne aufgeplustert angerannt.

»Du schreist ja, daß man es im ganzen Dorf hört.«

»Ich verteidige, was meins ist! Soll ich denn zulassen, daß fremde Schweine mir auf den Beeten alles zerwühlen? Dieser Schaden, den sie da machen! Und ich soll dabei still sein? Daß du eher verreckst, ich laß dir das nicht durch!« schrie sie abermals los, so daß er sie barsch unterbrach:

»Mach dich zurecht, du siehst ja gar nicht mehr menschlich aus.«

»Hale, werd' ich mich da für die Arbeit putzen; wie zur Kirche, das wär' so was.«

Er blickte sie verächtlich an, denn sie sah aus, als hätte man sie unter dem Bett hervorgeholt; dann zuckte er die Achseln und ging davon.

Der Schmied war an der Arbeit, schon von weitem hörte man die festen Hammerschläge niederklirren, und in der Schmiede loderte ein solches Feuer, daß es dort rein so heiß wie in der Hölle war. Michael bearbeitete gerade gemeinsam mit seinem Gehilfen ein paar dicke Eisenstäbe; der Schweiß überströmte sein rußgeschwärztes Gesicht, doch er hämmerte unermüdlich und wütend drauflos.

»Wer soll denn diese deftigen Achsen kriegen?«

»Für Ploschkas Wagen sind sie! Er wird nach der Sägemühle Holz fahren!«

Antek hockte auf der Türschwelle nieder und drehte sich eine Zigarette zurecht.

Die Hämmer sausten emsig nieder und schlugen dabei ihren Takt, auf und ab, auf und ab. Das rotglühende Eisen, auf das mit ganzer Wucht eingeschlagen wurde, wurde geschmeidig wie Teig; sie hämmerten es zurecht wie sie es gerade brauchten, so daß die ganze Schmiede bebte.

»Möchtest du nicht auch Holz fahren?« fragte der Schmied, das Eisen in die Feuersglut steckend, und setzte den Blasebalg in Bewegung.

»Wird mich denn der Müller zulassen wollen? Er hat doch das Einfahren mit dem Organisten zusammen übernommen und mit dem Juden ist er auch gut Freund.«

»Die Pferde hast du und alles was dazu gehört, und der Knecht treibt sich ohne rechte Arbeit herum. Sie zahlen ganz anständig«, sagte er aufmunternd.

»Gewiß, es würde mir schon etwas Geld für die Ernte gut zu paß kommen, aber ich werde doch nicht den Müller darum bitten, daß er mir beistehen soll.«

»Du müßtest mal ein Wort mit den Käufern reden.«

»Als ob ich mit denen Bescheid weiß! Wenn du dich mal für mich verwenden wolltest!«

»Wenn du darum bittest, dann werd' ich's tun; noch heute will ich zu ihnen hingehen.«

Antek trat rasch vor die Schmiede zurück, denn die Hämmer fingen wieder an zu spielen, und die Funken sprühten in einem wahren Feuerregen umher.

»Gleich komm ich wieder; ich will nur sehen, was für ein Holz sie einfahren.«

In der Sägemühle summte es von all der Arbeit, wie in einem Bienenstock; die Sägen waren unaufhörlich im Gange und zerfraßen mit einem dumpfen Knirschen die langen Baumklötze; das Wasser stürzte sich mit lautem Lärm über die Räder in den Fluß und schien, schaumbedeckt und verbraucht wie es war, in seinen engen Ufern zu kochen. Die mächtigen Fichtenstämme, von denen man kaum die Äste abgeschlagen hatte, wurden von den Wagen geschleudert, daß die Erde bebte; sechs Mann waren dabei, sie viereckig zu behauen, und andere wiederum trugen die frischen Bretter in die Sonne.

Mathias leitete den ganzen Betrieb, jeden Augenblick war er irgendwo anders zu sehen, er machte sich überall fleißig zu schaffen, gab Befehle und paßte eifrig auf alles.

Sie begrüßten sich freundschaftlich.

»Und wo ist denn der Bartek?« fragte Antek, die Arbeitenden überblickend.

»Dem ist Lipce zuwider geworden, der ist dem Wind nachgezogen.«

»Daß es doch so manch einen immerzu durch die Welt treiben muß! Arbeit hast du, wie ich sehe, für lange bei dem vielen Holz!«

»Das reicht für ein Jahr oder auch noch länger. Wenn der Gutsherr sich mit allen einigt, dann fällt er den halben Wald und verkauft ihn.«

»Auf der Waldmeierei sind sie heute wieder beim Messen.«

»Weil sich jetzt jeden Tag einer zur Abfindung bereit erklärt! Diese Schöpfe, daß der Gutsherr mehr geben wird, wenn man es gemeinsam macht, davon wollten sie nichts wissen, und jetzt machen sie es jeder für sich, im geheimen, um nur schneller dazu zu kommen.«

»Manch ein Mensch ist gerade wie ein Esel: willst du, daß er vorwärts geht, dann mußt du ihn am Schwanz ziehen! Gewiß, daß sie Schöpfe sind; der Gutsherr zwackt jedem noch sein Teil ab, weil sie sich allein einigen.«

»Hast du denn schon deinen Grund und Boden gekriegt?«

»Noch ist die Zeit nach Vaters Tode nicht um, man kann ja noch nicht teilen, aber ich hab' mir schon mein Teil ausgesucht.«

Jenseits des Flusses zwischen den Erlenbüschen tauchte ein Gesicht auf; es schien ihm, als könnte es Jaguscha sein, und obgleich er noch dieses und jenes redete, versuchten seine Augen immer unruhiger das Gebüsch zu durchspähen.

»Diese Hitze, ich will jetzt baden gehen«, sagte er schließlich und ging zum Fluß hinab, dabei um sich sehend, als suchte er eine geeignete Stelle; als er aber im Schutz der Bäume war, fing er plötzlich an zu laufen.

Natürlich war sie es. Sie ging mit einer Hacke nach den Kohlfeldern hin.

»Jaguscha!« rief er sie an, als er sie eingeholt hatte.

Sie sah sich aufmerksam um; als sie aber seine Stimme und sein Gesicht erkannte, das sich aus dem Gestrüpp hervorhob, blieb sie ängstlich stehen, ohne zu wissen, was sie tun sollte; sie war ganz hilflos und verwirrt.

»Kennst du mich denn gar nicht wieder?« rief er ihr mit gedämpfter, inbrünstiger Stimme zu und versuchte zu ihr hinüber auf das andere Ufer zu gelangen. Aber der Fluß war an dieser Stelle tief, obgleich er nur kaum ein paar Schritte breit war.

»Wieso sollt' ich dich nicht wiederkennen?« Sie blickte ängstlich nach den Kohlbeeten hin, wo man ein paar rote Frauenröcke aufschimmern sah.

»Wo steckst du denn, man kriegt dich ja nirgendwo zu sehen?«

»Wo? Deine hat mich aus dem Haus gejagt, da sitz' ich denn jetzt bei der Mutter ...«

»Davon wollt' ich doch auch noch mit dir reden; komm mal abends nach dem Friedhof 'rüber, Jagna. Ich werd' dir da was sagen, komm doch mal hin!« bat er leidenschaftlich.

»Hale, damit mich einer noch sieht! Ich hab' noch genug für das Frühere zu büßen ...« antwortete sie hart. Aber er bat und flehte so, daß ihr das Herz weich wurde; er begann ihr leid zu tun.

»Was willst du mir denn Neues sagen? Wozu rufst du mich denn?«

»Bin ich dir denn schon so ganz fremd, Jagusch?«

»Nicht fremd und nicht nah! Ich hab' was anderes im Kopf ...«

»Komm nur, du wirst es nicht bereuen. Und wenn du Angst hast, nach dem Friedhof zu gehen, dann komm hinter den Pfarrgarten! Weißt du noch, wo, Jagusch? Weißt du es noch? ...«

Sie drehte den Kopf weg, denn eine plötzliche Röte war ihr in die Wangen geschossen.

»Red' nicht, ich schäm' mich doch ...« Sie war ganz verlegen geworden.

»Komm doch, Jagusch! Ich warte, selbst wenn es Mitternacht werden sollte ...«

»Dann warte! ...« Sie wandte sich plötzlich um und rannte nach den Kohlfeldern hinüber.

Er blickte ihr gierig nach, und es packte ihn ein solches Verlangen nach ihr, eine solche Hitze ließ sein Blut aufbegehren, daß er bereit war, ihr nachzurennen und sie vor den Augen aller an sich zu reißen ... Er konnte kaum noch an sich halten.

»Das kommt bloß, weil die Hitze mich so mitgenommen hat!« sann er und begann rasch sich zum Baden zu entkleiden.

Er kühlte sich fein ab und fing an, über sich zu grübeln.

»Daß doch der Mensch so schwach sein muß; vom ersten besten wird er mitgerissen, wie Spreu vom Wind ...«

Ein Gefühl der Scham kam über ihn. Er sah sich um, ob ihn nicht jemand mit ihr zusammen gesehen hätte, und eifrig überlegte er alles, was man ihm über sie erzählt hatte.

»So ein Pflänzlein bist du also, so eine!« dachte er verächtlich und voll Bedauern und blieb plötzlich an einem Baum stehen; er stand da mit geschlossenen Augenlidern, denn sie war in ihrer ganzen Schönheit vor seiner Seele aufgetaucht.

»Eine zweite solche gibt's wohl in der ganzen Welt nicht wieder!« stöhnte er auf, und ein plötzliches Verlangen überkam ihn, sie noch einmal zu sehen, sie noch einmal mit seinen Armen zu umfassen, sie ans Herz zu drücken und von diesen roten Lippen zu trinken, den süßen Honig bis zur Besinnungslosigkeit in sich zu saugen, die Lust bis zur Neige auszukosten.

»Nur noch dieses letzte, dieses eine letzte Mal, Jagusch!« flüsterte er beschwörend vor sich hin, als redete er zu ihr. Lange rieb er sich dann noch die Augen und blickte von Baum zu Baum, bis er zu sich kam, schließlich aber wandte er sich nach der Schmiede. Michael war gerade allein da und wollte sich eben an den Pflug heranmachen.

»Wird denn dein Wagen so viel Holz tragen können?« fragte er.

»Wenn ich nur erst was zum Drauflegen habe ...«

»Wenn ich dir das verspreche, dann ist es gerade so, als ob du es schon auf dem Wagen hättest.«

Antek begann auf der Tür mit Kreide zu schreiben und zu rechnen.

»Da könnt' ich bis zur Erntezeit vielleicht noch meine dreihundert Silberlinge verdienen!« sagte er freudig.

»Da hättest du es dann gerade für deine Gerichtssache«, ließ der Schmied wie ganz unabsichtlich fallen.

Anteks Gesicht verfinsterte sich jäh, und seine Augen leuchteten dunkel auf.

»Die sitzt mir wie ein Alp, diese Gerichtssache! Sobald ich nur daran denke, fliegt mir alles aus den Händen, man hat selbst keine Lust mehr zu leben ...«

»Kein Wunder, es gibt mir nur zu denken, daß du dich noch nicht nach einer Rettung umgesehen hast.«

»Wie soll ich mir da helfen?«

»Man sollte aber irgend etwas tun! Man kann sich doch nicht wie ein Kalb dem Schlachtmesser ausliefern.«

»Mit dem Kopf kann man auch nicht durch die Wand rennen!« seufzte er wehmütig.

Der Schmied begann auf sein Eisen einzuhämmern, Antek aber versank wieder in qualvolles, bedrückendes Nachsinnen. Es überfielen ihn solche Gedanken, daß sein Gesicht die Farbe wechselte. Er sprang auf, und seine Augen schweiften ratlos umher; doch der liebe Schwager ließ ihn nicht lange sich sorgen, und während er ihn mit seinen schlauen Augen belauerte, sagte er mit leiser Stimme:

»Der Kasimir aus Modlica, der hat sich zu helfen gewußt ...«

»Der, der nach Amerika geflohen ist?«

»Derselbe! Ein kluges Biest, der hat die Schrift mit der Nase vorausgerochen.«

»Haben sie ihm denn bewiesen, daß er den Gendarm getötet hat?«

»Der hat nicht gewartet, bis sie ihm das bewiesen haben! Was soll er wohl so dumm sein, im Kriminal zu faulen ...«

»Dem war es leicht, als Junggeselle.«

»Es rettet sich ein jeder, wenn er muß. Ich will dich zu nichts bereden, damit du nicht denkst, daß ich dabei irgend etwas vorhab', ich sag' nur, was in solchem Fall andere getan haben. Tu' wie's dir gefällt. Der Wojtek Gajda aus Wolitza, der ist gerade zu Pfingsten aus dem Kriminal heimgekommen. Na, zehn Jahre sind auch noch nicht das ganze Leben, das kann man noch aushalten ...«

»Zehn Jahre, mein Jesus!« stöhnte er, sich an den Kopf fassend.

»So lange hat er Zwangsarbeit tun müssen! Das ist schon wahr, eine Menge Zeit.«

»Alles würd' ich ertragen, wenn ich nur nicht sitzen brauchte. Jesus! ich hab' doch nur ein paar Monate gesessen, und alles ist mir schon im Kopf rundum gegangen ...«

»In drei Wochen würdest du schon 'rüber sein, übers Meer, das kann dir auch der Jankel sagen ...«

»Das ist ja furchtbar weit! Wie soll man da weg? Alles liegen lassen, das Haus, die Kinder, das Land, und so weit weg, für immer!« Ein Grauen erfaßte ihn.

»So viele sind doch aus eigenem Willen hingegangen, und keiner denkt daran, aus diesen guten Ländern heimzukehren.«

»Mir ist es schon schrecklich, wenn ich daran denken soll!«

»Das ist wahr, aber sieh dir mal erst den Wojtek an und höre, was er so vom Gefängnis erzählt, da wirst du noch mehr zu denken haben! Das ist schon so, der Kerl ist kaum vierzig Jahre und ist schon alt und grau geworden; das lebendige Blut spuckt er und kann kaum die Beine vorwärtsschleppen. Der schiebt jeden Augenblick nach Pfarrers Kuhstall ab. Was soll ich dir aber lang was erzählen, du hast ja deinen eigenen Verstand, an den kannst du dich halten.«

Er verstummte zur rechten Zeit, denn er merkte, daß er schon genug Unruhe ausgestreut hatte, den Rest überließ er der Zeit, sich im geheimen der künftigen Ernten freuend, die er einzuheimsen gedachte; und als er den Pflug nachgesehen hatte, sagte er vergnügt:

»Ich laufe jetzt nach den Händlern, und den Wagen kannst du für morgen bereit halten, denn das mit dem Holzfahren wollen wir schon kriegen. An die Gerichtssache brauchst du nicht zu denken, es lohnt sich nicht, sich da den Kopf zu zerbrechen, es kommt wie es kommt und wie Gott in seinem Ratschluß beschließt. Ich komme noch abends zu dir 'rüber.«

Aber Antek konnte nicht so rasch vergessen; er war auf das freundschaftliche Gerede des Schmieds eingegangen wie der Fisch auf einen Köder und würgte daran; es war ihm wie mit scharfen Krallen über die Leber gefahren, so daß er wie gelähmt dasaß unter dem Alpdruck der quälenden Gedanken.

»Zehn Jahre! Zehn Jahre ...«, flüsterte er ab und zu, immer starrer vor sich hinbrütend.

Die Dunkelheit sank schon herab, und die Leute zogen von den Feldern heim; auf dem Hof erhob sich ein lauter Lärm, denn Witek hatte gerade das ganze Vieh eingetrieben, und die Frauen machten sich an das Melken und an die Verrichtung der abendlichen Arbeiten; vom Dorf hallte Stimmengewirr herüber, und man hörte die im Teich badenden Kinder schreien.

Antek rollte den Wagen hinter die Scheune, um ihn für den nächsten Morgen zurechtzumachen, doch bald verging ihm wieder die Lust dazu; er rief Pjetrek, der die Pferde am Brunnen tränkte, zu:

»Schmiere den Wagen und mach' ihn zurecht, denn von morgen ab sollst du Holz nach der Sägemühle fahren.«

Der Knecht fluchte vor sich hin, die Arbeit paßte ihm gar nicht.

»Halt dein Maul und tu', was man dir befohlen hat! Hanusch, gib den Pferden drei Maß Hafer und Pjetrek soll Klee vom Felde holen, sie sollen sich ordentlich mal Kraft anfressen ...«

Anna versuchte ihn auszufragen, doch er brummte nur irgendwas darauf, und nachdem er hier und da im Hof eingesehen hatte, machte er sich zu Mathias auf, mit dem er jetzt in großer Freundschaft lebte.

Mathias war gerade von der Arbeit zurück, er saß vor dem Haus und war dabei, eine Schüssel saure Milch auszulöffeln, um sich etwas abzukühlen.

Von irgendwo, als käme es aus dem Obstgarten, drang ein leises, klägliches Weinen zu ihnen herüber.

»Wer flennt denn da so?«

»Die Nastuscha. Rein zum Verrücktwerden ist das mit dieser Liebschaft: das Aufgebot ist doch schon heraus, nächsten Sonntag soll die Hochzeit sein, und da läßt die Dominikbäuerin gestern durch den Schultheißen sagen, daß der Alte damals die ganze Wirtschaft ihr verschrieben hat und daß sie dem Schymek nicht ein Ackerbeet abgibt, und im Haus will sie sie auch nicht haben. Und sicher tut sie das, dazu kenn' ich diesen Hundesamen viel zu genau.«

»Was sagt denn Schymek dazu?«

»Der? Geradeso wie er sich heute morgen im Obstgarten hingesetzt hat, sitzt er noch, wie ein Klotz, selbst von der Nastuscha will er nichts wissen. Man kann schon rein Angst bekommen, daß er im Kopf nicht richtig ist.«

»Schymek!« rief er nach dem Garten zu, »komm doch her zu uns; der Boryna ist da, der kann dir vielleicht einen Rat geben.«

Schymek erschien nach einer Weile und setzte sich auf die Mauerbank, ohne einen von ihnen zu begrüßen. Der Bursche sah ganz abgefallen und dürr wie ein Espenbrett aus; nur die Augen glühten ihm in dem schmal gewordenen Gesicht, in dem ein harter Entschluß sich ausprägte.

»Was hast du dir denn ausgedacht?« fragte Mathias mit besänftigender Stimme.

»Was, ich nehm 'ne Axt und schlag' sie tot wie 'n Hund!«

»Dumm bist du! So ein Reden heb' dir für die Schenke auf.«

»So sicher wie Gott im Himmel, ich schlag' sie tot. Was bleibt mir denn da anderes übrig? Den väterlichen Grund und Boden will sie mir nicht geben, sie jagt mich aus dem Haus, eine Abzahlung gibt sie mir auch nicht, was soll ich denn da anfangen? Wo soll ich armer Kerl mich denn hintun? Und das tut nun noch die eigene Mutter!« jammerte er, sich die Tränen mit dem Ärmel wegwischend. Plötzlich aber sprang er auf und fing an zu schreien:

»Schenken tu' ich ihr, hundsverdammt, nicht, was mein ist, wenn ich auch darum im Kriminal verfaulen sollte, schenken tu' ich's nicht!«

Sie beruhigten ihn so weit, daß er verstummte und nur noch finster und grimmig dasaß, ohne auf das weinerliche Geflüster Nastuschas zu achten. Sie überlegten indessen, wie ihm zu helfen wäre; es kam aber doch nichts heraus, denn man konnte der Dominikbäuerin nicht beikommen. Schließlich aber zog Nastuscha den Bruder beiseite und setzte ihm irgend etwas auseinander.

»Ein Frauenzimmer, und hat einen klugen Rat gefunden!« rief er, vors Haus zurückkehrend, freudig aus. »Sie sagt, man soll beim Gutsherrn sechs Morgen von der Waldmeierei auf Abzahlung kaufen! Das ist doch ein guter Rat, nicht wahr? Und der Alten kann man den Hintern drehen, laß sie mal krank werden vor Wut ...«

»Der Rat ist schon gut, wie jeder Rat; wo aber das Geld hernehmen? ...«

»Nastuscha hat ihre tausend Silberlinge, das reicht für das Handgeld ...«

»Und woher soll denn noch das Haus, das Inventar, die Ackergeräte und das Saatkorn kommen?«

»Wo? Hier! hier!« schrie plötzlich Schymek los, sich aufreckend und die geballten Fäuste schüttelnd.

»Das sagt man so, aber ob du das können wirst?« brummte Antek ungläubig.

»Gebt mir nur das Land, dann werdet ihr schon sehen, gebt es nur her!« rief er mit Nachdruck.

»Dann braucht man sich ja nicht lange den Kopf zu zerbrechen, man geht einfach nach dem Gutsherrn und kauft.«

»Damit warte mal, Antek, laß mich erst noch mal alles durchdenken ...«

»Ihr sollt schon sehen, wie ich mir Rat schaffen werde!« redete Schymek schnell auf sie ein. »Wer ist das denn etwa gewesen, der bei der Mutter gepflügt und gesät und geerntet hat? Ich doch ganz allein! Hab' ich denn vielleicht bei ihr das Feld schlecht bestellt? Bin ich denn Faulenzer gewesen, was? Das kann das ganze Dorf bezeugen, und die Mutter muß es auch sagen! Wenn ihr mir nur Boden heranschafft und mir helfen wollt, Bruderherzen, das will ich euch bis zum Tode danken. Helft mir doch nur, meine Guten!« rief er durcheinander lachend und weinend, er war wie trunken vor freudiger Hoffnung.

Und als er sich etwas beruhigt hatte, fingen sie schon gemeinsam an, über diese Pläne nachzusinnen und zu beratschlagen.

»Wenn sich doch der Gutsherr mit der Abzahlung einverstanden erklären würde!« seufzte Nastuscha.

»Mathias und ich werden für ihn bürgen, dann gibt er es wohl schon.«

Nastuscha wollte ihm sogar die Hände küssen für so viel Güte.

»Ich hab' selbst genug Not gekostet, da weiß ich, wie es den andern schmeckt!« sagte er leise und erhob sich, um wegzugehen, denn die Dämmerung legte sich schon über das Land, nur der Himmel war noch hell und leuchtete im Licht des verglühenden Abendrots.

Antek blieb noch eine Weile am Weiher stehen, unentschlossen, wohin er sich wenden sollte. Doch bald darauf ging er seinem Hause zu.

Er ging langsam wie unter einem Zwang, blieb hin und wieder mit Bekannten stehen, denn viele waren noch unterwegs; die Dorfstraße war voll Leben und das Vieh und die Kinder trieben sich noch herum. Singen klang in den Heckenwegen, irgendwo hörte man aufgescheuchte Gänse kreischen, an der Mühle schrien badende Jungen, und irgendwelche Gevatterinnen zankten sich jenseits des Weihers, es schien vor dem Haus der Balcerek zu sein; die durchdringende Stimme einer Flöte bohrte sich einem in die Ohren.

Obgleich es Antek nicht eilig hatte und ganz gerne unterwegs mit diesem und jenem sprach, langte er, ehe er es sich versah, bei seinem Hause an. Die erleuchteten Fenster standen offen, eins der Kinder saß an der Hauswand und weinte, und vom Hof aus erklang die zankende Stimme Annas und hin und wieder Fines geifernde Widerreden.

Er wurde wieder unschlüssig, und als Waupa plötzlich neben ihm aufwinselte und an ihm freudig hochzuspringen versuchte, gab er ihm im jäh aufsteigenden Zorn einen Fußtritt und kehrte wieder nach dem Dorf um. Er wandte sich rasch dem schmalen Pfad zu, der nach dem Pfarrhof führte; dann schlich er so leise an dem Haus des Organisten vorüber, daß die Hunde nicht einmal anschlugen und ging vorsichtig am Obstgarten der Pfarrei entlang, sich immer dicht an dem breiten Feldrain haltend, der die Felder Klembs von denen des Pfarrhofes trennte.

Der tiefe Schatten der mächtig sich ausbreitenden Bäume verdeckte ihn ganz.

Die Mondsichel war schon am dunklen Himmel sichtbar, und die Sterne fingen immer heller an zu flimmern; es war ein taufeuchter, warmer Sommerabend gekommen. Die Wachteln riefen aus dem Korn, von den fernen Wiesen kamen die tiefen Stimmen der Rohrdommeln, und eine solche dufterfüllte Stille lag über den Feldern, daß einem der Kopf davon wirr wurde.

Jaguscha aber schien nicht zu kommen.

Dafür aber spazierte ein paar Klafter von Antek entfernt der Pfarrer im weißen Rock auf dem Feldrain auf und ab, er war barhäuptig und hatte sich dermaßen in seine Abendgebete vertieft, daß er nicht zu sehen schien, daß seine Pferde, die bisher auf dem mageren ausgeweideten Brachfelde grasten, über die Feldgrenze gekommen waren und sich gierig an Klembs Kleefeld herangemacht hatten; der prächtig gewachsene Klee hob sich dunkel ab und stand ganz in Blüte.

Der Priester wandelte immerzu auf und ab, murmelte seine Gebete und ließ die Augen über den Sternenhimmel schweifen; manchmal blieb er stehen, horchte eifrig auf, und wenn irgendein Geräusch von diesseits des Dorfes sein Ohr traf, kehrte er rasch um und begann wie ärgerlich auf die Pferde einzuschimpfen.

»Wo bist du denn hingekrochen, Schimmel? In Klemb seinen Klee, was? Sieh einer, solche Spitzbuben! Fremdes Eigentum schmeckt euch, was? Wollt ihr eins mit der Peitsche ausgewischt kriegen? Na, mit der Peitsche, sag ich!« drohte er ihnen streng.

Aber die Pferde knabberten mit solcher Begier, daß der Priester nicht das Herz finden konnte, sie aus dem Klee hinauszujagen; er blickte sich nur immer wieder um und redete leise vor sich hin:

»Na, freßt euch was – Man wird schon ein Gebet für Klembs Seele lesen oder den Schaden sonstwie gut machen! Faulenzer, wie die sich an den Klee heranmachen!«

Und wieder ging er auf und ab, betete und bewachte sie, ohne zu ahnen, daß er von Antek belauscht wurde, der noch immer da stand und mit wachsender Ungeduld auf Jaguscha wartete.

Es gingen auf diese Weise ein paar gute Paternoster vorüber, als Antek plötzlich der Gedanke kam, an ihn heranzutreten und ihm seine Sorgen anzuvertrauen.

»Ein solcher Gelernter, der findet vielleicht eher einen Rat!« überlegte er, sich im Schatten bis nach der Scheune zurückziehend, an deren Ecke er sich erst bis auf den Feldrain hervorwagte und sich laut räusperte.

Als der Priester merkte, daß jemand in der Nähe war, rief er sogleich die Pferde:

»Diese häßlichen Schadenmacher! Nur aus den Augen braucht man sie zu lassen, und gleich gehen sie in Fremdes hinein, wie die Schweine! Fort da, Brauner!« Er schürzte seinen Rock und begann, sie eifrig aus dem Klee zu treiben.

»Boryna! Na, wie geht es dir?« meinte er dann, als er ihn erkannt hatte.

»Ich suche Hochwürden, auf dem Pfarrhof war ich auch schon.«

»Ich bin hier hinausgegangen, um ein paar Gebete zu sprechen und auf die Pferde zu achten, denn Walek ist nach dem Gutshof herüber. Aber das sind solche störrischen Schadenmacher, daß Gott erbarm', ich kann mit ihnen gar nicht zurechtkommen. Sieh mal, wie dem Klemb der Klee aufgeschossen ist, wie ein Wald! Aus meinem Samen ist er … Dafür ist aber meiner ganz erfroren, nichts als Hundekamillen und Disteln sind übriggeblieben!« Er seufzte schwer auf, sich auf einen Stein niedersetzend.

»Setz' dich mal, dann wollen wir miteinander reden! Herrliches Wetter! In drei Wochen werden uns die Sensen eins singen! Na, ich sag' es ja! …«

Antek ließ sich in der Nähe nieder und begann langsam zu erzählen, weswegen er gekommen war. Der Pfarrer hörte aufmerksam zu, schnupfte aus seiner Tabakdose, schrie hin und wieder auf die Pferde ein und nieste mächtig dazwischen.

»Wohin denn! Kannst du nicht sehen, daß das fremdes Feld ist? Sieh mal diese störrischen Saufinken! …«

Antek konnte nicht leicht vorwärts kommen, er stotterte und verwickelte sich in einem zu.

»Ich seh', daß dir was Schweres auf der Seele liegt. Gesteh' mir offen die Wahrheit, das wird dich erleichtern. Vor wem anders sollst du dich denn sonst ausklagen, als wie vor dem Priester?« Er strich ihm über den Kopf und bot ihm Schnupftabak an, so daß Antek Mut bekam, und ihm alle seine Sorgen anvertraute.

Der Priester überlegte eine Weile seine Worte, seufzte auf, und sagte schließlich:

»Ich würde dir wegen dem Förster eine Kirchenbuße auferlegen: Du bist für deinen Vater eingetreten, und er war ein Schelm und Ketzer, da ist es auch nicht weiter schade darum. Du wirst wohl mindestens deine vier Jahre sitzen müssen! Was soll man dir da raten! Mein Gott, in Amerika leben die Leute auch, aus dem Gefängnis kommen sie gleichfalls zurück. Das eine ist schlecht und das andere ist auch nicht besser.«

Einesteils war er dafür, daß Antek gleich morgen fliehen sollte, andererseits riet er ihm, dazubleiben und die Strafe abzusitzen, und schließlich sagte er:

»Eins ist sicher, auf Gottes Vorsehung soll man sich verlassen und auf seine Gnade bauen.«

»Hale, die werden mich in Ketten legen und nach Sibirien treiben ...«

»Viele kehren aber doch wieder zurück, ich hab' manch einen selber gekannt ...«

»Versteht sich, aber was find' ich dann zu Hause nach so vielen Jahren wieder? Wird denn die Frau mit allem allein fertig werden können? Alles wird zuschanden gehen!« murmelte er ratlos.

»Von Herzen gern würd' ich dir helfen, aber was kann ich da tun ... Wart' mal, eine Messe will ich für dich lesen, daß der Herr eine Änderung schickt. Treib' mir mal die Pferde nach dem Stall ein, es ist schon spät! Na, ich sag' es ja, spät ist es, Zeit zum Schlafengehen!«

Antek war so in seine Sorgen vertieft, daß er sich erst, als er aus dem Pfarrhof trat, Jaguschas wieder erinnerte. Er lief schnell nach der bezeichneten Stelle.

Natürlich hatte sie schon gewartet und saß zusammengekauert im Schatten der Scheune.

»Ich habe immerzu gewartet und gewartet!«

Ihre Stimme war durch die feuchte Luft rauh geworden.

»Könnt' ich denn dem Priester abschlagen, mit ihm zu gehen?« Er wollte sie umfassen, sie aber stieß ihn zurück.

»Ich hab' keinen Spaß im Sinn und kein Scharmuzieren!«

»Ich kenn' dich ja gar nicht mehr wieder!« Er fühlte sich ordentlich verletzt.

»So wie du mich zurückgelassen hast, gerade so bin ich jetzt ...«

»Das ist aber doch sonst nicht deine Art gewesen ...« Er schob sich näher an sie heran.

»Du hast dich so lange Zeit nicht um mich gesorgt; was brauchst du dich da jetzt zu wundern?«

»Mehr wie ich getan hab', hätte ich mich nicht sorgen können. Als wenn ich es gekonnt hätte, zu dir zu kommen!«

»Und ich hab' mit dem Toten und meinem Kummer allein bleiben müssen!« Sie schauerte zusammen.

»Und du? Nicht mal in den Kopf ist es dir gekommen, mich zu besuchen, du hast was anderes im Sinn gehabt! ...«

»Hast du denn auf mich gewartet, Antosch, wirklich?« stotterte sie ungläubig hervor.

»Und ob! Wie ein Dummer hab' ich jeden Tag hinter dem Gitter gesessen und mir die Augen nach dir ausgeschaut; und wie lange hab' ich auf dich gewartet!« Ein plötzlicher Groll überkam ihn.

»Mein Jesus! Und wie hast du mich damals hinter dem Schober angefahren! Und schon früher bist du böse auf mich gewesen! Und als man dich wegholte, hast du mich nicht einmal angesehen, nicht ein Wort hast du zu mir gesagt ... Ich weiß es noch gut, für alle hattest du ein gutes Wort, selbst für den Hund, nur für mich nicht! Ich hab' gedacht, daß ich rein verrückt werde!«

»Ich hab' keinen Groll auf dich gehabt, Jaguscha, nein. Aber wenn die Seele im Menschen vor Kummer ganz verbiestert ist, dann möchte einer am liebsten sich und die ganze Welt umbringen ...«

Sie schwiegen lange, Hüfte an Hüfte gelehnt. Der Mond schien ihnen gerade ins Gesicht. Sie atmeten, und ihre Herzen waren von quälenden Erinnerungen zerrissen, ihre Augen blickten kummervoll vor sich hin und standen voll Tränen.

»Anders hast du mich früher begrüßt!« sagte er traurig.

Sie fing plötzlich kläglich an zu weinen, wie ein Kind.

»Wie soll ich dich denn begrüßen? Du hast mir doch schon genug unrecht getan, und so herumgekommen bin ich durch dich, daß mich die Leute jetzt wie einen Hund angucken ...«

»Durch mich bist du so herumgekommen? Ich hab' es getan?« Der Zorn übermannte ihn.

»Versteht sich, durch dich! Um deinetwillen hat mich die Schlampe, dieser Schmutzwisch aus dem Hause gejagt. Wegen dir bin ich zum Gespött des ganzen Dorfes geworden ...«

»Und den Schulzen hast du vergessen? Und all die andern?« herrschte er sie an.

»Alles kommt durch dich! Alles!« flüsterte sie mit immer größerer Verbitterung. »Du hast mich doch immer zu dem allen gezwungen. Warum hast du denn das getan, wo du doch zu Hause die Frau sitzen hast. Ich bin schön dumm gewesen; so besessen hast du mich gemacht, daß ich in der ganzen Welt nichts anderes gesehen hab', als nur dich. Und warum hast du mich dann so verlassen, so sitzen lassen, daß mich jeder andere nehmen konnte?«

Aber auch in ihm hatte der Zorn aufbegehrt, so daß er sie durch die zusammengepreßten Zähne anzischte:

»Hab' ich dir vielleicht befohlen, meine Stiefmutter zu werden? Und das kann ich mir denken, daß ich das gewesen sein soll, der dich dazu angehalten hat, dich mit jedem herumzutreiben, der es nur wollte.«

»Warum hast du es mir denn nicht verboten? Wenn du mich geliebt hättest, dann hättest du mich nicht so laufen lassen und dich so wenig um mich gekümmert, dann hättest du mich geschützt vor den bösen Zufällen, wie es die anderen tun!« Sie klagte so schmerzlich und so voll unergründlichen Leids, daß er dem schon gar nicht mehr widerstehen konnte. Sein ganzer Zorn fiel von ihm ab, und sein Herz war durchbebt von sorgender Liebe.

»Sei nur still, Jagusch, sei nur still, Kleines!« flüsterte er zärtlich.

»Man hat mir doch so viel unrecht getan, und du ziehst jetzt gerade so über mich her wie alle anderen, du auch, du tust dasselbe!« schluchzte sie, den Kopf gegen die Scheune lehnend.

Er zog sie zu sich auf den Feldrain nieder und begann sie zärtlich zu umarmen, zu liebkosen und ihr übers Haar zu streichen; er trocknete ihr verweintes Gesicht, küßte ihre bebenden Lippen und die Augen, die voll bitterer Tränen standen, diese lieben, traurigen Augen. Er überschüttete sie mit seinen Zärtlichkeiten und beschwichtigte sie so gut er nur konnte, so daß sie schon immer leiser vor sich hinweinte, sich an ihn schmiegte und ihn voll Zuversicht umschlang; sie ließ ihren Kopf an seiner Brust ruhen, wie ein Kind am Herzen der Mutter, in deren Armen es so gut ist, allen Schmerz und alles Leid auszuweinen ...

Antek aber war schon ganz wirr im Kopf, denn eine solche beseligende Gewalt strömte von ihr, und die Wärme ihres nahen Körpers übergoß ihn mit solcher Glut, daß er sie immer wütender küßte und immer fester umschlang ...

Sie merkte gar nicht, was mit ihm vorging; erst als Antek sie ganz an sich herangezogen hatte und seine glühenden Lippen immer fester auf die ihren preßte, suchte sie sich ihm zu entziehen und begann, fast weinend, ängstlich zu bitten:

»Laß mich doch, Antosch! laß mich doch! Jesus, ich werd' sonst schreien.«

Aber wie sollte sie einem solchen Starken widerstehen, wo er sie so mächtig an sich riß, daß ihr der Atem ausging und eine Glut und ein Beben ihr durch alle Glieder rann.

»Laß mich doch nur, nur jetzt, nur dieses letzte Mal«, bettelte er atemlos.

Sie wehrte ihm nicht mehr und gab sich ihm hin wie einst, wie vorher oft, wie immer.

Die Nacht war voll Sternenglanz, und der Mond hing hoch am Himmel; die warme dufteschwere Luft umhüllte die in unergründlicher Stille schlafenden Felder; die ganze Welt lag wie mit verhaltenem Atem in trunkener Selbstvergessenheit und süßer Bewußtlosigkeit da.

Sie aber hielt schon nichts mehr zurück, nur eine stürmische Glut war in ihnen und eine ewig verlangende unersättliche Sehnsucht. Wie ein verdorrter Baum, der sich jäh mit dem Blitz vermählt und in hellen Flammen zum Himmel aufloht, so daß beide in ihrem aufprasselnden Hochzeitslied miteinander vergehen, so versanken auch sie im Brand ihrer auflodernden Liebesgluten. Das alte Lieben war noch einmal in ihnen aufgewacht und züngelte in einer hellen, seligen Flamme in ihnen empor, für diesen einen Augenblick der Selbstvergessenheit, für diese einzige Minute der letzten Seligkeit.

Denn als sie wieder nebeneinander saßen, hatte ihnen schon irgend etwas so die Seelen verdunkelt, daß sie ängstlich und heimlich zueinander hinblickten und ihre Augen voll Scham und Reue auseinanderstrebten.

Vergeblich suchte er mit seinen Lippen ihren ehemals nach Küssen so hungrigen Mund: sie drehte sich unwillig von ihm ab.

Vergeblich flüsterte er ihr die süßesten Kosenamen zu: sie antwortete nicht und starrte eifrig in den Mond; so begann er sich denn in seinem Innern zu empören. Ein frostiges Gefühl kam über ihn und erfüllte ihn mit seltsamem Mißmut und Groll.

Sie saßen nebeneinander ohne zu wissen, was sie reden sollten, voll Ungeduld darauf wartend, wer sich zuerst erheben sollte, um fortzugehen.

In Jagna war alles wie ausgebrannt; sie begann mit verhaltenem Zorn:

»Du hast dir wie ein Dieb genommen, was du wolltest!«

»Bist du denn nicht mein, Jagusch?« Er wollte sie an sich ziehen, aber sie stieß ihn jäh von sich.

»Ich bin nicht dein und niemand seine, daß du es weißt! Niemand seine!«

Sie fing wieder an zu weinen, aber er beschwichtigte sie nicht und liebkoste sie auch nicht mehr; nach einer Weile sagte er mit ernster Stimme:

»Jagusch, würdest du mit mir in die Welt hinaus gehen?«

»Wohin denn?« Sie hob ihre verweinten Augen zu ihm.

»Und wenn es selbst bis nach Amerika sein sollte! Würdest du mit mir gehen, Jagusch?«

»Und was wirst du mit deiner Frau machen?«

Er sprang auf, als hätte ihn jemand mit einer Peitsche geschlagen.

»Wahr ist es, du hast doch eine! Soll die denn Gift kriegen, oder was?«

Er griff sie um die Taille und zog sie heftig an sich, und ihr Gesicht mit leidenschaftlichen Küssen bedeckend, fing er an zu bitten und zu flehen, daß sie ihm in die Welt hinaus folgen sollte, damit sie für immer beisammen bleiben könnten. Eine lange Weile redete er zu ihr von seinen Plänen und Hoffnungen, denn er hatte sich plötzlich wie ein Trunkener an den Gedanken der gemeinsamen Flucht geklammert, und wie ein Trunkener redete er auf sie ein, ganz von einer fieberhaften Erregung ergriffen. Sie hörte bis zu Ende zu und sagte schließlich hämisch:

»Du hast mich zur Sünde verleitet, da denkst du, daß ich schon ganz dumm geworden bin und dir jedes Gerede glauben werde ...«

Er schwor ihr bei allem was heilig war, daß er die reine Wahrheit spräche; sie wollte es nicht einmal anhören, und nachdem sie sich seinen Armen entzogen hatte, sagte sie:

»Ich denk' nicht daran, mit dir zu fliehen: Wozu? Hab' ich es denn hier schlecht allein?« Sie schlug sich ihre Schürze um die Schultern und sah sich aufmerksam um. »Es ist spät, ich muß jetzt laufen!«

»Wohin hast du es denn so eilig, es lauert doch keiner auf dich zu Hause?«

»Aber für dich ist es schon Zeit. Da klopft Anna gewiß schon die Federbetten zurecht und wartet ...«

Ihre Worte hatten ihn ganz aufgebracht, und er preßte höhnisch hervor:

»Ich halt' dir nicht vor, wer da auf dich in den Schenken wartet ...«

»Du mußt es schon wissen, auf mich tut schon mancher gern bis zum Morgengrauen warten! Du bist mächtig eingebildet, wenn du glaubst, daß es keinen anderen außer dir in der Welt gibt!« redete sie und lachte bissig auf.

»Dann renn' doch, renn' selbst nach dem Juden!« keuchte er hervor.

Sie rührte sich nicht von der Stelle; sie standen immer noch beieinander, schwer atmend und sich mit wütenden Augen ansehend; es war, als suchte jedes in seinem Innern nach Worten, die den andern am meisten treffen könnten.

»Wenn du mir was sagen willst, dann sag' es gleich, denn ich komm' nicht mehr zu dir heraus ...«

»Brauchst keine Angst zu haben, ich werd' dich schon nicht rufen ...«

»Ist schon gut. Ich komm' nicht mehr heraus, und wenn du mir selbst zu Füßen winseln solltest!«

»Versteht sich, die Zeit wird dir zu knapp, wenn du zu so vielen in der Nacht heraus kommen sollst ...«

»Daß du wie 'n Hund verreckst!« Sie rannte plötzlich querfeldein davon.

Er rannte ihr nicht nach und rief sie auch nicht zurück, obgleich er sie über die Ackerbeete rennen sah, bis sie bei den Gärten wie ein Schatten verschwand; er rieb sich die Augen, als wäre er aus einem Schlaf erwacht und seufzte mißmutig vor sich hin.

»Ich bin schon ganz dumm geworden! Jesus, wie weit doch ein Frauenzimmer einen bringen kann.«

Er fühlte sich eigentümlich beschämt, als er den Weg nach Hause einschlug; er konnte sich das nicht vergeben, was geschehen war, und ärgerte sich und quälte sich darob.

Man hatte ihm schon sein Lager draußen im Obstgarten in einem Wagenkorb zurechtgemacht; in der Stube war das Schlafen wegen der Hitze und der Fliegen unmöglich geworden.

Er konnte nicht einschlafen; er lag da, starrte in das ferne Flimmern der Sterne, horchte in die vorüberschleichende Nacht und sann über Jaguscha.

»Nicht mit ihr und nicht ohne sie! Daß dich! ...« fluchte er leise vor sich hin und seufzte verzweifelt auf. Er wälzte sich hin und her, warf das Federbett zurück und ließ die Füße auf das kühle, taubedeckte Gras herab, aber der Schlaf wollte nicht kommen, und die Gedanken an sie ließen ihn nicht auf einen Augenblick los.

Irgendeins der Kinder fing an im Haus zu greinen, und Anna hörte er etwas im Schlaf murmeln; er hob den Kopf, nach einer Weile aber wurde es wieder still, und wieder überfielen ihn die Erinnerungen und zogen wie duftende Frühlingslüfte durch seine Sinne, seiner Seele süße Bilder vorgaukelnd. Doch er wollte sich ihnen nicht mehr hingeben; im Gegenteil, er sah sie sich nüchtern an und kam schließlich dazu, daß er sich feierlich, wie auf der heiligen Beichte vornahm:

»Ein für allemal soll es jetzt damit ein Ende haben! Eine Schande und eine Sünde ist das. Was würden wieder die Menschen dazu sagen. Ich habe doch Kinder und bin ein Hofbauer. Damit muß man ein Ende machen!«

Er hatte es sich fest vorgenommen, aber ein Bedauern kam ihn doch immer wieder an.

»Wenn der Mensch sich nur einmal gehen läßt, dann hat er sich auch gleich so mit dem Bösen verbrüdert, daß ihn selbst der Tod nicht davon losbekommt!« sann er voll Bitterkeit.

Es tagte schon, und der ganze Himmel überzog sich grau wie mit Sackleinen, doch Antek schlief noch immer nicht; und als der bleiche Tag ihm schon in die Augen zu lugen begann, kam Anna angelaufen, ihn zu wecken. Er wandte ihr sein düsteres Gesicht zu, war aber so seltsam gütig zu ihr, daß er ihr selbst über das ungekämmte Haar strich, als sie ihm erzählt hatte, weswegen gestern der Schmied spät abends noch gekommen wäre.

»Da das mit dem Einfahren geglückt ist, will ich dir auch was auf dem nächsten Jahrmarkt kaufen.«

Sie war über einen solchen Beweis seiner Gunst sehr erfreut und fing gleich an, ihn ganz eifrig zu bitten, er möchte ihr doch einen Glasschrank für die Teller kaufen, einen solchen, wie ihn die Organistenleute hätten.

»Bald wirst du dir noch dazu ein herrschaftliches Kanapee wünschen!« lachte er; doch er versprach ihr alles, worum sie gebeten hatte. Er stand rasch auf, denn die Arbeit wartete; man mußte den Nacken unter das Joch beugen und wie jeden Tag seine ganzen Kräfte anspannen.

Er hatte sich noch mit dem Schmied besprochen und trieb gleich nach dem Frühstück Pjetrek hinaus, Dünger zu fahren; er selbst aber begab sich mit einem zweispännigen Wagen nach dem Wald.

Im Schlag war die Arbeit im vollen Gange; eine große Anzahl Menschen machte sich an der Bearbeitung des im Winter gefällten Holzes zu schaffen; das Aufschlagen der Äxte und das Arbeiten der Sägen erklang wie ein ständiges Hämmern von Spechten; mitten im üppigen Gras des Schlages konnte man das Vieh von Lipce weiden sehen und das Aufsteigen des Rauchs der Hirtenfeuer beobachten.

Es kam ihm eine Erinnerung daran, was sich hier ereignet hatte, und er nickte mit dem Kopf, als er sah, wie jetzt die Leute aus Lipce einträchtig mit den Rschepetzkischen und anderen zusammen arbeiteten.

»Die Not hat sie klug gemacht. Und ist denn das alles nötig gewesen?« sagte er zu Philipp, dem Sohn der Gusche, der das Astwerk von den Fichtenstämmen losschlug.

»Und wer ist denn daran schuld gewesen, wenn nicht der Gutsherr und die Herren Hofbauern!« murmelte der Mann mit brummiger Stimme, ohne seine Arbeit zu unterbrechen.

»Oder wohl vor allem das böse Blut und die dummen Aufreizungen.«

Er blieb an der Stelle stehen, wo er den Förster erschlagen hatte, und ein böses Gefühl klemmte ihm die Brust zusammen, daß er vor sich hinfluchte:

»Das Aas, durch den kommt all mein Unglück! Wenn ich könnte, würde ich dir noch was zulegen!« Er spie aus und machte sich an die Arbeit.

Und ganze Tage lang fuhr er Holz zur Sägemühle; er arbeitete so verzweifelt drauflos, als wollte er sich zu Tode mühen, dennoch konnte er die Gedanken an Jaguscha und an den unglückseligen Prozeß nicht unterdrücken.

Eines Tages hatte ihm Mathias erzählt, sie hätten schon Land von dem, was zur Waldmeierei gehörte, gekauft; der Gutsherr hätte es ihnen auf Abzahlung gelassen und noch dazu Latten und Balken zum Bauen versprochen; die Hochzeit Nastuschas hätten sie aber verschoben, bis daß Schymek die Wirtschaft etwas instand gebracht hätte.

Was gingen ihn aber fremde Angelegenheiten an? Hatte er nicht genug eigene Sorgen? Und außerdem ängstigte ihn der Schmied fast Tag für Tag auf verschiedene Weise mit der bevorstehenden Gerichtssache und erwähnte dabei allmählich behutsam und schlau, daß ihm dieser und jener Geld geben würde, wenn er es eilig brauchen sollte.

Antek war hundertmal bereit gewesen, alles liegen zu lassen und zu fliehen; jedesmal aber, wenn er das Dorf vor sich sah und ihn der Gedanke überkam, daß er von hier für immer fort müßte, ergriff ihn eine solche Angst, daß er eher alles ertragen wollte, Gefängnis und selbst das Schlimmste, nur nicht das.

Aber an das Gefängnis dachte er doch mit Verzweiflung in der Seele.

Von all den Kämpfen, die er mit sich auszufechten hatte, magerte er ab und wurde so verbittert, daß er sich gegen alle im Haus streng und unnachsichtlich zeigte. Anna zerbrach sich den Kopf darüber und versuchte vergeblich, herauszubekommen, was in ihm vorgegangen war. Zuerst argwöhnte sie, daß er sich wieder mit Jaguscha zusammengetan hätte; aber so sehr sie ihm auch nachspähte und die wieder aufgefütterte Gusche ihnen nachschickte, es war da nichts zu entdecken. Und da auch andere bestätigten, daß die beiden sich offenkundig aus dem Weg gingen und auch sonst nirgends zusammenkämen, so beruhigte sie sich denn nach dieser Seite hin. Aber was nützte es, daß sie ihm so treu, wie sie nur konnte, diente, daß er das beste Essen stets zur rechten Zeit hatte, daß im Hause überall Ordnung war und die Wirtschaft aufs schönste vorwärts kam: er blieb dennoch immer weiter böse und finster, fluchte bei dem geringsten Anlaß und hatte nie ein gutes Wort für sie übrig.

Am schwersten war es aber zu ertragen, wenn er still und voll Sorgen und trüb wie eine Herbstnacht herumging, sich weder ärgerte noch was auszusetzen hatte und nur schwer vor sich hinseufzte und ganze Abende in der Schenke saß, um dort mit seinen Freunden zu trinken.

Offen zu fragen, dazu fehlte ihr der Mut, und selbst Rochus versicherte ihr, daß er nichts darüber wüßte, was wohl wahr war; denn der Alte kam jetzt nur für die Nacht nach Haus und wanderte ganze Tage lang in der Umgegend mit seinen Büchern herum und hielt fromme Andachten zu Ehren des Herrn Jesu ab, die die Obrigkeit in den Kirchen abzuhalten verboten hatte.

Eines Abends, als sie wegen des Windes, der nach Sonnenuntergang aufgekommen war, wieder in der Stube aßen, fingen plötzlich in der Nähe des Weihers alle Hunde an zu bellen. Rochus legte den Löffel hin und horchte eifrig.

»Irgendwer Fremdes! Man muß nachsehen gehen.« Kaum aber war er hinausgetreten, da kam er ganz bleich wieder in die Stube.

»Ich hab' Säbelklirren auf dem Weg gehört! Wenn sie nach mir fragen sollten, dann bin ich im Dorf!«

Er stürzte in den Obstgarten und verschwand.

Antek sprang auf und wurde leichenblaß. Die Hunde schlugen schon im Heckenweg an, und auf der Galerie hörte man schwere Tritte.

»Vielleicht kommen sie schon für mich?« Ein ängstliches Stöhnen entrang sich ihm.

Alle waren wie erstarrt, als sie auf der Schwelle die Gendarmen erblickten.

Antek konnte nicht einmal einen Schritt tun; seine Augen irrten zwischen der offenen Tür und den Fenstern hin und her. Zum Glück lud Anna sie ganz ruhig zum Sitzen ein und schob ihnen die Bank näher an den Tisch heran.

Sie begrüßten alle freundlich, sich gleichzeitig zum Essen einladend, so daß Anna ihnen Rührei machen mußte.

»Wohin denn so spät?« fragte schließlich Antek.

»Dienstlich! Viel zu tun haben wir!« sagte der Sergeant, mit seinen Augen die in der Stube Anwesenden musternd.

»Gewiß hinter den Dieben?« fügte Antek etwas sicherer hinzu, während er eine mächtige Flasche aus der Kammer holte.

»Hinter den Dieben auch und hinter was anderem auch noch! Trinkt uns zu, Hofbauer!«

Er trank mit ihnen, und sie machten sich über die Schüssel mit Rührei her, daß man eine Weile nur die Löffel klirren hörte.

Alle in der Stube verhielten sich ganz still, wie verängstigte Hasen.

Die Gendarmen schabten die Schüssel sauber und tranken noch einen Schnaps darauf; sodann sagte der Sergeant, sich den Schnurrbart abwischend, feierlich:

»Seid ihr denn schon lange aus dem Gefängnis heraus, ah?«

»Der Herr Sergeant tut, als ob er das nicht mehr wüßte!«

Es kam ihn ein Beben an.

»Und wo ist denn Rochus hin?« fragte plötzlich der Sergeant.

»Welcher Rochus?« Er begriff sofort und beruhigte sich merklich.

»Es soll doch bei euch ein gewisser Rochus wohnen?«

»Redet vielleicht der Herr Sergeant von dem alten Bettler, der hier im Dorf herumgeht? Das ist wahr, der nennt sich ja Rochus!«

Der Gendarm machte eine unwillige Bewegung und sagte drohend:

»Macht hier keinen Scherz, der wohnt doch bei euch, das weiß man!«

»Bei uns hat er auch eine Zeit zugebracht, gewiß, das ist schon so, der kommt zu allen. So ein Bettler, der legt seinen Kopf hin, wo es sich gerade trifft. Heute im Haus, ein andermal im Stall und manchmal selbst am Zaun, wenn es nichts Besseres gibt. Was hat denn der Herr Sergeant gegen ihn vor?«

»Was werd' ich denn? Gar nichts, ich frag' nur so, weil ich ihn kenne.«

»Das ist ein guter Mensch, der tut keinem was zuleide«, mischte sich Anna ein.

»Na, wir wissen schon, was das für einer ist, wir wissen schon!« murmelte er bedeutungsvoll und versuchte auf alle mögliche Weise, sie auszuhorchen. Er traktierte sie sogar mit Schnupftabak, aber sie redeten alle in einem fort dasselbe, so daß er zuletzt, ohne etwas herausschnüffeln zu können, sich wütend von der Bank erhob: »Und ich sag' es euch, er wohnt bei euch im Hause!«

»Ich hab' ihn doch nicht in die Tasche gesteckt!« muckte Antek auf.

»Vergeßt nicht, daß ich hier dienstlich bin, Boryna!« fuhr der Sergeant heftig auf; doch er beschwichtigte sich merklich, nachdem er eine Mandel Eier und ein großes Stück frische Butter auf den Weg mitbekommen hatte.

Witek war ihnen Schritt für Schritt nachgelaufen und erzählte später, daß sie beim Schultheiß gewesen wären und unterwegs in verschiedene Fenster, die noch erleuchtet waren, einzusehen versucht hätten; die Hunde hätten aber so gebellt, daß sie, ohne irgendwo heimlich hineingucken zu können, unterrichteter Dinge wieder abziehen mußten.

Dieser Vorfall hatte Antek seltsam angegriffen, und als er allein mit seiner Frau geblieben war, fing er an, ihr seine Sorgen zu beichten.

761

Sie hörte klopfenden Herzens aufmerksam zu, ohne ein einziges Wort zu verlieren. Erst als er ihr zum Schluß sagte, daß ihnen nichts übrigbliebe, als alles zu verkaufen und in die Welt hinaus zu fliehen, selbst wenn es nach Amerika sein sollte, pflanzte sie sich vor ihm auf mit einem Gesicht, das weiß wie eine Kalkwand war.

»Ich geh' nicht, meine Kinder laß ich nicht ins Verderben bringen!« sagte sie drohend, »ich geh' nicht! Und wenn du mich zwingst, dann schlag' ich den Kindern mit der Axt die Köpfe ein, und selber spring' ich in den Brunnen! Die reine Wahrheit sag' ich, Gott helfe mir! Das merk' du dir nur!« rief sie, vor den Heiligenbildern niederkniend wie zu einem feierlichen Schwur.

»Sei doch ruhig! Ich hab' das nur so gesagt!«

Sie holte tief Atem und sagte etwas leiser, kaum ihre Tränen zurückhaltend:

»Du wirst deine Zeit absitzen und kehrst dann wieder heim! Hab' keine Angst, ich werd' mir schon zu helfen wissen ... nicht ein Ackerbeet werd' ich dir vertun, du kennst mich noch nicht ... ich laß es nicht aus den Händen. Herr Jesus wird helfen, auch diese Prüfung zu tragen«, weinte sie leise vor sich hin.

Er sann lange nach und schließlich sagte er:

»Das kommt, wie Gott will! Man muß die Gerichtsverhandlung abwarten.«

So wurden alle schlauen Bemühungen des Schmieds zunichte.

* * *

Leg dich endlich hin und laß einen schlafen!« brummte Mathias ärgerlich, sich auf die andere Seite drehend.

Schymek legte sich auf einen Augenblick nieder; kaum aber, daß der andere wieder eingeschlafen war, fing er an, leise aus der Banse hervorzukriechen, denn es war ihm, als wäre in die Scheune, in der sie schliefen, das erste Morgengrauen gedrungen.

Tastend sammelte er die schon seit gestern auf der Tenne bereitliegenden Geräte; er eilte sich so, daß ihm immer wieder etwas mit lautem Gepolter aus den Händen glitt und Mathias im Halbschlaf vor sich hinfluchte.

Über der Erde lag noch die Dunkelheit, nur die Sterne waren schon im Verblassen; im Osten hellte sich der Himmel schon etwas auf, und man hörte die Hähne mit den Flügeln schlagen und zum erstenmal heiser krähen.

Schymek legte alles, was er sich geholt hatte, auf seine Karre, und, sich leise um das Haus herumschleichend, gelangte er bis nach dem Weiher.

Das Dorf lag wie tot da, nicht einmal ein Hund bellte auf, und in der Stille hörte man nur das Gurgeln des Wassers, das sich durch das Stauwerk der Mühle zwängte.

Auf den von Obstbäumen beschatteten Wegen war es noch so dunkel, daß sich nur hier und da erst eine gekalkte Wand abzuheben begann, und der Weiher war nur aus dem Schimmern der sich spiegelnden Sterne zu sehen.

Als er aber an das Haus der Mutter kam, verlangsamte er seine Schritte und begann eifrig aufzuhorchen, denn es war ihm, als ginge irgend jemand, ununterbrochen leise etwas vor sich hinmurmelnd, auf und ab.

»Wer ist da?« hörte er plötzlich die Stimme seiner Mutter.

Er erstarrte und stand mit verhaltenem Atem da, ohne zu wagen, sich von der Stelle zu rühren; die Alte begann aber, da sie keine Antwort erhalten hatte, wieder hin und her zu gehen.

Er sah sie sich unter den Bäumen wie einen Schatten vorbeischieben; sie tastete sich mit dem Stock vorwärts und sprach halblaut im Gehen ihre Litanei vor sich hin.

»Die treibt sich hier des Nachts wie Markus in der Hölle[4] herum«, dachte er und seufzte leise und wehmütig auf; dann schlich er ängstlich weiter. »Das Unrecht, das sie mir angetan hat, das frißt an ihr! Es frißt!« wiederholte er voll Genugtuung. Er betrat jetzt die breite, ausgefahrene Landstraße hinter der Mühle und schob plötzlich, ohne auf die Steine und Löcher zu achten, seine Karre so schnell vorwärts, als ob einer hinter ihm dreinjagte.

Er hielt erst am Kreuz an, von wo sich der Weg nach der Waldmeierei abzweigte. Es war noch zu dunkel zum Arbeiten, darum setzte er sich unter dem Kreuz nieder, um sich noch ein wenig auszuruhen und zu warten.

»Das ist so die rechte Stunde für die Diebe, man kann den Acker nicht vom Wald unterscheiden«, murmelte er und sah sich um. Die Felder lagen noch versunken in der wogenden nebligen Dämmerung, doch am Himmel leuchteten schon die goldigen Streifen des Frühlichts immer heller.

Die Zeit wurde ihm lang, so daß er sich ans Beten machte; jedesmal aber, wenn er mit der Hand die betaute Erde streifte, verlor er die Worte des Gebetes und dachte mit Behagen daran, daß er nun auf dem Seinen wirtschaften sollte.

»Ich halt' dich und laß dich nicht los«, dachte er mit freudigem Trotz und versuchte mit einem heißen Blick voll unendlicher Liebe die sich am Wald zusammenballenden Dunkelheiten zu durchdringen; dort warteten ja auf ihn schon jene sechs Morgen, die er von dem Gutsherrn gekauft hatte.

»Ich werd' schon wie ein Vater für euch sorgen und lasse nicht von euch, solange ich lebe!« murmelte er, den Schafpelz über seiner nackten Brust zusammenziehend, denn die Morgenkühle machte sich empfindlich bemerkbar, und gegen das Kreuz mit dem Rücken gelehnt und in das Werden des kommenden Tages starrend, schlief er bald ein.

Die Felder lagen schon grau schimmernd da, wie weit sich hindehnende Gewässer und die silbrig betauten Halme stießen ihn mit ihren schaukelnden Ähren an. Er sprang plötzlich auf.

»Da haben wir wieder den Tag, groß wie ein Ochs ist er schon, da wird es Zeit, sich an die Arbeit zu machen«, murmelte er, seine Glieder reckend, und kniete am Kreuz zum Gebet nieder. Aber heute haspelte er es nicht wie sonst herunter, um nur damit fertig zu werden, heute war es ihm nicht darum zu tun, bloß zu seufzen, sich vor die Brust zu schlagen und sich so oft zu bekreuzigen, bis der Arm fast lahm wurde; es war ganz etwas anderes über ihn gekommen, er flehte inbrünstig und aus voller Seele um Gottes Beistand, und die Tränen strömten ihm übers Gesicht. Er hielt die Füße des Herrn Jesu am Kreuz umfangen und betete, mit seinen treuen Augen in sein heiliges gemartertes Gesicht starrend:

---

4   Wie Markus in der Hölle: eine Redensart.

»Hilf, barmherziger Jesus! Die eigene Mutter hat mich benachteiligt, du bist allein mein einziger Schutz! Hilf! Ich komm' doch als ganz Armer an das schwere Leben heran! Ich weiß, daß ich sündig bin, aber du wirst mir doch in deiner Gnade helfen, dann will ich dir schon eine Messe lesen lassen oder zwei! Kerzen will ich dir auch kaufen, und wenn ich mal zu Geld komme, dann kauf' ich selbst einen neuen Traghimmel!« bat und versprach er, seine Lippen inbrünstig gegen das Kreuz pressend. Er bewegte sich, auf den Knien rutschend, vorwärts rund um das Kreuz herum und küßte demütig die heilige Erde; dann stand er gekräftigt und voll Selbstvertrauen auf.

Er fühlte sich stark und war bereit, allem die Stirn zu bieten und war so voll guter Dinge, daß er die schwere Karre vor sich hinschob, als ob sie federleicht wäre; dabei sah er trotzig auf Lipce herab, das etwas tiefer, ganz in Nebel gehüllt, dalag. Nur der Kirchturm ragte deutlich und hoch empor, mit seinem goldenen Kreuz im Morgenlicht glitzernd.

»Warte du mal ab! Hei! Was ich da alles machen will!« rief er freudig aus, seinen Boden betretend. Das Land lag gleich am Wald und schloß sich an die letzten Felder von Lipce an. Aber, Gott erbarm, was das überhaupt für ein Boden war! Ein Stück verwildertes Brachland, voll zurückgebliebener Löcher von einer Ziegelei, voll von Schutt und Steinhaufen, auf denen Dornensträucher wuchsen. Königskerzen, Hundekamillen und Sauerampfer wucherten üppig auf den Hügeln, hier und da strebte mühsam eine verkrüppelte Kiefer empor, Erlenbüsche und Wacholdersträucher bildeten stellenweise ganze Gruppen, und an den tieferen feuchteren Stellen wogten Ried und Binsen wie ein junger Wald. Kurzum, um das Ganze hätte nicht einmal ein Hund gebellt, so daß selbst der Gutsherr ihm davon abgeraten hatte, aber der Bursche hatte sich nun einmal darauf versteift.

»Das paßt mir gerade! Mit dem werd' ich auch schon fertig!«

Auch Mathias riet ihm davon ab, besorgt auf diese wüste Sanddüne blickend, wo höchstens die Hunde der Waldmeierei sich herumtrieben; aber Schymek redete immerzu das seine und sagte schließlich hart:

»Ich hab's gesagt! Jede Erde ist gut, wenn der Mensch sich darum müht!«

Und er nahm sie sich denn, weil auch der Gutsherr sie ihm noch billig anrechnete, und zwar für sechzig Rubel den Morgen, und schließlich noch eine Beigabe von Holz und verschiedenen Dingen zusagte.

»Hale! Warum ich mit der nicht fertig werden soll!« rief er freudig aus und überflog mit leuchtenden Blicken sein Land; er ließ die Karre am Feldrain stehen und machte sich daran, die Grenze seines Besitzes, die mit Buschwerk umsteckt war, zu umgehen.

Er schritt langsam und voll heimlicher, tiefer Freude vor sich hin, das Herz klopfte ihm wie ein Hammer in der Brust, und die Kehle war ihm wie zugeschnürt. Er ging um sein Grundstück herum, sich alles, was zu machen war und womit man anfangen sollte, der Reihe nach im Kopf zurechtlegend. Er mußte doch hier für sich, für die Nastuscha, für das kommende Geschlecht der Patsches schaffen; so raffte er denn voll wilden Tatendrangs alle Kräfte in sich zusammen und stürzte sich auf seine Arbeit wie ein hungriger Wolf, der frisches Fleisch wittert.

Nachdem er seinen Rundgang um das Feld beendet hatte, fing er an, sich sorgsam die Stelle auszusuchen, an der er das Haus zu errichten gedachte.

»Hier paßt es mir gerade, das Dorf liegt mir gegenüber, und der Wald ist dicht dabei, es wird leichter sein, Holz heranzuschaffen, und im Winter wird man besseren Schutz haben«, überlegte er und bezeichnete mit Steinen die vier Ecken. Er warf seinen Schafpelz ab, bekreuzigte sich, spuckte in die Handflächen und ging daran, den Erdboden zu ebnen und vom Buschwerk zu säubern.

Der Tag war schon goldig aufgestanden. Vom Dorf klang das Brüllen der Herden herüber, die man auf die Weide trieb, die Brunnenschwengel knarrten und man konnte hören, wie die Menschen zur Arbeit auszogen; Wagen rollten über die Wege, und das leise Lüftlein, das im Korn herumschäkerte, brachte noch verschiedenerlei Stimmen zu ihm hin. Alles ging seinen gewohnten Gang; Schymek jedoch hatte, ohne auf etwas zu achten, sich ganz in seine Arbeit vertieft, hin und wieder nur reckte er seinen Rücken gerade, holte tief Atem, strich sich über die Augen, um den heruntertropfenden Schweiß abzuwischen und machte sich wieder gierig an seine Arbeit. Dabei murmelte er in einem fort etwas vor sich hin, wie das so seine Art war, und redete mit allen Dingen, als ob sie lebendig wären.

Er war gerade damit beschäftigt, einen großen Stein aus der Erde zu heben und sprach für sich:

»Du hast hier genug gelegen und ausgeruht, da kannst du mir jetzt auch mein Haus stützen.«

Und als er die Dornsträucher ausrodete, sagte er spöttisch lächelnd:

»Auch noch verteidigen. Dummes! Denkst, daß du dich mir hier widersetzen kannst! Hale! Sollt' ich dich hier vielleicht lassen, damit du mir meine Hosen zerreißt, das möchtest du wohl?«

Zu dem uralten Steinhaufen aber sprach er:

»Euch will ich auch auseinanderbringen, denn sich so auf einem Haufen zusammenzudrängen, das ist beschwerlich. Das gibt ein feines Pflaster vor dem Kuhstall ab, wie Boryna eins hat!«

Und manchmal, wenn er sich einen Augenblick zum Atemschöpfen gönnte, ließ er seine Augen auf seinem Besitz ruhen und flüsterte liebevoll:

»Meiner bist du! Meiner! Da kann mir keiner kommen und dich wegnehmen!«

Und voll Mitleid für dieses unkrautüberwucherte, unfruchtbare und öde Land fügte er noch zärtlich wie zu einem Kind hinzu:

»Wart' nur noch, sollst nicht mehr lange verlassen sein, ich werd' dich schon bestellen und herausfüttern und pflegen, daß du wie die anderen Frucht tragen wirst. Brauchst keine Angst zu haben, ich werd' dir schon dein Recht zukommen lassen.«

Die Sonne hatte sich soeben über die Felder erhoben und leuchtete ihm gerade in die Augen.

»Gott bezahl's!« sagte er, sie zusammenkneifend. »Es gibt wieder heißes und trockenes Wetter«, fügte er dann noch hinzu, denn die Sonne war ganz rot aufgegangen.

Bald darauf ließ sich von der Kirche her die Betglocke vernehmen, und aus den Schornsteinen von Lipce begannen langsam die bläulichen Rauchsäulen aufzusteigen.

»Du würdest jetzt etwas essen wollen, Herr Hofbauer, was?« Er zog seinen Gurt fester zusammen. »Nur daß dir jetzt die Mutter keine Zweierkrüge hinaustragen wird, nein«, seufzte er traurig auf.

Auch auf den Feldern der Waldmeierei sah man allmählich Menschen herumhantieren; sie machten sich, wie er, auf den kürzlich gekauften Feldern an die Arbeit. Er sah den Stacho Ploschka, der mit einem von zwei tüchtigen Pferden bespannten Pflug das Feld bestellte.

»Mein Jesus, wann wirst du mir auch nur ein solches Pferd geben«, dachte er.

Der Josef Wachnik fuhr Steine zusammen zum Fundament für sein Haus, der alte Klemb grub mit seinen Söhnen einen Graben um seinen neuen Besitz, und Gschela, der Bruder des Schulzen, maß an der Landstraße gerade am Kreuz sein Feld und hantierte lange mit einer großen Stange herum.

»Der Platz ist wie ausgesucht für eine Schenke«, überlegte sich Schymek.

Gschela kam heran, um ihn zu begrüßen, nachdem er den abgemessenen Platz mit Pflöcken bezeichnet hatte:

»Ho, ho! Ich sehe, du arbeitest für zehn!« Ein Staunen war in seinen Augen.

»Als wenn ich das nicht müßte? Ich hab' doch sonst weiter nichts als die paar Hosen und die bloßen Fäuste!« brummte er, ohne in der Arbeit innezuhalten. Gschela riet ihm dies und jenes und kehrte wieder auf sein Feld zurück; und nachher kamen auch andere, nach ihm zu sehen, der eine mit einem guten Wort, der andere um etwas zu plaudern und noch mancher, um eine Zigarette zu rauchen und etwas zu lachen. Schymek antwortete immer ungeduldiger, und schließlich schrie er unwirsch den Pritschek an:

»Du könntest lieber deine eigene Arbeit tun, als andere stören! Wollen sich hier was feiern!«

So blieb er denn allein, keiner kümmerte sich mehr um ihn.

Die Sonne erhob sich immer höher, sie stand schon hoch über der Kirche und stieg unaufhaltsam, die Welt mit einer blendenden Helle und sengenden Glut überflutend; der Wind hatte sich irgendwo hingetan, so daß die Hitze ungehindert über die Erde ihren flimmernden Dunsthauch legte, in dem die Getreidefelder lagen, als wären sie in ein lautlos siedendes Wasser getaucht.

»Mich wirst du nicht leicht fortjagen«, sagte er, der Sonne zum Trotz, und als er die Nastuscha mit dem Frühstück kommen sah, eilte er ihr entgegen; er machte sich bald gierig über die Zweiertöpfe her.

Nastuscha besah sich etwas verdrießlich ihre Felder.

»Wird denn da auf diesem Sand und Sumpf etwas wachsen?«

»Alles wird wachsen, du sollst schon sehen, daß du selbst Weizen zum Kuchen haben wirst.«

»Wart' du mal, bis dir die Wölfe die Stute auffressen.«

»Sie werden sie schon nicht auffressen! Der Boden ist da, da darf es uns nicht schwer werden, etwas Geduld zu haben, wir haben doch jetzt ganze sechs Morgen«, redete er, eilig essend, auf sie ein.

»Versteht sich, da wird man wohl Erde essen müssen! Und wie werden wir denn überwintern?«

»Das ist schon meine Sache, du brauchst dich nicht darum zu sorgen! Über alles hab' ich nachgedacht, und für alles werde ich einen Rat finden!« Er schob die leeren Zweierkrüge von sich, reckte sich und begann ihr alles zu zeigen und zu erklären.

»Hier wird das Haus stehen!« rief er freudig aus.

»Das Haus? Das willst du wohl aus Lehm zusammenkleben wie eine Schwalbe?«

»Aus Holz, Zweigen, Lehm und Sand oder aus sonst was, wenn man nur darin ein Jährchen aushalten kann, bis wir uns etwas weiter geholfen haben.«

»Einen feinen Hof willst du mir hier aufbauen, scheint mir!« knurrte sie unwillig.

»Selbst einen Schuppen würd' ich noch vorziehen, als bei anderen Leuten auf Miete zu wohnen.«

»Die Ploschkabäuerin hat mir gesagt, wir sollten für den Winter zu ihr ziehen; sie hat sich freiwillig angeboten, uns eine Stube abzugeben, die Frau hat ein gutes Herz.«

»Gutes Herz ... Versteht sich, die tut das bloß, um die Mutter zu ärgern, die sind zueinander wie zwei bissige Köter. Dieser pestige Mehlsack! Ich will ihre Güte nicht haben! Du brauchst dich nicht zu fürchten, Nastuscha, ich werd' dir schon so ein Haus bauen, daß darin auch ein Fenster und ein Herd und alles was du brauchst, sein wird. Du wirst es sehen, es ist sicher, wie Amen im Gebet, in drei Wochen steht es fertig da; und wenn ich mir die Hände zuschanden arbeiten sollte, das wird fertig.«

»Hale, jetzt will er selber ein Haus bauen.«

»Mathias wird mir helfen, er hat es mir versprochen.«

»Würde denn deine Mutter nicht doch irgend etwas zugeben?« fragte sie ängstlich.

»Und wenn ich verreck', die will ich nicht bitten«, rief er aus; da er aber sah, daß sie immer trübseliger wurde, wurde er ganz besorgt, und als sie sich in der Nähe eines Roggenfeldes niedergesetzt hatten, begann er ihr, schon ganz kläglich geworden, alles noch einmal auseinanderzusetzen.

»Ich kann doch nichts mehr ändern daran, Nastuscha! Sie hat mich doch aus dem Haus herausgejagt und hat nur immerzu auf dich geflucht.«

»Mein Gott, wenn sie uns doch nur eine Kuh geben wollte, sonst sind wir doch wie die schlimmsten Bettler dran, ganz ohne etwas; es wird einem angst und bange, daran zu denken.«

»Auch eine Kuh wirst du haben, Nastusch, die kriegst du sicher, ich hab' mir schon überlegt, wo ich sie hernehme.«

»So ohne Haus und ohne Vieh und ohne irgendwas!« Sie weinte los und drückte sich fest an ihn; er wischte ihr die Tränen von den Augen und streichelte ihr übers Haar, doch es wurde auch ihm so kläglich zumute, daß er fast selbst geweint hätte. Er sprang auf, griff nach dem Spaten und rief mit einer Stimme, die mächtig böse klang:

»Mein Gott, so viel Arbeit, und die klagt einem noch die Ohren voll!«

Sie erhob sich mit einem ganz sorgenvollen Gesicht.

»Wenn wir nicht Hungers sterben, dann fressen uns noch die Wölfe hier in dieser Einöde.«

Er wurde nun wirklich böse, und indem er sich an die Arbeit machte, sagte er hart:

»Wenn du heulen willst und das erste beste Zeug zusammenreden, dann bleib' lieber bei den Deinen.«

Sie wollte sich an ihn heranschieben und ihn besänftigen, doch er schob sie beiseite.

»Hale, als ob jetzt Zeit für Liebschaften wäre, jawohl!« Er ließ sich schließlich doch besänftigen, obgleich er auf ihr Weibergeplapper wütend war; schließlich ging sie beruhigt und selbst froh von dannen.

»Herrgott noch einmal! So ein Frauenzimmer ist doch auch ein Mensch und versteht nicht, wenn man menschlich zu ihr redet. Immer nur heulen und flennen, als wenn alles von selber kommt, wenn man es nicht mit den eigenen Fäusten erarbeitet! Gerade wie die Kinder sind sie, mal weinen sie, mal lachen sie, mal ärgern sie sich, dann klagen sie wieder … Du lieber Gott!« murrte er, die Arbeit anpackend, und bald hatte er die ganze Welt vergessen.

So arbeitete er Tag für Tag, stand beim ersten Morgenschimmer auf und kehrte erst spät am Abend heim, so daß er oft den ganzen Tag lang keine Gelegenheit hatte, mit einem zu reden; das Essen brachte ihm mal Therese oder irgend jemand anders, denn Nastuscha hatte sich beim Pfarrer verdingt, um die Kartoffeln zu behäufeln.

Zuerst besuchte ihn mal dieser, mal jener; da er sich aber ungern in Unterredungen einließ, so blickten sie nur von weitem zu ihm herüber, und wunderten sich über seinen unermüdlichen Fleiß.

»Ein hartes Biest! Wer hätte das gedacht«, murmelte der alte Klemb.

»Das ist ja doch der Dominikbäuerin ihr Blut!« rief einer der Dabeistehenden lachend aus; doch Gschela, der ihn von Anfang an eifrig beobachtet hatte, sagte:

»Der schuftet wie ein Lasttier, dem sollte man irgendwie beispringen!«

»Das ist schon wahr, das müßte man, denn von selbst wird er nicht fertig, der ist es schon wert!« Sie pflichteten ihm bei, doch niemand ging daran, als Erster etwas zu tun, jeder wartete, daß er selbst darum bitten möchte.

Doch der Schymek ging zu niemand bitten, er dachte nicht daran und war sehr erstaunt, als er eines Tages einen Wagen kommen sah, der auf ihn zufuhr.

Jendschych kutschierte und rief ihm schon von weitem froh zu:

»Zeig' her, wo ich dir was umpflügen soll! Ich bin es ja!«

Der Schymek wollte es erst nach einer längeren Weile glauben.

»Daß du dich das getraut hast, na, wird sie dich Armen durchprügeln, du wirst schon sehen.«

»Laß nur! Wenn sie mich anfassen sollte, dann komme ich ganz zu dir herüber.«

»Hast du dir das selbst so ausgedacht, mir zu helfen?«

»Selbst! Lange wollt' ich es schon, aber ich hatte Angst, sie hat erst mächtig aufgepaßt, und die Jaguscha hat mir auch abgeraten«, erzählte er ausführlich, sich an die Arbeit machend. Sie pflügten dann den ganzen Tag lang miteinander, und beim Weggehen versprach Jendschych, noch am nächsten Tag zu kommen.

Er kam auch bei Sonnenaufgang wieder angefahren, und Schymek merkte gleich, daß er im Gesicht blaue Stellen hatte; doch er fragte ihn erst gegen Abend:

»Hat sie dir die Hölle heiß gemacht?«

»Ih … sie ist doch blind, da kann sie sich nicht so leicht zurechtfinden, und freiwillig werd' ich ihr doch nicht unter die Fäuste kommen«, sagte er etwas mürrisch.

»Hat dich denn die Jagna verraten?«

»Die Jaguscha würde das doch nicht tun.«

»Solange ihr da nichts zu Kopf steigt, wer weiß da mit den Frauensleuten Bescheid!« seufzte er wehmütig und verbot ihm, nochmals herauszukommen.

»Ich werde jetzt schon selbst damit fertig, du kannst mir später bei der Aussaat helfen.«

Und wieder blieb er allein und arbeitete unermüdlich weiter, wie ein Pferd in der Tretmühle, ohne auf die Müdigkeit noch auf die Hitze zu achten. Es kamen heiße, glühende und schwüle Tage, die Erde wurde rissig, das Wasser trocknete aus, das Gras welkte, und das Getreide stand wie leblos da in dieser Höllenglut. Auf den Feldern war es ganz leer und still geworden, das leibhaftige Feuer strömte vom Himmel herab, und die Sonne blendete die Augen. Der weißliche dunstverhüllte Himmel war wie ein flimmerndes Feuertuch, das die ganze Erde überspannte; weder ein Lüftchen ließ die Bäume aufrauschen, noch ein Vogel stimmte sein Singen an, keine Menschenstimme ließ sich in der Runde vernehmen, und Tag für Tag wandelte die Sonne ihre Bahn von Osten nach Westen und sandte unerbittlich Dürre und sengende Hitze aus.

Schymek aber erschien Tag für Tag auf seinem Arbeitsposten, ohne sich von der Hitze verjagen zu lassen, selbst die Nächte verbrachte er im Feld, wo er auch schlief, um nur keine Zeit zu verlieren, und als Mathias seinen Eifer beschwichtigen wollte, entgegnete er nur kurz: »Am Sonntag will ich ausruhen!«

Sonnabend abend stellte er sich auch in seiner Wohnung ein, doch er war so übermüdet, daß er bei der Schüssel einschlief, und auch den Sonntag verschlief er fast ganz. Erst um die Vesperzeit stand er von seinem Lager auf, und nachdem er seine Sonntagskleider angetan hatte, setzte er sich an die hochgehäufte Schüssel; die Frauen mühten sich um ihn, wie um eine wichtige Persönlichkeit, legten reichlich Essen nach und gaben auf jeden seiner Winke acht; er aber lockerte, nachdem er sich satt gegessen hatte, seinen Gurt, reckte seine Glieder und rief freudig:

»Schönen Dank, Mutter! Und jetzt gehen wir uns etwas amüsieren!«

Er machte sich mit Nastuscha zur Schenke auf, und hinterdrein folgten Mathias und Therese.

Der Jude dienerte vor ihm und stellte ihm den Schnaps auf den Tisch, ohne daß man ihn erst zu rufen brauchte; er nannte ihn Herr Hofbauer, worauf Schymek ganz stolz war, und als er sich dann schon ordentlich einen getrunken hatte, fing er an, sich unter die Ersten zu drängen, redete überall laut und deutlich und gab seine Meinung zum besten.

In der Schenke waren viele Menschen; die Dorfmusik spielte, um die Leute anzufeuern, aber niemand dachte noch ans Tanzen, man trank einander nur zu, klagte über die Hitze und die böse Vorerntezeit, wie das so in der Schenke üblich ist.

Selbst die Borynas waren mit den Schmiedsleuten gekommen, aber sie begaben sich gleich in den Alkoven und mußten da ganz ordentlich feiern, denn der Jude trug ihnen immer wieder Schnaps und Bier hin.

»Der Antek guckt heute in einem fort nur auf die Seine, wie die Krähe auf einen Knochen, nicht mal wiederkennen tut er einen«, klagte Ambrosius mißmutig, nachdem er ein paarmal vergeblich in den Alkoven geguckt hatte, von wo das lockende Klirren der Gläser erklang.

»Die eigene Latsche sitzt ihm wohl besser, wie Stiefel, die über jedermanns Bein passen«, bemerkte Gusche lachend.

»Die scheuern aber niemand die Füße wund!« fügte noch einer hinzu, und die ganze Schenke brach in ein Gelächter aus, da jeder begriff, daß das auf Jaguscha zielte.

Nur Schymek lachte nicht mit; er hielt Jendschych umhalst, küßte ihn und redete mit einer schon ganz schweren Zunge auf ihn ein:

»Du mußt auf mich hören, bedenke, wer zu dir spricht.«

»Ich weiß schon, versteht sich ... aber die Mutter hat befohlen ...«, stotterte der andere weinerlich.

»Was da, Mutter! Auf mich hast du zu hören, ich bin ein Hofbauer.«

Die Musikanten spielten einen Gehetanz, ein Lärm erhob sich, Absätze klappten, die Dielen quietschten auf, hier und da sang schon einer mit, und bald drehten sich die Paare im Tanz. Schymek packte Nastuscha um die Taille, ließ seinen Kapotrock fliegen, schob die Mütze aufs Ohr, donnerte ein »Da-dana«[5] los und schob sich bis ganz an die Spitze der Tanzenden vor; er juchzte am lautesten von allen, stampfte verwegen auf, drehte sich am forschesten im Takt und kam in lauter Fröhlichkeit dahergeschoben, wie ein machtgeschwelltes Wasser zur Frühlingszeit.

Nachdem er ein paarmal herumgetanzt hatte, machte er sich mit den Frauen auf den Heimweg und blieb dann, schon ganz nüchtern geworden, noch einige Zeit mit ihnen vor dem Hause sitzen; auch Gusche hatte sich eingefunden. Sie redeten noch eine Weile miteinander, denn Schymek konnte, obgleich es schon spät war, immer noch nicht fort finden, er zögerte und verschob seinen Aufbruch immer wieder, schob sich immer dichter an Nastuscha heran und seufzte vor sich hin, bis die alte Täubich zu ihm sagte:

»Bleib doch, in der Scheune kannst du schlafen, was sollst du jetzt noch durch die Nacht laufen.«

»Dann will ich ihm sein Lager im Schuppen zurechtmachen«, erklärte Nastuscha.

»Laß ihn doch lieber unter dein Federbett, Nastuscha«, ließ sich Gusche vernehmen.

»Was ihr euch nicht alles denkt! Hale, das wäre noch besser!« wehrte Nastuscha beschämt ab.

»Was willst du denn, das ist doch dein Mannsbild! Eine Sünde ist da nicht bei, wenn da der Priester erst ein bißchen später seinen Segen gibt, der Junge arbeitet wie ein Ochs, da kann er auch seinen Lohn kriegen.«

»Recht hat sie! Nastusch! Hör' doch!« Er rannte ihr nach und bekam sie irgendwo im Obstgarten zu fassen; er schloß sie heftig in seine Arme, küßte sie und begann zu betteln:

»Willst du mich denn wirklich fortjagen, Nastusch? Jetzt mitten in der Nacht, Liebes?«

---

5   Da-dana: Tanzruf.

Die Mutter machte sich irgend etwas auf dem Flur zu schaffen und Gusche sagte im Weggehen:

»Laß ihn nur, Nastusch! So viel Gutes gibt es nicht in der Welt, daß man es nicht nehmen soll, und passiert es einem wie dem blinden Huhn, das ein Korn findet, dann soll man es auch nicht wieder aus den Fingern lassen.«

Sie begegnete im Heckenweg Mathias, der, als er durchs Fenster sah, was die beiden da drinnen hatten, dem Schymek zurief:

»Das ist schon recht, ich hätte nicht so lange gewartet!«

Und vor sich hinpfeifend lief er wieder ins Dorf seinem Vergnügen nach.

Am nächsten Morgen schon beim ersten Tagesgrauen war Schymek wieder wie immer an der Arbeit; er arbeitete unermüdlich, nur als ihm Nastuscha das Frühstück brachte, langte er gieriger nach ihren roten Lippen, als nach den Zweierkrügen.

»Und wenn du das ausplauderst, dann gieß' ich dir gleich einen Kessel heißes Wasser über den Kopf«, drohte sie, sich an ihn pressend.

»Jetzt bist du mein, Nastusch ... und freiwillig bist du mein geworden ... jetzt geb' ich dich gar nicht wieder her«, stotterte er leidenschaftlich, und ihr in die Augen sehend, meinte er: »Aber ich will gleich einen Lohn.«

»Dumm bist du! Hale, was der nicht gleich alles im Kopf hat!« Sie schob ihn beiseite und lief mit roten Wangen davon, denn sie hatte plötzlich den Herrn Jacek kommen sehen. Er kam, die Pfeife rauchend, mit seiner Geige unter dem Arm des Wegs daher, und nachdem er Gott zum Gruß geboten hatte, fing er an, den Schymek über verschiedenes auszufragen. Dieser prahlte stolz, was er schon alles an Arbeit bewältigt hätte, verstummte aber plötzlich und machte große Augen, denn der Herr Jacek legte mit einem Male ganz ruhig die Geige beiseite, warf den Rock ab und begann den Lehm in der Kuhle zu mischen.

Schymek ließ seinen Spaten fallen und stand mit offenem Munde da.

»Was wunderst du dich da, ha?«

»Wie soll das denn? Der Herr Jacek werden doch nicht mit mir zusammen arbeiten?«

»Das werd' ich, ich helf' dir beim Bau; glaubst du, daß ich kein Haus bauen kann? Du sollst sehen.«

Sie arbeiteten von nun an zu zweien; allerdings hatte der Alte nicht viel Kraft und war die Bauernarbeit nicht gewohnt, aber er hatte so mancherlei schlaue Mittel, daß die Arbeit viel rascher und geschickter vonstatten ging. Natürlich hörte der Schymek eifrig auf ihn und murmelte nur hin und wieder etwas dabei vor sich hin:

»Du lieber Gott, hat man je so was gesehen? ... Daß so ein Gutsherr ...«

Der Herr Jacek lächelte nur und fing an, über verschiedenes zu erzählen; er redete so viel Seltsames von der Welt, daß Schymek vor Staunen und Dankbarkeit ihm fast zu Füßen gefallen wäre, er hatte nur keinen Mut dazu; aber des Abends rannte er, um alles der Nastuscha zu erzählen.

»Sie haben gesagt, der soll ein Dummer sein, und der ist wie der klügste Priester!« schloß er seine Erzählung.

»Manch einer redet klug und tut Dummes! Das ist so, denn wenn sein Verstand richtig wäre, dann würde er dir doch nicht helfen oder gar die Kühe der Veronka hüten gehen ...«

»Das ist wahr, man kann sich das gar nicht so denken!«

»Das ist nichts anderes, als daß ihm was im Kopf schlecht geworden ist.«

»Aber einen besseren Menschen findet man doch nicht in der Welt.«

Er war ihm sehr dankbar für seine Hilfe, und obgleich sie tagaus tagein zusammen arbeiteten, gemeinschaftlich aus einem Zweierkrug aßen und unter einem Schafpelz schliefen, wagte er doch nicht, ihm gegenüber vertraulicher zu werden.

»Er bleibt doch immer einer von den Herrschaftlichen«, dachte er voll tiefer Achtung und sah voll Freude auf sein Haus, das unter dieser Beihilfe rasch aufschoß wie Teig, unter den man Hefe gemengt hat; als dann noch Mathias zum Helfen hinzukam und Klembs Adam alles, was zum Bau an Holz nötig war, aus dem Walde heranfuhr, kam bald eine ganz feine Kate zustande, die man sogar von Lipce aus deutlich sehen konnte. Mathias arbeitete eine ganze Woche daran und feuerte noch die anderen an, soviel er konnte, und als sie Sonnabend mit dem Bau des Hauses fertig geworden waren, steckte er noch einen grünen Zweig an den Schornstein und lief gleich wieder an die eigene Arbeit.

Schymek war gerade noch mit dem Säubern der Stube von Sägespänen und Bauschutt beschäftigt, als der Herr Jacek seinen Rock überzog, seine Geige unter den Arm klemmte und lachend sagte:

»Das Nest ist jetzt fertig, nun setz' dir mal die Glucke 'rein! ...«

»Morgen nach der Vesper ist doch meine Hochzeit.« Er eilte auf ihn zu, um ihm zu danken.

»Ich hab' nicht umsonst gearbeitet! Wenn man mich aus dem Dorf jagt, dann komm' ich zu dir wohnen.« Er zündete seine Pfeife an und stapfte ruhig in der Richtung des Waldes davon.

Schymek aber, der schon mit allem fertig war, konnte doch nicht zur Ruhe kommen; er reckte seine müden Glieder und sah voll freudiger Überraschung auf sein Haus.

»Das ist nun mein Haus. Jawohl, das ist es«, redete er vor sich hin, als könnte er es selber noch nicht glauben; er betastete die Wände, ging ums Haus herum und sah durchs Fenster hinein, mit Behagen den herben Geruch von frischem Kalk und nassem Lehm einatmend. Erst bei eintretender Dunkelheit machte er sich auf den Weg ins Dorf, um sich für den kommenden Tag bereit zu machen.

Natürlich wußte jeder über die bevorstehende Hochzeit Bescheid; so hatte es auch eine der Nachbarinnen der Dominikbäuerin zugetragen, aber die Alte tat, als hörte sie nicht, worüber man redete.

Am folgenden Tag aber, der ein Sonntag war, schlich sich Jaguscha schon von frühem Morgen an immer wieder mit großen Bündeln nach Nastuscha hinüber; doch die Alte, obgleich sie wohl gemerkt hatte, was da vor sich ging, widersetzte sich nicht, sie wandelte finster und schweigend im Hause umher, so daß Jendschych erst nach dem Hochamt den Mut fand, sein Anliegen vorzubringen.

»Dann geh' ich wohl jetzt, Mutter!« sagte er schüchtern, sich vorsichtig in einer gewissen Entfernung von ihr haltend.

»Du solltest lieber die Pferde aufs Kleefeld treiben ...«

»Schymek hat doch heute Hochzeit, wißt ihr das nicht, Mutter ...«

»Dank du Gott, daß du das nicht bist«, lachte sie höhnisch. »Und wenn du dich betrinkst, dann wirst du noch sehen, wie ich dir beikomme!« Sie drohte wütend nach ihm hin und machte sich schließlich, als er sich noch zu putzen begann, auf den Weg ins Dorf.

»Ich besauf' mich, gerade darum!« murmelte er vor sich hin, nach dem Haus von Mathias gehend. Die Hochzeiter traten gerade aus dem Haus, um nach der Kirche zu gehen, sie kamen still, ohne Singen, ohne frohe Zurufe und ohne Musik daher. Die Trauung ging bei nur zwei Kerzen ganz ärmlich vonstatten, so daß Nastuscha in ein klägliches Weinen ausbrach und Schymek ganz trotzig dastand und die wenigen Leute, die in der fast leeren Kirche waren, herausfordernd ansah. Als sie schon im Hinausgehen waren, spielte noch der Organist zum Glück ein paar fröhliche Weisen auf, daß alle dabei lustiger ausschritten und ihnen froher zumute wurde.

Jaguscha kehrte gleich nach der Trauung zur Mutter zurück und sah nur später hin und wieder bei ihnen ein. Mathias spielte auf der Geige, Borynas Pjetrek begleitete ihn auf der Flöte, und irgendwer trommelte aus ganzen Kräften dazu. Es wurde in der engen Stube getanzt, und andere, die auch noch Lust zum Tanzen hatten, drehten sich einfach draußen zwischen den Tischen und Bänken im Tanz, an denen der größte Teil der Hochzeitsgäste essend und trinkend und leise miteinander redend saß, denn es schickte sich nicht, daß man schon bei hellem Tag und noch nüchtern in Geschrei ausbrach und eine laute Lust zeigte.

Schymek lief in einem fort seiner Frau nach und küßte und drückte sich mit ihr in allen Ecken herum, so daß man sich allgemein über ihn lustig machte und Ambrosius gewichtig sagte:

»Freu' du dich, menschliche Seele, heute tust du feiern, und morgen wirst du weinen!« Dann gingen seine Augen wieder gierig dem Schnapsglas nach.

In Wirklichkeit war man auch nicht so recht in Gang gekommen, und es war keine Aussicht, daß die rechte Lust noch kommen sollte, darum gingen die meisten, nachdem sie etwas gegessen und, wie es schicklich war, ihre Zeit abgesessen hatten, kaum daß die Sonne gesunken war, nach Hause. Mathias allein war in einer rechten Feststimmung, er spielte und sang, nötigte die Mädchen zum Tanz, bewirtete sie mit Schnaps; und als Jaguscha kam, machte er sich gleich an sie heran, sah ihr in die Augen und redete leise auf sie ein, ohne auf die tränenblitzenden Augen Thereses zu achten, die ihm überallhin folgten.

Jaguscha ließ ihn gewähren, sie fühlte für ihn weder Zuneigung noch Abneigung, hörte zu, was er sagte, und achtete nur eifrig darauf, ob die Anteks nicht kamen, denen sie um nichts in der Welt hätte begegnen mögen. Zum Glück kamen sie nicht, es war auch keiner von den ersten Hofbauern gekommen, obgleich sie nicht abgesagt hatten; jeder hatte aber seine Hochzeitsgabe, wie das üblich war, eingeschickt; als nun aber am Abend jemand darüber zu reden anfing, legte Gusche laut los, wie sie das so gern tat:

»Hättet ihr Leckerbissen hier aufgetischt und ihnen eine Kufe Schnaps unter die Nase gehalten, dann hätte man die Ersten selbst mit einem Stock nicht von sich abhalten können; aber umsonst lieben sie nicht ihre Wänste durchzurütteln und mit den trockenen Zungen zu dreschen.«

Da sie aber schon etwas angetrunken war, so holte sie sich Jaschek den Verkehrten heran, der irgendwo in einer Ecke saß, kläglich vor sich hin seufzte, sich in einem zu schneuzte und stumpf auf Nastuscha sah, und begann sich über ihn lustig zu machen.

»Tanz' mal mit ihr, laß dir mindestens das nicht nehmen, wenn dir schon die Mutter das Heiraten verboten hat, gib dir mal Mühe um sie, dann wird sie vielleicht gnädig sein und dir was zugeben, sie hat ja jetzt ihr Mannsbild, ob sie dazu denn noch einen mehr hat, darauf kommt's nicht an.«

Und sie wurde schon so geradeaus in ihren Reden, daß sich die Ohren sträubten, all das mit anzuhören, und als dazu noch Ambrosius ins Trinken kam und den Mund dabei auf seine Art vollnahm und die beiden sich zusammentaten, konnte keiner gegen sie ankommen; sie brachten soviel Verschiedenes vor, daß sich alle vor Lachen die Bäuche hielten; so lustig waren sie geworden, daß sie gar nicht merkten, wie schnell die kurze Sommernacht vorüber war.

Und mit einem Male war von den Gästen niemand mehr als Ambrosius da, der noch die übriggebliebenen Flaschen leer trank. Die jungen Eheleute aber hatten beschlossen, auf ihr Eigenes überzusiedeln; Mathias versuchte sie noch zu überreden, eine Zeitlang bei ihm zu bleiben, aber Schymek hatte eigensinnig auf seinem Willen bestanden. Er borgte sich ein Pferd von Klemb, lud die Holzkoffer, Geräte und Betten auf den Wagen, half Nastuscha feierlich hinauf, fiel der Schwieger zu Füßen, küßte den Schwager, verneigte sich tief vor der Verwandtschaft, schlug das Zeichen des Kreuzes, ließ die Peitsche sausen und fuhr davon; neben dem Wagen gingen die Angehörigen.

Schweigend verfolgten sie ihren Weg. Die Sonne war gerade aufgegangen, die Felder blitzten voll Tau, Vogelgesang erklang in der Runde, die schweren Ähren fingen an, sich zu bewegen, und über die ganze Welt kam die Freude des neuen Tages, die wie ein heiliges Gebet durch jeden Grashalm zuckte und sich in einem Lobgesang zum hellen Himmel erhob.

Erst hinter der Mühle, als zwei Störche über ihnen zu kreisen begannen, machte die Mutter eine verstohlene Handbewegung und sagte:

»Unberufen! Das ist ein gutes Zeichen, ihr werdet viel Kindersegen haben.«

Nastuscha wurde etwas rot, und Schymek, der gerade den Wagen stützte, da der Weg hier und da uneben war, fing an, verwegen vor sich hin zu pfeifen und blickte trotzig um sich.

Als sie schließlich allein geblieben waren, fing Nastuscha, die sich in ihrem neuen Heim umgesehen hatte, an, kläglich zu weinen, so daß Schymek schließlich auf sie einschrie:

»Weine nicht, Dumme! Manch eine hat auch das nicht! Die werden dich noch beneiden«, fügte er hinzu, und da er sehr müde und etwas angetrunken war, warf er sich in die Ecke aufs Stroh und schlief bald ein. Sie aber setzte sich vors Haus, und ab und zu aufweinend, sah sie auf die weißen Häuserwände von Lipce, die hier und da aus den Obstgärten zu ihr herübergrüßten.

Und sie weinte noch manches Mal über ihre Armut, wenn auch immer seltener, denn es war als hätte sich das ganze Dorf verabredet, ihnen zu helfen. Als erste kam die Klembbäuerin mit einer Glucke unter dem Arm und einer Schar Kücken im Korb; sie hatte den guten Anfang gemacht; denn darauf kam fast jeden Tag irgendeine andere Bäuerin und auch nicht mit leeren Händen.

»Womit soll ich euch all das nur vergelten«, sagte Nastuscha gerührt.

»Mit einem schönen Dank, das ist genug«, sagte die Sikorabäuerin, die ihr einen Ballen Leinwand gebracht hatte.

»Wenn du mal zu Besitz gekommen bist, kannst du es jemand Ärmeren geben«, fügte die ganz außer Atem gekommene Ploschkabäuerin hinzu und zog unter der Schürze ein großes Stück Speck hervor.

Sie hatten ihr so viel gebracht, daß es für lange ausreichen konnte; und eines Tages kam in der Dämmerung selbst Jaschek angelaufen, band seinen Hund Krutschek vor dem Hause fest und rannte schnell davon, als säße ihm Feuer im Nacken.

Sie lachten darüber und erzählten es der Gusche, die gerade aus dem Wald kam; die Alte verzog das Gesicht zu einem verächtlichen Lachen und sagte:

»Heute mittag hat er dir Beeren gesammelt, Nastuscha, aber die Mutter hat sie ihm weggenommen.«

* *
*

Gusche wandte sich nachdem Borynahof, wohin sie rote Beeren für Fine bringen wollte, und da gerade Anna die Kühe vor dem Hause melkte, setzte sie sich neben sie auf die Mauerbank und erzählte lang und breit, wie reich man Nastuscha beschenkt hatte.

»Hale, das machen sie nur, um die Dominikbäuerin zu ärgern«, schloß sie.

»Der Nastuscha ist das wohl gleich, aber ich müßte ihr doch auch was hinbringen«, sagte Anna.

»Macht es zurecht, dann bring' ich es euch hin«, bot sich Gusche eifrig an, als aus der Stube die schwache bittende Stimme Fines erklang:

»Hanusch, gebt ihr doch meine kleine Sau! Ich werde gewiß sterben, da kann Nastuscha dann für mich ein Gebet sprechen.«

Das war Anna recht, denn sie ließ sofort den Witek das Ferkel an die Leine nehmen und es zu Nastuscha hintreiben, denn selbst konnte sie sich aus irgendeinem Grund nicht entschließen hinzugehen.

»Witek, sag' ihr aber, daß die Sau von mir kommt! Und sie möchte doch rasch mal herkommen, denn ich könnt' mich schon gar nicht mehr rühren!« klagte Fine wehmütig. Das arme Ding war schon seit einer Woche krank; man hatte sie auf der anderen Seite des Hauses untergebracht; sie hatte Fieber und war ganz aufgeschwollen und über und über mit Pocken bedeckt. Zuerst trugen sie sie für den ganzen Tag in den Garten und betteten sie unter die Bäume, denn sie bettelte kläglich darum. Aber es war nichts zu machen, ihr Zustand verschlimmerte sich dermaßen, daß Gusche verboten hatte, sie hinauszutragen.

»Du mußt im Dunkeln liegen, sonst schlagen die Pocken in der Sonne nach innen.«

So lag sie denn in der verdunkelten Stube, stöhnte vor sich hin und beklagte sich leise, daß man weder die Kinder noch eine der Freundinnen zu ihr lassen wollte; denn Gusche, die sie in ihrer Obhut hatte, jagte sie alle sogleich mit einem Stock davon.

Nachdem Gusche sich mit Anna genügend über allerlei verbreitet hatte, steckte sie Fine die Beeren zu und ging dann an das Kneten einer Salbe aus Buchweizenmehl, das sie reichlich mit frischer ungesalzener Butter und Eigelb verrührte; sie strich sie sodann dick über Fines Gesicht und Hals und legte nasse Tücher darüber. Diese unterwarf sich geduldig allem, was man mit ihr anstellte, und fragte nur immer wieder ängstlich:

»Krieg' ich denn nun auch wirklich keine Narben im Gesicht?«

»Kratz' nur nicht, dann geht alles so weg, gerade wie bei der Nastuscha.«

»Das juckt aber doch so, mein Jesus, und wie das juckt! Dann bindet mir doch lieber die Hände fest, sonst halt' ich es nicht aus!« bat sie weinerlich, denn sie konnte sich kaum mehr zurückhalten, daran zu kratzen. Die Alte murmelte eine Besprechung, beräucherte sie mitgetrockneter Hauswurz, und nachdem sie ihr die Hände am Körper festgebunden hatte, ging sie wieder auf die andere Seite an ihre Arbeit.

Fine lag ganz still, horchte auf das Summen der Fliegen und auf das seltsame Rauschen in ihrem Kopf. Sie hörte nur noch wie im Traum, daß irgendeiner aus dem Hause bei ihr einsah und dann davonging, ohne etwas zu sagen. Dann schien es ihr wieder, daß schwere Zweige voll roter Äpfel dicht über ihr niederhingen, und sie versuchte vergeblich hochzukommen, um danach zu greifen, oder es kam ihr vor, als drängte sich eine Schar junger Lämmer mit kläglichem Blöken um sie; doch als sich dann Witek in die Stube schob, kannte sie ihn gleich wieder.

»Hast du die Sau hingetrieben? Was hat denn Nastuscha dazu gesagt?«

»Sie hat sich so gefreut, daß sie ihr fast den Schwanz geküßt hat.«

»Sieh einer bloß, will der sich da über die Nastuscha lustig machen!«

»Ich sag' die Wahrheit! Und sie hat sagen lassen, daß sie morgen zu dir kommt.«

Sie fing plötzlich an, sich im Bett hin und her zu werfen und ängstlich zu rufen:

»Jag' sie doch weg, die Lämmer, sonst treten sie mich tot, jag' sie weg! Kommt doch, Basch! Basch! Basch!«

Bald darauf schien es, als schliefe sie, denn sie lag ganz ruhig da; Witek ging fort, aber jeden Augenblick sah er wieder zu ihr ein, bis tief in die Nacht hinein. Da fragte sie ihn auf einmal ganz unruhig:

»Ist es denn noch nicht bald Mittagszeit?«

»Gegen Mitternacht muß es sein, schlaf' nur, die anderen schlafen auch schon alle.«

»Das ist wahr, es ist ganz dunkel! Jag' doch die Spatzen unter der Traufe weg, sie schreien, als würden sie gerupft!«

Er fing an irgend etwas über Nester zu reden, doch sie schrie plötzlich auf und versuchte mit Gewalt aufzustehen.

»Und wo ist denn die Graue! Laß sie keinen Schaden machen, Witek, sonst verhaut dich der Vater!«

Ein anderes Mal hieß sie ihn, sich heransetzen und flüsterte ihm leise zu:

»Anna hat mir verboten, auf die Hochzeit von Nastuscha zu gehen, aber jetzt tue ich es erst recht; ich ziehe mein blaues Mieder an und den Rock, den ich zur Kirchweih anhatte. Die werden die Augen aufreißen, du wirst sehen. Witek, pflück' mir doch Äpfel, nur daß die Anna dich nicht zu fassen kriegt. Versteht sich, ich werde nur mit den älteren Burschen tanzen!« Sie verstummte plötzlich und schlief ein. Witek aber saß ganze Stunden an ihrem Bett, scheuchte mit einem Zweig die Fliegen und gab ihr immer wieder zu trinken; er bewachte sie sorgsam. Anna hatte ihn jetzt zur Aushilfe im Hause zurückbehalten; Klembs Mathies hatte inzwischen das Vieh übernommen und hütete es mit dem seinen zusammen.

Zuerst war dem Jungen die Zeit lang geworden. Er sehnte sich nach dem Wald und nach den lustigen Streichen der anderen, aber Fines Krankheit hatte ihn so betrübt, daß er ihr am liebsten die Sterne vom Himmel heruntergeholt hätte, und in einem zu sann er darüber nach, womit er ihr Freude bereiten könnte. Eines Tages brachte er ihr eine ganze Anzahl junger Rebhühner.

»Streichle die Vöglein, Fine, dann werden sie dir was schirpen, streichle sie doch.«

»Wie soll ich, womit denn«, stöhnte sie, den Kopf hochrichtend.

Und als er ihre Arme losgebunden hatte, nahm sie die zappelnden Vöglein in ihre steifen, kraftlosen Hände und drückte sie an ihre Augen und Wangen.

»Wie ihnen doch das Herz klopft, die fürchten sich, die Armen!«

»Ich hab' sie doch selbst aufgespürt, fortlaufen lassen will ich sie nun nicht wieder«, wehrte er sich; aber er ließ sie doch frei.

Und ein anderes Mal brachte er ein junges Häschen, und es an den Ohren festhaltend, setzte er es vor ihr aufs Federbett hin.

»Das arme Häschen! Der Mutter hat man dich weggenommen, ganz verlassen bist du nun«, flüsterte sie, es wie ein kleines Kindchen ans Herz drückend und es liebkosend und streichelnd; aber der Hase quäkte auf, als würde er umgebracht, entriß sich ihr und sprang auf den Flur, mitten in eine Hühnerschar, die mit lautem Gegacker auseinanderstob. Danach stürzte er über den im Flur schlafenden Waupa hinweg auf die Galerie und verschwand nach dem Garten zu; der Hund jagte ihm nach und hinterdrein Witek mit lautem Geschrei, wodurch ein solcher Lärm entstand, daß selbst Anna vom Hof angerannt kam. Fine aber lachte laut auf.

»Der Hund hat ihn doch nicht gefangen, was?« fragte sie danach etwas ängstlich.

»Jawohl, der hat nichts als seinen Spiegel zu sehen gekriegt, der ist gleich ins Kornfeld hineingesaust, und weg war er, der hat sich Beine gemacht! Quäl' dich nicht drum, Fine, ich bring' dir schon was anderes mit.«

Und er trug ihr zusammen, was er nur finden konnte: einmal eine Wachtel, die ganz goldgesprenkelt war, dann einen Igel, ein zahmes Eichhörnchen, das allerlei possierliche Sprünge in der Stube machte, dann junge Schwalben, die so kläglich aufpiepten, daß die Alten mit lautem Geschrei in die Stube einzubringen versuchten, und Fine ihm befahl, sie herauszusetzen. Und noch allerhand andere Dinge brachte er mit, ohne von den Birnen und Äpfeln zu reden, wovon er ihr so viel heranholte, wie sie nur irgend aufessen und vor den anderen verstecken konnte; aber all das machte ihr schon keinen Spaß mehr, und oft blickte sie darauf, als sähe sie es gar nicht einmal und wandte sich dann müde und unwillig weg.

»Ich will das nicht, bring' mir doch was anderes!« nörgelte sie; nicht einmal den Storch beachtete sie mehr, der in der Stube herumstelzte, seinen langen Schnabel in alle Töpfe hineinzustecken versuchte und vergeblich an der Tür dem Waupa auflauerte. Erst als Witek ihr eines Tages einen lebendigen jungen Eichelhäher brachte, taute sie etwas auf.

»Mein Jesus, ist der aber schön, gerade wie angemalt ist er!«

»Paß aber auf, daß er dich nicht in die Nase hackt, der ist bös wie ein Hund.«

»Sieh mal, selbst wegspringen tut er nicht, ist er denn zahm?«

»Ich hab' ihm die Flügel und die Beine zusammengebunden und ihm die Augen mit Pech verklebt.«

Sie spielten mit dem Vogel eine Zeitlang, aber er blieb reglos und traurig sitzen, wollte nicht fressen und starb zum allgemeinen Bedauern.

So gingen die Tage vorüber.

Draußen aber brannte die Sonne unausgesetzt, und je näher man der Erntezeit kam, um so mehr steigerte sich die Glut, so daß man es tagsüber kaum mehr im Feld aushalten konnte. Auch die Nächte brachten keine Kühle; sie waren schwül und dumpf, man konnte selbst nicht einmal in den Gärten vor Hitze schlafen. Geradezu eine Plage war das alles für das ganze Dorf: das Gras war von der Sonne versengt, so daß das Vieh hungrig von der Weide heimkehrte und in den Ställen nach Futter brüllte; die Kartoffeln sahen welk aus, sie hatten Knollen wie Haselnüsse angesetzt und entwickelten sich nicht weiter; der Hafer, der durch die Sonne gelitten hatte, wollte gar nicht wachsen; die Gerste war vorzeitig gelb geworden, und der Roggen fing schon an zu trocknen, ehe er reif zu werden begonnen hatte, von weitem sah man schon die tauben Ähren auf den Halmen fahl schimmern. Man sorgte sich darüber und verfolgte mit banger Erwartung Tag für Tag die untergehende Sonne, ob nicht bald ein Witterungswechsel käme, aber der Himmel blieb ständig wolkenlos und war von einer glasigweißlichen Glut überzogen, und die Sonne versank und wollte sich nicht durch das kleinste Wölkchen verdunkeln.

Manch einer kniete flehend vor den Heiligenbildern, doch nichts half: alles welkte und verdorrte, die Früchte fielen unreif von den Bäumen, die Brunnen trockneten aus, und selbst der Weiher hatte einen so niedrigen Wasserstand, daß die Sägemühle die Arbeit einstellen mußte, auch die Mühle lag still da; und so kam es denn endlich so weit, daß man im ganzen Dorf zu sammeln begann, um eine Messe mit Ausstellung des heiligen Sakraments abhalten zu lassen, zu der alles was leibte und lebte, erschienen war.

Sie beteten so heiß und so aus ganzem Herzen, daß selbst ein Stein sich ihrer hätte erbarmen müssen.

Und es war als hatte der Herr Jesus seinem Mitleid freien Lauf gelassen, denn obgleich es am nächsten Tage so heiß, drückend und stickig geworden war, daß die Vögel matt niederfielen, die Kühe auf der Weide kläglich brüllten, die Pferde nicht aus den Ställen hinaus wollten und die Menschen bis zum äußersten ermattet, ganz entkräftet in den schwülen Gärten nach Schatten suchten und sich nicht einmal getrauten, auf die Straße hinauszutreten, so verdunkelte sich doch kurz vor Mittag, als alles Lebendige schon nahe daran war, in dieser weißlichen flimmernden Glut den letzten Atem auszuhauchen, die Sonne und wurde plötzlich so trüb, als hätte jemand Asche über sie gestreut. Bald darauf fing es an, hoch in den Lüften zu rauschen, als käme eine Schar riesiger Vögel geflogen, und blauaufgequollene Wolken zogen sich von allen Seiten zusammen, um sich immer tiefer und bedrohlicher zu senken.

Eine Angst überkam die Kreatur, alles verstummte und blieb einen Augenblick in regloser Erwartung.

Ferner Donner begann zu grollen, ein kurzer Windstoß fuhr auf, von den Wegen erhoben sich Staubwolken, und die Sonne zerrann wie ein Eigelb im Sand; der Himmel verdunkelte sich plötzlich, und Schwärme von Blitzen zuckten drüber hin, als hätte jemand feurige Schnüre durch die Luft geschwenkt; der erste Blitz schlug so nahe ein, daß die Leute aus den Häusern herausgelaufen kamen.

Auf einmal war alles bis zum Grund aufgewühlt, die Sonne erlosch ganz, und es entstand ein solches Chaos, ein solches Unwetter fing an zu toben, daß man in den zusammengeballten Dunkelheiten nur die niedersausenden Blitze wie Ströme blendenden Lichts sah, nur das Rollen des Donners, das Rauschen des Regens, das Aufstöhnen des Windes und das Ächzen der Bäume hörte.

Die Blitze gingen jetzt so dicht nieder, daß man kaum die Augen aufzutun wagte, und die Regengüsse waren so reichlich, daß man die Welt nicht sehen konnte. Seitlich aber zogen Hagelschauer vorüber.

Das Gewitter dauerte etwa eine Stunde lang, so daß das Getreide sich niederlegte und ganze Bäche schaumigen Wassers über die Wege flossen; kaum aber hatte das Unwetter auf einen Augenblick nachgelassen und der Himmel sich aufzuklären begonnen, als es wieder zu donnern anfing, wie wenn Hunderte von Wagen über hart gefrorene Erde rollten, und der Regen begann wie aus Kannen zu gießen.

Mit Angst sahen die Leute hinaus; hier und da hatte man schon vor dem Muttergottesbild die Lämpchen angezündet und sang das alte Lied: »Unter deinen Schutz«, andere wieder hatten die Heiligenbilder auf die Mauerbänke hinausgetragen zum Schutz gegen die drohende Gefahr, aber glücklicherweise zog das Gewitter vorüber, ohne größeren Schaden angerichtet zu haben. Erst als es sich fast ganz beruhigt hatte und der Regen nur noch ganz fein niederrieselte, fuhr aus dem über dem Dorf hängenden Wolkenrand ein letzter Blitz mitten auf die Scheune des Schulzen nieder.

Flammen und Rauch brachen hervor, und in einem Nu hatte die ganze Scheune Feuer gefangen. Ein ängstliches Geschrei erhob sich im Dorf, und alles was lebte, rannte nach der Brandstätte; doch es war ans Retten nicht zu denken, die Scheune brannte lichterloh wie ein Haufen aufeinander gestapelter Kienspäne. Darum schützten Antek, Mathias und die vielen anderen nur die umliegenden Gebäude und hauptsächlich Kosiols Haus; zum Glück war genug Wasser vorhanden, und man fing obendrein noch an, die bereits rauchenden Dächer mit Schlamm von der Straße zu bewerfen, denn die Funken regneten dicht auf die benachbarten Gehöfte.

Der Schulze war nicht zu Hause, er war schon am Morgen nach dem Gemeindeamt gefahren, die Schulzin aber rannte wie eine gackernde Henne um das Feuer herum und lamentierte furchtbar; als die Gefahr vorüber war und die Leute schon auseinanderzugehen begannen, schob sich die Kosiol an die Schulzin heran, stemmte die Fäuste in die Hüften und legte höhnisch los:

»Siehst du, der Herr Jesus hat dich 'rumgekriegt, Frau Schulzin, jawohl! Das ist für das Unrecht, das du mir getan hast!«

Und es wäre sicher zu einer Schlägerei gekommen, denn die Schulzin sprang mit den Krallen auf sie zu, wenn es nicht Antek mit vieler Mühe gelungen wäre, sie auseinanderzuhalten; er hatte die Kosiol so angeschrien, daß sie sich wie ein getretener Hund nach ihrem Haus zurückzog und nur noch etwas vor sich hinknurrte:

»Bläh' dich auf, Frau Schulzin, bläh' du dich, ich werd' mir schon das Unrecht, das ihr mir getan habt, mit Prozenten wieder herausschlagen.«

Aber niemand hörte auf sie. Die Scheune brannte gänzlich nieder, die noch rauchenden Trümmer hatte man mit Schlamm beworfen, und die Leute zogen sich langsam nach ihren Behausungen zurück. Es blieb nur die Schulzin an der Brandstätte zurück und klagte bei Antek über ihr Unglück; er hörte zu solange er konnte, schließlich aber machte er eine gelangweilte Handbewegung und ging auch davon.

Das Gewitter hatte sich über die Felder hin verzogen, die Sonne zeigte sich wieder, am blauen Himmel segelten Scharen weißer Wolken dahin und die Vögel stimmten wieder ihr Singen an; die Luft war frisch und kühl geworden, und die Leute gingen hinaus, um das Regenwasser abzulassen und die Löcher zu ebnen, die die Wassermassen aufgerissen hatten.

Antek stieß fast vor seinem Haus ganz unerwartet auf Jagna. Sie kam mit einem Korb und einer Hacke des Wegs daher; er beeilte sich, sie zu grüßen, aber sie sah ihn mit Wolfsaugen an und ging vorüber, ohne ein Wort zu erwidern.

»Sieh bloß, was die hier stolz tut!« knurrte er aufgebracht; und als er plötzlich Fine im Heckenweg bemerkte, fuhr er sie an, daß sie in der Nässe herumlaufe.

Fine war jetzt so weit in der Besserung, daß sie ganze Tage lang im Garten liegen konnte; die Pocken waren schon ziemlich geheilt und eingetrocknet, ohne daß irgendwelche Spuren nachgeblieben wären. Die Gusche schmierte sie aber immer noch im geheimen mit ihrer Salbe, obgleich Anna über den großen Verbrauch von Butter und Eiern ein ärgerliches Gesicht machte.

So lag sie denn, allmählich wieder zu sich kommend, ganze Tage lang allein; der Witek war zu seinen Kühen zurückgekehrt, und nur selten kam eine der Freundinnen auf ein kurzes Gespräch herübergelaufen. Auch der Rochus setzte sich zuweilen auf einen Augenblick zu ihr, oder die alte Agathe kam und erzählte ihr immer wieder ein und dasselbe: daß sie nun ganz gewiß zur Erntezeit hofbäuerlich bei den Klembs in der Stube sterben würde. Hauptsächlich leistete ihr aber Waupa Gesellschaft, der nicht einen Augenblick von ihr wich; außerdem der Storch, der auf jeden Ruf herbeigelaufen kam, und die Vögel, die zusammenflogen, um die ihnen hingestreuten Brotkrumen aufzupicken.

Eines Tages, als niemand im Haus war, sah Jaguscha bei ihr ein und brachte ihr eine ganze Handvoll Karamelbonbons; doch ehe sich Fine bei ihr bedanken konnte, erklang irgendwo in der Nähe Annas Stimme, so daß Jagna aufsprang und davonrannte.

»Laß es dir gut schmecken«, rief sie ihr noch über die Hecke hinweg zu und war auch schon verschwunden.

Sie schlug den Weg nach Schymeks Haus ein, und es war, als trüge sie etwas unter dem Mieder.

Sie fand Nastuscha vor einer Kuh sitzend, die aus einem Zuber bedächtig ihren Drank schlürfte, während Schymek laut und vergnügt vor sich hinpfeifend, mit dem Bauen eines Schuppens beschäftigt war.

»Habt ihr denn schon eine Kuh?« fragte sie ganz verwundert.

»Das haben wir! Ist die nicht fein?« meinte Nastuscha voll Stolz.

»Feine Kuh, muß wohl eine herrschaftliche sein, wann habt ihr sie denn gekauft?«

»Unsere Kuh ist das schon, aber gekauft haben wir sie nicht! Wenn ich dir das alles erzählen werde, dann wirst du dich an den Kopf fassen und es nicht glauben wollen! Gestern war es, da hör' ich plötzlich, wie sich etwas an der Hausecke scheuert, die ganze Hütte hat davon gebebt; ich denk' so bei mir, die treiben das Vieh auf die Weide und irgendein Schwein kratzt sich da am Haus den Schmutz ab. Da hab' ich mich denn wieder hingelegt, und noch bin ich nicht eingeschlafen, da brüllt etwas ganz leise. Ich geh' hinaus, und da haben sie denn eine Kuh an den Türpfosten gebunden, einen Arm voll Klee hat sie da zum Fressen vor sich und dabei die Euter ganz voll Milch, und streckt immer das Maul nach mir hin. Ich reib' mir die Augen, denn es war mir, als träumte mir noch; aber nein, da steht wirklich eine Kuh und leckt mich über die Hand. Ich denk' natürlich, die ist von der Herde abgeirrt, und der Schymek sagt auch, die werden sie hier abholen! Es kam mir nur ganz komisch vor, daß sie doch angebunden war. Die kann sich ja nicht selbst festbinden, denk' ich. Aber Mittag ist schon vorüber, und immer noch holt sie keiner ab, da hab' ich sie denn gemelkt, damit sie die Milch los war, denn die lief ihr schon aus den Eutern weg. Es wird Abend, und es wird Nacht, und immer holen sie die Kuh noch nicht ab. Zuletzt bin ich denn ins Dorf gegangen und hab' auch den Kuhhirten vom Gutshof gefragt, keiner weiß, daß irgendwo 'ne Kuh fehlt. Der alte Klemb meinte, daß das wohl irgendein Diebsstreich wäre und daß man sie lieber nach dem Gemeindeamt bringen sollte. Natürlich tat mir das leid, aber da war ja nun nichts anderes zu tun; und um die Mittagszeit kommt auf einmal Rochus an und sagt zu mir:

»Weil du immer eine Gute gewesen bist und es brauchst, hat dir der Herr Jesus jetzt eine Kuh geschenkt.«

»Jawohl, die Kühe fallen einem vielleicht vom Himmel herunter, das glaubt ja nicht einmal ein Dummer.«

Da fängt er an zu lachen und sagt im Weggehen:

»Die Kuh gehört euch schon, habt keine Angst, die wird euch niemand wegnehmen!«

Da hab' ich denn gedacht, daß die von ihm ist und bin ihm zu Füßen gefallen, um ihm zu danken, aber er hat es nicht zugelassen.

»Und wenn ihr dem Herrn Jacek über den Weg lauft«, sagt er und lacht, »dann dankt ihm ja nicht für die Kuh, sonst wird er euch mit dem Stock eins überlangen, er mag das nicht, wenn man ihm dankt!«

»Dann hat wohl der Herr Jacek euch die Kuh geschenkt?«

»Versteht sich, wo sollte sich ein anderer finden, der so gut für das arme Volk ist!«

»Das ist wahr, er hat doch dem Stacho Bauholz für sein Haus gegeben und hilft so vielen!«

»Geradezu ein Heiliger, jeden Tag bet' ich für ihn.«

»Wenn dir nur nicht einer das Vieh wegnimmt.«

»Was, die Kuh sollten sie mir wegstehlen! Wer das täte, Jesus, dem würd' ich die Augen auskratzen, bis ans Ende der Welt würde ich ihm nachlaufen! Der Herr Jesus wird es nicht zulassen, daß uns solches Unrecht geschieht! Da will ich sie lieber in die Stube für die Nacht bringen, solange Schymek nicht einen Stall zurechtgemacht hat. Dem Jaschek sein Krutschek wird auch achtgeben! Mein einziger Trost, du meine Gute!« murmelte sie, die Arme um den Hals der Kuh schlingend und sie immer wieder aufs Maul küssend, so daß diese aufächzte und der Hund freudig zu bellen begann; die Hühner aber gackerten erschrocken auf, und Schymek pfiff immer lauter vor sich hin.

»Daraus sieht man, daß euch der Herr Jesus seinen Segen gibt«, seufzte Jaguscha, mit einem stillen Groll die beiden etwas aufmerksamer betrachtend. Sie schienen ihr ganz ausgewechselt; besonders über Schymek wunderte sie sich sehr. Sie kannte ihn doch, denn er war sonst immer so ein Dummer gewesen, als hätte er nicht bis drei zählen können; im Haus war er einer gewesen, den man herumstoßen konnte wie man wollte, und jetzt schien er ihr ganz anders, wie ihm da alles geschickt von der Hand ging, wie er sich zu benehmen wußte und wie ein ganz Kluger redete.

»Welches ist denn euer Feld?« fragte sie nach längerem Überlegen.

Nastuscha führte sie herum und zeigte, wo alles gesät werden sollte.

»Und woher bekommt ihr denn das Saatkorn?«

»Der Schymek hat gesagt, daß es da sein wird; da wird es auch da sein, der sagt nie was umsonst.«

»Der kommt mir gar nicht mehr wie mein Bruder vor.«

»Und wie der gut ist und so klug und arbeitsam! Einen zweiten solchen gibt es gar nicht wieder in der Welt«, vertraute sie Jagna freudig an.

»Versteht sich!« bejahte diese mit einem Anflug von Traurigkeit. »Und wem gehört denn das Feld da mit der neuen Abmarkung?«

»Das ist dem Antek Boryna seins! Aber bearbeiten tun sie es noch nicht, sie warten erst auf die Teilung.«

»Das muß gewiß eine halbe Hufe sein! Die sind nicht schlecht dran.«

»Der Herr Jesus möge ihnen noch zehnmal mehr geben, der Antek hat sich doch beim Gutsherrn für unser Land verbürgt und hat uns in manchem geholfen.«

»Antek hat sich für den Schymek verwandt?« Sie blieb vor Staunen stehen.

»Anna ist auch nicht schlecht, die hat mir eine junge Sau geschickt; jetzt ist es ja noch 'n Ferkel, aber man wird schon seine Freude daran haben, denn es ist aus einer Sorte, die gut wirft.«

»Ist nicht möglich! Die Anna hat dir eine Sau geschickt? Das kann ich gar nicht glauben!«

Sie kehrten vors Haus zurück, und Jaguscha steckte ihr zehn Rubel in die Hand, die sie aus ihrem Tuch herausgeknotet hatte.

»Nimm du die paar Groschen, eher konnte ich sie dir nicht geben, denn der Jude hatte noch nichts für die Gänse bezahlt.«

Sie dankten ihr herzlich; sie aber sagte noch, während sie schon im Begriff war wegzugehen:

»Wartet nur, wenn die Mutter sich erst wieder beruhig hat, dann wird sie euch schon manches zukommen lassen.«

»Ich brauch' nichts von ihr, laß sie sich mit dem Unrecht, das sie mir angetan hat, den Sarg auspolstern!« brauste Schymek mit einer solchen Verbissenheit auf, daß sie sich, ohne weiter ein Wort zu sagen, entfernte.

Sie kehrte ganz gedankenvoll nach Hause; ihr war ganz seltsam traurig und sehnsüchtig zumute.

»Und was bin ich denn! Nichts weiter als ein vertrockneter Zweig, den niemand mehr ansieht.« Sie seufzte auf im Gefühl ihrer Verlassenheit.

Unterwegs traf sie Mathias, der zu seiner Schwester ging; als er sie aber sah, kehrte er mit ihr um und hörte aufmerksam zu, was sie von Schymek und von Nastuscha erzählte.

»Nicht jedem geht es so gut«, sagte er finster.

Ihr Gespräch wollte nicht recht in Gang kommen; er seufzte aus irgendeinem Grunde vor sich hin und kratzte sich sorgenvoll den Kopf, und Jaguscha starrte auf Lipce, das ganz in Abendgluten versunken vor ihr lag.

»Hei, das ist schon wahr, in der Welt ist wenig Platz für unsereinen«, redete er halb zu sich selbst.

Sie blickte ihm fragend in die Augen.

»Was fehlt dir denn? Du machst eine Fratze, als ob man dir Essig zu trinken gegeben hätte.«

Er begann zu klagen, wie ihm das Leben, das Dorf und alles schon so zuwider wäre und daß er sicherlich bald in die Welt gehen würde, und zwar so weit weg, wie seine Augen nur sehen könnten.

»Dann verheirate dich, da hast du dann doch gleich was anderes«, scherzte sie.

»Wenn mich die nur nehmen wollte, die ich will!« Er sah ihr ungestüm in die Augen, doch sie wandte den Kopf ab und schien unwillig und etwas verstört zu sein.

»Frag' sie doch! Jede wird dich schon nehmen; da ist wohl manch eine, die lauert, ob die Brautbitter nicht bald kommen.«

»Und wenn sie nicht will, dann hab' ich die Schande und den Kummer davon.«

»Dann kannst du immer noch mit Schnaps zu einer anderen schicken.«

»Ich bin nicht so einer, ich weiß, welche ich will, da zieht es mich auch nicht zu einer anderen.«

»Dem Mannsvolk ist jede gleich, und bei jeder möchte es sich was herausnehmen.«

Er verteidigte sich nicht, kam aber von einer anderen Seite her darauf zurück.

»Weißt du eigentlich, Jagusch, daß die Burschen nur darauf warten, um mit Schnaps zu dir zu schicken.«

»Können sie allein austrinken, ich will nicht!« sagte sie mit solchem Nachdruck, daß er ganz erstaunt stehenblieb. Sie hatte ihm offen gesagt, was sie dachte, denn keiner schien ihr besser als der andere, nur der Jascho, aber der ...

783

Sie seufzte schwer auf und gab sich willig den Erinnerungen an ihn hin, so daß Mathias, der keine Antwort von ihr bekommen konnte, nach seiner Schwester umkehrte.

Sie aber dachte, mit ängstlichen Augen in die Ferne schweifend:

»Was mag er denn jetzt wohl machen?«

Sie versuchte, sich loszureißen, denn irgend jemand hatte sie unerwartet umfaßt und preßte sie an sich.

»Jetzt läufst du mir nicht weg«, flüsterte ihr der Schulze, der sie eingeholt hatte, ins Ohr.

Zornig befreite sie sich aus seiner Umarmung:

»Wenn ihr mich noch einmal anrührt, dann kratz' ich euch gleich die Augen aus und werde einen solchen Lärm machen, daß das ganze Dorf zusammenläuft.«

»Sei doch still, Jagusch, ich hab' dir doch was mitgebracht«, und er versuchte ihr ein paar Korallenschnüre in die Hand zu drücken.

»Steckt sie euch hin, wo ihr wollt! Eure Geschenke sind mir gerade so viel wert wie ein zerbrochener Stecken!«

»Aber, Jaguscha, wie du nur bist!« stotterte er ganz verwundert.

»Ach was, ein Schwein seid ihr! Und das will ich euch sagen, ihr wagt mir nicht, euch an mich zu hängen!«

Sie lief ihm wütend davon und kam wie ein Gewittersturm in die Stube gefegt. Die Mutter schälte Kartoffeln, und Jendschych melkte die Kühe im Heckenweg; sie machte sich rasch an die abendlichen Besorgungen, doch sie bebte dabei vor verhaltener Wut; sie konnte sich nicht beruhigen, und kaum, daß es dunkel geworden war, lief sie wieder hinaus.

»Ich seh' bei den Organistenleuten ein«, sagte sie im Weggehen zur Mutter.

Sie ging da jetzt oft hin und tat der Organistin, was sie nur konnte, zu Gefallen, um hin und wieder ein Wort über Jascho aufzuschnappen.

Bald tauchten denn auch aus der Dunkelheit die erleuchteten Fenster von Jaschos Stube auf, in der jetzt Michael unter der Hängelampe saß und schrieb, die Organistenleute aber hatten es sich vor ihrem Hause in der Kühle des Abends bequem gemacht.

»Der Jascho kommt morgen nachmittag.« Mit dieser Neuigkeit begrüßte die Organistin sie. Fast wäre sie vor Schreck umgefallen: die Füße versagten ihr den Dienst, ihr Herz begann zu pochen, daß ihr der Atem stockte, sie wurde plötzlich feuerrot, und ein Beben überkam sie; und nachdem sie eine Weile bei ihnen geblieben war, damit man ihr nichts anmerken sollte, rannte sie davon, als jagte jemand hinter ihr drein, und lief dann über den Pappelweg auf den Wald zu ...

»Mein lieber Jesus!« jauchzte sie voll Dankbarkeit, breitete die Arme aus, und Tränen kamen ihr aus den Augen; es war in ihr ein solches Singen, daß sie die Lust ankam, zu lachen und aufzuschreien, irgendwohin auf und davon zu rennen, und die Bäume zu umarmen, und sich an die Felder zu schmiegen, die schlafend im Mondglast lagen.

»Der Jascho kommt, der Jascho wird kommen!« murmelte sie ab und zu, und riß sich empor, wie ein auffliegender Vogel und rannte, von der Macht ihrer Sehnsucht und Erwartungen getrieben, als wollte sie ihrem Schicksal und ihrem unaussprechlichen Glück entgegenlaufen.

Es war schon spät am Abend, als sie endlich wieder zurückkam. Die Häuser waren schon dunkel, nur auf dem Borynahof, wo viel Volk beisammen war, leuchteten noch die Fenster. Sie wandte sich ihrem Hause zu, um von Jaschos Wiederkehr zu träumen und auf jenes ersehnte Morgen zu warten.

Aber vergeblich drehte sie sich auf ihrem Lager hin und her, und als sie hörte, daß ihre Mutter tief eingeschlafen war, erhob sie sich ganz leise, und in ihre Schürze gehüllt, setzte sie sich vors Haus, um auf das Kommen des Schlafes und auf das Morgengrauen zu warten.

Bei den Borynas, jenseits des Weihers, war immer noch die eine Seite erleuchtet, und hin und wieder konnte man von dort gedämpftes Stimmengewirr hören.

Sie starrte vor sich hin auf die zitternden Lichtspiegelungen im Wasser, bald hatte sie aber alles vergessen und versank in gestaltloses, ungewisses Sinnen, das sie wie Spinnwebe umsponnen hatte und sie mit einem Male in einen stillen Abend, voll glühenden Lichts versetzte, in eine weite Welt voll ungestillter Sehnsucht.

Der Mond war schon untergegangen, und fahles Dämmerlicht umhüllte das Land; hoch am Himmel flimmerten die Sterne, nur hin und wieder stürzte plötzlich einer mit einer solchen Geschwindigkeit herab und verlor sich irgendwo in so grausige Weiten, daß es einem den Atem benahm und ein Schauer über die Glieder rann; manchmal strich ein warmer leichter Hauch liebkosend über sie hin, als wäre es die leise Berührung einer zärtlichen Hand, oder es stieg von den Feldern ein so schwüler duftender Brodem, der sie ganz umfing, daß sie sich aufreckte und ihre Arme ausbreitete. Sie saß in Gedanken versunken und ganz dem Gefühl einer unaussprechlichen Süße hingegeben und war wie eine Knospe, die sich auftun möchte; die Nacht schlich leise und behutsam an ihr vorüber, als wollte sie das Menschenglück nicht verscheuchen.

Bei den Borynas war immer noch Licht, Witek stand eifrig Posten auf der Dorfstraße und paßte auf, daß nicht ein Ungebetener horchen sollte; man war zu einer heimlichen freundschaftlichen Beratung vor der morgigen Versammlung im Gemeindeamt zusammengekommen, zu der der Schulze alle Bauern aus Lipce geladen hatte.

In der Stube, in der sie sich versammelt hatten, war es dämmerig; ein Lichtstumpf glimmte am Rauchfang, so daß man nur einzelne Köpfe aus dem Dunkel hervortauchen sah; es mochten wohl an die zwanzig Mann zusammengekommen sein, alle diejenigen, die zu Antek und Gschela hielten.

Rochus, der irgendwo ganz im Schatten saß, erklärte ihnen lang und breit, was daraus für das Dorf entstehen könnte, wenn sie sich mit dem Bau der Schule in Lipce einverstanden erklären würden; und danach schärfte Gschela einem jeden einzeln ein, wie er zu stimmen hatte und was er dem Natschalnik sagen müßte.

Bis tief in die Nacht berieten sie sich dort, denn es ging nicht ohne Zank und Widerreden ab; schließlich aber einigten sie sich doch und gingen noch vor Morgengrauen rasch auseinander, denn am nächsten Tag mußte man schon früh aufbrechen.

Jaguscha aber saß immer noch auf der Mauerbank ganz in Nachsinnen versunken und unempfindlich gegen alles, hin und wieder nur flüsterten ihre heißen Lippen wie in einem endlosen Gebet die Worte:

»Er wird kommen, er wird kommen!«

Und willenlos saß sie da, diesem Morgen entgegenschauend, als wollte sie erspähen, was für sie dieser Tag, der schon über der Erde graute, bringen würde, und gab sich voll banger Freude dem Unbekannten hin, das da kommen sollte.

* * *

Es ging gegen Mittag, die Hitze wurde immer stärker, das ganze Volk hatte sich schon vor dem Gemeindeamt versammelt, und der Natschalnik war noch immer nicht da. Der Gemeindeschreiber trat immer wieder vor die Haustür und blickte auf die breite, mit krüppeligen Weiden bestandene Landstraße, sich die Augen mit der Handfläche beschattend, aber man sah nur die Pfützen vom gestrigen Gewitterregen blinken, und hin und wieder kam ein verspäteter Wagen bedächtig des Wegs gefahren oder ein weißer Bauernkittel tauchte hier und da hinter einem Baum auf.

Die Menge wartete geduldig, nur der Schulze rannte wie besessen umher, spähte die Straße entlang und trieb die Männer, die die Löcher und ausgefahrenen Stellen auf dem Platz vor dem Amt mit Erde zuwarfen, immer lauter zur Eile an.

»Rasch, Leute! Daß man nur noch fertig wird, bevor er kommt.«

»Macht nur nicht aus Angst was in die Hosen«, ließ sich aus dem Haufen eine Stimme vernehmen.

»Rührt euch, Leute! Ich bin hier im Amt, das ist jetzt keine Zeit zum Spaßmachen.«

»Habt euch nicht so, Herr Schulze ...« lachte einer der Rschepetzkischen.

»Reißt mir hier noch mal einer das Maul auf, laß ich ihn einsperren«, schrie der Schulze giftig und lief davon, um vom Kirchhof aus Umschau zu halten; dieser war auf einem Hügel gelegen, an den das Gemeindeamt mit der Giebelseite grenzte.

Große uralte Bäume erhoben sich darüber, zwischen den Ästen sah man den grauen Kirchturm emporragen, und die schwarzen Arme der Kreuze sahen über die Steinmauer und über die Dächer der umstehenden Häuser auf die Dorfstraße.

Der Schulze ließ, nachdem er vergeblich gespäht hatte, einen der Schultheißen bei den Leuten zurück und betrat die Kanzlei des Gemeindeamts, wo die Menschen in einem fort ein- und ausgingen, denn der Gemeindeschreiber ließ immer wieder einen der Anwesenden zu sich kommen, um ihn leise wegen der rückständigen Steuern, wegen des noch unbezahlten Gerichtsbeitrages und noch wegen verschiedener anderer Dinge zu mahnen. Natürlich waren solche Ermahnungen nicht nach jedermanns Geschmack; sie hörten ihm aufseufzend zu, denn was war da jetzt zu machen bei der schweren Vorerntezeit? Wie sollten sie denn zahlen, wenn manch einer nicht einmal Geld hatte, um sich Salz zu kaufen? So verbeugten sie sich nur tief vor ihm, und manch einer küßte ihm selbst die Hand und ließ seinen letzten Silberling in seine ausgestreckte Hand gleiten, und alle baten sie um das gleiche, daß ihnen die Zahlung bis zur neuen Ernte oder mindestens bis zum nächsten Jahrmarkt gestundet werden möchte.

Der Schreiber war ein ganz schlauer und gerissener Kunde; er zog den Menschen, wo er nur konnte, das Fell über die Ohren, er tat, als verspräche er alles, drohte dem einen mit den Gendarmen, tat dem anderen ins Gesicht hinein freundlich, stellte sich mit dem dritten auf gleich und gleich und schwindelte dabei noch von jedem etwas für sich heraus. Einmal fehlte es ihm an Hafer, dann brauchte er junge Gänse für den Natschalnik, oder machte Anspielungen, daß er gern Stroh zum Drehen von Seilen hätte, und es blieb ihnen da nichts anderes übrig, als ihm alles zu versprechen, was er nur wollte; er aber nahm jeden von denen, die er besser kannte, noch ehe er ihn gehen ließ, beiseite und riet ihm, sozusagen aus guter Freundschaft:

»Stimmt aber ja für die Schule, denn wenn ihr euch widersetzt, kann der Natschalnik noch böse werden und euch den Frieden mit dem Gutsherrn verderben.«

»Wieso denn? Wir machen doch den Frieden mit dem Gutsherrn freiwillig«, sagte Ploschka erstaunt.

»Das ist schon wahr, aber ihr wißt ja, der Herr hält zum Herrn, und der Bauer hat dabei das Nachsehen.«

Ploschka ging ganz besorgt davon, und der Schreiber rief immer wieder neue Namen auf, und jeden wußte er mit etwas anderem zu schrecken und suchte sie alle zuletzt doch zu demselben zu zwingen, so daß es sich bald unter allen Anwesenden herumsprach.

Es war ein ganzer Haufen Menschen zusammengekommen, über zweihundert Mann waren wohl beisammen; sie standen zuerst dorfweise, ein jeder bei den Seinen, so daß man leicht erkennen konnte, welche Leute aus Lipce, welche aus Modlica und welche wiederum aus Pschylenka oder aus Rschepki waren, denn jedes Dorf zeichnete sich durch eine andere Tracht ab. Als sich aber die Kunde verbreitet hatte, daß man für die Schule stimmen sollte, denn so wünschte es der Natschalnik selbst, fingen sie an, sich untereinander zu mischen, von einem Haufen zum andern hinüberzugehen und sich, wie es einem jeden gerade paßte, diesem oder jenem zuzugesellen. Nur die kleinadeligen Dörfler von Rschepki hielten sich abseits und sahen trotzig und herausfordernd zu den Bauern hinüber, obgleich sie ja selber lauter arme Teufel waren, so daß man sich über sie lustig machte und sich erzählte, daß drei von ihnen auf einen Kuhschwanz kämen. Das übrige Volk aber hatte sich in einem bunten Durcheinander über den Platz ausgebreitet, und viele suchten Schutz im Schatten der Kirchhofsbäume oder machten sich an ihren Wagen zu schaffen.

An der großen, von einer Anzahl hoher Bäume umgebenen Schenke, die wie in einem schattigen Wäldchen gegenüber dem Gemeindehaus lag, war das Gedränge besonders groß; die meisten Menschen hielten sich da auf, denn die Hitze war, obgleich ein frischer Wind über die Felder strich, ganz unerträglich, die Sonne brannte dermaßen, daß schon manch einem schier der Atem ausging; man versuchte also, beim Bier Kühlung zu finden. Die Schenke war gedrängt voll, und selbst draußen unter den Bäumen standen die Menschen in Haufen, redeten und beratschlagten sich leise miteinander und achteten dabei eifrig auf die Gemeindekanzlei und auf die Wohnung des Schreibers, die in der anderen Hälfte des Hauses gelegen war, und aus der ein immer lauterer Lärm und ein eifriges Hin- und Herlaufen hörbar wurde.

Ab und zu steckte die Frau des Schreibers ihr wohlgemästetes Gesicht zum Fenster hinaus und schrie:

»Eil' dich doch, Magda! Daß du dir die Füße brichst, du Schlampe!«

Die Magd kam immer wieder durch die Stuben gerannt, so daß es nur so dröhnte und die Scheiben klirrten; ein Kind fing an laut zu schreien, hinter dem Haus gackerten die Hühner erschrocken auf, und der Gemeindediener jagte atemlos hinter den Kücken her, die auf die Straße und ins Kornfeld auseinander stoben.

»Das sieht ja aus, als ob sie den Natschalnik bewirten wollten«, sagte einer der Bauern.

»Der Schreiber soll gestern einen ganzen Korbwagen voll verschiedenerlei Flaschen aus der Stadt mitgebracht haben.«

»Die werden sich wieder so besaufen, wie im vorigen Jahr.«

»Als wenn sie sich das nicht leisten könnten! Das Volk zahlt ihnen doch genug Steuern, und kein Mensch ist da, der ihnen auf die Finger guckt«, sagte Mathias; doch jemand unterbrach ihn plötzlich:

»Sei still, die Gendarmen sind da.«

»Rein wie die Wölfe treiben die sich hier herum; man merkt schon gar nicht mehr, wann sie kommen, ehe man sich was denkt, stehen sie schon da.«

Sie verstummten ängstlich, denn die Gendarmen hatten sich vor der Kanzlei niedergesetzt. Eine dichte Menge hatte sich um sie versammelt; der Schulze und der Müller befanden sich im Haufen, und auch den Schmied sah man in der Nähe herumschleichen und aufmerksam aufhorchen.

»Der Müller wedelt um sie herum, wie ein hungriger Hund!«

»Der hat den am liebsten, vor dem sich andere fürchten.«

»Wenn die Gendarmen da sind, dann muß auch der Natschalnik gleich kommen!« rief Gschela, der Bruder des Schulzen, und trat auf Antek zu, der mit Mathias, Klemb und Stacho Ploschka etwas abseits stand; nachdem sie miteinander gesprochen hatten, trennten sie sich wieder und mischten sich sofort unter die Menge, wo sie hier und da etwas Wichtiges vorzutragen hatten, so daß man ihren Worten andächtig lauschte. Hin und wieder seufzte einer auf, kratzte sich besorgt den Schädel und schielte nach den Gendarmen hinüber; man drängte sich trotzdem immer dichter um die Vortragenden zusammen.

Antek, der gegen die Wand der Schenke gelehnt stand, sprach bestimmt und nachdrücklich, als teile er Befehle aus; in einem anderen Haufen im Schatten der Bäume redete Mathias, allerhand Witze dabei machend, so daß manch einer auflachte; in einem dritten Haufen führte Gschela das erste Wort, er redete klug, als läse er aus einem Buch vor, so daß es schwer war, alles zu begreifen, was er sagte.

Alle drei aber versuchten, zu ein und demselben die Leute zu drängen, und zwar, nicht auf den Natschalnik zu hören, noch auf die, die es stets mit der Regierung hielten, und den Bau der Schule nicht zu bewilligen.

Das Volk hörte aufmerksam zu; all die vielen Köpfe bewegten sich hin und her, so daß es aussah, als striche ein Windzug über die Waldeswipfel.

Keiner sagte etwas, sie nickten nur bejahend mit den Köpfen; denn selbst der Dümmste noch begriff, daß man von dieser neuen Schule nur das haben würde, daß sie wieder neue Steuern zahlen müßten, und damit hatte es keiner eilig.

Und dennoch hatte eine Unruhe die Menge ergriffen, sie traten von einem Fuß auf den anderen, begannen sich zu räuspern und zu hüsteln, und keiner wußte recht, was er tun sollte.

Das war schon so: der Gschela redete klug, und der Antek sprach einem aus der Seele, aber es war doch bedenklich, sich dem Natschalnik zu widersetzen und mit dem Amt in Uneinigkeiten zu kommen.

Der eine sah auf den andern, jeder überlegte es sich im stillen noch einmal gründlich, und alle achteten darauf, was die Reichen wohl täten; aber der Müller und was sonst noch die Ersten aus den anderen Dörfern waren, hielten sich seltsam zurück und standen wie absichtlich dicht unter den Augen der Gendarmen und des Schreibers.

Antek ging zu ihnen herüber, um ihnen die Sache auseinander zu setzen, aber der Müller sagte unwirsch:

»Wer Verstand hat, wird selber wissen, wie er stimmen soll«, und er wandte sich dem Schmied zu, der allen beipflichtete und sich unruhig in der Menge zu schaffen machte; er schnüffelte überall herum, denn er hatte gemerkt, daß irgend etwas im Gange sein müßte, sah beim Schreiber ein, redete mit dem Müller, traktierte Gschela mit Tabak und verstand so seine Absichten zu verbergen, da man bis zuletzt noch nicht wußte, zu wem er hielt.

Die meisten hatten schon die Absicht, gegen die Schule zu stimmen, sie zerstreuten sich über den Platz, und ohne auf die Mittagshitze zu achten, redeten sie immer lauter und dreister miteinander; plötzlich steckte der Schreiber den Kopf zum Fenster hinaus und rief:

»Laß einen von euch mal herkommen!«

Es rührte sich jedoch niemand daraufhin, man tat, als ob man es nicht gehört hatte.

»Es soll einer nach dem Gutshof wegen der Fische 'rüberlaufen, heute früh sollten sie sie doch schicken und haben sie bis jetzt nicht geschickt! Rasch aber!« befahl er mit lauter Stimme.

»Wir sind hier nicht da, um Knecht zu spielen!« ließ sich eine trotzige Stimme vernehmen.

»Laß ihn selber laufen; dem tut wohl sein Bauch leid«, lachte einer, denn der Schreiber hatte einen Wanst wie eine Trommel.

Der Schreiber fluchte vor sich hin, und nach einer Weile sah man den Schulzen quer durch den Hof sich hinter die Schenke schleichen, und plötzlich lief er eilig in der Richtung des Gutshofes davon.

»Er hat wohl die Kinder vom Schreiber trocken gelegt, danach muß er sich jetzt mal ordentlich durchlüften.«

»Versteht sich, die Frau Schreiberin mag den Gestank nicht in ihren Stuben.«

»Bald wird er denen noch das Putzelan 'raustragen«, höhnten sie.

»Hale, daß der Gutsherr immer noch nicht zu sehen ist«, wunderte sich einer, aber der Schmied sagte mit einem schlauen Lächeln:

»Der wird wohl so dumm sein und sich hier zeigen!«

Sie sahen ihn fragend an.

»Versteht sich, was soll er sich da den Natschalnik zum Feind machen, denn für die Schule wird er doch nicht stimmen, das würd' ihm doch zu teuer kommen! Der ist klug!«

»Aber du, Michael, hältst doch zu uns?« fragte Mathias ihn drängend.

Der Schmied wand sich wie ein getretener Regenwurm, und nachdem er irgend etwas in den Bart gemurmelt hatte, fing er an, sich zum Müller hindurch zu drängen, der an mehrere Bauern herangetreten war und laut zum alten Ploschka redete, so daß auch die anderen davon etwas hören sollten:

»Und ich will euch nur eins raten, stimmt so, wie das Amt das will. Die Schule ist nötig, und wenn es selbst die schlechteste wäre, wäre sie noch besser, als keine. So eine wie ihr wollt, gibt man euch doch nicht. Da ist nichts zu wollen, mit dem Kopf kann man nicht die Wand einrennen. Und werdet ihr die Schule nicht bewilligen, dann baut man sie euch einfach ohne eure Zustimmung.«

»Wenn wir kein Geld geben, wovon sollen sie denn da eine bauen?« ließ sich einer aus dem Haufen vernehmen.

»Du bist schön dumm! Die werden sich das schon selber nehmen, und gibst du es nicht freiwillig, dann werden sie dir deine letzte Kuh wegnehmen und sperren dich noch ein wegen Widerstand gegen die Behörden! Verstehst du! Das ist nicht, als ob ihr mit dem Gutsherrn zu verhandeln hättet«, wandte er sich darauf an die Leute aus Lipce, »mit dem Natschalnik ist nicht zu spaßen. Ich sag' euch, tut was man euch befiehlt und dankt Gott, daß es nichts schlimmer ist.«

Die, welche ähnlich dachten, pflichteten ihm bei, und der alte Ploschka ließ sich ganz unerwartet nach einer längeren Überlegung vernehmen:

»Ihr habt recht, Rochus hat das Volk irre geführt, er treibt die Leute ins Verderben.«

Darauf trat ein Hofbauer aus Pschylenka hervor und sagte laut:

»Das kommt daher, weil der Rochus zu den Herren hält und gegen die Regierung aufstachelt!«

Man schrie von allen Seiten auf ihn ein, aber er ließ sich nicht einschüchtern, und sobald es stiller geworden war; erhob er wieder seine Stimme:

»Und die Dummen helfen ihm! Das ist so«, er sah sich im Umkreis um, »und wem das wider den Strich geht, der kann herkommen, dann will ich es ihm ins Gesicht sagen, daß er dumm ist! Die wissen wohl nicht, daß es immer so gewesen ist, daß die Herren eine Verschwörung machen, dann das Volk aufwiegeln und ins Unglück bringen; aber wenn es zum Zahlen kommt, wer muß denn da die Sache ausbaden? Die Bauern! Und wenn sie euch Kosaken einquartieren, wer wird da nachher ausgepeitscht? Wer wird zu leiden haben? Wen werden sie ins Kriminal schleppen? Niemand anders als die Bauern! Die Herren werden sich nicht für euch einsetzen, wie Judasse werden sie alles verleugnen und werden noch die hohe Obrigkeit bei sich bewirten.«

»Was gilt denen das Volk? Es ist nur dazu da, daß sie ihm das Blut aussaugen.«

»Und wenn sie so könnten, dann würden sie gleich morgen die Leibeigenschaft wieder einführen!« erhoben sich verschiedene Zurufe:

»Der Gschela sagt«, fing er wieder an, »sie sollen in der Schule alles in unserer Sprache lehren, und wenn sie das nicht wollen, dann soll man keine Schule bewilligen und nicht einen Groschen geben; jawohl, ein Knecht kann vielleicht noch seinem Bauern zurufen: arbeiten werd' ich nicht mehr, kannst mir den Buckel 'runterrutschen! und dann kann er weglaufen, bevor man ihm was antut. Aber das Volk kann ja nicht wegrennen und kriegt, wenn es aufsässig wird, schon seine Prügel, niemand wird dafür seinen Buckel hinhalten. Das sag' ich euch, aber es wird noch billiger ausfallen, eine Schule zu bauen, als sich der Regierung zu widersetzen. Daß sie da nicht in unserer Sprache unterrichten, ist ja wahr, aber zu Russen werden sie uns auch so nicht machen, denn keiner von uns wird doch anders beten, oder mit den anderen sprechen, als wie die Mutter ihn gelehrt hat! Und zum Schluß will ich euch noch sagen: laßt uns Bauern zusammenhalten! Und wenn die Herren miteinander was haben, dann geht das uns nichts an, laß sie sich zanken und totbeißen; das sind mir gerade die rechten Brüder, die einen wie die anderen; daß sie die Pest hole!«

Sie drängten sich dicht um ihn und schrien auf ihn ein wie auf einen tollen Hund; vergeblich versuchte der Müller, ihn in Schutz zu nehmen, vergeblich traten einzelne für ihn ein. Gschelas Anhänger fingen schon an, ihm mit den Fäusten zu drohen, und vielleicht wäre es noch zu etwas Schlimmerem gekommen, wenn nicht der alte Pritschek plötzlich gerufen hätte:

»Die Gendarmen hören zu!«

Es wurde mit einem Male still, der Alte aber trat hervor und begann schon fast zornig zu sprechen:

»Die heilige Wahrheit hat er gesagt, an unseren eigenen Vorteil sollen wir denken! Kannst jetzt still sein, hast dein Teil gesagt, dann laß auch einen anderen seine Meinung sagen! Die schreien hier herum und glauben, daß sie die Klügsten sind! Versteht sich, wenn der Verstand im Geschrei läge, dann hätte jeder Maulheld mehr davon, als der Pfarrer selbst! Lacht nur zu, aber ich kann es euch sagen, wie es um jene Zeiten herum aussah, als die Herren ihren Aufstand gemacht haben; ich weiß noch gut, wie sie uns vorgeschwindelt und geschworen haben, daß wenn Polen wieder zurechtkäme, sie uns die Freiheit und Wald und Land und was nicht noch alles geben würden! Vorgeredet und versprochen haben sie es uns, und was wir gekriegt haben, das hat uns ein anderer gegeben, und bestrafen mußte er sie noch, weil sie in keiner Sache dem Volk eine Erleichterung schaffen wollten! Hört auf die Herren, wenn ihr so dumm seid, aber mich lockt seiner auf Spreu, ich weiß gut, was dieses – ihr Polen – bedeuten soll; das ist nur eine Peitsche für unseren Buckel und Knechtschaft und Leibeigenschaft! Mich hat noch keiner ...«

»Lang' ihm doch eine übers Maul, damit er endlich die Schnauze hält«, ließ sich plötzlich eine Stimme vernehmen.

»Und jetzt bin ich doch«, fuhr der Alte fort, »mein eigener Herr, mein Recht hab' ich jetzt, und niemand darf es wagen, mich auch nur mit dem Finger anzurühren. Für mich ist Polen da, wo ich es gut habe, wo ich ...«

Höhnische Zurufe, die von allen Seiten wie ein Hagel auf ihn eindrangen, unterbrachen seine Rede:

»Das Schwein grunzt auch vor Zufriedenheit und lobt seinen Schweinestall und den vollen Trog!«

»Und wenn es sich fein was angemästet hat, kriegt es eins mit dem Knüttel über den Kopf und mit dem Messer eins über die Kehle!«

»Und auf dem Jahrmarkt hat ihn erst neulich der Gendarm verprügelt, und da redet er jetzt, daß ihn niemand auch nur mit dem Finger anrühren darf.«

»Was der hier vorerzählt, und Verstand hat er gerade so viel wie 'n Pferdeschwanz!«

»Feiner Herr, seinen Willen hat er, jawohl, und die Läuse tragen ihn von selbst durch die Welt!«

»Das ist wahr, auch die Strohwische in den Stiefeln würden dasselbe sagen!«

»Kann nicht einmal die Hühner richtig abtasten und will hier was zu sagen haben! Der Mistfink! Schöps! ...«

Der Alte wurde ganz wütend, aber er sagte nur:

»Aaszeug! Selbst die grauen Haare wissen sie nicht zu ehren!«

»Dann müßte man jeden Grauschimmel ehren, schon allein, weil er grau ist, ha?«

Ein lautes Lachen setzte ein, und sie wandten sich von ihm ab, die Augen auf das Dach des Gemeindeamts richtend, auf das der Gemeindediener geklettert war, um, sich am Schornstein festhaltend, Ausschau zu halten.

»Jusek, mach' doch dein Maul zu, sonst fliegt dir da noch was hinein!« riefen sie lachend, denn ein ganzer Schwarm Tauben kreiste über ihm; im selben Augenblick aber schrie er plötzlich los:

»Er kommt, er kommt schon! Eben biegt der Wagen von Pschylenka auf die Landstraße ab!«

Die Menge fing sogleich an, sich vor dem Amtsgebäude zusammenzudrängen und spähte geduldig den noch ganz leeren Weg entlang.

Die Sonne war gerade ein bißchen hinter den Dachfirst gerückt, so daß sich unter der Dachtraufe ein immer längerer Schatten hervorschob, in welchem man alsbald einen grün gedeckten Tisch mit einem Kruzifix darauf aufstellte. Der rothaarige, rundliche Hilfsschreiber trug die Akten hinaus, legte sie auf dem Tisch zurecht und fingerte dabei immerzu an seiner Nase herum.

Der Schreiber begann hastig seinen Festtagsrock überzuziehen, und vom Haus herüber drang wieder die gellende Stimme der Frau Schreiberin, das Klirren der Teller, der Lärm geschobener Gegenstände und ein polterndes Hin- und Herlaufen herüber; kurz darauf erschien auch der Schulze. Er blieb, rot wie eine Rübe, schweißgebadet und völlig atemlos, unter der Haustür stehen; um den Nacken hing ihm schon die Amtskette, und nachdem er mit seinen Augen die Menge geprüft hatte, rief er streng:

»Still da, Leute, ihr seid ja nicht in der Schenke!«

»Peter, kommt doch mal her, ich will euch was sagen!« rief ihm der Klemb zu.

»Hale! Hier gibt es keinen Peter, nur einen Beamten!« knurrte er ihn von oben herab an.

Sie griffen seine Worte auf und schlugen sich vor Vergnügen auf die Schenkel, als plötzlich die feierliche Stimme des Schulzen laut verkündete:

»Tretet auseinander, Leute! Der Herr Natschalnik kommt!«

In diesem Augenblick erschien auf der Dorfstraße eine Kutsche und fuhr in einem Bogen, über die Unebenheiten des Platzes hinwegschwankend, am Gemeindeamt vor.

Der Natschalnik hob die Hand an die Mütze, die Bauern nahmen die Hüte ab und standen schweigend da, der Schulze und der Schreiber stürzten hinzu, um ihm aus dem Wagen zu helfen, und die Gendarmen blieben stramm an der Tür stehen, steif gereckt wie Stöcke.

Der Natschalnik ließ sich aus dem Wagen herausheben und sich den weißen Mantel abziehen. Sodann wandte er sich um, überflog die Menge, glättete seinen strohblonden Kinnbart, runzelte die Stirn, nickte mit dem Kopf und betrat das Haus, der Einladung des zu einem Bogen sich zusammenkrümmenden Schreibers folgend.

Die Kutsche fuhr davon, und die Bauern umzingelten wieder den Tisch in der Erwartung, daß die Sitzung gleich beginnen sollte, aber es ging ein gutes Ave, es ging selbst vielleicht ein ganzes Paternoster vorüber und der Natschalnik zeigte sich nicht; nur aus der Wohnung des Schreibers hörte man das Klirren von Gläsern und Lachen, und leckere Düfte breiteten sich aus.

Da manch einem das Warten zu lange wurde und auch die Sonne immer stärker brannte, versuchte dieser und jener sich nach der Schenke fortzuschleichen, aber der Schulze schrie sie an:

»Nicht auseinandergehen! Und wer fehlen wird, der wird aufgeschrieben.«

Natürlich blieben sie und fluchten nur um so wütender, ungeduldig auf die Fenster der Schreiberwohnung starrend, die man von innen geschlossen und mit einer Gardine verhängt hatte.

»Die schämen sich da, vor den Augen aller zu saufen!«

»Das ist auch besser, man hat ja auch nichts davon, als daß man seine eigene Spucke herunterschlucken kann!« redeten sie untereinander.

Aus dem Gemeindegefängnis, das in einer Reihe mit dem Gemeindeamt lag, ließ sich ein klägliches, langgezogenes Blöken vernehmen, und nach einer Weile tauchte der Gemeindediener auf mit einem kräftigen Bullenkalb, das er an einem Tau mit sich zerrte. Das Kalb widersetzte sich aus ganzer Macht, bis es ihm plötzlich einen Stoß versetzte, so daß der Mann so lang er war zu Boden fiel; darauf hob es den Schwanz und rannte davon, daß der Staub aufwirbelte.

»Greif' den Dieb, greif' ihn!«

»Und streu' ihm Salz auf den Schwanz, dann kommt er wieder!«

»Ist der aber frech, läuft aus dem Gefängnis davon und hebt noch den Schwanz vor dem Herrn Schulzen!« stichelten sie und lachten über den Gemeindediener, der dem Kalb nachjagte und es erst mit Hilfe der Schultheißen auf dem Hofplatz einfangen konnte. Sie hatten sich noch nicht einmal verschnauft, als der Schulze den Befehl gab, das Gefängnis sofort auszufegen; er überwachte sie selbst, trieb sie zur Eile an und half sogar mit, denn er hatte Angst, daß der Natschalnik vielleicht Lust bekommen könnte, einmal hineinzusehen.

»Herr Schulze, ihr müßt da räuchern lassen, damit er nicht herausschnüffelt, wen ihr da gefangen gehalten habt.«

»Ihr braucht keine Angst zu haben, nach dem Schnaps wird er die Witterung schon verloren haben.«

Immer wieder machte sich einer über ihn lustig, so daß der Schulze mit den Augen blitzte und die Zähne zusammenbiß; doch schließlich wurde ihnen selbst das Gespött zuwider, so hatte ihnen das Warten in der Hitze und der Hunger zugesetzt; sie rannten im hellen Haufen unter die schattigen Bäume, ohne auf das Verbot des Schulzen zu achten; und Gschela rief ihm noch zu:

»Hale, du denkst wohl, das Volk ist wie ein Hund, das kommt nicht auf deinen Pfiff und wenn du bis zum Abend schreien solltest!« Und zufrieden, daß die Leute nicht mehr unter den Augen der Gendarmen waren, begann er wieder von einem zum anderen zu gehen und jeden einzeln daran zu erinnern, wie sie stimmen wollten.

»Fürchtet euch nur nicht!« fügte er hinzu, »das Recht ist auf eurer Seite! Was wir bestimmen, das müssen sie tun, und was die Gemeinde nicht will, dazu kann sie niemand zwingen.«

Sie hatten sich kaum in den Schatten gelegt und etwas zu essen begonnen, als die Schultheiße zu rufen anfingen und der Schulze mit Geschrei angelaufen kam:

»Der Natschalnik kommt' raus! Eilt euch! Wir fangen an!«

»Der hat sich genug vollgefressen, da treibt's ihn jetzt. Wir haben keine Eile! Laß ihn warten!« murmelten sie ärgerlich und begannen sich widerwillig vor dem Gemeindeamt zu sammeln.

Jeder Schultheiß stellte sich an die Spitze seines Dorfes, und der Schulze nahm am Tisch Platz neben dem Gehilfen des Gemeindeschreibers, welcher bedächtig in der Nase herumbohrte und hin und wieder nach den Tauben pfiff, die, durch das Stimmengewirr aufgescheucht, vom Dach aufgeflogen waren und wie eine zerflatternde weiße Wolke über ihren Köpfen kreisten.

»Achtung!« schrie plötzlich einer der Gendarmen, die stramm am Eingang standen.

Aller Augen wandten sich nach der Tür, aber es kam nur der Schreiber mit einem Schriftstück in der Hand heraus und schob sich hinter den Tisch.

Der Schulze schellte und begann darauf feierlich:

»Jetzt fangen wir an, Leute! Ruhig da, die aus Modlica! Der Herr Sekretär wird jetzt vorlesen von dieser Schule sozusagen! Und hört gut zu, damit jeder begreift, worum es sich handelt!«

Der Schreiber setzte die Brille auf und fing an, laut und deutlich zu lesen.

Er hatte vielleicht schon ein Paternoster lang bei völligem Schweigen gelesen, als plötzlich jemand laut rief:

»Wir verstehen nichts!«

»In unserer Sprache lesen! Wir haben nichts verstanden!« erhoben sich zahlreiche Stimmen.

Die Gendarmen fingen an, eifrig in der Menge herumzusuchen.

Der Schreiber verzog sein Gesicht, aber las schon, indem er gleichzeitig die polnische Übersetzung hinzufügte.

Es wurde ganz still, sie hörten andächtig zu, sich jedes Wort reiflich überlegend und dabei auf ihn starrend wie auf ein Heiligenbild. Der Schreiber las bedächtig weiter:

»... um dessentwillen befohlen ist, eine Schule in Lipce zu errichten, die zugleich auch für Modlica, Pschylenka, Rschepki und andere kleinere Dörfer zu gelten hat.«

Darauf breitete er sich darüber aus, was für ein Vorteil ihnen daraus kommen würde und was für ein Segen die Bildung wäre, wie die Regierung Tag und Nacht daran dächte, dem Volk zu helfen, es zu fördern, zu bilden und vor dem Bösen zu beschützen. Und schließlich zählte er auf, was sie für den Platz mit dem dazu gehörigen Feld, für das Schulgebäude selbst und für die Erhaltung der Schule und den Unterhalt des Lehrers aufzubringen hätten, und daß man dafür zwanzig Kopeken pro Morgen Zusatzsteuer zu bewilligen hätte. Er schwieg, wischte sich die Brille und sagte vor sich hin:

»Der Herr Natschalnik hat gesagt, daß er, wenn ihr heute den Beschluß faßt, euch erlauben wird, noch in diesem Jahr mit dem Bau anzufangen, so daß die Kinder im kommenden Herbst schon die Schule besuchen können.«

Damit schloß er, aber niemand sagte etwas, jeder hatte noch etwas zu erwägen und duckte sich unter der Last der neuen Steuer, bis schließlich der Schulze das Wort ergriff:

»Habt ihr gut gehört, was der Herr Sekretär gelesen hat?«

»Versteht sich, wir sind doch nicht taub!« hörte man hier und da.

»Und wer was dagegen hat, der kann hervortreten und sagen, was er meint.«

Sie begannen sich anzustoßen und einer den anderen vorzudrängen, blickten unruhig auf die Älteren, kratzten sich die Köpfe, aber niemand hatte den Mut als Erster hervorzutreten.

»Wenn es so ist, dann wollen wir schnell die Steuer bewilligen und nach Hause gehen!« schlug der Schulze vor.

»Also was, alle erklären sich einstimmig einverstanden?« fragte der Schulze feierlich.

»Nein! Wir wollen nicht! Nein!« schrie Gschela und mit ihm wohl an die vierzig Stimmen.

»Wir brauchen nicht solch eine Schule! Wir wollen nicht! Wir haben schon genug Steuern! Nein!« rief man schon von allen Seiten dreister und trotzig.

Auf dieses Geschrei hin trat der Natschalnik heraus und blieb auf der Schwelle stehen; sie verstummten bei seinem Anblick, er zupfte seinen gelben Kinnbart und sagte sehr gnädig:

»Wie geht es euch, Hofbauern!«

»Gott bezahl's!« antworteten die ersten vom Rand, unter dem Druck der Menge, die den Natschalnik hören wollte, etwas vortretend. Dieser stand gegen den Türpfosten gelehnt da und redete jetzt in seiner Sprache weiter, mußte aber immerwährend aufstoßen.

Die Gendarmen sprangen auf das Volk zu und fingen an zu rufen:

»Die Mützen runter! Mützen ab!«

»Geh' mir aus dem Weg, du Aas, renn' mir nicht zwischen die Beine!« fluchte einer.

795

Der Natschalnik aber, obgleich er sehr wohlwollend begonnen hatte, schloß befehlend und auf Polnisch seine Rede:

»Macht vorwärts mit dem Bewilligen, denn ich hab' keine Zeit zum Warten.«

Und er blickte streng in ihre Gesichter, so daß manch einem die Angst kam; die Menge wogte auf, und ängstliches, gedämpftes Geflüster wurde vernehmbar.

»Na, was denn, stimmen wir für die Schule? Redet doch, Ploschka? Was wollen wir denn jetzt tun? ... Wo ist der Gschela? Er befiehlt es uns doch! Laß uns doch lieber stimmen!«

Immer lauter wurde das Stimmengewirr, bis schließlich Gschela hervortrat und keck sagte:

»Auf eine solche Schule wollen wir keinen Kopeken bewilligen.«

»Wir tun es nicht! Wir wollen es nicht! Nein, nein!« unterstützten ihn wohl hundert Stimmen.

Der Natschalnik runzelte drohend die Stirn.

Der Schulze erblaßte, und dem Schreiber fiel die Brille von der Nase; nur Gschela blieb unerschrocken; er bohrte ihn an mit seinen trotzigen Augen und wollte noch etwas hinzufügen, als der alte Ploschka hervortrat, sich tief verbeugte und demütig begann:

»Ich bitte Seine Gnaden, den hochwohlgeborenen Herrn Natschalnik, sich gnädigst anzuhören, was ich da zu sagen hätte, wie ich das so nach meinem Verstand begreife: Die Schule werden wir schon bewilligen, aber ein Silberling und zehn Heller pro Morgen sind zu viel. Die Zeiten sind jetzt schlecht, und Geld ist keins da! Das wollt ich nur gesagt haben.«

Der Natschalnik antwortete nicht; er schien in Gedanken vertieft zu sein, nickte hin und wieder wie bejahend und fuhr sich mit der Hand über die Augen. Durch seine Haltung ermutigt, fing der Schulze an, eifrig den Bau der Schule zu befürworten; und danach versuchte seine Partei, die Sache durchzudrücken; am lautesten aber stimmte der Müller ihm zu, ohne sich durch die bissigen Bemerkungen von Gschelas Partei im geringsten beirren zu lassen, bis schließlich Gschela zornig ausrief:

»Das ist alles nutzloses Gerede«, und nachdem er den geeigneten Augenblick abgepaßt hatte, trat er hervor und sagte trotzig:

»Und wie soll denn diese neue Schule werden?«

»Wie die anderen alle!« sagte der Natschalnik und erhob den Blick auf ihn.

»Gerade die brauchen wir nicht!«

»Für eine, die in unserer Sprache unterrichtet, dafür würden wir auch einen halben Rubel pro Morgen geben, aber für die andere keinen Kopeken!«

»Wozu brauchen wir so eine Schule? Meine Kinder haben drei Jahre gelernt und kennen nicht A noch B auseinander.«

»Ruhig da, Leute, ruhig!«

»Was die Schafe sich hier leisten wollen, und der Wolf lauert schon.«

»Diese Maulhelden, sie werden sicher ein neues Unglück für das Dorf herabschreien!« riefen sie, einander überschreiend, so daß ein arger Lärm entstand; jeder wollte das Seine beweisen und versuchte den anderen zu überreden; sie wurden immer hitziger, zerteilten sich in Haufen, und Streit und Widerreden erklangen von allen

Seiten. Am lautesten von allen schrien Gschelas Anhänger und gingen am wütendsten gegen die Schule an. Vergeblich versuchten der Schulze, der Müller und die Bauern der benachbarten Dörfer ihnen die Sache klar zu machen, baten und suchten sie mit Gott weiß was für Möglichkeiten zu schrecken: der größte Teil geriet in immer ärgere Wut und schrie immer dreister alles heraus, was ihm nur auf die Zunge kam.

Der Natschalnik saß inzwischen da, als hörte er nichts, flüsterte dem Schreiber etwas zu und ließ sie sich nach Herzenslust ausreden; und als ihm nun schien, daß es genug von diesem nutzlosen Gerede wäre, ließ er den Schulzen klingeln.

»Still da! Still! Zuhören!« versuchten die Schultheiße die Menge zu beruhigen.

Aber ehe es noch ganz still wurde, erklang die befehlende Stimme des Natschalniks:

»Die Schule muß kommen, versteht ihr! Ihr habt zu gehorchen und zu tun, was man euch befiehlt!«

Seine Stimme war streng, aber sie ließen sich nicht einschüchtern, und der alte Klemb erwiderte:

»Wir befehlen niemandem, auf dem Kopf zu stehen, dann sollen sie uns auch die Freiheit lassen, uns zu bewegen, wie uns die Klumpen gewachsen sind.«

»Haltet das Maul! Ruhig, hundsverdammte Bande!« fluchte der Schulze, vergeblich die Glocke schwingend.

»Was ich gesagt habe, das will ich auch wiederholen, daß man in unserer Schule auch in unserer Sprache lehren soll.«

»Karpenko! Iwanow!« brüllte der Natschalnik, sich an die Gendarmen wendend, die mitten im Gedränge standen; aber die Bauern hatten sie in einem Nu umzingelt, und jemand zischte ihnen zu:

»Versucht nur einen von uns anzufassen ... wir sind hier über dreihundert Mann ... merkt euch das ...«

Im selben Augenblick noch traten sie auseinander, ihnen eine freie Gasse lassend; dann drängte sich die ganze Masse mit wütendem Lärm ihnen nach auf den Natschalnik zu; sie fuchtelten mit den Fäusten, schimpften und standen mit keuchendem Atem da, und hin und wieder konnte man einen aus der Menge seine Meinung rufen hören:

»Jedes Tier hat seine Stimme, nur uns befiehlt man, ein fremde zu haben!«

»Und immerfort nichts als Befehle, und der Bauer kann gehorchen, zahlen und noch zum Dank die Mütze abnehmen.«

»Bald braucht man noch die Erlaubnis, um hinter die Scheune zu gehen.«

»Wenn sie so mächtig sind, dann laß sie mal gleich die Schweine wie die Lerchen singen«, rief Antek aus; ein Gelächter erscholl, und alsogleich begann er noch lauter zu rufen:

»Die sollen uns hier mal eine Gans wie einen Ochsen brüllen lassen. Dann werden wir ihnen gleich ihre Schule bewilligen.«

»Sie befehlen uns, Steuern zu zahlen, das tun wir; sie befehlen uns, Rekruten zu geben, das tun wir; aber davon, da sollen sie die Finger lassen ...«

»Seid man still, Klemb! Der allergnädigste Zar hat uns die Verfassung gegeben und darin steht deutlich, daß man in den Schulen und Gerichten polnisch reden soll.

Das hat der Zar selbst befohlen; dann wollen wir auch so tun wie er will!« schrie Antek.

»Was bist du für einer?« fragte der Natschalnik, seine Augen in ihn bohrend.

Antek erbebte, sagte aber unerschrocken, auf die Papiere weisend, die auf dem Tisch lagen:

»Da steht es geschrieben. Eine Elster hat mich nicht verloren«, gab er dreist hinzu.

Der Natschalnik sprach etwas mit dem Schreiber, und dieser verkündete bald darauf, daß Antony Boryna, als ein in Untersuchung Stehender, kein Recht habe, an der Gemeindeversammlung teilzunehmen.

Antek wurde ganz rot vor Wut, doch ehe er auch nur ein Wort sagen konnte, brüllte ihn der Natschalnik an:

»Scher' dich fort von hier!« Und mit den Augen gab er den Gendarmen ein Zeichen.

»Bewilligt nichts, Leute! Das Recht ist auf eurer Seite! Es kann euch nichts passieren!« rief Antek zum Schluß. Dann wandte er sich langsam dem Dorf zu, und sah sich ab und zu nach den Gendarmen um, wie ein Wolf, dem die Hunde auf der Spur sind, so daß sie immer weiter zurückblieben.

In der Menge wallte es plötzlich auf wie in einem Kessel; alle fingen auf einmal an zu schreien, zu räsonieren und sich miteinander wütend zu zanken, so daß man niemanden mehr verstehen konnte; nur Flüche, Drohungen und Spottrufe flogen wie Steine umher. Sie lärmten, als wären sie vom Bösen besessen; niemand konnte begreifen, woher und wie das alles so plötzlich gekommen war.

Sie stritten sich wegen der Schule, wegen Antek und zuletzt noch wegen des gestrigen Regens; der eine hielt seinem Nachbar den Schaden vor, den er vergangenes Jahr durch ihn gehabt hatte, dem anderen lief plötzlich die Galle über, und es entstand ein solches Durcheinander, ein solches Geschrei und eine solche Verwirrung, daß es schon schien, als würden sie einander jeden Augenblick in die Schöpfe oder an den Kragen fahren. Gschela versuchte Ruhe zu stiften, und auch andere mischten sich ein, aber sie waren nicht imstande, die aufgeregte Menge zu besänftigen. Der Schulze klingelte, daß ihm die Hände fast lahm wurden, und rief sie immer wieder zur Ordnung; doch nichts wollte nützen. Wie wütende Truthähne sprangen sie aufeinander zu, blind und taub für alles andere.

Erst als einer der Schultheiße mit einem Knüttel gegen eine leere Tonne zu schlagen begann, die unter der Dachtraufe stand, so daß es wie Trommelwirbel klang, kamen die Leute etwas zur Besinnung und fingen an, einander zu beschwichtigen.

Der Natschalnik aber, der vergeblich darauf wartete, daß sie sich beruhigen sollten, schrie auf einmal zornig los:

»Schweigt ihr da! Genug von diesen Beratschlagungen! Maul halten, wenn ich spreche. Die Schule werdet ihr bewilligen!«

Es wurde still, daß man eine Nadel hätte fallen hören können. Eine Angst war über alle gekommen, es überlief sie kalt, sie standen wie erstarrt da und sahen einander stumm und hilflos an; es kam ihnen gar nicht mehr in den Sinn, sich zu widersetzen, denn er stand drohend da und ließ seine Augen in die Runde gehen.

Darauf setzte er sich wieder, und der Schulze, der Müller und einige andere stürzten sich unter die Leute, um sie zum Gehorsam zu bewegen und ihnen Angst einzuflößen.

»Stimmt für die Schule, stimmt, stimmt! ...«

»Sonst nimmt es ein böses Ende. Ihr hört ja, was er sagt.«

Inzwischen ging der Schreiber die Anwesenden durch, so daß man immer wieder: »hier, hier« rufen hörte.

Nachdem man damit fertig war, stieg der Schulze auf den Stuhl und befahl:

»Wer für die Schule ist, soll auf die rechte Seite herübergehen und die Hand heben.«

Viele gingen herüber, aber die Mehrzahl blieb auf der Stelle stehen; der Natschalnik runzelte die Augenbrauen und befahl, sie sollten, damit die Abstimmung richtig vor sich ginge, unter Nennung des Namens stimmen.

Das besorgte Gschela sehr, denn er begriff wohl, daß sich keiner trauen würde, dagegen zu stimmen, wenn er einzeln seine Stimme abgeben sollte.

Aber es gab keinen Ausweg mehr. Der Gehilfe des Schreibers fing an, die Leute der Reihe nach an den Tisch heranzurufen, und der Schreiber machte bei dem Namen einen Strich, wenn er dafür war, oder ein Kreuz, wenn er dagegen stimmte.

Das dauerte ziemlich lange, denn es war eine Menge Menschen da, und schließlich verkündeten sie:

»Zweihundert Stimmen für die Schule und achtzig dagegen.«

Gschelas Anhänger erhoben ein lautes Geschrei.

»Nochmals stimmen! Das ist Betrug!«

»Ich habe nein gesagt, und der hat mir doch einen Strich gemacht!« rief einer und darauf behaupteten noch viele dasselbe, und die Hitzigeren riefen einander zu:

»Nicht zulassen, Leute, die Papiere zerreißen!«

Zum Glück fuhr in diesem Augenblick die Kutsche vom Herrenhof vor, so daß die Leute, ob sie wollten oder nicht, auseinandertreten mußten; der Natschalnik aber erklärte nach Durchsicht des Briefes, den ihm der Lakai überreicht hatte, feierlich:

»Das ist gut so, die Schule in Lipce wird gebaut.«

Natürlich traute sich keiner dagegen was zu sagen, sie standen wie eine Mauer und sahen ihn reglos an.

Er unterschrieb die Papiere, bestieg den Wagen und fuhr davon.

Sie grüßten ihn demütig; er sah sie nicht einmal mehr an und erwiderte nicht ihren Gruß. Er rief den Gendarmen etwas zu und ließ sodann den Wagen auf den Weg zum Herrenhof von Modlica abbiegen.

Sie blickten ihm eine Weile schweigend nach, bis einer von Gschelas Partei sagte:

»Dieses Lämmlein, sanft, daß man ihn an eine Wunde legen möchte, und ehe du dich dessen versehen hast, packt er wie ein Wolf zu und tritt auf dir herum.«

»Womit sollte man denn sonst die Dummen im Zaum halten, als mit Drohungen?«

Gschela seufzte nur, blickte in die Runde und sagte leise:

»Das haben wir heute verspielt, da ist nichts mehr zu machen, das Volk ist noch nicht gewöhnt, Widerstand zu leisten.«

»Es ist noch viel zu ängstlich, da gewöhnt es sich auch nicht so leicht daran!«

»So ein Mensch, der achtet das Gesetz selbst für nichts.«

»Das versteht sich, das Gesetz haben sie doch für uns geschrieben, nicht für sich.«

Ein Bauer aus Pschylenka trat heran und beklagte sich bei Gschela.

»Ich wollte ebenso stimmen wie ihr, aber wie er mich mit seinem Blick durchbohrt hat, da hab' ich rein meine Zunge nicht mehr regen können, und der Schreiber hat mich vorgemerkt, wie es ihm gerade gepaßt hat.«

»Bei der Sache ist so viel Betrug gewesen, daß man wirklich Klage gegen den Beschluß erheben könnte.«

»Kommt mit nach der Schenke rüber! Der Teufel soll das alles holen!« fluchte Mathias los, und sich gegen die Menge wendend, rief er laut: »Wißt ihr, Leute, was euch der Natschalnik vergessen hat zu sagen? Daß ihr nichts weiter als Schöpse und dumme Hunde seid. Ihr werdet schon gut für diesen Gehorsam bezahlen; aber laß sie euch schinden, wenn ihr so dumm seid!«

Sie versuchten sich zu rechtfertigen, und einer fing selbst an, auf ihn zu schimpfen, aber sie verstummten plötzlich, denn ein Judenwagen fuhr vorüber; der Jascho vom Organisten saß darin.

Die Leute aus Lipce umringten ihn, und Gschela erzählte ihm, was geschehen war. Jascho hörte aufmerksam zu, sprach dann über dieses und jenes und befahl, weiterzufahren.

Die Bauern aber gingen gemeinsam in die Schenke. Als sie bei der zweiten Runde angelangt waren, brüllte Mathias:

»Und ich will es euch sagen, an allem sind der Schulze und der Müller schuld.«

»Das ist wahr, sie haben am meisten zugeredet und einem Angst gemacht«, bekräftigte Stacho Ploschka.

»Und der Natschalnik hat gedroht, als ob er schon was über Rochus wüßte«, flüsterte einer.

»Wenn er es noch nicht weiß, dann werden sie es ihm schon sagen. Es finden sich immer solche!«

»Wo sind denn die Gendarmen?« fragte Gschela beunruhigt.

»Die sind scheinbar nach Lipce zu gegangen.«

Gschela stand einen Augenblick unschlüssig in der Schenke herum und ging, ehe sie sich versahen, hinaus; dann schlug er, ab und zu eifrig umspähend, den Richtweg ein, der über die Felder nach Lipce führte.

* * *

Antek sah sich nach den Zurückgebliebenen um, wie ein Kater, den man von einer Milchschüssel weggejagt hatte, und überlegte, ob er nicht doch umkehren sollte. Als er aber die ihm nachfolgenden Gendarmen erblickte, faßte er plötzlich einen anderen Entschluß: er brach sich unterwegs einen tüchtigen Ast ab, und gegen einen Zaun gelehnt, schnitt er ihn sich zurecht, wägte ihn in der Hand und achtete auf die sich nähernden verhaßten Graumäntel, die, trotzdem sie nur zögernd vorwärtsgingen, ihn doch bald eingeholt hatten.

»Wohin geht denn der Herr Sergeant spionieren?« redete er ihn spöttisch an.

»Dienstlich, Herr Hofbauer, vielleicht haben wir selbst dieselbe Richtung, was?«

»Das würd' ich schon gerne tun, aber es scheint mir, daß unsere Wege sich bald trennen werden.«

Er sah sich rasch um; auf dem Weg war nicht eine lebendige Seele, nur daß das Gemeindeamt noch etwas zu nahe lag; so ging er denn mit ihnen weiter, sich dabei immer dicht am Zaun haltend und eifrig darauf achtend, daß sie ihn nicht plötzlich überrumpelten.

Der Sergeant merkte das und begann sofort ein freundschaftliches Gespräch mit ihm, wobei er sich beklagte, daß er vom frühen Morgen an noch nichts gegessen hätte.

»Für den Natschalnik hat der Schreiber doch an Essen nicht gespart, da haben sie für den Herrn Sergeanten gewiß noch was aufgehoben. Im Dorf werden doch keine Leckerbissen zu finden sein; Kohl und Klöße, das ist doch nichts für so feine Herren«, höhnte er absichtlich, so daß der Jüngere, der ein mächtiger Kerl war und einen unsteten Blick hatte, irgend etwas vor sich hinmurmelte; doch der Ältere schwieg sich aus.

Antek lächelte nur in sich hinein und machte immer größere Schritte, so daß sie ihm kaum folgen konnten, obgleich sie weder auf die ausgefahrenen Löcher auf der Landstraße noch auf die Pfützen achteten. Das Dorf war wie ausgestorben, und die Sonne brannte so stark, daß nur selten einer herauskam, um ihnen nachzublicken; hier und da nur sah man im Schatten ein paar helle Kinderköpfe auftauchen, und nur die Hunde gaben ihnen ihr Geleit, sie treulich mit lautem Gebell und Gegeifer verfolgend.

Der Sergeant zündete sich eine Zigarette an, und nachdem er zwischen den Zähnen hindurch ausgespien hatte, begann er sich zu beklagen, daß er niemals Ruhe hätte, weder einen Tag noch eine Nacht, denn immerzu hatte man Dienst und nichts als Dienst.

»Gewiß, es ist jetzt nicht leicht, dem Bauer auch nur das geringste abzutreiben ...«

Der Gendarm fluchte plötzlich auf und schimpfte los, bis er zuletzt selbst an die »Hundemutter« kam; Antek aber, dem die Sticheleien zu viel geworden waren, packte seinen Knüppel fester und sagte ganz herausfordernd:

»In Wahrheit hat euer Dienst nur so viel Nutzen, daß die Hunde in den Dörfern bellen und der eine oder der andere seinen letzten Silberling los wird.«

Auch dieses ließ der Sergeant über sich ergehen, obgleich er schon ganz grün vor Gift war und nach seinem Säbel tastete; erst als sie beim letzten Haus des Dorfes waren, stürzte er sich plötzlich auf Antek und rief seinem Kameraden zu:

»Faß den Kerl!«

Sie hatten sich verrechnet; denn kaum hatten sie versucht, ihn festzuhalten, als er sie auch schon wie lästige Hunde von sich stieß, beiseite sprang, sich an der Hauswand aufstellte, die Zähne gegen sie fletschte wie ein böses Tier und, mit dem Knüttel um sich herum fuchtelnd, mit gedämpfter Stimme herauspreßte:

»Geht eurer Wege ... mit mir werdet ihr doch nicht fertig, mich kriegen nicht mal vier, das ihr es wißt ... ich schlag' euch Hundepack noch eure Zähne aus! Was wollt ihr denn von mir? ... Ich hab' euch doch nichts getan ... Und wenn ihr hier Schlägereien sucht, gut ... aber bestellt euch nur erst einen Wagen für eure Knochen ...

ihr sollt mir hier bloß mal herankommen und mich anrühren, versucht es!« schrie er, ihnen mit dem Stock drohend und schon zum Äußersten bereit.

Die Gendarmen blieben voll Bedenken stehen, denn er war ein mächtiger Kerl und schon ganz außer sich vor Wut; sein Knüttelstock schwirrte ihnen nur so vor den Augen hin und her. Der Sergeant aber, der merkte, daß mit ihm nicht so leicht fertig zu werden war, versuchte die ganze Sache als einen Spaß hinzustellen.

»Ha, ha, prächtig! Das ist nur mal geglückt«, und sich die Seiten wie vor Lachen haltend, zog er sich zurück; kaum aber hatte er sich einige Schritte von ihm entfernt, als er ihm mit Fäusten zu drohen begann und ihm schon mit ganz anderer Stimme zurief:

»Wir kriegen uns noch zu sehen, Herr Hofbauer, und werden miteinander reden!«

»Daß dich die Pest eher holt!« schrie Antek ihm zurück. »Hale, die Angst ist ihn angekommen, da will er sich mit Scherzmachen ausreden. Ich hab' auch noch was mit dir zu reden, wenn du mir mal auf einem einsamen Weg vor die Beine kommst«, knurrte er und bewachte sie, solange er ihnen noch nachblicken konnte.

»Der andere hat sie auf mich gehetzt; er hat wohl gedacht, daß sie mich einfach so nehmen können wie Hunde, die sich einen Hasen fangen. Das ist dafür, daß ich mich widersetzt habe, natürlich, die Wahrheit schmeckt ihm nicht«, sann er; und als er das Dorf eine gute Weile hinter sich gelassen hatte und an den Garten des Herrenhofs gelangt war, setzte er sich im Schatten nieder, um etwas auszuruhen; denn er bebte noch und war ganz in Schweiß gebadet.

Durch die Holzumzäunung konnte man das weiße Herrenhaus sehen, das in einem Wäldchen hoher Lärchenbäume stand. Die aufgesperrten Fenster sahen wie schwarze Löcher aus, und auf der Veranda, deren Dach sich auf Säulen stützte, sah man die Herrschaft sitzen. Sie mußten beim Essen sein, denn die Bedienten machten sich in einem fort um sie zu schaffen, und man hörte das Klappern des Geschirrs; zuweilen drang ein lustiges, langwährendes Gelächter zu ihm herüber.

»Die haben nichts auszustehen! Sie essen nur und trinken, und das andere ist ihnen gleich«, sann er und machte sich an seine Käsestulle heran, die ihm Anna in die Tasche gesteckt hatte.

Er aß langsam und ließ seine Augen über die gewaltigen Linden gehen, die den Weg umsäumten und ganz in Blüte und Bienengesumm dastanden. Der süße, sonnenwarme Duft erfüllte ihn mit Behagen; irgendwo vom Teich her quakte eine Ente, und das schläfrige Unken der Frösche stieg zu ihm auf. Aus dem Gebüsch erklangen leise Laute verschiedenen Getiers, und das Zirpen der Grillen auf den Feldern schwoll an und verebbte immer aufs neue; allmählich aber wurde alles stumm, als hätte die Sonnenglut jeglichen Laut erstickt. Die Welt lag still da, alles Lebendige hatte sich vor dem Sonnenbrand in den Schatten geflüchtet, und nur die Schwalben schossen unermüdlich durch die Luft.

Der Mittag lag glühend über dem Land, und die Augen taten einem weh von all dem Glanz und Geflimmer. Selbst im Schatten war es glühend heiß; die letzten Pfützen waren ausgetrocknet, und von den Getreidefeldern und dem glutversengten Brachland kam hin und wieder eine heiße Welle wie aus einem offenen Backofen.

Nachdem er sich ordentlich ausgeruht hatte, wandte sich Antek rüstigen Schritts den nahegelegenen Wäldern zu; doch kaum war er auf den von der Sonne überfluteten Weg getreten, kam die Hitze über ihn, so daß er wie durch zuckende weiße Flammen ging. Er zog den Kapottrock aus, aber das naßgeschwitzte Hemd fing an, ihm dennoch bald am Leib zu kleben; er entledigte sich der schweren Schaftstiefel und watete mit bloßen Füßen durch den Sand weiter, der wie glühende Asche war.

Die schiefen Birken, die hier und da am Weg wuchsen, gaben noch keinen Schatten, der Roggen beugte sich mit seinen schweren Halmen über den Wegrand, und die von der Glut entkräfteten Feldblumen ließen matt ihre Blüten hängen.

Eine heiße Stille lag in der Luft, und nirgends sah man weder einen Menschen noch einen Vogel oder ein anderes Lebewesen, nirgends bewegte sich weder ein Blatt noch der kleinste Halm; es war als ob um jene Stunde sich die Mittagsgöttin über die Welt gebeugt hätte, um mit trockenen Lippen die ganze Kraft der ohnmächtigen Erde in sich einzusaugen.

Antek verlangsamte seine Schritte immer mehr und sann im Gehen über die Gemeindesitzung nach; dabei packte ihn einmal die Wut, dann mußte er wieder lachen, und zuletzt kam ihn eine Entmutigung an.

»Was soll man mit solchen anfangen! Vor dem ersten besten Gendarmen kriegen sie Angst ... Wenn man ihnen befehlen würde, dem Stiefel des Herrn Natschalnik Order zu parieren, dann würden sie es ebensogut tun! Diese Schafsköpfe!« dachte er und fühlte Mitleid und Zorn bei diesem Gedanken. »Das ist schon wahr, daß es ein jeder von ihnen schlecht genug hat, daß jeder sich wie ein Beißker winden muß, und keiner weiß vor Armut aus noch ein; wie sollen sie sich da noch um solche Dinge kümmern. Das Volk ist so unwissend und arm, daß es nicht einmal weiß, was ihm not tut.« Betrübt sann er über das Ganze nach und eine bange Sorge legte sich über ihn.

»Der Mensch ist gerade wie ein Schwein, dem fällt es auch schwer, seinen Rüssel zur Sonne zu heben.«

Er grübelte und seufzte, und aus diesem Sinnen und Sorgen kam für ihn zuletzt nur das heraus, daß er sich dessen bewußt wurde, er hatte es auch nicht gut und vielleicht schlechter noch als die anderen.

»Gut haben es nur die, die nichts zu denken haben!«

Er machte eine wegwerfende Bewegung und ging so tief versonnen seiner Wege, daß er fast auf einen Lumpenjuden getreten wäre, der am Rande des Getreidefeldes saß.

»Ihr seid wohl außer Kräften gekommen bei dieser Hitze«, redete er ihn an und blieb stehen.

»Das ist ein Backofen, das ist eine Strafe Gottes, nicht nur 'ne Hitze«, ereiferte sich der Jude, und sich erhebend, legte er einen Gurt über seinen vom Alter gebeugten Nacken; er hatte sich wie ein Blutegel an seine Karre festgeklammert und schob sie mit ganzer Anspannung seiner Kräfte vor sich hin, denn sie war mit Säcken voll Lumpen und Kisten hoch vollgeladen, und obenauf stand noch ein Korb mit Eiern und ein Käfig voll Kücken. Da obendrein der Weg ganz sandig und die Hitze furchtbar war, so mußte er immer wieder ausruhen, obgleich er seine letzten Kräfte dran setzte, um die Karre weiterzuzerren.

»Nuchem, du wirst zu spät zum Schabbes kommen!« versuchte er sich mit weinerlicher Stimme anzuspornen.

»Nuchem, schieb du mal, du bist doch stark, wie ein Pferd!« murmelte er, um sich Mut zu machen. »Nuchem, nu, eins … zwei … drei …« und er stürzte sich mit einem Verzweiflungsschrei auf die Karre los, schob sie etliche Schritte weiter und hielt wieder inne.

Antek nickte ihm einen Gruß zu und ging vorüber; doch der Jude rief ihm mit flehender Stimme zu:

»Helft mir, Herr Hofbauer, ich bezahl' es euch gut; ich kann nicht mehr, ich kann gar nicht mehr.« Er ließ sich auf seine Karre fallen, atmete schwer, und sein Gesicht war leichenblaß geworden.

Antek kehrte wortlos um, legte seinen Rock und seine Stiefel auf die Karre, griff fest zu und schob sie so rasch vorwärts, daß das Rad zu quietschen begann und Staub aufwirbelte; der Jude trippelte nebenher, schnappte keuchend nach Luft und redete aufmunternd auf ihn ein.

»Nur noch bis zum Wald, da ist der Weg gut, es ist nicht mehr weit, ich geb' euch einen ganzen Zehner.«

»Steck' ihn in deine Nase! Dummer, glaubst wohl, daß ich auf deinen Zehner was geb'! Was so ein Jude sich denkt, daß man alles in der Welt für Geld kriegen kann.«

»Ärgert euch nicht, ich geb' euch wunderschöne Hähnchen für die Kinder, nicht? Dann vielleicht Zwirn und Nadeln oder ein paar Bänder? Nein! Es können auch Semmeln, Bonbons, Brezeln oder andere Sachen sein? Ich hab' alles. Und vielleicht kauft der Herr Hofbauer ein Paket Tabak? Vielleicht soll ich ein Glas feinen Schnaps geben? Ich hab' ihn nur für mich, aber weil wir uns miteinander kennen … Auf mein Gewissen, nur von wegen der Bekanntschaft!«

Er bekam einen Hustenanfall, daß ihm die Augen herausquollen, und als Antek seinen Schritt etwas verlangsamt hatte, hielt er sich an der Karre fest und schleppte sich mühselig nebenher, mit tränenden Augen zu ihm aufsehend.

»Da wird eine gute Ernte kommen, der Roggen ist schon billiger geworden«, fing er von einem anderen Ende an.

»Und wenn er keine gute Ernte abgibt, werden sie auch nicht mehr bezahlen. Alles nur zum Schaden des Bauern.«

»Ein gutes Wetter hat der liebe Gott gegeben, das Korn ist schön trocken.« Er zerrieb die Ähren und fing an, die Körner zu zerkauen.

»Versteht sich, der Herr Jesus leistet sich da mal was; die ganze Gerste ist schon zuschanden geworden.«

Sie redeten bedächtig über dieses und jenes, bis sie endlich auf die Gemeindeversammlung zu sprechen kamen. Der Jude wußte etwas darüber, denn er sagte, sich ängstlich rings umsehend:

»Wißt ihr, der Natschalnik hat schon im Winter einen Kontrakt mit einem Maurermeister gemacht, daß er die Schule in Lipce bauen soll. Mein Schwiegersohn war dabei Faktor, er hat es vermittelt.«

»Vergangenen Winter schon? Vor dem Beschluß? Ist das möglich?«

»Sollte er vielleicht einen um Erlaubnis bitten? Ist er denn nicht der Herr in seinem Kreis?«

Antek begann ihn auszufragen, denn der Jude wußte verschiedene besondere Dinge und erzählte gern; und zum Schluß sagte er noch versöhnlich:

»So muß es auch sein! Der Bauer lebt von der Erde, der Händler vom Handel, der Gutsherr von seinem Gut, der Priester von dem Kirchspiel und der Beamte von allen zusammen. So muß es sein, und so ist es auch gut, denn jeder muß ein bißchen leben. Hab' ich nicht recht?«

»Ich glaube, daß es nicht darum zu tun ist, daß der eine dem anderen das Fell über die Ohren zieht, aber darum, daß jeder nach der Gerechtigkeit lebt, wie es Gott befohlen hat.«

»Was soll man dagegen tun? Jeder lebt wie er kann.«

»Ich weiß, jeder ist auf seinen Vorteil bedacht, darum ist es auch schlecht in der Welt.«

Der Jude schüttelte nur seinen Kopf und dachte sich was.

Sie waren gerade in den Wald gelangt, wo der Weg fester wurde. Antek setzte die Karre nieder und kaufte für einen ganzen Silberling Bonbons für die Kinder; als aber der Jude sich bedanken wollte, knurrte er nur:

»Dummheiten, ich habe dir geholfen, weil es mir so gepaßt hat.«

Er bog schnell den Weg nach Lipce ein und ging davon. Eine wohltuende Frische umfing ihn; breitverzweigte Bäume überdachten den Weg so dicht, daß man nur in der Mitte einen Streifen Himmel sehen konnte, eine Flut flimmernden Sonnenlichts strömte bis auf den Weg. Es war ein alter mächtiger Forst: Eichen, Fichten und Birken drängten sich in einer dichten Schar zusammen, und in ihrem Schutz wuchs das geringere Volk der Haseln, Espen, Wacholder und Hainbuchen; hier und da breitete sich eine Tannenschonung trotzig aus, und die jungen Wipfel reckten sich gierig ins Sonnenlicht.

Auf dem Weg schimmerten noch überall die Pfützen vom gestrigen Gewitter, abgebrochene Äste lagen hier und da am Boden und hin und wieder sah man selbst eine Baumkrone oder ein junges entwurzeltes Bäumchen, das quer über den Weg gestürzt war und wie eine Leiche dalag. Es war ganz still, kühl und dämmerig ringsum, in der Luft lag ein modriger Duft, es roch nach Pilzen; die Bäume standen unbeweglich da, wie in das Anschauen des Himmels versunken, und nur hier und da drang die Sonne durch das dichte Laub. Das Licht kroch wie goldene Spinnen über die Moose und legte sich auf die roten Beeren, die wie geronnene Blutstropfen aus dem bleichen Gras hervorleuchteten.

Die Kühle und die tiefe Stille des Waldes hatten Antek übermannt, so daß er sich unter einen Baum setzte und unwillkürlich einschlief. Er wachte erst durch ein Schnaufen und ein Pferdegetrampel wieder auf, und als er erkannte, daß es der Gutsherr war, der vorübergeritten kam, trat er an ihn heran.

Sie begrüßten sich gut nachbarlich.

»Das ist heute eine Hitze, was?« redete ihn der Gutsherr an und tätschelte besänftigend den Hals seiner unruhig gewordenen Stute.

»Das ist rein so, daß man wohl gut in einer Woche mit der Sense ins Feld muß.«

»Auf den Feldern von Modlica sind sie schon tüchtig beim Roggenmähen.«

»Das ist auch Sandboden, aber heuer ist die Ernte überall früher.«

Der Gutsherr fragte ihn nach der Gemeindeversammlung, und als er gehört hatte, wie alles vor sich gegangen war, sperrte er die Augen auf vor Staunen.

»Und ihr habt richtig und laut eine polnische Schule gefordert?«

»Wie ich es gesagt habe, ich hänge mein Maul nicht in den Wind.«

»Daß ihr euch aber getraut habt, dem Natschalnik damit zu kommen, na, na!«

»Es steht doch deutlich genug im Gesetz, da hab' ich doch das Recht dazu gehabt.«

»Wie ist es euch denn aber bloß in den Kopf gekommen, eine polnische Schule zu fordern?«

»Wie! Wir sind doch Polen und keine Deutschen oder sonst was.«

»Wer hat euch das in den Kopf gesetzt?« fragte er etwas leiser und beugte sich zu ihm vor.

»Die Kinder kommen auch ohne Lehrer zur Vernunft«, antwortete er ausweichend.

»Ich sehe, daß der Rochus nicht umsonst in den Dörfern herumgeht«, setzte er Gutsherr in derselben Art seine Rede fort.

»Er und der Onkel vom gnädigen Herrn, die unterrichten das Volk, wo sie nur können«, fügte Antek nachdrücklich hinzu, ihm scharf in die Augen sehend; der Gutsherr machte eine hastige Bewegung und fing von was anderem an zu reden. Antek aber kehrte immer wieder wie mit Absicht zu derselben Angelegenheit zurück und berührte allerhand bäuerliche Mißstände, dabei immerwährend über die Unwissenheit und Verwahrlosung klagend, in der das Volk leben müsse.

»Weil sie auf niemanden hören wollen! Ich weiß doch, wie die Geistlichkeit sich mit ihnen abmüht, wie sie sie zur Arbeit anhält; das ist aber geradeso, als ob einer taube Erbsen zu dreschen versuchte.«

»Hale, mit Predigen hilft man gerade so viel, wie dem Toten mit Weihrauch.«

»Womit denn sonst? Ich sehe, daß du im Gefängnis klug geworden bist«, gab der Gutsherr hämisch zurück, so daß Antek rot wurde, ihn schief ansah, aber noch ganz ruhig sagte:

»Das ist schon so; klüger bin ich geworden, und das weiß ich, schuld an allem sind mir die Herren.«

»Unsinn, was haben die dir denn Schlechtes getan?«

»Das haben sie mir getan, daß sie, als wir noch polnisch waren, nichts anderes gekonnt haben, als uns zu unterdrücken und uns mit der Peitsche zu regieren, und selbst haben sie nur immerzu Feste gefeiert, bis sie aus dem Volk den letzten Heller herausgefeiert haben; und jetzt können wir alles wieder von neuem aufbauen.«

Der Gutsherr, der ein heftiger Mensch war, wurde böse und herrschte ihn an:

»Was hast du, Bauernlümmel, dich an die Herren heranzumachen? Bleib' du bei deinem Mist und deiner Heugabel, hast du verstanden! Und deine Zunge behalt' im Maul, damit man sie dir nicht einklemmt.«

Er ließ die Reitpeitsche durch die Luft sausen und ritt so schnell davon, daß der Stute die Milz zu spielen begann.

Antek machte sich ebenfalls ganz zornig und erregt auf den Heimweg.

»Das Hundeblut!« murmelte er wütend. »Gnädige Herren, dieses Schweinepack! Solange er die Bauernfreundschaft nötig hatte, da hat er mit jedem Brüderschaft geschlossen. Aas! Ist selbst nicht mal eine gebratene Laus wert und will hier andere mit Bauernlümmel traktieren!« grollte er und stieß vor Wut nach jedem Fliegenpilz, der ihm im Weg stand.

Er trat gerade aus dem Wald auf den Pappelweg, als es ihm plötzlich vorkam, daß er bekannte Stimmen hörte; er sah sich aufmerksam um: im Schatten der Birken am Kreuz hielt ein staubbedeckter Wagen, und dicht dabei am Waldrand stand Jascho, der Organistensohn, mit der Jaguscha.

Er rieb sich die Augen, überzeugt, daß ihn da was narrte; aber doch nicht, sie standen kaum ein paar Schritte von ihm entfernt, waren ganz ineinander vertieft und lächelten sich an.

Er war sehr verwundert und spitzte eifrig die Ohren, konnte aber, obgleich er die Stimmen hörte, doch kein Wort verstehen.

»Die ist wohl gerade aus dem Wald gekommen, als er hier vorüber gefahren ist, und da haben sie sich denn getroffen«, dachte er. In demselben Augenblick aber stach ihn der Neid; er runzelte die Stirn, und ein dumpfes, fressendes Mißtrauen setzte sich in ihm fest.

»Verabredet haben sie sich, das wird es wohl sein!« Als er aber Jaschos stilles Gesicht und seine Priesterkleidung sah, beruhigte er sich und atmete erleichtert auf. Er konnte nur nicht klug daraus werden, warum die Jaguscha, wenn sie in den Wald ging, sich dermaßen aufgeputzt hatte. Und warum leuchteten ihr denn die blauen Augen so? Warum bewegten sich ihre roten Lippen so eifrig und war solche Freude in ihrem Gesicht? Er sah gierig zu ihr hinüber, wie sie Schultern und Brust vorreckte und ihm einen kleinen Spankorb entgegenhielt, aus dem Jascho ein paar Beeren nahm, sie verzehrte und ihr hin und wieder ein paar in den Mund schob ...

»Ist schon fast ein Priester und spielt hier herum wie ein dummer Junge«, murmelte er verächtlich und wandte sich rasch seinem Hause zu, denn an dem Stand der Sonne sah er, daß es schon um die Vesperzeit war.

»Solange ich diesen Splitter in Ruhe lasse, merk' ich ihn nicht!« sann er. »Und wie die ihn gierig angeguckt hat! Am liebsten hatte sie ihn gleich aufgefressen! Laß die nur, laß sie nur! ...«

Aber vergeblich versuchte er, sie sich aus dem Sinn zu schlagen; der Splitter saß und schmerzte ihn bis ins innerste Mark.

»Vor mir rennt sie weg, wie vor der Pest. Versteht sich, ein neues Lieben ist besser wie ein altes; zum Glück wird das mit dem Jascho zu nichts kommen.« Er wurde immer ärgerlicher. »Manch eine ist doch gerade wie eine Hündin: wenn einer pfeift, dann rennt sie.«

Er beschleunigte seine Schritte, konnte aber die bitteren Erinnerungen immer noch nicht los werden. Verschiedene kamen ihm entgegen, aber er sah sie nicht. Er beruhigte sich erst, als er schon ganz in der Nähe des Dorfes war, denn er hatte plötzlich die Organistin erblickt, die mit einem Strickstrumpf am Graben saß; ihr Jüngstes kugelte sich vor ihr im Sand, und eine Schar zum Teil gerupfter Gänse weidete zwischen den Pappeln.

»Sind die Frau Organistin so weit mit ihren Gänsen herausgekommen?« Er blieb stehen und wischte sich den Schweiß vom Gesicht ab.

»Ich bin meinem Jascho entgegengefahren, er muß gleich hier sein.«

»Ich hab' ihn am Wald gesehen.«

»Den Jascho? Kommt er schon?« rief sie und sprang auf. »Pilusch, Pilu, Pilu, wohin wollt ihr denn, ihr Schadenmacher, he, ihr da?« schrie sie auf die Gänse ein, die sich ganz unerwartet an den Roggen herangemacht hatten, der an der Landstraße wuchs, und dabei waren, die Ähren gierig abzuknabbern.

»Der Wagen stand am Kreuz, er aber redete mit irgendeiner Frau.«

»Gewiß hat er eine Bekannte getroffen, da unterhalten sie sich miteinander. Da muß er auch gleich hier sein. Ein herzensgutes Kind: er läßt nicht einen fremden Hund an sich vorbei, ohne ihn zu streicheln. Wen hat er denn da getroffen?«

»Ich hab' sie nicht gut erkennen können, aber es schien mir, daß es die Jaguscha war.« Und als er merkte, daß die Organistin ihr Gesicht unwillig verzog, setzte er noch mit vielsagendem Lächeln hinzu: »Ich konnte es nicht gut sehen, sie sind mir etwas außer Gesicht gewesen, in der Schonung waren sie ... gewiß wegen der Hitze.«

»Ihr Heiligen! Was euch in den Kopf kommt! Der Jascho sollte sich mit einer solchen abgeben ...«

»Die ist ebenso gut wie die anderen, und vielleicht noch besser!« Er wurde ganz zornig.

Die Organistin begann noch rascher ihre Stricknadeln zu bewegen und schenkte ihrem Strumpf eine besondere Aufmerksamkeit.

»Daß dir die Zunge steif wird, du Quasselpeter«, dachte sie, tief verletzt. »Jascho sollte sich mit so einem Frauenzimmer ... ist doch schon fast ein Priester ...« Es kamen ihr aber plötzlich verschiedene Priestergeschichten in den Sinn, und eine Unruhe bemächtigte sich ihrer; sie kratzte sich mit einer Stricknadel im Haar und beschloß, den Antek eingehend darüber zu befragen; doch er war schon fort. Anstatt dessen sah sie auf der Landstraße eine Staubwolke auftauchen, die vom Wald her immer schneller herankam; und es war kaum ein Ave vorüber, als Jascho sie schon stürmisch umhalste und ihr zujubelte:

»Mütterchen! Liebes Mütterchen!«

»Ihr Heiligen! Du wirst mich noch erwürgen. Laß los, du Ungestüm, laß los!« Und als er das tat, fing sie selbst an, ihn zu umarmen und zu küssen und betrachtete ihn voll Zärtlichkeit.

»Haben die dich aber ausgehungert, mein Armer! Und so blaß wie du bist, Kind! Und so mager!«

»Die Brühe aus geweihtem Wasser macht nicht dick!« lachte er und hob den kleinen Bruder auf, der vor Freude aufkreischte.

»Hab' keine Angst, ich werd' dich schon wieder zurechtfüttern«, sprach sie und strich liebkosend über seine Wangen.

»Laß uns doch fahren, Mütterchen, da kommen wir eher nach Hause.«

»Und die Gänse! Ihr Heiligen! Die sind wieder beim Schadenmachen!«

Er sprang hinzu, um sie wegzujagen, denn sie hatten sich an den Roggen gemacht und zupften sich gierig das Korn aus den Ähren; dann setzte er den Bruder auf dem

Wagen zurecht und ging mit der Mutter nebenher, die Gänse vor sich hertreibend und über seine Reise erzählend.

»Sieh bloß mal, wie der Bengel sich schmutzig gemacht hat«, bemerkte sie, auf den Kleinen weisend.

»Er ist bei meinen Beeren gewesen. Iß, Stascho, iß! Ich habe im Walde die Jaguscha getroffen, sie kam vom Beerensammeln und hat mir welche abgegeben ...« Er wurde verlegen und errötete.

»Gerade vor einem Augenblick hat mit der Boryna erzählt, daß er euch begegnet ist ...«

»Ich hab' ihn nicht gesehen, er muß wohl irgendwo seitwärts vorbeigegangen sein.«

»Mein liebes Kind, die Leute im Dorf sehen durch die Wände hindurch, selbst das, was gar nicht gewesen ist!« sagte sie mit Nachdruck, ihre Augen auf die blitzenden Stricknadeln senkend.

Jascho schien nichts davon verstanden zu haben, denn als er einen tief über dem Kornfeld kreisenden Taubenschwarm erblickte, schleuderte er ihm einen Stein nach und rief fröhlich:

»Man erkennt gleich an den dicken Kröpfen, daß es dem Pfarrer seine sind ...«

»Sei doch still, Jascho, es kann's noch einer hören«, wies sie ihn sanft zurecht; und in ihren Gedanken malte sie sich aus, wie er einmal auch Pfarrer werden würde und daß sie dann bei ihm ihre alten Tage in Ruhe und Glück verleben könnte.

»Und wann kommt denn dem Müller sein Felek auf Ferien?«

»Weißt du denn noch nicht, Mutter, daß sie ihn verhaftet haben?«

»Ihr Heiligen! Verhaftet? Was hat er denn gemacht? Das hab' ich immer gesagt, hab' ich es nicht vorausgesagt, daß es mit ihm noch mal ein schlechtes Ende nehmen wird! Solch ein liederlicher Mensch, für den wäre eine Schreiberstelle gerade gut genug gewesen, aber die Müllersleute wollten gleich einen Doktor aus ihm machen! Und was haben sie mit ihm großgetan und die Nasen in die Luft gesteckt, und jetzt sitzt das Söhnchen im Gefängnis, da haben sie ihre Freude!« ... Sie war ganz erregt und voll rachsüchtiger Freude.

»Es ist doch aber wegen ganz was anderem, er sitzt ja in der Zitadelle.«

»In der Zitadelle? Da muß es ja etwas Politisches sein.« Sie senkte ihre Stimme.

Jascho wußte nichts zu entgegnen oder wollte es vielleicht auch nicht; sie aber flüsterte ängstlich:

»Mein Kind, misch' du dich nur ja nicht in so was hinein.«

»Bei uns darf man über solche Sachen gar nicht mal reden, sonst würden sie einen gleich fortjagen.«

»Siehst du! Sie würden dich fortjagen, und du würdest kein Priester werden können! Und ich würde mich totgrämen! Gott erbarm' dich!«

»Du brauchst keine Angst wegen mir zu haben, Mutter.«

»Du weißt doch auch, wie wir arbeiten und vorsorgen, damit ihr es wenigstens etwas besser habt. Und daß es uns schwer fällt, weißt du doch auch, denn ihr seid doch viele, und die Einkünfte werden immer geringer; und wenn wir nicht das bißchen Grund und Boden hätten, dann müßten wir, so wie unser Pfarrer ist, manchmal geradezu Hunger leiden. Du mußt wissen, daß neuerdings sich der Pfarrer wegen den

Hochzeiten und Begräbnissen selbst mit den Bauern einigt. Hat man so was je gehört! Er sagt, der Vater hätte den Leuten das Fell über die Ohren gezogen! So ein Wohltäter ist er, wenn es nicht aus seiner Tasche geht!«

»Das ist doch aber auch wahr«, preßte er schüchtern hervor.

»Was! Du willst über den Vater herziehen? über den leiblichen Vater! Und wenn er das getan hätte, für wen denn wohl? Nicht für sich doch, sondern für euch, für dich, für dein Studium«, klagte sie schmerzlich.

Jascho begann sie um Verzeihung zu bitten, wurde aber von einem lauten Klingeln, das vom Weiher kam, unterkrochen.

»Hör' mal! Das ist gewiß der Priester, der mit dem Leib Christi zu einem Kranken geht.«

»Die klingeln jetzt eher für die Bienen, damit sie ihnen nicht wegfliegen; sie schwärmen wohl schon auf dem Pfarrhof. Der Pfarrer kümmert sich jetzt mehr um seinen Bullen und um die Bienenstöcke als um die Kirche.«

Sie waren gerade vor den Kirchhof gelangt, als plötzlich ein lautes Summen zu ihnen herüberdrang. Kaum daß Jascho Zeit hatte, dem Kutscher zuzurufen:

»Bienen! Haltet die Pferde, sonst werden sie noch scheu.«

Tatsächlich kam auch über den Kirchplatz ein großer Bienenschwarm geflogen; er schwebte noch hoch in der Luft wie eine summende Wolke und beschrieb Kreise, nach einer Stelle suchend, wo er hatte niedergehen können. Dann senkte er sich und zog zwischen den Bäumen vorüber, hinterdrein aber sah man den Priester, nur mit Hose und Hemd bekleidet, ohne Hut, atemlos laufen und ununterbrochen den Weihwasserwedel in der Luft schwenken, während Ambrosius, sich immerzu im Schatten haltend, von der Seite heranschlich und aus Leibeskräften läutete und schrie; sie rannten ein paarmal, ohne anzuhalten, um den Platz herum, denn die Bienen sanken immer tiefer, als hätten sie die Absicht, auf eins der benachbarten Häuser niederzugehen, so daß die Kinder erschrocken auseinanderstoben. Plötzlich aber flogen sie etwas höher und kamen geradeswegs auf Jaschos Wagen zu; die Organstin kreischte auf und duckte sich, die Rocke über den Kopf ziehend, im Graben nieder, die Pferde fingen an, unruhig zu werden, so daß der Kutscher auf sie zusprang, um ihnen die Augen zuzudecken; und die Gänse rannten auseinander. Nur Jascho blieb ruhig stehen und sah zu ihnen hin; der Schwärm drehte dicht vor ihm ab und flog schnurstracks auf das Glockenhaus zu.

»Wasser her!« brüllte der Pfarrer und rannte im Trab hinterdrein; er holte sie ein, besprengte sie dermaßen, daß sie, ohne die nassen Flügel bewegen zu können, sich im Fenster des Glockenhauses festzusetzen begannen.

»Ambrosius! Her mit der Leiter, und das Netz, aber rasch, sonst gehen sie noch weg! Rühr' dich, Klumpfuß! Guten Tag, Jascho! Mach' mal gleich Feuer im Weihrauchschiffchen, man muß sie beräuchern, dann beruhigen sie sich!« schrie er ganz aufgeregt und ließ nicht nach, den niedersinkenden Schwarm immer wieder zu besprengen. Es war kaum ein Ave vorüber, als schon die Leiter an dem Glockenhaus lehnte, Ambrosius klingelte, Jascho schwenkte das Weihrauchschiffchen, so daß es wie ein Schlot qualmte, und der Pfarrer kletterte die Leiter empor; als er die Bienen erreicht hatte, tastete er mit den Händen herum, um die Königin herauszufinden.

»Die haben wir! Gott sei Dank, jetzt fliegen sie uns nicht mehr weg! Räuchere mal von unten herauf, sie kriechen auseinander!« befahl er und scharrte mit bloßen Händen die Bienen in das Netz; er fürchtete sich nicht, obgleich sich schon viele Bienen auf seinen Kopf gesetzt hatten und ihm übers Gesicht krochen, er redete immerzu auf sie ein und scharrte und scharrte sie immer weiter in sein Netz, denn der Schwarm war sehr groß.

»Paß auf! Sie werden unruhig, sie können noch stechen!« warnte er, die Leiter herabsteigend, er war von dem ganzen Bienenschwarm umgeben, der ihn mit lautem Gesumm umkreiste; als er wieder unten angelangt war, hob er das Sieb etwas von sich ab und hielt es wichtig und feierlich wie eine Monstranz; Jascho beräucherte ihn, das Weihrauchschiffchen hin- und herschwenkend, und Ambrosius klingelte und besprengte die Bienen immer wieder. So schritten sie in dieser feierlichen Prozession auf den Bienengarten zu, der hinter dem Pfarrhof lag, und wo hinter einer besonderen Umzäunung an die dreißig bis vierzig von lautem Gesumm umgebene Bienenstöcke standen, um die ein Schwärmen war, als wollten aus allen bald die neuen Bienenschwärme auffliegen.

Als der Pfarrer sich an das Einsetzen der Bienen machte, entschlüpfte Jascho, der bereits hungrig und müde war, und lief nach Hause.

Natürlich freuten sich alle über seine Ankunft, und was da geschrien, geküßt und ausgefragt wurde, das läßt sich gar nicht sagen. Als die erste Freude vorüber war, setzten sie ihn an den Tisch und begannen ihm allerhand Leckerbissen aufzutragen, ihn zu nötigen und zum Essen einzuladen. Das ganze Haus war voll Gelaufe und erregter Stimmen, denn alle wollten ihn auf einmal bedienen und ihm nahe sein. Mitten in diese Aufregung kam Gschela, der Bruder des Schulzen, und fing an, sie unruhig auszufragen, ob nicht jemand von ihnen Rochus gesehen hätte; aber niemand wußte etwas von ihm.

»Ich kann ihn nirgends auffinden«, klagte er besorgt, und ohne sich weiter in eine Unterredung einzulassen, rannte er fort, um ihn von Haus zu Haus zu suchen. Kaum daß er weg war, wurde Jascho nach dem Pfarrhaus gerufen. Er zögerte etwas, aber schließlich mußte er doch hin.

Der Propst saß auf der Veranda beim Nachmittagkaffee, er küßte Jascho mit väterlicher Herzlichkeit ab, ließ ihn sich an seine Seite niedersetzen und sagte sehr gnädig:

»Ich freue mich, daß du gekommen bist, da werd' ich einen haben, mit dem ich zusammen das Brevier vornehmen kann. Weißt du, wie viele Schwärme ich in diesem Jahr habe? Fünfzehn! Und stark sind sie, wie die Alten, manche haben schon ein Viertel vom Bienenstock voll Honig. Es wären noch mehr gewesen, ich hab' aber den Ambrosius auf den Bienengarten aufpassen lassen, der Esel ist natürlich eingeschlafen, und die guten Bienlein sind, hast du nicht gesehen, auf und davon über alle Berge. Und einen Schwarm hat mir der Müller gestohlen! Na, ich sag' es dir, gestohlen hat er ihn! Sie sind auf seinen Birnbaum geflüchtet, und er hat sie sich geholt, als ob es seine eigenen wären, vom Wiedergeben wollte er nichts hören. Wegen dem Bullen ist er böse, da versucht er sich jetzt an mir zu rächen, wo er nur kann, dieser Gauner! Hast du das schon von seinem Felek gehört? Das Fliegengeschmeiß beißt heute wie die Wespen. Weg da!« stöhnte er und fächelte sich mit dem Taschentuch die Fliegen weg, die sich immer wieder auf seine Glatze setzten.

»Ich weiß nur das eine, daß er in der Zitadelle sitzt.«

»Wenn da nur nicht noch etwas Böseres herauskommt! Da hat er nun, was er sich eingebrockt hat. Und was hab' ich auf ihn eingeredet und ihm alles auseinandergesetzt! Der Schafskopf hat aber nicht hören wollen, und jetzt haben wir die Bescherung! Der Alte ist ein Dummkopf und ein Narr; aber um den Felek ist es doch schade, ein begabtes Luder, und das Latein kannte er, ein Bischof hätte da nicht besser Bescheid gewußt. Was hilft's aber, wenn man Flausen im Kopf hat und mit der Hacke gegen die Sonne angehen will … Und es steht doch geschrieben: wie war das denn doch … aha! was nicht erlaubt ist, das rühre nicht an, und was verboten ist, da gehe im weiten Bogen darum herum! Ein demütiges Kalb wird von zweien Müttern gesäugt … so ist es …« redete er in einem fort; seine Stimme klang zuletzt aber immer leiser, und er wehrte die Fliegen immer nachlässiger ab. »Merk' dir das, mein Lieber! Na, ich sag' es ja, merk' dir das!« Er nickte mit dem Kopf und sank in den weichen Lehnsessel zurück; als aber Jascho vom Stuhl aufstand, schlug er die Augen auf und murmelte: »Die Bienlein haben mich müde gemacht! Und abends kannst du zum Gebet 'rüberkommen. Gib aber acht auf dich und laß dich nicht mit den Bauern ein, denn wer sich in die Spreu tut, den fressen die Schweine! Na, ich sag' es, sie fressen ihn, und fertig damit!« Er deckte die Glatze mit dem Taschentuch zu, und man hörte bald nur noch sein Schnarchen.

Dasselbe schien auch der Organist zu denken, denn als der Knecht die Pferde auf die Nachtweide treiben wollte und Jascho eins davon bestieg, schrie ihn der Vater an:

»Steig' mir da gleich herunter! Es schickt sich nicht, daß ein Priester auf einem ungesattelten Pferd reitet und sich mit Pferdehirten einläßt!«

Jascho hatte große Lust mitzureiten, kletterte aber vom Pferd herunter und ging wie begossen nach den Gärten zu, in denen es schon ganz schummrig war, um seine Abendgebete zu lesen. Wie hätte er sich aber da sammeln sollen, wenn Mädchenlieder immer wieder irgendwo aus der Nähe erklangen, Weiber in einem benachbarten Garten schwadronierten, daß jedes Wort über die taugebadeten Wiesen herüberkam, wenn das Gekreisch und Gelächter der im Weiher badenden Kinder immer wieder zu hören war, die Kühe brüllten, die Perlhühner des Pfarrers mit durchdringendem Glucksen sich lockten, und das ganze Dorf wie ein großer Bienenstock vor allerhand Stimmen summte. Immer wieder kam er aus dem Konzept, und als er schließlich den Zusammenhang gefunden hatte, am Roggenfeld niederkniete, die Blicke dem Sternenhimmel zugewandt und die Seele hoch in eine ferne Welt hinaussendend, erklang vom Dorf her ein solches furchtbares Geschrei, Weinen und Fluchen, daß er aufsprang und eiligst nach Hause rannte vor Angst und Unruhe.

Gerade kam die Mutter zur Tür heraus, um ihn zum Abendbrot zu rufen.

»Was ist da los? Man prügelt sich wohl?«

»Der Joseph Wachnik ist vom Kreisamt etwas angetrunken nach Hause gekommen und hat mit seiner Frau das Zanken gekriegt. Die hat schon lange eine ordentliche

Tracht Prügel verdient! Brauchst dich nicht zu ängstigen, der wird schon nichts passieren.«

»Die schreit doch aber, als wenn man ihr die Haut abzöge.«

»Das ist so gewöhnliches Weibergeschrei. Wenn er sie mit dem Stock prügeln würde, würde sie still sein. Sie wird sich schon morgen dafür rächen, das wird sie schon! Komm, Kind, das Abendessen wird sonst kalt.«

Er berührte kaum das Abendessen und legte sich, da er sich ermattet fühlte, gleich schlafen. Am nächsten Morgen aber, kaum daß die Sonne aufleuchtete, war er schon auf den Beinen. Er rannte ins Feld, brachte den Pferden Klee, neckte die Truthähne des Pfarrers, so daß sie zornig aufkollerten, begrüßte die Hunde, die sich vor Freude fast von den Ketten losgerissen hätten, streute den Tauben Futter aus, half dem jüngeren Bruder die Kühe hinaustreiben, hackte für Michael das Holz, untersuchte die reifenden Birnen im Obstgarten, spielte mit dem Füllen und war überall dabei. Mit zärtlichen Blicken begrüßte er jegliches Ding, alles was da leibte und lebte, als wäre noch das Kleinste ihm wie ein herzlicher Freund und leiblicher Bruder, selbst die blütenüberschütteten Malven, selbst die Ferkel, die sich behaglich in der Sonne räkelten, selbst die Disteln und das Unkraut, das sich am Zaun versteckt hielt. Die Mutter aber, die mit liebevollen Blicken ihm nachsah, lächelte begütigend dazu und murmelte:

»So ein Närrchen! So ein Närrchen!«

Er aber schlenderte herum, und strahlte wie ein heller, froher, sonniger, warmer Julitag. Die ganze Welt umfing er mit seiner liebenden Seele; als aber die Betglocke zu läuten begann, ließ er alles liegen und rannte in die Kirche. Und als der Pfarrer mit der Frühmesse heraustrat, ging er voran, mit einem neuen Chorhemd bekleidet, das mit frischen roten Bändern geschmückt war. Die Orgel ertönte und stimmte laut eine vielfältige Weise an, und eine kräftige Stimme setzte vom Chor herab singend ein, so daß die Lichter erbebten, während die Anwesenden vor dem Altar niederknieten: die Messe begann.

Obgleich Jascho den Meßdienst versah und in den Zwischenpausen eifrig betete, wurde er bald Jaguscha gewahr, die etwas nach der Seite zu kniete; und jedesmal, wenn er den Kopf erhob, sah er ihre blauen, leuchtenden Augen, die ihn anstarrten, und ihr heimliches Lächeln, das um die roten, leicht geöffneten Lippen spielte.

Gleich nach dem Gottesdienst nahm ihn der Propst mit sich ins Pfarrhaus und setzte ihn ans Schreiben, so daß er erst nach Mittag sich losreißen konnte, um ins Dorf zu eilen und alle Bekannten zu begrüßen.

Zuerst sah er bei den Klembs ein, denn sie waren die nächsten; ein schmaler Pfad nur trennte den Pfarrhof von ihrem Gewese; er fand jedoch niemanden vor, nur im Flur, in dem die Türen nach beiden Seiten zu offen standen, bewegte sich plötzlich etwas in einer Ecke, und eine heisere Stimme ließ sich darauf vernehmen.

»Ich bin es ja, die Agathe!« Sie versuchte sich zu erheben und breitete erstaunt ihre Arme aus: »Jesus, der Herr Jascho!«

»Bleibt ruhig liegen, seid ihr denn krank?« fragte er besorgt, und einen Holzklotz heranschiebend, setzte er sich zu ihr hin; aber ihr erdfahles, ausgetrocknetes Gesicht war kaum zu erkennen.

»Auf Gottes Erbarmen wart' ich nur noch!« Ihre Stimme nahm einen feierlichen Klang an.

»Was fehlt euch denn?«

»Nichts, der Tod wächst nur in mir und wartet auf seine Erntezeit. Die Klembs haben mich zu sich genommen, daß ich bei ihnen sterben kann, da bet' ich denn meine Gebete und warte geduldig auf die Stunde, daß die Knochenfrau anklopft und sagt: komm her, müde Seele.«

»Warum bringt man euch denn nicht in die Stube?«

»Hale, solange die Zeit nicht da ist, werd' ich ihnen doch nicht den Platz wegnehmen ... sie mußten schon sowieso das Kalb irgendwo anders hintun ... Aber sie haben es mir versprochen, daß sie mich, wenn meine letzte Stunde kommt, in die Stube tragen werden, aufs Bett, unter die Heiligenbilder, und eine Kerze werden sie für mich anzünden ... und den Priester herholen, ... und dann ziehen sie mir meine Feiertagskleider an und bereiten mir ein hofbäuerliches Begräbnis. Versteht sich, daß ich ihnen alles gegeben habe ... und die guten Leute werden die arme Waise wohl nicht benachteiligen. Lange werd' ich ihnen doch hier nicht im Wege sein ... und vor Zeugen haben sie es mir versprochen, vor Zeugen.«

»Und wird euch die Zeit nicht lang, so allein zu sein?« Seine Stimme war voll Mitleid und Tränen.

»Ganz gut hab' ich es hier, mein junges Herrchen, und ein ordentliches Stück Welt kann ich noch dazu hier durch die Tür sehen. Da kommt mal einer über den Weg gegangen, sagt mal einer was, guckt vielleicht ein und spricht ein gutes Wort, da ist es mir denn, als lief ich noch selber im Dorfe herum. Und wenn alle an die Arbeit gehen, dann kommen hier die Hühner und scharren im Kehricht, die Schweinchen knurren hinter der Wand, mal kommt ein Hund, mal stürzen Spatzen in den Flur, die Sonne leuchtet ein bißchen herein, bevor sie untergeht, und manchmal wirft ein Schlingel ein Klümpchen Erde herüber; so geht der Tag vorüber, ehe sich der Mensch versieht. Auch nachts kommen welche zu mir ... jawohl ... manch einer ...«

»Wer denn? Wieso?« Er sah ihr aus der Nähe in die weit offenen Augen, die wie blind um sich stierten.

»Alle die Meinen, die schon lange gestorben sind, all die Verwandten und Bekannten. Ist wirklich wahr, mein junges Herrchen, daß sie kommen ... Und einmal«, flüsterte sie mit einem Lächeln voll unsagbaren Glücks und Zärtlichkeit, »ist zu mir die heilige Jungfrau gekommen und hat ganz leise gesagt: lieg' du nur, Agathe, der Herr Jesus wird dich belohnen! ... Die Tschenstochauer war es in eigener Person, gleich hab' ich sie erkannt ... eine Krone hatte sie auf und hatte einen Mantel um – ganz in Gold und Korallenschnüren war sie. Sie hat mir den Kopf gestreichelt und hat gesagt: hab' keine Angst, armes Kind, eine erste Hofbäuerin wirst du im Himmelshof sein, Herrin wirst du sein ...«

Und so plapperte die Alte vor sich hin wie ein zirpendes Vöglein, das einschläft. Jascho aber horchte, über sie gebeugt und starrte wie in eine rätselhafte Tiefe, in der etwas Heimliches gurgelt und plaudert und blitzt und etwas vergeht, was der menschliche Verstand gar nicht begreifen kann. Es wurde ihm plötzlich ganz grausig zumute, doch er konnte sich nicht von diesem Menschenhäufchen trennen, das wie ein verkohlter Halm war, wie ein in der Dämmerung erlöschender Strahl und dennoch von den Tagen eines neuen Lebens träumte. Zum erstenmal im Leben sah er so aus der Nähe in ein unerbittliches Menschenschicksal hinein; so war es denn auch kein Wunder, daß ihn eine grausige Angst überkam und ein schmerzliches Leid ihm das Herz zusammenschnürte, Tränen überfluteten seine Augen, mitleidiges Erbarmen beugte ihn zur Erde nieder, und eine heiße Fürbitte kam von selbst auf seine bebenden Lippen.

Die Alte kam wieder zu sich, und den Kopf etwas hebend, murmelte sie verzückt: »Mein heiliger Engel! Mein herziger kleiner Priester!«

Er blieb dann lange noch an einer Hauswand stehen, sich in der Sonne wärmend, und ließ seine Augen gierig den hellen Tag und das Leben trinken, das sich rings regte.

Was lag auch daran, daß eine Menschenseele in den Krallen des Todes wimmerte?

Die Sonne hörte darob doch nicht auf zu scheinen; es rauschte das Korn, ganz hoch segelten weiße Wolken vorüber, Kinder spielten auf den Wegen, reifende Früchte blitzten rot aus den Obstgärten, in der Schmiede hämmerten die Hämmer, so daß es im ganzen Dorf widerhallte. Man hörte einen seinen Wagen richten, einen seine Sense für die bevorstehende Erntezeit zurechtklopfen, es duftete nach frisch gebackenem Brot, Frauengeschnatter klang herüber, Tücher hingen zum Trocknen auf den Zäunen, ein Leben war überall im Feld und in den Gehöften – es war wie an jedem Tage, immer krabbelte noch der Menschenschwarm herum, in seiner Sorge und Mühe befangen und ohne daran auch nur zu denken, wer als erster in den Abgrund hinabrollen muß.

Was würde das einem auch nützen!

So schüttelte auch Jascho rasch seine Trübsal ab und wandte sich dem Dorf zu. Er sah eine Weile Mathias zu, der das Haus Stachos schon bis an die Dachbalken hochgerichtet hatte, blieb mit der Ploschkabäuerin, die Leinwand bleichte, im Gespräch stehen, machte der kranken Fine einen Besuch, hörte den Klagen der Schulzin zu, ließ sich einen Augenblick beim Schmied nieder, der Sensen im Feuer härtete und die Schneiden der Sicheln mit Einschnitten versah, und bald darauf sah man ihn zwischen den Gemüsebeeten, wo die meisten Frauen und Mädchen an der Arbeit waren; und überall war er willkommen, überall begrüßte man ihn freundlich und betrachtete ihn mit Stolz, denn er war doch einer aus Lipce, ganz wie ein Verwandter des ganzen Dorfes.

Erst ganz zum Schluß sah er bei der Dominikbäuerin ein; die Alte saß vor dem Haus und spann Wolle; er wunderte sich darüber, denn sie hatte doch ihre beiden Augen verbunden.

»Mit den Fingern tast' ich mich schon zurecht, da weiß ich es auch wie der Faden ist, dünn oder dicker«, erklärte sie, sehr erfreut über seinen Besuch; sie rief die Jagna herbei, die auf dem Hof arbeitete. Diese kam auch bald, sie war etwas nachlässig gekleidet und trug nur einen Beiderwandrock und ein Hemd. Als sie Jascho erblickte, verdeckte sie ihre Brust mit beiden Händen und rannte, über und über rot geworden, davon.

»Jagusch, bring' doch mal Milch her, vielleicht wird sich der Herr Jascho abkühlen wollen!«

Jaguscha brachte bald darauf eine volle Satte Milch und einen kleinen Krug zum Trinken. Sie hatte sich schon ihr Tuch um den Kopf gebunden, war aber so befangen, daß ihr die Hände flogen, als sie die Milch einschenkte; sie wurde abwechselnd blaß und rot und wagte nicht, ihn anzusehen. Und die ganze Zeitlang sagte sie kein Wort zu ihm. Als er aber davonging, begleitete sie ihn bis auf die Dorfstraße und sah ihm nach, bis er ihr aus den Augen entschwand.

Es drängte sie mit solch' unwiderstehlicher Gewalt, ihm nachzufolgen, daß sie, um dem Versuch zu widerstehen, in den Obstgarten lief, einen Baumstamm umschlang, und sich an ihn schmiegend, ohne Atem und ganz geistesabwesend stehenblieb, während die fruchtbelasteten Zweige des Apfelbaums sie wie mit einem Mantel umhüllten. Sie stand da mit geschlossenen Lidern, mit einem heimlichen Lächeln um die Mundwinkel, voll Glückseligkeit und voll einer seltsamen Bangigkeit, ganz in Tränen aufgelöst, die von einer unbekannten Süße waren, sie stand voll eines wollüstigen Bebens, wie damals, als sie in jener Frühlingsnacht ihn durchs Fenster belauscht hatte.

Auch den Jascho schien etwas zu ihr zurückzulocken, denn er besuchte die beiden, wenn auch ganz unabsichtlich, noch öfters auf ein paar Augenblicke und ging dann immer ganz eigentümlich beglückt davon. In der Kirche sah er sie alltäglich, sie kniete da immer während der ganzen Messe und betete so inbrünstig und wie weltentrückt, daß er mit einer zärtlichen Rührung auf sie blickte, und einmal sagte er selbst etwas zu Hause über ihre Frömmigkeit.

Die Mutter zuckte nur die Achseln.

»Die hat Grund genug, den lieben Gott um Verzeihung zu bitten ...«

Jaschos Seele war noch rein wie eine weiße Blume, darum verstand er auch ihre Anspielung nicht, und da sie zu ihnen ins Haus kam und sie sie alle gern leiden mochten, und da er immer sah, wie fromm sie war, so hatte in ihm auch nicht der leiseste Verdacht aufkommen können; er wunderte sich nur der Mutter gegenüber, warum Jagna denn seit seiner Ankunft noch gar nicht gekommen sei.

»Gerade habe ich nach ihr geschickt, denn wir haben viel zu plätten«, sagte die Organistin darauf.

Jagna kam denn auch bald und war so fein herausgeputzt, daß Jascho ganz erstaunt ausrief:

»Was ist denn bloß mit euch, wollt ihr zu einer Hochzeit gehen?«

»Oder hat man zu euch mit Schnaps geschickt?« piepste eins der Mädchen.

»Wem hätte das einfallen sollen! Den hätte ich einfach zum Haus hinaus gejagt!« lachte sie auf und wurde rot wie eine Rose, denn alle blickten auf sie.

Die Organistin trieb sie gleich ans Plätten, die Organistentöchter und Jascho aber rannten ihr nach, und es ging dabei so laut zu, sie brachen immer wieder in ein solches Gelächter wegen jeder Kleinigkeit aus, daß die Mutter sie beschwichtigen mußte.

»Ruhig da, Elsternvolk! Geh' lieber in den Garten, Jascho; das schickt sich nicht für dich, hier Unsinn zu machen.«

Widerwillig griff er nach einem Buch und schlich wie gewöhnlich aufs Feld hinaus, wo er weit weg vom Dorf auf dem Feldrain, unter einem Birnbaum, an einem der Feldmarkhügel sich ins Lesen zu vertiefen pflegte, oder auch manchmal nur so vor sich hin sann.

Jaguscha kannte diese einsamen Verstecke schon gut und wußte wohl, wo sie ihn mit ihren sehnsüchtigen Blicken suchen sollte, wohin ihm ihre freudigen Gedanken folgen konnten; sie umkreiste ihn wie der Schmetterling einen Lichtschein, sie hätte es nicht anders können, es trieb sie unwiderstehlich dazu und lockte sie mit solcher Allgewalt, daß sie sich ganz sinnlos dieser unbekannten süßen Macht hingab, die wie auf den Wogen eines schäumenden Gewässers sie in eine erträumte Welt des Glücks trug. Sie gab sich mit ganzer Seele und mit dem ganzen Herzen dieser Gewalt hin, ohne daran zu denken, an welchen Strand und zu welchen Schicksalen sie das alles bringen könnte.

Und ob sie sich spät in der Nacht schlafen legte oder des Morgens von ihrem Lager aufsprang, immer durchbebte ihr Herz dasselbe Gebet:

»Heut werd' ich ihn wiedersehen! Heute noch!«

Und oft, wenn sie vor dem Altar kniete und der Pfarrer die Messe las, wenn die Orgel in durchdringenden Tönen klang, die Weihrauchdünste stiegen und das heiße Flüstern der Gebete sich ausbreitete, wenn sie mit andachtstrunkenen Augen sich dem Anschauen Jaschos hingab, der weiß gekleidet, schlank und lieblich mit gefalteten Händen sich inmitten dieser Weihrauchdünste und farbigen Scheine bewegte, die, von den Fenstern kommend, ihn überfluteten, war es ihr zumute, als wäre ein wirklicher Engel vom Altar niedergestiegen, um ihr mit einem lieben Lächeln entgegenzuschweben, als käme er immer näher ... so daß Paradiese sich vor ihrer Seele auftaten, so daß sie in den Staub sank, ihre Lippen auf jene Stellen pressend, die sein Fuß berührt hatte, und von einer Verzückung hingenommen, sang sie aus ganzer Macht menschlicher Glückseligkeit:

»Heilig! Heilig! Heilig!«

Und manchmal war schon die Messe zu Ende, die Leute waren auseinandergegangen, und nur Ambrosius klirrte mit dem Schlüsselbund in der leeren Kirche, aber sie kniete immer noch und starrte zu dem Platz hinüber, wo Jascho gestanden hatte, ganz in die allerheiligste Stille einer Verzückung versunken, voll einer bis zum Schmerz gesteigerten Seligkeit und ganz in Tränen aufgelöst, die von selbst über ihre Wangen flossen wie volle schwere und klare Perlen.

Die Zeit strich ihr vorüber wie ein endloses Fest, wie frohe Kirmestage, die nicht enden wollten; die Andacht hielt ein ewiges Hochamt in ihrem Herzen, und wenn sie ins Feld hinausging, war es ihr, als rauschten die reifen Ähren freudig mit, und die sonnenverbrannte Erde, die Gärten unter der Last ihrer Früchte, die fernen Wälder, die wandernden Wolken und die allerheiligste Sonnenhostie, die über der Welt hing – alles sang mit ihr das Lied ihrer Seele, den himmelanstrebenden Hymnus des Dankes und der Freude:

»Heilig! Heilig! Heilig!«

Hei, wie ist doch die Welt so herrlich, wenn verliebte Augen sie ansehen!

Und wie mächtig ist der Mensch in einer solchen heiligen Stunde! Mit Gott würde er ringen, sich dem Tod widersetzen und selbst gegen das Schicksal gehen. Das Leben ist ihm eine einzige Freude und zum Bruder wird ihm die geringste Kreatur! Vor jedem Tag wäre er bereit, dankerfüllt niederzuknien und jede Nacht zu segnen, auf Schritt und Tritt sich der Mitwelt zu schenken, und immer würde er noch ein Reicher bleiben, und seine Macht und seine Liebe würden noch wachsen, und die herrlichen Tage würden kein Ende nehmen.

Seine Seele schwebt über Welten einher, blickt aus der Nähe in die Sterne, langt dreist nach dem Himmel und träumt von ewiger Seligkeit, denn es ist ihr, als gäbe es weder eine Grenze noch ein Hindernis für ihre Macht und für ihr Lieben.

So empfand auch Jaguscha in jener Zeit der seligen Liebe.

Die Tage der mühevollen Vorbereitungen zur Ernte folgten einander im alltäglichen Trott, sie aber ging wie eine Lerche singend an ihr Tagwerk, war unermüdlich froh und festlich erblüht, wie der Rosenstrauch in ihrem Garten, der sich mit Blüten geputzt hatte, und war schlank wie die Malven und üppig wie eine Blume auf himmlischen Ackerbeeten. Sie zog die Blicke auf sich, ihre leuchtenden Augen verlockten die Menschen, sie anzuschauen, und sie war so voll eines unermüdlichen Lachens, daß selbst die Alten ihr nachblickten und die Burschen sich wieder um sie mühten und ihr aufs neue seufzend vor dem Hause aufzulauern begannen. Aber sie wollte von keinem etwas wissen.

»Wenn ihr da selbst am Boden festwachst, so werdet ihr euch doch nichts erlauern«, höhnte sie.

»Und über jeden macht sie sich lustig! Und fein ist sie wie eine Gutsherrin!« klagten sie dem Mathias, der zur Antwort wehmütig aufseufzte, denn er selbst hatte nur so viel erreichen können, daß er in der Dämmerung hin und wieder mit der Dominikbäuerin reden durfte und dabei der Jaguscha zuschauen konnte, wie sie sich in der Stube zu schaffen machte, oder auch zu hören, wenn sie ihre Liedlein vor sich hersang. Er blickte so eifrig um sich, und horchte so fleißig, daß er immer düsterer davonging und immer häufiger die Schenke aufsuchte, worauf er dann zu Hause des öfteren skandalierte. Natürlich war es Therese, die das meiste dabei abbekam, so daß sie schon halb tot vor Kummer herumging, und als sie einmal der Jaguscha begegnete, drehte sie ihr den Rücken und spie aus.

Doch Jaguscha blickte irgendwohin in die Ferne und ging an ihr vorüber, ohne sie überhaupt gesehen zu haben.

Therese drehte sich wütend zu einigen Mädchen um, die am Weiher ihre Wäsche wuschen und sagte:

»Habt ihr gesehen, wie sie sich spreizt? Sie läuft vorüber, ohne einen selbst mal anzusehen.«

»Und geputzt ist sie wie zu einer Kirmes.«

»Natürlich, die sitzt doch bis Mittag und kämmt sich immerzu, und in einem fort kauft sie sich Bänder und Putz«, redeten sie neidisch miteinander, denn schon seit einiger Zeit gingen ihr wieder Weiberblicke nach, scharf wie Krallen und giftig wie Nattern, wenn sie sich nur im Dorf zeigte. Man nahm sie auch bei der geringsten Gelegenheit durch und zog über sie her, daß Gott erbarm; sie konnten es ihr nicht vergeben, daß sie sich putzte wie keine andere im Dorf, daß sie alle an Schönheit übertraf, ganz abgesehen davon, was sie mit all den Männern anstellte. »Sie erhebt sich über die anderen, daß man es rein gar nicht mehr ertragen kann!«

»Sie putzt sich wie eine Gnädige, und woher nimmt sie nur das Geld dazu?«

»Na, und weshalb steht denn der Schulze so in ihren Gnaden?«

»Man sagt, daß auch dem Antek für sie nichts zu teuer ist«, flüsterten die Bäuerinnen einander zu, die sich im Heckenweg, der zu Ploschkas Haus führte, versammelt hatten.

»Den Antek geht sie gerade so viel an, wie den Hund das fünfte Bein«, mischte sich Gusche hinein. »Da ist noch ein ganz anderer in Aussicht!« lachte sie so vielsagend, daß sie die anderen zu bitten und um alles was heilig zu beschwören begannen, sie sollte es ihnen doch sagen. Schließlich ließ sie sich auch folgendermaßen vernehmen:

»Ich trage seinen Klatsch herum. Ihr habt ja Augen, da könnt ihr es selbst ausspähen.«

Von diesem Augenblick an verfolgten Jagna an die hundert wachsame Augen auf Schritt und Tritt. Sie stellten ihr nach wie die Meute einem armen Hasen; Jaguscha aber, obgleich sie immerzu den lauernden Blicken begegnete, ahnte nichts. Was ging es sie schließlich an, wenn sie zu jeder Zeit Jascho sehen konnte, um sich in seinen Augen bis zur Selbstentäußerung zu verlieren?

Zu den Organisten kam sie fast Tag für Tag und immer zu einer Zeit, wenn Jascho zu Hause war. Und oft, wenn er sich in ihrer Nähe niedersetzte und wenn sie seine Blicke auf sich ruhen fühlte, wäre sie fast vor Wohligkeit gestorben; eine Glut überrieselte sie, ihre Knie bebten, und das Herz schlug wie mit einem Hammer. Ein andermal wiederum, wenn er im Nebenzimmer die Schwestern unterrichtete, hielt sie den Atem an, ganz nur auf seine Stimme hinhorchend, als wäre sie das süßeste Singen, so daß selbst die Organistin es schließlich merkte.

»Was horcht ihr denn so eifrig?«

»Der Herr Jascho redet so gelehrt, daß ich nichts herauskriegen kann!«

»Ihr möchtet wohl?« lachte die Organistin herablassend. »Es ist doch keine geringe Schule, in der er lernt«, gab sie stolz hinzu und ließ sich in eine weitschweifige Erzählung über ihren Sohn ein. Sie mochte die Jaguscha und lud sie gern ein, denn sie half bereitwillig mit bei jeder Arbeit und brachte außerdem auch manches Mal was mit: einmal Birnen, dann Beeren und manchmal selbst ein gutes Stück frische Butter.

Jaguscha hörte stets mit gleicher Andacht diesen Ergüssen zu, wenn aber Jascho Anstalten machte auszugehen, hatte sie auch immer gleich Eile zur Mutter zu kommen; sie mochte es, ihn von weitem zu beobachten; und oft sah sie ihm im Korn oder hinter einem Baum versteckt, lange und so voll Innigkeit nach, daß ihr zuletzt selbst die Tränen in die Augen stiegen.

Am liebsten waren ihr aber die kurzen, hellen, warmen Nächte, denn sobald die Mutter schlief, trug sie ihr Bettzeug in den Garten und starrte, rücklings liegend, in den Nachthimmel, dessen Glitzern durch die Äste rieselte; sie verfiel dann in die Grenzenlosigkeit einer seltsam süßen Schwärmerei. Die heißen Atemzüge der Nacht streiften ihr Gesicht, die Sterne sahen ihr in die weitgeöffneten Augen, und über sie ergossen sich in einer seltsamen Musik die duftgeschwellten Stimmen des Dunkels, die voll beunruhigender Glut und Wollust waren – das atemlose Geflüster der Blätter, die schlafbefangenen abgerissenen Geräusche des Lebendigen, die gedämpften Seufzer, seltsames Rufen, das irgendwo aus der Tiefe der Erde zu kommen schien und irgendwelch' scheues Gekicher. All das erfüllte sie mit heißem Sehnen, raubte ihr schier den Atem und schüttelte ihren Körper mit solchen Schauern, daß sie aufs kühle, taubenetzte Gras schwer niedersank wie eine reife Frucht. Und von einer heiligen Macht der Fruchtbarkeit ganz erfüllt lag sie da; den reifenden Feldern und den fruchtbeladenen Asten war sie gleich und ruhte wie ein Weizenfeld, das bereit ist, sich den Sicheln, den Vögeln und den Winden preiszugeben und das in Sehnsucht auf jegliches Los wartet, das ihm beschieden ist.

So waren diese kurzen, warmen und hellen Sommernächte und diese heißen, glühenden Julitage für Jaguscha, und sie flohen dahin, wie ein süßer Traum, den man immer wieder von neuem träumen möchte.

Sie ging wie in einem Bann herum, ohne zu merken, wann es Tag wurde und wann die Nacht kam.

Die Dominikbäuerin fühlte, daß mit ihr etwas Seltsames vorging, aber sie begriff nicht, was es sein konnte; so freute sie sich nur über Jaguschas unerwartete, leidenschaftliche, heiße Frömmigkeit.

Jaguscha lächelte nur darauf vor sich hin, ganz erfüllt von einer demütigen Glückseligkeit und Erwartung.

Eines Tages stieß sie ganz unabsichtlich auf Jascho, der mit einem Buch in der Hand an einem Grenzhügel saß. Sie konnte nicht mehr ausweichen und blieb ganz erglüht und stark beschämt vor ihm stehen.

»Was macht ihr denn hier?«

Sie stotterte irgendeine Antwort voll Angst, er könnte irgend etwas gemerkt haben.

»Setzt euch, ich sehe, daß ihr müde seid.«

Sie stand unschlüssig da und wußte nicht, was sie tun sollte; er zog sie bei der Hand zu sich nieder, so daß sie neben ihm niederhockte, die bloßen Füße unter dem Beiderwandrock versteckend.

Aber auch Jascho war befangen und sah sich hilflos in der Runde um.

Die Felder waren leer, die Dächer und Gärten von Lipce hoben sich aus dem Getreide wie ferne Inseln, ein Luftzug wühlte etwas in den Halmen, es duftete nach wildem Quendel und Roggen, ein Vogel flog über ihren Häuptern vorüber.

»Furchtbar heiß ist es heute!« bemerkte er, um nur ein Gespräch anzufangen.

»Auch gestern hat die Sonne ordentlich gebrannt!« Ein freudiger Schreck schnürte ihr die Kehle zu, daß sie kaum imstande war, was zu antworten.

»Bald geht die Ernte los.«

»Gewiß ... versteht sich ... bejahte sie; ihre Augen hafteten schwer an ihm.

Er lächelte und versuchte unbefangen, fast wie scherzend zu sprechen:

»Jaguscha wird jeden Tag schöner ...«

»Was soll ich da schön sein!« Eine Röte übergoß ihr Gesicht, die Augen sprühten, und die Lippen bebten von einem heimlichen Freudelächeln.

»Und will denn Jaguscha wirklich nicht heiraten?«

»Ich denk' nicht daran! Hab' ich es denn schlecht allein?«

»Und keiner gefällt euch, wie?« Er wurde immer unbefangener.

»Keiner, nein, keiner!« Sie schüttelte den Kopf und sah auf ihn mit schwärmerischen Blicken; er beugte sich zu ihr hin und schaute tief in diese blauen Abgründe hinein. In ihren Augen lag ein allertiefstes, allersüßestes, hingebendes Gebet und ein inbrünstiger Schrei des Herzens, wie zur Zeit des Hochamtes, wenn der Priester das heilige Sakrament dem Volke zeigt. Die Seele flatterte in ihr wie Sonnenfunken über den Feldern, wie ein Vogel, der sangerfüllt sich über der Erde wiegt.

Er wich zurück, eine seltsame Unruhe überkam ihn, er rieb sich die Augen und stand auf.

»Ich muß jetzt gehen!« Er nickte zum Abschied und wandte sich über den breiten Feldrain dem Dorf zu, hin und wieder im Buch herumlesend. Seine Augen aber irrten irgendwo in die Weite; nach einer Weile blieb er stehen und sah sich um.

Nur einige Schritte hinter ihm ging Jaguscha.

»Für mich ist das auch der nächste Weg«, entschuldigte sie sich ganz schüchtern.

»Dann wollen wir zusammen gehen«, murmelte er. Er schien nicht sehr über diese Gesellschaft erfreut zu sein, heftete seine Augen auf das Buch und las, langsam vorwärts gehend, halblaut vor sich hin.

»Was steht denn da wohl geschrieben?« fragte sie, scheu ins Buch blickend.

»Wenn ihr wollt, dann les' ich euch ein bißchen vor.« Da gerade in der Nähe des Feldrains ein breitästiger Baum wuchs, setzten sie sich im Schatten zurecht, und er fing an zu lesen. Sie hockte ihm gegenüber und, ihr Kinn auf die Faust stützend, lauschte sie andachtsvoll, ohne die Augen von ihm zu lassen.

»Wie gefällt es euch denn?« fragte er nach einer Weile und hob den Kopf.

Sie wurde rot, und ihre Blicke rasch zurückziehend, stotterte sie beschämt:

»Ich weiß nicht ... Das ist keine Geschichte von den Königen, wie?«

Er verzog das Gesicht und fing wieder an zu lesen, aber langsam und klar, Wort für Wort: von Feldern und Fluren las er ihr vor, von einem Gutshof, der in einem Birkenhain stand, von einem Herrensohn, der nach Hause gekommen war und von einem Gutsfräulein, das mit Kindern im Garten saß ... Und alles paßte so zum Vers, wie bei den heiligen Liedern, und war so, als redete einer von der Kanzel, so daß sie oft Lust bekam aufzuseufzen, sich zu bekreuzigen und aufzuweinen, so stark ging es ihr zu Herzen.

Es war furchtbar heiß an dem lauschigen Plätzchen, wo sie saßen; rings umgab sie eine dichte Mauer des Getreides, das mit Kornblumen, Wicken und duftenden Winden durchflochten war, so daß nicht ein kühlender Hauch zu ihnen hindurchdrang, und in der glühenden Stille hörte man nur das Rascheln der tief gebeugten Ähren. Manchmal schilpten ein paar Spatzen in den Zweigen, eine vorüberfliegende Biene kam summend über ihren Köpfen vorbeigeschwärmt, und Jaschos Stimme klang voll seltsamer Süße; aber Jaguscha, obgleich sie auf ihn starrte, wie auf ein Bild, das über alle Maßen schön war, und nicht ein Wort von dem zu verlieren trachtete, was er las, ließ immer wieder den Kopf sinken, denn die Hitze hatte sie müde gemacht, und eine Schlaftrunkenheit war über sie gekommen, sie konnte sich schon kaum wach halten.

Zum Glück unterbrach er das Lesen und sah ihr tief in die Augen.

»Wie ist das schön, nicht wahr?«

»Versteht sich, wunderschön ... ganz wie eine Predigt.«

Seine Augen blitzten auf, und eine Röte stieg in seine Wangen, als er ihr zu erzählen begann und nochmals die Stellen wiederholte, wo etwas von den Feldern und Wäldern geschrieben stand. Sie unterbrach ihn aber:

»Das weiß doch auch ein Kind, daß im Wald Bäume wachsen und in den Flüssen Wasser ist, und daß man auf den Feldern sät; was soll man das alles noch drucken!« ...

Jascho fuhr zurück vor Staunen.

»Mir gefallen solche Geschichten von Königen und Drachen oder auch von Gespenstern, bei denen es einem wie Ameisen über den Rücken kriecht und es einem so heiß wird, als hätte man Feuer in der Brust. Wenn der Rochus manchmal solche Geschichten erzählt, dann könnt' ich Tag und Nacht zuhören. Hat denn der Herr Jascho auch solche Bücher?«

»Wer sollte solchen Unsinn lesen!« fuhr er verächtlich und verletzt auf.

»Unsinn? Hale, der Rochus hat doch darüber aus Gedrucktem gelesen ...«

»Dummheiten hat er euch vorgelesen, das ist lauter Schwindel!«

»Wie denn, hätte er nur zum Schwindel sich solche Wunder ausgedacht?« ...

»Jawohl, alles das das sind Fabeln und unwahres Zeug.«

»Dann ist das auch nicht wahr von den Mittagsgöttinnen? Und von den Drachen?« fragte sie immer trauriger.

»Es ist nicht wahr! Ich sag' es doch!« entgegnete er ganz ungeduldig.

»Und auch das soll nicht wahr sein, wie der Herr Jesus mit dem heiligen Petrus gewandert ist, wie?« ...

Er kam noch nicht dazu, ihr zu antworten, als plötzlich, wie aus dem Erdboden hervorgewachsen, die Kosiol vor ihnen auftauchte und sie mit spöttischen Augen ansah.

»Man sucht doch den Herrn Jascho im ganzen Dorf«, sagte sie mit zuckersüßer Stimme.

»Was ist denn geschehen?«

»Ganze drei Wagen Schandarmen sind auf dem Pfarrhof.«

Er sprang beunruhigt auf und rannte davon über Stock und Stein.

Jaguscha wandte sich auch seltsam befangen dem Dorf wieder zu.

»Gewiß hab' ich euch die Gebete unterbrochen?« zischte die Kosiol, neben ihr gehend, hervor.

»Wieso denn, Gebete! Er hat mir nur aus dem Buch Geschichten gelesen, ganz in Reimen.«

»Sieh' mal an ... und ich habe ganz was anderes gedacht. Die Organistin hat mich hergeschickt zu suchen ... da lauf' ich denn hier vorbei, seh' mich nach allen Seiten um ... alles leer ... eine Ahnung kam mir plötzlich, unter den Birnbaum zu gucken ... da seh' ich denn, wie da so zwei Turteltäubchen sitzen ... und plaudern miteinander ... Jawohl, der Platz ist gut geeignet ... kein Mensch kann was sehen ... jawohl ...«

»Daß euch eure häßliche Zunge schief und krumm wird!« brach Jaguscha los und rannte voraus.

»Da wirst du gleich einen haben, der dich von den Sünden freispricht!« rief ihr die andere höhnisch nach.

* *
 *

Jaguscha merkte gleich, als sie wieder im Dorf war, daß etwas Wichtiges vor sich ging; die Hunde bellten heftiger wie sonst in den Heckenwegen, die Kinder verbargen sich in den Gärten, hin und wieder nur hinter den Bäumen und Zäunen hervorlugend, und die Leute kamen schon von den Feldern nach Hause, obgleich die Sonne noch hoch am Himmel stand. Hier und da sah man Haufen von leise miteinander redenden Frauen, und auf allen Gesichtern war eine große Unruhe zu lesen; alle Augen waren voll banger Erwartung.

»Was ist los?« fragte sie eine der um die Ecke spähenden Balcerekmädchen.

»Ich weiß nicht, Soldaten sollen vom Wald aus hierher ziehen.«

»Jesus Maria! Soldaten! ... Vor Angst versagten ihr die Füße den Dienst.

»Der Klembjunge hat soeben erzählt, daß von Wola her Kosaken kommen«, gab die vorbeirennende Pritschekbäuerin noch bei.

Jaguscha beschleunigte ihre Schritte und kam in großer Hast zu Hause an. Die Mutter saß auf der Türschwelle mit einem Wocken, und neben ihr standen ein paar sich eifrig unterhaltende Frauen.

»Ich sah es, so wie ich euch jetzt sehe; sie sitzen auf der Veranda, und die Älteren sind beim Pfarrer im Haus.«

»Und nach dem Schulzen haben sie den Michael vom Organisten geschickt.«

»Nach dem Schulzen! Du liebe Güte, das muß ja was Ernstes sein.«

»Gewiß, aber wohl nichts Gutes. Ihr werdet sehen, denkt daran, was ich gesagt habe.«

»Dann will ich es euch sagen, weswegen sie da sind«, begann Gusche, an die Redenden herantretend.

Sie umringten sie und streckten die Hälse wie Gänse aus, gierig auf ihre Worte horchend.

»Die werden euch zum Militär einziehen!« lachte sie kreischend auf; aber keine von den Anwesenden stimmte ein, und die Dominikbäuerin sagte hämisch:

»In einem fort habt ihr Unsinn im Kopf.«

»Weil ihr aus einer Stecknadel gleich 'ne Heugabel macht! Alle verlieren sie fast die Zähne vor Angst, aber jede freut sich, daß etwas passiert ist. Große Sache, so'n paar Schandarmen.«

Die Ploschkabäuerin kam mit ihrem dicken Bauch in den Heckenweg geschoben und fing gleich an zu erzählen, wie sie sofort eine böse Ahnung hatte, als sie nur die Wagen mit den Gendarmen sah, das war auch gerade ...

»Still doch! Da rennt ja der Gschela mit dem Schulzen nach dem Pfarrhof!«

Sie richteten ihre Augen nach der Stelle, wo jenseits des Weihers die beiden zu sehen waren und begleiteten sie mit ihren Blicken.

»Sieh mal an, auch den Gschela haben sie gerufen.«

Aber sie waren im Irrtum, denn Gschela ließ den Bruder vorausgehen und wandte sich nach den Wagen, die in der Nähe des Pfarrhofes standen. Er redete mit den

Kutschern, sah sich die Gendarmen an, die auf der Veranda saßen und rannte sehr beunruhigt zu Mathias herüber, der am Bau des Hauses von Stacho beschäftigt war und gerade rittlings auf einem Dachbalken saß und darin Einschnitte mit einem Beil machte, um so die Dachsparren zu befestigen.

»Sind sie denn noch nicht weg?« fragte er, ohne in seiner Arbeit innezuhalten.

»Nein, und das Schlimmste ist, daß man nicht weiß, weshalb sie gekommen sind.«

»Sicher haben sie was Schlechtes vor«, ließ sich der alte Bylica vernehmen.

»Vielleicht ist es wegen der Gemeindesitzung. Der Natschalnik hat ja doch gedroht und die Gendarmen haben hier und da herumgefragt, wer wohl Lipce aufgewiegelt hat«, sagte Mathias und ließ sich zur Erde niedergleiten.

»Dann müssen sie wohl gekommen sein, um mich zu arretieren«, murmelte Gschela und sah sich unruhig um. Er war blaß geworden, und seine Brust ging schwer.

»Mir scheint es, daß es eher wegen Rochus sein könnte«, bemerkte Stacho.

»Das ist wahr, sie haben ja nach ihm schon immerzu gefragt. Daß ich daran nicht gedacht habe!« Er atmete erleichtert auf, aber fügte sogleich besorgt hinzu:

»Ganz gewiß, daß, wenn sie einen nehmen wollen, dann schon Rochus!«

»Das lassen wir doch nicht zu! Der ist doch für uns wie ein Vater gewesen!« rief Mathias aus.

»Hale, wie soll man sich denen bloß widersetzen! Da kann keine Rede davon sein ...«

»Wenn er sich doch verstecken wollte! Man müßte ihn warnen, versteht sich ...« stotterte Bylica.

»Vielleicht ist das auch etwas anderes, vielleicht handelt es sich um den Schulzen ...« mischte sich Stacho schüchtern ein.

»Auf alle Fälle renn' ich hin, Rochus zu warnen!« rief Gschela und verschwand eiligst im Getreidefeld. Er versuchte um die Obstgärten herum nach dem Borynahof zu gelangen.

Antek saß auf der Galerie und glättete die Sicheln auf einem kleinen Amboß. Er sprang erschrocken auf, als er erfahren hatte, worum es sich handelte.

»Gerade ist er nach Hause gekommen. Rochus, kommt doch mal schnell zu uns heraus!« rief er ihm zu.

»Was ist?« fragte der Alte und steckte den Kopf zum Fenster hinaus; doch ehe sie ihm etwas sagen konnten, kam der Michael vom Organisten ganz atemlos angerannt.

»Wißt ihr? Die Gendarmen sind unterwegs zu euch! ... Sie sind schon am Weiher ...«

»Die wollen gewiß mich holen!« stöhnte Rochus auf und ließ seinen Kopf hangen.

»Jesus Maria!« rief Anna, die auf der Türschwelle erschienen war, und brach in Weinen aus.

»Still da! Man muß irgendwie Rat schaffen!« murmelte Antek und sann angestrengt nach.

»Ich rufe das ganze Dorf zusammen, und wir werden euch nichts tun lassen! ...« drohte Michael, brach sich einen mächtigen Knüttel heraus und ließ seine Augen wild umhergehen.

»Red' nicht dummes Zeug! Lauft gleich hinter den Schober, Rochus, und dann ins Getreide ... aber schnell! Hockt irgendwo in der Furche nieder, bis ich euch wieder rufe, aber rasch – rasch, daß sie euch nicht überraschen.«

Rochus sah sich in der Stube um, warf eine Anzahl gedruckter Schriften der im Bett liegenden Fine hin und flüsterte ihr zu:

»Versteck sie unter dich und gib sie nur nicht heraus!«

Und so wie er stand, ohne Mütze und Rock, rannte er in den Garten und war verschwunden wie ein Stein, den man ins Wasser geworfen hat, nur irgendwo bewegte sich plötzlich das Getreide.

»Geh' schnell weg, Gschela! Anna, an die Arbeit! Und du, Michael, mach' daß du fortkommst, und nicht einen Ton! ... befahl Ante! und setzte sich wieder an die unterbrochene Arbeit. Er fing an, die Sichel wieder einzuschalten, so gerade und bedächtig wie vordem, nur daß er immer wieder die Schneide gegen das Licht hob und mit den Augen nach links und rechts schielte, denn das Bellen der Hunde klang immer näher, und gleich darauf wurden schwere Schritte, Stimmen und das Klirren von Säbeln vernehmbar.

Sein Herz fing plötzlich an, rascher zu klopfen, seine Hände zitterten, aber er machte gleichmäßige genaue Einschnitte, ohne die Augen von der Arbeit zu erheben. Erst als die Gendarmen schon vor ihm standen, wandte er sich ihnen zu.

»Ist Rochus zu Hause?« fragte der Schulze ganz verängstigt.

Antek umfaßte mit einem flüchtigen Blick den Haufen und sagte langsam:

»Er muß im Dorf sein, ich habe ihn vom frühen Morgen an noch nicht gesehen.«

»Aufmachen!« kommandierte einer der Sergeanten.

»Ist doch offen!« knurrte Antek zur Antwort und erhob sich langsam von der Bank.

Ein Beamter betrat mit dem Gendarmen zugleich das Haus, und eine Anzahl Polizisten rannte nach allen Seiten auseinander, um den Garten und die Zugangswege zu bewachen. Auf der Straße hatte sich schon das halbe Dorf versammelt und sah schweigend zu, wie sie das ganze Haus durchstöberten, als wäre es ein Heuhaufen. Antek mußte ihnen alles selbst zeigen und jede Tür öffnen; Anna aber saß ruhig mit dem Kind an der Brust am Fenster.

Natürlich war das Suchen vergeblich, aber sie schnüffelten überall herum, ohne auch nur eine Stelle unbeachtet zu lassen, und einer sah selbst unters Bett.

»Der sitzt da gerade und wartet auf euch!« murmelte sie heimlich vor sich hin.

Der Sergeant bemerkte ein paar Bücher auf dem Tisch, auf die man ein Kruzifix gestellt hatte; er stürzte sich wie wild darauf und begann eifrig darin zu blättern.

»Woher habt ihr das?«

»Die muß wohl Rochus hier hingelegt haben, da liegen sie denn auch!«

»Die Borynowa kann nicht lesen!« erklärte der Schulze.

»Wer kann denn von euch lesen?«

»Keiner, fein haben sie uns da in der Schule unterrichtet, daß keiner sich selbst im Gebetbuch zurechtfinden kann«, entgegnete Antek.

Der Sergeant gab die Bücher einem seiner Begleiter ab und wandte sich nach der anderen Seite des Hauses.

»Was ist denn mit der, ist sie krank?« Er wollte auf Fine zugehen.

»Jawohl, seit ein paar Wochen hat sie Pocken.«

Der Beamte trat rasch zurück.

»Hier hat er also gewohnt?« fragte er den Schulzen aus.

»Hier, und wie es kam, so wie das bei einem Bettler vorkommt.«

Sie durchstöberten alle Winkel und sahen selbst unter die Heiligenbilder; Fine verfolgte sie mit glühenden Augen, sie bebte ganz vor Angst, und als einer näher auf sie zukam, schrie sie wie ganz von Sinnen.

»Ich soll ihn gewiß noch in mein Bett versteckt haben, ihr könnt gern nachsehen!«

Als sie endlich fertig waren, trat Antek auf den Sergeanten zu, und sich tief vor ihm verbeugend, fragte er mit demütiger Stimme:

»Ich möcht' bitten, hat denn der Rochus eine Gaunerei gemacht?« ...

Der Beamte sah ihm ganz aus der Nähe in die Augen und sagte mit Nachdruck:

»Und wenn es herauskommt, daß du ihn versteckt hast, dann werdet ihr beide zusammen ins Gefängnis wandern, hörst du!«

»Ich hör' schon, nur kann ich nicht verstehen, worum es sich handelt.« Er kratzte sich besorgt den Kopf, der Beamte aber warf ihm einen zornigen Blick zu und ging mit den anderen ins Dorf.

Sie sahen noch in manches Haus ein und versuchten hier und da über Rochus zu horchen. Erst als die Sonne untergegangen war und die Wege sich mit den heimkommenden Herden füllten, fuhren sie weg, ohne etwas erlangt zu haben.

Das Dorf atmete auf, und auf einmal fing alles zu erzählen an, wie sie bei den Klembs, bei Gschela und Mathias gesucht hatten; jeder wußte alles am besten, hatte am wenigsten Angst gehabt und sie am meisten zum Narren gehalten.

Antek aber sagte, als er schließlich mit Anna allein geblieben war, ganz leise zu ihr:

»Ich seh' schon, die Sache ist so, daß man ihn nicht länger im Hause behalten kann.«

»Willst du ihn denn davonjagen? Einen solchen heiligen, guten Menschen und Wohltäter?«

»Daß euch das Donnerwetter! ...« fluchte er vor sich hin, ohne zu wissen, was er anfangen sollte. Zum Glück kam bald Gschela und Mathias, um etwas Bestimmtes zu beschließen; sie verschlossen sich in der Scheune, denn jeden Augenblick kam jemand ins Haus, um etwas über den Vorfall zu erfahren.

Die Dämmerung hatte schon die Welt ganz verhüllt, Anna hatte die Kühe gemolken, und Pjetrek war aus dem Wald zurückgekommen, als sie erst wieder zum Vorschein kamen. Antek ging gleich daran, den Wagen in Ordnung zu bringen, und Gschela und Mathias machten sich auf, den Rochus von Haus zu Haus zu suchen, um den Leuten auf diese Art Sand in die Augen zu streuen.

Man wunderte sich darüber, denn jeder hätte schwören können, daß Rochus irgendwo auf dem Borynahof versteckt sitzen müsse.

»Gleich nach dem Mittag ist er irgendwo fortgegangen, und niemand hat mehr was von ihm gesehen«, verbreiteten sie überall.

»Der hat noch Glück, sonst hätten sie ihm schon sicher die Schellen angelegt.«

Und in einem Nu verbreitete sich im Dorf die Kunde, wie sie es gerade wollten, daß Rochus schon seit Mittag aus dem Dorf geflohen sei.

»Der hat noch rechtzeitig Wind gekriegt und hat sich aus dem Staub gemacht«, redete man befriedigt.

»Daß er nur nicht wiederkommt! Hier hat er nichts mehr zu suchen!« sagte der alte Ploschka.

»Stört er euch denn? Hat er euch benachteiligt?« knurrte Mathias.

»Hat er denn nicht genug Verwirrung angerichtet, hat er uns nicht alle aufgewiegelt? Durch ihn wird noch das ganze Dorf zu leiden haben.«

»Dann greift ihn und liefert ihn aus! ...«

»Wenn ihr Verstand haben würdet, dann hätte man ihn schon längst ...«

Mathias fing an zu fluchen und wollte sich auf ihn stürzen. Kaum daß man sie noch hatte trennen können; er ging erst, nachdem er ihm mit den Fäusten weidlich gedroht und ihn beschimpft hatte. Da es inzwischen ganz dunkel geworden war, so waren auch alle allmählich nach ihren Behausungen auseinandergegangen.

Darauf hatte aber Antek gerade gewartet, denn kaum war die Dorfstraße leer geworden und die Menschen alle beim Abendessen, so daß der Duft gerösteten Specks, das Klappern der Löffel und gedämpfte Gespräche der Essenden sich von überallher zu verbreiten begannen, als er Rochus auf die Seite des Hauses führte, wo Fine lag und dann noch selbst Licht anzumachen verbot.

Der Alte nahm rasch etwas zu sich, sammelte seine Sachen und fing an, sich von den Frauen zu verabschieden. Anna fiel ihm zu Füßen und Fine brach in ein jämmerliches Weinen aus.

»Bleibt mit Gott, vielleicht sehen wir uns noch einmal wieder!« flüsterte er unter Tränen, umarmte sie und küßte sie auf die Stirn, wie ein Vater. Da aber Antek zur Eile antrieb, so segnete er nur noch das Haus und die Kinder, bekreuzigte sich und wandte sich nach dem Zaunüberstieg, der nach der Seite des Schobers lag.

»Die Pferde warten auf euch bei Schymek am Wald, und Mathias bringt euch weg.«

»Ich muß noch jemanden im Dorf sehen ... Wo treffen wir uns denn? ...«

»Am Kreuz beim Wald, wir wollen gleich dahin aufbrechen.«

»Das ist gut, denn ich hab' noch mit Gschela manches zu reden.«

Er verschwand in den Dunkelheiten, man konnte nicht einmal seine Schritte hören.

Antek spannte die Pferde an, legte ein Quart Roggen und einen Sack Kartoffeln in den Wagen, besprach sich eine Zeitlang mit Witek, und sagte schließlich laut:

»Witek, du sollst die Pferde zu Schymek nach der Waldmeierei bringen und kehre dann gleich zurück! Verstehst du?«

Der Junge blinzelte ihm nur zu, sprang auf den Bock und fuhr von der Stelle weg in einer solchen Fahrt los, daß ihm Antek nachrufen mußte:

»Nicht so, du Biest! Sonst wirst du mir noch die Pferde zuschanden fahren!«

Inzwischen schlich Rochus auf Hinterwegen nach der Dominikbäuerin, wo er noch verschiedenes liegen hatte, und verschloß sich dort im Alkoven. Jendschych stand auf der Straße Posten, Jaguscha sah in einem zu in den Heckenweg hinaus, und die Alte saß in der Stube und horchte unruhig nach draußen.

Es gingen ein paar gute Paternoster vorüber, bevor Rochus hinauskam. Er besprach noch irgend etwas leise mit der Dominikbäuerin und, nachdem er sein Bündel auf die Schulter geladen hatte, wollte er schon gehen, aber Jaguscha drängte ihn, doch mindestens seine Last bis zum Wald nachtragen zu dürfen. Er widersetzte sich dem nicht, und nachdem er von der Alten Abschied genommen hatte, wandte er sich durch den Obstgarten den Feldern zu.

Sie gingen langsam, vorsichtig und schweigend über die Feldraine dahin.

Die Nacht war hell, voll funkelnder Sterne, und die schlummernde Erde lag in wohliger Stille, nur irgendwo im Dorf hörte man Hundegebell ... Sie waren schon fast am Wald, als Rochus plötzlich stehenblieb und ihre Hand ergriff.

»Jaguscha«, murmelte er gütig, »höre mal aufmerksam zu, was ich sage.«

Sie hörte voll inneren Bebens und voll böser Ahnungen auf seine Worte.

Er sprach zu ihr wie ein Priester in der Beichte, hielt ihr den Antek, den Schulzen und vor allem den Jascho vor. Er bat und flehte bei allem, was ihr heilig sei, sich zu besinnen und ein anderes Leben anzufangen.

Sie wandte beschämt ihr Gesicht von ihm ab, die Scham stieg ihr brennend in die Wangen, und das Herz krampfte sich ihr qualvoll zusammen; als er aber den Jascho erwähnt hatte, erhob sie trotzig den Kopf.

»Was treib' ich denn Schlechtes mit ihm?«

Er fing an, ihr alles auf seine Art zu erklären und ihr gütig vorzustellen, welchen Versuchungen sie sich aussetzten und zu welchem allgemeinen Ärgernis sie der Böse verleiten könnte.

Sie hörte nicht auf ihn und seufzte nur vor sich hin, alle ihre Gedanken waren bei Jascho, ihre leuchtenden, vollen Lippen flüsterten wie von selbst voll leidenschaftlicher Hingebung seinen Namen, und ihre glühenden Augen eilten weit hinaus wie sangesfrohe Vögel und umkreisten sein liebes Haupt.

»Ich würd' ihm ja bis ans Ende der Welt folgen!« entschlüpfte es ihr ganz unwillkürlich, so daß Rochus erbebte, ihr in die weitgeöffneten Augen sah und verstummte.

Am Waldrand beim Kreuz tauchte etwas Weißliches wie Bauernröcke auf.

»Wer ist da?« fragte er etwas unruhig.

»Wir sind es, nur die Unsrigen!«

»Die Beine wollen nicht mehr, ich muß etwas ausruhen«, sagte er, sich zwischen sie setzend. Jaguscha warf das Bündel ab und hockte etwas beiseite ganz im Schatten der Birken unter dem Kreuz nieder.

»Daß ihr nur keine neuen Ungelegenheiten kriegt ...«

»Mein Gott ... Schlimmer ist es, daß ihr uns verlassen müßt«, sagte Antek.

»Es kann sein, daß ich mal wiederkomme, vielleicht! ...«

»Diese Bande, einen Menschen so zu jagen wie einen tollen Hund!« brach Mathias los.

»Und warum, mein Gott, warum?« seufzte Gschela auf.

»Daß ich Wahrheit und Gerechtigkeit für das Volk will!« ließ sich Rochus feierlich vernehmen.

»Ein jeder hat es schlecht auf dieser Welt, am schlechtesten aber der Gerechte.«

»Sorg' dich nicht, Gschela, es wird sich noch alles zum Besseren wenden.«

»So denk' ich auch, denn es ist schwer, zu glauben, daß alle Mühe umsonst wäre.«

»Wart' einer mal, bis die Wölfe die Stute aufgefressen haben!« murrte Antek und starrte in die Dunkelheit, aus der das helle Gesicht Jaguschas schimmrig zu sehen war.

»Ich sag' es euch, wer das Unkraut jätet und das gute Korn säet, der wird zur rechten Zeit ernten!«

»Und wenn es nicht gedeiht? Auch das kann ja vorkommen, nicht?«

»Das ist wahr, aber jeder sät doch mit dem Glauben, daß er das Doppelte ernten wird.«

»Versteht sich, wer würde sich denn umsonst mühen wollen!«

Sie überließen sich ihren Gedanken über diese Dinge.

Ein Windzug strich vorüber, die Birken über ihnen fingen an zu rascheln, der Wald rauschte dumpf auf, und von den Feldern kam das krispelnde Geräusch der sich aneinander reibenden Getreidehalme. Der Mond kam heraufgeschwommen und glitt über den Himmel durch eine Straße weißer Wolken dahin, die sich zu einer Doppelreihe gehäuft hatten, die Bäume begannen, ihre durchleuchteten Schatten zu werfen, die Fledermäuse huschten in einem stillen kreisenden Fluge an ihren Köpfen vorüber, und ein Gefühl der Trauer erfüllte ihre Herzen.

Jaguscha fing an, ganz leise und ohne Grund zu weinen.

»Was fehlt dir denn?« fragte Rochus gütig und strich ihr über das Haar.

»Ich weiß schon nicht, es ist mir so seltsam zumute.«

Auch die anderen fühlten sich nicht besser, ihre Seelen waren voll Wehmut, sie saßen bedrückt und sahen mit trüben Augen zu Rochus hin, der ihnen jetzt ganz wie ein Heiliger schien. Er saß dicht unter dem Kreuz, von dem herab das schwer niederhängende Christusbild die blutigen Hände segnend über seinem alten, müden Kopf ausbreitete; er sprach mit einer Stimme voll Zuversicht:

»Wegen mir braucht ihr keine Angst zu haben, ein winziges Stäubchen bin ich nur, ein Halm vom reichen Feld. Nimmt man mich und bringt mich ins Verderben, so schadet es nichts, denn es bleiben noch viele solche, und jeder ist bereit, auf gleiche Weise sein Leben der Sache zu widmen … Und kommt die Zeit, dann werden Tausende von ihnen auftauchen, sie werden aus den Städten und aus den Bauernhütten kommen und aus den Herrenhöfen auch, in einer ununterbrochenen Reihe werden sie kommen und werden ihre Köpfe hingeben und ihr Blut fließen lassen und werden einer nach dem anderen fallen, wie Steine sich häufend, bis aus ihnen die heilige, ersehnte Kirche aufgebaut wird. Und ich sage es euch, daß sie erbaut wird und bis in alle Ewigkeiten stehenbleibt, und keine böse Macht wird sie mehr überwinden können, denn sie wird aus Blutopfern und Liebe entstehen …«

Und er erzählte breit und lang, daß nicht ein Tropfen Blut, nicht eine Träne, nicht eine Anstrengung umsonst verloren geht, und wie in einem Forst, wie Getreide auf gedüngtem Boden, immer wieder neue Streiter geboren werden, neue Kräfte, neue Opfer, bis der heilige Tag der Auferstehung kommt, der Tag der Wahrheit und Gerechtigkeit für das ganze Volk!

Er redete mit Wärme und zuweilen mit so hohen Worten, daß es gar nicht möglich war, alles zu begreifen; aber ein heiliges Feuer hatte sie ergriffen, und ihre Herzen waren von einer solchen Begeisterung erfüllt, so voll Glauben, Macht und voll heißer Wünsche, daß Antek laut ausrief:

»Jesus ... Ihr braucht uns nur anzuführen ... und ich folge euch nach, und wenn es auch in den Tod sein sollte!«

»Alle wollen wir gehen und was sich uns in den Weg stellen wird, das werden wir zerstampfen!«

»Wer wird sich uns widersetzen können, wer kann uns überwinden? Da sollte einer bloß einmal den Versuch machen!«

Einer nach dem anderen brach in heftige Worte aus, sie wurden immer leidenschaftlicher, so daß er sie beruhigen mußte, und nachdem er ihnen noch näher gerückt war, fing er an, sie zu unterweisen, wie dieser ersehnte Tag wohl sein würde und was sie tun müßten, um sein Kommen zu beschleunigen.

Er redete so gewichtige und ganz unerwartete Dinge, daß sie ihm mit verhaltenem Atem zuhörten, mit Angst und Freude zugleich; jedes seiner Worte nahmen sie mit einem Schauer heißen Glaubens auf, wie das allerheiligste Abendmahl ... Denn es war ihnen, als öffnete er den Himmel ihren Blicken, als zeigte er ihnen Paradiese, so daß ihre Seelen verzückt niedersanken, ihre Augen unaussprechliche Wunder schauten und die Herzen den süßen Engelssang der Hoffnung in sich tranken ...

»Es liegt in eurer Macht, daß es so geschieht!« schloß er, schon sehr ermüdet. Der Mond versteckte sich hinter einer Wolke, der Himmel wurde grau, die Felder trübten sich, der Wald fing an, ganz leise etwas zu murmeln, das Getreide raschelte ängstlich auf und irgendwo von den fernen Dörfern drang zu ihnen Hundegebell herüber. Sie aber saßen stumm, seltsam schweigsam geworden, ganz andächtig und wie von seinen Worten trunken da und waren seltsam feierlich, wie nach einem Gelübde.

»Es ist Zeit, daß ich gehe!« sagte Rochus aufstehend. Er schloß jeden in seine Arme und küßte ihn zum Abschied. Fast wären ihnen vor Wehmut die Tränen gekommen; er aber kniete nieder, sprach ein kurzes Gebet, fiel aufs Gesicht und schluchzte auf, die Erde wie seine Mutter, von der man Abschied nimmt, umarmend.

Jaguscha weinte hell auf, und die Männer begannen sich heimlich die Tränen aus den Augen zu wischen.

Gleich darauf gingen sie auseinander.

Ins Dorf kehrten nur Antek und Jaguscha zurück, die anderen verschwanden irgendwo im Wald.

»Und erzähl' ja niemandem davon, was du gehört hast!« sagte er nach einer längeren Zeit.

»Lauf' ich denn etwa mit Neuigkeiten von Haus zu Haus!« knurrte sie zornig.

»Und Gott behüte, daß der Schulze etwas davon erfährt«, ermahnte er streng.

Sie entgegnete nichts, hatte aber die Schritte beschleunigt, doch er ließ sich von ihr nicht überholen; ununterbrochen hielt er sich an ihrer Seite und sah hin und wieder in ihr verweintes, zorniges Gesicht.

Der Mond leuchtete wieder auf, er hing jetzt gerade über dem Feldweg, so daß sie wie über einen silbernen Rain gingen, der von verschnörkelten Baumschatten eingefaßt war, und auf einmal fing sein Herz an, lebhafter zu schlagen, und ein Sehnen streckte unerbittlich die Arme in ihm aus; er schob sich erst ein bißchen, dann immer näher und zuletzt so nahe an sie heran, daß er nur die Hand auszustrecken brauchte, um sie an sich zu ziehen, aber er tat es nicht, ihr verbissenes Schweigen hielt ihn zurück, so daß er schließlich nur hämisch sagte:

»Du rennst so, als wolltest du von mir fortlaufen ...

»Das ist auch schon so! Wenn uns einer sieht, wird wieder ein neuer Klatsch zurechtkommen.«

»Oder hast du vielleicht eilig, einen zu treffen?«

»Versteht sich, darf ich das etwa nicht? Bin ich denn keine Witwe?«

»Ich sehe, daß man nicht umsonst davon redet, daß du dich anschickst, Wirtschafterin bei einem Priester zu werden.«

Sie rannte stürmisch davon, und heiße Tränen begannen ihr Gesicht zu überströmen.

* * *

Teilweise, wo man leichteren und sandigen Boden hatte, zogen schon die Menschen mit den Sicheln ins Feld, und hier und da auf den Anhöhen sah man schon die Sensen blitzen; aber in den Dörfern, wo schwerer Boden war, war man erst bei den Vorbereitungen, die Ernte sollte aber auch da schon jeden Augenblick ihren Anfang nehmen.

So begann man denn auch in Lipce einige Tage nach der Flucht des alten Rochus sich eifrig zur Ernte vorzubereiten. Man brachte eiligst die Sprossen der Leiterwagen in Ordnung und rollte die Wagen, die etwas ausgetrocknet waren, in den Weiher, damit sie aufquollen; in den Scheunen mußte Ordnung gemacht werden, alle Tore standen offen; hier und da drehte man schon Strohseile, und fast aus jedem Haus klang das Klirren der Sensen, die zurechtgehämmert wurden. Die Frauen waren beim Backen der Brote, bei der Zubereitung der Erntevorräte, und es entstand dadurch ein solches Rennen und ein solcher Lärm, daß es den Anschein hatte, als stände ein großes Fest bevor.

Und da außerdem aus den benachbarten Dörfern viel, Volk zusammengeströmt war, so wimmelte es vor Menschen auf den Fußwegen und selbst mitten auf der Landstraße wie zur Jahrmarktszeit; man brachte das Korn zum Mahlen, aber gerade wie zum Verdruß war so wenig Wasser da, daß nur ein Gang im Betrieb war und auch da die Arbeit kaum vorwärts kam. Man wartete geduldig, bis die Reihe an einen kam, denn jeder wollte noch seinen Vorrat für die Erntezeit fertig gemacht haben.

Eine Menge Menschen drängten sich nach dem Haus des Müllers, um Mehl, verschiedene Grützen und selbst fertiges Brot zu kaufen.

Der Müller lag krank danieder, aber es schien trotzdem alles nach seinem Kopf zu gehen; so hörte man ihn denn seiner Frau, die sich draußen am offenen Fenster niedergesetzt hatte, zurufen:

»Und denen aus Rschepki gibst du nicht für einen Pfennig, sie haben ihre Kühe zum Bullen des Pfarrers geführt, da laß nun den Priester dafür sorgen, daß sie zu essen haben.«

Und es half kein Bitten und kein Flehen. Vergeblich waren auch die Versuche der Müllerin, sich für ärmeres Volk zu verwenden; er war nicht zu erweichen und erlaubte keinem, wenn auch nur ein Quart Mehl zu borgen, der seine Kuh nach dem Pfarrhof geführt hatte.

»Gefällt ihnen der Bulle des Pfarrers so, dann können sie ihn jetzt melken!« schrie er.

Die Müllerin, die scheinbar nicht recht zuwege war, verweint aussah und ein verbundenes Gesicht hatte, zuckte nur die Achseln; aber wo sie nur konnte, borgte sie manch einem etwas.

Es kam auch die Klembbäuerin mit der Bitte, ihr ein halbes Quart Hirse zu geben.

»Wenn ihr gleich bezahlt, könnt ihr sie sofort kriegen, aber kein bißchen geb' ich euch sonst heraus.«

Sie wurde sehr besorgt, denn natürlich war sie ohne Geld gekommen.

»Der Tomek hält doch zum Priester, da laß ihn da um Grütze bitten gehen.«

Die Klembbäuerin fühlte sich dadurch beleidigt und sagte herausfordernd:

»Versteht sich, daß er zum Priester hält, und das wird er auch weiter tun; hier aber will ich keinen Fuß mehr über die Schwelle setzen.«

»Der Schade ist nicht groß, da wird auch die Trauer nicht lang sein! Versucht anderswo mahlen zu lassen!«

Die Klembbäuerin ging besorgt davon, denn zu Hause war kein Pfennig mehr; und als sie die Schmiedin sah, die vor der verschlossenen Schmiede saß, klagte sie ihr Leid und weinte über den Müller.

Aber die Schmiedin sagte lächelnd:

»Das will ich euch nur sagen, der wird nicht mehr lange hier regieren.«

»Hale, wer wird denn einem solchen Reichen beikommen?«

»Wenn einer ihm hier eine Windmühle hinsetzt, dann wird man schon mit ihm fertig werden.«

Die Klembbäuerin riß die Augen vor Staunen auf.

»Meiner wird eine Windmühle bauen. Er ist gerade mit Mathias in den Wald gegangen, Bauholz auszusuchen; auf den Feldern der Waldmeierei, beim Kreuz wollen sie sie dann bauen.«

»Sieh bloß … Will sich der Michael eine Windmühle bauen, da hätt' ich eher den Tod erwartet, na, na! … Aber das ist diesem Müller recht so, laß seinen Wanst mal einschrumpfen.«

Diese Neuigkeit hatte sie so aufgemuntert, daß sie raschen Schritts den Heimweg einschlug, und als sie Anna gewahrte, die vor dem Haus Wäsche wusch, trat sie auf sie zu, um ihr die unerhörte Botschaft mitzuteilen.

Antek bastelte etwas an einem Wagen und sagte, als er ihre Unterredung vernommen hatte:

»Die Magda hat euch die Wahrheit gesagt; der Schmied hat schon beim Gutsherrn zwanzig Morgen von den Ländereien der Waldmeierei gekauft; es sind die, die gleich neben dem Kreuz liegen, da soll dann eine Windmühle hinkommen. Der Müller kriegt noch die Kränke vor Wut, aber die Schnauze kann ihm gern etwas weicher werden! Er hat schon allen so zugesetzt, daß ihn keiner bemitleiden wird.«

»Wißt Ihr nichts über Rochus?«

»Gar nichts!« Er wandte sich rasch von ihr ab.

»Das ist eigentümlich, der dritte Tag ist schon vorüber, und man weiß nicht, was mit ihm vorgeht.«

»Das ist doch schon oft so gewesen, daß er mit einemmal fort war und dann wiedergekommen ist.«

»Wer von euch geht denn nach Tschenstochau?« fragte Anna.

»Meine Eve geht mit dem Mathies. Heuer gehen nicht viele mit dem Pilgerzug.«

»Ich will auch mit, ich wasche nur noch etwas Leichteres für die Reise.«

»Aus den anderen Dörfern sollen aber viele mitgehen.«

»Die haben sich gerade die rechte Zeit ausgesucht, wo man die schlimmste Arbeit hat«, knurrte Antek. Er widersetzte sich aber nicht dem Willen seiner Frau, da er bereits seit langem wußte, welches Gelübde sie getan hatte.

Sie fingen an, sich allerhand Neuigkeiten zu erzählen, als plötzlich Gusche hereingestürzt kam.

»Wißt ihr es schon«, schrie sie, »vor einer Stunde wohl ist der Jaschek vom Militär heimgekommen!«

»Der Mann von Therese! Die hat doch gesagt, daß er erst zur Kartoffelernte zurückkäme.«

»Ich habe ihn eben gesehen; der sieht ordentlich sein aus. Furchtbar eilig hat er es zu ihr gehabt.«

»Ein guter Kerl, aber nachträgerisch. Ist denn Therese zu Hause?«

»Die jätet Flachs beim Pfarrer und weiß noch nichts davon, was da auf sie zu Hause wartet.«

»Das kann noch wieder mal was in Lipce geben; sie werden es ihm doch gleich sagen.«

Antek hörte aufmerksam zu, diese Neuigkeit schien ihn lebhaft zu beschäftigen, doch er sagte nichts, während Anna und die Klembbäuerin herzlich die Therese bedauerten und das Schlimmste für sie voraussagten; schließlich unterbrach sie Gusche.

»Nicht einen Pfifferling wert ist diese eure Gerechtigkeit! Hale, geht da so ein Kalb auf ganze Jahre in die Welt, läßt die Frau allein, und wenn der Armen was zustößt, dann ist er bereit, sie vielleicht selbst noch umzubringen! Und dann gleich alle über sie her! Wo ist denn da Gerechtigkeit? Das Mannsbild, das kann sich amüsieren, wie 'n Hund auf der Hundehochzeit, niemand sagt ihm deswegen auch nur ein schäbiges Wort. Eine ganz dumme Einrichtung ist das in der Welt! Ist denn die Frau kein lebendiger Mensch, ist sie aus Holz oder was? Aber wenn sie sich schon dafür verantworten soll, dann laß doch auch dem Liebsten das gleiche zukommen, sie haben doch gemeinsam gesündigt. Warum soll er nur den Spaß und sie das Weinen davon haben, was?«

»Du liebe Güte, das ist ja schon so seit ewigen Zeiten, und so bleibt es auch!« murmelte die Klembbäuerin.

»Es bleibt, damit das Volk zugrunde geht und der Böse seine Freude hat; ich würde es schon anders bestimmen: hat einer eine fremde Frau genommen, dann soll er sie sich für immer behalten, und will er nicht, weil ihm eine neue besser schmeckt, dann mal dem Aas was mit dem Stock und ins Kriminal!«

Antek lachte auf über ihre Hitzigkeit; sie aber ging mit Geschrei auf ihn los.

»Für euch ist das bloß zum Lachen, was? Ihr pestigen Räuber! Euch ist jede die Liebste, solange ihr sie nicht kriegt! Und zuletzt machen sie sich da noch lustig.«

»Ihr schreit hier rein wie eine Elster, wenn Regenwetter kommen soll!« gab er unwillig zurück.

Sie rannte ins Dorf davon und kam erst gegen Abend ganz verweint wieder an.

»Was ist euch denn geschehen?« fragte sie Anna beunruhigt.

»Was sonst anderes? Menschenleid hab ich getrunken, es ist mir davon ganz übel geworden.« Sie weinte los und fing durch Tränen und zwischen Schluchzen wieder an zu reden. »Die Kosiol, wißt ihr, hat den Jaschek in ihre Obhut genommen und hat ihm alles ausgeplaudert.«

»Wenn nicht die eine, dann hätte es die andere getan; solche Sachen kommen immer raus.«

»Ich sag' euch, etwas Furchtbares bereitet sich bei denen vor! Ich war bei ihnen, kein Mensch war da. Ich habe jetzt wieder eingesehen, da sitzen sie beide und weinen, und auf dem Tisch liegen die Geschenke, die er ihr mitgebracht hat. Jesus, es ist mir kalt über den Rücken gelaufen, als hätte ich ein Grab zu sehen gekriegt. Sie reden nicht miteinander und weinen nur. Mathias seine Mutter hat mir erzählt, wie das gewesen ist, die Haare haben mir zu Berge gestanden.«

»Wißt ihr, hat er von Mathias gesprochen?« fragte Antek unruhig.

»Er flucht auf ihn, daß Gott erbarm! Der Jaschek läßt ihm das nicht durch, nein!«

»Ihr braucht keine Angst zu haben, Mathias wird ihn nicht um seine Gnade bitten«, entgegnete er ärgerlich; und ohne weiter auf sie zu hören, lief er in der Richtung der Waldmeierei davon, um den Freund zu warnen.

Er fand ihn erst bei den Schymeks, wo er mit Nastuscha an der Hauswand saß und etwas mit ihr beriet. Antek rief ihn gleich heraus, und als sie ein ordentliches Stück gegangen waren, erzählte er ihm alles.

Mathias hätte sich fast verschluckt und fing an zu fluchen:

»Daß die schweflügen Blitze ... eine solche Neuigkeit treffen!« Sie kehrten ins Dorf zurück. Mathias verzog sein Gesicht und seufzte wehmütig und schwer vor sich hin.

»Es scheint mir, es ist dir schwer zumute, und bedauern tust du es wohl auch«, versuchte Antek vorsichtig anzuknüpfen.

»Was soll ich da bedauern? Sie saß mir schon so schief wie ein Knochen im Schlund. Etwas ganz anderes drückt mich!«

Antek war verstummt, doch er mochte ihn nicht ausfragen.

»Da hätt' ich nicht genug Zeit, wenn ich jede betrauern sollte! Die ist mir zwischen die Finger gekommen, da hab' ich sie denn auch genommen; ein jeder hätte dasselbe getan! Du brauchst dich nicht zu sorgen. Ich hab' schon was dran gehabt, gerade wie ein Hund im tiefen Brunnen; denn was ich da Geheul und Gejammer zu hören gekriegt habe, das könnte für Jahre ausreichen. Wenn ich der mal fortgelaufen bin, dann die gleich wie ein Schatten hinter mir drein. Laß den Jaschek sich an ihr freuen. Ich hab' was anderes als Liebschaften im Kopf.«

»Gewiß, es wäre Zeit zu heiraten.«

»Das ist es gerade, die Nastuscha hat mir dasselbe gesagt.«

»Mädchen gibt es wie Sand im Dorf, die Wahl ist doch nicht so schwer.«

»Ich habe schon was in Aussicht«, kam es ihm ganz unwillkürlich über die Lippen.

»Dann nimm mich zum Brautbitter und halte die Hochzeit, wenn es auch gleich nach der Ernte sein sollte.«

Das schien Mathias nicht zu behagen, denn er verzog das Gesicht und fing wieder an, über Schymeks Wirtschaft zu erzählen. Dabei vertraute er ihm wie nebenbei, daß Jendschych der Nastuscha ganz im geheimen gesagt hätte, die Dominikbäuerin wollte wegen dem Anteil Jagnas an dem Erbe von Matheus Klage einreichen.

»Der Vater hat es verschrieben, da wird ihr kein Mensch das streitig machen; versteht sich, daß ich den Grund und Boden nicht abgebe, aber ich bezahl' ihr ganz sicher, was er wert ist! Diese Zange, will hier noch prozessieren!«

»Ist es denn wahr, daß Jaguscha der Anna die Verschreibung abgegeben hat?« fragte Mathias behutsam aus.

»Was hilft das, sie hat es doch nicht beim Notar abgeschrieben.«

Mathias wurde zusehends vergnügter, und ohne sich länger beherrschen zu können, fing er im Gespräch immer wieder von der Jaguscha an und lobte sie mächtig.

Antek, der gemerkt hatte, worum es ihm zu tun war, sagte ganz höhnisch:

»Hast du denn gehört, was sie wieder von ihr erzählen?«

»Die Weiber haben ihr schon immer was angehangen.«

»Sie soll jetzt wie eine Hündin hinter dem Jascho vom Organisten her sein«, fügte Antek mit bestimmter Absicht hinzu.

»Hast du es gesehen?« Er wurde rot vor Zorn.

»Spionieren gehe ich nicht, denn das wärmt mich nicht, und es kühlt mich nicht; aber es gibt welche, die jeden Tag das sehen, wie sie mit dem Jascho im Wald zusammenkommt oder auch auf den Rainen rumsitzt.«

»Diese Klatschweiber sollte man eine nach der anderen verprügeln, dann würden sie gleich aufhören, mit dem Herumreden.«

»Versuch' mal, vielleicht kriegen sie Angst und hören auf!« redete er, langsam die Worte setzend; denn plötzlich hatte ihn der Neid um Jaguscha gepackt, und der Gedanke allein, daß Mathias sie heiraten könnte, war ihm unerträglich.

Er antwortete nichts mehr auf seine herausfordernden und zuweilen unangenehmen Worte, um nur seine Qual nicht zu verraten; doch bei der Verabschiedung konnte er nicht langer an sich halten und sagte mit einem bösen Lachen:

»Wer die heiratet, der kriegt viele Schwäger.«

Sie nahmen ziemlich kühl Abschied.

Mathias aber lachte, nachdem er ein paar Schritte gegangen war; leise auf, und es kam ihm der Gedanke:

»Sie muß ihn wohl ziemlich kalt gestellt haben, daß er solche Wut auf sie hat und so schnauzt. Laß sie hinter dem Jascho herlaufen, das ist doch noch ein Kind. Mehr muß sie da der Priesterrock als der Junge selbst locken ...«, sann er nachsichtig. Nachdem er nämlich von Antek Näheres über die Verschreibung erfahren hatte, hatte er schon den bestimmten Entschluß gefaßt, sie zu heiraten. Er verlangsamte die Schritte und berechnete in Gedanken, was wohl dem Jendschych und Schymek abzuzahlen wäre, um allein auf der ganzen Wirtschaft zu bleiben – auf ganzen zwanzig Morgen.

»Die Alte ist lästig, aber ewig ist sie doch auch nicht.«

Es kamen ihm Jaguschas Streiche in den Sinn, das machte ihn etwas besorgt.

»Was war, das ist nicht, und will sie neue Geschichten anfangen, dann werd' ich ihr schon die Lust dazu austreiben!«

Im Heckenweg vor dem Haus wartete schon die Mutter auf ihn.

»Der Jaschek ist zurück«, flüsterte sie ihm ängstlich zu; »man hat ihm schon alles gesagt.«

»Um so besser, da wird man ihm nicht mehr was vorzulügen brauchen.«

»Die Therese ist schon ein paarmal da gewesen; sie droht, daß sie ins Wasser gehen wird ... Daß sie nicht ...«

»Gewiß, dazu ist sie fähig, gewiß«, murmelte er erschrocken und nahm sich das so zu Herzen, daß er, als sie sich zum Abendbrot im offenen Hausflur niedergesetzt hatten, nichts essen konnte und immerzu nur nach Jascheks Garten hinüberhorchte, denn sie wohnten ja dicht nebeneinander. Eine wachsende Unruhe hatte sich seiner bemächtigt; er schob die Schüssel von sich, und eine Zigarette nach der anderen rauchend, versuchte er vergeblich, ein ängstliches Beben niederzuringen, fluchte auf sich und auf alle Weiber und versuchte die ganze Angelegenheit ins Lächerliche zu ziehen. Die Angst um Therese breitete sich immer mehr in ihm aus und quälte ihn schon nicht zum Aushalten. Mehrmals erhob er sich, um fort ins Dorf unter die Leute zu gehen, aber er blieb schließlich doch da und wartete ... worauf, das wußte er selbst nicht einmal.

Es wurde schon Nacht, als er plötzlich Schritte hörte; und ehe er unterscheiden konnte, woher sie kamen, hing ihm auch schon Therese am Hals.

»Hilf, Mathias! Jesus, was hab' ich auf dich gewartet und noch dir ausgeschaut.«

Er ließ sie neben sich niedersetzen, doch sie drängte sich wie ein kleines Kind an seine Brust und flüsterte ihm durch ununterbrochen niederrinnende Tränen voll Verzweiflung zu:

»Sie haben ihm alles gesagt! Eher noch hätte ich den Tod erwartet, als daß er gerade jetzt zurückkäme. Ich war beim Flachs, auf dem Feld des Pfarrers ... da kommt eine der Frauen auf mich zugerannt und erzählt' es ... fast wär' ich tot hingefallen ... es war mir, als ginge ich zur Hinrichtung ... Du warst nicht zu Hause ... ich hab' dich gesucht ... im ganzen Dorf bin ich herumgelaufen ... eine Stunde wohl, aber ich mußte ja zurück; ich komme nach Haus ... da steht er mitten in der Stube, weiß wie die Wand ... Mit geballten Fäusten ist er mich angegangen ... und fragt, ob das wahr sei ... ob das wahr sei ...«

Mathias erbebte und wischte sich den kalten Schweiß von der Stirn.

»Ich hab' ihm alles gestanden ... wozu hätte da noch das Lügen genützt! Da hat er denn nach der Axt gegriffen ... Ich dachte, nun kommt das Ende und habe ihm als erste gesagt: mach' mich tot, das wird uns beide erleichtern! Aber er hat mich nicht angerührt. Hat mich nur angeschaut, sich ans Fenster gesetzt und geweint ... Barmherziger Gott, wenn er mich doch lieber geprügelt, getreten oder angeflucht hätte ... wäre es mir leichter zumute gewesen – und der sitzt da und weint nur immerzu! Was fang' ich jetzt bloß an, ich Unglückselige! Wo soll ich mich hintun!

Rette du mich, sonst spring' ich noch in den Brunnen, oder tue mir sonst was an. Hilf mir!« schrie sie auf, sich ihm zu Füßen werfend.

»Was soll ich dir bloß helfen, du Arme?« stotterte er ratlos.

Sie sprang plötzlich mit einem wilden Schrei sinnlosen Zornes auf.

»Warum hast du mich also dann genommen? Warum hast du mich beschwindelt? Warum hast du mich zur Sünde verführt?«

»Das ganze Dorf läuft hier noch zusammen, sei doch bloß still!«

Sie warf sich ihm abermals an die Brust, preßte ihren ganzen Körper an ihn und, ihn mit Küssen bedeckend, wimmerte sie mit der ganzen Macht ihrer Angst, ihrer Liebe und Verzweiflung:

»Oh, mein Einziger, mein Bester, bringe mich um, nur jag' mich nicht von dir! Liebst du mich denn, was? Liebst du mich? Nimm mich doch in deine Arme zum letztenmal, nimm mich, umfaß mich ganz, gib mich nicht heraus zu solcher Qual und Pein, gib mich nicht ins Verderben! Dich nur allein Hab' ich in der ganzen Welt, dich nur ... laß mich bei dir bleiben, ich werde dir dienen wie ein treuer Hund, wie die niedrigste Magd!«

Sie stieß die Worte fast wimmernd hervor, sie kamen aus dem tiefsten Grunde ihrer gequälten Seele.

Mathias aber wand sich hin und her wie in einem Fangeisen und versuchte so gut es ging einer entscheidenden Antwort auszuweichen, sie mit Küssen und Liebkosungen abfindend und alles bejahend, was sie nur wollte. Er sah sich immer ängstlicher und ungeduldiger um, denn es war ihm, als säße Jaschek am Zaunüberstieg.

Plötzlich stieß ihn Therese, der auf einmal die ganze Wahrheit aufleuchtete, von sich und schrie ihn an, ihn mit ihren Worten wie mit Peitschenhieben treffend.

»Du lügst wie ein Hund! Immer hast du mich belogen! Jetzt wirst du mich aber nicht anführen! Angst hast du vor Jascheks Knüttel, darum windest du dich wie ein getretener Regenwurm! Und ich hab' ihm geglaubt wie einem ehrlichen Menschen! Mein Gott, mein Gott! Und der Jaschek ist so gut, Geschenke hat er mir gebracht, nie hat er mir ein böses Wort gesagt, und ich hab' es ihm so vergolten! So einem Betrüger habe ich Glauben geschenkt! So einem Hund! Renn' du deiner Jaguscha nach!« schrie sie, auf ihn mit zusammengeballten Fäusten losgehend, »geh und laß dich mit ihr durch den Schinder trauen, ihr paßt zu einander, eine Hure und ein Dieb!«

Sie warf sich zu Boden und begann wie von Sinnen laut zu heulen.

Mathias stand über sie gebückt, ohne zu wissen, was er tun sollte, und seine Mutter weinte irgendwo an der Hauswand, als plötzlich aus dem Garten Jaschek hervortrat und, nachdem er auf seine Frau zugegangen war, mit innigen, tränenschweren und gütigen Worten auf sie einzureden begann.

»Komm jetzt nach Hause, komm, armes Ding! Fürchte dich nicht, ich werd' dir nichts antun, du hast dich schon genug gequält, komm, Frau ...«

Er hob sie hoch, trug sie über den Zaunüberstieg und schrie dann zu Mathias herüber:

»Solange ich lebe, werd' ich dir dieses Unrecht nicht vergeben, so wahr Gott im Himmel!«

Mathias schwieg, die Scham drückte ihn und überflutete sein Herz mit einer solchen Bitterkeit und bohrenden Pein, daß er nach der Schenke lief und dort die ganze Nacht hindurch herumtrank.

Die ganze Begebenheit hatte sich in einem Nu im Dorf herumgesprochen; man erzählte sich Jascheks Handlung mit allgemeinem Staunen und mit großer Anerkennung.

»So einen zweiten kann man suchen gehen«, sprachen die Weiber ganz gerührt. Sie schimpften dabei mächtig auf Therese, aber Gusche nahm sie leidenschaftlich in Schutz.

»Therese ist nicht schuld!« schrie sie, wo sie nur hinkam, und sobald sie nur hörte, daß man über sie herzog: »Das ist doch noch die reine Rotznase gewesen, als sie den Jaschek zum Militär ausgehoben hatten, ganz allein ist sie zurückgeblieben, nicht einmal ein Kind hat sie gehabt; das ist doch kein Wunder, daß sie sich in so vielen Jahren nach einem Mannsbild umgesehen hat. Keine würde so lange fasten. Und der Mathias hat sie ausgeschnüffelt, wie ein Hund, der die gute Fährte riecht, und gleich hat er angefangen, ihr den Hof zu machen, wunder was zu erzählen, sie zu Tanz zu führen, bis er die Dumme ganz rumgekriegt hat.«

»Daß es kein Gericht für solche Verführer gibt!« seufzte eine der Frauen auf.

»Sein Kopf wird schon kahl, und den Weiberröcken läuft er immer noch nach.«

»Er ist doch eine verlassene Waise, ein armer Junggesell! Wo soll er was kriegen, wenn nicht bei Fremden!« höhnten die Burschen.

»Der Mathias hat da auch keine Schuld! Ihr wißt doch, wenn die Hündin nicht will, kann der Hund auch nicht rankommen«, lachte Stacho Ploschka, und fast hätten ihn die Weiber noch dafür verprügelt.

Doch bald kümmerte sich keiner mehr um diese Sache, denn die Erntezeit war schon dicht vor der Tür. Die Tage kamen wie ausgesucht, trocken und voll Sonnenglut; auf den Hügeln schien der Roggen schon auf die Sense zu warten, und die Gerste wurde auch schon reif. Tag für Tag ging jemand hinaus, um die Felder in Augenschein zu nehmen, und die Reicheren im Dorf sahen sich schon nach Lohnarbeitern um.

Als erster zog der Organist zum Ernten aus. Er hatte an die fünfzehn Frauen für die Ernte gedungen, selbst die Organistin hatte zur Sichel gegriffen, und die Töchter mähten auch noch mit; er aber stand nur dabei und bewachte sie alle. Jascho kam erst nach der Messe angelaufen, doch er durfte sich nicht lange am Erntetreiben beteiligen; denn als die Mittagsglut stieg, trieb ihn die Mutter nach Haus, in der Sorge, er könnte durch die Sonne am Kopf Schaden nehmen.

»Der wird sich schon bei der Jaguscha Schatten suchen, das wird ihm gerade passen«, knurrte die Kosiol.

Zu Hause wurde es ihm auch bald zu schwül und recht langweilig, und die Fliegen stachen so furchtbar, daß er bald wieder ins Dorf ging. Als er bei den Klembs vorbeikam, traf plötzlich ein gedämpftes Stöhnen sein Ohr, das aus dem Haus zu kommen schien, dessen Türen und Fenster offen standen.

Es war Agathe, die an der Türschwelle im Hausflur auf dem Boden lag. Das Haus war leer, denn alle waren zur Erntearbeit im Feld.

Er trug sie hinein und legte sie aufs Bett, gab ihr zu trinken und versuchte sie so lange zum Bewußtsein zurückzubringen, bis sie endlich wieder etwas zu sich gekommen war und ihre Augen voll Tränen auf ihn heftete.

»Ich geh' jetzt schon ein, mein liebes Herrchen«, lächelte sie ihm zu, wie ein Kind, das aufgeweckt wird.

Er wollte gleich hinlaufen, um den Pfarrer zu holen, aber sie hielt ihn an seinem Priesterrock fest.

»Die heilige Jungfrau hat mir heute gesagt: halt' dich bereit für morgen, mühebeladene Seele! Ich hab' noch Zeit, mein liebes Herrchen, bis morgen. Gott dem Barmherzigen sei Lob und Dank dafür!« stotterte sie immer schwächer, und ein Lächeln kam um ihre Lippen. Sie faltete die Hände, und in die Ferne vor sich hinstarrend, verfiel sie in ein tiefes, stilles Gebet, und Jascho, der begriffen hatte, daß das schon der Todeskampf war, lief fort, Klembs herbeizurufen.

Er kam nachmittags wieder, um nach ihr zu sehen; sie lag bei vollem Bewußtsein im Bett, und ihr Holzkoffer stand neben ihr auf einer Bank. Sie nahm mit schlaffen, schon im Absterben begriffenen Händen alles aus dem Koffer heraus, was sie sich für diese letzte Zeit aufgespart hatte: ein reines Laken zum Unterlegen, frische Bettwäsche, geweihtes Wasser, einen noch ganz neuen Sprengwedel und ein ordentliches Ende von einer Totenkerze und obendrein noch ein Bildchen der Tschenstochauer Muttergottes, um es in den Händen zu halten. Sie holte ein neues Hemd, einen reichen Beiderwandrock, eine über der Stirn reich gezängelte Haube, ein Brusttuch und ganz neue Schuhe hervor; ihre ganze im Laufe eines Lebens zusammengebettelte Totenmitgift breitete sie vor sich aus, freute sich über jedes Stück und prahlte damit vor den Frauen. Die Haube probierte sie selbst vor dem Spiegel auf und murmelte dabei glückselig:

»Es wird fein werden, ganz wie eine rechte Hofbäuerin werde ich aussehen.«

Sie befahl ihnen, daß man sie schon morgen gleich mit diesem Staat ausputzen sollte.

Niemand widersetzte sich ihrem Willen; sie gingen ganz behutsam um sie herum und gaben sich Mühe, ihr die letzten Stunden angenehm zu machen.

Jascho blieb bei ihr sitzen bis zum Eintritt der Dämmerung und las laut an ihrem Lager die Gebete; sie sprach sie ihm nach und verfiel dabei mit einem sanften Lächeln immer wieder wie in einen Halbschlaf.

Und als die anderen sich zum Abendbrot niedersetzen wollten, verlangte sie etwas Rührei. Natürlich stocherte sie nur ein paarmal darin herum und schob das Essen gleich wieder von sich, und den ganzen Abend blieb sie ganz still liegen; erst als die Leute schlafen gehen wollten, rief sie den Thomas Klemb zu sich.

»Brauchst keine Angst zu haben, ich werd' dir nicht lange den Platz wegnehmen«, sagte sie etwas bänglich.

Am nächsten Tag kleidete man sie gleich so an, wie sie bestimmt hatte und legte sie auf die Bettstatt der Klembbäuerin und auf ihre eigenen Betten. Sie überwachte es noch selbst, daß alles gemacht wurde, wie es sich paßte, strich sich noch mit zittrigen Händen das magere Federbett glatt, goß eigenhändig geweihtes Wasser auf den Teller und legte den Sprengwedel quer darüber, und nachdem sie alles geprüft hatte und alles so fand, wie es für eine solche Stunde beim Hofbauer sein soll, ließ sie den Priester holen.

Er kam mit dem heiligen Abendmahl und bereitete sie zu diesem letzten Gang vor; dem Jascho aber befahl er, dazubleiben, bis alles zu Ende sei; er selbst hatte es eilig irgendwohin fortzukommen.

Jascho setzte sich ans Bett und las halblaut aus dem Brevier vor, die Klembs waren zu Hause geblieben, und bald darauf kam auch Jaguscha an und hockte ganz leise in einer Ecke nieder. In der Stube hörte man nur die Fliegen summen, denn die Leute bewegten sich lautlos wie Schatten und blickten nur ab und zu zu Agathe herüber. Sie lag mit einem Rosenkranz in der Hand da, war noch ganz bei Sinnen und nahm von jedem Abschied, der in die Stube kam; den Kindern aber, die im Flur und draußen vor dem Fenster standen, schenkte sie noch ein paar Geldmünzen.

»Hier habt ihr noch was, ihr könnt auch mal ein Gebet für die alte Agathe sprechen!« flüsterte sie zufrieden vor sich hin.

Und darauf sprach sie ganze Stunden lang kein Wort mehr.

So lag sie denn würdig, hofbäuerlich auf dem Bett unter den Heiligenbildern, gerade so, wie sie es das ganze Leben ersehnt hatte. Sie lag da voll eines stillen Stolzes, eine unaussprechliche Glückseligkeit war in ihrem Gesicht und Freudetränen schimmerten in ihren Augen. Sie bewegte hin und wieder ihre Lippen, lächelte selig und schien durchs Fenster in den tiefblauen Himmel zu starren, hin auf die unermeßlichen Felder, auf denen schon hier und da klingend die Sensen blinkten und die reichen, schweren Roggenschwaden niederfielen; sie starrte in weite Fernen, die nur ihrer Seele sichtbar waren.

Aber als der Tag sich zu Ende neigte und das Glühen des Abendrots die Stube überflutete, ging ein starker Schauer durch ihren Körper. Sie setzte sich aufrecht, und ihre Arme ausstreckend, rief sie mit einer lauten Stimme, die ganz fremd zu klingen schien:

»Es ist nun Zeit für mich!«

Dann sank sie nach hinten über auf ihr Bett zurück.

In der Stube wurde es unheimlich still, und plötzlich wurde ein Weinen laut, sie knieten alle um ihr Bett herum, und Jascho fing an, das Gebet für die Sterbenden zu sprechen, während die Klembbäuerin die Totenkerze anzündete. Die Sterbende wiederholte die Worte des Gebets immer schwächer, ihre Stimme klang immer leiser, ihre Augen verblaßten wie ein Sommertag, der nach mühevollen Arbeitsstunden zur Rüste geht, ihr Gesicht versank in die Dämmerung der ewigen Nacht, sie ließ die Totenkerze aus den Händen gleiten und verstarb.

So war denn die Bettlerin als eine der Ersten im Dorf gestorben. Ambrosius, der noch gerade zur rechten Zeit gekommen war, hatte ihr die Augen zugedrückt. Jascho sprach ein andächtiges Gebet an ihrer Leiche, und das ganze Dorf fand sich allmählich ein, um an ihrer Totenbahre zu beten, Tränen zu vergießen und voll Neid sich über ihren glücklichen Tod und ihr leichtes Sterben zu wundern.

Den Jascho aber, als er in ihre toten Augen und in ihr erstarrtes Gesicht sah, über das der Tod seine tiefen Furchen gezogen hatte, packte ein solches Grauen, daß er nach Hause rannte, sich aufs Bett warf, den Kopf in die Kissen drückte und zu schluchzen anfing.

Bald kam auch die Jaguscha ihm nachgelaufen, und obgleich sie selbst noch ganz entsetzt und erschüttert war, fing sie an, ihn zu beruhigen und ihm das verweinte Gesicht abzuwischen. Er schmiegte sich an sie wie an eine Mutter und legte seinen schmerzenden Kopf auf ihre Brust, umhalste sie und klagte ihr aufschluchzend sein Leid.

»Mein Gott, wie ist das furchtbar, wie ist das entsetzlich!« ...

Gerade darauf trat die Organistin in die Stube; sie sah die beiden zusammen, und eine arge Wut überkam sie.

»Was geht hier vor sich!« Sie war in die Mitte der Stube getreten und zischte, kaum ihrer mächtig, giftig hervor: »Sieh einer mal diese Beschützerin, schade nur, daß Jascho kein Kindermädchen mehr braucht, er kann sich allein die Nase putzen!«

Jaguscha wandte ihr das verweinte Gesicht zu, und vor Schreck bebend, fing sie an, über den Tod der alten Agathe zu erzählen. Jascho versuchte auch eifrig, der Mutter auseinanderzusetzen, was ihm da zugestoßen war, doch die Organistin, die scheinbar schon vorher durch die Gevatterinnen aufgestachelt worden war, sperrte ihr Mundwerk gegen ihn auf.

»Dumm bist du wie ein Kalb! Schweig lieber, damit du nicht etwas abkriegst.«

Darauf rannte sie plötzlich nach der Tür, öffnete sie sperrangelweit und schrie Jaguscha zu:

»Und du, mach', daß du fortkommst, daß du mir hier nicht wieder den Fuß über die Schwelle setzt, sonst werd' ich dich mit Hunden vom Hof hetzen.«

»Was soll ich denn getan haben, was denn bloß?« stotterte Jaguscha wie sinnlos vor Scham und Schmerz hervor.

»Scher' dich raus, und das sofort, sonst laß ich die Hunde los! Ich werde nicht wegen dir weinen, wie die Anna oder die Schulzin! Ich werde dich schon Amouren lehren, du Affe, du wirst mich noch in Erinnerung behalten, Schlampe!« schrie sie aus Leibeskräften.

Jaguscha brach in ein klägliches Weinen aus, rannte aus dem Haus und verschwand.

Und Jascho blieb wie von einem Blitz getroffen stehen.

* * *

Plötzlich wandte er sich zur Tür, um ihr nachzurennen.

»Wohin denn da?« knurrte ihn die Mutter drohend an und versperrte ihm den Weg.

»Warum hast du sie hinausgejagt, wofür bloß? Daß sie gut zu mir war? Das ist ungerecht, das laß ich nicht zu! Was hat sie denn Schlechtes getan?« rief er erregt und versuchte sich den harten Händen der Mutter zu entwinden.

»Du setzt dich jetzt gleich hin, sonst rufe ich den Vater herbei ... Wofür? Das will ich dir gleich sagen: sollst doch Priester werden, und ich will nicht, daß du dir in meinem Haus eine Geliebte anschaffst, eine solche Schande will ich nicht erleben, daß die Leute auf dich mit den Fingern zeigen! Darum hab' ich sie hinausgejagt, verstehst du es nun?«

»Im Namen Gott des Vaters und des Sohnes! Was doch die Mutter sagt!« stöhnte er tief entrüstet hervor.

»Ich sage, was ich weiß! Natürlich wüßt' ich es, daß du mit ihr hier und da zusammentriffst, aber Gott soll bezeugen, daß ich keinen Verdacht gegen dich hatte! Ich dachte mir: da mein Sohn das Priesterkleid trägt, so wird er sich niemals erdreisten, es zu beflecken! Ich würde dich ja in alle Ewigkeiten verfluchen, dich aus meinem Herzen ganz ausreißen und sollte es darob in Stücke gehen!« Ihre blitzenden Augen waren voll einer solchen heiligen Empörung und Unerbittlichkeit, daß Jascho vor Angst erstarrte. »Die Kosiol hat mir die Augen geöffnet, und jetzt hab' ich es selbst sehen können, wozu dich diese Hündin bringen wollte ...«

Er fing an zu weinen und gab ihr unter Schluchzen so offen über sein Zusammentreffen mit Jaguscha Auskunft, daß sie ihm vollends Glauben schenkte; und nachdem sie ihn umarmt hatte, begann sie ihm die Tränen aus dem Gesicht abzuwischen und ihn zu beruhigen.

»Wundere dich nicht, daß ich wegen dir Angst gekriegt habe, denn die ist doch der schlimmste Rumtreiber im ganzen Dorf.«

»Jaguscha! Die Schlimmste im Dorf!« Er wollte seinen Ohren nicht glauben.

»Ich muß mich rein schämen, aber zu deinem Besten will ich dir alles sagen.«

Und sie erzählte ihm verschiedene Geschichten, dabei allerhand Klatsch und Erfundenes zulegend.

Dem Jascho sträubten sich die Haare; er sprang auf und rief:

»Das ist nicht wahr! Daran werd' ich nie glauben, daß die Jaguscha so niederträchtig ist, niemals ...«

»Die Mutter sagt es dir, verstehst du! Aus dem Finger hab' ich mir die Geschichten nicht herausgesogen.«

»Das ist Klatsch, nichts als Klatsch! Das wäre doch furchtbar!« Er rang verzweifelt die Hände.

»Warum verteidigst du sie denn so heiß, was?«

»Ich verteidige jeden, der unschuldig ist, jeden.«

»Du bist ein dummes Schaf!« Sie wurde wieder wütend denn sein Unglauben hatte sie verletzt.

»Wie die Mutter glaubt. Aber wenn die Jaguscha eine solche Schlechte ist, warum läßt denn die Mutter zu, daß sie zu uns kommt?« Er wurde rot wie ein junger Hahn.

»Ich werde mich nicht vor dir entschuldigen, wenn du einmal so dumm bist und nichts verstehst, aber das sag' ich dir: halt' du dich von ihr fern, sonst werd' ich ihr, wenn ich euch irgendwo zusammen treffe, solche Prügel verabreichen, mag auch das ganze Dorf dabei sein, daß sie an mich einen ganzen russischen Monat[6] denken soll. Und du kannst auch noch dabei dein Teil abkriegen.«

Sie ging hinaus und warf die Tür laut hinter sich zu.

6   Ein russischer Monat: der russische Kalender unterscheidet sich von römisch-katholischen und westeuropäischen um 13 Tage. In der angeführten Redensart soll es bedeuten, daß die Folgen einer Prügelei mehr wie einen Monat, einen langen Monat, einen »russischen« Monat anhalten sollen.

Jascho aber, ohne recht zu verstehen, warum er sich so um den guten Ruf von Jaguscha sorgte, käute die mütterlichen Worte wie stachelige Disteln wieder; er würgte immerzu daran, und seine Seele war voll Bitterkeit.

»So eine also bist du, Jagusch! so eine?« klagte er vorwurfsvoll vor sich hin; und wäre sie in diesem Augenblick erschienen, hätte er sich von ihr zornig und verächtlich abgewandt. Hätte er so etwas auch nur denken können? Nicht einmal in den Sinn waren ihm solche schrecklichen Gedanken gekommen. Er durchdachte sie aber jetzt mit immer größerer Qual, und immer wieder wollte er aufspringen, um zu ihr zulaufen. Aug' in Auge vor sie hinzutreten und ihr das ganze Sündenregister ins Gesicht zu schleudern ... »Mag sie hören, was man über sie redet und laß sie es verneinen, wenn sie es kann ... Laß sie laut sagen: es sei nicht wahr!« grübelte er erregt, aber immer sicherer glaubte er an ihre Unschuld. Ein Bedauern ergriff ihn, eine stille Sehnsucht wachte in ihm auf, süßes und seliges Erinnern an einzelne Begegnungen wurde lebendig, und ein sonniger Schimmer unerklärlicher Lust umflorte ihm die Augen und legte sich wie eine süße Qual auf seine Seele, so daß er plötzlich aufsprang und laut vor sich hinsprach, als wollte er es vor der ganzen Welt beteuern:

»Nicht wahr! Das ist nicht wahr! Das ist nicht wahr!«

Beim Abendessen starrte er eigensinnig auf seinen Teller und wich den mütterlichen Blicken aus; obgleich von Agathes Tod geredet wurde, mischte er sich nicht ins Gespräch, hatte immerzu etwas auszusetzen, mäkelte an dem Essen herum, ärgerte die Schwestern und klagte über die Hitze in der Stube; und kaum daß sie das Essen abgeräumt hatten, ging er in der Richtung des Pfarrhofes davon.

Der Pfarrer saß auf der Veranda mit der Pfeife im Mund und beredete etwas mit Ambrosius; er machte einen weiten Bogen um die beiden herum, und unter den Bäumen des Pfarrgartens auf und ab gehend, versank er in bedrücktes Nachsinnen.

»Vielleicht ist es auch wahr! Die Mutter hätte sich das doch nicht ausgesonnen.«

Aus den Fenstern des Pfarrhauses ergossen sich lange Streifen über den Rasenplatz, auf dem sich die Hunde balgten, miteinander freundschaftlich herumknurrend, und von der Veranda erklang eine tiefe Stimme:

»Hast du die Gerste in der Schweinekuhle besehen?«

»Das Stroh ist noch etwas grün, aber das Korn ist trocken wie Pfeffer.«

»Du mußt morgen mal die Meßgewänder lüften, sie werden sonst ganz schimmlicht. Das Chorhemd kannst du nach der Dominikbäuerin tragen, Jaguscha kann es auswaschen. Und wer ist denn heute nachmittag mit einer Kuh dagewesen?«

»Einer aus Modlica. Der Müller ist ihm auf der Brücke begegnet und wollte ihn zu seinem Bullen überreden; er hat ihm selbst versprochen, umsonst die Kuh decken zu lassen, aber der Bauer hat doch unseren Bullen vorgezogen.«

»Der hat seinen Verstand auf dem richtigen Fleck, für einen Rubel hat er für das ganze Leben einen Profit; wird doch mindestens rechte Kühe kriegen. Weißt du denn, werden die Klembs für die Agathe ein Begräbnis zahlen?«

»Versteht sich, sie hat doch ganze zehn Silberlinge hinterlassen.«

»Da können wir sie ja mit Pomp wie eine Hofbäuerin begraben. Und sage den von der Brüderschaft, daß ich ihnen Wachs verkaufen kann, laß sie sich noch gebleichten hinzukaufen. Morgen kann der Michael in der Kirche helfen, und du gehst mit den Erntearbeitern ins Feld: das Barometer ist etwas unsicher, es kann ein Gewitter kommen! ... Wann sammelt sich denn der Pilgerzug nach Tschenstochau?«

»Sie haben für Donnerstag eine Frühmesse bestellt, nach der werden sie wohl aufbrechen ...«

Jascho ärgerte diese Unterhaltung; er entfernte sich noch mehr von ihnen und kam bis an den niedrigen geflochtenen Zaun, der den Obstgarten von dem Bienengarten trennte. Hier wandelte er auf einem schmalen unkrautüberwucherten Fußsteg auf und ab und streifte im Gehen hin und wieder an schwer herabhangende Äste von Apfelbäumen.

Der Abend war warm und schwül, es duftete nach Honig und nach frisch gemähtem Roggen, der in Schwaden auf einem Feld gleich hinter dem Garten lag; die Luft war drückend, die geweißten Stämme schimmerten in der Dunkelheit wie zum Trocknen ausgehängte Hemden; irgendwo vom Weiher her hörte man ein giftiges Hundegegeifer, und von den Klembs herüber drangen hin und wieder Totenlieder und Wehklagen.

Durch seine Grübeleien ganz ermattet, wollte sich Jascho nach Hause begeben, als ein gedämpftes und heißes Geflüster, das vom Bienengarten kam, sein Ohr traf.

Er konnte niemanden sehen, doch blieb er stehen und horchte mit verhaltenem Atem.

»Daß dich ... laß mich doch los, laß doch ... sonst schrei' ich! ...«

»Was hast du denn, Dumme? Ich tu' dir doch kein Unrecht ...«

»Es wird noch einer was hören. Mein Gott, du wirst mir noch die Rippen eindrücken ... laß mich doch ...«

Der Pjetrek vom Borynahof und die Maryna vom Pfarrhof! Er erkannte ihre Stimmen und wandte sich lächelnd weg; doch nachdem er ein paar Schritte gegangen war, kehrte er auf die alte Stelle zurück und horchte mit wild klopfendem Herzen. Dichte Büsche und nächtliches Dunkel verbargen sie ganz, es war gar nicht möglich, etwas zu unterscheiden, aber immer deutlicher hörte er die kurzen, abgerissenen, wie glutgeschwängerten Worte, die wie Flammen hervorzüngelten, und dann wieder vernahm man nichts als keuchende, erregte Atemzüge und das lautlose Ringen zweier Menschen.

»... Ganz eine solche, wie sie die Jaguscha hat, du wirst es sehen ... aber du mußt doch nicht so sein, Marysch ...«

»... Als wenn ich dir das gleich glauben wollte ... so eine bin ich nicht ... Mein Gott, laß mich doch Atem schöpfen ...«

Es raschelte plötzlich heftig im Gebüsch auf und etwas fiel schwer zu Boden; nach einer Weile erklang wieder ein abgerissenes, leidenschaftliches Geflüster, leises Lachen und Küsse.

»... ich kann schon gar nicht mehr schlafen, Marysch ... immerzu tu ich an dich denken ... meine Einzige ...«

»Das sagst du jeder ... ich hab' auf dich bis Mitternacht gewartet, du bist wohl bei einer anderen gewesen ...«

Jascho war es plötzlich, als könnte er nichts mehr hören, er bebte wie Espenlaub. Ein Lufthauch strich über den Garten, die Baume bewegten sich etwas, flüsterten ganz leise wie schlaftrunken auf, und aus dem Bienengarten kamen solche süße

Düfte, daß ihm der Atem stockte und die Augen sich mit Tränen füllten. Eine zuckende Glut und etwas unendlich Liebes begann ihn zu bedrangen, so daß er hin und wieder die Glieder reckte und aufseufzen mußte.

»... die geht mich so viel an, wie diese Sterne da ... den Jascho hat sie sich jetzt 'rangeholt ...«

Er kam plötzlich wieder zu sich, preßte sich gegen den Zaun und horchte mit immer stärkerem Zittern.

»... das ist wahr ... jede Nacht geht sie zu ihm heraus ... Die Kosiol hat sie doch im Wald ertappt ...«

Die ganze Welt begann sich um ihn herum zu drehen, es wurde ihm vor den Augen dunkel, er konnte sich kaum mehr auf den Beinen halten, und aus dem Dickicht klang erregend das Schmatzen der Küsse, Gekicher und leises Flüstern.

»... sonst werd' ich dir mit heißem Wasser den Kopf verbrühen, wie einem Hund.«

»... nur dieses eine einzige Mal, Schatz ... ich tu dir doch nichts an, du wirst es schon sehen.«

»Pjetrusch, oh Gott, Pjetrusch!«

Jascho taumelte zurück und rannte eiligst davon. Sein Priesterrock blieb immer wieder an den Büschen hängen ... er stürzte mit glühendem Gesicht, schweißgebadet und wie im Fieber ins Haus. Zum Glück bemerkte ihn niemand. Die Mutter saß am Herd mit einem Spinnrocken und spann, leise das Abendgebet: »Alle unsere Tagesmühen« vor sich hinsummend, und allmählich fielen die dünnen Stimmlein der Schwestern ein, und die tiefe Stimme von Michael, der die Kirchenleuchter putzte, gesellte sich ihnen bei; der Vater schlief schon.

Jascho verschloß die Tür seines Zimmers und setzte sich ans Brevier, aber was half es, daß er die lateinischen Worte eigensinnig wiederholte: er hörte doch immer nur wieder jenes Geflüster und jene Küsse, so daß er schließlich die Stirn gegen das Buch aufstützte und sich willenlos seinen Gedanken hingab, die wie glühende Winde dahinbrausten.

»So ist das also?« sann er mit immer größerem Grauen, und ein dennoch angenehmer Schauer überrieselte ihn. »So ist das!« wiederholte er plötzlich ganz laut, und um sich von dem verhaßten Gedanken zu befreien, nahm er das Brevier unter den Arm und ging zu der Mutter hinüber.

»Ich geh' jetzt, um bei Agathes Leiche zu beten«, sagte er mit leiser, demütiger Stimme.

»Geh' du nur, mein Sohn, ich komme später und hole dich! ...« Sie sah ihn sehr gnädig an.

Bei den Klembs war fast kein Mensch mehr in der Stube, nur der Ambrosius murmelte seine Gebete, an der Bahre der Toten sitzend, die mit einem Leichentuch überdeckt dalag; auf der Bettlehne glimmte die in einen kleinen Topf gesteckte Totenkerze, durch die offenstehenden Fenster sahen mit Äpfeln behangene Zweige in die Stube hinein, die sternenfunkelnde Nacht breitete sich still aus, und hin und wieder steckte ein spät Heimkehrender sein erstauntes Gesicht herein; vom Flur her klang immer wieder das Knurren der Hunde.

Jascho kniete im Lichtschein der Kerze nieder und hatte sich so in sein Gebet vertieft, daß er gar nicht merkte, daß Ambrosius nach Hause gehumpelt war, die Klembs sich irgendwo im Garten schlafen gelegt hatten und die Hähne zum erstenmal zu krähen anfingen. Zum Glück hatte ihn die Mutter nicht vergessen und ihn endlich heimgeholt.

Doch der Schlaf wollte ihm diese Nacht gar nicht kommen, denn kaum daß er einzunicken begann, erschien ihm Jaguscha, als stände sie leibhaftig vor ihm, er sprang vom Lager auf, rieb sich die Augen und sah sich erschrocken um. Natürlich war niemand da, das ganze Haus lag im tiefen Schlaf, und vom Nebenzimmer klang das Schnarchen des Vaters zu ihm herüber.

»Sie hat also vielleicht nur darum ...« Er versank in Nachsinnen und dachte an ihre heißen Küsse, an ihre leuchtenden Augen und die zitternde Stimme. »Und ich habe gedacht! ...« Er erbebte vor Scham, sprang aus dem Bett, öffnete das Fenster und verbrachte die Zeit bis zum Tagesanbruch in Grübeleien, voll Reue über die Versuchungen, denen er unwillkürlich erlegen war.

Des Morgens aber, während der Messe, wagte er nicht einmal seine Augen auf die Leute zu heben, oder sich in der Kirche umzusehen, um so heißer aber betete er für Jaguscha, denn er glaubte jetzt schon ganz an ihre großen Sünden; nur war es ihm unmöglich, in seinem Herzen des Gefühl des Zornes und des Abscheus für sie zu erwecken.

»Was fehlt dir? Du hast ja geseufzt, daß fast die Kerzen auf dem Altar erloschen wären!« fragte ihn der Pfarrer in der Sakristei.

»Der Priesterrock drückt mich so!« klagte er, sein Gesicht rasch abwendend.

»Wenn du dich daran gewöhnst, dann wirst du ihn wie eine zweite Haut tragen.«

Jascho küßte ihm die Hand und wandte sich nach Hause zum Frühstück. Er ging im Schatten am Weiher entlang, denn die Sonne brannte schon ganz unerträglich; plötzlich begegnete er der Maryna vom Pfarrhof, sie zog die blinde Stute an der Mähne vorwärts und sang laut vor sich hin.

Die Erinnerung stach ihn plötzlich wie mit einer langen Nadel; er trat ärgerlich auf sie zu.

»Und warum freut sich denn die Maryscha so?« Er sah sie halb schamhaft, halb neugierig an.

»Weil ich froh bin!« lachte sie. Ihre Zähne blitzten auf, sie zerrte das Pferd weiter und sang noch lauter.

»Nach dem Gestrigen ist sie so lustig!« Er wandte sich rasch ab, denn unter dem geschürzten Rock des Mädchens blitzten die nackten Waden hell auf; er breitete seine Arme ratlos aus und trat bei den Klembs ein. Agathe lag schon im vollen Prunk mitten in der Stube; man hatte ihr ihre Festtagskleider umgetan, die Haube mit dem reichen Faltengekräusel über der Stirn aufgesetzt, ihr die Perlen um den Hals gelegt und die Schuhe, die mit roten Litzen verschnürt waren, über die Füße gezogen. Ihr Gesicht sah aus, als wäre es aus gebleichtem Wachs gegossen, es hatte einen seltsam heiteren Ausdruck, und zwischen den steifen Fingern steckte schräg ein Heiligenbildchen; zwei Kerzen brannten ihr zu Häupten. Gusche verscheuchte mit einem großen Zweig die Fliegen, die um sie summten, und der Wacholderrauch schlängelte sich vom Herd herüber durch die ganze Stube. Immer wieder trat jemand ein, um ein Gebet für die Tote zu sprechen, und ein paar Kinder machten sich in der Stube zu schaffen.

Jascho sah sich etwas beängstigt in dem dämmerigen alten Haus um.

»Die Klembs sind nach der Stadt gefahren«, sagte Gusche mit gedämpfter Stimme. Sie hat ihnen genug für die Beerdigung hinterlassen, da müssen sie sich ein nobles Begräbnis leisten, es ist doch eine Verwandte! Die Überführung der Leiche ist abends, weil Mathias mit dem Sarg noch nicht fertig ist.«

Die Luft war schwül in der Stube, und das gelbe, unbewegliche Gesicht der Toten, das in einem Lächeln erstarrt war, erfüllte ihn mit Grauen; so bekreuzigte er sich nur, trat hinaus und stieß Nase an Nase mit Jaguscha zusammen. Sie kam mit der Mutter vorbei, und als sie ihn sah, blieb sie stehen; doch er ging vorbei, ohne selbst Gott zum Gruß angeboten zu haben. Erst im Heckenweg sah er sich nach ihr um; sie stand unbeweglich da und starrte ihm mit traurigen Augen nach.

Als er zu Hause angelangt war, schob er das Frühstuck beiseite und klagte über starke Kopfschmerzen.

»Geh' doch etwas spazieren, vielleicht wird es dann aufhören«, riet ihm die Mutter.

»Wohin soll ich denn gehen? Damit die Mutter sich dann Gott weiß was denkt.«

»Was redest du bloß, Jascho!«

»Die Mutter läßt mich doch nicht aus dem Haus gehen! Die Mutter verbietet mir ja, mich mit den Menschen zu unterhalten … Ich kann doch nicht …« versuchte er sich in seiner gereizten Stimmung an ihr zu rächen. Das Ende war, daß sie ihm den Kopf mit einem essigbesprengten Tuch umbinden mußte und ihn im verdunkelten Zimmer zu Bett legte; die Kinder jagte sie weiter in den Hof hinein und wachte über ihn wie eine Glucke, bis er ordentlich ausgeschlafen und darauf gehörig gegessen hatte.

»Und jetzt geh' etwas an die Luft, auf den Pappelweg, da ist es im Schatten kühler.« Er entgegnete nichts, doch da er fühlte, daß die Mutter ihm eifrig nachsah, wandte er sich ihr zum Trotz nach einer anderen Richtung hin; er schlenderte im Dorf herum, sah den Schmiedsknechten zu, die mit ihren Hämmern laut auf den Amboß schlugen, sah in die Mühle ein, trieb sich in der Nähe der Gemüsebeete und der Flachsfelder herum, überall wo nur rote Frauenkleidung zu sehen war, saß eine Weile bei Herrn Jacek, der Veronkas Kühe an einem Feldrain hütete, trank bei den Schymeks am Wald Milch und kehrte erst in der Dämmerung nach Hause, ohne Jaguscha getroffen zu haben.

Er sah sie erst am nächsten Tag bei Agathes Begräbnis, sie starrte ihn während des ganzen Gottesdienstes dermaßen an, daß sich ihm die Buchstaben vor den Augen zu verwirren begannen und er immer wieder sich im Singen irrte; und als man die Leiche nach dem Friedhof trug, ging sie dicht neben ihm, ohne sich um die drohenden Blicke der Organistin zu kümmern. Er hörte ihre kläglichen Seufzer, und sein Groll zerrann wie Schnee im Frühlingssonnenschein.

Während man den Sarg in den Boden versenkte, erhob sich lautes Weinen ringsumher, er hörte auch ihr Schluchzen; doch er begriff, daß sie nicht wegen der Toten so weinte, sondern daß es die schwere Qual einer verletzten Seele war, der man unrecht getan hatte.

»Ich muß mit ihr sprechen«, beschloß er auf dem Rückweg von der Beerdigung, doch er konnte nicht so schnell wie er wollte loskommen, da gleich von Mittag an Leute aus entlegenen Dörfern und selbst aus andern Kirchspielen, die alle am nächsten Morgen sich am Pilgerzug nach Tschenstochau beteiligen wollten, in Lipce einzutreffen begannen. Der Zug sollte ganz früh nach einer feierlichen Messe das Dorf verlassen; so kamen denn allerhand Wagen bedächtig herangezuckelt und füllten die Wege am Weiher mit lautem Stimmengewirr. Viele kamen auch auf den Pfarrhof, und Jascho mußte da so lange bleiben und für den Pfarrer allerhand Angelegenheiten erledigen; erst als es schon gegen Abend ging, hatte er sich einen geeigneten Augenblick ausersehen, nahm ein Buch mit und schlüpfte auf einen Feldrain, der hinter den Scheunen auf einen Birnbaum zulief, unter dem er schon manches Mal mit Jaguscha gesessen hatte.

Natürlich rührte er das Buch nicht einmal an, schleuderte es irgendwohin ins Gras, und nachdem er sich umgesehen hatte, sprang er ins Getreidefeld, um geduckt, fast auf allen vieren, sich bis an den Hof der Dominikbäuerin heranzuschleichen.

Jaguscha war gerade auf dem Kartoffelacker beschäftigt und ahnte nicht einmal, daß sie belauscht wurde, denn sie dehnte sich hin und wieder etwas träge, und, auf die Hacke gelehnt, sah sie wehmütig in die Weite und seufzte tief auf.

»Jaguscha!« rief er etwas ängstlich zu ihr hinüber.

Sie wurde blaß wie ein weißes Leinentuch und blieb wie erstarrt stehen, kaum ihren Augen trauend; ihr Atem stockte und etwas schnürte ihr die Brust zusammen, aber sie starrte auf ihn wie auf ein wundersames Gesicht, und ein süßes Lächeln erblühte um ihre dunkelrot gewordenen Lippen, flammte auf und strahlte wie Sonnenschein von ihr aus.

Auch Jascho leuchteten die Augen auf, und eine süße Wohligkeit nahm sein Herz gefangen, doch er beherrschte sich noch und schwieg; er hatte sich auf den Acker niedergesetzt und sah sie mit einem plötzlichen Wohlgefallen an.

»Ich hab' schon gefürchtet, daß ich den Herrn Jascho nie mehr wiedersehen sollte ...«

Die Worte kamen über ihn wie ein duftgeschwellter Luftzug vom frischen Wiesenland; er beugte den Kopf, denn der Klang dieser Stimme hatte ihn mit unbegreiflicher Glückseligkeit erfüllt.

»Und vor den Klembs gestern, da hat mich der Herr Jascho nicht einmal angesehen ...«

Sie stand erglüht vor ihm wie ein Rosenstrauch, wie ein Apfelblütenbaum in der Glut ihrer Sehnsucht und wundersam wie ein Märchen.

»Gott, bald wäre mir das Herz gebrochen! Den Verstand hätt' ich bald verloren.«

Tränen blitzten an ihren Wimpern auf, wie mit Diamanten das Himmelsblau ihrer Augen verschleiernd.

»Jaguscha!« kam es ihm plötzlich ganz aus den tiefsten Tiefen des Herzens.

Sie kniete in der Ackerfurche nieder, sich an seine Knie heranschiebend und verschlang ihn mit ihren abgrundtiefen, glühenden Blicken, mit Augen, die wie der blaue, unergründliche Himmel selbst waren, mit berauschenden Augen, die wie Küsse, wie Liebkosungen geliebter Hände waren, mit Augen der Versuchung und kindlicher Unschuld zugleich.

Er erschauerte, und als wollte er sich gegen den Zauber wehren, fing er an, ihr streng alle ihre Sünden vorzuhalten, alles was ihm die Mutter gesagt hatte. Sie trank jedes seiner Worte in sich, ohne die Blicke von ihm zu lassen, sie konnte aber kaum was verstehen, sie wußte nur eins, daß vor ihr ihr über alles Geliebter säße, daß er etwas erzählte, daß seine Augen leuchteten und sie vor ihm kniete wie vor einem Heiligtum und voll unermeßlicher Liebesmacht ihn anbetete.

»Sag' doch, Jagusch, daß das alles nicht wahr ist, sag' es doch!« drängte er flehentlich.

»Es ist nicht wahr! Es ist nicht wahr!« bejahte sie mit einer solchen Offenherzigkeit, daß er ihr sofort glaubte, sofort glauben mußte. Sie aber stützte ihre Brust gegen seine Knie, und in seinen Augen versunken, beichtete sie ihm ganz leise ihre Liebe. Wie auf der heiligen Beichte öffnete sie weit ihre Seele vor ihm, warf sie ihm zu Füßen wie ein hilfloses Vögelchen und gab sich voll heißer Hingabe seiner Gnade und seinem Willen hin.

Jascho erzitterte wie ein Blatt, das vom Sturm ergriffen wird, er wollte sie zurückstoßen und von ihr fliehen, aber er flüsterte nur mit einer besinnungslosen, schwachen Stimme:

»Still, Jagusch! Das darf man nicht, das ist Sünde, still!«

Bis sie schließlich ganz entkräftet schwieg … Sie sprachen nun beide nicht mehr, einander mit den Blicken ausweichend und sich doch aneinander drängend, so daß sie das Klopfen ihrer eigenen Herzen hörten und ihre leisen, heißen Atemzüge fühlten; es war ihnen wunderbar wohl und so froh zumute, daß die Tränen von selbst über ihre erblaßten Wangen flossen. Ihre roten Lippen aber schienen einander anzulachen, und die Seelen waren wie in der Zeit der Erhebung des heiligen Sakraments in eine heilige, heimlich strahlende Stille getaucht und stiegen höher und höher über die Welt hinaus.

Die Sonne war schon untergegangen, die Erde, von der Abendglut umflossen, war wie in goldig schimmernden Tau getaucht, alles verstummte rings, hielt den Atem an und erstarb, dem Glockengeläut lauschend, das zum Ave klang, und alles war wie in ein tiefes Dankgebet für den empfangenen Tag versunken. Sie wandten sich nach den Feldern, die im glühenden Staubdunst der Abendröte lagen, gingen über Feldraine, die voll Blumen waren, mitten durch reife Kornfelder und streiften mit den lässig herabhängenden Händen die sich zu ihren Knien niederbeugenden Ähren; sie gingen ganz in den Glanz der Abendröte starrend, in die breiten, goldenen Himmelsabgründe, und sie hatten selber den Himmel in ihrer Seele, und um ihre Köpfe wob sich das Licht wie ein goldener Heiligenschein.

Es war als ob ein Hochamt in ihrem Inneren abgehalten wurde, so voll heiliger Andacht waren sie; ihre Seelen knieten in einer Verzückung, und ihre himmelsversunkenen Herzen sangen von der Gnade, die ihnen allein offenbar geworden war in dieser Stunde des Lebens.

Sie redeten kein Wort mehr zueinander, nur ihre Blicke kreuzten sich immer wieder wie aufleuchtende Blitze und waren ganz von ihrer eigenen Glut erfüllt und ihrer selbst schon kaum mehr bewußt.

Es war ihnen gar nicht recht klar, daß sie eigentlich ein Lied zu singen begonnen hatten, das ihnen ganz von selbst aus ihrer Seele entstiegen war, um wie ein jubilierender Vogel weit über die dämmerigen Felder hinauszufliegen.

Sie wußten selbst gar nicht einmal, wo sie waren, wohin sie gingen und was sie mit dieser Wanderung bezweckten; da fiel plötzlich eine harte, trockene Stimme über sie her; sie kam ganz aus der Nähe und unerwartet.

»Nach Hause, Jascho!«

Er ernüchterte sich in einem Nu; sie waren auf dem Pappelweg, und die Mutter stand dicht vor ihnen mit einem drohenden, unerbittlichen Gesicht. Er begann irgend etwas zu stottern und etwas Unverständliches vor sich hin zu murmeln.

»Du gehst mir auf der Stelle nach Hause!«

Sie griff ihn beim Arm und zog ihn wütend mit sich fort. Er ließ alles demütig mit sich geschehen und widersetzte sich nicht.

Jaguscha folgte ihnen wie gebannt nach, bis plötzlich die Organistin einen Stein vom Weg hob und ihn mit furchtbarem Haß nach ihr hin schleuderte.

»Fort, du! Geh in dein Hundehaus, du Hündin!« schrie sie ihr verächtlich zu.

Jaguscha sah sich um, ohne zu begreifen, worum es der anderen zu tun war, und als sie ihr entschwunden waren, trieb sie sich noch lange auf den Wegen herum; und nachdem sich alle im Hause schlafen gelegt hatten, saß sie vor dem Haus, bis der Tag graute.

Stunden vergingen. Es krähten die Hähne, am Weiher bei den Wagen der Pilger wieherten die Pferde, es tagte allmählich, das Dorf begann sich vom Schlaf zu erheben, man holte Wasser, trieb das Vieh auf die Weide, hier und da traten selbst schon einige hinaus, um zur Arbeit zu gehen, Frauen schwatzten, Kinder greinten; Jagna aber saß immer noch auf derselben Stelle und träumte mit offenen Augen von ihrem Jascho – daß sie mit ihm redete, daß sie sich ganz aus der Nähe in die Augen schauten und eine selige Glut sie überkam, daß sie irgendwohin gingen und etwas sangen, das sie gar nicht behalten konnte – das eine und immer nur das eine Einzige träumte sie.

Die Mutter erweckte sie aus diesen Märchenträumen, und vor allem auch Anna, die schon reisefertig gekommen war, und, wenn auch schüchtern, als erste die Hand zur Versöhnung darbot.

»Ich geh' nach Tschenstochau, vergebt mir darum, wenn ich gegen euch gefehlt habe.«

»Gott bezahl's euch, das gute Wort, aber Unrecht bleibt Unrecht!« knurrte die Alte.

»Rühren wir nicht daran! Ich bitt' euch aus aufrichtigem Herzen, daß ihr mir verzeihen wollt.«

»Einen Groll bewahr' ich nicht mehr gegen euch«, seufzte die Dominikbäuerin schwer auf.

»Ich auch nicht, obgleich ich viel dadurch gelitten habe!« sagte Jaguscha mit Nachdruck und ging fort, sich zur Kirche umzukleiden.

»Wißt ihr schon, daß der Jascho vom Organisten mit dem Pilgerzug geht?« ließ sich Anna nach einer Weile vernehmen.

Jaguscha, die diese Neuigkeit gehört hatte, kam halb angekleidet vors Haus gelaufen.

»Soeben hat es mir die Organistin selbst gesagt, daß er durchaus darauf bestanden hätte, nach Tschenstochau zu gehen! Es wird uns schon viel besser zumute sein, wenn wir mit einem kleinen Priester gehen können, und eine Ehre ist es für uns doch auch. Bleibt mit Gott!« Sie verabschiedete sich freundschaftlich und ging in der Richtung der Kirche davon, unterwegs die unerwartete Neuigkeit allen erzählend. Man wunderte sich allgemein darüber, Gusche aber schüttelte nur immerzu den Kopf und sagte vorsichtig:

»Das geht nicht mit rechten Dingen zu, der wird wohl nicht aus freiem Willen gehen, nein ...«

Doch die Zeit war nicht dazu, sich darüber auszubreiten; das halbe Dorf hatte sich in der Kirche versammelt, wo der Priester eine Frühmesse für das gute Gelingen der Pilgerfahrt las.

Jascho versah, wie immer, den Meßdienst, er hatte aber heute ein etwas blasses Gesicht, auf dem ein schmerzlicher Zug zu sehen war, seine Augen waren schwarz umrändert und schimmerten wie von kläglich vergossenen Tränen, so daß er alles in der Kirche wie durch einen Nebel sah; er sah Therese mit flach ausgebreiteten Armen während der ganzen Messe auf dem Boden liegen, sah Jaguschas erschrockene Augen, die Mutter, die in der Bank der Gutsherrschaft saß und die zum heiligen Abendmahl herantretenden Pilger – wie durch einen Nebel schien er sie zu sehen, so verdunkelten ihm die Tränen, die er nur mit Mühe zurückhalten konnte, seine Blicke, so trüb war es ihm zumute; seine Seele war tieftraurig.

Der Pfarrer machte das Zeichen des Kreuzes über die Davonziehenden und besprengte und segnete sie. Man erhob die Fahne, das Kreuz blitzte an der Spitze des Zuges auf, jemand stimmte ein Lied an, und der Pilgerzug setzte sich in Bewegung.

Aus Lipce gingen: Anna, Maruscha Balcerek, die Klemb mit ihrer Tochter, Gschela mit dem schiefen Maul, Therese mit ihrem Mann, die beide gelobt hatten, während der ganzen Wanderung nichts Warmes zu sich zu nehmen, und noch ein paar Kätnerinnen; mit den Leuten aus den anderen Dörfern waren es zusammen an die hundert Menschen.

Das ganze Dorf gab ihnen das Geleit, und mit Gepäck beladene Wagen folgten ihnen nach. Trotz der frühen Stunde steigerte sich schon die Hitze recht empfindlich, die Sonne blendete, und der Staub wirbelte so stark unter den Füßen auf, daß sie wie in einer grauen drückenden Wolke dahinschritten.

Jaguscha ging mit ihrer Mutter zwischen den anderen in der Menge, sie sah furchtbar mitgenommen aus, bebte innerlich vor Kummer, und die Tränen der bittersten Verlassenheit niederkämpfend, starrte sie immerzu wie geblendet auf Jascho; natürlich mußte sie sich in einer ziemlichen Entfernung von ihm halten, denn die Organistin und die Geschwister verließen ihn nicht einen Augenblick; es war keine Möglichkeit, ihm etwas zu sagen, oder auch nur ihm vor die Augen zu treten.

Mathias redete sie an, die Mutter und andere noch sagten ihr was, aber sie wußte nichts, außer dem Einen, daß Jascho für immer fortginge, daß sie ihn nun nie und nimmer wiedersehen würde.

Am Kreuz beim Wald verabschiedeten sie sich von den Pilgern, die weiterzogen und singend sich immer mehr entfernten, bis sie ganz ihren Augen entschwunden waren und nur in sonnenheller Ferne der aufsteigende Staub ihren Weg bezeichnete.

»Warum denn das? Warum nur?« stöhnte sie und schleppte sich wie eine Tote hinter den ins Dorf Heimkehrenden drein.

»Ich falle hin und sterb'!« sann sie, und es war ihr, als nähme schon der Tod von ihr Besitz, so daß sie immer langsamer, immer schwerfälliger ging ... die Hitze, die Übermüdung, die furchtbare Seelenpein hatten ihr alle Kräfte geraubt.

Sie wartete voll heißen Verlangens auf die Stille der Nacht, aber auch die Nacht brachte ihr keine Erleichterung und keine Beruhigung. Sie machte sich bis zum Morgengrauen vor dem Haus zu schaffen, ging immer wieder auf die Dorfstraße, lief sogar bis an den Wald, nach dem Kreuz, wo sie zum letztenmal Jascho gesehen hatte, ihre vor Qual brennenden Augen suchten auf der breiten, sandigen Landstraße nach den Spuren seiner Schritte, nach dem Schatten seiner Gestalt, sie hätte jedes Erdklümpchen aufheben mögen das sein Fuß berührt hatte.

Nichts blieb ihr, nicht das geringste mehr, es gab kein Erbarmen und keine Rettung mehr für sie.

Schließlich versiegten ihr selbst die Tränen, die von Trauer und Verzweiflung stumpf gewordenen Augen waren wie tiefe Brunnen voll unergründlichen Leids.

Und manchmal nur beim Beten entriß sich ihren fieberheißen Lippen die Klage:

»Und warum denn das alles, mein Gott, warum?« ...

* * *

Bei der Dominikbäuerin war es gar nicht mehr zum Aushalten. Jagna schlich wie besinnungslos im Hause herum, ohne etwas von Gottes Welt zu wissen. Jendschych machte seine Arbeit nur nachlässig und hielt sich immer länger bei den Schymeks auf, und in der Wirtschaft war ein solcher Niedergang und eine solche Vernachlässigung, daß oft selbst die Kühe ungemolken auf die Weide getrieben wurden, daß die Schweine vor Hunger schrien und die Pferde wiehernd die leeren Raufen benagten; denn die Alte konnte nicht alles selbst bewältigen, sie tastete sich, immer noch halb blind, mit dem Stock vorwärts; es war aber kein Wunder, daß sie vor Sorgen nicht wußte, wo ihr der Kopf stand.

Der Dünger, der für den Weizen bestimmt war, trocknete auf dem Feld aus, und es war keiner da, der ihn hätte umpflügen können; der Flachs schien darum zu bitten, daß man ihn ernten sollte; man hätte die Kartoffeln noch einmal jäten und behäufen müssen, es fehlte Holz zum Heizen, die Wirtschaftsgeräte verkamen, die Ernte war schon ganz nah, Arbeit wäre genug für zehn Hände gewesen, und dennoch ging alles nur so langsam vorwärts, als ob man nichts Besseres zu tun hätte als in der Nase zu bohren. Sie mietete eine Kätnerin hinzu und schaffte selbst so viel sie konnte mit, aber Jaguscha war wie taub auf alle Bitten und Beschwörungen; und als sie Jendschych

Vorstellungen zu machen begann, knurrte er eine trotzige Drohung als Antwort zurück.

»Ich laß sonst alles liegen und geh' fort! Ihr habt den Schymek aus dem Haus gejagt, dann könnt ihr jetzt selber die Arbeit tun! Er hat auch keine Sehnsucht nach euch, sein Haus hat er, Geld und Frau und Kuh hat er, er ist sein eigener Herr!« So lehnte er sich mit einer bestimmten Absicht gegen sie auf, hielt sich aber dabei in angemessener Entfernung von ihr.

»Das ist schon wahr, daß dieser Räuber für alles Rat zu schaffen wußte!« seufzte sie schwer auf.

»Und ob, selbst die Nastuscha wundert sich, wie er mit allem fertig wird.«

»Man müßte einen ins Haus nehmen, einen Knecht verdingen ...« sann sie, laut vor sich hinredend.

Jendschych kratzte sich den Kopf und sagte unsicher:

»Hale, was soll man einen Fremden suchen, wenn der Schymek das tun könnte ... man müßte ihm nur ein Wort sagen ...«

»Du bist dumm ... steck deine Nase nicht in das, was dich nichts angeht!« brach sie los; sie begann sich schwer darüber zu grämen, daß sie auf diese oder auf andere Weise nachgeben und sich mit ihm vertragen mußte.

Am meisten grämte sie sich aber um Jaguscha; sie versuchte vergeblich, zu erfahren, was ihr fehlte, Jendschych wußte es auch nicht, und die Gevatterinnen wagte sie nicht danach zu fragen, zu viel hätten sie ihr da hinzugelogen. Ganze drei Tage nach dem Fortgang der Pilger nach Tschenstochau sann sie darüber nach, sich wie durch eine arge Finsternis von Vermutung zu Vermutung durchtastend, bis sie, schon ganz außer sich, einen großen Enterich unter den Arm nahm und nach dem Pfarrhof ging.

Sie kehrte am Abend finster wie ein Herbststurm, verweint und vor sich hin seufzend nach Haus zurück, sie redete mit niemand; erst als sie mit Jaguscha nach dem Abendessen allein in der Stube zurückgeblieben war, schloß sie die Tür und sagte:

»Weißt du denn, was man von dir und von Jascho erzählt?«

»Ich bin nicht begierig, ihren Klatsch zu hören«, entgegnete diese unwillig und erhob auf sie ihre fieberhaft glänzenden Augen.

»Ob du begierig bist oder nicht, das ist einerlei, aber eins müßtest du wissen, daß vor den Leuten nichts verborgen bleibt, und wer im stillen was tut, von dem wird laut geredet! Über dich reden die Leute Sachen, daß es gar nicht zu sagen ist.«

Sie erzählte ihr lang und breit, was sie vom Pfarrer und von dem Organisten gehört hatte.

»Noch in derselben Nacht haben sie über Jascho zu Gericht gesessen, der Organist hat ihn durchgeprügelt, und der Pfarrer noch seins mit dem Pfeifenstock dazugetan; und um ihn vor dir zu behüten, haben sie ihn nach Tschenstochau schicken müssen. Hörst du denn, was ich sage? Besinn' dich doch, was du angerichtet hast!« schrie sie Jaguscha streng an.

»Jesus Maria! Geschlagen haben sie ihn! Den Jascho geschlagen!« Sie sprang auf, als wollte sie ihm zu Hilfe eilen, aber sie zischte bloß durch die zusammengepreßten Zähne hervor:

»Daß ihnen die Hände verdorren! Daß sie die Pest kriegen.« Sie fing an zu weinen, aus den geröteten Augen ergossen sich bittere Tränen und flossen wie lebendiges Blut aus allen Wunden ihrer Seele.

Aber die Dominikbäuerin hielt ihr, ohne darauf zu achten, alle ihre Verfehlungen und Sünden vor und schlug auf sie mit bitterbösen Worten wie mit einem Stock ein; nichts ließ sie ihr durchgehen und brachte alles zur Rede, was sie schon seit langem schmerzte und was seit langem an ihr fraß.

»Das muß endlich ein Ende nehmen, verstehst du! Länger kannst du nicht so leben!« schrie sie immer leidenschaftlicher, obgleich brennende Tränen ihr unter dem Verband, der auf ihren Augen lag, hervorquollen. »Sollen sie dich denn für die Schlimmste halten, sollen sie auf dich mit den Fingern weisen! Solch eine Schande für meine alten Tage, solche Schande, mein Jesus!« stöhnte sie ganz verzweifelt.

»Ihr wart in eurer Jugend auch nicht besser!« gab ihr Jaguscha böse zurück.

Die Alte geriet in eine solche Wut, daß sie nur noch hervorstottern konnte:

»Wenn man selbst heilig wäre, würden einen die Leute nicht ungeschoren lassen!«

Sie traute sich nicht mehr, Jaguscha zu quälen. Diese aber ging daran, sich ein paar Halskrausen für den nächsten Tag zu plätten. Der Abend war windig, die Bäume rauschten; über den Himmel, der mit kleinen Wölklein bedeckt war, glitt der Mond, im Dorf hörte man irgendwo Mädchen singen, und eine Geige fiedelte eine tanzfrohe Weise.

Vor den Fenstern vernahm man die Stimme der vorübergehenden Schulzin:

»Gestern ist er nach dem Amt gefahren und ist wie weg ...«

»Er mußte mit dem Schreiber gestern abend noch nach dem Kreisamt hin. Der Schultheiß sagt, daß sie der Natschalnik dahin befohlen hat«, hörte man Mathias antworten.

Als sie vorübergegangen waren, ließ sich die Alte abermals, schon viel sanfter, vernehmen:

»Warum hast du denn den Mathias fortgejagt?«

»Weil er mir zuwider geworden ist, was hat er hier zu suchen! Ich brauch' keinen Mann!«

»Es wäre aber an der Zeit, daß du dich nach einem umsiehst. Gleich würden die Leute aufhören, über dich herzuziehen. Der Mathias ist außerdem einer, den man nicht so abtun sollte, ein geschickter und ein guter Mann ...«

Sie breitete sich lange über seine Tugenden aus und redete ihr zu, doch Jaguscha sagte nicht ein Wort darauf, ganz vertieft in ihre Arbeit und ihre Sorgen; so ließ die Alte sie denn in Ruhe und griff nach dem Rosenkranz. Draußen wurde es stiller, nur die Bäume rangen mit dem Wind, und die Mühle ratterte; es war tiefe Nacht geworden, der Mond versank ganz hinter Wolkenbergen, so daß nur hin und wieder ein paar Wolkenränder aufleuchteten, aus denen Garben von Licht sprühten.

»Du mußt morgen zur Beichte gehen, Jaguscha. Es wird dir gleich leichter werden, wenn du dich deiner Sünden entledigt hast.«

»Was soll ich da, ach nein!«

»Du willst nicht zur Beichte gehen?« Ihre Stimme klang heiser vor Grauen.

»Nein. Der Priester ist rasch mit der Strafe bei der Hand, aber wenn es darum zu tun ist, einem zu helfen, da kann man schön warten.«

»Still, daß dich der Herr Jesus nicht bestraft für solches sündiges Gerede. Ich sage dir, geh' du zur Beichte, tue Buße und bitte zu Gott, dann kann sich noch alles zum Guten wenden.«

»Hab' ich denn nicht genug Buße, wie? Was hab' ich denn verbrochen? Wofür denn? Das ist wohl die Belohnung für meine Liebe und für all meine Qual, daß mir schon das Schlimmste zugestoßen ist, das einem passieren kann!« klagte sie wehmütig.

Am nächsten Tag, Sonntags vor dem Hochamt, verbreitete sich die ganz unglaubliche Nachricht im Dorf, daß man den Schulzen wegen des Fehlens von Geld in der Gemeindekasse verhaftet hatte.

Man wollte zunächst dem gar nicht Glauben schenken, obgleich jeden Augenblick noch einer dazukam, um noch Schlimmeres beizugeben. Man nahm es sich noch nicht allzusehr zu Herzen.

»Diese Faulpelze, was die sich zum Spaß aussinnen und dann noch herumtragen! ...« sagten die Gesetzteren.

Man mußte aber doch bald daran glauben, als der Schmied aus der Stadt kam und alles bis aufs Wort bestätigte. Der Jankel aber sagte mittags zu der in der Schenke versammelten Menge:

»Alles stimmt! In der Kasse fehlen fünftausend Rubel; sie werden ihm seine ganze Wirtschaft fortnehmen, und wenn es nicht reicht, dann wird Lipce für ihn bezahlen müssen.«

Das brachte alle auf, so daß es für sie kein Halten mehr gab. Konnte es auch anders sein? Überall eine solche Not, daß es nur so aus dem letzten Loch pfeift, man hat kaum was in den Kochtopf zu stecken, manch einer hat sich schon ganz in Schulden gestürzt, um nur bis zur Erntezeit auszukommen, und da soll man noch für einen Dieb was zahlen! Das war wirklich zu viel für menschliche Geduld. Kein Wunder also, daß das ganze Dorf rasend vor Wut wurde; Flüche, Drohungen und Schimpfworte hagelten dicht herab.

»Daß du, Aas, wie'n Hund verreckst!«

»Ich hab mit ihm keine Gemeinschaft gehabt, da will ich auch für ihn nicht zahlen!«

»Ich auch nicht! Der hat sich amüsiert, hat das Leben genossen und wir sollen für fremde Schuld leiden!« redeten sie und waren dabei so besorgt, daß manch einen schon die Lust zum Weinen ankam.

»Ich hab' ihn schon lange in Verdacht gehabt und gesagt, wozu es kommen würde; ich hab es euch genug vorgestellt, ihr wolltet mich nicht hören; da habt ihr es denn!« redete der alte Ploschka mit einer bestimmten Absicht, und die Frau half mit und erzählte jedem, der es nur hören wollte:

»Wißt ihr, der Antek hat es schon herausgerechnet, daß wir, um dem Herrn Schulzen beizuspringen, drei Rubel vom Morgen zahlen werden, aber für einen solchen Freund tun einem selbst zehne nicht leid.«

Diese Nachrichten hatten die Menschen dermaßen bedrückt, daß nur wenige in die Kirche gegangen waren; sie klagten sich gemeinsam ihr Leid; in den Heckenwegen, vor den Häusern und besonders am Weiher standen die Menschen und zerbrachen sich vergeblich die Köpfe, wo der Schulze das Geld hingetan haben könnte.

»Man muß ihn bestohlen haben, es ist doch gar nicht möglich, daß er allein so viel Geld durchgebracht hätte.«

»Er hat dem Schreiber zu sehr getraut, und man weiß es ja, was das für eine Pflanze ist.«

»Schade um den Menschen; uns hat er ja unrecht getan, aber sich selbst das schlimmste!« redeten ein paar Besonnenere. Darauf zwängte sich aber die dickbäuchige Ploschkabäuerin durch die Menge und begann sich die trockenen Augen zu reiben und wie bedauernd zu klagen:

»Mir tut die Schulzin am meisten leid! Die arme Frau war wie eine Herrin, trug die Nase hoch, und was nun? Man wird ihr das Haus wegnehmen, den Grund und Boden verkaufen, sie wird auf Miete wohnen gehen müssen, die Arme, auf Taglohn. Und wenn sie doch mindestens davon was gehabt hätte! ...«

»Hat sie denn vielleicht nicht genug Gutes gehabt!« schrie die Kosiol, ihr auf ihre Art beipflichtend. »Sie haben gelebt wie die Herren, jeden Tag haben sie Fleisch gegessen! Die Schulzin hat einen halben Topf Zucker sich in den Kaffee getan, und reinen Arrak haben sie mit Gläsern getrunken. Ich hab' es ja gesehen, wie er aus der Stadt ganze Korbwagen voll allerhand Leckereien brachte. Und wovon haben sie denn sonst ihre dicken Bäuche gekriegt, doch nicht vom Fasten!«

Sie hörten ruhig zu, obgleich sie zuletzt schon unmögliches Zeug sich zusammenredete, aber erst die Organistin überzeugte alle; sie war wie zufällig im Dorf erschienen, und nachdem sie hier und da gehorcht hatte, was geredet wurde, sagte sie ganz nebenbei:

»Wieso denn, wißt ihr nicht, wozu der Schulze das viele Geld verbraucht hat?«

Man umdrängte sie, frug sie aus und nötigte sie zu antworten.

»Für die Jaguscha hat er es vertan, das weiß man ja!«

Das hatte man nicht erwartet, und alle sahen sich staunend an.

»Das ganze Kirchspiel spricht doch schon darüber seit dem Frühjahr! Ich brauch' es euch nicht erst vorzuerzählen, fragt aber mal einen aus Modlica, der wird euch schon genug die ganze Wahrheit sagen.«

Sie ging fort, als wollte sie nichts verraten; aber die Weiber ließen nicht locker, sie hielten sie irgendwo am Zaun fest und baten so dringend, daß sie ihnen, so tuend als ob sie ein Geheimnis verrate, anzuvertrauen begann, was für Ringe aus reinem Gold der Schulze der Jaguscha mitgebracht hätte, was für seidene Tücher, feines Linnen, Korallen und wieviel bar Geld er ihr gegeben hatte. Natürlich log sie, daß es nur so seine Art hatte, aber nur die einzige, Gusche, entgegnete darauf ärgerlich:

»Papperlapapp! Hat denn die Frau Organistin das alles gesehen?«

»Ich hab' es gesehen, und ich kann es selbst in der Kirche beschwören, daß er das Geld für sie gestohlen hat, vielleicht hat sie ihn selbst dazu beredet. Hoho! die ist zu allem bereit, für die gibt's nichts Heiliges, ganz ohne Scham und Gewissen ist sie! Gerade wie eine läufige Hündin rennt sie im Dorf herum und bringt nur Ärgernis und Unglück unter die Menschen! Selbst meinen Jascho wollte sie verführen, solch einen unschuldigen Jungen wie dieser, das reine Kind noch, da ist er ihr denn weggelaufen und hat mir alles erzählt! Ist denn das nicht fürchterlich, selbst den Priester läßt sie nicht in Ruhe!« Sie redete rasch, vor Gift nach Atem schnappend.

Als wäre ein Funken in ein Pulverfaß gefallen, so brach plötzlich all der alte Ärger gegen Jaguscha los, all der Neid, Zorn und Haß wagte sich hervor; sie begannen alles hervorzuholen, was eine jede gegen sie auf dem Herzen hatte; ein unbeschreibliches Geschrei entstand. Sie überschrien sich schon vor leidenschaftlicher Erregung.

»Daß die heilige Erde ein solches Frauenzimmer noch tragen muß!«

»Und durch wen ist denn Matheus Boryna gestorben? Besinnt euch nur!«

»Das ganze Dorf wird wegen solch einer Pestigen zu büßen haben.«

»Selbst den Priester wollte sie zur Sünde verleiten! Gott sei uns gnädig!«

»Und diese Säufereien, dieses Gezänk, diese Gotteslästerung, die nur durch sie schon gewesen sind!«

»Die reine Verderbnis des ganzen Dorfes ist die! Durch sie weist man schon mit Fingern auf Lipce!«

»Die schlimme Seuche ist noch besser, als so eine.«

»Solange diese im Dorf bleibt, werden wir die Sünde, die Buhlerei und all das Böse nicht los; heut' hat der Schulze für sie gestohlen, und morgen tut ein anderer dasselbe!«

»Die müßte man zu Tode prügeln und das Aas den Hunden zum Fraß hinwerfen.«

»Jagt sie aus dem Dorf fort, weg damit, wie mit einer Pest!«

»Fortjagen! fortjagen! Das ist das Rechte!« fingen sie an, ganz aufgebracht durcheinander zu schreien; und schon zu allem bereit, begaben sie sich auf Zuraten der Organistin nach der Frau des Schulzen.

Sie trat mit einem vom Weinen ganz verschwollenen Gesicht zu ihnen heraus und sah so unglückselig, bemitleidenswert und kläglich aus, daß sie sie von Herzen beklagend zu umarmen anfingen und über ihr schweres Los weinten.

Erst nach einer Weile brachte die Organistin die Rede auf Jaguscha.

»Die reine Wahrheit ist das! Sie ist an allem schuld, sie allein!« Sie begann verzweifelt zu schluchzen. »Diese Hundeschlampe, dieses verdammte Frauenzimmer, daß sie am Zaun verreckt für all mein Unglück! Daß sie die Würmer zernagen für meine Schande!« Sie ließ sich auf eine Bank fallen und schluchzte und krümmte sich vor unsagbarer Qual.

Schließlich hatten sich die Weiber satt geweint und satt geklagt und gingen auseinander, denn die Sonne war schon nahe vor dem Untergang; nur die Organistin blieb noch zurück. Die beiden kamen, nachdem sie sich heimlich eingeschlossen hatten, bald zu einem wichtigen Entschluß, denn noch vor dem Eintritt der Dunkelheit rannten sie ins Dorf, von Haus zu Haus eilend, und begannen etwas Stilles und Heimliches zu spinnen.

Die Ploschkas schlossen sich ihnen an und nötigten noch andere dazu; endlich gingen sie gemeinsam zum Pfarrer. Er hörte sie an, breitete ratlos die Hände auseinander und rief:

»Ich misch' mich in nichts, macht was ihr wollt, ich will von nichts wissen, und morgen früh fahre ich nach Zarnowo.«

Der Abend wurde recht bewegt, man beratschlagte, zankte sich und flüsterte geheimnisvoll miteinander; und als es völlig Nacht geworden war, begannen alle, nachdem sie sich in der Schenke eingefunden hatten, wo sie durch die Organistenleute bewirtet wurden, sich zu besprechen und gemeinsam etwas zu beraten. Die ersten Hofbauern und fast alle verheirateten Frauen waren zusammengekommen und verhandelten schon ziemlich lange, als die Ploschkabäuerin ausrief:

»Und wo ist denn der Antek Boryna? Das ganze Dorf hat sich versammelt; er ist doch aber der erste Hofbauer in Lipce, man kann ohne ihn nichts beschließen, das wird doch sonst nicht zu Recht bestehen.«

»Das ist wahr, man soll ihn holen! Er muß kommen! Ohne ihn kann man das nicht machen!« schrien sie.

»Und wenn er sie verteidigen wird, wer kann darüber was wissen?« murmelten einige Frauen.

»Er sollte wagen, sich dem ganzen Dorf zu widersetzen! Wenn schon, dann müssen es auch alle sein!«

Der Schultheiß rannte hin, ihn zu holen, mußte ihn aber aus dem Bett herausklopfen, denn er war schon schlafen gegangen.

»Ihr müßt kommen und eure Meinung sagen! Und kommt ihr nicht, dann werden die Leute sagen, daß ihr sie beschützt und gegen die Gemeinde geht. Die Weiber werden euch dann eure alten Sünden nicht durchgehen lassen. Kommt, es muß einmal damit ein Ende haben!«

Antek ging, obgleich schweren Herzens, mit, denn er mußte ja gehen.

Die Schenke war gedrängt voll, so daß man kaum noch die Hand dazwischen zwängen konnte; sie murmelten alle leise durcheinander, denn der Organist war gerade auf die Bank geklettert und redete, als wollte er eine Predigt halten.

»... Und ein anderes Mittel gibt es nicht! Das Dorf ist gerade wie ein Haus. Laßt einen Dieb mal die Mauerschwellen wegnehmen und einen anderen auf die Balken Lust bekommen oder den dritten sich ein Stück Wand wegholen, da fällt dann zuletzt das ganze Haus zusammen und drückt alle tot, die drin sind! Überlegt es euch gut! Laßt jeden mal stehlen, die Menschen anfallen, betrügen, Zügellosigkeiten begehen, was wird da aus dem ganzen Dorf? Ich sag' es euch, das wird kein Dorf mehr sein, nur ein höllischer Schweinestall und eine Schande für die ehrliche Menschheit. Man wird einen weiten Bogen um solch ein Dorf machen und sich bekreuzigen, wenn sein Name genannt wird. Aber das sag' ich euch, früher oder später kommt die Strafe über solch ein Dorf, wie sie über Sodom und Gomorra gekommen ist, und alle werden elend zugrunde gehen, denn alle tragen die Schuld – die, die sündigen und die, die erlauben, daß Böses sich ausbreitet! Die Heilige Schrift lehrt uns: Wenn dich deine Hand ärgert, dann hacke sie ab, und wenn du an deinem Auge Ärgernis genommen hast, dann reiß es heraus und wirf es vor die Hunde! Die Jaguscha, das sag' ich euch hier, ist schlimmer wie eine böse Seuche, denn sie verbreitet Ärgernis, sündigt gegen alle Gebote und zieht Gottes Zorn und seine furchtbare Rache aufs Dorf herab. Jagt sie zum Dorf hinaus, solange es noch Zeit ist. Das Maß ihrer Sünden ist schon voll, und die Zeit der Strafe ist gekommen!« Er brüllte wie ein Stier, und die Augen quollen ihm weit aus dem geröteten Gesicht hervor.

»Versteht sich, es ist Zeit! Das Volk hat die Macht zu strafen und zu belohnen! Zum Dorf hinaus mit ihr! Fortjagen!« schrien sie immer lauter.

Darauf sprach noch Gschela, der Bruder des Schulzen, der alte Ploschka und der Gulbas schrien wütend ihren Teil; aber es waren nur wenige, die noch zuhörten, alle redeten schon laut durcheinander. Die Organistin erzählte in einem zu, wie das mit Jascho gewesen war, die Schulzin breitete vor jedem ihr Leid aus, und auch die anderen Weiber ließen ihren Zungen freien Lauf, daß rings ein Lärm wie auf einem Marktplatz war. Nur der Antek sagte nichts, er stand finster wie die Nacht an der Tonbank, biß die Zähne zusammen und war vor Qual ganz blaß geworden. Es kamen über ihn Augenblicke, daß er Lust hatte, eine Bank zu ergreifen und mit ihr auf diese schreienden Mäuler einzuhauen und mit den Absätzen dieses Volk wie ekliges Gewürm zu zertreten; alles war ihm so zuwider, daß er Glas nach Glas hinunter stürzte, immer wieder ausspie und leise vor sich hinfluchte.

Der alte Ploschka trat auf ihn zu und sagte laut, daß man es in der ganzen Schenkstube hören konnte:

»Alle haben sich schon auf eins geeinigt, daß man die Jaguscha aus dem Dorf jagen soll. Sag auch du deine Meinung, Antony!«

Es wurde plötzlich ganz still in der Schenke, alle Augen hefteten sich auf Antek, und alle waren fast sicher, daß er sich widersetzen würde, er aber atmete tief auf, reckte sich und sagte laut:

»Ich leb' in der Gemeinde, so will ich auch zu der Gemeinde halten! Wollt ihr sie fortjagen, dann jagt sie fort, und wollt ihr sie auf den Altar setzen, dann könnt ihr es auch tun! Mir ist beides gleich.«

Er schob die ihm im Wege Stehenden beiseite und ging hinaus, ohne einen anzusehen.

Lange nachdem er fortgegangen war, berieten sie sich noch und gingen erst auseinander, als schon der Tag graute. Und als der Morgen hereingebrochen war, wußten schon alle, daß man beschlossen hatte, Jaguscha aus dem Dorf zu jagen.

Wenige nur hatten versucht, sie zu verteidigen, denn jeder, der zu ihr hielt, wurde sofort überschrien; nur Mathias war nicht bange, fluchte allen ins Gesicht, drohte dem ganzen Dorf und rannte schließlich, bis zum äußersten aufgebracht, zu Antek hin, um sich dort Hilfe zu holen.

»Weißt du das schon von der Jaguscha?« Er war leichenblaß und bebte am ganzen Körper.

»Ich weiß, sie haben das Recht!« entgegnete jener kurz und fuhr fort, sich ruhig am Brunnen zu waschen.

»Daß sie die Kränke holt mit einem solchen Recht! Das ist die Arbeit des Organisten und seiner Frau! Sollen wir es denn zulassen, daß eine solche Ungerechtigkeit geschieht? Was hat sie denn jemand zuleid getan! Und das, weswegen man sie beschuldigt, das ist alles Lügenkram! Jesus, daß man das Recht haben sollte, einen Menschen wie einen tollen Hund zu hetzen! Das ist doch nicht möglich, daß so etwas geschehen kann!«

»Wirst du dich denn der ganzen Gemeinde widersetzen?«

»Du redest, als hieltest du zu ihnen!« knurrte er ihn vorwurfsvoll und herausfordernd an.

»Ich halt' zu niemandem, aber sie geht mich gerade so viel an wie dieser Stein da.«

»Hilf doch, Antek, gib einen guten Rat. Um Gottes willen, mir wird es schon ganz wirr im Kopf! Bedenk' doch, was soll sie anfangen und wo sich hintun? Dieses Hundepack, diese Mörder und Wölfe! Ich nehm' noch ein Beil und schlage sie alle nieder, das laß ich nicht zu.«

»Ich kann dir nicht helfen; sie haben es beschlossen! Was hat da ein einzelner dagegen zu bedeuten? Gar nichts!«

»Du hast einen Groll gegen sie!« schrie Mathias plötzlich auf.

»Ob ich einen Groll habe oder nicht, das geht keinen was an!« sagte er streng, und gegen den Brunnen gelehnt, versann er sich, in die Weite schauend. Sein verborgenes und noch immer lebendiges Lieben und all seine qualvollen Eifersüchte ballten sich in ihm zu einem einzigen Schmerzensknäuel zusammen; es war in seiner Seele ein Stöhnen und Beben, als wäre er ein Baum, den ein Sturm hin und her rüttelt.

Er sah sich um, Mathias war nicht mehr da; das Dorf kam ihm seltsam fremd, verhaßt und geräuschvoll vor.

Auch das Wetter war sonderbar an diesem Tag. Die Sonne kam blaß über den Himmel gekrochen und sah wie verschwollen aus; es war schwül und furchtbar heiß. Der Himmel, auf dem sich häßliche Wolken drängten, hing tief herab, der Wind setzte immer wieder an und fegte über die Wege, so daß der Staub aufflog; ein Gewitter drohte heraufzukommen, und irgendwo hinter den Wäldern blitzte es schon.

Im Volk begann es sich auch schon, wie vor dem Sturm zu regen. Die Leute rannten wie besessen im Dorf herum, überall hörte man lautes Gezänk, am Weiher prügelten sich ein paar Weiber, die Hunde heulten klagend, und fast kein Mensch war ins Feld gezogen. Das Vieh, das man nicht auf die Weide getrieben hatte, brüllte in den Ställen, und selbst die Messe wurde nicht abgehalten, denn der Pfarrer war mit Tagesanbruch davongefahren. Immer größer wurde die Unordnung im Dorf, und die Unruhe wuchs von Minute zu Minute.

Als Antek sah, daß in dem nach dem Organistenhaus führenden Heckenweg sich immer mehr Volk anzusammeln begann, nahm er seine Sense über die Schulter und begab sich auf sein am Walde gelegenes Feld.

Der Wind wurde ihm immer lästiger, verwirrte die Getreidehalme und blies ihm Sand in die Augen; er aber hielt sich an seine Arbeit und mähte drauflos, ruhig auf das ferne Stimmengewirr hinhorchend.

»Vielleicht ist es schon so weit!« fuhr es ihm durch den Kopf. Sein Herz fing an wie mit Hammerschlägen gegen die Brust zu hämmern, der Zorn kam über ihn, er reckte sich gerade; schon wollte er die Sense hinwerfen, um der dort zu Hilfe zu eilen, aber er besann sich noch im rechten Augenklick.

»Wer schuldig ist, soll auch die Strafe haben! Laß man, laß man.«

Der Roggen beugte sich raschelnd ihm zu Füßen und brandete an ihn heran wie wogende Fluten, der Wind zauste sein Haar und kühlte sein zerquältes Gesicht, das sich über und über mit Schweiß bedeckt hatte; seine Augen sahen fast gar nicht mehr, was rings geschah, er war mit allen Sinnen bei der Jaguscha, und nur die harten, arbeitgewohnten Hände führten wie von selbst die Sense, Schwade auf Schwade niederstreckend.

Der Wind trug ihm plötzlich vom Dorf her einen langgedehnten Schrei zu.

Er warf die Sense von sich und setzte sich im Schutz des noch stehenden Roggens nieder; er saß da, als hätte er sich an die Erde geklammert, als hätte er sie mit einem eisernen Griff mit ganzer Macht gepackt; er ließ sich nicht verleiten, ließ sich nicht vorn Gefühl übermannen, obgleich seine Augen über das Dorf wie aufgescheuchte Vögel flogen, obgleich sein Herz vor Angst sich krümmte und obgleich er vor Besorgnis zitterte und bebte.

»Alles muß seinen Weg gehen, alles! Man muß pflügen, um säen zu können, man muß säen, um zu ernten, und was einen dabei stört, muß man ausjäten wie böses Unkraut«, sprach in seinem Innern eine strenge, uralte Stimme, die wie die Stimme dieses Bodens und dieser menschlichen Siedelungen war.

Er lehnte sich noch auf, aber er hörte schon immer demütiger darauf.

»Jawohl, ein jeder hat das Recht, sich vor Wölfen zu schützen, ein jeder!«

Es überkam ihn noch ein letztes Leid, und Gedanken wie böse Winde umhüllten ihn mit einem düsteren Nebel und schienen ihn heimlich antreiben zu wollen.

Er sprang auf, dengelte die Sense, bekreuzigte sich, spuckte in die Handflächen und machte sich an die Arbeit, Schwade nach Schwade mit solcher Wut niedermähend, daß die flache Schneide der Sense durch die Luft schwirrte und ein Roggenstreif nach dem andern knirschend vor ihm niedersank.

Inzwischen war im Dorf die furchtbare Zeit des Gerichts und der Strafe gekommen; es war gar nicht zu sagen, was da vor sich ging! Ein böser Rausch hatte Lipce ergriffen, die Leute wurden ganz toll; alle, die nur etwas besonnener waren, versperrten die Türen oder flohen ins Feld. Der Rest aber versammelte sich am Weiher in einem Haufen, und ganz trunken vor Wut, stachelten sie sich mit trübem Geschrei zu immer hitzigerem Vorgehen an, daß schon jeder bereit war, sogleich hinzurennen; jeder fluchte, jeder tobte, jeder machte Lärm, es hörte sich rein an, als ob ein ferner Donner grollte.

In einem Nu setzte sich das ganze Dorf in der Richtung des Hauses der Dominikbäuerin in Bewegung, wie ein aus seinen Ufern tretender rauschender Bach; an der Spitze gingen die Organistin und die Schulzin, und ihnen nach drängte mit wüstem Geschrei der ganze wütende Haufen.

Sie drangen ins Haus wie ein Gewitter, und bald erzitterten die Wände von dem wilden Getöse. Die Dominikbäuerin vertrat ihnen den Weg, aber sie wurde bald umgerissen und geriet unter die Füße der Menge. Jendschych sprang hinzu, um ihr beizustehen, aber in einem Nu hatten sie mit ihm dasselbe getan, und schließlich wollte noch Mathias ihnen den Eintritt zu Jagnas Kammer wehren; doch obgleich er mit einem derben Knüttel um sich schlug und sich mit verzweifelter Kraft verteidigte, lag er, kaum daß ein Ave vergangen war, mit einer klaffenden Kopfwunde bewußtlos in der Stubenecke.

Jaguscha hatte sich im Alkoven verschlossen und stand, als sie die Tür eingebrochen hatten, an die Wand gelehnt da; sie verteidigte sich nicht und gab nicht einmal einen

Laut von sich; sie war leichenblaß, und in ihren weitgeöffneten Augen flackerte die Flamme des Grauens und tödliche Angst.

Hundert Hände streckten sich nach ihr aus, hundert Hände griffen von allen Seiten mit gierigen Krallen nach ihr, rissen sie heraus wie einen flach verwurzelten Strauch und schleppten sie in den Heckenweg hinaus.

»Bindet sie, sonst entreißt sie sich und läuft davon!« befahl die Schulzin.

Auf der Dorfstraße stand ein Wagen bereit, der mit Schweinedung bis hoch zu den Einschnitten der Seitenbretter gefüllt und mit zwei schwarzen Kühen bespannt war; sie warfen sie, gefesselt wie ein Stück Vieh, mitten auf den Mist, und der Zug setzte sich unter höllischem Lärm in Bewegung. Höhnische Zurufe, Lachen und Fluchen hagelten auf sie ein. Vor der Kirche blieb der ganze Haufen stehen.

»Man muß ihr die Kleider vom Leib reißen und sie vor der Kirchenhalle mit Ruten peitschen!« schrie die Kosiol.

»Immer hat man es mit solchen so getan, bis zum ersten Blut! Her mit ihr!« schrien andere Weiberstimmen.

Zum Glück war das Kirchhofstor verschlossen, und an der Pforte stand Ambrosius mit der Flinte des Pfarrers in der Hand und brüllte los, als sie vor dem Tor anhielten.

»Wenn einer nur wagt, auf kirchlichen Grund zu treten, den schieß ich nieder, so wahr Gott im Himmel ist! Wie einen Hund mach' ich ihn tot«, drohte er und sah dabei so furchtbar aus, während er das Gewehr in Bereitschaft hielt, als wollte er gleich losdrücken, daß sie ihr Vorhaben änderten und sich der Pappelallee zuwandten.

Sie begannen ihre Schritte zu beschleunigen, denn das drohende Gewitter konnte jeden Augenblick zum Ausbruch kommen; der Himmel verdüsterte sich immer mehr, ein Wind fuhr in die Kronen der Pappeln, so daß sie sich tief neigten und der Staub in Wolken aufwirbelte, ihre Blicke trübend; der Donner grollte schon ganz aus der Nähe.

»Vorwärts, Pjetrek, vorwärts!« trieben sie den Knecht an und sahen unruhig auf den Himmel; sie waren eigentümlich schweigsam geworden und gingen in einem ungeordneten Haufen zu beiden Seiten des Weges, denn in der Mitte war mächtig viel Sand, und nur ab und zu stürzte eine der Verbissensten auf den Wagen zu und erleichterte sich von ihrer Wut durch ein wütendes Geschrei.

»Du Schwein, du Schlampe! Soldatendirne sollst du werden, du pestiges Frauenzimmer!«

»Du hast dir was zugute getan, jetzt kannst du deine Schande fressen; probier mal, was Kummer heißt!« schrien sie auf sie ein.

Pjetrek, der Borynaknecht, der den Wagen führte, denn kein anderer wollte es übernehmen, ging daneben und peitschte auf die Kühe ein; als er aber den geeigneten Augenblick erspäht hatte, flüsterte er ihr mitleidig zu:

»Lange dauert es nicht mehr ... die verfluchten Unrechttuer ... Ihr müßt nur noch ein bißchen aushalten ...«

Jaguscha aber lag mit Stricken gebunden mitten auf dem Mist, zerschunden und wund, die Kleider in Fetzen, gebrandmarkt für alle Zeiten, über menschliches Begreifen geschändet und maßlos unglücklich; sie lag still da, als hörte und fühlte sie nichts, und die Tränen liefen ihr in einem unstillbaren Strom über die blutunterlaufenen

Wangen, und ihre Brust hob sich ab und zu, als wollte sie immer wieder den langerstarrten Verzweiflungsschrei ausstoßen.

»Lauf zu, Pjetrek! lauf zu!« schrien sie immer wieder auf ihn ein, denn die Ungeduld hatte sie gepackt, und etwas wie ein Besinnen begann in ihnen zu dämmern; fast schon laufend erreichten sie endlich die Dorfgemarkung nah am Wald.

Man schob die Wagenbretter hoch und schmiß sie mit dem Mist zusammen wie etwas Ekliges vom Wagen herunter, so daß ihr Körper laut auf der Erde aufschlug. Sie fiel auf den Rücken und blieb reglos liegen.

Die Schulzin stürzte auf sie zu, gab ihr einen Fußtritt und schrie:

»Und kehrst du ins Dorf zurück, dann werden wir dich mit Hunden zu Tode hetzen!« Sie hob etwas vom Boden, wie einen Erdklumpen oder Stein auf und schleuderte es mit ganzer Macht nach ihr hin. »Das hast du für das Unrecht, das du meinen Kindern angetan hast!«

»Und das für die Schande, die du über das Dorf gebracht hast!« rief eine andere und schlug auf sie ein.

»Daß du gleich verreckst!«

»Daß dich die heilige Erde ausspeien möchte!«

»Daß du vor Hunger und Durst krepieren möchtest!«

Böse Worte, Erdklumpen und Steine und geschleuderter Sand schlugen auf sie ein, aber sie lag wie ein Holzklotz da und starrte in die ihr zu Häupten wogenden Baumkronen.

Es verfinsterte sich plötzlich ganz; ein dicker, üppiger Regen setzte ein.

Pjetrek machte sich ziemlich lange noch am Wagen zu schaffen, so daß sie, ohne auf ihn zu warten, in Haufen und seltsam still geworden heimzukehren begannen. Mitten auf der Landstraße begegneten sie der Dominikbäuerin; sie kam ganz blutbesudelt und zerzaust des Wegs daher, wimmerte vor sich hin, und suchte tastend den Weg, den sie gegangen waren. Als sie merkte, wer ihr entgegenkam, schrie sie gellend und grausig auf:

»Daß euch die Pest! daß euch die böse Seuche! daß euch Feuer und Wasser ankommt!«

Ein jeder duckte sich nur unter diesen Worten und drückte sich erschrocken beiseite.

Sie aber lief mit hastigen Schritten weiter, um Jaguscha zu Hilfe zu kommen.

Das Gewitter brach los, der Himmel wurde blaugrau wie eine Leber, der Staub wirbelte in gewaltigen Säulen auf, die Pappeln beugten sich unter einem Ächzen, das wie ein Schluchzen klang, zu Boden, die Winde heulten auf und fuhren immer wütender auf das nach allen Seiten hin auseinanderweichende Getreide los. Sie heulten wie wilde Stiere und stürzten sich über die Wälder, deren Bäume, dicht zusammengedrängt, ängstlich aufwogend und laut aufrauschend dastanden.

Donnerschlag folgte auf Donnerschlag und rollte mit lautem Getöse über die Welt dahin, so daß die Erde bebte und die Häuser zitterten.

Die ineinander verwühlten kupfrigblauen Wolken senkten ihre wie aufgequollenen dicken Bäuche tief herab, und immer wieder zerplatzte eine, und ein Blitz zuckte hervor, und jäh ergoß sich eine Flut blendenden Lichts.

Hin und wieder ging etwas Hagel nieder und prasselte gegen die Blätter und Zweige.

Und im bläulichen Dämmer des stäubenden Regens und des Hagelwetters schwankten die Bäume, die Sträucher und die Getreidehalme hin und her, als wollten sie sich losreißen und flüchten; doch vom Sturm gepeitscht, geblendet durch die Blitze, wie wild geworden durch das Getöse, drehten sie sich hin und her und wankten unter wildem Pfeifen, und irgendwo von oben her, durch die Wolken, durch die Dunkelheit und durch das Toben der Elemente kamen bläuliche Blitze vorübergeflogen, wie Schwärme von Feuerschlangen. Sie flogen vorüber, als hätten sie sich von irgendwo losgerissen und wurden nun Gott weiß wohin geschleudert. Sie blitzten auf und verloschen, blendeten alles ringsum und waren doch blind und stumm wie das Menschenschicksal. Das dauerte so mit Unterbrechung bis zum Abend; erst als es zu dämmern begann, legte sich das Gewitter, und die Nacht wurde still, stockdunkel und kühl.

Am nächsten Morgen stand ein herrlicher Tag auf, der Himmel war ganz wolkenlos und blaute so rein, als wäre er abgewaschen, die Erde glitzerte im Tau, die Vögel sangen freudig, und jegliche Kreatur badete mit Wohlgefallen in der erquickenden, duftenden Luft.

In Lipce war wieder alles zum alten zurückgekehrt; als aber die Sonne hoch gestiegen war, begannen alle wie auf Verabredung zum Ernten hinauszuziehen. Von jedem Gehöft kam ein Haufen Menschen gegangen, vor jedem Haus blitzten Sensen und Sicheln, aus jedem Eingangstor kamen die Wagen herausgerollt und wandten sich nach den Feldwegen und Feldrainen hin.

Und als die Betglocke der Kirche sich hell vernehmen ließ, stand schon jeder auf seinem Acker bereit und kniete beim Klang des Geläuts nieder. Die auf näher gelegenen Feldern Arbeitenden konnten selbst den Orgelklang hören; manch einer verbeugte sich tief, manch eine betete laut, und ein anderer seufzte nur fromm auf, neue Kräfte und neuen Arbeitsmut schöpfend, und jeder bekreuzigte sich, spuckte sich in die Hände, stemmte die Beine stark gegen den Boden, beugte den Rücken und griff mit der Sense oder mit der Sichel aus, um mit der Ernte zu beginnen.

Eine große feierliche Stille erfüllte die Erntefelder; es war als hätte das heilige Hochamt der mühevollen, ununterbrochenen und fruchtbringenden Arbeit begonnen.

Die Sonne stieg immer höher, die Hitze wurde von Stunde zu Stunde größer, heiße Glut überflutete die Felder und der Erntetag rollte wie Weizengold dahin und ließ wie golden seinen schweren, reifen Ertrag klingen.

Das Dorf war leer und wie ausgestorben zurückgeblieben, die Häuser hatte man verschlossen, denn alles was leibte und lebte, was nur die Beine rühren konnte, war zur Ernte ins Feld gezogen, selbst die Kinder, selbst die Alten und Kranken. Hier und da rissen sich selbst die Hunde von ihren Ketten los, ließen die leeren Behausungen zurück und folgten den Erntearbeitern.

Und auf allen Feldern, soweit nur der Blick reichen konnte, sah man in der furchtbaren Sonnenglut, zwischen Wänden goldigen Getreides, in der flimmernden, bebenden Luft von Morgengrauen bis zum Abend die Sicheln und Sensen blitzen, die weißen Hemden leuchten und die Beiderwandröcke rot aufglühen. Das Volk war unermüdlich tätig, die Arbeit wurde ganz still verrichtet, niemand faulenzte mehr, niemand sah sich nach dem Nachbar um, alle dachten nur an das eine, und jeder schaffte gebückt im Schweiße seines Angesichts sein Tagewerk.

Nur die Felder der Dominikbäuerin lagen verlassen und wie vergessen da; das Korn fiel schon aus den Ähren, die Halme beugten sich matt im Sonnenbrand, und keine Menschenseele war zu sehen – scheu wandte man von ihnen die Augen ab; manch einer seufzte schon, manch einer kratzte sich besorgt bei ihrem Anblick den Kopf, sah sich entsetzt nach den anderen um und ging dann noch eifriger an seine Arbeit, denn es war nicht die Zeit, jetzt über diesen Verlust und Verfall zu sinnen.

Die Erntetage rollten wie Räder mit blitzenden, goldenen Sonnenspeichen vorüber und vergingen nacheinander immer rascher und waren alle an Mühen reich und voll schweren freudigen Schaffens.

Und bald, kaum nach einigen Tagen, da das Wetter wie ausgesucht und andauernd war, ging man daran, das gemähte Getreide in dicke Garben zu binden, es auf den Ackerbeeten in Diemen aufzustellen und allmählich einzufahren.

Ohne Unterlaß rollten schon die schwerbeladenen, struppigen Erntewagen; sie kamen von allen Feldern angefahren, über alle Feldwege sah man sie heranschwanken und nach den sperrangelweit offen stehenden Scheunen streben. Es war als hätten Fluten rinnenden Goldes sich über die Wege ergossen, als hätten sie die Wirtschaftshöfe und Tennen überflutet, als brandeten sie bis an den Weiher heran; selbst an den Bäumen am Weg hingen goldige Strohbärte, und die ganze Welt duftete nach welkendem Stroh, grünem Gras und nach jungem Korn.

Hier und da hörte man schon das Klopfen der Dreschflegel, die eiligst Korn für Brot droschen; und auf den sich immer weiter ausdehnenden Stoppelfeldern suchten die Gänseherden nach verlorenen Ähren, weideten ganze Haufen von Schafen und Kühen und rauchten hier und da die ersten Feldfeuer. Ganze Tage lang klang Mädchengesang, frohes Juchzen und von fernher immer wieder Wagengeroll über den Feldern, und die sonnverbrannten Gesichter der Schnitter leuchteten überall.

Und sie hatten noch nicht all den Roggen niedergemäht, als schon der Hafer auf den Hügeln nach der Sense verlangte, die Gerste reifte auch schon zusehends, und der rostrote Weizen wurde immer goldiger. Es war keine Zeit aufzuatmen oder auch nur in Ruhe zu essen, aber trotz der schweren Mühe und Ermüdung, infolge der manch einer abends über seiner Schüssel einschlief, war Lipce voll freudigen Lärms, voll Lachens, voll heller Stimmen, voll Singen und Musik.

Die böse Vorerntezeit war nun vorüber, die Scheunen waren voll, das Getreide gab reichlichen Ertrag, und jeder, selbst der Ärmste, hob trotzig seinen Kopf hoch und sah vertrauensvoll in die Zukunft, von langersehntem Glück träumend.

An einem von diesen goldenen Tagen, als man schon beim Einfahren der Gerste war, sah man den von seinem Hund geführten Bettler durchs Dorf wandern; trotz der Hitze trat er nirgends ein, denn er hatte es eilig, nach der Waldmeierei zu kommen. Es war ihm schwer, seinen dicken Wanst und seine verkrüppelten Beine vorwärts zu tragen; so schob er sich denn langsam weiter, schnüffelte mit seiner großen Nase in der Luft herum, spitzte die Ohren und gab Gott zum Gruß, wenn er bei den Erntearbeitern vorbeikam. Er traktierte hier und da mal einen mit seinem Schnupftabak und begann Gebete vor sich hinzumurmeln, wenn ihm unversehens eine Münze in den Schoß fiel, gleichzeitig versuchte er aber geschickt die Rede auf die Jaguscha und verschiedene Neuigkeiten zu bringen.

Doch er konnte nicht viel herauskriegen, denn man gab ihm nur ungern Bescheid.

Erst auf den Feldern der Waldmeierei, wo er unter einem Kreuz sich niedergesetzt hatte, um etwas Atem zu holen, stieß er auf Mathias, der in der Nähe das Holz für die Windmühle des Schmiedes zurechtmachte.

»Wollt ihr mir nicht den Weg nach den Schymeks zeigen!« bat er ihn und richtete sich mühselig mit Hilfe seiner Krücken auf.

»Ihr werdet euch da nicht ausruhen können. Die haben nur Weinen und Jammer!« murmelte Mathias.

»Ist die Jaguscha noch krank? Man sagte mir, sie wäre nicht richtig im Kopf geworden.«

»Das ist nicht so, sie liegt aber in einem fort und weiß kaum was von Gottes Welt! Mit der kann auch schon ein Stein Mitleid haben! Das sind mir Menschen! ...«

»Um so eine Christenseele ins Verderben zu bringen! Aber die Alte soll doch gegen das ganze Dorf klagen?«

»Die kriegt kein Recht! Alle haben es beschlossen, die ganze Gemeinde, da haben sie auch das Recht ...«

»Eine furchtbare Sache ist der Zorn des ganzen Volkes!« Er erschauerte bei diesem Gedanken.

»Versteht sich, aber eine dumme und schlechte und ungerechte!« brach Mathias los und, nachdem er ihn bis dicht vors Haus geführt hatte, trat er in die Stube; aber bald kam er wieder heraus und wischte sich heimlich über die Augen.

Nastuscha saß Flachs spinnend an der Wand, der Bettler setzte sich an sie heran und holte eine blaue Flasche hervor.

»Wißt ihr, man muß die Jaguscha dreimal täglich mit diesem geweihten Wasser besprengen und ihr damit die Schläfen einreiben; in einer Woche wird dann alles weg sein. Die Nonnen aus Pschyrowa haben mir dieses Wasser gegeben.«

»Gott bezahls euch! Zwei Wochen sind es schon und sie liegt immerzu wie von Sinnen, manchmal nur will sie weit weglaufen und jammert und ruft den Jascho herbei.«

»Und was macht denn die Dominikbäuerin?«

»Die sitzt dabei wie eine Leiche. Die werden es wohl nicht mehr lange machen, nein!«

»Jesus, was doch viel Menschen zuschanden gehen müssen! Und wo ist denn der Schymek?«

»Der sitzt in Lipce, seine Schultern müssen doch jetzt für alles herhalten, weil ich hier bleiben muß und auf die beiden passen.«

Sie steckte ihm einen ganzen Zehner in die Hand, aber der Bettler wollte ihn nicht nehmen.

»Ich hab' es ihr doch gern gebracht und geb' noch ein Gebet dazu, daß der Herr ihr Los ändern möge! Sie war gut für die Armen, wie wenig eine, die Gute ...«

»Das ist wahr, sie hatte ein gutes Herz, jawohl! Vielleicht muß sie darum so viel leiden!« murmelte sie und ließ traurig ihre Blicke durch die Welt gehen.

Von Lipce tönte das Abendläuten zu ihnen herüber, und hin und wieder vernahm man das Rollen der Wagen, das Knirschen der gedengelten Sensen und fernes Singen; der goldige Dunst des Abends legte sich über das ganze Dorf, über die Felder und den nahen Wald.

Der Bettler erhob sich, lockte den Hund, rückte seine Bettelsäcke zurecht, und sich auf seine Krücken stützend, sagte er:

»Bleibt mit Gott, liebe Leute.«